乡村振兴领头人——
中国模范村书记

（上）

叶星 著

中国华侨出版社
·北京·

图书在版编目（CIP）数据

乡村振兴领头人：中国模范村书记 / 叶星著. --北京：中国华侨出版社，2024.8
ISBN 978-7-5113-9239-8

Ⅰ．①乡… Ⅱ．①叶… Ⅲ．①中国共产党－农村－党支部－干部－先进事迹－中国 Ⅳ．①D263

中国国家版本馆CIP数据核字(2024)第060685号

乡村振兴领头人：中国模范村书记

著　　　者：叶星
出　版　人：杨伯勋
责任编辑：肖贵平
封面设计：瞬美文化
经　　　销：新华书店
开　　　本：787 毫米 x 1092 毫米　1/16 开　　印张：54.75　　字数：975 千字
印　　　刷：襄阳大唐彩印包装广告有限公司
版　　　次：2024 年 8 月第 1 版
印　　　次：2024 年 8 月第 1 次印刷
书　　　号：ISBN 978-7-5113-9239-8
定　　　价：286.00 元 (全两册)

中国华侨出版社　　北京市朝阳区西坝河东里 77 号楼底商 5 号　　邮编：100028
发 行 部：（010）64443051　传真：（010）64439708，
网　　址：www.oveaschin.com　E-mail: oveaschin@sina.com

如发现印装质量问题，影响阅读，请与印刷厂联系调换。

序

农业农村农民问题是关系国计民生的根本性问题。党的十八大以来,以习近平同志为核心的党中央把解决好"三农"问题作为全党的重中之重,打赢脱贫攻坚战,历史性地解决了农村绝对贫困问题;实施乡村振兴战略,推动农业农村取得历史性成就、发生历史性变革。农村党组织战斗力明显增强,农民收入持续增长,农村民生逐步改善,村庄综合治理能力不断提高,乡村面貌焕然一新,为开辟全面建设社会主义现代化国家提供了重要支撑。

2020年12月28日,习近平总书记在中央农村工作会议上指出:"全党务必充分认识新发展阶段做好'三农'工作的重要性和紧迫性,坚持把解决好'三农'问题作为全党工作重中之重,举全党全社会之力推动乡村振兴,促进农业高质高效、乡村宜居宜业、农民富裕富足。"2022年10月16日,在党的二十大报告中,习近平总书记对推进乡村振兴再次作出了深刻论述和全面部署:"加快建设农业强国,扎实推动乡村产业、人才、文化、生态、组织振兴。"这些重要讲话,既体现了习近平总书记对我国农业、农村、农民的高度重视,又高屋建瓴地为我国农业农村现代化建设指明了前进方向。

乡村要振兴,关键在党。党管农村是我们的传统,这个传统任何时候都不能丢。农村党组织在农村各项工作中居于领导核心地位。"村看村、户看户、农民看支部""给钱给物,不如建个好支部,选个好支书"……这些民谣生动体现了广大农民对党的领导的热忱拥护和对加强党的领导的热切期盼。

乡村振兴领头人——中国模范村书记

村党支部书记作为基层战斗堡垒的"班长""领头雁"或"带头人",一个村的领导班子在全村工作中处于核心地位,是推动全村发展的第一责任人。作者聚焦这一群体,可以说是抓住了乡村的关键。本着"优中选优"的原则,作者从全国众多模范村书记中精选出 20 名获得过国家或省级重要荣誉的先进典型。其中有率领村民用 7 年时间在悬崖上凿出"天路"的重庆市巫山县下庄村党支部书记毛相林;身残志不残的山东省沂源县张家泉村党支部原书记朱彦夫;用 36 年时间率领村民在悬崖上凿通"生命渠"的贵州省遵义市播州区团结村党总支名誉书记黄大发;捐资 1.3 亿元建村庄,把真情献给众乡亲的河南省辉县市裴寨村党支部书记裴春亮;放弃"铁饭碗",回乡担任村书记 49 年的湖北省郧西县坎子山村党支部书记魏登殿;带领村民共同致富的河北省宁晋县黄儿营西村党委书记宁小五;发扬"愚公精神"挖隧道打通与村外联系的贵州省罗甸县麻怀村党支部书记邓迎香;精心打造新型农村社区"一体化"融合发展的山西省长治市上党区城乡统筹振兴试验区党委书记牛扎根;历经挫折和委屈坚守村书记岗位 42 年的河北省武安市白沙村党委书记侯二河;回村圆梦造福众乡亲的四川省蓬溪县拱市联村党委书记蒋乙嘉;带领村民在乱石堆里刨"金果"的四川省雷波县青杠村党支部书记唐朝顺;苦干实干在废墟上重建家园的四川省彭州市宝山村党委书记贾卿;坚持走合作化共富道路不动摇的河北省晋州市周家庄乡党委书记雷宗奎;辞去公职回村庄干出一片新天地的辽宁省凤城市大梨树村党委书记毛正新;把村民组织起来"卖"乡村生活和乡村文化的陕西省礼泉县袁家村党总支书记郭占武;让生态环境成为绿色银行的湖北省谷城县堰河村党委书记闵洪艳;实践"两山"理论大见成效的浙江省安吉县鲁家村党委书记朱仁斌;被人称为"旅长村支书"的福建省尤溪县通汶联村党委书记林上斗;将土地集中经营让村民成股民的四川省成都市郫都区战旗村党委书记高德敏;"新乡贤"回乡让村庄大变样的湖北省京山市马岭村党支部书记张立。这些村书记是社会主义的光荣。他们不忘初心、牢记使命的坚定信仰,一心为集体、一心为村民的崇高境界,不畏艰难困苦、攻坚克难的顽强意志,甘于吃亏、无私奉献的伟大精神,值得广泛学习和大力弘扬。我坚信,在实施乡村振兴战略的壮阔社会实践中,还会像雨后春笋一样,涌现出千千万万这样的模范人物。

作者叶星同志是位有着40多年从业经历的老记者、老作家和摄影家,还是一名研究农村党建和乡村振兴、重点研究农村书记的学者。他出生在农村,高中毕业后回乡当过农民;参军入伍后,在部队受过艰苦锻炼,对农村、农民具有深厚的感情。为了真正了解"三农"、研究"三农"问题,他深入基层,可谓下足了功夫。他曾以党员志愿者身份在湖北枣阳市北棚村挂职第一书记三年,深入了解农村实际,探索农村党建及村庄发展、建设、服务、治理之路,并取得了一定成效,受到很大启发。而后,在中西部地区采访过20多个贫困村,深刻剖析农村、农民致贫的根本原因,并从2017年9月起,用三年多的时间,横跨17个省、自治区、直辖市,行程7万多公里,相继采访了30位全国著名村书记。2021年5月,他深度采访报道全国村书记系列丛书第一部《乡村振兴领头人——中国榜样村书记》由中共中央党校出版社出版。紧接着,他又发扬连续作战的作风,从这年6月份开始,冒着感染新冠病毒的危险,马不停蹄地跑遍祖国的大江南北,深入采访上述20名具有先进性、典型性、代表性、引领性的村书记,汇集成系列丛书的第二部《乡村振兴领头人——中国模范村书记》。叶星同志的这种精神,是值得记者、作家和一切关心支持"三农"工作的同志们学习的。

作者的文风也是值得称道的。他从农村党建入手,采取讲故事的方式娓娓道来，令人感到亲切；在内容上，重点讲述每位村书记如何发展村集体经济的创业史、如何改善民生、如何做好农村综合治理、如何发挥个人模范带头作用等，脉络清晰，真实可信；在内容设置上也别具匠心，既有正文，又有访谈，还有点评和照片，图文并茂，生动形象；文字通俗易懂，同时注重场景、思想、对话描写和心理刻画，使人读来如临其境，读后回味无穷，深受教育和启发。

我相信，这本书的出版，一定会受到乡村振兴战线上广大干部群众的欢迎，从而成为推动乡村振兴和民族伟大复兴的一份助力。

中共中央文献研究室原主任：逄先知

前　言

中国是一个农业大国。中国现代化的根本问题是农村现代化。没有农村的现代化，即使建造再多的"飞地"，即使这些"飞地"已经达到超发达国家的水平，也不能说中国实现了现代化。

那么，怎样来实现农村的现代化呢？有人主张消灭农村：一是把农业转移人口留在城市；二是把其他农业人口集中到一个新建或已有的城镇。在产业结构和社会结构深刻变革的发展阶段，创造一切条件，让农业转移人口在城市中住得下、融得进、就得业、创得业，无疑是顺应时代潮流的正确举措。但是，不问青红皂白，"一刀切"地把农业人口赶出原来的农村，则不能说是一种求实的态度。目前，全国约有6亿乡村人口，能够全部城镇化吗？拆农家院盖楼房，盖得起吗？仅按1人20平方米的居住面积计算，共需建楼120亿平方米；按每平方米2000元计算，则需资金24万亿元，这还不算其他必要的辅助设施。在可见的将来，我们拿得出这样一笔钱吗？事实上，不顾农民的实际支付能力和本地的实际情况，好大喜功，盲目地把农民"赶上楼"的做法，已经结出了不少苦果。我曾看过某地的一个"样板镇"：农民住进楼房，没地方养鸡，就在楼道或阳台上养；冬天无力交纳取暖费，造成水管冻裂，如此等等，不一而足。如今，原本很漂亮的一个新镇竟然变成了一座荒芜的"鬼城"。进一步的问题是，如果把原来的村庄统统拆掉，乡间的一切历史文化遗存，一切乡风乡俗，一切一切的乡愁，都将荡然无存。比如河北张家口那里的一个村庄，至今还有战国时代的民房，如果拆掉盖楼房，将是多大的无可挽回的损失！有人说这是新型城镇化，其实不是，这是片面的城镇化、扭曲的城镇化、破坏性的城镇化。

根本出路在于推动城乡发展一体化。什么叫城乡发展一体化？说通俗一点，就是工业有的农业也要有，城市有的农村也要有，市民有的农民也要有，真正实现"你有我有，全都有"。我们常说不忘初心，不忘实现共产主义的远大目标，倘若我们实现了城乡发展一体化，那么"三大差别"就至少能够消灭三分之二，这无疑是一个十分诱人的前景。

推进城乡发展一体化，离不开国家和城市的支持。新中国成立以来，为了建设独立完整的工业体系，为了让中国永远摆脱落后挨打的命运，广大农民作出了太多的奉献和牺牲，但是他们无怨无悔、甘之如饴。作为支撑中华人民共和国的脊梁，他们将赢得子孙后代的永久崇敬。如今，我国经济实力和综合国力显著增强，已经具备支撑城乡发展一体化的物质技术条件，已经到了工业反哺农业、城市支持农村的发展阶段。"羊有跪乳之恩、鸦有反哺之义"，何况人乎？在国家不断加大对"三农"投入的同时，社会各界也一定要把党和国家的支农方针转化为自己的内在要求，不断拓宽帮扶渠道、不断加大支持力度、不断提高服务质量，务求所"反"之"哺"产生实实在在的效果。这是实现农村现代化的重要保证。不过，另一面的事实是，中国农业太大，农村和农民太多，单靠国家、城市的支持是不可能全面实现现代化的。即使实现了，也不可能持久保持并不断提高。外部的支持只能作为一种助力、一种条件，最根本的还是要靠亿万农民自己，靠亿万农民创造历史的无穷伟力。

令人振奋的是，我们的农民兄弟已经在自己的土地上创造了一个又一个现代化的人间奇迹。周家庄、南街、兴十四、大寨、华西、东岭、花园、龙门、航民、进顺、方林、九间棚、周台子、龙门、

前 言

黄儿营西……从京畿重地到西南边陲，从白山黑水到黄土高坡，从中原腹地到东南沿海，从江南水乡到雪域高原，到处都有这样的榜样名村。在他们那里，产业发达、设施齐全、生活富裕、社会和谐、生态良好、乡情浓郁，幼有所长、壮有所用、老有所终、病有所医、住有所居，没有辍学少年、失业青年、空巢老人、留守儿童，也没有房奴、车奴、医奴和婚奴，人们的进取精神和幸福指数甚至明显地高于城市，真个成了"黄发垂髫，并怡然自乐"的现世"桃源"。它们是东方的晨曦、惊蛰的春雷、进军的前驱，预示着、召唤着农村现代化的灿烂前景。

"一花一世界，一叶一如来。"综观这些榜样名村，可谓各擅胜场、各有千秋，但也有其鲜明的共性，或者说他们念的是同一本经过反复检验的"真经"。这本"真经"就是党的领导和社会主义道路。

凡是榜样名村，都有一个坚强的战斗堡垒——党支部、党总支或党委会。这是一个紧密团结的集体，廉洁奉公的集体，全心全意为群众服务的集体；是一个具有高远眼光、务实作风、创造精神的集体；是一个在广大群众中具有极强聚集力和号召力的集体。尤其是这一班人的"班长"，往往以其更高的精神境界和更强的领导能力而成为当地农民群众公认的领袖人物。

凡是榜样名村，都始终不渝地坚持发展集体经济、坚持共同富裕，但是他们并不保守，也不僵化。自实行市场经济以来，他们一直主动地融入这一潮流，积极探索优化资源配置的多种途径，积极探索集体经济的多种实现形式。难能可贵的是，在这种融入的过程中，他们一直没有丧失自我，一直没有迷失方向，而是在生产资料占有、生产过程和收入分配等各个环节牢牢掌握着主导权和支配权。

为了让实现中国农村现代化的不二真经更加广泛地落地开花，中国红色文化研究会曾于2016年组织撰写报告文学专集《田野的希望——榜样名村成功之路》（北京日报出版社2017年出版），今天又推出《乡村振兴领头人——中国模范村书记》一书，希望全国56万名村书记能够从中获取推进乡村振兴的动力和智慧。

此书由本会理事叶星同志采写。他用了两年时间，来往大江南北，行程3万多公里，深入采访700多人次，在充分占有资料和深入研究之后才进入写作过程。这是一位作家对乡村振兴大业了不起的贡献。在此书即将出版之际，我们谨向作者和热情支持此书出版的中国华侨出版社致以深切的敬意！

中国红色文化研究会会长：刘润为

目录 Contents

● 全国"时代楷模"获得者村书记

002	毛相林："硬汉"带领村民绝壁上凿"天路"
042	朱彦夫：中国式"保尔"的极限人生
091	黄大发：初心不忘　悬崖上凿"天渠"

● 全国党代表身份村书记

130	裴春亮：捐资1.3亿元建村庄　把真情献给众乡亲
181	魏登殿：49年村书记　回汉民族一家亲
212	宁小五："能人群体"治村　带领村民共富
249	邓迎香："女愚公"凿隧道15载　决战贫困

● 城乡统筹试验区党委书记、全国人大代表身份村书记

287	牛扎根：精心打造新型农村社区"一体化"融合发展
328	侯二河：党组织集中精力发展经济　村强民富

● 全国模范（最美）退役军人村书记

371	蒋乙嘉："傻子"回村圆梦　造福众乡亲
410	唐朝顺：带领村民在乱石堆里刨"金果"

全国"时代楷模"获得者村书记

乡村振兴领头人
——中国模范村书记

Chapter 01

毛相林：
"硬汉"带领村民绝壁上凿"天路"

人物概要

毛相林，男，汉族，1959年1月出生，小学文化程度，1992年2月入党。现任重庆市巫山县下庄村党支部书记、村委会主任。当选第十四届全国人大代表，先后获得全国脱贫攻坚楷模、全国优秀共产党员、全国"时代楷模"、"感动中国"年度人物、中国好人等荣誉。

毛相林:"硬汉"带领村民绝壁上凿"天路"

竹贤乡下庄村支部委员会

重庆市巫山县下庄村党支部书记、村委会主任毛相林

毛相林从2020年起，两年内相继获得了4个重量级国家级荣誉，实属罕见。特别是2021年2月，在中共中央、国务院召开的全国脱贫攻坚总结表彰大会上，他的名字被排在首位，成为众多媒体关注的焦点。这位村书记是一名"硬汉"，他带领村民用7年时间，不畏酷暑严寒，在悬崖峭壁上用最原始的方式"凿"出了一条8公里长的"天路"，有6位村民为此付出了生命的代价，最终大功告成，打通了与山外的联系。而后，他又带领大伙儿克难攻坚，发展产业，决战贫困，用实际行动谱写了一曲自力更生、艰苦奋斗、战天斗地的英雄赞歌和自强不息的感人乐章，被称为"当代新愚公"。以毛相林为代表的下庄人敢想敢干、坚定不移、百折不挠、合力攻坚的先进事迹传遍大江南北，赢得了广泛赞誉。

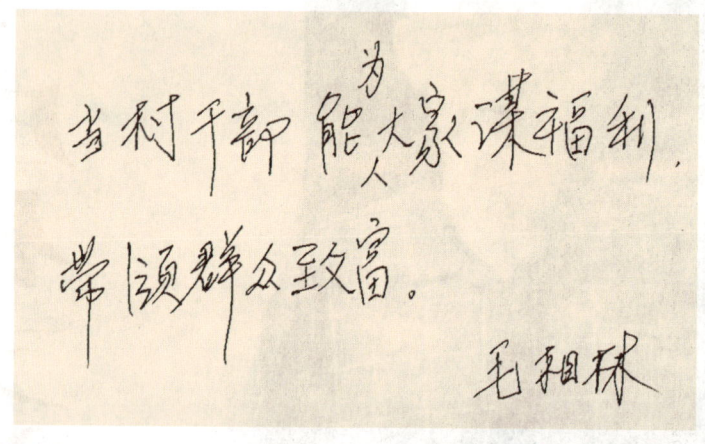

毛相林担任村书记多年来的真切感言

苦战7个春秋　8公里"天路"终于凿成

下庄，一个鲜为人知的村庄。它位于秦巴山脉重庆市巫山县西北部的小三峡山脉深处，四面被喀斯特地貌的群山环抱形成巨大天坑。村庄的左前方是美女晒羞峰，右前方为马鞍山峰，海拔均为1100多米。后在悬崖上修筑公路的私钱洞、鸡冠梁上游最高峰——天子坪海拔达1600多米，而且几乎呈90度直角。后山为笑天龙主峰，海拔1350多米，人们进村就要从这座高山下到200米的谷底。村民们要走出这巨大的天坑，只有徒步攀爬十分陡峭且是该地唯一的"大路"。此路共有108道"之"字拐，中间有三层岩，取名三墩子、二墩子、一墩子。从岩口到下庄，全长7公里多路程，一直翻越到邻近两河村的猫子岩，才能步入竹贤乡乡级公路。如果走到乡里去赶集,全长12.5公里,来回需要一天时间。在当地流传着这样一首民谣:"下庄像口井,井有万丈深,来回走一趟,眼花头也昏。"

"当时,下庄村只有村民96户、397人,版图面积1平方公里。在20世纪六七十年代,由于下庄的气候特殊,400多亩(注:1亩=666.67平方米)良田可以种植两季水稻和玉米,一年到头不缺粮少肉,村民过着自给自足的生活,村里的姑娘舍不得嫁出去,村外的姑娘争着嫁进来。可在改革开放后,由于交通闭塞,下庄的落后面貌日渐凸显,与外村的差距逐渐拉大,1997年,全村人均纯收入仅为280元。"毛相林介绍道。

下庄进、出村7公里多的山路上,有的地方仅能容下一个脚掌,有的地方需要两人接力方能上下。上山鼻挨路,下山脚发怵。在这条险象环生的山路上,有75人被摔伤或致残,有23人不幸遇难。毛相林还做过统计,新中国成立后至村里公路建成前,全村有153人从未到过县城,50人从未到过12.5公里外的集镇;160人从未见过公路,315人从未乘过汽车,210人从未见过汽车;360人未看过电视,100余人未看过电影。18岁时从外村嫁到下庄直到94岁去世的袁大香老人,尽管一双"三寸金莲"走过了两个时代,但因出村道路艰难,直到去世也没有去过一次骡坪镇,更没有去过巫山县城。

下庄人最有力的依靠是肩膀。通路前,每年要靠高脚背篓从山外运回70余吨化肥等生产生活物资,每年生产的20多万公斤粮食因山路险要出不了山。有一年,村里一位能背数百斤的"大力士"壮汉,试图将一头活猪背出山外卖个好价钱,不听使唤的生猪嗷嗷直叫,途中猛力动弹,差点连人带猪摔下深渊,大汉只好又将生猪背回村里。全村每年喂养的500多头生猪不能运出"活口",只好各户屠宰后"化整为零"卖腊肉。有的村民患病了,得把病人的两只胳膊和两条腿牢牢地捆绑在担架上,并请5个壮劳力轮换着抬到山外的医院就医。如果妇女生孩子遇到难产,那就麻烦了,得从乡卫生院请医生到村里接生。有的妇女情况比较严重,医生还未请到,就出现了大人和孩子双双死亡的悲剧。"有的村民患上急病、重病,还未翻过山,半路上就断气了,只好再抬回村里。有一年,二组村民彭松12岁的儿子得了急病,呕吐不止,刚抬到山口就断气了。这样的事全村共发生了30多起。"毛相林说。

1983年8月,下庄大队实行联产承包责任制,毛相林被上级任命为生产大队大队长。1988年1月,下庄大队的称谓发生变化,改为下庄村。1992年1月,毛相林当选为村委会主任。他深知打通与外界的公路联系,对下庄村的子孙后代至关重要。第一任老书记黄会鸿担任村党支部书记期间，曾经三次带领村民修路，但由于种种原因，都未获成功。

1997年1月，38岁的毛相林当选下庄村党支部书记。下庄人见了他都不喊"毛书记"，仍是直呼"毛矮子"。这年7月份，毛相林到巫山县参加农村党支部书记培训，沿途看到很多村庄因修路带来的巨大变化而深受触动。15年前，他曾经去过的一个非常贫困的七星村，经过村民的苦干，已成为巫山县的示范村，这件事儿对毛相林刺激很大，他在大脑里慢慢酝酿着一个大胆的计划：在垂直1600米的悬崖上开凿一条能够通车的公路，彻底改变下庄人的命运。

"回到村里后，我就在想，要是不下定决心，把大伙儿组织起来，把路修通，我们村就不会脱贫致富。"毛相林说。

巫山"硬汉"毛相林

当毛相林在村"两委"会上提出修路的想法时，引起了不小的争议，许多村民说："不修路，全体村民就永远摆脱不了贫困，再苦再难，也要把路修通。"也有的村干部质疑："那里是悬崖峭壁、万丈深渊，人都上不去，寸草不生，连野生猴子都摔死过，怎么能够修得通路？"还有的干部说："既没有钱，也没有物资，更没有工程技术人员，用什么修路？"

毛相林最后表态道："上面有规定，通村公路靠村民自己修。我们村虽然现在没有修路的条件，但创造条件也得修。山里人有的是力气，就是用嘴啃，也要在悬崖上啃出一条路来。大家不是学过毛主席的著作《愚公移山》吗？我们就是要当新时代的'愚公'。山凿一尺宽一尺，路修一丈长一丈。这代人如果修不通，还有儿子辈接着修，儿子辈若修不完，还有孙子辈接着修，一代接着一代干，终究是会修通的。不然的话，全村的子子孙孙都会由此受穷。"他的一番话让有不同想法的个别村干部放弃了思想顾虑，表决时全票通过。

紧接着,在驻村干部方四财的支持和配合下,毛相林组织召开村民代表大会进行动员。

"毛矮子,哪个是不是发疯哈?下庄村祖祖辈辈都只敢想不敢干的事,你竟敢真的去做?胆子也够大的嘛!"毛相林话音刚落,一位村民站起来讥讽道。

"要在连山上野生猴子都摔死过的悬崖峭壁间凿出一条3.5公里长的通道,如果没有国家的巨大投入和专业施工队伍,就靠我们村的几十号劳动力能行吗?你毛矮子是不是有些狂热和异想天开,最终的结果只会是龙头蛇尾。"另一位村民道。

毛相林刚提出修路的计划,村民就议论纷纷。怀疑的、担心的、嘲笑的、泼冷水的,啥人都有。

"路修不修,暂时搁一搁。大伙儿先讨论测路基划线。但请人测路基划线要钱,我提议全村人均集资10元,行不行?"毛相林问道。

96户村民代表中有95人举了手,只有一名叫沈发白的村民反对。他说:"在悬崖峭壁上修公路,简直是异想天开,不可能成功,纯粹是说大话用纸钱、吹牛皮嘛!"

毛相林不气不恼地掰起指头给大伙儿算了一笔账:"如果每家每户喂一头猪,每头猪长到200斤,就能卖400元,全村一年就是将近4万元,10年就差不多是40万元,可以购买约40吨劈山开路所用的'三材'物资(雷管、炸药、导火线)。每年只要三吨多的物资就可以修两个月的路,其余时间还可外出打工挣钱。"他稍作停顿继续说道:"凿一尺算一尺,修一丈就少一丈,就算全村人再穷十年、再苦干十年,总可能把公路修通嘛!"

"毛矮子"的这番话让沈发白听明白了,他心悦诚服,并当场宣布:"那我的反对票变成赞成票!"

短短5天时间,全体村民纷纷集资,测路基划线所需的3960元资金全部到位。

毛相林请到一位已经63岁的"土专家"邓胜全到下庄村测路基划线,每天付给他100元的劳动报酬。此人曾经在巫山县交通局干过这个活儿,具有一定的实践经验。他来到私钱洞旁,目测修路必经之地鸡冠梁,两处虽然只有几百米的距离,但上望千仞绝壁,下临万丈深渊。面对这样的险恶地势,邓师傅倒吸了一口凉气,非常不安地问道:"这么陡的地方,寸草不生,这路怎么测、怎么修啊?"他几次想打退堂鼓,都因毛相林和方四财的再三恳求才没有放弃,只好硬着头皮干下去。他在自己的腰间拴根"红绳"做标记,悬在半山腰里荡来荡去,经过30多天的艰苦努力，邓胜全终于勾画出一条穿山越谷、逢岩凿道的盘山公路线路图，完成了测路基划线任务。

路基测好了，就要进入实质性的修路阶段。毛相林再次组织全体村民进行动员。"井中的蛤蟆只能看到簸箕那么大一块儿天，下庄人不知道山外的汽车跑得比山羊都快。要想富，先修路。国家那么大，地方那么多，下庄村地处偏僻的山旮旯里，上级政府肯定一时半会儿还顾不过来。但我们不能等、不能要，要靠我们的双手去创造。修路致富是我们自己的事儿，山上的岩石再硬，也没有下庄人的骨头硬，就是用蚂蚁啃骨头的方法，也得啃出一条路来！只有修通连接外界的公路，我们才能增加收入，才能真正摆脱贫困，过上好日子！"毛相林颇为激动地说。

毛相林的一番话，将参加会议的村民说得热血沸腾，大伙儿纷纷表示支持村里修公路。有位村民说："修通这条公路，就是为子孙后代造福，即使自己不幸'光荣'了，也值得。""修吧，我同意！""我支持修路，这是大伙儿的事！"……顿时，群情激昂，个别有不同意见的村民也因此受到感染而改变了想法。全村即将参加修路的 85 个具有劳动力的村民自愿与村委会签订了"生死状"——如果在修路中意外出现伤亡，不给村集体找任何麻烦。

修路的钱从哪里来？毛相林提议由村民集资，每人 50 元。他带头将几个妹妹孝敬母亲的 700 元现金拿出来，其他村民靠卖鸡蛋、卖腊肉的钱集资，全村共筹集资金 2 万多元。而后，村集体以 4 名村干部的名义，到竹贤乡经管站贷款 2.5 万元，总共筹集资金 4.5 万元。有了这笔钱，就可以购买修路必须用的雷管、炸药、导火线等"三材"物资和铁锤、钢钎等耗材。

1997 年 12 月 11 日（农历冬月十二）这天，天气十分寒冷。毛相林一声令下，下庄人开山辟路的第一炮在鱼儿溪上游的悬崖上炸起，"轰隆"一声响彻云霄。"从农历冬月十二开工，一直干到腊月二十八开始放假，休息到 1998 年正月初三后，村民们又上了修路工地。"毛相林介绍。

下庄公路在竹贤乡两河村处连接，在龙水井处开山凿岩，顺着鱼儿溪，经过私钱洞，越过鸡冠梁，形成一个大转弯，依山绕道而行，再跨过鱼儿溪下端，直抵下庄中心点，全长 8 公里。最为险要的是从私钱洞到鸡冠梁 3.5 公里的一段：向上看，是呈 90 度直角的千仞绝壁；向下看，是让人发晕的万丈深渊。

没有作业工具，毛相林就用最原始的作业方法：与几位年轻村民腰系红布长绳，人吊在半崖，在空中钻眼放炮，炸出一块"立足之地"，就可以慢慢向两边扩展，后面用大锤、钢钎、洋镐、锄头、簸箕等简单的农具开凿希望……

毛相林（左）向游客介绍存放在下庄村陈列馆中当年修路用过的老物件

工地上不论是凿路还是生活条件都十分恶劣，参加施工的男男女女遇到的第一个难题就是附近没有农户居住。他们只得以洞穴、岩壁作为安身落脚之地。有时刚用木棒和塑料布搭起一个十分简陋的窝棚，可一阵大风刮来，就把塑料布卷上了天，大伙儿只好分头寻找岩洞岩缝蜷缩过夜。没找到岩洞的人就在工地的岩石上睡，下面垫上一张塑料布，人躺上去，上面再盖一层塑料布，既可防潮又可遮挡露水。担心晚上翻身时掉下悬崖，村民们便在腰间拴一根绳子做保险，另一头拴在岩缝的老树根上，以防不测。

一天晚上，一声尖叫划破了宁静的夜空，挤在岩石上睡觉的两名妇女被钻进被窝的一条大蛇惊醒，她们下意识地抓起蛇往外扔。幽暗的月光下，大蛇消失在深深的峡谷中。这一晚，两人再无睡意，相互依偎直到天明，像大山一般沉默无言，泪珠一颗颗地从她俩的脸上滑落。为了安全起见，村里搭了几个工棚，不分男女各自穿着衣服统一睡在一起，以便相互有个照应。

正当大家艰难地凿路时，一场事故悄悄袭来。

1999年8月10日晚上7点多钟，听说在外地打工的妻子已经回到骡坪镇，倍受思念之苦的二组村民沈庆富便向组长请了两天假，好回家陪陪妻子。获准后，他想把请假期间的活儿赶出来，以免拖了全组的后腿。趁天还未黑定，沈庆富便与另一位村民协同劳动，准备再撬几个大石头，第二天早晨回家。

随着"轰隆"一声巨响，一块巨石从头顶上塌下来，只听到沈庆富"呀"的一声，就被石头推下了几百米深的深谷。毛相林随即组织人员举着火把下到谷底找到了他的遗体，已是面目全非。就这样，沈庆富丢下半年多未见面的妻子和不满3岁的孩子，匆匆结束了26岁的生命。

沈庆富是骡坪镇人。4年前，他以"上门女婿"的身份来到下庄村。

8月12日清晨，当下庄村村民和竹贤乡乡长曹栩、乡党委副书记杨元德一道迈着沉重的脚步为沈庆富送别时，一向老实巴交的岳父刘恒玉拖着哭腔道："庆富呀，你死得光荣呀！这么多人来送你，连乡长和乡党委副书记都来了，你死得值呀！"

8月14日，下庄村全体村民掩埋好沈庆富的遗体，就又上了工地。大家只有一个念头：早日修通公路，以告慰逝去的英灵。

路，在悬崖上艰难推进。即使尽可能做好了防护措施，但距沈庆富牺牲50天后，又一场事故悄然袭来。

1999年9月30日下午6点，万州电视台两名记者在下庄村修路工地采访时，略显木讷和胆怯、说话诙谐有趣，还不时开上一个玩笑的村民黄会元，引起了记者的兴趣。当记者问黄会元为何要修路时，他说："想脱贫致富嘛！其实修这条路我们这代人也享受不到什么，主要是给子孙后代造点福！"

谁也没有想到，这是黄会元留给记者唯一一个电视画面和下庄人听到他的最后一句话。

也许是不想让子女跟自己一样一辈子在下庄受困，或许是向往外面的精彩世界，1995年8月，黄会元带着一家老小举家迁到了湖北省荆门市，在一个矿石场打工。由于他能吃苦、懂技术，每月有较高的劳动报酬。听说家乡开始修路，黄会元觉得"金窝银窝，不如自己的穷窝"，他不顾妻子的"软硬兼施"，带着一家老小又回到了下庄村。

为了弥补自己比别的村民少修了一段路的损失，黄会元买了一台风钻凿岩机，但不知道怎的，这家伙不好使，经常卡壳，弄得他非常恼火。于是，他咬紧牙关，找亲戚朋友东拼西凑借钱又买了一台。为此，他背上了好几千元的债务。谁知道，这台风钻凿岩机只钻了300多米，就成了他留下的"永久纪念"。

10月1日上午，黄会元起床后就跟村委会会计杨元鼎商量，怎样打一大炮把寨子湾的一壁岩石轰下去。或许是岩石太坚硬，刚钻了半米，手中的风钻机就转不动了。此时已是上午9点多，他正准备过去看看情况，却万万没有料到，一块巨石从他头顶铺天盖地垮塌下来，尚未来得及喊叫一声，就被推到几百米深的悬崖下面，卷起了一股灰尘。

正在山上修路的袁孝恩等6位村民，目睹了黄会元坠下悬崖的全过程。两个多小时后，毛相林带领12位村民下到400多米深的谷底，找到了黄会元被摔得七零八落的遗体。山上的6位修路村民齐刷刷地脱掉上衣，手持平时点炮用的香，朝着黄会元坠落的悬崖处一齐跪下。这惊天地、泣鬼神的一跪，既是祈祷黄会元一路走好，也是表达他们不悔的信念，同时祈求上天能够保佑下庄人把公路修通。

黄会元出事那天，恰逢巫山县主要领导进村看望修路的村民。他们赶到事发现场，站在悬崖边，手拉着手向下望，只见下面深谷乱石中有一点黄色，那是黄会元戴过的安全帽。

二组组长袁孝恩看到县里来了干部，生怕责令他们停工，不让继续修路。"这条路对我们全村人来说太重要了，是大伙儿多年的期盼。才修了不到一半，就死了两位村民，我们对不起他们。但是下庄村要想摆脱贫困，再苦再难也要把这条路修通啊！"袁孝恩流着泪说着，突然扑通一声跪在了时任县委书记的王定顺面前。王定顺一把将袁孝恩拉起来，十分激动地说："你们为政府分忧，为子孙后代造福，下跪的应该是我们呀！"看到这一幕，随行的时任巫山县政府县长的王超、县交通局局长陈俊流泪了。县长王超从现场捡起一块小石头装进衣服的口袋里，他说要把这块石头带回家，告诉女儿，下庄人就是在这样的顽石上修筑公路的。

"路，是我提议修的。黄会元，是我叫他回来修路的。两位村民的死，是否与自己有关系？路，是停下来还是继续修？如果继续修，是否还会死人？"毛相林反复念叨着。

接连两次意外事故的发生,曾经无比坚定地要带领村民修路脱贫致富的"硬汉"毛相林，第一次在思想上开始动摇。"这路还能修吗？"他在心里反复质问自己。

毛相林在心里做好了被黄会元的父亲痛打一顿或臭骂一通的思想准备。可当他同其他几位村民把黄会元的尸体抬到黄家后，黄会元的父亲不仅没有责骂，还将几个煮熟的鸡蛋硬塞进他的口袋里，说他整天忙在修路的工地上太辛苦了。还感谢他们帮忙找到了儿子的尸首。

在黄会元的灵堂前，面对他的亲属和众多村民，毛相林深感内疚地问道："50多天前，26岁的沈庆富死了，我们依然在修路。今天，36岁的黄会元又死了。借此机会，请大伙儿今天表个态，村里的公路是继续修，还是停下来？"

"修！不能停下来。"人群中第一个回答的，正是黄会元72岁的老父亲黄益坤。此时老人已是嗓音沙哑、身心疲惫。当获知自己的幺儿子黄会元先他而去，似万箭穿心，一连几天滴水未进，忍受着白发人送黑发人的巨大悲痛。

毛相林含着眼泪上前握着老人的手，让他多保重。"儿子死了，不能说我不心痛。可这么大、这么险的一项工程，死几个人是很正常的事情。毛主席说过，死人的事是经常发生的，人固有一死，或重于泰山，或轻于鸿毛。我的儿子死了，是为村里修路而死的，死得光荣。"老人强忍着眼中的泪花继续说道，"我儿死了，县、乡领导都给予了无微不至的关怀，我不仅要教育子孙后代永远记住共产党好，还要动员全村老老少少再加一把劲，再努一次力。我现在就一个愿望，就是早日把路修通。只要把路修通了，全村人就有了希望。"黄益坤不是党员，1989年老伴因病去世，他一个人孤独地生活。他的一番话让很多人为之动容。

毛相林听了黄益坤老人这番话，已是热泪盈眶。他转过身去给黄会元上了一炷香，对守灵的上百名村民说道："只要我毛矮子还有一口气，就要坚持把这条路修通。否则，对不起逝去的两位兄弟，对不起益坤大叔的期待！"

"死个把人算什么，谁也不能保证自己吃了早饭，就一定再能吃中饭。以前全村不是有20多人走山路或上山砍柴不慎摔死了吗？路肯定要修，而且一鼓作气要修通！""修！必须修！""再大的困难也得修！""我支持修！""只要能把这条路修通，我把自己的命豁出去了！"……村民们在黄会元的灵前几乎异口同声地表态，响起了一阵阵斩钉截铁的回答和宣誓。

安葬完黄会元后，毛相林又于1999年10月5日下午主持召开了一次特别的村民代表大会。在会上，大伙儿一致同意免去沈庆富、黄会元两家修公路的任务。对村办小学老师王先平、张泽燕是否应该分配修路任务？毛相林提出了自己的看法："下庄人拼命修路是为了摆脱贫困，可光有公路还不行，还要有文化、有知识才行。靠下一代人富脑袋，掌握知识和本领才行。如果让两位老师去修路，就不能教书，就会影响孩子们学习。所以教书就不能修路。"参会的近30名村民代表齐刷刷地举起了粗壮的手臂表示同意他的意见，选择让两位老师专心教书，免除他们修路的义务。

  为了尽量减少伤亡，毛相林采取了更加严格的防护措施。所有修路村民分成8个小组，每组10个至11个人，留下1人做饭，其他全部上工地，从早晨6点一直干到晚上7点收工。每个组分别由4名村干部和4个小组长带班，以确保施工安全。

  男人上山修路，妇女负责做饭、运送物资、在家耕种土地，老人照顾年幼的孩子，年纪稍大的孩子周末协助大人为修路的男劳动力做后勤保障工作。

  村办小学老师张泽燕当年曾在黑板上写了一句话来激励孩子们发奋读书："全村大人们流血流汗在绝壁上为我们修路，我们为了下庄的明天而刻苦学习。"

  村集体集资修路的费用很快捉襟见肘，毛相林多次找到巫山县农业局主要领导请求帮助，得到了大力支持。时任县农业局局长的朱崇轩表示："炸药、雷管、导火线这些'三材'物资我们全包了，要多少支援多少。"几年下来，县农业局一共支援了23万余元的"三材"物资。巫山县交通局和重庆市交通局分别划拨了10万元经费，保证修路工作的正常进行。

  邓胜全师傅当年划线时，由于私钱洞与鸡冠梁间绝壁千仞，没法靠近，只好在对面的山上用手指点交代，结果线路被修得偏低，导致1999年全村人整整白干了一年——在私钱洞至鸡冠梁相连的悬崖上千难万难地向前掘进了1000多米。仔细看发现不对头，位置修低了，与另一端相差10多米，无法对接。在当地县交通部门的支持下，又重新用仪器勘测，抬高了10多米，重新修。最终从鸡冠梁的半山腰凿过去，正好与另一个端口相接，保证了公路的顺利贯通。

  1999年9月底，万州日报、三峡都市报、万州杂志社等新闻单位组成采访组，时任万州移民开发区党工委宣传部副部长、万州日报社社长的侯长栩直接指挥7名记者，深入下庄村进行了为期一周的蹲点采访，亲历了下庄人感天动地、荡气回肠的世纪绝唱，用心血和泪水写成了《下庄人》《凿天坑》《用生命挑战悬崖》等长篇通讯，在《万州日报·三峡周刊》《三峡都市报》隆重推出后，立即在当地引起了强烈反响。

  从巫山的崇山峻岭到万州的大街小巷，从机关干部到普通百姓，从企事业单位到大中小学，从个体老板到下岗工人，都为下庄人用生命挑战悬崖的悲壮事迹所感动。36岁的冯克菊从巫山丝厂下岗后，虽然每月只有90多元的生活费，但她被下庄人的事迹震撼，便到当地百货商场精心挑选了部队工厂出品的30双崭新解放鞋，并在包装箱上写下了一行字："将解放鞋献给英雄的下庄人，愿你们穿着解放

乡村振兴领头人——中国模范村书记

空中俯瞰下庄村挂壁公路（无人机航拍照片　王全超摄）

鞋能踏出一条'解放路'来。"落款是"一名下岗女工"。《万州日报》一名记者费尽周折找到冯克菊时,她说:"我现在下岗了,生活确实有些困难,但看了报道和图片展览,才知道下庄人比我更苦。他们连死都不怕,我们还有什么困难不能克服呢?捐30双解放鞋微不足道,只是表达一下我个人的心愿,毕竟工人农民是一家。"

下庄人在万州的学校成了学习的榜样。从万州幼儿园到小学、中学、高中,再到三峡学院,师生们看了下庄人的报道和图片后百感交集,很多人哭肿了眼睛。从1分、1角、1元,到10元、100元、1000元,再到1万元,在较短时间内,社会各界就为下庄村筹集了23万多元的修路款。

在社会各界的大力帮助下,下庄村修路的村民受到鼓舞,信心倍增。2000年6月,在鸡冠梁上方最为艰巨的地方,经过施工人员几台风钻机连续凿打炮眼,一次性用了1000多个雷管、几十米长的导火线,装填了2.5吨炸药,其中有巫山县武装部支援的300公斤TNT炸药。随着"轰隆"一声巨响,一下子将半山腰10万多立方米的巨石全部掀掉。

毛相林(左)告诉外地游客,这里就是当年在私钱洞悬崖峭壁上开凿的挂壁公路

为加快修路进程，毛相林经过反复权衡后提议村"两委"会议讨论，并经过村民代表大会审议表决通过，2001年8月，将樟林沟至杨家吉之间的3000米筑路工程包给了一家建筑公司施工。这期间又有4位村民不幸身亡。

　　2004年4月8日，是下庄人永远铭记在心的日子。在毛相林的带领下，下庄村108位参与修路的"愚公"们，用7年时间在绝壁上凿出的一条8公里长、2米宽的机耕路终于全线贯通，下庄村到竹贤乡的时间由过去的5个多小时缩短成了1个多小时。

　　"修路的7年间，全村总共用了70吨炸药、100多万个雷管、100多万米导火线，磨坏了3000多根钢钎。"毛相林说。

　　下庄人外出不用再翻越那陡峭的"笑天龙"山峰了，几代人的梦想终于成为现实。

　　在"噼里啪啦"的通车庆典中，有几辆越野车和一辆吉普车沿着绝壁上的机耕道开进了下庄村。

　　好多上了岁数的老人围着开进村里的"铁牛"转，非常好奇地问道："这是啥东西？"

　　毛相林抹了把眼泪说："这些都是汽车。只要公路修通了，我们就可以坐在汽车里，走出大山。"

　　通路那天，毛相林躲到一个山角落处大哭了一场，因为修路的这7年时间里他经受了太多的坎坷和挫折，特别是全村有6位村民为此献出了宝贵的生命。

　　"路虽然修通了，可我们只是走完了第一步，更艰巨的任务还在后头，即摆脱贫困，实现共同富裕。"毛相林说。

奋力脱贫攻坚　　大力发展种植旅游业

　　2004年10月，下庄村的建制发生重大变化，原来的四个村民小组变成两个，与邻近两河村的两个村民小组合并成新的下庄村。新村250户、698人，版图面积由原来的6.3平方公里扩大到9.1平方公里，其中耕地面积1200亩。

　　通往山外的道路虽然修通了，可毛相林并没有半点轻松，他深知下庄村与山外的村庄相比，发展、建设距离已经拉得很大，必须采取切实可行的措施，逐渐缩短差距，迎头追赶上。

毛相林冥思苦想如何让村民增收致富，过上好日子。他心里很清楚，发展产业是脱贫致富的关键。

下庄村祖祖辈辈一直种植着老三样：红薯、玉米、土豆，虽然能自给自足维持生计，但收入较低。全村271名具有劳动能力的村民中，除有80多人常年外出打工经济条件比较宽裕外，其余家庭均收入不高，仍处于贫困阶段。

毛相林开始在种植业上做文章，他决定自己先试验种植经济

毛相林（右）向村民传授玉米种植技术

作物，成功之后再在全村推广。如果失败了，损失自负。先是种植漆树，可结果气候不适应，该树适合在海拔1300米的高寒地区生长，而下庄村荒地的海拔只有300米到800米，漆树苗栽下后不到一年时间便相继枯死。他又开始种桑养蚕，由于不懂养蚕技术，小蚕育出后不久相继死去，也以失败告终。

2009年2月，毛相林外出学习时偶尔看到邻乡一个农户家因种植西瓜获得了很好的收入，便自己开始试种，结果在2分地里竟然收获了1400斤西瓜，共卖了1500多元。他用700斤西瓜与其他农户兑换了700斤玉米，作为一家人的口粮。这件事让毛相林受到很大启发，原来，调整种植结构可以提高收入。

从2010年开始，种植西瓜在下庄村得到推广，全村种植面积已达到120亩，年产西瓜6万斤，可以获得12万元收入。

下庄人晚饭后喜欢聚在毛相林房前的院坝上"摆龙门阵"，说说各家的生活、遇到的高兴事儿或不高兴的事儿。有天晚上，他家门前的院坝上聚集了很多村民。毛相林微微向前倾着身子，说道："前几年我们村大多数人种植西瓜尝到了甜头。但是，我琢磨着下庄就这么大一块儿地方，光靠种西瓜肯定不行，一是季节较短，二是价格不是很高，只能挣点零花钱。关键要进行规模种植，形成特色产业。"

毛相林环看一周，发现站着或坐着的村民都聚精会神地听着，像以前每次谋划事情一样，等着他嘴里蹦出一个高招。

"有啥子好主意，哪个快讲嘛。"一位性急的年轻人说，引起了大家一阵笑。

毛相林也笑了。他说："好事不在忙中起，你娃娃急啥子嘛。"他抽了口烟继续说道："最近，县里统一安排村书记外出考察学习，一路上看了很多别村的产业，有养猪、养鸡、养羊、养鱼等，我仔细听、仔细看、仔细问、仔细想，但觉得都不适合我们村。因为我们村场地小，不可能形成规模养殖。"

"哪个这样说，我们下庄人不就只有困在这个山旮旯里继续受穷？"一位村民很疑惑地问道。

"你听我把话说完嘛。我们下庄村，从老辈搬进来到如今，一直山清水秀、环境优美。搞大规模养殖，虽然能赚钱，但会给这个地方造成污染，我们就会成为祸及子孙后代的罪人。我们村的土地少，四周都是悬崖，种植结构太单一了，这样肯定不行。"毛相林说。

"思来想去，觉得我们村还是要在种植业上做文章。云阳县、巫山县曲尺乡的柑橘种植已经很成熟了，我们应该去取经学习，尽量少走弯路，大家看行不行？"毛相林继续说。

"好是好，可不知柑橘种植是不是适合我们这里的土质和气候？"一位村民担心道。

"柑橘在我们村以前也不是没有人种过，那年袁孝恩在他家承包地里种了几十棵橘树苗，结果不是搞失败了吗？几十根树苗打水漂了，哪能搞成器了嘛！我看这个门道不适合在我们村做。"一位杨姓村民说道。

"云阳县、曲尺乡的柑橘种植得响当当的，名气那么大，我们既没有技术，也不知道咋个子种好嘛。况且，我们下庄村的位置这么偏僻，有谁会跑这么远来买橘子呢？"另一位村民附和道。

袁孝恩坐在一个角落的板凳上，心情有些复杂。他本想发表意见，可一直不好开口。

毛相林认真听着大家发表不同意见，又吸了一口烟，说道："大家有顾虑可以理解，但我们也不能坐失发展机会，必须下大力气调整种植结构，找到一个适合下庄村稳产增收的项目。"

他稍加停顿后对袁孝恩说道："老袁，你之前种过柑橘的，你给大家介绍一下种植的经验和失败的教训吧。"

"我嘛，前头种植柑橘的事儿，大家都晓得。虽然失败了，但树上的柑橘果果甜得很，说明我们村还是适合种植的。"袁孝恩搓了搓手，继续说，"失败的原因吗，我看还是缺乏管理技术，不知道咋个防虫、治虫。既然云阳县、巫山县曲尺乡能够种成功，我们这里为何不能好好试验？说不定也能种成功。"

"那就好好地试一试嘛。我先带头种，成功了呢，大家都种。如果失败了，损失我一家承担，你们就不种。"毛相林表态道。

"我家也试种一下，前几年种的西瓜不就是试种出来的吗？"

"我看袁孝恩家种植柑橘就是典型的教训，谁家再种就会步他的后尘。"

"不一定嘛，说不定能种成功呢？"

村民七嘴八舌地议论开来，有肯定的，有否定的，也有犹豫不决的。

"大伙儿说得这么热闹，可我们村到底是不是适合种这个柑橘？"一位年轻人问道。

毛相林又点燃一支香烟，猛吸了一口后说道："大伙儿别争论了，听我来摆一下哈。我抽空出去考察一下，弄明白事情的缘由，请县农业局的专家来村里现场论证后再做决定。修路时那么艰难困苦我们都战胜了，种个柑橘又不会流血牺牲，怕什么？大不了就是种失败，我们可以从头再来嘛！反正千条万条就一条，我们不能坐等受穷，一定要决战贫困。"

2013年12月的一天，毛相林带着干粮到重庆市所辖的云阳县、巫山县曲尺乡等地考察柑橘种植情况，结果发现，这种水果种植所需的地理条件和气候很适合下庄村，便产生了强烈的兴趣。回到巫山县后，他向县里有关领导汇报，请求县农业局给予支持。

巫山县农业局及时派出三名农业技术人员到下庄村实地考察。毛相林领着他们在村民的承包地里上上下下走了好几圈，又在田间地头挖土取样，鼓捣了好一阵子。

第三天下午，毛相林就接到县农业局所属的农业技术推广站站长王万春打来的电话，告知下庄村的土质酸度略高，不是最理想的柑橘种植的土壤。

毛相林是个从来不会轻易说"不"的人，他在电话中说："啷个说下庄村的土质不是最理想的，但并不意味着不能种，对吧？只要可以种，我们就一定要把柑橘种出来。"

农技推广站的五名技术人员再次来到下庄村。这一次，他们取土的范围更广、更远、面积更大。化验结果出来了，全村有650亩土地适合种植柑橘。毛相林喜出望外，双手紧紧握住农技推广站王站长的手说："太好了，太好了！下庄人脱贫有希望了。"

2014年春节后的一天晚饭后，村民们再次聚在毛相林家门前的院坝上"摆龙门阵"，大伙儿很激动。"还有什么顾虑可言，有毛矮子争取县农业局的2万棵纽荷尔橙柑橘苗木支持，有县农技推广站的种植技术保障，下庄人背靠的不是陡峭的悬崖峭壁，而是全力支持的党和政府，还有什么说的？就一个字：干！苦干、实干、加巧干，要干出成绩来。"一位村民表态道。

"那就这么定了，我相信一定会成功的！"毛相林信心满满地说。

"何不吸引年轻人返乡创业，做好示范带头作用？"毛相林心里盘算着。那时，他的儿子毛连军在外地打工，每月有3000多元收入。在父亲的多次动员下，2014年，毛连军返回下庄村，成为村里规模种植柑橘第一人。

"第一年，我家一共种植了10亩纽荷尔橙柑橘，三年后柑橘陆续挂果，亩产1000斤，现在已经达到亩产3000斤，每斤按2.5元至3元的价格卖出，一年可以收入7500元至9000元。加上套种的西瓜、黄豆、土豆，每亩地总共可以有1万多元收入。"毛连军说。

柑橘种植离不开科学技术，毛相林派村里的毛连军、杨元位两位年轻人到巫山县曲尺乡去学习田间管理和防虫治虫技术，二人回来后成了村里的"土专家"。村里又邀请了本县两位经验丰富的柑橘种植能手到下庄村，实地察看果树种植情况，为村民上"田间课"。袁孝恩听得最认真，终于弄懂了什么是"打枝""拉枝""吊枝""抹芽""放梢"；什么是大实蝇、蚧壳虫、潜叶蛾防治。"原来柑橘种植还有这么多道道。"他自言自语地说。

袁孝恩家的情况很特殊，1974年出生的儿子袁堂山是个哑巴，儿媳妇在2015年不辞而别，撇下一对儿女不管，跑到另外一个乡镇结了婚，还相继生下两个孩子。老袁不久中风，生活受到很大影响，全家被列入精准扶贫户。袁孝恩是第二次种植柑橘，这次特别上心。他领着老伴、儿子、孙女在田间忙碌，在自家的11亩地上种植了510棵纽荷尔橙柑橘苗，并在树苗中间套种了小麦、土豆、红薯等农作物。从2018年秋季开始挂果后，每年的产量逐渐提高，2020年共收获了1万多斤柑橘，以每斤2.5元的价格，卖了2万多元。到2022年秋收后，柑橘产量增加了5000多斤，收入达到3.8万元。老袁逢人就说是沾了毛相林的光。毛相林还安排袁堂山到村里的建筑工地当砌工，每天有200元至300元收入。一家人的日子越来越好过，还盖起了一栋三间两层的楼房，按期脱贫。

在一次柑橘种植讨论会上,毛相林说:"我考虑了很久,想在下庄成立一个柑橘种植专业合作社,使种植户之间抱团取暖。我们得多培养几个技术骨干,指导大家配药、施肥、统一管护和销售,努力把全村 650 亩柑橘种植好,并卖个好价钱。大伙儿看怎么样?"

"我完全同意,这样做只有好处,没有坏处。"袁孝恩抢先发言。

"要得嘛!"

"我看完全可以,支持!"

几位种植大户纷纷表态支持成立专业合作社。毛相林随后争取了 20 万元专项资金,注入下庄村柑橘种植合作社。

2018 年秋季,下庄村村民种植的纽荷尔橙柑橘开始挂果,虽然产量不是很高,但让种植户看到了希望。

毛相林(左)向村民传授科学种植柑橘技术

第二年 10 月,巫山县农技推广站王站长一行 5 人再次来到下庄村,当看到大片大片 4 米间隔的柑橘树已长得很高、很壮,树上挂满黄澄澄的纽荷尔橙柑橘时,感到十分吃惊。他拍着毛相林的肩膀说："老毛，您能把柑橘种植成活率提得这么高、养护得这么好，确实少见，很有水平。"

2019年秋季始，下庄村的柑橘种植收成提高，仅此一项的销售收入就达到了50万元。2023年更是喜获丰收，柑橘产量达到80多万斤，仅此一项种植收入就达到近200万元。柑橘已成为全体村民致富的"摇钱树"。

下庄村一、二组的海拔高、温差大，很适合种植烟叶。烤烟不仅色彩光亮，而且生产出来的卷烟口感好，被国内好几家卷烟厂争相订购，每亩地可以获得5000元收入，全村种植的300多亩烟叶，每年可以获得收入150多万元。

2017年2月，毛相林从巫山县争取到一个旅游项目，由县旅游局出资20万元，在下庄村种植了120亩黄桃和80亩脆李，四年之后挂果。

毛相林多次试验，摸索出在柑橘树、黄桃树中间套种西瓜、土豆、红薯、黄豆等低秆经济作物，实行立体种植，使种植业的经济效益大大提高，农民收入逐年增加。

眼瞅着下庄村不少年轻人不满足于在家里种地，毛相林鼓励家里有富余劳动力的家庭外出打工挣钱，还不失时机地向县内外不少企业推介下庄农民工，全村有82名村民常年在外打工，平均每人每年能够挣回6万多元钱。

下庄村人自力更生、艰苦奋斗、决战贫困的事迹通过地方和中央各级媒体广泛报道后，名气越来越大，前去参观、考察学习的人越来越多。毛相林经过思考后，决定抓住巫山县委、县政府大力发展旅游业这一难得的机遇，利用下庄村特殊地理特点，打造旅游景点，大力发展乡村旅游，进一步增加村民收入。

巫山县旅游局对下庄村的乡村旅游进行了整体规划，分步实施。

发展旅游，首先还是得在路上做文章。虽然下庄村打通了与外界联系的通村公路，但只是一条机耕路，外面的轿车进来，路面很窄，错车就很困难。由于道路没有硬化，一旦遇到连阴雨，坡陡路滑，成熟的柑橘无法及时运出村，只能烂在地里。

2015年5月，新一轮脱贫攻坚战打响。毛相林多方奔走汇报，终于向巫山县争取到改造和硬化那条8公里通村公路的专项资金。

路窄了，扩宽；弯急了，取直。2016年8月，毛相林带领24位村民给专业施工队打下手，整整干了8个月。第二年5月，一条约4.5米宽（最宽的地方达到6米）的硬化路竣工，第一辆大卡车终于开进了下庄村。

2020年11月，当地政府再次投资，修建了一条3公里长，从下庄电站杨汉河至后溪河的西出口道路，与巫山县旅游环线相连接，使下庄村形成了游客从东线进来，从西线公路离开，不走回头路的8公里便利交通线。

在毛相林的努力下，多方筹集资金1.8亿元，使下庄村不仅实现了"村村通"，还实现了"组组通""户户通"，全村公路总里程达到了21.5公里。其中，2023年将村域内的3公里道路全部铺成了高等级柏油路。

路的问题彻底解决了，毛相林又集中精力解决村民的住房问题。从2017年1月开始，他多方争取政策性资金，对全村进行危房改造。到2020年7月，已经完成一期工程，将19栋34户土坯房按照乡村旅游的整体规划要求改造成风貌统一的乡村民宿。二期工程72栋88户民宿已于2022年全部改造完成。

毛相林对每家每户特别是贫困户的住房情况了如指掌，哪家房屋土墙裂了口、哪家房顶漏水，他都密密麻麻地记在自己的笔记本上。

三组村民杨元鼎家是个贫困户+危房户，他的三个女儿相继出嫁，妻子患有慢性病，连走路都喘气，不能从事重体力劳动，两人居住的四间土房、半间厨房逐渐成为危房。2016年，他家被确定为建档立卡的精准扶贫户。

杨元鼎与妻子种了8.5亩地，靠种植柑橘每年有两万元收入，加之抽空出去打工，日子逐渐好了起来。

听到国家出台了对农村危房改造进行补贴的政策后，杨元鼎与另两家带有亲戚关系的精准扶贫户袁堂清、杨亨双都想对自家的危房进行改造。

毛相林给他们出主意道："巫山县不是有个'三峡院子'吗？你们三家都是亲戚连亲戚，为何不把房子建在一起，共用一个院坝，打造一个院子民宿呢？"他的心中有个大规划：建设一个民宿样板，打造乡村旅游示范村，通过发展乡村旅游，让村民坐在家里就能赚钱。

三家人被毛相林一语点醒，一商量，都很乐意。

新居位置选在杨元鼎的承包地里，通过当地国土资源部门增减挂钩项目，将旧居拆迁腾地，换来新的宅基地。这里是下庄村的中心地带，一抬头，四周群山巍峨，如画美景尽收眼底；下庄公路就在门前；下庄人事迹陈列馆就在旁边。2017年8月，三户人家新居动工兴建，总投资140万元，其中杨元鼎家的房子居中间，投资36万元，袁堂清的房子在左边，杨亨双的房子在右边。三家房子彼此在庭院的拐角处相连，并不独立，走廊连通，隔而未隔，界而未界，成为一个整体，互为通用。中间是大大的院坝。从空中鸟瞰，就像是三座洋楼围成的半开放式的一个院落，飞檐走壁，别具一格。

  2018年4月26日，三家的新居落成了。一栋别具风格的三层楼建筑矗立在下庄村的中心位置，成为全村最显眼的建筑。搬家后的第二天，时任巫山县政府县长的曹邦兴到下庄村调研时，中午安排到杨元鼎家吃了一顿饭。曹县长对他用自产食材做的原汁原味的烙洋芋、红苕粉、麦面等农家饭菜大加赞赏，鼓励他们三家率先开办农家乐。

  由于三家人的文化程度都不高，想不出一个合适的名字。毛相林给他们出主意道："北京有著名的四合院，你们三家就叫'三合院'，行不行？"

  "这个名字好，好听顺口，又好记。"三家人同时称赞道。

  这年9月份，杨元鼎与袁堂清、杨亨双三家到巫山县工商局办理了营业执照，正式开办农家乐经营饮食和住宿。当地扶贫办分别给予每家2.5万元开办农家乐补助。住建部门还按政策规定对杨元鼎家给予人均1.3万元危房改造资金补贴，另两户给予人均9000元建房补贴。

  三家开办的农家乐既可以提供餐饮，20个房间还可以为客人提供每间68元、88元、118元、138元等4种价格的住宿。杨元鼎开办农家乐的餐饮和7个房间的住宿，当年就盈利6000多元。2019年增加到9万元，到2020年达到12万元，到了2022年经营形势更好，盈利猛增到16万元。作者在下庄村采访时就吃住在他家，亲眼见到一天接待了10桌客人，营业收入3000多元。2023年受经济形势大环境的影响，他家农家乐收入略有下降，为14万元。

  在杨元鼎、袁堂清、杨亨双的影响下，下庄村从事农家乐的村民已发展到7家，前来旅游观光的客人越来越多。

  "让城里人到下庄品土鸡、土猪肉、柑橘、西瓜、花生、无公害土豆等美食，还是赏景、纳凉、休闲的好地方。"毛相林高兴地说。

  如今，巫山县委、县政府充分利用下庄村独特的旅游资源，项目总投资近2亿元的"下庄村振兴开发项目"已经启动实施。"项目建设内容就是将下庄村打造成三峡明珠——最美三峡山村旅游度假目的地，逐步建设成集生态田园观光、民俗节庆活动、乡村文创、户外运动拓展、乡村康养旅居功能于一体，具有岭南三峡山村特色的休闲度假胜地。"毛相林介绍道。

  经过毛相林及下庄村村民的艰苦努力，下庄村被确定为建档立卡的67户、286人的精准扶贫对象，已在2019年底之前全部脱贫。2023年全村常住人口人均可支配收入达到了两万余元。

"这个标准还远远不够,'十四五'期间,我们要努力实现人均收入超过3万元的标准。"毛相林说。

毛相林(右)告诉村里的年轻人,希望寄托在他们身上

心底无私宽路　　以身作则为民服好务

毛相林是土生土长的下庄村人。他的父亲毛永义是一名退役军人,曾经参加抗美援朝战争,后转业到当地骡坪区当了8年供销社主任。因患上严重哮喘病,只好病退回家休养。毛永义干不了重活,于是所有家务活全部落在了妻子杨自芝身上。毛相林是家中的长子,他出生时由于母亲严重营养不良,一生下来就先天不足,加上没有奶水,瘦得皮包骨,样子十分吓人。很多村民说,这个娃娃可能养不活。不管儿子是个什么样子,都是母亲的心头肉,只要有一线希望,杨自芝就不会放弃。她利用在娘家学到的本领,到山上、田埂上采来各种野菜煮成糊糊悉心喂养,最终将奄奄一息的儿子救活了。

但屋漏偏逢连夜雨,又遇上了"三年困难时期",生活越来越艰难。杨自芝将在生产队分得的红薯等好吃一些的口粮尽量留给儿子毛相林和丈夫毛永义吃，自己就挖野菜煮水充饥。偶尔有山外的亲戚送来黄豆壳子、干红薯藤、红薯叶、红薯干，她就将这些东西切碎炒脆，再用石磨磨成粉，加一把玉米面或麦麸皮，做成杂粮馍馍蒸熟后食用，虽然难以下咽，但至少能够保命。毛相林就这样在母亲的精心呵护下熬过来，慢慢长大。

毛相林的生命力之顽强，让下庄很多人感到十分吃惊，他们都不敢相信他竟然可以活下来，而且长大成人，更没有想到他后来会成为在全国范围内很有影响的村党支部书记。

后来，杨自芝又生下了第二个儿子，但也是因为营养不良，不到一岁就夭折了。

再后来，她又相继生下了4个女儿，都健康长大。

杨自芝勤劳、善良、坚强，不管遇到什么困难从不抱怨，而是用心思考解决的办法，并付诸行动。在极其艰难的生活条件下，想千方，设百计，渡过了一个又一个难关。后来她入了党，当了十多年下庄大队妇联主任。她用最朴实的工作方法，解决了社员们心中无数的难题，化解了不少邻里之间的矛盾纠纷。母亲的性格和为人无形中对毛相林的一生产生了潜移默化的影响。和母亲一样历经坎坷才得以艰难长大的毛相林，日后成了下庄村挑大梁、改变贫穷落后面貌的领头人。

毛相林的童年是在饥饿中度过的。山里的各种野菜、山果和干红薯叶、干黄豆叶，甚至树皮等所有能吃的东西，他都吃过，以维持基本的营养需要。乡亲们怀着怜悯之心，担心毛相林长不大，谁家有些好吃的东西，都争相送一份去他家，给这个小毛孩子吃。慢慢长大的毛相林，心里不自觉地产生了一种对下庄的山山水水和乡亲的感恩之情。下庄，就是他的命根、情感所在。

毛相林6岁开始上小学，4个妹妹都还年幼，一家老小全靠母亲一人养活。母亲既要在生产队挣工分，还要每年喂两头猪，十分辛苦和劳累。因家里缺少劳动力，1971年7月，才12岁的毛相林小学毕业后就辍学回家务农，给生产队放牛，每天可以为家里挣4工分，成为半个劳动力，为母亲分担一些生活压力。毛相林虽然小，但主动承担了为家里砍柴的重任，将母亲解放出来，有更多时间和精力照顾生病的父亲和年幼的妹妹。

那时的下庄大队，由于交通闭塞，煤炭背不进来，全体社员靠砍柴烧火做饭和冬天取暖。近百户人家，一年要烧掉几座山上的木柴。下庄的木柴全长在悬崖峭壁上，砍柴的活儿极其危险，稍不注意，就有可能摔下崖底，没有任何缓冲地带。

这里每年几乎都有因砍柴而摔死的人。

砍柴的活儿逐步落在毛相林的肩上。他那时还是个十几岁的孩子,个子又小又矮,一次也砍不了多少柴,只好一有点空就去山上砍,然后下到沟底捡起捆好后背回家。随着大队人口的逐渐增加,对木柴的需求量越来越大,村庄附近岩石上的树木几乎被砍光了。林木生长的速度怎么也满足不了人们砍柴的需求。砍柴的路越走越远,也越来越危险,在悬崖峭壁上砍柴摔入岩下死亡的人也越来越多。可是,砍柴还得继续,因为它是人们生活的必需品,别无选择。

渐渐长大的毛相林虽然也还在悬崖峭壁上砍柴,但在他的心里暗暗计算着这些年全大队因砍柴而摔死的人数,他渴望着有更好的办法替代上山砍柴,以避免有人继续坠崖摔死的事故发生。

毛相林在劳动中慢慢长大。他因天生体质较弱,幼小时又没有很好的营养,个子较矮,又黑又瘦,其貌不扬,人们都叫他"毛矮子"。

"毛矮子"虽然个子很小,貌不惊人,但为人实在、性格秉直、勤劳乖巧,能吃苦耐劳,深得大人们的喜欢。老支书沈发柏安排他到生产队当记工员和仓库保管员。老队长也很看重毛相林,耐心地告诉他:"不管是记工分,还是仓库保管,都必须做到公正、公平,不能有半点私心杂念。否则,就会引起社员不满,造成很大矛盾。"

毛相林当了一年的记工员和仓库保管员,他对工作十分认真、严谨、一丝不苟,不管是谁,有一分记一分,绝不徇半点私情给谁多记一分或少记一分。他的工作作风和能力得到了全生产队社员的普遍认可,也得到了老书记和老队长的器重。

17岁那年,毛相林被选拔为大队团支部书记兼生产队会计。这时,13岁的大妹妹也辍学回家劳动,能在生产队每天挣4分工分,全家人的口粮增加不少,不再是全队的缺粮户。

除了继续劳动挣工分分口粮外,毛相林还坚持做好大队、生产队集体的每件事。

毛相林认真学习党章,牢记党的宗旨

19岁时,他被提拔为下庄大队民兵连长,20岁时担任大队计生专干,21岁那年当选下庄大队大队长,后又当选下庄村委会主任、村党支部书记。

毛相林始终牢记母亲的叮嘱:"当村干部的出发点必须是一心为了老百姓和村集体,不得有半点占便宜、捞好处的私心杂念。同时要有吃亏奉献的胸怀。"

修公路时,哪里最艰苦,哪里最危险,毛相林就会出现在哪里。他带头在绝壁上悬空用铁锤、钢钎打炮眼,安放炸药、雷管,带头用铁杠撬石头、铺路。每天早晨他上工地最早,安排具体作业方式、给大伙儿交代安全注意事项,点炮、排险,事无巨细。晚上收工时,他检查、清理未用完的雷管、炸药、导火线并及时入库,没有半点马虎。

毛相林那时最累,一方面要协调与县直有关部门和乡里的关系,处理修路工地上的大小事务;另一方面还要完成自家的修路任务。"每个村干部都与普通村民一样分有一段修路任务。协调完各项事务,就要急急忙忙地赶到自己的地段修一会儿。"毛相林说。

"个把月才回一次家,有一回在工地上连续住了3个多月,粮食吃完了才回家背苞谷面和土豆。回来时又黑又瘦,我都快认不出他了。"毛相林的妻子王祥英说。

修路遇到的种种困难和辛酸,毛相林终生难忘。

1997年确定修路后,好不容易动员村民集资2万多元,这哪够开销?没办法,毛相林动员其他3名村干部分别贷款5000元,他却以自己的房屋作抵押,到乡农村信用社贷款1万元。

事过20多年,毛相林至今还清楚地记得第一次去乡信用社贷款的情景。"工作人员看我穿得破破烂烂的以为是个乡巴佬,开始就没有好脸色,担心我贷款还不起。后来好不容易求爷爷告奶奶,才贷了1万元,还是以我个人名义贷到的。"毛相林说。

1998年9月的一天,毛相林与另外两名村干部去巫山县拉炸药,身上也没有带多少钱,饿了就在小吃摊上吃碗面条,晚上舍不得花钱,就在广场的椅子上坐了一夜,实在困了就打个盹。第二天他们拉着炸药往村里走,半路上遇到治安纠察队,不让通行,还把拉回村里修路的炸药扣了下来,好说歹说都不管用。后来,毛相林去找县公安局的领导,向他说明情况,这才放行。"走过那个纠察点后,我越想越伤心,轻易不流泪的我,眼泪止不住地往下流。我想,如果不是为了修路,我凭什么受这样的窝囊气?可转念一想,做什么事儿都不会一帆风顺。我现在受的委屈,

毛相林："硬汉"带领村民绝壁上凿"天路"

是为了村里的百姓，为了下庄村的子孙后代造福。这样一想，心情就好多了。"毛相林说。

先前筹集的物资和钱财都用完了，再不想办法，工地上就要停工了，怎么办？再向村民去筹资已经不可能，因为许多村民第一次交钱时就已经是砸锅卖铁了，他实在不忍心让大伙儿再次集资。

思来想去实在想不出更好的办法，毛相林只好厚着脸皮费尽口舌向亲戚朋友说好话，最终借了1万元，并背着妻子取出家里好不容易积攒下来准备给女儿治病的3000元现金，拿到修路工地上救急。他的女儿一生下来就患有先天性白内障，妻子王祥英从一个个卖鸡蛋开始攒钱，准备攒够一定的资金后，带女儿到巫山县医院做白内障摘除手术。妻子得知她辛辛苦苦积攒的3000元被毛相林用到修路上去后，与他大吵了一架，十几年从未红过脸的夫妻第一次红了脸，毛相林还忍不住打了妻子一巴掌。

1.3万元资金很快又花完了，毛相林实在无计可施了，他只好到巫山县去向农业局的领导汇报，请求支援。朱崇轩局长之前在骡坪区担任过区长，深知下庄的行路艰难，表示会对该村的修路给予大力支持。农业局每次拨付购买雷管、炸药、导火线的专款时，都会反复强调，不能让这些爆破材料有半点流失。

为确保万无一失，毛相林想了一个加强爆破"三材"管理的办法。1998年农历正月初二刚过，毛相林便组织修路的村民召开动员大会，只见他手里拿着一炷香突然跪在地上，对天赌咒发誓："苍天在上，黄土在下，若上面支持的修路资金，我毛矮子贪污了一分一厘，就雷劈火烧，出门被车撞死在公路上。"然后，磕了三个响头。其他村干部也一一效仿。村民们见状无不为之动情，也相继庄严发毒誓道："谁要是违规私藏一两炸药、一枚雷管、一根导火线拿回家，天打五雷轰，沟死沟埋，路死路埋，不得好死。"大家纷纷表述最质朴而又最动人的道德自律宣言。半年后，盘点清库，修路爆破用的"三材"物资没有一点儿流失。

随着修路难度和危险性的加大、时间的拖长，一股畏难、消沉、波动情绪开始在村民中蔓延。有人把目光投向他人，在工地上发牢骚说："村里有人不修路，我们干吗在这里累死累活，我也不想修了。"

这话传到了毛相林的耳朵里，他知道大家说的是他妹妹一家人。修路前村里商议的规定：只要在下庄村有承包地的村民，不管是谁，也不管是否住在下庄，都要义务修路。倘若不上工地劳动的村民，需要按分配任务折算工时，每个工时需支付20元资金。毛相林也当众拍了胸脯表态："谁不上工地义务修路，又不掏钱，不管他有什么背景，村委会都会毫不客气地收回他的承包地，让派出所迁出他的户口，我毛矮子说到做到。"

毛相林的一个妹妹全家人几年前就已搬到巫山县城做生意去了，除了逢年过节，其他时间很少回村里。下庄村修路开始后，毛相林曾专门到县城找到妹妹、妹夫做工作，要他们抽出时间回村参加义务修路。

"哥哥，您是开国际玩笑吧，我们已经搬走多年了，不可能再回去居住，还参加村里修什么路？"他没想到妹夫一口回绝。

"不直接参加修路也可以，但得按村里分给你们一家人的修路任务折算出工时，每个工时按20元支付修路费用。"毛相林的态度很坚决。

"那怎么可能，凭什么让我们给村里付那么大一笔钱？"妹妹正在厨房做饭，听到毛相林的一番话，立即走出来，气不打一处来。

"村里有规定，不管是谁，只要不参加修路的义务劳动，又不按分配的任务折价支付相应的劳务费，村委会就要收回他们的承包土地。"毛相林说。

"你是村党支部书记，想收就收呗，免得我们每年还要向村集体交纳几百元的农业税和村提留。"妹夫的话语也很强硬，没有半点商量余地。

兄妹俩不欢而散，毛相林没有想到是这种结果，妹妹、妹夫既不参加义务劳动，又不支付一分钱，态度还那么强硬。他气呼呼地回到下庄村。妻子王祥英得知情况后劝道："妹妹、妹夫说得也有一定的道理，他们一家离开村里到县城已经住了这么多年，生意又好，哪个舍得回来居住嘛。更不会稀罕那几亩责任田。"

毛相林正在气头上，他吼道："典型的妇人之见，他们虽然住在县城，但户口仍在下庄，还是这个村的农民，有什么了不起的！如果他们的户口迁走了、责任田退出了，我就管不了他们了。既然是这个村的村民，就要按村'两委'的决议履行修路义务。"

没过多久，毛相林去县城办完公事，再次找到妹妹、妹夫做工作，晓之以理、动之以情地讲道理，终于说服了他们。夫妻俩将1000元钱交给他说："哥，还是您说得对，我们不管走到哪里，根还在下庄村，应该力所能及地为下庄村做些贡献。您放心，虽然我们不能回去亲自参加修路，但会按照村里分配的修路任务，折算价格，支付相应的资金。"

"毛矮子的妹妹、妹夫虽然不能回来修路，但折算费用付了钱，我们还有什么好说的？"消息在村里迅速传开，下庄人从毛相林一贯做事公正、公平的风格上看到了希望，坚定了信心，大家的干劲再次被调动起来。

修路时要占用村民的承包地 22 亩，村集体从其他地方调换机动地给予补偿。到最后实在无地可调了，毛相林就把自己最好的承包地无偿让出 1.3 亩补偿给其他村民。

6 位村民不幸遇难后，都是毛相林带领村民装殓、安葬。

路通后，下庄村发生了这样一件事：村里有 5 个孩子误吃了灭鼠药，村医杨亨华以最快的速度骑摩托车赶到山外的骡坪镇买药回来救了几个孩子的命。他说："要是在路通之前，往返一次至少需要一天时间，娃儿绝对没救了。那时从村里到乡里的毛坯路已经打通了，我往返一次节约了五六个小时，在较短时间买药回来，把 5 个娃儿全都救活了。"

下庄村的路修好后，一切都发生了翻天覆地的变化，大伙儿已经逐渐走在了致富的路上，但毛相林的心里总是高兴不起来。因为巫山县、重庆市都掀起了学习下庄村精神的热潮，在社会上引起了热烈反响和广泛关注，他本人及村"两委"都受到了称赞，也获得了不少荣誉。但是死去的人呢？活着的村民还能永远记住他们吗？子孙后代将来能够记住他们吗？毛相林想了很久，他想在下庄村建一个下庄人事迹陈列馆，把曾经修路的那些工具都陈列出来，把修路时《万州日报》记者拍摄的照片都挂起来，把各级电视台拍摄的视频资料展示出来，把牺牲的那几位村民的名字供奉起来，供人们参观学习，让下庄村的子孙后代永远记住他们。

当毛相林把自己的想法在村"两委"会上提出来时，受到全体班子成员的一致赞成，并获村民代表大会表决通过。在当地各级党委、政府的大力支持下，下庄人事迹陈列馆建设列入规划。

一天晚上，在自家饭桌上，毛相林对母亲和妻子说："我跟你们商量一件事儿，村里要建一个下庄人事迹陈列馆，我把村里的所有空地都看了好几遍，觉得只有我们家准备建新房的位置最好，既处在全村的中心位置，又紧挨着公路，便于外地人来参观学习。"

王祥英一听，阴沉着脸说："前几年我们家准备平整后建房的那块地，你无偿地让给了修路时占地的农户。如今这块地请人帮忙挖了十来天，把地基都平整好了，只等着划线动工。村里到处都是地，你怎么单单就瞧上了自家的宅基地呢？你说什么我也不会同意。"说完，就把碗筷放下了。

母亲也轻声说:"别让这事搞得你老婆不开心,要不还是另外找个地方,反正是政府征地建陈列馆,不用我们家的地,别人也不会有意见。"

"建设陈列馆比我们家建房更重要,正因为我们家准备建房的地平整好了,就会缩短工期,让陈列馆及广场尽快建成。我给你们说实话吧,建陈列馆的目的,就是让下庄的村民和子子孙孙记住修路时牺牲的那几个人。"

母亲和妻子深知毛相林的脾气,他认定的事,谁说话都不好使,犟起来牛都拉不回。

王祥英这次跟毛相林赌气,三天没有与他说一句话。但最终还是做了让步,将自家的两亩地让出来建陈列馆和村医务室。

下庄人事迹陈列馆建成之后,毛相林挨家挨户收集当年修路时用过的铁锤、钢钎、洋镐、撬杠、锄头、扁担,包括草帽、草鞋、手套等生产生活物品,全部放在陈列馆的展厅里。将当年记者拍摄的照片精选了100多张,放大后也都挂在墙上展览,还用原来电视台记者拍摄的录像编辑成视频,在陈列馆播放。更重要的是,

毛相林(右)向大学生"村官"介绍当年的修路情况

将修路时献出了宝贵生命的6位村民的名字——沈庆富、黄会元、刘从根、向英雄、刘广周、吴文正镌刻在了陈列馆，并做成了人像雕塑。

毛相林的愿望终于实现了，尽管他给人的印象是一个"硬汉"，但每当提到修路那段岁月，特别是村民牺牲的情景时，他的眼里还是很快噙满了泪水。

陈列馆建成后不久，毛相林母亲杨自芝的80岁生日就要到了。有天晚上，妻子王祥英对他说："好好筹备一下，到时也通知亲戚朋友和左邻右舍，摆上十几桌酒席，热热闹闹地给老娘过个生日，让她高兴高兴吧！"

毛相林斜视了她一眼说道："你觉得我这个当村党支部书记的，那样做合适吗？"

第二天上午，毛相林主持召开村"两委"会，他发言时说："下庄村民的日子越来越好过了，可我发现，现在逐渐形成了一股不正之风，就是请客送礼越来越频繁。孩子生下来后要办满月酒、周岁酒、10岁酒、升学酒、参军酒、结婚酒，到了60岁、70岁、80岁、90岁，要办什么庆寿酒，建房子还办上梁酒、搬家酒，甚至住院了办出院酒，做生意赔本了要办消灾酒，更有甚者下个猪仔、牛仔也要办酒席。这不是典型的借办酒席之机敛财吗？这股歪风一定要刹住！"他稍作停顿后继续说："孩子结婚办酒席是红事，老人去世了是白事。除了这红白喜事可以名正言顺、简简单单办办酒席，其他的都是无事酒。原则上这些酒席都不得办。今天我把话挑明，不管是谁家办无事酒席，我统统不参加。同时也向大家保证，我毛矮子决不办一次无事酒席。"

他的主张得到了村"两委"班子成员的广泛赞成。

在毛相林的倡议下，下庄村全体党员和干部签订了一份不办无事酒席的承诺书，带头抵制大操大办、破除封建迷信等。乱办酒席之风在全村很快就消失了。

母亲过80岁生日那天，毛相林一大早起来，杀了家里的一只老母鸡，用小火炖了一上午，中午吃饭时，亲自用鸡汤为母亲下了一碗长寿面，端到老人面前磕了个头，说："儿子本想邀请亲戚朋友来给您祝寿的，但我们村里的党员干部刚刚签订了不办无事酒席的承诺书，我作为村党支部书记要带头遵守。"

"这事儿你做得很好，我很高兴，当妈的坚决支持你。"母亲说。

毛相林深知教育的重要性，心里总是想着努力改善办学条件，让村里的孩子受到良好的教育。

下庄村唯一的小学是由保管室改造的，条件十分简陋，一到下雨天，房顶漏水，滴湿了桌面，无法学习不说，还严重威胁着学生们的生命安全。毛相林十分着急，他带头从家里拿出1000元钱，号召全体村民捐资、投劳、捐材料，用了短短3个月就盖起了一栋崭新的砖混结构小学校舍。

"毛书记对教育特别用心，他说再穷不能穷教育。"如今的竹贤乡小学下庄教学点老师张泽燕这样评价毛相林，"每学期期中、期末考试，他都要来监考，还要给学生们讲理想、道德课。作为一名村党支部书记，他好忙吧，太难能可贵了"。

2004年下庄村通公路以后，全村有41人外出上小学，138人外出上中学，截至2023年，全村共有37人考上大学。仅2021年就有4位村民子女考上大学，毛相林用自己的钱给每个孩子发了300元助学金。

在下庄村，65岁的"五保户"老人张胜生同另外3位老人被安置在一栋三层楼的"五保户"安置房居住，通过"集中居住、独立生活"的模式，日子过得一年比一年好。"'五保'老人无儿无女，让他们老有所居、老有所养、老有所依，是我最大的心愿。"毛相林说。

毛相林身为村党支部书记，始终坚持把做好农村党建放在首要位置。他说："认真做好党建是农村工作的核心，首先是村书记要处处带头，以身作则，率先垂范；其次是发挥全体党员的先锋模范作用；再次就是党组织要具有向心力、凝聚力、战斗力、号召力。"

毛相林在村支部主题党日活动上讲党课，要求大家不忘初心、牢记使命，争做合格共产党员

下庄村不仅一直坚持"三会一课"制度,还坚持每半年召开一次民主生活会。4名村"两委"班子成员和18名党员坦诚开展批评与自我批评。"大家对照党章、党规,自己找找缺点、相互挑挑毛病,经常'红红脸、出出汗',有利于班子团结,有利于党员、干部的党性原则增强、素质提高。"毛相林说。

在一次民主生活会上,有人当面指出村会计私心重,对村里的工作不上心,却经常在外面找活干,挣外快。为此,大家提出了严厉批评。同时,还非常尖锐地给毛相林指出,他在工作上有时存在急于求成和脾气大、爱发火的毛病。两人当时在面子上都感到有些难堪,但分别作了自我批评,并承诺努力改正缺点和错误。

"经过多次开展批评与自我批评,我充分认识到在自己身上存在的缺点,并时刻提醒自己。现在忍耐性和脾气好多了。"毛相林说。

毛相林无私地帮助了很多村民,只要知道谁家有困难,他都会想方设法予以帮助,先后从自己微薄的收入中拿出3000多元帮助困难群众。二组村民王先翠因丈夫去世,一个人照顾公爹和一双儿女,生活十分艰辛。2019年8月的一天晚上,因下大雨,一块一吨多重的大石头从山上滚下来,不仅堵塞了后屋水沟,还砸坏了一堵墙。毛相林知道后第一时间赶去,冒着大雨组织村民在石头旁边挖个大坑,将那个大石头埋起来,并帮助清淤,排走积水。雨停后,又组织人员给她家砌好山墙。王先翠感动得热泪盈眶。

帮助归帮助,但在规矩面前人人平等,原则问题上毫不留情面。村民小组长杨享安的妻子黄成芝在丈夫从村民中代收的合同款里拿了30元花了,为此两人大吵了一架,甚至还动了粗。毛相林得知这一消息后当晚就去了杨享安家,结果黄成芝将房门抵着不让进,喊了很久才开门。她一口咬定自己的男人代收合同款时耽搁了很多时间,自己花掉其中的几十元钱算是劳务费。毛相林严肃警告:"这是村集体的钱,必须交出来,否则按挪用公款处理。"经过三个多小时的耐心开导,黄成芝终于认识到自己的错误,不仅退还了30元钱,还主动赔礼道歉。毛相林从不在村民家吃饭,这次却应邀在他们家吃了顿便餐。

毛相林的前任由于把关不严,使全村的农村低保人数达到72人,村民反应很大。他上任后要求公开农村低保评定标准,符合条件的村民本人写申请,村民小组长组织村民投票,公示候选人,再经过村民代表投票表决,再次公示,最后报给乡民政办审批。这道程序下来,全村享受低保的人数只剩下6人。

"公正、公平、公开,是村书记处理一切村务、财务所必须严格遵循的准则。否则,就会在村民中留下矛盾和不安定的隐患。"毛相林说。

毛相林（右）看望老党员，虚心听取他们对村"两委"工作的意见和建议

毛相林访谈录

作　　家：1971年7月，您才12岁，小学毕业后就辍学回家种地，慢慢长大后从担任原下庄大队团支部书记、民兵连长、计生专干、大队长，到村委会主任，1997年1月当选下庄村党支部书记。您担任村书记的初心是什么？您带领村民不畏艰险，经过7年苦战，在悬崖峭壁上修通一条8公里的"天路"，而后又发展产业，决战贫困。您的内生动力是什么？

毛相林：我担任下庄村党支部书记的初心就是带领村民修路，打通与外部的交通联系，发展产业，增加收入，摆脱贫困，让村民过上好日子。

我的内生动力来自以下几个方面。一是来自村民的关心和支持。我刚出生时，由于母亲营养不良，我又小又瘦，难以存活。加之我家缺少劳动力，挣的工分少，分的粮食少，乡亲们纷纷接济我家，把好吃的食品送给我吃，使我度过了最艰难的成长期，能够活过来。所以，我要终身报答父老乡亲的帮助之恩。二是老书记沈发柏对我的精心培养。我12岁辍学回家后，先是给生产队放牛，慢慢长大后，老书记就安排我担任生产队记工员、仓库保管员，他经常教育我要有底线意识，做事公道正派，使我在思想上受到了集体主义和廉政教育，慢慢形成了爱村民、爱集体、爱本职，不怕吃苦、不怕吃亏的思想观念。三是形势所迫。从我记事起，就耳闻目睹了下庄村人出行难、行路难，有那么多村民因为没有柴烧被迫到悬崖峭壁上砍柴而摔死深谷，有那么多人在山路上摔伤，甚至丢掉了性命。为此激发我无论如何都要设法改变现状，就是舍命也得带领乡亲们修通公路，彻底解决出行难的问题。四是毛主席著作《愚公移山》启发了我。古代的愚公就能做到修路不止，计划让自己的子子孙孙一直修下去，打通与外界的联系。我作为一名共产党员，就得有这种雄心壮志，要有自力更生、艰苦奋斗、战天斗地的大无畏气概，不等、不靠，带领大家决战贫困。

作　　家：1999年10月1日上午，当年仅36岁的村民黄会元在修路工地被悬崖上掉下的石头砸下深渊因公牺牲后，您也曾动摇过，产生了放弃继续修路的想法，但是什么原因使您最后下定决心继续修下去？假若当时真的停工不修了，会是什么后果？

毛相林：黄会元的突然离去，对我打击很大。在不到两年时间内，有两位村民在修路工地因公牺牲，等于两个家庭受到了巨大伤害。沈庆富26岁，已经是一个孩子的父亲，黄会元36岁，有3个孩子。他们都时值人生最美好的年华，上有老下有小，一家人今后的日子怎么过？虽然修路前，每个村民都自愿地与村委会签订了"生死状"，也没有人找村里扯皮，可那毕竟是两条鲜活的生命呀！况且，当时路段修得还不是很长，就牺牲了两个兄弟，如果继续修下去，肯定还会出现新的伤亡。所以，我当时感到巨大的心理压力，进退两难，曾产生了停工的想法。

之所以没有停工，能够继续修下去，是群众支持的结果。当我在黄会元停放灵柩的现场征求大家的意见是继续修还是停下来时，大伙儿纷纷表示不能停，要继续修下去，一直到修通为止。特别是黄会元的父亲黄益坤老人的一番话，给予了我巨大的力量。所以我信心倍增，在内心发誓，不管遇到什么艰难险阻，都要发扬共产党人在战争年代一不怕苦、二不怕死、排除万难去争取胜利的精神，一定要把路修通。

如果我当时意志不坚定，真的停下来不修了，就会成为下庄村的千古罪人，受到村民的唾骂。整个村庄也没有现在良好的生产、生活条件。如果不通公路，肯定大部分人都会搬到外面去居住、工作和生活，下庄村的土地和山林会大量荒芜。

作　　家：下庄村的长远发展目标是什么？怎样才能保证这一目标能够顺利实现？

毛相林：下庄村的长远发展目标是：打造中国山区生态幸福村。

实现这一目标还有很长的路要走，需要下大力气才能实现。目前正在采取以下措施。第一，要扎扎实实地做好农村党建。党建是农村工作的核心，不认真抓好自身建设，让村党组织具有向心力、凝聚力、战斗力、号召力，实现长远目标都是空谈。第二，要大力发展集体经济。集体经济是实现长远目标的关键因素，只有集体经济实力不断发展壮大，才能不断改善民生，进行三次分配，实现共同富裕。利用好现有条件，开发旅游资源，做大做强旅游业，成为乡村旅游的目的地，带动三产发展，实现一、二、三产业融合发展。经过艰苦努力，下庄村的经济总量力争突破5亿元，村集体收入力争突破2000万元。第三，要下大力气保护生态。严格保护生态是发展经济的前置条件，是村民赖以生存的基础。要牢固树立"绿水青山就是金山银山"理念，确保生态环境免遭破坏，还要开展植树造林活动，让下庄村的绿化面积达到95%以上。第四，要认真搞好美丽乡村建设。进行整体规划，分步建设，打造生态、宜居、宜业、文明村庄。

作　　家：您认为一个优秀村书记应该具备什么样的素质和条件？新时期怎样才能发挥好村书记应有的作用？

毛相林：我认为一个优秀村书记应该具备以下几个方面的素质和条件。一是，必须具有大局意识。我说的这个大局就是村书记的心中必须围绕全村的稳定、团结、发展、建设、服务、治理来考虑，吃透中央的方针、政策，结合自身实际来谋篇布局。上对各级党组织负责，下对每个村民负责。二是，必须具有坚定的理想信念。过去我们是为了改变贫穷落后面貌，现在是努力实现农业农村现代化。作为村书记必须有理想，就是明确了把这个村庄朝哪个方向去发展和建设。在这个过程中肯定会遇到很多困难，必须有坚强的意志，克难攻坚，完成目标任务。三是，必须具有服务意识。村书记不是个什么"官"儿，而是村民的公仆和服务员，村民生活中遇到的任何困难和难题，你就得力所能及地给予帮助，搞好服务。四是，为人处事必须公道正派。公正、公平、公开是村书记处理党务、村务、财务时必须坚持遵循的基本原则。你的一言一行，村民看得很清楚，糊弄不了他们，如果你办事不公道、不正派，不仅在群众中没有威信，还会造成很多矛盾，大伙儿就不会相信你，你在这个位子上就干不长。五是，处理村民纠纷必须具有"四心"。调解纠纷、化解矛盾，是村书记必须下大力气干的活儿，在这项工作中应该坚持热心、公心、细心、耐心。在这"四心"中公心和耐心最难做到，但必须坚持去做。

新时期村书记的任务十分艰巨，力戒官僚主义和形式主义，应把所有精力放在扎扎实实做好党建、发展集体经济和农村综合治理等工作上，努力取得成效。做好这些工作需要耗费大量精力和时间，上级党委、政府应当尽量少开会、开短会，少搞重复报表和重复检查等形式主义。

作　家：您认为怎样才能确保乡村振兴战略取得实效？关键因素是什么？

毛相林：实施乡村振兴战略是党中央作出的一项重大战略部署，是实现农业农村现代化的重要举措，我认为在实施过程中应注意以下几个方面的问题。第一，要认真解决好人的问题。"政治路线确定以后，干部就是决定的因素。"乡村振兴也是如此。当前村干部普遍年龄偏大、知识老化、观念陈旧、能力较低，与新时代的要求不相匹配，亟须改变现状。应从顶层设计、体制机制上下功夫，适度进行小村并大村，村干部职业化，优化村干部的人力资源，逐步提高待遇，让更多有农村情怀的大学生回乡担任村干部。同时，也要加强对村书记履职尽责、违法乱纪和不作为、乱作为、慢作为的监督。第二，要进行切实可行的整体规划。乡村振兴最忌讳盲目发展、无序发展、重复建设、"涂脂抹粉"、避重就轻、形式主义。乡村振兴不是一蹴而就的事情，需要规划先行，一张蓝图绘到底，一代接着一代干，最终实现预定目标。第三，要扎扎实实做好基础工作。按照中央的设计，从现在起到2035年，实现农业农村基本现代化。到2050年实现农业农村现代化，还有30年时间，这30年将迎来中国农村从发展到提高的黄金期。国家将投入巨资推进乡村振兴战略的实施，要按照规模化、集约化、机械化、智能化、科技化的要求，集中财力用于土地平整、建设高标准农田、水利设施配套、高等级公路、污水处理设施，切忌搞形象工程、面子工程。第四，要大力发展集体经济。集体经济是乡村振兴的关键，各村应因地制宜、因村制宜，重点放在提高农产品质量效益和竞争力上，在确保国家粮食安全的同时，发展壮大集体经济实力，不断改善民生，实现共同富裕。

实施乡村振兴战略的关键在于扎扎实实做好农村党建，重点是选好村书记，配好班子，真正让党组织形成向心力、凝聚力、战斗力、号召力，才有可能实现产业兴旺、生态宜居、乡风文明、治理有效、生活富裕的既定目标。

作家点评

在下庄村采访的3天时间里，本人在思想上深受启发，在精神上倍受鼓舞，在心灵里得到洗涤，在思绪上不断起伏，并陷入了深深的思考：从1997年12月起，当时只有80多个劳动力的下庄村，令人难以置信地开始在悬崖峭壁上开凿"天路"。为此，村民付出了鲜血和生命的代价，但大家却义无反顾、前仆后继。这是什么原因？我想，只有在中国共产党的坚强领导下，才会出现这种为了实现梦想和希望不惜代价的英雄壮举和人间奇迹。

下庄村人要在连野生猴子都摔死过的悬崖峭壁上凿出一条8公里长的公路，既没有国家的巨大投入，也没有专业施工队伍，那是何等的艰难困苦！换到一般人，想都不敢想。但为了摆脱贫困，给子孙后代造福，以毛相林为代表的108位"硬汉"，在根本就不具备修路条件的情况下，不等不靠，敢于与天斗、与地斗、与大自然斗。他们腰系绳索，在悬崖峭壁上"荡秋千"似的悬空用铁锤、钢钎打眼，放炮炸山，用铁杠撬、洋镐锄头挖、手工搬等最原始的作业方式，耗费了整整7年时间，以牺牲6位村民宝贵生命和数人受伤为代价，在悬崖峭壁上凿出了一条8公里长的"天路"。谱写了一曲自力更生、艰苦奋斗、战天斗地、克难攻坚、顽强拼搏、决战贫困的英雄赞歌。这不仅仅是在修路，更是展现和弘扬了一种自强不息、战胜艰难险阻的顽强意志和英勇气概，展现出一种被悬崖峭壁和贫困压抑很久的挣扎、呐喊和抗争。下庄村人表现的坚定信念、大无畏精神和顽强斗志令人震撼，可谓惊天地，泣鬼神。

下庄村人最难能可贵的不是个人主义、英雄主义，而是敢于向大自然挑战的集体主义。下庄人展现的是一股积极向上的人文精神。这种精神的最高境界是崇尚文明、向贫困挑战、追求社会进步。"下庄人为了摆脱贫困，追求幸福，连死都不怕，有这样好的老百姓，我们还有什么理由不尽心尽力做好各项工作，又有什么工作做不好呢？"这是巫山县政府一位主要领导发出的感慨。

最了不起的是以村书记毛相林为代表的村党支部，能够与时俱进、审时度势地把村民的愿望和群众的内生动力激发出来、组织起来，有机结合，树立了坚定的理想信念和决心，形成了一股强大的合力，修路、发展经济，最终完成了前人没有完成的宏伟事业。

毛相林:"硬汉"带领村民绝壁上凿"天路"

毛相林在修路前的动员会上曾经这样说过:"山里人有的是力气,就是用嘴啃,也要在悬崖上啃出一条路来。"这句朴实的话语是多么有影响力和排山倒海的气势!相信群众、依靠群众、发动群众,一直是我们党一贯坚持的优良传统。毛相林很善于发动群众,使党组织的战斗堡垒作用得到充分发挥。实践再次证明,人民群众是创造历史的英雄。充分发挥基层党组织的向心力、凝聚力、战斗力、号召力,广泛调动人民群众的积极性、参与性、创造性,是实施乡村振兴战略、实现农业农村现代化的根本途径。

下庄村人不等不靠,用生命和热血挑战悬崖,书写了一个现代版的愚公移山、感天动地、荡气回肠的创业故事。是什么样的精神和力量在支持他们的信念和意志呢?是摆脱贫困、追求幸福生活的求变精神?是受到"下定决心,不怕牺牲,排除万难,去争取更大的胜利""人定胜天"思想的鼓舞?还是靠胆量和气魄?好像都是。但准确地说,下庄精神就是下庄人对美好生活的向往,不惜以牺牲生命为代价向自然和自身挑战的奋斗精神。以毛相林为代表的下庄人给全国56万个行政村树立了一个好的榜样,成为一面旗帜。如果所有村书记都能像毛相林一样,那么,在实施乡村振兴战略、实现农业农村现代化目标过程中还有什么困难不能克服?还有什么问题不能解决?还有什么理由不取得成效?

朱彦夫：
中国式"保尔"的极限人生

人物概要

朱彦夫，男，汉族，1933年7月出生，小学文化程度，1949年7月入党，山东省沂源县原张家庄村、大队党支部书记。2019年9月被授予"人民楷模"国家荣誉称号，先后获得全国优秀共产党员、全国"时代楷模"、全国最美奋斗者、全国自强模范、中国消除贫困感动奖、全国道德模范、全国第一届文明家庭、全国敬业奉献模范、"感动中国"2021年度人物，山东省优秀共产党员等荣誉。

朱彦夫：中国式"保尔"的极限人生

山东省沂源县原张家庄村、大队党支部书记朱彦夫（资料照片）

2021年，全国各地电影院里上映了一部战争大片《血战长津湖》，把人们带回到战火纷飞的抗美援朝战争时期。中国人民志愿军在缺少空军、海军和高射炮火支援的情况下，单靠步兵同武装到牙齿的美军作战。志愿军战士在长津湖地区极寒天气下，缺衣少食，以铁血意志，宁死不屈，打败了号称世界军事强国的美军及其组织起来的"联合国军"，最终取得战役胜利。这种大无畏的民族精神，在观众中引起了强烈反响。在山东省沂源县有一位叫朱彦夫的特等伤残军人，就是这场战役的亲身经历者，老人至今健在，已92岁高龄。他是一位传奇式的战斗英雄：14岁入伍，成为华东野战军的一名战士，参加过上百次战斗，包括解放济南、渡江作战、解放上海等重大战役。16岁火线入党，10次负伤，3次荣立战功。

1950年10月，朝鲜战争爆发，17岁的志愿军战士朱彦夫随第九兵团所属部队跨过鸭绿江，参加著名的长津湖战役。争夺二五〇高地时，全连官兵冒着零下35°的严寒，穿着单衣单裤作战，三天三夜水米未进，饿了吞棉絮，渴了吃把雪，与美军的两个营正面厮杀，打退了敌人一次又一次疯狂进攻，始终像钉子一样坚守阵地，那个高地上的近百名干部战士或阵亡或冻亡，壮烈牺牲，朱彦夫成为唯一的幸存者。为了迷惑敌人，他把三挺机枪摆在阵地的不同方位，不停扫射。最终因寡不敌众，被美军的手榴弹炸成重伤，昏死过去。他的肚子被弹片划出一道口子，肠子流出体外；左眼球被击穿，鲜血顺着脸庞往下流；四肢被冻成了冰块。恍惚中，饥饿难耐的朱彦夫误以为是食物，用舌头舔舐血液，将眼球吞进嘴里，溜进胃里。志愿军大部队及时赶到后，彻底消灭了美军，发现朱彦夫还有生命迹象，经过设在朝鲜的野战医院急救后，及时送回国内的长春市战地医院抢救。经过47次手术，昏迷了93天的他苏醒了。为了保命，医生一次又一次地给他做截肢手术，双手、双腿均被锯掉，右眼仅剩下0.3的视力，成为特等伤残军人。

1952年春天，朱彦夫被转往山东泰安鲁中荣军休养所休养。他不甘平庸，刻苦学习文化知识。他的伤势稳定后，不想躺在功劳簿上度过一生，为了牺牲的战友们，他要坚强地活着，做一个有用的人。经过申请批准，他毅然回到家乡张家庄村，开办夜校，帮助乡亲们扫盲学文化。1957年3月，朱彦夫全票当选村党支部书记，这一干就是25年。他战胜了常人难以想象的艰难困苦，带领社员发展副业、改土造田、兴修水利、架线通电，使大队的面貌发生了巨大变化，把一个贫穷落后的村庄变成了先进、富裕的大队，大伙儿不仅能够吃饱，收入也逐步提高。他还尽心尽力为社员们服好务，用自己微薄的伤残津贴救济乡亲们，在群众中树立了较高的威信，赢得了大伙儿发自肺腑的信任、尊重和爱戴。

1982年5月，朱彦夫从大队党支部书记位子上退下来。为教育激励后人，他用嘴衔笔、残肢抱笔，创作完成了两部震撼人心的自传体长篇小说《极限人生》《男儿无悔》，被誉为中国的保尔·柯察金。

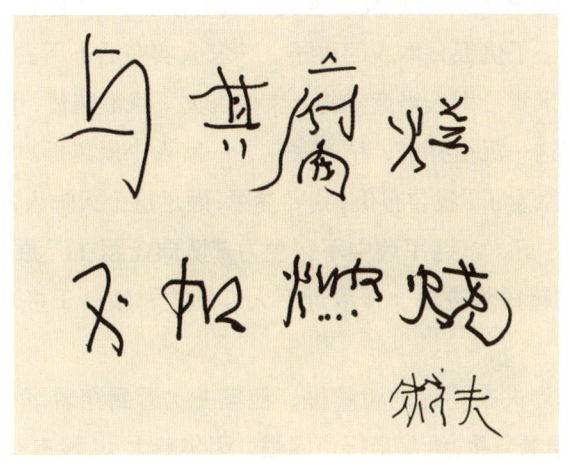

朱彦夫担任村、大队书记多年来的真切感言

战场英勇顽强　浴血奋战身负重伤

沂蒙山绵延起伏数百里，重峦叠嶂，岭高谷深。张家泉村位于沂蒙山腹地、沂源县南部与蒙阴、沂水三县交界的山峦里。新中国成立后叫张家庄村，1959年改名为张家庄大队，1982年分田到户后，于1984年3月改为张家泉村，2021年2月与周边的涌泉村合并为张家泉村，下设8个村民小组，520户，总人口1475人。全村版图面积3平方公里，其中耕地面积481亩、园地2415亩、林地537亩、建设用地519亩、基本农田3000亩、公益林150亩。

1933年7月6日晚上，电闪雷鸣，雨如瓢泼，朱彦夫出生在张家庄村一间石砌的草屋里。就在这天晚上，全村的庄稼地几乎被洪水冲得精光，有六位村民死在了那场洪水里。

朱彦夫父母生下的七个孩子中大多夭折，只有姐姐朱彦桂、他本人和弟弟朱彦坤顽强地活了下来，一家五口人靠仅有的三亩山岭薄地维持生计。为了活下去，他的父母只好到山上挖野菜和去邻村讨饭艰难度日。

朱彦夫的父亲叫朱青祥，为人正直，性格刚毅，疾恶如仇。村里谁家有困难，他都会倾其所有予以帮助。"父亲的优良品质对我产生了较大影响。"朱彦夫说。

为了一家人的生计，朱青祥常年在邻近的南乡打短工，接触到了八路军和共产党人。八路军的部队极其信任他，秘密安排一名侦察员住进了他家，并以朱家为掩护，四处侦探敌情。

朱彦夫9岁那年秋天，父亲被日本鬼子残忍杀害，把他家的房子也烧了，在他幼小的心灵里埋下了仇恨日本人的种子。一家人实在活不下去了，母亲郑学英只好将姐姐以两斗小米卖给别人当童养媳。大伯因欠下巨额赌债，也偷偷将弟弟卖掉，母亲知道后经不起这一沉重打击，精神失常，一家人分崩离析。不幸的遭遇，在朱彦夫幼小的心灵里激发了"我要报仇，我要参军，砸烂这个人吃人的旧社会"的愿望。

1944年3月25日，八路军鲁中军区主力部队向盘踞在沂源县的日本鬼子和汪伪政权吴化文部发起猛烈进攻，歼敌近万人，解放村镇一千多个，沂源县大部分地区被解放。

部队驻扎在朱彦夫家不远的树林里，他第一次看到穿着军装的八路军，便哭诉着自家的不幸，要求当兵，给父亲报仇雪恨。因年龄太小，没有获得批准。这一年，他11岁。

1947年冬天，华东野战军所属部队到沂源县征兵，朱彦夫获知消息后，急急忙忙赶到区里报名，但因年龄太小，仍未被接纳。没过几天，他步行100多里路赶到沂水县城要求参军，仍未获得批准。朱彦夫采取"粘连战术"，紧跟部队三天三夜，步行数百公里，一直跟到泰安的大汶口附近。

津浦路大汶口南边有个小站叫南驿车站，朱彦夫一辈子都不会忘记这个小站的名字，因为这里改变了他一生的命运。部队领导问清情况后，终于同意他参军入伍，他成了华野的一名战士。这年，他才14岁，还是一位少年。

参军后不久，朱彦夫投入人生中的第一次战斗——攻打兖州。这是一场残酷、激烈而又悲壮的城市攻坚战，华野一批批战士在国民党部队密集的机枪火网中倒下。班长打红了眼，从掩体一跃而起，将集束手榴弹扔向敌人阵地，壮烈牺牲。不知谁喊了声："共产党员，跟我上！"一些战士纷纷冲上去，在手榴弹的爆炸声中倒下。

朱彦夫在还不知这句话真正含义的情况下，也扯开嗓子高喊道："共产党员，跟我上！"他喊着自己并不明白的话，像一只被激怒的猛虎，挺着刺刀冲向敌阵。

在以后的一次次战斗中，朱彦夫目睹了共产党员的英勇顽强和巨大威力。连长告诉他,共产党员都是优秀的战士,他们不怕苦、不怕死,英勇杀敌,心里总是想着穷苦百姓。为了让老百姓翻身解放,过上好日子,共产党员甘愿奉献一切,包括生命。

"共产党员"这四个字,从此植根于朱彦夫的脑海里,激励他勇敢地投入一次次战斗,不怕流血牺牲,一往无前,杀敌立功,神奇般地战胜一次又一次艰难险阻和挫折,挑战极限人生。

1948年9月,济南战役打响,朱彦夫只有15岁。一年多来历经了大大小小战斗的他,已觉得自己是名身经百战的老兵了。部队向济南开进路过一个县城时,夹道欢迎的群众看见他个头很小,肩扛一条大枪,非常显眼。一位中年男子自编自演了一段山东快板唱起来:"这小兵,个不高,步子迈得倒不小,扛着一支美国造,打进济南立功劳。"战友们听了哈哈大笑。

在济南战役和解放潍县的战斗中,朱彦夫只身一人炸掉了敌人的碉堡和城墙火力点,打死数十名国民党军,因表现英勇顽强,荣立战功。

1949年4月20日,是一个永远值得纪念的日子。人民解放军突过长江天堑,渡江作战,朱彦夫所在的连队趁敌人混乱和没有防备之机,急行30余里,一举端掉了国民党军的一个团指挥所及其一个营的守军,除打死打伤数百名敌军外,还俘虏了300多名敌军。其中,仅朱彦夫所在的班就俘获了30多名敌人。

接着,朱彦夫又随华东野战军部队挥师解放上海。这年,他才16岁。

为了达到死守上海的目的,蒋介石绞尽脑汁,在上海外围构筑了坚固的碉堡群和防御工事。朱彦夫所在的部队就是要逐个扫除这些堡垒,为后续攻城部队扫清障碍。

战斗十分惨烈,为攻破敌人的防线,华东野战军部队付出了惨痛代价。当进入敌人的前沿阵地时,隐蔽在树林、草堆和坟包中的敌堡一齐开火,轻重机枪疯狂扫射,一批批战士纷纷倒下,壮烈牺牲。

国民党军队防御工事的杀伤力之强,出乎解放军的意料。他们采取主碉堡和小碉堡相结合、暴露和隐蔽相结合的方式,构成了母子堡式的交叉火力网。主碉堡都是钢筋混凝土结构,四面有枪眼,墙体厚度达到1米多,外部再铺盖铁轨枕木和厚厚的泥土,抗打击能力极强。主碉堡周围是小型碉堡,用土堆顶,铺上草皮,或用土堆、田埂筑成,比较低矮,远看像坟包,不容易察觉。还有一些单独的散碉堡,不规则地分布在阵地各处,以补充主碉堡火力的不足。敌军还把阵地前2000米以内的所有民房一律拆光,然后又星罗棋布地安置了陷阱、竹签、铁丝网和地雷阵。

解放上海的进攻命令下达不久,左翼攻击部队过于轻敌,吃了大亏,干部战士在国民党军队密集的火网中纷纷中弹倒下,出现了重大伤亡,一个团只剩下100多人,其他作战团的伤亡也大都在500人以上。

朱彦夫所在的连队冒死推进不到500米,就有80多人伤亡。正前方不到100米处的一个碉堡内还在不停地喷射火舌,刚刚冲上去的三个战士倒在血泊中,壮烈牺牲。

此时此刻,朱彦夫热血喷涌,恨不得立马冲上去炸掉那个碉堡。他给连长刘步荣递交了入党申请书,并请求完成爆破任务,但因其年龄太小,未获批准。

连队的伤亡在不断增加,朱彦夫迅速抓起两个炸药包,往腋下一夹,不顾连长的阻拦,迅速从战壕中跃起,"连滚带爬"地冲向敌军碉堡。

朱彦夫按照事先考虑好的路线,一会儿匍匐前进,一会儿跃起前进,巧妙地避开敌军主碉堡的正面火力,慢慢摸到其右侧的一个土堆后面。他瞄准好碉堡的最佳爆破位置,投去两颗手榴弹,趁着浓烟和敌人机枪的短暂停歇时间,迅速冲向碉堡右侧,拉响了炸药包。随着"轰"的一声巨响,碉堡飞上了天。

朱彦夫心里清楚,主碉堡和子碉堡呈掎角之势,相互依存、相互支援。但主碉堡被炸后,子碉堡内的敌军相当惊慌,此时是爆破手进行爆破的最佳时机,他迅速夹起另一个炸药包,冲向了右前方的子碉堡。

朱彦夫卧在地上,仔细观察最佳爆破位置,迅速拉响了导火线,然后猛地站起身来,两手用力将冒着白烟"刺刺"作响的炸药包扔向碉堡的顶部。随着"轰"的一声,子碉堡飞上了天,机枪哑巴了,与敌人的尸体一起被炸得七零八落。

还没来得及卧倒,一颗子弹射中了朱彦夫的右大腿,此腿刚负伤不久,随着一阵钻心的剧痛,他右腿一软摔倒在地。

另一个位于左前方的子碉堡还在不停地扫射,仍然挡着部队的冲锋,连队被压在刚被炸毁的子碉堡附近。

见朱彦夫伤得不轻,连长刘步荣盼咐卫生员赶紧包扎后,将他抬下去。尽管他疼得龇牙咧嘴,但仍然坚持不下火线。

没有时间思考什么,就是一个愿望,把这个讨厌的碉堡炸掉。朱彦夫把一个炸药包抱在怀里,就地滚向碉堡。他很巧妙地用自己的衣服做成假人,吸引碉堡里的火力。而后,猛地跃起,将炸药包扔向敌堡,碉堡瞬间被炸飞。

三个敌堡相继被朱彦夫炸掉，部队迅速冲锋前进。

战斗结束了，朱彦夫因出色的战场表现，被上级党组织批准火线入党，并荣立二等功。

当朱彦夫在党旗下庄严宣誓时，泪水模糊了双眼。他牢牢记住了入党誓词中的那句话："随时准备为党和人民牺牲一切"，并决定终生践行自己的入党誓词。

1950年北方的冬天来得特别早。中华人民共和国第一个国庆日不久，美国纠集由16个国家组成的所谓"联合国军"侵占朝鲜，敌机在我国与朝鲜相接壤的边境地区频繁轰炸、扫射，危及我国安全。

10月19日，随着中央军委一声令下，新组建的中国人民志愿军跨过鸭绿江，秘密开赴朝鲜作战，抗美援朝，保家卫国。朱彦夫此时是第九兵团七十七师二三一团一营二连二排二班的一名战士，其所在部队正在山东整训，11月上旬突然接到命令——开赴朝鲜，担负起第二次战役的东线作战任务。

"联合国军"总司令麦克阿瑟狂妄叫嚣，要在"圣诞节前结束朝鲜战争"，他命令美军第十军迂回到九兵团侧后，企图切断志愿军后路。

第九兵团司令员宋时轮指挥部队悄无声息地集结到长津湖地区，在雪地里坚守了12天后，到11月下旬，对美军实施突袭作战。志愿军指战员同仇敌忾，英勇杀敌，逐渐打退了敌人的分割包围，把美军打得抱头鼠窜，纷纷寻路南逃。

二五〇高地位于长津湖以南的绵绵群山之中，厚厚的积雪覆盖着它不到200米高的山体。山体虽然不高，但战略位置十分险要。高地以北，两山夹峙着一条简易公路，从山谷中蜿蜒而来。

这条公路是美军北上南下的一条重要通道，二五〇高地就像一道闸门，牢牢卡在通道的咽喉部位，成为敌军重点守卫的阵地。

二连的任务是抢在敌人南逃的先头部队之前攻占这座山头，切断敌军的退路，形成关门打狗的战略合围，彻底将其围歼在长津湖地区。

此时的朝鲜，大雪纷飞，气温降至零下35℃，夜晚达到零下40℃。由于部队出发前准备仓促，大部分作战部队的干部战士都未领到过冬衣物，部队出现多人冻伤，减员严重。朱彦夫所在部队还在数百里之外，连续作战，大家已是疲惫不堪。特别是入朝以来的十多天里，只吃了几顿饭，所携带的干粮已全部吃完，全连已经断粮两天。

饥饿、严寒、疲惫向志愿军袭来，二连干部战士穿着单衣单裤，在冰天雪地中连夜急行 150 里，要在拂晓前赶到二五〇高地不远的一个山谷里。

刺骨的寒风吹着雪花狂舞，陡峭的山路早已被漫天大雪覆盖。战士们深一脚浅一脚地摸索着前进，由于时间紧迫，又没有向导引路，有十余人不慎跌入山谷，再也没有起来。

朱彦夫跟随部队冒着热汗急行，单薄的军装从里到外已经湿透。可在狂风和雪花的裹挟下，浑身上下竟结成了冰碴儿。

战士们心里着急，为了加快行军速度，有的地方干脆连滚带爬，部队终于在上级规定的时间内赶到指定地点。

还未来得及休整，按照预先部署，二连就从坡度较缓的南面山坡向山头的敌人发起了攻击。

争夺二五〇高地的战斗打响了。守卫这座山峰的是美军和韩国军队各一个营，敌军凭借数月挖掘的坑道工事和先进的武器装备，顽固抵抗。

朱彦夫所在的二连数次冲锋，都被美军居高临下的地理优势和强大的火力压在半坡上，给攻占高地带来极大的困难。一旦敌军发起反冲锋，后果将不堪设想。

朱彦夫卧倒在一块岩石后面，敌军的轻重机枪不停地扫射，打得面前石头上的雪花四处飞溅。正当他心情焦虑，不知所措时，忽然听到连长高喊道："朱彦夫！"

"到！"朱彦夫大声答道。他听到连长的呼喊，本能地把冲锋枪往怀里一抱，向左侧连续翻滚，以最快的速度爬到连长身边。

连长见朱彦夫爬至跟前，一把扯下头上的单军帽，快速抹下眉毛、脸部、胡子上的汗气与雪花结成的冰碴子，喘着粗气大声命令道："你去通知三排长，让他绕到敌军西侧两面夹攻这些狗日的！速度要快！"

西侧地势最高，一道悬崖从北坡绕着西侧一直延伸到南坡的公路附近。敌军借此有利地形，用强有力的火力，把三排的两次冲锋都压了下来。

为防止敌人反扑，三排被迫撤了下来。这次冲锋失败。

美军凭借坦克和装甲车快速推进，志愿军追击部队一时赶不上。上级命令二连要不惜一切代价，确保三小时以内攻占二五〇高地，死死卡住南逃敌军。

二连首次进行如此高难度的阵地攻坚战，连长、指导员二人蹲在雪地上焦灼地规划着进攻路线。

敌军轻松地打退了二连的第一次冲锋，有些得意忘形，毫无顾忌地在战壕里来回窜动。一名美军最高指挥官竟然自由自在地在工事前晃来晃去，极其嚣张。

三排长杜玉民气得直冒火,命令朱彦夫把这个家伙干掉,以解心中的愤怒。

朱彦夫从石头后探出枪口,悄悄瞄准那位美军指挥官的脑袋。

随着"啪!"的一声枪响,那位美军军官应声一头栽进战壕,敌军一片慌乱。

连长刘步荣瞅准时机,命令部队迅速发起第二次冲锋。但敌人山头上的火力仍然十分猛烈,阵地东西两头的数挺重机枪构成严密火网,分别护着一面山坡。连队伤亡不断增加,20多名战士倒在血泊中,部队进攻再次受挫。

朱彦夫早已按捺不住心中的怒火,随着连长一声令下,他和另外3名战士一起迅速翻了几个滚,钻到一道雪梁下面等待时机。

敌军发现了他们想中路突破的意图,一排排手榴弹扔了下来,有两名战士中弹倒下,只剩下朱彦夫和班长杨仁富。他俩初步判断西边山头是敌人的指挥部所在地,便毫不犹豫地朝敌军阵地下方20多米处的一道雪梁快速爬进,但均受伤。他们挣扎着从雪梁下猛地跃到敌军面前,两个全身是血的志愿军战士把敌人吓得目瞪口呆,朱彦夫二人趁机扫射,夺得东头这块阵地。敌人仓皇丢下30多具尸体后,惊慌失措地向北坡逃去。

两次冲锋,二连伤亡近40人,包括能够作战的伤员在内,只剩下52人。

一场更加惨烈的大战正在向二连袭来。

中午时分,还没等二连干部战士把阵地上的工事修复完毕,溃逃下来的美国海军陆战队一师的两个主力营,携带大批坦克、汽车及其他辎重,顺着公路滚滚而来。

前方受阻,美军停了下来,十余辆坦克和几十门重炮开始向二五〇高地猛烈轰击。成批的炮弹呼啸着倾落到阵地前沿,爆炸声震耳欲聋。

连续炮击给二连造成重大损失,部分防炮掩体被炸塌,前沿工事损毁严重。在工事里负责监视敌军的十余名战士,有4人壮烈牺牲,其余全部负伤。

仇恨的火焰在朱彦夫的心中燃烧,他发誓一定要为牺牲的指战员们报仇!

美军炮击后见志愿军没有反击的炮火,断定高地上只是小股包抄的部队,没有组织人员攻击,而是再次进行大规模的炮火覆盖。

紧接着,美军的飞机飞过来了,盘旋一圈后,超低空飞行,扔下成吨的重磅炸弹和凝固汽油弹。顿时天动地摇,阵地上变成一片火海,厚厚的积雪早已融化,瞬间被烧成一片焦土。

掩体一个个被摧毁,志愿军的伤亡数字在不断增加。

持续一个多小时的狂轰滥炸之后，阵地上的情景惨不忍睹。山头已经整个被掀翻了一层，到处是未燃尽的火和硕大的弹坑。被炸碎的冻土、树枝、石块、枪支、衣服、肢体，一块块散落在四面八方，有的战士的残躯已经被烧成黑色，有的还在渗着鲜红的血。

美军的第一次冲锋开始了，连长刘步荣指挥尚存战斗力的战士进入前沿阵地。当敌人磨磨蹭蹭地来到距阵地50米的距离时，只听见他喊了一声："打！"一排早已积蓄了无数愤怒和仇恨的手榴弹，铺天盖地地砸向敌群，轻重机枪和冲锋枪像暴风雨般吐着怒火，一齐向敌军猛烈扫射。

这场突然袭击，把美军打得措手不及，一下子被撂倒了30余人，剩余的连滚带爬逃下山坡。

趁着美军尚未进行第二次进攻的间隙，二连指战员赶紧抢修被炸毁的工事，迎接更加残酷的战斗。

战士们已经三天粒米未进，本来就很单薄的军装也因连炸带烧而衣不遮体。寒冷正一阵阵袭来，战士们冻得直打哆嗦。饥饿、严寒，加之连续几天的急行军和连续作战，已让大家的忍耐力到了极限。

雪还在纷纷扬扬地下着，一层层覆盖刚被美军炮火翻耕多遍的二五〇高地。

没有挖掘工具，志愿军战士就用手去扒，手指渐渐被磨破，鲜血顺着指尖往下流。一些重伤员不顾劝阻，也赶过来助阵。朱彦夫虽然也受了伤，但不算太重，头部、背部都嵌进了弹片，两腿也挂了彩，但两只胳膊还可以灵活使用。他卧在地上，两只手不停地抠坚硬的冻土，实在抠不动，就用石头砸。

虽然进展缓慢，但工事还是一点一点地得到了恢复。

战斗很快又打响了。敌军吸取了上次的教训，散开队形，分散攻击，漫山遍野地向志愿军占领的二五〇高地围攻上来。由于敌人的狂轰滥炸，二连干部战士伤亡严重。班长几乎被打光，二排长也壮烈牺牲。连长决定，由朱彦夫代理二排长。他们采取点射的办法，专打冲在最前面的美军，以起到震慑作用。

狡猾的美军见志愿军依据居高临下的有利地形严阵以待，知道硬冲肯定吃亏，很快停止攻击，而改用强大炮火攻击。敌军的八架飞机不停地在阵地上方超低空扫射，并扔下大批航空炸弹和凝固汽油弹，瞬间烈火熊熊燃烧，焦土被掀翻了一层又一层。

敌军的火炮、坦克也紧跟着向二五〇阵地发射了成排的炮弹，持续了半个多小时的空陆合击，阵地上已落下近千发炮弹，刚刚修复的工事和掩体又荡然无存，全连仅剩下的30多个战士全部被埋到冻土碎石中，其中有数人没能再爬起来，长眠在了异国他乡。

朱彦夫的脸部被凝固汽油弹灼伤，他奋力从土石中挣扎出半边身子，两手抓起冻土往脸上、头部涂抹，钻心疼痛。两只手也很快粘上火苗，他只好将两手深深插进土里。

美军接连又发起了两次冲锋，均被顽强的志愿军战士击退。

天渐渐暗下来，敌军停止了攻击。一个下午的激战，二连损失惨重。连长刘步荣清点过人数后发现，整个二五〇高地上只剩下19人，而且全部伤痕累累。其中有几名战士伤势严重，加上饥饿、寒冷和极度疲劳，早已丧失战斗力，仅剩下一点残存的意志，勉强支撑着自己的心跳。

全连还有5名共产党员，除连长刘步荣、指导员高新坡外，还有三排长杜玉民、朱彦夫和一排战士刘方佃。

连长也身负重伤，他把重伤员安排好后，将几名党员召集到一起，召开了入朝以来的第二次支委会，也是最后一次会议。他认真分析了当前的形势和任务，最后强调："我们连已与上级失去联系，战前补齐的班、排长几乎被打光。在这危急时刻、紧要关头，共产党员要勇敢地承担起指挥重任，带领战士们顽强作战，即使剩下最后一个人，也要血战到底，做到人在阵地在，为大部队包抄歼灭美军提供宝贵时间。"稍作停顿，他撑着地，直起身子，以一种严厉的口气宣布道："刘方佃为一排排长，朱彦夫为二排排长，连级指挥，除我和指导员外，三个排长作为连干部替补，按伤亡的前后顺序接替。"

随着又一个黎明的到来，二五〇高地上空成批的炮弹呼啸着落下，爆炸声地动山摇。敌机再次飞临上空不停地轰炸、扫射，沉寂了一个夜晚的高地，转眼间又变成了铁血的海洋。

短短十几分钟时间，大多数修复的掩体和工事被重新摧毁，夷为平地。不少人又被埋进冻土碎石中挣扎不出来，两名战士被炮火夺去了生命。

朱彦夫被冻土埋得几近窒息。连长刘步荣已经站不起来，左腿被弹片切断，动脉的血喷涌而出。

敌军的冲锋又开始了，三排的轻重机枪一阵怒吼着向敌人射出仇恨的子弹，手榴弹一个接一个地扔向美军中。

朱彦夫和连长一起爬到阵地上的悬崖边,大批美军已经涌到悬崖前,密集的子弹打得二人抬不起头来。刘步荣手疾眼快地抱起一个炸药包,狠劲地拉响导火线,往怀里一揽,右腿使劲一蹬,准备滚下悬崖,与敌人同归于尽。朱彦夫发现后伸出双手,一把抓住连长的右腿,从他怀中抢过炸药包,拼尽全身力气向崖下扔去。此时,这段阵地上只剩下朱彦夫与连长刘步荣二人,他俩交替着将手榴弹砸向敌军,用冲锋枪不停地扫射。

突然,一发炮弹呼啸而来,将连长刘步荣炸飞了。除连长壮烈牺牲外,一排长刘方佃、连指导员高新坡、卫生员王纯青也相继牺牲。

硝烟尚未散尽的二五〇高地上十分惨烈,到处是炸碎的枪支、衣服、残肢,殷红的血迹染红了整个阵地。

指导员临终前,表情十分痛苦地向朱彦夫交代道:"从现在起,二连由你指挥,你一定要坚持下去,并想办法把这悲壮的一幕记录下来,告诉后人,那样,我们死也瞑目了。"

二五〇高地上只剩下朱彦夫和另外三名战士——徐凤明、杜玉民、郭杰,他们都已伤痕累累,冻僵的双腿已经不能支撑各自的身体,一个个瘫坐在冻土上。全连攻占高地时唯一没有扔掉的背包被一名战士偷偷背上山来,三天三夜没有吃饭已经饥饿到了极限的四人,本打算将被子撕开取暖,可杜玉民突然将棉絮塞进嘴里吞了下去。其他人也纷纷效仿,用一把雪伴着一把棉花往胃里咽。

按照指导员的嘱托,朱彦夫担起了指挥员的重任,把剩下的几人分成两组,以防不测。

这天晚上,敌军突然出现在半山腰,这次与以往不同的是,没有密集的炮火准备。很快传来了美军翻译的喊话声:"弟兄们,你们已经被包围了,赶快投降吧!联合国军保证你们的生命安全。"很显然,美军已经摸清二五〇高地上的志愿军士兵人数很少了。

朱彦夫抬头望去,300多名美军端着枪,弯着腰,偷偷地向阵地袭来,看到进入有效射程,他回身抓过一挺机枪,架在战壕边向敌军猛烈扫射,下面惨叫着倒下一大片。

敌军的炮弹呼啸而来,在阵地上响起隆隆的爆炸声,朱彦夫的右肩被弹片击中,一阵剧烈疼痛,造成右臂没有一点力气。其他几人不停地向敌人扫射,投掷手榴弹。

敌机又来了,一颗照明弹把阵地上空照得如同白昼。紧接着,炮弹和凝固汽油弹像冰雹一样砸向二五〇高地。阵地顿时变成一片火海,又一名战士阵亡。

朱彦夫和战士徐凤明同时被汽油弹击中,北风卷着熊熊的火舌,瞬间扑向脸部和整个头部,头发烧焦了,皮肉像是被烫熟了。朱彦夫忍不住这种剧烈疼痛,拼命地在壕沿翻滚扑打,疼得差点昏死过去,滚进壕沟时终于将身上的火扑灭。而战士徐凤明却被大火吞噬了生命,另一名战士杜玉民也被一发炮弹击中,光荣牺牲。

二连坚守的二五〇高地,只剩下朱彦夫一人。

美军反复实施的强攻,硬是没能踏上高地半步,却白白丢下100多具尸体。

趁美军还没有发起新的攻击之机,朱彦夫四处搜集来十余颗手榴弹,然后把三挺轻机枪分别架设在阵地上的不同方位,随时准备击退敌人的进攻。

在朱彦夫焦躁不安的等待中,美军开始壮着胆子往上爬。当敌军进入有效射程后,朱彦夫一声大吼,猛然跃起在壕沿上端起机枪扫射,敌人顿时倒下一大片。还没等敌人反应过来,他俯身抓起早已准备好的手榴弹,"嗖嗖"地扔进敌群,顿时爆炸声中传出美国大兵的鬼哭狼嚎。

敌军继续蜂拥而上,当他们判断出阵地上已经没有多少抵抗力了,便分散开来,一齐向中心阵地压过来。朱彦夫迅速换上弹夹,向美军扫射。忽然间,敌军扔过来四个手榴弹,落在朱彦夫面前,"刺刺"地冒着白烟,他毫不犹豫地捡起一个扔向美军。刚提起枪准备滚到一边,只听见"轰隆隆"的巨响,另外三个手榴弹相继爆炸。朱彦夫恍惚中感到眼前一道火光闪耀,仿佛自己的身体被炸裂,并随着火光飞向了空中,便失去了知觉。

眼看阵地就要丢失,在这危急关头,大部队及时赶到,全歼了美军。

第二天凌晨,阵地上静悄悄的,一片漆黑。躺在死人堆里的朱彦夫虽然还有生命的特征,但意识仍然没有恢复,虽然四肢、头脑仍无知觉,但胃里却有剧烈的烧灼感,一是渴,二是饿。

朱彦夫的左眼球已经被炸掉,头部在不停地流血。身心还处在一片混沌中的他感到有股清泉就在眼前,便扑下去喝起来,居然还有股咸咸的、黏糊糊的、带有血腥的味道。他怎么也没有想到,他喝的竟是自己头上流下的鲜血。

没过多久,朱彦夫似乎感到有了点力气,下意识地扬起毫无知觉的双手去触摸眼睛,可根本摸不出双眼是睁还是合。突然间觉得左眼眶下方落下一个黏糊糊的肉球,随即越拉越长,竟滑向了自己的嘴边。已经饥饿难耐的他,毫不犹豫地张口将肉球舔进嘴里,感到滑溜溜的有股腥味,还没有细细品尝,就"哧溜"一声吞进了肚子里。

朱彦夫贪婪地回味着刚才那"食物"留在口中的腥味，甚至渴望着再来几个尝尝，自己就有了力气，毕竟这是自己随部队入朝参战两个多月来吃到的唯一一次荤食。可当时他哪能想到，在喝过自己的鲜血之后，竟然又吞下了自己那只血淋淋的左眼球。

喝过、吃过之后，朱彦夫在能量的补充之下神志渐渐清醒，逐渐恢复了意识、知觉和记忆。这才发现自己的处境十分糟糕，手和脚全部冻成了冰坨，早已丧失了功能，既拿不了枪，也走不动路。头上、肚子上血肉模糊，烧伤、刀伤、弹伤使鲜血流个不停。左眼球被弹片崩出，右眼视力极其模糊，他感到自己躺在这冰天雪地里必死无疑。

天亮后，志愿军战士在清理掩埋烈士遗体时，发现朱彦夫还有生命迹象，立即将他送往战地医院急救。

不等不靠不要　自力更生建设家乡

1951年的春节前夕，昏迷中的朱彦夫在朝鲜战地医院进行急救处理后，被紧急送往长春市野战医院即第三军医大学附属医院救治。此时的他，左眼已成空洞，肠子流出体外，全身多处烧伤、弹伤，四肢全部冻死。这所医院会聚了全军甚至国内各方面最好的医生。医疗专家组经过会诊后有人提出，朱彦夫即使不死，也很难再醒过来！

野战医院从上到下，怀着对志愿军战士的崇敬热爱，集中优质医疗资源，对朱彦夫进行抢救，盼望奇迹出现。医生们见他的伤势太重，下狠心锯掉了他的双手、双脚。本想尽量多留下些部分，但截肢处大面积溃烂，为保全生命，只得一次一次再截，大大小小共做了47次手术。

朱彦夫那几乎成为椭圆形的肉躯依然没有知觉，负责手术的主治医生十分惋惜地说：抬进太平室吧！

太平室不同于太平间，是野战医院设立的从朝鲜战场抢救下来的危重病人的抢救单间，相当于现在的重症监护室。里面只有一张小床、一个小床头桌，由极其负责又有丰富经验的护士宫行珍24小时监护着朱彦夫，整整坚守了93天。

一天清晨，朱彦夫终于慢慢地睁开了右眼。宫行珍一阵惊异之后，欣喜若狂地流下了眼泪。

当朱彦夫清醒过来后发现自己的双手和双腿均被锯掉了,几近疯狂,拼命地想用两腿乱蹬乱踢,狂舞着双臂,歇斯底里地吼叫:"俺的手呢?俺的脚呢?没有手和脚,俺怎么上前线打仗?你们还俺的手和脚!"他狂乱地想挣扎坐起,想掀掉身上厚厚的棉被,但不管他怎么呼喊、蹬踢,已被牢牢捆绑在病床上的身体动弹不得。

医生们怕碰着朱彦夫的伤口,好几双手拼命地想摁住他,可他更加暴跳不止。跪在床前的护士宫行珍紧紧抱住他的头,嘶哑着嗓子带着哭腔安慰道:"你冷静点,你冷静点,为了保住你的命,医生们已经尽了最大努力。"

"这样的命俺不要,俺这样活着还有什么意思?"朱彦夫哭喊道。

医生们见朱彦夫狂躁不安,生怕会消耗刚刚回复的一点生命能量,飞快地在他左臂上注射了一针药物。没过多久,他暴躁的躯体渐渐平静下来,一阵麻木而又舒服的感觉让他沉沉地睡去。

由于战时部队调动,频繁增减人员,加上朱彦夫所在的二连官兵全部阵亡已经毋庸置疑,几经查访核实后,上级机关终于痛心而又无奈地给全连干部战士的家属分别发出阵亡烈士证明。就在朱彦夫昏死治疗的过程中,一张《革命烈士证明书》几经周折送到了沂源县张家庄村。朱彦夫的母亲郑学英接到证明书后,当场昏死过去。

苏醒过来的朱彦夫重新从太平室搬回了专门为没有手和脚的特殊战士设计的"特号床"。

逐渐恢复理智后,朱彦夫向医院报告了自己的姓名。此时此刻,他已万念俱灰,觉得自己和死亡已经没有本质区别。他谎称自己的睡眠不好,让医生每晚给开两片安眠药,却暗中积攒了一把,趁护士不注意,一次性吞进嘴里。被发现后,经过及时洗胃等措施被抢救过来。之后,朱彦夫又找机会咬紧牙关拖着沉重的病体想爬上床头的桌子,翻过窗台,纵身跳下楼去了却残生,结果以失败告终,因为他根本爬不上去,重重地摔在了床下。

主治医生崔国正和医院政委得知情况后,快速来到朱彦夫的病房。看到窗台上的血迹,崔国正很快明白过来,他气得有些发抖地用手指着朱彦夫的鼻尖大声吼道:"我们都认为你是身经百战、英勇杀敌、在朝鲜战场上与美军作战的英雄,所以才千方百计地挽救你的生命。早知道你不珍惜生命,我们就不救你了。你这样做对得起谁呀?"

"你好好想想,你这样做对得起牺牲的战友吗?对得起想尽一切办法救治你的祖国吗?对得起你家乡的亲人吗?苏联有位作家根据自己的亲身经历,写了一本书,叫《钢铁是怎样炼成的》,里面的主人公叫保尔·柯察金,他在战场上负伤,双目失明,可他没有灰心丧气,而是正确面对人生,树立理想,坚定信念,坚强意志,积极进取,奋发图强,取得了很大成就。你应该向他学习,成为中国的保尔·柯察金,而不是成为一个不珍惜自己生命的懦夫!如果你自残生命,就是胆小鬼!就是背叛党组织!背叛自己的亲人!"政委也很生气地吼道。

这番激烈的言辞,把朱彦夫给镇住了,他低下头,不再吭声。

"我本不该这样对待你,不该大声吼你,因为你是在朝鲜战场与美军浴血奋战、英勇杀敌的英雄,我现在诚恳地向你道歉。你应该坚强地活下去,把自己参战的故事讲出来,让更多人了解实情。"崔国正见自己的话对朱彦夫有所触动,便换了种口气安慰和鼓励道。

与朱彦夫母亲岁数差不多的护士宫行珍也好言相劝,朱彦夫终于放弃了轻生的念头。

"我要当保尔·柯察金,不能当懦夫!不能当胆小鬼!不能自私!要对得起党组织、对得起国家和自己的母亲!"朱彦夫在心中默默地念叨着,一种生存的火焰在他心中逐渐燃起。

事后,朱彦夫让护士宫行珍一遍又一遍地给他讲保尔·柯察金的故事。

过了一段时间,朱彦夫情绪再次出现波动。细心的护士宫行珍以女性特有的温柔,像母亲一样安慰他、开导他、鼓励他。

"你能活下来,已经是奇迹。你想想,你们近百人的连队那么多干部战士都牺牲了,唯独你能够活下来,是多么幸运的事儿。你要做的,也是唯一必须做的,就是尽快找到一条能够更好地活下去、走得更有意义的路。正如《钢铁是怎样炼成的》一书作者奥斯特洛夫斯基说的那样:'人最宝贵的是生命,这生命属于每个人只有一次。人的一生应该这样度过:当回忆往事的时候,他不至于因为虚度年华而痛悔,也不至于因为过去的碌碌无为而羞愧。'"宫行珍说。

这一席话让朱彦夫深受触动,他静下心来思考未来。特别是他回忆起朝鲜战场上的情景,想到那么多战友死在美军的炮火和枪口下的惨烈场面,特别是想到百般照顾、培养自己的连长刘步荣、指导员高新坡牺牲时的情景,不禁热泪滂沱。

一股力量和新的理念在他的心中逐渐形成——一定要好好活着，真正成为中国的保尔·柯察金！

从此之后，朱彦夫再没有产生过轻生的念头。

经过野战医院医护人员一年多的精心治疗，朱彦夫的伤口逐渐愈合，病情基本稳定。

经部队卫生部门的专家鉴定，朱彦夫被评为特等革命伤残军人。

1952年5月，朱彦夫被转往位于山东省泰安市的鲁中荣军休养所休养。在这期间，他买来一本《学习小字典》，从零开始，刻苦学习汉字，学习文化知识。

朱彦夫无时无刻不在思念家乡，想念孤苦伶仃的老母亲。他多次向荣军所领导申请回乡休养，最终获得批准。

1954年秋天，朱彦夫回到阔别七年的家乡沂源县张家庄村。母亲郑学英见到他喜出望外又十分感慨，万万没有想到本来已经成为"革命烈属光荣户"，儿子竟奇迹般地活着回来了。更没有想到儿子14岁"失踪"时是一位英俊少年，21岁回来时却是失去左眼和双手、双腿的特等革命伤残军人。

朱彦夫参军之后，家里两间茅草顶的石头墙房子更加破败。他回来后便请人在院子一侧盖了一间只能放一张床的小房子供自己居住，比他小13岁的亲外甥赵圣贵晚上给他做伴儿，两人睡在一张床上。

为了给母亲减轻负担，朱彦夫顽强地练习吃饭、刷牙、上厕所、扫地，曾摔坏了几十个吃饭的瓷碗和瓷盘。他还购买了一副8.6公斤的假腿，自己学着缠绑、安装、走路，好多次不慎从床上摔下来，残腿和残手、头部、脸部都受了伤。但他坚持练习了两年多时间，终于实现了生活自理，还能读书、看报。

张家庄村很穷，不仅地

朱彦夫不断提高自理能力，逐渐掌握了一些生活技能（资料照片）

处偏僻,而且村民没有文化,甚至大多数人都是文盲。怎样才能改变这种贫穷落后的面貌?朱彦夫想了很久,他觉得首先是要提高大伙儿的文化程度,"扶贫先扶智"。

村里有一间曾经是地主的房子,收归集体后长期闲置。朱彦夫征得村书记同意后,让大伙儿把房间打扫干净,并在房外墙壁上挂了一块"张家庄夜校"的木牌子。

没有课桌怎么办?朱彦夫打起了母亲郑学英的主意,数次动员她将自己准备百年之后使用的棺材板拿出来做课桌,却遭到拒绝。不管他如何软磨硬缠,母亲就是不同意。因为当地树木很少,棺材板是郑学英出嫁到张家庄村后,自己亲手种植的松树,成材后砍伐回来预备后事的。当时,她已经是年近60岁的人了。

朱彦夫想了一个让母亲妥协的办法:绝食。他把自己关在屋里,三天时间不吃不喝,任凭母亲怎么说好话,就是不开门。到第四天一大早,母亲害怕儿子出事儿,实在承受不了精神上的痛苦折磨,便站在他的房前哭道:"儿呀,你这样做简直是在割俺的肉呀!你快起来吃饭吧,俺同意你的要求。"

朱彦夫终于把母亲的那副棺材板要到手了,便请当地木工做好了夜校所用的课桌和一排排书架。没有凳子怎么办?村支书出主意道:"谁来听课,谁自己带凳子。"

朱彦夫要亲自当教员,可自己不会用粉笔在黑板上写字,这咋办呢?开班前,他用残臂夹起粉笔在自家墙上认真练习,遇到了不少麻烦。两个断臂抱松了,字写不上,而且粉笔经常落地,抱紧了又会把粉笔折断。尤其是一根粉笔写不了几个字,就被磨去一大截,短的再也夹不住了。他尝试着把粉笔绑到木棍上、缠些布条或塞进药瓶里,但效果都不理想。

一次偶然的机会,朱彦夫由一个小孩玩子弹壳产生联想,便将粉笔插进去试试,果然不紧不松,长短合适,用断臂夹抱方便书写。他成功了。

经过一个多月的充分准备和动员,张家庄夜校正式开课了,一间不大的教室里摆满了一排排长课桌,坐了30多人,有时还有人站在外面听课。大伙儿很有兴趣前来参加扫盲,每人自带一盏小油灯,朱彦夫用自己微薄的伤残津贴购买煤油,分给参加学习的村民照明。

朱彦夫按照沂源县编写的《农民识字课本》,从学习"中国共产党""社会主义好""伟大领袖毛主席""张家庄"开始,慢慢地教大家识字。

夜校共开办了五年时间,朱彦夫几乎未停过一天的课。

村民张茂凤、张茂珍、张茂花等人没有上过学,一连上了两期学习班,文化水平大有长进，其中一人后来还担任了大队干部，两人担任过生产队会计。

书架上的图书，也是朱彦夫用伤残津贴购买的。他慢慢地将自己的伤残津贴攒到97元，又让妻子陈希永把家里的一头猪喂大后卖了一些钱，凑够172元。

朱彦夫将这笔钱寄往泰安的鲁中荣军休养所。10多天后，孙所长帮忙在当地新华书店精心挑选了200多册实用而又通俗的图书寄来，被摆上了书架。朱彦夫不断地鼓励村民多看书学习，做一个有文化的农民。

白天下地干活，晚上到夜校学习、看书，逐渐成为张家庄村村民的新生活。

大伙儿从朱彦夫的身上感受到了知识的力量，也看到了知识带来的新希望。

此时，张家庄与柳枝峪、幸庄三个村成立了一个高级社，由一个党总支领导，下设三个村党支部。

1957年3月，张家庄村换届选举，八名党员一致投票选举朱彦夫担任村党支部书记。他当场表态道："既然大伙儿信任俺，俺就干。只要全体干部群众齐心协力，俺就不相信张家庄的贫穷面貌改变不了。"

朱彦夫的母亲郑学英得知此事后，非常不高兴地对他说："你双手、双腿都没有了，能活着就已经是万福了，还当什么村支书？俺们村那么穷，你一个重度残疾人怎么可能改变现在的状况？"

"娘，既然全体党员信任俺，投票选了俺，俺也不能让大伙儿失望，对吧？俺先试着干一年，如果干得好就继续干。如果大伙儿不满意，俺就主动辞职退下来。"朱彦夫微笑着对母亲说。

"你是个残疾人，本来就应该有人专门照顾你的饮食起居，可你非要倔强着什么事儿都自己做。当村支书哪是那么容易的一件事儿？处处要带头干，否则，别人就不会相信你。"郑学英道。

"这个事儿俺也想过，全体党员之所以选俺当张家庄村的党支部书记，可能就是因为他们认为俺多少还有点能力。俺出思路，大伙儿出力气，两方面很好地结合起来，就能产生效率。能带头干的事儿，俺尽量带头干，万一不能带头干的力气活儿，大家也是会理解的。"朱彦夫道。

"那好吧，你当村书记最长不能超过三年。"郑学英再一次让步道。

"行，就按您说的办。"朱彦夫很高兴地说。

张家庄村人多地少，人均只有六七分地。朱彦夫上任之初，挨家挨户到农民家走访，了解大家的生活情况，虚心听取大伙儿的意见和建议。他了解到，此时张家庄人均口粮标准是一年360斤；一个10分的工分分值只有7分钱，导致年终决算时，有些农户家还要倒贴钱给村集体。

他明白了，当务之急是要解决全体村民能够吃饱肚子和分配收入过低的问题。

朱彦夫还获知，张家庄村230户、605人中，有80多人是木匠、铁匠、石匠，会蒸馒头、做粉皮。为何不把他们组织起来，发展副业生产，不断壮大集体经济实力、逐步提高农民收入呢？

在主持一次村党支部会议上，当朱彦夫提出自己的想法后，得到全体成员的一致赞成。

朱彦夫（中）担任村书记期间，到地里与村民一起劳动（资料照片）

邻近的双星兵工厂正在搞大规模基建，朱彦夫坐在独轮车上让两位农民轮换着把自己推到基建工地，工地负责人为他的精神所感动，一口答应了他的要求。

张家庄村40多位会石工、木工、砌工活儿的农民被派到双星兵工厂基建工地干活儿，每人每天1.5元工钱。村党支部规定，这1.5元中，1.2元交给生产队，每天给记10工分，参与集体分粮食和年底分配。剩余的0.3元钱中，0.15元交给村集体，剩下的0.15元归个人。

朱彦夫还用自己的伤残津贴垫资，为村集体兴办了一个养猪场，每年繁殖30至40头仔猪，卖给农民喂养，长大后再按照成品猪价格卖给国家。

还有30多位手艺人怎么办？朱彦夫又想了个办法。有的妇女会织布，也是按照上述办法分配。还有几十人会蒸馒头、做粉皮，这些人也得组织起来。村里将集体的几间仓库腾出来，分别建起了加工小麦的磨坊、蒸馒头的馒头坊和做粉皮的粉皮坊。

张家庄村集体规定，不管谁来，用1.2斤小麦就可以兑换1斤馒头。实际上，1.2斤小麦可以生产1斤面粉，1斤面粉可以蒸出1.5斤馒头。反过来，1斤面粉生产的馒头可以兑换成1.8斤小麦，等于做1斤馒头就可以赚6两小麦，全村每年可以赚取3500斤至4200斤小麦。而后，将这些小麦分到所属7个村民小组，每个组分得一大缸粮食，重量在530斤左右，再由各村民小组分给每位农民10斤左右的小麦，成为基本口粮之外的集体福利。

粉皮坊里生产的粉皮，不管是谁，交3.5斤地瓜干就可以兑换一斤粉皮，而生产1斤粉皮的地瓜干原材料只需要2斤，等于交换1斤粉皮就可以赚得1.5斤地瓜干，每年要赚取6000多斤，一部分作为养猪场的饲料，另一部分分给农民当口粮外的粮食补贴。

不仅本村的村民，还有刘家庄乡所辖12个村的不少农民都来兑换馒头、粉皮，使张家庄村集体积攒了不少小麦、地瓜干，以备饥荒。

"发展副业，不仅使全村农民的口粮标准得到提高，集体有了一定的粮食储备，每年还给村集体增加收入6000多元，使全村的工分产值达到5角钱，是以前的7倍多。"朱彦夫的亲外甥赵圣贵介绍。

轰轰烈烈的人民公社化运动于1958年下半年在全国展开后，张家庄村于第二年上半年改为张家庄大队，朱彦夫担任大队党支部书记。

1959年至1961年全国三年经济困难时期，张家庄大队将集体的粮食储备分给社员，帮助大伙儿渡过了饥荒。

张家庄大队的地貌是由南山和北山夹住中间一条沟组成。大炼钢铁时，山上本来就不是很多的大树几乎被砍伐光了。怎样才能恢复植被，让光秃秃的山坡披上绿装？朱彦夫进行了长时间的思考。

一天清晨天刚麻麻亮，朱彦夫独自一人安上假肢，拄着拐杖，一步一步地艰难攀爬到本大队海拔最高的南山察看地形。一不小心，他摔了一跤，一条假肢脱落了，没办法继续行走，便连滚带爬了1公里的路程，终于来到海拔800多米的山顶。

母亲郑学英起床后发现儿子不见了，急得直掉泪。大家十分焦急，派人到处寻也找不见踪影，非常担心。下午太阳偏西时分，一个在南山放羊的社员发现了他，及时下山向郑学英告知了此事。此时，两顿饭未吃又没有喝水的朱彦夫在烈日暴晒下已出现脱水症状，瘫坐在树下。乡亲们闻讯后纷纷赶来，只见他的脸被树枝划了一道道血口子，两条假肢已经卸掉，放在一边，腿根部磨出的血迹已经凝固。外甥赵圣贵找来一把椅子，两边绑上扁担，几名社员轮换着把他抬下山，送回家。

这次上山虽然十分艰难，但朱彦夫对整个村庄的地貌已经心中有数，大脑里逐渐勾勒出张家庄大队一幅美丽的图画："山顶松柏戴帽，上下林果缠腰，沟渠环绕水浇。"这是他对全大队作出的第一个中长期规划。

比朱彦夫小 10 岁的张茂兴，当年被安排负责全大队的副业生产。如今已 80 多岁的张老清楚地记得，1961 年 11 月 28 日，张家庄大队正式成立了林业队，从七个生产队各抽调两名社员为林业队员，主要负责建在山下的苗圃园育苗。而后，再发动社员利用冬、春两季把树苗移到山上栽种，持续不断，连续栽了近 20 年，使整个村庄的绿化覆盖率达到 80% 以上。"当年所栽的松树，一小片就有 13 万棵，全大队有 16 个山头，一个山头按 26 万棵计算，累计就有 416 万棵。这些树木将成为后代的一笔巨额财富。"张茂兴介绍道。

在栽种大量树木的同时，朱彦夫让林业队在半山腰和村庄周围种植了 12.6 万棵花椒树，还在中间套种了数万株桑树，养殖了大量桑蚕。

在 20 世纪 80 年代中期，后来被改名的张家泉村成为山东省重要的花椒销售集散地，沿韩莱公路两边全是卖花椒的。本地的花椒不够卖，就到山西省去采购。"花椒树在改革开放之初已成为全村农民致富的'摇钱树'。我家有五个孩子，他们上学的学费全靠集体分得的 630 棵花椒树收入，一年能卖 8000 多元。"张茂兴介绍道。

随后，张家庄大队又增加了石匠坊、木工坊、织布坊、铁业社、运输队等 10 余家副业。当时，所有副业都集中在村东头 10 余间房屋和两个木棚里，大伙儿戏称为"东厂子"，大队不仅安排了 80 余人就业，还实现集体收入 2 万余元；群众生产生活条件随之不断改善，社员年终核算分配时，一个工 10 分的分值提高到 8 角钱。张家庄成为当地远近闻名的先进大队、富裕大队。

1964 年上半年，毛泽东主席多次表扬了"自力更生、艰苦奋斗、战天斗地"的大寨精神，并发出了"农业学大寨"的号召。朱彦夫经过认真思考，提出了改土造田、不断扩大粮食种植面积、多打粮食、让农民吃饱饭、多向国家交售公粮的设想。他再次带领所有大队干部登上全大队最高峰南山，俯视整个地貌，对其他干部说："俺们大队人多地少，两道梁、四条沟的地形，下雨时把土地冲得支离破碎，没有一块像样的地，更没有连片的土地，一定要想办法改土造地。赶牛沟、腊条沟、舍地沟、妈妈沟过于分散,而且净是石头,能否把这几个沟填起来,在上面铺上土,使小块变成大块?"

朱彦夫当年带领社员改土造田时垒起的石坝,如今已成为良地(图为亲身经历者、朱彦夫的亲外甥赵圣贵)

"把沟填起来,难度太大了。况且,如果遇到下暴雨,肯定会把垫起来的土石冲走,那不就等于白干了吗?得不偿失。"一位大队干部提出了质疑。

"沟里不用全部填起来,而是采取一种既能排水,又能种庄稼的办法。"朱彦夫笑着说。

"那是个什么做法?"那位干部质疑道。

"咱们这里不是有很多石头吗?就在石头上做文章。在沟的两旁用石头做成护墙,再仿照赵州桥的原理,用石头将护墙的左右两边用拱桥连接起来,就形成了地下涵洞,每隔一段距离留一个进水口,下暴雨时,水就随着涵洞流走了。"朱彦夫说。

"还有呢?"另一位大队干部问。

"再在涵洞上垫上厚厚的石块,石块上垫一层土,小块变成了大块儿,不就可以种庄稼了吗?"朱彦夫解释道。

"这个办法很好。"一名大队干部表示赞同说。

"全大队才 100 多个劳动力,何年何月才能把这几条沟填起来呀?"一位干部有些顾虑。

"我一个残疾人都不怕,你们四肢健全的人还怕什么?你听说过'愚公移山'的故事吗?人心齐,泰山移。一年不行就两年,两年不行就三年,只要大家齐心协力,一定会把这几条沟改造成良地。"朱彦夫信心满满地说。

"那俺们就在你的带领下干吧,一定会取得成功的。"另一位大队干部表态道。

为慎重起见,朱彦夫主持召开由生产队长和全体党员列席的大队党支部扩大会议,认真讨论具体方案,意见一致后开始实施。

这年秋冬,一场男女老少齐上阵、改土造田多打粮的农业大会战在张家庄大队拉开了序幕。

赶牛沟成为全大队第一个进行"棚沟造地"的地方。这个沟南北长 2000 余米,最宽处 50 多米,最窄处也有 10 余米,因只有牛羊能在上面行走而得名。

朱彦夫带领全大队的 100 多名劳动力,从 1 公里外的褚家山运来石头,在赶牛沟地势较低的地方垒起 2 米多高的石坝。并将沟里的大石头刨起,修建护墙,建起高约 2 米、宽 3 米、长约 1500 米的石拱涵洞,用于泄洪。而后,在涵洞上填土造地。"整个工程用了一个冬天和第二年一个春天,共用石料 7300 多立方米,动用人工 1.35 万个,填沟垫土 1.3 万立方米,使昔日的荒地变成了一大块面积达到 10 多亩的良地。"赵圣贵介绍。

紧接着,朱彦夫又带领全大队社员马不停蹄地用同样的方法,将腊条沟、舍地沟改造成良地,使全村的耕地面积增加了 43 亩。

朱彦夫当年带领社员开垦的红山梯田,如今已是苹果园(图为亲身经历者、朱彦夫的亲外甥赵圣贵)

"红山"位于张家庄正北方向,因红页岩石而得名,原是一片荒山,乱石满山,荆棘丛生,人难行走,牛羊难攀。朱彦夫带领社员经过三个冬春的奋战,动用劳力8800多人次，开挖梯田78道，采石垒坝1800多立方米，整地用土2.8万立方米，新增耕地面积35亩，让贫瘠的荒山变成了良地。

土地问题解决了，朱彦夫并没有就此停步，他的大脑中反复酝酿着一个计划：利用冬、春农闲季节，发动社员在全村打三口深井用于饮用、三口机井用于蓄水浇地，彻底解决大伙儿吃水难、用水难的问题。

朱彦夫组织大队党支部开会研究，决定先打三眼吃水深井，彻底解决社员的生活用水问题。其中猪窝峪深井下口宽1平方米，深度23米，整整用了三年时间才得以完成。

而后，又相继在老洼子、庄东各打了一口吃水深井。

社员吃水的问题解决了。紧接着，朱彦夫又开始组织社员打主要用于灌溉的机井。

张家庄大队第二生产队一个叫池家峪的地方有个泉眼，北山几个生产队的社员吃水都靠这里供应。泉水从一个水坑里往上冒，每天天未亮，家家户户都有人挑着水桶在这里排队挑水回去吃。到了干旱季节，水量很小，社员通宵达旦地排队等水，大队需要派一名干部维持秩序。

朱彦夫率领社员利用一个冬天时间，在泉眼下游人工开凿出长20米、宽10米、高3米的第一口机井，使丰水季节泉水用不完时流进井里蓄积起来，枯水季节便可在此用水桶挑回家食用。"机井常年蓄水600立方米，除保障全庄社员吃水外，还可浇灌庄稼地30亩至40亩，对生产生活发挥了重要作用。"赵圣贵说。

张家庄有个龙王庙，旁边也有个小泉眼，虽然南山几个生产队的社员在此挑水吃，但遇到干旱季节也同样缺乏保障。朱彦夫组织召开大队支委会讨论，决定打龙王庙这口机井，确保社员吃水的同时，解决长期困扰全大队庄稼地缺水浇灌的问题。

又一年冬天，朱彦夫让大队会计张吉才到邻近的桑树峪大队，邀请曾在县水利局担任过工程师已退休回家养老的高大娟，到张家庄大队帮忙勘察打井位置。

大队党支部组织全大队100多个劳动力顶风冒雪，艰苦奋战，用最原始的工具——铁锤、钢钎打眼，装填自己用碳酸氢铵加锯末炒制的炸药放炮。再用洋镐、铁锹刨，用独轮车推或肩挑，将石头运往外面。先打成圆形，再逐渐扩大为长方形，最后成为一个长33米、宽24米、深15米的大型蓄水井，可以蓄水1.2万立方米。

之后，又利用一个冬天和一个春天的农闲时间，凿开长50米、宽10米、深5

空中俯瞰张家泉村村貌（无人机航拍照片）

米，蓄水量达 2500 立方米的老泉头机井，并修建了一条长 1.5 公里、宽 40 厘米、深 30 厘米的水渠，通往张家庄北山。庄稼播种、生长季节，用抽水机将水抽到渠中，重点保障"棚沟造地"的赶牛沟、舍地沟和腊条沟所种庄稼灌溉，使全大队的粮食连续增收。"当年进行'棚沟造地'的土地，如今已成沃土。分田到户后，村民分别栽上了苹果树，每亩地栽 18 棵，每棵树可以摘 800 个苹果，年产 1.4 万斤左右，一年可以获得 2 万多元的收入，成为脱贫致富的'摇钱树'。"赵圣贵介绍道。

在朱彦夫自力更生、艰苦奋斗的精神感召下，邻近的赵家庄、刘家庄、大家万庄、山西万庄四个大队组织社员从 1971 年到 1973 年，用了三年时间，开凿了一个长 55 米、宽 50 米、深 20 米的机灌站机井，大大缓解了这几个大队的用水问题。

朱彦夫当年带领社员凿开的机井蓄水池，解决了村民的生产生活用水问题（图为亲身经历者、朱彦夫的亲外甥赵圣贵）

吃水和生产用水的问题解决了，朱彦夫又把目光放在了解决全大队社员的用电问题上。

有一次，朱彦夫应邀到沂源县作报告，事后一位县领导问他是否还有什么心愿尚未了结。他毫不犹豫地回答："俺现在最大的心愿就是让乡亲们用上电灯照明。"那位县领导当场表态支持，一定尽快协调供电部门满足他的这一心愿。

从梭背岭公社到张家庄大队有 9 公里距离，那个年代什么物资供应都很紧缺。供电部门虽然答应给该大队架电，但所有材料都得自筹，朱彦夫想了很多办法，四处"化缘"。他先后两次在大队干部赵圣法的陪同下，到武汉、上海去找自己的战友要电线、变压器等供电设备。在火车上，他一天只吃一个馒头、喝一杯水，尽量控制少上厕所。在朱彦夫的不懈努力下，全大队架电所需的电线杆、电线、变压器等电力设备和开关、灯泡等照明设备相继筹集到，又协调线路经过的八个大队组织社员施工架线，终于在 1978 年 7 月完成架线任务，使张家庄大队全体社员提前十余年用上电灯照明。

"通电那天晚上，包括俺在内，广大社员都高兴得合不拢嘴，一些老年人和小孩在电灯下更是兴高采烈，兴奋得整宿睡不着觉。"赵圣贵说。

心里装着乡亲　模范带头自强不息

朱彦夫高度残疾，他压根儿不会想到，自己有生之年会遇到一位深爱他的贤惠女性，组成了一个幸福家庭，还生育了六个子女。他的妻子叫陈希永，两人从相识、相知，到结成美好婚姻的爱情故事，在当地被传为佳话。

陈希永是山东省日照市莒县人，1935 年出生在农村，很小就失去了母亲，6 岁时跟随父亲外出逃荒，途中得了一场大病，长时间发烧，昏迷不醒，生命垂危。当行军的华东野战军军医看到奄奄一息的陈希永后，毫不犹豫地给她注射了两支当时非常紧缺的青霉素和链霉素，使她的病情很快得到好转，将她从死亡线上拉了回来。从那时起，陈希永就对解放军心存感激，将其视为自己的恩人，从心底对军人特别有好感。

陈希永的表姐叫高仁义，时任沂源县妇联主任。1955 年春天，她在地处东里的沂源县人民医院生孩子时，陈希永在那里帮助照顾她。

此时，朱彦夫旧伤复发，来到县医院康复治疗。陈希永经常看到高度伤残的他一有空就在病床上用残肢翻阅小字典，并让护士教他识字，非常刻苦，感到十分好奇。

一天上午，朱彦夫坐在轮椅上被护士推到院子里晒太阳，陈希永走上前去作了自我介绍，并关切地询问了他的伤情。朱彦夫简要地介绍了自己的经历和受伤情况，让陈希永肃然起敬，敬佩之情油然而生。

之后，只要有空儿，陈希永就会到朱彦夫的病房里嘘寒问暖，帮他打开水、扫地，听他讲在部队的经历和战斗故事，两人之间很快产生了相互吸引的感情。

时任沂源县民政局局长窦英权是陈希永的姑父。有个星期天，陈希永到姑父家去帮助打扫卫生，顺便告诉他自己对朱彦夫非常崇拜。

"你是不是喜欢上他了？"窦英权问道。

"有点。"陈希永恳切地答道。

"你喜欢他什么？"窦英权有些吃惊地问道。

"他是个战斗英雄，是最可爱的人呀！"陈希永说。

"可他是个高度残疾人，双手和双腿都被锯掉了，连自己的生活都不能自理。你想过没有，如果与他组成家庭，是需要付出巨大代价的，这事儿你得想好！"窦英权有些担心地说。

"他是为国家负伤的战斗英雄，应该得到所有人的尊重和关爱。俺从小就非常崇拜军人，这件事儿俺想了很长时间，只要他不反对，俺就愿意照顾他一辈子。"陈希永说。

"那好，你有这样的情怀难能可贵。俺也非常同情和关心朱彦夫，因为他是为数不多的特等伤残军人，也是俺们县民政局负责的优抚对象，你这样做也是变相地为俺们排忧解难。"窦英权肯定道。

第二天上午，窦英权来到朱彦夫的病房看他，顺便把陈希永的想法说了出来，并告知愿意为他俩当媒人。

朱彦夫听到这一消息既惊又喜，但也有些发愁。

"俺是个高度残疾人，她长得那么漂亮，时间长了会不会嫌弃俺呀？"朱彦夫有些顾虑地说。

"不会的，俺与她深谈过，她的经历很特殊，是解放军救了她的命，所以她对军人有一种特殊的感情。况且你是特等伤残军人，是为保家卫国负伤的，她心甘情愿照顾你一辈子。"窦英权道。

朱彦夫眼圈一红，心里感到莫大的慰藉。

1957年2月，朱彦夫与陈希永正式登记结婚。之后，两人相继生育了五个女儿、一个儿子。

陈希永身高1.73米，不仅漂亮、善良、能干，还十分贤惠，是位标准的贤妻良母。六个孩子相继出生，加上婆婆、丈夫和她，一家九口人，里里外外的事情全靠她

朱彦夫：中国式"保尔"的极限人生

来打理。她白天要下地干活，晚上做家务，每天起早贪黑，睡得很晚，但毫无怨言。每次吃饭时，她总是先照顾婆婆，再照顾丈夫和孩子，最后才轮到自己。每天早晨给朱彦夫穿衣服、晚上给他脱衣服，背着他去上厕所。到后来自己的年龄越来越大，有些背不动了，就先

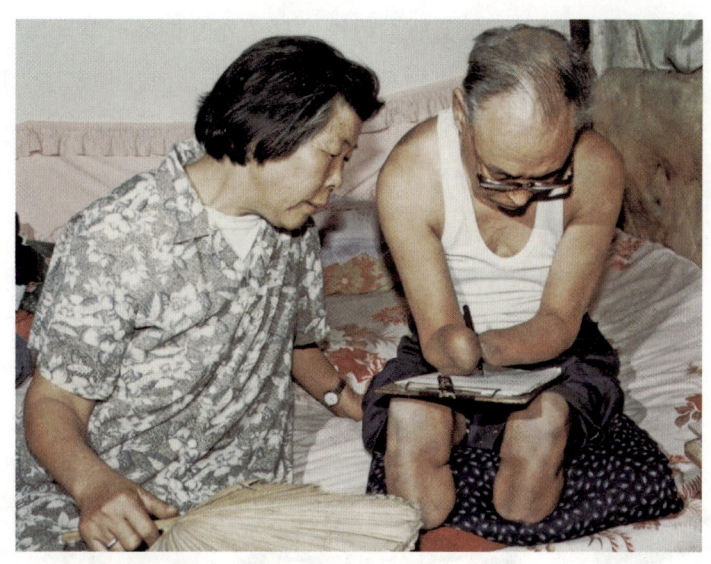

朱彦夫在妻子陈希永的陪伴下，用残肢顽强地撰写著作《极限人生》（资料照片）

喝两口酒，借着酒劲才能背动他。

朱彦夫有时发脾气，陈希永总是保持克制，从不与他争吵。以致子女们都看不下去了，纷纷批评自己的父亲。小女儿朱向欣有天打抱不平地问道："妈妈，您年轻时长得那么漂亮，竟然嫁给了四肢残缺的俺爸，本来就很吃亏。俺爸还经常发火，您总是忍着，一声不吭，不觉得憋屈吗？您为何不与他顶嘴呀？"

"你不能这样说，你爸爸是在战场上负伤致残的，他是个英雄，俺们都应该敬重他。他性格犟，脾气倔，心情不好时不向俺发火，还能向谁发呀？只要有利于他的身体健康，俺什么事情都可以忍受，不存在憋屈的问题。"陈希永答道。

2010年农历正月十四，陈希永因癌症去世，享年75岁。朱彦夫悲痛欲绝，几次哭昏过去。他从内心深处感到陈希永是自己的恩人，生前不仅悉心照顾自己和母亲在世时的饮食起居，还精心养育了六个儿女。他对很多人说："陈希永其实就是俺的双手和双脚，如果没有她，俺这几十年的日子就不可能过得那么舒心，更不会有这样温暖、幸福的家庭和这么多儿女。"

吊唁期间，朱彦夫坚持每晚为陈希永守灵，并提出要为她披麻戴孝，以表达自己内心深处的感激之情。在众人的反复劝说下，他最后只是穿了件白色上衣，以示对妻子的深深哀思和怀念。

中共中央原政治局委员、中央军委原副主席、国防部原部长迟浩田听说了陈

希永的故事后，竖起大拇指称赞她是"新时期的沂蒙红嫂"。

朱彦夫虽然是位高度残疾的伤残军人，但在张家庄大队担任党支部书记的25年里，处处要求自己模范带头，他常说："党支部书记越是在艰难困苦面前，越是要带头冲在前面。就像在战场上，干部就要冲锋在前，用身体挡子弹，你在群众中才会有威信和号召力。"

进行"棚沟造地"时，朱彦夫不仅负责工程设计、技术指导，还负责向上级有关部门联系争取雷管、导火线、钢钎、铁锤等必要的材料工具。舍地沟是第二个改造的山沟，也是工程量最大的一条沟，工程难度很大，不仅小块地多、石头多，而且护墙达到7米高，最难办的是有80多个坟头需要迁移。

朱彦夫当年带领社员所进行的"棚沟造地"时用石头垒起的拱桥，形成地下涵洞，如今已成为良地（图为亲身经历者、朱彦夫的外甥赵圣贵讲述）

开工前，朱彦夫带领大队支委、队委的几名干部，分头给需要迁坟的社员做工作，费了九牛二虎之力才做通这些农户的思想工作，使他们自愿把坟墓迁走。

这条沟从秋天开始动工，一直干到第二年清明节完工。

春节到了，为了不影响"棚沟造地"的工程进度，正月初一这天上午，朱彦夫组织全体社员在大队部前的一个场子里举行集体团拜。他坐在主席台上同大队"两委"干部一起向全体社员三鞠躬：一鞠躬给全体军烈属拜年；二鞠躬给全体老人拜年；三鞠躬给全体社员拜年。

正月初二这天给大伙儿放假一天走亲戚，初三上午就开始集中干活儿。有天上午，朱彦夫用铁锹铲土时，由于用力过猛，不慎从后方很高的土坡上摔了下来。顿时，假肢被折掉，残腿根部渗出很多血，连缠绕的绷带都解不下来，脸上、头部多处被划伤，鲜血直流。30多名干活儿的社员迅速围过来，几名壮汉将他抬起，有的人心疼得直掉眼泪。

副大队长张茂兴赶紧把自己的衣服脱下来，将朱彦夫的两条假肢包起来，不由分说地背着他就往大队卫生室跑。

朱彦夫不停地捶着张茂兴的背，让他把自己放下来。

"大家都在干活儿，俺怎么能离开工地呢？"朱彦夫吼道。

"你不是摔伤了吗？出这么多血，还怎么能干活儿？"张茂兴边说边跑。

"俺求你了，赶紧把俺放下来，这点伤算什么？"朱彦夫不停地捶张茂兴的背。

"不行！这事儿没得商量，必须到大队卫生室去止血、包扎。"张茂兴边说边跑，一口气把他送到卫生室进行处理。而后，又反复劝朱彦夫，将他背回家。

下午休息了半天，第二天上午，朱彦夫又来到工地上干活儿。

张家庄大队先后组织社员打三口吃水深井和三口机井时，朱彦夫都亲力亲为地在现场指挥，防止出现事故。打龙王庙那口大井时遇到滴水成冰的极寒天气，天上雪花飞舞，寒风刺骨。在井下作业的社员一上来，湿漉漉的衣服马上冻成了冰碴子，脱下来都能立在地上。朱彦夫陪同水利工程师高大娟到井底察看水源，等乡亲们把他拉上来时，残腿疼得要命。原来是井口的泥水、腿上的汗水和断肢创面渗出的血水，把他的残腿牢牢地冻在了一起。在场的很多人都流泪了，有的人把自己的棉袄脱下来捂在他的残腿上。一位老汉不由分说，一把将朱彦夫的双腿抱在自己怀里，掀开棉袄给他裹着取暖，老泪纵横地说："你回家行吗？你坐在炕头上，有什么事儿，俺们来回两头跑着说吧！"

朱彦夫打趣地说："这可比炕上要暖和多了，俺就在这里陪着大伙儿一起干活吧。"

给大队办电的事儿，朱彦夫一跑就是七年。乡亲们太需要电了，他下定决心要把这件事儿办成，便拿着长长的清单四处奔走。平时在村里，朱彦夫的假肢每隔两个小时就要卸一次，时间一长，断腿就又痛又麻，可出门在外就顾不上了，一次要捆十几个小时，还要上下车、爬楼梯。腿磨破了、化脓了，他咬牙挺住。稍不小心，碰倒、绊倒从楼梯上滚下来，新伤接着旧伤，他硬撑着爬起来继续跑。一年夏天，朱彦夫到外地采购电力材料，第二天下起了瓢泼大雨，道路被冲毁了，他只好搭着一头毛驴车回大队，一路上坡下坡，他抓不住缰绳，不知摔下来多少回，走到沂源县地界，当赶车人知道他是为集体架电遭罪时，感动地说："大兄弟啊，你这是舍着命为百姓造福呀！就冲这一点，俺也要把你送到家门口。"

朱彦夫刚回到张家庄村时，每月的伤残津贴只有23元钱，逐渐增加至1980年前的36.04元。为数不多的伤残津贴有一半都用在了乡亲们身上。他一直坚持救济家庭条件相对困难的仁宽美、王东蓝、薛文花、苏记凤、许恩涛、赵尊礼六位老人，刚开始每月给每人分别舀一瓢大米、一瓢面粉，20世纪80年代后期，每月给每位老人5元钱，一直到1993年他搬到县城居住为止。

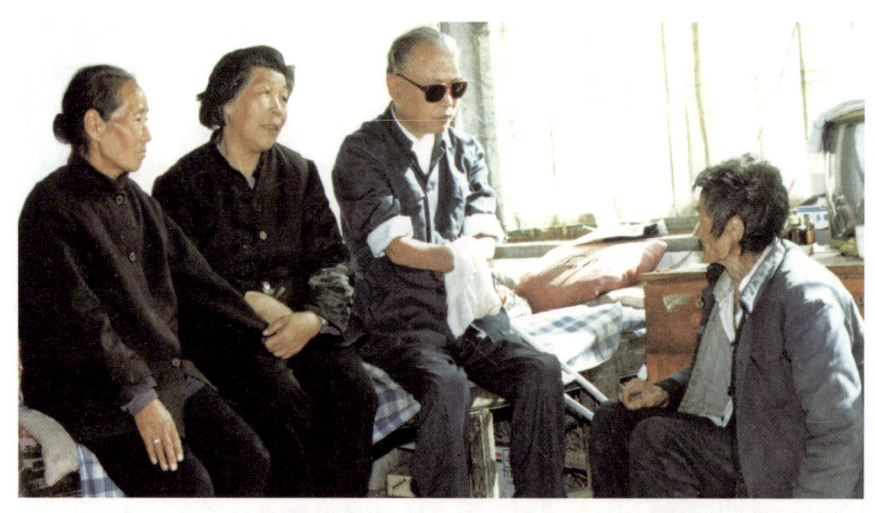

朱彦夫（右二）担任村大队书记期间，经常走访慰问困难群众，用自己的伤残津贴救助孤寡老人和困难村民、社员（资料照片）

20世纪70年代，许恩涛家里非常困难，全家六口人只有两床被子。大队安排其外出修水库，可他十分发愁地对生产队的干部说："俺出工带床被子走了，可家里还有老婆和两个儿子、两个闺女，只剩下一床被子，怎么盖呀？"

朱彦夫得知此事后，让妻子陈希永将一床被子给许恩涛家送去。

朱彦夫：中国式"保尔"的极限人生

谁家有困难，朱彦夫都会力所能及地予以帮助。社员苗家辛、蔡光成都是单身汉，生活比较困难，他让妻子陈希永经常送些玉米、地瓜干、面粉、大米等粮食接济他俩。

有年春节前，陈希永的父亲步行100多公里，从莒县用独轮车送来几十斤海鱼，朱彦夫只留下十来斤，剩余的全部分给了老人、左邻右舍和困难家庭。

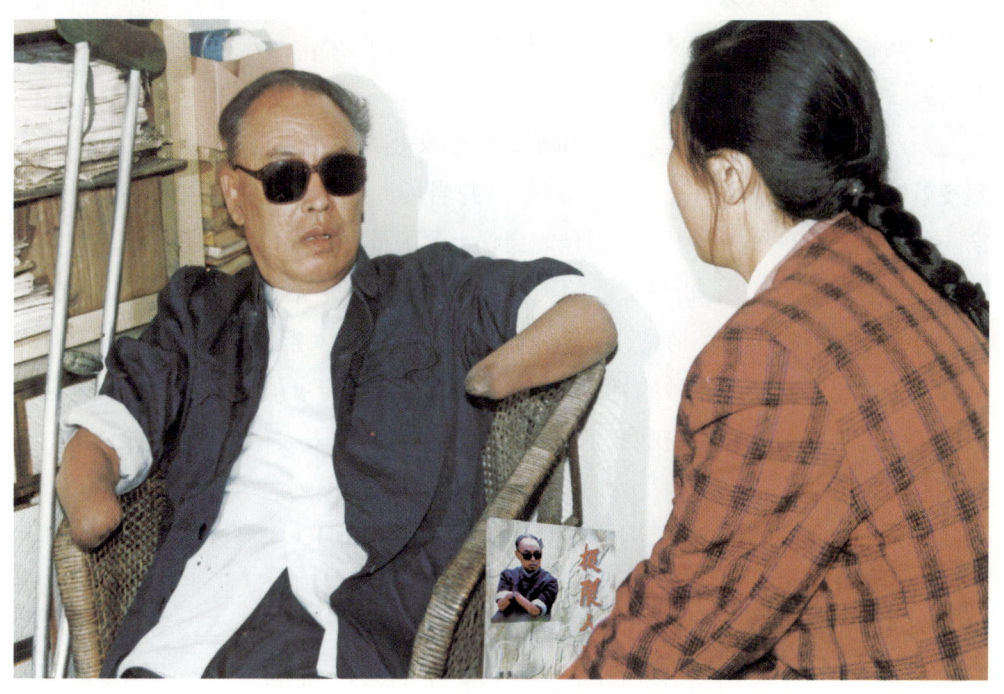

朱彦夫教育自己的女儿，要克服一切艰难困苦，努力工作，力争取得优异成绩（资料照片）

不管本大队社员哪家有红事、白事，朱彦夫都会前去看望，并随上一份礼钱。

朱彦夫处处严格要求自己，他说："公是公，私是私，大队党支部书记不得徇半点私情。否则，你付出的努力再大，大伙儿都会怀疑你的动机和目的。"有一次，沂源县一个单位请他作报告，对方送了20吨化肥，朱彦夫给本大队七个生产队各分了两吨，还剩下6吨，便支援给邻近的两个大队。有几个生产队和那两个大队的负责人提出："化肥是你作报告时邀请单位变相支付的相应报酬。俺们不能白要，每吨化肥40袋，每袋50斤的碳酸氢铵，应按市场价6.5元的价格给你付费。"

"俺是大队党支部书记，为每个生产队争取一些生产资料，是义不容辞的责任，哪有要报酬的道理？"朱彦夫断然拒绝。

在朱彦夫精神的感召下，张家庄大队七个生产队和另外两个大队当年挑选最好的粮食作为公粮上交国家。

朱彦夫的老大是个女儿，1958年出生；儿子排行老五，1968年出生；还有个小女儿。由于人多劳动力少，全家人的口粮也是经常青黄不接，几个孩子不上学时就到地里、山上去采野菜。有天上午，小女儿朱向欣在地里挖野菜时，生产队长出于同情，随手将地里集体所有的玉米棒子掰了四个，塞进她的篮子里。朱向欣回家后交给了奶奶，准备煮着吃。

朱彦夫发现后，把拐杖敲得梆梆响，对小女儿大发雷霆道："俺们家有个特等残废就够了，绝不能再有一个特殊公民。"并当场责令女儿赶快将玉米棒子送到生产队。事后，他在参加该生产队召开的会议上严厉批评了那位女队长。

20世纪70年代初，沂源县开始实现殡葬改革，规定死者一律实行火化，朱彦夫的母亲郑学英心中有个情结，希望自己去世之后能够入土为安。1975年11月的一天上午，已深感情况不妙的她对朱彦夫说："儿呀！俺可能已经不行了，俺这辈子只求你一件事，就是等俺咽气了，一定不要送到县城去火化，悄悄地抬到山上，在你爹的坟边埋了。"

"行！娘，您放心，俺一定按您的要求办。"碍于情面，朱彦夫答应了。

当天晚上，郑学英老人就去世了，朱彦夫及时委派副大队长张茂兴到乡里给母亲办理火化手续。

张茂兴有些不解地问道："你不是已经亲口答应过你的母亲，不给她火化，进行土葬吗？"

"俺是大队党支部书记，俺不带头火化谁带头？假若俺将自己的母亲进行土葬，带了个不好的头，其他社员会服气吗？殡葬改革在俺们大队能够落实吗？"朱彦夫一连串地问道。

第二天一大早，在朱彦夫的亲自陪同下，他的母亲送往县城火化。

"娘啊，俺对不起您呀！俺没有满足您土葬的要求，是迫不得已，因为俺是大队党支部书记，不能带这个头呀！俺欠您的情以后弥补吧！等俺以后到了阴间，一定好好伺候您，用心弥补现在的过失吧！"母亲的骨灰被安葬后，朱彦夫在坟前长跪不起，哭得撕心裂肺，让很多人潸然泪下。

朱彦夫是位时间观念很强的人。20世纪70年代的一年冬天，淄博市所辖的一个县请他去作报告。为赶时间，天还未亮，他就起床，坐在副大队长张茂兴推的独轮车上往东里公社赶，到那里后，再乘坐长途班车去要讲课的那个县。

此时，天气异常寒冷，地上已落了厚厚的一层霜。当独轮车行至10公里外的沂河水北桥时，由于路滑，张茂兴不慎将朱彦夫连人带车从1米多高的桥上翻到河里，衣服全部湿透。

张茂兴提出原路返回，将朱彦夫推回家换一身衣服后再出发，可他坚决不同意地说："班车8:30从东里发车，每天就这一班，如果晚了就赶不上了，岂不耽误了作报告的时间？"

张茂兴只好将自己的棉袄脱下来给朱彦夫穿，将他的棉裤拧了拧。朱彦夫就这样下身穿着湿棉裤，坚持到那个县作完报告才回家。

虽然身体伤残，但性格很乐观，这是张家庄社员对朱彦夫的评价。他的兴趣很广，空闲时间，就与大伙儿打扑克、下象棋，还学会了吹口琴。逢年过节，大队组织文艺演出时，朱彦夫往往成为主角，自编、自演相声、小品等文艺节目。当年开办的夜校，成为全大队的政治、经济、文化中心。

张家庄山多路险，朱彦夫常常与社员们开玩笑说："俺已自创了四种走法：立行、跪行、爬行、滚行，再难走的路也难不倒俺。"常常遍体鳞伤的朱彦夫让乡亲们心疼不已，可他总是非常乐观地说："与在朝鲜战场上牺牲的战友相比，俺已经是十分幸运的人了。"

朱彦夫的军人气魄，乐观向上的心态，不怕艰难的干劲儿，激励着张家庄的乡亲们大干快上，进行"棚沟造地"，把贫瘠的山沟变成沃土，山坡造田，通水架电，把一个贫穷大队变成了先进大队。

朱彦夫调解社员之间的矛盾有其独特的做法：热心、公心、细心、耐心。不管是邻里之间还是家庭成员之间发生矛盾，只要他出场，准能及时化解。1976年6月，第六生产队社员寇立福、寇立贵兄弟俩为丈量两家的宅基地发生纠纷，多次发生口角并动手互殴，大队干部多次调解，双方各执一词，调解无果。有次召开大队党支部会议时，负责调解的干部将此事提了出来，朱彦夫听了说道："这事儿俺来处理。"

一天上午，朱彦夫让大队会计张太原陪同他到第六生产队去调解这起纠纷。

"寇立福、寇立贵住在胡同沟的山上，那么陡，路又不好走，万一途中摔一跤怎么办？你就不要去了！"张太原非常关切地对朱彦夫说。

"这两人之间的矛盾已越积越深,如果不及时处理好,定会演变成一场大的冲突,那就麻烦了。再大的困难俺也得去调解处理。"朱彦夫道。

朱彦夫每两小时就需要把假肢卸下来,将腿根部的缠带解开,让血液流畅,再重新缠好。两人走一会儿休息一会儿,那位调解干部也及时赶来。

三人来到寇立福家里,朱彦夫将假肢卸掉,坐在他家床上,开口道:"你们兄弟之间的纠纷,大队干部多次前来调解都未达成协议,有什么大不了的事儿,今天俺来裁决。"

弟兄俩过去光知道大队党支部书记朱彦夫没有双手,今天才近距离地看到他没有双腿,一看吓坏了。两人都很佩服,走了那么远的山路赶来,就是为了调解处理两家的宅基地纠纷。

在朱彦夫的威望和精神感召下,寇立福、寇立贵弟兄二人立马表态同意调解干部的处理意见,以后再不会给朱彦夫添麻烦了。

1993年5月,沂源县委作出决定,从财政收入中列支,在县城为朱彦夫盖了三间带有院子的平房居住。但他经常牵挂着张家泉村的父老乡亲们,曾经两次回去看望。

2019年5月份,朱彦夫在几个女儿、儿子的陪护下回到张家泉村看望村民。他为全村70岁以上的老人每人准备了1袋面粉、2斤茶叶。当他从村东头下车后,村民们很快把他围得水泄不通,争先恐后地想近距离看看他、问候他。80岁的老人魏自忠走上前去,扑通一声跪在地上,激动得眼泪止不住地往下流。他说朱彦夫对他的恩情说不完,自己又不会用语言表达,只能用这种农民最朴实的方式来表达对他的感激。

魏自忠的老伴寇长英在1976年3月因计划生育结扎后住在公社卫生院,出现一种不好的症状,一周内吃什么吐什么,人已经奄奄一息。朱彦夫得知此事后,及时将寇长英带到沂源县人民医院检查,发现是高血压,高压达到200毫米汞柱。经过医院及时救治,保住了性命。魏自忠说,如果不是朱彦夫帮忙,自己的老伴绝对活不到现在。

1982年5月,张家庄大队进行换届选举,朱彦夫因为身体的原因,主动向上级党组织申请退下来,获得批准。

1984年3月,经上级批准,张家庄村改名为张家泉村,2021年2月与周边的涌泉村合并为张家泉村。

朱彦夫：中国式"保尔"的极限人生

朱彦夫从没有忘记曾经一起战斗、为国牺牲的战友，更是时常想起朝鲜长津湖那一仗中，指导员高新坡的临终嘱托：如果活着，一定要把他们的故事、他们的名字写下来，带回祖国；把战斗场面记录下来，汇报给社会。这个嘱托一直放在朱彦夫身上，他开始思考着何时动笔，如何写作。

从1957年清明节开始，朱彦夫相继被有关单位请去作报告，到20世纪80年代中期已经达到1000多场，受众人数达到数百万人次。每次作报告时，他不能上厕所，也不敢喝水，每一次都讲得口干舌燥、头昏眼花。每当讲到沉痛处，他和听众一起落泪。讲到激动处，他恨不得和听众一起呼喊。每作一场报告，朱彦夫就像又到死神门口挣扎一回，就像和战友生离死别一次，回到家就像大病一场。

有一次，朱彦夫在当地一所中学作完报告后发生的一件事儿，对他产生了很大震动。有个孩子挤到他跟前认真地问道："朱爷爷，同学们都在议论，说现在做啥事儿都讲钱，到处有人请您作报告，您肯定收了人家很多钱，这是真的吗？"

这个中学生天真无邪的一番话就像钢针一样，深深刺进了朱彦夫的心里，让他产生了强烈的疼痛感。

这个孩子提出的问题，使朱彦夫顿时清醒——自己正逐渐衰老，还能作多少次报告呢？况且，作报告虽然亲切但有局限。他又作出一个抉择：要克服一切困难，尽快把自己的亲身经历和战友的事迹写成书，以流传后世，告诉全社会特别是年轻人，在这个世界上，除了金钱，还有信仰和精神等更加宝贵的财富。

朱彦夫作出决定——我要书，我要写。经过了一番准备之后，朱彦夫从1987年秋天开始，用残肢抱笔进行文学创作。时任济南军区政委迟浩田得知此事后，专程到沂源县看望他，鼓励他克服困难，作为见证人，一定要把朝鲜战争的经历写出来，教育后人。从此，朱彦夫全身心地投入著书写作中。

理想是美好的，但现实是残酷的。对于一天学都未上的朱彦夫来说，写作不亚于艰巨而残酷的战斗。谋篇布局、情景描绘、人物刻画、层次结构、语言风格，这些文学描绘的基本技能，对当时的朱彦夫来说，简直就是"擀面杖吹火——一窍不通"。

好就好在朱彦夫当年在泰安市鲁中荣军休养所休养和回到老家期间，一直坚持学习文化，已经认识了不少汉字，可文学功底基本上等于零。他发誓要像战士炸碉堡一样，攻克写作这道难关。他突然想起了当年在荣军休养所休养时，那名护士给他讲述的保尔·柯察金的故事，自己也要力争成为中国式保尔·柯察金。

妻子陈希永和儿女们对朱彦夫的写作给予了大力支持，他们分头帮助购买了《钢铁是怎样炼成的》《朝鲜战争》《烈火金钢》等书籍。他睁大右眼，一点一点地学习，慢慢体会。

朱彦夫读书的过程充满艰辛。他的两只断臂不能翻书页，往往一掀就是数页或者十几页，再读时又得重新去找，好不容易夹住了一页，双臂的力量稍微掌握不好，就会把书页撕掉。一本书最终看下来，往往已经撕得少头无尾、七零八落。实在没有办法，就用嘴去舔。

一遍又一遍地阅读，反复琢磨，直到把书中的主题思想、结构方法、记叙描写、语言特点弄懂了、想明白了、记清楚了，一本书才算看完。

朱彦夫一边刻苦阅读，一边构思创作。

写作全在床上进行，先是把棉被叠成方块，把两只残腿垫高，然后把写字板压在腿上，用嘴咬着笔或用残臂夹住笔，一点一横、一撇一捺，一个字一个字慢慢地写。口水顺着笔杆流下来，连着汗水、泪水和墨水一起浸湿了稿纸，弄得字迹模糊，只好再换一张重写，反反复复地更换。"父亲刚开始写的字有铜钱那么大，且每天只能写出十几个到几十个歪歪扭扭的汉字，而且重描几遍，别人方能认得清楚。"朱彦夫的小女儿朱向欣回忆道。

写作时间稍长，朱彦夫身上的各处伤口和创面神经就会阵阵剧痛，感到头晕目眩，坐不住。最让他感到烦恼的是知识的贫乏和语言表达上的困难。从解放战争到朝鲜战争，战场上那异常惨烈的战斗场面、烈士的音容笑貌仿佛就在眼前，可一旦下起笔来，大脑里又是一片空白，不知从何写起，也不知该写什么。

脑动脉硬化造成的大脑迟钝和健忘，更是雪上加霜。

到了冬天，双臂渐渐冻麻木了，失去知觉，笔尖根本接触不到写作的方格纸，朱彦夫竟毫无察觉，写了半天，纸上也没有一个字迹。

夏天的日子更不好过，屋内虽然闷热难耐，却不敢开电风扇，因为怕吹乱了纸张。

后来，他用残臂夹笔，一天能写二三百字，甚至五六百字。长时间写作，两臂创面时常磨破溃烂，流血化脓，疼痛难忍。

朱彦夫的子女们实在看不下去父亲写作中的痛苦模样，提出不要再受这个罪了。小女儿朱向欣大学毕业，是名中学老师，要求由父亲口述，她来代笔。可朱彦夫觉得毕竟女儿没有亲身经历过，就会少一些思考的空间，表达不出那种真切感受，

朱彦夫：中国式"保尔"的极限人生

对不起逝去的英烈。

长时间写作、思考，使朱彦夫身心交瘁。他病倒了，不仅残臂、残腿创面感染，左眼眶也再次发炎水肿，很快发起高烧，全身抽搐，心源枯竭，面临再次截肢的危险。

朱彦夫被送进当地医院长时间治疗，心脏里相继安放了9个支架。病情好转后又继续写作。

整整7年时间过去，朱彦夫经过2000多个炼狱般日日夜夜不停的写作，七易其稿。经常遇见不会写的字就查字典，靠着一种强大的精神力量，他翻烂了四本字典，用坏了500多支笔，书写了近千斤的稿纸，终于将一部饱含热血的生命之作捧给了世人。1996年7月，新华出版社为他出版了33万字自传体长篇小说《极限人生》。

这部著作出版的当天晚上，朱彦夫长舒了一口气。他把自己关在屋里，恭恭敬敬地在书的扉页上，写满了在朝鲜长津湖战场上牺牲的二连90多名干部战士的名字。然后俯身跪地、泪流满面。他哽咽着说："高指导员，您交给俺的任务完成了，您的遗愿实现了。连长和全体战友们，书出来了，你们看看吧！祖国会永远记住你们！子孙后代也不会忘记你们的！"而后，他颤抖着用双臂划着火柴将书点燃，以这种特殊的方式祭奠和告慰英灵。

1996年11月的一天，朱彦夫在一场报告会上讲着讲着，仿佛回到朝鲜长津湖战火纷飞的战场，看到了战友们纷纷倒在美军飞机炸弹和枪弹下的惨景，不禁泪流满面，情绪激动起来，因突发脑血栓而倒在讲台上，被紧急送往医院抢救。

虽然经过医护人员的全力救治，朱彦夫的生命保住了，但也瘫痪了。

他再次顽强地与病魔作斗争，最终又站了起来，并相继出版了《男儿无悔》《朱彦夫日记》两部著作。2014年初，迟浩田上将为《男儿无悔》一书作序，并作了"铁骨扬正气，热血书春秋"的亲笔题词。

"书，只有写书！把革命先烈舍生取义、前仆后继的英雄壮举写出来；把共产党员为国家为人民的利益无私无畏、甘愿奉献的凛然正气写出来；把一个特等伤残军人自强不息、挑战生命极限的奋斗历程和精神信念写出来。让子孙后代知道，在这个世界上，曾经有一群用特殊材料制成的人，曾经有一种精神叫作生命不息，奋斗不止！"朱彦夫充满深情地说。

枪杆子、锄把子、笔杆子，每一段人生，朱彦夫都写得如此精彩。2019年9月，86岁的朱彦夫被国家授予"人民楷模"荣誉称号。

乡村振兴领头人——中国模范村书记

2022年3月,朱彦夫被中央电视台评为"感动中国"2021年度人物。组委会给予他的颁奖辞这样写道:"生命,于你不止一次;士兵,于你不止是经历,没有屈服长津湖的冰雪,也没有向困苦低头。与自己抗争,向贫穷宣战,一直在战斗,一生都在坚守。人的生命,应当像你这样度过。"在颁奖现场台下和电视机前,很多人都被他的先进事迹感动得热泪盈眶。

2014年4月,时任山东省委常委、宣传部部长孙守刚(右二)专程到沂源县看望朱彦夫,并转送全国"时代楷模"证书、奖章(资料照片)

朱彦夫访谈录

作　家:您是一位参加过解放战争,在抗美援朝战争中光荣负伤的特等伤残军人和自强不息、挑战生命极限的英雄。1957年3月至1982年5月担任了25年原张家庄村、大队党支部书记,带领群众做了大量工作,取得了突出成绩,在全体社员中树立了很高威信。您担任村、大队书记的初心是什么?您是一位失去左眼、双手和双腿的高度残疾人,克服了常人难以想象的困难,把一个贫穷落后的小村庄建设成了一个先进和富裕的大队,您的内生动力是什么?

朱彦夫:俺担任张家庄村、大队党支部书记的初心:第一,要努力改变家乡贫穷落后面貌，让乡亲们吃饱饭，过上好日子；第二，要认真践行伤残军人的人生价值。俺虽然左眼失去了，双手、双腿都被锯掉了，但精神和意志尚在。在朝鲜战场，俺们连队有近百名战友纷纷倒在敌人的飞机大炮和枪口之下，成为革命烈士，唯独俺能够活下来，这是多么值得庆幸的事儿。俺的身体残疾了，但是意志不能残，要活就活出个人样和人生的价值来。

俺的内生动力来自三个方面：一是不论在解放战争还是抗美援朝的战场上，每到冲锋陷阵时，常常就听到一句响亮的口号："共产党员，跟我上！"听到这句话，就会让人热血沸腾，奋不顾身地拼命杀敌；二是俺16岁入党宣誓的誓言永远铭记于心："为共产主义奋斗终身，随时准备为党和人民牺牲一切。"宣誓就是承诺，既然承诺了，就要不折不扣地去执行；三是《钢铁是怎样炼成的》中保尔·柯察金那个高大光辉的形象，一直激励着俺砥砺前行。保尔在双目失明的情况下，尚且没有气馁，没有抱怨人生，能够做到有理想、有抱负，自强不息。俺的右眼还有0.3的视力，更加要珍惜生命，确保军人本色，顽强奋斗，创造人生价值，力所能及地为社会多做贡献。奋斗是个过程，只要努力了，即使没有实现自己的理想，也会无怨无悔。

作　家：您是战场上的英雄和人民功臣，完全可以在荣军所安享一生，为何要选择回乡当农民？您觉得这种选择和所做的努力是否值得？

朱彦夫：俺是个具有挑战性性格的人。这与俺的经历有关，俺是在艰难困苦中长大的，从小就没了爹，与娘相依为命，小时候吃不饱、穿不暖，渴望着能够参加八路军，经过锲而不舍的努力，终于在14岁那年实现了自己的梦想。到部队后，俺才真正感受到人民军队为人民，共产党员处处冲锋在前，为了国家和人民的利益，将生死置之度外。所以，俺从内心深处感受到中国共产党的伟大和先进性，渴望加入党组织，16岁那年终于如愿以偿。再后来，俺能够随部队参加抗美援朝，保家卫国，感到是件十分光荣的事，特别是看到那么多战友一个个倒下，早已将自己的生命置之度外，心中就是一个信念，一定要消灭美帝侵略者。

俺们连队的近百名指战员都血洒疆场，命丧异国他乡，唯独俺能够活下来，仔细想想是多么幸运。所以，俺已把生命的力量定格在最壮美的极限深处。

如果一辈子在荣军所享受特等护理，过完一生，俺觉得如果那样活着，其实就是躺在功劳簿上混吃等死，没有什么意义。俺认为生命的意义不是物质享受，更多的在于劳动和创造、奋斗和努力，即使达不到自己的预定目标，只要用心努力了，能做到无怨无悔，就已足矣。

　　俺当时回到家乡张家庄村，只是想排解一下自己的心情，回家考证一下，俺这副躯干还能不能干些哪怕是最微小的事情。通过力所能及的劳动，自食其力，陪母亲安享晚年，也没有想到能够担任村、大队党支部书记。但既然全体党员投票选举俺担任书记，就是对俺的信任，俺绝不能让大伙儿失望，理所当然地要勤奋工作，力争取得成绩，改变落后面貌，让乡亲们过上好日子。

　　现在回过头来再看，俺当时的决定是明智的选择，所做的各项努力是非常值得的。

　　作　　家：当年，您从泰安市的鲁中荣军休养所回到张家庄村及之后担任村、大队党支部书记期间，将自己伤残津贴的一半以上都用在集体和百姓身上，这是为什么？您是特等伤残军人，那笔微不足道的伤残津贴，是国家专供保障您基本生活的"血汗钱"。您一直坚持这样做，不觉得吃亏吗？

　　朱彦夫：伤残津贴在数额上虽然不是很多，但俺从心里是非常感恩的。因为那时国家还很困难，每月按时发几十元经费，保障俺的基本生活，已经很满足了。

　　看到乡亲们特别是一些困难群众过得那么艰难，俺不忍心光是自己花这笔钱。拿一部分补贴困难群众和用于集体发展，很正常。

　　共产党人的宗旨就是吃苦在前，享受在后。俺是一名入党多年的老党员，设身处地地为百姓着想，是应该的，绝对不能只顾自己，不顾别人。如果那样做，就不配做一名共产党员。所以，俺将伤残津贴中的一部分拿出来，用于集体和群众，丝毫不觉得吃亏。

　　作　　家：您认为一个优秀村书记应该具备什么样的素质和条件？怎样才能成为一个深爱百姓拥护和爱戴的村书记？

　　朱彦夫：俺认为一个优秀村书记应该具备以下几个方面的素质和条件。第一，一定要具有较高的思想境界。你是图名还是图利？是为自己还是为他人？这个问题必须想清楚。如果自私自利，就会被群众唾骂，失去信任，甚至走向违纪违法的歧途。先人后己，兢兢业业地干好本职工作，努力让村强民富，是唯一的选择。第二，一定要踏踏实实地做事。村书记这一职位很独特，"官"儿很小，但关系到党在基层政权的稳定，维系着数百、数千甚至上万名群众的生产生活和正当权益。好日子是干出来的，不是喊来的，更不是等来的。发展生产、建设家园、化解矛盾、为民服务，等等，要做的事儿很多。村书记要以积极的心态，认真做好每件事情。

切不能等、靠、要，更不能该做的事儿不积极主动去做，不该干的事儿，却挖空心思去干。第三，一定要把群众的冷暖时刻挂在心上。相信群众、依靠群众、发动群众、关心群众，是我们党的优良传统，只有把群众的利益放在首位，设身处地为他们着想，为他们谋利益，为他们服好务，做好他们的"小事儿"，才能形成凝聚力。第四，一定要切实发挥模范带头作用。火车跑得快，全靠车头带。越是在艰难困苦的时候，村书记越是要冲在前面。就像在战场上指挥员喊一声"同志们，跟我来！"一样带头冲锋陷阵，就会极大地调动群众的积极性。

村书记只有一心为村民、一心为集体，不贪不占，公道正派，甘愿吃亏，无私奉献，努力工作，让集体收入不断增加，让百姓的日子越过越好，才能取得党员和群众的信任，赢得他们的拥护和爱戴。

作家点评

朱彦夫是一位了不起的英雄人物，他的故事惊天地、泣鬼神，他是国家的功勋、民族的骄傲、人民的楷模。2014年5月16日，中共中央总书记习近平在接见第五次全国自强模范暨助残先进集体和个人表彰大会受表彰代表时指出，他们身上的精神就是自强不息的精神，就是我们的民族精神、时代精神。这是党和国家最高领导人对他们的高度评价和充分肯定。新时代、新征程，在建设社会主义现代化国家、实现中华民族伟大复兴的道路上，这种自强不息、顽强拼搏、勇闯难关的精神尤为重要。

在采访朱彦夫的过程中，本人受到了一次深刻的思想教育，在精神上获得了极大的震撼，其先进事迹催人奋进，鼓舞人心。他坚定的理想、信念和追求，高尚的人格和品质，奋勇杀敌的英雄气概，自强不息的浩然正气，使自己得到了一次心灵的洗礼和净化。在战场上，朱彦夫将生命置之度外，冲锋陷阵，取得了一次又一次胜利；在荣誉面前，他不居功自傲，放弃特殊护理，选择回乡务农，力争有所作为；担任村书记25年期间，他坚持吃苦在前，享受在后，公而忘私，"干"字当先，用实际行动赢得了干部群众的充分信任、拥护和爱戴。

朱彦夫虽然是位普通战士、普通共产党员、普通农民，但中央军委原副主席、国防部原部长迟浩田却这样评价："共产党人是特种材料制成的，朱彦夫就是一个。"所谓"特种材料"，就是比钢铁还要硬10倍至20倍的坚强意志力，坚韧不拔、坚不可摧。不平凡的经历造就了一位传奇式的英雄人物：14岁参加中国人民解放军，成为华野第九兵团的一名战士，先后参加过解放济南、渡江作战、解放上海等重大战役，身经百战，多次负伤，3次荣立战功，16岁火线入党。

在抗美援朝的长津湖战场，朱彦夫和战友们身穿单衣单裤，冒着零下35℃的严寒，三天三夜颗粒未进，先是抢占二五〇高地，而后顽强阻击，始终像钉子一样坚守阵地，为大部队赶来消灭美军赢得了时间。最后，那个高地上的战友全部壮烈牺牲，只剩下朱彦夫一人。他坚持血战到底，左眼球被炸掉，肠子流出体外，在死人堆里昏迷了数小时，导致双手和双腿在极寒条件下被冻坏，丧失功能。获救后，他整整昏迷了93天，经历了大大小小各类手术47次，四肢全部被锯掉。最终他从死亡线上挣脱出来，重新燃起了生命之火。由此可见，他的生命力极其顽强，简直就是奇迹。

朱彦夫是数十万优秀志愿军战士的代表，他们用血肉之躯在异国他乡，同以美国为首的16国组成的"联合国军"作战，不怕艰难困苦，不怕流血牺牲，英勇顽强，打出了国威，打出了军威，使新中国扬眉吐气，真正在世界上站立起来了，屹立于世界民族之林，也为全国人民争得了之后几十年的和平建设时间。

中国人民志愿军万岁！

朱彦夫是特等革命伤残军人，是战斗英雄，也是人民功臣，他完全可以在荣军休养所里享受特等护理，由国家供养，过着衣食无忧的生活，安享人生。但他抱着残而不废的决心，毅然放弃舒适的城市生活，申请回乡当农民，选择了一条自食其力的生活道路。一切从零开始，他苦练各种生活能力，不知摔碎了多少饭碗，摔伤了多少次，在一次次失败中，终于站了起来。那时的张家庄村，许多人家里吃不饱饭，有些人常年逃荒在外。一心要做点事情的朱彦夫看到乡亲们大多不识字，便拿出自己的抚恤金，办起了扫盲夜校。朱彦夫当教员，用两只残臂夹着粉笔，总是写了断，断了写，后来他发明了用子弹壳装粉笔的办法。扫盲夜校办了5年，朱彦夫没有停过一天课。

朱彦夫当选村、大队党支部书记后，一干就是25年。这25年间，为乡亲们做的好事儿数不清，说不完，他挂着拐杖，拖着8.6公斤重的假肢，爬山头到田间，带领大伙儿自力更生，艰苦奋斗，战天斗地，发展副业生产、改土造田、兴修水利、架线通电，彻底改变了家乡的贫穷落后的面貌，使张家庄大队集体增收、农民致富，由落后、贫困村庄变成先进大队。即使他后来住进了县城，也时刻惦记着张家泉村的发展,经常把自己从报刊上看到的致富信息记在小纸条上,每当村里有人来,就送给他们。朱彦夫发挥的光和热,就像他争取来的电一样,照亮温暖了张家泉村好几代人。他说过,生命的方式有两种:一种是腐烂,另一种是燃烧,与其腐烂,不如燃烧。

为告慰在前线壮烈牺牲的先烈,激励后人前赴后继,努力建设好我们的国家,朱彦夫在晚年又拿起笔,从零开始,投入著书立说新的战斗中。长时间的学习、写作,使他的身体严重透支,疲劳至极,造成左眼、四肢创面发炎,心脏超负荷运转,多次住院治疗,相继安放了9个心脏支架,并因脑血栓瘫痪在床,生命到了极限。儿女们实在看不下去了,劝他口述,但他坚持自己写。他把写作当作磨砺意志、自强奋进的一种方式。整整7年,2500多个日日夜夜,一天学没有上过的朱彦夫翻烂了4本字典,先后七易其稿,用掉近千斤稿纸,终于写出了33万字的自传体长篇小说《极限人生》并公开出版发行,非常了不起。革命历史是传承共产党人优秀基因的正能量,既是定位仪,又是平面镜,更是教科书。朱彦夫始终以战士的姿态,理直气壮地讲革命传统,写革命传统,歌颂大无畏的革命精神。他像当年占领、坚守二五〇高地一样,坚守着这片精神高地。

从1996年患脑血栓至今,朱彦夫半身不遂,右侧身体失去了知觉,就连穿假肢行走的能力都没有了。清醒后,他交代儿子在自家的天花板上安了一个带铁链的吊环,他用那只还能活动的左臂每天坚持锻炼上百次。除此之外,他还坚持每天甩臂扩胸两个小时以上,他告诫自己不能失去行动的能力,不能降低自己的幸福指数。朱彦夫是个发光源,释放的是正能量,每个走近他的人,都会被他的乐观感染。同时,朱彦夫的幸福还来源于他革命的乐观主义,比如,他常拿自己开玩笑,身上的伤疤一到阴天下雨就疼痛,他说自己是天气预报。假腿走到泥水里,他说这就是优越性,零上100℃不觉得烫,零下100℃不冻得慌。

朱彦夫是铁骨铮铮的硬汉子,他的一生经历了种种磨难,历经挫折、病痛折磨、心灵彷徨、前景绝望等,曾面临一次次生与死的严峻考验。但他矢志不渝,向死神宣战,冲击生命极限,不仅创造了生命的辉煌,而且获得了超越生命意义的新生。他缺手缺脚,却从不缺"钙";他全身是伤、浑身有病,但就是没有"软骨病"。他经常说:"回顾自己所走过的一生,俺不相信命,更不相信运,俺只相信自己的判断、相信党,只要信念不倒、精神不垮,什么都能扛过去。"

在朱彦夫的身上没有暮气,没有怨气,没有娇气,有的是感天动地的浩然正气,有的是比钢铁还要坚强的意志力、比大海还要宽阔的胸怀。在他身上体现出铮铮铁骨、笑傲人生的英雄本色，淋漓尽致地表现出了一个革命战士、一位真正的共产党员、一位中国公民的高大形象和英雄气概，完全能与《钢铁是怎样炼成的》中的保尔·柯察金相媲美。他是伟大中国的践行者，给所有的现役及退役军人树立了一个标杆，是新时期农村党支部书记的好榜样。与他相比，我们在工作中不管遇到了什么困难都应该不是事儿，完全可以克服和战胜。

"钢铁意志、挑战极限、自强不息、无怨无悔。"这就是朱彦夫精神。

朱彦夫患有严重的心脏病，放入多个心脏支架，但他顽强地活着，一有空就读报、读书学习（资料照片）

这种精神将引领无数共产党员特别是广大村书记勇往直前，克难攻坚，不断开拓，锐意进取，努力开创新时期农村工作新局面，在实施乡村振兴战略和实现农业农村现代化中积极作为，取得突出成绩。

向战斗英雄、人民功臣朱彦夫学习、致敬！

黄大发：
初心不忘 悬崖上凿"天渠"

人物概要

黄大发，男，汉族，1935年11月出生，小学文化程度，1959年11月入党，现任贵州省遵义市播州区平正仡佬族乡团结村党总支名誉书记。当选贵州省第十三次党代会代表、贵州省第十四届人大代表。2021年6月，被中共中央授予党内最高荣誉"七一勋章"。先后获得全国劳动模范、全国脱贫攻坚奋进奖、全国"时代楷模"、全国最美奋斗者、全国道德模范、"感动中国"2017年度人物等荣誉。

乡村振兴领头人——中国模范村书记

贵州省遵义市播州区团结村党总支名誉书记黄大发

黄大发于1958年5月担任贵州省原遵义县枫香区野彪管理区草王坝（民主）生产大队大队长；1987年7月担任民主村党支部书记。从1964年春季开始，他带领社员用了12年时间，使用最原始的工具修建了一条13公里长的水渠，由于缺乏水利专业知识和技术，导致水渠无法通水，半途而废。从1992年1月16日开始，他又发动村民在作废的水渠下勘测修筑了第二条水渠。经过不懈努力，艰难地在大山坚硬的石壁上凿通了一条绕三重大山、过三道绝壁，横跨三个村、十余个村民小组，总长9.4公里的"生命渠"，终于在1995年6月全线贯通。从1959年开始筹备到1995年通水，前后用了36年时间，完成了人类征服自然的伟大壮举和造福民生的时代答卷，被当地村民深情地命名为"大发渠"。

而后，黄大发又带领村民改土造田、修路、架电、调整产业结构、发展经济，决战贫困。这个自力更生、战天斗地的感人故事经过新华社、《人民日报》、中央电视台等主流媒体报道后，在全国范围内引起轰动。2017年4月，中共中央宣传部授予"大发渠"的领头人黄大发"时代楷模"荣誉称号。这个人与这条渠的故事在"沉睡"多年之后，终于感天动地地展现在人们面前。

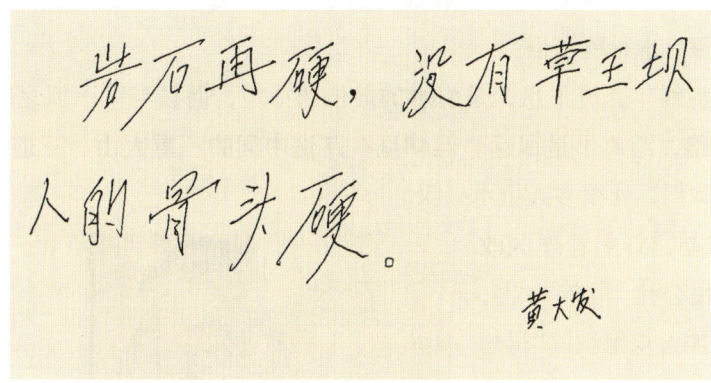

黄大发担任村书记多年来的真切感言

锲而不舍　奋战三十余载凿成"天渠"

团结村位于贵州省遵义市播州区平正仡佬族乡北部，2004年10月由团结、草王坝、健康、富强、胜利村这5个村庄合并而成，版图面积46.2平方公里，下辖39个村民小组、1540户、5430人。村党总支下设5个党支部，有125名共产党员。

原草王坝村所在区域属于典型的喀斯特地貌，地形起伏，最高海拔1350米，最低海拔636米，河流切割强烈，沟壑交错，山高坡陡，石漠化明显，工程性缺水严重。纵然天上下着瓢泼大雨，地表也存留不了多少水，仅仅是水过地皮湿。村庄里有一口古井，人畜饮水全靠它。井水是从大山的石缝里一点一点渗出来的，接一担水就要等个把小时，等水、挑水成了社员生活中的重要部分，为争水打架的事儿时有发生。每年干旱季节，井水干涸，家家户户只好到两公里外的连江河背水吃，来回需要走很长时间。因为缺水，只能种植苞谷、土豆和洋芋，遇到大旱，粮食就会减产，有的年景甚至颗粒无收，只能靠国家发放救济粮维持生计。男社员娶媳妇也成了大问题，全大队共有20多个单身汉，山外的人给草王坝送了个"光棍窝"的称号。"山高石头多,出门就爬坡。一年四季苞谷沙,过年难找米汤喝。""好个草王坝，就是干烧大，姑娘往外嫁，光棍一大把。"这两首民谣是对草王坝当年群众生活的真实写照。

　　能吃上白米饭和娶上媳妇儿成为草王坝人最大的愿望，也是一直困扰着全体社员的心病。

　　1958年5月，黄大发担任草王坝生产大队大队长，他最大的心愿就是将野彪管理区所辖三个大队交界处的螺蛳水河的水开渠引到草王坝，解决社员的饮用水源困难，保障有水种植水稻。

　　螺蛳水河终年奔流不息，是引水的最佳选择地，而且与草王坝之间只相隔10多公里的山路，距离不是很远。但横亘在路途中间的三重大山、三道绝壁，成为引水的最大障碍，让很多人望水兴叹。

　　1959年初，野彪管理区改名为野彪人民公社。同年11月，黄大发光荣加入党组织。"得想办法从外边引水，改变靠天吃饭的局面，不能让大伙儿饿肚子。"他一次次在心里反复盘算着。

　　一天上午，黄大发将自己想组织社员修渠引水的想法向大队党支部书记黄洪香作了汇报。

黄大发认真学习党章，牢记党的宗旨

"这么远的距离,你有把握把水引过来吗?钱从哪里来?社员们能同意参加劳动吗?"黄洪香问道。

"我已经把修水渠的路线反复目测过了,还是有一定把握的。至于所需的必要经费,向上级争取一部分,由社员集资一部分。只要做好动员,我想社员是会积极参加修渠的,因为引水对每个人来说,实在太重要了。"黄大发答道。

"原则上我同意你的意见,抽时间开个群众大会,听听大伙儿的意见。然后,大队党支部再讨论决定吧。"黄洪香说道。

一天下午,草王坝大队社员大会在大队部前的院坝召开,大队党支部书记黄洪香主持,黄大发作动员讲话。这是草王坝有史以来第一次召开以引水为主题的群众大会。当听说大队要为社员解决水荒问题,大家当然很高兴。不一会儿,大队部院坝前就坐满了参加会议的社员。

黄大发从凳子上站起来开门见山地说了几句话,就把大家的积极性调动起来了:"今天的会议就一个议题,就是修渠引水。我先问一下各位,想不想顿顿吃上白米饭?"

"做梦都想吃。"一位中年妇女答道。

"想不想冬天里有老婆暖被窝?"黄大发又笑眯眯地问道。

"那咋个不想吗!想得很!"一个光棍答道。

"既然想,大伙儿就同我一起上山修渠引水去,好实现祖祖辈辈的梦想。"黄大发说。

"到哪里去引水呀?我们这里山高地薄,又没有水库,总不至于把山下几公里外的河沟水挑上来吧?"一位年长社员疑惑地问道。

"修渠,将野彪公社螺蛳水河清澈见底的水引到草王坝,供大家饮用和种植水稻!"黄大发掷地有声地答道。

"你是在开玩笑吧,那么远的距离,尽是大山和石头,怎么修渠?"一位社员质疑道。

"只要我们全大队的干部群众齐心协力,万众一心,就没有迈不过去的沟沟坎坎,人定胜天嘛!"黄大发信心满满地说道。

"不是我泼你冷水,没有任何修渠技术、测量仪器,光靠眼睛瞅,靠铁锤、钢钎、锄头和手搬。10多公里路呢,仅凭苦干、蛮干是完成不了这么浩大的引水工程的。"在大队颇有一定威信的老社员杨春发说道。他吸了一口烟又说:"现在群众都饿到肚子皮挨皮，走路都摇晃，哪有劲去山上修水渠？你黄大发如果在这种条件下把水渠修成功了，老子用手掌心煮饭给你吃。"

杨春发的一番话，在参加会议的社员中引起了不小的骚动，质疑的声音多了起来。

"我们饿得连走路的力气都没有了，哪能到山上去凿水渠嘛！"

"靠人工凿，猴年马月才能凿成呀？"

"想法很好，不切实际，甚至可以说是异想天开。"

"在悬崖上凿水渠是很不安全的，人摔死了怎么办？"

……

在这次动员会上，由于群众意见分歧很大，黄大发想号召大家凿渠引水的想法没有获得支持和表决通过。散会之前，不甘心的黄大发向社员们撂下一句狠话："不管你们怎么想，修渠引水的事儿一定要进行，哪怕只有我一个人，也要坚持干到底！我若修不通，就让儿子接着干；儿子修不通，就让孙子继续修；孙子修不通，就让孙子的儿子接着干。就像中国古代的那个愚公一样，让子子孙孙世世代代修，一直到修通为止。"黄大发说完，便灰溜溜地回家了。

回到家里，天色已经很晚了。黄大发一言不发，妻子徐开美见他气呼呼的样子，估计是在大队遇到了什么不顺心的事儿，也没有直接问，便倒了一杯热水，将一个煮熟了的红薯皮剥掉，一块儿递给他。

"饭都吃不饱，你怎么还把红薯皮给剥掉了，这不是浪费吗？"黄大发没好气地说道。

"那你就将红薯皮一块儿吃掉吧！在哪儿遇到烦心的事儿，回来了还这个样子？"徐开美气嘟嘟地顶了一句，把红薯扔到桌子上，进房间睡觉去了。

一些社员不支持凿渠引水，黄大发并没有放弃，而是从地上转入地下。他悄悄召集了一帮志同道合的年轻人，从取水点到草王坝多次沿途测量，确定了最佳引水路线。

"等大伙儿的肚皮能吃饱时，我们就组织大家干！"黄大发说。

当黄大发从收音机中听到河南省林县人民引漳河水，10万干部群众在太行山上战酷暑、冒严寒修建红旗渠的故事后，心里再次萌发了一定要像该县人民一样战天斗地，在岩石上凿通水渠引水的念头，以此挖掉草王坝大队的穷根。

1963年春、夏、秋三季，老天爷特别开恩，草王坝雨量充足，秋收时苞谷、红薯、黄大发：初心不忘 悬崖上凿"天渠"

土豆喜获丰收。虽是苞谷沙饭，但经历了三年经济困难时期的社员已经非常满足了。这年底，草王坝生产大队改名为民主生产大队。

凿渠引水工程又一次被黄大发提上议事日程。大队党支部书记黄洪香再次主持召开以引水为主题的群众大会，这次没有一人出来反对。

在大队党支部会议上统一思想，作出决定后，黄洪香表态道："修水渠这件事儿由黄大发同志全权负责，我坚决支持。会后我将向公社主要领导汇报，听取公社党委的意见。"

野彪公社党委经过认真研究后原则上同意民主生产大队的修渠方案，党委书记徐开良非常重视这次修渠，亲自挂名工程总指挥，指定黄大发任副总指挥，具体负责工程施工。

1964年3月6日上午，修渠引水工程正式动工。其中修渠人员以民主和胜利大队为主，健康大队为辅，胜利大队派出得力社员沈袖长担任出纳、徐国强任物资保管员。三个大队的200多名社员共同参战，拉开了以马家河为源头的修渠序幕。"修渠人员最多时有300多人，其中民主大队就有150多人，所有修渠人员按照劳动力大小，由所在生产队记工分取酬。"黄大发说。

动工后的第二天上午，野彪公社党委书记徐开良到修渠工地与黄大发实地走了一趟后，非常吃惊地说："我看这个工程艰难困苦的程度与现在热火朝天开凿的河南林县红旗渠差不多。红旗渠是1960年7月动工的，估计一时半会儿完不了工，你们要有长期作战的心理准备。"他稍作停顿又说："干脆就叫这条渠为红旗水利吧！公社现在穷，没有什么支持你们，先给你们一点炸药，以后再想办法给予一定的支持和帮助。"

黄大发听了公社书记的肯定后很激动地说："徐书记，您放心，再苦再难，我们都会克服，就是拼了命也要把这块硬骨头啃下来，把这条生命渠修通，彻底改变民主大队贫穷落后的面貌。"

徐开良握住黄大发的手，激动地说："我代表公社党委向你们致敬！"

1964年底，轰轰烈烈的"农业学大寨"运动在全国开展，进一步激发了黄大发的斗志和广大干部群众的修渠热情。

没有专业技术人员测量、绘图、指导修渠，黄大发就用农村的土办法：测量水平线用竹竿，靠竹竿两边用肉眼"校瞄"。三个大队的社员分布在西、中、东三个工段同时开凿，大伙儿满腔热情，齐心协力地用铁锤、钢钎、洋镐，甚至锄头在大山上一寸一寸地凿，一点一点地抠。水渠一米一米地朝前延伸、变长，一个冬天下来，三个大队的社员硬是从岩石上凿出了 3 公里长的水渠。

黄大发的精神状态很好，他盘算着照这样下去，用不了几年，水渠就会修到民主大队，社员就能种上水稻，吃上白米饭了。

可万万没想到的是，第二年端午节那天，一场连续下了两天的大雨把他的梦想浇灭了。由于没有水泥，就在沟壁上糊上黄泥巴拌石灰；因为不懂技术，不知道在主渠外还要修建导洪沟、分流渠。结果山洪一来，就把 3 公里的沟渠冲得七零八落。

面对山上的残败景象，一向坚强的黄大发流泪了。他带领 200 多名社员一冬一春付出的艰辛劳动付诸东流。

1966 年 6 月，黄大发被任命为民主大队党支部副书记、生产大队大队长。除了农忙外，只要一有空闲，他就会组织全大队劳动力上山凿渠，既要修补水毁工程，又要继续朝前开凿。社员以愚公挖山不止的精神，用 12 年时间在高山、悬崖上凿通了一条 13 公里长的水渠。

当水渠修到屋基坪时，需要穿过一座山崖。黄大发提议打一条隧道，缩短沟渠的长度，才能把水引到民主大队。因为技术难度太大，公社领导一筹莫展，他却坚持自己的意见。黄大发主动请缨承担修建隧道的任务。

隧道由人工用铁锤、钢钎打眼放炮。黄大发挑选了一批年轻人分成两组，从两头同时向中间掘进。没有仪器设备测量，也没有专业工程技术人员作技术指导，黄大发苦苦思索着如何准确地把隧道打通。他先用农村土办法确定水平线，即用茶盘装满泥沙置于山顶，用绳子在茶盘上捆扎十字线，绳子两端各捆一块石头，充当隧道两边的定位线，纵向的一根固定茶盘，横向的一根则标志出隧道掘进的方向。隧道越打越深的时候，黄大发就用耳朵贴着山听，指挥社员往声音一致的方向打。靠这种土办法，他们居然打通了。而且，隧道接口处的误差不超过 100 厘米。有人说："黄大发真是神了！"隧道打通了。"打通这条 116 米的隧洞，只用了 8 个月时间。"黄大发介绍道。

由于水渠的取水点过高，水量太小，加之修渠物资匮乏，造成渗漏严重，渠水只能流到胜利大队的深溪堂。黄大发组织人力多次对隧洞进行扩宽、挖低，仍然解决不了问题，最终只好放弃，导致其成为一个废洞。

修渠的难度超乎所有人的想象，资金短缺和技术不足，严重影响了工程进度和工程质量。修修补补 10 多年，水就是进不了民主大队。"红旗水利"不得不于黄大发：初心不忘 悬崖上凿"天渠"

1976年春季停工。后来，那条修了12年的沟渠被社员慢慢踩成了去往野彪公社的小路，那个隧道也变成了"文物古迹"，成为人们步行到野彪公社的捷径。

第一次修渠失败，对黄大发是一次巨大的打击，也成为全大队社员心里一道永远无法抚平的创伤。有人咒骂老天爷不公，有人垂头丧气唉声叹气，还有人埋怨黄大发能力太差，劳民伤财。面对各种各样的议论甚至指责，黄大发没有做任何辩解。他把自己关在屋里两天不出门，进行了深刻反思。

这里是"天渠"的源头风洞处，黄大发（右）告诉孙子要传承和发扬自力更生、艰苦奋斗的光荣传统

黄大发变得沉默寡言，常常一个人跑到报废的水渠边发呆。

在之后的日子里，黄大发对修渠的信念始终没有放弃。初战失利，他认真总结失败的原因：技术不足是至关重要的因素。他只恨自己没有上过学，不懂水利技术。

黄大发在脑海里反复酝酿了许久，终于想清楚一个问题，要想把水渠修通，自己必须首先掌握水利专业知识和技术。他把这一想法告诉妻子徐开美后，得到了全力支持。

1977年4月，遵义县掀起了农业"五突破"技术热潮，秋冬季节又掀起了兴修水利高潮。5月上旬，黄大发背着简单的行李来到枫香区水利管理站举办的水利培训班参加学习。这年，他已经42岁。

黄大发因为家里穷，没有上过学，只是新中国成立后在扫盲班上学习了少量的文字。因为他的文化基础差，在学习班上闹过很多笑话。一起参加培训的学员几乎都不看好黄大发，认为他来参加学习纯粹是"瞎子点灯——白费蜡"。大家有这样的想法很正常，因为参加学习的学员中，黄大发的年龄最大、文化程度最低、基础最差。初到区水利站学习时，教材上的很多文字他都不认识，连分米、厘米这些长度单位都分不清，弄不懂。他只知道一尺、两尺、三尺的加减法，至于水利上经常用的"+""-"符号，他更是不明白表示什么。当授课老师给他讲解时，他竟说："你直接说高高低低不就行了，要画叉叉杠杠的干啥子嘛？"引得班上的学员哄堂大笑。

黄大发知道自己的文化底子薄，所以学习最认真、最刻苦。他谦虚好学，乐于助人，很快赢得了老师和同学的喜爱。白天他在课堂上认真听讲，晚上他还会组织同学一起讨论，消化所学知识。不认识的字，就虚心问别人；不懂测绘，他就让老师和学习好的同学"开小灶"教他。别人一天学会的知识，他往往需要三四天才能学会。三年时间里，黄大发认识的汉字增加了几十倍，积累和掌握了大量水利建设基础知识，完成了从懵懂到全通的蜕变。

在培训班参加学习期间，黄大发有次到枫香区参加会议，午饭时，一位曾经到过民主大队的学员坐在他身边，边吃边问道："是大米饭好吃，还是你们大队的苞谷沙好吃呢？"

这句话让黄大发如鲠在喉，受到很大刺激。当众遭到别人嘲笑，他的心里非常不是滋味。为此赌满了气，特别气民主大队，穷得远近闻名，穷得让人瞧不起。

"难道民主大队社员就只是吃苞谷沙的命？就该祖祖辈辈吃苦受穷？"修渠的梦想和激情再次在黄大发的心底沸腾。

1980年初，民主生产大队推行联产承包责任制，分田到户。这年6月，黄大发结束学习回到大队，继续担任大队长职务。

四年后的6月,野彪人民公社、民主生产大队的称谓发生变化,分别改为野彪乡、民主村村民委员会。黄大发当选为首任村委会主任，他与村党支部书记黄洪香是最佳搭档，在工作上配合得很默契。尽管黄大发多次提议重修水渠，但因资金困难等原因，黄洪香迟迟下不了决心。

转眼到了1987年7月，黄洪香因年龄和健康原因，主动向上级党组织递交了要求退出现职的申请，让贤黄大发。经过全村党员投票选举，黄大发高票当选为

黄大发：初心不忘 悬崖上凿"天渠"

村党支部书记。

1990年6至9月，遵义市发生了历史上十分罕见的严重干旱，103天未下一滴雨，导致所辖区域内大片农作物枯死，有个地方大面积水稻干成枯草，一位农民不小心将干枯的水稻秆点燃，大火迅速蔓延，使整个农田里干枯的水稻化为灰烬。民主村的旱情更为严重，连续108天未下雨，土地干裂，庄稼地里的苞谷成片干死，粮食几乎绝收。中央电视台对遵义市发生的严重旱灾进行了以《火球上的土地》为专题的报道，引起了广泛关注。

黄大发再次组织群众开会动员修渠引水。经过第一次修渠失败的教训，村民已经没了当初的热情和信心，面对干旱和贫困，大伙儿开始认命。支持黄大发修渠的乡亲们寥寥无几，更多的是对他的想法的质疑和劝阻。

黄大发态度非常坚决地说："不管大家怎么说，水渠我是一定要修的。通过三年的学习，我已经有了充分的把握，这次是以党性做担保，如果水渠再修不好，我拿命来换！"他的话镇住了在场的每位村民。这句掷地有声的誓言，让所有观望、嘲讽、质疑、劝阻的声音戛然而止，带头反对的几位村民红着脸不敢再说什么。

做通了群众的工作后，黄大发在随后召开的村"两委"会议讨论，他拿出在家画好的修渠方案草图，耐心地给大家讲解上次失败的原因和新修水渠的可行性。他执着坚定的决心和科学严谨的新方案让大家充满信心，最后会议作出决定：克服一切困难修渠引水，修渠方案在全体村民大会上表决时获得一致通过。

这年12月，天气异常寒冷。一天上午，黄大发带着妻子为他准备的干粮，冒着刺骨的寒风出发了，整整步行了两天，才赶到遵义县水电局，申请为民主村修渠引水工程立项。

县水电局副局长黄著文见黄大发右脚穿的解放鞋已磨破了一个洞，露出了没穿袜子的脚指头，双手长满干茧，手掌心裂开了好几道口子。由于衣服穿得太单薄，一阵寒风吹来，浑身冻得瑟瑟发抖。黄著文感到十分心痛，立马将黄大发请进屋里取暖，给他倒了一杯开水，耐心听完他的整个陈述和想法后，敬佩之情油然而生。

黄著文坚信有黄大发这样不屈不挠的村党支部书记，一定会带领村民把水渠修好，当场表示一定会全力支持。县水电局很快召开班子会议讨论，所有成员一致支持黄大发送来的民主村水渠立项申请，并决定派一名专业技术人员全程指导该村修渠。

民主村修渠引水工程得到了县计划委员会正式立项，整个水利工程由村民投工酬劳。遵义县政府从当时非常拮据的财政收入中拨出6万元专项资金，用于购买铁锤、钢钎、风钻机和雷管、炸药、导火线等耗材，但比工程预算总造价20.4万元还差14.4万元。乡政府领导表态说乡里财政更加困难，给不了现金，就用38万斤玉米折抵给民主村，支持该村修渠引水。

  县水电部门给黄大发提出了一个非常苛刻的条件：必须在两天内筹集1万元资金作为工程押金，以示修渠的决心。

  那时，民主村村民只有210户1040人，粮食亩产150斤，农民年人均收入才80元，虽然1万元数额不是很大，但对于生活水平仍处于贫困阶段的村民来说简直就是个天文数字。回到村里的当天晚上，黄大发立马组织召开村"两委"会议，经研究决定由村民按土地多少集资，村民代表大会表决时也顺利通过。

  村里第三次召开以水为主题的群众大会进行再动员时，黄大发底气十足地说："这次修渠引水一定能够成功，可以说有百分之九十九的把握。主要有四个方面因素：一是县水电局将派出工程技术人员用仪器勘测后，很专业地绘制了施工图纸；二是水电局派出了具有丰富经验的工程师住在村里，全程指导修渠；三是县里划拨了几万元专项资金，乡政府无偿拨给了38万斤粮食，变相地支援我们；四是有水泥砌沟渠、粉沟壁，比黄泥掺石灰要牢固很多倍。"虽然有些村民对集资修渠有些抵触情绪，但听了黄大发的一番话也受到感染，对成功修渠充满信心。

  按照村集体测算的数据，黄大发家需要交纳203元集资款。他将妻子饲养的一头猪赶到集市上卖了100多元，又向亲戚家借了100多元，带头交齐了集资款。在他的带领下，村民积极想办法筹款。有积蓄的就到银行取存款，没有积蓄的就找亲戚朋友借。借不到钱的就到当地集市上卖猪、卖羊、卖鸡、卖鸡蛋、卖黄豆、卖苞谷、卖红薯等。当黄大发看到乡亲们按时把通过各种办法筹到的元票，甚至皱巴巴的角票交到村会计那里时，他把一角、两角、五角的角票，一张一张地理直，叠在一起，脸色特别凝重，心里像刀割一般。他激动得热泪盈眶，对乡亲们发誓道："有大伙儿的大力支持，如果再修不好水渠，那我真是无颜见江东父老。我黄大发拿党籍做保证，就是拿命来换，也要把渠修好！"

  遵义县水电局收到民主村按期交纳的1万元工程保证金后非常重视，让一名叫张发奎的水电工程师对水渠进行了反复勘测论证，绘制了施工设计图纸。修渠要经过三座大山、穿过大小九个悬崖，还有十多处峻岭，光测量就花费了半年时间。县水电局还指派工程技术人员黄文斗进驻民主村，全程具体指导村民修建水渠。

黄大发：初心不忘 悬崖上凿"天渠"

1992年1月16日上午，天上飘着小雪，第二次修渠引水工程正式动工。黄大发带领本村200多人的施工队伍，扛着钢钎、铁锤、撬杠、洋镐、锄头，浩浩荡荡地向山上进发。这次参加施工的人员只有民主村的村民，全村男女老少齐上阵。他把全村上工人员划分成9个施工小组，将待修的水渠每20米确定为一个桩号，每个桩号按照施工的难易程度确定不同数量的人工，每个家庭按承包土地的多少确定要投入的人工。

为保障修渠有条不紊地进行，村里成立了由黄大发任指挥长的修渠工程指挥部。四个村民小组长具体组织本组村民进行施工。每天清晨天刚麻麻亮，黄大发就带领修渠队伍上工地干活。在施工现场，大伙儿干得热火朝天。有的村民抡铁锤，有的村民扶钢钎，打眼放炮后，其他村民就用洋镐、锄头挖，用撬杠撬，形成石壁沟槽后，其他几位村民就跟在后面和水泥砌渠坎、粉沟壁。

这次修渠，上游的取水口改在了与马家河相距两公里外的风洞处，整个水渠修在第一次修渠的下游，两条渠之间的垂直距离相差100多米。如此不仅缩短了与马家河之间的两公里多距离，还便于和水泥时有水保障，免得派人到山下背水，节省了很多劳动时间。水渠一米一米地朝民主村方向延伸，村民们对未来的生活充满希望，干活儿的劲头儿更大了，每天干到傍晚天快黑了才收工。为了节省开支，村里规定，工地上不开火，参加施工的村民，早饭、晚饭在家吃，中饭各自带到工地上吃。早上出门时提罐苞谷沙饭，到了中午十二点半，只有半小时休息时间，大家累了饿了，就捡些干柴点燃把饭热热，或烤苞谷、红薯、土豆吃，稍作休息后又接着干活儿。为了赶施工进度，有的村民晚上干脆就睡在工地的石窝里，翌日天亮后接着干。

这年12月，遵义县推行农村行政体制改革，枫香区被撤销后，成立了枫香镇，野彪乡也被撤销，并入平正仡佬族乡。后在野彪乡的基础上，与包括民主村在内的几个村庄合并，组建了一个较大的行政村，时间只有几个月，因多方面原因只好又分开。1994年初，野彪乡改成办事处，一直到2004年10月，团结、草王坝等5村合并时，办事处又被撤销。

1994年6月1日，主渠贯通，全长7.2公里。紧接着，黄大发又马不停蹄地带领村民花费一年时间，将支渠2.2公里修通，总长度9.4公里。

1995年6月2日农历端午节，是民主村人永远难以忘怀和值得纪念的日子。这天上午，随着黄大发在主渠口一声"开闸放水"的指令，一股碧粼粼的清水倾泻而下，顺着支渠流进了干涸的民主村各个村民小组。全体村民激动万分地看着祖祖辈辈刨食的旱田即将变成水田，种上水稻，吃上香喷喷的白米饭，干旱时吃水也不用到几公里外的小河沟去挑了，男女老少欣喜若狂，奔走相告。从此，这条跨越健康、胜利、民主3个行政村、10个村民小组，宽60厘米、深50厘米的"红旗水利"水渠，让民主村民告别了靠天吃饭、滴水贵如油的历史。

通水那天，全村比过春节还热闹，有很多村民家杀猪宰羊，邀请亲朋好友前来品水，整整庆贺了一天。

看到当年曾反对修渠的杨春发也走在渠上，黄大发的妻子徐开美走上去故意问道："老长辈，现在修渠引水成功了，大家也肯定能够吃上白米饭了。你以前承诺用手掌心煮饭吃还算不算数？"

杨春发很愧疚地只是笑，没有回答。

这天中午，黄大发悄悄地哭了。36年间为修渠他一共哭过三次：第一次是1965年端午节那场大雨过后把兴修的水渠冲毁后；第二次是1993年自己的二姑娘因病去世；第三次是1995年通水之后。第三次哭，心情是极其复杂的，因为这36年来为修渠引水，他经历的酸甜苦辣没人能懂，只有自己知道。多年的痛苦和委

黄大发（右）应邀来到在草王坝施工的高速公路项目部，给管理人员讲述"天渠"的修建过程

屈，此刻终于得到释放。

"修渠引水的整个过程印证了'坚持就是胜利'这句话的真正含义。假如我半途而废，全体村民就只能听天由命，始终处于贫困状态。"事过多年之后，已是89岁高龄的黄大发老人如是说。

艰苦奋斗　　开展脱贫攻坚共奔小康

修渠虽然成功了，但黄大发并没有感到轻松。因为民主村村民的收入还很低，当年全村人均可支配收入只有300元。还没有种上水稻，不通公路，不通电，村办小学的教室也已经成为危房，亟须重建。

黄大发认真思考着下一步该怎么办。当时贵州省掀起了"坡改梯"，扩大土地面积、提高粮食产量的热潮，黄大发敏锐地意识到，这是一个千载难逢的好机遇，必须牢牢抓住。

当天晚上，黄大发组织召开村"两委"班子成员会议讨论"坡改梯"的工作方案，第二天在村民大会上表决时顺利通过。而后，就将《民主村"坡改梯"三年行动计划实施方案》报给平正仡佬族乡党委、政府，很快得到批准。

在随后召开的"坡改梯"村民大会上，黄大发动员道："虽然把螺蛳水河清澈的泉水引到了我们村里，但这只是走完了第一步，更重要的是要开垦水田，种上水稻，才能让大伙儿吃上白米饭。现在全省正在实施'坡改梯'工程，这是一个大好机遇，可机遇稍纵即逝，一旦错过，悔之晚矣！大伙儿要再努一把力，在三年内完成450亩'坡改梯'的计划，使我们村的子子孙孙都有白米饭吃。"他的讲话，赢得了村民的热烈掌声。

说干就干，黄大发立马行动。他让村会计买来铁锤、钢钎、炸药等生产物资，率领村民向崇山峻岭开战，民主村改土造田运动于1995年7月拉开了序幕。

村民进行"坡改梯"的积极性空前高涨，祖祖辈辈种植苞谷、洋芋、红薯的旱地及少数荒地经过开垦、改造，相继变成了能够种植水稻的稻田。1996年秋天，民主村种植的水稻喜获丰收，村民家家户户都煮了一锅白米饭，一家人敞开肚皮吃个够。村民徐开伦一顿竟然吃了五大碗。他说："我老婆将米淘好后放进锅里煮时，我就开始幻想吃进白米饭的滋味。那一顿饭可以说是刻骨铭心，太爽了。要不是黄书记的坚持，带领大伙儿修渠引水、改土造田，我们怎么会有这口福。"

经过大家两年多时间的艰苦奋战,到 1997 年底,民主村的水田面积增加到了 730 亩,水稻产量由 6 万斤增长到了 60 万斤。

遵义县境内另一个乡也有一个民主村,在一个辖区范围内竟然有两个"民主村",听起来总让人感到有些别扭。经过黄大发多次申请,终于在这年经上级批准,他所在的村庄称谓由"民主村"恢复到以前的草王坝村。

黄大发在一次村民大会上笑眯眯地对大家说:"大寨精神永放光芒,我们尝到了人定胜天的甜头,不仅在高山峡谷引来了水,又在山坡上改造了几百亩稻田,现在全村一年生产的粮食能吃三年啦。"他喝了一口水又说道,"有水了,白米饭也吃上了,腰杆子硬起来了。接下来我们还要干些什么,大伙儿有什么想法?"

"你是村支书,还是你说吧,我们都听你的,你让搞啥子我们就搞啥子嘛。"一位村民笑着说。

"别瞎说嘛,我又不是神仙。只有把党中央的政策与我们村的实际相结合,才能更好地发展。"黄大发收起笑容很严肃地说。

这天晚上,黄大发躺在床上思绪万千,盘算着下一步的工作计划。他脑子里突然浮现出这样一句话:"要想富,先修路。"他想起来了,这句话是悬挂在乡政府大楼上一条标语的内容。"现在全村人的饮水有了保障,吃饭也不是问题了,可大山阻隔了村民出行,丰收后的稻谷卖不出去,购买的化肥等生产资料也不好进来。这是个大问题,必须想办法解决。"他自言自语道。

这一夜,黄大发在床上辗转难眠,他翻来覆去就琢磨一件事:修一条公路,打通与外界的交通联系。

第二天上午,黄大发召集 4 个村民小组长和 20 个党员开会,专题讨论修筑公路问题。他开门见山地说:"如今全村的水稻喜获丰收,家家户户堂屋里都堆满了粮食。太多了,吃又吃不完,总堆在那里也不是个事儿,放久了会受潮发霉、虫蛀、鼠咬。得想办法把多余的口粮卖出去换成钱,这样才能买化肥、农药等生产物资,扩大再生产。"

"黄书记,你算是说到我们心坎上了。不通公路,实在是太不方便了。修路是大好事,你下命令吧,我们都听你的,要钱我们出钱,要力我们出力。"

"要得嘛,我们非常赞成修路。"

"干,一定要修条公路,为子孙后代造福!"

大伙儿纷纷表态赞成。

就这样，村民修路的愿望成了黄大发和草王坝村"两委"班子成员下一步努力的大方向。

草王坝人过去祖祖辈辈都是从袁家楼越过连江河，顺着河边人工自然踏成的小路而行，一旦遇到大雨山洪暴发河水暴涨就阻碍了通行。黄大发带领村民用洋镐、锄头挖，将由林溪村与草王坝村交界的宝华山进村的羊肠小路取直，扩宽至1.5米，便于摩托车、骡马驮运粮食、货物。后来，又花费近两年时间，用人工凿、机械挖，修筑了一条从高家坳到玛瑙山4公里的人行通道，改变了村民出行难的问题。

路通了，草王坝村村民又有了新的期待。黄大发偶尔听到有的村民议论，如果村里有台打米机就好了，到外村去打米走的路程太远，浪费了不少时间。还有的村民说，他家的几个孩子每天晚上在煤油灯下写作业，早晨起来，两个鼻孔都熏成黑的了。一连好几天，他吃不香，睡不安，满脑子就是想着如何架电，让村民的生活更加方便。

在随后主持召开的村"两委"会议上，黄大发说："山外的村庄很多已经用上电了，而我们村至今还在用煤油灯照明。我们一定要抓住国家农村电网改造的机会，解决大伙儿用电问题。"其他班子成员纷纷表示赞成。

第二天上午，黄大发和村会计步行到平正仡佬族乡政府和供电所，向他们表态道："草王坝村村民十分渴望通电，请你们予以支持，及时将我们村列入农电改造计划。除了国家投入外，那些需要村里自理的项目，我们就是砸锅卖铁也在所不辞，绝不含糊！"他让全村通电的迫切心情和诚恳表态感动了各级领导。草王坝村很快被纳入当地农网改造计划之列。

草王坝村村民用电设备要从凤凰村鸡冠石拉过来，共有10多公里长的路程。在黄大发的带领下，全体村民自筹资金拉线。为节约电线杆钱，经村"两委"研究决定，每两户村民"承包"一根电线杆，上山砍树、挖坑、竖直。架线时，全体村民积极开展义务劳动，黄大发带头将一圈上百斤重的电线挽在肩上往前拉。61岁的村民唐恩良回忆起当年拉电线时的情景说："那年，为了迅速砍出一条栽电线杆的通道来，黄大发书记总是冲在最前面，手掌和衣服裤子都被荆棘扎烂了，流了很多血。"

三个月之后，草王坝村村民告别了点煤油灯的历史。通电那天晚上，有很多上了岁数的老人十分兴奋，通宵不眠。

水、路、电三样都通了，黄大发又在想什么呢？

一天下午，黄大发组织村民开会，动员大家集资建学校。他说："其实我们真正的穷根，还是吃了没有知识、没有文化的亏。'红旗水利'的失败，给我留下了深刻教训和终生遗憾，这都是我没有文化造成的。"他稍作停顿后继续说："为了让全村的娃娃们长大后不当睁眼瞎，为了让子孙后代不再走我的老路，再苦不能苦教育，我们就是勒紧腰带、省吃俭用，也要凑钱修学校，让娃娃们有个好的学习环境。孩子是祖国的花朵，更是我们村未来发展的动力和希望。我们的后代能够受到良好的教育，上大学深造，有了文化，就有了本领，村里的发展就会大大加快。哪怕是外出打工，挣得的工资也会比普通人高一些。"黄大发一番充满深情的发言赢得了会场村民的热烈掌声。

一名中学生面对黄大发获得的"七一勋章"，敬仰之情油然而生

新中国成立初期，草王坝村的孩子每天要走十多里的山路，到野彪乡办的小学去读书。山高坡陡，十分危险，一些家长不放心，不让子女去上学，最终成了文盲。20世纪60年代和90年代，黄大发两次选址，发动群众集资办学，使全大队、村的孩子们都能就近上学读书，消除了文盲。这次，全体村民再次集资办学，他又多方努力，争取到4万元教育补助，多次协调土地，将村办小学从位置比较偏远的高家坳搬至全村人口相对集中的艾子田，建成了三栋砖木结构新校舍。全村村民子女可以从一年级读到六年级。时任村办小学代课老师徐国棋说："新校舍的建成，

极大地方便了全村子女上学,学生到学校的路程与从前相比缩短了一半。教学条件也得到了很大改善,代课老师的待遇有了基本保障,一下子增加到了六人。"

说起村办教育,大伙儿就会跷起大拇指,对黄大发一心为村民、一心为集体的胸怀点赞。当年在草王坝村村民中,黄大发的二儿子黄彬权的初中学历算是比较高的,而村办小学由于待遇较低,每月工资只有90.4元,所以想找个代课老师就非常困难。他就动员自己的儿子去当小学老师。黄彬权干了几年,觉得在村办小学教书太不划算,就离开学校外出务工,每天能挣80元钱。黄大发知道这一情况后非常恼火地教训道:"人活着得有点精神,当老师的收入是少些,可为了全村子孙后代的前途着想,多么重要,多么有价值,多么有意义!你知道自己的行为是个什么样的性质吗?说好听点,你是擅离职守。说严重点,你是逃兵,如果是在战场上当逃兵就要被枪毙!"黄彬权拗不过父亲,只好辞去外面的工作,继续在村办小学教书。

"黄老书记对学生们的学习可重视了,经常到学校了解情况。每逢新学期开学,他都要抽空到学校查看学生报到情况,没有来上课的,他就一家一户地上门去督促,一直到上学为止。"曾经担任村办小学校长的徐开祯说。

父母亲的过早去世,对黄大发的打击很大。他仅上过几天私塾,连一本《三字经》都没念完,吃够了没有文化的苦头。所以他经常强调一句话:"只要是我当村书记,全体村民子女上学读书一个都不能少。"

有一年9月开学后,黄大发例行到学校查看学生报到情况时,发现有名上三年级的女孩没有来上学。去她家一打听才知道,她的父亲片面地认为女孩儿读多少书也没有用,迟早会出嫁的,不如让她在家里帮大人干些活儿,也好有个帮手,所以不想让女儿上学了。黄大发先后去了三次,反复动员才把那个女孩儿请回课堂上课。没想到女孩很努力,后来竟然考上了大学,进城工作和生活。这位村民逢人便夸道:"是老书记改变了我女儿的命运。"

现如今,由麦博公司、部队等单位捐资,当地政府配套经费,建成了占地1500多平方米的新校舍,原草王坝村办小学已经更名为麦博希望小学。以前教学条件十分简陋的村办小学,已成为教学设施完备的重点村级学校。现在除开办有学前班外,还有一至四年级。全村从这所村办小学读书考出去的大学生已有30多人。

"知识改变命运,没有知识、没有文化就会吃亏。"黄大发深有感触地说。

基础设施建设相继得到解决,黄大发经过苦思冥想,并多次外出考察,最后得出结论，必须大力调整产业结构。全村除保持种植水稻外，还开始在旱地种植核桃、柚子等经济作物。

2004年10月，由团结、草王坝、健康、富强、胜利村这五个山区村合并后的团结村处于深度贫困状态，被评定为省级贫困村。已年近70的黄大发经多次申请，得到上级党组织批准，于2005年1月从村书记位子退了下来，后担任团结村党总支名誉书记。可他没有为此止步，仍然在努力奋斗。党中央决战贫困、全面建成小康社会的冲锋号吹响后，他的脚步更勤了，信心也更足了。他说："脱贫攻坚不是哪一个人的事情，我作为一名老党员责无旁贷。只有全体党员、干部齐心协力，劲往一处使，才能完成党中央交给我们的光荣任务，一个不落地奔向小康。"

黄大发（右）与团结村村委会主任亲切交谈，鼓励他爱岗敬业，有所作为

2014年全国开展精准扶贫时，团结村有455户、1706人被确定为建档立卡的精准扶贫户。黄大发对此项工作的开展十分关心。有天上午，平正仡佬族乡组织党员代表外出参观。黄大发看到邻近的枫香镇花茂村通过大力发展产业，使全村面貌发生了巨大变化，他回家后辗转难眠。第二天一大早，便让孙子开车送他到几公里外的村委会，向村"两委"提出了四条发展建议：第一，要加大全村产业结构调整，大力发展集体经济，帮助全体村民增加收入，让贫困户早日脱贫；第二，认真学习花茂村的美丽乡村建设经验，逐渐改变团结村的村容村貌；第三，村里

要建自来水站，让村民喝上清洁卫生的自来水；第四，将"村村通"公路进行硬化，不能坑坑洼洼。新任村书记当场表示一定认真按照他的建议去做。

2016年4月，经国务院批准，撤销遵义县，成立遵义市播州区。

第二年初，贵州省委、省政府召开动员会，号召有实力的企业参与精准扶贫和乡村振兴。这年4月27日晚，中天金融集团公司董事长罗玉平从央视看到黄大发的先进事迹和被中宣部授予"时代楷模"荣誉称号的消息后，被他36年锲而不舍，在悬崖上开凿水渠引水的"新时代愚公"精神感动，当晚便召开董事会，决定参与团结村的精准扶贫，帮扶该村发展产业。第二天上午就挑选了10名精干员工组成工作组进驻团结村，经过深入细致的摸底调查、对接项目，在黄大发的居住地草王坝自然村成立了一个项目部。

5月1日一大早，罗玉平驱车200多公里到项目部进行实地考察后，确定了以三变（资金变资产、农民变股东、资源变资金）融合三产，振兴"三农"的"三三三"制模式。时任省委书记陈敏尔认真听取汇报后给予了充分肯定。

中天金融集团公司很快在团结村注册成立了大发农业股份公司和大发旅游股份公司，让该村参股共同经营。这年11月份，农业股份公司从遵义市采购了1000头猪仔，赠送给团结村的精准扶贫户饲养，并义务提供防疫技术。这年底，生猪喂养成成品猪后，公司回收销售，养殖户获利。他们还给精准扶贫户提供蜂箱养殖蜜蜂、油菜籽古法榨油技术，使每户村民获利2万多元。同时，还流转草王坝自然村230亩稻田，由村民种植有机水稻，农业公司以每斤4元的价格收购，加工成大米后，注册了"乐耕甜"商标，在贵阳开设门店销售。

2018年9月，旅游公司投资8000万元开始建设旅游项目，其中将15家精准扶贫户集中搬迁后，荒废的房屋按每平方米35元的价格租赁，改造成民宿对外接待游客，村民每年可以获得2万元以上的收入。全村有50人常年在旅游度假村从事保安、保绿、保洁、厨师、客房服务，其中有13名精准扶贫户村民，每月可以获得2000元至5500元收入。

团结村村民委员会也在不断地对全村8230亩土地进行产业结构调整：发展订单农业，与仁怀的茅台酒厂签订协议，种植有机高粱2600亩；种植水稻230亩；种植柚子450亩；种植辣椒1250亩；退耕还林3700亩。"全村还在山上、荒地种植核桃5200亩。具有劳动能力的2790位村民中，有180余人常年在邻近的仁怀酒厂打工，每月工资收入在3500元至5000元。从2012年开始，养猪、养羊业发展迅速，全村有 30 多个存栏量达到 50 头以上的牛羊养殖大户。村里成立了养殖专业合作社，为他们提供仔猪、防疫服务和联系销路。"村委会主任沈仕毓说。

1975 年出生的红旗组村民马印江患病多年，住地十分偏僻，一家人的生活非常困难，被确定为建档立卡的精准扶贫户。2017 年 8 月，中天金融集团农业股份公司为他提供反担保，使他获得了当地农村信用社 5 万元小额担保贷款。还与他签订养殖协议，不仅提供猪仔、蜂箱，还予以保底收购生猪和蜂蜜。马印江最多时喂养了 400 多头猪、100 多箱蜜蜂，每年获得利润 15 万余元。当地政府还对他家进行了异地搬迁，使他家住上了新房，一家三口按期脱贫。谈及现在的生活，马印江高兴地说："这得感谢党的好政策，不然我家只能住在那个只有一户人家的穷山沟里，过着贫困的生活。"

在黄大发的精心指导下，经过团结村"两委"及中天金融集团公司的共同努力，全村人均可支配收入已经达到 11837 元，所有精准扶贫户在 2019 年 11 月已全部脱贫。

如今的草王坝自然村已经成为周边很多村民心中的"聚宝盆"，成为异地扶贫搬迁的集中安置点。草王坝获得了国家较大力度的扶贫资金投入，建起了占地 1200 平方米的黄大发事迹陈列室和党员教育培训基地。公路已全部硬化，房屋院落实施了改造，小青瓦、坡面屋、穿斗枋、转角楼、雕花窗、白粉墙是草王坝现在民居的特色。

"全村有六户村民开办了民宿、餐馆、农家乐，每年收入在 10 万元以上，最高的可以超过 20 万元。整个草王坝已旧貌换新颜，发生了翻天覆地的变化。昔日的'光棍村'已成为历史，外村好多姑娘找对象时都把草王坝的男青年作为首选。"黄大发微笑着介绍道。

以身作则　充分发挥模范带头作用

黄大发从记事起，就知道草王坝生存条件的恶劣。他经常站在和自己一般高的水缸边，母亲总是一次次嘱咐他："用多少水，就舀多少，千万不要浪费一点，因为这水来得太不容易了。"有一次他十分口渴，舀了一瓢水一口气喝了大半瓢，把剩下的少部分给倒掉了。母亲发现后上前就是一巴掌，把他抽得眼冒金花，还大声吼道："我是怎么给你说的，怎么这么不长记性，你知道这水是你爸怎么挑上来的吗？你要像珍惜每一滴油那样珍惜每一滴水！"母亲的这一巴掌和训斥让他一辈子刻骨铭心，并深深地懂得了草王坝人对水的珍视和来之不易。

黄大发11岁丧母，13岁丧父，成为吃百家饭长大的孤儿。白天去哪家干活，晚上就在哪家的堂屋里搭个木板睡觉。长大些后就自己搭建了一个棚子居住，其实就是用几根木头搭起的一间能遮风挡雨的草房而已。好心的长辈给了他一床旧棉絮当被子，下面铺上茅草就当床。冬天风大，经常把他铺的茅草吹跑，他就平躺着，把下面的茅草死死地压住。年年岁岁的孤独和艰难让黄大发养成了坚强勇敢、不畏艰难的性格。

新中国成立那年，黄大发14岁，他参加了当地的庆祝活动，脑海里刻下了"毛主席、共产党、解放军、当家做主"这几个自己并不认识的专用名词。随着"土地改革"的深入，黄大发分得了土地，尝到了当家做主的滋味。穷人的孩子早当家，从小的磨炼使他过早成熟，庄稼地里的活儿都难不倒他，浑身有使不完的力气。自己的地耕种完了，看谁家忙不过来就帮谁家义务干活儿。

17岁那年，黄大发结婚成家了，虽然分得了土地，但还是很穷。导致贫穷的根源是缺水，不仅没有水浇灌庄稼，就连生活用水都很困难。一水得多用，水比油还要珍贵。家家户户都用水缸储水，早晨洗脸的水得留着晚上洗脚，淘米、洗菜的水得留着喂猪、喂牛。那时，黄大发逐渐萌发了修渠引水，让大伙儿喝上干净水、种上水稻、吃上白米饭、真正摆脱贫困的想法。

引水，因此成了他一生的梦想。

黄大发的妻子体质很弱，在1957年生产后便一病不起，多处医治无效，最后撒手人寰，留下一个不满两岁的儿子黄彬孝。儿子一岁时由于无人看管，冬天在堂屋里不慎倒在烤火的炉子上，将右手烧伤，只剩一根大拇指贴在手上，成为终身残疾。黄大发的不幸遭遇和艰难处境让很多乡亲深表同情，善良的徐家伯父伯母看在眼里，急在心里，夫妻俩被他的良好人品和勤奋努力、乐于助人的品格感动，顶住各方面的压力，将自己的黄花闺女徐开美嫁给黄大发为妻，使他又有了温暖的家，之后相继生育了5个儿女。

也是在1959年这年，黄大发花费100元买了3间只有木架子、上面盖着茅草的房子，终于有了个安身之地。他后来慢慢地一面一面砌墙，在这间房屋住了将近一辈子。直到2018年乡里将此房用作党员教育基地，又在旁边盖了一栋两层楼房进行置换，让他安享晚年。

从大冬天里，黄大发打着赤脚在村里站岗放哨，带着解放军进山剿匪，当过"土改"代表，到积极帮助其他社员家放牛、割草、砍柴、干农活儿，上级领导见他虽然年纪尚小，但诚实可靠、勤劳肯干，能吃苦耐劳，于是就重点培养他当民兵连长，到23岁那年担任草王坝生产大队大队长，第二年又光荣入党。从此，他就把尽心尽力为乡亲们服好务、改变草王坝贫穷落后面貌的重担扛在了肩上。

在1959年出现的大饥荒时期，担任大队长的黄大发有次到县城开会，由于交通不便，来回加会期共需要一个多月时间。在这期间，他听到传闻，有的大队因缺粮已经饿死人了。他知道草王坝大队的艰苦情况，十分惦记着乡亲们，没等会议结束，就匆匆忙忙赶了回去。大队的饥荒程度让他大吃一惊，已经有很多男人饿得双腿发肿，奄奄一息，生命垂危。黄大发征得大队书记同意后决定杀牛救人。牛既是庄稼人耕田犁地的命根子，也是集体财产，杀牛是大伙想都不敢想的事情，有人害怕，站出来反对。黄大发说："如果人都没有了，还要牛干什么？"他果断下令相继屠宰了两头水牛，让草王坝大队的社员渡过了最艰难的日子。但牛肉他一口未吃，只喝过几碗熬牛肉的汤。

后来，上级得知此事后派人到草王坝大队调查，准备追究黄大发的责任。但了解到他是为了救社员的命，而且自己一口未吃，也就睁一只眼闭一只眼地不了了之。但被宰杀的两头牛成了黄大发心头隐秘的伤痛，直到如今他都不吃牛肉。也是那两头被宰杀的牛，让草王坝群众看到了什么是责任和担当，对他给予了最大程度的信任和依赖。

第一次用了12年修渠失败后，黄大发感到了巨大的精神压力，苦闷了很长一段时间。但他是一个理想信念十分坚定的人。修渠引水、修路、拉电、办学的执着理念一旦植根于他的大脑中，不管遇到什么困难，他都是绝对不会放弃的。他只是在等待一个恰当的时机。

1990年，一场百年不遇的大旱让民主村群众再一次燃起了对水的无比渴望，绝收使人们连吃苞谷沙都很困难。黄大发之前到枫香区水利管理站学习时掌握了一定的水利知识和技术，他认为重修水渠的时机已经成熟。

第二次修渠开工后，出师不利，第一天在大土湾放的第一炮就出了问题，石头砸着了山下村民的房屋。见自家煮饭的铁锅被砸了一个大窟窿，房主人气得抱着黄大发就要跳崖。好在村民及时将二人拉住，又是说好话，又是赔偿损失，才使事态得到控制。

黄大发：初心不忘 悬崖上凿"天渠"

修渠需要征占别人的一些土地，为赔偿问题发生过不少扯皮拉筋的事儿，不时有村民到工地上阻止施工，甚至还有村民打骂黄大发。到后来，闹事儿的村民把怨气都发泄到黄大发身上，晚上去剥他家地里的杜仲皮，点火烧他家的苞谷秆，偷他家的东西……搞得黄大发一家鸡犬不宁，不得安生。

黄大发逐一找到闹事的村民，反复开导、沟通、解释，又是赔笑脸，又是赔钱。闹事户被他的诚心和精神感动，慢慢地就没有人再找他的麻烦了。

遵义县水电局为民主村修渠批了 50 件雷管、炸药、导火线等炸材，过路的汽车不敢拉，要等村里的马车来拉。为了尽快用上炸材，黄大发背着两件就上了路。仓库保管员见黄大发背着炸药走上 33 公里长的回头路，赞叹不已。当他看见黄大发赤着脚，不知在哪里踢破了一块皮，血淋淋的，十分心疼，便准备给他买双新解放鞋，却被他婉言谢绝了。黄大发说："庄稼人破点皮、流点血算什么，很正常。只要有炸材就满足了。"

黄大发组织村民下山去背炸材，来回最快也得 16 个小时。

一天傍晚，黄大发背完炸药和雷管回到家后，一屁股瘫坐在床上起不来了。妻子徐开美赶紧烧了盆热水给他泡脚，当她为丈夫脱掉满是黄泥、破烂不堪的解放鞋时，看到他的脚板都磨破了皮，脚掌心里的血泡都已破了，还有血水。妻子十分心疼地说："你已是这么大一把年纪了，来回走这么远的路，吃得消吗？重体力活儿，可以让年轻人去干嘛！"

黄大发说："雷管、炸药、导火线都是危险品，让别人去干，我不放心。"

"抠啊，从没有见过这么抠门的人。我每次与他到遵义县城去办公事，两人住一间三块钱一晚的旅社，吃饭总是挑最便宜的买，经常是一块钱的羊肉汤泡自带的苞谷沙吃。到信用社去拨款，带有现金，为保证资金安全，我们俩轮换着一人睡，另一人坐在凳子上守着款。"村里的老会计杨春友说。

有一次拉水泥，距民主村有 30 多公里路程，汽车行驶途中车轮陷入一个泥坑，怎么踩油门也爬不上来。天黑了，天上的雨又下个不停，司机深感无计可施。黄大发到附近农户家给他找了个借宿的地方，看到满满一车水泥心里直犯嘀咕：要是被人偷了怎么办，那损失就大了。想了想，他干脆在驾驶室蜷曲着身子睡，半夜里给冻醒了，便干脆不睡了，一直坐到天亮。第二天找人把汽车推出泥坑，运回去后又上了工地。

黄大发白天在修渠工地上奔走指挥，晚上组织指挥部成员开会，安排工作，每个细节都反复强调，特别是安全问题。他经常号召干部带头，党员争先。

整个修渠引水工程遇到了不少困难。渠道需要经过三座悬崖：大土湾、擦耳岩、岩灰洞岩。擦耳岩是修渠工程中最危险的一段，壁立千仞，稍有不慎就会跌下300多米深、呈90度的悬崖。岩上又没有树木，全是秃岩，连老鹰都不敢在上面筑巢。一般人看都不敢往下看，否则就会胆战心惊。最为要命的是，岩壁中间凸起了一块大石头。这块大石头像一堵墙似的卡在中间，前面凿渠的看不见后面，后面凿渠的看不见前面，严重影响了施工安全。如果不把这块石头拿掉，随时都有可能发生事故。可没有哪个人敢下去，就连花钱请来的专业施工队也谢绝施工，他们说："太危险了，我们不能拿自己的生命去冒险。你们就是给再多的钱，我们也不愿意干。"

正当大家一筹莫展之时，已经57岁的黄大发毅然地说："让我来。"他用大绳把腰拴紧，让人拉着他慢慢地向悬崖下放。看到这个场景，几名年轻人深受感动，也跟着一个个吊了下去。就这样，黄大发带领几位村民，硬是用风钻、钢钎、铁锤，在总长500米的三段悬崖上一寸一寸地凿了近10个月，凿出了一条170米长的沟渠。"凡是遇到困难和危险，黄大发总是第一个上。"修渠副指挥长徐开成说。

"安全管理，重中之重"，这是黄大发在修渠工程指挥部开会时反复强调的一句话。最让黄大发难忘的是，有一次放炮，点燃的导火线已经超过引爆时间，但炮未响。他以为成了哑炮，正准备去查看，炮却突然响了。他急中生智地快速把肩上挂着的背篼套在头上，蹲在地上才躲过一劫。虽然背篼被打坏了好几处，身上被掉下来的石头轻微擦伤，但无大碍。还有一次，用肩扛石头的村民赵立会不慎脚踩在沟坯上悬空了，眼看就要摔下数百米的深渊。在这千钧一发之际，黄大发眼疾手快，上前一把抓住他的头发才使他没有掉下悬崖。赵立会肩上的石头摔下去"哗哗啦啦"地滚了好长时间才靠拢坡脚，他的脸顿时被吓成土色。虽然这次有惊无险，但给黄大发上了生动的一课。结合自己前次排除"哑炮"受到惊吓的教训，他更加重视安全了。从此，他每天都要检查所有与安全有关的施工，大到抬石头的杆子结不结实，小到身上的安全绳牢不牢，都要一一仔细察看。

开凿水渠期间，共点了1万多次炮，由于黄大发严把安全质量关，工地上没有发生过一起伤亡事故，仅仅是摔死了一匹运送物资的马；总共用了300多吨水泥、成百上千的钢钎、铁锤，还有洋镐、锄头、撬杠等数不清的小工具，从没有丢失一件。

黄大发对水渠的施工管理十分精细。谁在施工中偷工减料，会立马进行严厉批评，并责令返工。每辆汽车拉来水泥卸完货后，他都会将车厢里、地面上残留的水泥清扫入库,不能有半点浪费。黄大发经常挂在嘴边上一句话:"集体的事情要与家里的事情同等对待,投入修渠的资金一分一厘都要用在刀刃上,不得有半点浪费。更要保证工程质量,要对子孙后代负责,不能有任何理由偷工减料。"水渠通水近30年来从未出现垮塌、渗漏等质量问题。特别是在没有安装闸阀的情况下,无论是丰水期还是枯水期,主渠的水都能自然地分流到两条支渠里去,令人称奇。

1992年9月,修渠进入关键时期,黄大发的二女儿黄彬彩不幸患上肾炎,躺在床上高烧不退,病情恶化,浑身浮肿。妻子徐开美一人根本无法将她送到遵义医院去检查治疗,便托人给黄大发带口信,要他立马回家,与自己一起将女儿送往医院检查治疗。那阵子,水渠正修到关键时刻,一时半会儿走不开。黄大发让徐开美先找个赤脚医生给女儿看看,等忙过了这段时间再回去送她到大医院治疗。徐开美只好在当地找了个民间中医给开了几副中草药煎服。但女儿的病情不仅没有好转,反而越来越重。眼看大事不好,她只好请娘家人将女儿送到仁怀医院去抢救,可女儿的病情已严重到让医生也无力回天了。黄彬彩回到家的第二天就不幸去世了,年仅22岁。那天上午10点多钟,山上有人喊:"黄书记,快点回去,你二女儿走了。"黄大发听后两眼一黑,差点从悬崖栽下去。

黄大发回到家里深深感到苦闷、彷徨、后悔,整整两天不吃不喝。他坐在堂屋的椅子上发呆,一句话也不说,像个木偶。女儿就要上山安葬了。那天晚上,当帮忙的乡亲们正要合上棺材盖板时,他突然提出要最后看一眼女儿。

黄大发趴在棺木上,看着静静躺着的女儿,眼泪止不住地往下流。突然,他放声大哭,让在场的人都潸然泪下。

"生前她还到修渠工地上干过活儿,都怪我这个当爹的不称职。"现如今,只要谈起二女儿黄彬彩,黄大发的语气里总是充满着愧疚感,一生刚强的他,眼里却噙满了泪水。

白发人送黑发人,黄大发的心在流血。他毫不犹豫地决定把准备给自己百年后用的棺材给二女儿。他说,这也算是为她做的最后一件事,希望女儿在那边不要记恨自己。

黄大发料理完二女儿的丧事后很快回到山上的工地,水渠工程指挥部副指挥长徐开成见他脸色苍白、神色阴郁,比任何时候都难看,就劝他回去休息几天。黄大发却说:"大伙儿都在拼命干活儿,我怎么能回家休息呢?"

黄大发的二儿子黄彬权的身体不太好,家里的劳力弱。修渠的时候分段负责,村民小组长给他划分的工段离家有一个半小时的路程。

"那么远,来回多不方便,什么时候才能干完?"黄彬权心里有些发毛,与小组长发生了争执。小组长感到很无奈,考虑给他就近调换一处工段。消息传到黄大发的耳朵里,他把儿子叫到跟前狠狠地训斥道:"这个工段你嫌远了是吧?那我就让小组长给你换个更远的地方去,你还想搞特殊化?"见父亲火气越来越大,黄彬权只好乖乖地检讨道:"爸,我错了,您就别说了,就按小组长说的办,我马上就上工地去干活。"

多年以后,黄彬权才深深理解了父亲的为人。他说:"父亲当时的想法完全是对的,如果他不阻止小组长给我调换工段,那就会造成非常不好的影响,谁都不愿意去距离远的地方干活儿了。要在那高山悬崖上修建水渠,简直就是白日做梦。"

"村党支部书记的子女、家属必须与普通人一样,不能搞半点特殊化,甚至吃亏才是对的。否则,就会造成很坏的影响,群众就不会服你。"黄大发说。

黄大发是一个公私分明的人,从不占村集体的任何便宜。修渠那几年,他在集体食堂陪同上面来检查工作的领导吃过八顿饭,每顿饭他都付了钱后才离开。他家的灶台由于年久失修,灶面上早已裂开了两道缝隙,灶头的一角还掉了一块儿,妻子徐开美几次给他交代,回来时顺便带一碗水泥补补,可迟迟不见动静。有天晚上,她很生气地对黄大发说:"我已经跟你说了很多遍,让你从工地上带一碗水泥回来,把灶面上的裂缝补一补,你怎么迟迟不动呀?"黄大发瞪着眼睛对妻子说:"我是村党支部书记,能那样干吗?我家灶台坏了,就可以从工地上搞点水泥补一补,全村哪家的灶台不需要水泥补?倘若这个头一带,张三家需要一碗、李四家需要一碗,都去工地上拿,全村200多人在工地上干活儿,如果每人拿一碗,集中起来是多少啊?修水渠不够怎么办?你压根就不该有这个占集体便宜的想法。"

徐开美没有办法,后来只好托人到县城花钱买了一小袋水泥,才把灶台修补好。提起这事儿,她至今心里还有些窝火,说一碗水泥,算得上占公家的便宜吗?

水渠还差600米就要贯通时,工程款却用完了。"再不想办法就要停工。找上面领导要,又说不出口。这可咋办呢?"黄大发很纠结,急得像热锅上的蚂蚁一样团团转,一连好几天都吃不香、睡不安。最后他终于想出了一个办法——贷款。

黄大发与村"两委"班子成员商量后达成一致意见:按照全村土地受益亩数分摊到村民头上。眼看水渠就要进村了,村民们翘首以盼,让大伙儿出点钱,数量又不是很多,谁都没意见。可谁去贷呢?这可要用财产作抵押的呀!黄大发试探

黄大发：初心不忘 悬崖上凿"天渠"

着跟妻子、儿女们商量这事儿，结果遭到一致反对。实在没有其他办法，他一咬牙，到当地信用社贷了1万元资金，保证了水渠必要的经费开支，最后才得以正常完工通水。

问题来了，由于村会计没有及时将村民集资款收齐，导致1万元贷款加上利息未按合同约定时间如期还完，留下部分欠账。信用社便将欠款转到黄大发个人名下，并到法院提起民事诉讼。从2010年起，信用社每月从黄大发应发的城乡居民养老金中扣除55元，直到2016年平正乡领导得知此事后，才及时出面处理。

水渠开通后，在一次村民大会上，为给水渠起个名字还有过争论。修渠副指挥长徐开成说："就叫'红旗渠'吧。"黄大发说："这个不好，与太行山河南林县的'红旗渠'重名了。"

徐开成又道："是你带领大伙儿把水渠修成的。如果没你的坚持，就不可能有今天这条渠，这水也进不了我们村。你的名字很吉利，黄大发，大发大发，全村人也该大发了。不如就叫'大发渠'吧！"

"对，这名字很好，既好听，又好记，还很有寓意，就叫'大发渠'！"大伙儿一致赞成。

虽然年满70岁的黄大发强烈要求后从村书记位子上退下来了，但他离岗不离职，仍时刻关注着团结村的发展和建设。他说："我虽然不是村党支部书记了，但

黄大发经常到"天渠"上来回巡逻，维护水渠正常使用

空中俯瞰草王坝自然村村貌（无人机航拍照片）

黄大发：初心不忘 悬崖上凿"天渠"

我还是一名共产党员，党员的身份和责任时刻不能忘。"

从水渠通水开始，黄大发就养成了三天两头到渠上巡逻和护渠的习惯，随时清除水渠中的树叶等杂物，保持渠水畅通。黄大发说："这条水渠比我的命还要珍贵，就像我的女儿一样，我终生都要精心呵护她。"

2013年夏天，因多天连降暴雨，水渠所在的山上出现山体滑坡自然灾害，造成"大发渠"堵塞了70多米。已经78岁的黄大发一声吆喝，草王坝自然村家家户户都积极派人参加义务劳动。仅用三天时间，他就和村民一起把滚落下的土石全部清理干净，清水又欢快地流向了草王坝。2015年3月，平正乡政府乡长陈兴看望黄大发，得知此事后，特意划拨了1万元的维修资金，结果只用了7000元，剩下的3000元，黄大发全部退给了乡财政所。

随着"大发渠"红色旅游的蓬勃兴起，到水渠参观的人越来越多。为方便游客，黄大发与当地农业发展银行协商，争取了10万元资金，在渠边修建了一个公共卫生间和一个长度达10余米的雨棚。

2017年5月，时任贵州省委书记的陈敏尔专程前往团结村看望黄大发，亲切地称他为"民间英雄"。当时，还在他家房前院坝召开了一次青年座谈会。临走前，陈书记问道："老书记，您还有什么没有实现的心愿吗？"

"我们这里过去很苦，通过组织群众经过几十年艰苦奋战，修渠引水、改土造田、修路、架电、办学校，初步解决了基础设施问题。但现在因山高路远、交通闭塞，经济还是比较落后。兴修的仁怀至遵义的高速公路从草王坝穿过，如果能在我们这个自然村留个出口，就能为村民脱贫致富创造了良好的便利条件。这就是我最大的一个未了的心愿。"黄大发说。

"我回去看一下图纸再做定论。"陈敏尔说完紧紧地与黄大发拥抱在一起，还唱起了"山高石头多"那首民谣。

2018年5月贵州省召开人代会期间，黄大发作为省人大代表在会议分组讨论发言时又提及此事。这年底，省高速公路管理部门派出专业技术人员到草王坝进行了地形勘测，并于2019年3月正式确定修改高速公路施工图纸，在草王坝自然村新建一个高速出口。

仁怀至遵义的高速公路建设方在草王坝修建了一座高280米、直跨长度410米、宽33米的双向六车道高架桥，这是亚洲最宽的高速公路高架桥，被命名为"大发渠特大桥"。

2022年12月15日下午,仁遵高速公路建成通车仪式在"大发渠特大桥"上举行,黄大发作为特邀嘉宾最后宣布:"仁遵高速建成通车!"

黄大发(左)经常给当地的高速公路项目部施工人员免费送菜

"在黄大发老书记的不懈努力下,仁遵高速在草王坝自然村已开通了大发渠收费站出口,将给团结村带来千载难逢的发展机遇。这得感谢黄老书记为我们村作出的巨大贡献。"团结村党总支书记王朝海兴奋地说。

黄大发多年来一直有一个心愿,就是在有生之年能够到省城贵阳去看看。80岁生日那天,平正仡佬族乡的领导来看望他,无意中获知了他的这一愿望,经请示县领导后,决定满足他这个心愿,派人派车送他去贵阳。

出发那天,黄大发夫妻俩天刚亮就起了床。老书记那天特地穿了一件半新的蓝色中山装和一条刚买的黑色涤纶裤子,孙子将他的一双皮鞋擦得乌黑发亮。他生平第一次把自己打扮得这样精神。

到了贵阳,黄大发对陪同的工作人员说:"我哪里都不去,只去贵州省委、省政府看看。"

到了省委大院,黄大发走进大门口,看到大门上的党徽和飘扬在旗杆上的五星红旗,他扣紧中山装上的风纪扣,摘下帽子,理了理衣服和头发,然后脚后跟靠拢成立正姿势。接着右手紧握拳头,缓缓举起对着自己的太阳穴,表情肃穆地念叨着什么。

老伴儿徐开美走上前侧耳倾听,才听清楚黄大发说的是"全心全意为人民服务"这九个字。

"全心全意为人民服务"是黄大发这个具有60多年党龄的老党员的终身追求。

现在到团结村草王坝自然村参观"大发渠"和黄大发事迹陈列馆的人越来越多。高峰时一天有几十拨数百人。黄大发只要在家,都要亲自倒茶递水,介绍当年修渠情况,有要求合影留念的,他都一一满足,从没有看他有半点怨言或不高兴。

黄大发：初心不忘 悬崖上凿"天渠"

有时他还要亲自陪同参观者一同上渠给他们讲解。

黄大发刚从村书记位子上退下来时，每年只有1500元生活补助，2019年后增加到每月2200元。他家的收入虽然很低，但为了村集体和村民的事儿，他经常慷慨解囊：村里修路时，他捐了4500元；建学校时，他捐了3200元；新冠疫情发生后，他捐了5000元；有两位村民得了重病，他捐了2000元。

如今，黄大发已经是快90岁的老人了，可身体状况依然很好，没有什么大毛病。每隔几天他都要到水渠上巡逻一趟，面不改色心不跳。他每天起床较早，一直坚持到地里劳动。

"我是个农民，永远不能忘记劳动的本色，只有坚持劳动，身体状况才会保持良好。"黄大发说。

黄大发（右）始终保持劳动人民本色，如今每天早晨7点要到地里干农活

黄大发访谈录

作　家：您从1958年担任草王坝、民主生产大队大队长到如今已有60多年，从1987年当选民主村党支部书记、团结村名誉书记至今已有37年了。您担任生产大队大队长和村党支部书记的初心是什么？您担任生产大队、村主职干部期间，有很大一部分时间是在为修水渠而奔波，也遇到过很多困难和挫折，您锲而不舍努力的内生动力是什么？

黄大发： 我担任生产大队大队长、村党支部书记的初心是克服一切困难，修渠引水，彻底解决原民主村村民的生活、生产用水问题，有水保障大伙能够种植水稻，吃上白米饭。同时，带领大伙儿自力更生、艰苦奋斗，改土造田、修路、架电、办学校，调整种植结构，大力发展经济，努力改变草王坝（民主村）的贫穷落后面貌，让村民逐渐过上好日子。

我的内生动力来源于两个方面。一是报恩，报答党组织的培养之恩，是各级党组织的精心培养，使我这个未上过一天学的青年，一步一步健康成长，入了党，相继担任了大队民兵连长、大队长、村党支部书记；报答乡亲们的养育、帮助之恩，我从一个孤儿慢慢长大成人，有那么多人在生活上接济我，帮我娶妻成家……。二是自己从小吃过很多苦，养成了吃苦耐劳、坚韧不拔、不服输的性格。我总坚信一个理儿：好日子是干出来的，只有踏踏实实地埋头苦干实干，才能改变贫穷落后的面貌。我作为大队长也好、作为村党支部书记也罢，必须处处模范带头干，无私奉献，甘于吃亏，吃苦在前，享受在后，全心全意为群众服务，特别是作为一名共产党员，在入党宣誓时已庄严承诺：履行党员义务，积极工作，为共产主义奋斗终身，随时准备为党和人民牺牲一切。

我是贫苦出身，从小没饭吃，是乡亲们的无私帮助，才让我能够活下来；是党培养了我，我没有理由不好好干。我这人一辈子做事有个特点，只要是为了群众，我就下定决心去做，而且不达目的誓不罢休。

作　家： 修渠几乎成了您一生的追求。第一次经过 12 年艰苦努力，修筑了一条 13 公里长的水渠失败后，您为何不气馁，仍然坚持第二次组织修渠？假若您的意志不坚定，不广泛发动群众，取得大伙儿的支持，而是放弃第二次修渠，原民主村肯定不是现在的状况。对此，您得到了什么启示？

黄大发： 水对原民主村的家家户户来说太重要了，祖祖辈辈对水的渴望十分强烈。我的母亲对我疼爱有加，记忆中从未动手打过我。可我 6 岁那年因为喝水时将水瓢中的一点水随意倒在了地上，就遭到她狠狠地一耳光和训斥，至今记忆犹新。所以，我从小就在心中发誓，等我长大有了力气，一定要想办法把外面的水引到草王坝，改变"滴水贵如油"的现状，让乡亲们不用再在井边等水、抢水，不用再到几公里外的河沟去挑水吃。同时有了水可以种上稻谷，家家户户可以有白米饭吃。

第一次修渠失败，关键是我没有文化、没有专业技术。有句话叫"吃一堑，长一智""失败是成功之母"。失败了，一切可以从头再来。我作为生产大队大队长，是这个大队的主职干部之一,必须要有坚定的理想和信念。少数群众"认命",我却不能那样做,必须树立信心和战胜困难的勇气。大寨精神、红旗渠精神一直激励我自力更生,艰苦奋斗,战天斗地,人定胜天。在党的领导下,只要大伙儿团结一心,克难攻坚,什么人间奇迹都可以创造出来。

第二次修渠成功,我得到三点启示。第一,我们在工作中除了苦干、实干,还要巧干。这个"巧"不是投机取巧,而是要有文化、有智慧、有专业技术作支撑,而不能盲干。第二,不管做什么事情,都要坚持不懈、持之以恒。坚持就是胜利,不管遇到什么困难,都不能轻易言弃,半途而废。干什么事情都不会一帆风顺,遇到困难和挫折时,要勇往直前、锲而不舍、奋斗不息,才能获得成功。第三,要充分调动一切可以调动的积极因素。相信群众、依靠群众、发动群众,是我党的光荣传统,做好农村工作,除了取得上级的支持外,重点是要广泛发动群众,充分调动群众的积极性,激发工作热情。人心齐,泰山移,凝聚大伙儿的力量,我们才能干成想要干的事。

作　　家: 为修水渠,你付出了自己的全部心血,没有时间和精力顾家,导致自己的二女儿黄彬彩未能及时得到医治,22岁不幸去世。现在您对过去的做法后悔吗?为修水渠,您受了很多委屈,还遭到少数村民的打骂,特别是原野彪乡与民主村等几个村合并组建一个大村期间,有几个月时间您没有担任村党支部书记,这期间您为何到当地信用社贷款1万元,用作修渠开支?最后信用社将贷款转到您个人名下,还为此吃上了官司,自己还款。您为何要这么做?

黄大发: 第二次修水渠时好不容易把村民的积极性调动起来,我是村党支部书记,又是修渠工程指挥部的指挥长,工地上大大小小的事儿都得我去处理,特别是安全管理,时刻不敢掉以轻心,怕出事。我每天很早就起来招呼大家上工地,晚上走得最晚,要仔细检查工地上的每个细节,安排布置第二天的工作,还要检查未用完的雷管、炸药、导火线的收藏、保管,保证不出半点纰漏。实在是毫无分身之术。作为父亲,我是不称职的,如果能够及时把二女儿送到医院治疗,她肯定不会丢掉性命。每当想起来,我的心口就隐隐作痛,非常惭愧和自责。但那时也确实没有办法,我对当时的行为并不后悔,只能听天由命。

当时到农村信用社贷了1万元款,也是迫不得已。眼看从上面争取到的修渠款已经用得所剩无几,再不想办法就要停工。再出面向上级要,实在不好开口。我当时虽然有几个月时间没有担任村党支部书记了,但还是工程指挥部的指挥长,同时是一名有着几十年党龄的老党员。这两个身份就足以让我面对工程停工不能袖手旁观，必须尽快想办法予以解决，以确保施工正常进行。

当年贷款1万元，后来本金加利息变成了1.3万元。1995年已经还了5000元，剩余部分没有及时支付。由于当时各级强调为农民减轻负担，原本商量好的由村民集资还贷款的，也不好再收了，只好拖欠到那里，导致我最后出庭当被告，出庭应诉，最终判决由我个人支付本钱加利息。从2010年国家给年满60岁的村民每月发放55元的基础养老金起，一直没有我的待遇，最后一打听才知道，是被扣掉还欠款了。

我是一名老党员，吃苦在前，享受之后，吃亏奉献，是党的宗旨体现。这样做也是应该的，吃点亏、受点委屈也没有什么。只要能把水渠顺利修通，我吃多少苦、受多少累都值得，也都不在乎。

作 家：您认为一个优秀村书记应该具备什么样的素质和条件？选拔村书记时应着重考察被选举对象哪些方面？

黄大发：我认为，一个优秀村书记应该具备以下几个方面的素质和条件。第一，要对党忠诚老实，不要做"两面人"，当面一套，背后一套，台上一套，台下一套。更不能拉帮结派，优亲厚友，搞宗族主义。要廉洁奉公，不贪不占。任何时候都要保持清醒头脑，不能把自己凌驾于党组织之上。第二，要充分发挥群众的力量。相信群众、依靠群众、发动群众，是我们党的优良传统，只有真正把群众的力量发挥出来，才能干好农村的各项工作。如果群众不支持、不拥护，你就寸步难行。第三，要有坚定的理想信念。如果没有理想，就没有奋斗的动力，就会浑浑噩噩、无所作为。如果没有坚定的信念，就会整天发牢骚、讲怪话，怨天尤人。遇到困难就会退缩、逃避，那将一事无成。第四，要大力发展集体经济。新时代新要求，如果不大力发展集体经济，没有充足的财力不断改善民生，实现三次分配，缩小贫富差距，就不能实现共同富裕，群众就不会满意。

选拔村书记时，要着重考察被选举对象是不是具备不贪不占、做事公道正派等良好的人品。同时要认真考察其是否有突出的工作能力，特别是懂不懂经济、会不会管理。另外要考察其是否有积极干好工作的激情。人品再好，能力再强，如果没有干事创业的激情也不行。

作 家：您认为怎样才能确保乡村振兴战略取得实效？关键因素是什么？

黄大发：实施乡村振兴战略是党中央作出的一项重大决策，非常英明。为了保证这一重大战略部署取得实效，我认为应该认真做好以下几点。第一，必须把有限的资金投入农村基础设施建设上。农村的农田平整、水利、道路、污水处理、环境保护等基础设施建设，虽然近年来中央和地方各级政府投入了很大资金，但与农业农村现代化的标准相比，还有很大差距，需要不断完善和提档升级。第二，要紧紧抓住粮食种植不放松。手中有粮，心中不慌。确保国家粮食安全，是每个行政村应尽的义务。不能光考虑赚钱而放弃粮食生产。第三，农村建设和发展要有合理规划。不能盲目发展、重复建设、无序建设，要因地制宜、因村制宜，突出特色。比如，有很多地方都在搞乡村旅游，到底是否具备这个条件，就要因村制宜，不能脱离实际、一窝蜂、赶时髦，到头来只能是劳民伤财、得不偿失。

　　实施乡村振兴战略的关键因素还是要妥善解决好村干部问题。现在农村有本事的人都外出打工或经商挣钱去了，留在家里的大都是年龄偏大、文化水平较低、缺乏工作能力和激情的中老年人。要选拔人品好、有能力、想干事、能干事的村干部特别是村书记非常困难。这个问题不解决好，什么产业兴旺、生态宜居、乡风文明、治理有效、生活富裕，都是一句空话。各级党组织应该在这方面开动脑筋想办法，从长计议。

── 作家点评 ──

　　在团结村采访期间，本人有三个没有想到。一是没有想到"大发渠"是在那么陡峭的山上修成的。在平正仡佬族乡干部陈银飞的陪同下，本人在水渠经过的岩灰洞岩、擦耳岩渠边走了一会儿，便感到十分可怕，最险处的擦耳岩绝壁千仞，让人心惊胆战，根本就不敢向悬崖下看。回返时只好用双手扶住岩壁行走，双腿发软，战战兢兢，害怕出现意外，坠入深渊。二是没有想到这条水渠修建过程中遇到了那么多艰难险阻。是什么样的力量让黄大发坚持了36年时间才把这条水渠修成？没有技术，没有经验，甚至在没有安全保障措施的悬崖上，靠铁锤和钢钎打炮眼爆破，用撬杠撬、用洋镐、锄头刨、用双手搬，用最原始的作业方式，在陡峭的岩石上锲而不舍地凿通了这条9.4公里长的水渠。这几十年来，黄大发遇到了那么多困难，他都没有放弃过。为修成这条水渠，他时值人生花季的22岁女儿黄彬彩得了肾炎去世时，他却在工地上。这条水渠是黄大发一生力量的源泉，是植根于他内心深处永不改变的信仰，是力量之源。三是没有想到黄大发老书记的理想信念那么坚定。他从小就深深体会到了草王坝人用水的艰难和珍贵，所以把解决乡亲们用水问题作为自己的终生追求，与水结下了不解之缘。他是孤儿，吃尽了千辛万苦，在逆境中长大，形成了吃苦耐劳、不畏艰难险阻、不屈不挠的性格。他很懂得感恩，感党组织辛勤培养之恩，而且感念乡亲们无私帮助之恩，于是便产生了无穷的力量和勤奋努力的内生动力。所以，他不等不靠、自力更生、顽强拼搏，不解决村民用水问题誓不罢休。他的心中始终装着人民群众，唯独没有自己。解民忧、增民利，与天斗、与地斗，用毕生精力来坚持，最终换来了草王坝群众的安居乐业。

"自力更生、艰苦奋斗、战天斗地、坚韧不拔"的黄大发精神是对愚公精神、大寨精神的传承和发扬。这种精神不仅令人感动，还令人振奋不已。他一生始终坚持"只有落后的干部，没有落后的群众，共产党人就是要奋斗终生"的坚定信念，带领乡亲们凿渠、改土造田、修路、架电、建学校、调整产业结构、发展经济，做成一件又一件祖祖辈辈想都不敢想的事情。如今的团结村所辖草王坝自然村再也不是那个受人嘲笑和鄙夷的贫困村庄了。

"坚持就是胜利。"修渠过程中，在黄大发的带领下，当地人民群众咬定目标不放松，苦干实干，表现出不畏任何艰难险阻、不怕流血牺牲、排除万难去争取胜利和开山劈石、志拔穷根的大无畏英雄气概。北有"红旗渠"，南有"大发渠"。这两大水利工程，见证了新中国成立后，在党的正确领导下，当地人民群众用自己的勤劳双手辛勤努力，创造出彪炳史册的水利建设奇迹。

修渠、改土造田、修路、架电、建学校等，哪里最危险，哪里最困难，黄大发就出现在哪里，他总是冲在最前面。这就是典型的以身作则，率先垂范，发挥表率、榜样、标杆、引领作用，充分体现了他的责任和担当。

一不等、二不靠、三不要，靠我们的双手去创造。贫困靠我们勤奋努力去改变，农业农村现代化是靠广大干部群众脚踏实地干出来的。不管时代发展到什么时候，有什么变化，特别是在实施乡村振兴战略、实现农业农村现代化过程中，自力更生、艰苦奋斗、战天斗地的大无畏精神不仅不能丢，而且还需要在全国56万多名村书记中继续得到传承和进一步发扬光大。

注：草王坝称谓历史沿革：1.1953年称草王坝村；2.1956年改成草王坝大队；3.1963年底改成民主大队；4.1980年6月改成民主村；5.1997年底改成草王坝村；6.2004年10月由团结、草王坝、健康、富强、胜利村五个村合并成团结村，草王坝成为该村下辖的一个自然村。

全国党代表身份村书记

乡村振兴领头人
—— 中国模范村书记

Chapter 02

裴春亮：
捐资 1.3 亿元建村庄　把真情献给众乡亲

人物概要

　　裴春亮，男，汉族，1970年3月出生，初中文化程度，2009年4月入党，现任河南省辉县市张村乡裴寨村党支部书记、村委会主任。当选党的十九大、二十大代表，同时当选第十一届、第十二届、第十三届、第十四届全国人大代表，成为全国范围内为数不多、具有"双料"身份的村书记。当选中共河南省委第十届、第十一届候补委员。先后获得全国劳动模范、全国优秀共产党员、全国最美奋斗者、全国脱贫攻坚奋进奖、全国道德模范、全国抗击新冠疫情先进个人、中国十大杰出青年、全国最美"村官"，河南省劳动模范、河南省优秀共产党员等荣誉。

裴春亮：捐资 1.3 亿元建村庄 把真情献给众乡亲

张村乡裴寨村支部委员会

河南省辉县市裴寨村党支部书记、村委会主任裴春亮

裴春亮小时候因家庭接连发生不幸遭遇，陷入生活的绝境，乡亲们纷纷伸出援助之手予以帮助，他带着两个侄女、一个侄儿吃"百家饭"长大，自此便牢牢记住了这份深情厚谊，立愿长大后发奋努力，不断创造财富，以真情报答众乡亲。

2005年3月，裴寨村时任党支部书记裴清泽带领村干部，两次到住在县城的裴春亮家，请他回村参选村委会主任。第三次又带领70多位村民前去邀请，裴春亮深受感动，答应了乡亲们的要求，并在这年4月中旬，以94%的得票率当选村委会主任。当选后他认真履职尽责，从此不惜血本报答乡亲们的恩情——捐资184万元，为村集体购买了一台收割机、一台旋耕机，建涵洞，硬化4公里田间道路。紧接着，捐资83万元，打了一口536米的深井，解决了全村吃水难的问题，还修建了一个蓄水5000立方米的田心池，通过两根埋在地下11公里长的暗管，保障了农田的用水灌溉。而后，又捐资3000万元，将一座荒山劈土20米高，在新开辟的近百亩土地上，兴建了160套每户建筑面积200平方米的两层楼别墅，免费送给村民居住。

2010年3月，裴春亮高票当选裴寨村党支部书记。他捐资5100万元，为村里修建了一个蓄水量达80万立方米的小二型水库；捐资1000万元，对村庄进行绿化、亮化、美化改造，提档升级；捐资1000万元，为村里兴建了一个服装产业园；捐资400多万元，建设了一个建筑面积800平方米的村级体育馆。总共捐资达到1.3亿多元，使昔日贫穷落后的裴寨村成为河南省的明星村，先后被评为全国先进基层党组织、全国文明村。他还捐资8000万元，用于精准扶贫建设集中安置点。两次分别捐资500万元，用于新乡市新冠疫情防治及当地特大暴雨抢险救灾，捐资总额达到2.2亿多元。

对老百姓好，就是对党忠诚。

裴春亮

裴春亮担任村书记多年来的真切感言

裴春亮：捐资1.3亿元建村庄 把真情献给众乡亲

空中俯瞰裴寨村村貌（无人机航拍照片）

众人帮助渡难关　　长大后艰苦创业

裴寨村位于辉县市东北部 15 公里处，版图面积 1 平方公里，其中耕地只有 770 余亩。全村分成 4 个村民小组，184 户，总人口 817 人，有 39 名共产党员。

该村地处太行山脉丘陵地区，地形为四沟夹一坡，十年九旱，严重缺水，是个靠天吃饭的穷地方，粮食作物以红薯、玉米为主。20 世纪七八十年代，由于村民长期吃靠地窖储藏容易变质的红薯和咸菜，全村每年都有 7 人至 8 人患胃癌，10 年间就有近百人身患此病。"红薯干、红薯馍，离开红薯不能活。""吃水要过箩，红薯当白馍；光棍排成队，冬天不穿鞋。"这两首顺口溜是裴寨农民当年生活的真实写照。"最多时，全村有近 20 名大龄男子找不到老婆。"裴寨村村委委员、办公室主任裴龙德介绍道。

裴春亮的家庭曾经是裴寨村最贫困的一户，姊妹五人中他最小，上面有一个姐姐、三个哥哥。不幸的遭遇在这户人家接连发生，1980 年 9 月，才 16 岁的三哥裴秋亮到 3 公里外的煤矿挖煤时，不慎触电身亡，大队集体只赔付了 700 元的安葬费。那天下午放学后，裴春亮很远就听到了母亲的哭声，进门一看，只见三哥冰冷的遗体停放在堂屋里，便走上前去趴在三哥身上放声大哭。

四年后的一天上午，29 岁的二哥裴福亮在砖瓦厂用拖拉机拉白灰时，不慎翻车身亡。

在双重打击下，裴春亮的父亲裴义中风偏瘫，四年时间卧床不起，于 1985 年 3 月去世。因为穷，没有棺材安葬老人，母亲李秀英便找到几位邻居，请求他们帮忙在村里的山上挖个坑，把丈夫给掩埋了。时任村书记的裴清泽闻讯赶来说："裴义辛辛苦苦地干了一辈子，不能就这么草草地下葬，那太让人心酸了。"他立即安排两位村干部把村集体的两棵桐树锯掉，做了副棺材。村"两委"干部和十几名党员你 5 元、我 2 元、他 1 元……纷纷捐款，共同筹集了 47 元钱，村民们也自愿捐柴、捐玉米面，共同把裴春亮的父亲妥善安葬。

母亲拉着裴春亮的手说："孩儿呀！人活在这个世界上，得讲良心。乡亲们对俺家的好，你要时刻牢记在心，长大后如果有能力，一定要报答大伙儿的恩情，就全指望你了。"

"娘，俺记住了！俺长大后一定会发奋努力，真情实意地报答乡亲们的恩情。"裴春亮用力地点头回答道。

裴春亮：捐资 1.3 亿元建村庄 把真情献给众乡亲

从那一刻起，党组织和乡亲们的恩情深深刻在了裴春亮的心里。从此，他知道了什么是党组织的力量，什么是乡亲、乡情。

裴春亮的大哥裴喜亮 39 岁时因中风导致半身不遂，大嫂离家出走，留下一个 9 岁、一个 6 岁的女儿；二嫂改嫁，留下一个才 3 岁的儿子。裴家 4 个儿子中有 3 人病的病，死的死，只有裴春亮是健全的。不久，母亲李秀英也不幸身患胃癌，一家人的生活陷入绝境。此时，乡亲们纷纷伸出援助之手，这家给点红薯，那家给点玉米面，帮助裴家渡过难关。裴春亮带着两个侄女、一个侄儿，今天到这家吃一顿，明天到那家吃一餐，靠"吃百家饭"慢慢长大。"今生今世，俺永远忘不了裴寨村乡亲们的恩情，如果不是大伙儿的鼎力相助，俺就没有今天。"裴春亮深情地说。

迫于生活压力，1985 年底，才 15 岁的裴春亮初二尚未毕业，只好辍学回家干活儿，成为家里的顶梁柱。他陪同母亲到林县肿瘤医院治病，没有钱住旅社，就住在医院门口搭的简易窝棚里，每晚只付两元钱。

裴春亮先是到村办的砖瓦厂打工，看到别人骑着自行车去上学，好生羡慕，他偷偷地掉眼泪，好想与同伴一起去学校上课。

在砖瓦厂打工特别累，每月才 40 元工钱。"俺如果一辈子在这里打工，何年是个头啊？"裴春亮多次问自己。砖瓦厂有很多电机需要维修，他偶尔从收音机里听到河南安阳市铁西区有个新华技工学校，正在招收学员，不仅可以学习维修电机，还可以学习维修潜水泵、电视机、电话机等技能，他动心了，决定前去试一试。

按照技工学校的规定，学习时间为 3 个月，需要交纳 120 元学费。裴春亮在砖瓦厂打工两个月，挣了 80 元钱，又向别人借了 50 元，便瞒着母亲偷偷地去了安阳。他找到校长，先交了 80 元钱，剩余的钱准备当作伙食费。10 多天过去了，学校多次催他交纳尚未交齐的学费。否则，就不允许他继续学习，而且之前交的学费也不退还。

裴春亮怀着被母亲责罚的担忧，只好悄悄回家。可让他没想到的是，母亲得知此事后，不仅没有打骂他，还从心底觉得这个孩子有志气，便在村里东借西凑筹集了 36 元钱。

回家后的第四天，裴春亮准备再次去安阳新华技校学习。出发的前一天晚上，他睡了一觉后已是下半夜，迷迷糊糊地睁眼一看，母亲还在为他做干馍，并将借来的 36 元钱装在他的上衣口袋里用针缝起来。

第二天上午，裴春亮背着一个装满 20 斤干馍的编织袋出发了。母亲步行着将他送到离村庄很远的地方，直到儿子坐的那辆三轮车消失在视线里。

裴春亮来到辉县县城，坐公交车到新乡再转车去安阳。在长途汽车站，工作人员说他携带的行李超重，让交1元钱行李费，经过交涉后打开一看是干馍，就没再说什么。

到了安阳新华技工学校，裴春亮将母亲借来的36元钱交给了校方，还欠4元钱怎么办？他申请到学校食堂帮厨，还给同学们洗碗，最终补交了剩余的学费。

技校的老师很喜欢裴春亮。三个月后，学习结束了，校长一再劝他留校工作，便在学校多待了10余天，挣了20多元零花钱。裴春亮冷静一想，觉得自己不能在这里长干，因为家里老的老、小的小，需要他照顾，便谢绝老师的好意，回到裴寨村。

裴春亮想创业，可苦于既无场地，又没有经费。他找村干部申请，为自己批了一块地，准备在县道边修建三间门面房，作为经营场所。而后，利用空闲时间到5公里外的山里拉回了一大堆石头，由于没有资金，房子迟迟盖不起来。

无创业场地怎么办？裴春亮苦苦思索着想找一个投资小、不赊账的活儿干。一位姓乔的四川人因其妹妹嫁到了裴寨村，便租用村集体原用于烘烤烟叶的空房理发。裴春亮多次找他，想拜师学艺，乔师傅死活不同意，怕对方学成之后挤掉自己的生意。

"怎样才能让乔师傅教俺学理发呢？"裴春亮开动脑筋思考。他瞧见乔师傅家门前有口水缸，便每天凌晨3点起床，到相距较远的水井里给他挑四担水，一直到把水缸装满，其间来来回回需要四个多小时。一连挑了半个月，乔师傅深受感动。有天早晨，他推开房门对裴春亮说："你进来吧，从今天开始，我来教你理发。"

不到一个月时间，裴春亮就学会了理发的手艺。他将村里一间原用于饲养牲口的房子租过来，经过简单粉刷、消毒后，便开起了一间理发室。可光有房子还不行，还需要一笔资金用于购买剃刀、推子、剪子、磨刀石、毛巾、脸盆、烧水的炉子等用品。裴春亮又犯难了，这怎么办？他想了想，便来到居住在山里的姑妈家，找她借钱，结果一分也未借到。

更让他感到意外的是，姑妈不仅没有借给裴春亮钱，还在第二天上午怒气冲冲地来到他家，劈头盖脸地对他的母亲李秀英吼道："剃头在民间是个'下九流'的活儿，不能让春亮干这个行当。否则，今后连媳妇都找不到。"

裴春亮的母亲很生气地回答道："只要不偷不抢，用自己勤劳的双手挣钱，就是光荣的，应该大胆地鼓励他干。"

裴春亮：捐资 1.3 亿元建村庄　把真情献给众乡亲

本想留姑妈吃顿饭，她却不给面子要走，母亲也不再挽留。

姑妈临走时给裴春亮撂下一句话："借钱，俺家确实没有，可家里还有些谷子、核桃。既然你铁了心要干这个行当，那你明天想办法将俺家的那些农产品拉到城里的市场上卖掉，换些钱添置理发用具吧。"

第二天上午，裴春亮找邻居家借了一辆板车，到 9 公里外的姑妈家装了 5 袋谷子、2 袋核桃等农产品，拉到 17 公里外的辉县去卖。

当天下午，裴春亮推着板车来到位于城关镇的辉县供销合作社出售农产品。因为人多，队排得很长，只好在那里排队等候。为了省钱，晚上便在板车上睡了一夜。第二天上午，谷子和核桃终于被收购，共卖了 46 元钱。此时，他又渴又饿，花 9 角钱买了一碗烩面吃。

购买了一套理发用具后，裴春亮的理发店很快就开业了。他一次买了六条毛巾，为前来理发的人替换着使用，还发明了用火钳烫头。前来理发、烫发的人越来越多，生意格外兴隆。而后，裴春亮又发挥自己会修理电机、潜水泵的特长，在理发店旁租了一间房子，开了一个机电维修部。两项业务加起来，每天有 90 多元的收入，一年竟有好几万元的进项。而后，他在村里批给的土地上建起了三间大瓦房。

裴春亮发现，张村乡没有一个照相馆，很多人理过发后想照相却没有地方。他便花 100 多元钱购买了一个"海鸥"牌照相机，没有人指点，便开始自学，尝试着给周边的村民照相。

同村一名叫裴秋成的年轻人想跟裴春亮学习理发手艺，他爽快地答应了，双方达成了在两个月之内按照"二八开"、三个月后按照"三七开"比例分成的协议，并将理发店改名为雅美发廊。

卫吴公路从裴寨村穿过，改革开放后沿公路逐渐形成了一条简陋的商业街。经常有客商前来收购核桃、山楂等山货，但全乡没有一个像样的饭店可以让他们吃饭、休息。裴春亮想了想，有了新的主意，他花 100 元到辉县市找一家烩面馆老板拜师学艺，没想到一天时间就学会了。而后，在理发店门前搭了个棚子，做起了烩面生意。没过多久，又盖起了一栋五间两层的房屋，取名得帝德大酒店，既可以吃饭，又可以住宿。

1988 年 10 月，辉县撤销，建立辉县市。裴寨村周边有杨圪垱煤矿、齐王岭水泥厂、东方耐火材料厂等企业，裴春亮从中看到商机，他开办了一个五金电料门市部，经营钢丝绳、螺丝、手电筒、雨衣、胶鞋、手套、铁丝等用品。为节省开支，他舍不得坐三轮车，一次肩挑200个安全帽，使成本降低，销路很好。

良好的收益，使裴春亮成为裴寨村的首富，20世纪90年代初，他在全村率先购买了BP机、大哥大、摩托车等时髦用品。

裴春亮有位叫苏华群的同学与其姐夫哥在北京做耐火材料生意，收入不错。辉县市有家生产花岗岩的企业——白露花岗岩公司，产品质量很好。他思之再三，决定到北京去闯一闯，投靠苏华群做花岗岩生意。临行前，他将自己的饭店、五金电料门市部委托给未婚妻张洪梅打理，每年有10多万元收入。

1994年5月，裴春亮来到北京创业，在西直门租赁了一间10平方米的房子当经营门面，从辉县市的白露花岗岩公司进货销售。他经常借用苏华群的自行车，骑行50多公里到昌平县联系业务，中午就躺在大树、大桥下休息，晚上睡在水泥管子里。有天外面下着大雨，把他冻醒了，只好将身体缩成一团，坚持到天亮。睁眼一看，自行车不见了，他急忙朝前追赶，没过多久，发现了偷车人，对方说自己不小心推错了。再之后，裴春亮休息时，就用一根绳子将自行车拴在自己的腿上，以防再次被盗。

1996年7月的一天，裴春亮骑自行车外出联系业务时，途中见一辆白色"金杯"面包车因没有汽油而熄火，他本已朝前骑行了20多米远，想了想，应该帮司机一把，便又回过头来将自行车停在路边，帮助车主推车1公里多远，到一个加油站加满汽油。车主很感动，请他吃了顿便饭。对方问他是干什么的，裴春亮如实介绍了自己的情况，还送给他一张名片和一份产品宣传册。

原来，这位车主是北京市崇文区煤炭公司负责采购材料的一名副经理。第三天上午，他带着两名工作人员来到裴春亮的花岗岩销售部打听价格，方知比之前去过的石材市场的价格要低很多，便将一份建筑图纸往桌子上一摊，告知煤炭公司准备建设一栋办公楼，需要采购一批装饰材料，墙体是红色的，地面是黑色的。而裴春亮销售的花岗岩中有红色的"太行红"，黑色的"夜里香"，正好符合他们的要求。

煤炭公司的那位副经理对裴春亮销售的花岗岩石材材质、价格都很满意，当即达成一次签订89万元采购合同的协议。这突如其来、从天上掉下来的"大馅饼"，让裴春亮既惊讶又担心，也感到有些不踏实。为慎重起见，他以上厕所为名，悄悄地找个地方，给辉县市的白露花岗岩公司销售部负责人打过电话，咨询有关情况。对方告诉他，几小时前，崇文区煤炭公司的工作人员已经给销售部打电话，了解过生产厂家和裴春亮代理销售的有关情况，他心中的石头才终于落了地。

裴春亮：捐资 1.3 亿元建村庄　把真情献给众乡亲

这笔生意让裴春亮获得 9 万元利润，当时在北京可以购买一辆"夏利"牌轿车。

近四年时间，裴春亮在北京经营花岗岩获利 60 多万元。1998 年 3 月，他带着这笔资金回到裴寨村，开始谋划新的发展。

裴寨村有个兴华煤矿，由于没有办理开采手续，设备不全，加之管理不善，造成收不抵支，被迫关闭。张村乡的有关领导多次动员裴春亮将煤矿接管，想办法恢复生产。

第二年初，裴春亮以 45 万元的价格，收购了煤矿的所有股权，向当地有关部门申请办理了煤矿开采许可证，完备了相关手续。产能从年产 1 万吨逐步扩大到 3 万吨，四年后达到 9 万吨，最高时达到 30 万吨。幸运的是，煤炭价格从最初的每吨 53 元一路飙升到 600 元，甚至达到 800 元。煤矿的年产值达到 1.6 亿元，上缴税款 1000 多万元。可好景不长，2008 年 8 月，兴华煤矿被整合到焦煤集团公司经营。

在经营煤矿的同时，裴春亮于 2002 年 3 月与另外四个股东共同筹资 1250 万元，成立了一家生产装载机变速箱的企业，由于经营不善，该公司于 2011 年 6 月倒闭。

2003 年 3 月，辉县市的百泉宾馆改制，总资产评估价为 2600 万元，裴春亮出资 260 万元参股，成为 10 个股东之一。

有了一定的资金积累后，裴春亮开始谋划更大的经营项目。

与裴寨村一山之隔的卫辉市唐庄镇工业园多次到新乡市招商引资，裴春亮前去考察投资环境时发现，这里有很好的石灰石矿产资源，最后决定在工业园区投资建设一个大型水泥厂。2006 年 9 月，以春江水泥有限公司为基础的春江集团公司正式成立，裴春亮任董事长，开始筹资建设生产厂房。

第二年 4 月 26 日，春江水泥有限公司在唐庄工业园区举行奠基仪式。2008 年 5 月，第一条熟料生产线投产，年生产能力达到 200 万吨。紧接着，第二条熟料生产线开始建设，2009 年 6 月投产。两条熟料生产线的产能达到年产 400 万吨。同时，4 个水泥磨开工建设，每个磨的产能达到 102.5 万吨。春江集团公司相继投入资金 4.7 亿元，占股 55%，建设了一个占地 500 亩、设计年产 P・O42.5 标号水泥 410 万吨的中型水泥企业，实现年产值 15 亿元。

20 世纪 70 年代，原辉县投资兴办的一家化工厂由于经营不善，造成资不抵债。当地政府将该企业放在新乡市公共交易平台上挂牌交易。裴春亮经过慎重考虑，与一家国有企业联合投资收购了这家化工企业，并进行了改制。为人浮于事的 300 多名员工中部分达到退休年龄的人员办理了退休手续；一部分工龄和年龄稍大的员工，劝其内退；还有部分员工自愿买断工龄。最后将130多名年轻、具有一定技能的员工保留下来，安排其上岗工作。"辉县化工厂的业务是生产乳化炸药，主要用于民用道路、桥梁施工和国家重点工程建设的爆破。企业按照政府部门的配额限制生产，正常情况下，年产炸药2万吨，实现产值1.5亿元。"裴春亮介绍。

2012年4月，春江集团公司投资5亿元，分别参股辉县珠江村镇银行、卫辉富民村镇银行、中原村镇银行、新中农商银行、焦作中旅银行等金融实体，并成为辉县珠江村镇银行、中原村镇银行、卫辉富民村镇银行、新中农商银行的创始人之一。

宝泉水库位于辉县市薄壁镇，建于20世纪70年代，总库容为6750万立方米，蓄水量为1786万立方米，平均海拔1150米。水库上游的潭头水力发电站由于经营不善，长期处于亏损状态。2012年5月，裴春亮从新乡市公共交易平台获得了水力发电站的经营权和宝泉大峡谷的旅游开发权。

春江集团公司投资5亿元，进行了一期工程旅游资源开发，形成了桃花坪、见龙潭等9公里长、一步一景的旅游风景区。桃花坪逐渐成为一个重要的旅游场所，一年四季，旅游活动不断。春天，游客可以前往观赏郁金香花海，赏心悦目，感受春的气息；夏天，游客可以参加景区举办的泼水节，热情奔放，感受少数民族的生活氛围；秋天，游客可以前往参加景区举办的秋趣节，丰收在望，体验大自然收获的情趣；冬天，游客可以前往参加景区举办的冰雪节，玉树琼枝，观赏北国冰雪风光。"景区一年四季有活动、有产品、有趣味，让游客在不同季节，获得不同的体验。"春江集团公司办公室主任原志强介绍道。

宝泉风景区从2015年5月开始营业，接待游客。4年后，裴春亮发现，景区的景点过于单一，留不住人。在他的脑海里逐渐形成一个新的思路：利用悬崖开发新的旅游景点。

经过上海同济大学旅游团队精心规划后，宝泉景区二期工程"崖天下"，从2020年4月起开始建设，总投资23亿元，经过3年的精心施工，2023年4月24日竣工。"崖天下"景区最终创下了三项世界之最，写入吉尼斯世界纪录。

游客进入景区后，需要从峡谷乘坐索道升空进入悬崖。该索道是从奥地利进口的双承载、单牵引往返式索道，全长1100米，高差334米，轿厢时速达到每秒10米，最大载重量一次可以承载200人，被誉为"空中巴士"，是世界上承载人数最多、速度最快的单厢索道。

景区内还建起了一个"L"形洞穴电梯，竖井运动高度336米，是目前世界上最高的山体洞穴电梯。游客乘坐的观光电梯，先平行穿越，再垂直起降。372米长的水平隧洞结合现代声、光、电技术，打造了一个穿越古今的梦幻时光隧道。

此外，还在300多米高的悬崖上建设了一个"异型"钢结构祥云观景平台，单层面积突破了716平方米，是目前世界上最大的玻璃底观景平台。

在2023年4月24日举行的世界"崖天下"景区开园仪式上，吉尼斯世界纪录认证官宣读了上述三个景观写入吉尼斯世界纪录的认证词。

除此之外，游客不仅可以在全长2000米的木质栈道上步行，沿途观赏风光，在11公里长的旅游线路上乘坐观光车，体验各种游乐项目，还可以在悬崖上体验"云崖漫步"（也叫"飞拉达"，意为"岩壁探险"或"铁道式攀登"），即在山体上设置由钢扶手、脚踏、生命钢缆等构成的攀登径道，让不具备攀岩能力的人也能攀登陡峭的岩壁。游客穿戴专业厂家生产的户外攀岩设备挑战极限，路线总长800米，设计有步步惊心桥、三缆桥、绳网桥、单索桥、双心桥、高空跷跷板、空中吊椅等时尚打卡装备，最大限度保留野外攀岩的惊险刺激，深受年轻人喜爱。

宝泉大峡谷的版图面积110平方公里，景区特有的嶂石岩、陡崖断层地貌，形成了太行山密集、壮观的瀑布群：双龙瀑、见龙瀑、玉女瀑、飞龙瀑、青苔瀑等50多处瀑布，五步一潭，十步一瀑，形态各异的瀑布组成的中华千瀑谷，堪称太行奇观，被誉为"中原瀑布群"。

宝泉美，美在水。控制流域面积80.76万亩的宝泉水库碧波荡漾、一望无际，一年四季清澈见底。雨后，平流雾笼罩在峡谷上空，青山、白云倒映在碧水之间，构成一幅美丽的风景画。到了傍晚，太阳的余晖从山峰上光芒四射，把高山、湖面、景观涂抹上一道彩霞，绚丽多姿。大峡谷、大绝壁、大山水交相辉映，游龙峡谷红岩绝壁、沟壑纵横。

景区还有一大特点，就是森林覆盖率达到了98%，年平均气温为18℃，已成为理想的休闲、度假、戏水和避暑胜地。

宝泉风景区已于2015年7月被评为国家4A级景区，截至目前，游客接待量达到260万人次，实现旅游收入1.8亿元。

裴春亮并未就此停步，面对新的经济发展形势，他不停地寻找新的商机，谋划发展新型产业。

在辉县市黄水乡所辖的黄水村、西坪村、龙水梯村、龙王庙村四村之间的九峰山上，相距两公里处有两个大型水库，上方水库蓄水量为820万立方米，下方水库蓄水量为840万立方米，水库之间的额定落差为682米。裴春亮反复察看后，大脑里逐渐形成了利用这一天然资源建设一座抽水蓄能发电站的构想。经过15年充分酝酿，各级领导给予了大力支持。春江集团公司用了6年时间进行艰难运作，项目最终被列入河南省"十四五"发展计划，成为河南省最大的抽水蓄能电站，在全国范围内是第二家民营企业经营的抽水蓄能项目。

抽水蓄能电站由春江集团公司总投资131亿元，占地4264亩，已于2022年10月开工建设，将于2028年第四季度投产发电，设计产能210万千瓦/时，每年上缴税款1.9亿元，实现利润1.8亿元。"此项目的原理是在白天用电高峰时，把水的势能变成电能，即把地势较高的水库开闸放水，带动电机发电。半夜里用电低峰时，把下游水库的水抽到上游水库蓄积起来，变成势能。两个水库的水循环利用，成为循环经济。"项目负责人裴将介绍道。

春江集团旗下现已形成建材、旅游、新能源、金融投资等四大板块，拥有员工3000多人，实现年产值50亿元、利税8亿多元，固定资产65亿元。

"俺担任村书记后，只兼任了春江集团公司的党委书记，退出了董事长一职，法人代表由妻子张洪梅担任。自己将所有精力都放在了裴寨村的发展、建设、治理、服务上，认真履行好村党支部书记的职责。"裴春亮说。

放弃生意当"村官" 斥资报答众乡亲

裴春亮凭借吃苦耐劳的精神和聪明的头脑，创业逐步获得成功。1999年3月，他将家搬到了辉县市城关镇东居住，投资80万元，建设了一栋建筑面积400多平方米的三层别墅。

5月份的一天，裴春亮回村办事儿，在村口碰到一家两口都是党员的李佳枝、裴清波，便问他俩干什么去。

裴清波是村委会的会计，裴春亮获知他患上食道癌，老伴儿李佳枝用板车拉着他，准备到30里外的辉县市医院看病。

"嫂子，你们为何不租辆三轮车去县医院呢？"裴春亮问。

"大兄弟，俺们想省点钱。如果租辆三轮车去县城，看病的钱就不够了。"李佳枝答道。

裴春亮：捐资 1.3 亿元建村庄 把真情献给众乡亲

"您带来了多少钱？"裴春亮又问。

"家里也没有什么收入，靠卖鸡蛋慢慢攒了 50 元钱。"李佳枝道。

"50 元钱怎么够看病呀？"裴春亮感到很惊讶。

他急忙从包里掏出 500 元现金递给李佳枝，还自己花钱租了一辆三轮车，让车主将二人送往辉县市人民医院看病。

这件事儿让裴春亮感到心里很难受，他来到时任村党支部书记裴清泽的家里，建议他想办法帮帮裴清波。

"像他这样身患重症的，俺们村有好多户。三组的裴臣也是身患癌症，每次到辉县市人民医院看病时，为了节省开支，他都舍不得坐客车，总是步行着去，来回 60 多里路，老受罪了。可村集体又没有收入来源，无法帮助他们。"裴清泽一声叹息，感到无可奈何。

此事对裴春亮的触动很大，他回到家里与妻子张洪梅商量，要力所能及地帮助村里的困难户。"咱家的日子是过好了，可不能忘记村里需要帮助的乡亲们。"裴春亮对张洪梅说。

张洪梅表示赞同。

从此之后，裴寨村哪家有人患上大病，裴春亮都会非常慷慨地送钱、送物，帮忙联系条件较好的医院治疗。

裴寨村的村民渐渐感受到，裴春亮不仅有能力、会赚钱，还是个心肠很好、有情怀的人，谁家遇到困难，他都会义不容辞地伸出援助之手。

随着年龄的增长，村党支部书记裴清泽深深感到自己力不从心，需要从本村物色一位优秀的年轻人接班。他思来想去，觉得裴春亮是最合适的人选。

2005 年上半年，村"两委"班子即将换届选举。2 月份的一天清晨，裴清泽约上村党支部副书记裴泉海、村委会妇女主任张贵先一起，每人骑着一辆摩托车，行驶了 30 多里路，来到裴春亮住在县城的家。

当时天还未亮，裴春亮就听到有人按门铃，有些吃惊地问道："谁呀？"

"俺是你七斤哥（裴清泽的小名）。"裴清泽答道。

"这么早，有啥事呀？"裴春亮的妻子张洪梅问道。

"先开门吧！俺们进来后再说。"裴清泽接过话茬答道。

裴春亮迅速披衣起床，打开门。寒风中，看到冻得有些瑟瑟发抖的三人，赶紧将他们迎进客厅，有些不解地问道："你们怎么这么早出来了？黑灯瞎火的，不安全呀！有什么事儿，大白天来说不行吗？"

"一来俺们骑的摩托车没有上牌照，白天骑在马路上，担心遇到交警给拦住了，会罚款或没收摩托车；二来怕来晚了，你有事出去了，找不到人。所以，俺们三个人一合计，赶到你起床前来，找你最为合适。"裴清泽道。

"有啥事儿？"裴春亮一边吩咐妻子张洪梅为三位客人倒茶，一边不解地问道。

"你经过艰苦努力，现在的生活条件已经很好了，可村里大部分人都还很贫困，俺又没有能力把集体经济发展起来，感到很惭愧。"裴清泽吸了一口烟后说。

"您有心事？有什么话就直说吧。"裴春亮道。

"俺们想请你回去主持村里的工作，担任村委会主任。"裴清泽说。

"担任村委会主任，那是要经过村民投票选举的呀，怎么能随便说让俺担任这一职务？"裴春亮有些疑惑地问道。

"是要经过投票选举，可首先得物色一个人品好、有能力、有作为、有情怀、懂经济的候选人嘛！"裴清泽道。

"咱们村有那么多年轻人，哪个不比俺强，随便就可以找个候选人，你们怎么看上俺了？"裴春亮问。

"咱们村是有不少年轻人，可哪个人的能力比你强？之前换届选举时，有三个姓的三人争着想当村委会主任，结果获得的选票都未能过半，造成三届选举都没有选成，这一职务至今空缺。"裴清泽道说。

"你是咱们村发展得最好、最富裕的年轻人，大伙儿都很羡慕，盼着你带领大家致富。如果你愿意参选，大家一定会投票选你。"

"咱从未当过村干部，一点也不了解村'两委'的工作，怕耽误了村里的事儿。况且，俺现在要经营煤矿、铸造厂和宾馆，工作很忙，精力实在有限，俗话说'贪多嚼不烂'，希望能够得到你们的理解。"裴春亮婉言拒绝了三人的好意。稍作停顿又说道："村集体和乡亲们有什么困难，你们尽管说，俺会力所能及地予以帮助的。"

"现在不是帮助的问题，而是需要有个能人带领党员干部把裴寨村发展起来、建设好，改变贫穷落后面貌，带领大伙儿勤劳致富。"裴清泽提高嗓门道。

尽管三人分别做了较长时间的工作，但裴春亮丝毫没有松口的意思，他们只好无奈地离开了。

没过多久，裴清泽带领裴泉海和张贵先再次来到裴春亮的家里做工作。这次，

裴春亮：捐资 1.3 亿元建村庄 把真情献给众乡亲

裴春亮的思想开始动摇，他想起了小时候自己家里遇到困难时，乡亲们的无私帮助，自己应该回村报答他们的恩情。本想答应村书记的要求，但妻子张洪梅站出来极力阻挠。

岳父担任过邻村贾庄多年的党支部书记，曾打来电话给裴春亮说："宁管千军，不管一村。村里的事儿错综复杂，不好管。"张洪梅直言不讳地说："俺的父亲也当过多年的村干部，家里的房屋后窗玻璃被人偷偷地砸过好几次，俺家长在地里的桐树也被不怀好意的人暗中用刀刮过树皮而枯死。况且，春亮的工作这么忙，怎么能够丢下一摊子事儿不管，回到村里去当那个费力不讨好的村干部？"

裴春亮的内心很纠结，本想答应村干部的要求，但张洪梅的极力劝阻，又让他下不了决心。

三名村干部到裴春亮家"二顾茅庐"，结果还是同上次一样，不欢而散。

裴清泽仍然不死心。已经到了 4 月上旬，眼看村里换届选举的时间越来越近，他想了个"奇招儿"，动员本村裴、郭、杨、邵四大姓氏的 70 多位村民代表，开了三台拖拉机，在一天晚上，将大伙儿拉到裴春亮家里，集体请求他作为村委会主任候选人，回村参加选举。

裴春亮刚到家，只见院子里、客厅里到处都是黑压压的人群。有的人站着，有的人蹲着，只有少数人坐在客厅的沙发上，他赶忙给乡亲们倒茶。

"春亮，这么多人，你咋忙得过来倒水？今天大伙儿一起到你家来，只有一个愿望，还是诚心诚意地恳求你能够回去担任村委会主任。我和泉海、贵先已经是三请'诸葛亮'了，不看僧面看佛面，看在全村 70 多号村民的面子上，也该答应俺们的要求了吧？"村党支部书记裴清泽说。

"七斤哥，不是给不给你们面子的问题，春亮现在整天忙得连吃饭睡觉的时间都很紧张，哪有精力顾得上村里的事儿？"张洪梅替裴春亮解释道。

按辈分，村党支部副书记裴泉海应该叫裴春亮爷爷，村妇女主任张贵先应该叫他为叔公。

"爷儿们，俺也知道，你确实有自己的事儿，很忙。可全村 153 户、595 人受穷，也不是一件小事儿。俺们已经穷怕了，又找不到任何出路，思来想去，唯一的办法就是请你回去领着大伙儿干，才会有出路。为了全村人，你腾出部分精力干村里的事儿，另一半的精力留着干自家的事儿，总可以吧？"裴泉海说。

"你们就不要苦苦逼他了，他确实没有时间和精力。"张洪梅耐着性子说。

眼看事情又快无望了，裴泉海和张贵先扑通一声，双双跪在客厅的地板上。

裴春亮当时因腰椎间盘突出复发，躺在沙发上，听大伙儿说话。当看到二人跪下后，吓得不得了，不顾身体疼痛，赶紧站起来，上前将二人扶起来道："这可使不得，赶紧起来。你们怎么用这种方式来求俺？"

两人也不答话，拉起来后又跪下去。再扶起来，又跪下去，重复了好几次，把裴春亮急得直冒汗。他俩事前已经商量好，下定决心，不达目的，誓不罢休。

快人快语的张贵先说："叔公，你家过上好日子了，却不管俺们了。你今天如果不明确表态，俺就跪着不起来。"

"你家当年有困难的时候，大伙儿纷纷伸出援助之手。你现在的日子过好了，就忍心村民受穷？这么多人来请你回村，就感动不了你？"裴泉海有些生气地质问道。

村民们你一言、我一语，叽叽喳喳地议论着。

"大伙儿安静一下，让春亮说句话，干还是不愿意干，明确表个态。愿意回村帮忙，就高高兴兴地回去上班，还可以抽时间忙自己企业的事儿。如果铁了心思不愿意回村，也说句明白话。"裴清泽咳嗽了一声说。

裴春亮的眼睛湿润了，他想起了自己的成长经历，想起了小时候遇到的那么多好心人，泪流满面地说："如果没有乡亲们无私的帮助，就没有俺裴春亮的今天。俺何德何能，让大伙儿在这里求俺。俺郑重表个态，你们回去按程序组织投票选举吧，如果俺被选上了，就是牺牲再大的个人利益，也回去干。"

裴泉海、张贵先二人听到裴春亮的表态，高兴地站了起来。

大伙儿纷纷鼓掌，帮腔道：这就妥了，算俺们没有白来。

"走，赶紧回去吧，别耽误了春亮一家人休息。"裴清泽一声招呼，70多号人纷纷坐上拖拉机返回。

此时，已是凌晨两点多钟了。

消息很快传到裴寨村，村民们非常高兴，就连原来争着想当村委会主任候选人的几位年轻人，都主动放弃了这一想法。

4月20日，是裴寨村换届选举的日子，将投票产生村委会主任。这天上午，153户村民家都有一人参加投票。裴春亮在缺席参加选举的情况下，结果以94%的高票当选村委会主任。

裴春亮：捐资1.3亿元建村庄 把真情献给众乡亲

裴春亮认真学习党章，牢记党的宗旨

裴清泽将村民投票选举村委会主任的结果，第一时间打电话告诉了裴春亮。有人建议他等拿到了乡里的任职红头文件后，再到裴寨村去履职，可他却没有这么做。

4月21日上午，裴春亮回到裴寨村。70多位村民早早地就在村口等待。他刚打开车门，就有很多人纷纷走上前去握手，还有好几拨人放鞭炮欢迎。

裴春亮来到村委会，同裴清泽交心道："承蒙乡亲们的信任，投票推选俺担任村委会主任，可俺深感自己的能力不足，还需要好好学习，发奋努力。您永远是俺学习的榜样，您掌舵，我来干具体的事儿。"

"终于把你盼回来了，裴寨村算是有希望了。只要你做的工作，有利于村集体发展、建设，有利于村民收入的提高和生活改善，就放心大胆地去干，俺在背后给你撑腰。"裴清泽紧握着裴春亮的手表态道。

此时，裴寨村村民的人均年纯收入不到1000元，村集体的家当只有一间土坯房、一张床、一把椅子、一台扩音器，外加四个大喇叭。

第一次参加村"两委"班子会议，裴春亮敞开心扉谈了自己的想法。他说："在乡亲们的帮助下，俺才能活下来，茁壮成长。经过自己的艰苦努力，才有了一定的经济基础。所以，今生今世，一定要脚踏实地报答乡亲们的恩情。"

裴春亮担任村委会主任后，迅速烧起了"三把火"。他自掏腰包14万元，为村里购买了一台旋耕机、一台收割机，免费为村民耕地、收割庄稼，使劳动生产率大大提高，大伙儿拍手称赞。

村西口有个地方地势低洼，一条横穿的马路把排水给挡住了，一到夏季下大雨就会被淹，导致村民通行很困难。裴春亮再次自费40万元，在路基下面修建了一个长80米、宽2.8米、高18米的涵洞，使雨水能够顺畅排出，解决了村民绕道通行之苦。

村庄通往田间地头的 4 公里土路太窄，村民用板车施肥时可以勉强通过，用马车下地拉肥料时，通行就很困难，经常发生连车带人摔进沟里、人畜俱伤的事故。裴春亮自费 130 万元，将 4 公里的路面由 1 米扩宽至 5 米，并进行了水泥硬化，还在路边安装了 30 盏太阳能路灯，大大改善了通行条件，村民们从此不管是刮风、下雨、下雪还是夜间，都可以安全行走。夜晚不再用手电筒，下雨不再穿胶鞋，使得地里耕作十分顺畅。

办完这三件事儿，裴春亮在全村党员群众中的威信大大提高，大伙儿高兴得合不拢嘴。一些曾经作为代表去过裴春亮家三请"诸葛亮"的村民，在不同的场合炫耀道："要不是俺们费了那么大的劲儿把春亮请回村里来，怎么会有这么大的收益？"

这年 10 月份，党的十六届五中全会提出了要按照"生产发展、生活富裕、乡风文明、管理民主"的要求，扎实推进社会主义新农村建设。

裴寨村发展、建设社会主义新农村的切入口到底在哪里呢？"三把火"烧过之后不久，裴春亮又陷入了深深的思考，他觉得自己所办的这几件事解决不了全村的根本问题，便开始琢磨下一步的路怎么走，怎样才能让全村人摆脱贫困。

裴寨村全体村民最早住在干沟边的窑洞里，1973 年后才逐渐搬出来，建起了土坯房。

裴春亮想起了自己的大哥、二哥年轻时因没有房子，一直娶不到老婆，两人早已过了结婚年龄，迫不得已花钱请人介绍二婚女性成家，相互之间缺乏感情，导致两个哥哥出事后，两个嫂子不管不顾，抛下子女，远走他乡。

此时，裴寨村有 17 名男性年龄超过了 35 周岁，仍然在打光棍儿，原因除了穷，还因居住条件较差，至今住的还是土坯房。

裴春亮觉得，改善全体村民的住房条件，应该作为村委会主任的重要任务和摆脱贫困的突破口。当他把想建一个新村，免费为村民分一套别墅的想法向村党支部书记裴清泽汇报时，对方听后大吃一惊地问道："建设新村要花费多少钱？"

"预估了一下，要两三千万。"裴春亮道。

"村集体没有一分钱的积累，这笔开支对俺们村来说，简直就是一个天文数字，用什么去偿还。这事儿要慎重，不能由此给村集体留下一个大窟窿，背上沉重债务。如果那样，俺们将会成为全村的历史罪人。"裴清泽恳切地说。

"经费问题，您不用担心，俺拿钱来建，不要村集体和村民掏一分钱。"裴春亮道。

裴春亮：捐资1.3亿元建村庄 把真情献给众乡亲

"你虽然做生意很成功，有了一些盈利，但一下子拿出这么大一笔资金，也不太合适。不能为此让你的家庭背上沉重包袱，影响你的家庭生活，大伙儿的心里也会过意不去。"裴清泽关切地说。

"这个您就放心吧，俺虽然一次性拿不出这么大一笔资金，但总会有办法的。俺还年轻，花掉的钱可以慢慢再挣。况且，可以采取分期分批付款的办法来解决建设资金问题。"裴春亮道。

"俺们村的土地本来就少，十分珍贵，到哪里拿出一大块地来建新村呢？"裴清泽感到很茫然。

"俺的想法是，在南山口上劈山造地，作为建设新村的场地。然后，村民搬进新居后，再将土坯房全部拆掉，还可以迁村腾出不少土地。"裴春亮说。

"在山上开垦土地，而且全是石头，施工难度一定很大。"裴清泽有些担心。

"那不是问题，用挖掘机一层一层往下挖，是会成功的，就是需要费些事儿。"裴春亮充满信心道。

"这是件好事儿，也是件大事儿，不是俺们两个人就能够擅自做主的，得提交村'两委'研究和村民代表大会表决通过，才能实施。"裴清泽说。

在村"两委"会议上讨论此事时，其他几位成员既高兴又担忧，觉得花费这么一大笔钱，让裴春亮一人来承担，有些过意不去，但村里穷，又没有能力分担。

裴春亮发言时信心满满，表示一定要干成此事，让全体村民有个好的居住环境，也让17位光棍早日脱单。其他村"两委"成员深受鼓舞，表示将大力支持他实现这一愿望。

在随后召开的村民代表大会上，当村党支部书记裴清泽宣布了村"两委"关于建设裴寨新村的决定时，很多与会代表既兴奋又担心，觉得由裴春亮来承担全部建设费用，有些过意不去。

裴春亮真情实意地发表了一番讲话，赢得了与会代表的热烈掌声，表决时顺利通过。

消息很快在村里传开了，引起了不小的轰动。人们议论纷纷，年长的村民根本不相信天上真的会掉下个大馅饼。更多的人怀疑裴春亮是否有能力把新村建设起来，因为他此时的经济实力并不是很强，在辉县市民营企业中还排不进前10位。

裴春亮用心思考了两天，如何取得妻子张洪梅的支持。有天晚饭时，他将自己珍藏多年的一瓶好酒打开，两人很高兴地对饮。

喝得正开心时,裴春亮给张洪梅讲起了自己的往事,充满深情地说:"乡亲们无私地帮助了俺们全家,俺才有今天的好日子过。村里至今还那么穷,俺们得真心实意地帮助大伙儿。现在还有17个人打光棍,假如建设一个新村,彻底改变全村破破烂烂的贫穷面貌,这些人一定会娶到老婆,那多好啊!"

"可以呀!那是件好事儿,你是村委会主任,可以从上面争取政策性资金,组织村民建设嘛。"张洪梅不知裴春亮的葫芦里卖的什么药,附和着说道。

"俺说件事儿,你千万别生气啊!"裴春亮试探着说。

"你说嘛,俺也不是个小肚鸡肠的人。本来不希望你回村担任村委会主任的,你却坚持要去,俺不是也没有再说什么吗?你接连用了近200万元资金,无偿地投到村里搞公益性建设,虽然俺有些不高兴,但也没有强烈阻止你,对吧?"张洪梅说。

"初步预估了一下,建设新村需要2000万元至3000多万元,村集体账上没有一分钱资金,只能靠俺们从自己的收入中拿出来捐助。"裴春亮鼓足勇气说出来。

"你疯了,建水泥厂需要好几个亿的投资,贷款到现在还没有着落。你要自己拿出这么大一笔资金去建一个新村,钱从哪里来?"张洪梅突然站起来,指着裴春亮的鼻子怒吼道。

"建房需要一个过程,可以分期分批付款,也不需一次性拿出那么大一笔钱嘛。"裴春亮解释道。

"那也不行,几千万呀,可不是个小数目,俺们这么多年来辛辛苦苦挣来的整个家底也没有这么多。你忘记了自己当年在北京创业时的艰难程度了,俺们的钱也不是大风刮来的啊!"张洪梅借着酒劲继续吼道。而后,跑到卧室里"哇哇"地大哭起来。

事后,裴春亮几乎天天给张洪梅做思想工作,可她不理不睬,任凭他怎么说,就是不点头。岳父岳母知道此事后,也强烈反对他这么做。

张洪梅深知裴春亮认准了的事儿十头牛也拉不回来的倔强性格,知道自己没有能力说服他改变决定。儿子裴将当时正在北京读大学,一气之下,她跑到那所大学附近找个酒店住下来,一住就是两个多月。这期间,裴春亮给她打电话不接,发短信也不回。

那段时间,裴春亮非常痛苦、纠结、矛盾,整宿整宿地失眠,他一遍一遍地问自己:"乡亲们请俺回村是干什么的?是指望着俺带领大家过上好日子的。一个人即使家财万贯,那也是小日子。乡亲们共同富裕,才是大日子。""干!不能瞻

裴春亮：捐资1.3亿元建村庄 把真情献给众乡亲

前顾后。"想明白了，便有了主张。于是，他顶着压力开始新村建设的各项准备工作。他曾经资助的一名在清华大学环境艺术系读书的学生叫付雅坤，自愿免费帮助进行裴寨新村规划设计，其建设理念为依山而建、曲径通幽、错落有致。可大部分村民不同意，又按照大伙儿的意见进行了重新修订。

裴寨新村于2005年6月27日正式破土动工，两台重型挖掘机不停地施工，用碎石土将周边的几条荒沟填平。可一个多月后开始发愁了，因为全村的几条荒沟都已填满了，多余的土石没有地方堆放。

村党支部副书记裴龙翔打听到15公里外的长济高速公路地基需要大量土石方，他迅速告诉了裴春亮。当时因发烧正在村医务室输液的裴春亮，得知这一消息后非常高兴，立马拔掉针头，赶到高速公路建设指挥部进行协调，最后达成裴寨村每倒一车土石，高速公路补贴5元钱的协议。

新村建设整体推进，工地上一片繁忙景象，20多台挖掘机、推土机、装载机发出"隆隆"的响声，拉土的卡车排成长龙，十分壮观。经过7个月的紧张施工，从山头上最高处朝下削平了20米，拉走土石83万立方米，开垦新村地基近百亩。

新村建设的费用，裴春亮从自己的公司里支付了少部分，另一部分找了一些好朋友帮忙，让对方先垫资施工，由他分期支付欠款。

裴寨村东南角有一口20多米深的水井，开凿于明朝，已有300多年历史，全村人吃水就靠这口古井。一个家庭每天需要两三担水，男人的主要任务之一就是去井边挑水。每年春节后至6月份是干旱季节，井里的水不够吃，有时用力绞10次井上的辘轳往上提水，却装不满一桶，只好凌晨两三点起来排队，一直等到晚上11点才能挑回一担水。严重干旱的年头，全村用水贵如油，往往通宵达旦地排队等水。一盆水让女人、小孩、老人先洗，男人接着用，最后洗脚、喂牲口。有一年，一位村民在井旁排了一天队，刚打满水，突然电闪雷鸣，天上下起了大雨，他便将一担水倒掉了。可回到家后，雨停了，老婆喋喋不休地埋怨、挖苦，两人大吵了一架。他越想越生气，晚上竟上吊自尽了。裴春亮从小目睹了村民吃水难的景象，发誓自己长大后，一定要想办法让大伙儿有水吃。

为了配套新农村建设，2006年3月，裴春亮出资83万元，历时8个月，在村口西北角打成了一口530米的深水井，用坏了8根钻杆，最终使全体村民吃上了干净卫生的自来水。

紧接着，又在村庄西南部的荒山上修建了一个5000立方米的蓄水池，取名为"田心池",将100多公里外太行山石门水库的蓄水引过来,用水泵经过两级提灌,抽进20多米高的池中蓄积。同时,在田间地头埋设了两根11公里长的水泥管道,农用季节需要用水时,打开闸门,蓄水自动流淌灌溉,使农作物的用水得到有效保障。

经过3年半的紧张施工,总投资3000余万元的裴寨新村如期建成,在新开垦的地基上新建了8排、160户单元式住房。

2008年12月21日是农历的冬至,裴寨村村民永远难以忘怀这个特殊的日子。这天,全体村民乔迁新居,大伙儿像做梦一样。153户、595位村民没花一分钱,每户都分到一套五居室的两层别墅,建筑面积200平方米,大家从此告别土坯房,无偿住进了宽敞明亮的"小洋楼",圆了祖祖辈辈的新房梦。村集体还集中为每位村民到当地房管部门办理了房屋所有权证书。裴春亮说:"有了房产证房屋产权就是你们的,从此与俺没有任何关系了。"

裴寨村老会计裴清波有四个儿子,都是光棍汉,他为此非常着急。听说村里要建设裴寨新村,感到格外高兴。建房期间,他吃住都在工地上,送水、送饭,调度车辆,忙得不亦乐乎。可万万没有想到的是,新村建设第二年,裴清波就因癌症去世了。

接着,裴春亮又投资1000多万元,配套建成了村"两委"办公楼、村民服务中心、村史馆、卫生所、超市、公共卫生间等公共服务设施。

按当时的市场行情,辉县市的商品房单价是每平方米2000多元,这就意味着每套别墅价值40多万元。搬家这天,乡亲们欢天喜地,异常兴奋。村民郭素芹高兴地说:"都说'天上不会掉馅饼',可俺们裴寨村却真的出现了'天上掉馅饼',而且是个非常值钱的特大馅饼。"

村里几乎家家户户都放鞭炮,村民们还自愿集资请来锣鼓队、秧歌队,敲锣打鼓,放大喇叭,以示庆贺。还有很多村民到街上买酒买菜,请来亲戚"暖房"。

裴春亮一家也与普通村民一样通过抓阄,在新居1排7号分到了一套房子并进行了简单的装修。

裴寨新村建设三年多时间里,裴春亮夫妻俩一直处于冷战状态。两人闹得最严重的一次,裴春亮气得一脚把自家的玻璃门给踹碎了。性情也很刚烈的张洪梅毫不示弱地撂下狠话:"裴春亮,俺一辈子也不会踏进你那裴寨新村一步。"

张洪梅对裴春亮的行为一直心存怨气,但又说服不了他。因此,对裴寨村的新村建设不支持、不过问、不打听,与裴春亮怄气。村里虽然给她家分了一套房子,她也没有兴趣去看。

裴春亮：捐资1.3亿元建村庄 把真情献给众乡亲

大年三十这天，裴寨村家家户户张灯结彩，准备欢度春节。张洪梅犹豫再三，到底去还是不去，最终觉得过年不去一下，说不过去。在裴春亮的反复劝说下，张洪梅实在抹不开面子，怕把夫妻二人的关系搞得太僵，勉强答应去村里看看。两人忙完了水泥厂的一些工作后，到卫辉市购买了几袋速冻饺子，第一次带着儿子裴将和几床被子，来到裴寨村的家里，已是晚上8点多钟了，准备全家人吃年夜饭。

按照当地的规矩，大年三十晚上必须吃饺子，意味着一家人团团圆圆。所包的饺子第一碗用于敬祖先、敬长辈，往往要让家庭成员中辈分最高的人先吃。

细心的村民发现，裴春亮家里起初是黑灯瞎火的，天色很晚了才亮灯。

村民马春英将自己煮好的第一碗饺子送到裴春亮家。不一会儿，其他村民紧随其后，3家、5家、10家、20家，一直到100多户，除行动不便的老人外，家家户户都送来了一碗刚煮好的饺子，以表达对裴春亮的感激之情。桌子上、茶几上，放得到处都是。

看到乡亲们送来的这么多饺子，裴春亮流泪了。他将正在厨房里准备饭菜的张洪梅叫过来，与村民们打声招呼。此情此景，让她感到十分吃惊，万万没有想到大伙儿这么重感情。

"从今以后，俺们每年大年三十煮的第一碗饺子，都送给你们家。"一位大娘深情地说。

泪水噙满了张洪梅的双眼，她激动地对裴春亮说："乡亲们这么好，你今后不管为村里做什么事儿，俺都会理解你、支持你，再也不会拖你的后腿了。"

此后，作为春江集团董事长的张洪梅，源源不断地把自己辛辛苦苦赚的钱投入裴寨村。

村民们果不食言，从2008年至今已坚持了17年，每年大年三十都给裴春亮家送饺子。

之后，裴春亮又出资1000万元，将裴寨村文化、绿化、美化等方面的软、硬件设施进行全面升级。在整个村庄相继栽种了2000多棵景观树，建设了占地13.5亩的初心广场、太行初心馆、家风馆，复原了两个当年居住的窑洞，将原来的幼儿园整修升级成村民读书、看报的"习书堂"，也成为对孩子们进行爱国主义教育的重要场所。全村还安装了68盏太阳能灯，实现了夜间照明全覆盖。

裴寨村广大村民从裴春亮的身上看到了希望，盼望着在他的带领下，能够过上更好的日子。

乡村振兴领头人——中国模范村书记

提起现在的幸福生活，裴寨村村民竖起大拇指对裴春亮（右）的无私奉献精神表示由衷敬佩

村党支部书记裴清泽思前想后，觉得自己应该退位，让裴春亮接任村党支部书记。

一天上午，裴清泽来到裴春亮的办公室，直截了当地谈了自己的想法："你担任村委会主任五年来，所做出的成绩和无私奉献精神，全体村民有目共睹。现在看来，俺当年带领两名村干部及后来的70多人去县城三请'诸葛亮'，最终把你请回村里的决策是非常正确的。俺已经正式向乡党委推荐由你担任村党支部书记了。"

"是不是俺做事不周，有什么地方得罪您了？您干得好好的，为何要退位？此前，咱们已经讲过，您永远做裴寨村的掌舵人。"裴春亮很吃惊地问道。

"你没有什么地方得罪过俺呀！俺今年已经63岁了，不适合再干了。关键是俺的能力不行，不能带领村民致富。"裴清泽解释道。

"您这个理由说不服俺，还是您继续担任村党支部书记为好。"裴春亮说。

"村民都希望在你的带领下，把村庄建设得更美，日子过得更好。俺总不能自私到明知自己不行，还占着位子不干事儿吧！俺是真心实意地'让贤'，不是虚情假意。"裴清泽急了，提高嗓门道。

裴春亮：捐资1.3亿元建村庄 把真情献给众乡亲

裴春亮沉默了一会儿说："既然您说得这么诚恳，俺也不能不知好歹。这样吧，看党员投票结果再做定论。"

2010年4月，经过全村党员投票选举，裴春亮全票当选裴寨村党支部书记。

从这年上半年开始，张村乡党委依托裴寨新村，同样采取挖平荒山不占耕地的做法，建设了配套设施齐全的裴寨社区。2013年底，社区整合全乡24个行政村中的11个，总人口达到1.18万人，裴春亮被任命为社区党总支书记。老村复垦后，迁村腾地2000余亩。

裴寨村因大部分人姓裴而得名。又因为严重缺水，所以裴姓辈分中都与水有关，依次排序为"清、龙、泉、雨、海、湖、泽、润、河、江"，祖祖辈辈想水、盼水，成为一大心病。裴春亮思考了很久，希望彻底解决全村农业灌溉用水问题。

村内南山脚下有一条呈"Z"字形的长条干沟，东西长2.3公里、南北宽12米，最宽处达50多米。2010年冬天的一天上午，凛冽的寒风呼呼地刮着，天上飞舞着雪花，气温骤降。裴春亮把4名村"两委"干部召集到南沟旁，问道："大家对这个常年被雨水冲刷而成的干沟有什么想法，怎样才能彻底解决全村农业灌溉用水问题？"几名村干部摇摇头，表示没有什么想法。

裴春亮说："俺计划把这个干沟修建成水库。"

有两名村干部感到十分惊讶，觉得裴春亮的这种想法简直就是天方夜谭，其中一人质疑道："俺们是个村庄，既不是乡，又不是县，哪有那么大的财力把一个干沟建成水库？"

"咱们有水泥厂，只要党员干部带头，全体村民齐心协力，就没有干不成的事儿。"裴春亮说。

修建水库一事被提上了重要议事日程。裴春亮在一次"两委"会议上发言说："'水利是农业的命脉'这句话乃至理名言。没有大型水利设施，就不能保证大旱之年粮食获得丰收。裴寨村人对水的需求刻骨铭心，俺们这一代人一定要克难攻坚，妥善解决这个问题。"稍停片刻，他表态道："修建水库的所需资金，你们不用担心，俺来想办法解决。"

修水库的经费有了解决的途径，让村"两委"的几名干部吃了"定心丸"，有了在干沟上修建水库的信心。经过认真研究，形成了修建水库的决议。随后，将决议提交村民代表大会审议时，得到大家的衷心拥护，表决时顺利通过。

裴春亮自己捐资5100万元，辉县市政府投入专项资金1000万元，春江集团公司和群众捐资 100 多万元。

消息在全村传开后，引起了很大反响，很多村民说："水是大伙儿用，春亮投入了那么大的资金，俺们都应该力所能及地有所表示。"

2011 年 3 月的一天上午，修建拦洪蓄水水库开工仪式在裴寨村南沟底举行。当天下午，裴寨村村民自发募捐资金修水库的活动在这里进行。村委会根据实际需要设立了两个登记台，每个登记台前都排成了长队，家家户户都派人前来捐款。村党支部副书记裴龙翔、村委会副主任裴晓峰、村委委员裴龙德带头各捐了 2000 元。83 岁的牛凤英老人将自己卖鸡蛋攒下的 13.5 元钱捐了出来；82 岁的裴礼老人将自己的 110 元养老金送到了登记台。村办小学的孩子们将父母给的 73.5 元零花钱也捐了出来。其中的 10 多张面值壹角、贰角、伍角的纸币，至今仍然存放在裴寨村村史馆里，成为永久的纪念。参加捐款的 250 多户村民共募捐了 35 万多元。

捐款的场面十分感人，不光是裴寨村，还有邻近的张村村民，也纷纷赶来捐款，很多人将钱放在现场就离开了，不愿意登记姓名。张村乡党委、政府工作人员也开展了募捐活动，共捐款 1 万余元。

裴春亮得知此消息后感动得流下热泪，他没有想到捐款的人会如此之多，积极性又会如此之高。

水库修建开工后，先是把干沟的地面进行清理、铲平，再铺设钢筋。而后，用混凝土进行浇筑，底部厚度 20 厘米，侧墙厚度 30 厘米。除了两个取得招投标资格的建筑公司施工外，裴寨村村民产生了极大的热情，每天都有 50 多人自愿在工地上参加义务劳动。村民裴清贤、裴清旺、牛振海已是 60 多岁的老人，裴清玉已是 72 岁高龄，他们一直坚持义务劳动。

经过三年多的紧张施工，2013 年 12 月，裴寨拦洪蓄水水库通过当地水利部门验收，成为一个合格的小二型水库，将引来 100 公里外的三郊口水库的水及汛期把本地的雨水蓄积起来，蓄水量达到 80 万立方米。"本村 770 余亩土地及周边两万亩耕地用水得到了充分保障，彻底改变了过去'农业望天收'的局面。"村委委员裴龙德介绍道。

在加大全村基础设施建设的同时，怎样发展产业，不断壮大集体经济、增加村民收入，正式被提上裴春亮的议事日程。

2012 年 2 月，裴春亮出资 1000 万元，在一个荒坡上填沟造地 30 多亩，建设了两栋标准化厂房，引进高端手工定制服装企业——河南禾合服饰公司，发展服装

裴春亮：捐资 1.3 亿元建村庄 把真情献给众乡亲

产业。

裴春亮还多方筹资，对本村 20 世纪 80 年代初在卫吴公路两旁慢慢形成的商业一条街进行整治，将中心街道由 7 米拓宽至 25 米，占地 22.4 亩，现有 108 户村民从事餐饮、五金电料、母婴用品、超市、电动车销售、美容美发、医疗、文化娱乐等商业经营，村集体每年可以收取卫生管理费 15 万多元。

2016 年 12 月，裴寨村跨境电商平台，在经过改造的原村史馆成立，注册了"裴寨村"商标，经营文玩、手工鞋布、农副产品深加工。一楼 300 平方米的展厅里，除了销售本地及周边地区生产的红薯粉条、地瓜干、桑葚酒、辣椒酱等 20 余种土特产外，还有不少大学生设计的文创产品，深受外来参观学习人员和游客的青睐。"电商平台由春江集团公司控股 51%，裴寨村村民入股 49%，每年利润近百万元，按比例分红。"裴春亮介绍道。

张村乡有很多村庄每年种植大面积红薯，但只能作为初级产品出售，往往是高产量、低收益。2020 年 5 月，张村乡党委、政府将全乡迁村腾地所得的 2000 亩用地指标，支持裴寨村的产业发展。裴春亮抓住这一难得机遇，规划建设了裴寨产业园，计划将全乡及周边地区农民种植的红薯进行智能化、全产业链生产。"裴

裴春亮（中）到裴寨工业园查看工程进度，告诉施工管理人员一定要保证工程质量

寨产业园共建设了8个大型生产加工厂房，每个厂房2万平方米，共计16万平方米。三全食品已入驻该产业园，将安置裴寨及邻村村民就业500余人。"裴寨村村委会副主任贾丹介绍。

　　裴春亮深深懂得循序渐进、量力而行的道理，尽量避免无序建设、盲目建设、重复建设，造成不必要的人力、物力和资金浪费。2006年初，他在充分尊重民意的基础上，组织村"两委"制定了《裴寨村第一个五年发展规划》，有10项内容，提交村民代表大会审议、表决通过后开始实施。经过艰苦努力，其中的建设新村给村民免费分房、打深井保障吃水、拆旧村复耕土地提前完成。此后，每五年制定一个发展规划，成为裴寨村的一个惯例。2011年初，裴寨村制定了第二个五年发展规划，修建拦洪蓄水水库、建设500亩蔬菜花卉种植基地，建设小学、幼儿园和村民洗澡浴池，不仅让村民过上好日子，还要争创全国文明村庄。2016年初，裴寨村启动第三个五年发展规划，制定了开发农家乐生态园等旅游项目、建设商业街四期工程、提升污水处理等一个个新目标。"前三个五年发展目标，俺们都是超额、超标提前完成的。"裴春亮介绍道。

　　2021年是决胜全面小康之后，迎来实施乡村振兴战略的关键之年，裴寨村又制定了第四个五年发展规划。并让村里的规划与国家的规划接轨，紧紧围绕实施乡村振兴战略中的总目标"产业兴旺、生态宜居、乡风文明、治理有效、生活富裕"量身定做，共分为10条具体条款，涉及村务的方方面面。

　　"俺们裴寨村结合本村实际，走出了自己的乡村振兴路子。习近平总书记说'要幸福就要奋斗'。俺们村要实现乡村振兴目标，还有很长的路要走，俺要带领村'两委'干部，把村民凝聚在一起，一年接着一年干，努力实现预定目标。"裴春亮说。

以身作则当表率　　形成强大凝聚力

　　1970年3月的一天，裴春亮在家里的草铺上出生。因营养不良，个子很小，邻居帮忙接生的大娘将他递给母亲李秀英时说："孩子这么瘦弱，不知道能否养活？"

　　"听天由命吧。"母亲看了他一眼，放在自己身边，很无奈地说。

　　"又多了一张吃饭的嘴。"父亲一声叹息。

　　一大家人吃饭，挣工分的人很少，粮食总是捉襟见肘。母亲规定小孩只能喝

裴春亮：捐资 1.3 亿元建村庄 把真情献给众乡亲

玉米糁，蒸馍让干重体力活儿的大人吃。有天晚上吃的玉米糁太稀，不一会儿就饿了，裴春亮偷偷吃了半个蒸馍，母亲发现后很生气地将他打了一顿。事后，他在大脑中萌发出一个念头：长大后一定要发奋努力，让全家人顿顿吃上白面馍。

在饥一顿、饱一顿的生活中，裴春亮慢慢长大。他很勤快，不管到哪家去玩，都会主动帮助别人干挖红薯、掰玉米、晒花生等农活儿，因此很讨大人喜欢。

8 岁那年，裴春亮到大队办的小学上学了，他很刻苦，也很勤奋，学习成绩一直保持在全班前三名。学校没有固定的场所，而是轮换着到社员家里上，一名叫李素珍的老师很敬业，将自己家的煤油灯拿到教室照明，义务给一些学习成绩跟不上的学生补习功课。裴春亮胆小，上小学时晚上不敢出门，李素珍就将自家的一个瓦盆带到学校，让他尿在里面倒掉。时至今日，他还时常怀念这位老师，也潜移默化地影响了自己的成长和思想的形成。

裴春亮的父母对裴春亮寄予很大的希望，要求也特别严格，耐心细致地教育他如何做人。母亲从小就教育他："做人要干净、善良，多替别人着想，多帮助那些需要帮助的人们。""一生要勤劳，不要怕艰难困苦。能吃苦中苦，方为人上人。""要懂得感恩，受人滴水之恩，当涌泉相报。"这些质朴的话语无疑对裴春亮的成长进步，起到了至关重要的作用。

"发奋努力、勤劳善良、知恩图报"，裴春亮一直把这几个关键词牢牢地记在脑海里。

自己致富后不忘众乡亲，从 1999 年至今，逢年过节，裴春亮都会同妻子一起回村给困难村民送米、面、油、肉等生活物资。春节前，他常常从县城拉一车的生活物资运回村里免费发放，无偿帮助那些需要帮助的村民。

"有困难，找春亮。"这是在裴寨村村民中流行的一句话。哪家遇到实际困难，裴春亮都会慷慨解囊，鼎力相助。

本村村民郭廷梅的丈夫去世较早，三个孩子靠她一人含辛茹苦地拉扯大。好在几个孩子都很努力读书，相继考上了大学。每个孩子上大学前，裴春亮都会资助 6000 元学费，三年资助了数万元。

资助村民子女读书如此，遇到哪家有人得了大病，出现资金困难，裴春亮更是不遗余力地予以帮助。

2015 年 7 月，本村村民任清田突然浑身出汗，瘫坐在地上，被送往卫辉市医专附属医院治疗，诊断为体内多处主动脉夹层，需要尽快送到北京或郑州的省人民医院做手术。裴春亮得知此事后，及时派人送去10万元医疗费，并托人到河南省人民医院联系了最好的医生给他做手术。手术很成功，任清田在重症监护室待了20多天，转往普通病房10余天后，就出院回家静养了。

六年后，任清田到河南省人民医院复查时，又发现因肾动脉狭窄而造成附主动脉肾漏，成为尿毒症，需要手术，医疗费得20多万元。之前借的40万元还没有还完，又要拿出这么一大笔钱，对这个家庭来说已经是雪上加霜。

任清田的儿子任卫海是村委会会计，正当他为筹集父亲的医疗费一筹莫展时，裴春亮闻讯后把他叫到自己的办公室说："咱们都是自家人，家里有了实际困难为何不及时告诉俺？"说完，将15万元人民币交给他，让其及时给父亲看病。裴春亮先后两次到医院看望任清田，每次都带去2万元慰问金，让任家十分感动。"如果不是春亮书记的大力帮助，俺的父亲早就不在人世了。"任卫海接受采访时泪流满面地说。

裴春亮给自己规定了"五个一"的工作职责，即每个月到村民家吃一顿饭、每月走访一次困难家庭、每季度讲一次党课、每年走访一遍村民家庭、每年主持召开一次群众大会。

2017年5月17日上午，裴春亮到村民赵喜英家走访时，发现她的手指甲留得很长，便问道："老嫂子，您的手指甲留那么长，为何不剪一下，干活儿多不方便呀？"

"春亮啊，俺今年已经74岁了，眼睛花了，自己剪不好，总不能老是麻烦孩子们吧！"赵喜英说出了其中的缘由。

说者无心，听者有意，裴春亮将这件事儿记在了心上。有一次，他到外地出差时，在一个小商品市场看到了一种国外生产的带放大镜的指甲剪，便一下子购买了60多个，给全村70岁以上的老人每人赠送一个。

裴春亮对老人的关爱，细致入微得让人难以想象。有一年冬天，他在集市上看到一个农民卖冬桃，买来几个一尝，觉得口感很好，本已离开了两公里路程，又让司机掉头前往，以7元一斤的价格，一次购买了40多斤，来到村委会对办公室主任裴龙德说："大冬天的，俺还从未吃过味道这么好的冬桃，你把这些桃子分给村里70岁以上的老人，让他们都尝尝。"

对全村80岁以上的老人，裴春亮自掏腰包，为每人每月发放养老补贴300元。

他不仅对老人关爱有加，对村里的孩子也给予了关怀、爱护。裴春亮说："孩子是全村的未来，一定要让他们从小就受到良好教育，形成良好的世界观、人生

裴春亮：捐资1.3亿元建村庄 把真情献给众乡亲

观、价值观，学好知识，掌握过硬的专业技能。"自从他担任村书记以来，自费设立了一个奖学金，为全村考上高中的村民子女，一次性发放奖励资金2000元；对考上大专院校的村民子女，一次性发放奖励资金5000元；对考上本科学历的村民子女，一次性发放奖励资金1万元；对考上研究生的村民子女，一次性发放奖励资金2万元。

裴春亮（前排右二）鼓励村里的孩子一定要好好学习，长大后热爱家乡、建设家乡

2008年竣工的幼儿园因后来迁往了村办小学而空置。2021年初，驻村干部王健向裴春亮建议，将房子简单装修一下，开办朗读培训班，对村里的孩子进行免费培训。裴春亮非常支持。

王健既是发起人，也是培训老师。这年的5月16日举办了第一期培训班，每期培训时间都在一个小时以上，到目前为止已举办了115期。最初是裴寨村的14位村民子女参加，后逐渐扩大到邻村，甚至辉县市、新乡市的一些家长也慕名将子女送来参加培训，人数增长到41人。裴春亮出资5780元，为每个孩子定制了一套春秋装、一套冬装，平均每人约170元。他还专门向承办定做服装的王健交代："胸标不要刺激孩子的皮肤。"

参加朗诵培训的孩子拍摄了一部情景剧短片《中文有多善》，于2023年传至"抖音"平台后,在较短时间内产生了 52.6 万次浏览量,点赞人数 12.1 万,评论 2156 条,收藏 4.6 万人。另外,由这些孩子参演的短片《骨子里的教养》,分别被新华社、《人民日报》视频、央视频转发。"裴春亮书记为裴寨村无私地奉献,俺也要为该村尽点绵薄之力。通过培训,让孩子们更加自信、阳光、积极向上。"王健说。

裴春亮对村里的残疾人更是关怀备至,总是千方百计地为他们解决生活中的困难。

2020 年腊月十七下午,裴春亮例行走访困难家庭。当来到智障村民裴凤桥的家里时,发现他大冬天竟然没有穿袜子,鞋子也磨破了,便让随行的村干部裴晓峰去家里,将刚买的一双新皮鞋拿来,送给裴凤桥穿。裴晓峰深受感动,见书记将自己崭新的皮鞋送给裴凤桥,自己也应有所表示,便回家拿了一打棉袜子,一起送给了他。裴春亮还发现裴凤桥居住的二层"小洋楼"里光线很暗,便让随行的村干部随后将其房屋粉刷一遍,将其儿子裴将卧室里才购买安装不久的一台 42 英寸的平板电视从墙上拆下后搬过来,还交代人把他家厨房的基本生活用具一起配齐。

临走前,裴春亮忽然又想起了一件事儿,百泉宾馆的仓库里有一套装修房间后淘汰下来的沙发,便打电话给宾馆负责人了解是否还有用。当得知已成废品后,便让其抽空派人送到裴寨村裴凤桥的家里,折旧费从自己年度分红中支付。

二组村民裴明军夫妻俩都是残疾人,生了两个孩子都很健康。他们从出生到 3 岁期间的奶粉都是裴春亮捐助的。有天晚上,裴春亮到裴明军家里走访时,发现客厅的顶灯坏了,孩子裴志文在光线很弱的灯光下学习。"你要好好读书,初中、高中到大学的费用,俺都给包付。你能够考到哪里,俺就供到哪里。"裴春亮鼓励道。裴志文乖巧地点着头。

裴春亮注意到裴明军家上二楼的楼梯没有扶手,整个二楼黑灯瞎火的,便打开手机中的电筒做照明,走上二楼。只见楼上堆放着乱七八糟的东西,像个垃圾堆,便语重心长地对他说:"人穷不能懒,一定要养成讲卫生的好习惯,把家里收拾得干干净净、整整齐齐。"而后,让随行的村干部尽快把他家的扶手装上,把灯泡换上,将墙壁粉刷一新。

裴春亮是个十分细心的人,他善于观察细节。2021 年 11 月的一天上午,村民裴清贤到村委会办事儿,正好碰到裴春亮,便对他说:"今天是俺闺女裴大萍的生日,中午来俺家吃饭中不中?""中!"裴春亮爽快地答应了。

吃饭期间,裴春亮问同行的辉县市委办公室驻村干部、村史馆讲解员王健及

裴春亮：捐资1.3亿元建村庄 把真情献给众乡亲

村委委员裴龙德："你们发现了什么问题没有？"

"没有啊！"王健道。

"裴春贤生活节俭，很会过日子。他家的筷子已经用了10多年，都已经变形了，有的上面还出现了斑点，还舍不得换掉。长时间使用这样的筷子，肯定对身体不好。"裴春亮说。

"那肯定是的。"裴龙德道。

"你到网上订购一批筷子，每10双为一把，让生产厂家在每双筷子上面刻上'裴寨村，俺们是一家人'几个字，给每家每户发一把。"裴春亮向王健交代道。

没过多久，王健订购的189把木筷子寄到了村委会后，几名村干部分头到村民家发放，全村184户，每户发一把10双。"每把筷子20元，一共花费了3800元，是春亮书记自己掏的钱。"王健介绍。

一把小小的筷子，让裴寨村村民深受感动，有不少人在"裴寨村微信群"中纷纷留下感言："真没想到筷子这么小的事儿，书记也会放在心上，让人好感动！""书记对村民的关爱细致入微，微小到舌尖上，根本原因是为了大家的身体健康，因为病从口入。希望大家注意饮食卫生、饮水卫生、手指卫生乃至良好的身体卫生，健康饮食从筷子卫生做起。"很多人在后面点赞。

裴春亮从2005年4月回村担任村委会主任至今，仅用于帮助村民解决困难的个人出资总额就已超过了100万元。

怎样让村民不断提高收入、过上好日子？裴春亮为此苦思冥想。2006年4月，春江水泥厂注册成功后，他与妻子张洪梅商量，拿出一定股份让裴寨村村民入股分红，占总股份的7.8%。最早约定村民10%保底分红，现已涨至20%。

全村家家户户在水泥厂入股，其中有6户困难群众分别获赠了1万元股份。春江水泥厂在2023年为村民分红资金达720万元，最高一户一年分红8万元。同时，还给裴寨村每位村民赠送了2万元干股，待水泥公司收回成本后，按年度分红。

2023年，裴寨村人均可支配收入达到2.3万元，是裴春亮担任村委会主任前的20多倍。

全体村民的获得感、幸福感、安全感越来越强。有一次，裴春亮碰到一位叫王秀梅的村民，她一脸灿烂地说："春亮叔，俺给您说句心里话，俺们做梦都没有想到，这辈子能够分到这么大一套房子，过上城里人一样的生活。俺家有个闺女、一个小子。通常情况下闺女读到初中就不让上了，因为她反正是要出嫁的，书读得再多最终也是别人家的人,攒些钱给儿子买房子结婚才是大事儿。现在托您的福,房子不用操心了,还可以让闺女继续读书,力争考上大学,她的成绩可好了。"

"那就好,不管是男孩还是闺女,多读书才会有出息。"裴春亮说。

王秀梅的两个孩子都很争气。姑娘裴彩云考上了南阳医学高等专科学校,大专毕业后到北京一家医疗互联网公司担任医学顾问,每月有近2万元的收入。儿子裴泉鑫以优异成绩考入上海工业大学,毕业后又考入北京信息科技大学读硕士研究生。

王秀梅现在裴寨服装产业园的河南禾合服饰公司工作,每月有近3000元收入。丈夫裴龙竹在春江水泥公司上班,每月有5500元工资,还有在水泥厂入股4万元,每年分红8000元,各项收入加起来有11万多元,两人还都由所在企业为他们依法参加了当地的社会保险。"现在是不愁吃、不愁穿、不愁住,挣的钱花不完,看病、养老都有社会保障,都是托了春亮叔的福!"王秀梅高兴得合不拢嘴。

裴春亮是位具有大爱的人,不仅大力帮助裴寨村的村民,还力所能及地尽一些社会责任。2018年,他捐资8000万元助力精准扶贫工程,在辉县市薄壁镇建设了一个占地120多亩的宝泉花园、18栋设施齐备的现代化单元式居民楼,并配套建设了小学、幼儿园、养老院、超市等基础设施,还进行了绿化、美化,让宝泉风景区内3个村庄188户建档立卡、居住偏僻的困难户,实行了异地搬迁,免费住进了花园小区,大大改善了山区群众的居住条件,有效解决了他们的出行难、看病难、入学难、购物难等问题。

2018年大年三十晚上,他同妻子张洪梅、儿子裴将吃完饺子、放完烟花后已是深夜11点多钟了,一家人准备去县城给岳父、岳母拜年。当汽车离开裴寨村后不久,行驶至一个叫七中坡的路段时,驾车的裴将无意中抬头向右边扫了一眼,发现公路边有些不对劲儿,似乎发生了一起事故。当他告诉了正在看手机的裴春亮后,汽车已向前开了200多米远。裴春亮便让儿子掉头回去,停下一看,只见一辆轿车歪在路边的沟里,于是立即将受伤人员从车中扶出来。经过询问得知伤者是邻村人,于是他迅速打电话通知当地派出所民警赶来处理事故。伤者伤情不是很严重,经过村卫生所医务人员简单包扎后,裴春亮让一位熟人送他回家,一家人才离开事故现场。

新冠疫情发生后,裴春亮迅速与妻子张洪梅商量,决定尽一些社会责任。2020年1月29日上午,春江集团公司向新乡市红十字会捐款500万元用于新冠疫

裴春亮：捐资1.3亿元建村庄 把真情献给众乡亲

情防控。

裴春亮说："认真做好农村党建是农村工作的核心。而做好农村党建的关键是村书记率先垂范，以身作则，起好表率和引领作用。"实际工作中，他处处模范带头，发挥标杆作用，使全村产生了较大的凝聚力、战斗力、号召力。

搬进新村第一个春节后的正月十五上午，裴春亮拿了一个竹扫把打扫广场，想试一下村民们是否积极响应。结果，不到15分钟，村民裴龙竹和他的妻子王秀梅就拿着扫把过来了，其他几十号村民闻讯也纷纷前来打扫卫生。

2011年3月，村"两委"决定将旧村的土坯房全部拆掉，腾出土地发展高效农业。提交村民代表大会审议时，虽然有不同的意见，但经过裴春亮的耐心解释，表决时还是顺利通过。但在实施过程中，有些村民不同意，觉得虽然住上了新房，但土坯房还可以养鸡、养猪、种植蘑菇，因此不同意拆。

裴春亮首先在拆迁方案上签了字，而后耐心地做党员干部的思想工作，动员他们起好模范带头作用。裴春亮第一家带头先拆，村党支部副书记裴泉海、村委委员裴龙德和一位叫裴清学的村民紧随其后，29名共产党员纷纷响应。广大村民见村"两委"下定了决心，纷纷找到村里签字，即使有些想法的村民也不好再说什么，都在规定时间内把土坯房拆掉了。

通过这件事儿，使裴春亮进一步感受到"只有落后的干部，没有落后的群众"这句话的深刻含义。同时认识到，"只要村书记甘于吃亏，党员干部处处模范带头，就没有干不成的事情。"

这年底，153户土坯房全部拆掉后，腾出土地600余亩。当地国土资源部门按政策给予了900多万元的资金奖励。

裴寨村集体利用政府奖励的这笔资金，建设了75个塑料大棚，43人承包大棚种植黄瓜、西红柿、西葫芦、茄子等反季节性蔬菜，还有的种植羊肚菌、花卉、果树，本村及周边350位村民在此务工。"全村420名具有劳动就业能力的人员，除部分在本村就业外，还有300多人在位于卫辉市的春江水泥公司上班，就业率达100%。"裴龙德介绍道。

2021年7月20日，河南省郑州市发生了历史上十分罕见的特大暴雨灾害，造成整个城市发生严重内涝，牵动了全国人民的心。裴春亮立即同妻子张洪梅商量，要力所能及地为政府分忧。21日上午，他们向新乡市慈善会捐款500万元用于抢险救灾。

地处太行山区的辉县市也同样遭到特大暴雨袭击，降雨量达到每小时70毫米以上。裴寨村也未能幸免，从19日开始下雨，而且越下越大，全村有4处路段被冲毁，进入东地的道路被完全冲断，34个蔬菜大棚被山洪冲垮，发生大面积坍塌。裴春亮最担心的是裴寨拦洪蓄水水库出现险情，便带领村"两委"干部轮换着昼夜不停地值守，防止灾害发生。

裴寨新村因为地势较高，没有受到特大暴雨的袭击。23日上午，雨停了。裴春亮立马组织人员恢复本村被冲毁的道路和蔬菜大棚。

当晚，裴春亮从电视新闻上获悉，位于辉县市太行山脉西部的峪河镇、占城镇成为重灾区，断水断电，通信信号中断，很多村民被洪水围困。

这天晚上，裴春亮躺在床上翻来覆去睡不着。灾情就是命令，他思来想去，觉得救人要紧。

凌晨5点多钟，他披衣起床，通知裴寨村党支部第一书记苏杭、副书记裴龙翔二人，迅速组织本村中青年人到峪河镇、占城镇去抢险救灾。同时，让春江集团公司组织车辆，采购救灾物资。

当二人在裴寨村微信群发出号召后，不到一个小时，全村就有数百号人报名，纷纷要求参加抢险救灾，其中有不少妇女和70岁以上的老党员。经过严格挑选，动员年龄偏大的老人和妇女不要参加，最后确定了72名年轻力壮的男性村民组成抢险救灾队。

18台载人轿车于8点钟准时出发。本来只有60公里的路程，因为沿途很多道路被冲毁，只好绕行了20多公里才赶到峪河镇。

途中，村党支部第一书记苏杭、副书记裴龙翔与裴春亮同坐在一辆车上。

"宝泉风景区一期工程受灾情况怎么样？"苏杭关切地问道。

"几乎全被冲毁了，经济损失1.1亿多元。"裴春亮很无奈地说。

"那咱们为何不先到景区去抢修救灾呀？"苏杭很疑惑地问道。

"钱没了可以再挣，人没了就真没了。"裴春亮说。

通往峪河镇渔村的一座桥梁被冲毁了，汽车过不去，抢险人员只好坐在从春江集团公司所属企业调来的铲车挖斗里进入村庄，及时用铲车和大型汽车轮胎将20多人营救出来，其中有4位老人。

紧接着，又乘车赶往占城镇。这里的灾情更为严重，有多个村庄的桥梁被洪水冲断，已停电好几天了，通信信号中断，手机也用不成，人进不去也出不来，成

裴春亮：捐资 1.3 亿元建村庄 把真情献给众乡亲

为被洪水围困的孤岛。

裴春亮从宝泉风景区调来的 7 艘皮划艇；70 套救生衣和装满 3 万斤西瓜；3370 箱矿泉水；28600 份的酸辣粉、小火锅自热食品的 3 台大卡车陆续赶到。

裴寨村的救援队伍快到占城村时，又被河道湍急的洪水挡住前进的步伐。当地县、乡领导早已等候在那里，束手无策，不知如何是好。裴春亮再次指挥裴寨村的抢险队员蹲在铲车斗里过河。而后，乘坐大卡车赶到村庄。只见村民的一楼和二楼部分已被洪水淹没，他们纷纷站在楼顶避险，等待救援。一些年轻的队员先试水，下去时，水已淹没了半身，再往前走，就淹没了颈部，只好返回。

裴春亮果断决定，用携带的几个皮划艇进村救人。他坐到一个皮划艇里，准备朝三四米深的水中划去，第一书记苏杭阻止道："这么深的水，非常危险，您在安全的地方坐镇指挥就行了，俺们年轻人去施救吧！"

"俺是村党支部书记，越是危险的地方，越要带头冲在前面，哪有退在后面的道理？"稍加停顿，裴春亮又说道："俺会水，不会有事儿的。"

皮划艇在汹涌的洪水中一颠一颠地前行，随时都有被掀翻的危险。裴春亮同其他几名队员用力划着，将矿泉水和食品、西瓜送到饥饿的灾民手中。他的儿子裴将冲在最前面，在一座楼顶上发现了一个妇女抱着才出生几个月的婴儿，便在自己的衣服上把手擦干净后，抱着孩子坐到皮划艇里，将母子二人送到安全地方。

经过 4 个多小时的艰苦奋战，裴寨村的 72 名抢险队员共搜救了 128 位村民，将他们全部安全转移到安置点，并向他们提供了食品、矿泉水。抢险队员已经十分疲劳，当晚回到裴寨村时，已是深夜 11 点多钟了，大家都感到筋疲力尽。"回到村里，只见很多老人、妇女、孩子在村口等着自己的亲人平安归来。此时，俺一直绷得很紧的神经顿时放松下来，庆幸的是，参加抢险救灾的全体人员没有一人受伤，更没有一人出事儿。否则，俺怎么向其家人交代？"裴春亮说。

第二天上午，裴春亮又带领春江集团公司的 40 多人和春江水泥厂的 300 多名员工，投入卫辉市的抢险救灾中，近 10 天才结束。

2022 年 4 月，裴春亮提议，在村民房顶安装太阳能光伏发电板，以增加大伙儿的收入。起初组织村民讨论时，少数人想不通，担心把楼顶上的隔热层掀掉后会出现漏水，因此一部分人持观望态度。裴春亮第一个站出来，与村委会签订了施工协议。村"两委"干部和全体党员紧随其后，纷纷签字。村民们放下心来，自愿签订协议。负责施工的春江新能源公司给每户村民家的房顶做了一次整体防水，再安装太阳能光伏发电板。

光伏发电并网后，每户村民每年可以获得1200元收入，房顶上的光伏发电板，既可以发电，又可以成为隔热棚。刚开始在思想上有顾虑的少数村民数着百元大钞时，开心地笑了。

在裴寨村，要想群众干，党员干部先流汗。裴春亮带头，"两委"干部每天早晨7点准时上岗，首先打扫各自的卫生区。老党员成立了夕阳红服务队，活到老，干到老；年轻党员带动少先队员，成立了90多人参加的小红帽志愿服务团，每月开展一次志愿服务。有7名党员于2017年创办了大喇叭朗读时间，每天晚上利用村里的大喇叭分享一篇文章，内容涵盖时政要闻、主流媒体社论、健康养生常识、法制案例、党史故事等，不断传递正能量。

裴春亮强大的人格魅力，使得很多人被他吸引。

1964年出生的裴龙德，从前在裴寨商业街从事修表、照相、刻章等生意，收入也不错。2005年4月，裴春亮找到他说："龙德，到村里来一块儿干吧！俺们要齐心协力地给群众干点事儿，让裴寨村实实在在地有些新变化。"

裴龙德满口答应，负责村委会的宣传报道、文字材料撰写和讲解工作。2008年11月，村"两委"换届选举时，他当选为村委委员。

刚开始，裴龙德的普通话说得不标准，讲解时带有较重的河南口音。裴春亮买了几盒学说普通话的磁带和光碟，让他边听、边看、边练习，还先后派他到林州红旗渠干部学院、河南省博物馆等单位学习。经过努力，裴龙德给到裴寨村参观学习的各级领导讲解时，从最初用辉县话到现在用流利的普通话。裴龙德还兼任村"两委"办公室主任，因工作出色，他获得辉县市优秀共产党员等荣誉，连续三年被评为辉县市对外宣传先进个人，在全市组织的"红歌赛"上获得第一名。

1973年出生的任德龙本是张村乡宰河村人，在辉县市开办了一家生产汽车配件的铸造厂，经常与一些客户聊到裴春亮的故事。一名在江苏省昆山市做羊绒大衣生意的老板李洁觉得不可思议，世界上哪有这样"傻"的人，白拿出1亿多元帮助村民盖房子、兴修水利、搞经济建设，还不求任何回报。

2020年3月份，李洁没有跟任何人打招呼，悄悄来到裴寨村暗访，与很多村民交流，耳闻目睹了该村发生的巨大变化，印证了裴春亮的所作所为都是真实的，很受感动。他表示："我也要力所能及地为裴寨村做点事儿。"

李洁是苏州市羊绒大衣协会会长，每年手里有300万件至500万件的代工订单。

裴春亮：捐资1.3亿元建村庄 把真情献给众乡亲

他在村委会见到了裴春亮，两人一见如故。

裴春亮给李洁讲了"让爱回家"的故事。本村村民中有很多父母长期在外打工，子女便放在家里，让爷爷奶奶照看，成为留守儿童。春节就要到了，父母千辛万苦地回到村里，爷爷奶奶带着孩子在村口等着，可亲人相见后，子女不仅不喊爸爸、妈妈，还往老人的后面躲藏，让父母们十分伤心，孩子哭，父母哭，爷爷奶奶哭，场面让人感到十分心酸。

这个故事让李洁流泪了，他决定在裴寨村开办一个服装加工厂，让更多的父母就地就近就业，真正做到"让爱回家"。

裴春亮跑手续，组织施工，终于将一条荒废的深沟填平造地，建设了一个500平方米的制衣生产车间，成立了河南禾合服饰公司，主要生产加工羊绒大衣、西服、校服、工装等，2020年7月投产，现有100多位村民在此就业，年产值在4000万元以上。

裴春亮（左）到村域内的服装厂了解生产销售情况

建设服装工业园的1000万元资金是裴春亮个人投资的，但租赁费归村集体。双方约定，三年之内，河南禾合服饰公司不需要交纳任何费用，三年之后按比例给村集体交纳一定的租赁费。

认真做好农村综合治理，打造稳定、平安、和谐、文明村庄，是裴春亮一直努力的方向。他逐渐摸索出"情、德、法"相融合的治村方式。

"管理一个村庄和管理一个企业不一样，乡里乡亲，不能动辄就上纲上线，而要把感情放在第一位。哪家村民做得不好，不能一上去就说法理，而要以情感动他，他就会积极配合村里的工作。""要用真情温暖村民的心灵，以道德的力量鼓舞人的精神，以法律条文规范人的行为。"裴春亮深有体会地说。

2021年12月开始征地建设2000亩的裴寨产业园时，牵涉裴寨村、张村、贾庄村三个村的土地，其间有很多坟墓需要迁走。本村村民裴龙喜家需要迁移的坟头最多,村干部多次上门做工作时,他总是以"动了祖坟风水不好"为由,予以搪塞。

裴龙喜在村庄路边开了一个修车铺,旁边有个大坑,稍不留神,就有掉下去的危险。裴春亮协调工业园区施工单位,用了四大车土将那个大坑填平,还派村干部将卫生打扫得干干净净。裴龙喜很受感动,同本家几个兄弟商量后,主动把13座坟全部迁移走了。

裴寨新村共有8排住宅,一排20户人家。由村"两委"推荐人品好、有威望的人担任排长,村民投票选举产生了16名排长,每人负责10户村民,随时掌握各家各户的生活动态,认真收集大家的意见和建议。同时,还建立了党员联系户制度,由8名思想好、有能力、人缘好的年轻党员担任,每人包保一排的住户。

村民家里或与左邻右舍发生了矛盾纠纷,包保党员会同排长及时进行调解处理,防止矛盾激化。

每周一上午召开的村"两委"工作例会上,包保党员汇报各排家庭出现的情况和问题,经过集体研究后及时予以解决。

裴寨村村民能够吃饱饭,有新房子住,有钱赚,有好日子过,本是件值得庆贺的事儿,可裴春亮细心观察后敏锐地发现,部分农民的内心开始发生变化。村里出现了小赌,到商业街去按摩、泡脚,红白喜事大操大办等不良现象。问题发现后,他立即在随后召开的村"两委"会议上提议要刹住这股歪风邪气。"当时,俺深深感到随着村民物质条件的改变,腰包逐渐鼓起来之后,要及时让农民富脑袋,随之在全村范围内开展精神文明建设,实行物质文明和精神文明'两手抓',两手都要硬活动。"裴春亮说。

在裴春亮的倡导下,裴寨村村民中逐渐形成了多读书、读好书,勤俭节约的良好风气。村"两委"大张旗鼓地开展了"五好文明家庭""文明村民""爱在裴寨,俺身边的道德模范"等评选活动。

住在裴寨新村5排的村民宋秀青以出色的表现,被大伙儿评为道德模范。她的丈夫裴池是名退役军人、共产党员,以前在辉县市上班。2005年5月,裴池因中风瘫痪,失去了吞咽功能,宋秀青便用手指慢慢地将食物送进他的食管里,一顿饭要喂两个多小时,有很多次手指都被丈夫咬出了血。

宋秀青白天背着裴池在房间来回走动,促进他全身血液循环,晚上每隔两个小时就帮他翻一次身。坚持每天给他擦一次身,每周洗一次澡,经常用手指帮他掏大便。悉心的照顾,使裴池11年来没有长过褥疮,直到2016年12月因癌症医

裴春亮：捐资1.3亿元建村庄 把真情献给众乡亲

治无效去世。

村里成立了红白理事会，统一操办本村的红白喜事，提倡节俭，反对大操大办。2016年3月，裴春亮投资120万元，在村史馆旁建设了一个建筑面积600多平方米的喜事会大厅，能够摆放30桌，同时接待300人就餐，并指派几名村"两委"干部到百泉宾馆学习餐饮，回来后自己掌勺烹饪。平时除了接待前来裴寨村参观学习的外地客人外，本村村民举办婚宴、招待客人，都在这里进行。村"两委"规定，村民办红事时，一桌不能超过10个菜，香烟每盒不能超过10元，白酒每瓶不能超过50元，就餐标准每桌不能超过350元。否则，村干部就不会去当支客。"如果没有村干部当支客，在全体村民中就会觉得是件非常丢人的事儿。"村委会副主任贾丹介绍。

村民刚搬进裴寨新村居住时，有人用水桶从公共厕所的水龙头接水回家洗衣服、冲厕所，村里开展文明村民评比后，这些人主动改变了不文明行为。现在广大村民在村域内如果看到垃圾，都会主动捡起来扔进垃圾桶。

在裴春亮的提议下，裴寨村从辉县市聘请了一位律师作为本村的法律顾问，定期为全体村民讲法律课，还经常在"裴寨大家庭微信群"中推送一些新出台的法律法规，让村民自觉养成学法、守法意识，积极用法律规范约束自己的行为。

2022年12月，裴春亮又捐资480多万元，在村史馆后面建设了一个建筑面积704平方米的村级体育馆。鼓励村民业余时间多参加体育锻炼，不断增强体质，减少疾病，保证身体健康。

裴寨村的乡风文明，村民很朴实，也很容易得到满足。面对裴春亮做的一些好事儿、实事儿，大伙儿在心中把他看成"神"一般。而此时，裴春亮却感到了巨大的思想压力，他将一位退休了的辉县市人大常委会原副主任请到裴寨村当顾问，就干一件事儿——监督他哪天如果出现脾气暴躁了、说话张狂了，就当面教训自己一顿。

虽然裴寨村已经形成村民一呼百应的良好局面，但裴春亮心里并不轻松，感到责任重大。他从互联网上看到一则消息后深受启发。"新疆曾经发生过一个领头羊不慎掉入深谷，后面的羊全部跟着跳了下去的故事。俺想起了这个故事就深深后怕，必须防患于未然。俺是这个村的'领头羊'，俺要是把路走错了，乡亲们该怎么办？"裴春亮说。

更让他感到忧虑的是，万一自己身体出现问题或发生了什么难以预料的事故，

裴春亮（左）热情接待外地参观考察人员

裴寨村今后怎么走？因此，裴春亮下大力气培养了一些"80后""90后"的年轻人进入村"两委"班子，作为后备干部。

裴寨村的巨大变化，吸引了全国各地的村干部前来参观学习。

2016年3月30日下午，中共中央组织部部长赵乐际来到裴寨村考察后，对该村能在较短时间内发展得这么好、这么快，村党支部充分发挥了坚强战斗堡垒作用的做法给予了充分肯定。

裴春亮连续当选第十一届、十二届、十三届、十四届全国人大代表后，每年春天都要到人民大会堂参加全国人代会。他说，压根儿就没有想到自己能够从一个到砖瓦厂打工再到当剃头匠的农民，到作为一个农村基层党组织书记的代表，走进人民大会堂参政议政。他深感这里是个十分神圣的殿堂，必须从内心保持思想上的高度纯洁。因此，每次参会前，他就早早起床，快速洗个澡，把胡子刮干净，把内衣换掉，把领带系好，把外衣穿得整整齐齐。只有这样，才配走进这个神圣的殿堂。

每次开会前，裴春亮都会抽出时间认真调研，广泛听取农村群众的意见。他给全国人大常委会提出的《关于拒绝走后门当兵》《妥善解决农村出嫁姑娘土地问题》等人大代表议案，引起了有关部门的高度重视。

"俺要终身报答党组织和乡亲们的恩。俺只是做了一些自己应该做的工作，各级党组织却给了俺那么多荣誉，连续当了两次全国党代表、四届全国人大代表，使俺从内心深处产生了一种强烈的使命感和责任心。一村富不算富，下一个阶段，俺要继续艰苦努力，以产业发展带动新乡市太行山区15万父老乡亲，走好共同富裕路。"裴春亮深情地说。

裴春亮访谈录

作　家：您本是一位创业成功人士，2005年4月，在时任村党支部书记裴清

裴春亮：捐资 1.3 亿元建村庄　把真情献给众乡亲

泽的诚恳邀请下，您放弃生意回村担任村委会主任，五年后当选村党支部书记。您担任村主职干部的初心是什么？您经过十余年的艰苦努力，将昔日一穷二白的裴寨村建设成为河南省的明星村，您的内生动力是什么？

裴春亮： 俺是靠改革开放、靠党的富民政策，经过勤奋努力，在地处太行山区的一个小山村率先富起来的一批农民之一。虽然离开裴寨村多年了，可每次回来看到同伴们、一些小时候帮助过俺的村民们吃的、穿的、住的条件都还很差，心里就感到非常难受。

2005 年初，时任村党支部书记的裴清泽三次带人到县城请俺回村作为村委会主任候选人参加选举，目的就是希望俺能带领大家艰苦奋斗，改变村庄的贫穷落后面貌，发展经济，提高村民收入，实现共同富裕。他们的这些想法，也就是俺担任村委会主任和村党支部书记的初心。

回村后，经过与村民多次座谈、讨论，俺在第一个环节提出了"乡亲不富，誓不休"；在第二个环节提出了"听党话、跟党走，同创业、共致富"；在第三个环节提出了"人人有活儿干，家家有钱

裴春亮（左）到村域内的蔬菜大棚，察看蔬菜长势

赚，户户是股东"；在第四个环节提出了"到路西当农民，到路东当工人，商业街里当商人；走进集团公司，俺们是主人；住在裴寨社区，俺们是城里人；走进'习书堂'，俺们是读书人"。这么多年来，俺就是按照这些提法，一步一步地干，虽然取得了一定成绩，但是还没有完全实现既定目标，还得自力更生，艰苦奋斗。

俺的内生动力经历了从"感恩"到"责任"的一个过程。刚开始，俺就是一个私营业主，主要是报答全村人的援助之恩。当年俺们家遇到了那么大的困难，全村人都伸出了温暖的手予以帮助。假如当时大家对俺家不好，那可能就是另外一

回事儿了，俺就不会产生那么强烈的奋斗愿望。

俺投资建设裴寨新村，让村民免费分得一套住宅，又出资给村里打机井、建蓄水池，本来打算干完这些事儿后，该报答乡亲们的恩情也就报完了，就此止步，再也没有愧疚和亏欠了。

可当俺担任了村党支部书记后细细思考，觉得全村的住房问题虽然改善了，但并没有解决根本问题。房子正在盖时，俺就在想："俺有责任、有义务把村里的事情办好，不能让乡亲们住着新房子，饿着肚皮子，还得把粮食问题解决了。"所以，俺又投入数千万元修水库，只有解决了农业用水问题，才能确保粮食丰收。

农业发展起来了，兜里没有钱也不行呀！又觉得"无工不富"，地处太行山区的裴寨村粮食产量很低，光靠农业种植肯定富不起来，必须大力发展工业。工业发展起来了，流动人员多了，吃喝拉撒怎么办？那就得发展商业。所以，就是这么一环紧扣一环，一步一步地向前推进，才形成了今天一、二、三产业融合发展的局面。

俺小时候，家庭是全村最贫困的一户，可以说是穷困潦倒。俺带着两个侄女、一个侄儿吃"百家饭"长大，初中二年级没有读完就辍学在家，到砖瓦窑打工，靠当剃头匠成长起来。谁能想到俺能够当选两次全国党代表、四届全国人大代表，还是全国劳动模范、全国优秀共产党员，等等，党和国家给了俺这么多荣誉。在这些光环的后面，俺的压力非常大，总是想着怎么把压力变成动力。就是甘愿吃亏，带领大伙儿踏踏实实地干事儿，才能不断改变村里的面貌，让村民过上好日子。这也是俺为之奋斗的内生动力之一。

作　家：您为何顶着很大的家庭压力，将大笔资金用于裴寨村建设和社会建设？还将自己公司的股份让村民入股，您不觉得吃亏吗？

裴春亮：这些年来，俺前前后后将自己的2.2亿元资金用于公益性建设，是应尽的义务。第一部分1.3亿元用于村庄建设，是报答俺小时候家庭出现严重困难时，裴寨村乡亲们无私帮助的恩情；第二部分9000万元用于精准扶贫和新冠疫情防治、抗洪救灾，是尽到自己的社会责任。

为何刚开始在家属不理解、不支持的情况下，还要顶着较大压力、源源不断地朝村里无偿投资？是因为自己从最初当选村委会主任，到当选村党支部书记后，感到村里的基础设施太差，必须投入必要的资金搞建设，才能让村庄有变化，改变贫穷落后的面貌。况且，一人富不算富，全村富才算富，俺通过多年经商获得了一些财富，用一部分建设家乡也是应该的。

裴春亮：捐资 1.3 亿元建村庄 把真情献给众乡亲

家属刚开始不理解、不支持，很正常，因为俺们当时并没有很多钱，况且正在艰难地筹资建设水泥厂。但人心都是肉长的，当 2008 年大年三十那天晚上，全村那么多乡亲到俺家送饺子，面对那种场景，她被深深感动了，她理解了，从此转变了观念，俺干什么事情，她都积极支持和配合。

俺在村里力所能及地做了一些事情，从中央到地方，得到了各级领导的充分肯定，大会、小会上受到表彰。那年，习近平总书记提出精准扶贫，不能让一人掉队。俺出生于贫寒家庭，深知贫困的滋味。俺感到，自己作为一名被各级党组织认可、被新乡市父老乡亲关注的人，不能总是躺在过去的功劳簿上睡大觉，必须再做一些公益性投资，来报答各级党组织和社会的恩。所以，就将 8000 万元投到了辉县市薄壁镇宝泉花园社区，为精准扶贫尽了一点微薄之力。

俺先后捐资 2.2 亿元，不是因为俺有很多钱花不完，而是俺认为一个人是赤裸裸地来、赤裸裸地走，金钱只是一个数字，积累多了，就没有什么实际意义了。俺把钱看得很淡，能够吃饱穿暖就行了，要那么多钱干吗？自己及全家的基本生活都有了保障，就应该多为社会做一些贡献。特别是俺的经历和成长得到了社会各界的关心帮助，俺就应该在自己的能力范围内奉献点资金，这算得了什么？

"乡亲不富，誓不休。"这句话背后蕴藏着很多东西。怎样才能兑现自己"人人有活儿干、家家有钱赚、户户成股东"的承诺，让大伙儿真正富起来？不是说说而已，而是要真正落实到实际行动上。一位社会活动家把人的需求分为六种，其中第四种为"实现自我价值的需求"。所以说，让村民在自家的企业里入股分红，俺一点都不觉得吃亏，而是觉得为别人造福，也是一种人生价值的体现。

作　　家：从捐助 20 多万元帮助村民看病，到为老人发放养老补贴，为 70 岁以上老人每人买一个带放大镜的指甲剪，甚至看到好吃的冬桃，也要掏钱购买给老人们品尝，再到自己出资设立教育基金，给村民子女发放奖学金，还自己出资为每户村民发筷子等，总共花费 100 多万元。您为何这么用心对待每一位特别是家庭困难的村民？同时，您为何在全体村民身上付出这么多真情？

裴春亮：俺是个普普通通的人，不是神，虽然不能做到"有求必应"，但在自己力所能及的范围内，必须尽最大努力帮助乡亲们。俺深知"一分钱难倒英雄汉"的道理，也尝过孤立无援的滋味。俺是村党支部书记、村委会主任，就像个家长，村民有了困难，你不去帮忙解决，他怎么办？俺们经常说"群众之事无小事"，从某个角度来讲是件小事儿，可对村民来说就是件大事。加之，俺有这个解决的能力，为何不尽心尽力地予以解决？

　　充分发挥基层党组织的战斗堡垒作用，体现在哪些方面？其中就需要广大党员真真切切地对老百姓好。作为一个村党支部书记，怎样才能表现出对党忠诚，那不是一句话的事儿，而是应该实实在在地为村民办好事、办实事。

　　有句话叫"将心比心，比比良心"，裴寨村的广大村民在俺小时候，对俺家献出了真情，俺也理所当然地要以真情对待每一个人。

　　真情是在俺们相互感动中转换的。比如，从2008年到现在的17年间，乡亲们每年大年三十都到俺家送碗水饺，一次、两次可以做到，连续十几年坚持做，容易吗？他们对俺家是真情实意。在一般人看来，那不就是村民自己包的普普通通的饺子吗？但是俺们这里的风俗习惯，第一碗饺子是敬祖宗、敬长辈的。一个家庭中年龄最大、辈分最高的人，第一碗饺子必须是他吃，他不先吃，任何人都不能吃。所以，广大村民把自己包的第一碗饺子端到俺家，绝不仅仅是为了感谢俺免费给每户分了一套房子，而是从内心深处对俺的尊重。所以说，一个饺子代表一颗心，一碗饺子重千斤啊！

　　越是与村民们接触得深，就越是在感情上得到升华。乡亲们把真情献给了俺们全家，俺没有理由不在大伙儿身上付出真情！

　　作　　家： 裴寨村的长远发展目标是什么？怎样才能保证这一目标得以顺利实现？

　　裴春亮： 俺们村的长远目标是：打造中国共同富裕示范村。

　　为了保证这一目标的顺利实现，必须下大力气做好以下几个方面的工作。一是认真做好农村党建，形成强劲的带动力。充分发挥党组织的战斗堡垒作用，村书记的标杆、引领作用和全体共产党员的先锋模范作用。同时，要团结一切可以团结的力量，充分调动一切可以调动的积极因素，广泛吸纳人才为我所用；相信群众、依靠群众，发动群众，真正把群众组织起来，形成强大的合力。二是大力发展产业，不断壮大集体经济实力。力争全村集体收入超过5000万元，人均可支配收入达到20万元以上。目前已形成三大板块：在新乡的东面，有建材水泥；在裴寨村，有裴寨食品产业园和服装厂；往西边，有宝泉旅游景区和在建的九峰山抽水蓄能发电站。通过进一步完善、发展这些产业，不仅让本村村民富裕，还要产生辐射效应，带动裴寨社区11个行政村乃至太行山脉新乡段的15万村民就业安置，不断提高收入，实现共同富裕。三是进一步做好农村综合治理，打造稳定、平安、和谐、文明

裴春亮：捐资1.3亿元建村庄 把真情献给众乡亲

村庄，真正实现治理有效。大力开展植树造林，保护生态，力争绿化率达到80%以上。四是进一步在精神文明建设上下功夫，不断提高村民的整体素质。在全村开展"书香溢裴寨"读书活动，鼓励村民自觉养成多读书、读好书的习惯，提倡健康有益的生活方式，反对铺张浪费，厉行勤俭节约，实现乡风文明。

作　家： 您认为一名优秀村书记应该具备什么样的素质和条件？怎样才能真正发挥村书记应有的作用？

裴春亮： 俺认为一名优秀村书记应该具备以下几个方面的素质和条件。一是必须具备良好的品德。如果你的品行不正，总是想捞好处、占便宜、以权谋私，你不仅在这个村庄没有威信，没有号召力，最终还会被村民轰下台。二是办任何事都需要公正、公平、公开。办事公道正派，是赢得村民信任的基础，如果你优亲厚友，就会造成隔阂和很多矛盾。三是对村民要心怀"菩萨心肠"。就是要设身处地地为他们着想，力所能及地帮助他们解决生活中出现的各种困难，尽最大努力为他们遮风挡雨。四是自己不会富，不配当干部。如果让连自己的温饱问题都没有解决的人当村书记，他的心思就会放在想方设法捞好处上，让这样的人带领大家致富，只能是句空口号。这就要求选拔村书记时，最好在有经济头脑、具备了一定的经济实力，又具有无私奉献情怀的"新乡贤"中挑选。

怎样才能真正发挥村书记的作用呢？俺认为应该认真做好以下几点。一是村书记要认认真真地吃透中央在不同时期出台的"三农"政策。现实中，中央支持"三农"的资金很充裕，基层干事儿又缺乏资金，这种现象非常普遍。原因是什么？村书记没有好好研究中央的政策，不知道怎么踩好政策的鼓点，发展自己，壮大自己。二是村书记要把所有的精力放在村里的党建、发展、建设、治理、服务上。不要热衷于无底线地想着讨好上级，做表面文章，搞形式主义。成绩和威信是干出来的，好日子更是干出来的，埋怨、牢骚和夸夸其谈都成就不了大业。三是乡镇不要过多干预村里的工作，尽量不搞形式主义的东西。频繁开会、检查、留痕都会误事儿，劳而无功。行政村不是体制内的单位，而是最基层的村民自治组织，村书记要脚踏实地地干好本村的工作，带领村民发展集体经济，不断改善民生，提高收入，让村民过上好日子才是目的。

作　家： 您认为怎样才能确保乡村振兴战略取得实效？关键因素是什么？

裴春亮： 俺认为应该认真做好以下几点，才能确保乡村振兴战略取得实效。第一，要切实加强对乡村振兴工作的领导。省、地、县级党委应成立乡村振兴战略实施领导小组，由组织部门牵头，重点解决好基层组织战斗力弱化的问题，千方百计地配强班子、选好带头人。同时让纪检监察机关参与监督，确保中央制定的各项优惠政策能够落到实处。第二，要深化农村体制改革，提高村干部待遇。乡村振兴的落脚点在乡村，而不在乡镇。应撤销或精简乡镇编制，将人、财、物充实到行政村。要让村干部有盼头、有干头、有奔头。现在，村"两委"干部每月才千把元的工资，连自己都养活不了，他们怎么会安心、卖力地干村里的事儿？第三，要真正让农村干部产生发展的强劲内生动力。乡村振兴绝不是修房盖屋，也绝不像种花种草那么简单，要尽量避免出现政府干、村干部看、村民玩的不良现象。要相信群众、依靠群众、发动群众，把农民组织起来，充分调动农民的积极性。第四，国家要把有限的资金用在扶持行政村发展集体经济上，而不是让社会资本处处揩油，造成"富了方丈穷了庙"的现象。只有真正把集体经济发展起来了，才能实现共同富裕。

实施乡村振兴战略的关键还是选好、用好村书记。选拔村书记的途径应该扩大覆盖面，不能局限于本村在家村民，应扩大到本村具有情怀的致富能人等"新乡贤"群体。

── 作家点评 ──

裴寨村村民与裴春亮之间都付出了真情，由真情相互转换成能量，演绎出了一个情景交融、感人至深的故事。

小时候，裴春亮的家里接连发生了一些变故，乡亲们伸出了温暖的手予以援助，这就为他创业成功后回村报恩留下了伏笔。假如当时裴春亮的父亲去世后，时任村书记的裴清泽不派人将集体的两棵桐树锯掉，做了一具棺材，党员干部不捐款47元，村民们不捐柴、捐面把老人妥善安葬；假如裴春亮后来不带着两个侄女、一个侄子在村庄"吃百家饭"长大，他肯定不会对裴寨村村民具有那么深的情谊，后来也不会产生那么强烈的发展内生动力，无偿捐资1.3亿元，用于裴寨新村和基础设施建设。这就应了那句老话："种瓜得瓜，种豆得豆。"

原任裴寨村党支部书记的裴清泽是个非常开明的人，他慧眼识英才，把目光集中到本村致富能人裴春亮身上，两次带领一名村党支部副书记和村委会妇女主任到位于辉县市城关镇裴春亮的家里"二顾茅庐"，请他回村参加村委会主任选举。两次不行，又发动70多位村民"三顾茅庐"，终于把裴春亮请回了村。5年后又主

裴春亮：捐资1.3亿元建村庄 把真情献给众乡亲

动让贤，退出村书记岗位，让他书记、主任"一肩挑"。这既是一种责任，亦是一种胸怀。假如他当年不费那么大的劲儿，把裴春亮请回村，裴寨村的面貌就会是另外一回事儿。

裴春亮本来打算把住房建好后，就算报答了乡亲们的无私帮助之恩。可大伙儿从2008年开始至今，连续17年每年大年三十晚上给他家送饺子，村民的这份真情，又感染他、激励他奋发有为，继续为全体村民谋幸福。

裴春亮（右三）与到裴寨村进行社会实践活动的高校师生进行面对面交流

人世间最难割舍的就是真情！

在艰难困苦面前，往往是两种人、两种做法、两种结果：一种人是听天由命，破罐子破摔，永远处于贫穷状态；另一种人是不畏艰难，奋力抗争，彻底改变自己的命运。裴春亮显然属于后一种人，他既懂得财富的珍贵，又把金钱看得很淡，思想境界很高，多年来大把大把地无偿朝村里投资和向社会捐助，毫不吝啬。他不仅是个懂得感恩、报恩的人，还是个党性观念十分强的村书记，深深懂得"打铁需要自身硬"的道理。村里拆掉旧房腾出土地、在新村楼顶上安装光伏发电板时，少数村民有些不理解，他总是带头第一个在与村集体的合同书上签字，让大伙儿无话可说，思想很快转过弯来。

当特大暴雨袭来，导致山洪暴发的自然灾害发生后，也没有谁给裴寨村下达抢险任务，但裴春亮以高度的社会责任感，主动组织70多位村民开赴80多公里外的辉县市峪河镇、占城镇灾区抢险救灾，展现了明星村的风采和全国党代表、人大代表的担当和主动作为。面对随时可能发生的生命危险，他不仅自己冲锋在前，还将儿子、亲侄子、亲外甥带到救灾一线，这是何等的勇气和魄力！

战争年代在危急关头，党员干部往往会勇敢地站出来，冲在最前面，喊出"同志们，跟我来！"这样掷地有声的号令，后面的人就会热血沸腾，前仆后继，英勇杀敌。

榜样的力量是无穷的。裴寨村之所以在较短时间内发生了翻天覆地的变化，村党支部在村民中形成了强大的向心力、凝聚力、战斗力、号召力，与裴春亮率先垂范、以身作则的工作作风和充分发挥榜样、标杆、引领作用是分不开的。

裴春亮之所以在裴寨村村民中具有很高威信，不仅是他先后捐资1.3亿元，为村里搞建设，不断改善民生，还因为他将"情"植根于自己的内心深处，总是设身处地地用心为每位村民着想，千方百计地为他们遮风挡雨、排忧解难，付出了巨大心血和努力。

裴春亮说得好，对老百姓好，就是对党忠诚；能不能让党放心，让群众满意，事儿上见。不管哪位村民家里有困难，他知道后都会及时站出来，竭尽所能地给予温暖和帮助。

裴春亮担任村党支部书记、村委会主任，是典型的"能人治村"。这为实施乡村振兴战略提供了一个新的思路，那就是想方设法选拔好优秀人才担任村书记。只有下功夫解决了"领头雁"问题，中央作出的这项战略部署才能真正取得实效。

全国各地选拔村书记时，视野一定要开阔，不能局限于本村在家的村民，而应将重点放在"新乡贤"这个群体中，即从本村走出去的机关事业单位、国企副科级以上退职、退休干部；自主择业、退职的军官、士官；外出创业成功人士，且具备人品好、有能力、有情怀、有激情等条件的优秀人士。

魏登殿：
49年村书记 回汉民族一家亲

人物概要

魏登殿，男，回族，1954年6月出生，初中文化程度，1971年7月入党。现任湖北省郧西县湖北口回族乡坎子山村党支部书记、村委会主任。当选党的十八大、十九大代表，先后获得全国劳动模范、全国优秀共产党员、中国好人等荣誉。

乡村振兴领头人——中国模范村书记

湖北省郧西县坎子山村党支部书记、村委会主任魏登殿

魏登殿：49 年村书记 回汉民族一家亲

魏登殿是名退役军人。1975 年 9 月，他放弃端"铁饭碗"的机会回乡担任原银山大队、现坎子山村党支部书记，一干就是 49 年，把自己的青春、智慧无私地奉献给了当地群众。他自力更生，艰苦奋斗，带领村民经过不懈努力，将基础设施从"五无"变成"九有""七配套"。而后，不断调整种植结构，形成了一种、二养、三加工、四旅游、五长效，一、二、三产业融合发展的产业模式，不断提高村集体和村民收入，让村民过上了幸福生活。坎子山村成为当地有名的富裕村，并被评为全国民主法治示范村、湖北省先进基层党组织。

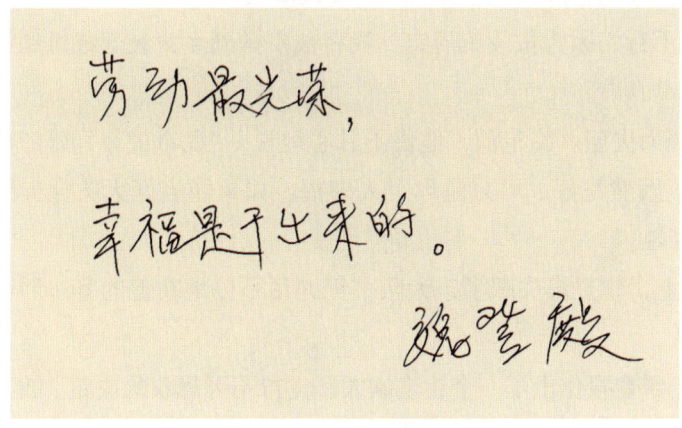

魏登殿担任村书记多年来的真切感言

发扬愚公精神　让村庄面貌大变样

郧西县位于秦岭山脉以南，曾经是国家级贫困县。坎子山村位于该县西北部，海拔 1799 米的大山梁横贯坎子山腹地，是全县海拔最高的村。由于交通闭塞、发展落后，也曾经是全县最穷的村。2001 年 6 月，坎子山与冯家冲两村合并，全村现有 152 户、512 人，版图面积 15.5 平方公里，其中山场面积 2.4 万亩，耕地面积只有 1380 亩，70% 的土地是坡地。

20 世纪 70 年代，坎子山村的前身银山大队穷得叮当响，人均收入只有 30 元。"坎子山坡连坡，一年四季都挨饿；吃水难行路难，好女不嫁坎子山。"这首顺口溜是对当年全体社员贫困生活的真实写照，全大队有近 20 名适龄男青年打光棍。1970 年 11 月，16 岁的魏登殿应征入伍，在部队服役五年后于 1975 年 2 月退伍。让他没有想到的是，这五年期间，全大队没有任何变化，入伍前什么样，五年后还是原来的老样子。

一天上午，当时的银山大队党支部书记魏文兵来到魏登殿的家，很诚恳地对他说："我干了20多年的大队书记，一直没有多大作为。你当过兵，又在部队入了党，我已向乡党委推荐让你接我的班，担任大队党支部书记。"

"您才45岁，正是壮年，怎么说不干就不干了呢？"魏登殿有些不解地问道。

"一是我的身体不好，二是我的能力有限，干了这么多年也没有给乡亲们造什么福。很希望你能带领大伙儿苦干加巧干，彻底改变当前的贫穷落后面貌，让社员们能吃饱肚子，不挨饿，不受穷。"魏文兵很诚恳地说。

"这恐怕不行，因为按政策规定，我将被安排到乡武装部或供销社、粮管所工作。"魏登殿说。

魏文兵颇为失望。临走前，他仍不甘心地说："我希望你好好考虑一下，你去端'铁饭碗'固然是好，可只是你个人享福。如果能当好大队党支部书记，就会造福众多的百姓。"

这天晚上，魏登殿失眠了，大队书记的话不停地在他的耳边回响，他反复思考着何去何从。

三天后，魏登殿作出了一个让全家人都觉得不可思议的决定：放弃"铁饭碗"，回乡务农。

这年9月份，魏登殿被上级党组织任命为银山大队党支部书记。

那时，全大队社员家住的都是土墙茅草房，遇到雨季，外面下大雨，室内下小雨。即使外面的雨停了，屋里还在滴滴答答地漏雨。室内茅草上生长的毛虫经常掉到人们吃饭的碗里。魏登殿决定从改善社员

魏登殿认真学习党章，牢记党的宗旨

的住房条件开始，想方设法让大伙儿逐步将破草房换成大瓦房。

改造茅草房，首先要解决砖和瓦的问题。魏登殿在武汉军区部队服役时曾到襄北农场进行新兵训练，目睹了农场砖瓦厂烧砖瓦的整个流程。所以他决心发动

群众，自己动手，烧砖烧瓦。

经过广泛宣传动员，原银山大队的165户、670名社员的积极性被充分调动起来，三五户办一个小型砖瓦窑，全大队共兴建了25个，社员们利用劳动空余时间和泥制砖造瓦，烘烧砖瓦成品。

魏登殿帮助社员和泥巴、烧砖瓦，样样都干。谁家改造草房，他就义务背砖瓦、抬檩条，给家家户户帮忙。1991年7月，在他的大力帮助下，二组村民代光海的茅草房最后一个被改造成大瓦房，全体村民住茅草房成为历史。

2012年11月，魏登殿到北京出席了党的第十八次全国代表大会，会后开始思考一个问题：如何帮助全村住房困难的群众进一步改善居住条件。经过村"两委"认真讨论，并经过村民代表大会审议表决通过，村集体多方筹资，实施生态移民搬迁工程。2013年3月开始，将全村居住地偏远，且不通路、不通电的20户村民整体搬迁到地处村中心位置的二组，建设安置房12户，在后来建成的郧西县魏登殿扶贫精神教育基地的附近又集中建设了8户村民住宅。生态安置房为带卫生间的两层楼房，建筑面积160平方米，工程造价14万元。其中村集体为每户补助7万元，村民自己只需掏7万元。作者来到居住在安置房内的村民姚朝波家里参观，全家六口人住在上下两层楼的三个卧室里，冰箱、彩电、空调、洗衣机、微波炉等各种家电一应俱全，不亚于城里人的生活水平。姚潮波今年38岁，两个女儿正在读书，父母不到60岁，已是三世同堂。他家原来住在五组的牛头岭，距村委会15公里，是本村最偏远的地区，既不通路，也不通水、通电。2013年全村进行生态移民搬迁时，他家被列入搬迁对象。

"这套造价14万元的楼房，自己只掏了7万元，加上3万元装修费，共计自费10万元。现在的住房条件与以前相比，简直一个天上，一个地下。"姚朝波高兴得合不拢嘴介绍道。

也是从这年开始，魏登殿不厌其烦地争取政策性资金，对全村的危房进行改造，家庭条件稍好的村民借此机会将瓦房改造成了楼房。目前，全村90%以上的村民都陆续住上了楼房。

住房问题解决了，魏登殿又把目标放在了道路上。他担任银山大队党支部书记时，村里与外界不通公路，社员到最近的泗峡口集镇去赶集，需要步行15里山路，其中有段600米长、坡度达到90度的陡坡，遇到雨雪天气，很多人在这里摔跤，还有人摔成重伤。背一篓土豆到集市去卖，早晨6点出发，来回30多里，下午三四点才能回家。谁家卖家畜，得请五个壮劳力轮换着抬到集市上去交易。

1980年1月3日天还未亮，魏登殿背上一袋妻子给他做的火烧馍，步行到泗峡口坐长途客车到郧西县城，再坐长途客车到郧县。而后，坐船到郧阳地委所在地十堰市，饿了就吃火烧馍，渴了就喝自来水，单边行程需要两天，光路途一个来回就要四天。连续三个月时间，他往返七次不厌其烦地到地委行署交通部门申请专项经费，感动了不少人，最后要来了3万元专项财政拨款。

经过郧西县交通部门勘察和规划，4月中旬的一天，银山大队修筑公路的战斗正式打响。4.5公里长的修路工程任务分到各家各户，党员、大队干部和家庭青壮劳动力多的家庭分得的修路任务为坚硬岩石段；家庭男劳动力少和不满18周岁的未成年人等辅助性劳动力分配的修路任务为开挖软岩石段。魏登殿家分得65米修路任务，是在最难啃的挂壁公路处。

每天天还未亮，魏登殿就披衣起床，第一个来到工地，检查施工进度，交代安全事宜。修筑600米长的挂壁公路要在呈90度的悬崖上爆破作业，他将绳子缠在腰间，像荡秋千一样在岩石上用最原始的作业方式打眼、装填炸药、点炮。稍有不慎，就会掉下深渊，粉身碎骨。每天下午收工后，他走得最晚，将未用完的爆破器材收回家中存放。经过11个月的苦战，一条弯弯曲曲宽度为3米的土路终于修成，结束了上下山走羊肠小道的历史。通车那天，当一辆汽车开进山里停在大队部时，一些老年人兴高采烈地围着汽车转，第一次看见这种稀罕物。

而后，魏登殿又发动村民修建"村村通""组组通"公路。2004年修建村内的3公里毛寨路时，由于资金紧张，村"两委"干部带头，动员广大村民参加义务劳动。魏登殿每天早晨5点吃完饭后上工地，一直干到晚上8点多才收工。有次来不及带午饭，连续15个小时未进食，因饥饿晕倒在施工现场。在他的执着努力下，坎子山村的道路不断延长、扩宽，2005年开始硬化，连生产作业的麻凼地里也修建了3.5米宽的水泥路，全村水泥道路达到14公里、砂石路12公里，不仅实现了"村村通""组组通"，还实现了"户户通"。从2015年开始，又将路面由3.5米加宽成6米，形成双车道，并在公路旁安装了156盏路灯。

2022年6月，十堰市和郧西县交通部门投资700万元，将318省道至坎子山村长4.5公里、宽6米的道路改造成柏油路，变成高等级公路，还修通了从湖北关到坎子山长7.1公里、宽5米的红军路，并对路面进行了水泥硬化。

"全村现有三个公路出口，形成了四通八达的公路网，村民出行十分方便。"

魏登殿介绍道。

坎子山村属于喀斯特地貌，既无河流也没有堰塘，吃水问题困扰了一代又一代人。全村310个麻函的天坑中虽然下雨后会留下一些积水，但人畜共用，长满绿苔，人们长期使用此水，会肚子发胀。有些村民只好外出找水吃。一组村民孟道发经常到邻近的陕西省镇安县俞洞大队背水吃，来回12公里，每次背60斤水需要5个多小时，而这桶水只能供一家人用一天，所以他每天早晨或晚上都要出去背一次水，否则一家人就没有水饮用。"我在1975年担任大队党支部书记时，全大队有三分之一的农户外出背水吃。"魏登殿介绍道。

也就是从魏登殿担任大队党支部书记开始，解决社员吃水难的问题与消灭茅草房问题同时被列入重要议事日程。他先是采取大队集体给予一定补贴买水泥、社员出义务工的方式，在部分社员住房附近的山上修建小型水窖储存雨水。修水窖时没有砂子，魏登殿开动脑子想办法，当地有一种岩沙石，他发动社员放炮开采，用铁锤将大块砸成小块，再用石磨人工磨细代替砂子。

坎子山村为吃水还发生了一场悲剧。1996年4月，一名叫代光久的村民到山外的红岩村去挑水吃，来回要走25里多路，已经挑到家门口了，一不小心摔了一跤，两只水桶摔在地上，不仅所挑的水洒得精光，连水桶也摔坏了。他坐在床上越想越生气，最后想不开，竟服毒自尽了。"当我得知这一消息后，心情十分沉重，深感村书记责任重大，一定要彻底解决村民吃水难的问题。"魏登殿说。

魏登殿多次到县农业局做工作，最终争取到"一口水窖资助一吨水泥"的政策性资金，修建一个5米深、6米宽的水窖，能装30立方米雨水，可以保证一户农民遇到天旱时三个月不需到外面挑水吃。自己动手施工，全大队农户修建水窖的数量在

村民喝上了清澈干净的自来水，一位回族村民伸出大拇指为魏登殿（左）点赞

逐年增加，有的地方一户一口，有的地方两三户一口，全村共修建了110口小型水窖，除偏远地方外，绝大部分农户的吃水问题得到了解决。

　　从1997年起，魏登殿又多方争取资金，不停地在全村住户相对集中的地方相继修建了11个最小200立方米、最大1200立方米的蓄水池，将经过勘探发现的小型泉眼用水泥灌浆引至蓄水池中，再用水管引到各家各户，使90%的村民用上了自来水，全体村民的生活用水变成了干净纯洁的一类水质。

　　说起坎子山村村民的用电，魏登殿感触特别深。1975年，他担任银山大队党支部书记时，有个绰号叫"魏等电"，意思是苦等照明电进大队。当时社员家照明都是用麻油灯，慢慢发展到点柴油灯，后改为煤油灯，每家每户每月1斤煤油供应票，到当地供销社去买。柴油或煤油灯的烟吸入鼻中，早晨起来洗脸时，鼻孔里全是黑的。

　　1992年春节期间，魏登殿反复盘算着如何尽快解决全体村民用电问题。节后，当他在村"两委"会议上将这一想法提出来时，一位村干部说："这个想法是很好，大伙儿巴不得早点用上电，可村集体没有资金，架电线需要那么大一笔经费开支，钱从哪里来？"

　　"采取垫资、借款、部分材料赊账的办法，然后将实际开支经费平摊到每户村民家。"魏登殿回答道。

　　"也只能采取这个办法，没有其他途径可走了。"另一位村干部肯定道。

　　"我先从家里拿1000元钱，其他所需资金我再来想办法。"魏登殿表态道。

　　"我家里也有几百元钱，先垫进去用吧。"一名村支委委员紧随其后说。其他几名村干部纷纷表示也要力所能及地尽些义务。

　　此事在村民代表大会上表决时一致通过，没有人提出异议。

　　坎子山村要自己筹资架电线一事传到红岩管理区书记的耳朵里，他感到十分吃惊，有天上午，见到魏登殿后板着脸讥讽道："你是不是异想天开，其他村都没有用电，单独你们村特殊些，需要那么大一笔经费开支，你从哪里筹集？自己架电，哼，你是不是发高烧说胡话？"

　　魏登殿笑了笑，没有吱声。

　　魏登殿同妻子商量，把家里饲养的一头牛和十几只羊赶到集镇上卖了，凑了1000元交给村会计，还动员所有亲朋好友借钱给村里。一些村民得知这一消息后，纷纷把自己的一些积蓄拿出来。有位大爷把自己儿子在外打工寄给他的200元生活费也捐给了集体。张大娘把家里的 30 多个鸡蛋也捐了出来，最终共筹得 4.5 万元资金。

这年 4 月，坎子山村架电正式动工，经过魏登殿多次联系，决定从邻近的陕西省镇安县西口发电站接线过来，全长 25 公里，费用总预算 12 万元。水泥电线杆是从郧西县一家水泥预制件厂交了部分定金后赊来的，请车拉到 100 多公里外的上湖路口靠人工往上抬，1000 多斤重的水泥电线杆本需要十二人抬，魏登殿带头干，结果八人轮换着就抬到了陡峭的山上。

1992 年 8 月 15 日，是坎子山村全体村民永远难忘的日子，晚上 8 点钟，随着西口发电站工作人员将通往该村专线的电闸合拢，早已等候在堂屋里的男女老少终于见到盼望已久的电灯泡亮了起来。一位老人感到百思不得其解，问魏登殿："灯泡的光是怎么发出来的？"他笑着解释道："是从丹江口大坝的发电机发出来的。"

这天晚上，坎子山村人就像过节一样兴高采烈，有很多村民请来亲戚朋友到家里做客，庆祝村里通电告别点油灯的历史。村里还出资放了一场电影，请剧团的演员到村里演了一场戏。

"坎子山村比邻村早六年用上了电。"魏登殿很自豪地说。

架电共花费了 11.7 万元，比预算节省了 3000 元，平摊到每户村民家是 350 元，集资还款。个别村民不高兴了，有人向乡里反映，怀疑村干部从架电中得了好处。

湖北口回族乡党委及时指派纪检干部到坎子山查账，结果短款 27.6 元。

魏登殿认真回忆这笔钱的去向，终于想起来了：从县城拉电线杆到坎子山村途中，他自己和另一名村干部自带火烧馍吃，请司机就餐和买烟共花费了这 20 多元钱，没有开票报销，造成短款，被人误以为是他自己买烟抽了。这件事对魏登殿的触动很大，从此戒烟，再没有复吸过。

"山上开荒，麻凼遭殃。"这是对原银山大队土地的形象概括，全大队开垦的挂坡地在数量上虽然不少，可由于在山坡上过度开荒，往往一场大雨下来，就会造成严重的水土流失，使山下麻凼里的旱地被山上冲下的泥土覆盖，天坑眼被堵塞，庄稼被淹没，形成了广种薄收，甚至有种无收。全大队的粮食种植亩产只有 70 斤至 100 斤，总产量只有 20 多万斤，1977 年之前社员年度口粮标准只有 307 斤，吃不饱肚子，全大队 160 户、650 人只好向上级申请吃返销粮，大队定期派人到回龙乡庙川管理区去背返销粮回来当口粮分给社员。

从 1977 年 9 月开始，魏登殿带领全体社员自力更生，下大力气治理麻凼，将堵塞的天坑眼刨开，用石头将出水口砌好。一天上午，他与另外一名社员抬一个500多斤的大石头时由于用力过猛，压得自己口吐鲜血，晕倒在地。但稍作休息后，又开始干活。

到1979年11月，全大队的35个麻洶都相继得到治理，700多亩好地得以发挥作用，粮食产量大大提高，总产量达到35万多斤，社员的口粮标准增加到每人每年450斤，不再吃返销粮。

经过数年的艰苦努力，当年银山大队"无水、无电、无路、无房、无地"的"五无"状况逐步得到解决，变成了如今的"九有"，即有水、有电、有路、有房、有地、有游客接待中心、有医务室、有学校、有便民服务大厅。还有"七配套"，即老年活动中心、幼儿园、宗教活动场所、餐饮、土豆粉丝加工厂、玉米糁加工厂、养殖场。

"今后全村的基础设施需要进一步完善和逐步提档升级，努力向农业农村现代化方向迈进，以满足新形势下全体村民对美好生活向往的需求。"魏登殿说。

调整种植结构　让村民收入大提高

坎子山村的祖祖辈辈一直种植洋芋、红薯和玉米这"老三样"，由于种植结构单一，不仅产量低、附加值低，农民的收入也相对较低。怎样提高大伙儿的收入，让群众过上好日子，一直是魏登殿苦苦思索的问题。

1982年8月，银山大队开始分田到户，1983年10月实行大包干，1984年3月由银山大队改成坎子山村。分田到户后，同样的土地，有人种得很好，有人种得不好。

魏登殿多次到郧西县农技部门虚心向专业技术人员请教，还买了很多农技方面的书细细琢磨，逐渐弄清楚了一些种植技术改良的道道。从1986年2月起，他先在自家1亩多承包地里开始试验用地膜覆盖技术种植，改变了过去随手撒玉米种子的种植方式，即将地耙平、整细，耧成一条一条拱起的行子，铺上地膜，在上面点上玉米种，旁边点上化肥，七天后开始出苗，而且长得又粗又长。用地膜种植玉米，不仅可以保土、保水、保湿、保温、保肥，还可以保季节，提前收割。生长期间只要定期搞好田间管理，就等着秋后收割庄稼。魏登殿动员二组村民魏文祥用此方法播种，并送去地膜、种子、化肥，可他嫌麻烦，不愿干。村里在魏登殿的试验田里召开了一个动员会，号召大家放弃传统的种植方法，改用地膜覆盖种植法，可没有一人响应。最后村民一哄而散,让他感到很尴尬。

随着时间的推移,魏登殿家的1亩试验田里的玉米长势喜人,而且种植密度比以前大大增加,一亩地可以种植3200株,亩产达到了1000斤。而他在旁边按传统方式种植的1亩地玉米,亩产不到100斤。这件事在全村产生了轰动,有些村民非常后悔当时没有听魏登殿的话,使玉米少收了数千斤。

从1987年春季开始,坎子山村90%的村民都采用地膜覆盖技术种植玉米,魏登殿还从邻近的陕西省镇安县米粮镇欢迎村请来种植专业户进行技术指导。村里再次召开现场会时,得到村民的热烈响应。这年秋天全村的600亩玉米产量达到了60余万斤,村民们喜出望外,真正尝到了科学种田的甜头。

魏登殿(右)给村民传授地膜种植玉米技术,告知如何加强田间管理

2016年6月,村集体在二组开办了一个玉米糁加工厂,进行粮食深加工。100斤玉米可以加工成40斤玉米糁,剩下的60斤玉米皮作为猪饲料。玉米糁每斤售价5元,40斤可卖200元;猪饲料每斤售价6元,60斤可卖360元,两项加起来就是560元,比每斤1元的价格单一出售玉米原粮增加了460元,除去加工用电、人工、包装、运费200元,每100斤玉米的利润达到260元,是出售原粮的2.6倍。"让村民不断提高收入,是我最大的期盼。"魏登殿说。

坎子山村村民多年来一直种植的洋芋有红眼子、乌土豆等传统品种，虽然口感不错，但是产量较低，亩产只有 600 斤至 1000 斤，每斤价格 0.8 元。魏登殿经过多方考察，得知陕西省镇安县木王乡培育的 175 号、红脚板这两个土豆品种非常适合在高寒山区种植。1983 年 2 月，他打电话与该乡的一家土豆批发商联系，一次性订购了 1.5 万斤土豆种，全村逐渐更换成此品种。这两个品种的土豆生长周期长、品质好、产量高，每亩产量在 3500 斤至 4000 斤，每斤价格可以卖到 1.5 元，收入比以前翻了近一番。全村土豆产量增加到 50 万斤。2020 年 5 月，在魏登殿的努力下，村集体投资兴建了一座土豆粉丝加工厂，对全村所产土豆进行深加工，100 斤土豆可以加工成 10 斤粉丝，每斤售价 20 元，100 斤土豆可以赚 50 元至 60 元，不仅增加了集体收入，还使村民种植的土豆能够就地就近销售。

"头顶金银山，脚踏米粮川；苞秆能抬水，洋芋堆成山"，这是坎子山村民对丰收景象的生动描绘。

魏登殿不停地在自己的责任田里进行种植试验，成功后就在全村推广；倘若失败了，损失自己承担。他

魏登殿（右）在村土豆粉丝加工厂认真查看产品质量

先后试验种植过木耳、香菇、魔芋、辣椒，发现都不适合在本村种植。而后，又试种甘肃的枸杞子，最后发现，这种植物适合在盐碱地种植，坎子山村的土质不适合，也没种成功。2009 年，他还试种过烟叶，因当地的空气湿度大，烟叶烤出来后发黑，也失败了。

1987 年 5 月，魏登殿从报纸上看到一则消息，湖北省保康县一个地处高寒地区的村子种植无公害包菜卖出了好价钱。他觉得坎子山村的条件与其很相似，便在自家的两亩地里开始试种。过去土豆行距中间套种玉米，玉米秆长高后遮阴，影响了土豆生长。现在改成中间种植包菜，对土豆的生长无大碍，而且全部用牛羊

粪等有机肥做肥料，不用化肥，成为有机包菜，每亩地可收获包菜6000斤至8000斤。

魏登殿试种成功后，很快在全村农户中推开，现种植面积达到500亩。村集体还成立了高寒蔬菜种植专业合作社，帮助村民销售蔬菜，传授种植技术。

魏登殿（右）给村民传授包菜种植技术

2017年9月，魏登殿多方筹资170万元，建起了400多平方米的蔬菜冷库，将全村所产的高寒蔬菜进行保鲜冷藏，等到蔬菜淡季时拿出来销售，价格大大提高，春节前后每斤可卖到2元，村民种植包菜收入每亩地达到了6000元至8000元。

随着高山蔬菜种植面积的不断扩大，这个冷库的面积显得过小。魏登殿多次与十堰市一家公司商洽，最后达成村企合作协议。2022年9月，这家公司投资320万元，在十堰市高速公路东收费站附近建起了一个2000多平方米的保鲜库，面向整个湖北口回族乡收购村民种植的高山包菜、土豆、萝卜。"从2023年开始，到了收获季节，村集体组织村民将地里的包菜、土豆、萝卜采摘后，公司派车现场收购、装车，拉到冷库储藏，实现了农民足不出村，就近就地销售农产品。"魏登殿介绍。

坎子山村大山场面积占全村总面积的三分之二，怎样在保护树木的基础上，让村民不断提高收入？魏登殿开动脑子想办法，利用山草资源养牛养羊。从1988年开始，村里开始大力发展养牛业，现在全村养牛存栏648头，每年出栏200头，按平均每头牛8000元价格计算，全体村民每年可增加收入160万元。村集体还成立了养殖专业合作社，负责对全体村民进行养殖技术指导和联系销售。

2010年6月，村里筹资开始实施"一、二、三、五"工程，即每户村民家建设一个标准化羊栏、每家拿出两亩地种植喂养的青草、每户有30只能够繁殖羊崽的母羊、每户每年出栏商品羊50只以上。全村每年出栏商品羊在3200只以上，增加收入250万元，占人均增收的40%。2019年，村集体还投入700万元，在郧西县城建起了一个牛羊肉加工厂，第二年8月开始投入使用，年产值达到3000万元，使全体村民饲养的牛羊不愁销路。

如何保护生态，利用生态，做好长效文章，是魏登殿一直苦苦思索的问题。一次偶然机会，他得知一种叫华山松的树木很适合在海拔1500米以上的山区生长，经济价值十分明显。2011年3月，在魏登殿的提议下，村"两委"经过反复讨论，并经过村民代表大会表决通过，从陕西镇安县石井山林场引进华山松，在本村相继种植了5000亩。"这种松树上结的松果可以卖钱，里面有高品质的松子，每斤售价可以达到20元，每亩地卖出的松子可达6000元，10年至15年后便可见效益，未来全村仅此一项收入就可以达到3000万元，成为一个绿色银行。"魏登殿介绍道。

从21世纪初开始，魏登殿充分认识到保护生态的重要性，他多次主持村"两委"开会讨论，最后形成决议：退耕还林，保护生态。相继有553亩挂坡地不再种植农作物，连同2000亩公共林地全部进行植树造林，已种植核桃、漆树等经济树种14.4万棵，价值500多万元。现如今坎子山村已形成春有花、夏有荫、秋有果、冬有绿的生态景观，漫山遍野都是五味子、天麻、党参等10余种天然中药材。

坎子山村有1.2万亩天然石林，还有大溶洞、千年古树群、清真寺等景观，村集体充分利用这些资源发展旅游业。2015年8月，该村被国家旅游局评定为3A级风景区。由于高海拔的地理位置，加上绿色天然屏障，空气中负离子含量高，气候凉爽，夏天气温比山下要低3℃至6℃，吸引了周边不少游客前来度假避暑，购买原汁原味的土特产，品尝"清真八大碗"美食。坎子山村不收旅游门票，每年4月到10月份，是该村的旅游旺季，每天接待游客人数超过200人。村民家饲养的土鸡、鸡蛋、肉制品，种植的农产品被一拨又一拨的游客购买，收入逐年增加。

魏登殿数十年如一日"心系群众、艰苦奋斗、胸怀宽广、民族团结"的先进事迹通过媒体报道后，在社会上引起较大反响，十堰市所辖各县（市、区）不少行政村、企事业单位，纷纷组团到坎子山村学习魏登殿精神。2017年10月，村集体投资87万元，在村委会对面建起了740平方米的游客接待中心，内设魏登殿事迹展览室、报告厅，可以随时接待参观学习人员，给他们介绍经验。

随着魏登殿的名气越来越大，游客接待中心已不能适应新形势需要。2017年5月，时任郧西县委组织部领导联系对口帮扶该县的中国人寿保险公司，该公司董事长及时到坎子山村进行实地调研，被魏登殿精神感动，也被该村保护完好的生态吸引。2018年以来，该公司分两期投入800多万元资金，帮助坎子山村建起了占地12亩、建筑面积4200平方米的教育培训中心。该中心先后被确定为郧西县委党校坎子山分校、郧西县魏登殿扶贫精神教育基地。2021年4月，经过推荐申报，被批准为湖北省农村党员干部教育培训基地。

在魏登殿的不懈努力下，昔日贫穷落后的坎子山村面貌大变样，已形成了一种（地膜覆盖玉米、有机土豆、包菜）、二养（养牛、养羊）、三加工（玉米糁、土豆粉丝、牛羊肉）、四旅游、五长效（华山松）的产业体系，实现一、二、三产业融合发展，村民收入逐年提高，全村人均可支配收入达到1.1万元。四通八达的公路、一栋栋外观整齐的楼房，本村村民的生活质量明显高于周边村，让人好生羡慕。到2024年春节时，全村村民已购买了52台轿车，家家户户都有摩托车。二组村民龚少波说："近30年全村的变化太大了，村民的生活水平逐年提高，获得感、幸福感不断增强。"村里通往外界的公路修通后，他家于1984年购买了一辆自行车，2006年之后又相继购买了两台摩托车，2019年还购买了一辆12万元的小轿车。自己在家种田，爱人和小女儿外出打工，全家人一年的收入超过10万元。

"逐步发展壮大集体经济实力，不断改善民生，实现共同富裕，是我今后奋斗的目标，任务十分艰巨。我要发扬退役军人不怕吃苦，不怕疲劳，连续作战的工作作风，努力实现这一目标。"魏登殿说。

发挥模范作用　让回汉民族大团结

坎子山村现有回族村民87户、248人，占全村总人口的近半数。魏登殿担任村书记49年来，全村的回汉群众亲如一家，回族尊重汉族，汉族尊重回族，在宗教信仰上互不歧视、互不排斥、互不干扰，在生活习惯上相互尊重、相互认可、相互包容。

"我虽然是回族村党支部书记，但我一直从内心深处尊重汉族群众，遵循'回汉一家亲'的理念，把汉族村民当成自己的父老乡亲、兄弟姐妹，认真搞好民族团结。"魏登殿说。

魏登殿认为，回族和汉族只是在宗教信仰和生活习惯上有所区别，其他都是一样的。他说："只要男女之间有感情，就可以恋爱、结婚、生子，只有这样，才能真正体现回汉民族融合、平等、和谐，体现两个不同的民族是一家人。"他的

魏登殿（右）与汉族群众亲切交谈，了解他们的生活情况

姐姐的配偶就是汉族人，他的女儿同样嫁给了家住四川的一个汉族小伙子，婚后感情很好、幸福甜蜜。

魏登殿是个热心人。在他担任村党支部书记期间，共为坎子山村52对适龄男女青年介绍成婚，组建幸福家庭。其中最为典型的一对，是1980年出生的一组村民代金波与乐发珍结为夫妻，魏登殿软磨硬泡说了三年才获得成功。

代金波的父亲代光余曾经担任原银山大队大队长，与魏登殿共过班子，是一个很好的搭档。他家住在海拔1799米的牛头岭，距村委会有15公里路程，是全村海拔最高、出行最不方便的地方。代金波初中毕业后到西安市打工，因为家庭条件较差，一直谈不到女朋友，父母都非常着急。有天上午，代光余与魏登殿闲聊时谈了心中的苦闷，魏登殿默默地记在了心里，大脑里反复盘算着如何给他的儿子寻找一门亲事。此前，代光余的大女儿代金凤、二女儿代金娥，都是魏登殿帮忙介绍的男朋友，婚后都很幸福。

从1978年开始，魏登殿家里饲养了7头牛、30多只羊，经常请邻近陕西省镇

安县欢迎村兽医乐金海到自己家里给牛看病，时间长了，相互都有了很深的了解。乐家有个女儿叫乐发珍，不仅容貌姣好，而且性格贤淑，非常乖巧。魏登殿反复权衡并征求了代光余夫妇和代金波的意见后，于2000年腊月的一天正式向乐家提亲。听了他的情况介绍，乐金海倒没有什么意见，因为他觉得村书记做媒，介绍的人家一定很靠谱，便满口答应。乐发珍的母亲张荣莲却不表态，说等姑娘去代家看看家庭条件后再做定论。

三天后，乐发珍母女俩来到代家一看不乐意了，尽管代金波长相颇为帅气，但家庭条件较差，张荣莲便一口否定了这门亲事。

从坎子山村到欢迎村15里路，来回30里的山路，魏登殿多次前去做工作，但张荣莲就是不松口。有天晚上，魏登殿再次来到乐家时，张荣莲对女儿说："魏书记不吃荤油，家里没有清油咋办呢？"乐发珍知道母亲是在故意出难题，因此没有回答，其实她本人对代金波还是很有好感的。

魏登殿瞅了一眼厨房案板下有壶菜籽油，微笑着说："你家里没有清油也没有关系，炒菜时不放油，我也吃得。"张荣莲笑了笑说："那我就给你做水煮白菜吃吧！"

三年间，魏登殿多次到乐家做工作，磨破了三双草鞋。

转眼到了2003年9月，代金波已过了23岁。一天晚上，魏登殿打着手电，再次来到乐家提亲。

"魏书记你真是个热心人，代家给了你什么谢礼，你这么用心想把这门亲事说成？"张荣莲半开玩笑地说。

"不瞒你说，代家按照我们当地的风俗，曾经有天晚上给我家送去了两瓶酒、两条烟、四包面和两包红糖，但第二天一大早就被我退回去放在他家门口了。"魏登殿说。

"那你图个啥，三番五次不厌其烦地到我家来做媒？"张荣莲问道。

"我觉得代家的人为人本分、实在，代金波这个小伙子很不错，与你家发珍很般配，婚后一定会很幸福。"魏登殿说。

"这家人是不错，那个小伙子我和发珍的爸爸都能看中，可他家住在那么高的山上，不通路、不通水、不通电，我担心姑娘嫁过去受穷过苦日子，我这个当妈的怎么会甘心？"张荣莲说着用衣袖去擦眼角的眼泪。

"你放心，困难是暂时的，他们那家单门独户，道路、通电、用水的问题，村里正在逐步解决，我保证发珍嫁过去后，不会过你想象的苦日子。"魏登殿深情地说。

"既然魏书记表态了,我们就相信村里能解决这些困难,就答应了这门亲事吧!"乐金海给张荣莲做工作道。

张荣莲犹豫了片刻,点了点头。

2003年10月,代金波与乐发珍正式登记结婚。婚后两人感情很好,现已生育两个孩子,大儿子已在郧西县城读高中。

魏登殿果不食言,2013年村里进行生态移民搬迁时,首先考虑到代金波家。根据代家父子的愿望,最后选择了在村委会旁边自建了三间建筑面积160平方米的水泥顶平房,随着人口的增多,后又加盖了两间拖檐房,供代光余老两口居住。如今一家六口人住在一起,已是三代同堂,其乐融融。乐发珍被安排从事村里的公益性岗位,负责旅游接待中心管理、村委会保洁和食堂炊事员工作,每月有1200元工资收入。代金波负责湖北口回族乡农村公路管理,担任路长,每年有3.6万元收入。

看到女儿家住的地方交通四通八达,用电、用水都很方便,离她家不远的地方就是村里自筹资金170万元建的村办小学,本村村民子女上学前班、一、二年级就可就地、就近解决,如今已70多岁的张荣莲老人满意地笑了。

魏登殿(右)到他当红娘促成回族与汉族村民组成的家庭回访,鼓励他们恩爱幸福

魏登殿：49年村书记 回汉民族一家亲

魏登殿先后成功介绍了25对回汉青年组成幸福家庭，在当地被传为佳话。三组汉族村民代金华生于1983年，与1985年出生的四组回族村民马明霞两家只隔一道山梁。小时候两人经常一起放牛放羊，渐渐产生了感情。代金华的父亲叫代广要，母亲叫杨传秀，两人有天晚上来到魏登殿的家，请他为自己的儿子做媒，娶马明霞为妻。马明霞的父亲马顺明是个老实人，倒没有什么意见，其母拜富存喊魏登殿舅舅。当他去马家提亲时，拜富存一口拒绝，坚决不同意。理由是自己的女儿是回族，而对方是汉族，倘若两人结婚成家了，女儿不吃猪肉，生活多不方便。况且，会遭到别人笑话。

"两个孩子从小就经常接触，感情很深，当父母的怎么能忍心把他们拆开？"魏登殿问道。

"您是长辈，又是村书记，按说我们是不应该驳您面子的。可是我觉得一个回族姑娘嫁给一个汉族小伙子的确不妥。"拜富存道。

"有什么不妥的？我的姐姐和我的姑娘都嫁给了汉族人，家庭生活不照样很幸福吗？你的观念得好好转变。"魏登殿开导她说。

"两个不同民族的男女在一起生活，怎么炒菜做饭？多不方便呀？"拜富存说。

"有什么不方便的，两人结婚后，炒菜时注意一下不就行了吗？"魏登殿继续开导道。

"你说的是有道理，可我就是想不通，不愿姑娘嫁给汉族青年。"拜富存很固执地说。

"两个孩子是两情相悦的，如果你不同意，会影响他们的青春和幸福！"魏登殿耐心地说。

但不管怎么开导，拜富存就是不松口。

马顺明很开明。他私下对魏登殿说："明霞的妈那么固执，你怎么也做不通她的工作，只能由孩子们自己决定了。"

不久后，代金华与马明霞悄悄地离家去西安打工三个多月，两人的感情迅速升温，回家后到当地民政部门办理了结婚手续。

拜富存刚开始还想不开，找魏登殿扯过皮，但看到女儿与女婿的感情很好，也不好再说什么。

如今，代金华与马明霞已生育了三个女儿，有两个在上学，还有一个初中毕业后在家务农。代金华外出打工挣钱，供养孩子读书，马明霞在家照顾老人，种好 8 亩责任田，一家人过着非常和谐的家庭生活。

魏登殿从内心深处对汉族村民好，谁家有红白喜事，他都会主动帮忙。特别是谁家老人去世了，他会去当支客，帮助主人家前后张罗各项事务。老人出殡时，他会亲自帮忙抬棺，现在年龄逐渐大了就在现场当总指挥。牛头岭五组的村民杨传仁的母亲过世后，要抬到 8 公里外的鹰嘴石安葬，全是下坡路。他先在前面抬，中途换人后跟在旁边监督，使棺材顺利抬到了指定地点。

回族群众最忌讳酒、烟、猪肉等，在魏登殿的影响下，坎子山村的汉族村民特别尊重回族群众的生活习惯，不管哪家有红白喜事，大伙儿都会去帮忙，但宴席一律用植物油、牛羊肉，不喝酒，不发烟。

魏登殿时常把汉族村民的每一件小事挂在心上，谁家有什么困难，他都要想方设法帮助解决。生于 1984 年的二组村民魏尧响小学毕业后到西安市打工，2013 年腊月，妻子又生了双胞胎女儿，因孩子患有肺炎，出生后就到西安高新医院住院治疗，花费了数万元医疗费。魏尧响夫妇及大女儿虽然此前已按期向当地城乡居民医疗保险机构缴纳了医疗保险费，但其父母欠缴部分费用，按照政策规定，必须一家人全部缴纳了医保费后，才能享受住院费报销待遇。

魏登殿得知魏尧响新生的双胞胎孩子住院花费了大笔医疗费的消息后，于 2014 年正月及时将其父母欠缴的医保费予以补齐，使他的两个女儿住院费报销了 1 万多元，减轻了他家的经济负担。

魏尧响夫妻二人继续到西安市打工。这年 3 月，双胞胎女儿又发病了，住在西安儿童医院治疗，一个孩子每天需要 3000 多元医疗费，两天就花费了 1 万多元。由于实在支付不起这笔费用，夫妻二人便于 4 月 20 日带着两个女儿回到坎子山村，在乡卫生院治疗。

魏尧响回到家后，不知道自己该干什么，一位好友建议他买些羊崽喂养。他到当地财政所贷款 2 万元，又向亲戚朋友借了 3 万元，购买了 110 只波尔山羊到山上放养。100 多天后，喂养的羊开始发病，由于魏尧响不懂兽医技术，又找不到合适的人给羊看病，便感到十分焦虑，不知如何是好。正当他一筹莫展时，魏登殿及时找来兽医帮助治疗，使羊的病情得到控制。魏尧响喂羊一年后，购买的羊已死去了三分之一，魏登殿又帮他联系销售，挽回了部分损失，结果只亏损了 2.5 万元。

今后的路怎么走，魏尧响感到很迷茫。魏尧响的大女儿上学，每年需要一笔费用，魏登殿又找到一位个体老板捐助了 4000 元学费，帮他家渡过难关。

魏登殿建议魏尧响买牛喂，风险要小得多。鉴于魏尧响家庭困难，魏登殿主持召开村"两委"会议研究决定，划出一块地给他盖牛圈。在魏登殿的大力支持下，魏尧响饲养的10头牛每年可以赚取一笔利润，加上种了5亩地，一年可以获得6万多元收入，保障了两个女儿看病和一家人的基本生活开销。谈起魏登殿的帮助，魏尧响的眼眶湿润了，他说："如果不是魏书记的大力支持和帮助，我家是绝对迈不过那道坎的。"

魏登殿不仅热心帮助本村村民，还乐于帮助外村村民。湖北口回族乡三十六岩村村民常丽生于1982年，丈夫肖深厚比她大10多岁，患尘肺病多年，病情逐渐加重。2016年7月的一天，常丽请人用摩托车将自己和丈夫拉到坎子山村，来到魏登殿的家。只见身上背着氧气袋的肖深厚突然扑通一声双腿跪下，哭着说："魏书记，你是个大好人，一定要救救我老婆常丽，她患有脑瘤。我们还有个女儿正在上中学，我已病入膏肓，活不了多久了。如果常丽再出现了问题，女儿就成了孤儿。"

魏登殿快步上前将肖深厚扶起来安慰道："你放心，我一定尽最大努力帮她治病。"说完，就给时任郧西县人民医院院长的王传成打电话，将常丽的病情和她家的情况作了详细介绍，王院长表态道："这件事儿很麻烦，我们一起来想办法吧。"

第二天，魏登殿赶到郧西县人民医院，同王传成院长一起找到县红十字会介绍详情。红十字会领导深表同情，表示愿意积极帮助常丽筹集医疗费，让她尽快手术。

常丽先是在郧西县人民医院住了20多天院，2017年9月被转往十堰市太和医院做了开颅手术，成功摘除了脑瘤，所需13万元医疗费全部由县红十字会解决。

2018年10月，肖深厚不幸去世。一年后，魏登殿将常丽介绍给坎子山村三组的村民代金富，两人组成了新的家庭。

魏登殿是个大忙人，不仅要忙村里大大小小的党务、村务，每天还要一拨又一拨地热情接待各地前来参观学习的企事业单位人员和村干部，耐心细致地给大家讲课，不厌其烦地回答提问，从不摆谱，从不失约，尽最大努力满足来访人员的要求。2021年6月上旬的一天上午，魏登殿在湖北口回族乡政府参加会议，郧西县上津镇一个村的党支部书记带领全体村、组干部到坎子山村参观学习，邀请他给讲党课。魏登殿接到电话后迅速给坐在主席台的乡党委书记发了一条短信，请示是否可以请假。由于乡党委书记正在讲话，没有及时回复，他误以为是不同意也不好离开，等会议结束后乡党委书记回复时，到村里考察学习的外村书记已经离开了。得知这一消息后,魏登殿的心里十分难受。他让乡党委书记给上津镇党委书记打个电话,解释一下,表示诚挚歉意。

魏登殿在村支部主题党日活动上讲党课,要求全体共产党员不忘初心、牢记使命,争做合格共产党员

魏登殿家里经济条件不是很好,1985年、1990年、1991年这三年,他每年都要向上级请15天到20天的假,到河南省灵宝县豫灵镇一座金矿去背矿石,一天从矿井下背10趟矿石,每次背200多斤,一趟能挣6元钱,几年时间共挣了近2万元钱,给在丹江口农校和武汉农校上学的女儿、儿子作为学费、生活费。他的老伴马胜英患有严重的风湿、类风湿、肾结石、胆囊炎、糜烂性胃炎、颈椎和腰椎间盘突出等疾病,一个人承担着全部家务,最多时家里的13亩地几乎全靠她打理,所以经常发牢骚。魏登殿总是体谅她,尽量帮她分担些农活,白天没有时间,晚上忙完村里的工作后,打着灯帮忙干背包菜、玉米、土豆等重力气活。

魏登殿在利益上总是处处想着别人、让着群众,把困难留给自己。全村的"村村通""组组通"公路都相继修完了,实行"户户通"时,他家排在最后一户。他在陡峭的山上自费修了一条与村组公路相连接的200多米长的小路,供一家人出行,铺上一层薄薄的石子,摩托车可以勉强通过,但不够轿车通行。2013年7月,湖

魏登殿：49年村书记 回汉民族一家亲

北省交通厅领导到魏登殿家看望时，就是步行到他家的，很受感动，提出由该厅拨出专款，将通往他家的小路扩宽后进行水泥硬化。他婉言谢绝了，直到2017年才自费扩宽成一条农用车道，第二年7月成为全村最后一户进行水泥路面硬化的家庭。

2020年8月，从郧西县香口乡调到湖北口回族乡任党委书记的高南品说，魏登殿有很强的人格魅力，他一心想着村民、想着村集体，从不与群众争利益，而且总是吃苦在前，享受在后。他为人厚道，胸怀宽广，少数村民偶尔与他争几句嘴、发发牢骚，他也从不计较，说完就过去了，该给办的事还照样给办。特别是在处理民族关系上，他做得非常出色，始终把包括汉族在内的村民当亲人，形成了"回汉一家亲"的可喜局面，值得肯定。

高南品到任不久去魏登殿家里走访，老伴马胜英正为魏登殿整天忙村里的事没有时间帮她干活而苦恼。高南品见此便对魏登殿说："农忙时，乡里安排人来你家帮忙干活儿行吗？"

"大家都忙，我家地里的活儿怎么能让别人来干呢？自家的农活就要自己干。"魏登殿说。

"问题是你整天忙村里的事儿，还要接待大量的外来参观学习人员，没有时间干农活儿，就苦了你的老伴。她一身病，还要干那么多农活儿，我看了就心疼。"高南品道。

"我白天没有时间干，但下班后可以利用晚上的时间干。"魏登殿肯定地说。

看着魏登殿家至今住的还是20世纪80年代盖的土砖墙结构的住房，室内摆放着非常寒酸的生活用品，高南品流泪了。

"当村书记就应该住最差的房子，村民们吃的、住的、用的都比我好，那才是正常现象，也是我最愿看到、最高兴的事儿。"魏登殿说。

魏登殿在坎子山村广大党员、群众的心目中具有很高的威信，他担任村书记49年间经过了16次换届选举，每次他都是全票

魏登殿胸怀宽广，从不计较个人得失

当选。

"我担任大队、村书记49年来，虽然力所能及地做了一些工作，但还远远不够，只有不断发奋努力、鞠躬尽瘁、死而后已，才能对得起党员和群众对我的信任和支持。"魏登殿很谦虚地说。

魏登殿访谈录

作　家： 1975年2月，您从部队退役后本来可以政策性安置到乡里从事一份稳定的工作，端上"铁饭碗"，可您最终却选择了回乡务农，于9月份担任银山大队党支部书记。您担任大队书记的初心是什么？您从解决原银山大队社员、坎子山村民生活中的"五无"到"九有""七配套"入手，大力发展产业，形成一种、二养、三加工、四旅游、五长效，一、二、三产业融合发展的产业体系，使全体村民过上了幸福生活，而您家是最后"户户通"，住的是目前村里最寒酸的房屋，您的内生动力是什么？

魏登殿： 当年，我从部队退役后看到家乡的社员还过着那么艰苦的生活，实在过意不去。特别是听了原大队书记说的那番话，心里也很纠结，何去何从，我想了好几个晚上，最终下定决心回家务农。我担任大队党支部书记的初心，就是想方设法改变当时一穷二白的贫困面貌，让大伙儿能吃饱肚子、住上大瓦房、有干净的水吃、出山通公路、照明有电灯等，后来随着形势的变化，就又有了新的追求。

我的内生动力来源于在部队服役期间受过良好的毛泽东思想教育，曾经系统读过毛主席的著作《为人民服务》《纪念白求恩》《愚公移山》这"老三篇"，当时在部队流行这样一句话"革命战士是块砖，哪里需要哪里搬"。既然老书记向上级党组织推荐了我，党员、社员选举了我担任大队党支部书记，这是大家对我的信任，作为一名共产党员，就要全心全意为群众服好务。

共产党员的宗旨就是吃苦在前，享受在后，全体村民都能够过上好日子，就是我最大的心愿。至于我家的生活条件，也说得过去，有瓦房住、有饭吃就很不错了，这才显得正常。如果我家的生活条件比村民好，那就不正常。村党支部书记就应该是为村民谋幸福，如果你享受在先，吃苦在后，那党员和群众就不会服你，你就不会有威信，大伙儿就不会听你的，一个村子就会是一盘散沙，还谈什么向心力、凝聚力、战斗力、号召力、创造力？成绩是干出来的，威信是靠带头吃苦受累得到的。

魏登殿：49年村书记 回汉民族一家亲

作　　家：您心里总是装着群众，一心一意为他们排忧解难，包括成功介绍了52对年轻人结婚成家，为介绍村民代金波与乐发珍恋爱结婚，您软磨硬泡说了三年才得以实现，您不觉得麻烦吗？您认为做好群众的"小事"有何意义？

魏登殿：相信群众、依靠群众、发动群众、服务群众，是我们党的优良传统。有一首歌曲唱得多好："打天下，坐江山，一心为了老百姓的苦乐酸甜；谋幸福，送温暖，日夜不忘老百姓康宁团圆。老百姓是地，老百姓是天，老百姓是共产党永远的挂念；老百姓是山，老百姓是海，老百姓是共产党生命的源泉……"村党支部书记来源于村民，心里就要时刻装着村民的利益和冷暖，为他们谋幸福、送温暖。这就是天经地义的事，我只是做了一个村书记应该做的工作。

至于说那些外人看来鸡毛蒜皮的小事，对村民来说都是大事，如果处理不好，就会变成天大的事。村党支部书记就要设身处地为他们解决好生活中每件不出格的小事。比如说男青年找对象，对他们来说就是天大的事，我们村当年很穷，不好找对象，弄不好就会影响他们一辈子。我这个当书记的能不操心吗？至于说嫌不嫌麻烦，怎么不麻烦？麻烦又怎么办，也得操心劳神地想办法办成呀。给代金波介绍对象一事儿，我是厚着脸皮到女方家软磨硬泡三年，有时自己也觉得不好意思。但我是当过兵的人，有一个特点，不达目的不罢休。这件事儿如果处理不好，不仅代金波以后的日子不好过，他的父母之托，我也没法交代呀。

作　　家：您担任原银山大队及现在的坎子山村党支部书记49年来，为何回汉民族关系处理得这么融洽？经您介绍成功的25对回汉青年，婚后家庭幸福吗？

魏登殿：我从内心里尊重汉族群众，真正把他们看成自己的亲人。亲人是个什么概念？是至亲至爱的人，不曾想起却永远不能忘记的人，只懂得付出不求回报的人，就算受伤害也绝不离开的人，风里雨里永生不弃的人，能舍弃自己利益而成就对方的人。在这个村子里，近一半村民是回族，另一半村民是汉族，两个民族只有和睦相处才都会幸福。我是回族的村党支部书记，只有带头尊重汉族村民的生活习惯，才会带领全体回族村民处理好与汉族村民的关系。

我们村的回汉关系之所以很融洽，是因为两个民族的理念正确，相互不歧视、不排斥、不干扰，在生活习惯上相互尊重、相互认可、相互包容、相互迁就，做到了亲人般的相处。

全村的回族和汉族村民都是祖祖辈辈生活在一个地方，大家乡里乡亲，除了宗教信仰和生活习惯不同，其他都是一样的，都是父老乡亲、兄弟姐妹，只要男女青年之间有感情，就应该尊重他们的选择，不要横加干涉，让他们舒心地恋爱结婚，组成幸福家庭。在这方面我家是带了个好头的，我的姐姐和我的女儿都相继嫁给了汉族人，不是相处得都很好吗？我介绍成功的25对回汉青年，现在生活都很幸福。特别是我们回族女青年，大都很传统、顾家、贤惠、善良、

魏登殿（左）与坎子山村清真寺回族阿訇交心谈心，告诉他要爱党、爱国，做到回汉一家亲

孝敬老人，汉族小伙子娶到这样的好姑娘，会不好好珍惜和疼爱吗？肯定会相亲相爱、踏踏实实地好好过日子。

作　家：您是连续两届全国党代表，又是全国劳动模范和全国优秀共产党员，为什么到坎子山村参观学习的人您都热情接待，从不摆谱和懈怠？您既要处理好村里大大小小的繁忙事务，又要不厌其烦地接待一拨又一拨前来参观学习的人，认真负责地给他们讲课，家里还种有好几亩地，您是怎样处理工作与家庭劳动之间的矛盾的？

魏登殿：党代表也好，全国劳模、优秀共产党员也罢，那都是党和政府给予我的崇高荣誉，对我个人来说，不能当成一种政治资本，而应该心怀感恩，虚怀若谷，踏踏实实做人，谦虚谨慎，不断开拓进取。不管是哪里的人来坎子村山参观学习，都是带着一种良好的愿望来的，人家大老远来，我作为这个村的东道主，就应该不折不扣地尽量满足他们的要求，为他们搞好服务，不得有半点怠慢。我自己也没有什么谱可以摆的，只不过是个村党支部书记，村书记就是为人民服务的勤务员。外地来的人不管什么身份都是客人，客人来了就应该以诚相待，热情接待，不要让他们对坎子山村留下不好的印象。

关于怎样处理工作与家庭劳动之间的矛盾，那很简单，小局服从大局，个人服从集体，就是先把村上的事处理完了，再考虑家里的事。上班时间一定要兢兢业业地干好村里的大小事务，白天干村里的事，晚上才能干家里的农活。家里最

魏登殿：49年村书记 回汉民族一家亲

空中俯瞰坎子山村村貌（无人机航拍照片）

多时种有 13 亩地，由于工作太忙，我就把部分地退了出来，分给其他村民种。老伴儿今年已 67 岁了，身体状况越来越差，我准备动员她少种地，我把物质的东西看得很淡，有基本的生活就行了。

作　家：你们村的长远发展目标是什么？怎样才能保证这一目标得以顺利实现？

魏登殿：这个问题我们反复讨论过，最后形成以下长远发展目标：打造中国山区生态绿色幸福村。

为了保证这一目标顺利实现，我们正在逐步采取一系列措施：第一，牢固树立"绿水青山就是金山银山"理念，大力开展植树造林活动，努力提高树木成活率，并严格保护森林，使其不被砍伐、破坏，使全村森林覆盖率达到 90% 以上；第二，适当进行退耕还林，使全村植被不被破坏，让所有土地都被绿色植被覆盖；第三，认真做好农村党建，不断增强党员意识，提高整体素质，充分发挥村书记的表率、榜样作用和全体共产党员的先锋模范带头作用，使村党组织具有向心力、凝聚力、战斗力、号召力、创造力；第四，大力发展集体经济，不断壮大村集体实力，力争村集体年收入达到 2000 万元以上，不断改善民生，实现共同富裕；第五，实行订单农业，种植有机产品，把高寒山区无公害包菜、土豆打造成品牌农产品，村集体已出资进行了绿色产品认证，注册了"坎子山"商标，力争将这些无公害的农产品销售到北京、上海、深圳、广州等特大城市；第六，继续探索农产品深加工，提高农产品质量效益和竞争力，增加村民收入，使其过上富裕富足生活；第七，继续开展美丽乡村建设，进行环境美化，确保村庄生态宜居宜业；第八，建立长效机制，进行综合治理，努力提高村民素质，确保全村稳定、平安、和谐、文明。

作　家：您认为一个优秀村书记应该具备什么样的素质和条件？怎样才能发挥好村书记的作用？

魏登殿：我认为一个优秀村书记应该具备以下几个方面的素质和条件。第一，必须具有较高的思想境界。你的出发点是什么？是为了给村民谋幸福，还是为了给自己捞好处，这是至关重要的。如果是真心实意地为大伙儿着想、为村集体着想，你就会得到全体党员、村民的拥护和支持；如果明里暗里都是为了自己，你就会失去民心的支持，村民就不会相信你，你这个村的党组织就不会形成向心力、凝聚力、战斗力、创造力，更谈不上号召力。第二，处理大小事务必须公道正派，坚持公正、公平、公开。如果优亲厚友，偏向一方，另一方就会不服气，日积月累，矛盾就会越积越深。第三，必须率先垂范，以身作则。打铁还需自身硬，要求别人做到的，自己先要做到；要求别人不能做的，自己先不做。只有这样，你才会在这个村子的党员干部和群众中产生一定的威信。第四，必须把群众的冷暖时刻记在心里。全心全意为村民服务是村书记的本职，村民没有想到的事情，你要替他们想到；村民想到的事情，你要比他们想得更好、更全面、更周到。第五，要充分发动群众。群众才是真正的英雄，只有群众的拥护和支持，才能形成合力，才能办好每件事情。第六，要大力发展集体经济。只有集体经济发展了，有了一定的经济实力，才能扶贫济困、增加公益设施、开展文化活动、发放村民福利等。

面对农业农村现代化建设的新时代，村书记面临的任务十分艰巨和繁重，各级党委应该在体制机制上下功夫、做文章，切实让村书记发挥应有的作用。我认为应该做到以下几点：一是上级党委对村书记的工作不要过多干预，而是应多给予帮助、指导，加强监督，使村书记产生内生发展、奋斗动力；二是尽量减少或避免形式主义，比如过分强调留痕管理、过多过滥的各种检查，把村书记从疲于应付中解脱出来；三是尽量少开会、开短会，使村书记有更多的精力和时间发展集体经济，建设美丽乡村，开展综合治理，为村民服好务；等等。

作　家： 您认为怎样才能确保乡村振兴战略取得实效？关键因素是什么？

魏登殿： 我认为确保乡村振兴战略取得实效，必须采取以下措施。第一，国家层面应做好顶层设计，确保这项战略部署能够有序实施、稳步推进，最终取得显著成效。第二，各级党委、政府要切实加强对实施乡村振兴战略的坚强领导，而不能只是写在纸上、喊在嘴上，更多的是要落实到行动上。各级领导干部要深入基层认真细致地进行调查研究，熟悉情况，善于发现问题，以便制定政策时能够有的放矢、切中要害。第三，应该做好统筹规划。国家应在全国范围内进行农村产业发展适度布局规划；省级政府应在全省范围内进行农村产业发展适度布局规划；县级政府应集中人力、物力、财力，对每个村的党建工作开展、集体经济发展、美丽乡村建设、综合治理等进行具有前瞻性、实用性、可操作性的具体规划，"一张蓝图绘到底"，尽量避免无序、重复、盲目发展和建设。第四，要加大农田基础设施资金投入。按照农业农村现代化的目标和机械化、智能化的要求，下大力气建设高标准农田，确保土地平整，水利、道路等基础设施配套。第五，农业生产要从粗放型向集约化方向转变。扎实推行供给侧改革，尽量种植无公害的有机农产品，进行农产品精深加工，增加附加值，努力提高农产品质量效益和竞争力。第六，应加大对农产品深加工的金融贷款扶持力度。无农不稳、无工不富、无商不活，发展集体经济，必须走一、二、三产业融合发展之路，进行农产品深加工，盖厂房、买设备、研发产品等都需要一定资金，特别是起步阶段，十分艰难。国家及各级政府应该出台低利率、适度数额贷款政策，保证村级经济组织发展集体经济有足够的资金作保障。

"政治路线确定之后，干部是决定性因素。"认真解决好人力资源问题，是实施乡村振兴战略的关键因素。现在农村空巢化越来越严重，有本事的村民都外出务工或经商去了，留守人员大都是妇女、儿童和老人，所以选拔优秀村干部就很难，必须进行破局，在体制、机制上下功夫，根据经济发展，适度提高村书记的政治、生活待遇，实行村干部职业化，以吸引更多有理想、有抱负、有文化、有本领的大学生回乡参与乡村振兴。

作家点评

经湖北省委组织部推荐，本人将魏登殿列为全国模范村书记采访对象后，于6月下旬自驾车六个多小时，其中在弯弯曲曲的山路上行驶了两个多小时才到达坎子山村，三个白天、三个晚上的采访，对魏登殿书记有了深入、全面的了解。

魏登殿是一名有着50多年党龄的老党员，也是一名退役军人。他于1970年入伍后，在部队不仅受过正规的军事训练，还系统接受过毛泽东思想教育。之后，他始终牢记党的宗旨，做到吃苦在前，享受在后，全心全意为人民服务。当年他从部队退役后本可以得到政策性安置，端上那个年代让多少人羡慕的"铁饭碗"，可他看到家乡的乡亲们生活条件那么艰苦，经过激烈思想斗争后，毅然放弃"铁饭碗"回乡务农，参加农业生产，这需要多么大的勇气！

从帮助社员消除茅草房，逐步换成大瓦房，再到群策群力，动员大家自力更生，在悬崖上修建公路，打通与外界的联系。而后，架电、修建蓄水池、整治麻凼，使关系到村民生活的基础设施和建设从"五无"到"九有""七配套"，生活条件大大改善。其间遇到的艰难困苦、酸甜苦辣，只有魏登殿心里最清楚。他发扬军人意志坚强、不怕艰难险阻、不怕流血牺牲的革命精神，愚公移山，艰苦奋斗，战天斗地，终于使心中的目标得以实现，使全体村民的生活质量大大提高。

在发展产业中，魏登殿总是带头先做试验，成功了，再在全村范围内推广；

魏登殿：49年村书记 回汉民族一家亲

失败了，风险自己承担。经过锲而不舍的艰苦努力，终于摸索出了地膜覆盖种植高产玉米、调换土豆品种增加产量、有机种植无公害包菜等，并进行农产品深加工，获得了良好的经济效益，使集体增收，村民致富，坎子山村彻底摆脱了过去一穷二白的贫困面貌，群众的获得感、幸福感、安全感日益增强。

在坎子山村采访期间，本人去过魏登殿的家里参观，看到他家至今还是住在20世纪80年代盖的土砖房里，家具陈设也很简陋，是所采访的全国70位村书记中家庭条件最差的一位。本人当时心情很复杂，久久不能平静。魏登殿担任原银山大队、坎子山村党支部书记

老伴身患多种疾病，魏登殿（左）细心地安慰她

49年来，他的心里总是想着群众，一心为了群众，克己奉公，无私奉献，在艰难困苦面前挺身而出，在利益面前处处后退，表现出了一个共产党人的高尚情操和优秀品质。

魏登殿是一名回族村党支部书记，从他的身上可以看到我们党和国家正确处理民族关系，使56个民族团结如一家的生动光影。数十年如一日，他从内心深处尊重汉族、喜欢汉族，把汉族村民当成自己的亲人，使得全村回族与汉族群众心相连、情相依，相互尊重、相互帮助、相互包容，形成回汉一家亲，有25对回汉男女青年经他介绍喜结连理，和睦相处，十分幸福。他使坎子山村形成回汉民族之间关系融洽、团结友爱的可喜局面，十分宝贵！

"心系群众、艰苦奋斗、胸怀宽广、民族团结"，这就是魏登殿精神。

他身上具备较高的思想境界、宽阔的胸襟、坚强的意志、强烈的宗旨意识，不愧为一名全国优秀共产党员。他带领党员和群众自力更生、艰苦奋斗、决战贫困的大无畏精神，是广大村书记学习的榜样！

宁小五：
"能人群体"治村 带领村民共富

人物概要

宁小五，男，汉族，1964年9月出生，高中文化程度，1993年10月入党，现任河北省宁晋县黄儿营西村党委书记、村委会主任。当选党的十九大代表、第十四届全国人大代表，河北省第十二届、十三届人大代表。先后获得全国劳动模范、河北省特等劳动模范、河北省优秀共产党员等荣誉。

宁小五："能人群体"治村 带领村民共富

河北省宁晋县黄儿营西村党委书记、村委会主任宁小五

黄儿营西村既没有资源优势，也没有交通优势，过去是一个很穷的村庄。宁小五担任村党总支书记后，提请上级党组织，改选村"两委"班子成员，挑选了本村8位年富力强的共产党员进入村"两委"班子，后经三次换届调整，人数增加到了27人。其中5人担任村党委副书记，其余分别担任村党委委员、村委会委员，形成了"能人群体"治村格局。这些人中有的占职数，有的不占职数，他们不要报酬，义务为村民服务。

为达到共同发展的目的，经宁小五提议、村党委研究决定，相继流转村民土地1200亩，投入资金3.6亿元，建设了宁联集团培训辅导基地。他将自己集团公司的生产许可证、商标、营业执照免费提供给本村33户无生产资质作坊式生产电缆的村民使用，起到了孵化器的作用，共培育出120家电缆生产企业，逐步成为该村村民生产经营电缆的一个产业园，使全村成为全国四大电缆生产基地之一。之后，又相继流转村民4000多亩土地，建设酿酒厂、教育产业园、教育实践基地、商业街等，大力发展集体经济，实现共同富裕。

村"两委"班子成员积极支持村集体公益事业，多则1000万元，少则几十万元，共为村集体捐赠资金1.2亿元，用于建设学校、党群服务中心、硬化道路等，受到当地村民的交口称赞。2021年7月，黄儿营西村被中共中央评为全国先进基层党组织。

宁小五担任村书记多年来的真切感言

聚精会神促发展　　带领村民共同富

黄儿营西村位于冀中平原的河北省邢台市宁晋县东南部，全村版图面积4.5平

宁小五："能人群体"治村 带领村民共富

方公里，其中土地面积6060亩，共有12个村民小组，有1380户、4906位村民。

20世纪六七十年代，黄儿营西大队在当地是有名的穷村庄，全大队共有130个光棍，其中有户人家5个儿子都娶不到老婆。

1982年6月，黄儿营西生产大队分田到户时，虽然人均土地面积达到了1.8亩，但因是盐碱地，既无堰塘，也没有水库蓄水灌溉，且全大队只有一口水井。大旱季节，社员吃水困难，农业望天收，所有土地只能种植小麦、玉米，亩产很低，吃饭成问题，每年要吃返销粮16万多斤。

第二年5月，黄儿营西生产大队改为黄儿营西村。该村生产、销售电缆的渊源要追溯到20世纪70年代。那时在冀县、晋县有一些小作坊式的电缆生产厂家，因为穷，得想办法赚钱购买返销粮。1973年3月，黄儿营西大队通过这两个县一些从事小作坊生产的亲戚朋友支持，学到了一些生产技术，有三个生产队相继办起了小作坊式的手工电缆厂。1982年6月生产队解体后，随着所有农具、耕牛、仓库等全部分到了个人，电缆制造业由集体变成了个人并逐步发展壮大。

20世纪90年代初起连续四年，按照当时的政策规定，村党支部发展一批电缆制造个体老板入党，全村党员总数超过50人。1993年5月，经上级党组织批准，成立了黄儿营西村党总支。村党总支带领村民进行完农田林网化农业开发，逐步改良了本村土质后，开始把精力放在村庄道路修建上。可当时村里没有集体经济收入，村"两委"班子七名成员中都没有自己的企业，搞公益性建设时，只好硬着头皮请村里的几家电缆企业老板集资。村党总支书记宁进通反复思考一个问题，就是村干部没有能力出资办公益性事业，还总是让企业出资，时间长了越来越说不出口。"自己要主动让贤，应该由一名有能力的企业老板来担任这个村的领头人。"宁进通当时产生了这样一个想法，而且越来越强烈。

2002年6月，宁进通找宁小五做工作时，被对方婉言谢绝。

转眼到了2006年，宁进通的老伴因病去世，加之自己已被任命为当地镇政府副镇长，越发感觉到得加快时间交班。2007年春节的一天，他将宁小五喊到自己家里，一阵寒暄之后，便开门见山地说："小五，我今天找你来就是说一件事儿，准备向镇党委推荐，由你担任村党总支书记。"

宁小五大吃一惊道："您干得好好的，怎么不想干了？"

"不是我不想干了，而是我已经54岁了，觉得自己的能力不行，不能再占着这个位子，应该让有本事的年轻人上。"宁进通诚恳地说。

"您咋这样说呢,您在村民中的口碑是很好的,还是您干最合适。"宁小五说。

"实话实说,关键是村里没有集体经济收入,我自己也没有能力办企业,村里搞一些公共建设时,总是动员几家电缆厂集资,我实在不好意思再开口,因此,需要像你这样的能人担任村书记,带领更多的村民共同致富。"宁进通说。

"我们村生产电缆成规模的企业已有12家,生意比我做得好、能力比我强的大有人在,您让他们中的某个人来干吧,我怕自己没有能力胜任这份工作。"宁小五谦虚地说。

"我认真观察你很久了,不管是人品还是能力,你最合适,就不要再谦虚了。"宁进通道。

宁小五沉思片刻说:"我真担心自己胜任不了这份工作,影响了村里的发展和建设。我二哥宁二坡已经是村委会主任了,您可以让他干呀!"

"他不合适,一是年龄偏大,二是文化程度太低。关键是他不懂经济,这是最要命的。"宁进通说。他沉思片刻,有些焦虑地说,"这样行吧?你先担任村党总支副书记兼任农业党支部书记,也不影响你的生意,在这个位子上干干再说。"

"行,这样就有了回旋的余地。您掌舵,看着我干,如果发现方法不对,就踩刹车。我在村党总支副书记兼农业支部书记的位子上要是干得好呢,就作为村书记候选人参加党员投票选举。如果干得不理想,就自动放弃。"宁小五爽快地答道。

"那就这样,一言为定。"宁进通的脸上露出了一丝笑容。

经过上级党组织批准,2007年2月,宁小五正式担任黄儿营西村党总支副书记兼农业党支部书记。征得村党总支同意后,宁小五将农业支部的成员全部进行了改选,提名当时该村电缆企业发展较好的五位个体老板担任支部委员。

此时的黄儿营西村,因此前进行农田林网化农业综合开发和修路需要大笔经费开支,留下了63万元村级债务。

宁小五认真学习党章,牢记党的宗旨

宁进通是位很开明的人,他放手让宁小五甩开膀子干。当时村民反映最为强

宁小五："能人群体"治村 带领村民共富

烈的是少数人乱搭乱建的问题，宁小五经过调查后迅速拿出了整治方案，经村"两委"讨论，并经村民代表大会审议通过后开始实施。

村里有一个7亩地的水坑被四户村民长期占用了一大半，剩下的不到两亩地。他分别到几户占地的村民家做工作，这几户村民也很通情达理，表示同意拆掉。从3月份开始进行拆迁的三个月内，宁小五每天蹲守在现场干活儿，并予以监督落实。违建房屋拆掉后，7亩地原样收回，村集体将其挖成一个堰塘，在周边进行了绿化，塘中养鱼，村民闲暇之余可以垂钓，大伙儿拍手叫好。

水坑整治花费了70多万元，其中宁小五资助了26万元，农业党支部的其他四位成员共募捐了44万多元。

黄儿营西村有一条长1100米、宽15米的街道没有硬化，85户村民分别在临街的房边砌成2米甚至3米宽的台子，不仅影响美观，还妨碍通行。从2007年4月开始，宁小五分别做通各家各户村民的思想工作，他们同意拆掉私自垒砌的水泥台子。他自掏腰包18万元，其他几位党支部委员也捐助73万元，共90多万元，把整条街道进行了硬化、美化、亮化。到6月底，经过整治后的街道以崭新的面貌出现在人们面前。宁小五坚持每天到现场带头劳动，脸上、胳膊上晒得脱了一层皮。

黄儿营西村有一条长1000多米、宽50米的商业街，有5户村民在街上乱搭乱建，临街门面房因年久失修破烂不堪。从这年的7月份开始，宁小五分别给这几户村民做细致的思想工作，同意拆迁后，便组织力量进行整治。他自己出资130万元，村里一些成功的企业家看到宁小五是在干实事，也纷纷表示愿意出资支持村集体的公益事业，共捐资120多万元，对整条街道进行硬化，对门面房进行整修、粉刷墙壁。到11月底，面貌焕然一新，200多个经营户一年后的经济效益大增。

全体村民眼前一亮，在宁小五的身上看到了村庄发展、建设的希望。

这年12月份，宁进通向镇党委提议进行村党总支换届选举，宁小五于2008年1月全票当选村党总支书记。在他的提议下，原来的七名村"两委"班子成员全部退出现职，另有八名电缆生意做得较大的企业老板被选进村"两委"班子，加上他变成了九人。其中，本村电缆企业做得最大的亚星电缆集团公司董事长李京信担任村党总支副书记兼村委会主任，年产值2.6亿元的明达电缆集团董事长雷文康等三人担任村党总支副书记，另有四人分别担任村委会成员。"以前的七名村'两委'成员主要问题是年龄偏大、文化较低、不懂经济。新增加的八人，不光是企业做得好，都是身家过亿的老板，更重要的是，他们人品好、有能力、有实力、有思路并愿意为村民服务、为集体做贡献。"宁小五介绍道。

当时，国家明令禁止无牌无证作坊式的小企业生产电缆产品，黄儿营西村只有明达、亚星、光宁、五弘、津联、宁联、光磊等12家具有资质的大型电缆集团公司有资格生产，另外33家无牌无证作坊式小厂，被当地工商部门责令停业。

宁小五上任后在大脑中反复盘算着，要想办法让更多的村民办企业，不断提高大伙儿的收入，实现共同富裕。

国家有关部门对电缆生产许可证实行严格限制，重新为这33家小生产厂申办许可证已不可能。宁小五经过1个多月的苦思冥想，终于想出了一个稳妥的办法：建设一个电缆培训辅导基地，将没有生产资质的村民纳入其中管理、生产、销售。他将自己的想法提交村"两委"讨论时，班子成员积极支持，提交村民代表大会审议时获得一致通过。

2008年6月，村集体以每亩土地2000元的价格，在村庄南部流转村民土地500亩。10月份，宁联电缆培训辅导基地一期工程基础设施动工兴建，2010年3月投入使用。

有51户村民报名进入培训基地办厂，宁小五带头捐赠50万元，并动员另外11家企业老板共同为每家新开办企业帮扶20万元生产资金。"当时采取的政策是厂房各自盖、设备自己买，所帮扶的20万元资金不要利息，等各自有了利润后归还本金；三年内土地流转费由村集体承担，三年后由承租户负担。我将自己宁联电缆集团公司的生产许可证、商标、营业执照，提供给51家新开办的小型电缆生产企业使用，解决了大家生产的电缆无资质的问题，无疑起到了孵化器的作用。"宁小五介绍道。

为防止基地内新开办的电缆小生产企业造假，宁小五想了一个办法，对所有企业的生产经营进行严格管理，实行四个统一，即统一品种、统一入料、统一检测、统一销售，确保了产品质量和生产的有序进行，基地内的企业第一年实现生产总值9800多万元。

2014年8月，黄儿营西村党委成立，宁小五当选党委书记。这年10月，宁联电缆培训辅导基地被评为河北省四星级创业辅导基地，省工信局给予授牌，奖励资金80万元。

随着村民到培训辅导基地创业的人数、企业家数越来越多，村党委研究后决定，继续流转土地，扩大基地建筑面积。经过三期建设，总投资3.6亿元，整个基地占

宁小五："能人群体"治村 带领村民共富

地 1200 多亩,厂房 4.89 万平方米,生产厂家由当初的 51 家增加到现在的 120 余家,现已成为一个小型工业园,年生产总值达到 45 亿元。

宁小五十分敬仰开国领袖毛泽东主席,牢记全心全意为人民服务的思想

黄儿营西村生产的高压电缆在国家电网使用的电缆中占据很高比例。除了不能生产海底电缆外,高压、矿用、架空导线、控制、防火、布电线电缆等 25 个大类、1200 多个品种的电缆在该村都能生产。产品截面小到 0.5 平方毫米、大到 630 平方毫米,电缆内芯材料采用铜线、铝线、合金三种导体。明达电缆集团公司是黄儿营西村最大的一家电缆生产企业,不仅在本村有两个大型生产车间,还把工厂开到了四川省成都市,乃至柬埔寨。该集团公司集中科研人员潜心研发的盾构机所用电缆,填补了国内空白。其所生产的电缆产品除满足国内市场外,还出口到美国、加拿大等国家,年生产总值达到 12 亿多元。

2010 年 6 月,在宁小五的提议下,黄儿营西村成立了企业服务中心,隶属于企业党支部。并投入 900 万元资金,建成一栋四层的综合性办公大楼,于 2011 年 12 月竣工使用。楼内设有企业党支部办公室、工业园区办公室、线缆检测室。一楼是非公企业服务大厅，设有党组织管理、金融服务、技术人员培训、代办服务（企业年报、年检）等服务窗口，免费为企业提供服务。还与宁晋县市场监督、税务、应急管理、银行等有关部门联系，在此设立服务窗口，建立了电线电缆检测中心。"村内线缆企业所需要办理的各项业务，均可在服务大厅办理。符合规定的事儿马上办，需要协调的事儿帮你办，存在疑难的事儿我来办，努力为本村大小企业提供方便、快捷、高效、优质的服务。"宁小五介绍道。

经过16年的发展，黄儿营西村电缆制造企业总数已达到148家，还在全国25个省（自治区、直辖市）开设了460家销售公司，已发展成我国四大线缆生产基地之一。村内已形成线缆制造的产业链：上游，有经营铜杆的商贸公司，根据生产企业的需要，采购、批发不同型号的铜杆原材料；中游，有的企业专门对铜杆进行拔丝、胶丝，有的企业专门做线缆内绝缘，有的企业专门做合成线缆，有的企业专门为线缆打铜带，有的企业专门做线缆外护套；下游，有10余家物流公司，将成品线缆发往全国各地的销售网点或按订单发往用户手中。全村实现线缆制造生产总值210多亿元，利润11亿多元，上缴税款2.3亿元。

在帮助村民创业的同时，宁小五想到了大力发展集体经济，让全体村民共同富裕。

黄儿营西村有近千人分布在全国各地做电缆销售生意，村内的148家电缆生产企业每年进行商务接待时，也需要采购一定数量的白酒招待客人。宁小五与村"两委"班子成员开会讨论，决定开办一家酒厂生产白酒，用本村生产的酒招待外地来的客人，让外出销售人员也能喝到本村生产的白酒。2013年10月，村集体用土地入股，以51%的股份控股，8名本村企业家出资入股，总投资6300万元，建设了一座占地12亩的白酒生产厂房，并成立了黄儿营酒业有限公司，年产纯高粱酒200多吨。酒厂共生产了26个品种的浓香型系列白酒，最贵的"金珠"牌白酒每瓶360元，最便宜的"厚道"白酒每瓶才20元。实现年产值2000多万元、利润120万元。

黄儿营西村和东村已连成一个整体，村民建房、公共服务设施、商业建设占地4500多亩，常住人口1.2万多人，流动人口5.5万余人，已具备一个小城镇的规模。宁小五经过较长时间思考，打算采取股份制，建设一座教育产业园。他的这一想法在村"两委"开会讨论时取得一致同意，提交村民代表大会审议时，个别人提出担忧，怕办不起来，但经过宁小五细致的分析解释，最后表决时全票通过。

宁小五："能人群体"治村 带领村民共富

经过充分筹备，黄儿营西村以183亩土地入股，占股21%；村"两委"11名班子成员用现金入股2.8亿元，占股79%。2016年9月，教育产业园开始动工兴建，2018年8月竣工后，被命名为宁晋县第十中学。学校建设有两栋多功能楼、两栋餐厅、四栋学生宿舍、一栋教师公寓，总建筑面积8.9万平方米。"每个教室都配有多媒体教学设备，8人一间的学生宿舍都配备标准化卫生间，内部饮用水、冷热用水、地暖、空调一应俱全。校内还有一个400米标准化的塑胶跑道，操场面积1.96万平方米。"宁小五介绍。

2018年9月1日，新建学校首届学生开学，小学生1417名，初中生481名，共计1898名学生，38个教学班。学校以一流的硬件设施、一流的管理水平、一流的教师队伍、一流的教育和教学成绩，吸引了宁晋县内更多的学生前来就读。学校设立了一至三年级的初小学部、四至六年级的高小学部、七至九年级的初中学部，共120个教学班，形成了6500余名在读生、300余名教职工的办学规模。自2022年9月起，学校按照国家压缩九年义务教育办学规模新的发展总体战略要求，增办了高中学段办学层次，新设立的小学部为一至六年级，初中学部为七至九年级，高中学部为高一到高三年级。"民营学校的开办，不仅获得了良好的社会效益，还为村集体带来了一定的收益，用于改善民生。"宁小五说。

一个更大的建设项目在宁小五的大脑中逐渐形成——将剩余的村民土地全部流转过来，进行综合开发。他的提议经过村党委会议讨论，并提交村民代表大会审议时顺利通过。

宁小五多方筹资2.7亿元，流转村民土地2500亩，于2019年3月开始建设黄儿营西村乡村振兴教育实践基地，分成红色文化园和农业生态园两大板块。

红色文化园占地500亩，园内建有一排中共一大到二十大的关键节点展示区；按照一定的比例，浓缩了北大红楼、一大会议会址、红船、井冈山、瑞金、遵义会议会址、延安宝塔、西柏坡七届二中全会会址、天安门城楼等"伟大的历程——中国共产党重大转折点"等系列景观。"开业后每天有一两万人到红色文化园参观，门票收入每年可以达到1600万元。"宁小五介绍道。

农业生态园占地2000亩，其中有1000亩土地分别建成了葡萄园、梨树园、苹果园、黄桃园、樱桃园，供游客采摘，村集体每年可以获得160万元收入。还有1000亩土地种植了6万株银杏树苗，待其生长到一定年份后出售，同时采摘银杏树叶卖给中药制药企业作为原材料提取药用成分。林下让负责树木管理的村民种植油菜，收入归己。

  黄儿营西村共有 6 条商业街道，形成了一个较大的商业市场。600 个商业门店中有 210 间是村集体所有，其中 2018 年 10 月开工建设、2020 年 11 月竣工的一处建筑，四层楼房总面积达到 2.6 万平方米，租赁给一位个体商人开办顺城建材家具城，经营 60 个大类、1200 多个品种的建材、家具，每年向村集体交纳房屋租金 120 万元。"村集体每年在商业街收取门店租金 260 万元、服务管理费 160 万元。"宁小五介绍道。

  经过宁小五多年不懈努力，黄儿营西村集体经济由白酒制造、教育产业园、红色文化园、农业生态园、商业门店出租等五大板块组成，每年收入 5000 余万元。

  "下一步我们将进一步发展壮大集体经济实力，以便有更多的财力用于改善民生和村集体的公益性建设。"宁小五说。

千方百计谋幸福　民生改善多途径

  宁小五的心中一直想着怎样才能不断提高村民生活水平，让大伙儿具有幸福感、获得感、安全感，过上富裕的生活。

  就业是民生之本，确保每个人有活儿干，有稳定的收入来源，才能过上幸福生活。黄儿营西村具有劳动能力的有 2700 余人，村内的 148 家电缆制造企业及商业街用工总数为 2.1 万人，除消化了本村 1600 余人就业外，还为外地人员提供就业岗位 1.9 万余个。全村规模以上企业 16 家，用工人数 1 万多人。其中实力最强的明达线缆集团公司用工总数达到 1800 余人。还有 800 多人拖家带口到全国 25 个省、自治区、直辖市的大中型城市销售电缆，全村就业率达到 98%，实现了充分就业。

  "在村绿化队就业的 45 人，环卫队就业的 18 人，社区水电、物业巡逻服务就业的 22 人，总数 85 人中超过 60 岁的村民占一半，他们在家闲不住，纷纷要求出来干些力所能及的活儿。有 14 名残疾人也被安排到村委会和社区从事保洁、保绿、保安工作，有了固定的生活来源。"宁小五介绍道。

  谈起黄儿营西村村民的收入，有人编了这样两首打油诗，非常形象地描述了该村的富裕程度："亿万富翁到处见，千万富翁数不完，百万富翁满街走，五十万元一般般。""50 万元未脱贫，100 万元才起步，1000 万元不算多，亿元以上才算富。"

  全村 148 家电缆制造企业、460 家销售公司所创造的经营性收入是大头。五

宁小五："能人群体"治村 带领村民共富

弘线缆集团公司是本村八组村民刘拴虎于1984年6月创办的。当时，他花费6000元资金购买了一套橡套硫化挤出设备，开始在自家住房作坊式生产橡套电缆线缆，当年产值即达到近万元。1987年5月，刘拴虎从河南巩义市购买了一套塑料挤出机，进一步扩大生产规模，年产值达到3万元，并于第二年在山西太原市设立销售处，开拓市场，扩大生产经营。1989年3月，刘拴虎先与一位村民合伙开办了光源线缆厂，从家庭作坊走向正规化、规模化生产，产品扩大到电力电缆、控制电缆、布电线等四大类，实现年生产总值300多万元。

1996年6月，刘拴虎独自开办邢台晨光线缆有限公司，年产值达到400万元。之后逐渐扩大生产规模，增加橡套电缆生产车间，产值突破1000万元。到2000年，他与国有企业天津电缆总厂第六分厂联营，使企业从管理、技术、人才、设备、市场等方面得到全方位提升，年产值突破亿元大关。2008年10月，国有企业改制，刘拴虎独资成立五弘线缆集团有限公司，新增干法式交联电缆生产线，企业产能逐步扩大，实现年产值1.5亿元。

宁小五（左）到村内一家电缆厂检查安全生产情况

"在五弘线缆扩大企业生产规模出现资金周转困难时,小五书记主动做担保,在邢台农行为我贷款 2000 万元,解了燃眉之急。他还带领我们到外地线缆企业考察,认真学习南方一些线缆企业的先进技术、管理经验,使我们的视野更加开阔。"刘拴虎介绍道。

经过不断努力,五弘线缆集团公司生产的产品覆盖了 35 千伏及以下交联聚乙烯绝缘电缆、聚氯乙烯绝缘电缆、铝合金、架空绝缘、集束架空绝缘、橡套、矿用、控制、防火、计算机、变频、特种、布电线和低烟无卤阻燃耐火全系列 14 大类、1000 多个品种的线缆生产。随着生产规模的不断扩大,经济效益逐步提高,现已实现年产值 5.2 亿元、纳税 352 万元、利润 2000 多万元。

在全村线缆制造企业和销售公司中,像五弘线缆集团公司一样,年产值(营业额)上亿元、利润达到 1000 万元的有 55 家。全村常住人口人均可支配收入已经超过 10 万元。

黄儿营西村村民的住房经历了五代建设:20 世纪 60 年代为一代土坯草房,即墙体用土夯实,房顶为木质檩条盖茅草拌泥巴;20 世纪 70 年代为二代砖瓦房,即外表是青砖,里面是夯实的黏土,房顶用木质檩条盖青瓦;20 世纪八九十年代为三代平板房,即外墙为纯青砖,房顶为水泥预制板,不再用木质檩条;21 世纪之后为顶部现浇房,即在外墙纯青砖上贴瓷砖,顶部为钢筋水泥现浇,可以抗 6 级以上地震;2009 年之后为五代小区楼房,村民的土地被村集体逐步流转后,村民家里不再需要放置农具,加之家家户户的收入逐年提高,宁小五的大脑里开始谋划进一步改善村民的住房条件。

从 2007 年 6 月开始,村集体开始实施"新民居建设工程"。先在村庄北部一块空地上,建起了 8 栋、24 个单元的一期工程单元房,建筑面积分别为 136、142、156 平方米。此房为小产权房,按成本价出售给本村村民。2009 年 2 月,首批 192 户住房困难的村民乔迁新居。

之后,村集体每三年完成一期,共完成了五期工程建设。先后建设了 26 栋 4 层、6 层、8 层、12 层、19 层的安居房,共 1600 多套、30 多万平方米,人均住房面积达到 30 平方米。村"两委"出台的分房方案规定,建新居所用土地 280 亩,由村委会集体流转村民土地,只收成本费,为此少盈利 5000 多万元。最早建设的单元房售价为每平方米 600 元。后因建筑材料费不断上涨,房屋售价也相应地有所提高,分别为每平方米 900 元、1200 元、2000 元。按照"一户一套"、有一个儿子可以

宁小五："能人群体"治村 带领村民共富

买两套的政策，村民一家有两个儿子的，最多可以买三套房子。"'新民居建设工程'不仅为本村1080户村民提供了新型住房，还为数百名外来务工人员提供了安居房。"宁小五介绍道。

家住福院社区7号楼1单元102室的村民刘彦彬已70岁，和老伴魏香柏生育了一个儿子、两个女儿。2008年9月，他家花12万多元购买了一套127.2平方米三室两厅的住宅，用4.5万元进行精装修后，于2009年7月从原来的平房搬到新宅居住。儿子刘青柏生于1988年，在村里从事线缆销售，每年有20多万元收入。儿媳妇在小区工作，每月有2300元工资。两位有两个孙女、一个孙子。大孙女在村办小学上四年级，小孙女上一年级，最小的孙子上幼儿园。

刘彦彬虽已到了古稀之年，但在家闲不住，他向村委会提出申请，被安排到住宅小区打扫卫生，每月有1700元工资收入，一年共有2万多元。他家有6亩地，被村集体流转后，每年以每亩地1000元的价格获得土地流转费6000元；他和老伴每月有119元城乡居民基本养老费，共计3096元；村集体每年给60岁以上的老人发放500元养老补贴，他和老伴共计1000元；儿子每年给1万元，两个女儿每年给6000元，还有旧房出租款，加起来共有数万元收入。

儿子结婚前，刘彦彬于2015年在三期建设的住宅楼为他购买了一套100平方米的两室一厅单元房。现在儿子、儿媳和几个孙女、孙子晚上到他家就餐，而后回到自己的家居住。逢年过节，女儿、女婿也回来看他们，一大家子人其乐融融。谈起现在的生活，刘彦彬老人心中乐开了花，他高兴地说："现在的生活与以前相比，简直一个在天上，一个在地下。压根儿就没有想到这辈子能像城里人一样，住上带有地暖的单元房，每年11月15日至第二年的3月15日集中供暖，既干净卫生又暖和，太幸福了！"

全体村民住上单元楼后，占地900多亩1000多户村民的老住宅都空闲出来，有的出租给外来经商或务工人员居住，或当成放置线缆的仓库。宁小五与其他村"两委"班子成员反复商议，准备逐渐进行"城中村"改造，将整个村庄面貌进一步提档升级。

黄儿营西村村民全部采取居家养老模式，实行的是参加城镇职工和城乡居民养老保险相结合的社会养老保险"应保尽保"政策。其中340名在企业工作的村民，参加了当地城镇职工基本养老保险，有2490人参加了当地的城乡居民基本养老保险。596人享受城镇职工基本养老保险退休费社会化发放。

村民医疗实行的是城镇职工医疗保险与城乡居民医疗保险相结合的政策，340位在企业工作的村民参加了当地城镇职工基本医疗保险，4680人参加了当地城乡居民基本医疗保险。村集体建有一个社区卫生服务中心。2015年5月，宁晋晨光医院建在村口社区旁，配有30多张病床和较为先进的CT、彩超等医疗设备，村民小病到社区，大病去医院，足不出村就可以享受到良好的医疗卫生服务。

宁小五小时候因家里穷，没有上过多少学，长大后深知文化的重要性，所以特别重视对村民子女的教育。他说："再穷不能穷教育，再苦不能苦孩子，一个村的发展需要靠更多有文化的人才做支撑。"他担任村书记前，黄儿营西村小学占地只有3亩，教室全部是又破又旧的瓦房，只开办一至五年级5个班，70多名本村村民子女在这里上学。家庭经济条件较好的村民，纷纷将孩子送到镇办小学或其他办学条件较好的小学读书。他担任村党总支书记后，下决心改变办学条件，建一所好学校，让全村的孩子们在良好的环境下读书，从小受到良好的教育。

宁小五（右三）鼓励教育产业园的老师们，精心教书育人

宁小五建设一所新学校的想法考虑成熟后，提请村"两委"讨论时，得到大家的积极拥护，建校方案提交村民代表大会审议时顺利通过。他带头垫资260万

宁小五："能人群体"治村 带领村民共富

元，另外八名班子成员也慷慨解囊，垫资750万元给村集体建新学校。之后，宁小五带领村干部到处"化缘"，筹齐了建校所需资金1000余万元，归还给垫资者。村办小学从2009年3月开始动工兴建，工期一年多时间。共建设了一栋教学楼、一栋实验楼、一栋学生宿舍和食堂、一栋幼儿园。一所占地50亩的村办小学经过一年多的建设，于2010年9月投入使用，招收幼儿园学生500人、小学学生1000余人，开办了幼儿园和小学一至六年级共30个班，学生采取寄宿制学习，封闭管理。校内3000多平方米的操场上，建有标准化的塑胶跑道，教室里不仅安装了多媒体教学设备，还有空调、地暖等生活设施，成为当时宁晋县最好的村办小学。之前到外村或镇办小学借读的村民子女，陆续转回本村小学读书。

学校建设中筹集所需1000多万元捐助款，还有一段不同寻常的经历，宁小五为此付出了巨大心血。他的大儿子宁建彪生于1984年，2002年9月高中毕业后到内蒙古包头市销售线缆，当年就完成了700万元的销售额，之后逐年提高。宁小五担任村党总支书记后，用很大精力处理村上大大小小的事情，明显感到对自家企业的生产经营管理力不从心，便将儿子宁建彪从包头的销售公司调回村里，开始培养他当接班人。然而，一场最大的人生不幸悄然向他袭来。

2009年8月的一天晚上，宁建彪到宁晋县城陪同一名远道而来的大客户谈生意，回村途中，他的轿车被一辆超速行驶的大卡车撞翻，当场身亡。交警勘查现场后作出事故认定，对方负全责。宁小五得知这一不幸的消息后，当场昏厥。那年他才45岁，中年丧子的痛苦让他一辈子都刻骨铭心。

大儿子没有了，似乎天就要塌下来，宁小五感到撕心裂肺的伤痛，觉得自己的精神支柱垮了，一切希望似乎都破灭了。恍惚中，他抱着妻子号啕大哭。

半个多月时间，宁小五没有出过一次门，他整天坐在客厅里瞅着儿子的遗像，不停地流泪。村"两委"班子的其他成员陆续前来看他、劝他，使他严重的心理创伤慢慢修复。有天上午，当地镇党委书记王志辉来到宁小五的家里，紧紧握着他的手说："你家遭遇的不幸，我们深表同情，但你不能辜负全体村民的期望，要尽快把精神振作起来，处理村里的事情。有什么困难，镇里会全力支持。"

当时，村办小学已经动工兴建。按之前村"两委"讨论决议并经过村民大会审议通过的方案规定，所需1000多万元建校资金，由本村在外销售线缆的村民捐助。

分布在全国各地一、二、三线城市的110个线缆销售网点，谁去动员他们出资呢？宁小五思来想去，感到必须自己带队远征，到销售网点做工作。可自家企业的生产经营管理也离不开他，这咋办呢？他觉得自己没有分身之术，也想不出更好的办法，只好让侄子宁建设代为管理宁联集团公司。

一天下午，宁小五强打起精神，到建筑工地看过工程进度后，便将村委会主任李京信和村党总支三名副书记雷国玺、宁西振、孙飞虎喊到家里开了一次简单的碰头会，决定由他带队外出动员本村线缆销售人员捐资建校。同时交代他们把村里的各项工作提前安排好，并把村办小学的规划图、建设工程现状拍成照片，与经费预算、已使用多少、还需支付多少实际数额，制成一个小册子，外出带上。

明达线缆集团公司董事长雷国玺主动提供了一辆商务车，供村干部外出动员销售人员捐资时使用。经过充分准备，这年9月的一天上午，宁小五带领四名村干部出发了，第一站到达河北省石家庄市，雷彦章、刘西潡等8名销售人员当即表示，全力支持村里集资建学校。

第二站去了北京，而后去了天津、沈阳、张家口等市。宁小五带着工作组马不停蹄地来到河南、北京、辽宁、山西、新疆等省、自治区、直辖市20多个城市的110个销售网点。他强忍家庭不幸的伤痛、带头筹资建校的事迹，感动了所有销售人员。每到一处，各销售公司负责人都会提前约到一起到高速公路出口迎接老家来的村干部，不仅积极安排好他们的食宿，还认真动员大家捐资办学。在漫长的旅途中，宁小五总是坐在商务车的最后一排。大儿子宁建彪的身影时常浮现在他眼前。儿子不幸离去，给宁小五留下两个孙子、一个孙女，这些孩子这么小就失去了父亲，留下了心灵的创伤，谁来抚养他们成人呢？想着想着，宁小五的心口又开始流血，眼泪止不住往下流。"当时，一路上很少有人说话，大家都知道宁书记的心里很难受，但也不知怎样安慰他。估计安慰也没用，因为这样的事不管发生在谁的身上，没有半年甚至一年以上的时间疗伤，根本就缓不过劲儿来。"雷国玺介绍道。

110个销售网点中的260户销售人员，都积极为村里建学校捐款，多到10万元，少到3万元、4万元、5万元，五名村党总支班子成员用了1个月零10天时间，共筹集到1380万元资金。等他们回到黄儿营西村时，各地的捐资款已全部汇到村委会的对公账户。

宁小五从村会计手里接过捐款明细一看，精神为之一振，他没想到本村在外的销售人员这么积极，这么守时，一股暖流顿时涌上心头。他本打算这次捐资完成后向镇里提出辞呈，不再担任村书记了。可万万没有想到，在这么短的时间内就筹到了这么一大笔捐资建校的资金，让他信心倍增。宁小五暗自下定决心，不

宁小五："能人群体"治村 带领村民共富

仅要继续干，还要好好干，力争干出色，绝不辜负大伙儿的信任和希望。

在宁小五的提议下，村"两委"出台政策规定，本村村民子女考上大学二本以上高校的大学生，由村集体一次性发给1万元奖励。

黄儿营西村的文化活动丰富多彩，村里成立了鼓乐队、戏剧社、广场舞团和书法协会。2013年，村集体投入96万元建设了第一个广场，占地21亩。广场一侧还有个舞台，供戏剧社表演节目。之后，村集体又投资500多万元，在全村不同的人口聚居地，建设了两个占地面积50多亩的文化体育广场，供村民休闲娱乐。

村里每年会定期举办篮球赛、书法比赛，还邀请50个村庄到该村举行大鼓赛。每年春节期间热闹非凡，不仅有社火、大鼓赛，还有戏剧表演，充分展示了当地的文化特色。

宁小五担任村书记以来，黄儿营西村用于改善民生的投资达到3亿多元。

"让村民过上好日子，是我永远的追求。在今后的工作中，大力发展集体经济，保障有更多的财力不断改善民生，实现共同富裕，是村'两委'的重要任务。"宁小五说。

处处模范带好头　　以身作则促发展

宁小五是土生土长的黄儿营西村人。他的父母生育了10个子女，他因排行老五，故取名小五。那时的黄儿营西大队，是方圆数十里穷得出了名的一个村庄。因为缺水灌溉，盐碱地上的庄稼只能望天收，干旱季节更是让人心凉，烈日下土地被晒得白花花的一片，像覆盖了一层厚厚的白霜。正常年景下，小麦的收成最高可以达到300来斤，玉米的收成达到350多斤。如遇干旱，小麦的收成不到100斤，玉米不到150斤，甚至绝收。

那时的口粮标准是每人每年228斤，平均每天不到7两粮食。在宁小五的记忆里，因为家里吃饭的人多，挣工分的人少，分得的口粮少，每天只能勉强吃两顿。母亲做饭时总是在锅里加满水，烧开后放入各种野菜，加些玉米粉或带有麸皮的面粉，熬成糊糊状，每人喝上两大碗，不一会儿就饿了，那时，挨饿已经成为常态。他至今还深深记得，有一年歉收，生产队为社员发放了一个半季度的粮食——每人只有2.6斤，按口粮标准计算，只能吃三天零一顿。这一年，宁小五所在的生产队180户人家中，有60户外出要饭，有的家庭两三人分头外出讨饭。那时候，他就产生了一种强烈的愿望，等自己长大了，一定要勤奋努力，让家人和乡亲们吃饱肚子，最好是顿顿有白面馍馍吃。

因为家里穷，早就到了上学年龄的宁小五迟迟没有去学校读书。1975年9月，他已经11岁，在母亲的多次劝说下，父亲才同意让他到大队小学去上学。宁小五在班上与其他学生的年龄相差很大。1978年6月，14岁的宁小五才上完小学三年级，就不想再读下去了。虽然父母都不同意，但他固执地辍学回家，到生产队干活挣工分，以减轻家庭负担。

宁小五是位不甘贫穷的人，在生产队干了一年农活后，他便来到本县的高家庄大队给一位个体户当临时工，一干就是三年。这期间，他边干杂活儿边学车工，掌握了一门技能。

1981年6月，宁小五辞去工作回到家里，决定自己单干。时任大队党支部书记宁进通做担保，他在当地信用社贷款1000元。宁小五又找到本大队一位在宁晋县税务局工作的干部做担保，在银行贷到1000元资金。有了这2000元本钱，他开始筹划搞个体。

经过半年时间的筹备，宁小五用1500元购买了一台旧机床，用另外500元做流动资金，于1982年3月在自己家里开办了一个作坊式的农机加工车间，主要生产柴油机配件。一年下来，他净赚了8000多元。而后，他又购买了一台车床，生意越做越大，四年时间竟然挣了17万元利润。

宁小五的三哥比他大四岁，当时已24岁；四哥比他大两岁，已22岁，两人都没有成家，一大家人挤在三间土坯房内。1984年9月，他花费900元在本村购买了三间平房，从家中搬出来居住，并于12月结婚成家。

经过反复权衡之后，宁小五于1988年6月将两台机床全部卖掉，开始了二次创业。他来到宁晋县城贩卖木材、煤炭、化肥、农药等生产生活用品，一干就是5年。这期间，他还买了一台车跑运输，什么赚钱就干什么。

1992年5月，宁小五开始转入线缆行业。他来到河北张家口销售线缆，发现线缆制造的利润特别高，能够达到30%至40%，便又动了心思，想自己开工厂。

宁小五多方筹资80万元，购买了一台生产电缆的硫化机，租了一户村民的6间120平方米平房做生产车间，聘用了一名生产技术人员和五名工人，自己独资开办的宁联电缆厂于1994年8月开业，一年内挣得利润44万元。喜出望外的宁小五逐步扩大生产规模，不断添置新型生产设备，建设独立生产厂房，每三年就

宁小五："能人群体"治村 带领村民共富

上一个台阶，到 2007 年下半年，已经能够生产大小不同的 40 多种类型各类电缆。这年 10 月，他的企业改名为宁联线缆集团有限公司，年产值达到 8 亿多元，实现利润 3000 多万元。

时任村书记的宁进通经过长期观察，发现宁小五做事非常执着，不仅具有不服输的性格，而且头脑灵活，人缘很好，有较强的组织能力。他两次给宁小五做工作，让他把全村的担子挑起来。"那时觉得自己还年轻，没有管理一个近 5000 人大村庄的经验，担心万一干砸了，没法向上级交代。另一个原因是当时一门心思想把自己的企业做大做强，力争实力超过我前面的几家，成为本村最大的线缆制造企业。"宁小五说。

2007 年春节期间，宁进通与宁小五之间的那次诚恳谈话，让他碍于情面，勉强地应承下来。

宁小五（右）虚心向上任老书记请教如何改良土壤，发展农业生产

事过多年之后，宁小五很坦诚地说，当时不得已答应了老书记，先干一年村党总支副书记兼农业党支部书记，曾多次想打退堂鼓，但他那么信任自己，又不好意思开口。加之自己要么不干，要干就干好的性格，所以在近一年的时间内还是干成了几件事。"这年底，村'两委'改选时，我从内心真不希望大伙儿投票选

我担任村党总支书记。因为我想过，如果干这个苦差事，肯定要花费很大精力处理村上的事情，无疑会耽误自己企业的发展。但既然被全村党员投票选上了，就不能辜负大伙儿的信任，要尽最大努力把这个差事干好。"宁小五说。

宁小五首先想到的是利用自家企业的品牌、生产许可证、营业执照，办一个培训辅导基地，帮助当时还没有生产资质的33户村民尽快恢复线缆生产。同时，孵化出更多的线缆企业，不断增加村民收入，实现共同富裕。事过多年之后，宁小五接受采访时说："现在看来当年的决定是非常正确的。"在他的帮助下，黄儿营西村的线缆制造企业从当初的12家，一跃发展到148家，逐渐形成了规模化生产、销售。

大唐电缆集团公司老板曹秋东最早也是从作坊式生产开始，一步一步发展成现在的规模企业之一。2009年下半年，他先后在村东、村西、村北寻找地方办企业，找来找去，还是觉得宁联培训辅导基地最为合适。因为这里已经实现了水、电、路通和地面平整的"三通一平"。最终，曹秋东选择了落户该基地。当他建厂房、买设备出现资金短缺时，宁小五出面担保，在当地农商银行为曹秋东贷款300万元，以解燃眉之急，后来相继扩大贷款数额到1000万元。

曹秋东说："当时培训辅导基地管委会定期举办员工职业技能、人力资源管理、安全生产、消防、财务管理培训班，为基地内的电缆企业排忧解难。"

在宁小五的帮助下，曹秋东生产电缆的小作坊迅速发展壮大。2012年5月，经有关部门核准，为他颁发了线缆生产许可证，注册了商标，成立了大唐线缆有限公司。

宁小五在帮助曹秋东提高产品质量、加强企业管理的同时，经过多方努力，于2019年9月，帮助他把大唐线缆有限公司生产的电力电缆纳入国家电网所需产品采购目录，使其经济效益逐步提高，企业规模逐步发展壮大。

这年11月，宁小五组织本村11家规模企业的老板，找到邢台市农行行长，出示了他们各自与国家电网签订的供货合同，要求贷款2亿元，用作生产资金，结果如愿以偿。其中，曹秋东用6500万元的订单做信誉担保，贷款1500万元。

在宁小五的大力支持下，经过曹秋东的不懈努力，大唐线缆有限公司改名为大唐线缆集团公司，由当年只能生产单一的低压电缆，逐步扩大到如今能生产低压、控制、布电线、中压、架空导线等5大类、360多个品种。产值由进入培训辅导基地一年后的3900万元，逐年增加到如今的3亿多元，上缴税款180余万元，实现

宁小五："能人群体"治村 带领村民共富

利润1100多万元。

黄儿营西村老书记宁进通说："宁小五身上最突出的特点是他总是一心一意想着村民，想着村集体，具有带头奉献的吃亏精神和人格魅力。他做事不仅有能力，而且有魄力。"担任村书记前，有的人开工厂赚钱了却不愿意为村集体办公益事业出资，宁小五总是带头拿钱出来，今年5万，明年10万，一点都不心疼。担任村党总支书记后，他家的企业生产规模和经济效益虽然不是很大，但仍然带头捐资为村民谋福利。

宁小五刚上任时，首先想到的是不断改变村容村貌，改善村民的生活条件。空闲时间，他骑着一辆电动车围绕全村到处转悠，看到19条主要街道都还是土路，村民走在上面，晴天一身灰，雨天一身泥，而且路面很窄，最窄的只有4米宽，经常出现拥堵，于是心里很着急。"那时候我的思想压力很大，觉得有很多事亟须去做，但村集体又没有资金，感到很闹心，每天晚上吃安眠药仍然睡不着，不断思考着解决问题的方案。"宁小五说。

2012年3月，宁小五与村党总支班子成员商量分步改造扩宽道路的事儿。他的这一想法经过村"两委"讨论，并通过村民代表大会审议通过后开始实施。

纬四街是宁小五担任村书记后改造的首条街道。这条全长800多米的主街道位于村"两委"办公楼前，是村民到村里办事儿的必经之路，当时只有10米宽，街道旁有75户村民家的住房年久失修，破破烂烂，需要拆迁。宁小五几乎每天晚上吃完饭后就到这条街上转悠，到村民家拉家常，了解各家的情况，分析他们会提出什么样的补偿条件。

经过充分酝酿，成立了由宁小五任组长的旧房拆迁及道路改造领导小组，下设测量评估小组、摄影摄像记录小组、工程施工队。宁小五在村"两委"组织拆迁户召开的动员会上郑重宣布："村集体不会让每一个拆迁户吃亏，要宅基地重新建房的，给划拨土地，在同等条件下把房子盖起来；要新房的，在新建的住宅小区分配同等面积的新房；要钱的，按实有面积测算，给予适当的经济补偿。"经过他细致入微的反复动员，村民们积极配合拆迁。

街道的中间住着一户经营农资的老两口村民，尚未出售完的化肥比较多，搬家比较麻烦。宁小五带领村"两委"干部义务将他家的化肥全部转运到新租赁的库房中，两位老人笑得合不拢嘴。第二天上午他们就开始搬家，很快将旧房腾出来，让施工队拆迁。有10余户村民要求村里给分配新住宅，已建的住宅小区房屋不够，宁小五就将自己事前给儿子购买使用的三套单元房拿出来，原价转让给了三户村民。"我原来担心拆迁中会遇到麻烦，没想到大伙儿那么积极配合，整个过程很顺畅，乡亲们真是太好了。"宁小五动情地说。

紧接着，宁小五谋划着对全村的4条断头路、3条断头街进行征地改造，打通使用。

宁小五说："扎扎实实做好农村党建是农村工作的核心，而农村党建的核心是村书记率先垂范，以身作则，起好榜样、表率、标杆、引领作用。"他参加党的十九大回村后，开始思考着怎样进一步发展集体经济，不断提高村民收入。在他的提议下，经过村"两委"认真讨论，并经过村民代表大会审议表决通过，从2017年底开始，村集体流转村民土地2500亩，建设一个新时代乡村振兴教育实践基地。

宁小五组织12名党员、企业主、村民代表现场讨论、规划，先进行一期红色文化园和农业生态园建设。天刚麻麻亮，他就来到建筑工地，安排布置村建筑工程队施工，检查、监督工程质量。回家吃完早饭后再次到工地，早上、上午、下午、晚上一天四次到工地进行工作安排。在烈日下暴晒，大汗淋漓，便用衣服、袖子擦汗，整个工程建设下来，宁小五共穿坏了11件衬衣。

只要不外出开会，宁小五就天天守在工地干活，累得腰都直不起来，只好侧卧在地上工作。这一场景被一位村民看到后，告诉了其他人："宁书记为了大伙儿的利益，已经累得趴在地上了还不肯离开。"一传十，十传百，消息很快在全村传开。一些党员、企业主、退休干部、村民都坐不住了，其中还有不少老人自发地到工地上开展义务劳动。少时150多人，多时300多人，共完成了6000多个工时。"为什么说村书记是个领头雁？你只有吃苦在前，享受在后，设身处地为群众着想，才会在村民中一呼百应。"宁小五深有体会地说。

经过三年艰苦努力，红色文化园于2020年5月1日开始接待来自全省各地的游客参观学习。同时，还完成了60000棵银杏树和5000多棵红枫树的种植。

宁小五经常挂在嘴边的一句话是："一个村的村民就是一家人，一个村庄就是一个大家庭，我这个村书记就是为大伙儿服务的。谁家有困难，大事小事儿都可以来找我。我能解决的，尽快解决。超过我的能力不能及时解决的，就同村'两委'班子成员研究一起来解决。"

"有困难找书记"，这句话被黄儿营西村村民默记在心，也是一句最为温暖的话。不管哪家遇到什么困难，首先想到的是找宁小五书记。

宁小五："能人群体"治村 带领村民共富

九组村民崔志歉夫妻二人长期在村里企业打工,儿子由其父母看护。一天吃早饭时,顽皮的小家伙儿一屁股坐在地板上装满白粥的锅里,造成严重烫伤,被紧急送往石家庄烫伤医院救治。宁小五得知此事后,两次前往医院看望慰问,并资助了1万元医疗费。

不管是哪位村民遇到不幸,宁小五都会挺身而出,予以帮助。

宁小五（左）看望困难村民,鼓励她劳动致富,好好生活

本村十一组村民耿熊彪长期在外销售线缆,2010年5月1日上午,他开车带着妻子和三个孩子回黄儿营西村探亲途中,轿车被一辆车主疲劳驾驶的大货车撞翻,一家五口人全部遇难。宁小五得知此事后,迅速带领八位村干部和党员、村民代表前往出事地点交涉,处理事故,并将耿熊彪一家五人遗体就地火化后带回村里进行安葬,而后将肇事者支付的160万元人身伤害赔偿交给了其父母。

宁小五很细心,村民的大小事都会记在心上。谁家有红白喜事,他只要在家,就会前去随份礼。吊唁老人的时候,他会与乡亲们在临时搭起的帐篷里吃顿简单的饭菜,拒绝到餐馆吃请。如果有事外出,他会委托一名村干部替他参加,并带一份礼。谁家遇到大病住院,他也会抽空去看望。

刚担任村书记时,村集体没有收入,还有60多万元债务,但一些公益性建设必须进行,没钱投入怎么办？宁小五左思右想,唯一的办法就是自己掏腰包。2008年10月前,黄儿营西村家家户户吃水都是依赖200多米深的水井,水浅发黄、味苦,水质不达标。宁小五看在眼里,急在心里。他担任村书记后,从自家企业列支35万元,给村里打了一口550米的深水井。而后,又投资160万元,用钢管连接到所有村民家,让大伙儿吃上了水质达标的自来水。

宁小五豪爽、讲义气、坦诚的为人风格,在黄儿营西村出了名。在他担任村党总支副书记兼农业支部书记那年的9月份,1953年出生的本村村民刘占西就跟随他到村里当志愿者,具体从事街道道路硬化、打井、绿化、建房组织施工和质量监理工作。刘占西说,当时他家也在宁联培训辅导基地开办了一个小型线缆厂,每年有16万元左右的收入,儿子还小,干不了大事儿,两个姑娘已经出嫁,有这笔收入,就可以保证一家人的基本开支。村"两委"的干部都是不要报酬,无私奉献,自己是名党员,给村里干活也不能要报酬。

最让刘占西感动的是,当他遇到困难时,宁小五曾无私帮助过自己。2012年7月的一天,远在安徽淮北销售线缆的二女儿刘青在电话中说,她的资金出现短缺,周转十分困难,想从父亲处借20万元资金应急。刘占西一时拿不出这么大一笔钱,又不好拒绝闺女。思前想后,觉得只有向宁小五开口,看能否借到这笔钱,以解燃眉之急。他犹豫再三,在一天上午来到宁小五的办公室,将事情的缘由说了出来,最后壮着胆子提出想向他借20万元资金。

"行,没问题。"宁小五非常豪爽地答应了,当场打电话让宁联线缆集团公司的出纳送来20万元现金交给刘占西。

"我给你立个字据,打个借条吧?另外,你说个数额,我让女儿以后还钱时支付一定的利息。"刘占西道。

"打什么借条,乡里乡亲的,彼此相互都了解,我相信你的为人,哪有要利息的道理?等你姑娘什么时候资金周转开了,把本钱还给我就行。"宁小五说。

这件事儿对刘占西触动很大,他说自己有困难时,宁书记很大方地给予帮助,自己也要以他为榜样,力所能及地为村里做一些贡献。2017年,按照河北省出台的"富村帮穷村"政策,黄儿营西村要对口帮扶宁晋县的南候村、北前山村、尧一村、讲理村、郭家寨村和新河县的菜园村。黄儿营西村筹资110万元对口帮扶。宁小五委派刘占西代表村"两委",带领村里的建筑施工队和绿化队,到这几个村去帮助建设村"两委"新办公楼、修路、绿化、亮化工程。

工作任务实在太重,2018年11月,刘占西将自家的线缆厂承包给别人经营,每年有17万元承包费,自己便可以安心地负责几个帮扶村和本村各个建筑工地的工程质量监理。"我虽然已经71岁了,但身体还算硬朗,只要村里需要,我就不退休,一直干下去,直到干不动了才会回家养老。"刘占西说。

宁小五担任村书记17年间,为村集体公益建设捐赠资金1000余万元,30余次借款给村民200多万元,捐赠80多万元。"我是村党委书记,村集体的事儿、

宁小五："能人群体"治村 带领村民共富

村民的事儿，就是我自己的事儿，力所能及地提供帮助和支持，理所当然。"宁小五说。

黄儿营西村"两委"干部职数在不断变化，2008年1月由之前的7人变成9人。按照实际工作需要，2017年3月增加至11人。2021年6月换届选举时又增加到27人，其中村党委委员11人、村委会委员16人。"从2008年1月起，所有村'两委'成员只干活，不在村里领工资。财政拨给职数内村干部的务工补贴也不要，放在村集体财务账户上，成立了一个救助基金，保障家庭条件困难的学生能够读书。同时，也用于救助家庭出现变故的困难村民。"宁小五介绍道。

宁小五在村支部主题党日活动上讲党课，要求大家不忘初心、牢记使命，争做合格共产党员

在宁小五的带领下，村"两委"干部、企业主慷慨解囊，捐资1.2亿元用于村集体公益性建设。全村商业、居住面积达到3000亩，已形成了四纵（仿古街、迎宾街、顺河街、党建大道）、五横（339国道、市场街、宁营街、纬四街、泰安路）的交通主干道，三个商圈（围绕村民服务中心商圈，围绕市场街、泰安路党建大道等内环商业圈和外环商业圈）。还有东西朝向的小街29条、南北朝向的小街9条。"村域内的19条主要街道已全部进行了硬化，总长度2万多米，安装路灯3000多盏。

2019年5月投资300万元，对村内的主要建筑进行了亮化。"宁小五介绍道。

　　农村建设需要各类人才，宁小五以求贤若渴的姿态广泛吸纳人才为我所用。1957年出生的宁晋县师范学校原政教处主任邢振庄本是外乡人。2008年3月，他按当地政策内退，到配偶住所地黄儿营西村居住。县师范学校的绿化多年来一直由他负责，具有丰富的栽培、管理经验。宁小五担任村书记后，下大力气改造全村道路。当得知老邢在绿化上很有经验后，便主动上门请教，并聘请他为全村绿化顾问。村集体建设了福源小区村民住宅后，邢振庄主动提出来当志愿者，负责整个小区的绿化工作。宁小五见他管理得非常好，便把全村的绿化、管理全部交给他，还将35亩土地给他作为育苗基地。

　　邢振庄在苗圃基地精心培育了果槐、法国梧桐、绒花树等12种树苗和冬青、月季、玫瑰、女贞等近10种花卉。后来，宁小五任命他为村里的绿化队长，带领35名65岁至75岁的本村老人，多年来一直不停地绿化、美化村庄，共植树50000多棵、栽花23000万株、种草3300平方米。"在村里干活虽然没有报酬，但我觉得是一种价值的体现。因为在自己有生之年能够发挥余热，把专长用在黄儿营西村的新农村建设上，也很有意义。"邢振庄说。

　　宁小五无私奉献的精神，不仅影响了村"两委"班子成员和很多企业主，还感动了本村在外工作的相关人员，他们退休后回到村里当志愿者，李计群就是其中最有代表性的一位。他生于1962年，1987年入党，曾任宁晋县棉花公司总经理，很想在有生之年为家乡做些力所能及的贡献。当他得知宁小五担任村书记，因村里的工作严重影响了自家企业的生产经营，还心甘情愿为大伙儿奉献，不仅未在村里拿一分钱报酬，还将自己较大数额的资金拿出来为村集体办公益事业时，更加坚定了自己此前的想法。

　　2002年8月，李计群患脑梗，因抢救及时，未留下后遗症。医生告诉他，一定要保持乐观向上的心态，最好找点事做，对身体会有好处。这年底，他申请内退。2009年8月回到黄儿营西村的第二天，李计群就到村委会找到宁小五，要求给他安排适当的工作，自己要为村里做贡献，并当场承诺，自己是志愿者，不向党组织提任何个人要求，也不要一分钱报酬。

　　宁小五很高兴，满口答应，安排他到村企业服务中心工作。当时主要做些上传下达和文字材料起草的事儿，后被任命为服务中心办公室主任。

　　2012年9月，一名原来的老同事给李计群打电话，邀请他一块儿到宁晋县城

宁小五："能人群体"治村 带领村民共富

买房子居住，理由是住在县城生活更方便些。李计群拒绝道："我哪里都不去，就住在黄儿营西村，这里也是住在小区里的单元房，还有暖气。况且，村内有医院、超市、酒店、学校等，生活设施一应俱全，不亚于县城。"

李计群回到村里一干就是15年，每天按时到企业服务中心上班，不要一分钱报酬。他说："宁小五书记身上有很强的人格魅力，自己一直把他作为楷模，跟着他干有无穷的动力。"

黄儿营西村的外来人员比较多，宁小五十分注重农村综合治理，努力打造稳定、平安、和谐、文明村庄。该村实行了三级网格化管理，负责社会治安、矛盾调解和化解。即全村为一个大网格，宁小五是责任人；每个村民小组为一个中网格，小组长是责任人；每15户村民为小网格，所有村民民主推举的一名代表是责任人。同时，还成立了由本村老党员、退休老干部、退役老军人、退休老教师、退休老职工组成的"五老"调解委员会，负责调解村民之间的矛盾和纠纷。"村民家庭成员之间和村民与村民之间如果发生了矛盾纠纷，由小网格员第一时间反映到中网格员那里，由村民小组长进行调解。调解不成的，由'五老'调解委员会再次调解。如果仍然调解不成，就由本人主持召开村民代表大会，当事人双方可以事前申请，让与对方有利害关系的村民代表回避。而后，各自上台陈述事实和理由。最后由村民代表投票表决，表决结果为最后决定，双方都应自觉遵守。这个办法很管用。"宁小五介绍道。

2020年1月，已经快要过春节了，六组村民王锁柱与妻子发生矛盾，闹得不可开交。两人本是再婚家庭，男方带有三个子女，女方带有两个子女，夫妻二人经常为五个子女间的教育问题发生争执，隔阂越来越深，逐渐演变到闹离婚。小网格员耿世亮多次进行调解，都未起到多大作用。小组长进行了三次调解，也是效果不大，女方坚持要到当地法院起诉离婚。宁小五得知此事后，亲自主持"五老"调解委员会，经过两个回合的耐心调解，终于解开了双方的心结，放弃前嫌，相互包容，并签订了《调解协议书》。"夫妻二人和好后到山西省大同市开办了一家线缆销售公司，取得了不错的经营业绩。"宁小五介绍说。

黄儿营西村加强了对全村社会治安形势的防控，先后在各个进出村路口、厂区、社区、工厂门房安装了1600多个高清电子监控摄像头，并于2009年11月成立了由12名基干民兵组成的治安巡逻队，晚上不间断在村域内进行治安巡逻。宁小五担任村书记以来，全村没有出现一起越级上访和刑事案件。

空中俯瞰黄儿营西村村貌（无人机航拍照片）

在宁小五的提议下,从2017年5月开始,黄儿营西村开展了"十星级文明户""孝心敬老模范家庭""孝心敬老先进个人"评选活动。以前存在诸如赌博的歪风很快被刹住。讲文明、讲礼貌、家庭和睦、团结、友爱,尊老爱幼等良好的社会新风尚在全村逐渐形成。1957年出生的十组村民赵翠云十分贤惠,她的公公孙西荣因患病,大小便失禁。这位善良的女性便主动承担起照顾老人生活的重任,为老人擦身,洗衣做饭,直到老人去世。她家被评为全村"十星级文明户",她个人还被评为河北省"孝心敬老模范"。

黄儿营西村相继被评为全国文明村和民主法治示范村。

宁小五以实际行动赢得了全村党员、村民的广泛尊重和信任。他担任村书记后,村"两委"相继进行了四次换届选举,他每次都是全票当选。

"全村党员和群众投票选我担任村书记和村委会主任,是对我最大的信任,我要十分珍惜大伙儿的信任,尽最大努力为大家服好务,千方百计地为村民谋福利。"宁小五说。

宁小五访谈录

作　家:2002年6月,时任黄儿营西村党总支书记宁进通给您做工作,想推荐您担任村书记,您却婉言拒绝了。2007年1月,他再次找您做工作时,您才勉强答应,先是担任村党总支副书记兼农业党支部书记,2008年1月当选村党总支书记。您担任村书记的初心是什么?您担任村书记17年来,把全部精力都投入村庄的发展、建设、服务、治理上,没有精力顾及自家企业,只好让自己侄子负责宁联线缆集团公司的生产经营。您全心全意为村民、为村集体努力奋斗的内生动力是什么?

宁小五:老书记宁进通两次给我做工作,想让我接他的班,担任村党总支书记。说实话,当时我并不想干这个差事。一是自己没有多少文化,也没有经验,一下子管理近5000人的大村子,怕自己没有这个能力,如果把事情搞砸了,上对不起党组织,下对不起老书记和众多村民;二是自家的企业宁联线缆集团公司当时正是发展的高峰,年产值已超过8亿元。我的想法是力争自己的企业做大做强,成为全村线缆行业的老大,没有精力考虑村里的事儿。

但转念一想,自己是一名共产党员,不能光想自己的事儿,还得多考虑村集

宁小五："能人群体"治村 带领村民共富

体和广大村民的利益。所以，就勉强应承下来。2008年1月，当大伙儿全部投票让我担任村党总支书记后，自己的人生观就发生了很大变化。所以说，我担任村书记的初心就是，不能辜负老书记和全体共产党员的信任，带领大伙儿撸起袖子加油干，把村庄发展好、建设好、治理好，让更多的乡亲通过勤劳致富，过上幸福生活。

我努力奋斗的内生动力来自两个方面。一是大伙儿对我的信任。人生在世最为珍贵的是别人对你的信任和尊重。然而，只有你不自私，甘愿奉献吃亏，一心一意为对方谋幸福，才会受到他人的拥护和支持。既然党员、群众投票选我担任村书记，我就要千方百计地用实际行动赢得他们的信任。二是来源于我不服输的性格。我是个不管干什么事儿，要么不干，要干就干好的人。我从当村书记的第一天起就暗下决心，要舍小家为大家。即使把自己的企业舍去，也要干出个样来。在上任后的第一次大会上，我面向全体村民公开承诺：经过三年的艰苦努力，要让黄儿营西村在宁晋县众多村庄中排第一；五年要在邢台市范围内争第一。既然话已说出来了，就给自己增加压力，要努力去干，不能放空炮。

作　家：您担任村书记后，不仅未在村里领过一分钱报酬，而且相继为村集体公益性建设捐资1000多万元，30多次借款给村民200多万元，捐助80多万元。并创办了宁联培训辅导基地，用自己公司的生产许可证、商标、营业执照免费提供给创业的村民使用，不收一分钱报酬。为什么要这么做？您不觉得很吃亏吗？

宁小五：捐资给村集体办公益性事业也是不得已而为之。因为我刚上任时，村集体不仅没有收入，而且还负债60多万元。但村里一大摊子事儿需要投入资金，比如村民吃水的问题要解决，道路、街道要硬化、整治，学校要建设等。事儿要做，不能等、靠、要，集体没有钱怎么办？只有自己带头，影响村"两委"成员及企业主掏腰包，多方筹资解决问题。借钱给村民包括适当捐助，都是很正常的事儿。谁让我是这个村的书记，村民有困难不找我还能找谁解决？

建设培训辅导基地的事儿，也是没有办法的办法。当时33户作坊式的生产业主，因没有线缆生产许可证，被工商部门责令停业，又一时半会儿不可能解决问题，我只好想了这个办法，帮助他们重新投入生产。

我是村书记，考虑的是整个村庄的发展和建设，让村民生财有道。帮助大伙儿是我义不容辞的责任。我这样做，不觉得吃亏，而是应该做的。

作　家："能人群体"治村有什么好处？您经常动员村"两委"班子成员捐资给村集体做公益事业，他们是否愿意，没有怨言吗？

宁小五：我当时挑选、组阁村"两委"班子成员时，定了个不成文的条件：一是必须是企业规模大、个人资金雄厚的老板；二是必须是具有为民情怀、人品很好、私心不重的人；三是必须是有水平、有能力、有魄力的人。

为什么要选择这些"能人"当村干部，主要是从以下几个方面考虑的：第一，这些人不缺钱，所以不会打村集体的主意，更不会有歪心思；第二，这些人有雄厚的经济实力，可以为村集体的公益事业出力；第三，这些人有思路、有能力，能为全村的发展献计献策；第四，这些人在村民中有一定的威信，具有较强的号召力。五位村党委副书记自家的企业产值都在亿元以上，最高的达到12亿元。如果选择纯农民身份的人担任村干部，村里可能一时半会儿是发展不起来的。

我的想法是先富带动后富，最终实现全村共同富裕。

村"两委"班子成员现有27人，都是企业老板，与村里没有任何经济纠葛，反而还要为村里做贡献，为什么大家还乐意干？因为这也是一种人生价值，能够得到党员、村民的认可，就是一种获得感、自豪感、荣誉感。

村集体办公益事业时，我总是主动去做，带头把事情干起来了，告知花了多少钱，大伙儿的觉悟就上来了，积极响应，自愿资助。关键是我要带头，起好示范作用。所以，其他村干部就不存在怨言问题。

作　家：黄儿营西村的长远发展目标是什么？怎样才能保证这一目标顺利实现？

宁小五：我们村的远景目标是：建设社会主义现代化共同富裕示范村。

为了实现这一目标，必须采取以下措施。第一，扎实做好高质量农村党建。在工作方法上逐步创新，功能上不断创造，使村党委的战斗堡垒作用得到充分发挥。第二，大力发展集体经济，不断改善民生，实现共同富裕。稳定现有的商业、教育产业、酒业制造，发展高效农业，成立黄儿营西村经济股份合作社，动员村民入股分红。村集体收入力争达到5亿元，常住村民人均可支配收入超过20万元。第三，继续进行美丽乡村建设。将900亩村民旧宅进行整体改造，建成一个大型商业综合体和一个冀中文化体验地。大力开展绿化造林、美化工作，保护生态，不断优化村庄环境，努力建成宜居宜业美丽乡村。第四，下大力气做好农村综合治理。加强村庄监控和巡逻，确保平安稳定；学习"枫桥经验"，及时化解矛盾，防止重大纠纷发生；开展卫生检查评比，评选"文明户""文明村民""文明村民标兵"等，不断提高全体村民的文明素质。

宁小五："能人群体"治村 带领村民共富

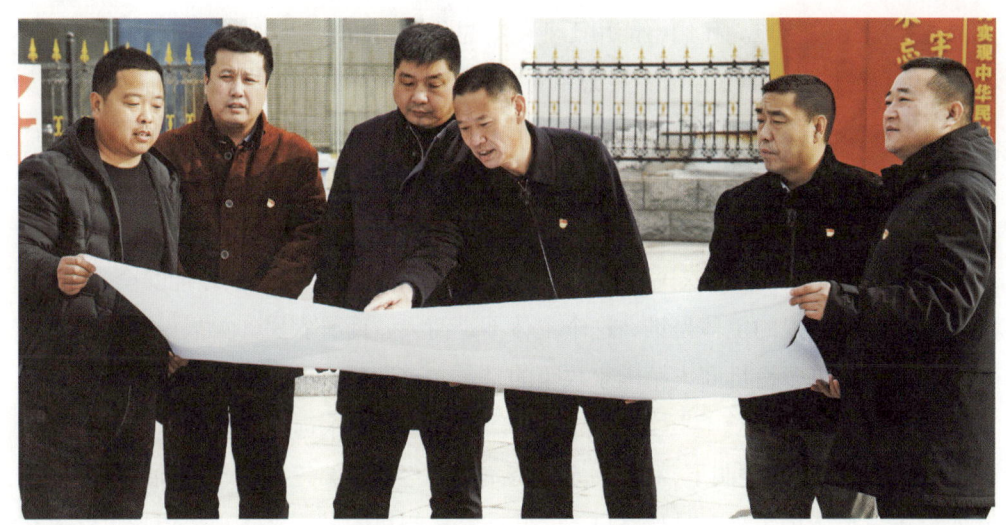

宁小五（右三）同村党委班子成员一起，认真商讨全村发展远景规划

作　　家：您认为一个优秀村书记应该具备什么样的素质和条件？选拔村书记时应该着重考察被选举对象哪些方面？

宁小五：我认为一个优秀村书记应该具备以下几个方面的素质和条件。一是要具有全心全意为人民服务的思想。村书记不是个什么"官"儿，而是全体村民的勤务员。这个问题不弄清楚，就会偏离方向，走向群众的对立面。二是必须具有奉献精神。村书记必须吃苦在前，享受在后。如果你处处要心眼、占便宜，就会失去全村党员、村民的信任，你迟早会被轰下台。三是心里要始终装着群众。要设身处地为村民着想，力所能及地为他们排忧解难，心甘情愿地做他们的贴心人。四是踏踏实实干事儿。成绩是干出来的，好日子是干出来的，在群众中的威信也是靠自己用辛勤的汗水干出来的。光耍嘴皮子是没有用的，最容易引起村民的反感。村书记是一个村的带头人，这个头就是带头干活儿，带头干好事儿，而不是带头干坏事儿，关键是要把乡亲们的凝聚力带出来。

选拔村书记时，要重点考察被选举对象的人品和能力。人品最关键，如果他的人品不行，能力越大，造成的破坏性就越强；如果他的人品有问题，能力越强，最终造成的不良影响越坏。能力也很重要，关键看是不是为了让村民过上好日子、为村集体不断发展壮大，想干事、会干事、干成事。

作　　家：您认为怎样才能确保乡村振兴战略取得实效？关键因素是什么？

宁小五：我认为确保乡村振兴战略要取得实效，应注意以下几个方面的问题。

第一,产业定位要准。我们不能用工业化的思维去定位农村,要防止房地产商变着花样跑到农村去圈地盖房子。实施乡村振兴战略的首要任务是要保证国家粮食安全,这是主线,不能偏离。农民为什么不愿种地?主要是种田不挣钱。要想改变这种局面,一方面,国家应适度提高粮食收购价格;另一方面,国家要加大对农村基础设施建设的投入,为实现农业机械化、智能化、科技化创造有利条件。要让农民种田有钱赚,只有把农民种粮积极性充分调动起来,国家粮食才能安全。第二,要弄清楚乡村振兴的主体是谁,这个主体不是商人,而是农民。如果一味强调资本下乡,就会让更多投机商人钻国家政策的空子,套取一大笔资金后,屁股一拍,溜之大吉,留下"一地鸡毛",造成新的社会矛盾。我们永远不要忘记商人的逐利性本质,要在村集体的控制下,利用一定的资本共同经营。第三,要大力发展集体经济。在农村不发展集体经济就是死路一条,共同富裕的目的就无法实现。要把思路放在这上面,变"输血"为"造血",才能保证农村的长治久安。第四,规划要符合客观实际。人们常说规划引领,这句话是对的。可问题是花了几十万元、上百万元甚至上千万元做的规划,往往很好看,但只能是挂在墙上,因为无法落地。现在有种怪现象,某人具有一大堆头衔,后面还有专家、博士一大串,但他的目的是来搞钱的,等谈妥了价格,回去后就派来几个毕业不久的学生做规划,这种规划能用吗?

  实施乡村振兴战略的关键因素是解决人的问题。如果不认真解决这个根本性问题,其他说得再多也是纸上谈兵。国家应及时出台相关政策,在体制机制上下功夫,妥善解决农村党组织干部队伍问题。人是决定性因素,全国每年的大学毕业生已超过1000万人,应在政策导向上鼓励这个群体中有一定能力和情怀的年轻人到农村创业。在制度设计上让村干部特别是村书记有盼头、有干头、有奔头,使更多想干事、能干事的大学生,充实到村"两委"班子中去,不断输入新鲜血液,使他们成为农村建设的主力军,只有这样,实施乡村振兴战略才能大有希望。

作家点评

  到黄儿营西村采访,本人有四个没想到:第一个没想到,是在这个既没有资源优势,又没有交通优势的村庄,经过17年的发展、建设,仅社区、商业、学校等占地就达到了3000多亩,流动人口数万人,已成为一个小城镇的规模;第二个没有想到,是位于冀中平原的黄儿营西村,在宁小五的带领下,竟然靠自身实力,

宁小五："能人群体"治村 带领村民共富

从当时的 12 家线缆制造企业发展成如今的 148 家，成为全国四大线缆生产制造基地之一；第三个没有想到，是宁小五虽然文化程度不高，但工作能力很强，在较短时间内，把一个村集体欠债 63 万元的贫困村，发展成拥有固定资产 1.2 亿元、人均可支配收入超过 10 万元的富裕村；第四个没有想到，是包括宁小五在内的村"两委"班子成员都由身价过亿的企业老板兼任，形成"能人群体"治村，他们不仅不在村里领一分钱薪水，还倒贴了 1 亿多元给村集体搞建设。

宁小五刚开始本不想当这个村的党总支书记，因为他当时的理想是力争把自家的宁联线缆集团公司做成全村的龙头企业。老书记宁进通两次诚恳地给他做工作，最终打动了他，同意作为候选人，参加村里的投票选举，结果全票当选黄儿营西村党总支书记。

宁小五上任后，把老书记和广大党员、村民对他的信任扛在肩上，牢记在心，发誓一定要干出个样来。他首先想到的是以自己企业的名义，建设一个培训辅导基地，帮助更多的村民办企业，不断增加收入，过上好日子，实现共同富裕。

宁小五是位思想境界很高的人。按照一般人的思维方式，那些用他家企业生产许可证、商标、营业执照生产销售线缆并获取经济利益的企业主，理所当然地应该每年向他交纳一笔"挂靠费"或"管理费"。他如果每年向每户村民收取 8 万元到 10 万元费用顺理成章，即使一年只收 5 万元，整个培训辅导基地内的 120 家线缆生产企业，每年也要交纳 600 万元。从 2010 年 10 月至今可以增收 8000 多万元。可宁小五却一分钱未要。他说："自己是这个村的党组织书记，帮助村民共富是自己义不容辞的责任。"

黄儿营西村党建工作最大的特点是村书记处处模范带头。最初，该村有几家线缆制造生产经营和经济效益都不错的企业老板，不愿为村里的公益性建设捐资，宁小五带头拿钱出来资助村集体。他担任村书记后，村集体没有资金投入，为了改善村里的基础设施，他毫不犹豫地慷慨解囊，相继捐资 1000 多万元，给村里打深水井，解决村民吃水水质问题，让大伙儿吃上自来水。紧接着改造道路、建设村民活动场所、乡村振兴教育实践基地等，使整个村庄面貌逐渐发生了翻天覆地的变化。

敢想敢干、埋头肯干，苦干实干加巧干，是宁小五的又一大特质。他常说好日子是干出来的，村干部在群众中的威信也是干出来的。建设红色文化园、农业生态园时，他一天四次进工地，累得腰都直不起来，只好侧卧在工地上，却仍然坚持干活儿。在他的带动下，全村广大党员、企业主、村民纷纷自愿前去参加义务劳动。

乡村振兴领头人——中国模范村书记

这是无形的号召力和战斗力，榜样的力量是无穷的。

战争年代，共产党的各级干部往往会冲在最危险的前沿阵地，发出"同志们，跟我来！"的呼喊，带头冲锋陷阵。一句"跟我来"，就会瞬间产生巨大的凝聚力和战斗力。

同样在农村，党组织书记的先锋模范带头作用，会产生意想不到的效果。村庄富不富，关键靠支部；支部强不强，全靠领头羊。宁小五处处以身作则，率先垂范，真正起到了榜样、表率、标杆、引领作用。在他较强人格魅力的影响和感召下，黄儿营西村好几位在外工作的"新乡贤"回村当了志愿者，积极投身于该村的各项建设中，这不是典型的充分调动一切可以调动的积极因素吗？相信群众、依靠群众、发动群众，是我们党的光荣传统，任何时候都不会过时。广泛吸纳各类人才为我所用，是农村党建引领的一项重要内容。

先富带后富，最终共同富。黄儿营西村在宁小五的带领下，先是9名，再是11名身家过亿的企业老板，乃至后来发展到27名企业主组成的村"两委"班子成员，自愿捐资1.2亿元，为村集体办公共事业，新发

一位老人到村办公楼办事，宁小五扶着她下楼

展了120家线缆制造企业，使全村生产总值达到210亿元，上缴税款过亿元，这是非常难能可贵的。这种办法也是乡村振兴的一条有效途径。

希望广大处于发展中的村庄党组织，特别是村书记，能从宁小五身上得到启发，受到教益，努力把本村发展好、建设好、治理好，为群众服务好。

邓迎香：
"女愚公"凿隧道15载 决战贫困

人物概要

邓迎香，女，布依族，1972年10月出生，小学文化程度，2009年7月入党，现任贵州省罗甸县麻怀村党支部书记、村委会主任，兼任麻怀联村党委书记。当选党的十九大代表，先后获得全国劳动模范、全国最美奋斗者、全国优秀共产党员、全国消除贫困感动奖、全国脱贫攻坚奋进奖、全国扶贫先进个人、全国三八红旗手标兵等荣誉。

乡村振兴领头人——中国模范村书记

贵州省罗甸县麻怀村党支部书记、村委会主任邓迎香

邓迎香："女愚公"凿隧道15载 决战贫困

邓迎香是位十分坚强的女性，儿子和丈夫不幸去世，再婚后第二任丈夫因脑出血中风偏瘫，还做过心脏搭桥手术，需要专人照料其生活……她没有被这一连串的生活不幸打倒，而是全身心投入通往山外的隧洞扩建施工中，一干就是15年。她担任村计生信息员后，除干好本职工作外，还发起并带领村民继续扩宽、加高216米的麻怀隧洞，终于在2014年8月顺利通车，结束了该村祖祖辈辈外出翻山越岭的历史，大大缩短了与外界的交通距离，用实际行动谱写了一曲自力更生、奋斗不止的"新愚公"精神赞歌。当地村民把邓迎香的事迹编成快板书，在乡间传唱："……共产党员邓迎香，巾帼英雄响当当。携手丈夫李德龙，誓叫大山把路让。发动全村齐动手，一锄一锄挖山忙。不等不靠不伸手，麻怀隧道连乡场。昔日愚公是传说，今日愚公在身旁……"

而后，她带领村民大力发展产业，决战脱贫攻坚，让全村精准扶贫户按期脱贫，群众的收入逐年增加，过上小康生活。

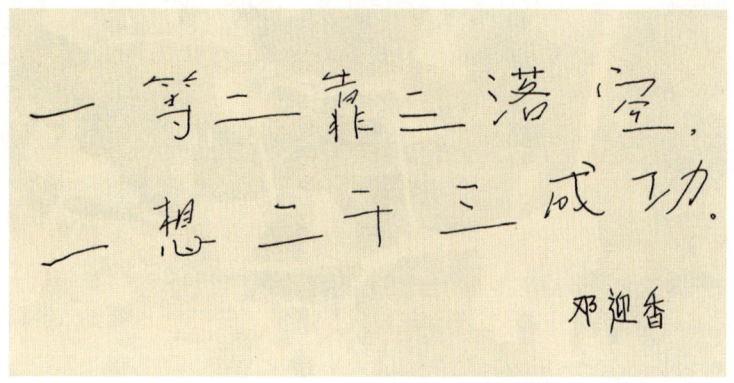

邓迎香担任村书记多年来的真切感言

不等不靠不要　艰苦奋战打通隧道

麻怀村地处贵州省麻山腹地罗甸县南部喀斯特石山区，我国著名的"天眼"工程距该村只有7公里路程。全村版图面积6.5平方公里，共有村民153户、659人，其中残疾人就有24户、26人。该村是汉族、苗族、布依族、仡佬族等多民族聚居地，其中汉族占全村人口的92.2%，少数民族占7.8%，是贵州省民族团结示范村。全村耕地面积只有585亩，其中稻田345亩。

麻怀村共有5个村民小组，其中翁井组的地理位置最为特殊，四周被几座裸露

乡村振兴领头人——中国模范村书记

空中俯瞰麻怀村村貌（无人机航拍照片 村委会提供）

邓迎香："女愚公"凿隧道15载 决战贫困

着岩石的大山遮挡得严严实实，像个天坑。光照时间每天只在上午10点至下午4点，其他时间，阳光都被大山遮挡。"翁井像口锅，四周高山多。出门爬陡坡，喝的玉米糊。"这首民谣是对当地村民生活的真实写照。

翁井组村民家的小孩一直长到10岁才能步行到4公里外的村办小学去读书。因为上学途中翻山越岭，父母不放心，怕出事。毕业于遵义师范学院的曹太敏，是从本组考出去的一名大学生，她回忆小时候上学的情景时感到有些心酸："那时候上学途中提心吊胆，一是怕山上有野兽出没；二是怕下雨特别是冬天路滑。那是什么路呀？其实就是人们踏成的羊肠小道。每天上学时，大家都是手拉着手翻山越岭，到了学校进入教室后就想打瞌睡，经常被老师罚站，哪里学得进去？中午还要饿肚子，成绩平平，一直上不去。"直到麻怀隧道贯通之后，她才得以转学到离家更近的东跃小学，成绩很快就上去了。"从家里通过麻怀隧道到学校只需20多分钟，中午终于可以回家吃饭，还可以小睡一会儿。"曹太敏说。

村民外出或赶集，如果走直线距离，10多分钟就可以到达552国道。但因大山阻隔，出行时必须手脚并用地翻越海拔近千米的广山坡，下到谷底后，再攀登一座高山，顺着弯弯曲曲的羊肠小道下到谷底，再走一会儿才能到达国道，一趟需要三个多小时。途中经过两处悬崖峭壁，稍有不慎，就有可能坠下万丈深渊。一位村民的儿子娶媳妇时，请了近20人抬女方家陪的嫁妆，途中不小心把三开柜的腿碰断了，感到很不吉利，新媳妇为此还哭了一场。有9户村民相继搬到山外投亲靠友，或者干脆到县城买房居住。

翁井组村民饲养的生猪或牛羊，到山外的董架乡集市出售时不能卖活物，因为几乎家家户户都有牲畜滑下悬崖摔死的经历，损失巨大。所以只能提前一天屠宰，请几个壮劳力在第二天天不亮打着手电，用背篓背到集市上去卖。村民种植的蔬菜采摘后，送到集市卖时通常已经是上午10点多钟，蔬菜叶子已经蔫了。买家一看就知道是麻怀村的，明知道你不可能再用背篓背回去，就故意把价钱压得很低。因不通车，水果成熟后自然脱落，烂在岩石缝里。

大山，像囚笼一样阻隔了翁井组的村民出行，大伙儿做梦都想有一条出山的路。

20世纪90年代末，改革开放的浪潮席卷全国。山外经济发展如火如荼，可麻怀村还没有用上电，村民仍然用柴油或煤油灯照明。虽经过村"两委"多次申请，但因该村山高路远，架设电线难度太大，施工困难，一直未能实现。麻怀村民比山外的村民晚了多年才用上电。

1998年下半年，国家新一轮农村电网改造计划开始了，当地政府责令供电公司要尽快解决麻怀村用电问题。可工程技术人员前去勘测架线路线时，面对进入翁井组要翻越的高山悬崖峭壁时竟吓出了一身冷汗，感叹道："这么窄的路，无法容下并行抬电线杆、变压器的人员。这么陡的山，一会儿拐一个又陡又急的弯，一会儿又连弯带拐往坡上翻，电线杆和变压器怎么能运进去呀？稍不注意，1000多斤重的电线杆和几千斤重的变压器不仅抬不进去，还有可能搭上几条人命。"架电一事只好暂停下来。

时任村党支部书记的金玉才深知，村民盼望用电的心情十分迫切。当他在一次群众大会上说明架电暂停的原因时，会场上顿时炸开了锅。"你们村干部得想想办法呀，总不能让我们永远点煤油灯吧？山外的亲戚家早就用上了冰箱、彩电、洗衣机，可我们这里至今还没有通电。"一位村民很激动地说。

"你说得很轻巧，想办法，怎么想办法，我又不是神仙，能把大山移走？"金玉才很生气地说道。

"除了把山移走，就没有其他办法了？"另一位村民质疑道。

"我是想不出其他什么办法，大伙儿可以说说有什么好主意。"金玉才很无奈地说。

"我觉得有个办法，听老人说在广山坡下有条40多米长的溶洞，刚好连着麻怀翁井组与田坝村交界处。那个溶洞只有1米多高，还有一条小溪从中穿过。是否可以考虑从广山坡下打个洞，直线距离估计就200多米。将电线杆、变压器从洞中抬进来，问题不就解决了嘛。"翁井组村民邓迎香发言道。

"这倒是个好办法。"村委会副主任李德龙肯定邓迎香的提议说。

"我也听说过这事儿。可这么多年来很少有人进去。有老辈人曾经进去过，说里面阴森森的，很可怕。"金玉才喝了口水继续说，"你们想过没有，在坚硬的石头上凿开一条200多米长的隧洞谈何容易。"

"这也是没有办法的办法，怕这怕那，电就永远牵不进来。"邓迎香有些焦急地说。

"是否可以考虑请专业施工队来施工？"李德龙道。

"不知需要多少钱……钱从哪里来？"金玉才很疑惑地问道。

"唯一的办法就是全体村民集资呀！"李德龙说。

"那就打听一下行情再说吧。"金玉才表态道。

邓迎香:"女愚公"凿隧道 15 载 决战贫困

没过几天,李德龙联系罗甸县交通局工程技术人员到麻怀村现场测算,请专业施工队过来施工至少需要 380 万元。这笔费用对麻怀村来说就是一个天文数字。

金玉才当天晚上再次组织村民开会,通报测算情况,征求大家的意见。

"这么大的一笔钱,全体村民就是砸锅卖铁也难以筹集。不如我们自己干。"邓迎香发言道。

"我看可以。"

"每天挖一点,就会长一点,总会挖通。"

大伙儿纷纷表示自己动手干。表决时,全体与会人员一致同意。

按照决议规定,翁井组只要分得土地的村民每人交纳 15 元集资款,共筹资金 1350 元,主要用于购买施工所用的铁锤、钢钎、锄头、撮箕、煤油、蜡烛等用品。

1999 年 2 月,翁井组村民使用落后的工具开始挖掘麻怀隧洞。

村委会副主任李德龙和翁井组组长曹响兴二人腰系绳子,先从邻近的广山坡南面半山腰慢慢摸索下到那个溶洞一探究竟。紧接着,村党支部书记金玉才带领汪贵才、熊文富、帅永昌等三人也相继下到溶洞里。高的地方人可以站直,矮的地方需要弯腰。隧洞内的地质结构多样,有的地方是一层石头一层泥,有的地方全是石头。摸清楚情况后便开始组织村民施工。没有电,人们就在漆黑的洞里点上蜡烛或煤油灯。岩洞狭窄,人们采取或趴或坐或跪等不同的姿势,用锄头挖泥,用钢钎在石头上一锤一锤地凿,再用撬杠撬。然后每间隔一米站一个人,用竹篮装满凿下来的石头、淤泥,一篮一篮地往外传到洞口,倒入山下。随着掘进的深入,便做了一个带有四个轮子的简易平板车,竹篮装在平板车上,一车一车往洞口推。每户出一个劳动力,共分成三个施工组,每组九人,实行三班倒。

先是从南面的田坝村朝翁井组掘进,一年多后开始从北面的翁井组开口两头掘进。受经费的制约,村里没有进行仪器勘测、规划施工轴线,只是通过私人关系邀请邻村在县交通局工作的一名干部到现场看了看,口头告知村里应该怎么打才能与对面连接。

2001 年 1 月,翁井组村民一班人马开始从北边同时开挖。两头掘进是不是在一个轴线上,纯粹凭感觉,他们用最原始的办法对接,即不定期在坑道两头燃放鞭炮,听声音进行判断。可这边挖至 60 多米深放鞭炮时,南边竟听不到一点声音。由此判断打偏了,最终才知道,距中轴线已偏了 8 米多远。带班的邓迎香决定继续朝左边打,对面再放鞭炮时就可以听到声音,证明已经连接上了。

人们感到南北两头开凿后的距离越来越近，信心满怀。

"整个隧洞的中轴线就是边打边放鞭炮慢慢对接的，导致有时偏左，有时偏右，现在的隧道从南边的田坝村方向进来，隧道的小拐弯不算，大拐弯就有四个。如果从北面的翁井组进入隧道，大拐弯有三个，最宽的地方就是 8 米。整个隧道虽然不长，但留下了人工凭感觉开凿的很多痕迹。"邓迎香说。

2001 年 12 月 28 日下午，邓迎香出面，向在本村进行"坡改梯"的施工队借了 10 节炸药，装进一个经过好几个小时打通的炮眼里。凌晨两点多钟，随着"轰隆"一声巨响，TNT 炸药爆炸后烟雾弥漫，从这一边可以看到另一边。洞内施工人员的脸上都被泥浆、烟雾覆盖，只能看到双眼和嘴巴是白色的。南边的人大声喊道："你是哪个？"北边的人答道："我是杨方财。你是哪个？"南边的人答道："我是任鸿。"两人冲上前去手拉着手，高兴得跳了起来。"通了，通了，隧洞终于打通了！"洞中施工的村民几乎同时跳起来叫喊道。翁井组的村民奔走相告，兴奋不已。

村民们又一鼓作气花了两周时间，在隧洞前开出一条 700 多米长的通组公路。11 根电线杆和变压器可以直接从隧洞中抬过去，在山上架电拉线。2002 年 5 月，麻怀村通电了，村民结束了祖祖辈辈用麻油、煤油点灯照明的历史。

隧洞的凿通，激发了麻怀村村民对山外世界的憧憬和对美好生活的向往。尽管这条隧洞最宽的地方是开凿时偏离轴线的那个 8 米，最窄的地方只能过一个人、一匹马，最高的地方有 1 米多，最低处只能弯着腰才能通过。但麻怀村村民仍喜出望外，因为步行 15 分钟就可以到达邻近的国道，不用再翻山越岭，比之前节省了 3 个小时。孩子们到了 7 岁就可以上学，穿过隧洞不到半小时就可以到达邻村学校读书，父母不用再担惊受怕。

隧洞修通后，孩子上学和村民出行确实方便多了，但是洞内坑洼不平，溶洞里的水不断往外流，一到下雨天，路面更是泥泞不堪，洞顶还隔三岔五地掉碎石。既没有安装路灯，也没有亮光，整个隧洞里漆黑一片。学生上学和村民出行，只好提前准备一根木棍，左右敲打，或举着一根火把，深一脚浅一脚地探着路往前走。

之后，村里组织翁井组村民在农闲季节将最窄的地方进行扩宽，高度逐渐达到 1.3 米、宽度达到 1.2 米，摩托车、电动车可以勉强通行。村民从县城购买的家具有的可以搬进来，但往往把腿碰掉或把漆面刮坏。太高、太宽的家具还需从山上抬进村里。

由于资金有限，将隧洞继续扩宽、加高成真正隧道的愿望搁浅了。可邓迎香的心里有个梦想，一定要让汽车开进麻怀村，然后再经过艰苦努力，彻底改变全村贫穷落后的面貌。

邓迎香（右）向外地游客介绍216米长通村隧道的开凿过程

2010年"十一"长假期间，李德龙在江苏省苏州市打工的女儿李琼回村里结婚。此前，他与邓迎香都因丧偶而结婚，重组新的家庭。

李琼出嫁要通过隧道，而此时正值雨季，隧洞里积满了很深的水。婚礼当天，村里很多人听说李琼将嫁给一个高大帅气的老板，都纷纷前来看热闹。李琼身穿白色婚纱，举着火把，在狭小的隧洞里一步一歪地试探着艰难前行，几次差点摔倒。尽管她用手抱着婚纱的底部，但仍然被泥浆污染。新郎个高，只好全程弯着腰，两人始终一前一后无法并行，而且好几次差点跌倒。进洞换胶鞋，出洞再换皮鞋。新郎的西服上也溅了不少泥浆，感到非常难堪。到了县城一家酒店举办婚礼时，李琼和新郎又重新换了婚纱和西服。

送走了女儿，邓迎香对李德龙说："一定要把隧洞再扩宽、加高，像真正的隧道一样能通汽车。让所有嫁进和嫁出麻怀村的小媳妇、大姑娘，都能举办体面的婚礼，让她们不再因为艰难进村而沦为笑谈。"

"你疯了，既没有资金，又没有设备，不具备任何条件，用什么扩宽、加高隧洞？用那种最原始的作业方式，何年何月才能完成？"李德龙很吃惊地说。

"条件是可以创造出来的嘛，我要想办法解决这些问题。"邓迎香道。

邓迎香并非心血来潮，她在福建打工的那几年记住了一句话——"要想富，先修路"。她清楚地记得 2007 年回麻怀村过春节的情景，与她一起打工的外村几位姐妹，提前打电话让家人骑摩托车到县火车站接，或者坐摩的回家，只有她带口信让家里人背着背篓到隧洞外去接。这件事深深刺激了好强的邓迎香。过完年后，她决定不再外出打工，而是留在村里想办法把隧洞的事情办好。

2009 年 5 月，邓迎香被村委会聘为计划生育信息员。一开始，她并不是很乐意，因为这个职务不属于村"两委"的编制序列。但她很快发现，有了这份工作，就要定期去乡里汇报工作，顺便可以向领导反映隧洞的事儿。她找乡党委书记讲隧洞扩宽遇到的困难，向乡长咨询筹钱的门道，甚至壮着胆子拨通了罗甸县委书记的电话。

第二次扩宽隧洞，刚开始只有邓迎香一个人在行动。她一有空就独自一人到隧洞中用撬杠撬，用锄头一点一点地刨，用竹篮将碎石挑到洞外。她说："你们不信，但我信！只要我坚持每天挖，刨一点是一点，总有一天会把隧洞扩宽、加高，能让汽车通过。"邓迎香就像愚公一样，执着地坚持每天到洞里去挖。她的双手磨破了皮、磨出了血，时间长了就磨出了厚厚的老茧。原来并不赞同她这样做的李德龙被妻子的精神感动，每天也进洞帮忙。渐渐地，更多的村民也自告奋勇或心甘情愿地加入凿洞的义务劳动中来。

劳动力不缺了，但凿洞仍然面临不少困难，最大的困难是缺乏资金和水泥等物资。

邓迎香一次次从村里赶到相距 35 公里的县城，厚着脸皮到县直有关部门"化缘"。2010 年 11 月，县环保局同意支持 3 万元资金。女婿小范得知情况后也主动捐资 1 万元。

出去拉赞助的时候，邓迎香将丈夫李德龙带上，因为他是村委会副主任，能代表村委会表态。

邓迎香锲而不舍的愚公精神感动了很多部门的领导，他们纷纷表示愿意大力支持。罗甸县当年是国家级贫困县，在财力十分吃紧的情况下，县政府从财政经费中拨款 5000 元，县民政局资助 3 万元，县城建局资助 6000 元，县残联资助 3000 元，

邓迎香:"女愚公"凿隧道15载 决战贫困

县职校资助2000元,县水利局支援20吨水泥,县林业局支持10吨水泥,县财政局支援4吨水泥……"总共筹集到10余万元资金、80吨水泥和其他物资。有了这些资金和物资,我们扩宽、加高隧道的信心更足了。"邓迎香说。

村里用筹集到的资金花费7800元购买了一台"红星"牌拖拉机拉矿渣,比人工挑要快得多。

刚开始只是翁井组村民参加扩宽隧洞的义务劳动。邓迎香又号召麻怀村其他四个村民小组的村民都积极投入隧洞施工中。

有了村民的广泛参与,有了上级领导的关心和社会的支持,邓迎香的干劲更足了,216米长的穿山隧洞,最终被扩宽成3.5米至5米、高5米至8米。不仅各种小汽车畅通无阻,就连载重卡车也进出自如。"从刚开始凿通隧洞到扩宽、加高,仅人工炮眼就打了3000多个,清运土石方5万多立方米。过去三个小时的路程,现在只需十几分钟。"邓迎香介绍道。

麻怀隧道不仅惠及了本村村民,彻底解决了该村祖祖辈辈为路所困的局面,还同时解决了邻近的田坝村、甲哨村6个组数千名村民的出行难题。

邓迎香(下)重走当年通往外界的那条便道

2011年8月16日上午，麻怀村举行了麻怀隧道通车典礼。那天，隧道口拉着一条横幅，上面写着邓迎香感触最深的两句话——"一等二靠三落空，一想二干三成功"。虽然只是一个小山村的简单庆典活动，但当时罗甸县委的主要领导闻讯后也及时赶来了。当得知邓迎香和麻怀村村民历尽艰辛，奋战12个春秋，终于实现通车的梦想后十分钦佩。他竖起大拇指对邓迎香说："你们不等不靠，用自己的双手来创造幸福生活，是为政府分忧，为村民解难，非常了不起。"

2012年9月，《文汇报》记者郭一江本是到罗甸县采访营养午餐、乡村教育专题，一天采访结束后在回县城的路上，陪同采访的县职业学校校长黄周立聊起了山村孩子的教育出路问题。他自豪地告诉郭一江，自己有个叫李琼的学生毕业后到江苏省苏州市打工，还嫁给了当地一家企业的老板。2010年"十一"期间新娘带着新郎回罗甸县举行结婚仪式，自己作为特邀嘉宾去婚礼现场喝了喜酒。他还说："记得李琼娘家的那个村非常偏僻，出嫁时还要钻爬一个山洞。""不过，李琼的继母很有本事，这些年来硬是把那个进出只能靠爬的山洞扩宽了、加高了，听说现在汽车都可以开进去。"黄周立介绍道。

郭一江听后很好奇，也很惊喜。他当即决定暂时不回县城，掉转车头往麻怀村，去看看"很有本事的继母"邓迎香和那个村民用了12年时间人工凿成的隧道。

车辆在昏暗的灯光下行进，坐在车上的郭一江还真有些惊恐。当时邓迎香没有为刚打通的隧道而欣喜，反而担心洞顶的悬石掉落下来伤人。为此，她常常会带着手电、火把前来检查，提醒进出的村民注意防范。

"隧洞从1999年2月开凿以来，到不断扩宽、加高的12年间，共打了7000多个炮眼，挖掘碎石9万多立方米。用了80多个铁锤、160多根钢钎、380把锄头、500多个撮箕，点了2300多根蜡烛，用了100多公斤煤油，投工近6000个。"邓迎香介绍道。

郭一江在麻怀村采访的几天里，被邓迎香的情怀和执着精神深深打动，便及时撰写了一篇长篇人物通讯——《一个农妇与一条隧道》，在《文汇报》"近距离"专栏整版刊发，引起了有关单位的注意。新华社、中央电视台、《人民日报》《光明日报》《中国青年报》《农民日报》等中央媒体纷纷派记者前往麻怀村采访报道，迅速在全国范围内引起了较大反响。

2013年10月，邓迎香虽然当时还只是麻怀村的一名计生信息员，但在北京人民大会堂召开的"第四届中国消除贫困奖"颁奖大会上，她却以麻怀隧道挖掘带头人身份，与"杂交水稻之父"袁隆平等10位来自各个行业对国家贡献卓著的人士和组织一起，荣获了"中国消除贫困奖"。

2014年2月，邓迎香高票当选麻怀村村委会主任。她推辞任职，理由是自己认字太少，怕耽误了全村的工作。她表示，自己以前只是一名计生信息员，就可以到县里跑资金，组织村民扩宽、加高隧道，为村里干事儿，即使不担任村委会主任，仍然可以力所能及地为村民干事儿。镇里的领导告诉她："你是选民投票选出来的，代表民意，我们不能随便决定你干还是不干。"

李德龙鼓励道："既然大家选了你，你就干吧。不会写字，我帮你写申请、写报告，你签名盖章就行了。"邓迎香受到鼓舞，决心履行好这个职务。

这年7月25日上午，时任贵州省委书记的赵克志到麻怀村调研。他步行从隧道北口一直走到南口，实地察看了隧道的现状，详细了解整个施工过程后深受感动，紧紧握着邓迎香的手说："隧道虽然不是很长，但经过12年的人工开凿，你们用土办法'啃'出了一条通常需要花费数千万元资金才能打通的隧道，不简单！你们这种自力更生、艰苦奋斗的精神，正是我们广大农村干部学习的榜样！"

赵克志问陪同的罗甸县委书记杨朝伟，如果将麻怀隧道进行被覆需要多少资金，杨朝伟回答说之前经过测算，需要200万元。赵克志回到贵阳后很快让省交通部门为麻怀村支持了200万元资金，将隧道进行了钢筋、水泥被覆，安装了13盏路灯，保证白天和晚上车辆及行人的通行安全。

赵克志离开麻怀村时，邓迎香送给他一双自己手工做的布鞋和一双绣有"麻怀干劲"的鞋垫，微笑着说："请书记不管走到哪里，都不要忘记麻怀村、忘记麻怀干劲。"

赵克志愉快地收下了这份礼物，珍藏了好几年都舍不得用。

2016年10月，邓迎香高票当选麻怀村党支部书记。她深感自己肩上的担子更重了，对自己的要求也更高了。

天有不测风云，2022年端午节前后，麻怀村上空乌云密布，雷声阵阵，经历了数天的大暴雨，位于田坝村一边的麻怀隧道出口处发生了大面积塌方。雨停后，轿车虽然可以勉强通过，但大车被堵在洞外，邓迎香心急如焚，及时向上级领导汇报，经过多方努力，罗甸县政府筹资139万元，及时将塌方处进行了除险加固，其中用水泥浆砌石挡土墙2735立方米，混凝土挡土墙106立方米，回填石方3000余立方米，还对596平方米的混凝土路面和12.6米的排水沟进行了修复。

"长 56 米、高 18 米的挡土墙砌成后,使这里的空间大大增加,旅游大巴车能够在此处掉头。这多亏了各级党委、政府给予的关怀和大力支持,使麻怀村村民的出行问题得到了彻底解决。"邓迎香说。

奋力克难攻坚　带领村民决战贫困

电通了,隧道通了,麻怀村村民的生产生活相继发生重大变化。冰箱、洗衣机、微波炉、面条机等家用电器都能购买使用了,家家户户看上了电视,及时了解到了山外的信息。邓迎香说:"大山遮挡了我们的视野,隧道通车之前,我们就像井底之蛙,只能看到村里的这一小块儿,对外面的世界浑然不知。"

隧道打通前,村民的住宅都在山上,就地取材砍伐树木建房子。因为建砖瓦房所需的水泥、沙子等建筑材料无法运到村庄。隧道打通后,村民的住房大都从山上迁到了公路边,90%以上的农户建起了两层楼房。麻怀村村民种植的蔬菜、水果都能运出去了,并能卖出个好价钱。特别是农业生产所需要的化肥,以前请人从山上搬运或从隧洞找马驮进村里,一袋化肥的成本就增加了 15 元钱左右。

隧道通车后,还成就了麻怀村两名年轻人的爱情,在方圆几十里传为佳话。1984 年出生的翁井组村民任毅,2003 年 7 月到浙江义乌打工时认识了一名叫王静静的女青年,她是河南省商丘市夏邑县河梧村人,与任毅在一个工厂打工相识。那年因为"非典"疫情,两人便回到麻怀村。王静静用当地的公用电话与家里取得联系,谎称自己还在浙江。结果父母一看是贵州的电话号码,怀疑女儿被拐卖了,便让一位在黔南自治州公安局工作的亲戚帮忙查找。罗甸县公安局接到电话后很快找到了王静静,将她接到县城的一个小旅馆住了一晚,第二天派人送到黔南州所在的都匀市那位亲戚家,王静静的父母千里迢迢从河南赶来,将姑娘接了回去。

疫情结束后,任毅又去了福建、浙江打工。王静静受不了思念之苦,偷偷离开家追了过去。她的父母不放心,专程从河南赶到麻怀村一探究竟,看看这里到底有什么魅力能那么吸引自己的女儿。当时,任毅不在家,王静静的父母转了好几次车来到罗甸县城,租了一辆车从田坝村那边的洞口下来想步行穿过隧洞,可途中黑乎乎的什么也看不清,差点摔倒。便又退回去花钱找了个村民举着火把带路,弯着腰好不容易从洞中穿过来到麻怀村,两只脚上全是稀泥,连袜子都看不见了。他俩出了隧洞,只见任毅所在的翁井组四周被高山遮挡,十分失望和生气。当即返身去了县城，说什么也不同意这门亲事，发誓无论如何也不能让自己的宝贝女儿嫁到这个连公路都不通的大山里的穷村庄。

但两个年轻人的感情谁也拆不散。2006年正月，任毅与王静静悄悄结婚，到5月份小孩出生后，才打电话告知女方父母。此时生米已经煮成熟饭，王静静的父母尽管有一百个不愿意，也没有什么办法能够阻挡。但她的父母单方面决定让小孩随母亲姓，取名王冠宇，而且将孩子的户口上在河南姥爷、姥姥的户口簿上。

这件事对邓迎香的触动很大，也成为她决心要扩宽、加高隧洞并最终能够通车的重要原因之一。

转眼到了2009年，任毅夫妻二人用自己多年的打工收入在麻怀村建造了两间一层的平房。麻怀隧道通车后，他们又相继在县城购买建筑材料，将房子加高至3层，盖成了一栋很漂亮的楼房。

2016年10月，中央电视台《焦点访谈》栏目播放了麻怀隧道在邓迎香组织参与下的整个修建过程，而且画面中有任毅和王静静家的楼房。她的母亲董书琳在电话中高兴地说："我在《焦点访谈》中看到了你们麻怀村的隧道通车了，还看到了你家的房子，我和你爸爸都很高兴。"

董书琳在很多村民面前炫耀说，自己认识《焦点访谈》中播出的那个邓迎香，大伙儿都不相信。她急了，提高嗓门大声说："我女儿就嫁在他们那个村，我去过，你们还有什么不相信的。"商丘一家媒体记者打电话问王静静："听说那里是山区，很穷，你为何要嫁过去？"她回答说："一是为了爱情；二是因为那个村有个好支书，贫穷面貌正在逐步改变。"

2017年3月，任毅的岳父岳母再次来到麻怀村，对这里发生的巨大变化感到非常吃惊。当看到女儿、女婿家盖的一幢三层小楼时非常高兴，同意将孩子的户口迁回来。同时他们提出，一定要见一下"焦点访谈"中出现的那个村支部书记邓迎香。

最让人欣慰的是，隧道未通车前，麻怀村没有出过一名大学生。隧道通车后，该村已有59个村民子女相继考上各类大学，其中还有一人考上了硕士研究生。他们毕业后走出大山，过上了崭新的生活。"2013年考上了2个大学生，2014年一下子增加到6个，2015年有4个，2016年有7个，2017年有6个，2018年有5个，2019年有6个，2020年考的大学生最多，全村共有8个，2021年、2022年每年都有4个，2023年有7个。"邓迎香对全村考出去的大学生人数及每个人的名字都记得特别清楚。

"以前全村没有一个大学生，主要原因是村民子女上学路途较远，一趟需要步行三个多小时，而且充满危险，只有等到 10 岁才能去上学。因为年龄太小，走不了那么远的路。这些孩子在班上比其他村的孩子要大好几岁，面子上不好看，自尊心受到影响，往往会产生自卑感。加之孩子们在校期间，中午又不能回家吃饭，只能带点干粮，有时忘了或来不及带，就要挨饿，肯定没有精力在课堂上好好听讲，用心读书。"邓迎香介绍道。

那时候全村人都穷，有的家庭孩子吃穿都成问题，没有多大热情去上学读书，年龄稍大一点，就想外出打工挣钱，导致很多孩子没有受到良好教育，形成了恶性循环——越是没有文化就越穷，越穷就不想去读书。隧道打通以后，村民的小孩长到四五岁时就可以送到镇里上幼儿园、学前班，到了六七岁就可以上小学，年龄与其他村里的孩子相同。加之孩子们大学毕业有了文化后，生活质量就大大提高，即使在外面打工，工资收入也会大幅度增加。全村 52 个大学生中有两人考上了公务员，9 人分别当上了教师、医生。其中一名叫金修齐的村民子女，2009 年以优异成绩考入大连大学环境科学专业，2017 年 7 月毕业于昆明理工大学环境工程专业硕士研究生，作为人才引进到贵州省环境科学研究设计院工作。"这就激发了孩子们上学好好读书的积极性，家长们都慢慢明白了一个道理：知识改变命运。"邓迎香说。

邓迎香经过苦苦思考后充分认识到，全村面临的更加艰巨的任务就是发展经济，决战贫困。2016 年 3 月，黔南布依族苗族自治州药品监督所、沫阳镇扶贫工作队进驻麻怀村。在全村精准扶贫动员大会上，邓迎香表态道："必须立下愚公志，打好攻坚战，啃下硬骨头。"

经过认真学习党和国家的精准扶贫政策，邓迎香体会到，精准识别贫困户，是做好精准扶贫工作的前提和基础，确保精准识别不"漏评""误评"非常重要。她与沫阳镇扶贫工作队队长、麻怀村党支部第一书记王凌讨论时提出："一定要公正、公平、公开评定扶贫对象，确保符合条件的一定要评上，不符合条件的坚决不能滥竽充数或照顾关系，避免村民心理不平衡，引发社会矛盾。"最后决定采取民主评议并公示的办法识别贫困户和低保户。村委会将精准扶贫对象的识别原则、识别标准、识别方法张榜公布，全程接受全体村民的监督。

"工作中我们坚持做到了'**严格标准、综合考量、民主评议、群众认可、实事求是**'的识别原则。在识别标准上，一是严格执行村民人均纯收入标准，即农民人均纯收入由年度家庭各类收入总和扣除生产经营性支出后,除以家庭常住人口数计算得出。同时统筹考虑'不愁吃、不愁穿,义务教育、基本医疗、住房安全有保障'等'两不愁、三保障'因素。"邓迎香介绍道。

邓迎香(左)看望留守老人

在具体识别工作中,麻怀村推行了"一进、二看、三算、四比"工作法。一进:包村干部、村"两委"成员和驻村工作队负责人组成摸底调查组,对全体村民挨家逐户调查走访,摸清底数。二看:看房子、家具等基本生活设施状况。对拥有家用轿车、大型农机具、高档家电,不得识别或慎重识别。三算:按照标准逐户测算收入和支出,算出人均纯收入数,算支出大账,找致贫原因。四比:与全村左邻右舍比较生活质量。对家庭成员有财政供养人员、有担任村"两委"干部的,家庭成员中有人担任法人代表或股东在工商部门注册有企业的,在城镇拥有门市房、商品房的,不得识别或慎重识别。

而后,村民对照评定标准自我确认。如果认为自家符合困难户、低保户标准,就写申请,交给村民小组初审,由村民小组长主持召开组民大会投票。实行现场投票、现场唱票、现场监督。将民意评审结果在本组公示一周,如无异议,报村委会审核。调查组再次对初审对象进行复核,如无异议,村"两委"组织村民代表大会现场投票,决定评审对象。公示一周后如无异议,由村"两委"正式推荐确定,报当地沫阳镇党委、政府核定。

严格、细致的评审程序,使一些不符合标准的人被挡在困难户和低保户之外。邓迎香的一位亲戚多次到她家求情,要求关照一下,将自家纳入精准扶贫户,看病吃药可以少掏钱,子女上学有优惠。这位亲戚家也确实有一些实际困难,但经过村民小组投票时被淘汰。因为经过大数据比对,发现他家在县城里购买了一套价值数十万元的单元房。邓迎香耐心给他做工作,非常恳切地告知肯定不行。结果得罪了亲戚,好几年时间都不与她家来往。

"经过精准识别,麻怀村共有56户、236人被确定为建档立卡的精准扶贫户,还有14户40人被评定为农村低保户。由于整个过程公开透明,全村群众对精准识别的扶贫对象都很服气,没有一人有怨言,更没有人为此上访。"时任沫阳镇副镇长、扶贫工作队队长、第一书记王凌说。

邓迎香充分认识到发展产业是精准扶贫的重要环节。她挨个给在外地打工的本村村民打电话,动员大家回乡创业就业,带动全村的经济发展。春节前,她把在外务工的村民都请回村里过年。该村常年在外打工的260多人中已有240人回乡就业创业。村集体实施山上栽果树、田里种水稻、地里种蔬菜、家里养黑毛猪、房前屋后养鹌鹑等五大工程,还利用青山绿水带动村民发展乡村旅游,千方百计地增加村民收入,带领大伙儿致富。

摆台组村民袁端胜就是返乡创业的村民之一。他于1982年7月出生,在一所职业学校大专毕业后,于2003年2月到福建省泉州市一家鞋厂打工,从杂工干到了管理人员。2008年6月,他自己开办了一个加工厂,获得了良好的经济效益。2011年8月,麻怀隧道扩宽、加高后,邓迎香多次给他打电话,介绍家乡的发展变化,动员他回乡创业,同时照顾好家庭,特别是陪伴好自己尚未成年的孩子。2015年春节前,袁端胜回到麻怀村,见村里发生了很大变化,特别是隧道通车后,交通大大方便。便将30多位回家过年的年轻人召集到一起,讨论如何支持村集体的发展,还写了一条标语——"感谢邓迎香为改变家乡面貌付出了辛勤努力",挂在麻怀隧道翁井组方向的顶部。正月初三这天,这30多名青年人应邀到罗甸县的一家酒店参加一个发展麻怀村的座谈会,而后上了央视新闻,大家兴奋不已。

春节过后的3月初,袁端胜处理完福建的企业资产后回到麻怀村,不仅被任命为村委会主任助理,还投资50万元在摆台组建设了一个占地20亩的养殖场。他还成立了罗甸创达养殖专业合作社,带领更多村民致富。

邓迎香帮助袁端胜找了5位村民参与修路,协议约定,男性村民劳动一天,支付150元报酬,女性每天支付130元工钱。路修好后,如果参加专业合作社就不支付报酬;如果不愿意参加,就据实支付劳动报酬。养殖场顺利建成,5位村民也都自愿入股经营。

建养殖场的场地到村里有1.8公里的距离不通公路,施工十分不便。邓迎香找到与她一块儿长大的时任罗甸县政协主席的罗金逸,请他帮忙给予资金支持。没过几天,罗金逸到麻怀村实地查看,只见几位村民正在修建路面,毛坯路只剩下100多米就将通车。他很受感动,及时联系县交通部门给予了10万元资金支持,使养殖场很快建成。

正当袁端胜信心满怀地大干时,2017年6月,一场百年不遇的过境台风把麻怀村的大树刮倒了,也把养殖场猪圈的彩钢棚给吹翻了,损失很大。贵州电视台记者采访报道此事后,罗甸县畜牧局和沫阳镇政府及时派出工作人员到麻怀村查看灾情,出资将养殖场恢复起来。畜牧局还捐赠了160头30斤重的黑毛猪仔和60头母猪。养殖场当年出栏100头生猪,销售到北京、上海、广州等特大城市,盈利15万余元。袁端胜从利润中拿出1.1万元,捐赠给10个困难户村民过年,每户1100元。

在养殖场的兴建、经营过程中,邓迎香还给予了各方面的大力支持。协调当地供电公司架设了一条专用电线,安装了一台大功率变压器。2018年9月,还协调罗甸县交通部门出资180万元,将1.8公里道路进行了硬化。

2019年由于受猪瘟影响,袁端胜只好将一些仔猪和母猪低价出售。从2020年2月开始转型,在100亩荒地上种植牧草,现养殖了150头黑山羊、20头黄牛。

2016年初,麻怀村被贵州省委组织部确定为全省党性教育培训基地。村集体将翁井组村民的10余亩土地,以3.9万元的价格征用变性,改为商业用地。一期建设投资300万元,建设了邓迎香事迹展览陈列室和两个报告大厅。2019年6月二期工程开始,投入资金700万元,建设了4栋培训人员宿舍,共32个房间、64个床位。三期工程从2020年3月开始,投资800万元,建设高标准学员宿舍楼一栋,28个房间、58个床位。培训中心的功能不断完善,床位逐渐增多,目前可以同时接待122人食宿、培训。2019年培训人数最高时达到4万余人。2021年10月,由贵州省委组织部更名为黔南布依族苗族自治州委党校麻怀现场教学基地,于2022年8月挂牌贵州省委党校、黔南布依族苗族自治州委党校"中国天眼"——

麻怀现场教学基地。

邓迎香不断探索全村产业发展，她逐渐感到只有下大力气发展产业，逐步壮大集体经济，才能帮助精准扶贫户早日脱贫致富，不断增加全体村民收入，实现共同富裕。

邓迎香（左）认真听取老党员对村"两委"工作的意见和建议

2017年6月，邓迎香多方争取资金400万元，流转屯上组村民土地12亩，建起了一个标准化鹌鹑养殖基地。其中有三栋房子为养殖用房，一栋房子供工作人员办公、住宿、仓储用。房子建好后，从2018年3月开始租赁给一个鹌鹑养殖专业户使用，第一年饲养鹌鹑12万羽，第二年增加到18万羽，第三年增加到20万羽。鹌鹑蛋大个的40多个为一斤，小个的50多个为1斤，批发价每斤6元，零售价每斤9元至10元。租赁方安排了6名精准扶贫户在养殖基地打工，每天支付工资100元。每年年底除支付村民每亩地800元流转费外，还给村里分红12万元。"这12万元中，一半给所有村民分红，另一半作为村集体收入。"邓迎香介绍道。

鹌鹑养殖基地成功建设和运营，进一步激发了邓迎香发展产业的决心。经过反复考察，她决心在麻怀村发展食用菌产业。

2017年7月，邓迎香主持召开村"两委"会议研究决定，并经过村民代表大会审议通过，在翁井组流转村民土地78亩，到当地农行贷款300万元，建设了55个香菇种植黑色塑料网遮阴大棚。2018年初试种了6万棒香菇，由于缺乏生产管理技术和经营网络，加之人工成本过高，结果亏损了12万元。

经时任罗甸县政府分管农业的副县长出面协调，贵阳农业农垦集团公司下属的贵阳民盛和发展投资公司负责人到麻怀村考察，被以邓迎香为代表的"麻怀隧道精神"感动，决定到该村投资租赁香菇大棚，生产经营食用菌。这年10月份，民盛和发展投资公司生产经营管理人员正式入驻麻怀村，进行实质性运作，建设麻怀食用菌生产基地。

双方在租赁合同中约定：贵阳民盛和发展投资公司每年向麻怀村支付土地流转费每亩800元，之后每年按3%递增。同时，第一年向该村支付场地租赁费6万元，第二年8万元，第三年10万元。三年后重新签订租赁合同。

民盛和发展投资公司第一年种植了14万棒黑丝鸡枞，实现产值80余万元。第二年改为种植香菇和羊肚菌，种了16万根香菇棒，每棒生产1斤香菇，每斤售价4.5元至5元，一亩地生产羊肚菌350斤，鲜羊肚菌每公斤售价48元，干羊肚菌每公斤售价1050元。当年实现产值130万元，投资持平。由于气候等原因不适合生产香菇，第三年该公司又改种14万棒玉黄菇，产值达到140万元，开始盈利。

"民盛和发展投资公司租赁翁井组的90亩土地种植食用菌，不仅使村民、村集体在经济上得到收益，还安排了一些村民就业，其中有一半是精准扶贫户。有30位村民长期在食用菌基地劳动，每天工资保持在100元至120元。采摘旺季，共有50多人在此务工。"邓迎香介绍道。

麻怀村具有劳动能力的村民共有392人，其中外出务工人员278人。打工收入与村集体发展经济相结合，使全村逐渐摆脱贫穷落后面貌，村民过上了小康生活。

邓迎香无私地帮助了很多贫困家庭，翁井组村民袁端红就是其中一位。他5岁丧父，母亲改嫁，跟爷爷奶奶长大成人。2005年7月的一天，袁端红正在李德龙家参加第二次开凿隧洞的动员会，突然狂风大作，暴雨倾盆，他感到家里的房子有些异常，及时冒雨将两个孩子叫到邓迎香家，再转身把老婆接出来，房子就在大雨中坍塌。邓迎香把他们一家人安顿下来，一住就是10多天，无偿为他们四口人提供吃住。袁端红的妻子是位精神病人，邓迎香到罗甸县残联反映情况，最终给予了4000元救济。她又把自己家里的一块地送给袁端红作为宅基地，用石头打磨成沙子，从县城买来水泥，用马匹从麻怀隧洞驮进村，操持着帮他家盖房子。罗甸县残联后来又追加救济款5000元，邓迎香找了几位村民帮忙做小工，终于帮他家盖起了建筑面积135平方米的四间瓦房，2006年3月正式搬进去居住。

袁端红的两个儿子多次面临辍学的危险，邓迎香多方接济他家。精准扶贫活动开始后，他家被确定为建档立卡的精准扶贫户。邓迎香不仅为他家申请救济粮，还向民政部门申请了农村低保。2018年8月，他家按政策规定异地搬迁到沫阳镇集中安置点，按期脱贫。

在邓迎香的大力帮助下，袁端红的两个儿子慢慢长大成人，相继上了大学，如今都在外地打工，每人每年有10多万元收入。有个儿子还买了一辆近20万元的小轿车。现全家共有11口人，已是"三世同堂"，过着其乐融融的幸福生活。"迎香的家庭也不富裕，她不仅资助我的两个儿子上学，帮我家盖房子，总共花费了2万多元。每年还从粮食上接济我家，我们家的人经常到她家吃饭，她做的好事数不清、说不完。如果没有她的无私帮助，我家绝对没有今天的幸福生活。"袁端红说着说着已是泪流满面。

麻怀村56户、236名建档立卡的精准扶贫户中，有100多人被安排到养殖场、鹌鹑基地、食用菌基地、辣椒厂工作，有26人被安排到村里担任护林员，每人每年有9000元工资收入。还有5人被安排到麻怀现场教学基地食堂工作或从事房间保洁，所有贫困户已于2019年年底全部按期脱贫。

邓迎香并没有就此止步，她说："下一步的任务是继续采取措施，防止精准扶贫户返贫。同时，要借国家实施乡村振兴战略之机，大力发展集体经济，不断改善民生，实现共同富裕。"

邓迎香（左）向村民传授农作物种植技术

邓迎香多方筹资在全村修建了三个篮球场，使村民有了健身活动场所。还修建了一条5.5公里的通组公路，2020年罗甸县至都匀市二级公路岔路口驶入麻怀村的通村公路开通，沿路安装了36盏路灯，成为该村除麻怀隧道外的第二个出村通道，实现了"村村通""组组通""户户通"。覆盖全村的5G移动基站已经建成并投入使用。

在麻怀隧道北出口处，一个观光养鱼两用的荷花塘于 2016 年 11 月建成，总面积 4 亩，容积 5400 立方米，被麻怀现场教学基地两面环绕。池塘里种满了荷花，养了鱼，有人垂钓，有人赏景，俨然一个世外桃源。邓迎香请一位有文化的人给取了个好听的名字——河池洞天。

麻怀组的地势较低，只要下暴雨，26 亩稻田就会被洪水淹没。还有 85 亩旱地需要水源，加之翁井组的 90 亩大棚香菇需要用水，必须在中上游建设一个水坝进行蓄水、防洪和灌溉。2019 年下半年，邓迎香多次到贵州省水利厅争取政策性资金 400 万元，第二年 5 月份开始动工，在翁井组征地 15 亩，修建了一个坝长 630 米、宽 25 米、高 2.7 米，设计蓄水量达 2.31 万立方米的小型水库。2021 年 3 月份开始蓄水，实际蓄水量已达到 10514 立方米。"这个小型水库的建成，不仅可以蓄水防洪，还可以保障 200 多亩稻田和旱地灌溉等生产生活用水。"邓迎香介绍道。

2020 年 3 月，经过邓迎香多方努力，麻怀村与一名具有食品生产经验的个体老板合资经营，投资 250 万元，成立了迎香食品公司。注册了"迎香食品"商标，当年 10 月投产后，生产的辣椒酱很快打开市场销路，到 2021 年 3 月，半年实现产值 220 万元。最终实现村集体占股 70%，成为控股方，个体老板用生产技术入股，占股 30%。

2023 年 8 月，麻怀村村委会成立了贵州麻怀教育服务有限公司，为麻怀现场教学基地提供配套服务，当年盈利 71 万元，加之其他收入 30 余万元，村集体收入超过了 100 万元。

2022 年 1 月，村集体购买了 7 万多只鹌鹑苗饲养，7 月开始出售，销售额达到 50 余万元。还购买了 1 万多只鹅苗开始饲养，到 8 月开始出栏，销售额达到 6 万多元。同时，购买了 400 多头黑山羊饲养，年底出售了 60 多头，销售额达到 5 万余元。

2011 年，全村人均可支配收入只有 800 元，2023 年已经达到 1.86 万元，短短 10 多年时间，增长了 20 多倍。村民喝上了自来水，开上了农用车、面包车，还有 134 辆小轿车，村里还有农家乐和文化活动场所。

"今后要继续发扬'麻怀隧道精神'，自力更生，艰苦奋斗，大力发展产业，任务十分艰巨。"邓迎香说。

意志坚韧不拔　　率先垂范做好表率

邓迎香出生在贵州省罗甸县沫阳镇高峰村。因为家庭条件不好，她只上到小学二年级上学期就辍学回家，帮父母干活儿，后来又上了当地政府开办的"扫盲班"。经过多年锲而不舍的自学，现已能认识3000多个汉字，能熟练地用微信交流。

邓家没有儿子，只有四个女儿。邓迎香的父母将女儿们一直当男孩养，希望她们长大后嫁在本村或邻近村庄，相互也好有个照应。1990年12月的一天，沫阳镇驻村干部金玉祥带着麻怀村汉族青年袁端林来到邓家，为邓迎香说媒。当得知金玉祥是想把自己的二女儿（邓迎香）介绍到大山深处那个穷得出了名的麻怀村时，两位老人坚决反对。然而，邓迎香对袁端林的仪表人品非常满意，一见钟情，发誓非他不嫁。怎么劝说都不行，父亲为此十分恼怒，第一次动粗将邓迎香打了一顿。

大姐与邓迎香关系最好，两人平时无话不谈。当看着她提起袁端林时的幸福模样，便拿定主意要帮帮二妹，趁赶集的机会请媒人带话："只要袁端林满意，就让他悄悄把我家二妹接到麻怀，生米煮成熟饭后，父母就是千个不答应也无计可施。"

正在罗甸县城一家企业打工的袁端林得知这一好消息后喜出望外，当即向介绍人表示十分愿意娶邓迎香为妻。

邓迎香开始确定并实施自己的"出奔计划"。6月6日上午，她拿着一包换洗衣物和自己纳了多年的绣花鞋垫，悄悄离开家。得到邓迎香口信的袁端林匆匆赶到沫阳镇，等待与她会合。

邓迎香的娘家虽然也是山区，但地势相对平坦，一年四季可以吃大米。而只有27户、124人的翁井组，四周被群山环抱，最高的白虎山海拔2100多米。全组都是坡地，一年四季只能种植土豆、红薯和玉米。

袁端林兄弟姊妹六个，加上父母共八人吃饭，住的是几间玉米秆糊上泥巴当墙、茅草盖顶的草房。陷入爱河的邓迎香眼里只有袁端林，对眼前家徒四壁的条件视而不见，尽管顿顿吃着粗糙的苞谷饭也不在意。她憧憬着婚后同袁端林一起，用自己勤劳的双手改变贫穷落后的面貌，创造美好的幸福生活。

邓迎香"私奔"到了麻怀，很快在高峰村传得沸沸扬扬。有人讥讽她是从"米箩"跳到"糠箩"。

邓迎香："女愚公"凿隧道 15 载 决战贫困

"是不是被人贩子给拐卖去的？"

"是鬼迷心窍，被骗子骗去的吧？"

"一个十八九岁的小姑娘怎么那么大的胆子呀，还没结婚，就跑到那个大山的穷人家住着不回来了。"

"她的父母真心狠，把女儿嫁到那么穷的地方，于心何忍呀？"

一时间，高峰村流言四起。

邓迎香的父母听到各种风言风语后十分生气，发誓要把二女儿抢回来。农历端午节这天，父亲邀请了 50 多名亲戚及本家人，手里拿着斧头、镰刀、铁锹，气呼呼地赶到麻怀村，找袁家要人。

袁端林家提前得到消息后，也把村子里的数十人喊来应对。眼看一场械斗就要发生，邓迎香突然从屋里冲出来，扑通一声跪在父亲面前说："爸，我与袁端林是自由恋爱，不存在欺骗，更不是拐卖，任何人都不得干涉。今生今世再苦再累，我都终身不悔，这一辈子就认定袁家了。您就不要相逼了，打死我也不会跟您回去，除非太阳从西边出来！"父亲见女儿态度那么坚决，也不好再说什么。他把女儿从地上扶起来，流着眼泪说："你在这穷乡僻壤如果过得不如意，就回娘家去吧！"说完无可奈何地带着村民回去了。

1991 年 8 月 2 日，邓迎香与袁端林举行了简单的结婚仪式，娘家没有一人前来参加婚礼。

婚后没过几天，按当地习俗，邓迎香回门看望父母时，两位老人避而不见，导致邓迎香多年几乎与娘家人断了联系。

邓迎香本是布依族，可到当地派出所上户口时，婆婆说错了便填成了汉族，所以户口簿上的"汉族"一直延续至今。

成家后，袁端林对妻子邓迎香疼爱有加，两人十分恩爱，一大家人的关系也相处得十分融洽。1993 年 4 月，儿子袁洪球出生了，给全家人带来了幸福和欢乐。可好景不长，百日过后没几天，小洪球有点感冒，大人们也没有怎么在意。到 6 月 29 日晚上，孩子高烧不退，像"打摆子"似的双腿抽搐。夫妻二人见事情不妙，赶紧背着孩子出门，深一脚浅一脚发疯般地往镇卫生院赶。当时漆黑一片，还下着小雨，虽然打着手电，但山路崎岖难行，好几次脚底打滑差点摔到悬崖下面。由于路途较远，还没有翻过大山，小洪球就在邓迎香的背上断了气。夫妻俩撕心裂肺的哭声，惊动了不少村民，很多人前去安慰，不停地落泪。

安葬时，面对着儿子已经冰冷的幼小身体，邓迎香一连好几次哭昏过去，三天三夜滴水未进。

为了不触景生情，尽快忘记失去儿子的悲伤，1994年8月，邓迎香托人捎带口信，想回娘家生活一段时间。此时与父母的关系已有所缓和，两位老人接纳了他们二人，于9月下旬回到高峰村，一住就是两年。其间的1995年8月，邓迎香的女儿袁洪梅出生，给她带来新的希望。

1996年底，邓迎香和袁端林带着女儿回到麻怀村。孩子慢慢长大之后，夫妻二人农忙季节在家种地，农闲时到罗甸县城建筑材料厂打工挣钱。

第二年3月，邓迎香又为袁家生下第二个儿子袁洪进。她只好辞工回家照看两个孩子，不能外出打工挣钱。孩子慢慢长大后，开销越来越大，只能靠袁端林挣的那份工资收入维持生计，已经有些拮据。一个偶然的机会，袁端林从一位拉煤的司机那里得知：到煤矿井下挖煤能挣大钱。他回到家里与邓迎香商量，想到黔西南州曾峰县的一家煤矿去试试。

袁端林只身一人来到曾峰煤矿，每天下到深深的矿井里去挖煤。果然如司机所说的那样收入确实不错，每天可以挣到100元。之前在罗甸县那家建筑材料厂打工，每天工资收入才10元到15元。2003年春节刚过，袁端林辞去建筑材料厂的工作，于3月8日拖家带口来到曾峰县那家煤矿。他每天很早就起床下到黑乎乎的矿井里干活，妻子邓迎香则在矿上做小工，帮助上煤装车，也有一定的收入。夫妻二人在煤矿的收入比以前增加了好几倍，孩子们吃上了糕点、奶糖、冰激凌，穿上了新衣服。春节前，一家人大包小包非常风光地回到麻怀村。然而，谁也没有想到，一场灾难正悄悄向这个家庭袭来。

2004年6月19日，是让邓迎香永远难以忘怀的日子。这天，煤矿发生瓦斯爆炸，袁端林不幸遇难。晚上9点多钟，他的遗体被矿友们用矿车推出来，头部被炸开一个大窟窿，身上多处严重受伤。邓迎香惊呆了，当场哭昏过去。

此时，麻怀隧洞虽然已经修通了，大伙儿本以为从此不用再爬那两座高山进出村庄。但运袁端林遗体回村时，村民们又重走了一回山路。一路上，邓迎香看着丈夫躺在门板上被乡亲们高高举起，又触景生情想起也是在这座山上咽气的儿子小洪球，顿时心如刀绞，号啕大哭。

村里有很多人猜测，袁端林死后，邓迎香肯定会"就坡下驴"回到娘家去住。可她却选择了麻怀，并且暗自发誓："我得留在这里，替袁端林赡养母亲，将他的

邓迎香："女愚公"凿隧道 15 载 决战贫困

两个孩子抚养成人。"

当时，煤矿算给袁端林的死亡赔偿共计 4.98 万元。加上邓迎香和丈夫生前在外打工多年的全部积蓄，共有十来万元。有了这笔钱，她的心里开始谋划着挖地基、盖新房。2005 年 10 月，在翁井组路边盖了一栋两间两层楼房。

之后，邓迎香的心里逐渐产生了要把麻怀隧洞扩宽加高好让汽车通行的想法。她顶替袁端林到隧洞干活。

那时候，麻怀村年富力强的村民多数都外出务工，只留下一些老人、妇女和儿童。其中一名叫李德龙的中年人也想出去打工，但因耳聋找不到工作。加之他的妻子 2002 年冬季在一场车祸中不幸丧生，留下三个孩子靠他一人照料，只好待在家里，后被村民推选为村委会副主任。

邓迎香家里没有男劳动力，每年农忙季节需要犁田这样的重体力劳动时，只好请李德龙帮忙。在之后的交往中，两人逐渐产生了感情，并于 2007 年 10 月重组家庭。"那时候，两家五个孩子，再加上李德龙的父母共九个人，孩子上学的学费及一大家子的吃喝开销全部压在我们两个人身上。"邓迎香说。

两人结婚后，邓迎香一方面要照顾几个孩子和李德龙父母的生活，另一方面每年还要养猪卖，以增加收入，贴补家用。"一年出栏生猪两次，每次 10 头到 12 头，每头猪能赚 1000 元左右，以供养五个孩子读书。一直喂养到 2013 年底，因第二年初我担任了村委会主任，实在没有精力顾及家务，只好放弃养猪。几个孩子都慢慢长大了，原来的房子住不下，只好用养猪赚来的钱，于 2011 年 2 月又在原住房旁加盖了两间两层的楼房。"邓迎香介绍道。

担任村委会副主任的李德龙，以前耳朵就有些毛病，修隧洞时只要放炮，就是他去点炮，受炮声剧烈震动后，听力越来越差，几乎失聪。邓迎香便成了他的耳朵，村民有什么事儿要找李德龙，最好的办法就是先告诉她，然后由她去给李德龙传话、沟通。就这样，邓迎香无形中开始接触麻怀村的大小事务。到后来，李德龙去乡镇办什么事情都得带上她。因为她有办法让李德龙很快听懂别人的话。时间长了，她自己也在镇里混了个"脸熟"。

邓迎香做群众工作是一把好手，担任计生信息员的几年时间，由于她为人实在，如实把国家的计生政策讲得清楚明白，全村育龄妇女积极配合，没有一人超生。2009 年 6 月，她光荣加入党组织，逐渐以一种新的姿态和面貌出现在麻怀村村民面前。

以往大伙儿和邓迎香说话或听她说话，大多是看村委会副主任李德龙的面子。可随着时间的推移慢慢发生了变化，村民们的口气变了："这事儿得听迎香的意见，她有主见，是为大家好。"然而，为扩宽加高隧洞一事，邓迎香遇到了很大阻力，费了九牛二虎之力才得以把村民们动员起来。

2010年11月，罗甸县环保局兑现承诺，按期将3万元资金拨付给麻怀村用于扩宽加高隧洞。尽管在李德龙和其他两位村干部看来，这么大一项工程，3万元资金是杯水车薪，起不了多大作用，不可能保证施工完成。但邓迎香坚持先干，她说："有多少米就煮多少饭，能扩一米就少一米，只要坚持下去，总有一天会干完。"女婿小范被丈母娘执着的精神感动，及时将1万元资助款打到村集体的账户上。

4万元到账后，李德龙出面组织村民召开的第一次动员会上，邓迎香与大伙儿沟通时比以前更自信了："隧洞扩宽加高后，大卡车就能开进来，我们养的猪和牛就可以拉出去卖活口，价格要高得多。建房子买水泥和红砖、石子，不用肩挑背扛了。关键是娃儿们上学不用举着火把穿过黑黢黢的山洞，安全多了。"尽管有人跟着附和道：你说得有道理，对、对、行、行、是、是，但没有一人表态，竟还有人暗示把这笔钱给分了。

第二次召开村民动员会时，让邓迎香没有想到的事情又发生了，原本是支持自己、同意扩宽加高隧道的几个人又突然改变了主意，理由是现在行人能走，摩托车和马、牛也能勉强通过，谁有钱买小轿车谁就修。意思很明白：谁家要买小轿车，谁就多干，我们不买小轿车，就可以不干。提议在这次会议上没有通过。

虽然工作没有做通，但邓迎香认真分析、吸取了前两次的教训，决定改变策略。她先从党员家庭入手，上门做工作，再让党员联系几户入党积极分子家庭。同时发动与自己关系较好的几个姐妹。争取到大部分人支持后，还硬着头皮走访了几户"死硬派"。在随后组织的第三次、第四次动员会上，邓迎香拿出十二分的诚意和耐心与大家沟通、交流，但收效仍然不明显。除了翁井组全体成员、全村党员同意义务劳动外，其他几个组的部分村民不管邓迎香怎样宣传鼓动，就是不表态。

第五次召开村民大会时，尽管村党支部书记和村委会副主任李德龙都相继发言动员，有部分人就是不支持。邓迎香急了，她说："不管好说歹说，有的人就是油盐不进。我提个建议，大伙儿看这样行不行？现在这个隧洞除行人外，只能过摩托车、电动车，隧洞扩宽、加高后，才是真正意义上的隧道。我们就在大门口用粗钢筋焊一个大门，把整个隧道口给封起来，用锁锁住，参加了义务劳动的村民，

邓迎香："女愚公"凿隧道 15 载 决战贫困

就发一把开锁的钥匙，这家不管有什么车进出都可以自由通行。没有参与义务劳动只能走行人、摩托车的小门。这从法律上叫权利与义务对等，显得公平合理。"此言一出，得到广泛赞成，还有 10 余户村民不好意思，觉得那样做对自己极为不利，太丢面子，也就不得不转变态度。举手表决时，顺利通过。

2011 年 3 至 8 月初，麻怀隧洞扩宽、加高施工到了决战阶段。在邓迎香的带动下，翁井组村民全部参加义务劳动，其他组的村民也来了。扩宽、加高隧道的任务分到每家每户，有的一家有 3 人干活，还有的邀请多位亲戚前来帮忙。邓迎香还动员了相邻田坝村的一些村民前来参加义务劳动。整个施工现场最多时有 100 多人，最少时也有 50 多人干活。麻怀村有 8 位男性村民在罗甸县城跑运输，买房居住。在邓迎香的动员下，他们轮流用两台载重 8 吨的后八轮翻斗车到隧洞拉渣土，使扩宽、加高隧洞的效率大大提高，施工进度明显加快。

邓迎香像男人一样抡大锤、打炮眼，手上磨出了血泡，最后成了厚厚的老茧。她既要和大伙儿一样进洞干活儿，完成自家的扩洞任务，又要与李德龙一起负责协调各个方面的具体事务。比如到县城去买空压机、安全帽、铁锤、钢钎、洋镐、锄头、撮箕等施工工具。"为了防止别人担心我从中占小便宜，村里定了个规矩，从上面争取到的资金专款专用，由驻村干部金玉祥和三名党员、村民具体监督。每笔开销必须有三人以上到场才能购买。每张发票必须由经手人、监督小组全体成员签字，村委会主任和村支书共同签字后才能报销。"邓迎香介绍道。

邓迎香经常需要到县城去采购物资和去县直有关部门"化缘"，特别是放炮所用的炸药，由于国家管控严格，费了很大劲才申请到所需数量。为此耽误了一些挖洞的工时，便让暑假在家的 14 岁女儿袁洪梅去顶工。有天晚上，袁洪梅哭着对邓迎香说："妈妈，我是不是您的亲生女儿？别人的孩子放暑假了就在家写作业，到亲戚家玩耍。您干吗让我一个小孩子干大人干的重体力活呀？"

当时一家人正在吃晚饭，李德龙一把抓起袁洪梅的手对邓迎香说："你自己看看，姑娘的手弄成个什么样子了。你当妈的不心疼，我可心疼！"邓迎香一眼望去，这才发现女儿的手掌上已经磨出了血泡，虎口处已有多道裂痕，手背上也被石头划伤。她一句话没说，转身自个儿流泪。

过了一会儿，邓迎香用袖子擦了擦眼泪说："不是我不心疼你，而是因为我是这次扩宽、加高隧洞的发起者和带头人，我到县里、乡里去联系事务耽误了工时，有人在背后风言风语地说闲话，你不去顶替我干活，我还有什么办法。我们家吃点亏不算什么，等隧洞扩宽、加高通车了，我觉得很值。"袁洪梅很乖巧地点了点头说："我明白了，您放心，再苦再累，我会坚持把我们家的任务干完。"

每天中午，邓迎香为全体施工人员提供一顿午餐，三个月时间，她家到集市上采购了 3000 斤大米。81 岁的公爹李文清在隧洞出口搭了个棚子，每晚住在那里义务看守施工工具，让村民们深受感动。

以邓迎香为代表的"麻怀隧道精神"通过媒体传播，在贵州省乃至全国产生了很大反响，一些荣誉也接踵而至。

2016 年 6 月，邓迎香被评为全国优秀共产党员。在北京人民大会堂召开的"七一"表彰大会上，她坐在中间过道的一排座位上。

邓迎香当时热泪盈眶，她万万没有想到自己凭着一把锄头挖隧洞，走进了人民大会堂。

邓迎香的事迹感动了无数人，张一春就是其中一位。张一春是中商惠民（北京）电子商务公司董事长。2018 年初，当他从媒体上看到邓迎香先进事迹后深受感动。这年 5 月的一天，张一春来到麻怀村实地考察，被"麻怀隧道精神"震撼，当场决定要力所能及地帮助这个大山里的村庄。他被聘请为该村名誉村委会主任。当年，张一春给麻怀村 80 岁以上家庭较为困难的老年人，每人发放 1000 元困难补助，还资助了 10 多个精准扶贫户，共发放资金 5 万元。2020 年下半年，又为麻怀村考上大学的学生发放奖励资金 1 万元。第二年，张一春利用中商惠民遍布全国的零售网点，帮助麻怀村生产的辣椒酱销售了 5 万盒，共计 50 万元。2021 年 12 月，张一春投资 200 万元，以邓迎香事迹为原型创作的电影《一山之隔》，历时数月在麻怀村已拍摄完成，经过后期制作，由国家广播电视总局审核通过后，于 2023 年在全国范围内公开上映。他承诺这部影片的盈利部分将留在麻怀村作为发展资金。

面对家庭的实际困难，邓迎香选择了克服。她说："谁家都有大大小小的困难，作为村党支部书记，必须舍小家、为大家。"

2018 年 5 月，邓迎香的丈夫李德龙因心脏不好，到贵州省人民医院做了心脏搭桥手术，后转往四川省成都市华西医院治疗，共花费 17.2 万多元医疗费，其中自费 12.2 万元。

2020 年 4 月 18 日，邓迎香应邀到湖南卫视参加一个节目录制，来回需要 3 天时间。4 月 19 日上午，她的丈夫李德龙到其妹妹家走亲戚，翌日凌晨 4 点起来去洗手间时突发脑出血，摔倒在地。他在地板上待了很长时间，稍微清醒后，艰难地爬到床上躺着,连被子都未盖。以往李德龙常到妹妹家打麻将,住一晚上,第二天一大早就离开了,也不给她打招呼。这天早晨,妹妹以为哥哥已经回去了,也未上楼喊他吃早饭。上午9点多钟,驻村工作队队长有急事找李德龙,可多次打电话都没有人接听,便给他的妹妹打电话。当李德龙的妹妹打开他住的三楼房门后,被眼前的一幕惊呆了,立即将他送往贵州省人民医院抢救。李德龙在重症监护室待了15天,转到普通病房10天后病情稍有好转,便又转往四川省成都市华西医院进行康复治疗。最终花去15万多元医疗费,虽经当地医保机构报销了部分,但仍需自费10万余元。一场大病下来,花光了家里的所有积蓄,更要命的是李德龙因脑出血中风,造成偏瘫,生活不能自理。

病情稍加稳定回到麻怀村后,李德龙左思右想,深深感到对不起邓迎香,便找人起草了一份离婚协议书交给她,要求协议离婚。

邓迎香看到协议书后十分生气,当弄清楚了李德龙的真实想法后,当场将离婚协议书撕掉。她安慰道:"打死我也不会与你离婚。我们毕竟是快10年的合法夫妻,你有难,我怎么会舍得离开你不管?如果那样做,真是无情无义,太不负责任了。"

"我已经成为一个废人,不仅什么都做不了,还会成为一个累赘,我不想拖累你。"李德龙说。

"你什么都不要说了,再苦再难,我们也要风雨同舟、患难与共。"邓迎香回答得很干脆。

李德龙感动得放声大哭。

两次大病,已让全家债台高筑。李德龙的胸前至今还戴着心脏起搏器,需要终身吃药。他曾担任6年的村委会副主任职务,自从2014年2月邓迎香担任村委会主任后,按规定他只好辞职。

邓迎香工作忙,不可能在家全职照料李德龙的生活起居,只好每月花费3000元雇请了邻村一位男性村民住在家里照顾他。李德龙的老父亲如今已是92岁高龄,仍由他们夫妻二人赡养。邓迎香的母亲已是70多岁的老人,独自一

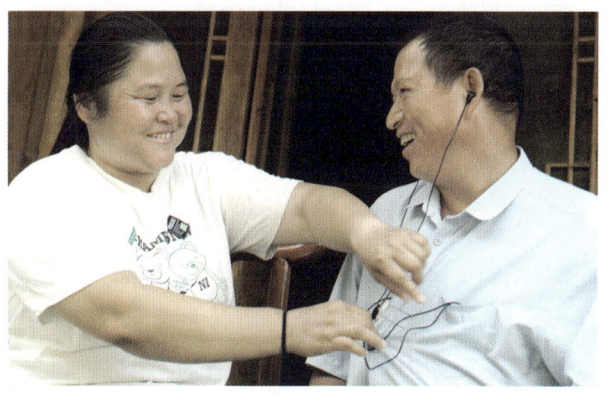

邓迎香(左)对身患多种疾病的丈夫李德龙关怀备至

人住在老家，也需要她与另外三个女儿接济。邓迎香每月的工资收入只有 4210 元，支付完 3000 元的雇工工资后已所剩无几。"钱少少花，没钱不花，能保证基本生活就行了。不管今后的生活有多困难，我都会对李德龙不离不弃。"邓迎香说。

尽管邓迎香家里经济条件不好，但她对钱财看得很淡。2010 年继女李琼结婚时，男方家给李德龙送了 2 万元彩礼，也给邓迎香送了 2 万元。可她不仅婉言拒收，还另外给了 1.8 万元现金作为李琼的陪嫁。女婿小范事后给很多人讲："贵州虽然很穷，但那里的村民穷得有骨气。我的老婆不是丈母娘亲生的，给了她 2 万元彩礼，不仅不要，反过来还送了 1.8 万给我们，真是少见。"此事在麻怀村周边几个村迅速传开，从此很多村民嫁姑娘也不收彩礼。

在当地有个不成文的规矩，女儿的户口如果迁往外省，男方需交 5 万元迁移费，女方家才允许迁走。可李琼的户口从当地派出所迁走时，邓迎香一分钱未要。从此，本村出现这种情况后，也没有人向男方家要钱了。

2012 年 7 月份，邓迎香被黔南布依族苗族自治州委评为优秀共产党员，发了 1200 元奖金。她用其中的 400 元买了 40 条毛巾，给全村 37 名党员每人发一条，另给 3 名在村里做饭、保洁的人员各发一条。

2016 年 6 月，邓迎香被评为全国优秀共产党员，罗甸县委发给了 1 万元奖金。她为当年考上大学的 7 位村民子女每人发放 1000 元奖励，共计 7000 元。有 2000 元留给了村计生协会。还有 1000 元，分别发给村委会主任、副主任各 200 元，协警 100 元，5 个村民小组长每人 100 元。她自己一分钱未留。"我所取得的荣誉，是大伙儿共同努力干出来的，在经济利益上我肯定不能占有。"邓迎香说。

2020 年 10 月份，邓迎香被评为全国劳动模范，奖金 3 万元。她分别给当年考上大学的 8 位村民子女每人发放 1000 元奖励，共 8000 元；看望 3 户老人，每人 1000 元，共计 3000 元；慰问 3 户生大病的村民，每户 500 元，共计 1500 元；给两户患精神病和重度残疾人家庭各 1000 元，共计 2000 元。自己只留下 2000 元，剩余资金用于购买了 150 双棉鞋、170 箱苹果，分别发给全体村民家过年。

邓迎香在麻怀村村民中具有较高威信，能做到一呼百应。一位老党员评价道："她总是舍小家、为大家，低调做人。村民不管遇到什么困难，她都当成自己的事儿，想方设法帮助解决。她家的情况大家有目共睹，按理说就是困难家庭。李德龙和他的父亲李文清本应吃低保，但因邓迎香是村党支部书记，不能享受这样的待遇。像她这样一心为村民、一心为集体的好书记，哪有不被村民尊重的道理？"

邓迎香：" 女愚公 " 凿隧道 15 载 决战贫困

翁井组村民袁凤开已经 80 岁了，他结婚很晚，妻子患有精神病，一家人的生活很困难，邓迎香总是想办法接济他家。他的两个儿子从小学到初中，她又多方努力找到两个献爱心的人士，每月分别给两兄弟 300 元生活费。袁凤开家缺少劳动力，农忙季节，邓迎香就组织村民帮他家耕田、犁地、播种、收割。她留心了解到方圆数十公里内没有人饲养公猪配种，但又有需求，便建议老袁购买了一头公猪精心饲养，成熟后为附近村民家的母猪配种，近处每次 100 元，远处每次 150 元，每月也有好几千元收入。

"村书记就是为村民服务的。力所能及地帮助村民解决一些实际困难，是我分内的工作。我感到做得还很不够，今后还要继续努力。" 邓迎香说。

邓迎香访谈录

作　家：您是 "麻怀隧道精神" 的代表，您当年发起、坚持、带领村民将麻怀隧洞扩宽、加高的初心是什么？你担任村委会主任及党支部书记后克服家庭困难，想尽一切办法发展经济，决战贫困的内生动力是什么？

邓迎香：我当年发起、坚持、带领大伙儿把麻怀隧洞扩宽、加高的初心，就是要让隧洞真正成为隧道，使大小车辆都可以顺利开进麻怀村，为改变全村的贫穷落后面貌奠定良好基础。

当年流行一句话："要想富，先修路。" 一个广山坡虽然只有 216 米之隔，却把麻怀村村民挡在了大山里，出行时要翻山越岭数小时才能到达公路，可以说是导致全村贫困的根源。这个出村通道对全村人来说太重要了，对我自己来说也有切肤之痛，假如当年村里能通公路，我的儿子袁洪球肯定能够得到及时救治，不致命丧黄泉。

我的内生动力来源于自己性格中有一种不服输的倔强，说好听一点是执着，就是认准的事不达目的不罢休。麻怀村当年虽然贫穷落后，但不会一成不变，我相信通过艰苦努力，一定会得到改变。我家里虽然有些实际困难，但是可以克服，谁家没有困难？俗话说，家家有本难念的经。

发展经济不是一句话说说就能成功的，需要不断地思考、学习、探索，有一个较长的过程。麻怀村的经济发展永远在路上。打隧洞那么难，我们不是咬紧牙关挺过来并最后取得成功了吗？我深信，只要发扬自力更生、艰苦奋斗的精神，经济发展就会取得成效。我也深深体会到,只有大力发展集体经济,逐步壮大集体实力,不断改善民生,才能实现共同富裕。

作　　家：您的家境本来就不宽裕,甚至说很困难。可您却将自己应得的41200元奖金绝大部分都用到了村民身上,自己只要了2000元钱,这是为什么?您不觉得很吃亏吗?

邓迎香：我所获得的荣誉都与麻怀隧道有关。然而,麻怀隧道从1999年2月开凿,中间不断扩宽、加高,直到2011年8月正式通车,2014年下半年进行被覆,历经15年,是全体村民共同付出辛勤劳动的结果,光靠我一个人的能力绝对不可能完成。我只是一个代表性人物,干活儿最早是从翁井

邓迎香认真学习党章,牢记党的宗旨

组开始的,最后扩大到全村。没有大家共同努力和支持,我是不可能获得全国劳动模范、全国优秀共产党员等国家级荣誉,走进人民大会堂领奖的,更不可能当上党的十九大代表。

成绩是大家共同干出来的,荣誉证书却由我一人获得,自己本来就感到问心有愧。各级党委、政府发放的奖励资金,理所当然应该用到大伙儿身上。

把这些奖金捐出来,我一点也不感到吃亏,而是觉得应该这样做,因为功劳是大家的,我已经很知足了。

作　　家：麻怀村的远期发展目标是什么?怎样才能保证这一目标的顺利实现?

邓迎香：麻怀村的远期目标是:打造中国山区幸福村。中期目标:一是创建全国先进基层党组织;二是创建全国文明村;三是创建全国乡村振兴示范村。

为了实现这一目标,我们村"两委"正在采取以下措施。第一,扎扎实实做好高质量农村党建。党建是核心,是一切工作的统领。要不断创新工作方法、发挥村"两委"的创造功能。选拔、培养好精干、廉洁、高效、合格的党员、干部队伍,充分发挥村党组织的战斗堡垒作用。第二,大力发展村级集体经济。充分调动各方面的积极因素,进行招商引资。采取参股控股方法,大力发展绿色种植业、养殖业、

康养产业，实现一、二、三产业融合发展，不断壮大集体经济实力，力争达到全村产值过亿元，利润突破 2000 万元。不断改善民生，实现共同富裕。第三，不断提高村民收入。采取村民用土地入股的方式，最大限度增加土地附加值，提高农产品质量效益和竞争力。全村人均可支配收入突破 10 万元，让村民具有幸福感、获得感、安全感。第四，加快美丽乡村建设。植树造林，保护生态，确保全村绿化率达到 75% 以上。村庄建设统筹规划，科学布局，建设生态、宜居、宜业、美丽乡村。第五，认真做好综合治理。定期开展普法教育，不断增强村民知法、懂法、守法、用法意识；建设"天网"工程，在全村主要路口、居民区安装 50 个高清摄像头，组织义务巡逻队，晚上进行治安巡逻；及时化解村民间发生的矛盾纠纷，防止矛盾激化；实行垃圾分类，搞好环境卫生；倡导文明习惯，不断提高村民素质。努力打造稳定、平安、和谐、文明村庄。

作　家： 您认为一位优秀村书记应该具备什么样的素质和条件？选拔村书记时应着重考察被选举对象哪些方面？

邓迎香： 我认为一个优秀村书记应当具备以下几个方面的素质和条件。一是要有坚定的理想信念。村书记的任务就是要通过艰苦努力，让村民过上幸福生活，最终实现农业农村现代化。在发展、建设、治理中肯定会遇到很多困难，要以坚定的意志予以克服，做到锲而不舍、不屈不挠、克难攻坚。二是要有严格的党性原则。村书记的一言一行代表着党组织在村民中的形象，必须严格要求自己，具备较高的思想觉悟。要站得正、立得直，不能把心思想歪了、走偏了。要有敬畏之心和底线意识，哪些该做、哪些不能做，要时刻牢记在心。三是要善于充分调动各方面的积极因素。单打独斗成不了大气候，要率先垂范，以身作则，抓好班子，带好队伍。要依靠群众、相信群众、发动群众，取得群众的大力支持。同时，要吸引各方面人才为我所用，包括"新乡贤"。四是要具有服务意识。群众之事无小事，村书记就是为村民服务的，不管他们在生活中遇到什么困难，都要设身处地为他们着想，想方设法、力所能及地帮他们解决。

在选拔村书记时要着重考核被选举对象的人品和能力。这两点缺一不可，人品最重要，能力很关键。如果此人的私心太重，一切都是空谈。

作　家： 您认为怎样才能确保乡村振兴战略取得实效？关键因素是什么？

邓迎香： 我认为应该采取以下措施，才能确保乡村振兴战略取得实效。第一，要有计划地推动农村行政体制改革。改革开放 40 余年来，农村形势已经发生了重大变化，大量人口向城市流动，空心化越来越严重。中央应进行顶层设计，适度规模进行小村并大村，节约人力资源管理成本。建议撤销或合并、缩小乡镇，将人、财、物向村组倾斜。第二，下大力气选拔、培养好村干部。当前在农村留守人员中选拔优秀人员当村干部，由于受到各方面条件限制，的确很困难。国家应该开办村书记学院，定点培养又红又专的村支书。高校应开设村干部专业，培养具有大专以上学历的村干部。让更多有文化、有专业知识的年轻大学生进入村"两委"班子队伍。第三，有步骤地提高村干部待遇。进入村干部队伍的门槛加高后，相应待遇也应适当提高。村干部应实行职业化，脱产工作，不再种田。工资报酬应该与绩效挂钩，多劳多得，以充分调动他们的工作积极性。对业绩突出的村书记，应当转成事业编制，让他们有盼头、有干头。第四，应大力发展村级集体经济。不发展集体经济就是死路，没有集体财力改善民生，就不可能在村民中有影响力、凝聚力、号召力。国家应该出台相关政策，从财政、税收、金融、市场监管等领域扶持农村集体经济发展。第五，加大对农村的科技投入。我国继全面建成小康社会后，从2021年起，已进入社会主义现代化建设的新时代。乡村要振兴，农业要提质增效，农业科技是关键的因素之一。国家层面应下大力气培养农业科技实用人才，确保学有所用。第六，要明晰村集体的"三资"产权。在全国范围内开展的土地确权，更多强调了村民个人利益，忽视了村集体利益。实行联产承包责任制后，一些地方的村集体土地、堰塘等资源、资产被村民占有。应开展集体资产、资源、资金确权，明晰产权，为发展集体经济奠定基础。

关键因素是从体制机制上下功夫，激发村干部自我约束、自我发展，自力更生、艰苦创业的内生动力。

── 作家点评 ──

是否到麻怀村采访村书记邓迎香，本人纠结了很长时间。因为她的任职时间不是很长，2016年10月才担任麻怀村党支部书记，满打满算只有7年多。从媒体报道中得知，她的主要成绩就是带领村民凿通了一条不太长的隧道，似乎很平淡，没有显著成绩。但同时也了解到她获得了不少国家级荣誉，特别是当选党的十九大代表，肯定不是一般人。最后决定实地看看，一探究竟。

转乘几次火车，经过长途跋涉到达贵阳后，罗甸县委宣传部的同志用专车将

邓迎香:"女愚公"凿隧道15载 决战贫困

我们一行三人接到麻怀村时已是晚上9点多了。我们饥肠辘辘,用完简餐后到隧洞前看了看,获悉其长度只有216米。顿时感到很失望,心中产生了疑虑:不就是打了这么短的一个山洞嘛,太普通、太平凡。这样的山洞在全国各地数不胜数,司空见惯。邓迎香担任村书记的时间又那么短,能有多少故事可写呢?

可随着采访的深入,终于弄明白,这不是一个简简单单、普普通通的隧道,距离虽然很短,但整整挖了12年,加上隧道被覆,共有15年时间。而且最早是由翁井组27户村民用最原始的作业方式凿出了一个简单的隧洞,后经邓迎香发起、动员、坚持,逐渐扩宽、加高成如今的隧道,最终使各种车辆得以通行。围绕这个隧道的形成,发生了很多故事,很精彩,也很感人。

一条隧道,改变了一个村庄全体成员的命运。特别让人想不到的是,没有隧道前,这个村里共有36个单身汉。隧道开通后,经过决战贫困,村里的贫穷落后面貌发生了重大变化,村民收入持续增加,这36人相继讨到老婆,结婚成家。

邓迎香虽然没有多少文化,但她身上具备一心为村民、一心为集体的思想境界;面对家庭不幸遭遇和生活困难,有着努力克服的宽阔胸襟;在工作中勤奋努力、锐意进取的拼搏精神,值得广大村书记学习。

这个用人工开凿的隧道,对全体村民来说太重要了。如果没有这条隧道,全村人出行需要用3个多小时翻山越岭,才能到达国道或集市;如果没有这条隧道,村民的子女需要等到10岁,才能步行到外村去上学,也不可能出现后来的59名大学生;如果没有这条隧道,麻怀村村民也没有决战贫困最基本的基础设施。如果不是以邓迎香为代表的麻怀村村民自力更生、艰苦奋战,用10余年时间凿通这条隧道,等到现在,肯定需要国家投资数千万元才能打通。

"不等不靠、自力更生、齐心协力、克难攻坚",这就是以邓迎香为代表的"麻怀隧道精神"。

全国共有56万多个行政村,如果都等、靠、要,国家将背上沉重的财政包袱,就会严重影响实施乡村振兴战略和农业农村现代化的进程。所以说,在我国广大农村,不管时代如何发展变化,自力更生、艰苦奋斗的精神任何时候都不能丢,而且要进一步发扬光大。只有这样,农业农村现代化的目标才能按期实现。

城乡统筹试验区党委书记、全国人大代表身份村书记

乡村振兴领头人
—— 中国模范村书记

牛扎根：
精心打造新型农村社区"一体化"融合发展

人物概要

牛扎根，男，汉族，1957年6月出生，大专文化程度、高级经济师，1984年6月入党。现任山西省长治市上党区城乡统筹振兴试验区党委书记。当选山西省第十二届人大代表，先后获得全国优秀党务工作者、全国五一劳动奖章、全国十大三农人物、全国乡村振兴带头人、全国乡村振兴十大风云人物、全国乡村文化和旅游能人，山西省特级劳动模范、山西省优秀党务工作者、2022感动百姓人物·山西乡村爱心大使等荣誉。

乡村振兴领头人——中国模范村书记

城乡统筹振兴试验区委员会

山西省长治市上党区城乡统筹振兴试验区党委书记牛扎根

牛扎根：精心打造新型农村社区"一体化"融合发展

牛扎根从1985年7月担任原关家村党支部书记至今，经历了多次角色变化。他因人品好、能力强，被镇党委领导看中，先是到镇里当聘用制干部，后被聘用为镇党委副书记。他曾三次辞去关家村村书记职务，又三次应村民强烈要求，被镇党委派回村里兼职村书记。2010年7月，长治市上党区城乡统筹振兴试验区成立，他被任命为党委书记，兼任振兴集团公司董事长，创新探索出了一条"区村合一、以企带村、兴企并村"，以党建引领促进经济发展，以经济发展推动新农村建设的振兴之路。2018年3月，经长治市委批准，加挂振兴乡村生态文化旅游区牌子，牛扎根兼任党委书记，进一步探索转型发展之路。身份虽然多次转变，但他一心为村民、一心为集体的情怀没有变。经过数十年的艰苦努力，大力发展村集体经济，当年贫穷落后的关家村，已经成为功能齐全、设施完备的农村新型社区——振兴小镇，村民们都有很强的获得感、幸福感、安全感，过着富裕富足的小康生活。

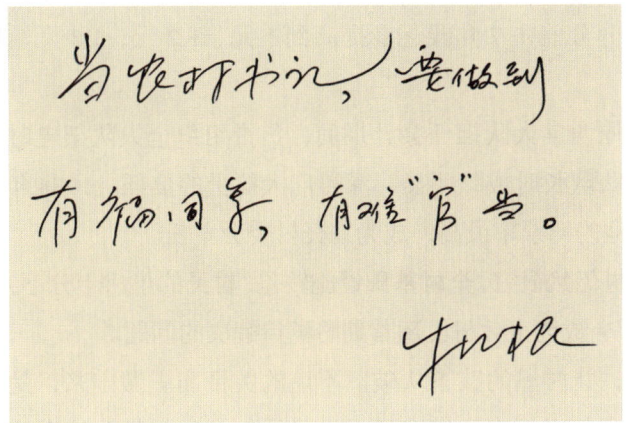

牛扎根担任农村基层党组织书记多年来的真切感言

不断发展壮大集体经济才有出路，不发展集体经济就是死路

振兴村地处太行山脉的山西省长治市上党区南部，版图面积6.6平方公里，其中耕地面积2331亩。由振兴、郜则掌、向阳三个村合并而成，全村共有569户、2309人。振兴村的前身关家村当年只有136户、586人，村民住在海拔1200米的大雄山半山腰上。"山高石头多，出门就爬坡。住在山坡坡，啃着糠窝窝。"这首民谣是关家村村民当年生活状况的真实写照。

牛扎根出生在一个普通农民家庭，他是家里的老大，还有一个弟弟和一个妹妹。

在他的童年时代，一直与贫困为伍。因为家里穷，小时候经常挨饿，半夜里实在饿得忍受不住了，只好摸到厨房喝一瓢水，缓解饥饿感。

牛扎根于1964年到原关家大队（后并入西掌大队）小学读书。1971年，他14岁，父亲因病去世，弟弟、妹妹尚小，家里还有一个年岁已高的奶奶，一家人的重担全都压在母亲身上。他只好辍学回家，替母亲减轻生活负担。那时他尚未成年，被安排到生产队放羊，每天可以挣得10分的工分。放羊的三年期间，他还相继学会了打铁、烧砖、编筐、种地。当地有个说法："好女不嫁放羊倌，十有九个当光棍。"母亲担心他当羊倌久了找不到对象，就向生产队长要求让儿子改行，去"三治"工地干活，担任记工员。西掌大队党支部书记见牛扎根在工地上抬石头时很卖力，字也写得不错，便安排他于1973年5月担任该大队出纳兼电工，后担任大队会计。

1979年6月，当地推行农村行政体制改革，西掌大队一分为二，新的关家大队成立，牛扎根担任该大队第二生产队队长。他担任队长的三年里粮食产量逐年递增，全队的工分分值由7角钱逐步提高到1元、1.2元、1.3元，成为全大队最富裕的生产队。

因牛扎根在原西掌大队担任会计期间，负责组织全大队架电时表现突出，担任关家大队生产队队长时成绩明显，深得广大社员的信任。1984年5月，关家村村委会成立时，他的得票率最高，成为首任村委会主任。

此时的关家村仍然很穷，全村基础设施较差，村民的生活十分不方便，"吃水难、行路难、上学难"，成为全体村民翘首期盼亟待解决的问题。

建一所小学，让村里的孩子从破旧不堪的关帝庙里搬出来，是牛扎根多年的心愿。他同村党支部书记李和气商量，由村干部、党员带头集资解决建学校的经费问题，其他村民有钱的出钱，没钱的出力。牛扎根将自己家中的积蓄全部拿出来，还向亲戚朋友借了3000元，共向村委会捐赠了8500元专款。其他村"两委"干部有捐1000元、2000元的，还有捐3000元、5000元的。村民们也纷纷慷慨解囊，你家1000元，他家500元，有位老奶奶把攒了很长时间的一筐鸡蛋拿到集市上卖了，共凑了53元钱，交到村会计手里。牛扎根非常感动，他说："让娃娃们有个好的读书环境，比什么都重要，只有他们好好读书，长大了才有出息，咱们村才能后继有人。"

建学校所需的5.36万元资金很快筹齐。牛扎根会泥瓦工，他同本村几名会砌匠手艺的村民义务在建筑工地砌墙，其他村民也户户派人参加义务劳动，仅用了

牛扎根：精心打造新型农村社区"一体化"融合发展

三个月时间，就建成了一所占地两亩、有 11 间宽敞明亮教室的村办小学。第一个教师节那天，孩子们全部搬进了新校舍，一至四年级每个年级都有一间教室，三名老师不仅有了办公室、宿舍，还建了一个图书室。这件事儿，在全体村民中引起了较大反响，大伙儿从牛扎根的身上看到了村里未来的发展希望。

关家村石老岩有个小泉眼，水流很慢，村民排队接一担水需要近一个小时的时间。牛扎根担任村委会主任后，组织村民在此地打了一口 6 米深的水井，村民吃水不用等，可以直接用水桶挑回家吃。

一天上午，村党支部书记李和气来到牛扎根的办公室，对他说："我已向镇党委推荐由你担任村党支部书记。"

牛扎根听后大吃一惊地问道："怎么回事，是不是我在哪方面不注意，无意中得罪了您？"

"没有，你多心了。"李和气微笑着说。

"您虽然比我大 8 岁，但正值中年，是人生中的黄金年龄，干得好好的，怎么想着打退堂鼓不干了？"牛扎根有些不解地问道。

"我感到自己的能力确实不如你，只有你才能为我们村带来希望，让村民过上

牛扎根经常看望原村党支部书记，虚心听取他对振兴试验区党委工作的意见和建议

好日子。我总不能自私到明知自己不行,还要硬占着这个位子不下来,那不就耽误大事了?"李和气有些激动地说。

"您太谦虚了,我觉得自己的能力远不如您,给您当个帮手还可以。我不想干这个村党支部书记。"牛扎根很严肃地表态道。

"我是真心实意让贤。咱们村这么穷,必须有个能人来掌舵,才能改变一穷二白的面貌。哪怕我们相互换个位子,我来担任村委会主任都行!"李和气很诚恳地说。

牛扎根沉默片刻说:"既然您这么诚心,我要是再不答应,就不识抬举了,也辜负了您的一片好意。那这样吧,如果能被选上,我就试着干一届。倘若干不好,还是您来干。"

"行,那就这么定了。"李和气高兴地说。

1985年7月,经过全村党员选举和西火镇党委批准,牛扎根正式担任关家村党支部书记,李和气担任村委会主任。在以后的工作中,两人配合得非常默契。

牛扎根担任村党支部书记后,制定了本村三个五年发展规划,发誓一定要彻底改变关家村的贫穷落后面貌,让大伙儿过上好日子。

牛扎根发动村民改土造田,大搞农田基本建设。全村586亩土地全部种上小麦、玉米、大豆、小米,成为长治县的农业样板。县委、县政府在该村召开了春播夏种现场会。他还发动村民家家户户饲养了三至五头生猪、几十只鸡,卖钱致富。

关家村有个年产两万吨的旧煤矿坑口,由于经营管理不善,一直处于亏损状态,已停产多年。牛扎根担任村党支部书记后,提议要在此"刨金",经村"两委"研究决定,重启煤矿开采。他以自家的房屋作抵押,向当地信用社贷款20万元,采购先进设备,对原煤矿井口进行了扩建,并在主井口开挖了一个斜井。到1987年,煤矿已形成年产3号煤3万吨的产能,实现集体收入36万元。这一年,关家村的粮食也获得大丰收,牛扎根被评为长治县劳动模范。

关家村村民祖祖辈辈出行靠的是一条羊肠小道,到了连阴雨季节,道路满是泥泞,十分难行。煤矿开采的原煤也只能用人工背或肩挑到1公里外的煤场堆放,再联系客户出售。牛扎根感到修路已成为十分紧迫的事情,他在组织召开的一次村"两委"会议上,把自己准备发动村民修路的想法提出来后,得到其他班子成员的一致赞成。

牛扎根找人对村里到山下的860米距离路段进行勘测,制定了修路规划,将

牛扎根：精心打造新型农村社区"一体化"融合发展

修路任务分配到全村136户、586位村民头上。普通村民平均每人修路1米，剩余的全部平摊到干部、党员头上。牛扎根家八口人，共分得了17米修路任务，平均每人2米多。他每天既要指挥整个修路现场，协调钢钎、炸药、雷管、导火线等修路耗材的购买。同时，还要抽空完成自家的修路任务。全体村民齐心协力，男女老少齐上阵，用洋镐挖，用锄头刨，在坚硬的岩石上打眼放炮装药炸，最终削平了几个山包，填平了多条石沟，修建了一条宽5米的石子路，运煤的汽车可以直接开到煤矿坑口。

西火镇主要领导一直关注着牛扎根的工作能力，觉得他是一个德才兼备的好青年，于1989年3月，将他调到镇里担任农业科技管理员和土地管理员。这一消息很快在村里传开，大家自发组织，一户出一个人，集体到镇里上访，要求牛扎根回村里工作。镇委书记感到左右为难，一方面，想把牛扎根作为一个干部苗子进行培养，不想放他回去；另一方面，又不能无视众多村民的集体请求。思来想去，最后提交镇党委会讨论，形成了一个两方面兼顾的办法，让牛扎根继续留在镇里工作的同时兼任关家村党支部书记。

每周一至周六白天，牛扎根在镇里工作，晚上和星期天回村里工作。其间他还上了三年的函授学校，取得了中专文凭。直到1992年5月，牛扎根实在感到筋疲力尽，身体有些吃不消，便向镇党委提出申请，辞去了关家村党支部书记职务。可三个月后，村办煤矿停产了，因交不起电费，全村用电也被供电所拉闸切断，村民再次组织起来到镇里上访。这年9月份，西火镇党委研究决定，让牛扎根重新兼任村党支部书记。1993年5月，他被转为镇里的聘用制干部。

振兴煤矿是西火镇的一个镇办企业。1996年1月，因煤矿原任书记、矿长被长治县委调往另一个镇任党委书记，西火镇通过党委会推荐、26个党支部推选的方式，决定让牛扎根担任振兴煤矿党总支书记兼矿长。上任后，他多方筹集资金120万元，除缴纳了部分税款外，全部还清了拖欠工人的工资，并实行绩效工资制，大大激发了矿工的工作热情。还购置了一台新发电设备，在电网经常停电的情况下，及时开机自发电，确保井下24小时不停电。并果断地对煤矿进行整顿，领导干部带班到井下参加采煤作业。"牛书记刚到煤矿时，大小事都是事无巨细自己干。他每天早晨7点钟准时来到井下检查安全生产，防止事故发生。当年的煤矿产量由原来的两个坑口年产7万吨提高到15.6万吨，翻了一番还要多。第二年煤矿产能达到21万吨，第三年达到年产30万吨，最后竟达到60万、90万吨，经济效益逐年增加。"原任镇办煤矿副矿长、现任振兴试验区副书记张会军介绍道。

同年,牛扎根通过函授学习经济管理专业,不仅获得了大专文凭,还考取了高级经济师职称。

牛扎根突出的工作成绩在西火镇党委、政府部门获得一致好评。1997年7月,仍然兼任镇办煤矿的党总支书记、矿长职务,由于太忙,他再次向镇党委申请辞去兼任的关家村党支部书记职务。

可没过多长时间,几十位村民第三次到镇里上访,要求牛扎根继续担任村书记。镇委书记出面做工作,表态让牛扎根作为联系关家村的包村干部。村民说这样也不行,一直不松口。最后没有办法,只好让他继续兼任村党支部书记。

转眼到了2001年,全国兴起"温州模式"的企业改制浪潮。当地政府作出决定,将镇办振兴煤矿进行改制,下放煤矿开采权。经过第三方评估公司进行评估,煤矿资产评估价为516万元。在这次改制中规定,西火镇不认购股份,谁经营煤矿,谁就每年向镇财政所交纳50万元费用,效益好时每年上交100万元。有人提出按照这个股份模式个人承包经营,上交承包费,镇里领导没有同意,最后决定公开拍卖竞标。

此时,在牛扎根的大脑里逐渐形成了一个念头,一定要想办法把本村的镇办振兴煤矿变成村集体企业,使之成为关家村的一个产业。

牛扎根火速到村里组织"两委"干部和党员开会,讨论竞标对策,还特邀了几名经济条件比较好的村民代表参加会议。他首先发言说:"位于我们村的镇办煤矿现在改制,对关家村来说是个千载难逢的好机会。大伙儿得拧成一股绳,千方百计地拿下采矿权,这样,今后全村人才会有好日子过。"他喝了一口水又说,"我拿20万元,其他党员干部每人拿5万元,你就是砸锅卖铁,也得筹集这笔资金,如果拿不出5万元,就不要再当干部了;普通党员出资2万元,多者不限;村民出1万元,量力而行。"大家都表示同意。

意见统一后,村"两委"认真进行讨论,制定了一个集资入股买矿的规定:钱可以入股,将来买了煤矿,按股份分红;如果将来哪天扛不住了,股金可以退,但退后就不能再分红;不想入股的,拿来的钱算村集体借的,5年内保证以本金3倍的利息归还。在村民代表大会上审议时,牛扎根表态说:"支付借款的利息从哪里来?行情转好时从企业的利润中来,如果5年内开采的煤卖不出去,以我家的全部资产做抵押贷款还钱。每个党员干部在涉及全村群众的利益时,是考验个人的

牛扎根：精心打造新型农村社区"一体化"融合发展

时刻，大家要多想办法多担当！"

"大伙儿的事儿，不能让牛书记一个人扛，我们每个人都有责任和义务，我要主动承担一部分。"煤矿办公室主任荣石平说。

"我也有份，要想尽一切办法筹资买矿。"副矿长张会军也抢着发言道。

"我也算一个！"村民张文虎表态道。

一名叫关忠孝的村民摸了摸脑袋说："牛书记，我也想支持这件事儿，但有些顾虑，因为家里的孩子多，还有老人。虽有点积蓄，但不多，我可以向亲戚借一部分。您说的五年内不想入股，村集体就以本金的3倍连本带利归还，能做到吗？"

"大男人说话一口唾沫一颗钉。我牛扎根什么时候说话不算数了？"牛扎根说。

全体村民代表被牛扎根一心为村民、一心为集体的想法感染，表决时一致通过。

事后，牛扎根及时安排村委会干部按照这次村民代表大会表决通过的内容写成文字条款，挨家挨户发放宣传单，有69名党员、干部带头筹款，这家5万元，那家3万元、2万元、1万元……在煤矿工作的本村村民员工也积极认筹，最终共筹集资金800多万元。

振兴煤矿开采权公开拍卖那天，西火镇数十名有钱的煤老板都提着现金来竞标，经过一轮又一轮的叫价之后，几乎所有人都不愿放弃，从516万元的起标价开始竞拍，你加1万元，我加2万元，到最后5万、10万元往上加，轮到牛扎根加到850万元时，其他人终于不再加价。牛扎根最后以绝对优势成为振兴煤矿的第一负责人。

竞拍到经营权后不久，经过管理层研究决定，将振兴煤矿改名为振兴煤业有限公司，牛扎根任董事长。

在煤业公司上班的本村236名员工都认购了股份，总股金850万元，全部用于煤矿再生产。

牛扎根言而有信，果不食言，对不愿入股的13户村民的资金，以本金3倍的利息连本带利退还，对不愿退的转成股金，使他们变成了股民，大伙儿抱团发展的信心更足了。

2004年8月，长治县新上任的县委书记认为振兴煤矿的改制不彻底，要求"彻底转，转彻底"。这次改制由全镇扩展到面向全国拍卖、竞标。北京、上海、浙江、广东的人都来参加竞拍，加上当时煤矿形势较好，使本次竞争变得十分激烈。牛扎根的心里有个底线，一定要千方百计地保证煤矿为村集体所有。他找到长治县主要领导汇报，谈了自己的具体想法：这个煤矿地处关家村，不管产权怎么改，一定要成为发展壮大村集体经济、为村民谋福利的资本。他的意见得到县领导的支持，县政府在出台改制方案时特别规定：关家村必须对改制后的煤矿控股。最后拍卖时，虽然经过了激烈角逐，竞拍价达到 4500 万元。其中：县政府所属国有资产管理局占股 20%，一名浙江商人占股 20%，牛扎根名下占股 20%，有五人竞拍后退股，他便将这几人竞拍所得的 40% 股权全部买下来，成为最大股东。

牛扎根占股 60%，意味着就要拿出资金 2700 万元。这个天文数字从哪里来？他再次想到了第一次改制时采取的办法：向村民借款。经过广泛动员，在煤矿上班的 400 多名本村及外村员工在一周内筹款 2700 万元，总算把竞拍到的股金筹齐。

随后的几年时间里，国家逐步加大治理整顿煤矿资源开采力度，滥采滥挖的现象得到有效遏制，煤炭行情逐渐好转。牛扎根紧紧抓住这一难得的机遇，引进先进生产设备，扩大开采规模，还延长了产业链，增加了下游产业，洗煤、煤矸石砖厂、运输分公司相继成立，取得了良好的经济效益，实力逐渐发展壮大。2007 年 7 月，在振兴煤业公司基础上成立了山西长治上党振兴集团有限公司，牛扎根任集团公司党委书记、董事长，兼任关家村党支部书记。2008 年 10 月，依托振兴集团公司，关家新村建成，关家村正式更名为振兴村。长治县将振兴村、郜则掌村、向阳村三个村党支部从西火镇党委中剥离出来，并入振兴集团公司党委，首次实现企业与村党组织领导的合并。

第二年，长治市对所有煤矿进行整治。小矿进行关停或被大矿进行整合，振兴煤矿成为全市保留的五个煤矿之一。

2010 年 7 月，国务院批准山西省为综合改革试验区，该省又批准振兴村为长治市长治县（2019 年 10 月改为上党区）城乡统筹振兴试验区，探索以企业优势带动新农村建设。原振兴集团公司党委书记牛扎根担任试验区党委书记兼振兴集团公司董事长。试验区直属长治县委（上党区委）、县政府（上

牛扎根认真学习党章，牢记党的宗旨

牛扎根：精心打造新型农村社区"一体化"融合发展

党区政府）管辖，由党委书记、副书记，管委会主任一名、副主任两名组成。下设综合办公室、经济项目办公室、文化旅游办公室、人才培训办公室，共有16个事业编制、30个自收自支事业编制。

振兴试验区下设振兴村、集团公司、煤业、农业、文旅、学校、新区机关等7个党支部，共有党员156名。

农业一直是牛扎根重点关注的领域。这年底，振兴试验区注册成立了一家现代农业公司，组建了振兴鑫源有机农业专业合作社，不仅流转了振兴村全体村民的土地，还流转了西火镇西村的2300亩土地，共流转土地6331亩。"土地流转后，对不适合种植的2000亩荒地进行了退耕还林，植树335万株。将剩余的土地按照农业观光、农事体验、蔬果采摘、农艺博览等功能分区建设，建成六处特色化农庄、三处规模化种植基地、三处农艺博览园，中药材种植、葵花油菜种植、核桃经济林等已初具规模。"牛扎根介绍道。

振兴现代农业公司按照"公司+农户+农庄"的模式，对流转的土地进行统一规划、分片承包、自主经营。"农民加入专业合作社经济组织中，成为现代农业的产业工人。土地流转既为高效农业提供了生产要素，又增加了农民收入和就业率。"牛扎根说。

紧接着，振兴试验区又启动了生态高效农业开发项目，兴建"千亩干果经济林""千亩道地中药材""千亩小米杂粮""千亩花卉培养""千亩有机蔬菜"等。在此基础上，开发农业观光、采摘、试验、培训等一系列文化旅游项目。紧随其后，总投资4100万元的振兴现代农业示范园和农产品深加工项目投产。

"我们现在最大的困惑是感到土地珍贵，不够用。我最大的心愿是，把曾经在一个大队的上、下西掌两个村合并过来。由于种种原因没有实现，给振兴试验区的发展带来了一定的制约。"牛扎根说。

曾经有段时间，牛扎根陷入了深深的思考，他清醒认识到，煤炭作为振兴试验区的基础产业过于单一，煤炭资源总有一天会枯竭，到那时怎么办？振兴村的村民该怎么生活？为此，他一方面组织企业节能减排，完善煤矿产业链，努力提高煤矿技术含量；另一方面开始产业布局，向三产发展转型。他接连去了全国很多名村考察学习，还到北京、太原等地向有关专家、学者请教，并进行了反复论证。

振兴村背靠太行山脉的大雄山，具有独特的地理气候条件，夏天气候宜人，十分凉爽。全国避暑小镇的指标就是在这里诞生的。2013年夏天，中国国土经济学会研究室曾派出课题组对该村夏天的平均气温、平均风速、平均湿度、平均紫外线进行连续测定,结果显示,这几项指数加起来,成为人体最佳舒适度标准。"有了这个舒适度,才有了基准指标,成为避暑小镇地标。我们课题组的几人在这里住了一段时间后感到十分吃惊,因为这里夏天的平均气温是23℃,比中国避暑之都贵阳的平均气温还要低一度。空气湿度是70%至75%,稍微干燥一点。由于有了避暑小镇,才引起大家的思考,诞生了'小镇'这个专用名词。因此,这里的避暑小镇指标成为今后评定特色小镇的萌芽。"时任避暑小镇指标测定课题组副组长的乔惠民介绍道。

牛扎根采纳了专家、学者的意见,开始从地下转入地上,从"黑色"转入"绿色"。最后正式确定发展乡村生态旅游、生态康养,力争成为我国北方最具特色的乡村旅游度假胜地。

2015年3月,振兴旅游公司成立,开始规划建设振兴大雄山欢乐谷、振兴民俗文化村、振兴农业博览园三大板块,兼顾了老年人和年轻人、传统与现代。先后投入资金4.5亿元,相继建成了红色收藏馆、百家姓文化展示馆、抗日战争广场、解放战争广场、孝廉公园、槐荫寺、振兴坛、文昌阁及非物质文化遗产体验街、由农耕文化民俗村组成的上党印象体验区、上党印象步行街、解放战争纪念馆、上党战役展览馆等20多个旅游景点。2013年10月,中国避暑小镇和中国乡愁公园

牛扎根(右)在振兴小镇旅游风景区向游客介绍上党战役发生情况

牛扎根：精心打造新型农村社区"一体化"融合发展

在振兴试验区挂牌。

为确保乡村旅游的特色，丰富游客吃、住、行、游、娱的旅游产品消费，牛扎根带领村干部多次外出考察学习，大力资助村民兴建"农家乐"，目前，全村已陆续建起了80余户"农家乐"，还建设了一座可容纳500人同时就餐的生态酒店。所有餐饮住宿都以绿色生态为主，吸引了长治、太原等周边地区的游客前来消费。同时，他积极与长治市和上党区有关部门沟通协调，开通了长治至振兴试验区的公交车和旅游直通车，建起了物流中心和快递服务站。2018年12月29日，振兴小镇被批准为国家4A级旅游风景区。

"随着占地2万平方米的现代化停车场和游客接待中心建成使用，旅游设施和功能逐渐完善。目前，吃农家菜、住农家屋、购农产品、体验农事，城里人的新追求为振兴小镇的特色旅游集聚了大量人流、信息流和资金流。"牛扎根介绍道。

2021年10月18日，是振兴试验区的第四个"振兴日"，试验区与长治医学院签订合作协议，成立该院附属医院振兴分院，共建振兴医养中心。同时，振兴国防园获批山西省政府授予的"山西省国防教育基地"揭牌。还与浙江等地的四家公司签订合作协议，总投资1.6亿元，共同打造"振兴不夜村"，建成夜游、夜赏、夜食、夜购、夜宿的"五夜"产品体系，促进"夜经济"发展。一期总投资6000余万元，对振兴试验区的主要建筑，重点是1公里长的上党印象步行街全部进行亮化。

2022年1月25日晚，当夜幕降临，随着牛扎根宣布振兴小镇"夜经济"正式启动，试验区内6.6万平方公里的各种建筑物上，精心安装的10万多盏大小不同的各色节能灯光芒四射，璀璨夺目，霓虹闪耀，美不胜收。每晚都有一万多人纷至沓来，除本省的太原、长治、晋城、临汾等地外，还有来自河南、山东、河北、天津、北京、内蒙古的一些游客纷纷前来赏夜景、尝美食、品文化、住民宿、看表演、带特产，当年带动村民增收1000多万元。

这年1月21日，振兴小镇被山西省发改委列入全省10个特色小镇。1月29日，由振兴集团公司投资4500万元、占地30亩，精心打造的振兴小镇农业科技体验园正式对外开放。

旅游搭台，文化唱戏，如何促进经济发展方式的转型和乡村振兴，实现共同富裕，是牛扎根近年来苦苦思索的问题。经过充分酝酿，由振兴试验区下属文化旅游公司精心组织的振兴小镇第六届春节嘉年华文旅活动，于2023年农历正月初一至十六如期举办。在这16天时间里，振兴试验区共接待各类游客30多万人次，仅门票收入就达到550多万元，旅游综合收入1000多万元。整个春节期间，振兴小镇内人头攒动，来自本省太原、长治、运城、晋城及河南安阳、新乡、郑州等10多个大中城市的游客，纷纷前来观赏非遗民俗、杂技特技、实景演艺、国潮演绎、璀璨灯光、萌宠乐园，品尝特色美食，参加农耕体验。

振兴试验区年接待各类旅游团体70多个、游客100余万人，综合收入5000多万元，已发展成为一处集山水风光、休闲娱乐、民俗体验、度假养生、农艺博览为一体的特色乡村旅游景区。实现了文化内涵与经济产业共生、自然风光与人文景观相映衬、三产发展与农业增收相融合，走出了一条宜居、宜业、宜商、宜游的美丽乡村发展之路。

经过牛扎根多年的辛勤努力，振兴集团公司旗下已具有煤业公司、农业公司、文化旅游公司、人才培训公司、商贸物流公司、旅行社、农业专业合作社等7家企业，年度实现产值5.3亿元、利润6800万元、固定资产30亿元。

随着年龄的不断增长，牛扎根开始考虑振兴村的接班人问题。他把本村有能力的年轻人在自己大脑中反复权衡了一遍又一遍，觉得没有最为合适的人选。最后，他想到了自己的儿子牛志川。牛志川生于1980年1月，硕士研究生毕业，2002年6月，从副镇长、共青团长治县委副书记干到团县委书记。2007年8月，先后在原长治县北呈乡、西池乡担任党委书记兼乡长。2011年5月，又当选山西省平顺县政府副县长。两年后，牛志川担任山西省政府办公厅督查处副处长。36岁那年，他又被任命为山西省文旅晋旅集团公司副总经理，成为一名正处级干部。

2020年"五一"放假，牛志川回到振兴村看望父母。一天晚饭后，牛扎根将儿子叫到书房谈心。他先是谈了自己对振兴村远期发展、建设的设想，接着又谈到人才的重要性，还谈了自己对找不到合适接班人的苦恼和忧虑。

"爸，您绕来绕去是啥意思？有话您就直说嘛。"牛志川不知道父亲的葫芦里到底卖的什么药。

"那就直说了吧，我考虑了很久，希望你能够辞去公职，回村做贡献。"牛扎根很干脆地说。

"那怎么可能呢？我好不容易奋斗到现在的位子，回到村里从头再来，不管从哪方面考虑，都说不过去呀！"牛志川有些激动地从沙发上站起来说。

"我在振兴村干了大半辈子，好不容易发展到现在的规模。我的年龄越来越大了，总有一天会退下来，弄不好就会功亏一篑。因此，非常担心如果选不好一个

牛扎根：精心打造新型农村社区"一体化"融合发展

接班人，哪天村里要是垮下来了怎么办，我的心血不就白费了吗？这也是很多村民担心的问题。"牛扎根说。

"振兴村有那么多年轻人，您干吗盯着我不放呀？我一个正处级干部回村当农民，面子上也挂不住呀！"牛志川很委屈地说。

"我把村里所有年轻人都无数次地在大脑里反复扒来扒去思考过，可从能力上找不到一个合适的人选。你是硕士研究生，有丰富的乡镇工作经验，又懂得旅游经营管理，正是振兴村所需要的综合性管理人才。"牛扎根说。

"问题是这样做不值呀！您的大半辈子精力都无私奉献给了振兴村，难道我还要继续奉献吗？俗话说：'人往高处走，水往低处流'，我应该到更好的岗位平台去发展，而不能把以前的一切都归零呀！"牛志川极不情愿地说道。

"你不应该这么想，人活着不能总是想着自己，更多的是应该想着他人，特别是作为一名共产党员，要多为基层老百姓的利益考虑。何况农村是个广阔天地，大有作为。为了振兴村后继有人，能够得到长期稳步发展，最好的办法就是你回到村里来，从基层一步步干起，实实在在地做出业绩，赢得大伙儿的信任，力争成为这个村的带头人。"牛扎根很诚恳地说。

牛志川固然有一千个理由不愿意回村，但父亲已经把话说到这个份上了，又不知如何反驳他。

母亲袁桂兰走进来，流着泪对儿子说："你们两个人说的话我都听到了。振兴村是你父亲大半辈子的心血和最大的牵挂，你就算是尽尽孝心，回来帮帮他吧！"

听到母亲这么说，牛志川更是感到无语了。他低头思考了一会儿表态道："那就依了我爸的想法，遂了你们的心愿吧。"

假期结束回到太原后，牛志川正式向山西文旅晋旅集团公司党委递交了辞职申请，很多人都替他惋惜，感到不可思议。上级领导见他的态度十分坚决，也不好再说什么。办完所有移交手续后，这年7月份，牛志川回到振兴村。不久，被任命为振兴集团公司副董事长。

2023年3月，经过振兴村123名党员投票选举，牛志川高票当选振兴村村企党总支书记，兼任振兴集团公司董事长。

"振兴村今后的重要任务之一就是不断发展壮大集体经济。只有这样才有出路，不发展集体经济就是死路。因为集体经济没有实力，就不能很好地改善民生、实现共同富裕，村民就不会拥护你、支持你。"牛扎根深有体会地说。

空中俯瞰振兴小镇镇貌（无人机航拍照片）

村民选我当干部，我当干部为村民

彻底改变村庄的贫穷落后面貌，让村民过上好日子，实现共同富裕，是牛扎根担任村、试验区书记多年来一直努力奋斗的目标。

不断改善民生，贯穿于牛扎根担任村党支部书记和振兴试验区党委书记的整个过程之中。从1987年开始，当村集体的一个小煤矿开采有了集体收入后，他首先想到的是为村民办好事、办实事，让群众从中受益。这年夏天，村集体相继购买了加工玉米、小米、小麦的三台机器，办起了粮食加工厂，免费为村民加工口粮。同时，还为村民每亩地免费提供5斤玉米种子、100斤化肥。之后，由村集体出资，在距村外820米处打了三眼深井，彻底解决了村民吃水难问题。还出资安装了闭路电视，在原长治县成为首个用上闭路电视的村庄。

改善村民住房、交通条件，将整个村子从海拔1200米的大雄山半山腰搬至山下平原地带，是牛扎根多年的梦想，他费了九牛二虎之力才得以实现。

1985年10月，牛扎根担任关家村党支部书记不久就组织召开了一次村民大会。当他把自己关于迁村的设想讲出来之后，没想到在人群中迅速引起不小的议论。

"我们祖祖辈辈都住在这里，不是挺好的吗！非要搬走弄啥呢？"一位村民质问道。

"这里交通多不方便，住房也是破破烂烂的。"牛扎根说。

"交通是不怎么方便，你可以向上面要钱修公路呀。房屋等有钱了再盖新的嘛。"另一位村民说。

"把一个村子迁走，谈何容易，哪有那么多钱啊？"

"我家里穷，没有钱盖新房。"

"我不同意搬。"

……

举手表决时，竟有60%的村民不愿意搬迁。牛扎根只好作罢，放弃了自己的设想。

1993年9月，牛扎根再次组织召开村民大会，动员大家搬迁，有70%的人赞成，还有30%的人坚决反对。最早的三个生产队此时已变成六个村民小组。建房要占三组的地，而发展需要办企业，要占一组的地。因此，这两个组的村民觉得吃亏，都反对。搬迁方案又被搁置。

转眼到了1997年6月，在经过广泛调研和充分准备之后，牛扎根第三次组织召开村民大会动员搬迁。这次与以往不同的是，事前经过村"两委"讨论，出台了一项"三统一"政策，即：盖房子占地，统一分摊到全村每个村民头上，从承包地扣减；企业建房征地支付的土地费用，全体村民统一分配，人人有份；迁村腾地后获得的土地补偿款，每位村民统一分配。当牛扎根把这一政策宣布后，赢得了一片掌声。迁村一事达成一致意见。"这次会议主要解决了村民的认识问题，统一了思想，为迁村奠定了基础。"牛扎根说。

随着煤矿经营形势的逐步好转，牛扎根开始筹集资金用于全村搬迁，制定建设规划。2006年10月，他又组织召开了全体村民参加的第四次迁村动员大会。这次会议公布了建房的具体方案：公共设施部分由村集体投资建设；村民住房为三层别墅，建筑面积286平方米，另加一个120平方米的院子。其中一层高3.5米，二层高3.2米，三层阁楼高2米；整个房屋由村集体垫资建设，每套房屋均价为12万元；村民的旧房由专业评估公司统一评估，有多少算多少；村民购买新房由12万元减去评估价，剩余多少就掏多少。如果评估价高于12万元，就由村集体支付高出部分。"这次会议将建房中具体事项特别是新房与旧房的折价关系及支付价格进行了公布，广泛征求村民的意见，最终取得一致。村民平均支付的房款只有4.6万元，就住进了新房。"牛扎根介绍道。

2007年3月27日，原关家村新村建设正式启动。这项工程耗资巨大，总投资4.6亿元。整个新村是在"两山夹一沟"的基础上兴建的，改河16.5公里，挖山填沟156万立方米，新村占地230亩。在原来的河沟里用钢筋水泥浇筑了一条3米宽、7米高的暗河，支流暗渠达到2米宽、2米高，确保山洪暴发时排水畅通。

经过一年多的艰苦奋战，一期工程供关家村村民居住的236套新区住房如期建成。2008年10月18日，是该村村民永远值得纪念的日子。这天全体村民乔迁新居，家家户户张灯结彩，燃放烟花爆竹。很多村民家提前到镇里的集市采购酒菜，请来亲朋好友共同庆贺。一些老人更是高兴得合不拢嘴，他们压根儿就没有想到有生之年还能像城里人一样，住进一排排整齐划一别墅式的小洋楼，而且"不见砖、不见梁，做饭不烧煤，解手不出房。住房装修像宾馆，一户两台大彩电，家里有了电影院"。

二期工程于2010年3月动工，为向阳村169户村民建设了新居，2013年10

月 18 日入住。在这次建房时，牛扎根还采纳了村民的意见，将一楼的客厅分成两个，中间隔开，便于家有老人的家庭居住，以免子女与父母因生活习惯不同而相互干扰。"还有此前由振兴煤业公司为鄂则掌村盖的 116 套新居，加上 48 套人才公寓，全村兴建住宅总数 569 套。"牛扎根如数家珍地说。

10 月 18 日，是振兴村每个村民都记忆犹新的日子，村"两委"决定将这一天固定为"振兴日"。

振兴村还相继修建了 4 条街、9 条路，共 35.5 公里。其中进村的 960 米主要公路宽 8 米，双向 4 车道，如今全部铺成了高等级柏油公路。

确保村民人人有事干，能用自己的劳动获取报酬，有稳定的收入，一直是牛扎根最大的心愿。他总是想尽办法增加就业岗位，让全体村民就地就近充分就业。振兴村 1400 多名具有劳动能力的村民中现有 756 人在振兴集团公司上班，还有近 600 人在两个专业合作社从事农业生产，另有 60 位村民外出打工或创业，全体村民的就业率在 96% 以上。

牛扎根总是千方百计地想办法增加村民收入，让大伙儿过上富裕生活。振兴村村民的收入来自三个方面：工资收入，在煤矿工作的村民每月收入 5000 元至 1.1 万元，在绿化队工作的 60 位村民每月工资收入 2000 元至 2500 元，从事农业生产的村民每月收入 3000 元至 3500 元。村集体流转村民的土地，按每亩土地每年 1000 元的标准支付流转费，还为每位村民发放 1000 元生活补贴；160 户村民从事农家乐，每年有 5 万元至 10 万元的收入。家住崇信路的村民李欢庆与妻子都在振兴煤矿上班，每月分别有 5000 元、3000 多元收入。他的父亲李文孝不幸因病早逝，村里鼓励他家从 2017 年 6 月起开办农家乐。牛扎根组织一批开办农家乐的村民到陕西西安、延安等地考察学习。后来村里还给开办较好的农户每家补助 5000 元资金，他便是其中之一。李欢庆熟练掌握了拉面技能，很多游客慕名到他家去品尝拉面和山野菜。他还利用别墅的二楼房间为游客提供住宿，每年接待游客 3000 多人，一年的收入接近 10 万元。如今，全村常住人口可支配收入达到 5.69 万元。

老有所养、老有所依、老有所乐，也是牛扎根重点关注的问题之一。全村有 216 名 60 岁以上的老人，在牛扎根的提议下，经过村"两委"研究决定，从 2008 年开始，每年为每位老人发放 1200 元养老补贴。在村委会还建起了日间照料中心，老人们白天去打牌、下棋，进行文化娱乐活动，中午由村里提供一顿免费的午餐。

牛扎根：精心打造新型农村社区"一体化"融合发展

2020年，振兴集团公司投资198万元，建起了一个建筑面积600多平方米的两层楼作为老年活动中心，供全村老年人开展各项文体活动。村集体每年为60岁以上的老人进行两次免费健康体检。每年的重阳节，还为本村及邻近的西掌村和西村的865位老人发放被子、保暖内衣、内裤、床上用品、电暖器等生活用品。一位80多岁的村民逢人便夸："我们算是享了牛扎根书记的福，他简直比自己的儿子还好，想得很周到。"

振兴村村民看病可以就地解决，试验区于2016年投资建起了一座县级标准的卫生院，设有内科、外科、妇产科、检查科等科室，购买了X光机、彩超等设备。村民小病不出村，大病到医院，做到就地就近就诊。村里每年为18岁以上的村民进行一次健康体检，还让所有村民参加了福村宝大病医疗保险统筹。村民每人每年只交纳100元，其他费用由振兴集团公司统一交纳。参保村民每年最高可以报销30万元住院费用。崇礼路村民张文虎已69岁，2018年8月被诊断为食道癌，在当地住院手术后共花费了10万余元医疗费，按规定由城乡居民医保报销了7.2万元，个人自费2.8万元。之后，福村宝报销了2.7万元，他个人只出了1000多元。老人逢人便夸党的政策好，否则自己治病将造成家庭巨大的经济债务。

牛扎根小时候因为家里穷，只上完小学就辍学回家务农。他深知教育的重要性，因此便想尽办法让村民的子女受到良好的教育。他担任村书记后在不同时期不停地建学校。20世纪90年代初，邻近的郜则掌、向阳村由于没有学校，村民子女只好到关家村学校借读。20世纪80年代建的11间教室明显不够用。1993年3月，村里又另外选址，投资50多万元，在本村老鳖干山上盖起了一座两层楼、有20个教室的新学校，占地3亩，供150个孩子上学前班、小学一至四年级。21世纪初，又相继投入6900万元，盖起了具有现代化教学设备的幼儿园、小学、初中，供本村及周边另外四个村的1400多名村民子女就读。

所有学生的学费、住宿费全部免除。上幼儿园的孩子每月交纳80元、小学生每月交纳100元、初中生每月交纳150元生活费，其他全免，还每年给每位学生发一套校服。振兴集团公司每年划拨150万元补贴两所学校和幼儿园。公办教师不够用，就面向社会公开考试，择优聘用了35位民办教师，每人每月的工资在3500元以上。

为激励所有教师用心教书育人，在牛扎根的提议下，经振兴村党支部和试验区党委研究决定，在两所学校和幼儿园每年开展评选优秀教师活动，设立一、二、三等奖。每年的教师节，试验区都要隆重召开教师表彰大会，除为评选出来的优秀教师颁发证书外，还分别给予3000元、2000元、1000元三个等级的资金奖励。"从20世纪90年代至今，用于优秀教师的奖励资金已经超过680万元。"牛扎根说。

牛扎根非常关心下一代，鼓励他们好好学习，天天向上

为鼓励村民子女好好读书，村"两委"还出台了奖励政策。对考上二本的村民子女，村集体一次性发放5000元助学金；对考入一本以上的村民子女，村集体一次性发放1万元助学金。近10年来，该村有73名子女考上各类大学学习深造。

振兴村的文化活动丰富多彩，村里成立了民俗表演队，每逢周六日或逢年过节，就会组织打花棍、跑驴、抬花轿、威风锣鼓、扭秧歌、上党八音会等表演。春节更是热闹，社火表演一直持续到正月十六才结束。

除此之外，村民的其他福利共有15项之多。村里每月为村民免3度电、2吨水。逢年过节，免费发放米、面、油、蛋、水果等生活物资。最大的开支是每年10月底到第二年3月底，全村实行集中供暖，仅此一项开支就达到1600万元。

振兴试验新区建成后，先后投入1.3亿元资金，建设污水处理厂、垃圾处理站、供气站、初心园等。上级政府为试验区配套了派出所、财政所、劳保所、国土所、环保所、综合管理执法室、卫生院、学校、银行等机构，还设立了上党区振兴农业服务中心和上党区振兴旅游接待服务中心等专门的服务机构。"振兴试验区成立后,振兴村村民足不出村就可以享受到良好的公共服务。"牛扎根介绍道。

牛扎根从担任关家村、振兴村到振兴试验区书记39年来,用于改善民生的投资累计达到13亿元。

"我的座右铭是'想百姓、爱百姓、为百姓。村民选我当干部,我当干部为村民',我深深感到自己做得还不够,今后要努力做得更好。"牛扎根说。

以身作则,率先垂范,是自己义不容辞的责任

牛扎根的爷爷牛胜则是新中国成立后原关家乡第一任乡长,从1946年6月长治解放后实行土地改革,一直干到1953年8月,整整7年时间。他为人公道正派,热心为村民办事,在大伙儿心中树立了较高威信。

牛扎根的童年是从艰难困苦中走过来的,小时候遇到的两件事儿,对他的思想形成起到了很大作用。

1963年,全国刚刚经历三年经济困难时期。这年3月,牛扎根年满6周岁,已到了上学的年龄。尽管家庭很贫困,但父母经过反复权衡,还是在这年9月开学后将他送到大队小学读书。教室设在一座关帝庙里,由于年久失修,四面漏风不说,屋顶还有个破洞。时隔多年,牛扎根回忆当时上学的情景仍记忆犹新:庙外刮风,室内扬土;庙外下大雨,室内落小雨。风声、雨声、讲课声、读书声经常混杂在一起。孩子们最怕冬天刮得"呜呜"的西北风和夏天的瓢泼大雨。"那时一旦遇到极端天气,我们根本没有心思听课和学习。"牛扎根说。

上小学四年级时,牛扎根当上了班长。有天上午一个炸雷响过之后,暴雨倾盆而下,教室里已积了很深的水。尽管小伙伴不停地挪换位置,但还是被雨淋湿了。雨停之后,他带着几个孩子一起找到时任关家大队党支部书记,请他派人把关帝庙的屋顶修一下,堵住漏雨的大洞,让同学们免受刮风时吃灰、下雨时淋雨之苦,能安心学习。没想到那名大队支部书记不仅没有答应修学校,还凶巴巴地指着牛扎根的鼻子吼道:"我们大队穷,没有钱修关帝庙。你若有本事,就等你长大了当干部时修吧!如果把整个村庄都能搬走那更好。"

"当官不为民做主,不如回家卖红薯。你连这点本事都没有,还有什么资格当大队党支部书记?"牛扎根窝了一肚子火,气呼呼地说。

求助不成，牛扎根决定自己解决。他向父亲请教了修补房顶的方法后，便从家里找来一些木条、铁丝、钉子和一块破毡子，在老师和几名同学的帮助下，自己爬上破庙的屋顶，把木条一根一根横在洞的中间，两头用铁丝扭好，铺上毡子后，再用钉子钉住，还在四角压上石头。此事对牛扎根的触动很大，他暗自下定决心："等我长大了，如果能当上大队干部，一定要当一名为群众办实事的好干部。我要盖新教室，让孩子们有舒适的地方安心读书。我还要把村庄搬到平地上去，让社员们住上大瓦房。"

1971年3月，牛扎根14岁，初中一年级刚开学，一场不幸正悄悄向全家人袭来。父亲已有半年时间胃疼，慢慢发展到连吃饭都很困难。有天上午，他向学校请了两天假，陪同父亲步行45公里来到长治市和平医院诊治。为节省开支，父子二人当天晚上就在医院挂号窗口下的地板上和衣睡了一夜。第二天清晨做X光钡餐透视检查时，确诊为胃癌晚期。父亲已两天滴水未进，他也饿得头脑发昏，便用二两粮票、花费2角7分钱，买了半斤饼干，自己一口气吃了，喝了两杯医院的自来水后，又陪同父亲步行回到家。那时，天已经黑了。

父亲的病情迅速恶化，生命垂危。家里失去了一个主要劳动力，牛扎根只好辍学回家，陪父亲走完生命的最后一程。一天下午，父亲把他叫到床前，流着泪非常吃力地说："孩子，爹对不起你。我没有本事让你好好上学读书。我走后，你一定要把这个家撑起来。长大后要像你爷爷一样，为社会做贡献，为群众办实事。如果你有本事，就把这个村庄建设好，让社员们的生活条件有所改善。"

牛扎根抱着父亲痛哭道："您放心，我会的。不仅会照顾好奶奶、母亲、弟弟、妹妹，长大后我一定会做一个对社会有用的人。"不久，他的父亲就去世了。

事过50多年，当早已过了"耳顺"之年的牛扎根接受采访，回忆这些往事时，仍然十分伤感地说："父亲没有享过一点福就过早地离开了人世。"言语间他的眼中已噙满了泪水。

稍加停顿后，牛扎根继续说："当年找大队党支部书记要求修补破庙被拒绝、父亲临终时说的一番话，在我幼小的心灵留下了深刻的烙印，激励着我长大后一定要当一名一心为百姓做事的好干部。"

牛扎根担任关家村党支部书记后最费劲的一项工作就是整个村庄搬迁。他说："当村干部做任何一件事必须要有耐心，不仅要设身处地为村民着想，还要给大伙儿逐渐转变思想观念的时间。"为迁村，他先后主持召开过四次村民大会，才逐步

牛扎根：精心打造新型农村社区"一体化"融合发展

取得大伙儿的支持。然而，最后落实起来却又引起了无穷的烦恼。

2006年迁坟，是村庄搬迁中最难做的一件事。397个坟头需要迁走，对村民来说，这是一件颇为忌讳的事儿。仅牛扎根的家族就有53座坟需要搬迁。虽然进行过广泛动员和深入宣传，但仍有60%的村民说："我家这个坟的风水好，如果迁坟后出现了问题怎么办？"牛扎根与村"两委"干部反复商量后采取了一个办法：大家的事情大家办。由村民推举五位群众代表，村干部不参与，由村民代表聘请三位风水先生勘察地形。这三人中如有两人说的地方一致，另一人意见不同时，就得遵从少数服从多数的原则予以服从。结果在村庄东北角选了一块大伙儿都比较满意的地方，作为迁坟后的安置地。按当时村"两委"制定的迁坟规定，村集体安排人把坟坑挖好，谁家迁走一个坟，就补助3000元钱。

尽管如此，仍然遇到了很多麻烦。为迁坟，牛扎根先后六次给村民下跪，好话说尽。本家一位堂弟怎么动员就是不搬迁。牛扎根叫他哥哥、给他下跪也不行。为防止村集体在晚上派人强行迁坟，此人带着被子，晚上就住在坟地里看守。眼看他家的几个坟如不及时迁走，就要耽搁新村建设开工。牛扎根什么招儿都用了均未奏效。那些天晚上，他躺在床上辗转难眠，最后采取了强制措施。

牛扎根把堂弟迁坟的事儿放在最后一个解决。那天上午，他亲自出面把堂弟请到村委会做工作，同时派人背后悄悄地把牛家祖爷的坟给迁走了，堂弟一看大势所趋，只好同意把所有祖坟迁走。

为迁村，从2007年动工到2013年结束的六年时间里，牛扎根的体重从80公斤下降到60公斤，整整瘦了20公斤。尽管他费尽口舌，花费了自己的全部精力，但仍不能让所有人都满意。刚建房时，有人在背后骂他是穷折腾，甚至有人悄悄在背后使坏。他家窗户上的玻璃先后三次被村民在晚上用石头砸坏，还有人毒死了他家喂养的一条看家犬。随后发生的一件事更加让人感到不可思议和十分吃惊。有天早晨，牛扎根开门后发现有人非常缺德地在他家门前放了一个花圈。他沉思片刻，便来到村委会办公楼打开高音喇叭大声喊道："昨晚有人给我送了一个花圈，以为我死了，可我今天还好好地活着。"

老伴很生气地劝他不要再当村党支部书记，更不要再管村民住房的事了。有人建议他到当地派出所报案，让警察把当事人查出来之后绳之以法，以解恶气。牛扎根思之再三，没有采纳。他说："冤家宜解不宜结。否则，与村民之间的隔阂就会越积越深。当村书记就要有博大的胸怀，不能事事与村民计较。他们对村里的有些工作一时半会儿不理解，但时间长了，大伙儿慢慢就明白了。"

最终，牛扎根以自己的真情感动了所有村民。"当时破破烂烂的旧房子评估作价，户均才交纳 4.6 万元，就换来了一套近 300 平方米的别墅，还有一个 120 平方米的院子，现在价值 100 多万元。村民们终于全都明白了，如果不是牛扎根书记当年顶着巨大压力把新村建好，等到现在可就麻烦了，家家户户要多掏几十万元，大多数家庭不可能住上这么好的房子。"振兴村党支部书记张剑红深有感触地说。

不论是担任村党支部书记、振兴煤矿党总支书记，还是担任振兴试验区党委书记，牛扎根始终把农村党建放在一切工作的首位，认认真真做好。他说："农村党建是村党组织的核心，这项工作做不好，其他工作都是空谈。"

牛扎根（中）在振兴试验区支部主题党日活动上讲党课，要求大家不忘初心、牢记使命，争做合格共产党员

当年担任关家村党支部书记时，牛扎根认真探索，实行了党支部包党小组、党小组包党员、党员包村民，确保村"两委"安排布置的各项工作任务落到实处的"三包、一确保"责任制。2010 年 7 月成立振兴试验区党委后，他又将其外延进一步扩大，制定了党委抓大事、支部办实事、党员办好事的目标，形成了党委成员包支部、支部成员包党小组、党小组成员包党员、党员包户主、户主包家人的"五包、一确保"责任制。并按照妇女注重家风家教的家庭生活，中青年注重干事创业、发挥表率带头作用，老年人注重传授经验、智慧的特点，分别成立了妇女党小组、中青年党小组、老年党小组。对全体党员实行积分管理，按照党员学习教育、参加

牛扎根：精心打造新型农村社区"一体化"融合发展

义务劳动、爱岗敬业、做好人好事等 29 个方面和《振兴村共产党员 18 个不准准则》进行年度百分制积分考核，作为评选优秀共产党员的重要依据。年度总分达到 100 分的为标兵；总分达到 90 分的为优秀；总分达到 80 分的为合格；总分低于 80 分的为不合格。"对不合格者，让其在党员生活会上公开检讨。是党委或支部委员的，就让其停职，还要处以 100 元到 500 元不等的罚款。但在实际工作中要给分数偏低的党员改正错误的机会，以教育为主，只要有错就改，就是好同志，绝不一棒子打死。"牛扎根介绍道。

原向阳村村委会主任牛伟彪曾经有段时间对工作不用心、不积极、不上进，牛扎根多次耐心对其进行批评教育他仍无动于衷。2013 年积分考核时，他的总分低于 80 分，受到党内警告处分、免除党支部委员资格、罚款 500 元的处罚。这次动真格的处理对牛伟彪触动很大，他在民主生活会上做了深刻检讨。开展自我批评时充分认识到自己平时学习不够，放松了思想改造，造成工作懈怠，缺乏上进动力。从此，他不仅在思想、态度、作风上有了很大转变，工作上也大有进步。在第二年的年度积分考核中达到了 90 分，经党组织研究，恢复了他的党支部委员资格。

对表现不好的共产党员进行处罚的同时，对表现好的共产党员进行奖励，也是牛扎根一贯倡导的。在他的提议下，经过村"两委"、煤矿党总支、试验区党委研究讨论，制定了一系列奖励政策，明确规定：不是劳动模范的不能入党；不是入党积极分子的不能评为劳动模范。连续三年被评为劳动

牛扎根（左）给农村支部书记传授工作经验

模范的村民、企业员工，经过组织考核后可以加入党组织；连续三年积分考核为优秀等次的村民或企业员工，增加一级工资。同时还规定，对被评为优秀共产党员的人，除了每年集体隆重表彰外，还分别给予 200 元、400 元、600 元、800 元、1000 元的物质奖励。从牛扎根担任村书记以来，先后有 300 多位村民、企业员工被评为劳动模范，有 200 多人被吸收为共产党员，还有 90 余人被评为优秀共产党员。"过是过，功是功。只有功过分明，奖罚分明，才能激励先进，鞭策后进。"牛扎根说。

振兴村的党员干部干好干坏不一样，具体体现在退休后享受的待遇上。该村明确规定：连续担任村"两委"干部3年及以上的，达到法定退休年龄后，每月享受村集体发放的300元退休费；连续任职时间达到5年及以上的，每月享受村集体发放的1000元退休费；连续任职时间达到10年及以上的，每月享受村集体发放的退休金2000元。共产党员的党龄达到10年及以上的，只要在政治上没有任何污点，没有违法犯罪记录，能按时完成村党组织安排布置的各项工作任务，达到退休年龄后，每年享受村集体发放的600元党龄补助。

在振兴试验区，每月18日雷打不动召开一次民主生活会，如果牛扎根出差了，就由一名副书记主持；如果副书记也出差了，就由其他一名副职干部主持。在民主生活会上畅所欲言，包括牛扎根在内，大家开展批评与自我批评是动真格的，不留情面，更不遮遮掩掩。2009年5月进行村庄旅游规划时，村集体将老白岩沟填平后，花费20多万元在此处建了一个照壁。在一次民主生活会上，有的党员提出这一决策是错误的，不仅遮挡了后面的风景，而且纯粹是面子工程，劳民伤财。牛扎根诚恳地做了自我批评，还在全体党员大会上做了深刻检讨。最后将这个照壁拆掉，重新规划，建成了现在的毛主席铜像广场，受到普遍好评。"在党员民主生活会上，不管职务有多高，都是一名普通共产党员，都应该受到党内监督。只有真正地照镜子、红红脸、出出汗，才能肝胆相照，修正错误，减少失误，不断进步。"牛扎根说。

"打铁需要自身硬""己不正岂能正人"是牛扎根一贯信奉的准则。公正、公平、公开一直是他处理党务、村务、财务坚持的原则。他认为做好农村党建的关键因素是村书记率先垂范、以身作则，起好表率、榜样、标杆和模范带头作用，才能在群众中有威信，党组织才有凝聚力。同时还必须管好自己身边的人和亲属。给牛扎根开了13年车的一名司机本来工作踏实、积极肯干，但一次出格的做法，牛扎根毫不留情地让他下了岗。试验区综合办公室提前一天通知所有工作人员在2021年7月28日上午9点开会，对"十一"期间的一项重要工作进行安排布置，明确告知所有人不得缺席。可这天那位司机不参加会议，打电话问他时说在洗车。综合办公室负责人告知等开完会再去洗车，他却置之不理。牛扎根让综合办主任收掉他的车钥匙，他仍不参加会议。当天就责令其停职反省写检查，并处以500元的罚款。

牛扎根的亲弟弟牛有根是位电工，负责整个试验区的用电管理。2021年9月29日中午，他违反了试验区"中午不饮酒"的规定饮酒。而后，擅自到振兴煤矿把正在运转的风机给停了，造成井下短时间无风作业。牛扎根得知此事后十分恼怒，

牛扎根：精心打造新型农村社区"一体化"融合发展

让矿长打110报警，当地派出所对其弟弟做了传唤处理，进行了行政处罚。

对名和利，牛扎根看得很淡。他说："钱财这种东西，生不带来，死不带去，要那么多有何用！儿孙自有儿孙福，只要有真本事就有生活的资本。村书记只有一心一意为村民办好事、办实事，才会赢得大伙儿的信任和尊重。只要是振兴村的村民，不分亲戚与否，都当成自家的亲人。"2001年振兴煤矿改制后，牛扎根用村民的集资款入股控股，特别是2004年进一步改制后，以他个人的名义在煤矿占股60%中，有1800万元是从村民处借的钱，以当时承诺的3倍利息逐年都还给了他们。剩余900万元虽然有10倍增值，但他没有领一分钱的红利，所得的利润全部用在了村里的建设和村民福利上。

2021年7月，牛扎根在振兴试验区党委会上正式宣布，把自己在振兴煤矿所占60%股份无偿全部交给村集体。党委副书记张会军感到十分吃惊，他私下悄悄问道："振兴煤矿是当年企业改制时您从煤老板的手里拿过来的，虽然您从未领过一分钱红利，但毕竟是在您个人名下。无偿交给村集体，没有利，连名都没有了，为何要作出这样的决定？"

"钱这东西生，生不带来，死不带去。我已是64岁的人了，要那么多钱有什么用？能保障基本生活就行了。"牛扎根很平静地回答道。

1996年1月，牛扎根与张会军同时从西火镇派到振兴煤矿工作，一人是矿长，另一人是副矿长，两人在一起共事28年不离不弃。"牛书记经常说：'一人富不算富，大家富才算富；一村富不算富，邻村共同富才算富。'他的心中总是装着百姓，装着村集体，与任何人发生矛盾后都从不计较。他的这种思想境界和人格魅力深深感染了我，所以追随了他这么多年。"张会军说。

牛扎根对自己很苛刻，对村民却非常大方，谁家有困难，他都会鼎力相助。多到10万元，少到2万元、5000元，全村有20多人都不同程度地得到过他的资助，累计金额超过100万元。本村村民关红亮的女儿关欣在10岁那年经常感到左腿疼痛，家长也没有在意。2011年11月的一天晚上，她在寝室洗手间不慎摔倒，送到长治二医院拍了张X光片显示左腿与右腿骨骼不一样，但医生判断不出是什么原因。给开了三张膏药，贴了几天后，不见有任何作用。再去该院治疗时，医生说弄不清病因，治不了，建议她到北京积水潭医院治疗。

这年12月5日，经积水潭医院确诊，关欣身患恶性骨科肿瘤，即骨癌。她才10岁，这突如其来的不幸消息把一家人都打蒙了。先进行了4次化疗，2012年3月8日，医生对关欣进行了人工关节置换手术，共花了 50 多万元医疗费。为筹集这笔费用，关红亮向所有亲朋好友该借的都借了，但仍有很大缺口。紧接着要进行 12 次化疗，经费更无着落。正当一家人感到绝望时，牛扎根得知情况后主动送来了 10 万元援助款，全家人喜出望外。关欣在积水潭医院整整住了一年，病情得到很好控制，回家休养两周后便开始与以前的同学上小学六年级。2019 年 8 月，她以优异成绩考入吉林大学生物制药专业。2023 年 6 月，关欣以优异成绩本科毕业后，被保送到中国科学院大学攻读生物物理专业硕士。关欣在电话中接受采访时说："牛书记是我的救命恩人。他不仅让我们一家住上了那么好的房子，还对我治病给予了无私帮助。如果不是他的大力援助，我就不可能在北京积水潭医院顺利治好自己的病。更没有今天上大学读本科、硕士的机会。"

牛扎根（左）回访自己曾经捐助患骨癌的关欣家

一位姓袁的村民与妻子发生口角，女方一气之下回到娘家。牛扎根得知此事后主动找到这位村民做思想工作，让他心情平静下来主动找女方认个错，不要让两人的矛盾越积越深。当天下午，他干脆陪同袁姓村民去女方娘家做工作，把她接了回来。像这种事儿，牛扎根共做过 20 多回。"村书记就是为村民服务的，不管大事儿小事儿都应该管。以身作则，率先垂范，是自己义不容辞的责任。"牛扎根说。

牛扎根：精心打造新型农村社区"一体化"融合发展

2019年10月1日，北京天安门前举行新中国成立70周年盛大阅兵庆典，牛扎根经过区、市、省委组织部门逐级推荐，登上中组部从严治党巡礼彩车，从长安街缓缓而过，接受党和国家领导人检阅。

振兴试验区现已会集了180多名本科生，有了这些人才，企业发展才有了后劲。牛扎根的人格魅力和求才若渴、招贤纳士的迫切愿望，吸引了很多人才加盟振兴新区，郝东锋就是其中一人。郝东锋2004年毕业于山西大学汉语言文学专业，在太原的一家外企工作，从月薪5000元干到年薪12万元。2009年底，郝东锋回到与振兴村相邻的一个村庄看望父母，听到了很多人谈论牛扎根一辈子不离故土，全心全意帮助村民过上好日子的感人故事，便被他的人格魅力深深吸引。没过多久就到振兴村与牛扎根见了一面，被他虚怀若谷的胸怀打动。回到太原后辞去外企的工作来到振兴村，一干就是14年，从普通员工成长为振兴旅游公司副总经理、总经理，兼任党支部书记。"郝东锋最大的特点是工作勤奋、任劳任怨、热爱学习。他为振兴试验区的旅游规划、发展做出了重大贡献。"牛扎根介绍道。

郝东锋现在已转成事业编制，虽然工资不高，但他说这里却是干事创业的好地方，与牛书记相处很愉快。牛扎根很关心人、照顾人，给人以亲人般的温暖。不管是谁生活上遇到困难，牛扎根得知情况后都会主动予以帮助。几年前，郝东锋准备在长治市买一套房子，资金出现缺口，牛扎根得知这一情况后，主动提出借给他3万元现金。

在牛扎根的提议下，振兴试验区于2013年9月投资2360万元，盖起了一栋48套、总建筑面积5760平方米的人才公寓，只要是按学历和实际技能引进的各类人才，都可以免费在这里住宿，室内的家用电器、家具一应俱全，拎包即可入住。

有实际工作能力的人才不仅受到牛扎根的器重，还能享受各种良好的待遇。振兴集团公司为所有人才缴纳"五险一金"，为中层以上干部每月发放200元至500元不等的电话费、1000元至3000元不等的生活补助。总监以上的高管都配备一台专车。"牛书记对人才的重视和关心，让你没有任何理由不好好干出成绩来。"郝东锋说。

作者在振兴村采访四天期间去过很多村民家里，印象最深的是家家户户都干净卫生，家具摆放得有条不紊、整整齐齐。特别有意思的是，每家每户的床上都铺有床罩，包括80多岁的老人。这个村村民家的讲究程度，城市里的很多人都达不到。牛扎根解释说："村庄自从2008年10月18日整体搬迁到现在的新区后，我们就一直坚持把文明建设当作一件大事常抓不懈。"

牛扎根倡导:"振兴是我家,人人爱护他。大伙一条心,争做文明人。"该村《村规民约》中明确规定了村民讲礼貌、讲卫生、讲文明行为标准。村里还成立了环境卫生领导小组,每月组织一次环境卫生检查,并将村民文明卫生标准遵守情况与享受村集体福利挂钩,促进全体村民文明卫生习惯的慢慢养成。

牛扎根担任村书记后,发现村民中存在相互攀比摆酒席的不良风气,便提议在村里成立红白理事会,负责打理全村的喜事和白事。明确规定不管是哪家办这两件事都一律平等。红事买烟招待亲朋好友,每盒不得超过 10 元,买酒每瓶不得超过 50 元;白事用烟每盒不得超过 5 元、每瓶酒不得超过 12 元。招待客人实行一锅大烩菜。2008 年 10 月迁往新村后,村"两委"又提出:"新村新气象,勤俭节约的传统不能丢。"规定除红事和白事外,不得以其他任何理由摆酒席。红白喜事也不得大操大办,请客不得超过 20 桌,每桌标准不得超过 150 元。

村民之间有了矛盾不回避,矛盾调解不上交,这是牛扎根担任村书记以来一贯遵循的原则。村里除了五级联包及时化解矛盾外,还组成了由老干部、老党员、老教师、老军人、老"乡贤"组成的"五老"矛盾调解委员会,及时公平、公正、公开地化解各种重大家庭矛盾和纠纷,防止转换成刑事案件。牛扎根担任村书记、试验区党委书记数十年来,振兴村没有出现一起刑事案件和村民到县级以上政府越级上访。

振兴村的孝廉公园里建有中国"二十四孝"故事的石刻雕塑,是全体村民教育子女孝敬老人的好去处,也是形成良好家风家教的生动教材。全村尊老爱幼、孝敬老人蔚然成风。崇礼路小组村民关素清的婆婆袁草灰是位残疾人,自己下不了床。她每天将婆婆背下床放到轮椅上,为她梳洗停当后,推到院子里晒太阳。如今已 85 岁的婆婆逢人便夸儿媳妇好,在当地传为美谈,关素清因此被评为全村"好媳妇"、孝心模范。

振兴村自 2012 年 10 月被中央文明办评为全国文明村镇后,在九年内已连续三次迎检都被评为合格单位。

"既然获得了'全国文明村'这一殊荣,就要与实际情况相符。农村综合治理永远在路上,打造稳定、平安、和谐、文明村庄,是做好各项工作的基础。也是村书记义不容辞的责任,必须下大力气、扎扎实实地做好这项基础工作。"牛扎根说。

牛扎根访谈录

作　家：您于 1985 年 7 月担任关家村党支部书记，后调至西火镇工作，曾三次被村民集体找镇党委请愿，让您继续兼任村书记。经过您数十年不懈努力，终于将振兴村建成全国名村。您担任村书记的初心是什么？您淡泊名利，放弃了镇委副书记职位，虽然在振兴煤矿占有 60% 的股份，20 多年来却从未领取过一分钱的红利，把企业利润全部用在村集体建设和村民福利上，使全体村民过上了幸福生活。您自强不息、不断奋斗的内生动力是什么？

牛扎根：我担任村书记的初心是为村民谋福祉，为社会做贡献，彻底改变振兴村的贫穷落后面貌，让乡亲们过上城里人羡慕的生活。这个初心形成的原因，一是母亲小时候教育我，人活着要多替别人着想，多做好事，不做坏事；二是学习毛主席著作受到的启发和教益，《为人民服务》《纪念白求恩》《愚公移山》是我懂事以来反复学习和理解的经典文章，对自己的思想形成有很大影响；三是年轻时崇拜王杰、董存瑞、黄继光等英雄人物，决心长大后一定要做一个思想纯洁的人、一个高尚的人、一个有益于社会和人民的人。

我的内生动力来自两个方面。一是上小学四年级时关帝庙漏雨，我去找时任大队党支部书记交涉，希望他将破庙修补一下。他不仅没有修，还指着我的鼻子尖训斥我，激发了我长大后要当一名好干部、努力为大伙儿干好事、办实事的想法。群众选我当干部，我当干部为群众。二是父亲去世时让我长大为乡亲们造福的临终嘱托，我时刻牢记在心，要用实际行动告慰父亲的在天之灵。

作　家：您在全村的发展和建设中曾经遇到了很多困难和挫折，特别是迁村过程中少数村民一时不理解，曾经有人三次用石头砸坏了你家窗户、毒死了你的看家犬，甚至在你家门前放置花圈。您为何既不到派出所报案，也不与之计较？村民的大小事儿您都管，有的村民夫妻吵架了，女方一气之下跑回娘家，您竟然陪着男方去女方娘家把她接回来。为何要管这些鸡毛蒜皮的小事儿？

牛扎根：当村书记需要有宽阔的胸襟，不能事事与村民计较。两者所处的位置不同、出发点不同、想法不同、看问题的角度不同，有些隔阂，一时不理解，很正常。从另外一个角度看，可能是自己的工作没有做好，造成了群众的误解。只要村书记用真情实意去感动他们，他们总有一天会明白，就会真心报答你、肯定你、相信你、支持你。

当年在搬迁旧村时，一些村民在思想上有想法，大脑一时半会儿转不过弯来，很正常。有的人做了过激行为，是不对。但如果让派出所来调查处理，就无形中把自己永远与对方形成对立面，双方的隔阂就很难解开。俗话说：宰相肚里能撑船。村书记一定要有肚量，善于团结反对自己的人，充分调动一切可以调动的积极因素，才能形成凝聚力，把村庄发展好、建设好、治理好。

我们经常讲"群众之事无小事"，农村工作就是由无数"小事儿"组成的。在一般人看来是件小事，但对一个村民来说就是件大事，甚至是天大的事。村民两口子发生矛盾，女方跑回娘家去了，看起来是件小事，可这件事如果处理不好，就会影响他的家庭团结和生活，甚至会影响家风和村风，我当村书记的不出面处理怎么能行？

村民有困难时，村书记就要设身处地帮助他们出主意、想办法予以解决，千方百计地让他们过上好日子，才会赢得大伙儿的尊重，才能在村民中树立威信。村书记就是为村民服务的，不论大事小事，都要尽心尽力管好，才能让大家安居乐业，一个村庄才会形成稳定、平安、和谐、文明的局面。

作　　家：振兴试验区既不是乡镇，也不是一个行政村，而是一个正科级事业单位，这种体制有什么特点？是否有利于实施乡村振兴战略和农业农村现代化建设？

牛扎根：这种新型农村体制有以下特点。第一，试验区其实就是一个中心村。是将三个行政村合并到一起的，起到了以强带弱、以大带小、以企带村、兴企并村的积极作用。第二，试验区也是一个新型农村社区。这种体制下功能齐全、设施完备，村民足不出村，就可以享受到方便、快捷、优质、高效的行政服务。第三，减少了中间环节，就减少了频繁开会、应付各种检查等形式主义的东西。第四，干部稳定，避免了频繁调动。大家安下心来，集中精力发展集体经济，不断改善民生，实现共同富裕，扎实做好农村综合治理。第五，这种体制避免了"管"与"干"两张皮的问题。试验区既是制定规划的管理机构，又是谋划经济发展、促进村庄建设、统筹各类服务的办事机构。

这种体制非常适合新形势下的农村实际，也有利于实施乡村振兴战略和实现农业农村现代化建设。我们将进一步探索试验区的发展和建设，不断完善功能、改进服务。

作　　家：振兴试验区的长远发展目标是什么？怎样才能保证这一目标的顺利

实现？

牛扎根：试验区的长远目标是：打造共同富裕的社会主义现代化新型农村社区。

牛扎根（中）同振兴试验区党委班子成员认真研究建设规划，努力把振兴小镇建设成为具有现代化功能的新型农村社区

为保证这一目标顺利实现，必须认真做好以下几个方面的工作，真抓实干，取得成效。第一，争创全国先进基层党组织。认真做好新形势下高质量农村党建，不断提高党组织的向心力、凝聚力、战斗力、号召力、创造力。第二，不断发展壮大集体经济。年度收入力争超过3亿元、村民人均可支配收入达到10万元，实现村富民强，共同富裕。第三，产业逐渐提档升级。回采3号煤层,确保煤矿持续开采；不断提高农产品质量效益和竞争力；旅游业进一步提级增效，力争五年内创建国家5A级风景区；做大康养产业，实现康养与休闲相结合。第四，认真保护生态。牢固树立"绿水青山就是金山银山"的理念,减少碳排放量,逐步增强村民绿化、亮化、美化意识，力争全区6.6平方公里版图面积绿化率达到75%以上。第五，进一步完善振兴小镇服务功能，向智能化、现代化方向发展。第六，逐步提高村民整体素质和文明程度，确保文明村镇连续受检合格。

作　家：您认为一个优秀村书记应该具备什么样的素质和条件？选拔村书记时应注重考察被选举对象哪些方面？

牛扎根：我认为一个优秀村书记应该具备以下几个方面的素质和条件。一是要牢固树立全心全意为人民服务的思想和意识。村书记不是个什么官，而是村民的勤务员。群众之事无小事，只要能做到的，不管大事小事，都要耐心去做，尽量做到让他满意为止。二是要淡泊名利、无私奉献。在困难面前挺身而出，在利益面前往后退，只有这样，大伙儿才会信任你、支持你。担任村书记不会发财，想发财就不要当村书记。否则，你就干不长，村民就会把你轰下台。三是要谦虚谨慎、戒骄戒躁。先当群众的学生，再当群众的先生。不要摆架子，更不能自以为是，遇事多听别人的意见，才能保证决策的科学性、正确性、合理性。四是要有宽阔的胸怀。不管村民说了多么难听的话，做了让你多么难堪的事情，你都要时刻想到自己是这个村的党组织书记，不能与他们斤斤计较。要善于与自己有不同意见的人交朋友，团结一切可以团结的力量，才能干成自己想要干好的事情。

考察村书记人选时，要着重考察被选举对象的品德和才能，力争做到德才兼备。人品很关键，有本事而没有良好的品德就等于零。如果此人私心太重、心胸狭窄、自律意识差，在书记位子上绝对干不长。才能也很重要，新形势下，需要综合素质较高，特别是懂经济、会管理的人才能当好村书记。

作　家：您认为怎样才能确保乡村振兴战略取得实效？关键因素是什么？

牛扎根：我认为应该在以下几个方面下功夫，才能确保乡村振兴战略取得实效。第一，稳步推进农村体制改革。现行体制已不适应农村发展，应当有步骤地进行调整。从某些方面来讲，乡镇机构的存在已经阻碍了农村发展；行政村建制过小，浪费人力资源成本。实践证明，振兴试验区的体制非常适合在全国农村推行。乡村振兴的落脚点是在乡村，乡镇（少数民族地区除外）应撤销或缩小，将人、财、物下放到各个行政村。中央应进行顶层设计，先行试点，取得经验后在全国范围内铺开。进行小村并大村，保持适度规模，山区行政村人口保持在2000人至3000人；丘陵地区行政村人口保持在4000人至6000人；平原地区行政村人口保持在7000人至9000人；经济发达地区行政村人口保持在1万人至1.2万人为宜。第二，建立新型村干部干事创业机制。现在广大农村干部普遍年龄过大，文化程度、管理能力、工资待遇偏低，已不适应农村发展。因此，应建立激励机制、制约机制、监督机制等长效机制。村干部应保持职业化、年轻化、知识化、专业化，提高其工资待遇，使其能够脱产工作。第三，要千方百计选拔好村书记。"火车跑得快，全靠车头带"，如果没有一支德才兼备的村书记队伍，乡村振兴就是空谈。国家应该开办村干部学

牛扎根：精心打造新型农村社区"一体化"融合发展

院，把村书记作为一个专业进行培养。选拔村书记应该来自多方面，除定点培养外，乡镇撤销后，让有农村工作经验，又愿意在农村长期干的乡镇干部担任村书记，继续保留公务员编制，职级并行，可以一步步干到副县级。还可以从农村走出去就读的大学本科生、退役军人、创业成功人士中进行遴选，对既有品德又有能力，放在副职位子上锻炼，业绩显著、群众认可的，将考核与考试相结合，将其身份转为行政、事业编制，成为终身职业。要让他们有盼头、有干头。同时，可以挑选"新乡贤"回村担任村书记。第四，要认真做好农村规划。乡村振兴最忌讳的是盲目发展、重复建设、无序建设，县级政府应下大力气对每个村的党建、经济发展、美丽乡村建设、综合治理进行统筹规划，确保发展和建设的明确性、有序性、持续性。尽量不走或少走弯路，达到事半功倍的效果。第五，加强基础设施建设。据报道，在近五年内国家将投入大额资金用于实施乡村振兴战略，要将这部分钱中的绝大部分用在农田整理，建设高标准农田、水利设施、农村"五好公路"、安全饮水、污水处理等基础设施建设上，为实现农业农村现代化奠定坚实基础。切忌将有限的资金用在建广场、修牌楼、给村民房屋涂脂抹粉等"形象工程"和面子工程上。

牛扎根（中）到农户家了解庄稼收成情况

实施乡村振兴战略最关键的因素是选拔、培养、任命优秀人才担任村书记，改革现行农村体制，建立适合村干部想干事、能干事、会干事，有盼头、有干头的体制机制，充分激发他们的内生发展动力。

— 作家点评 —

  本人在振兴村待了四天时间，曾三次与牛扎根书记进行长谈，还采访了振兴试验区党委班子成员，村党支部成员，党员、村民代表等方方面面的人，并明察暗访，对牛书记有了很深的了解。

  牛扎根是位思想境界很高的人，他的心里总是装着百姓，想着如何改变全村贫穷落后的面貌，让村民过上好日子。1985年7月，他担任关家村党支部书记后，首先解决了村民吃水难、上学难、通行难的问题，并开始发展集体经济。

  1989年3月，牛扎根因工作成绩突出被调往西火镇工作，成为聘用制干部，后被任命为振兴煤矿矿长兼党总支书记。1997年7月，他被任命为镇委副书记。其间，村民三次向镇党委请愿，要求他继续兼任关家村党支部书记。这说明，广大村民非常信任他、依赖他，他在村民的心目中具有崇高的威信。这种威信不是空喊口号喊出来的，而是脚踏实地干出来的。

  按照一般人的思维，牛扎根既然当上镇里的聘任制干部，就会把主要精力集中到官场上，通过勤奋努力，说不定职务早已得到不断提升，端着衣食无忧的"铁饭碗"，是令多少人羡慕不已的事情。可他没有这样做，而是把注意力放在村里，放在百姓身上。

  牛扎根淡泊名利，最终辞去了西火镇党委副书记职务，继续为村集体的发展操心劳神。

  2001年振兴煤矿改制后，牛扎根担任董事长，成为实际控股人。特别是2004年8月，煤业公司再次改制时，他顶着巨大压力，采取发动群众集资、借款等办法，最后占总股份4500万元的60%，从众多煤老板手中抢回控股权。当时，西火镇有很多煤矿，企业改制后，虽然一些煤老板承包煤矿赚了不少钱，但最终留下的是一个烂摊子，矿山掏空了、资源破坏了、环境污染了、山体塌陷了。唯独振兴煤矿这家股份制企业，生产管理有条不紊地进行。若是一般人，他完全可以安心地赚大钱、开豪车、到处旅游，尽情享受荣华富贵。可他没有这样做，从未在矿上领过一分钱红利，将企业盈利无偿地捐给村集体用来建设新区、发展旅游，为村民办福利，最终把属于自己的股权全部捐给了村集体。

牛扎根：精心打造新型农村社区"一体化"融合发展

为了迁村建新区，牛扎根费尽心血，绞尽脑汁。从1985年10月到2006年10月，他先后四次组织全体村民开会动员，直到最后一次才把群众的思想工作做通。这是何等的有耐心、有魄力、意志坚强！换成一般人，早就放弃了，不讨这个麻烦。

牛扎根自己的生活很节俭，甚至很"抠"，对群众却很大方，多到10万元，少到2万元、5000元，全村有20多人都不同程度地得到过他的资助，累计金额超过100万元。让村民过上好日子、让村集体经济发展壮大，实现共同富裕，是他永远的追求和为之奋斗的动力源泉。如果广大村书记都像他一样，就会在群众的心目中树立良好的形象和崇高威信。

牛扎根是位胸怀宽广的人，在迁村过程中，少数村民一时不理解，三次用石头砸坏了他家窗户，毒死了他家的看家犬，甚至在他家门前放置花圈。他没有计较，也没有动摇迁村的决心，这是一般人做不到的。如果他当年不顶着巨大压力、冲破重重阻力把事情办成，振兴村村民如今的生活质量就会大打折扣。

牛扎根不因循守旧，而是视野开阔，是位虚怀若谷、思想开明的人。他采取"请进来""走出去"的办法，取人之长，补己之短。他说："学习永远在路上，只有不断从成功名村身上学习好的经验和做法，吸取有益的营养，本村的发展、建设才会有新的突破。"从2008年起，每年的10月18日这天，振兴试验区都要举办一次"振兴论坛"，邀请不同类型的专家、学者和部分全国名村书记到振兴小镇，对试验区的党建、人才、产业、文化、环保、生态、治理进行点评和指导。他计划陆续到全国100个名村考察、交流、学习，寻找发展动力。这是何等的聪明和富有智慧！

牛扎根虽已是奔70岁的人了，但思想不僵化、不保守，干事创业的信心十足，力争把振兴试验区建成功能完备的社会主义现代化新型社区的干劲不减。"开荒牛精神"在他身上得到充分体现，被发挥得淋漓尽致。

他的儿子牛志川是位"80后"的硕士研究生，先后到原长治县所属两个乡担任过党委书记兼乡长。而后，又当选平顺县政府副县长，成为一名副处级干部。还担任过山西省政府办公厅督查处副处长。36岁那年，被任命为省政府直属国有企业——山西省文旅晋旅集团公司副总经理，成为一名正处级干部，应该说是一位很有政治前途的年轻人。为了从长计议，保证振兴村能够得到持续性、稳定性发展和建设，牛扎根宁肯牺牲儿子的政治前程，让他辞去公职回村，一切归零，这需要下何等大的决心和勇气？充分体现了在他身上所具备的一心为集体、一心为村民的博大胸怀和无私奉献精神。

"一心为民，自强不息，胸怀宽阔，无私奉献"，这就是"牛扎根精神"。

振兴试验区其实就是一个中心村和功能完备、设施齐全的新型农村社区，这种"以强带弱、以大带小、以企带村、兴企并村"的新体制，是实施乡村振兴战略中农村体制改革的样板。

乡村振兴战略是一项重要措施，目的是实现农业高

牛扎根业余时间最大爱好就是读书，不断提高自己的文化水平

质高效、乡村宜居宜业、农民富裕富足，最终实现农业农村现代化。而这一战略的实施，不是一蹴而就的事情，不能急于求成。为保证这一战略举措取得实效，在新形势下必须在农村体制、机制上动脑子、下功夫，夯实村级组织基础，才有能力发展产业，不断壮大集体经济实力，实现共同富裕。

城乡统筹振兴试验区从2010年7月试点到如今已有14年时间，经过不断探索、完善，取得了非常难得的成功经验，为全国农村体制改革提供了一个很好的样板，也为我们提供了以下几点启示。一是三个行政村合并到一起，减少了村"两委"干部职数，大大节约了人力资源成本，形成了"一体化"扎实做好农村党建、发展集体经济、建设美丽乡村、进行综合治理、开展便民服务的村镇融合新模式。二是试验区与村庄在管理体制上形成了一个整体，大大减少了频繁开会、检查、做报表等形式主义，避免了村干部消耗大量时间和精力做无用功。三是"管"与"干"形成了"一体化"，改变了之前乡镇作为上级领导机关，只动嘴不动手，发号施令，用强大的行政手段指挥村级组织做这做那，导致脱离村庄实际，成为"两张皮"。四是有效解决了农村人才匮乏问题。试验区属于事业编制，干部相对稳定，避免了人员频繁流动，而且他们有知识、有文化、有能力，缺编时可以按照事业单位招录程序公开考试，择优录用。这些工作人员所需的工资福利、办公经费等均由当地县级财政列支，而工作却是服务村民，为全村谋篇布局，发展经济，创造财富，真正起到了引领作用。五是实现了"村"与"镇"建设"一体化"。经过多年建设

牛扎根：精心打造新型农村社区"一体化"融合发展

的振兴小镇，既是城乡统筹振兴试验区的办公所在地，也是振兴村村民的生活区，同时还是外地游客前往游览、观光、购物的目的地。水、电、路、气加宽带样样俱全，高等级柏油路四通八达。到了晚上，路灯、景观灯齐放，色彩斑斓，胜过一般城市，成为一个高质量的新型农村社区。六是经济发展模式即一、二、三产业"一体化"融合发展。在试验区党委的领导下，实行行政、企业、村庄"一体化"高效融合。管委会对全村的土地、矿山、林地等资源进行统筹规划，高效利用。直属振兴集团公司按照市场规律进行资源的有效配置，产生了质量效益和提高了竞争力。目前，旗下已发展到煤业、农业、文化旅游、人才培训、商贸物流公司、旅行社、农业专业合作社7家企业，实现年产值5亿多元、利润6000多万元、固定资产30亿元。良好的经济效益，保障了整个社区管理、建设费用支出和民生改善。七是为民服务实行"一体化"，村域内既有公安派出所、人民法庭、财政所、土管所、劳保所、市场监管所、综合执法室，又有卫生院、幼儿园、小学、中学、银行、快递站等机构。村民足不出村，就可以享受到方便、快捷、优质、高效的服务。

城乡统筹试验区创造财富的最大受益者是振兴村2300多位村民。他们的生活环境宜居宜业，基础设施完善便利、生态环境整洁优美；居住的是价格十分便宜又功能齐全的别墅；获得的既有工资收入，又有土地流转费和就地自主创业收入；享受的是优越的福利待遇、丰富多彩的文化生活和便捷、高效的便民服务。

实施乡村振兴战略的最终目的是实现"农业高质高效、村庄宜居宜业、农民富裕富足"。只有充分发挥党的领导，强化集体作用，才能保证所有村民在"致富路上一个都不掉队"。城乡统筹振兴试验区这种"一体化"融合发展体制，不正好符合我国新时代的农村实际，可以从实体机制上弥补当前普遍存在的短板吗？

当前，乡镇与行政村之间在"管"与"干"的问题上形成"两张皮"现象，造成过多中间环节，形式主义严重，效率低下。同时，村庄过小，浪费人力资源；村干部文化程度不高、思想僵化、观念落后、视野狭窄、能力较弱、待遇偏低、内生动力不足等，是制约实施乡村振兴战略取得实效的重要因素之一。振兴试验区的成功经验正好解决了这一问题，值得认真学习借鉴。只有在体制上理顺，在机制上激活，才能事半功倍，取得成效，经过不懈努力，确保全国在2035年实现农业农村基本现代化，到新中国成立100周年时实现农业农村现代化。

侯二河：
党组织集中精力发展经济 村强民富

人物概要

侯二河，男，1954年3月出生，汉族，初中文化程度，1974年7月入党，现任河北省武安市白沙村党委书记、村委会主任。当选第十一届、第十三届、第十四届全国人大代表。先后获得全国劳动模范、全国优秀党务工作者，河北省优秀共产党员、河北省优秀党组织书记等荣誉。

侯二河：党组织集中精力发展经济 村强民富

白沙村委员会

河北省武安市白沙村党委书记、村委会主任侯二河

侯二河担任白沙村书记期间历经挫折，受过不少委屈，曾经苦恼、彷徨、纠结过，甚至产生过辞职不干的念头，但经过激烈的思想斗争，最终放弃了这一想法并坚守了40余年。他经过锲而不舍的认真探索和勤奋努力，坚持村党组织集中精力发展村级集体经济不动摇，以工业强村、科技兴村、农业稳村与生态活村相结合，自力更生，艰苦奋斗，将昔日村集体欠债30多万元、村民人均收入只有80元的小山村，发展成如今以建材工业为龙头的四大支柱产业，实现一、二、三产业融合发展，全村生产总值达20亿元，成为远近闻名的"农村融合化、居住都市化、农业集体化、村民职工化、生活富裕化"的社会主义新农村。

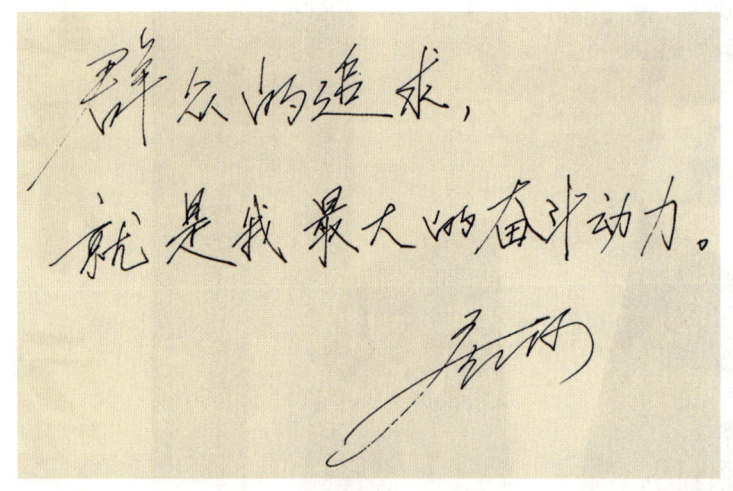

侯二河担任村书记多年来的真切感言

收石子承包权　集体经济逐步发展壮大

白沙村位于河北省武安市南部，版图面积4.6平方公里，其中耕地面积2350亩。全村共有40个村民小组、770户、2904位村民。改革开放之初，这个地处太行山脉鼓山脚下的小村庄还很穷，农民人均年收入只有80元。"吃水爬井坡，做饭烧柴火。糠菜半年粮，蓖麻子擦锅。"这首民谣是对当年全体社员生活的真实写照。

1982年5月，白沙大队党支部书记万清因车祸丧生。公社党委研究决定，由时任大队党支部副书记、生产大队大队长侯二河代理大队党支部书记兼生产大队大队长。当时，他28岁。

这年7月，白沙大队开始实行联产承包责任制，改名为白沙村，侯二河正式

侯二河：党组织集中精力发展经济 村强民富

担任村党支部书记。

侯二河首先考虑的是白沙村的经济发展问题。老书记生前不遗余力地开办了一些小企业，留下了一台加工石子的粉碎机、一个烧白灰的土窑、一家处于停产状态的啤酒厂。虽然石子场每年有3万元收入，但另两家企业由于经营管理不善，造成亏损，加之建啤酒厂时的贷款，共欠下了30多万元的债务。

1985年冬闲时节，侯二河带队到外地考察学习，回村后建起了一个1670平方米的纺线厂，安装了清花、梳棉、并条、细纱等8台机器，并于第二年7月投产，日产棉纱近300斤，安排了本村40人就业，获得了一定的经济效益。可好景不长，由于激烈的市场竞争，白沙纺线厂到第二年年底就只能维持生产，处于亏损的边缘。

1988年，侯二河经过反复考察和市场论证后，决定将纺线厂的厂房扩建到3240平方米，改建为白沙帆布厂，与峰峰帆布厂合作经营。第二年5月，帆布厂正式投产，侯二河兼任厂长，指派时任村党支部副书记万增祥兼任帆布厂副厂长，主管产品营销。70名工人两班倒生产，万增祥也不辞辛苦带

侯二河认真学习党章，牢记党的宗旨

人到处跑市场，进行产品推销，第一年就实现生产总值550万元，获得了一笔可观的利润。

为腾出更多精力忙村务，侯二河提议并经村"两委"班子研究决定，将白沙帆布厂承包给一位村民生产经营。四年后，这家企业受市场影响被迫关门。老书记万清创办的麦芽厂、啤酒厂也因技术、设备等因素而停产。

白沙村域内的西鼓山有1.5平方公里，山上的石头坚硬，含硅量高，颜色也很好看，粉碎成石子后，非常适合做修路、建房用的石材。侯二河经过认真思考，并组织村"两委"成员反复讨论后决定，把石料加工发展成该村的支柱产业。

石料开采点从1个发展到5个，再到8个，最高峰时有16个，加工石料的粉碎机达到23台。1996年6月，白沙村到当地工商局注册了白沙石料厂商标，一直沿用到今天。"当年为节省管理成本，所有石料厂全部承包给当地村民经营，每年

向村集体上交一定的承包费。"侯二河介绍道。

承接石料加工的业主，有的因经营管理不善，出现安全事故，造成亏损，无钱交纳村集体的承包费，还拖欠工人工资。有的人是赚了钱，但抱着观望的态度，别人不交承包费，他也找各种理由赖着不交，导致村集体修路没有钱，拖欠教育经费，甚至到了春节组织唱大戏时也无力支付相关费用。为此村民意见很大，认为私人承包经营石料厂，个人占便宜，集体吃了亏，不公平。

侯二河经过反复思考后，提请村"两委"讨论决定收回石料加工厂承包权，由村集体统一经营，方案提交村民代表大会审议表决时顺利通过。

2003年5月，村集体对所有开采点进行停产整顿，并于当年11月1日起全部收归集体经营。16个开采点合并成14个生产车间，原承包人只管生产石料，赚取一定的加工费，经营权归村集体。收回后第一年石料厂的产能提高到126万吨，实现利润800万元，第二年增加到1200万元，第三年增加到2200万元，第四年增加到3000万元，是此前300万元的10倍。

转眼到了2012年下半年，村集体开采的石料虽然很赚钱，但侯二河敏锐地意识到企业的环保不过关，如果不未雨绸缪，尽早想办法，总有一天会被淘汰。当他在村"两委"会上提出要将石料厂停产，选址搬迁重建时，许多人都感到很吃惊，也觉得不可思议。

"石料厂现在效益这么好，干吗要关停搬迁？这不是瞎折腾吗？"时任村党支部委员的侯峰局很尖锐地质疑道。

"从现在的形势来看，国家的环保政策会越来越严。如果我们不提前采取措施，到时候肯定会被淘汰。"侯二河恳切地说。

"是不是等上面有了要求再搬，那时候也不迟呀？"侯峰局继续争辩道。

"到那时就晚了，将面临被强行关停的危险。"侯二河说。

"侯书记的想法有道理，我相信他的判断。"另一位支部委员表态道。

虽然有不同的意见，但最后表决时取得了一致意见，提交村民代表大会审议表决时获得通过。

侯二河多方筹集资金1.3亿元，于2013年10月1日，将白沙石料厂从黄家沟搬迁至南山尾巴，占地80亩。后又追加了7000万元用于环保，总投资达到2亿元，不断进行技改，石料粉碎机用的是河南卫辉厂生产、当时在国内处于领先水平的一台大型机械设备、五台小型机械设备。生产的0.5厘米的石子作为建筑用的沙子；

侯二河：党组织集中精力发展经济 村强民富

0.6~1厘米、1.1~2厘米、2.1~3厘米这3种型号的石子作为房屋、道路、高铁等各类建筑材料。石料不仅颜色好看，还十分坚硬、耐磨，主要销售到邯郸市、武安市及峰峰矿区，产品供不应求。"现在的年产量已达到600万吨，经济效益大大提高至3.6亿元。"侯二河介绍道。

侯二河（中）到石子厂检查产品质量和安全生产

作者到该厂采访时看到，不论是采石场还是石料生产车间，环保措施都十分严格。巨大的生产车间里堆满了小山般高的碎石，喷水生产的石料上看不到灰尘。环保部门规定的PM2.5排放量为60微克/立方米，而白沙石料厂生产车间的实际含量只有30微克/立方米。

2016年，武安市进行采石场整顿，一批产能较小、环保不达标的小型石料场被强行关停。"白沙石料厂因环保达标被保留下来，全镇只保留了两家，其余十多家统统被取缔。现在看来，侯二河书记还是比我们站得高、看得远。如果他不提前采取措施，我们村的石料厂这个'聚宝盆'现在肯定不存在了。"已是白沙村党委副书记的侯峰局如是说。

白灰生产是白沙村建材产业的重要一项，最早兴建的两个石灰窑也是承包给个人生产经营，但由于石灰的质量和粉尘排放不达标，于1995年5月被当地环保部门强行取缔。

白沙村矿产资源丰富，村北西起黑岔沟，东至白马寺村沟，是一个独立的粉砂状砂岩石山林，名叫火焰山。侯二河思考了多年，一直想把白灰生产恢复起来。他认真调查市场，向有关专家请教，谋划着再建一个大型石灰厂，采取先进的回转窑煅烧工艺，生产活性氧化钙。

侯二河经过三年时间的多次外出考察、反复论证和认真筹划，2010年5月，村集体投资7000万元、占地30亩的火焰山工业公司一期工程开工建设，生产的氧化钙用于钢铁、化工行业。"设计产能120万吨，现有三条生产线，年产量90万吨，实现产值4.5亿元、利润8000万元。"侯二河介绍道。

尝到了石料生产的甜头后，侯二河心中逐渐形成了更大的格局，要把它做成产业链。经过多次考察和充分论证，2018年10月，村集体成立了白沙泓源混凝土有限公司，投资7000万元，建设了一个占地70多亩的混凝土生产车间、一个水稳生产车间、三个沥青生产车间，产品主要供应武安市和峰峰矿区道路、厂区建筑所需。三种产品的产能达到60万吨，实现产值1.5亿元、利润4500万元，共安排了104位村民就业。

侯二河办企业办上了瘾，他担任白沙村党支部书记后，几乎每年都要上一个项目或开办一家企业，有的企业虽然受市场调剂因素的影响生命力不强，但多多少少也赚了一些钱，逐步增加了村集体积累。从20世纪80年代相继开办的石料厂、白灰厂、纺线厂、帆布厂，1995年投资300万元在外村租赁山区场地建成了两个铁矿厂，第二年实现利润500万元，到21世纪进入投资高峰。2002年投资180万元建起了热油泵厂，同年还投资7万元建起机械修配厂；2003年投资80万元，在村域内建起了一座加油站；2004年投资4000万元，相继建起了焦化厂、洗煤厂，当年实现生产总值过亿元、集体收入3000万元；2006年投资260万元，建起了免烧砖厂、煤气白灰厂，两个厂的月收入达到126万元。

工业发展使白沙村集体经济逐渐发展壮大，但尝到了甜头的侯二河并没有为此止步，他清醒地认识到"无工不富、无农不稳、无商不活"的道理，把精力同时投向了农业和商贸旅游业。

实行家庭联产承包责任制后，白沙村只能种植冬小麦、玉米和谷子、红薯、大豆、绿豆等杂粮。遇到大旱，庄稼减产，甚至颗粒无收。侯二河带领大伙儿修建人工湖和水库，蓄水灌溉，大大提高了水利设施的保障功能。

1999年9月，在侯二河的带动下，白沙村开始大面积种植香菇，共发展了近

侯二河：党组织集中精力发展经济 村强民富

300个种植户，种植香菇棒7万多个，获得了良好的经济效益。经侯二河提议、村集体研究后决定贷款，统一购买建筑材料，在村域内建起近百个塑料大棚，供村民冬季种植香菇。他本人和村党支部成员都带头承包了一个，带动全村家家户户种植香菇，增加收入。

侯二河又多方联系，为白沙村引进种植320亩油葵、300亩板蓝根、360亩花椒和100亩杨树苗、220亩经济林，改变了全村单一的种植结构，使每亩土地增加收入200多元。

2009年5月，白沙村流转500亩土地，与河北农业大学合作，建设现代农业科技园。从当年10月起，相继投入资金6000万元，建起了两个连栋春秋使用的蔬菜大棚。还兴建了40个日光温室，种植西红柿、西葫芦、黄瓜、茄子等32个品种的蔬菜。"从投资、生产、管理、经营到所有农副产品的生产、销售，全部按照国家关于食品安全管理体系认证的准则操作运行。农业科技园每年实现产值150万元、利润30万元。安排了35位村民就业。"侯二河介绍道。

侯二河（左）到蔬菜大棚看望外聘的种植技术人员

白沙村具有劳动能力的村民大都在村办企业上班，对承包土地逐渐失去了耕种兴趣，全村相继有500多亩土地撂荒。侯二河看在眼里，急在心里。他到河南省南街村考察后，从该村先分田到户，再将土地收归集体所有的做法中得到启示，决定将全村的土地收归集体耕种。他的提议经过村"两委"会议讨论和村民代表大会审议表决通过后开始实施。2019年8月,全村的2650亩土地全部收归村集体所有,其中1300亩土地种植粮食作物,1350亩土地变成林地。村里成立了5个专业合作社,负责1300亩土地的耕种。其中第一专业合作社负责430亩土地种植红薯,亩产达到3000斤,总产129万斤;第二专业合作社负责440亩土地种植玉米,亩产500斤,总产22万斤;第三专业合作社负责210亩土地种植小米,亩产300斤,总产6.3万斤;第四专业合作社负责138亩土地种植小麦,亩产810斤,总产11.178万斤,同时还负责82亩土地种植油菜,亩产160斤,总产1.312万斤;第五专业合作社为农机合作社,为全村土地种植提供机械服务。

侯二河反复琢磨着出售初级农产品价格低,不划算,提议要将本村的部分农产品进行深加工。村里投资兴建了一座农产品加工厂,将红薯和小麦加工成年产107吨的淀粉、25吨的粉条、1吨的粉皮、1吨的粉丝、2万吨的面粉。还有一个小米和玉米糁加工车间,一个大型饲料厂正在兴建。同时,村集体还投资兴建了一个占地1.67亩、有4个800吨圆桶式的粮仓,分别储存3200吨小麦和玉米。

2004年12月,白沙村集体相继投资6000万元,建起一个占地70亩的大型养猪场,年出栏生猪1.5万头,获得了良好的经济效益。

侯二河尝到了养殖业的甜头后信心倍增,他在村"两委"会议上说,要充分挖掘养殖业的潜力。经过讨论后决定成立武安市益源牧业有限责任公司。接着投资1000万元、占地33亩的养牛场也于2006年3月正式建成,饲养奶牛300头,日产鲜奶5600斤,除供应本村村民鲜奶消费外,剩余部分全部由邯郸市奶产品公司定点收购。每年出栏黄牛500头,实现产值1000万元、利润100多万元。侯二河又趁热打铁兴建了一个能够饲养10万余只鸡的现代化养鸡场。养鸡场选在了20世纪70年代国家废弃的矿石开采场,既不占用农田,又远离村庄。养鸡场从雏鸡孵化、喂养、产蛋、捡蛋到粪便清除,全部采用流水线作业、自动化操控、无公害处理。

"益源牧业公司在养殖品种和饲料配置上精挑细选,在防疫饲养方法上精心指导,在肉、蛋、奶质量上严格把关,不仅让本村村民吃上了高质量的放心肉、新鲜鸡蛋,喝上了新鲜的绿色牛奶,还为村外的超市、商场提供了大量质量安全的食品。"侯二河说。

2021年2月,村集体投资2000万元建成一座现代化的生猪屠宰场,计划在五年内相继投资7亿元,建成一个年出栏生猪26万头,集生猪饲养、屠宰、猪肉制品及猪粪加工、销售的大型养殖、生产基地。

侯二河：党组织集中精力发展经济 村强民富

侯二河（右）到农业专业合作社了解小米长势情况

白沙村的工业和农业经过侯二河的艰苦努力，都获得了成功，可他并不满足，觉得发展的外延还要进一步扩大，将商贸旅游业提上重要议事日程。

2007年6月，村集体投资兴建了一个200多平方米的蔬菜市场，开办了蔬菜、肉类、水产、水果、调料等摊位，实行个体经营、统一管理。

侯二河逐渐认识到，走集体化道路是建设社会主义新农村的必然选择，在他的提议下，2011年5月，白沙村华鑫商贸有限公司成立，村集体将对外出租的门市全部收回统一经营。以前从事餐饮服务、服装鞋帽、美容美发、食品零售、五金家电及小超市等所有个体商户都成为村集体的员工。每一位员工都可以承包商铺，但必须在商贸公司统一管理下经营，个人收入改为工资加提成。

华鑫商贸有限公司成立前，村集体出租房屋给个体户经营，每年只能收到七八万元的房租。商贸公司成立后，村集体给商贸公司下达了第一年完成40万元、第二年完成60万元、第三年完成70万元的利润指标。"商贸公司按照所要完成的利润指标，对每个商户细化了利润分成，超出部分实行四六分成，即商贸公司得60%，个体户得40%。这样既保证了村集体能够逐年增加收入，也保证了经营的有序性和服务质量的不断提高。"侯二河介绍道。

2013年5月，白沙村乡村旅游正式启动。武安市、峰峰矿区及邯郸市等周边200里范围内的不少城市居民，纷纷前来参观该村的新农村建设，品尝特色小吃，年接待量达到 2 万多人次。

2016 年 7 月，投资 8000 万元建成的河北省农村党员干部培训基地揭牌，占地 15.75 亩，建筑面积 3.69 万平方米，共有 440 个房间，能同时为 660 人提供食宿，每年培训 2 万人次，实现产值 260 万元、利润 120 万元。

村集体还相继投资兴建了可以提供 189 个床位的两个商务宾馆、一个建筑面积 400 平方米的大型超市、一个占地 160 亩的民兵训练基地及地下餐厅、饭店等配套设施。"2020 年，全村的商贸旅游收入实现利润 385 万元，2023 年超过 600 万元。"侯二河介绍道。

在侯二河 40 多年的不懈努力下，昔日欠债 30 多万元的白沙大队，如今已发展成以建材工业为龙头，以农业、园区畜牧业、商贸旅游为支柱的四大类产业，共有 16 家企业，实现了一、二、三产业融合发展，年生产总值达到 20 亿元，利润 5.3 亿多元，村集体固定资产超过 16 亿元，成为远近闻名的富裕村。

"今后还要继续努力，不断发展壮大村集体经济实力，要用更多的财力用于改善民生，真正实现共同富裕。"侯二河说。

不断改善民生　　让全体村民过上好日子

根据村集体的财力状况，不断投入资金改善民生，让全体村民过上好日子，贯穿于侯二河担任白沙村党组织书记的整个过程中。他说："不断发展壮大集体经济的目的，就是要有充足的财力来保障和改善民生，实现共同富裕。"现如今，白沙村村民共享受到 20 多项村集体福利。

解决村民吃水难问题，是侯二河干的第一件事儿。早年的白沙村，全村唯一的水源是村北头地势较低的后河沟。虽然叫后河沟，但这里没有河，只是个干河沟，下大雨时才能见到水。一口靠人工挖掘的水井，是村民饮用水的主要来源。家家户户每天需要一人步行 1 公里路程，再经过一个 150 米的长土坡，下到很深的坡底，用桶把水挑回家饮用。遇到天旱，井水就特别少，有时需要等个把小时才能装满一担水。有时只能一瓢一瓢把慢慢沁出来的水舀到桶里。当地曾经流传这样一句话："有女不嫁白沙村，爬坡挑水累死人。"

当年，凡是嫁到白沙村的新媳妇，往往都要过挑水这一关。有年天旱，一位刚嫁过来的小媳妇不知道去后沟挑水的艰难，虽然丈夫劝她不要去，但凭自己人高

侯二河：党组织集中精力发展经济 村强民富

马大的身材和在娘家吃过苦受过累的经历，自告奋勇地要去试试。等了两个多小时才舀了满满一担水挑在肩上，但上那个大陡坡时不小心摔了一跤，一担水洒个精光，她蹲在地上又累又气地大哭起来。

此事传到侯二河的耳朵里后，他沉思了好长时间。"就是砸锅卖铁，也要解决大伙儿吃水难的问题。"侯二河在村"两委"会上掷地有声地说。

1987年9月，侯二河多方筹集资金30万元，请专业施工队在村里打下了一口340米深的水井，使村民告别了长距离步行到后河沟挑水的历史。1997年8月，村集体还投资兴建了一个35米高的伞形水塔，将饮用水引到各家各户，村民们告别了挑水吃的历史，家家户户吃上了清澈干净的自来水。白沙村是整个淑村镇第一个吃上自来水的村庄。

到2002年底，侯二河又一鼓作气采用钻井提水的方法，相继在西山落凤坡、东山坡五龙庙前、焦化厂内、建材路南勘钻了4眼直立井，其中的东山坡五龙庙前的深水井由于矿物质含量高，被村民称为矿泉水井。

就业是民生之本，让村民就地充分就业是侯二河最大的心愿之一。白沙村的16家企业共有1800多个就业岗位，全村具有劳动能力的村民中有1280人在本村企业就业，就业率达到90%以上，还为外村520人提供了就业岗位。

让村民的腰包鼓起来，不断增加收入，过上富裕生活，是侯二河的终身追求。白沙村村民的收入实行按劳分配、多劳多得、多层次获得收入的分配结构。因工作岗位的劳动强度不同，劳动报酬也有一定的区别，男性村民在村办企业工作，每月可以获得3000元至5000元不等的工资收入；在村办企业工作的女性村民，每月可以获得1500元至3000元不等的工资收入。白沙村实行的是以集体所有制经营为主、承包生产为辅的多元化经营形式。"特殊性的关键行业不能承包，技术含量低、工艺简单的生产岗位、生产设备承包给个人，就会大大降低管理成本。"侯二河介绍道。

石料厂破碎车间的生产工艺、设备维修简单，2014年12月起就承包了给本村村民张海峰。74名工人的工资、社会保险由他个人负责支付、缴纳，每年还可以获得200万元收入。在白沙村，像张海峰一样承包某些生产车间的共有18人，年收入在150万元至300万元。

不愿在企业上班，想进行自主创业以获得更好收入，也是侯二河积极鼓励和支持的。四组村民李健在白灰厂开了两年货车后辞职不干了，2016年在村里开了一家熟食店，利润较低，收入较少。后来他买了两台半挂货车跑运输，获得了良好的经济效益。又与三个同学合伙，再买了四台货运大车，一年有40多万元收入。像李健这样自主创业的村民有245人，每年收入在10万元到15万元。

到2023年，白沙村人均可支配收入达到4.6万元，成为远近闻名的富裕村。

"小康不小康，关键看住房。"白沙村村民现在的住房绝对是小康标准：一排排红顶白墙300多平方米的单栋别墅或170平方米以上的单元房整齐划一，各种生活设施一应俱全，让城里人十分羡慕。

全体村民住上好的房子，侯二河费尽心血才得以实现。20世纪80年代，白沙村村民的住房大都是砖混结构的平房。侯二河担任村书记之初，上级领导曾经组织村书记到江苏省的华西村考察学习，看到那里新建的一排排整齐、美观、舒适的村民住宅，花园般的村庄，他心中激情涌动，发誓一定要把白沙村发展好、建设好，让村民住上令城里人羡慕的房子，过上幸福生活。他曾经在一次村民大会上郑重承诺："有生之年，我侯二河不仅要带领大伙儿艰苦奋斗，实现居者有其屋，而且要让村民住上室内方便有厕所、生活有自来水、照明有电灯、联系有电话、冬天有暖气的新民居。"

到了20世纪90年代中期，侯二河跃跃欲试，想对全体村民的住宅进行改造，但反复测算后，认为村集体的经济收入无法支付这项庞大工程的费用，只好暂时放下。

转眼到了新世纪的2001年，白沙村的集体收入每年已超过2000万元，侯二河开始进行住宅改造工程试点。村集体规划后，先尝试着让四户村民自己盖了上下两层、建筑面积350平方米的别墅，反响很好。

为满足大多数村民的要求，在侯二河的提议下，2003年8月，村集体拆迁了12户村民的旧房，新建了三层两个单元的楼房予以还建，每套房屋建筑面积170平方米。这12户单元楼成了白沙村的试验楼，刚开始，村民还有不同的议论，认为上楼不方便，特别是种田的农具没有地方搁置。可等这12户村民搬进新居后，大伙儿进去一看惊呆了，水、电、气、暖都在室内，洗澡和方便也在室内解决；冬天集中供暖，一进屋就感到很暖和，不需要搬煤球、倒煤渣，省心省力又干净卫生；做饭、洗菜、洗衣服都是用的自来水，这不是城里人才能享受的生活吗？大伙儿头一次在本村见到了这么干净卫生、暖和舒适、适用又洋气的新楼房，羡慕不已，纷纷找侯二河，也要求住这样的楼房。

侯二河：党组织集中精力发展经济 村强民富

村民对新型住宅的热情，让侯二河心里有了底，全村房屋大改造的计划在他心中酝酿。他邀请邯郸市规划设计院按照"整体规划、科学布局、综合管理、分步实施"的原则，参照河北省小康村住宅样板，结合白沙村的实际，进行了全村整体规划设计。2004年10月，投资1800万元建设的白沙村"两委"办公大楼开始动工兴建。第二年6月，全村大面积住房改造开始进行，19个建筑队同时进驻白沙村施工。

大面积拆旧房、建新房，涉及全村数百户、上千人的切身利益。旧房怎么评估折价、新房怎么分配、尺度怎样把握？侯二河心里没有底，但他觉得具体操作中必须遵循一个原则：公正、公平、公开。在他的提议下，村里成立了旧房评估和新房分配评议小组，由一名村党支部副书记牵头，村会计和一些在群众中有威望的老党员、退休老干部、村民代表参加。旧房评估和新房分配方案由评议小组反复讨论、起草后，又经过村"两委"研究，提交村民代表大会审议表决时顺利通过。侯二河认为这还不够，他还提议将方案印成宣传单，由村组干部分成若干个宣传小组，挨家挨户上门宣传政策，并让每家每户户主确认无异议后签字、按上手印。

从2005年6月动工到2008年9月竣工，全村共兴建了120栋3层、5层、12层的单元楼783套，家家户户都有了一套新住宅。该村的旧房评估和新房还建方案规定：村集体给搬迁至新居的村民每户补助6万元。旧房评估价在3万元至3.5万元的，还建住宅面积90平方米；旧房评估价在3.6万元至4万元的，还建住宅面积100平方米至110平方米；旧房评估价在4.1万元至4.5万元的，还建住宅面积120平方米至130平方米；旧房评估价在4.6万元至5万元的，还建住宅面积140平方米至150平方米；旧房评估价在5.1万元至6.5万元的，还建住宅面积160平方米至170平方米。超过还建面积的，村民按每平方米800元的价格据实支付。

作者来到村民李锋杰家采访。他今年已72岁，2011年从村办幼儿园退休，现返聘到村办小学指导孩子们学习民族乐器，每月除5300元退休金外，还有800元补助。李老师和老伴韩小云住在一套三室两厅、建筑面积110平方米精装修的单元房内，室内收拾得一尘不染。当年拆迁时，他家的旧房评估价为8万元，他们要了两套110平方米的还建房，又掏8.8万元买了一套同等面积的单元房，老两口住一套，两个儿子各住一套。儿子、儿媳妇都在村办企业上班，一大家子加起来共有11口人，已是四世同堂。儿子、儿媳妇及孙子孙女们虽然平时各住各的家，但每天都与他们一起吃饭，享受着亲情，其乐融融。李锋杰老两口高兴地说："做梦都没有想到自己能住上城里人都羡慕的房子，多亏了侯二河书记操心劳神，让我们享福。"

"2005年9月,根据村民的不同需求,第二批建设了8栋建筑面积350平方米的别墅。2006年10月,又盖了19栋上下两层、建筑面积300平方米的别墅。加之此前盖的4栋共31栋别墅,成为白沙村村民住宅的标志性建筑。全体村民住房总面积17.4万平方米,人均住房面积52平方米。"侯二河介绍道。

侯二河(右)到村民家嘘寒问暖,虚心听取他们对村"两委"工作的意见和建议

白沙村村民实行居家养老,在村办企业工作的村民,依法参加了当地的城镇职工养老保险,现有的210人达到法定退休年龄后,按月领取当地社保经办机构进行社会化发放的基本养老金。对未参加城镇职工社会保险的18岁至59岁的村民,村集体为每人出资500元参加城镇居民养老保险,达到法定退休年龄后按月领取退休金。除此之外,从2009年起,对这部分人中的451位退休人员每人每月由村集体支付200元生活补贴,每人每年享受两次免费体检。村集体还为60岁以上的老人每人发一件羽绒服、一身唐装,为70岁以上的老人每人发一床鸭绒被。

侯二河说:"确保村民'病有所医'是村'两委'义不容辞的责任。"全体村民中除210名在企业上班的村民参加了城镇职工医疗保险外,剩余2694人采取"先交后补"的办法,村集体将村民参加城乡居民医疗保险的280元费用统一报销。

2003年6月,村集体投资300万元,建设了一个建筑面积500平方米的社区卫生服务中心,配备了三名全科医生、五名护理人员,不仅配备了彩超、X光透视、心电图、血尿自动分析仪、动脉硬化检测仪、颈椎牵引治疗床等医疗设备，还配备了一辆30多万元的救护车。村民看病实行小病进社区，大病去武安市医院。

侯二河只上过小学，深知没有文化的弊端，所以对村民子女的教育特别重视。村集体相继投入6000万元建设了一所幼儿园、一所小学、一所中学。其中小学一到六年级17个班；初中一到三年级16个班，配有高标准的教学楼、多功能文化楼、学生公寓、餐厅、图书室和标准的200米塑胶跑道操场、篮球场、乒乓球场。所有教室都安装有电教投影仪，连接着远程教育网，实现了与全国优质教育资源共享。这里的设施设备和教学条件与城里的学校相比毫不逊色，周边7个村的村民子女都到白沙学校上学。本村村民子女从幼儿园到初中的费用全免，幼儿园、两所学校教室使用的空调、集中供暖、电费、后勤管理人员工资及广场维护、维修费用，每年需要300多万元，全部由村集体支付。

在侯二河的提议下，村集体还出台政策，奖励学生好好读书，力争成为有用人才。其中规定：考上大专院校的学生，村集体一次性奖励2000元；考上二类本科院校的学生，村集体一次性奖励3000元；考上一类本科院校的学生，村集体一次性奖励5000元；考上硕士研究生的学生，村集体一次性奖励1万元。近10年来，全村共有120多名学生考上各类大学学习深造。

白沙村村民的文化体育活动丰富多彩，设施设备一应俱全。2008年5月，村集体投资5000万元，建设了一个上下三层、总建筑面积9000平方米的文化活动中心，其中建设场地1000万元，装修2000万元，采购设备、图书2000万元。一楼为具有80多个座位的3D豪华影视城，平时播放教育片，节假日播放电影，并与三家影视公司连线播放，随时可以看到最新拍摄的电影。二楼建有书法、摄影展览室。三楼建有一个大型图书室，现有各类藏书2000多册，每天向村民开放阅读。除此之外，还有一个上下两层可容纳1000人开会的大型礼堂。

位于村西端南北向的文化一条街，设计独具匠心。沿街两侧的墙体上镶嵌的紫砂浮雕，展示着中国几千年的文明史、现代革命史，富有传统文化意义的成语典故和"二十四孝"图案，宣扬着仁义、礼貌、智慧、诚信等各种精神，使全体村民无形中受到传统文化的熏陶和教益。该村还建有红色文化一条街、红色文化墙、文化雕塑，恩泽楼内陈列着毛泽东主席革命历程的图片，营造了毛泽东集体主义思想的文化氛围。

白沙村投资8000万元建设的体育馆于2014年5月建成使用，建筑面积1.33

万平方米。馆内设有游泳馆、网球馆、篮球馆、健身房等 15 个体育场所，40 名工作人员从上午 9 点到晚上 10 点，为村民提供全天候体育锻炼服务，每年有 10 万人次进行体育健身。

侯二河（左二）到村体育馆检查工作，要求工作人员全心全意为村民做好服务

除此之外，从 2000 年起，村集体每年为每户村民免费发放 50 斤大米、200 斤面粉；不分农历还是公历，只要是节日，全村免费按人口供应副食；春节时按照每人 3 斤肉、3 斤鱼、3 斤鸡蛋、10 斤油、1 瓶酒、2 只对虾免费发放；农历逢三，还要发放鲜肉；每人每月供应 15 斤蔬菜，由村里的蔬菜大棚采摘送到供应点后自己去取；村民家办红事，村集体一次性补助 1 万元；村民家遇到白事，村集体一次性补助 2 万元。村民用电，每度只收 0.3 元；村民喝牛奶，每斤只收 0.6 元；一个采暖区，每平方米只收 12 元，剩余部分全部由村集体补助。

白沙村全体村民家的电脑普及率和电话使用率已达到 100%，轿车使用率达到 86%。

侯二河担任村书记期间用于改善民生的投资达 6.3 亿元。他说："随着村集体

侯二河：党组织集中精力发展经济 村强民富

收入的增加，村民享受的福利会越来越多、质量越来越高，通过三次分配，真正实现共同富裕。"

白沙村的基础设施建设不仅投入大，而且质量高，在全国乡村中屈指可数。"村集体每年的盈利一部分用于民生改善，另一部分用于扩大再生产，剩余的资金除留下必要的作为积累外，其余都用于全村基础设施建设。"侯二河介绍道。

为确保农业用水，侯二河清醒地认识到必须继续寻找水源，兴建蓄水工程。在他的提议下，2004年5月，村"两委"开会研究后决定，彻底治理、改造村东南的小桥沟，在其位置上动工兴建朝阳湖。

当年全长300余米的小桥沟是名副其实的"龙须沟"，沟内从3米到10多米深浅不一。南岸是小山坡的山根，北岸成为村民多年来倾倒垃圾、建筑物废渣的场所。人们需要的黄泥也是在这里随意挖取。加之这里荆棘、杂草丛生，污水乱流，很远就能闻到一股刺鼻的臭味，成为全村脏、乱、差的地方。

侯二河决心不仅要彻底改变这里的现状，还要将其建成一个具有防洪、蓄水、养殖功能兼备的人工湖。

朝阳湖的修建全部采用机械化施工，仅用了半年时间，基础开挖工程即告完成。随后湖东口的筑坝工程采用现代的石料垒墙体、混凝土浇灌技术，不仅墙体坚固、防渗，还具有较大的抗水压功能；不仅成为拦水大坝，还是环村路的要道。此项工程共挖掘清理土石方8.6万多立方米，使用水泥3000多吨、石料3万立方米。而后，又进行了周边绿化、道路硬化、环境美化、休闲设施、人文景观建设。总投资360万元，于2006年5月正式蓄水。如今的朝阳湖已成为白沙村的一个风景区，湖水中养鱼，湖面倒映着新楼、别墅，与湖边休闲公园、敬贤园、花草、树木一起构成了一幅美丽的图画，让人流连忘返。

白沙村的地理位置比较独特，三面环山，道路狭窄，崎岖难行，侯二河担任村书记后决心要改变这一现状。

1986年11月，村集体根据当时的财力土法上马，先用石灰配沙子建成了一条"三合一"的土路，后在上面铺上了一层沥青。从2002年起，白沙村企业发展迅猛，经济效益逐年增加，这条路已难以承载越来越多进村运输石子的大吨位货车。村集体便投资300万元，将500米长的原路基改造成宽6米、厚25厘米的混凝土路面。

之后，村集体相继投入巨资，修建了白沙至云台的公路、两条通往田间的水泥路，全村的东环路、北环路、西环路、南环路也相继建成。

乡村振兴领头人——中国模范村书记

空中俯瞰白沙村村貌（无人机航拍照片　村委会提供）

侯二河：党组织集中精力发展经济 村强民富

白沙村至永峰省道的交通专线列入武安市政府 2008 年度民心工程，长 3800 米、宽 10 米双向车道的二级公路于该年 8 月建成。第二年，村集体又投资将白沙通往邵庄和北大社的土路修成了水泥路。

现如今，白沙村修建的环村公路总里程达到 24 公里，已形成了四通八达的公路网。同时还相继修建了横跨向阳池的平板混凝土大桥、横跨朝阳湖的惠通桥、西环路上的正阳桥、村北水库东南角的正洪桥。"这些桥梁的修建，使全村人出行及外地人进村更加方便。"侯二河介绍道。

白沙村村民住宅区经过数十年的精心建设，已形成三横、六纵的一个高档农村社区。东西向的三横为：小康路、和谐路、大同路。南北向的六纵为：迎宾街、文化街、英才街、神农街、明月街、清风街。三横六纵九条笔直的主干街道，贯穿了全村的住宅区、文化区、商贸区、休闲娱乐区，使全体村民的工作、生活、娱乐与出行更加方便、快捷。其中位于全村中心位置东西朝向的和谐路，长 500 米，宽 18 米，贯穿于英才街、清风街、迎宾街、明月街、文化街，是村内的一条标志性大街，也是村内集商贸、文化、教育、政治、休闲、卫生、客运于一体的综合中心街。当年修建这条街道时，很多人认为一个村庄修 18 米宽的街道实在太宽了，可侯二河却坚持认为必须用发展的眼光修建这条街道，一旦留窄了，再想扩宽就会浪费很大财力。现如今，曾经提出反对意见的人终于明白，还是侯二河有眼光，他当年的坚持是正确的。

侯二河担任白沙村书记 42 年来，村集体用于基础设施建设的资金达到 13.2 亿元。

"一个村的基础设施建设就像一个家庭建房子，基础必须打牢。基础不牢，就会影响经济发展和村民生活，所以必须把村里的基础设施建设做实。"侯二河说。

树立坚强意志　做好村党建产生凝聚力

侯二河出生在白沙村一个贫苦农民家庭。父亲侯抗洪在抗日战争时期曾经担任八路军办事处的地下交通员，积极参加抗日活动。由于工作出色，19 岁那年光荣加入中国共产党。解放战争中，积极组织民兵支援前线，参加了解放军在当地的大小战役。土改时期，侯抗洪带领民兵与农会领导一起打土豪、分田地，担任过民兵大队长。1954 年 7 月，侯二河刚满三个月时，年仅 29 岁的父亲因患食道癌医治无效不幸去世。那时家里穷，没有钱给父亲买棺材，准备用一张芦席卷着去埋。村党支部书记万清实在看不下去，与村民张万清协商说："我实在不忍心让抗洪裹着草席安葬，怎么也得弄副棺材让他在九泉下安息！把你那副棺材板先让他用吧，后面再来想办法。"张万清满口答应。后来，侯家用一个没有房顶的石磨坊与张万清两抵了那副棺材。

  这一年，侯二河的母亲刘凤兰只有28岁。侯二河的上面还有8岁的哥哥侯大河和5岁的姐姐侯小云。为了三个嗷嗷待哺的孩子，刘凤兰经常到东家借碗面，到西家要个糠窝窝。

  刘凤兰感到日子实在过不下去了，准备将侯二河送人。村书记万清知道后劝阻她说，再苦再累也要将孩子养大，并安慰道："我知道你家困难，但如果将二河送给别人，良心不安，也对不起抗洪，我们家想办法帮助你抚养这几个未成年的孩子。"

  在万清一家人的接济下，侯家的日子总算勉强过了下来。万清的妻子韩三妮劝刘凤兰再找个丈夫，帮衬着她把几个孩子养大。有一天，她托人从一里外的曹家沟领来一个中年男人，名叫孔凡起。此人小名孔三，比刘凤兰小一岁，单身多年。因都是穷人家，两人见面后，谁也没有挑剔谁，双方立下了以万清为见证人的字据后，便成为一家人。孔凡起将自己省吃俭用积攒下来的三缸粮食运到侯家，才使一家人的日子好过了些。

  孔凡起将侯家的三个孩子当成自己的亲生子女，相处得非常融洽，侯二河及哥哥、姐姐都喊他孔叔叔。后来，母亲刘凤兰又相继为他们生下一个弟弟孔顺河和一个妹妹孔彩云。

  那时候，一家五个孩子吃饭，只有两个大人挣工分，日子仍然过得苦巴巴的。三年经济困难时期，侯二河饿得受不了时，曾经同小伙伴一起在地里刨过观音土吃。为此，他深深体会到生活的艰辛和粮食的重要，家里多次揭不开锅时，幸亏万清一家的接济和左邻右舍乡亲们一个窝头、一把面、一篓菜的无私帮助，才使侯家的几个孩子在艰难中慢慢地长大。侯二河8岁上小学，13岁毕业后就主动向母亲要求回家干活，挣工分多分粮食。那时，一个男劳动力在生产队出工每天能挣10工分，女劳动力出一天工能挣8工分。但按大队的规定，放一天羊却能挣到12工分，到年底还能发12元补助。侯二河选择了放羊这个活儿，13岁开始干，一直放到16岁。

  侯二河常怀一颗感恩之心，想为万清书记一家及帮助过他家的乡亲们做些好

侯二河：党组织集中精力发展经济 村强民富

事。能挑动两桶水的时候，每天麻麻亮，他就翻身起床，到后沟挑水，来回好几趟，把自家水缸挑满后，再给万清一家把水缸挑满，还经常给左邻右舍挑水，因此深得大人们的喜爱。

万清通过较长时间观察，发现侯二河的人品、能力都很好，而且勤快、懂事、肯吃苦、有责任心，是个当干部的好苗子，便开始有意识地引导他、培养他。1973年7月，年仅19岁的侯二河进入白沙大队领导班子，被任命为大队团支部书记兼会计。当时，在全国范围内掀起"农业学大寨"高潮，武安县组织人力修建口上水库，万清安排侯二河带队到水库工地组织全大队社员干活儿。他总是脏活累活抢着干，而且把全大队的活儿安排布置得井然有序，还仔细检查、督办，落到实处。

1974年，侯二河已经是年满20岁的小伙子，他凭着年轻肯干、吃苦耐劳的品质，赢得了大家的信任，在这年7月光荣加入党组织。他在实际锻炼中逐渐成长，很快被任命为白沙大队党支部副书记、生产大队大队长。他带领社员长期战斗在农村"三治"工地上，工作干得很出色。那些年，无论是修水库、筑大坝、建渡槽、修水渠、打机井，侯二河都是青年突击队队长，冲在施工队伍的最前方，让公社制作的流动红旗始终飘扬在白沙大队的工地上。

年轻的侯二河深受万清书记的器重和赏识。曾经有人问万清："你自己有两个儿子，也都挺聪明的，为何不用心培养他们其中一人作为你今后的接班人，却花费那么大力气去培养外姓人侯二河？"

"站在我所处的位置，得从领导全大队各项工作需要的角度去思考问题，作出正确的选择。我的两个儿子是将才，但不是帅才。我暗中观察侯二河很多年，发现只有他具有能担此大任的潜力。"万清答道。

突然发生的一场车祸，让万清还没有来得及向上级党组织做任何情况的交代就突然离世。虽然侯二河按期接了他的班，但在之后的日子里却遭到很多困难和挫折，经历了四个大坎，其中两次差点使他半途而废、辞职不干了。

1982年6月，侯二河代理大队党支部书记才一个月时间，就感到干不下去了，想打退堂鼓。原因是大队班子成员之间相互争权夺利，有人认为侯二河资历太浅、年纪太轻，不服气，故意刁难，还有人经常给他找麻烦。

侯二河虽然代理大队书记之前位居大队党支部书记万清之后，是名副其实的"二把手"，但此时在大队班子中20世纪40年代入党的"老资格"就有好几位。一些人认为侯二河常年在外做"三治"，修路、挖河、建水库还行，但没有农业生产经验，不懂得地如何种，对季节的掌握、农作物病虫害如何防治也是个门外汉，哪有资格领导全大队的社员种地、进行粮食生产。

"不管是论资排辈，还是讲懂得种田耕作的实力，侯二河都不占优势，他凭啥担任大队党支部书记？"一名大队支部成员到处放风。

"放羊娃有啥资格当大队书记？"

"让这样的人当书记，白沙大队的路会越走越窄。"

············

各种议论纷纷传到侯二河的耳朵里。

侯二河通知班子成员开会，人总是到不齐。即使来了，也是稀稀拉拉，他在台上讲话，有些人在台下说话，东拉西扯。往往还没等他把话讲完、把工作安排好，就有人拍屁股走了。

侯二河硬着头皮组织召开生产大会时，一名生产队长双腿一蹦，坐在他的办公桌上，还有的人将双腿搭在桌子上。

一天下午，侯二河带领三名支部委员调解一起社员之间的矛盾纠纷，公说公有理，婆说婆有理，说着说着，两个社员竟当着他的面打起来了。他回头叫人拉架，可另外三人不知什么时候已经溜了。

最让侯二河难堪的是，在一次村民大会上，他正在讲话，一名大队支部委员突然宣布："天要下雨了，散会。"不一会儿，参加会议的社员竟然"呼呼啦啦"地走了一大半，导致会议无法继续。

那天晚上，侯二河气得回家后连晚饭都没有吃，妻子邵朋茹也气得直掉泪。消息迅速在亲戚朋友中传开，大家都很气愤。

"算了，别当那个破大队书记了，不受那个窝囊气，跟我一块儿到矿上去干活吧！不仅有机会转成商品粮，而且挣的钱肯定比在大队挣工分多。"在一家铁矿当书记的姐夫劝他道。

接连几个晚上，侯二河辗转难眠，他想好了，向公社辞去白沙大队党支部代理书记职务，到姐夫所在的矿上干活儿。

第二天一大早，下着蒙蒙细雨，山上飘起一层薄雾。侯二河穿过几乎把人都能遮住的谷子地，来到老书记万清的坟前，扑通一声跪在地上说："老书记，我辜负了您的培养和期望，由于太年轻，压不住阵，有很多人刁难我，当这个大队书记太难了，实在干不下去了。我思前想后，决定不干了，今天就到公社辞职。"边

侯二河：党组织集中精力发展经济 村强民富

说边伤心地大哭起来。

恍惚间，侯二河似乎听到老书记说："如果这样做就表明你懦弱，是个孬种、逃兵、败将，白让我精心培养了你那么多年。人不仅要有志气，还要有胆量，有魄力，才能干成自己想干的事情。"

侯二河安静了一会儿，用衣袖擦了擦眼泪，自言自语地说："我不能当孬种，否则，今后在这个地方就抬不起头来，永远被人们当成笑话。"

他站起身想了想，心里有了主意，找上级党组织解决问题。

侯二河来到淑村公社，向党委书记汇报了自己的处境和解决问题的想法，得到了大力支持。公社很快派出工作组到白沙大队进行整顿，调整干部队伍。在侯二河的提议下，撤换了几名年龄偏大、能力一般的人；让几名能力强、具有集体意识的人继续干；让几名争权夺利、故意找碴的大队、生产队干部靠边站，提拔了几名年轻人进班子。淑村公社党委还在这年7月份正式任命侯二河为已改为白沙村的党支部书记。整个村庄为之一振，迅速平静下来。人们这时才清醒地认识到：侯二河绝不是软弱可欺的人，而是后生可畏。

担任村书记不久，侯二河遇到了一件十分棘手的事儿：一个本家叔叔因为浇地闹意见，把集体的水泥管子砸坏了。大伙儿拭目以待，想看他如何处理此事。"不管是谁，只要破坏集体财物，都要严肃处理。"侯二河在村"两委"会议上发言时掷地有声地说。经过讨论，决定撤销那位叔叔的村民小组长职务，同时还提请上级党组织给予他留党察看两年的纪律处分。尽管叔叔婶婶多次到他家去求情，一些亲戚也纷纷出来打招呼、说好话，但侯二河顶着压力，毫不留私情地按组织决定予以处理。

侯二河对这两件事儿的果断处置，全村上下从此再没有人敢小看他，大伙儿从他的身上也看到了全村未来的希望。

1993年，是侯二河办企业最为艰难的一年。这一年，村集体投资18万元在本村北山上开办了一个铁矿厂，往下打了20多米深的竖井，可仍然没有开采到铁矿，还需要朝更深处打井，原来设计购买的机电设备都报废了。眼看就要到春节了，可工人们的工资还没有着落，特别是家住四川的一些工人，无钱回家过年。这可怎么办呢？侯二河坐卧不安，苦苦思考着解决问题的办法。一天上午，他召集村党支部班子成员开会，动员包括他在内的每名班子成员垫资2万元，又向村里四名富裕户分别借款2万元，三天之内筹集到18万元，除支付了拖欠工人的工资外，还购买了新的采矿设备。

第二年，铁矿开采成功，当年产能即达到3万吨，实现产值180多万元、利润30万元。

正当侯二河集中精力发展企业，一心想要白沙村富起来时，一个大浪悄悄向他袭来。他做梦也没有想到自己会被当地检察院传唤，进行司法调查，而且一拖就是三年。

那是1995年秋，侯二河随同武安市一名领导到外地考察一个项目后，回到白沙村刚进家门，就被武安市检察院的一辆警车带走了。有人举报他贪污公款1000万元，还列举了很多罪名。

村委会主任与村党支部副书记之间在工作上存在严重分歧，加上两人脾气性格不合，常在工作中发生矛盾，逐渐产生了很深的隔阂。侯二河多次耐心地给二人做思想工作，就是解不开他们之间心中的结。

"你是村委会主要负责人，比他大十几岁，两人还是姑舅老表，遇事得大度些，有什么过不去的坎儿？两人在一起时总是你的鼻子我的眼睛，谁也不服谁，互不相让。你回去好好反省一下自己吧！"

这位村委会主任不仅没有认真反省，反而憋了一肚子火，经常在背后发牢骚、讲怪话，发泄对侯二河的不满。有位亲戚给他出点子道："侯二河是万增祥的父亲万清一手培养起来的接班人，他在你们二人之间肯定会偏向姓万的，只要把侯二河整倒了，姓万的自然就倒台了。"

村委会主任听信了那位亲戚的话，串通本家人及不明真相、内情、平时对侯二河和那位副书记有意见的30位村民联合签名告状，直接向中纪委、全国人大常委会实名举报，罗织了侯二河贪污挪用公款上千万元、在外地建有房子、包养女人、用公款大吃大喝、铺张浪费等24条"罪状"。"一个小小的村官，竟然贪污公款上千万元，这还了得？要从快调查核实，若情况属实，必须严惩不贷！"举报信惊动了中央高层领导，一位领导写下了这段十分严厉的批语，责令纪检、检察机关严肃调查处理。从中央到省、地级市，再到县级市，一路签批到武安市纪委、检察院。

侯二河被警车拉走后，先是隔离在武安宾馆，四五天后又被带到邯郸市检察院，接受司法调查。在10多天时间里，他一方面积极配合检察机关如实把事情说清楚；另一方面也在认真反思自己担任村书记以来的所作所为。"要说用公款招待客人的事儿是有的，可求人办事不招待不行呀！说我在外地建有房子、包养女人，这不

侯二河：党组织集中精力发展经济 村强民富

绝对是无中生有吗？全村的集体收入和贷款全部加起来才 200 万元，近 5 年的收入加起来也没有 1000 万元呀！""别说 1000 万元，就是有六七百万元的资金，那就好办了，我早就投资大型工业项目了。自己整天为没有资金投资发展生产经营、壮大集体经济实力而发愁，从哪里冒出了个 1000 万元，这不纯属诬告吗？"侯二河自言自语道。他突然想起来了，这事儿很有可能是那位村委会主任在背后捣的鬼。

侯二河心里有了底，明确向办案人员表态道："我这人脾气不好、心直口快，难免会得罪人，在发展村集体经济中过于急躁，存在急于求成的毛病。工作中出现的错误，我应该认真检讨，深刻反省，在以后的工作中加以改正。但扪心自问，我没有把公家的一分钱装进自己的腰包里。请你们认真调查核实，把所有问题搞清楚，如果证据确凿说我贪污公款，我心甘情愿坐牢服刑。"

与此案相牵连的白沙村 7 位相关人员全部被传唤。小小"村官"竟敢贪污上千万元，被 30 位村民实名举报，当时可谓大案要案。况且中央及省级领导都作了重要批示，谁也不敢掉以轻心，更不敢马虎应付。经过检察机关一年多时间客观公正的调查，没有发现侯二河有犯罪嫌疑。案子最后移交到武安市纪委，又经过复查和取证，但查来查去，实在查不出侯二河贪污公款 1000 万元的事实。举报信中说他在外地建房子、养女人的事实也不成立。但侯二河在工作中存在的错误是能够找到的，总得挑些毛病，否则不好向上级领导交代，事情也得有个了结。三年后，当地纪委作出处理决定，侯二河受到党内警告、行政留职察看三年处分；同时，另一名被举报人万增祥受到留党察看两年、行政撤职处分。

白沙村的很多党员、干部和村民纷纷为侯二河鸣不平："他们栽赃陷害你，我们也组织一大帮人到法院去起诉他们诬告。"

侯二河阻止他们道："不能这样做，互相拆台没啥意思。"

侯二河的妻子邵朋茹更是气愤难平，她大声吼道："不干！坚决不当那个破村支书了！累死累活还不讨好，反而被人诬告，图个啥哩？"

侯二河此时的情绪降到了冰点，越想越生气，自己踏踏实实干事，反而被人莫须有地加上罪名，造成心灵上的巨大创伤和名誉上的影响。

侯二河有了撂挑子的念头。

武安市委组织部和市委领导分别找侯二河谈话，让他放下思想包袱，轻装上阵，继续做好村里的各项工作。但侯二河仍然在思想上转不过弯来。

"凡成大事者，就要经受得起委屈、困难和挫折。这么点小事就把你打趴下了？

这么点委屈你都承受不了，还能干成大事吗？你还是一名共产党员吗？你如果想打退堂鼓，正是某些心怀叵测的人想看到的结果！"时任武安市委副书记李茹志很生气地批评道。

这句话对侯二河触动很大，把辞职一事儿暂且放了下来。

侯二河苦闷了很长时间。有天晚上，他独自一人来到老书记万清的坟前，跪着给老人烧了一堆纸后，泪流满面地向他诉苦，说出了自己不想干的原因。哭着哭着，他仿佛看到老书记用严厉的目光看着自己说道："此时此刻白沙村有多少人的眼睛在盯着你，少数不怀好意的人正想看你的笑话，你不能当孬种！"他突然清醒过来，再联想到市委副书记的那番话，明白了其中的道理。

侯二河用衣袖擦了擦眼泪，站起来自言自语道："我侯二河绝不能当孬种，要用实际行动证明自己是个响当当的汉子，是名清正廉洁、履职尽责的村党支部书记。"

事过几年之后，那位村委会主任主动找侯二河道歉，承认了自己的错误。侯二河很大度地表态道："过去的事情永远过去了，谁也不要计较。""当年，那位村委会主任的妻子、儿子的户口都已转到县城，成为非农户口，后来看村里发展好了，又向村里提出要求转回来。侯书记不计前嫌，经村'两委'开会讨论，又将二人的户口转回白沙村，享受各项福利待遇。再后来，村里建新房时，那位村委会主任又提出了一些要求，侯书记也公正、公平、公开地给予了适当照顾。像他这样心底无私的人太少了。"一位村民感慨道。

正当侯二河集中精力、想方设法发展壮大集体经济、把企业赚来的部分利润用于改善民生时，又一个大坎悄悄地等他走来。

2012年村集体搬迁重建石料厂时，一次性投资1.3亿元，其中有部分贷款。2013年6月，总投资8000万元的村体育馆盖了一半；白灰厂刚刚起步，上第二条生产线时投入资金5500万元，才开始生产，经济效益一般。还有兴建石料厂时尚未支付的4000万元工程款，总共1.75亿元。从这年下半年开始，侯二河多方筹划资金，陆续支付了大部分工程款和往年欠款。之后几个月，市场疲软逐渐显现，村办企业的经济效益大幅度下滑，一进入腊月，到村委会要账的人便络绎不绝，有时半天就来好几拨人，不给钱就堵着侯二河不让离开，好多次围着他让他连午饭都未吃成。

侯二河清醒地认识到，不想办法筹资4000万元资金，2014年的年就没有办法过下去了。班子成员中有人劝他出去躲一躲,他断然拒绝道:"万万不可,欠债还钱,天经地义。越是没有钱时,我越是不能出村,否则就乱套了。"连续一周,晚上侯二河不敢回家,怕家人看到他憔悴的样子担心。他躺在办公室的沙发上辗转反侧,难以入眠,思考着解决问题的对策。

一方面向债权人承诺还款时间;一方面到当地几家银行协调贷款1500万元,向民间融资2000万元,从本村企业经营收入中挤出500万元。侯二河费了九牛二虎之力筹到了4000万元资金,缓解燃眉之急。

腊月二十九这天,欠款一笔一笔地予以兑现。侯二河还特别交代,给白灰厂每名员工发放5000元奖金过年。这天晚上,他在办公室的靠椅上躺着,用一条毛巾蒙着双眼,伤心地哭了好长时间才回家。事后他说,那段时间的精神压力太大了,几乎到了崩溃的边缘,但最终还是想尽一切办法把危机化解了。

侯二河不仅战胜了工作中遇到的种种困难,还以坚强的意志力战胜了疾病。2018年农历八月十四这天上午,他突发急性脑梗,被送往当地峰峰矿务医院抢救,后转往北京市宣武医院进行康复训练。当时的状况是半身不遂,生活不能自理,说话都很困难。半个月之后侯二河的病情虽然有所好转,但说话仍然很吃力。此时,他的心里牵挂着村里的各项工作,便开始给村"两委"干部和各企业负责人打电话,指导各项工作有序开展。进行康复训练时,医生要求病人每天用右手指着地上下两层楼,侯二河却做到用右手指着地上下10层楼。两个月之后,他的病情大为好转,被转往海南省一家疗养院进行疗养。

2019年春节前,侯二河回到白沙村。大年三十这天,他组织村"两委"成员慰问老党员、老干部、困难群众。正月初一上午一大早,又带领村干部到春节期间不能停工的火焰山工业公司看望生产一线的干部职工,而后主持召开会议,安排布置工作。"患过脑梗的人通常需要在家休息数年,可侯书记每天早上7点上班,晚上11点前下不了班。我与他共班子18年,深知他为了村集体的利益和让村民过上好日子,甘当'拼命三郎',付出了自己的一切。"村党委副书记侯峰局说。

侯峰局还讲述了一个自己亲身经历的故事。2021年9月的一天,武安市政府市长董志异到火焰山公司检查白灰排放量是否超标,他当时也在场。侯二河给市长汇报工作时说:"工作做好了,成绩是大家的。工作中如果出现问题,责任由我一人承担。村办企业如果违法了,公安局要来抓人就抓我一个人好了。"侯峰局非常感慨:"什么是担当?侯二河这种思想境界和行为才真是。"

2015年6月，白沙村党支部升格为党总支，第二年7月又改为村党委，侯二河被任命为村党总支、党委书记。该村现有党员103人，下设4个党支部。

侯二河尤为重视农村党建工作。他说，扎扎实实做好农村党建是一切工作的核心，只有村书记率先垂范、以身作则，起好表率、标杆、引领作用，共产党员充分发挥先锋模范带头作用，村党组织形成向心力、凝聚力、战斗力、号召力，才有可能干好其他工作。因为人是决定性的因素，不解决好人的问题，其他工作都是空谈。

侯二河在村支部主题党日活动上讲党课，要求大家不忘初心、牢记使命，争做合格共产党员

为此，侯二河不仅跟自己"约法三章"，做到"打铁需要自身硬"，还为村"两委"干部立下了很多规矩：全体管理人员脱产工作，晚上10:30下班，没有节假日；每天晚上下班前召开碰头会，各自汇报当天工作，安排布置第二天的工作；村民有事儿，村"两委"干部必须在15分钟内赶到现场处理；村集体每年要安排民生新项目；等等。

白沙村最多时有过28家企业，每年都有一些大大小小的工程项目进行招投标。侯二河经常告诫全体村干部："村干部不是个什么'官'儿，就是为村民干事的人。你的一言一行，村民们看得清清楚楚。只有立得正、站得直，真心为村民、为集体，

侯二河：党组织集中精力发展经济 村强民富

大伙儿才会服气，你才会在群众的心目中有威信，百姓才能体会到共产党好。"在他的提议下，党组织不断加强对村"两委"干部的监督管理，制定并严格落实了《村"两委"干部"四个不准"廉政行为准则》，即不准在村办企业入股分红，不准参与村集体各项工程招投标承揽大小工程，不准直系亲属在村办企业担任主要负责人，不准享受村集体福利高于村民。

侯二河十分注重村"两委"干部的培养和选拔，严把村干部和共产党员入口关。白沙村党委成立时共有103名党员。之后，每年只发展一名积极分子入党。2019年3月，邯郸市委组织部在该村党员干部培训基地组织村干部培训时，村办企业的10多位年轻人利用业务时间到培训现场当志愿者，热心为培训班提供优质服务。一位领导见此深受感动，问侯二河这些年轻人是不是共产党员？告知不是，而是入党积极分子。当得知该村由于发展新党员名额受限，企业中有许多优秀青年不能入党，导致党员队伍存在青黄不接的现状时，这位领导当场表态说："特事特办，批准你们村两年内可以发展7名新党员。"侯二河既高兴又犯愁，因为一下子发展这么多年轻人入党，肯定为党组织增添了新鲜血液，但不能降低了入党门槛，得严把入党质量关。他仔细思考了好几天，最终想出一个极好的办法，就是让7名入党积极分子和即将调整的几名村"两委"候选人一起，开展一次特殊的"重走长征路、重塑长征精神"拉练活动，途中进行党史学习教育，现场观察每个人的表现，再决定是否接受其为共产党员和选拔为村"两委"成员。当他把这一想法在村"两委"会议上提出后，得到与会成员的一致赞成。

9月18日一大早，侯二河不顾老伴的再三劝阻，带领14人从白沙村出发，开始了"重走长征路"之行。村集体的一辆中巴车载人、一辆皮卡车装行李，当天就赶到了江西瑞金。之后，依次到达湘江战役纪念馆、遵义会议旧址、四渡赤水纪念馆、巧渡金沙江纪念馆、强渡大渡河纪念馆、飞夺泸定桥纪念馆、翻越夹金山纪念馆、两河口会议纪念馆、俄界会议纪念馆。越过300里草地时，从上午11点开始，直到太阳落山了才走出去。而后，过天堑腊子口，到达陕西省的吴起镇、延安市。最后一站到达梁家河村参观学习后返回，前后历时12天。

"这12天对同车前往包括我在内的15人来说刻骨铭心，受益匪浅。既实地参观、体验了当年红军二万五千里长征的艰难险阻，又激发了大家奋发图强、克难攻坚的斗志和决心。关键是激发了大家的信仰力。"侯二河介绍道。

"重走长征路"途中每天早晨6点起床，汽车大部分时间是走国道、省道、县道甚至乡道。很多时候找不到地方吃饭，只好自己做，晚上10点就地找个宾馆住宿，非常辛苦。进入四川和西藏境内时，有好几个人出现了高原反应。一路上，几名女同志尽量不喝水，因为找不到方便的地方。"当时侯书记的年龄最大，已是65岁的老人，我们怕他身体吃不消，走到第六天时就有人提出返回的建议，但被他否定了。当进入青藏高原出现高原反应时，再次提出返回，侯书记态度非常坚定地说：'越是困难越要坚持，坚持就是胜利。'最终，他和大家一起坚持到把长征路走完了。"现任白沙村党委委员、商贸旅游公司党支部书记王玲玲介绍道。

汽车行驶途中，侯二河不停地给大家讲故事，告诉大家白沙村以前是个什么样子、现在是个什么水平、将来应该怎么做、如何实现远期目标。其中上一代人是怎样脚踏实地创业，如何在发展和建设中战胜和克服重重困难的。下一代人面临的任务、应如何进一步将"长征精神"发扬光大。还对七名入党积极分子和四名村"两委"拟提拔干部进行点评，批评的多，表扬的少。"一路上，所有人不仅实地受到了'长征精神'教育，还通过侯书记的讲解，受到了一次党史、村史教育。使每个人的视野开阔了、隔阂减少了、关系拉近了，知道回村后应该怎么干好本职工作。"白沙村村委委员、村委办公室主任李海峰说。

经过这次活动的体验和考验，七名入党积极分子中有六人被发展成中共预备党员，转正后相继担任村委委员、党支部委员、企业行政负责人，只有一人因计划生育问题没有被批准入党。有四名原村委委员被批准担任村党委委员，其中还有两人当选为村党委副书记，有两人当选为村委委员。

侯二河（中）同青年干部交谈，鼓励他们发奋努力，将村庄建设得更好

2000年11月，白沙村委会换届，实行候选人海选。一些村民分不清村党委和村民委员会有啥区别，对村务怎么办、资金咋个花、财务怎样管提出了一些看法，发表了不同的意见。村党支部书记和村委会主任之间也存在一些分歧，影响了各

侯二河：党组织集中精力发展经济 村强民富

项工作的正常开展。为解决这种在农村具有普遍性的问题，武安市委组织部在白沙村试点，推行"一制、三化"。"一制"，即党组织领导下的村民自治运行机制；"三化"，即支部工作规范化、村民自治法治化、民主监督程序化。

"'一制、三化'的试点推行，理顺了村党支部与村委会之间的关系，避免了两者之间相互争权力、争办公场所、争公章的误区，确立了党支部在农村的领导核心地位，明确了村'两委'的相互关系，村民自治是在党组织领导下进行的。村民委员会是村民自我管理、自我教育、自我服务的基层群众性自治组织，实行民主选举、民主决策、民主管理、民主监督。负责办理本村的公共事务和公益事业，调解民间纠纷，协助维护社会治安，向人民政府反映村民的意见、要求和提出建议。村'两委'之间既有联系，又有分工。同时，规范了基层组织之间工作行为，解决了普遍存在的模糊认识，体现了党的一元化领导与村民当家做主参与民主管理、民主决策、依法治村的有机统一。'一制、三化'的推行，得到了党员、干部和广大村民的普遍认可，保证了白沙村各项工作的顺利开展。"侯二河深有体会地说。

经过多年的探索和实践，"一制、三化"在白沙村经过不断探索和完善，已成为一种独具特色的党建模式，形成在党组织领导下开展各项工作，村务由村民大会和村民代表大会行使法律法规允许下的最终决策权。

白沙村从党支部到党总支到现在的党委，在认真做好党建，不断提高党组织的向心力、凝聚力、战斗力、号召力的同时，集中精力大力发展壮大集体经济实力。

坚持民主集中制原则，重大决策坚持"四议、两公开"不动摇，是侯二河一贯推行的工作机制。2005年3月，村集体在进行旧村改造和新住宅区建设前，村党支部对旧房折价评估和新房置换、定价标准、选房方案提出动议，再组织村"两委"开会反复讨论，形成一致意见。提交全体党员审议时，一些党员提出不同意见。侯二河及时组织村"两委"讨论，对方案进行修改。提交村民代表大会审议时，少数代表又提出了一些建设性意见。侯二河尊重民意，再次组织村"两委"开会讨论，进行修改，第二次提交村民代表大会表决时顺利通过。而后，及时将决议内容和决议结果进行公开。"这项工程前后进行了3年多时间，全村拆掉旧房580户，分配新楼房783套，整个程序和过程全部实行公正、公平、公开。没有出现一户村民拒不拆迁或分新房时扯皮拉筋，也没有一户因为不公正的问题上访。"侯二河介绍道。

1998年11月，经全国人大常委会审议通过的《村民委员会组织法》实施后，侯二河进行了认真学习、反复研究。在他的提议下，村集体聘请了一名律师做法律顾问，在宣传、普及法律知识的同时，还指导村"两委"班子成员学法、知法、懂法、用法，对经营活动中签订的各类合同和村委会出台的规范性文件进行法律把关。白沙村村民代表是在阳光操作下产生的，10户到15户推举一名。村民代表再选举一位小组长，也就是街道负责人，由全村民主推举的45位村民代表，即可参加村民代表大会，依法履行职责。还有5人是街道小组长，负责居民事务管理。

《白沙村村规民约》将村干部的职责，村民依法享受的权利及履行的义务、福利待遇、环境卫生、移风易俗、家庭及邻里关系等10余大类规定得清清楚楚、明明白白。村干部依规履职、村民依法享受待遇，不需要托人情、找关系。《白沙村村规民约》的出台经过自下而上收集意见，村"两委"反复讨论形成初稿；再将初稿下发村民征求意见，村"两委"再次讨论形成修改稿。而后，第二次下发村民补充意见，再经过村"两委"讨论这一"三下三上"程序，提交全体党员审议无异议后，再提请村民代表大会表决通过后，于2005年1月开始施行。之后，每两年按程序进行一次修改。"《白沙村村规民约》是结合本村实际，贯彻实施《村民委员会组织法》的具体体现，是管理本村村务、事务、财务的重要依据，对促进生态宜居、乡风文明、治理有效，打造稳定、平安、和谐、文明村庄发挥了积极作用。"侯二河说。

最早版的《白沙村村规民约》"移风易俗"中规定，本村村民办理红白喜事用车不得超过6台，用大锅菜招待亲友，不得饮酒。村里成立了红白理事会，统一办理村民的红白喜事。近两年，随着形势的发展变化，根据村民意愿对红事略作修订，规定村民子女结婚时可以在家适当设宴招待亲友，但单方办酒席时不得超过12桌；男女双方共办酒席时，不得超过18桌。本村村民嫁姑娘，外村派车来迎亲时的车辆仍然不能超过6辆。否则，村里不予放行。至今仍然规定村民办理白事时，不准请戏班吹吹打打，不准燃放烟花爆竹。吊唁时间为3天，到时必须出殡。亲友吊孝期间不准摆酒席，用大盆装烩菜招待客人。从2011年起，国家实行殡葬改革，提倡火化，淑村镇所属21个行政村中，只有白沙村率先推行并一直坚持到现在。到武安市火葬场火化的人员中，只要一提淑村镇，就知道是白沙村的村民。

《白沙村村规民约》还特别规定，村民办白事不准相互攀比，不准用豪华用品显摆身份。出殡时不许抬棺游街，不许用豪华棺罩，搞铺张浪费。推行之初，还遇到了一次不小的麻烦。有天上午，侯二河看到一位在煤矿工作的村民家老人去世后出殡时，在棺材外面套了一个租来的龙头、龙尾的豪华外罩。他立马与村委会主

侯二河：党组织集中精力发展经济 村强民富

任万增祥一起，喊上另外几名村委会干部上前将棺材拦下，责令其不得使用豪华殡葬用品。孝子及其亲属上前给村干部跪了一大片，请求放行。但不管他们怎么说，侯二河就是不松口，坚持必须按《白沙村村规民约》执行。一直到最后死者家属感到无望，将豪华棺罩去掉后，才予以放行。事后，侯二河主动到这位村民家做了耐心解释，并按规定兑现了白事补助。从此之后，白沙村村民家办白事再也没有人使用豪华棺罩等用品。

"村民只有严格遵守《白沙村村规民约》，按规定办理红白喜事，村集体才会对办红事户一次性补助1万元，对办白事户一次性补助2万元。"侯二河介绍道。

《白沙村村规民约》规定，全村的生活垃圾不准落地。该村大街小巷虽然有些垃圾箱，但在居民区没有垃圾池或中转点。从2005年新村建设至今，村集体购买的一辆垃圾车每天早上6点至7点半、下午5点至6点定点收集村民的生活垃圾。垃圾车每次分别在村民别墅住宅门前和小区单元房一楼停靠几分钟，由村民将生活垃圾扔进车里，随车运走，不允许扔在街道上或一楼门洞处。整个武安市都在学习该村的垃圾处理方法。

白沙村的民主监督进行了两个阶段：1997年5月成立了民主理财小组，挑选几名在村民中有威望、懂财务的人员，审核监督村集体的财务开支和账目；2018年8月，在此基础上成立了村务监督委员会，由一名党委副书记兼任监督委员会主任，另由两名党员和两位村民代表兼任委员。村里的每笔开支都要经过村会计、监督委员会成员、村委会常务副主任、村党委书记审批，由经手人、村会计、村民主监督委员会、村委会常务副主任、村党委书记的四审、五人签字程序后，方可报销。

民主监督委员会不仅对全村的村务、财务开支进行监督，还对村"两委"及各企业的日常工作开展进行监督。定期到村委办公楼、企业生产场所查看上班情况、节假日值班情况。

在侯二河的不懈努力下，白沙村党组织不仅具有向心力、凝聚力、战斗力，还形成了很强的号召力。1998年至今，全村坚持党员、干部、村民每年开展两次义务劳动——秋天除草、春节前卫生大扫除公益性活动。21世纪初，村里在200多亩的石头山上修建了一个敬贤园，给每家每户分配了挖坑栽树的任务。村集体在石头山用炸药炸成坑，村民肩挑背扛往坑里填土、栽树、浇水、管理，共栽种了1.1万棵柏树，成活率在95%以上，如今已成为全体村民休闲的公园。

村里有什么活儿需要突击性完成，只要党组织一声令下，村民就会积极响应。

村集体新建的两栋9层、11层的初中教学楼于2021年8月底竣工,9月1日开学时就要投入使用。8月28日上午,村党委发出通知后,全村600多名村民自带工具,积极参与清理建筑垃圾、打扫室内外卫生、擦门窗玻璃等义务劳动,半天时间就将两栋楼打扫得干干净净。

白沙村成立了五级包保责任制,村党委成员包支部书记;支部书记包村民小组长;村民小组长包村民代表;村民代表包10户到15户村民。开展义务劳动、综合治理化解矛盾、维护社会治安,责任包保到户、到人头。2021年秋季连绵阴雨,庄稼地里积水较多,机械不能下地作业。村党委发出由村民义务劳动收割庄稼的通知后,各村民小组长迅速召集了500多位村民,在三天内就将600多亩玉米全部人工收割,保证了颗粒归仓。

2006年6月,白沙村被评为全国先进基层党组织,还相继获得全国文明村镇、全国民主法治示范村、全国乡村治理示范村等荣誉。

"农村工作,不管什么时候,都要相信群众、依靠群众、发动群众,这是我党的光荣传统,也是屡次取得胜利的法宝。做好农村党建千条万条,就是要将发挥党组织的战斗力与充分调动群众的积极性有机结合,真正拧成一股绳,形成合力,就会战无不胜,取得各项工作成绩。"侯二河深有体会地说。

侯二河访谈录

作　家:您出身贫苦,在老书记万清的精心培养下,于1982年5月代理原白沙大队党支部书记,7月担任了白沙村党支部书记,一干就是42年。您担任村书记的初心是什么?您担任村书记后曾经遇到四个"坎",虽然都一一迈过了,但有两次差点打了退堂鼓、辞职不干。这么多年来,您不断努力奋斗的内生动力是什么?

侯二河:我从代理原白沙大队到担任白沙村党支部书记的初心很简单,就是想方设法让大伙儿吃饱肚子,吃水有保障能够住上好房子。后来,随着形势的不断发展变化,自己的想法和追求也就更多了。特别是当了三届全国人大代表后,充分认识到自己肩上的担子更重了,那就是坚持走集体道路,努力把白沙村建设成经济活跃、生活富裕、居住整齐、管理民主、乡风文明、环境优美、共同富裕的社会主义新农村,最终实现农业农村现代化。

我不断奋斗的内生动力来自两个方面:一是发誓要终身报答老书记万清和乡

侯二河：党组织集中精力发展经济 村强民富

亲们的恩情；二是自己受党教育多年，思想境界不断提高，信念和意志力逐步坚定。

我从1982年5月代理白沙大队党支部书记、7月份正式担任白沙村党支部书记后，相继遇到的四个"坎"中，最难迈过的，是当年大伙儿对我的不信任，一些资格较老的大队、生产队干部争权夺利，少数人对我百般刁难，以及1995年遭遇诬告这两道坎。为何又迈过去了，是因为老书记万清和乡亲们对我

侯二河利用业余时间读书学习，不断提高自己的思想文化水平

小时候的关爱和帮助太大了，让我刻骨铭心，今生今世难以忘怀。如果不是老书记当年阻止母亲将我送人，后来他家和乡亲们在生活上的大力接济，真不知道我最后是个什么下场。能不能活到今天都很难说。所以，我要终身报答他们的恩情。

老书记万清担任了18年的大队党支部主要负责人，他一贯坚持办任何事都公正、公平、公开，为人公道正派、勤俭节约，反对铺张浪费。始终与群众打成一片，积极为大家排忧解难，想方设法带领社员勤劳致富，给我树立了一个非常好的榜样。老人家对我具有知遇之恩，在他的精心培养下，我在思想上慢慢成熟起来，视野也不断开阔。他生前对我常说的那几句话时常回响在耳际："干就干好，干就干出样子来，不要让别人看笑话。"

至于1993年和2014年遇到的还村集体欠款，虽然也很难，但只要想办法就能解决，正应了"办法总比困难多"那句话。

现在回想起来，两次遇到"坎"后想打退堂鼓、辞职不干的想法是非常错误的，好就好在最终战胜了自己。倘若我当时真那样做了，就没有现在的成绩，人生就会是另外一种结局。细细想来，人生在作出重大决策时一定要慎之又慎。否则，就会改变自己的命运。同时，遇到上述情况时，要善于斗争：一是要自己做思想斗争，不要轻易言弃；二是要同歪风邪气作斗争。代理大队书记之初遇到的那道坎，由于激烈的思想斗争，最终有了主意并取得了上级党组织的支持，该撤的人撤、该换的人换、该进的人进，问题不就解决了吗？通过这几件事儿，我的深刻体会是：

不管遇到什么艰难困苦，都要开动脑筋去解决，坚持就是胜利。

我虽然学历不高，但热爱学习。就是当年放羊的那几年，也利用空闲时间读了不少书。特别是反复读了毛主席的著作《为人民服务》《愚公移山》《纪念白求恩》后，豁然开朗，思想有了很大进步。之后，通过不断学习党的知识，使自己的党性修养逐步提高、理想信念不断增强。

村民对美好生活的向往，就是我终生奋斗的目标；让白沙村村民过上城里人羡慕的生活，就是我今生的追求。这就是我最大的内生奋斗动力。

作　家：您担任村书记后，将相继开发的14个石料场先是承包给村民个体开采，2003年11月全部收归村集体统一经营；全村的2650亩土地于1982年分田到户后，又于2019年8月全部收归村集体耕种，这又是为什么？通过这两件事儿，您有什么深刻体会？

侯二河：石料厂承包给个体户开采时，不仅管理混乱，滥采滥挖，造成资源浪费，污染环境，还出现了富了包工头、苦了打工人员、穷了村集体和广大村民的现象。工伤事故经常发生，个体老板故意拖欠工人工资，还找理由拖欠村集体承包费。收归村集体统一经营后我们才认识到，石料生产经营不是技术问题，而是思想问题，刚开始怕不好管理，承包给私人开采经营图省事。但实践证明，承包给私人生产经营不仅没有省事，还增添了很多麻烦，给村集体造成了较大损失，教训深刻。

至于土地承包后又收归村集体统一耕种，也是迫不得已而为之。因为随着时间的推移，村民认为种田不赚钱，没有积极性，造成大面积土地撂荒。如果不收归村集体统一耕种，就是对资源的极大浪费。况且，确保粮食安全是第一要务。

通过这两件事给我的深刻体会是：只有坚持走集体化道路，不断发展壮大集体经济实力，不断改善民生，实现共同富裕，才能保证农村的长治久安，最终实现农业农村现代化。

侯二河（左）到种植专业合作社了解红薯生长情况

作　家：2012年下半年，在当时国家环保政策还不是很严的情况下，您为何提议投入巨资将白沙石料厂搬迁到现址，并大力进行技改和环保治理？2021年为何又投入巨资上了养殖项目？

侯二河：2012年11月，党的十八大胜利召开后，我通过反复学习习近平总书记所作的工作报告，敏锐地感受到，破坏资源、污染环境发展经济的时代已经一去不复返了。白沙石料厂当时虽然很赚钱，但产能小、设备差、污染大，如果不提前将企业提档升级、保证环保达标，迟早会被政府职能部门关停。

一期工程投资1.3亿元，于2013年10月从黄家沟搬迁至现在的南山尾巴，后又追加7000万元，用于技改和环保，形成设备先进、环保达标的可喜局面，产能从以前的年产26万吨提高到现在的600万吨；利润从之前的3000多万元提高到现在的3.6亿元，这是个什么概念？实践证明，提前搬迁、转型的路子是对的，完成了从粗放型开采向集约化经营的转变。否则，在之后的环保整顿中就会关停，那就会损失巨大。

这件事给我的启示是，村里办企业发展集体经济，必须吃透中央政策，如果你关着门埋头干事儿，对中央政策没有把握好，迟早会吃大亏。

白沙村靠开采石料确实赚了不少钱，但应充分认识到，资源迟早会枯竭，必须尽早向科技型企业转型。我们先后邀请了全国20多个著名的经济、农业专家进行反复论证后决定，从2021年开始利用旧矿场，实行边治理、边转型发展。一期工程投入7亿元，建设生态养殖场，二期工程完工后，总投资将达到10亿元。这是全村的第二次转型，即从传统生猪喂养向现代科技转变。不仅进行现代化养猪，还进行生猪屠宰分割、猪肉加工包装，直接送到专卖店或大型超市销售。最后进入百姓餐桌。同时还对猪粪进行无害化处理，制成有机肥销售。总之，让生猪养殖形成产业链，进一步发展壮大集体经济实力。按产业设计，二期工程完工后，每年可以实现产值10亿元、利润3.8亿元。

作家：白沙村的长远发展目标是什么？怎样才能保证这一长远目标得以顺利实现？

侯二河：经过反复研究，确定了白沙村的长远发展目标是：建设社会主义现代化新型农村社区。

为了实现这一长远目标，还有很长的路要走，必须采取以下措施：第一，认真做好高质量农村党建，创新工作方法，吸纳更多优秀人才为我所用，不断提高村党组织的创造力；第二，必须大力发展高质量的村集体经济，力争总产值达到800亿元、利润100亿元；第三，不断完善全村公共服务基础设施建设，为村民提供方便、快捷、优质、高效服务;第四,进一步做好农村综合治理,不断提高村民整体素质,努力打造稳定、平安、和谐、文明村庄;第五,加强生态保护,努力改变村域面貌。牢固树立"绿水青山就是金山银山"发展理念,大搞植树造林,力争全村绿化率达到80%以上;第六,加大农业投入,按照现代化、智能化要求,分步对全村农田进行平整、深耕,进行农产品深加工,不断提高农产品质量效益和竞争力;第七,逐步提高村民收入,不断改善民生,实现共同富裕,让村民具有幸福感、获得感、安全感,真正过上城里人羡慕的生活。

侯二河(右三)同村党委班子成员认真研究新农村建设规划

作　家: 您认为一个优秀村书记应该具备什么样的素质和条件?选拔村书记时应着重考察被选举对象哪些方面?

侯二河: 我认为,一个优秀村书记应该具备以下几个方面的素质和条件。一是要有强烈的事业心和责任感。村书记是我们党在农村最基层组织的代表,应该守土有责,有担当、有作为,让村民受益,使其切身感受到党组织的力量和温暖。二是要具有大公无私的品德。村书记的一言一行,在村民中都代表着党的形象。如

侯二河：党组织集中精力发展经济 村强民富

果你的出发点是为了百姓，就会树立党的良好形象。反之，如果你私心很重，吃吃喝喝捞好处，就会有损党的形象。毫不利己、专门利人，就是村书记必须具备的思想境界。三是要有坚强的意志力。我们在工作中会遇到很多困难和挫折，不能遇到困难绕道走，遇到挫折就泄气。而要动脑筋、想办法，克服困难。面对挫折，在挫折中总结经验教训，奋起直追，锲而不舍。四是在工作中要有一定的魄力。村书记是一个村"两委"班子的主心骨，要具备独特的思维和眼光，在坚持民主集中制的基础上，该拍板时就要果断做出决断，不能优柔寡断，错失发展机遇。

选拔村书记时，应着重考察被选举对象的人品和能力。人品最关键，没有良好的人品，一切都是空谈。如果把这种人放在村书记位子上，最终的结果只会把一个村子搞得一团糟。能力也很重要，如果此人没有一定的管理、服务能力，特别是具有驾驭经济的能力，也会误事，丧失发展良机。

作　　家： 您认为怎样才能确保乡村振兴战略取得实效？关键因素是什么？

侯二河： 我认为应认真做好以下几点，才能确保乡村振兴战略取得实效。第一，要在农村体制机制上发力。农村形势逐年发生变化，空心化越来越严重，有本事的人都纷纷向城里跑，留在家里的人大都是老弱病残，所以选拔优秀人才担任村干部越来越困难。对此，国家应进行顶层设计，稳步推行农村行政体制改革，进行适度的小村并大村试点，节约人力资源成本，培养职业村书记，从大学生中选拔优秀年轻人进村"两委"班子，建立村干部有盼头、有干头的良好体制、机制。第二，要加大农村基础设施建设。第七次全国人口普查信息显示，全国每年有1000万农村人口向城市流动。未来谁来当中国农民，已经成为一个不容忽视的问题。现在就要着眼长远，在实施乡村振兴战略中，把有限的资金绝大部分用在农业基础设施建设上。特别是要加大土地平整资金投入，按照机械化、智能化的要求，建设高质量农田，确保国家粮食安全。第三，要在农业产业化上做文章。农业是国家的命脉，所以说无农不稳。但现在的问题是，从国家层面来讲，抑制物价过快增长，就必须保持粮食价格相对稳定。但工业成品价格持续增长，这就形成了粮食种植成本过高，粮价又提不起来，经济效益较低。造成"谷贱伤农"的局面，导致大面积土地撂荒。破解这一难题的出路是实现农业产业化，不断提高农产品质量效益和竞争力。第四，要坚持走集体化道路。从白沙村经历的工业发展和农业种植来看，必须走集体化道路，私有化行不通。从某些方面来说，农村不发展集体经济就是一条死路。因为没有集体经济，就没有财力改善民生，就不可能实现共同富裕。没有实力为村民办好事、办实事，村"两委"在群众中就没有向心力、凝聚力、号召力。

人是决定性因素。实施乡村振兴战略的关键因素是选好人、用好人，为想到农村干事创业、愿意到农村干事创业又确实会干事创业的人才搭建好平台。乡村振兴不是一蹴而就的事情，要从基础做起，切忌搞形式主义，空喊口号，做表面文章。

作家点评

在白沙村采访的三天半时间，本人与村党委两名副书记、四名党委委员、村委会委员、老党员、老干部、村民小组长、群众代表、村"两委"工作人员进行了深入交谈，明察暗访，广泛听取不同人员对侯二河的看法。返聘到村里工作已67岁的赵树鹏这样评价道："侯二河为人最大一个特点是德行好，没有害人之心。他的心胸宽广，与谁发生了矛盾都不计较，过去了就过去了，从不记仇。不管是穷人还是富人，他都一视同仁，不另眼相看。办事公道正派，公正、公平、公开，不搞小动作，所以大伙儿从心里服气，有威望。"

侯二河真是不简单，他担任村书记42年来，经过不懈努力，终于把位于太行山区的一个小山村，建设成拥有固定资产16亿元、实现年利润5.3亿元、人均可支配收入4.6万元的富裕村，实属不易。

有人会说，侯二河的成功与他们村存在矿产资源有关。可全国有石头资源的村庄何止千千万，为何没有发展得很好？况且与白沙村相邻的那么多行政村，发展、建设为何没有该村好？关键因素是这个村有个好的当家人——村党委书记侯二河。

白沙村从改革开放之初的贫穷落后，到现如今的富裕文明，是侯二河带领党员、干部和广大村民干出来的。

"胸怀宽广，勤奋努力，抓住机遇，持续发展"，这就是侯二河精神。

侯二河出身贫寒，只上过小学，在乡亲们的无私帮助下，逐渐长大；在老书记万清的精心培养下，走上了村党组织领导岗位。他怀着强烈的感恩之心，产生了强劲的内生动力。

侯二河的大脑里形成了强烈的发展理念，几乎每年都要上一个项目或者一家企业，在探索中取得收获，使村集体经济不断发展壮大。

侯二河具有敏锐的洞察力，抓住两次机遇，完成了石料厂从粗放型开采到集约型生产经营的转型；生猪养殖从传统型向现代科技的转型，大大增强了村办企

侯二河：党组织集中精力发展经济 村强民富

业的可持续性发展。

侯二河是位意志坚定的村书记，四次面临危机，他都咬紧牙关，开动脑子想办法并成功化解。

侯二河为人坦荡，面对诬告他的人并不怀恨在心、故意刁难或打击报复，表现出了一位共产党人的宽阔胸襟。他一心为村民，一心为集体，办事公道正派，用实际行动赢得了广大村民的信任和尊重。

白沙村有四个特点。一是虽然有很多企业，但既没有成立集团公司，也没有总公司统管，而是实行党委管支部、支部直接管企业的发展模式。村党组织在抓好党建的同时，集中精力发展集体经济，是一种很好的途径。二是工业和农业都是先承包再集中，摸索出了走集体化道路的步骤和方法。1954年，毛主席在一本《组织起来》的小册子中写道："一家一户的个体生产，就是农民自己陷于永远贫苦的根源。"新中国成立后，逐步发现土地改革后农民个体占有土地资料的弊端，便相继建立了互助组、初级社、高级社，到人民公社，充分发挥了集体的作用，使农业农村迅猛发展。从包括白沙村在内全国发展较好的村庄来看，坚持生产资料公有制，大力发展集体经济，不断改善民生，实现共同富裕，是农业农村现代化建设的必经之路。三是该村党组织具有较强的号召力。全体村民每年固定性地开展义务劳动，挖坑栽树、清理杂草、卫生大扫除、人工收割农作物等，只要党组织一声令下，广大村民便一呼百应。这种状况是侯二河多年来率先垂范、以身作则、认真做好党建的结果。四是白沙村舍得在基础设施建设上投入。修水库、架桥、修路、建街道等，村集体共投入资金13.2亿元，而且质量很高。这是个什么概念？就像一个家庭过日子，筑牢基础很重要，也很关键。

全国模范（最美）退役军人村书记

乡村振兴领头人
——中国模范村书记

蒋乙嘉：
"傻子"回村圆梦 造福众乡亲

> **人物概要**

蒋乙嘉，男，汉族，1959年3月出生，大专文化程度，1979年4月入党，现任四川省蓬溪县拱市联村党委书记、拱市村党总支第一书记。当选党的十九大代表、四川省第十一次党代会代表、四川省第十三届人大代表，先后获得全国脱贫攻坚先进个人、全国优秀党务工作者、全国脱贫攻坚奋进奖、全国模范退役军人、全国最美基层干部、全国供销系统劳动模范、中国好人、中国生态文明奖先进个人等全国性荣誉。

乡村振兴领头人——中国模范村书记

蓬溪县拱市联村委员会

四川省蓬溪县拱市联村党委书记蒋乙嘉

蒋乙嘉:"傻子"回村圆梦 造福众乡亲

蒋乙嘉是位具有大爱、心底无私、意志坚强的人。应征入伍后好不容易从战士提干,一步步提升到正营职军官,本可以在职务上继续得到升迁,他却作出了一个大胆的决定,主动要求按干部复员政策退伍。退役创业10年取得成功后,他又毅然放弃城市生活,抛家舍业,带着2600多万元积蓄回到原籍拱市村当农民,只是为了圆自己儿时就想改变家乡贫穷落后面貌的梦。他自掏腰包投资修建"村村通"公路、修建村"两委"办公室及村公共服务和文化发展中心等基础设施,治水、治山、治土,不仅耗尽了自己的全部积蓄、变卖家产还债,至今还欠下300多万元外债。为此,有人称他是"傻子"。

蒋乙嘉为建设家乡做出的巨大贡献,最终赢得了当地党委及群众的信赖和支持。他被任命为拱市村党支部第一书记,当选为村党支部书记后,便开始大力发展产业,不断提高村民收入。拱市联村成立后,蒋乙嘉当选为联村党委书记。他带领乡亲们大力发展集体经济,不断壮大集体实力。经过艰苦奋斗,把一个贫穷落后的川北小山村,建设成为全国知名的富裕、文明、幸福新农村和乡村振兴示范村。

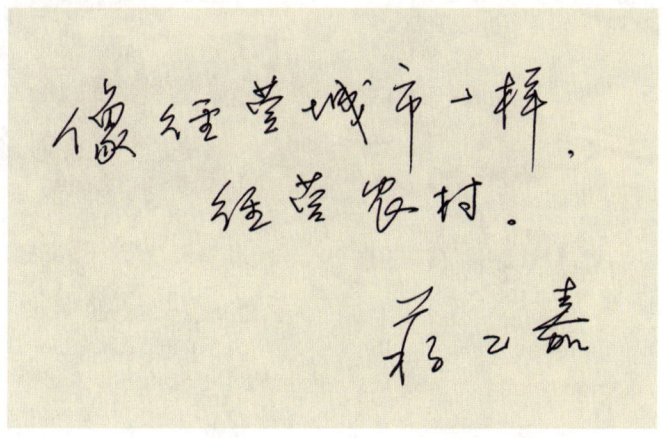

蒋乙嘉担任村书记多年来的真切感言

自掏腰包千余万　历经艰辛建设家乡

拱市联村位于四川省蓬溪县西部,是经过多轮村庄合并组合,最终由两个镇所属的四个大村合并而成。下辖52个村民小组,村民4630户、13952人,党员312人,版图面积25.69平方公里,耕地面积1.2万余亩。

蒋乙嘉是土生土长的拱市村人。该村属于多山的丘陵地区,全村1700余人,

乡村振兴领头人——中国模范村书记

高处俯瞰拱市村村貌

蒋乙嘉："傻子"回村圆梦 造福众乡亲

只有 1260 亩土地，人均土地 0.7 亩，人多田少，交通闭塞，经济比较落后。

2006 年 5 月，蒋乙嘉千里迢迢从吉林省长春市回到拱市村探亲。那年久旱无雨，由于农田水利设施长期无人维修、管理，造成沟渠毁坏，堰塘成为碟子堰，不能蓄水，使水稻干枯，村民连吃水都很困难。为争水，时常发生吵架甚至斗殴行为。他看到村里的青壮年绝大部分都外出打工挣钱，留守的几乎全是妇女、儿童和老人，全村 40 岁到 60 岁的男劳动力只有 60 多人。他还看到大面积的土地撂荒，有些地里长满了齐腰深的杂草。

探亲的十几天里，蒋乙嘉的心情非常难过，他一直想不明白，改革开放这么多年了，家乡不仅没有发生多大变化，而且还形成满目凋敝的荒凉。儿时就曾想改变家乡贫穷落后面貌的愿望再次在他心中燃起。"我要让土地充满希望，让鲜花开满村庄，让乡亲们过上城里人羡慕的生活。"蒋乙嘉自言自语道。

有天晚上，蒋乙嘉坐在自家院子里与二哥朱忠华谈心，他说："我万万没有想到，这么多年过去了，拱市村还是这么穷，全村连一条通往外界的水泥路都没有。"

"附近的村都这样，不光是我们村。"二哥见怪不怪地说。

"得想办法改变这种贫穷落后的面貌呀！"蒋乙嘉发愁道。

"能有什么办法，全村的青壮年劳动力都外出打工去了，留在家里的绝大部分都是被人们称为'三八''六一''九九'的部队，谁也没有能力改变这一现状。"朱忠华一声叹息道。

"我想了好几天了，准备用我这些年在外创业挣得的一些钱改变村里的现状。"蒋乙嘉说。

"你疯了！农村人都是千方百计地想办法朝城里跑，彻底改变自己的生活方式。你倒好，拿着光宗耀祖的军官不当，却要求复员退伍。吃了那么多苦，好不容易攒下一笔钱，又要回农村做公益，你老婆孩子的生活怎么办？"二哥有些生气地质问道。

"您说的这些问题我都细细想过，可您是知道的，我们祖祖辈辈都在这个村子吃苦受穷，我从小就立下了改变本村落后面貌的志向。只有我做出一定的牺牲，大伙儿才有希望过上好日子。"蒋乙嘉恳切地说。

"我建议你放弃这个不切实际的想法，陪着老婆孩子在大城市好好过日子才是正道。"二哥深知蒋乙嘉犟起来牛都拉不回的性格，便很无奈地说。

"我已决定了,回长春把一些事情处理完后就回来,您得支持我。"蒋乙嘉很坚定地表态道。

朱忠华低着头,沉默了很久没有说话。

2007年7月11日下午,蒋乙嘉开着自己的奥迪A8豪华型轿车经过长途跋涉回到拱市村。一条消息不胫而走,很快传遍全村及周边的一些村庄:千万富翁蒋老四(蒋乙嘉的小名)回乡定居,不再回大城市了,他将投入巨资建设家乡,让大伙儿过上好日子。

此时的蒋乙嘉才48岁,正是风华正茂的壮年。他信心满满,发誓一定要通过艰苦努力,圆了自己儿时的梦想。

蒋乙嘉早就想好了,先解决村民出行难的问题,让村庄有一条晴天雨天都能通行的水泥路。这是他多年来一直挥之不去的一个心结。

从蓬溪县城到常乐镇的断垭口有27公里路程,那个时候还是沙子路,晴天雨天倒是都能走,可从断垭口到拱市村这段路是又窄又陡、弯弯曲曲的泥巴路,行走在这条小路上,晴天一身灰、雨天一身泥。有一年夏天,蒋乙嘉带着妻子回乡探亲时正赶上下大雨,被困在家里出不了村庄,只好换上深口雨鞋,踩着泥巴路步行到断垭口等车。妻子是长期生活在大城市长春市的人,步行了两公里多路程很是吃力。蒋乙嘉心里很难受,觉得非常没有面子。之后,他曾几次从北京开车回家,遇到下雨天气,只能把车开到断垭口,找个农户家停放,穿上哥哥、嫂子送去的雨鞋步行回家。他一次又一次下定决心,一定要改变现状。

这一年,正好赶上国家在农村搞"村村通"建设,政府按每公里10万元的标准予以补贴,剩余部分由村民集资。蒋乙嘉看到改变家乡面貌的机会来了,决定将硬化道路时需村里筹集的经费由自己掏腰包,不让农民个人出资。

蒋乙嘉找来施工队进行道路施工,将有的地方扩宽、有的地方取直,将1米多宽的土路扩宽成4.5米,并进行了水泥硬化。最让蒋乙嘉烦恼的是,当时支持他修路的人并不多,还有少数人找麻烦。他感觉好像是自己出钱给自己修路,用他的话说是"一个人的创业"。有些村民不了解,总觉得这个开着奥迪A8豪华轿车、会说东北普通话的大老板凭什么要给村里尽义务?是不是想图点啥?修路要经过一户村民家门口,这户村民百般阻挠,竟然将自己90岁的老母亲放在路中间,还一个劲儿地埋怨:"我们村祖祖辈辈走的都是土路,不也活得好好的吗?干吗要改变?你要从我家门口过,就让施工机械从我们身上轧过去。"实际上他就是想从蒋乙嘉身上"放点血"。

蒋乙嘉几经劝说，就是无法打破僵局，严重影响了施工进度。几次在气头上，满腹委屈的他真想甩手不干回北京或长春。但冷静下来想了想，蒋乙嘉理解并包容了这位村民的举动，"都是贫穷惹的祸，不然他也不会这么做"。随后，他给这位村民支付了占地补偿款，施工才得以顺利进行。

没有抱怨，最终也没有放弃，蒋乙嘉先期投资80万元，扩宽和新建了一条2.6公里长的"村村通"公路，彻底改变了全村交通不便的落后面貌。那户当年出难题的村民尝到交通便利的甜头后，逐渐明白了自己当时的做法不妥当，感到很愧疚，主动向蒋乙嘉道歉，并把"占地补偿款"退给了蒋乙嘉。

蓬溪县政府决定每公里给予蒋乙嘉14万元修路补助费。这笔钱，他没有往个人腰包里揣。见村民平时到山坡上种庄稼，又挑红薯又背苞谷，很不方便，便用这笔钱砌起了一条水泥石梯。三年间，他和村民一道在全村修通了21公里生产便道。2012年，蒋乙嘉又带领村民开山破土，修成一条长12公里的环山公路，使各种大型农耕机械能进出每一块田地、每一片果园。

路通了，拱市村许多农户家购买了摩托车、农家三轮车、卡车甚至轿车。不少农户搞起了农产品收购、运输。一组村民唐才云建起了养猪场，每年有稳定的收入来源。他家现在光车子就有五辆：一辆轿车、一辆长安面包车、一辆拖拉机、两辆火三轮。"2006年，我们一家五口人一年的收入才1万多元，现在每年纯收入超过了10万元。"唐才云笑得合不拢嘴。

拱市村成功创建省级文明村，成为远近闻名的富裕村。

当年，拱市村"两委"办公用房只有三间破破烂烂的平房，雨天漏水，已成危房。蒋乙嘉筹划着要给村里盖一栋公共服务和文化活动中心。2008年4月，他先请人进行了抗6级地震的建筑设计。"5·12"汶川大地震后，又按抗8级地震标准修改设计图纸，并在三楼增加了文化发展中心。这年的9月动工兴建，总投资860万元，建筑面积3000多平方米，于2009年10月竣工并投入使用。一楼设置村"两委"办公室、农家书屋、医务室、爱心超市；二楼以培训为主，有多媒体远程教育中心、党员活动室、书画长廊；三楼则是创办的生物科技公司，可随时对粮食及副产品进行检测把关。

修完路和建设了村里的公共服务和文化活动设施后，蒋乙嘉又把目光投向了水利设施建设。

拱市村是一个干旱缺水的地方，坐落在来龙山下的山谷里，虽然有条铁钳沟，但只有下暴雨时才有水，平常是条干河沟。如遇干旱，不仅全村的农业生产无保障，严重时村民连吃水都很困难。他深深体会到"水利是农业的命脉"这句话的含义，决定下大力气解决全村干旱缺水的问题。

全村有两口堰塘还是20世纪50年代修建的，分田到户后由于长期无人维护和管理，已经淤积成了"碟子堰"，蓄水很少，严重影响农业灌溉。蒋乙嘉投资11万元，又争取到17万元政策性资金，对两个大堰进行清淤、整修、扩宽、挖深，使蓄水量增加了数倍。他又在堰塘周边建了一圈木质栈道，供村民通行、休闲。可他觉得这还远远满足不了现实的需要。

紧接着，蒋乙嘉又顺着河谷从上到下新挖了15口堰塘蓄水，使总蓄水量达到5万多立方米，总投资270万元。"有了这些大堰，雨季时蓄满水，遇到旱季，就能保障全村农业生产和村民生活用水。"蒋乙嘉介绍道。

蒋乙嘉在堰塘中种满荷花，夏天荷花盛开时，就成为拱市村的一道亮丽的风景，吸引了遂宁市和蓬溪县的大量城市居民前来观光、采莲，最高峰时每天超过1万人。荷塘中还养龙虾，获得了不错的经济收入。

蒋乙嘉还在山上修建了两个大型蓄水池，雨季积蓄雨水，天旱时用来灌溉山上的农作物和树木、花卉。

治完水，他又开始治山。

拱市村虽然没有高山，但境内有海拔不是很高的花果山、来龙山、宝马山、快活岭等山丘。蒋乙嘉小时候，农民做饭需要燃料，就到山上砍柴，甚至连荆棘都不放过，一到冬天就光秃秃的。分田到户后，青壮年都外出打工挣钱，村里居住的人口越来越少，留守人员光庄稼的秸秆都烧不完，再也没有人上山砍柴了。这样一来，就成了荒山，荆棘、杂草丛生，人走进去都很困难。但这些植物没有任何经济价值，春夏季节，漫山遍野看起来绿油油的，到了秋冬季节，就是一片枯黄。

怎样让荒山美起来、绿起来、富起来？蒋乙嘉一直在苦苦思索。1956年春节过后，他的父亲在村庄晒场旁栽下一棵黄桷树，渐渐长大长高后，巨大的树冠让大人小孩夏天都能在树下乘凉。1983年3月，他又在对面的垭口栽下两棵，现在已长得需要几人才能合围抱住，这些树已成为一笔不小的财富，价值2万多元。

蒋乙嘉有一年从部队回来探亲时，父亲对他说："村里一些荒山特别是垭口处，既不能种庄稼，也没能种上树，夏天因没有树遮阴，造成刮大风时天气很热。黄楠树很适合在我们这里生长，你今后如果有条件了，就在周围的荒山上多栽些这种树。"

回村后，蒋乙嘉就在脑海里谋划着如何栽种黄楠树。他先后到重庆市的山区、云南省的一些靠近边境地区考察，发现这里有一些大小不等的黄楠树树苗，便以每棵60、100、200元，甚至最高5000元的价格购买，先后投资320多万元。他还相继流转了700多亩本村村民闲置的荒山，组织人力将山上的荆棘、杂草全部砍掉。在村域内的荒山、田边地角、垭口处栽下了2.6万多棵黄楠树。"黄楠树栽下后经过10年的生长期，每棵就可以卖到5000元至6000元，是一笔不小的财富。更重要的是，这种树可以调节气候，改良自然环境。因为它是阔叶类树木，夏天再热的天气，人往树下一站就感到很凉快。等黄楠树长到一定规模后，在山上盖一些木屋，让游客居住、观赏这种树，对全村旅游发展来说是一个得天独厚的有利条件。"蒋乙嘉介绍道。

蒋乙嘉（左）对黄楠树特别有感情，告诉工作人员如何进行管护

在拱市村的广场、路边，蒋乙嘉组织栽下一种非常独特的花卉——千叶佛莲。这种花的外形酷似观世音菩萨打坐的莲台，一般三四年才可以开花，而且是先开花，

后长叶。花冠犹如从地面涌出的一朵金色的莲花，硕大、灿烂、奇美，仿佛来自仙界，这花卉是蒋乙嘉20多年潜心培育而成的。该花最大的特点是集观光、绿化、采蜜、药用、编织等功能于一体，堪称"综合功能最齐全的花卉"，并且具备其他花卉没有的文化底蕴和佛教寓意。花期有230多天，最多可以开一年，主要用于盆栽观赏，城市景观、庭院、假山之中及花坛中心、公园景点、广场绿地的环境美化都可以使用，还可以在寺庙供养，传承佛教文化。拱市村先后栽下了360万株千叶佛莲，漫山遍野都是，现正在申请地理标识。

蒋乙嘉对荒山还实行了综合利用，即先种上桃树、枇杷、柚子、桂花等树木，中间套种千叶佛莲和水果花生，进行立体种植。昔日的荒山已变成了如今的绿色银行。"每棵千叶佛莲按60元至600元的价格计算，就是一笔不菲的财富。这就形成了荒山变成绿水青山，绿水青山变成金山银山的良性循环。我对前景充满信心，再过若干年，拱市村仅黄楝树和千叶佛莲的收入就是数亿元。"蒋乙嘉高兴地说。

拱市村荒山下堆积着大量经过雨水长期冲刷而淤积的厚土，蒋乙嘉组织人力将肥沃的淤土挖出来，一部分运到山上栽树、种花；一部分用来改造山上的耕地。同时还修出生产便道，兼作旅游观光的道路。

修路、治水、治山、建设公共服务和文化发展中心，都需要大量的资金投入，而且短时间内都没有多少回报，就好像把钱扔进了水里。蒋乙嘉先是投入500万元，没有看到明显效果。接着再投，1000万元很快也花光了，效果还是不明显。于是，他咬紧牙关，把2600万元全部投了进去，还是没有达到自己理想的效果。2011年下半年一算账，欠下了一大笔外债。他被迫将北京、长春的两套房子卖掉，筹钱还债，最后仍欠下300万元的债务。

让蒋乙嘉万万没有想到的是，自己那么大的个人付出，竟然换来了少数人的风言风语。一时间村里议论纷纷，有的村民感到不可思议，背后说蒋乙嘉这样做是图名，有的人说他是图利。特别是蒋乙嘉在村里不管走到哪里，只要看到垃圾，就会用手捡起来，放进汽车的垃圾袋里。他自费购买了50多个垃圾桶，放在村民居住区和公共活动场所，还发动村里的学生放假后捡垃圾，放进垃圾桶里。村民们过去已养成了垃圾随手扔的坏习惯，在蒋乙嘉的感召下，渐渐感到乱扔垃圾是不文明行为，不好意思再乱扔垃圾。有人怀疑，这个开着奥迪A8轿车捡垃圾的退役军人是不是受过什么打击，在精神上受过刺激。还有人质疑道："建设公共服务和文化发展中心，本来是村委会的事儿，你蒋老四干吗花自己的钱去建？"有的村民

蒋乙嘉:"傻子"回村圆梦 造福众乡亲

背后说得更难听,你老婆孩子都不顾,将大把大把的钞票砸在村里,没有任何回报,简直就是"疯了",纯粹是个"傻子",很少人会像他那样尽干些"傻事"。

蒋乙嘉在村里即使看到花丛、树林里有垃圾,也会随手捡起来扔到垃圾箱里

此时,蒋乙嘉已感到心力交瘁、痛苦万分。他本来就患有严重的心脏病,曾因急性发作而抢救过。还患有糖尿病、痛风、高血压等疾病。加上巨大的思想压力、巨额债务、少数村民的刁难,蒋乙嘉感到身心疲惫,精神到了崩溃的边缘。

农历八月十五那天下午,下着很大的雨,蒋乙嘉跪在父母的坟前,一边哭,一边向两位亲人倾诉长期积压在自己心中的苦闷。雨水将他的全身淋透,泪水顺着脸颊往下流。从下午1点到晚上8点多钟,他整整跪了7个多小时,哭得很伤心。

父母生前都是本村勤劳、善良、生活节俭的农民,两人都很要强,从不会被困难吓倒。养育了八个子女都很有出息,曾有三个儿子和一个孙子成为军人。蒋乙嘉恍惚中似乎听到母亲说:"老四,你是一个有骨气的人,不管遇到什么困难和挫折都不能低头,不能言弃,更不能当孬种!你得抬起头来,迈过这道坎!"

蒋乙嘉瞬间清醒了,他用手抹了抹眼泪和头上的雨水,站起来向父母深深地鞠了一躬,大声说道:"你们二老放心,今后不管遇到什么困难,儿子都会挺过去,而且一定干出个样儿来!"

那天晚上，蒋乙嘉回到家里发起了高烧。二哥朱忠华很关心他，立马找来村医务室的医生给他诊治。

第二天上午，蒋乙嘉退烧醒来后感到头昏昏沉沉。他躺在床上细细思考着下一步该怎么办。最后决定，暂时离开拱市村，外出挣几年钱，回村把欠下的债务还掉后，再继续谋划发展。

一些村民得知蒋乙嘉要离开的消息后，非常担心他不再回来了，不再管他们了，纷纷前去看望他、挽留他。一天上午，村里一位老人拄着拐杖来到蒋乙嘉的住处，拉着他的手说："你回村这几年付出的代价太大了，大伙儿是有目共睹的，使我们的生活条件发生了重大变化。老四，大家舍不得你走，你就别走了！"老人边说边用衣袖擦眼泪。

蒋乙嘉说："我的钱已经用完了，卖掉两套房子的钱也花光了，必须挣钱还债。我只是暂时回北京赚钱，等赚到了钱，还会回来的。"

在当地党委、政府的支持下，蒋乙嘉最终没有离开拱市村，而是留下来继续促发展，搞建设。

"回村五年多时间里，我的所有积蓄虽然都花光了，还欠下一笔不小的债务，但看到家乡的面貌发生了巨大变化，有了一种成就感，也得到了很大的安慰，觉得自己付出的代价值得。当时，我的心里虽然很不甘，但很坦然，为改变家乡的面貌，我已经尽了最大努力。"蒋乙嘉时隔多年接受采访时说。

担任不同村书记　带领村民脱贫致富

2012年春节刚过，正当蒋乙嘉准备动身去北京，开始筹划重新启动公司生意时，时任蓬溪县政府县长的林建国得知此事，急忙赶到村里看望他。得知蒋乙嘉的困境后，林县长当时表态，政府一定要力所能及地帮助他。同时，诚恳希望他不要离开拱市村。

蓬溪县委对蒋乙嘉无私奉献、回乡投入2600多万元建设家乡的事迹给予了充分肯定和高度评价，并于这年4月任命他为拱市村党支部第一书记。

从此，蒋乙嘉的身份发生了重大变化，从一个扶贫志愿者变成了拱市村脱贫攻坚的带头人。

当地县委、县政府领导果不食言，将资金、政策向拱市村倾斜，支持蒋乙嘉

蒋乙嘉："傻子"回村圆梦 造福众乡亲

继续修路。至今，该村修建的水泥路达到 26 公里，6 米宽的高等级柏油路达到 15 公里。还修建了 75 公里的生产便道，水泥硬化了 20 公里的田埂。

2013 年 11 月，蒋乙嘉当选为拱市村党支部书记。

全村的耕地本来就不多，还出现了大面积撂荒，蒋乙嘉深知粮食种植的重要性，他决定将这些闲置的土地利用起来。在村委会的协调下，蒋乙嘉与村民一家一户协商后签订协议，共流转了本村 5600 亩土地，并于 7 月成立了四川力世康农业科技有限公司，发展农业，种植水稻。

蒋乙嘉认真学习党章，牢记党的宗旨

虽然土地是蒋乙嘉流转了，但是国家发放的粮食直补是直接发放给土地承包权利人，他每年还要支付一大笔土地流转费。山地农业又不能实行大规模机械化耕种，村民帮助耕种，农业科技公司支付工资报酬，加之种子、化肥、农药都需要不小的开支。所以，十几年来，公司的农业板块一直处于亏损状态。"虽然农业有些亏损，但保证了农田不撂荒，种植粮食，能让村民有收入，我也是心甘情愿的。下一步，要大力发展高效农业，力争扭亏为盈。"蒋乙嘉说。

2014 年 2 月，蒋乙嘉协调蓬溪县自来水公司和天然气公司，将拱市村纳入集中供水、供气范围。当地政府给予了适当补贴的优惠政策。每户村民的自来水开户费为 1200 元、燃气开户费为 4000 元。而邻近的村民因为没有享受优惠政策，每户自来水开户费要交纳 2600 元、燃气开户费要交纳 6000 元。

在蒋乙嘉的艰苦努力下，拱市村的水、电、路、气等基础设施逐渐完善，村民的生活质量大大提高。全村人均可支配收入由 2007 年的 2340 元提高到 2014 年的 7152 元，实现了整体脱贫。

蒋乙嘉还多方筹资 1 亿多元进行美丽乡村建设，对 360 户村民的旧房进行整体改造，不断保护、美化环境，开展综合治理，使全村的村容村貌发生了重大变化，村民素质明显提高。拱市村被评为全国文明村。

拱市村的面貌每年都有新的变化，让周边各村的村民好生羡慕，因此，经常有很多村民到拱市村参观。有天上午，邻近双合村的许多老人来到蒋乙嘉的家里，几乎是用哀求的语气对他说："蒋书记，你帮帮我们吧！拱市村老百姓的日子好过了，我们也希望像他们一样过上幸福生活。双合村与拱市村以前本来就是一个村，'大跃进'以后才分成两个村，能不能并入拱市村呀？"

蒋乙嘉热情接待了这些老人，并爽快地回答道："既然你们有这个想法，我倒是没有什么意见。可这事儿不是我一人说了算，得开班子会研究，还得请示上级党组织，最终由县里决定。"

这件事儿引起了蒋乙嘉的深深思考，从感情上讲，他希望拱市村能够带动更多的村一起发展；从自己是一名共产党员的责任上讲，先富带后富，实现共同富裕，责无旁贷。但具体操作起来很困难，因为拱市村属常乐镇管辖，双合村属天福镇管辖。"不同属一个镇管辖的两个村怎样才能合并到一块儿呢？"蒋乙嘉自言自语地说道。

也是在这一年的10月，双合村200多户村民自发写请愿书并按上红手印，请求并入拱市村，接受该村党组织领导，带领他们谋求新发展。

蒋乙嘉及时将这个问题向上级党组织进行了汇报，各级领导也很重视，安排县委组织部门进行专题调研。后经蓬溪县委慎重研究,最终决定按照双合村的民意,推行农村行政体制改革。

2015年7月，常乐镇管辖的拱市村、灯会村、花莲村、龙滩村与天福镇所辖的双合村、先林村共6个村组成拱市联村，成立联村党委，蒋乙嘉当选为党委书记，兼任拱市村党支部第一书记，开始抱团发展。

2019年3月，蓬溪县进行撤乡并镇的农村行政体制改革，全县33个乡镇变成了17个镇、2个乡、1个办事处。

11月份，由拱市村、花莲村、灯会村合并成新的拱市村。常乐镇所辖的里安村、龙滩村合并成山兴寨村；天福镇所辖的双合村、桥木村、三关村合并成三合村；先林村与茶房沟村合并成茶房沟村。

"联村的演变经历了一个很长的过程，由最初的6个变成了10个，再由10个变成了4个。现在的拱市联村，由经过多轮合并而成的常乐镇所辖的拱市村、山兴寨村和天福镇所辖的三合村、茶房沟村组成，但实际上是原来10个行政村的范围。联村的体制实行统一管理、经济单独核算。"蒋乙嘉介绍道。

拱市联村的党委班子由七人组成，除党委书记蒋乙嘉外，党委副书记由常乐镇和天福镇的组织委员担任；党委委员由四人组成，分别为常乐镇所辖的拱市村、山兴寨村和天福镇所辖的三合村、茶房沟村这四个村的党总支书记。

蒋乙嘉在村支部主题党日活动上讲党课，要求大家不忘初心、牢记使命，争做合格共产党员

联村党委成立时，确定了"六个不变"原则，即人事任免权不变、行政隶属关系不变、经济合同性质不变、项目资金用途不变、债权债务归属权不变、土地承包政策及土地和林地所有权不变。"虽然有'六个不变'，但上级党组织也赋予了联村党委干部考核评议权、村级班子调整建议权、重要事务初审权等七项权力。"蒋乙嘉介绍道。

联村党委的工作机制归纳起来，就是"七连七带"，即组织联建，带动区域发展；主业联抓，带动全面加强；队伍联育，带动能人汇集；治理联创，带动民风改善；资源联享，带动服务优化；文化联培，带动文明风尚；产业联营，带动脱贫增收。

蒋乙嘉说，作为联村的党委书记，抓班子、带队伍，是他的首要职责。2015年联村党委成立后，拱市村党总支书记位子空缺，怎样谋一个好的人来担任这一职务呢？他考虑了很长时间，在心中把留守在村里稍年轻的村民筛选了数遍，觉得没有一个合适的人选。最后，他反复权衡，觉得退役军人、时任村党支部副书记的朱洪波不错，但能否胜任，他自己心里也没有把握，还得通过党员大会选举才行。

朱洪波于1982年出生，1998年11月应征入伍，在沈阳军区某部服役16年，四级士官。服役期间，他已在黑龙江省绥林县成家，爱人韩丽红在县人社局工作，还有个女儿，一家人过着其乐融融的幸福生活。

2014年3月的一天，朱洪波休假在家，蒋乙嘉来到他家，一阵寒暄之后，便开门见山地说："洪波，我这次来是想动员你回老家工作，协助我把拱市村的工作做好。"

"那怎么可能呢？我好不容易从那个小山村走出来，在城市成了家，这里虽然是个县城，但与农村相比，简直就是天壤之别，我如果回去了，别人岂不嘲笑我吗？"朱洪波很惊讶地说。

"也不能这么讲，拱市村毕竟是你的家乡，是生你养你的地方。这个情怀任何时候都不能丢、不能忘。"蒋乙嘉诚恳地说。

"除了这件事不行，其他的事儿您说什么，我都可以照您的意见办。您想过没有，我如果真回村里工作，您的侄儿媳妇和孙女怎么办？毕竟两地相距3000多公里，如果长期分居，是会影响夫妻感情的。我的女儿才几岁，我若不在家，是会影响她的成长进步的。"朱洪波有些不快地说。

"这个好办，可以动员她们一起回老家居住嘛。这样吧，我今天不要你表态，你好好考虑一下，与你媳妇商量一下再说吧，我等你的消息。"蒋乙嘉说。

一个多月之后，蒋乙嘉利用出差机会，再次到东北朱洪波所在的部队找到他做工作。

"洪波，我上次给你说的那件事儿，你考虑得怎么样了？"蒋乙嘉问。

"拱市村在外面工作的人也不少，你干吗非盯着我不可，找别人回去不行吗？"朱洪波不温不火地说。

"我考虑了很久，没有人比你更合适。因为你在部队待了这么多年，受到了良好的教育，军人有严明的纪律、良好的工作作风、克难攻坚的顽强意志。"蒋乙嘉劝道。

"我如果回村去当农民，要做出多大的牺牲，付出多大的代价，您想过吗？"朱洪波感到很为难。

朱洪波沉默了片刻说："看来您是不达目的不会罢休的。好吧，我就依了您吧。我这就向部队写申请退役，回到家乡当农民。"

蒋乙嘉:"傻子"回村圆梦 造福众乡亲

蒋乙嘉很高兴,他紧紧握着朱洪波的手,有些激动地说:"你是好样的,回到村里一定会干出成绩来!"

2014年11月,朱洪波被部队批准退伍后回到拱市村,12月当选为村党支部副书记。2015年至2019年,他又担任拱市村党支部书记。其间在国家开放大学学习,取得法律专业大专文凭,现任拱市村党总支书记、村委会主任。"蒋乙嘉书记带领乡亲们脱贫攻坚的先进事迹不仅感动了各级党委、政府,同样也感动了我们全家。我在部队看到中央电视台报道蒋书记的新闻后很感动,也很自豪。""我能下决心回到蓬溪县老家农村,主要是受蒋乙嘉书记精神的感召。当然,也受到了各级领导的关心。我的爱人为了支持我,辞去了绥林县人社局的工作,和我一起回到四川后,经过考试,进入遂宁电视台播控中心工作。2021年5月,我也考上了常乐镇的事业编制。现在看来,我从部队退伍回到拱市村这条路是走对了,让我感到在农村工作有干头、有奔头。"朱洪波说。

蒋乙嘉对水稻有一种特别的感情,因为小时候能够吃到白米饭就是一种奢望

在拱市村，蒋乙嘉是党总支第一书记，朱洪波是党总支书记、村委会主任。在拱市联村，蒋乙嘉是党委书记，朱洪波是党委委员，两人配合得很默契。

"我正在多方面物色人才，进一步加强其他三个村'两委'的班子建设。要在机制上下功夫，让更多想干事、会干事、能干事、干成事、德才兼备的年轻人进入村'两委'班子队伍。"蒋乙嘉说。

蒋乙嘉给拱市联村所属各村党总支书记定下规矩：打铁需要自身硬，要以身作则，率先垂范，起好表率、标杆和榜样、引领作用；认真贯彻落实国务院的文件精神，实行"零招待"；严格推行"四议两公开"的决策过程；按照"枫桥经验"，坚持矛盾不上交，认真防范、及时化解各种矛盾，打造稳定、平安、和谐、文明村庄。

联村党委的重要任务是发展产业，逐步壮大集体经济实力，不断改善民生，实现共同富裕。拱市联村已经成立了经济股份合作社，由4个村集体参股分红，而后将资金用于村集体建设和改善民生，并因地制宜、因村制宜，利用各村的地理条件和资源优势，分别确定了拱市村为旅游，文化，培训，千叶佛莲、黄角树种植和水稻种植产业片区；山兴寨村为水产养殖产业片区；三合村为旅游，水产养殖，柚子、水果、蔬菜种植，食用菌栽培产业片区；茶房沟村为旅游和水稻种植产业片区。蒋乙嘉正在全力以赴招商引资上项目，力争整个联村的产业有新突破、新发展。

在蒋乙嘉的倡导下，2020年8月，拱市联村"新乡贤"联谊会成立，聚集了100多位从拱市联村走出去的各行各业成功人士，共同为乡村振兴贡献力量。"农村发展除坚持自力更生、艰苦奋斗的光荣传统外，还要充分调动各方面的积极因素，团结一切可以团结的力量，请他们献计献策、出钱出力。'新乡贤'联谊会的成立，将对拱市联村的发展起到积极促进作用。"蒋乙嘉充满信心地说。

蒋乙嘉在积极做好拱市村水、电、路等基础设施的同时，还为山兴寨村、三合村、茶房沟村打好基础。先后争取各方面资金为拱市联村修建道路56公里，其中高等级柏油路21公里；清淤堰塘31个，修建水渠4600多米。还在山上修建了三个扬程450多米的排灌站，使五个村相继受益，解决了这些村旱季农业用水问题。

2018年6月，在蒋乙嘉精神感召下，蓬溪县委、县政府多方筹资2000多万元，在拱市村盖起了一座占地15亩、建筑面积2200平方米的联村党群服务中心及文化广场、休闲栈道等，不仅使拱市联村党委和拱市村"两委"干部有了新的办公场所，还开办了便民服务中心。四个联村村民足不出村，就可以享受就地缴纳社会保险、农村低保申请、户籍查询等10多项方便、快捷、优质、高效的公共服务。村里还设有联村村史馆、党员干部警示教育馆和农产品展示大厅。

如何发展产业、不断壮大集体经济实力、让拱市联村群众过上富裕生活，是蒋乙嘉苦苦思索的一个问题。他深深感到，在扎实做好农业产业的基础上，必须依靠工业，进行一、二、三产业融合发展，才能实现村强民富。

"村里的土地受到限制，没有场地用于办工厂，能不能走出去，到县城甚至更远的地方发展集体经济呢？"蒋乙嘉反复问自己。

一个偶然的机遇，使蒋乙嘉的想法得以实现。

当年把蒋乙嘉接兵到部队，后转业到江苏扬州市工作的退役军人孔繁元，于2022年5月到广西旅游时，其他战友谈及蒋乙嘉按干部复员政策退役到地方，用自己辛辛苦苦挣来的一大笔钱建设家乡的故事，他听后感到很惊讶。旅游结束后，孔繁元专程来到拱市村一探究竟。

在村史馆，孔繁元很认真地观看蒋乙嘉回村前的贫穷落后面貌和经过他10余年艰苦努力后发生重大变化的图片展和文字、视频介绍，被他无私奉献的精神深深感动。当孔繁元得知蒋乙嘉想从村里走出去发展联村集体经济的想法后，便在大脑里产生了一个念头，一定要帮帮他。

回到扬州后，孔繁元向自己的好友、江苏大邦消防科技有限公司董事长陈学同推介了蒋乙嘉，请他帮帮忙。

陈学同听了蒋乙嘉的情况后感到很震惊，没想到在市场经济条件下，还有这么甘于吃亏、乐于奉献和具有高尚情怀的村书记，他及时派出几名得力工作人员到蓬溪县考察投资环境。经过多轮磋商，最终拱市联村与江苏大邦消防科技有限公司达成合作协议，利用县城一个工业园内闲置的厂房，开办一家合作经营企业。

这年12月，四川拱市联村富泽消防科技有限公司注册成立。由江苏大邦消防科技有限公司投资1200万元，租赁厂房4600多平方米，主要生产灭火器、消防面罩等20多种消防器材，于2023年3月正式投产。"按照设计，这家公司每年的产值将达到1000多万元，实现利润200多万元。税后利润按照4:6分成，即拱市联村得40%，投资方得60%。还将为拱市联村30多位村民提供就业岗位。"蒋乙嘉介绍道。

拱市联村共有1000多名富余劳动力，人力资源优势在发展集体经济中发挥了重要作用。国家发出"东部支持西部地区""万企兴万村"的号召后，江苏省无锡精享裕建工集团公司董事长张百启一直在思索如何与一个西部地区的村庄结对子帮扶。当他从媒体上看到蒋乙嘉的先进事迹后，非常感动，及时派人到拱市联村考察，达成企业帮村庄的合作协议。2022年7月，建工集团公司投资2000万元，在蓬溪县成立了拱市联村建筑分公司，一年的产值将达到3000万元以上，实现利润500万元以上。双方在协议中约定利润实行三七开，即拱市联村得三成，七成归建工集团公司。

建工集团公司还在拱市联村成立了一个劳务公司，将富余劳动力派遣到建工集团系统工作，每年在蓬溪县税务部门开票交税1000万元以上。

中国农科院老科协等单位也大力支持拱市联村的发展，于2022年在该村成立了中国经营乡村研究院。国家植物园已于2023年9月在拱市联村建立了科技成果转化实验基地。

拱市联村已被确定为遂宁市乡村振兴示范村、四川省乡村振兴示范村。2021年2月，《拱市联村乡村振兴发展规划》已经形成。

"规划对农村党建、产业发展、综合治理等发展作出了整体描述，是今后的发展大纲，我们将遵循'一张蓝图绘到底'的原则，一代接着一代干，努力把拱市联村打造成乡村振兴的样板。"蒋乙嘉说。

无私奉献乐吃亏　人格魅力感动数人

在蓬溪县原常乐乡拱市村流传着这样一句顺口溜："嫁人莫嫁铁线沟，三年两不收。男人挑担担，女人背背筐。"

原拱市村人多地少，常年缺水，庄稼歉收，是典型的穷山沟。

因为穷，困苦与磨难从小就在蒋乙嘉的心里留下了深刻烙印。他在姊妹八人中排行老六、四兄弟中排行老四，至今还清楚地记得6岁的一天自己随母亲到4公里外的常乐镇赶集的情景。那时道路崎岖，都是土路，非常难走。在路上走了1个多小时才走到镇上，看到有些人在集市的摊子上吃着稀饭、红薯、咸菜，好生羡慕。母亲花了几分钱买了个带肉馅的小烧饼，自己吃得特别香。"那时，就在我幼小的心灵里产生了一个想法，等我长大有能力后，一定要想办法修一条好路，能骑着自行车去赶集。"蒋乙嘉说。

之后，母亲每次外出赶集时，蒋乙嘉就会在生产队的一棵黄桷树下眼巴巴地盼着母亲归来。母亲每次都会买一个小烧饼，回家切成数片，每个孩子都能分到薄薄的一小片。那时家里人多，而挣工分的人少，经常吃不饱。蒋乙嘉12岁那年初中只上了一年就辍学在家。1971年5月的一天，他带了9角钱步行到县城，想找家照相馆学照相，掌握一门谋生的手艺。中午好不容易找到一家照相馆，老板问他在县城是否有亲戚能够提供住宿，他回答说没有时，对方就拒绝了，因为照相馆不能提供住宿的地方。到了下午2点多钟，蒋乙嘉已经饿得不行了，便找到一个小饭馆，花8分钱买了一碗素面，又花4分钱买了一碗米饭，要了一点酱油，凑合着吃了一顿饭。之后，他又先后在县城找到几家照相馆，因种种原因，学照相一事都未谈成，于是他便回到生产队干活。"那时候家里穷，我12岁前几乎没有穿过鞋，经常光着脚走路，冬天穿一双用木板做的拖鞋。一个男劳动力干一天活儿记10工分，到年底只能分到9分钱。"蒋乙嘉回忆说。

蒋乙嘉小时候吃过村里芭蕉树的根充饥

在农村干农活时又苦、又累、又穷，还吃不饱饭。蒋乙嘉不甘心，征得父母同意后，开始外出谋生。他坐了一个星期的车到川西甘孜藏族自治州新龙县林业局看院子，而后又做过砖瓦工、拉过立马锯。

蒋乙嘉的大哥本来有机会应征入伍，成为一名解放军战士，虽然体检和政审合格，但在换军装前的一个晚上被母亲阻止了。母亲对他说："你是老大，下面还有七个弟弟妹妹，你要留在家里帮助照顾他们。"大哥很听话，就按母亲的要求留在家里，安心学医、行医，当了一辈子赤脚医生。二哥朱忠华1972年11月到山西定襄当兵，三哥蒋国锐于1976年2月应征入伍，到北京部队当了一名警卫战士。两位哥哥都相继去参军，激发了他想去部队锻炼的想法。1976年8月，蒋乙嘉回到拱市大队，申请参军却未能如愿。

因为家里实在太穷，蒋乙嘉一直想改变现状。他花100元买了一辆旧自行车，独自一人到四川绵阳和新都等地贩运新鲜蔬菜到蓬溪县的天福区（现天福镇）卖，往返320多公里，需要骑车三天三夜，一次能挣两块多钱。到1977年春节时，蒋乙嘉已经攒了1100元,这在当时已经是一笔大钱了,在整个拱市大队都算是"首富"。

　　蒋乙嘉无数遍地观看了电影《英雄儿女》等战斗影片,志愿军战士王成手持爆破筒冲向美军壮烈牺牲的那一幕,深深铭刻在他心中,再次激发了他想去部队当兵并且像王成一样当一名英雄的愿望。这年10月,蒋乙嘉再次到当地政府报名参军,虽然体检合格、政审通过,军装也发了,但又被收了回去,原因是他们家此前已有两个哥哥入伍到了部队,不应再占参军名额。蒋乙嘉先后找到大队书记、乡党委书记和武装部长申请、表态,并写了保证书,承诺到部队后一定好好干,努力干出成绩来,为家乡争光。最后,乡武装部又把军装发给了他,他终于如愿以偿参军入伍,于1978年3月来到吉林省公主岭市的沈阳军区某部服役。

　　到了新兵连后,蒋乙嘉很兴奋。新训期间,他不仅刻苦练习军事本领,还不怕苦、不怕累地积极做好后勤工作。战友们睡觉了,他悄悄起来,把大伙儿泡在盆子里的脏衣服全都洗干净、晾好,直到凌晨才睡一会儿。天不亮时,蒋乙嘉又早早起来,把院子打扫得干干净净。新训的几个月里,他天天如此,得到了战友们的一致好评,多次受到连队领导的表扬和连党支部嘉奖。

　　蒋乙嘉出色的表现引起了部队领导的注意。新训结束后,他被分配到团直属农场学开拖拉机,成为最年轻的拖拉机手,是唯一分到拖拉机班的新兵。他当时能够成为一名技术兵,让很多从农村来的战士们羡慕不已。

　　自从分配到农场后,蒋乙嘉每天很早就起床打扫部队大院的卫生,几乎天天利用休息时间到炊事班帮厨。拖拉机班共有各种型号的拖拉机7台,他每天晚上都会抽空把所有拖拉机保养一遍,然后才回班里睡觉。冬天,蒋乙嘉每天晚上主动给战友们生炉子、换煤球。夜晚,等战友们睡着了,他就悄悄起来给大家洗衣服。

　　1978年底,蒋乙嘉在拖拉机班荣立了一次三等功。1979年初,他从团直属农场调到长春市的师部做后勤工作。这年4月,他光荣加入了党组织。同年底又被提干,当上了排长。

　　让所有人都没有想到的是,1986年11月,由于积劳成疾,蒋乙嘉突发心脏病,脉搏每分钟只有23次,被紧急送往部队医院抢救,经诊断为急性心肌梗死。由于救治及时,病情逐渐好转。一个多月后出院那天,医生再三叮嘱他要注意休息,做到劳逸结合,按时吃药,千万不要过度劳累。

　　让所有人都没有想到的是,1987年5月6日,一场十分罕见的大兴安岭特大森林火灾发生了。蒋乙嘉所在的部队接到命令,组织广大指战员紧急开往火灾现场参加灭火战斗。因为出院不久，还处于休养阶段，他本来可以不去。部队领导鉴于蒋乙嘉身体不好，让他在家值守，可他强烈要求到前线参加灭火战斗，最后得到批准。

蒋乙嘉在大兴安岭灭火现场表现得十分勇敢和顽强。他临危不惧，冲锋在前，哪里有危险，就出现在哪里，多次面临死亡危险。有一次，他看见一名战友被大火封住了，随时面临生命危险，便不顾个人安危，强行冲进火海救人，让那名战友化险为夷。他的脸上、手背上多处被大火燎伤，手上打起了血泡，体重锐减了30多斤，人瘦得变了形。灭火战斗结束回到长春后，有些人已经认不出是他来了。

鉴于蒋乙嘉在扑灭大兴安岭特大森林火灾中的特殊表现，1987年7月，部队给他荣记二等功一次。8月被部队列为重点培养对象，安排他到基层锻炼，回到炮团司令部当管理股股长。

1990年2月，蒋乙嘉被调到师后勤部管理农场。两年后，正当部队准备为他调整职务时，蒋乙嘉却提出了复员的申请，但没有得到批准。

转眼到了1997年下半年，又到了确定干部转业的时间，蒋乙嘉再次提出申请按干部身份复员。一天上午，师政委非常生气地把他叫到办公室批评道："近几年来，你应该得到的荣誉和调整提拔职务时，都让给了别人，并多次提出复员退伍。这到底是怎么回事，你说清楚！"

"我的老家拱市村非常贫穷落后，我有个心愿，从小就发誓等自己长大后，有了一定能力就帮助村里修一条出村公路，下功夫改变那里的贫穷面貌。"蒋乙嘉说道。

"你是军队干部，真要离开部队，就应该是转业，由地方政府给安排工作。你想帮助家乡发展的想法很好，我表示支持。你可以定期捐钱给村里用来修路，发展其他项目，不一定非要复员回去。"师政委劝道。

"那不一样，如果转业到地方安排工作，我的时间就会受到限制，我也不可能一次性拿出那么多钱。我之所以下定决心要从部队复员，是因为只有这样才能自主创业，积累一定财富，扶持家乡发展。"蒋乙嘉解释道。

"你的身体本来就不好，实在不行，可以选择病休，师里会给你安排好的。你若按干部身份复员，将来的生活是很艰难的。你一定要想好，还要顾及家属的感受。"师政委继续劝道。

"我已反复想过了，家属的工作我会慢慢做通的。谢谢部队的培养和领导的关心。"蒋乙嘉恳切地答道。

师政委沉默许久,没有再说什么。

这年10月,蒋乙嘉被批准按干部身份复员退伍。他才38岁,部队很多领导都为他感到惋惜。他从师财务科领到7.5万元安置费、5000元医疗费后,便离开了部队,踏上了新的人生道路。

离开部队前,师政委知道蒋乙嘉有心脏病,便对师属卫生队负责人特别交代,让他们给蒋乙嘉配备一个抢救心脏病的医药包备用。"直到现在,部队发的那个医药包我都会随身携带。每当我想起部队的多年精心培养、部队首长无微不至的关怀,一股暖流便会涌上心头。以至于在以后的日子里遇到困难和挫折时,都会信心倍增。"蒋乙嘉激动地说。

退役后,蒋乙嘉用了三个月时间调整心态。那些日子,他反复听刘欢的那首歌《从头再来》——

> 昨天所有的荣誉,已变成遥远的回忆;
> 辛辛苦苦已度过半生,今夜重又走进风雨。
> 我不能随波浮沉,为了我挚爱的亲人;
> 再苦再难也要坚强,只为那些期待眼神。
> 心若在,梦就在,天地之间还有真爱;
> 看成败,人生豪迈,只不过是从头再来。
> ……

1998年2月,在部队一位老干部的介绍下,蒋乙嘉只身一人来到黑龙江省萝北县,帮助别人代收的大豆组织人力装上火车,实际上就是一名装卸队长。人手不够时,他也会扛上百斤的麻包。到1999年6月,蒋乙嘉已挣得15万元,还买了一辆价值4万余元的"扬子江"二手皮卡车。

有位战友在北京市双桥做钢材生意多年,两人的关系不错。这年7月,那位战友热情邀请蒋乙嘉去北京与他一块做钢材生意。蒋乙嘉便将所挣的15万元资金投给他,全部用于无缝钢管的进货。万万没有料到年底结算时,那位战友把他投入的资金全部赔光了,自己辛辛苦苦挣来的钱打了水漂,血本无归。蒋乙嘉欲哭无泪,气得数晚睡不着觉,但又碍于情面,不好与战友撕破脸皮,只好打掉牙齿往肚里咽,自认倒霉。

一天晚上，蒋乙嘉无意间从电视上看到国家进行西部大开发的新闻，他为之一振，希望能找到新的商机。2000年2月，经人介绍，蒋乙嘉只身一人来到内蒙古乌海一家煤矿挖煤，每天要到数百米深的井下挖煤十五六小时。半年后，老板让他在井下从事管理工作。再后来，这位老板相继成立了洗煤厂、焦化厂，蒋乙嘉先是入股30万元，之后每年将所分红利滚动入股，并通过借贷等途径，共筹集资金入股204万元。到2005年，国家实行节能减排政策，对污染企业实行关停并转。2006年6月，焦化厂被关闭，洗煤厂也转让了。而后，蒋乙嘉将转让获得的资金投入资本市场，结果翻了一番，变成了2900多万元。

蒋乙嘉经过缜密思考，投资500万元在北京市通州区购买了两套住宅，同时在长春买了两套房子，还购买了一台奥迪A8和一台奥迪A6轿车。

2006年夏天，蒋乙嘉回了一次老家拱市村。他再次登上了整个村庄的最高点——花果山。虽然已经几十年没有上此山了，但小时候经常上去玩耍的场景记忆犹新。原来的小路由于长期没人行走已经找不到了，他只好戴着橡胶手套，用镰刀一刀一刀地砍出一条上山的小路。

蒋乙嘉走遍了拱市联村的山山水水

蒋乙嘉站在山顶，眺望着连绵的群山，好像是一个天然的高尔夫球场。他俯瞰山下的村庄，回想自己走过的路，感慨万千！蒋乙嘉在心里默默地说："生我养我的家乡,我该回来了。"

下山后,蒋乙嘉与自己的大哥、二哥商量,决定2007年回来,计划投入500万元用于家乡拱市村基础设施建设。

蒋乙嘉的妻子刚开始还有些不同意,后来就慢慢理解了,再后来表示坚决支持。2013年秋天,妻子带着女儿千里迢迢从长春辗转来到拱市村看望蒋乙嘉。当她看到村庄发生了翻天覆地的变化,既惊讶又高兴。这是6年来妻子第一次前来看望他,住了半个月竟哭了三次。她心疼自己的丈夫,并对他说:你已尽力了,既对得起自己的良心,也对得起乡亲们。

蒋乙嘉的女儿于2000年出生,一直在母亲的呵护下长大,很少与父亲见面。很多时候,女儿在电话中问道:"爸爸,您什么时候能回到长春与我和妈妈在一起生活呀?"他总是搪塞道,再过几年就会回去的。这一晃就是17年,女儿已长成了一个亭亭玉立的大姑娘,如今正在大学读书。

很多时候,蒋乙嘉内心都感到深深自责,自责自己没有好好陪伴女儿成长,没有时间照顾好远在长春的那个小家庭,觉得亏欠妻子和女儿太多。但他又舍不得放弃在拱市村的事业。在矛盾与痛苦、焦虑与惆怅中,蒋乙嘉熬过了无数个不眠之夜。很多次他一觉醒来,泪水都打湿了枕巾。还有好多次,一向非常坚强的他坐在床上面向东北方,思念远在千里之外的妻女,泪流满面。

蒋乙嘉在老家的生活过得特别艰苦,17年时间里,他很少吃早餐,因为他忙,自己没有时间做,也没有人照顾他的生活。加之为了省钱,他几乎没有买过新衣服,衬衣的领子磨破了,就翻过来继续穿。他很少购买牙膏、牙刷、肥皂等生活用品。因为自己经常出差,每次在酒店、宾馆住宿时,就将配备的一次性生活用品带回家用。

蒋乙嘉回村17年时间,包括担任拱市村第一书记、村党支部书记、拱市联村党委书记10余年来,未在村里领过一分钱报酬,也没有报销过一次差旅费。能省时他就会节省每一分钱。因经常到北京出差,自己就带上一块小毛毯,下飞机后,就在候机厅的地板上铺块自带的塑料布,将那块小毛毯往身上一盖并蒙住头,睡过一夜后再坐车到市内办事。谁也想不到,蒙着头睡在地板上的那个人竟是一位党的十九大代表。

每次出差必须花钱住宿时,蒋乙嘉总是挑选最便宜的旅馆。2021年7月,他到北京出差时,在丰台区找了一个一晚只需178元的宾馆,房间里没有窗户,只

蒋乙嘉："傻子"回村圆梦 造福众乡亲

摆放着一张木板床。在吃的方面,蒋乙嘉更是节俭,有时买一盒15元的盒饭,吃掉一半,剩余一半放在冰箱里,饿了用开水泡一泡接着吃。

为了省钱,很多脏活累活蒋乙嘉都是自己干。用他的话说就是能省一分是一分,省出来的钱可以干更多的事儿。刚回村修"村村通"公路时,搬石头、和水泥、砍杂树杂草,他都与村民同吃同住同劳动。当时,请农民干活一个工需要支出60元,蒋乙嘉说把自己当成一个劳动力,每天就可以节省60元开支。每天中午,他与干活的村民一样在工地上吃盒饭,有时将自带的白米饭用开水一泡,就着咸菜充饥。实在困了,就在路边的地上躺一会儿。很多村民看到此情此景后都感到心疼。

建设拱市村公共服务和文化活动中心时,有天下午,一辆卡车运来了20吨水泥,几个随车而来的装卸工人要价,每卸一吨需要支付12元劳务费,蒋乙嘉坚持每吨只能付6元,双方互不让步,僵持不下,眼看天就要黑了,司机急得不行。蒋乙嘉与二哥朱忠华一商量——自己装卸。一位亲戚也主动前来帮忙,三人用了一个多小时将水泥全部卸完,节省开支200多元。

蒋乙嘉对自己特别"抠",对村民却很大方。他经常应邀到有关单位去讲课,每次所取得的500元或1000元、2000元的讲课费,都拿出来捐给了困难群众或用于村集体的公益事业。村集体医务室需要添置一种医疗设备,蒋乙嘉毫不犹豫地把5000元讲课费捐了出来。

蒋乙嘉无私奉献、热爱家乡、建设家乡的先进事迹感动了很多人,有好几人从媒体上看到他的事迹后,先是怀疑,后来前去证实,弄清情况后都无比感动,就留下来当志愿者。在蒋乙嘉众多的追随者中,1967年出生的邓小辉是最突出的一个。他是四川省都江堰市的一位成功企业家,鑫严桥梁公司董事长,主要从事路桥工程施工、经营医疗器械。经过几十年的市场打拼,邓小辉已经挣到了"一辈子都花不完的钱"。

2017年7月的一天晚上,邓小辉在家看中央电视台新闻频道的新闻联播,电视正在介绍蒋乙嘉的事迹。他感到很纳闷:本来有很好的条件在大城市过安逸的生活,却千里迢迢跑到那么偏僻的农村,默默无闻地投入个人资金2000多万元建设家乡,真有这样的"傻子"吗?他半信半疑,但转念一想,中央电视台播放的新闻,绝对不会有假。他思之再三,决定到拱市村一探究竟。

这年8月的一天,邓小辉没有跟任何人打招呼,直接开车导航至拱市村,行程260多公里。"当时天气很热,蒋乙嘉书记穿着短袖衬衫,正陪同一群客人参观,边走边讲解。我一眼就认出来是他,因为来之前我在电视上看到过他的样子,长相有点像弥勒佛,特别憨厚,笑起来非常慈祥。""听蒋书记讲解,和他交流之后,我就认定他是个真真切切的大好人,电视上的报道绝对是事实。我当时感到这个人太好了,在当今社会确实少见。所以,我就产生了留下来给他帮忙的强烈冲动。"邓小辉介绍道。

当时,四川省乃至其他省份到拱市村参观学习的人很多,蒋乙嘉还要到处作报告,实在忙不过来。邓小辉感到蒋书记自己开车容易走神,很危险,于是先帮他开了一段时间的车,一个月后正式决定留下来当志愿者,给蒋乙嘉当司机。

邓小辉先是开了一辆60多万元的轿车到村里,蒋乙嘉觉得太显眼。他便换了一辆很普通的东风日产车,一干就是七年,连车带人,义务为蒋乙嘉服务。不仅接送蒋乙嘉到处讲课、联系各类业务,还要接送客人。后来慢慢熟悉了,蒋乙嘉还让邓小辉帮助管理四川力世康现代农业科技公司的有关业务。

蒋乙嘉(右)给志愿者邓小辉传授如何给千叶佛莲浇水和培植

七年时间,邓小辉的车跑了20多万公里。他感到给蒋乙嘉当司机很累,除了春节,平时都跟蒋乙嘉在一起,一年360天,至少300天是在外面跑。忙的时候,几乎每天都要去村里接待或外出招商。"蒋书记有时候到北京、成都等地开会,说不了几句话就睡着了。他的作息时间没有规律,经常从成都回来时已经是凌晨两三点,我还在路上给他开车。节假日基本上都在搞接待,游客游览、领导调研、记者采访,还有外地前来参观学习的人特别多。他为人真诚、热情,不管自己多累,接待客人时就像打了鸡血一样,精神状态特别好。客人走后,他就支撑不住了,让人感到十分心疼。"邓小辉说。

邓小辉给蒋乙嘉当志愿者满一年后,差点坚持不下去了。他人在蓬溪县,忙得不亦乐乎，没有时间和精力管理自己的桥梁公司，只好委托手下的一名工作人员打理，自己在电话中遥控指挥。那年在云南省丽江市接了一项修建一座高900多米、宽22米的高速公路大桥，聘请了40多名工人。由于经营管理不善，工程结束后一算账，只赚了1.7万元。

刚开始，邓小辉没有实话告诉妻子自己在拱市村当志愿者，而是骗她说在蓬溪县有工程。一年后，妻子开始怀疑他在这里有女人。因为以往每年他都要把赚的大把钞票交给自己保管，而这一年来不仅没有进项，反而还要从家里拿钱。才5岁的女儿经常给他打电话问道："爸爸，你怎么不回来看望我呀？我好想你。"邓小辉回答道："等两天就会回来的。"反复推辞后，女儿又在电话中问道："你总是说等两天就会回来，到底要等几个'两天'呀？"邓小辉无语，只好改口说："过几天就回去看你。"

妻子的疑心越来越重，正式向邓小辉提出离婚。在迫不得已的情况下，他才向妻子说出了自己在拱市村当志愿者的详情。妻子不放心，带着女儿前来"暗访"。得到印证后，才放心回到都江堰市。

邓小辉坦诚地说，当志愿者的这七年时间，他感到很累、很苦，曾七八次想过离开这个岗位。因为老婆闹过、女儿哭过、亲戚朋友劝过、公司员工要求过。为什么自己又坚持下来了，是蒋乙嘉的人格魅力感染了他、征服了他。"两人相处的时间久了，就有了深厚的感情，舍不得离开。有时候说到蒋书记，我就想流泪。我跟他真的像无话不说的亲兄弟一样。他有时心烦，就跟我说说话。他经常晚上出去开会，有时有啥烦心事，就在车上跟我说一说，说完了心里就舒服一些。""蒋书记的身体不好，几十年了很多口服的药品随时带在身上。有时候他觉得身体不好了，就让我给他拿药。看到他生病的样子，真的让人很心酸、很心疼，真的怕他出啥事。以前我接触过很多老板，从来没有过这种感受。我想过很多次，如果我走了，谁给他开车？他这么劳累、这么奔波，电话又特别多，万一自己开车出个啥事儿，那将会造成重大损失。所以，我才一直坚持到现在。"邓小辉边说边流泪。

在蒋乙嘉身上，最让邓小辉佩服的不仅是他不断开拓进取的奋斗精神和顽强意志，还有他先人后已的崇高思想境界。就是对自己特别"抠门"，对别人特别大方。蒋乙嘉的上衣、裤子、鞋子基本上都是旧的，邓小辉有时候实在看不下去了，过春节时想自己掏钱给他买身新衣服，但被他拒绝了。蒋乙嘉经常穿着才几十元一件的衬衣去开会，邓小辉多次劝他买稍好一点的衣服，但他不同意。

在蒋乙嘉的影响下，邓小辉的生活习惯也发生了重大变化。他说自己以前一年穿衣服的开支都要在20万元以上，但当志愿者七年来却很少买新衣服，都是穿好多年以前的旧衣服。邓小辉以前穿的鞋子都是一双价格在1000元以上的，现在也穿几十元一双的鞋子。他说，因为蒋乙嘉的鞋子破了还在穿，觉得自己没有资格那么讲究。"我虽然比蒋书记有钱，但他的思想境界比我要高得多。与他相处这些年，我学到了很多东西，心灵得到了净化，价值观也发生了很大变化，充分认识到，一个人活着只有多为社会做贡献，活得才有价值、有意义。"邓小辉说。

蒋乙嘉（中）到地里查看花生长势情况

在拱市村还有一名志愿者叫刘奎，他的家远在东北大城市沈阳，怎么会从千里之外跑到大西南拱市村这个小山沟里呢？蒋乙嘉说，这个事儿说来话长。

2014年7月的一天，蒋乙嘉突然接到一个沈阳市的陌生电话，本来犹豫片刻准备不接，但想了想还是接了。对方主动做了自我介绍，说自己在沈阳市工作，原是一名部队技术干部，2000年8月自主择业后离开部队。他是2015年从辽宁省委组织部主办的《党支部书记》杂志上看到的蒋乙嘉事迹，很受感动，想辞职到蓬溪县来跟着蒋乙嘉一块儿干。

"您是怎么知道我的电话号码的？"蒋乙嘉问道。

"我是从蓬溪县委组织部和常乐镇政府一路问过来的。"刘奎回答道。

"首先对您的信任表示感谢！我家就在长春市，您先别急着过来，等我抽空回家后约你见个面好好聊一聊，互相了解一下，如果双方都觉得合适，您再来不迟。"蒋乙嘉客气地说。

这年8月份，蒋乙嘉到大连市出差时顺便去了一趟沈阳，两人一见如故。经过交谈得知，蒋乙嘉比刘奎大三岁，原来都是沈阳军区的军官，都在1987年参加过扑灭大兴安岭森林火灾的战斗，蒋乙嘉为此荣立了一次二等功，刘奎在此次灭火中表现也很突出，荣立了一次三等功。两人还有一个共同身份：都是以干部身份复员的退役军人，蒋乙嘉是在1997年10月，刘奎是在2000年8月，时间相差三年。两人越说越投机，最后达成一致意见共同合作。

刘奎刚开始与蒋乙嘉达成的协议是，自己到拱市村当志愿者，不要任何报酬。他先后购买了一辆拖拉机、一台翻斗车、一台农用三轮车、一台运输车辆等10多台农机设备，并负责管理、维修。使用车辆时加油、维修配件的费用都是他个人掏腰包，每天还要开车接送到力世康农业科技公司上下班的村民。10年下来，刘奎共自愿花费了15万多元。蒋乙嘉实在过意不去，强行每月从公司里给他发3000元工资。"我之所以自己掏钱购买农用机械，是因为来之前我们就说好的，我是来帮他的。他的资金已经很紧张了，我不想再给他增加新的压力，自己花些钱也无所谓。"刘奎说。

朱泊霖、肖成波两位成功商人，志愿为拱市联村内引外联义务服务。朱泊霖是拱市村人，现在北京市创办了一家企业，他长年义务为家乡服务，是不拿任何工资报酬的拱市联村"驻京办主任"。

肖成波是遂宁市人，毕业于四川成都中医药大学，后在成都市经办企业。2016年3月，他从媒体上看到蒋乙嘉的先进事迹后深受感动，通过一个熟人介绍认识了他。经过一段时间的考虑后，肖成波决定当一名志愿者，为蒋乙嘉分点忧，为拱市联村做点有益的工作。最初，蒋乙嘉安排什么，他就做什么，被动地做一些志愿者应该做的事情，比如代蒋乙嘉开会、送送文件资料、联系一下相关单位等。

随着时间的推移，肖成波逐渐深入了解到拱市联村的一些需求和存在的短板，便开始思考村里到底应该怎么发展。他在成都市尽最大努力帮助拱市联村整合资源，实施"引进来"战略。引入四川省供销科技集团和村里进行合作，逐渐形成省级投资平台+市县供销社+村集体+合作社+农户的利益连接机制，实现村里引进国有投资平台公司混合制改造新模式。引入四川中援应急公司与拱市联村合作，补齐该村应急教育培训的短板。

同时，肖成波还帮助拱市联村以股东身份和四川兵者实业集团公司、四川壹家易环保科技有限公司在成都组建新的公司，打造智慧生态绿色产业链项目，实现从田间地头到餐桌的产业闭环，实现智慧城市+乡村振兴+退役军人创业就业新模式。

"像邓小辉、刘奎、朱泊霖、肖成波这样的志愿者共有十余人，有了上级党组织的大力支持和这些志愿者的无私帮助，使我干事创业、克难攻坚的信心更足了。"蒋乙嘉说。

蒋乙嘉访谈录

作　家：您当年本可在部队继续发展，却选择了以干部身份复员退伍。通过创业赚到大笔钱后，按常理应同家人过着富足的生活，您却回到村里义务搞基础设施建设、发展产业。您这样做及之后担任村党组织书记的初心是什么？您先后投入2600多万元个人资金用于拱市村的各项基础设施建设和经济发展，不仅没有回报，还欠下300多万元债务。十几年来，您为家乡的建设和发展付出了巨大努力，经历了许多困难，但都一一战胜，您的内生动力是什么？

蒋乙嘉：我之所以一步一步走到现在，一是与穷有关系；二是与父母的教育有关系。我的父母都是1921年出生的，父亲于1952年入党，第二年就当上了村长，并且一干就是很多年，对我们几个子女要求特别严格，所以就形成了我后来的思想境界。

当年为何选择参军入伍，是因为家里穷，缺吃少穿，生活困难，唯一的出路就是到部队服役，只有这样才可改变现状。经过努力，1978年3月，我终于如愿以偿来到部队。我当时心里很清楚，自己必须好好干，才能留在部队。否则，服役几年后就要复员回家。所以，我很勤快、很吃苦，表现很突出，这年底就荣立了一次三等功，第二年又入党、提干，应该说是很顺利的。

从部队提干后每年要回家探望父母，看到家乡的面貌在20世纪80年代还好点，从20世纪90年代起特别是2000年以后，越来越感受到农村的衰败。每次探亲回

蒋乙嘉:"傻子"回村圆梦 造福众乡亲

部队后不是高兴,而是很难过。因为全村没有一条通往外界的好路,回乡探亲遇到下雨天,还要家里的人背着背篼去送胶鞋、用箩筐挑着行李才能走回家。同时,堰塘淤了,很多土地撂荒了。我慢慢地在大脑里形成了一个念头,部队培养了我,我应该到地方去自主创业,有了一定财力后回到家乡,努力改变那里的贫穷落后面貌。所以从1992年开始,我就连续向部队写申请,要求复员。领导出于对我的关心和爱护,都未同意。每次到提职时都要写申请复员,连续写了五年,领导感到不可思议,我如实报告了心中的想法,直到1997年10月才得到批准。

我从部队复员退伍,到地方创业,回到村里搞建设、发展产业,再到之后担任拱市村党支部第一书记、村党支部书记、联村党委书记,其初心应该分为三个阶段:第一阶段主要是解决村里的基础设施问题,努力改变家乡的贫穷落后面貌,属于脱贫攻坚阶段;第二个阶段是担任村党支部第一书记后,大力发展产业,建设美丽乡村,努力提高村集体和村民收入,让土地充满希望,让鲜花开满村庄,让村民过上城里人羡慕的生活,这属于发展建设阶段;第三个阶段是担任拱市联村党委书记以后,要让更多的村民提高收入,过上好日子,实现全体村民共同富裕,属于提档升级阶段。

我的内生动力来源于以下几个方面:一是小时候父母亲的教育,要求我们不要总是想着自己,而要多想想别人,多做一些积德的事情;二是自己在部队受教育多年,部队培养了我,因此我要把军人敢想敢干、不怕艰难困苦的优良传统发扬光大;三是自己是一名入党多年的共产党员,要时刻牢记吃苦在前、享受在后的宗旨意识;四是自己不服输的性格,要么不干,要干就一定要干成、干好。

作　家: 您怎样理解"新乡贤"的内涵?如何才能真正发挥"新乡贤"在乡村振兴中的作用?

蒋乙嘉: 据了解,"乡贤"一词始于东汉,是国家对有作为的官员或有崇高威望、为社会做出重大贡献的社会贤达去世后予以表彰的荣誉称号,是对享有这一称号者人生价值的肯定。明清时期,各州、县均建有乡贤祠,用来供奉历代乡贤人物。

在战争时期,乡贤需要站在第一线,为民众争取生存的机会。作为封建社会的基石,乡贤,即乡绅,曾承担了"皇权不下县"时代基层的管理职能。

所谓"新乡贤",是指新时代的乡贤,即品德和才学为乡人所推崇、敬重的人。"新乡贤"的范畴分为两种:一种是"在乡"的乡贤;另一种是"不在乡"的乡贤。

"新乡贤"是促进实施乡村振兴战略的有生力量。这些人大致分为三类:一是从乡村走出去，现已退休的党政机关、社会团体、事业单位、国有企业的副科级以上干部、教师、科技人员，有不少是具有情怀和担当的人，他们的经济基础较为稳定、社会关系较为广泛，自愿为家乡建设出钱出力；二是退休、退职、自主择业的军队干部、士官，自愿回到乡村，义务奉献，不计报酬，为乡村发展做贡献的人；三是从本村走出去的大学生、士兵、村民创业成功、具有较强的经济实力，自愿回村担任村干部，为基层发展、建设出力的人。

除此之外，为人公道正派、有公共服务精神、受人尊重的村民，以及其他具有一定情怀、精神和能力的社会志愿者，也属于"新乡贤"群体的一部分。

有思想、有文化、有技能、有资金、有人脉关系、愿意吃亏奉献、能受得了委屈，

野藤缠住了山上的桃树，蒋乙嘉心疼得不得了，用力将藤子扯掉

而且有能力、有情怀、有激情、热爱农村、热爱农民，甘愿为村集体、为农民做贡献的人才能做"新乡贤"。

我们村先后聘请了一批"荣誉村民"，他们都是为本村做出了积极贡献的社会有识之士，他们也是"新乡贤"。

党的十九大提出实施乡村振兴战略的重大部署，是推动农业农村现代化的重大举措。习近平总书记在 2020 年底召开的中央农村工作会议上提出：要举全党全社会之力推动乡村振兴。鉴于农村现状，除各级党委、政府精准发力外，还需要更多社会力量参与乡村振兴，特别是需要"新乡贤"积极投身于社会主义现代化农村建设中来。

怎样才能保证"新乡贤"发挥作用呢？我认为应当做到以下几点：第一，各级党委、政府应出台政策规定，"新乡贤"可以进入村"两委"班子担任相应职务，给予他们施展才华的平台；第二，县、乡镇政府应以积极谦虚的心态招贤纳士，

像招商引资、引进人才一样，动员"新乡贤"回村参与乡村的发展和建设；第三，当地党委、政府要给予回乡任职的"新乡贤"宽松的创业环境和政策支持；第四，当地党委、政府要给予回乡干出成绩的"新乡贤"一定的政治荣誉，妥善解决他们在生活中遇到的困难。

作　　家： 拱市联村已成立了九年时间，取得了什么经验？将如何发挥这一新型农村组织在实施乡村振兴战略和农业农村现代化建设中的作用？

蒋乙嘉： 拱市联村这种模式从目前来看，是一个"邦联制"模式的新型农村组织。这种组织的模式是我2007年7月回到拱市村特别是担任村书记后，经过了几年的基础设施建设和产业发展摸索出来的。这种模式使村庄面貌发生了很多变化，天福镇的双合村、常乐镇的灯会村等村的村民强烈要求加入我们村共同发展。后来经上级批准，经过几轮小村并大村，最后形成了常乐镇和天福镇分别管辖的两个大村组成了拱市联村。

拱市联村从最早的拱市村1个村扩大到10个村；人口从1700多人扩大到1.39万人，版图面积从原拱市村的2.3平方公里扩大25.69平方公里，耕地面积从原拱市村的1260亩扩大到拱市联村的12173亩。

拱市联村最大的特点是以点带面、资源共享，最大作用是可以带动更多的村庄共同发展，帮助更多村民实现共同富裕。为什么这样讲呢？因为我最早只是建设、发展拱市村，人口、范围都有限。成立拱市联村后，就能把经验、技术、基础设施建设项目在其他几个村多推广、全覆盖。原来的土地资源很有限，现在变成了1万多亩，有利于产业结构的布局和调整，有利于集体经济的发展，有利于更多村民收入的提高。

当然，拱市联村毕竟成立时间不是很长，还处于摸索阶段，目前没有现成的经验可学。我们将进一步探索出好的经验和做法，今后重点在党建引领、集体经济发展、美丽乡村建设、农村综合治理上下功夫，使四个联村实现上下一盘棋，整体规划，合理布局，分步实施，逐步提升，共同发展，共同富裕，力争取得更大的成绩。

作　　家： 您为何习惯用手捡垃圾？不嫌脏吗？

蒋乙嘉： 我从记事起，父母就教育我们几个子女要讲卫生、爱干净，看到家里、院子里有了垃圾就用手捡起来，扔到装垃圾的簸箕里，慢慢就养成了这样一个习惯。特别是到部队后，早早地起床，主动把院子里清扫干净，用手把地上的垃圾捡起来扔到垃圾箱里。回到村里，看见到处都是垃圾，就把自己这个习惯带到了农村。

刚开始，一些村民还不理解，有的人甚至怀疑我是不是受到过什么刺激，精神上有什么问题。后来，我组织村里的学生放假后到处捡垃圾，一些老人也主动参与到捡垃圾的行列。村干部也养成了这个习惯，看到垃圾就随手捡起来。原来乱扔垃圾的人就不好意思再乱丢了，整个村庄就变得越来越干净，环境变得越来越好了，对之后被评为"全国文明村"起了重要作用。

我并不觉得垃圾很脏，我平时在身上带有塑料袋，不管哪里有垃圾，看到后就用纸包着装进垃圾袋里。腰疼时，就用烧火的钳子捡。有时忘记带纸了，就用手捡。捡完垃圾，洗一下手就行了。多年来我已经养成了这一习惯，即使看到树林里的垃圾也要动手捡起来扔掉。如果有人乱扔垃圾，我就会在第一时间捡起来。谁将烟头扔在地上，我就会当着对方的面捡起来，其他人就不好意思再扔了。

农村不仅要重视建设，更要注重管理。我是希望自己能起好带头作用，让广大村民养成一个好的卫生习惯，不断提高自己的文明程度，保护生态、爱护环境。

作　　家：您认为一个优秀村书记应该具备什么样的素质和条件？在选拔村书记时应注重考察被选举对象什么？

蒋乙嘉：我认为一个优秀村书记应该具备以下几个方面的素质和条件。第一，要对党忠诚。农村党组织书记虽然是个"芝麻官"，小得没有品，但他维系着几百、数千甚至上万村民的切身利益，你的一言一行，代表着党的形象。所以，必须按合格共产党员的标准严格要求自己，做老实人，说老实话，干老实事，尽心尽责，不能阳奉阴违，做"两面人"。第二，要热爱群众。村民之所以投票选你担任村书记、村委会主任，就是希望你办事公道，为他们谋福利。所以村书记要时刻不忘群众对你的信任，设身处地为他们着想，像对待自己的亲人一样对待他们，为他们排忧解难。第三，要甘愿吃亏。群众的眼睛是雪亮的，村书记如果处处占便宜，村民就不会信任你，就不会听你的。你如果处处吃亏，乐于奉献，就会在村民的心中树立较高的威信。所以说吃亏是福，甘于吃亏的人是思想境界很高的人。第四，要受得起委屈。在工作中可能会遇到一些困难和挫折，但不能气馁，而要克难攻坚，勇往直前。要听得进不同的意见，兼听则明。对村民一时不能理解的事情，要耐心解释，细致做好工作，时间长了他们就会慢慢理解了。第五，要充分发挥带头作用。火车跑得快，全靠车头带。村书记就是这个村的带头人，要切实带好头，而不是带坏头，即吃苦在前，享受在后，全心全意为村民服务。

选拔村书记时要着重考察被选举对象的人品和能力。人品最重要，能力很关键。

蒋乙嘉:"傻子"回村圆梦 造福众乡亲

还有一个问题,就是这个人是否有工作的激情。如果此人的人品尚可,能力也行,但他不思进取、浑浑噩噩,那也不行。必须要有强烈的进取精神,敢作敢为。

作　家: 您认为怎样才能确保乡村振兴战略取得实效?关键因素是什么?

蒋乙嘉: 我认为确保乡村振兴战略取得实效,应注意解决以下几个方面的问题。第一,要下功夫解决好人的问题。第七次人口普查显示,全国农村人口每年以1000万的速度向城市流动,照这样下去,农村人口会逐渐减少。现在农村面临一个严峻问题:今后谁来当中国农民?粮食安全和农产品供给由谁来保障?推动全国城镇化建设是对的,但有些顾此失彼,没有做到城乡统筹兼顾,造成农村衰败。国家在政策导向上应鼓励更多能人到农村创业,只有真正把产业发展起来,把村庄建成宜居宜业和人们向往的地方,才能吸引更多的农村籍年轻人返乡。第二,要稳步推行农村体制改革。经过40多年的改革开放,农村已发生了重大变化,居住人口逐年减少,行政管理也应该相应发生变化。本着节约人力资源成本、精干高效的原则,应减少管理环节,少搞形式主义,集中人力、物力、财力发展、建设好乡村。蓬溪县在2015年7月就开始推行农村行政体制改革,实行小村并大村,现在看来很有必要。从现实情况来看,应撤销乡、镇这一机构,将人、财、物下放到各村,集中力量扎扎实实发展、建设农村,确保2050年实现农业农村现代化。建议国家层面出台政策,先行试点,取得成功经验后再稳步推行。第三,要把有限的资金用在刀刃上。在实施乡村振兴战略中,国家投入了大量资金扶持农村发展。但有的地方把资金用歪了,建广场、修牌坊、对农民房屋进行"涂脂抹粉"等,尽做些表面文章,成了严重的形式主义。农村发展、建设不是一蹴而就的事情,而是一个漫长的过程,需要一步一个脚印地稳步发展、建设,经过几十年扎扎实实的努力,才能实现农业农村现代化。要借乡村振兴之机,按照机械化、智能化、科技化的要求,把有限的资金全部投入农田整理,使小块变大块;兴修水利,水渠硬化、堰塘清淤、修建小型水库;建好、管好、护好、营运好高质量"四好"农村公路,真正实行"村村通""组组通""户户通";建设污水处理设施,确保农村污水处理率达到95%以上;建设中心村,并为之配套幼儿园、学校、卫生服务中心、文化活动中心等基础设施;等等。

实施乡村振兴战略最关键的因素还是培养、选拔、任用好村书记。政治路线确定之后,干部是决定因素。没有一个思想境界高、作风过硬、能力很强的人引领,发展产业、乡村建设、综合治理等都是一句空话。各级党委政府应出台相应政策,

乡村振兴领头人——中国模范村书记

千方百计引进德才兼备的人才担任村书记。而且，要让村书记成为一种稳定、令人羡慕的职业，对工作出色的人给予相应的政治、经济待遇，让他们有盼头、有干头、有出息。

作家点评

在拱市联村采访的四天时间里，看了一些视频资料，听不同的人讲述蒋乙嘉的故事，本人的心情一直很沉重，有一天竟抱着他痛哭了一场。因为一般人只是看到他光鲜的一面，却看不到他为实现理想所付出的超常代价，本人作为一名退役军人和曾经到农村挂职第一书记的党员志愿者，能从内心深处体会到他的辛酸和不易。

2007年7月，蒋乙嘉离开东北的家回到拱市村时，女儿只有7岁，正是最需要父爱的时候。他的妻子身体不好，两人长期分居，不能照顾家庭。他在内心深处其实非常矛盾，一方面想在家里陪伴妻子、女儿；另一方面，看到家乡贫穷落后，他心里备受煎熬，想用自己的力量带领乡亲们自力

蒋乙嘉的双腿患有严重的风湿病，上楼都很困难

更生、艰苦奋斗，改变落后面貌，过上幸福生活，实现共同富裕。前面是"小家"，后面是"大家"，在两者的天平上，他把砝码压在了后面，是典型的舍"小家"为"大家"，表现出了一名退役军人崇高的思想境界和高尚情操。

蒋乙嘉是位面对贫困不安于现状，为实现理想抱负勤奋努力、忘我工作的"拼命三郎"。小时候，面对贫困，他外出谋生，在外地赚到了一笔钱后，回到当地贩卖蔬菜，单程160多公里，需要骑自行车三天三夜，才赚到两块多钱。为了彻底改变自己的命运，他报名参军入伍，以出色的表现，很快入党、提干，先后荣立一次三等功、一次二等功，后提拔为正营职军官。按照一般人的思维，有了这样的级别，

蒋乙嘉:"傻子"回村圆梦 造福众乡亲

要么经过努力,继续得到提升;要么转业到地方,安排个好的工作单位,过上舒适的生活。可他却连续5年向部队申请退伍,最后按干部身份复员,退出现役。

蒋乙嘉自主创业10年,积累了近3000万元资金,在那个年代成为千万富翁,已经非常不简单。他完全可以用这笔钱带着自己的老婆孩子到处游山玩水,过着富足、安逸的生活。可他却选择回到家乡拱市村做公益事业,投入2600万元用于修路、挖堰、栽树、建公共设施等。不仅用完了自己的全部积蓄,卖掉房产、轿车抵债,还欠下300多万元外债,做的全是赔本的买卖。这是一般人绝对做不到的。

刚开始,少数村民对蒋乙嘉的善举有些不理解,说他是"傻子"。然而,这种"傻子"精神,不正是共产党员吃苦在前,享受在后,先人后己,敢于担当,全心全意为人民服务的具体体现吗?我国著名教育学家陶行知曾经说过:"傻瓜种瓜,种出傻瓜。唯有傻瓜,救得中华。"在实施乡村振兴战略、实现农业农村现代化的伟大征程中,需要更多蒋乙嘉式的"傻子"回乡创业,无私奉献,带领乡亲们艰苦奋斗,才能实现远景目标。

蒋乙嘉崇高的思想境界和顽强的意志力感动了很多人,有十余人追随他甘愿到拱市联村当志愿者,这在全国56万个村庄中是很少见的。

"心系家乡、顽强拼搏、无私奉献、奋斗不息",这就是蒋乙嘉精神。

为确保国家粮食安全,土地非粮化将受到各级政府有关部门的严格监控。然而,农业及旅游业往往投资大、见效慢、收益低。为了发展壮大集体经济,必须想办法发展工业,只有一、二、三产业融合发展,才能实现村富民强。在村庄里没有场地建企业怎么办?蒋乙嘉开动脑筋,想出了一个"借鸡下蛋""借地生财"的好办法,即走出村庄,租赁县城工业区闲置厂房。这是一个很好的思路,值得广大发展中村庄学习、借鉴,还可以进一步扩展思路,到外地去办企业。

人才缺乏已经成为实施乡村振兴战略的瓶颈问题,一方面,需要国家的政策导向,让更多的年轻人到农村创业;另一方面,需要像蒋乙嘉这样具有情怀的"新乡贤"到农村参与发展和建设。特别是广大从农村走出去的党员干部、退役军人、教师、科技人员、创业成功人士,应以博大的胸怀,高度的事业心、使命感,积极投身于农业农村现代化建设,为实现中华民族伟大复兴而团结奋斗!

向蒋乙嘉书记致敬!

唐朝顺：
带领村民在乱石堆里刨"金果"

人物概要

唐朝顺，男，汉族，1962年10月出生，1982年8月入党，大专文化程度，现任四川省雷波县青杠村党支部书记、村委会主任。先后获得全国劳动模范、全国模范退役军人、全国最美退役军人，四川省优秀村党支部书记、四川省优秀共产党员、四川省脱贫攻坚特别奖等荣誉。

唐朝顺：带领村民在乱石堆里刨"金果"

四川省雷波县青杠村党支部书记、村委会主任唐朝顺

青杠村是云南省昭通市云善县与四川省凉山彝族自治州雷波县交界的千万贯乡所辖的一个小山村,当年不仅土地贫瘠,而且严重缺水,十年九旱。1985 年 1 月,唐朝顺从部队退役回乡后被任命为青杠村民兵连长。他发动并带领村民发扬"愚公精神",自力更生,艰苦奋斗,战天斗地,决战贫困,用最原始的作业方式,在 5 年多的时间里,在 800 米的悬崖上开凿出了一条 7.5 公里长的水渠,将山泉水引进了村庄,彻底解决了该村村民生产生活用水难的问题。

2002 年 1 月,唐朝顺高票当选青杠村党支部书记后,带头种植脐橙。经过广泛动员,到第二年 3 月,已有 68 户村民开始种植脐橙 280 亩。为打消村民种植脐橙卖不出去的顾虑,他成立了一家脐橙种植专业合作社,并以个人资产做担保,到当地红旗信用社贷款 12 万元,包收村民种植的脐橙,相继到成都、西昌市开办了 8 个脐橙专卖店,进行宣传、销售。到 2006 年冬季,第一批种植的脐橙开始挂果,年产量达到 18 万斤,每斤收购价 4 元,户均收入 1.06 万元。之后,产量和收入逐年增加。另外 257 户村民见收入颇丰,也纷纷加入脐橙种植行业,使全村种植面积达到 2800 亩。到 2013 年,全村 325 户村民种植脐橙总产量达到 536 万斤,总收入 2680 万元,户均 8.2 万元。如今,全村的脐橙种植面积已达到 1.2 万亩,其中已经挂果的有 7000 亩,一年的产量达到 4200 万斤,实现产值 2.94 亿元,成为西南山区名副其实的亿元村、富裕村。

青杠村特有的河谷干热气候、红色泥夹石土壤含有适合脐橙生长的独特微量元素。加之该村在多年种植中不施化肥,不用农药,不用除草剂,不用转基因,光、热、土、肥条件都十分有利于脐橙糖分转换和降酸,因此口味独特,甜而不酸,十分畅销。唐朝顺发动村民在陡峭的荒坡上改造梯田,不断扩大脐橙种植面积,使得未挂果面积达到 5000 亩。村民自筹资金兴建了 3206 个浇灌脐橙用的蓄水池,保障了种植用水,最大的 3000 立方米,总投资 8 亿多元。

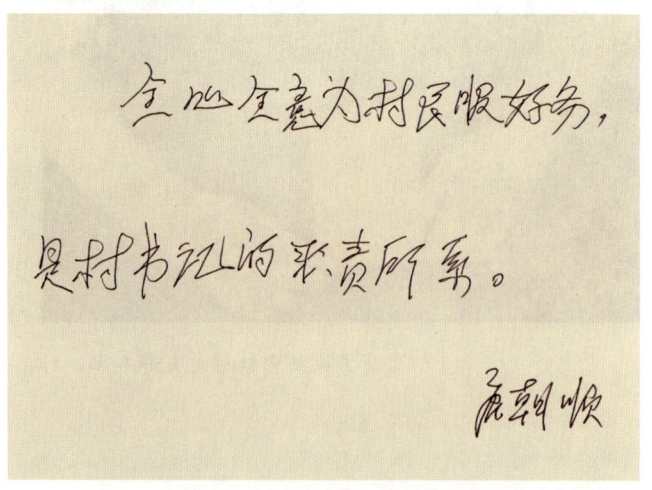

唐朝顺担任村书记多年来的真切感言

发扬愚公精神　战天斗地修建水渠

青杠村位于雷波县西部，版图面积22.26平方公里，耕地面积1.2万亩，共有7个村民小组，602户、2431位村民。

"背靠椅子山，左右两个弯，望在金沙江，吃的返销粮，住的茅草房，穿的烂衣裳，有女莫嫁杠。"这首顺口溜是当年原青杠大队贫穷落后生活的真实写照。

缺水，给全体社员的生产生活造成了极大的困难。大伙儿吃水全靠孙家沟山上的一个小泉眼供给，家家户户需要有个壮劳力，定期一步一步登上距地面800多米的泉水坑去挑水。遇到大旱季节，从早到晚要排很长的队等水，每户社员家10天内只能用50斤水，每天只有5斤水；一户八九人的家庭，平均每人只有半斤多水。洗脚的水不能倒掉，要用来喂猪。上山挑水的路是70度的陡坡，稍不留心摔跤后，挑水的木桶就会滚到金沙江里。

第三生产队社员陈华粮有天上午去舅舅家帮忙，妻子郭明香去泉水坑挑水时一不小心右脚踏空，在半山腰摔倒，左手被石头划出两道口子，鲜血直流，一担水连同两个木桶全部滚进了金沙江。她坐在地上委屈得直掉眼泪。回到家里，婆婆埋怨道："一个大活人，怎么这么笨，水桶没有了，一家人吃水怎么办！你得想办法把掉进江里的水桶找回来。"郭明香听着婆婆的唠叨，越想越生气，便一走了之，嫁给了四川省内江县一个万元户当媳妇，留下两个年幼的儿子再也没有回来过。

吃水难成为全体社员的一大心病，人们盼水、想水、等水。将外面的水引进村庄，成为几代人的梦想。

没有水，本来就很少的庄稼地只能种植产量很低的玉米、红薯、土豆等农作物，全部收成勉强能当半年的口粮。后面的日子，只能靠国家给每人每月提供的20斤返销粮度日。唐朝顺至今还清楚地记得，小时候他家10口人，每月要请两个老表单趟用10个小时、步行30多公里的山路到抓抓矮粮站将200斤返销粮背回家。"那时候，所有社员家住的全是茅草房，贫困程度难以想象。"唐朝顺说。

1980年10月，青杠大队实行分田到户，人均只有9分地。随后改名为青杠村。村民仍然吃粮靠返销，花钱靠救济，是当地最穷的村庄，曾经有38个大龄男青年找不到老婆，被称为"光棍村"。

1985年1月，23岁的唐朝顺从武警四川省南充支队退役后回到家乡青杠村，

乡村振兴领头人——中国模范村书记

空中俯瞰青杠村村貌（无人机航拍照片）

唐朝顺：带领村民在乱石堆里刨"金果"

一个星期后被原五官乡党委任命为村委会民兵连长。

一天上午，唐朝顺登上全村最高峰——海拔1200米的咪咪山山顶，俯视着远处的金沙江和下面的青杠村陷入了沉思。他越来越觉得，缺水是导致全村贫困的根源，自己作为一名年轻的共产党员、退役军人，一定要向贫困宣战，彻底改变全村贫穷落后的面貌。

在第一次参加村"两委"会议时，唐朝顺非常诚恳地谈了自己的想法："不解决水的问题，青杠村就永远没有希望，必须下定决心，想尽一切办法引水到村里，彻底解决大伙儿的生产生活用水难题。"

"哪里有水可以引来呢？"时任村党支部书记的李志友问道。

"首先，就是要克服一切困难找到可靠的水源。"唐朝顺回答。

"我们村从1968年开始，用了6年时间，从梅一村洼石窝凿渠引水，全长12公里，结果失败了，你知道吗？"李志友问。

"知道。这条水渠失败的主要原因，是当时没有请县水利局派工程技术人员进行指导，我们自己划线时在和平村的一段修高了，导致水流不过来。加之水源的落差过小、水渠线路过长，资金又受到限制，因此无力再继续修下去。"唐朝顺认真分析了上次修水渠失败的原因，稍停片刻后继续说，"我们如果再次修渠，就要吸取上次的教训，一是要取得县里资金和技术上的支持；二是水源的落差要高；三是尽量缩短水渠长度"。

"关键是近距离没有水源，距离远了又怎么能够引进村里呢？我们已经失败过一次，倘若再次失败，岂不既劳民伤财，又要挨老百姓的骂？"李志友质疑道。

"那不怕！你们听说过河南林县修建红旗渠的故事吗？这条水渠总干渠全长70.6公里，投入了7万名劳动力，从1960年2月动工，到1969年7月支渠配套工程全面完成，历时近10年，总投工5611万个，共削平了1250个山头、架设了151座渡槽，开凿了211个隧洞，挖砌土石2225万立方米，最终从山西平顺县石城镇的漳河水库将水引到了林县任村镇，解决了全县农业灌溉问题。"唐朝顺事前认真查阅了红旗渠的相关资料后回答道。

他的这番话让参加会议的村干部受到了很大鼓舞。村委会主任唐清万是当年修渠的负责人。虽然失败了，但仍不甘心，一直想重修，因此发言道："我支持朝顺的想法，不把外面的水引进来，青杠村的子孙后代便没有希望，永远只能过穷日子。"

"既然你们积极性这么高,那这样吧,由朝顺牵头来干这件事儿,先组织几个基干民兵在本村和邻近村里寻找水源。等找到后,再决定下一步的行动方案。"李志友说。

"要得嘛,我一定努力完成这个任务。"唐朝顺非常爽快地表态道。

第二天上午,唐朝顺把基干民兵陈华强、陈华顺、方清召集到一起,动员他们同自己一起共同完成寻找修渠水源的任务。三人一听很高兴,纷纷表示会大力支持。

当天下午,唐朝顺带领三位民兵沿着村域内的金沙江边寻找水源,发现一个拐弯处有一股清澈的水从上游流下来,形成一个小河沟。他们便顺着水流往上找,最后在700多米远的一座山上看到一股泉水从悬崖处倾泻而下。抬头望去是峭壁,无法再往上走,他们只好拐了一个弯,从另一个山坡往上缓慢爬行。这时,忽然下起大雨,由于坡陡湿滑,唐朝顺在最前面攀爬,不小心右脚踩到一块风化的石头,顿时整个人迅速坠落,他眼疾手快地抓住一棵树才止住了下滑,险些滚下悬崖,只好放弃。一周后再次攀爬时,由于山上才下雨不久,山坡不适宜攀爬,只好再次放弃。第三次精心选择了多日的晴好天气,并带上绳索,由第一人慢慢爬上去,将绳子固定后垂下来,后面的人抓住绳子一步一步往上爬,终于获得成功。

一个多月时间,经过三次努力,最终打探清楚,泉水是从另外一座海拔3000多米的高山上流下来的,流至青杠村北部一个叫狗钻洞的地方形成瀑布,长期冲击成一个平潭,再往下流向金沙江。

四人喜出望外,仔细观察了周围的环境和高度后,认为这里是引水源头的最佳位置。

唐朝顺回村后,立马将水源的情况向村党支部书记李志友汇报。没过几天,经过村"两委"会议讨论后决定,先到县里做工作,如果县里支持就动工修建;如果不支持,就放弃。

三天后的一个上午,唐朝顺与村委会主任唐清万和另外一名村干部一起,步行来到15公里外的雷波县城,直接找县委书记杨拉体汇报。

"此前你们村修水渠已经失败过一次,浪费了很大的人力、物力,如果再次修建,能够成功吗?"杨拉体对此事质疑道。

"俗话说'只要功夫深,铁杵磨成针'。您放心,这次修渠与上次不同的是,我们已经找到了可靠的水源,加之我是一名复员回来的退伍军人,对这次修渠充满了信心和决心。只要县里给予支持，不管多大的困难，我们都会克服，一定要把这条引水渠修成，彻底解决青杠村祖祖辈辈缺水的问题。"唐朝顺信誓旦旦地表态道。

"你们需要县里给予什么支持？"杨拉体问道。

"一是需要县水电局提供勘测设计、确定施工点位的技术指导；二是需要县里力所能及地给予一定的修渠所需耗材资金支持。"唐朝顺说。

"只要你们有信心、下决心干，而且能够干成功，县里就给予一定的支持。我可以让县水电局派技术人员配合你们施工。要钱没有，但可以提供施工所需的钢钎、铁锤、雷管、炸药等耗材。"杨拉体很诚恳地说。

"这就行，我们一定能够把水渠修成！"唐朝顺很兴奋地说。

回到村里，唐朝顺及时向村党支部书记李志友汇报了找县委书记的相关情况。县水电局也很快派工程技术人员帮忙勘测修渠路线，最终确定从狗钻洞修到青杠村石梯子，直线距离为7.5公里。

李志友第三次主持召开村"两委"会议，慎重讨论修渠一事。他发言时说："现在看来，修渠的条件已经基本成熟，一是在朝顺的辛苦努力下，固定水源已经找到；二是县里明确表示给予支持。问题是，从狗钻洞修渠引水到村里，相隔两座大山，而且大部分是数百米高的悬崖峭壁，不仅施工难度大，而且非常危险，施工中如果出现伤亡怎么办？我的意见是，按照修渠费用的实际需要，让全体村民集资，而后承包给有一定能力的人来修，这就省事儿多了。"

"这个办法倒也可以，但集资款估计不是一个小数目，如果有的村民不愿出钱怎么办？"一位村干部发言说。

"这个好办，可以采取权利与义务对等的办法，即村民集资交费才能用水。如果不愿意出资，水渠修通后就不能用水，修渠前应让每户村民作书面承诺。"唐朝顺说。

"其他同志如果没有什么意见，那就这么办吧！由朝顺具体负责联系施工承包人，等实际费用测算出来后就开始动员村民集资。"李志友拍板道。

村"两委"规定，水渠修通后放水按天计算，四个村民小组轮换放水，每个组连续放四天四夜。村民小组再以24小时为单位，分到各家各户。"经过测算，修通7.5公里水渠的费用为8.6万元。经过自己申报，放水时间形成460份，修渠费用平摊到全村326户村民头上，每份出资187元。我家申报了9份放水时间。"唐朝顺介绍道。

经过召开24名党员大会和全体村民大会进行动员，绝大多数村民都表示支持村里修建水渠并愿意出资。个别经济条件不是很好的家庭，经过唐朝顺反复做工作，也表示接受，愿意借钱交款。

雷波县水电局工程技术人员经过勘测，绘制出了水渠施工平面图。全长7.5公里的水渠大部分采取明渠修建，但有三段需要开凿隧洞。

负责水渠施工的承包人也找到了，此人叫王顺吉，是与雷波县邻近的云南省云善县黄花镇一位长期从事水渠施工的农民包工头。他与青杠村委会签订了施工承包合同后，于当年4月开始施工。

让所有人没有料到的是，王顺吉组织人员从取水源头狗钻洞处朝前打了200米，即将开凿隧洞时，他本人站在施工的悬崖处朝下一看便惊出一身冷汗，感到太危险了，便停止了施工，将50多名农民工遣散回家。村里发现好多天施工现场没有人影出现，感觉有些不对劲儿，便派唐朝顺到王顺吉的家里找其交涉。可不管怎么做工作，他都一口咬定不愿意再组织施工，原因是施工现场太危险，并十分沮丧地说："修建200米水渠时，已耗资近万元，村里提前支付给我的6000元生活费已全部用完，还有近4000元的费用我也不向你们要了。如果你们非要我继续干下去不可，就先给我准备8副大棺材，并将工程造价提高两倍。"

唐朝顺又相继联系了好几个承包工程的个体户，但来到现场一看就打了退堂鼓，没有一家愿意接这个活儿。施工停了下来，一放就是数月。大多数村干部的信心受到影响，没有人再提及此事。

唐朝顺非常着急。他觉得费了好大劲儿才把修渠工作发动起来，不能半途而废。在一次村"两委"会议上，他发言道："既然承包施工这条路走不通，干脆我们就自己修，绝不能让全体村民因为缺水而受穷。"

"问题是工程耗时费力，靠我们自己用钢钎、铁锤打眼放炮，效率太低，何年何月才能修通？并且还要承担很大风险。"李志友在思想上有很大顾虑。

"大家知道'愚公移山'的故事吗？相传古时候有位叫愚公的老人，年纪快90岁了，他家住在北方，门口有两座大山，一座叫太行山，一座叫王屋山。愚公一家需要绕过这两座大山才能到南方，出门非常不方便。有一天，愚公把全家人叫来，对他们说：'我准备和你们一起，用我全部的精力搬掉面前的两座山，修出一条通往南方的大道。'家里人都很赞成。第二天一大早，愚公就带着儿孙们开始挖山。虽然一家人每天挖不了多少，但他们还是坚持挖。一位名叫智叟的老人知道这件事后，特地来劝说他：'凭你这有限的精力，又怎能把这两座山挖平呢？'愚

唐朝顺：带领村民在乱石堆里刨"金果"

公回答说：'即使我死了，还有我的儿子在这里。将来我的儿子死了，还有我的孙子，孙子又生孩子，孩子又生孩子。子子孙孙世代延续，没有穷尽，但是山却不会再增高，为什么会挖不平呢？'智叟听了无话可说。当时山神见愚公一家不停地挖山，便向玉皇大帝报告了此事。玉皇大帝也被愚公的精神感动，就派了两个大力神下凡，把两座大山背走了。从此，这里不再有高山阻隔，道路畅通了。这个故事告诉我们，世上无难事，只怕有心人。古代的愚公尚且可以做到不怕艰难困苦，挖山不止，最后感动上天，修通了通往山外的道路。那我们还怕什么，山里人有的是力气，只要我们锲而不舍地努力，就一定会修通这条改变全村人命运的水渠。"唐朝顺意味深长的发言起到了很大的鼓动作用。

"我赞成朝顺的意见，再苦再难，我们也要咬紧牙关修通水渠。不然，青杠村人永远摆脱不了贫困的命运。"村委会主任唐清万表态道。

"干！我也支持这一想法。"另一位村干部发言说。

李志友的情绪也受到感染，本来刚开始不怎么热心修渠的他，当看到几位村干部的修渠信心和热情很高时，也动了心，表示支持。经过讨论，决定成立修渠工程指挥部，由村委会主任唐清万任指挥长，唐朝顺任常务副指挥长，具体负责施工中最为核心的安全工作和工程质量，并掌控工程进度的各个环节。整个工程分为两个阶段：先在从狗钻洞至牛舌片5公里的悬崖上开凿水渠，再在从牛舌片至石梯子2.5公里的山体上进行第二阶段的施工。

村"两委"组织全体党员对修渠方案进行审议，并召开村民大会表决通过，每家每户当场签订责任承诺书。

经过充分准备，修建青杠渠的战斗于1985年5月正式打响。

狗钻洞至牛舌片修渠难度最大，横跨摸鼻梁、咪咪山东侧两座山峰，要在最高海拔800米、最低海拔500米的悬崖处施工。而且，还要在牛舌片、黑巷子、狗钻洞处分别凿开280米、320米和52米的隧洞。加之在黑巷子两边各凿开8个固定4根钢丝绳的隧洞，总共11个隧洞，全长1052米。这段水渠的修建线路由于地势陡峭，一般村民不能自行施工，村"两委"便采取了由各家各户按事前购买的460份放水时间段，以每米50元的价格交纳施工费用。而后，聘请了28位年富力强的村民施工，按开凿一米水渠支付50元报酬的办法进行。

从狗钻洞到黑巷子全长3公里，全部是陡峭的悬崖，也是施工难度最大的地段，共有两个隧洞，高2米、宽1米，从两头同时掘进，采用钢钎、铁锤打眼，装填炸药放炮后，再将石头挑出洞外。明渠采取先开凿平台，再往山边凿成渠道的方法。唐朝顺一直吃住在工地，帮助县水电局的三名工程技术人员仪器测量距离时扛标杆，定点划线，给他们做饭。还在施工现场检查施工安全，严把工程质量关，并参与了六个隧洞的工程施工。

摸鼻梁与咪咪山相隔125米，取名黑巷子，两头的水渠在此中断隔开，不能相连。工程便采取在两边的山上分别掘进四个50米的山洞，在山洞里将很粗的钢柱嵌入坚硬的岩石中。而后，像当年红军长征强渡泸定桥一样，用四根很粗的钢丝绳在两个山上凿开的山洞里固定的钢柱上连接。其中，上面两根钢丝绳拉住下面两根，起到固定作用；下面两根钢丝绳横面铺满铝合金钢板，上面放置了一根直径300厘米的橡胶管道，连接摸鼻梁和咪咪山东侧悬崖上的水渠，保证流水通畅。"打隧洞、架钢绳、铺设橡胶管道，共计投入35万元，橡胶管道每15年就需要更换一次，如今已更换了两次。"唐朝顺介绍道。

黑巷子至牛舌片这段水渠最陡的地方叫老鹰窝，距离地面800多米，是引水渠的必经之地，也是最危险的一个地段。尤其悬崖上有只老鹰常年做窝，当地村民说老鹰窝不能拆，谁拆了谁的性命就难保。但唐朝顺不信邪，腰间系着保险绳，攀登到悬崖处将老鹰窝掀掉。老鹰不停地从空中俯冲下来用爪子抓他，可由于他手中有根木棍不停地挥舞，老鹰不敢靠近他，没有抓伤他。

5000米长的悬崖段水渠加之8个总长度400米的钢丝绳隧洞开凿了整整三年，由于唐朝顺采取了严厉的安全措施，因此没有发生一起安全事故。

紧接着，第二阶段的施工启动。从牛舌片至石梯子2.5公里处共分为四个工段，分别是杀牛湾至流沙地、流沙地至凉风高、凉风高至何家湾、何家湾至石梯子。每个村民小组负责一个工段，再按照各家各户事前申报的放水份数，将施工数量划分到每户完成。

水渠尽头石梯子处有个20世纪70年代修建的小水池，因漏水不能使用，便于1989年10月动工，采取打眼装填炸药放炮的办法增高扩宽，并用水泥被覆，使其容量增加至3500立方米，将农户用不完的水蓄积起来，严重干旱时浇灌庄稼用。

整个引水工程历时五年多时间，于1990年8月全线完工。共使用了368根钢钎、92个铁锤、10万多个雷管、100吨炸药、20万米导火线、2000把洋镐、2万把铁锹、110吨水泥、300吨沙子、700吨石子。"县委书记果不食言，让县直有关部门给予了钢钎、铁锤、雷管、炸药等爆破器材支持。修建引水渠和蓄水池所需资金除县财政拨款 3.8 万元外，剩余费用都是村'两委'按照村民申报的放水份数筹工酬劳解决的。"唐朝顺介绍道。

1990 年 9 月 9 日上午，青杠渠全线通水，五官乡举行了通水仪式。当清澈的泉水流到青杠村后，全体村民欢欣鼓舞，兴高采烈。一些老人激动地流下了热泪，千百年干涸的土地终于有了一定的水源作保障。

从 1988 年 3 月开始，村"两委"在动员村民修建水渠的同时还平整土地，将旱地改造成水田，平均每户 2 亩稻田，为通水后插秧做准备。

水通了，不仅结束了青杠村长期缺水的历史，还给全村人带来新的希望。

从 1991 年春季开始，青杠村结束了单一种植玉米、红薯、土豆、猫猫豆的历史，开始种植水稻。到了秋季，水稻获得丰收，家家户户吃上了香喷喷的白米饭，一位农民一口气吃了四大碗还想吃，但老婆担心他撑坏了肚皮予以制止，他才很不情愿地放下碗筷。

从 1996 年开始，在唐朝顺的带领下，村民开始种植甘蔗，每斤售价 0.15 元到 0.2 元，一亩地可以收获 8000 斤至 1 万斤，可以赚 1200 元至 1500 元。

"'水利是农业的命脉'，现在看来，村'两委'当年发动村民兴修青杠渠是正确的抉择，不然，全村人永远摆脱不了贫困。"唐朝顺说。

锲而不舍探索　脐橙成为支柱产业

唐朝顺因修渠有功，在广大村民中树立了较高威信。2002 年 1 月，青杠村进行村"两委"换届选举，他高票当选为村党支部书记。从那天起，他就开始苦苦思索怎样让全体村民摆脱贫困，过上富裕生活。

在这一年的上半年，金沙江上的大型水电枢纽工程溪洛渡电站动工兴建。地处江边的青杠村一、五两个村民小组将随着电站的建成蓄水被淹没。按照设计方案，电站总蓄水高度为 600 米，这就意味着两个村民小组所处位置的 280 米将被库区淹没。两个小组的村民向山上搬迁后如何安置，成为唐朝顺需要考虑的一件大事。

2003 年 1 月，雷波县在全县范围内搞农业综合开发，动员具有条件的地方大面积种植脐橙。唐朝顺组织村"两委"开会，讨论在青杠村大力推广脐橙种植，大部分村干部持反对意见。原因是每户村民两亩熟地种植的水稻仅够一家人的口粮，有的家庭一半儿种水稻、一半儿种植甘蔗，每亩地也有 1000 多元收入。其他荒地都在陡峭的山坡上,全都是泥夹石,上面生长着野生桐子,每年可以采摘一些桐子去卖。如果种植脐橙,需要好几年才能挂果,况且从未种植过,销售也是个问题,前景令人担忧。经过唐朝顺反复宣传解释,几位有想法的干部才慢慢转变观念,最后形成一致意见。

种植脐橙需要农业技术做支撑,唐朝顺热情邀请了四川省柑橘研究所脐橙首席专家陈克玲到青杠村讲课,进行现场指导,还组织村"两委"干部和党员、群众到外地参观学习取经,很快便掌握了脐橙种植技术。

从2003年3月第一批68户村民开始栽种脐橙起,逐年吸引其他农户,现如今,全体村民家家户户种植,并获得了良好的收入。

在全国脐橙种植中,青杠村脐橙的品质尤为突出,曾经获得全国农产品博览会金奖。

唐朝顺(左)为村民传授脐橙种植技术

这个村很特别,放眼望去,位于咪咪山南面山坡的整个村庄除了石头还是石头,但这些石头如今在当地人看来却是宝贝,因为它被风化后形成的土壤十分少见,泥夹石土壤里含有磷、钾、镁、铁。这些元素中,磷可以让水果皮薄多汁,增加甜度;钾能够使水果风味浓郁;而镁和铁分别是脐橙生长所需的重量级微量元素。该村种植的脐橙之所以能够拿到农博会的金奖,离不开泥夹石土壤的作用,种出来的

唐朝顺：带领村民在乱石堆里刨"金果"

果子风味独特。"青杠村种植的脐橙香味很特别，有股蜂蜜的味道，其他地方的香味没有这个村种出来的果子香味浓郁。不论是刚摘下来的鲜果，还是包装了几天的商品果，果实的香味都非常诱人，口感也非常好，细嫩多汁的果肉几乎不怎么用嚼就化在嘴里，留下香甜的汁水。"雷波县农业农村局一位高级农艺师介绍道。

纽荷尔脐橙本来是硬果型的，通常情况下，硬果型囊瓣里的囊衣要厚一些，不化渣。但青杠村产的脐橙却很特别，把它掰开，果肉很柔和，没有颗粒状，一捏全是水分。"我们村种植的脐橙在市场上特别受欢迎，销往西昌、成都等地，十几元一斤的价格都卖过，一棵树产下脐橙卖的价钱就够一个人一年的大米钱，一年4000多万斤的产量仍然供不应求。"唐朝顺介绍道。

村民们渐渐明白了，种植脐橙是摆脱贫困的重要途径。熟田面积太小，唐朝顺在村"两委"会议上提议，在陡峭的荒山上开垦梯田，进一步扩大脐橙种植面积。他的提议得到了大家的一致赞成。

最早是采取打眼放炮的方式在石头山上开垦梯田，一个个炮眼用风钻打好后装填炸药，并将电雷管插在里面，安全员离开五六公里远，将起爆器一按，一排雷管随即爆炸，就把平台给炸了出来。可由于炸药用起来太危险，后来炸山取土的办法被国家禁止了。

怎样继续改造石头山，逐渐扩大种植面积，帮助村民致富，成了唐朝顺最操心的事。有人建议用挖掘机取土取代放炮炸山。但经过实验，挖掘机在这里几乎起不到什么作用。"因为坡陡，挖掘机不可能用来改土造田。如果用挖掘机，石头缝中间的一层薄薄的油砂土就会全部漏下去，就一点儿土都没有了，即使梯田改造出来了，后面栽种脐橙也会成为空话。改造石头山，碎石取土成为其中一个目的。"唐朝顺介绍道。

炸药、挖掘机这些省事儿的办法都行不通，唐朝顺又想了另外一个办法，就是人工作业，把石头垒成梯田。这样做虽然费时费力，却是唯一能够完成这个大工程的办法。为此，种植户要支付很高的人工费，一亩地的成本在1.2万元左右。这对村民来说，绝对不是一个小数目，而且工程还相当耗时。然而，村民们却铁了心，要在这种条件下种植脐橙，是因为别的地方种不出这种品质。翻过一个山坡，土质就完全不一样，土质中带点小泥，黄泥土中缺铁，含磷也少。油砂土主要集中在青杠村咪咪山靠南面海拔280米至800米的山上，这里具有独特的土质资源优势。

青杠村能够碰上这么独特的土质和气候，是让周边很多人羡慕的事儿。因此，就是工程再难，花费再贵，他们也在所不惜，必须要在石头上种出脐橙来。在陡峭的山上打造梯田，一般人干不了，唐朝顺便从邻近的云南省永善县请来经验丰富的石匠帮忙施工，他们配备有钢钎、钢条、手锤、风钻等

唐朝顺（左）在山上开垦梯田，种植脐橙果树

各种各样的工具。先用劈石器插在石头的小空里，可以把石头撬开一条缝隙，是分割石头的必备工具。还有铁链，大块石头就用铁链捆住两人抬。石匠的体力也是很好的，在山上一干个把月甚至半年都不成问题。

经过石匠建造的梯台，不需要用水泥加固，石头之间的咬合交错非常稳固，最后铺上油砂土，就可以用来种植脐橙了。

青杠村的农民也慢慢学会了操作，在地势不是特别陡峭的地方，他们也会自己动手改造梯田。用洋镐将大石头刨起来，在一米外的地方垒砌石坝，再用小石头把中间填起来，将石头夹层之间少量的油砂土用铁筛子筛出后铺在上面，栽种脐橙树苗。

从2008年9月全村进行大开荒种植脐橙到如今，村民使用了各种手段，哪怕是能够种下一棵树的地方也不放过，总是想尽一切办法增加种植面积，提产增收。全村的脐橙种植面积现已达到1.2万亩，其中已经挂果的有7000亩，每亩地按照6000斤的产量计算，一年的产量就是4200万斤，每斤按照7元的批发价计算，一年实现产值2.94亿元。"还有5000亩相继开垦的梯田，栽上脐橙树后还处于生长期，目前尚未挂果，这将是一笔很大的财富。"唐朝顺说。

青杠村的干热河谷气候也是独有的。起初，村民们并不知道这里的气候有多好，后来附近种脐橙的人多了，大家发现一个有意思的现象，全县上百个大大小小的果园种植的脐橙与青杠村的相比，总是有些差异，虽然味道也不错，但就是出不来那个品质，翻过一个山梁，脐橙的甜味和蜂蜜味都赶不上青杠村，皮没有青杠村的薄，

也没有青杠村的光滑。同村就是在海拔高一点的地方种，品质也不行。同是在咪咪山海拔 800 米以上的地方种植的脐橙，品质也差些，吃在嘴里不化渣，甜味不好。

慢慢地，山上就出现了一条分界线，海拔 800 米以下的是成片的脐橙树。而 800 米以上的地却只适合种植玉米、红薯等农作物。

后来有人总结出一个规律，以青杠村为中心往南不过金沙江，往北不过一道梁，往上不超过 800 米，在这个范围内种出的脐橙果是最好的。"初步断定，我们这个地方的小气候造就了脐橙良好的品质。把我们这里定位为脐橙适宜生长的区域之一，还有一个重要原因，就是我们村位于金沙江北部、溪洛渡水电站上游，由于金沙江在这里拐了个弯，便形成干热河谷，光热资源很丰富，昼夜温差也大。夏天最高温度达到 43℃，冬天最低温度 9℃，无降雪天气。年度日照时间在 2400 小时至 2800 小时，与新疆十分接近，年有效积温在 6000℃ 至 8000℃。为什么人们喜欢新疆的水果，就是因为那里的气候条件具有独特的优势。"唐朝顺介绍道。

青杠村在大量使用石头种植脐橙的时候，也产生了一个问题，就是石头根本存不住水，虽然上面铺的是油砂土，但水仍存不住。而且，脐橙树对水的要求很高，要是缺水，果子就没法吃了，水分干它就不化渣，不化渣的果子吃起来柴柴的。脐橙一旦失去应有的品质，青杠村拥有的那些独特优势和辛辛苦苦打造的梯田，就都失去了意义。只要水源充足，能够定期浇灌，石头不存水就不是个问题。

唐朝顺把解决问题的重点放在了浇灌脐橙树的水源上，但左筛右选，都没有理想的办法。村庄下面虽然紧挨金沙江，与脐橙果园下半部分相距挺近，种植户只有在特别干旱实在没有水的情况下才会使用金沙江的水。因为江水虽然能够灌溉脐橙，但含盐量较高。用这种水浇灌，就会影响脐橙的品质。天上的降雨也是指望不上，因为金沙江是从西向东流，到了青杠村就拐了个弯，然后由东西向变成了南北向。金沙江转变方向后，东南亚季风带来的降雨云刚好被高耸的山峰挡住了，最终降到河谷里的雨水只有几百毫米，而且时涝时旱，有时一个月也不下一滴雨，根本不能满足脐橙的生长所需。虽然之前费尽周折已经把狗钻洞的泉水引进了村庄，各家各户轮流灌溉，但又出现了一个新问题，4 个村民小组，每个组放水 3 天就需要 12 天。到了夏天，每周必须浇一次水，否则正在生长的脐橙就会受到影响。然而中间相隔 12 天，浇灌脐橙就不够用，等水一来又用不完，造成很大的浪费。

为了让果园有稳定的水源，保证随时能够浇灌脐橙，唐朝顺思考了很长时间。

他终于想出了个办法，带头修了几个钢筋水泥蓄水池，将山泉水经过水渠引到蓄水池后，就储存在里面进行沉淀、过滤，使其成为优质水源，等到用水的时候，通过一根水管就可以灌溉，随时可以使用，非常方便。其他村民纷纷效仿兴建蓄水池。如今，全村已经建成大大小小蓄水池3206个，平均造价25万元，总造价8亿多元。其中，最大的蓄水池高10.5米、宽20米，蓄水量达到3000立方米，每个造价50万元；中型蓄水池高9米、宽12米，蓄水量达到1200立方米，每个造价30多万元；最小的蓄水池高5米、宽6米，蓄水量达到500立方米，每个造价18万元。这些钢筋结构用水泥现浇的蓄水池，分布在咪咪山南面的脐橙林里，错落有致，远看像一个个水泥碉堡。"这些'水泥碉堡'不仅成为青杠村最具特色的建筑，还对全村的脐橙种植发挥了巨大的水源保障作用。"唐朝顺说。

　　正当青杠村村民种植脐橙的积极性高涨时，一场自然灾害如当头一棒，把很多人给打蒙了。2015年5月7日上午，天空的云彩与往常很不一样，黑压压的乌云跑得特别快，伴着"轰隆隆"的雷声，云层里落下的不光是雨水，还有密集的冰雹，最大的有鸡蛋那么大，持续了20多分钟。全村30多间瓦房的房顶全部被打成筛子状；5000多亩脐橙树一大半树枝都被打断了，树叶全部打光了，地面上看不到绿色的树叶，成了光秃秃的树桩，给村民造成了巨大损失。

　　第二天、第三天，冰雹又卷土重来，剩下的脐橙树危在旦夕。唐朝顺及时向当地各级领导汇报，请求给予缓解极端天气危害的气象技术支援。雷波县委、县政府及时从当地气象部门调来一门高射炮驱散云层，保护了余下的果树。

　　事后，村"两委"及时安排各村民小组清点实际损失，统计出5200亩脐橙树受损，造成当年减产达到60%以上。全村每年种植脐橙的产值本来有2亿多元，就因为这场突如其来的20多分钟冰雹，一下子砸掉了一个多亿。这一切丢掉得太快了，其他小规模的冰雹在这里也很常见。

　　青杠村的雨季比较特殊，每年的降水往往比较集中，旱季可以一个多月不下雨，一旦下雨又容易形成涝灾。在唐朝顺的担保下，那门用于防雹灾的三七高炮就此留在了山上，作为青杠村脐橙树的守护者。

　　每年夏季，当青杠村上空隐隐传来"隆隆"的雷声，村民们都知道，雨季又到了。在半山腰里高高扬起的炮口会密切注视着河谷上部的天空，一旦遇到极端天气，就及时发射炮弹把云层彻底打散，将大雹子变成小雹子。它不仅可以预防冰雹，遇到暴雨大风天气，同样可以起到削弱其破坏程度的作用，成为种植脐橙不可缺少的一部分。

种植脐橙已成为青杠村的支柱产业，也是农民脱贫致富的重要途径。过去很多村民纷纷外出到浙江、上海、广东、广西、海南、河南、河北等地打工挣钱，养家糊口。因为种植脐橙能够获得良好收益，又纷纷返乡就业。生于1981年的三组村民伍帮金就是其中一位。他有姊妹5人，加上爷爷、奶奶、父母、嫂子、侄女，全家共11口人吃饭，但才两亩熟地，日子过得非常艰难。1998年7月，小学毕业才17岁的他只身一人来到昆明市打工，因学历太低，只能干些非常辛苦的活儿，待遇很低。两年后他回到村里当包工头，帮助村民建房，每年有近10万元收入。2003年3月，他家积极响应村"两委"倡议，是第一批68户种植脐橙的农户之一。先在一亩熟地里栽下90棵树苗，三年后开始挂果，每棵树能结100多个脐橙，卖400多元钱。2004年4月，伍帮金婚后分家单过，尝到了脐橙种植甜头后，他与妻子开始在陡峭的山坡上相继开垦了6亩梯田栽种树苗，三年后，每年仅此一项，收入就有25万元至28万元。2012年9月，他家投入130万元盖起了一栋169平方米的四间三层楼房。2022年3月，又投资200多万元，扩建了600多平方米的KTV歌厅、棋牌室、室外停车场，还修建了一个休闲亭，从6月1日起开始经营农家乐，每月有8万多元营业收入，利润3万多元。农家乐由妻子沈铭打理，伍帮金有空儿还在外面承接一些工程，一年的收入有40多万元。"女儿在四川轻化工大学读大二，儿子在雷波县重点中学读初三，一家人的生活衣食无忧，日子越来越好。"伍帮金谈起现在的生活高兴得合不拢嘴。

青杠村种植脐橙让所有村民发了财，一年的利润竟达到2.1亿元，人均可支配收入8.6万多元。38名光棍全部"脱单"，新一代的年轻人找对象不再犯愁，而且在周边村庄中还成了香饽饽。

2021年3月，邻近双狮村的两个村民小组90户、360人合并到青杠村，整体划入千万贯乡管辖。

第二年下半年，雷波县投资1.4亿元巨资，在该村发展旅游业，打造乡村振兴示范村。

"下一步，我们将在生态种植上做文章，进一步提高脐橙品质，并认真探索如何做好订单农业，让青杠脐橙进入北京、上海、广州、深圳等一线大城市的消费市场，不断提高村民收入。"唐朝顺说。

发挥带头作用　村民实现共同富裕

唐朝顺在 8 姊妹中排行老二。由于家大口阔，他初中只上了一学期就辍学回家干农活儿。18 岁那年应征入伍，成为武警四川省南充支队的一名战士，因表现突出，到部队的第二年就光荣加入了党组织。

让唐朝顺万万没有想到的是，5 年前自己离开家乡参军入伍时村庄什么样，5 年后回来时还是什么样，没有任何变化，仍然是那么贫穷。村民依旧住的是茅草房，穿的是烂衣裳，吃的是返销粮，绝大部分村民把废旧橡胶轮胎割下一块儿当鞋底，穿根绳子系在脚上当鞋穿，很多小孩依旧光着脚在地上行走。他发誓一定要发扬自力更生、艰苦奋斗、战天斗地的精神，想办法彻底改变村里贫穷落后的面貌。

经过唐朝顺 5 年多的辛勤努力，终于把水渠修通，彻底解决了青杠村生产生活用水问题。

2002 年 1 月，青杠村换届选举时，全村 28 名党员中有 24 人投了唐朝顺的票。乡里最后研究决定让唐朝顺担任村党支部书记。

唐朝顺（右）同驻村第一书记认真商讨工作

唐朝顺在自家院子里种了 3 棵柑子树，这年春季进行雷波脐橙嫁接后，到了秋季不仅结了很多果子，味道也不错。他由此受到启发，认识到种植脐橙非常适合本

唐朝顺：带领村民在乱石堆里刨"金果"

村实际。可当他提出种植脐橙的想法时，一些村干部在思想上想不通，有人认为没有把握的事儿是穷折腾。村民也不理解，好不容易通了水，种上水稻有了白米饭吃，种上甘蔗有了零花钱，干吗又要折腾种脐橙，三年之后才能挂果，谁知道能不能卖出去，一斤能卖什么价也不知道。有几位村民直白地对唐朝顺说："让我们种也可以，但必须保证我们能够卖得出去。村里必须签订承诺书，如果卖不出去就是你们的事儿，我们只管种，不管卖。"

这年3月的一天晚上，唐朝顺来到七组村民唐朝华的家里，一阵寒暄过后，便开门见山地说："有件事儿想跟你商量一下，你先把自家的两亩熟地栽上脐橙树苗，再把荒地开垦出来，全部种植脐橙树苗如何？"

"我家的熟地有1亩种植水稻，作为全家人的口粮；另一亩地已连续两年种植甘蔗，每年有1200元至1500元的经济收入。这两种作物种得好好的，突然改种脐橙干什么？"唐朝华有些不解地问道。

"我现在是村党支部书记，既然广大党员信任我，我就应该实实在在地为大伙儿干些事情。虽然经过数年努力，全村用水的问题解决了，但还没有从根本上摆脱贫困。我思考了很久，觉得发展种植业是提高村民收入的唯一途径。"唐朝顺说。

"你说得有道理。"唐朝华说。

"我的这个想法，广大村民一时半会儿还接受不了。所以，你得支持我的工作，带个头儿种植脐橙，等你搞成功了，就会起到示范作用。"唐朝顺说。

"种上稻谷吃饱饭没几年，就怕种出来的果子卖不出去。"唐朝华犹豫了一下，说出了心中的疑虑。

"水果销路不成问题，我准备成立一个脐橙专业合作社，负责对外销售果子，你种的脐橙如果销不出去，我全包了。"唐朝顺很真诚地对唐朝华说。

吃了这颗定心丸，不用再担心销路问题，唐朝华便按照唐朝顺的意见，从这年9月秋收开始便率先在全村种植了2亩熟地的脐橙树苗。而后，在陡峭的荒坡上开垦了5亩地，于2004年9月种上了脐橙树苗。后来，他家相继开垦了26亩梯田，全部种上了脐橙树，每年最高收入可以达到76万元，低产时也有52万元。

唐朝华是唐朝顺的弟弟，1985年成家后父母只分给他一间破破烂烂的草房，吃饭都很困难，便来到谷堆林场当了两个月的伐木工人。本来事先约定用人单位每月支付120元劳动报酬，但两个月只付了40元生活费和100元工资，他便辞职不干了。不久，大女儿出生，他只好到县城用3斤玉米换1斤大米，回家熬成白粥喂养她。如今，唐朝华已经成为青杠村的脐橙种植大户。他的两个女儿都已出嫁，儿子、儿媳分别在县社保局和乡镇工作，家里只有他和妻子两人生活，人均可支配收入达到了 26 万元。2020 年 3 月，唐朝华投资 80 万元，建起了一栋两间两层半、建筑面积 380 平方米的楼房，还购买了一辆大众迈腾轿车。谈起现在的生活，年近 60 岁的唐朝华十分开心地说："种植脐橙使全村人摆脱了贫困，走向了富裕。我们家的生活条件与以前相比，已经发生了翻天覆地的变化。"

唐朝顺带头并动员 20 多名党员、干部与自己一起干，成立了一个唐老鸭脐橙专业合作社，并与村民签订承诺书，冬季以每斤 4 元的价格保底收购成品果。在这样的条件下，2003 年 3 月，勉强有 68 户在 280 亩庄稼地里栽下了由县农业局、乡政府提供的脐橙树苗。

有些农民心里仍有抵触情绪，虽然把树苗栽下去了，但偷偷地把其拔松。胆子大一点的，干脆把树苗给拔了，谎称是被盗了。

在唐朝顺提议下，成立了由村"两委"干部和党员、群众代表组成的工作组，每天早晨、晚上到地里检查脐橙树苗生长情况，责令把被拔松或扯掉的树苗重新栽上。

转眼到了 2006 年春夏季节，280 亩脐橙树开始挂果，到初冬季节采摘时共收获了 18 万斤。唐朝顺以个人名义做担保，从当地信用社贷款 12 万元作为周转资金，将村民的脐橙以每斤 4 元的价格全部收购，种植户获利 72 万元，户均 1.06 万元。而后，他到西昌、成都市开设了 6 个果品专卖店，销售青杠村的脐橙，售价为 7 元一斤，能够做到保本，心里便有了底。

看到第一拨脐橙种植户有利可图后，另外 20 户村民也动心了，纷纷找到唐朝顺说好话，要求与专业合作社签订收购协议，并说自己没有资金，请他帮忙贷款。唐朝顺二话不说，便到当地红旗信用社，自己做担保，给每户村民贷款 1 万元，作为种植脐橙的本钱。他还到重庆农科院要来一部分脐橙树苗，分配给各户栽种。

2007 年冬初，68 户村民栽种的脐橙树收获 56 万斤，每斤收购价提高到 5 元，获利 280 万元，户均收入 4.1 万元，是种植水稻和甘蔗收入的 10 倍以上。另外 237 户村民见收入颇丰，也纷纷加入脐橙种植行业。从 2008 年开始大力开荒造田，使全村种植脐橙面积达到了 2800 亩。到 2013 年，全村 325 户村民脐橙种植总产量达到了 536 万斤，总收入 2680 万元，户均 8.2 万元。

唐朝顺把金钱看得很淡，整天忙于村里的各项工作，家里的 20 多亩脐橙只好请人帮忙打理，造成成本增加、收益减少。从2012年5月开始，他多方筹资修通了全村30公里的产业路。四组村民住在全村海拔最高的地方，他们自发采取集资方式，修通了从油房沟到二道坪5公里的"组组通"毛坯路，所需经费6.5万元由40户村民每户平摊1625元。有3户村民不愿掏钱，资金出现近5000元缺口。唐朝顺得知情况后发动28名党员集资5200元，支持四组修路，其中他本人捐助了3000元。

2019年8月，唐朝顺被评为全国最美退役军人，获得了1万元现金奖励。村"两委"动员每10户捐资修建一条脐橙林生产便道，他给16条便道各捐款500元，共计8000元。剩余2000元，看望两名老党员，每人500元。看望一个五保户1000元。

每年春节前夕，唐朝顺都会自己掏钱，慰问村里的五保户，提前给他们拜年。

同年10月，唐朝顺还被评为全国劳动模范，再次获得1万元奖励。村里组织修建三组通往七组的一条4公里山路时，他捐资3000元。本村一个专业合作社组织文艺活动时，他又捐助了5000元。第二年3月，当地公安部门在青杠村境内发现一名彝族群众无名尸体，多方寻找联系不到其家人，唐朝顺又出资2000元，请两位村民将无名尸体就地安葬。

青杠村内住有一部分彝族群众，唐朝顺一贯倡导彝汉民族一家亲，他把少数民族群众当作自己的亲人，不仅力所能及地在生产生活上帮助他们，还鼓励彝汉群众通婚。在他担任村书记期间，不仅成功介绍3对汉族青年恋爱结婚，还介绍了3对彝汉青年组成家庭。

"我只是做了一些应该做的工作，与全国名村相比，还相差甚远。下一步，将借实施乡村振兴战略的机会，认真做好农村党建，特别是要在发展集体经济、不断改善民生上下功夫，努力把青杠村发展、建设、治理好。"唐朝顺说。

唐朝顺访谈录

作　家：1985年1月，您从部队退役后的当月就被原五官乡任命为青杠村民兵连长，发起并带领村民在五年多时间内，用最原始的方法开凿了一条7.5公里长的水渠，彻底解决了全村祖祖辈辈吃水难、用水难的问题。2002年1月，您高票当选村党支部书记后，又发动村民在陡峭的山坡上开垦梯田种植脐橙，逐渐摆脱了贫困。您担任村书记的初心是什么？在动员村民种植脐橙的过程中遇到过很多困难，您却锲而不舍，积极起好示范带头作用，最后大获成功。您为之不断努力的内生动力是什么？

唐朝顺： 全心全意为村民服好务，带领大伙儿想方设法摆脱贫困，改变落后面貌，过上富裕生活。这就是我担任村党支部书记的初心。

我的内生动力来自两个方面。一方面，既然那么多党员在两轮投票中都坚持选我担任村党支部书记，那我就不能辜负他们的信任。2002年1月，村"两委"换届选举时，我完全没有想到会被党员选为村书记。1986年5月，我花了2800元购买了一辆大型拖拉机请人开，帮助别人拉建房子所用的砖、沙子、水泥等建筑材料，一年能赚2万多元，在那个年代已是一个不小的数目。我当时的想法就是多挣钱，让老婆孩子过上衣食无忧的生活。但我担任村书记后，更多要考虑全体村民的事儿，是要把责任扛在肩上，想办法让全体村民不断增加收入，改善生活条件。另一方面，自己是一名退役军人，深受部队教育多年，具有不怕艰难困苦、不怕流血牺牲的拼搏精神和坚强意志力，要么不干，要干就非要干成功不可。

作　家： 您为何选择把种植脐橙作为全村群众脱贫致富的有效途径？青杠村种植的脐橙有什么特质？

唐朝顺： 有句话叫"一方水土养一方人"。我担任青杠村党支部书记后，之所以把种植脐橙作为全村群众脱贫致富的途径，有以下几个方面的原因。一是受地理位置的限制。我们虽然距县城只有15公里，却是典型的山区村，整个村庄位于海拔1200米的咪咪山上，交通很不方便。二是土地较少。20世纪80年代初分田到户时，人均只有9分地，而且都是坡地，只适合种植玉米、红薯、土豆等旱庄稼。1990年9月修渠引水成功后，经过改土造田，一户才有了两亩水田。虽然家家户户分有几十亩自留山，但都在陡峭的山坡上。虽然有野生桐子，但一年也换不来几个钱。三是种植其他经济作物的收入不是很高。通水后虽然种植了几年水稻，亩产能够达到750斤，让大伙儿吃饱了肚子。后来有很多人开始种植甘蔗，但每斤售价也只有0.15元至0.2元，一亩地的收入也就是1200元至1600元，光靠这些是发不了财的。四是种植脐橙是摆脱贫困的重要途径。我先试种了3棵脐橙树，再动员自己的弟弟唐朝华试种两亩地获得成功，取得了不错的经济效益，加之县里积极推广脐橙种植，一算账是种植甘蔗的好几倍，就确定了在全村范围内种植。

青杠脐橙的特质是皮薄，味道甜而不酸，容易化渣，有股蜂蜜味。因为我们村的泥夹石土壤里含有磷、钾、镁、铁等成分，能够使水果皮薄多汁、增加甜度、风味浓郁，也是脐橙生长所需的重量级微量元素。加之独特的干热河谷气候，昼夜温差大、光照充足，积温较高，有利于降酸，成为全国少有的非常适合脐橙生长的山区村。另外，不用化肥、农药，而是大量使用农家肥和少量有机菌肥，用有机药杀虫，使脐橙口味纯正，形成了独特的品质。

唐朝顺认真察看脐橙生长情况

作　　家：青杠村已被列为四川省乡村振兴示范村，您将如何积极作为？重点做好哪些工作？

唐朝顺：我们将按照省委、省政府的要求，在实施乡村振兴战略中认真探索农旅融合的发展之路。成立青杠村实业总公司，实行村社合一，下设村集体所有的旅游公司、脐橙专业合作社、供销合作社，动员村民入股分红。与阿里巴巴旗下的河马鲜生果品公司、广州百果园水果公司合作，实行订单农业，不断提高青杠脐橙的品质和价格。认真做好旅游发展规划，在悬崖引水渠处修建玻璃栈道，在脐橙林山顶上修建观景台，使其成为展示新时代"愚公精神"的红色旅游基地。同时，在村庄建设农家乐、民宿、果品交易中心，力争5年内把青杠村打造成国家3A级旅游风景区。另外，争取政策性资金，建设一个集村党员干部培训、农村实用人才培训、退役军人培训的培训学院，不断发展壮大集体经济。

我们将重点做好以下几个方面的工作：一是认真做好农村党建工作，吸引更多本村毕业的大学生加入村"两委"干部队伍中来,努力提高党组织的凝聚力、战斗力、号召力;二是大力发展集体经济,不断改善民生,力争使村集体收入达到500万元以上;三是保护好生态环境,改变村庄面貌,力争实现宜居、宜业,进一步提高村民收入,让他们过上富裕富足生活。

作　　家:您认为一个优秀村书记应该具备什么样的素质和条件?选拔村书记时应着重考察被选举对象哪些方面?

唐朝顺:我认为一个优秀村书记应该具备以下几个方面的素质和条件。一是要具有坚定的理想和目标,否则就没有奋斗的动力。村书记的理想就是要使村庄宜居宜业,村民富裕富足,过上幸福生活。这需要在不同的阶段制定不同的目标,并为之奋斗和努力。二是要牢固树立全心全意为村民服好务的思想。村书记是大伙儿投票选出来的,要实实在在地当好村民的公仆,大到集体经济发展、村庄建设、治安防控、环境保护;小到村民家庭成员之间、左右邻居之间矛盾的调解、生活中出现的各种困难,都要力所能及地帮助解决好,真正做到群众之事无小事。三是要起好模范带头和引领作用。榜样的力量是巨大的,要求别人做到的,村书记要带头先做到。要求别人不能做的,自己带头不去做。村民对某一事物的认识具有一定的局限性时,村书记不仅要耐心细致地做好宣传解释工作,更重要的是,当群众不愿参与时,自己要起好示范作用。当群众看到利益愿意参与时,自己就要主动退出来。总而言之,不能与群众争利益,只能带头吃亏奉献。四是要自觉接受群众监督。村书记兼任村委会主任,是广大村民选举产生的,要对村民负责,不能凌驾于党组织和村民之上,要虚心倾听群众意见,每年年底要积极向村民大会或村民代表大会述职,自觉接受批评。

选拔村书记时应着重考察被选举对象的人品、能力和情怀。人品最关键,私心太重、处处想捞好处的人,再有能力也是当不好村书记的。能力是根本,如果人品好,但不懂经济,又缺乏基本的管理技能,也不行。情怀很重要,再有能力,如果他心不在焉,不愿意付出精力,不愿意吃亏奉献,也是白搭。

作　　家:您认为怎样才能确保乡村振兴战略取得实效?关键因素是什么?

唐朝顺:我认为只有妥善处理好以下几个方面问题,才能确保乡村战略取得实效。第一,各级党委、政府要把激活乡村发展内生动力放在首位。把村"两委"作为乡村发展、建设、治理的主体,重点放在激活村党组织领导下的产权、财权、事权、治权上。构建"村集体+公司+专业合作社+农户"模式。不能让社会资本成为先导,村集体成为附庸,这会导致肥了个体户、穷了村集体的不利局面。第二,切勿把乡村振兴搞成"面子工程"。据媒体披露,有个省在创建102个美丽乡村示范村、整治1030个村庄时,投资了260亿元。但城乡建设厅在组织验收时发现,一些乡村把大量资金用来修建大广场、大牌楼、大亭子、大公园等"形象工程",把大量精力、大笔资金用在了这些无用功上。农村要以自然为本,使村民望得见山、看得见水、记得住乡愁。不能搞得城市不像城市、农村不像农村。第三,要坚决禁止形式主义。一些地方禁止农民养牛、养羊、喂猪、喂鸡的做法欠妥,是典型的形式主义。城里人为何喜欢吃农民饲养的土猪肉、土鸡肉,就是因为饲养这些牲畜不用添加剂饲料,而用传统方法自然养殖而成。生长周期长,品质好,不仅肉质鲜美,还有利于人体健康,更重要的是,可以让农民增收。改善农村居住环境虽然很有必要,但一味追求"好看",那就大错特错了。第四,要严格落实"四议两公开"制度。农村是村民自治组织,不能像体制内的单位那样去管理。村书记不能成为乡镇的传话员,整天忙于开会、迎接检查、搞活动,而是要把主要精力放在党建、发展、建设、治理、服务上,踏踏实实做好基础工作。"四议两公开"是确保村"两委"决策科学、民主、严谨的一个非常好的办法,一定要坚持将其落到实处。

实施乡村振兴的关键因素是要千方百计地选好村书记,配强村"两委"班子,不断提高村干部待遇,让他们职业化。只有这样,才能把村庄发展好、建设好、治理好。

── 作家点评 ──

雷波县曾经是国家级深度贫困县。因为缺水,位于县城10多公里外的青杠村曾经是深度贫困村。从1985年5月起,时任村委会民兵连长的唐朝顺发起并带领村民,在五年多的时间里,用最原始的方式在悬崖上凿通了一条7.5公里长的水渠,将泉水引入村庄,使全村祖祖辈辈吃水难、用水难的问题迎刃而解。该村从此由种植产量较低的旱作物改为种植产量、经济效益较高的水稻、甘蔗等农作物。不仅使大伙儿能够吃饱饭,稳步增加收入,还为下一步的经济发展奠定了基础。这种不等不靠、自力更生、艰苦奋斗、战天斗地的新时代"愚公精神"十分难能可贵。

小小的脐橙,改变了一个村的命运,使全体村民逐渐摆脱了贫困,走向了富裕。青杠村从最早在280亩熟田上栽种,到后来在陡峭的荒坡上开垦梯田,种植面积在20年时间内已发展到如今的1.2万亩。虽然有土质、气候的优势，使青杠脐橙的品质比其他地方的要高许多，但最终能够发展成全村的支柱产业，关键因素还是唐朝顺发挥了模范带头和引领作用。

唐朝顺（右）到村民庄稼地察看旱情途中

刚开始，村干部和群众对唐朝顺种植脐橙的提议有些不理解，他便带头在自家院子里试种了3棵脐橙树，并动员自己的弟弟唐朝华先种两亩地，取得成功后，再动员村民种植。在他的带动和动员下，部分村民开始种植脐橙。

脐橙的销路是村民们最担心的问题，唐朝顺发起并动员20多位党员、干部入股，成立了脐橙专业合作社，贷款12万元作为本钱，相继到四川省的西昌、成都两市开设了6个果品专卖店，将村民种植的脐橙水果统一收购后保本销售，打消了大伙儿的疑虑。有的村民没有本钱，他便以自己的名义做担保，从当地信用社帮助贷款，解决了他们的资金问题。同时，青杠村种植脐橙也经历了一个认识的过程。村民们从刚开始的不愿意种，到尝到甜头后抢着种，再到如今种植积极性空前高涨，主要原因是该村具有种植脐橙得天独厚的优势，而且获得的收入是种植甘蔗的好多倍。

唐朝顺：带领村民在乱石堆里刨"金果"

在唐朝顺的艰苦努力下，从第一批 68 户种植，到第二批 20 户种植，再到第三批剩余的 237 户全部种植，全体村民都靠种植脐橙发了财，全村实现了共同富裕。

实施乡村振兴战略中，人们谈论最多的话题往往是如何使产业兴旺。但殊不知，发展产业不是一蹴而就的事情，既需要天时、地利，更需要人和。所谓"人和"，就是要充分发挥党建的力量，村书记率先垂范，以身作则，起好标杆、榜样、引领作用；充分相信群众、依靠群众、发动群众；调动一切可以调动的积极因素，团结一切可以团结的力量；因地制宜、因村制宜地确定产业发展方向，而后稳步推行，最终实现既定目标。

俗话说："一方水土养一方人"，各地有各地的优势，各村有各村的实际。因此，一定要结合各自特点确定产业发展方向，适合办工厂的就办工厂，适合做商业的就做商业，适合种植的就搞种植，适合养殖的就搞养殖。千万不要脱离实际，照抄照搬别人的东西。而要融会贯通，突出自己的特色。

唐朝顺为广大中西部地区的山区农村如何结合本村实际发展产业，不断提高村民收入、逐步摆脱贫困、走向共同富裕提供了一个典型的示范样板。

乡村振兴领头人——
中国模范村书记
下

叶星 著

中国华侨出版社
·北京·

目录 Contents

- **两任书记接着干**

002　贾　卿：苦干实干 废墟上重建幸福家园
056　雷宗奎：坚持合作化共富道路越走越宽
102　毛正新：辞去公职回村庄 干出一片新天地

- **发展乡村旅游带头人**

144　郭占武：把农民组织起来 卖乡村生活和乡村文化
203　闵洪艳：近30年植树 让生态成为绿色银行
248　朱仁斌：实践"两山"理论见成效

- **农村土地产权制度改革探索者**

297　林上斗：有情怀的"旅长村支书"
343　高德敏：将土地集中经营 让村民成股民
380　张　立："乡贤"回乡 让村庄大变样

410　● 后　记

两任书记接着干

乡村振兴领头人
——中国模范村书记

Chapter 05

贾卿：
苦干实干　废墟上重建幸福家园

人物概要

贾卿，男，汉族，1967年8月出生，大专文化程度，1992年10月入党。现任四川省彭州市宝山村党委书记、村委会主任，兼任彭州市宝山企业集团公司董事长、总经理，当选四川省第十三届人大常委。

贾　卿：苦干实干 废墟上重建幸福家园

四川省彭州市宝山村党委书记、村委会主任贾卿

宝山村是个不同寻常的村庄。半个多世纪时间内，在贾正方、贾卿父子二人的艰苦努力下，这个地处偏僻山区的小山村发生了巨大变化。贾正方从1979年3月担任大队党支部书记至2010年12月卸任，一干就是30多年。他是国家公职人员，因公不幸受伤，造成双目失明，内退回家。本可以安心休养，却以超常的智慧和坚韧不拔的毅力顽强拼搏，决战贫困，带领社员改土造田，植树造林，兴办以水力发电为主的各类工业企业，发展集体经济，使村民收入逐年提高，过上了幸福生活。然而，一场灾难从天而降。2008年5月12日发生的那场罕见的八级汶川大地震，让宝山村瞬间成为一片废墟。贾卿从父亲的手中接过接力棒，艰难地进行灾后重建。他将产业提档升级，二次创业，投资8.5亿元在四川雅安市宝兴县建设了一个装机容量为7.4万千瓦的水力发电站。之后，又相继多方筹资16.8亿元，建设了4个温泉酒店、一个帐篷酒店，发展高端乡村旅游，提升两个风景区旅游品质，被国家旅游总局评定为4A级旅游风景区，逐渐形成多样型、复合型、精品型旅游业，构成了以水力发电为龙头，建材、旅游为支柱的产业结构。经过他10多年的艰苦努力，宝山村的集体经济实力不断壮大，民生逐步改善，实现共同富裕，村民普遍具有获得感、幸福感、安全感，成为远近闻名的富裕村。

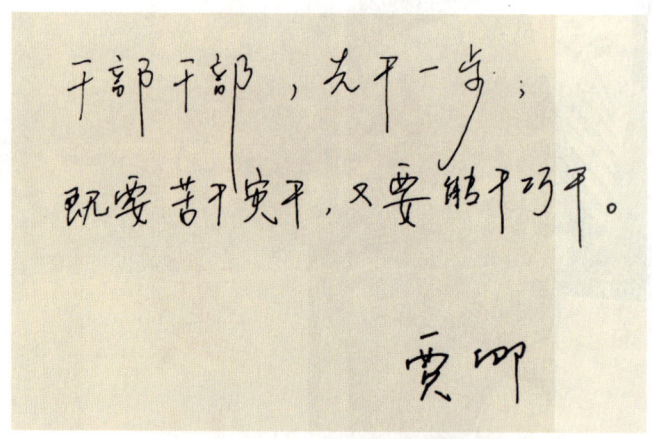

贾卿担任村书记多年来的真切感言

父子二人创业　集体经济逐步发展壮大

宝山村地处四川省成都市西北部的龙门山脉，版图面积56平方公里，但耕地面积只有1200亩、山地面积8.4万亩。全村共有13个村民小组、622户、2098人。

贾　卿：苦干实干 废墟上重建幸福家园

贾正方是宝山村成立以来第二任大队党支部书记。他原是重庆 107 地质队的一名在编事业单位职工，1953 年 6 月在打坑道找矿排出哑炮时不幸受伤，右眼失明，左眼只有 0.6 的视力（后完全失明），于 1966 年 12 月 8 日回到宝山大队的老家牛圈沟休养。可他闲不住，带领社员决战贫困。由于成绩突出，被大伙儿推举担任第一生产队队长，并于 1971 年 9 月担任当时的大宝山公社二大队党支部副书记。此时全大队共有 460 户，1800 名社员。他发誓，首先要解决社员吃饱饭的问题。为实现这一目标，唯一的办法就是开荒造田，多打粮食。

贾正方通过冥思苦想，并经过大队党支部反复讨论，最后确定了全大队"九十字方针"规划蓝图和奋斗目标："大干十来年，坡地全改完。梯田两千亩，粮产二百万。农林牧副渔，全面齐发展。山顶林带帽，二环果缠腰。平地建粮仓，亩产要过千。住宅造楼房，家园重新建。一座发电站，处处电灯燃。深山办矿场，原料搞加工。实现大寨队，大干加苦干。""这'九十字方针'即使在现在看来仍然是极其具有远见的，也很鼓舞人心。"贾卿说。

1973 年 8 月 17 日，是二大队社员永远难忘的日子，在第一生产队的晒坝上举行了全大队改土造田誓师动员大会，由全大队共产党员、共青团员、基干民兵、知识青年组成的"五四战斗队"正式成立，贾正方担任改土专业队总指挥，13 个生产队各抽出 20% 的劳动力在专业队集中，以工换工，一个队接一个队轮换着持续改土造田。

改土时，必须先把地里石头缝中间的泥土掏出来堆在一旁，再把石头爆破后搬走或深埋。然后铺上从外面运来的沙土和保水土，把事先挖出来能长庄稼的熟土铺上去，最后用自制的"水平仪"测量后砌上石头做护坡和田埂。

"当时既没有推土机，也没有挖掘机，全靠社员的双手和辛勤的汗水。每天天不亮就要起床，走十几里山路到工地；中午吃饭在工地，各自背来粮食和蔬菜，炊事员替大家煮好；晚上摸黑儿才能回家，收工后还要从山上背一筐煤炭上山烧窑，把换来的钱拿去购买改土放炮炸石头所需的雷管、炸药、导火线和铁锤、钢钎。"贾正方说。

5 年夜以继日地苦干，最后换来的是全大队改土造田 715 亩，过去的乱石坡如今变成了层层叠叠的成片梯田。

改土造田的第二年就获得了粮食大丰收，新修的梯田，亩产超过 800 斤。5 年后的 1978 年，二大队的粮食总产量由过去的 23 万斤猛增到 127 万斤，人均口粮达到 500 斤。由多年来一直吃返销粮变为不仅不再伸手要粮食，反而向国家上交了 16 万斤"红心粮"，在当地成为一大新闻。

社员不仅吃得饱，而且由过去以玉米糁为主粮，改成现在香喷喷的大米饭，许多老人、孩子高兴得流下了热泪。

与此同时，贾正方还制订了第二个行动计划：植树造林。

海拔从 1100 多米到 4500 多米的大宝山，盛产各种名贵植物，大片森林中保存了许多珍稀动物。上山采药的当地农民在树丛中看见过嬉戏的金丝猴，在草丛中跟踪过奔跑的羚羊，还有猴子、野羊、黑熊、金钱豹等野生动物，甚至还发现了大熊猫的踪迹。1957 年大炼钢铁时，由于过度砍伐，导致大片森林消失，成为光秃秃的石头山。洪水一来，就会形成泥石流，冲击山下的良田、农舍。有的野生动物消失了，有的迁徙了。贾正方从回乡的第一天起，就敏锐地感到这一可怕的巨变，暗自发誓："我一定要让荒山再次绿起来，让大宝山再次成为野生动物的乐园。"在回龙沟的荒坡上，他亲手栽种了上百棵云南柏，如今都已长成参天大树。

在贾正方的直接领导下，二大队成立了大宝山林业组，培育树苗，种植中药材。每年春秋两季还发动全体社员大规模植树造林。经过 30 多年锲而不舍的艰苦努力，宝山村已形成包括 5000 亩退耕还林在内的森林面积 1.7 万多亩，成为"全国绿化最佳村"之一。

现如今，不管站在大宝山的哪一面山坡上观看，山岭上都是茂密的森林，水杉、铁杉、柳杉、漆树、核桃等树木漫山遍野。夏天郁郁葱葱，遮天蔽日，在树下十分凉爽；秋天，红叶烂漫，错落有致，美不胜收。

大宝山重新恢复了青山绿水，光秃秃的山峰披上了绿装，既起到保护植被、调节气候，防止水土流失的作用，又为今后发展乡村旅游奠定了良好基础。

"终于实现了我的夙愿，让大宝山不再荒凉。山林里逃走的金丝猴、大黑熊、金钱豹、大熊猫又陆续迁徙回了大宝山。当年栽的树现在已经成材，可以实施间伐，再予补种，使其成为名副其实的绿色银行。"贾正方十分得意地说。

贾正方在带领社员改土造田、植树造林的同时，还挖煤窑，开采方解石、硫黄矿，烧石灰、烧硫黄，为大队集体积累了 1600 元资金，用于日常开支。

之后，贾正方率领社员在大宝山上开采了一个铜矿，成为大队集体办的首家企业。为提高效率，施工人员在 700 多米的悬崖上靠人工架设了 9 吨重的索桥，使矿石可以通过索道直接倒向山下的汽车上。

铜矿投产后，第一个月就运出矿石760多吨，不仅还清了开矿所用的全部材料款，当年还实现利润6万多元，为大队发展积累了宝贵资金。

紧接着，大队又开办了保温材料厂、石棉制品厂、选矿厂等集体企业。

"山上的矿石总有一天会开采完的，我们不能把子孙后代的饭给吃光了，得开发新的经济项目。"贾正方反复思考着这样一个问题。"大宝山地处龙门山断裂带，山泉多，水流急，落差大，具备发展小水电站极好的自然条件。为何不利用好这一资源发展小水电站呢？"他眼前一亮，感到豁然开朗。

在大队支委会议上讨论产业发展时，贾正方提出了自己的想法："咱们二大队办企业必须看准了再办，不能贪多。而且，我们必须从长计议，利用好水力资源，办好水电站。"贾正方的意见得到了班子成员的支持。

时任彭县政府县长段耀华曾在二大队蹲点，当他得知贾正方有建水电站的想法后，表示大力支持。可当申请报到县水电局局长那里时，局长不仅没有受到感动，反而感到很诧异，认为农民办水电站，一没有资金，二没有技术，三没有专业人才，简直就是"异想天开"，便以"研究后再说"拖着，迟迟不予表态。

在段耀华县长的督促下，几天后，县水电局派出工程技术人员到二大队进行实地勘测后扔下一句话："按照你们大队各方面的状况，根本不具备建设水电站的条件，建议你们慎重考虑，不要太异想天开！"

少数社员本来对修建水电站就持怀疑态度，听了县水电局勘测人员的话，反对的人更多了。有位社员对贾正方说："你如果真能把水电站建起来，我把自己的脑壳砍下来给你当凳坐！"

"难道山里人就只能认命？难道水电局不支持，修水电站就'搁浅'？难道全大队社员永远只能点煤油灯照明？"贾正方在大脑中反复质问自己。"不！要向命运和贫穷抗争！"他慎重思考了一段时间后产生了强烈冲动。

在随后主持召开的大队支委会议上，贾正方将修建水电站的动议提交与会成员进行反复讨论和研究。他深情地说："修建水电站是基于我们大队具备的得天独厚的条件，也是集体经济发展的长久之计。困难再多再大，我们都要克服。没有条件，我们就创造条件。没有人帮我们设计，我们就自己设计。总之，要想一切办法把水电站建成。"班子成员表示赞同和支持。会上还进行了具体分工：贾正方为电站总指挥，除负责筹集资金外，还负责水电站施工图纸的设计；大队党支部委员赵正祥负责修建水电站的引水渠和一段隧道；生产队长李兴远负责技术把关。

此时，贾正方的左眼一点都看不到，右眼视力逐渐下降到0.03。他戴着1000度的近视眼镜，手里拿着20倍的放大镜，与李兴远一起设计、修改，最后绘制了一张极不正规的电站设计图纸。宝山电站于1978年3月正式开工建设，修建1100米长的渠道弯弯曲曲，设计要求坡度为千分之十，最后因各种条件限制只达到了千分之八，成为遗憾。修建隧洞时，只上过小学5年级的赵正祥用量角器测量，两头同时打，最后误差只有10厘米。

1979年3月，贾正方高票当选为二大队党支部书记。第二天上午，他在牛圈沟路边的一个岩窝里主持召开了一次大队队委扩大会议，由大队党支部成员、生产大队委员、生产队长、党员、社员代表参加，认真回顾总结了过去的工作，讨论了全大队的出路在哪里。

"经过多年的努力，已经解决了大伙儿吃饱肚子的问题，但这还不够，面对新形势，大队党支部的任务更重了，要带领大家发展生产，摆脱贫困，尽快富裕起来。"贾正方说。

"啷个面对新形势，是啥子新形势吗？"一位农民问道。

"就是全国将以经济建设为中心，实行改革开放。党中央提出，允许一部分人先富起来，先富带后富，最终实现共同富裕，根本目的就是解放和发展生产力。"贾正方解释道。

"那怎么才能先富起来呢？啷个给带个头嘛。"另一位农民说。

"怎么先富起来？办法还是有的嘛。我们这里虽然是山区，但遍地是宝，有煤、铜、黄金、石棉、石灰石等矿藏和丰富的水力资源。先利用集体的力量修路、办企业、修水力发电站嘛。"贾正方说。"争取大家都成为'万元户'。"他又补充道。

"我的妈呀，如果有1万元存款，那日子过得好安逸呀。"一位上了岁数的农民惊讶地说。

"要说先富，我最有条件，虽然我的眼睛不好，但熟人多、门路广，既熟悉农业又了解工业，还当过地质队干部，勘探地质宝藏是我的强项，想当'万元户'应该不是问题。可我的任务是让大家都富裕。不然，要我这个大队党支部书记干什么？"贾正方深情地说。

他的一番话感动了参会的所有人，大伙儿感到二大队从此有了更大的希望。

贾正方进一步分析道："社会主义道路最根本的有两条，一是以公有制为主体，二是共同富裕。什么是共同富裕？就是家家户户都富裕，不能出现有的家庭富有，有的家庭很穷困,甚至出现两极分化。我坚决反对大队干部以权谋私,自己先富,同时反对把集体资产分光卖净,而是主张一定要走集体致富的道路,实现共同富裕。"

"要得嘛!"

"我赞成!"

"就按啷个说的办。"

……

与会代表纷纷发表意见,最后取得一致意见。还有的人听了贾正方的发言很兴奋,鼓掌表示赞同。

这次后来被人们称之为"岩窝会议"的大队队委扩大会议,对今后的发展产生了深远影响,从此拉开了二大队发展经济的序幕。

贾正方采取用耳朵听、用手摸、用脚踩的办法实地勘测线路,自己设计方案,带领社员用最原始的作业方式,修通了通往山外的2.5公里机耕路。

这年10月,二大队党支部改成党总支,贾正方任党总支书记。

1980年6月,宝山电站建成,自己设计、自己投资4万多元购买的100千瓦发电机组安装调试后,试机一次成功,开始发电。除供应本大队社员照明外,还为周边的省地质大队、彭县铜矿和大宝公社供电,每年可获得6万多元的集体收入。

贾正方多年保持收听中央人民广播电台新闻频道的习惯,随时了解国内国际重大新闻

1983年2月,二大队开始实现分田到户,人均土地0.8亩,山林2亩至3亩不等。贾正方多次组织党总支班子成员开会学习和讨论,最后决定:保留集体企业不分;保留固定资产不分;保留集体农机不分;集体积累资金用于扩大再生产,也不分。与此同时,二大队的称谓也随之发生变化,改为宝山村。

也是在这一年的8月，宝山新建工业公司成立，贾正方兼任总经理。

经过反复调查和论证，宝山村"两委"制定了本村分"三步走"，最终达到小康水平的发展规划。原先的"九十字方针"调整为"六十字方针"：

山顶林戴帽，二环果缠腰。
深山办矿场，平地建粮仓。
河上建电站，道路通山庄。
户户有电视，家家修新房。
教育要普及，退休有保障。
党风民风好，宝山奔小康。

贾正方又开始筹建装机容量高出10倍的龙槽电站。这次与第一个电站不同的是，由他本人选址后上报彭县水电局批准。可问题又来了，经过核算，修建这个电站需要100余万元的资金，而村集体当时的收入和积累加起来只有20余万元，还有80万元的缺口。

贾正方费了九牛二虎之力，最后在段耀华县长的大力支持和帮助下，从成都市农行得到了80万元贷款。终于在1983年10月破土动工，修建第二座水电站。贾正方亲自参加了水电站的勘测设计，并担任工程总指挥。为了节省时间，他干脆从家里带上铺盖，住在施工工地协调施工。

经过近一年的艰苦建设，克服种种困难，龙槽水电站于1985年2月底投入使用，并于3月9日正式并入国家电网，当年获得利润24万余元，如今，每年的利润都在100万元以上，为宝山村的发展提供了大量资金支撑。

尝到了建电站甜头的贾正方，在大脑中反复盘算着还要修建一座更大的水电站。他设想，把宝山村回龙沟长年不断的河水引到小牛圈沟，建造装机容量达到6400千瓦的桂花树水电站。

修建这座水电站需要近千万元的投资，而且施工难度巨大。为慎重起见，贾正方连续十多次实地勘测，并主持召开村"两委"会议进行反复讨论，取得一致意见。接着，将修建水电站的方案提交村民代表大会审议，尽管少数人有些思想顾虑，担心万一搞失败了，会劳民伤财，但贾正方的详细介绍，取得了大家的信任，表决时一致通过。

贾正方专程到成都水利勘察设计院洽谈，请求该院帮助进行规划设计。几个月后，设计图纸完成。按照设计要求，需要从7.5公里外的回龙沟开渠引水，长度达6000多米，其中5000多米是在大山深处穿行的隧道，还要在300多米高的悬崖峭壁上安装700多米长的输水管道。无论是投资金额，还是工程规模、技术难度，在全国村级单位建设的水电站中都堪称之最。

水电站建设方案上报到四川省水利厅后碰壁了。绕了个圈子后又请求成都市水电局审批，并将装机容量由6400千瓦改为5000千瓦。该局对宝山村的实力特别是贾正方的意志和能力比较了解，很快予以批复。

问题又来了，建设水电站需要300万元贷款，贾正方多方努力，仍一无所获。万般无奈之下，他只好再次去彭县政府找县长段耀华帮忙。最后，段县长亲自担保，他在成都市农行担任行长的战友开了绿灯，使宝山村的贷款问题得到了解决。

桂花树电站的施工难度难以想象。将回龙沟的水引出后，需要将落差达245米、全长400多米的钢构压力管道从阎王碥引到山下的发电机房。每节管道都是直径达1米、重量超过5吨的钢铁巨物，要把上百根这样的管道从悬崖顶部连接到山下谈何容易。

工程指挥部最初准备把管道施工承包给一个大型建筑队和一个水电局施工，可工程技术人员到现场一看施工难度太大，都不愿承揽。拖来拖去，耽误了一年多时间都无着落。

贾正方当机立断，决定组织村民施工，自力更生，艰苦奋斗，确保电站按期发电。为了避免施工中出现问题，他亲自到现场指挥、监管。

回龙沟两岸青山环绕，为了在这里修建蓄水大坝和水闸，贾正方组织村民日夜奋战，将河床平均劈下11米，最深的地方下降了16米，深挖后又用混凝土浇筑。

1988年10月底，大坝和引水渠道施工完毕，工程指挥部发现，修建贮水池由于运力不足，所需石头等建筑材料没有按计划运到，造成工程进展缓慢，延误了工期。

贾正方一声令下，全村130多位村民义务劳动，仅用3天时间，肩挑背扛从800米的山岩上将190多立方石头运到贮水池旁。结果只用了11天时间，贮水池顺利建成，比预计工期提前了50天。运送石头时，有的村民推坏了手推车，有的人的肩膀、双手磨破了皮甚至出血，但没有一人要求照顾或赔偿。"相信群众、依靠群众、发动群众，不仅是我们党的光荣传统，也是做好农村工作必须做到的。如果没有群众的支持和广泛参与,你想做成一件事是十分困难的。"贾正方深有体会地说。

经过贾正方和工程指挥部全体成员的艰苦努力和广大村民的鼎力支持,这年12月,巨大的引水管道高质量安装完成。

1989年1月,宝山村桂花树水电站提前完工并投入发电,两台绿色的水轮发电机功率达到6400千瓦(后来扩建为8000千瓦),年发电量达4800万度。成为全国最大的村办水电站。同年并入国家电网。仅用了两年零三个月时间,在贾正方的带领下,宝山村村民便完成了一项在全国水力发电史上村级电站的建设奇迹。后来,四川省水利厅厅长到该村参观时十分感慨地说:"惭愧呀,惭愧,错在我们过去对你们的能力估计不足。"

贾卿(右)到村办电厂检查安全生产

之后,贾正方又发起建设了龙头、回龙沟2座电站,并相继收购了白水河、头峡、仰天窝3座水电站,使全村的水电站达到8个,装机容量达到3.7万千瓦,年发电量达到2亿度,每年实现产值6500万元、利润2500多万元。

1993年11月,经民政部批复,撤销彭县,成立彭州市,由四川省直辖,委托成都市代管。

第二年2月,在贾正方的提议下,村"两委"制定了《宝山村第一个10年发展规划》。提出在未来的10年内,通过大力发展集体经济,不断增加村民收入,20%的家庭存款达到50万元,20%的家庭能够购买小轿车,成为社会主义富裕村。

村集体相继开办了铁合金厂、选矿厂、化工原料厂、炭黑厂、硫酸铜厂、铸石厂、天花板厂等，大大小小的村办企业已经达到24家。

1995年3月，宝山村党总支升格为党委，贾正方任村党委书记。全村的集体经济快速发展，保温材料工业区和化工工业区逐步建成。到第二年底，全村的工农业总产值已经达到2.9亿元、利润5000多万元，人均纯收入达到4000元，在全省名列前茅。

也是在这一年，贾正方相继被评为全国劳动模范、全国优秀共产党员。中共四川省委号召"全省学宝山"，《四川日报》对宝山村的经验进行了连续报道。然而，贾正方却冷静地进行思考，他在村"两委"会议上发言时说："全省学宝山，宝山怎么办？"随即开展了一场大讨论，认真查找本村在发展、建设中存在的问题和不足。

1997年9月，贾正方当选全国党代表，到北京参加了党的十五大。江泽民总书记的报告，让他的视野更加开阔，一直未想明白的问题也茅塞顿开。参加分组讨论时，四川省汶川县政府县长谷运龙听了贾正方的发言后，告知他汶川有着丰富的水力资源，热情邀请宝山村到该县投资建设水力发电站。

会后，贾正方带队前去考察，发现汶川县境内的河流属于岷江水系，具有山高、谷深、落差大的特点，非常适合水力发电站梯级开发。

经过反复思考，贾正方作出了一个大胆的设想：转型发展产业，走规模化、可持续、创新型发展之路。在随即组织召开的村"两委"会议上，他阐述了自己根据本村的特点和优势，确定以发展水力发电企业为龙头、农业种植为基础、旅游开发为重点的发展思路。走出本村，利用外地的水力资源开发水力发电。同时，利用大宝山得天独厚的森林资源、自然风光，大力发展生态旅游，培植新的经济增长点。这一想法得到了班子成员的支持。随后将方案提交村民代表大会审议后表决时一致通过。

按照发展规划，要在回龙沟建设一个风景区，可村里的化工工业区就建在沟口处。区内的建材厂、滑石粉厂、选矿厂、铁合金厂内散发出刺鼻的硫黄味，粉尘含量严重超标，造成了环境污染。贾正方一狠心，提交村党组织讨论决定，关掉了这些高能耗、高污染的工业企业。经过土地平整后，将景区的大门和停车场建在这里。

也是在这年的11月，贾正方应邀到攀枝花地质大队宣讲党的十五大精神后，与自己曾经是同事的地质队高级工程师黄思晃闲谈时，问道："川西地区的花水湾已经发现了温泉，不知道大宝山是否也有温泉资源？"对方回答说经过多年的研究很可能有。

从事地质勘探出身的贾正方听到这个消息后十分兴奋，他当即诚恳邀请这个地质队到大宝山"探宝"，协助宝山村开发地热资源。经过几轮谈判，最终达成了地质队以最优惠的价格勘探、成功后占有温泉股份10%的协议。

从1998年2月份开始，勘探队开始试钻，先到回龙沟寻找温泉水源，不行。又到一组的白水河大桥附近钻探，仍然不行。最后，在十三组处搞了一次物理探测，打到300多米深就开始出水了。1998年5月开始正式勘探，当钻头打到1602米深时，一股温泉喷涌而出，浅黄色的水柱高达20多米。

贾正方和村民们喜出望外，大宝山的又一宝藏被发现了，将给宝山村带来新的发展契机。

2000年8月，四川省科委组织有关专家对宝山温泉进行了正式鉴定，认定此处温泉含有多种对人体健康有益的矿物质和微量元素，水温达到38℃至39℃，每日自涌水量达到3600吨，适合进行旅游开发。

紧接着，宝山村聘请有关单位，按照贾正方提出的"高起点，上规模，高档次"指导思想，对温泉开发区进行了总体规划。之后，宝山温泉酒店顺利建成，吸引了彭州、成都等地的市民前来消费。

经过与汶川县政府洽谈，这年12月底，宝山村投入1.2亿元资金，在该县同时开工建设了4座水力发电站。三江灵官庙电站于2001年9月投产发电，装机容量1.4万千瓦，年发电量6000万度；龙竹园电站于2002年6月投产发电，装机容量2000千瓦，年发电量950万度；黑石江电站于2003年1月投产发电，装机容量2000千瓦，年发电量850万度；灯台树电站于2004年12月投产发电，装机容量1.6万千瓦，年发电量9200万度。

2002年8月，宝山村又在四川理县投资建设回龙桥电站，2004年12月投产发电，装机容量5万千瓦，年发电量2.5亿度。

2003年3月，彭州市宝山企业集团公司成立，贾正方的儿子贾卿兼任公司董事长、总经理。

这年10月，宝山企业集团公司又投入巨资在四川茂县建设了吉鱼电站，2007年8月投产发电，装机容量10.2万千瓦，年发电量5.4亿度。12月份，又在理县开工建设了绿叶电站,2008年12月投产发电,装机容量6万千瓦,年发电量2.89亿度。

正当贾正方雄心勃勃地大力发展村集体经济时,一场灾难悄然袭来。

2008年5月12日14时28分04秒,里氏8级的特大地震在没有任何征兆的情况下突然发生,震中位于四川省汶川县映秀镇与漩口镇交界处。而宝山村与汶川县只有一山之隔,相距130公里,与映秀镇的直线距离只有20多公里。

第一波地震发生时,宝山村村民感到天崩地裂,对大宝山及整个村庄造成了极大破坏。建筑物瞬间倒塌,成为一片废墟。

那天上午,贾正方到成都市参加一个会议,灾情发生后他及时赶回村里抢险救灾。汽车开过彭州市不久,唯一的通道彭白公路多处震裂,交通中断。他只好弃车顺着河沟艰难地步行,于下午5点多钟赶回村里。5点半立即成立了抗震救灾指挥部,分别成立了工业、农业、生活保障、宣传小组和青年突击队。贾正方本人为指挥长,村委会主任贾卿具体负责落实各项救灾任务。

宝山村在汶川县相继建成的4座水力发电站都不同程度地受到强地震的破坏,村内的水电站、工厂、风景区也都遭到不同程度的毁坏,受损率达到95%,造成直接经济损失27.8亿元。

贾卿果断指挥青年突击队和各村民小组长挨家挨户搜救伤员,当天晚上7点多钟,全村的受灾情况基本查清:倒塌民房7078间,54人不幸遇难,受伤人员164人。同时,还造成道路断裂,供电、通信、供水中断。

宝山水电站厂房受损,不能发电,造成全村及周边的用电户停电,晚上一片漆黑。村抗震救灾指挥部及时安排专业技术人员进行不间断抢修,3天后开始恢复发电,向大宝山镇、小鱼洞镇及本村灾民安置点供电。

救灾部队很快到达宝山村,在解放军官兵的艰苦奋战下,伤员很快用直升机被送往彭州和成都市进行救治。

紧接着,要进行艰难的灾后重建。"大地震既是一场灾难,也是一个转型升级的机会,我们一定要牢牢把握这个机会,把宝山村规划好、发展好、建设好。我们不能为重建而重建,而是要兼顾当前、着眼长远来进行。"贾卿在随即召开的村"两委"会议上发言时说。

经过反复讨论,最后确定全村的发展战略为:工业为龙头,旅游为重点。水力发电向智能管理、远程控制方向发展。同时,以资源为基础,以市场为导向,发展国际化、精品化、特色化、系统化的高端旅游，形成"一心、四区、三带"的大格局。即宝山旅游接待中心；回龙沟风景旅游区、太阳湾风景区、宝山乡村旅游区、宝山温泉度假区；高山植被保护开发带、山区林农业开发带、人居旅游经济带。

老书记贾正方（左）手摸地震后留下的巨石，认真了解全村灾后重建情况

2010年8月，在镇里组织的换届选举中，贾卿高票当选为宝山村党委书记。这年12月，他正式履职，同时兼任宝山企业集团公司董事长、总经理。这一年，全村的工农业生产总值达到了25.3亿元。

一个偶然的机会，贾卿获知四川省雅安市宝兴县宝兴河流域有一段水资源尚待开发，便带领相关工程技术人员前去考察。结果发现，位于陇东镇的宝兴河段不仅水量大，而且水头高，非常适合建设一个大型水力发电站，经过与当地政府沟通，最后签订了建设水电站的协议。

2011年12月，四川省发改委对宝山企业集团公司投资9.6亿元，在宝兴县征地640亩，建设一座两台发电机组、装机容量7.4万千瓦的出居沟水力发电站作出批复，同意开发。经过充分筹备后，电站建设于2012年10月正式开工。各项施工正紧张有序地进行时，万万没有想到一场天灾突然降临。2013年4月20日，雅安芦山大地震突然发生，震度为7.2级。出居沟电站建设工地出现大量的山体滑坡和泥石流，使此前修建的交通便道和通信基站严重受损，被迫停工。

这年10月又重新开工。首先修复已损毁的交通便道，重新安装简易移动基站，确保通信畅通。

"这个电站的引水隧洞长12.5公里，地质条件复杂，围岩差，地下水丰富，开挖难度大；水头高485米，运输困难，全部是新修的交通便道；交通支洞长1.5公里，通风排烟困难。"贾卿说。

在引水隧洞施工中先后出现了50多次塌方，其中有一段隧洞出现了高浓度硫化氢剧毒气体。那段时间，贾卿吃住都在工地，现场指挥施工，确保安全生产，避免人员伤亡。"我们采取了压缩气体进入隧洞和强送风方式，将有毒气体从洞中排出。开挖爆破后还发生了3次空水涌泥和多次塌方，采取了钢拱架强支护措施。复杂的施工条件导致施工进度缓慢，每月只能掘进20多米。"贾卿介绍道。

13公里长的22万伏高压输电线路，在陡峭的崇山峻岭中架设，不仅施工十分困难，而且成本高昂，共投资6000多万元。

经过8年多的艰苦努力，山居沟水电站终于在2021年2月投产发电。两台发电机组年发电量3.6亿度，产值8000余万元。"由于精打细算，电站建设总投资只花了8.5亿元，比预算节约了1.1亿元。"宝山企业集团公司负责水电建设管理的副总经理张强说。

水力发电已成为宝山村的支柱产业，15个水力发电站每年可实现产值3亿多元、利润1.8亿元。

贾卿经过多方考察和反复论证，于2011年3月投资4.2亿元，将此前在彭州市建设的宝山木业公司进行扩产，安装先进生产线，用桉树、速生白杨树作原料，生产高密度板材，年产18万立方米，实现产值3亿多元、利润5000余万元。

贾卿对宝山村的旅游重新进行总体规划，提档升级，重新定位。即在大宝山分为三层进行梯级开发：第一层，在海拔1100米处，兴建温泉酒店度假区；第二层，在海拔1100米至1200米处，兴建以农家乐为主的乡村旅游区；第三层，在海拔1200米至1600米处，开发太阳湾高山风光区、回龙沟云上风景区。

原来钻探的600米深温泉水井在大地震中由于地壳运动已经不能出水，宝山企业集团公司又投资1000多万元，邀请四川省化学勘探队进行钻探，打下了25000米深的温泉水井，富含氟、锶、溴、锂、偏硼酸、偏硅酸等多种消毒物质及对人体健康有益的微量元素，水温达到48度以上，每日自涌水量达到2000吨。

天宝酒店、仙泉酒店于2011年、2012年相继建成。2015年8月，宝山酒店投入使用。这三家温泉酒店都获得了良好的经济效益,使贾卿发展旅游业的信心倍增。

经过广泛思考和市场调研,贾卿觉得,应该开办一家特色酒店,以适应年轻父母亲子的需求。2020年1月,一个结构新颖的帐篷酒店在村内距彭州市母亲河湔江边不远的一块平地上动工建设。没有钢筋结构的住房,32个房间都是建在占地150亩的绿色草坪上。包括11个六角帐篷房间、5个木屋式房间、8个洞穴式房间、8个星空房间,造型独具特色,吸引了众多父母带着孩子进行体验式消费。星空房间远看像是天文观测站,由透明玻璃构成圆球形,父母带着孩子睡在席梦思床上,可以看到天空的星星。虽然一个房间价格每晚1380元,但依然供不应求。最受小朋友青睐的莫过于洞穴式房间,外观像是个贝壳,里面不是四四方方的结构,而是个洞穴,造型新颖、独特。洞穴式房间每晚1680元,但必须提前三四个月在网上预约才能订到,真可谓一房难求。帐篷酒店于同年8月建成并开始营业后,很快吸引了成都、重庆、德阳、绵阳等地的消费者,现已成为网红打卡酒店。

贾卿(中)到村帐篷酒店了解经营情况

2019年3月,村集体流转过去改土造田形成的1000亩梯田,成立了宝山农业公司,投入3000万元资金,用牛粪、有机肥对土壤进行改良,对田埂进行改造,还安装了节水供水系统。600亩土地种植中药材白及,240亩土地种植蓝莓,160

亩土地种植宝山茶叶，还在所有田埂上种上蔷薇花，成为观光型、体验型大地景观，与乡村休闲旅游相配套。在梯田上方建设了一个独具特色的两山亭，不仅可以俯瞰田园风光，还可以在玻璃桥上留影。

中国名村收藏馆位于太阳湾风景区内，投资800多万元，建筑面积1200多平方米。馆内不仅图文并茂地展示了全国24个名村的风貌、党建、经济发展、乡村建设、村书记风格及名言，还介绍了全国少数民族村寨和古村落，免费供游客参观。很多游客在留言簿上留言：真没想到在这个收藏馆就能了解到全国名村的情况，开了眼界，受益匪浅。

"游客在太阳湾风景区内不仅可以看到小熊猫、牛羚、金丝猴、白腰雨燕等珍稀动物及珙桐、水杉、银杏等珍稀植物，还可以领略日出和云海奇观。"贾卿介绍道。

回龙沟是高海拔地区，从贾卿担任村党委书记后，陆续投入资金进行开发。游客到这里可以观赏飞天瀑布、大飞水瀑布、回音叠水瀑布，穿越回龙沟大峡谷。该峡谷具有雄、奇、险、峻的特点，吸引了成渝地区众多的"驴友"到此登山、探险。

贾卿精心设计的"云上"建筑物相继在回龙沟景区建成。2020年8月，投资1000多万元的"云上咖啡厅"开始营业，建筑面积700多平方米，可供200人同时在大厅内品尝各类咖啡、名茶、简餐，厅内还放置了1000多册各类图书、杂志，免费供游客阅读，成为游客上下山休闲的驿站。同时，在海拔1600米处投资2000多万元，建设了一个"云上餐厅"，建筑面积1000多平方米，不仅可以同时为400名游客提供自助餐，还可以提供商务接待。到了旅游旺季，这里天天生意爆满，一座难求。

贾卿经过一段时间的缜密思考，又酝酿了一个新的建设项目："云上酒店"。"酒店建在太阳沟与回龙沟交界的悬崖处，海拔1600米，主要是满足青年人的高端需求。2020年9月兴建，建筑面积5000多平方米，共12个房间。预计2024年上半年竣工营业。"贾卿介绍道。

投资2亿元的宝山康养中心于2018年5月兴建，将成为宝山村旅游业一个新的亮点。六层高建筑面积1万余平方米的康养中心，现正在进行内部装饰装修，将于2025年"五一"假期对外营业。与之配套的商业街已经建成，内设超市、生活艺术馆、美术馆、药房、面包房等。不仅如此，宝山旅游区还建有4千米绿道、运动中心、体育馆、人工湖、图书馆、瑜伽馆、培训学院、医疗服务中心等，既是旅游服务场所，也是康养服务场所。其中医疗服务中心功能齐全，可以为每位康

空中俯瞰宝山村村貌（无人机航拍照片）

养人员建立健康档案，按照其心理和健康需求提供优质服务；同时，还会定期邀请成都中医药大学附属医院、四川大学华西医院的专家前来为康养人员提供健康信息服务。

"宝山村旅游设施经过10多年的建设和提档升级，已形成了多样型、复合型、精品型，不仅项目多，而且内容丰富，可以满足不同年龄层次的消费需求。即父母与儿童亲子住宿、青年人登山、户外运动，云上咖啡、餐厅、酒店消费，老年人康养、温泉健身消费。我们将精心打造成国家级旅游度假区、户外运动基地、国际性山地度假胜地。"贾卿说。

宝山村旅游接待量每年已达到100万人次以上，实现营业收入2亿多元、利润3000多万元。

经过贾卿10多年的灾后重建，宝山村已形成了以水力发电为龙头，建材、旅游为支柱的产业体系，宝山企业集团公司下设27家企业。全村实现工农业生产总产值20亿元，上缴税款7000余万元，获得利润2.6亿多元，全村固定资产达到106亿元，成为西南地区远近闻名的富裕村。

"因白水河自然保护区和大熊猫国家公园建设都涉及宝山村，从2021年9月起，村内的龙槽、桂花树、白水河、回龙沟4个水力发电站相继被关闭，停止发电。我们正在规划建设高寒地区农作物产、学、研高质量现代农业基地，打造新的经济增长点，真正形成一、二、三产业融合发展。"贾卿说。

不断改善民生　全体村民日子越过越好

不断改善民生，实现共同富裕，是贾正方和贾卿父子俩的共同愿望，而且，贯穿于他们担任党组织书记的整个过程当中。

就业是民生之本，两任村书记都很关注村民就业，希望人人有事干，有固定的收入来源。全村具有劳动能力的村民共有1264人，其中，有760人在宝山企业集团公司工作，410人开办农家乐，共提供了1230个就业岗位，不仅安置了本村500名村民就业，还吸引了周边村镇的730人前来就业。全体村民就地、就近就业，就业率达到95%以上，实现了充分就业。

宝山村共有32名残疾人，其中2人被评定为一级伤残等级、2人被评定为二级伤残等级，完全丧失了劳动能力。经过两任村书记的努力，已有28名伤残等级被鉴定为5级至10级的村民,相继被安排到宝山企业集团公司上班,有了稳定收入。对完全丧失了劳动能力的人,村里也想方设法帮助他们找力所能及的活干,让他们有饭吃。1984年出生的一组村民刘岳军因患先天性小儿麻痹症,手脚严重残疾,被评定为一级伤残,完全丧失劳动能力。他的爷爷岳兴才于1940年出生,体弱多病,母亲岳雪茹1962年出生,虽然参加了失地农民养老保险,但未到法定退休年龄时不能享受退休待遇。在他小时候父亲就离家出走,后与母亲离婚。刘岳军便与母亲、爷爷相依为命,一家人的生活非常困难。贾卿颇为着急,一直思考着帮助刘岳军解决经济来源问题。他家住在白水河社区附近,平时人流量很大,夏天来来往往的人更多。2015年3月,贾卿提请村民小组讨论和村"两委"研究后决定特事特办,将村里一块300多平方米的空地免费提供给刘岳军使用,允许他在自家住房旁边搭建活动板房开茶馆。他虽然是高度残疾,但看看场子还可以,母亲帮他烧茶、冲水,招待客人,每年可以获得4万元至5万元收入。

让社员(村民)不断提高收入,过上好日子,是两任村书记的共同追求。宝山村村民的收入来源于以下几个方面:工资收入、办实体经营收入、在企业入股分红、养老补贴。

在宝山企业集团公司工作的760名村民,每月可以分别获得3500元至4000元工资收入。

宝山村旅游业的快速发展,吸引了成渝地区的众多游客前来观光旅游,为村民发展农家乐提供了良好条件。全村农家乐从最初的5家迅速发展到如今的400多家,每户每年可以获得5万元至10万元的经营收入。在村集体的大力支持下,还有5户村民兴办了高档农家乐,每年收入在90万元至100多万元。十组村民沈光富就是其中的一户,他开办的半盏山房农家乐生意十分红火。

从2005年3月开始,当时32岁的沈光富利用自建的一栋两层楼住宅,开办了农家乐,除为游客提供餐饮外,还可以为40人至50人同时提供住宿,每年可以获得10万元至12万元的盈利。

2015年底,宝山村第一家由村民投资500万元对旧宅进行改造的清清花园竣工营业,这座欧式城堡建筑风格的高档农家乐,以其良好的环境卫生和精美的川味美食,吸引了众多游客消费,生意火爆。沈光富动心了,他想将自家的农家乐进行提档升级,由普通消费变成精品消费,并向村里提出申请。

沈光富的父亲沈文茂得知儿子准备把自己有30多间房子的楼房推倒重建时,

气不打一处来地找他质问道:"农家乐经营得好好的,每年有十几万元收入,你为何要把房子推倒重盖,这不是典型的穷折腾吗?"

"这种经营方式收益太低了,提档升级后,所获得的经济效益将是现在的好几倍。"沈光富争辩道。

"如果没有你想象的那么好呢?那后悔就来不及了。况且,拆建这几年一分钱的收入都没有,不是败家子儿过日子吗?"沈文茂仍然很生气地说。

"您的眼光不行,牺牲一点眼前的利益,才能换来更高的收益。"沈光富反驳道。

那天很凑巧,父子二人正争论不休时,贾卿正好路过,他给沈光富的父亲简要谈了村里的整体规划及农家乐经营情况,告诉他将农家乐提档升级虽然短期内会受些损失,但从长远来看,是正确的选择。"您的担心是不会出现的,清清花园不是已经取得成功、获得了数倍的收益吗?发展高端农家乐是一个大趋势,村里也是鼓励和支持的。"他进一步解释道。

"既然贾书记这么说,那肯定行。"沈文茂不好再说什么,但对儿子将农家乐提档升级的做法仍然持怀疑态度。

沈光富于2017年6月邀请设计师对拟建造的高端农家乐进行了建筑和装修设计。由于内部装修风格与村集体的整体规划有些冲突,未能获得审核通过。贾卿得知这一情况后,表示一定要支持沈光富把高端农家乐办起来。2018年2月,沈光富家的房子推倒后开始重建。

按照造价预算,整个房子的建设和装修需要800多万元资金。可沈光富家里的积蓄全部用上,加上从亲戚朋友那里借来的部分,满打满算也只能凑到500多万元,还有260万元的缺口。"这咋办呢?到哪里去筹集这笔钱?"沈光富在大脑中反复盘算着。那几天,他愁得吃不香,睡不安,于是,便主动找到贾卿谈及此事。

一个多星期后,贾卿帮助联系了一家银行,帮助沈光富贷到了260万元资金,使事情得到了妥善解决。

建房时,贾卿只要在村里,每天都要抽空到沈光富家的建筑工地去转转,看他是否按规划设计建设。

经过20个月的紧张施工,谁也没有想到,在普通农家乐基础上经过改造,一栋川西民宿建筑风格的高端农家乐于2019年10月1日展现在人们面前,取名"半盏山房"。沈光富解释道:"这个名字源于民间'茶喝半盏,酒喝满杯'之意。以前的房子质量很差,都是贴瓷砖,现在的风格却有很大不同。"

房间里的每一样用品都要经过 VI 设计师精心设计，大到楼梯、扶手、房间的装修色调、灯具，小到床、柜子、桌子、椅子、被子、杯子，甚至牙膏、牙刷、插花、LG，等等。

"升级后的农家乐突显了茶文化。烦恼时，择一僻静之地，品半盏茶，自斟自饮，细细品味其中的乐趣，静静思考人生。这就是升级后农家乐的主题文化。"沈光富介绍道。

光有硬件建设还远远不够，村集体曾组织经营农家乐的村民 10 余次到彭州、成都等周边地区经营比较好的农家乐去参观学习，还多次邀请从事旅游、餐饮服务的老师到村里为大伙儿授课。

"贾卿书记经常给我们讲，一定要不断转变经营观念，尽量避免或少走弯路。他说，随着社会的不断发展，现在游客对吃、住、行、游、购、玩的要求越来越高，必须突出文化氛围和特色，注重产品质量，保证卫生，搞好服务。"沈光富介绍道。

贾卿（左）到村民家了解农家乐经营情况

品半盏茶，尝半盏茶香肉、冷水鱼、土鸡、腊肉、高山竹笋、土豆等无公害绿色食品，成为半盏山房的特色消费。沈光富还注册了"半盏山房"商标，将腊肉、土鸡、竹笋、高山土豆等制成真空包装食品，让游客带回去赠送亲朋好友。他还自种了 1 亩多菜地，游客自采自摘，交给厨师烹饪，也可以自己动手加工。

优美的环境，良好的服务，吸引了来自彭州、成都、重庆等地区的众多客人，特别是白领阶层的成功人士前来度假、洽谈生意。每年"五一"，沈光富忙个不停地接待一拨又一拨的游客。16 个房间、26 个床位的价格分别定价为 698 元、898 元、1298 元，平时房间的利用率在 60% 以上，旅游旺季时经常爆满。

半盏山房不仅安排了 8 人就业，还获得了良好的收益，每年的经营收入在 160 万元以上，利润上百万元。看到儿子新建的高档农家乐每年收益是改造前的近 10 倍，沈文茂笑了，他说看来自己的观念是落后了，幸亏有儿子当初的坚持和贾卿的大力支持和帮助，才有现在的生财之路。

"除半盏山房外，花园、朴实、碧园、墨香园等另外 4 家高档农家乐的收入也不错，有的甚至更高。另外 405 家村民开办的普通农家乐收益也不错。我们将鼓励、支持他们逐步将其提档升级成高档次的农家乐。"贾卿说。

入股分红，是宝山村村民的又一项重要收入来源。

2002 年在全国兴起"温州模式"企业改制潮，贾正方思索再三，并组织村"两委"多次开会讨论，最终按照当地政府"一次改，改彻底"的总体要求，村集体企业宝山建新工业公司进行改制，并于 2003 年 3 月 4 日成立股份制性质的宝山企业集团公司，注册资本 1.2 亿元。

改制前，贾正方定下了"企业改制后，村集体所占股份必须是大"这个基本原则。

宝山村村民入股分红分为三大类：员工历年劳动积累股、风险共担股、村民小组福利股份。

第一类：员工历年劳动积累股。该股分为两部分：工龄量化入股、能力贡献大小入股。

为回馈员工从 20 世纪 80 年代开始对集体企业和积累所作的贡献，村集体先后五次将集体经济发展增量以职工工龄为标准进行量化分红。村里规定：股份持有人享有分红收益权，但不能转让、抵押、馈赠和继承。

第一次工龄量化，是指 1979—1983 年参与修建宝山、龙槽电站的村民，每年配股本金 400 元，5 年共计 2000 元，按 30% 比例分红，每人分得红利 600 元。

第二次工龄量化，是指 1983—1987 年参与修建宝山、桂花树电站的村民，每年配股本金 600 元，5 年共计 3000 元，按照 30% 的比利分红，每人可以分得 900 元。

第三次工龄量化，是指 1993—1997 年参与宝山企业发展的员工，每年配股本金600元，5年共计3000元，按照30%的比利分红，每人可以分得900元。

第四次工龄量化，是把前三次量化结合起来，按照工龄、能力、贡献大小再次进行量化，量化配股本金3.6万元至31.2万元，按照3%的比例分红，最多可以分得9360元，最少的可以分得1078元。

第五次工龄量化，是指2000—2004年参与宝山企业发展的员工，修建回龙桥电站的员工，按照工龄、能力、贡献大小再次进行量化，量化配股本金13.9万元至34.8万元，最多可以分得3.1万元，最少的可以分得1.3万元。

能力贡献大小入股，是指在工龄量化坚持公平性、整体性的基础上，又体现差异性。结合员工岗位、职称、文化程度，尤其是给村集体作出的贡献和绩效等因素，对每一名员工股份额进行差异性评价量化，实行多劳多得。

"这类员工分红中每年可以分得红利4万多元，最少的2万多元。"贾卿介绍道。

第二类：风险共担入股。1997年，原宝山建新工业公司在四川汶川县投资修建水力发电站，2003年，宝山企业集团公司在四川茂县投资修建水力发电站时，资金遇到困难。经过村"两委"研究和村民代表大会审议表决后决定，村民小组和本村村民可以投资入股分红，年息20%。最后有13个村民小组和200户村民积极响应，最多的入股5万元，最少的入股1000元，共募股178万元，每年分红35.6万元。

"仅这两大类股份，宝山企业集团公司每年要向股民支付红利1100多万元，其中有431人是宝山村村民，其余是村外籍员工。"宝山企业集团公司财务部长罗兴碧介绍道。

第三类：村民小组福利股份。当年植树造林时，大队出树苗，生产队和社员出劳力，义务劳动予以栽种，这些树经过严格管护已成为森林，价值无限。贾正方考虑再三，决定按照村集体得80%的大头，村民小组得20%的小头，按照当年植树的贡献大小，给每个村民小组配股1万元至3万元的福利股，按30%的比例分红。每年仅此一项就需要支出60万元给13个村民小组，由村民小组平均分配给每位村民。

宝山企业集团公司为发展旅游，分别从10个村民小组流转了1000亩梯田，按照每亩地1000元的标准，按实际流转亩数，每年支付给10个村民小组土地流转费100万元，再由村民小组平均分配到每个村民。

2023年，全村人均可支配收入达到8.4万元。

宝山村村民住房经过了两个发展阶段：第一个阶段是地震前建设的。2006年3月，村集体投资在三府坪统一盖起了32套红瓦白墙的欧式建筑风格别墅，以每平方米500元的价格分配给村民居住。其中，建筑面积378平方米的17套、建筑面积580平方米的4套、建筑面积600平方米的2套。在2008年"5·12"汶川大地震中全村99%的房屋受损，大多数成为一片废墟，只有这些别墅被保留下来。之后，村"两委"根据旅游带动和产业发展相配套的需要，不搞住房大集中，而是实行适当集中、迁村腾地，由村集体统一规划，进行灾后重建。

全村共在10个安置点，由531户村民自建了180平方米至250平方米的住宅，人均住房面积35平方米。村民自建房屋，除国家为每户发放2万元住房补助、8000元迁村腾地补助外，村集体还对每人给予5000元住房建设补助。

"灾后重建时，全体村民的住房被规划成三种建筑风格：赵家沟区域为欧式建筑，彭白公路沿线为中式徽派建筑，太阳湾山脚下为川西民宿建筑，所有建筑都要按抗八级以上地震进行设计、建设。"贾卿介绍道。

宝山村持续提升乡村建设和治理水平，建设宜居宜业和美乡村。2024年4月，村集体投资5000余万元，对村域内彭白公路沿线太阳雨A、C区32户村民房屋风貌进行改造提升，打造水系景观，提升景观节点、创新场景营造，培育发展多元业态，建设了宝山太阳雨·山集商业街。村民可在自家房屋经营项目，也可将其出租。完善的基础配套设施、丰富的乡村生活场所，进一步提高了村民的生活品质、增加了村民的家庭收入。

让村民老有所养、老有所乐、老有所学，是两任村书记尽心尽力所做的事情。宝山村现有退休村民412人，村里成立了老年协会，配备了5名工作人员专职为老年人服务。

在宝山企业集团公司所属企业工作的760位村民，全部参加了城镇职工养老保险，达到法定退休年龄以后，按月领取当地人社部门实行社会化发放的退休费；"5·12"汶川大地震之后，当地政府征用宝山村的土地建设白水河社区、建市场和扩宽公路，致部分农户失去土地。人社部门为70户、168人办理了失地农民养老保险，从2019年1月起，参保村民陆续开始享受保险待遇，每月分别能够领到1700元至3000元不等的退休费；不在企业工作、没有参加城镇职工和失地农民养老保险的村民，依法参加当地城乡居民养老保险，所缴纳的基本养老金由村集体统一支付，达到法定退休年龄后，按时领取退休费。

除此之外,村集体还给60岁以上的老人发放养老补贴。从1995年5月起,年满60岁的村民,村集体每月给每人发放60元养老补贴,到2010年10月增加到每人每月80元。2020年10月起,按年龄段发放不同数额的养老补贴。其中,年龄在60岁至79岁的,每月发放200元;年龄在80岁至89岁的,每月发放500元;年龄在90岁以上的,每月发放800元。"仅此一项,村集体每月需要支付13.5万元,全年合计支出162万元。"贾卿介绍道。

从2021年10月开始,村"两委"还出台规定,为高龄老人发放高龄补助。其中,年满90岁至94岁的村民,村集体一次性奖励8000元;对95岁至99岁的村民,村集体一次性奖励1万元;对100岁以上的村民,村集体一次性奖励2万元。享受此待遇的高龄老人,全村共有15人,其中90岁至94岁的共有11人,95岁以上的共有4人。

每月1日,老年协会要组织所有退休老人召开一次座谈会,与老年人"摆龙门阵",引导大家注重身体保健、养成健康生活方式,提高生活质量,使生活过得更加幸福、美满。同时,还给这些老年人"支招",教他们如何配合好忙于上班的子女,把孙子、孙女教育好。

贾卿(左)一有空就给父亲贾正方读报,让他随时了解党和国家关于"三农"工作的方针、政策

村里每季度组织所有老年人到龙门山卫生院免费进行一次健康体检。

每年九九重阳节这天，村集体要为新入 90 岁的老人发放一次性奖励，还为每位老人发放一份纪念品，其中有各自喜欢吃的食品。

村集体还投入 1000 多万元资金，盖起了一栋三层的老年人活动中心，建筑面积 2000 多平方米，内设图书馆、棋牌室、舞蹈室、音乐室、书画室、健身房等，供全村老年人读书学习和娱乐、健身。

村老年协会成立了舞蹈队、文艺队，每天组织老年人唱歌、跳舞，还定期组织大家排练小品、歌舞等文艺节目，宣传本村的好人好事。同时，还开展了"好媳妇""好婆婆""好女儿""好女婿"评比活动。"这几项评比，每年总共只有 5 人。我们注重实事求是，注重评选质量。只有具有典型性、代表性、先进性的人，才能被评上。特别是'好女儿''好女婿'这两项，有就评，没有就空着，绝不搞滥竽充数。评选的目的是弘扬正气、倡导文明和新风尚，而不是为了照顾谁。"贾卿介绍道。

每年年底，村"两委"要对被评选对象进行表彰，并给予 1800 元至 2000 元不等的物质奖励。

在宝山村，婆媳之间和睦相处、尊老爱幼的文明风尚越来越浓。十组村民王朝琼 1963 年出生时就被无儿无女的王孝明、陈绍袖夫妇抱养，夫妻二人将她视为亲生骨肉，尽心尽力将其抚养成人。随着养父母年龄的增长，身体状况越来越差，王朝琼便像亲生女儿一样照顾他们。她的爱人冯弟福一直坚持在附近干活，好有个帮手。养父母经常住院，夫妻二人就轮流陪护，回到家里，精心照料他们的饮食起居，直到二位老人分别于 2019 年 9 月和 2020 年 4 月相继去世。她的故事感动了很多村民，于 2020 年被评为全村"好女儿"。

贾正方没有上过学，为此吃过很多苦头，因此，深知教育的重要性。他经常说："娃娃们只有好好读书，具备较高的文化程度，才能改变自己的命运。"贾卿更是懂得其中的道理，所以非常重视教育。"企业要发展，人才很关键。宝山企业集团要发展壮大，就必须有更多的年轻人学成之后，回乡贡献自己的聪明才智。"贾卿说。

20 世纪 80 年代初，二大队还不富裕，社员还在咬着牙进行资本原始积累时，贾正方就在大队党支部会议上提出："要给娃娃们提供一个良好的学习场所，让他们从小就努力学习文化、科学知识，长大后成为一个有用之才。"

于是，大队集体从千辛万苦积攒的资金中拿出 8 万元，兴建了一所漂亮的宝山小学。

那个年代的8万元,对一个偏远的山区村庄来说,无疑是很大的一笔支出。但贾正方说到做到,兑现承诺。

宝山小学教师历来清贫,但大队及后来改成的村集体对教师除国家给予的工资外,还另外给予一定的特殊津贴,使他们能够安心教学。

后来,村集体又投资改建村办学校,村民子女从上学前班到初中,学费全免。凡是考上大学的,都要给予一定的资金奖励。村里还规定,凡是本村子女大学毕业后愿意回到宝山企业集团公司工作的,其在学校的学费由村集体全额报销。

宝山村的医疗分为两个部分:在宝山企业集团公司上班的760名员工,全部参加了当地城镇职工医疗保险,按个人账户和社会统筹两个部分,到定点医疗机构诊疗和住院治疗。其他村民参加了当地的城乡居民医疗保险,按规定享受医保待遇,每年缴纳的医保费用由村集体统一报销。

村集体还于2017年投资建设了一个功能齐全的社区卫生服务中心,具有40多年临床经验、曾在彭州市中西医结合医院任院长32年之久的张有义退休后,被返聘到社区卫生服务中心工作,为村民提供中西医结合治疗、疑难杂症、顽固性湿疹、肿瘤、风湿、颈椎腿疼和脾胃功能的调理治疗。

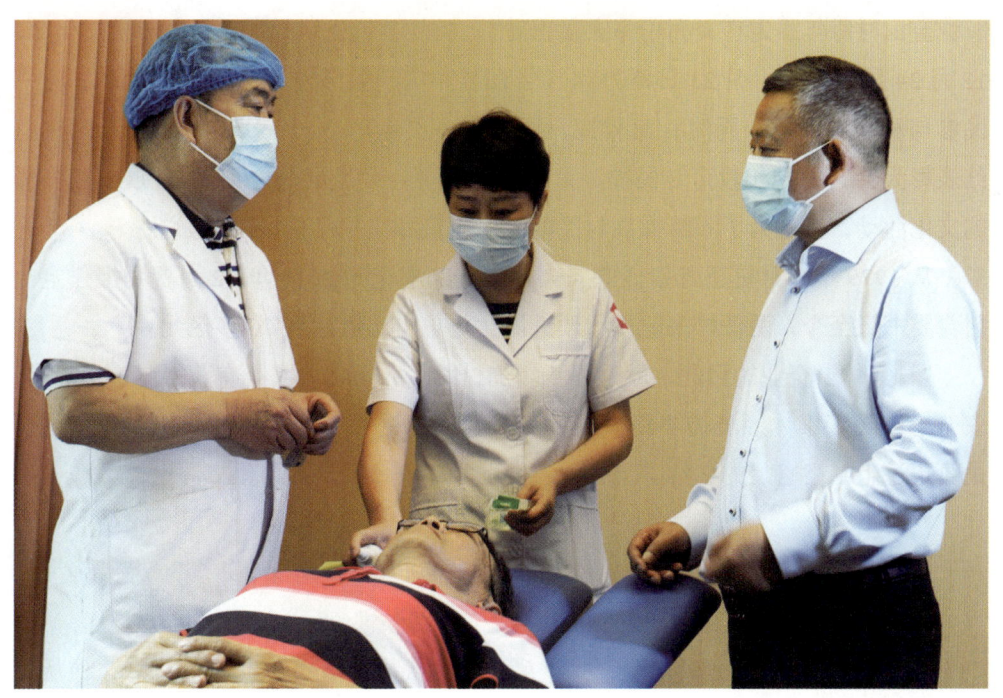

贾卿(右一)到村卫生服务中心了解情况,要求医护人员认真为每位村民服好务

村里还建立了在村办企业工作的村民住院医疗费二次报销制度，按各自家庭困难程度不同，报销比例为50%至100%不等。未在企业上班的村民住院，按照实际情况参照执行。十一组村民万光发很早丧偶，儿子患有肺炎，被安排在村里工作。2019年8月，万光发患急性肺炎在彭州中医院住院20多天，花费6.5万元医疗费，自费部分达到3.2万元。根据他家的特殊情况，经过村"两委"讨论，村集体一次性给予了2.5万元住院费二次报销。万光发逢人便说是享了共产党的福。

两任村书记也很重视文化建设。贾卿说："村'两委'不仅要给村民物质享受，还要注重精神文明建设，让村民通过文化熏陶，不断提高自身的整体素质。"

2015年3月，村集体相继投入6000万元资金，建设了一个功能齐全的宝山村民文化活动中心，建筑面积6000多平方米。内设一个大型图书室、可容纳600多人的影剧院、会议室、文创空间等。图书室内共有政治、历史、科技、经济、文学等17大类藏书，村民可随时前往阅读。村里还成立了读书沙龙，定期举办读书会、故事会，鼓励村民常读书、读好书。

村集体还投资3200万元，相继建设了5个小型广场和篮球场、排球场、网球场、沙滩排球场、乒乓球馆、羽毛球馆，免费向村民开放。

宝山村每年固定在4月份举办蔷薇花节、7月中旬至8月中旬举办旅游文化节、12月24日至次年1月23日举办冰雪温泉节。从产业出发形成的文化活动，让村民参与和从中受益。同时，每年底，要举办一次运动会、一次文艺汇演、一次总结表彰大会，引导和教育村民提高素养和保持可持续发展的能力。"开展丰富多彩的文化活动，就是为了不断提高村民的生活质量和文化品位。"贾卿说。

从1979年3月贾正方担任原二大队党支部书记到2010年12月贾卿担任宝山村党委书记至今，两任村书记用于改善民生的总支出已达到20多亿元。

"村集体办企业的目的，就是不断增加村民收入，让大家具有获得感、幸福感、安全感。随着集体经济的不断发展壮大，我们将进一步加大民生支出，让全体村民真正过上富裕富足的生活。"贾卿说。

处处模范带头　苦干实干村庄越建越好

贾正方于1935年8月出生，是土生土长的大宝山人，家住牛圈沟旁。他从小家境贫寒，父母早亡，成了孤儿，8岁便给地主当长工。

1949年腊月三十除夕，烧了一冬木炭的贾正方断了炊，14岁的他蜷缩着身子在窝棚的草堆里勉强睡去，室外呼啸的北风卷着雪花狂舞，半夜在饥寒交迫中被冻醒。第二天是1950年的新春佳节，年幼的贾正方感觉胃里一阵阵剧痛，他用捡来的松枝烧了一碗松针水，端起碗时深感心酸和孤立无援，一滴滴眼泪掉进了碗里。

正当他痛苦煎熬的时候，解放军来了，濒临死亡的贾正方哭诉着被土豪抢去土地和房屋的遭遇。在解放军的帮助下，他终于收回了土地和房屋，还分到了两石玉米。从那时起，贾正方从内心深处对中国共产党充满了强烈的感激之情，发誓今生今世要永远跟着共产党走。"共产党是我们贫苦百姓的大救星，我这一辈子都要想方设法报答共产党的恩情！"贾正方说。

从小的艰难困苦，让贾正方过早懂得了生活的艰辛，也锻炼出他强健的体魄和不怕艰难险阻的顽强意志力。后来，他到原彭县石棉厂当了一名生产车间工人，16岁时被调到304地质队，担任炮工组组长，成为24名炮工的"头头"。

1953年6月的一天上午，随着"轰隆"一声惊天巨响，突然爆炸的哑炮将贾正方与石头一起掀得很高，而后重重摔在坚硬的岩石上，贾正方顿时失去了知觉，被紧急送往医院抢救。

住院半年后贾正方终于可以出院了，可他从此视力残疾，到后来双目近乎失明。

1954年6月，304地质队解散后，贾正方来到位于湖北的605地质队，担任机关通讯员、仓库保管员，因工作积极，表现突出，于1958年7月被批准光荣加入党组织，1961年9月又从工人身份提拔为干部，后调往位于重庆的107地质队工作。1964年3月，贾正方被单位送到重庆市委党校学习半年，准备提拔他为地质队副队长。可学习结束后，他旧伤复发，被送往医院进行治疗，被诊断为继发性青光眼，反反复复经过3次手术后，左眼的疼痛虽然减轻了，但视力却从0.6下降到0.03，几乎双目失明。他戴上了1000度的近视眼镜再加上20倍的放大镜，在强光下才可勉强看到书籍和报纸上的文字。

没过多久，贾正方又被诊断患上肝炎，经过劳动能力鉴定委员会确认，他已不适合从事地质勘探工作。这年底，他回到老家牛圈沟休养。此时，他才29岁，是人生中最美好的年龄。

身体的残疾，让贾正方十分苦恼，他经常失眠，认真思考着如何度过这一生。他突然想起了当年受伤住院时，一位病友常读给他听的那本苏联小说《钢铁是怎样炼成的》。书中的主人公保尔·柯察金是位贫苦家庭出生的孩子，他在风雪和战火中成长，与病魔顽强斗争，无论贫穷、苦难，还是双目失明、全身瘫痪，他都没有被残酷的命运征服，没有丧失对生活的信心和勇气，而是与苦难和厄运进行抗争。

"人最宝贵的东西是生命，生命于我们只有一次。一个人的生命应当这样度过的：当他回首往事的时候，不因虚度年华而悔恨，也不因碌碌无为而羞愧……"这段著名的话语时常回响在贾正方的耳际。

经过很长一段时间的苦苦思考，贾正方最后做出了一个大胆并且改变他的命运的决定：回乡务农、建设农村，帮助乡亲们摆脱贫困，过上好日子。他接连8次向地质队写信申请，要求回乡劳动，最后获得批准病退。他当时本是行政22级干部，每月工资43.8元，病退后每月退休费减少到26元。

"当时，很多人看不起农村，看不起农民。我的初心就是经过艰苦努力，彻底改变宝山大队的贫穷落后面貌，让农民过上城里人羡慕的生活。"贾正方说。

1966年底，贾正方回到大宝山公社二大队一生产队牛圈沟的老家。这年，他31岁，已是"而立"之年。那时，二大队社员的工分分值为每10分只能分到6分钱，口粮标准每人每年只有71斤，这个大队社员每年向国家吃返销粮18万斤。而他所在的第一生产队是全大队15个生产队中最穷的，全队人口124人，每年要吃返销粮1.5万斤。整个生产队穷得连买一根牛鼻绳的钱都拿不出来。社员们住的房子几乎全是用茅草、竹竿甚至玉米秆搭成的窝棚。

当时在大宝山流传着这样一首民谣："好一个牛圈沟，三年两不收，男的捡柴卖，女的打屹篼。山高路又险，家穷人心散，姑娘留不住，光棍一大片，吃粮靠返销，花钱靠贷款。""当时全大队就有120多个男人娶不到老婆。"贾正方说。

贾正方觉得只有苦干、实干，才能改变目前的贫困现状。当时全国正在开展轰轰烈烈的"农业学大寨"，他觉得这是发动社员改变农村面貌的一个很好的契机。

时任二大队的党支部书记是一位被社员称之为"三百棒"的人。大伙儿说他："三百棒都打不出一句话来，不管多么急的事儿，找到他总是回答说：研究研究，考虑考虑。最后却不了了之，没了下文。"当贾正方将自己准备带领社员自力更生、艰苦奋斗，努力改变贫穷面貌的想法，向"三百棒"书记和盘托出后，他表态说考虑考虑再说，可直到他最后下台也没有个说法。

回到家的第二天，贾正方就到生产队与社员们一起参加劳动。利用休息时间，他把社员们召集到一块儿，兴奋地对大家说："我们来开个会，我有个主意，保证几年后全生产队的口粮标准可以达到年度人均500斤。"

"啷个打胡说吧！我们一生产队才 87 亩土地，而且分散成七八十块，都是浅层土的挂坡地。这种贫瘠的土地，再怎么种也种不出高产粮。"一位社员诧异道。

"多打粮食的办法还是有的，就看大伙儿肯不肯出力。"贾正方说。

"啥子办法？啷个快说嘛，只要能多打粮食，再苦再累，我们都心甘情愿。"一位中年妇女快人快语地说。

"我们进牛圈沟开荒，只要大家齐心协力，就可以在那里开垦 100 多亩土地，比全生产队现存的土地还要多。"贾正方说。

大伙儿觉得这个主意倒是可行，可一位社员又提出了一个新的问题："啷个既不是生产队长，又不是大队书记，说话能算数吗？"

贾正方回答道："我虽然既不是大队书记，也不是生产队长，可我是一名共产党员呀！共产党员与普通群众不同之处就是要处处发挥模范带头作用。所以，我理所当然地应该带领大伙儿自力更生，改变现状。"

"你这样干图个啥子嘛，是不是想得到什么好处呀？"一位中年男子质问道。

"我啥都不图，白劳动，不要工分，不要报酬。因为我是一名病退干部，国家每月给我发放 26 元退休金和 20 斤粮票。但你们呢？难道永远吃国家的返销粮？永远这样贫困下去？永远有那么多适龄人娶不到老婆？"贾正方理直气壮的一番话，说到了大伙儿的痛处，没有一人再吱声。

"那你就领着我们一起干，多打粮食，吃饱肚子。"

"我愿意跟你干！"

"我也愿意。"

……

社员们纷纷表态。

当天晚上，贾正方找来从部队退伍回乡的共产党员徐立洪和预备党员刘光秀，成立了一个党小组。

在这次特殊的党小组会议上，贾正方反复强调一个观点："吃苦在前，享受在后，是共产党员的宗旨。让乡亲们摆脱贫困、吃饱肚子，是我们的责任。"之后，在贾正方的领导下，一生产队迅速成立了开荒队，贾正方任队长，徐立洪任指导员。

1967 年 1 月中旬的一天，贾正方回乡后一个月左右，经过他的反复动员，社员们终于同意大举进入牛圈沟开荒。大伙儿苦干实干，从春夏忙到秋冬，在一年多的时间里，共开垦了 250 亩土地。第二年，全生产队的粮食收成一下子增加到 5

万多斤，人均口粮 400 斤，工分分值猛增到 10 分价值 1.5 元。他向生产队长提议，每个劳动日只按 1 元来分配，剩余的留在生产队集体积累。

尝到了造田甜头的贾正方信心倍增。1969 年，他又发动社员养牛、挖煤搞"副业"，当年就赚了好几万元钱。这年 7 月，大伙儿一致推举贾正方担任一生产队队长。他发动全体社员广积肥，不断增加已开荒土地的肥力。有一次，在陡峭的山路上，贾正方挑着一担粪水想歇歇肩，试探着刚想把前面的一只粪桶放下，谁知不小心放在了一块突出的石头上。结果粪桶失去重心，连人带桶滚到了山岩下，眼镜和粪桶都摔坏了。当社员们把贾正方扶起来时，只见他全身都被粪水淋湿。大伙儿被感动了，可他们实在想不通，这位不图名、不图利的生产队长到底是为了什么。但社员们慢慢明白了，这个近乎双目失明的共产党员是一心一意为百姓好。在他的内心有一种十分高尚、十分让人佩服的东西。虽然他们不会说"人格魅力""凝聚力""向心力""号召力"这些新名词，但是"我们服他"这几个字开始出现。

这年，在贾正方的倡导下，一生产队大面积种植土豆，粮食总产达到了 8 万斤，实现了人均口粮 500 斤的目标，10 工分的分值达到 2 元。到 1970 年，全生产队的粮食总产达到 12 万斤，不仅彻底结束了吃返销粮的历史，还向国家上交"红心粮"3 万斤，每个劳动日的分值达到了 2.5 元。第一生产队一跃成为全大队最富裕的生产队。15 个生产队的队长联名向公社推举贾正方担任大队党支部书记。

当大宝山公社领导找贾正方谈话，准备顺乎民意，让他担任大队党支部书记时，他却一口拒绝，原因很简单，自己不是图这个"官"，免得现任大队书记有想法。最后，公社领导反复权衡之后，于 1971 年 8 月正式任命贾正方为二大队党支部副书记。他在带领社员改土造田，植树造林，挖煤窑，开采方解石、硫黄矿，烧石灰、烧硫黄，开铜矿，建宝山电站中吃尽了苦头，付出了常人难以想象的代价。挖煤窑时，贾正方二话不说，背着绳子下窑拉拖，在黑黝黝的窑洞里，仅凭头上一点微弱的光亮，用双手和双脚慢慢摸索、踏踩着前行，头上、身上留下无数的碰伤和摔伤。勘察大宝山的地形地貌时，贾正方与社员们广泛座谈，虚心听取大家的意见。眼睛看不见，他就用手摸，用脚踩，用嘴问。改土造田时，他同社员们一起甩开膀子干，用洋镐挖，用大锤砸，用钢钎打眼放炮，很多次都砸坏了自己的手和腿，经常看到他伤痕累累。

修路时，没有专门的勘测设计人员，贾正方就承担了此项任务。他采取用耳朵听、用手摸、用脚踩等办法勘察地形，进行施工设计。还发明了一种独特的下山方法——双手紧握拐杖按在山坡上，左腿呈弓箭步支撑着全身的重量，右腿向前向下滑去。

贾正方担任大队干部后,每年可以领到80多元的误工补贴,但他一分钱都未领。大队妇联主任宋天清家里人口多,生活困难,他便将本属于自己的那份补贴全部送给了宋天清和其他大队干部。大队建立卫生室缺乏资金,他又把自己的全部补贴捐出来购买医疗器械。

1979年3月,贾正方担任二大队党支部书记后,深深感到自己身上的担子更重了,要带领乡亲们逐步过上幸福生活。办水电站、建工厂,集体经济逐步发展壮大,社员(村民)收入不断提高。他时常告诫自己:"火车跑得快,全靠车头带。任何时候,农村党组织书记必须以身作则,率先垂范,起好模范带头作用。"

1984年4月,宝山村第二座龙槽水力发电站土建工程经过近一年的施工已全部结束。1985年2月的一天,引水渠开始试放水,当清澈的泉水流入渠道,贾正方的脸上露出了笑容。可随着"轰隆"几声巨响,他突然眉头紧皱地说:"不好,渠道塌方了,水渠被堵住了。"

在场的人都明白,水渠塌方,当时在没有机械设备的条件下,要清除堵住渠道的砂石谈何容易。何况当时正值寒冬腊月、大雪封山的日子,渠水冰冷刺骨,人怎能下去作业?

"若不果断采取措施,后果不堪设想!"贾正方冷静思考片刻,深知水渠塌方如不及时清除的后果。他越想越害怕,"扑通"一声果断跳进渠水里,并高喊了一声:"同志们,跟我来!"

几名共产党员及在场的村民相继跳入水渠中。刺骨的渠水立即浸透了贾正方的衣服,似钢针扎进肌肉、骨髓,双手和双腿迅速变得麻木。特别是他患过肝炎和胆囊炎,在冰凉渠水的刺激下,内脏相继出现收缩、绞痛,脸色由红变白,嘴唇迅速发紫。可他咬紧牙关,一面奋力捞起水中的石头,一面指挥大家抢险,清除淤泥。

水渠在不断地垮塌,刚修复的地方,一下子又被冲垮了,不断地修,不停地垮,眼看就要发生决堤。

在这危急时刻,贾正方冷静地指挥大家,手挽着手组成人墙,挡住了汹涌的洪水。另一批闻讯赶来的村民用木桩木板打下加固挡住缺口,终于使水渠避免了决堤。

从早晨一直忙到下午5点多钟,经过数小时的紧张抢险,塌方处逐渐加固,引水渠保住了。当村民们把全身已经冻僵的贾正方扶上岸时,他已失去知觉,"扑通"

一声昏倒在地，被紧急送往当地卫生院进行抢救，最后脱离了生命危险。

这一年他49岁，是跳进水渠中抢险的人中年龄最大，而且是身患多种疾病的人。

"贾书记当时毫不犹豫地一跳，跳出了共产党人的勇敢和担当，也跳出来了他在全村干部、党员、村民中的更高威信。"曾担任过宝山村民委员会主任的赵正祥说。

贾正方深感人才的重要，他以求才若渴的姿态广揽人才。相继采取了"招、请、派"等多措并举的办法，吸引、培养、选拔各类人才进入宝山村，奠定了新办企业、发展村级集体经济的人才基础。

"招"，就是"招进来"。通过公开招聘，甚至采取"招郎纳媳"的措施，引进具有高中以上文化程度的男女青年，优先安排到宝山企业集团公司所属企业工作。

"请"，就是"诚恳邀请"。聘用有关方面的专家，到宝山村当专业技术指导。

"派"，就是"派出去"。由村集体出资，选派优秀青年、技术骨干带薪到大专院校学习深造。先后选送30人到四川大学、成都水电学校、西南财大、四川农业大学等高校学习，还与成都旅游职业学校、西华大学联合开办旅游、水利动力专业，定点培养了35名所需旅游、水电人才。

除此之外，贾正方亲自培养了一批水电实用型人才。从桂花树水电站艰难的兴建过程中，新一代技术员刘帮田等，学到了许多宝贵的知识和专业技术。刘帮田经过桂花树电站工程锻炼后，村"两委"又派他到成都水电学校学习水动专业。毕业后他又刻苦钻研电气知识，逐渐成为能够独当一面的工程技术人员，被贾正方任命为桂花树水电站兼白水河水电站站长。后来，他独立负责了宝山村在四川汶川县投资建设装机容量达到1万千瓦水电站的安装工作。

1970年出生的张强18岁初中毕业后就回到宝山村参加水电站建设。刚参加工作时总觉得太艰苦，曾经不想干了，在贾正方的耐心批评教育下，才咬紧牙关坚持下来。2年后，被村里选派到成都水电学校带薪脱产学习电气专业。

4年的艰苦学习，使张强进步很大。回到宝山村后，在刘帮田等专业技术人员的帮助下，他参与了桂花树水电站扩容机组的电气设计、龙头水电站的安装和电气设计。龙头水电站电气部分全部是自己设计、自己安装，因此节约了20多万元资金。年轻的张强被任命为该水电站站长。

张强深深感到知识的不足，便边工作边学习，并从1995年起，经过4年锲而不舍地艰苦努力，终于通过自考拿到了工业企业管理大专文凭。而后，他又下决心对水力发电站的机械部分进行钻研。后来参与了宝山村在四川汶川、理县、茂县等地投资建设水电站的整个过程,成为重要技术骨干,现已成为宝山企业集团公司的副总经理,分管全村整个水力发电的业务。

如今的宝山村,已形成尊重知识、尊重人才的良好氛围。

贾正方自从当选二大队党支部书记后,就给自己及全体共产党员提出了一项要求:凡是要求群众做到的,干部和共产党员必须首先做到。

"有些村庄为何总是搞不好,发展不起来,主要原因在干部特别在党组织书记身上。有的人一上台,满脑子想的就是吃吃喝喝捞好处,不是为群众服务,而是为自己服务,这样的人怎么能把村子发展好、治理好呢?"贾正方说。

后来,贾正方经过反复考虑,提请村党组织研究决定,对村干部制定了"约法三章""四条规定""七个不准"。

"约法三章":不谋私利;工作认真负责;为人公道正派。

"四条规定":思想觉悟要高于群众;工作干劲要大于群众;物质待遇要低于群众;党风党纪要严于群众。

"七个不准":不准谋私利、与人合伙办私营企业;不准对组织决定不服从和讲条件;不准以个人好恶决定干部和职工的变动;不准为家属子女和亲友谋求特殊照顾;不准用公款大吃大喝、铺张浪费;不准互相祝寿、请客送礼;不准参与任何形式的赌博。

贾正方还在大小会议上公开要求大家监督他是否认真执行了这些规定和准则。他自从回到宝山参加生产队、大队劳动后,曾连续13年没有记过一次工分,没有领过一分钱的报酬。不仅把每年应得的80多元大队干部务工补贴全部送给了他人,而且有时连国家对肝炎病人每月特殊照顾的两斤白糖也送给了患病的社员们。

村集体经济不断发展壮大,员工收入逐年提高,可贾正方从不居功自傲,一直坚持自己的工资收入不能高于宝山企业集团公司员工平均水平。按规定推销企业产品,按照销售总额的2%至6%提取奖励费,贾正方可以从自己推销的产品中提取1000多万元的奖励费,可他分文不取。

贾正方对全体村民家的情况了如指掌,谁家有困难,他都想方设法予以帮助解决,连帮助光棍找老婆也是他操心的范围。

一生产队有名姓干的社员已经36岁了还没有娶到老婆,贾正方非常着急。后来他托人从贫困山区资中县为干姓男青年介绍了一位对象。到女方家相亲时,贾正方把自己的手表、中山装借给了他"装面子"。办酒席时,贾正方亲自前去主持婚礼,他的妻子卿烈祥鞍前马后帮忙，终于把姑娘娶到干家。姓干的村民如今已是儿孙满堂，每当提起当年相亲时借手表、借衣服的事，既感慨又好笑。

宝山村当年的120个单身汉中除5名有严重残疾的村民外，其他人都相继娶妻成家。其中，由贾正方当红娘介绍结婚的就有13人。他的一只手表和中山装曾经借给很多社员相亲时"装面子"。

贾正方共有两个女儿、一个儿子。儿子贾卿最小，每当谈起小时候对父亲的印象时，他说："父亲给我的第一个印象是比较'歪'（当地方言：严厉的意思）。我小时候贪玩、调皮，父亲对社员很有耐心，对我却是'先兵后礼'，先打一顿再说。所以经常三更半夜教育我，我很怕他。给我的第二个印象是他很忙。那时，很少看到父亲，他每天早上五六点钟就出门了，我还在睡觉。几乎每天晚上11点多钟才回来，我早就睡了。家里的大小事儿都是母亲料理，就连自家的房子塌了，他都没有工夫管，是妈妈找人帮忙修整。长大后，我才逐渐懂得父亲常说的那句话'干部、干部，先干一步'的道理，才明白了他的思想境界和胸怀，弄懂了他为何把自己的一生献给宝山村。"

贾正方说，他之所以培养贾卿从最基层一步一步干到接他的班，不是从个人利益出发，而是从宝山村的发展考虑，觉得他很善良、人品很好。况且是自己的儿子，

贾卿（右）定期向老书记贾正方汇报村"两委"及集团公司的各项工作，虚心征求他的意见和建议

他若有做得不对的地方，可以骂得，甚至打得。目的就是一个，要让他把自己开创的事业传承下去，并能够进一步发扬光大。

贾卿是名退役军人，1986年10月应征入伍，在南海舰队某部服役，1989年10月退伍回到宝山村，后考入西南财经大学工业经济大专班学习，1991年7月毕业。他说自己当时的理想是当一名公务员，能够端上"铁饭碗"。

1992年12月，彭州市招录40名公务员，贾卿参加考试后取得了第四名的好成绩，本已上线，可以录取，但父亲贾正方态度非常坚决地让他放弃这一机会，回村里当农民，认为这样最为踏实。贾卿当时很有抵触情绪，但拗不过父亲，只好放弃。先是到村办的建材厂当工人，因表现突出，被调往只有9人的治水粉厂当厂长、装饰公司总经理，后被任命为宝山建新工业公司总经理，再到后来兼任彭州企业集团公司董事长、总经理。同时，从担任宝山村团委书记起，一步一步干到村委会副主任、主任，村党委副书记、书记等职。

贾卿说在自己回村工作的整个过程中，父亲始终对他很"歪"，但始终默默地予以观察、支持、帮助和言传身教，使自己成长进步很快。

真正让贾正方放开手脚让贾卿干，是他在2008年"5·12"汶川大地震中的出色表现。

事过多年，贾卿对当时的情景记忆犹新，他说今生今世永远难以忘怀。

发生大地震的那天下午2点28分，贾卿正准备去村里上班，当听到"嗡嗡嗡"的强地震波传出后，他马上反应过来，意识到有强地震即将发生。因为他深知宝山村是地质断裂带、地震多发区，经常发生小规模地震。那天很凑巧，父亲在成都出差，母亲在村里广场的石凳上与老人们聊天，两个孩子均在学校读书。他拉着妻子的手以最快速度冲出房间，从二楼跑到院子中就安全了。没过几秒钟，大地震接踵而至，瞬间感到天崩地裂。他抬头望去，只见天空中弥漫着山体、房屋倒塌后扬起的灰尘。

贾卿对妻子说："发生大地震了，你好好照顾好自己，我得赶紧到村里查看灾情，抢险救灾。"

贾卿快速来到村委会，好在这栋钢筋水泥现浇结构大楼完好无损。本想到办公室坐镇指挥全村的抢险救灾，但大地震造成道路被毁、通信中断，无法与村里、外界取得联系。此时，他最担心的有两个地方：一个是位于三府坪的村民居住区，另一个就是回龙沟的旅游开发区。

村里的大人都在企业上班，留在家里的都是老人和孩子，得赶紧组织人力抢救伤员，可电话打不通。正当贾卿焦急万分之时，正好碰到了村委会民兵连长苏永红，便让他赶紧带人到回龙沟去查看灾情，因为那里不仅有景区员工，还担心有游客。

贾卿急速步行半个多小时，赶到五、六、七、八、九组这5个村民小组的聚居区域。村党委副书记赵正祥已提前赶到此地等候，一些共产党员迅速赶来。贾卿迅速安排村干部和党员配合村民小组长，挨家逐户统计失踪人数，尽最大努力抢救幸存人员。

看着一具具村民尸体从废墟中抬出来，贾卿的眼泪止不住地往下流。

当发现43岁的6组村民杨辉埋在倒塌的房屋里还有生命迹象时，贾卿发疯般地前去用手刨，组织人力将压在他头上的水泥预制板抬起来。而后，迅速送往龙门山卫生院进行急救，最后转往外地医院治疗，保住了杨辉的性命。

"当时，我深感悲痛和焦虑，也很亢奋。心中就一个想法，责任重于泰山，救人要紧，一定要想一切办法尽可能挽救被埋在废墟下每个村民的生命。"贾卿说。

灾后三天内是帮灾民脱险、保护生命特征的最佳黄金时间。贾卿组织干部、党员、青年积极分子，用手刨、肩抬等最原始的作业方式，快速将全村160多名受灾群众从废墟中"扒"了出来，其中有32名重伤员及时得到救治，脱离了生命危险。

指挥在废墟下救人、将伤员送往镇卫生院急救、搭建临时帐篷让村民休息、采购食品确保灾民基本生活……贾卿忙得团团转，哪里有困难，他就出现在哪里，从12日下午忙到晚上，通宵未眠。余震不断，最高达到7级，村民中出现了恐慌心理。贾卿细心安慰灾民，使大家的心情逐渐平静下来。

有人提醒贾卿，回家看看老娘和妻子吧。贾卿答道："地震时，她们二人已经脱险，我现在哪有精力顾她们？"

宝山村所有伤员都纷纷被送到了龙门山卫生院，导致人满为患，药品告急。重伤员必须迅速转运出去，否则就有生命危险。贾卿焦急万分，可数公里外的小鱼洞大桥断裂，交通中断，使整个龙门山成为孤岛。贾卿当机立断，组织尚未受伤的村民在本村已损毁的道路中抢修出一条便道，用他自己的那辆越野吉普车将本村受重伤的村民送到小鱼洞大桥一头，再用人工抬着过河，送到10多公里外通济镇由部队设立的战地医院进行救治。同时，搭建帐篷，将无家可归的村民安排到安置点，安排在外打工的本村村民岳山云到成都市采购食品，保障村民的基本生活。

为了让逝者及时得到掩埋，村抢险救灾指挥部研究决定，在太阳湾山脚下距村庄3公里的一个山头，将54名遇难群众集中安葬。后来还专门修了一条路，便于他们的亲人前往吊唁。

5月13日发生的余震就有上百次,山上的石头不断垮塌、滚落。37岁的回龙沟风景区工作人员吕用强被滚石砸成重伤,生命垂危,与他一起工作的另外两人克服种种困难,从山中逃了出来,向村委会报告了此事。

这天晚上抢险救灾指挥部召开的会议上讨论时,大家一致意见是,现在余震太多,不适合进山搜救,不然会遇次生灾害,造成不必要的人员受伤甚至牺牲。

"吕用强是宝山村村民,又是宝山企业集团公司的员工,他已身受重伤,我们怎能眼睁睁地看着他在那里痛苦煎熬?如果不及时救治,他必死无疑。"贾卿说。

"问题是余震不断,怎么进山呢?万一把搜救的人砸死了怎么办?"一位村委委员说道。

"现在回龙沟景区不光是吕永强需要急救,还有其他工作人员和电站的一些工作人员也未跑出来。我最担忧的是游客遇难或遇险。不管有多大困难,我们都要组织力量进山搜救。因为明天已经是受灾的第三天,如果错过最佳抢救时间,伤者的生命就难以得到保证,那我们将成为历史的罪人!"贾卿说。

"我觉得派飞机进山搜救最为合适,一是能及时查看受灾情况,发现受灾人员;二是可以避免次生灾害发生。"一位党员说。

"你说的不现实,现在到哪里找飞机?搜救刻不容缓,丝毫不能耽搁。进山搜救要采取科学方法,尽量避免不必要的人员伤亡。但是假如进山的人员真的不幸遇难,那也是光荣的,这是我们的职责所系。明天上午,由我带队,必须进山搜救。"

其他成员见贾卿的态度如此坚决,也没有再说什么。村党委书记贾正方拍板决定,成立以贾卿为队长的抢险突击队,挑选干部、党员、身强体壮并熟悉山区地形的村民等青年骨干,进山搜救遇险群众。

5月14日一大早,参加突击队的48名成员全部集中到回龙沟风景区门口,贾卿对搜救工作做了周密安排和布置:16个人为一个搜救小组,每组成员中分成两拨,前面一拨进行搜救,后面一拨殿后,负责为前一拨人员进行瞭望观察,看是否有余震造成的石头下落,防止石头砸伤搜救人员。

身体强壮的村民黄平宽为一组组长、村委会副主任任彬为二组组长,贾卿为三组组长,分批次进山搜救。第一组16人为第一批,负责半截河电站以上部分的上段部位搜寻,及时救出了包括电站工作人员在内的4人。第二小组16人为第二批,负责三叉河电站以上的中段部位搜寻。第三组16人为第三批,负责紧靠河谷外围朝上的下端部位搜寻。

小牛圈沟口是最危险的一个地方，悬崖峭壁，余震中不断有石头从高山滚落，十分危险。当贾卿带领的第三小组人员步行到桂花树水电站刘天官二组时，余震又来了，眼看走在前面的几名青年突击队有被滚石砸中的危险，贾卿扯起嗓门大声喊道："地震来了！地震来了！地震来了！"声音就喊嘶哑了。一位叫程武明的队员听到喊声后虽然及时进行了躲避，但由于滚石太多，躲闪不及，被埋在石头下面，贾卿一个箭步往前冲，就要前去救人。随行的村委会民兵连长苏永红见山上的石头仍在往下滚，便拼命地抱着他的两条腿哭喊道："你是我们突击队的总指挥，也是全村的顶梁柱，如果遭遇不测，我们不好向全体村民交代！"

贾卿大声吼道："你走开！我是一名共产党员，危险的地方理所当然由我上！"而后，不由分说地强行推开苏永红，冲到石堆旁用手刨，很快双手就被石头割破了，鲜血直流。一个大石头从山上滚落下来，眼看就要朝贾卿所处的位置砸来，苏永红眼疾手快地用力将他拽了一把，使贾卿逃过一劫。

在大伙儿的共同努力下，程武明虽然被全体队员及时用手从石头中刨出来，但被砸成重伤，紧急送往战地医院抢救后脱离了生命危险。

当天，经过抢险突击队48名搜救队员的冒险搜救，有47人得救，脱离危险。这些人员中有宝山村村民，风景区、水电站工作人员，还有其他村的村民。其中在半截河水电站工作的员工陈晓琴，快速奔跑躲避石头时，不慎在小路上跌跤，造成左脚脚腕脱臼，她痛苦万分地进行自救，用力将脚腕矫正，找了根棍子杵着一瘸一拐地往山外跑。当碰到贾卿后，陈晓琴扑通一声跪下说："您帮帮我吧，别把我扔下，我实在走不动了。"

贾卿一把将她扶起来说："快起来，我们进山搜救，就是为了帮助所有人的，怎么会将你丢下呢？"说完，便蹲下身子背着她往山外走。之后，另外两名突击队员与贾卿轮换着将陈晓琴背到镇卫生院救治。

事过多年，贾卿接受采访时回忆起当年大地震的情景，心情仍十分沉重。他说，当时面临着全村那么多人一下子死亡、受伤、无家可归，在精神上几乎就要崩溃，深感自己肩上责任重大。

当时唯一让贾卿感到欣慰和庆幸的是，从外地传回了一条好消息：宝山村投资建在四川理县的回龙桥水电站和建在茂县的吉余水电站，没有遭到地震的破坏。这两座骨干水电站为之后全村灾后重建，提供了重要的财力支撑。

贾卿担任村党委书记后非常重视做好农村党建，他说："认真做好党建是农村

贾 卿：苦干实干 废墟上重建幸福家园

贾卿认真学习党章，牢记党的宗旨

工作的核心。党建工作不是靠喊口号喊出来的，而是靠干出来的。关键是村书记要脚踏实地、身先士卒、率先垂范、模范带头。"

在进行灾后重建时，为节省开支，设计、施工、管理等各个环节，贾卿总是事事亲力亲为，既当设计者、指挥员，又当办事员。

2015年8月，是一年中最热的季节，由于空气湿度大，又热又闷。宝山酒店已进入紧张的施工收尾阶段，开始喷刷油漆，即将投入营业。一天下午两点多钟，贾卿穿着一身旧工作服，头戴一顶旧草帽，手提一个油漆桶，在酒店大厅刷油漆。外地一个考察团到宝山村参观学习，当带队的负责人提出想见见村党委书记贾卿时，陪同的村党委委员、集团公司办公室主任黄文茹便将他们带到尚未开业的酒店大厅，指着那名正在刷漆的"师傅"说，这就是我们村的党委书记。考察团的所有人员都感到非常吃惊，没想到这么大的一个村党委书记、集团公司董事长兼总经理竟然会干这样的"粗活"。黄文茹进一步介绍道："贾书记不仅刷油漆，建设酒店时，开挖掘机挖土，经常干到凌晨两点才回家休息。"

贾卿对自己的要求是做一个"三好干部"，即把这个村庄发展好、建设好、治理好。他说，村书记在干部、党员中是否有威信，村民是不是听你的，不是你用嘴说出来的，而是你用实际行动干出来的，空说误村，能干、实干、苦干、巧干，才能兴村。

灾后重建时，贾卿提议把大力发展农家乐作为提高村民收入的一项重要举措。可他主持召开了一次全体村民参加的动员会，发现大伙儿的积极性并不是很高，顿时感到有点沮丧。但他没有气馁，而是帮助几户村民先行开办，结果获得了不错的收入。尝到甜头后，一拨又一拨村民紧随其后开办，到现在已经发展到三分之二的农户都相继开办农家乐，并逐渐开始提档升级，发展高档农家乐。"这说明了一个什么问题？村书记只有真正为村民带来利益，不断增加他们的收入，使他们具有获得感、幸福感、安全感，他们才会从内心深处拥护你、尊重你、支持你。这个村的党组织才会具有凝聚力、战斗力、号召力。"贾卿说。

贾卿在村支部主题党日活动上讲党课，要求大家不忘初心、牢记使命，争做合格共产党员

2022年10月，村集体投资建成宝山村党员群众服务中心共有三层，建筑面积1500多平方米，形成了集党员活动、便民服务、智慧治理、文创体验、村民议事、教育培训等功能于一体的综合服务场所。便民服务大厅内开设了就业创业、社会保障、困难救助、抚恤优待、婚育服务五大类服务窗口，为村民提供40多项行政业务代办服务，让村民足不出村就可以享受方便、快捷、优质、高效的服务。

贾卿对全村622户村民家的情况了如指掌。每个村民家他都不止一次去过，只要有空，他就会走村串户，了解村民家庭情况。谁家有困难，他就想方设法予以解决；左邻右舍发生了矛盾、纠纷，他就会让村组干部及时进行调解，重大问题则亲自解决。

村里建立了联防联控机制，实行社会治安、矛盾纠纷、环境保护、文明素质分类管理；在温泉酒店设立了安保中心，全村所有路口、重点部位全部安装了电子监控设备，监控室24小时有专人轮流值守，发现可疑现象，及时处理；把村民聚居区划成15个网格，由村农办统一实行网格化管理，对重点人员实行党员干部结对子帮扶。

"村民自治、民主管理"已深入贾卿的整个执政理念中,村干部的产生必须经过公推公选,而宝山企业集团所属20多家企业员工的升、降、奖、惩等都必须通过考试、岗位技术比武和专业知识考试,甚至连班组长的任命都必须通过考试和竞争来进行。

宝山村每15户村民中公开投票,产生一名村民代表,组成村民议事会,村集体只要出台涉及村民利益的事情,先由议事会成员进行讨论,提出问题、建议,再按照"四议两公开"程序决定。宝山村有10多处土地被开发商看中,想购买后进行房地产开发,每亩价格由地震前的60万元,逐步提高到现在的300万元。此事提交村民议事会讨论时未获得通过,大部分人认为:出卖土地是一锤子买卖,等于吃了子孙后代的饭,不能干。贾卿采纳了议事会成员的意见,一直未出卖一寸本村土地,坚持发展村集体经济,在开发性收入和经营性收入上做文章。

贾正方父子二人一直在全村共同倡导:在家讲孝道,在外讲文明。在贾卿的带领下,全村绝大部分村民成家立业后,虽然在户头上与父母分开,但仍与父母一起生活,履行好做子女的职责,尽好自己的孝道。

宝山村已有53年没有发生一起刑事案件和村民越级上访,成为平安、稳定、和谐、文明示范村。该村于2006年6月被评为全国先进基层党组织,2008年6月被评为抗震救灾先进基层党组织后,还相继获得全国文明村、全国乡村旅游重点村、中国乡村旅游模范村等荣誉。

"与全国其他名村相比,我们还有很大差距,还有很长的路要走。新时代、新起点,我们要以农业农村现代化为目标,认真做好高质量农村党建,发展高质量乡村经济,实现共同富裕。"贾卿很谦虚地说。

贾卿访谈录

作　家:1992年12月,您参加彭州市公务员考试时,以优异成绩考得第四名,本可以被录用,最后却放弃了这个难得的机会,安心在村里当农民。从最基层的工人、村团委书记干起,一步步干到村党委书记、宝山企业集团公司董事长、总经理。您担任村书记的初心是什么?"5·12"汶川大地震发生后,您带领宝山村抢险救灾突击队冒着生命危险,奋力抢救受灾群众,而后,克服重重困难在废墟上重建家园,使宝山村发生了重大变化,您的内生动力是什么?

贾　卿： 记得很小的时候，当我从一个画报上看到一个美丽的小山村，便从内心里萌发了一种冲动：如果我长大了有能力，一定要把家乡建设得像画报上的山村一样美丽。所以，从思想深处有这个底子在那里。

从部队退役回来后，我的梦想是能当一名公务员，端上"铁饭碗"。虽然当时考了第四名的好成绩，完全可以被录取，但在父亲的影响下，我最终放弃了这个机会，安心在家当农民，努力把宝山村发展好、建设好、治理好。

父亲从1979年3月担任原二大队支部书记，到2010年12月退居二线，30多年时间，他带领村民艰苦创业，使一个昔日社员连饭都吃不饱的小山村，发展成年产值25亿多元的富裕村，实属不易，倾注了他的毕生精力和心血。然而，一场大地震，把父亲辛勤建设了几十年的宝山村变成了一片废墟。当时对他的打击是很大的。

所以，我担任村党委书记的初心是：继承父亲未完的事业，克服一切困难，把宝山村发展好、建设好、治理好，使其成为城里人向往的地方，让村民过上城里人羡慕的生活。

我是在父亲的精心培养下，逐步从思想上、作风上、能力上不断取得进步的，我很感谢父亲在我身上的良苦用心。但我也深知，父亲这样做并不是为了个人私利，而是为了有个放心的人把他没有完成的事业继续干下去。经过全村党员的推举，上级党组织任命我担任宝山村党委书记后，我深感自己肩上责任重大，一定不能辜负父亲和乡亲们的信任和期望，不能让宝山村在我手上垮掉，还要继往开来，不仅要从废墟上重建宝山村，还要让全村不断有新的变化、新的发展、新的起色。

一种强烈的责任意识时刻激励着我在任何时候都不能懈怠，而要奋发图强、克难攻坚、顽强拼搏。因为父亲是个标杆，激励和鞭策着我只能前进，不能后退。这就是我为之奋斗的内生动力。

作　家： 老书记贾正方与您从1997年开始进行产业结构调整，不断进行转型发展，为什么要这样做？转型是否成功了？

贾　卿： 我认为宝山村的经济发展经历了四个发展阶段。第一个阶段，是改土造田，多打粮食的农业生产阶段，主要解决农民吃饱饭的问题。第二个阶段，是开矿、建水电站、原材料加工、植树造林，形成了"一矿、二水、三加工、四林业"，实际上是以资源为基础，靠山吃山，靠水吃水，建立粗放型产业体系的起步阶段，使村集体和村民有了一定的收入，主要解决贫困问题。第三个阶段，是以水电为龙头，建材、旅游为支柱的优化阶段。在第二阶段，我们一是逐步看到了整个社会要向集约化生产变化的发展方向，二是看到了资源型、粗放型的二产与三产旅游发展需要保护环境之间的矛盾。鉴于此，我们进行了转型、升级、发展。采取了两个方式：一个是空间转型，另一个是产业结构调整。

宝山村现已进入第四个阶段，即以乡村振兴为契机，进入以高质量发展为目标的提升阶段。党的十九大作出了实施乡村振兴重大战略部署，不仅为农村发展指明了方向，还提供了一个更大的发展空间。我们要把握好这个难得的历史机遇，因此提出了以工业为龙头、旅游为重点，坚持人才优先，绿色、可持续、高质量发展战略。最终实现产业兴旺、生态宜居、乡风文明、治理有效、生活富裕的目标。

我们将第一、二、三阶段称为初级阶段，现在为中级阶段。在这个阶段要以科学为统领，狠抓各项工作的落实，为2023年进入第五个阶段及高质量发展阶段打下坚实基础。

随着整个社会的科学技术和生产力的不断发展变化，经济结构会随之不断调整，企业的转型要根据时代的要求不断发展和调整，永远不能停止。转型是很艰难的，也是很痛苦的。因为需要进行思想观念和管理方式的转变，而且，人才、技术、市场、产品的培育不仅需要大量的资金，还有一个很漫长的过程。

所以说，宝山村转型还不能说已经成功，因为永远在路上。

作　家：宝山村发展旅游与其他村相比有什么不同？成功经验是什么？

贾　卿：全国各地各个村都在发挥各自的区位优势，形成自己的发展模式。宝山村也在不停地学习借鉴其他村庄发展旅游的经验，不断发展和完善自己。形成了以自然观光旅游创品牌，走度假型、复合型旅游发展之路。这就是本村旅游发展与其他村的区别。

为什么要走这条路？是因为有以下几个方面的原因。一是我们这里不属于一类型资源。虽然我们这里有山有水，但绝对形成不了像九寨沟、黄龙这样的自然资源。但宝山村距成都市只有76公里，自然植被利用率很高。地形属于开阔的河谷地形，而且是低山、中山、高山逐步起伏的地形。另外，这里是火山岩层地质带，最主要的岩石层是花岗岩，所以，这里的水质很好，清澈见底。温泉水富含微量元素。整个村庄海拔在1050米至2200米，温度和湿度都很适合人居舒适度条件。这就是我们的优势。二是要发展乡村旅游业就必须做景区。我们相继建成了独具特色的观光、度假两大类四大景区：宝山温泉度假区、乡村旅游区、回龙沟风景区、太阳湾风景区。三是我们必须让本村旅游业从粗放型逐步向集约型建设和发展。

提出了国际化、精品化、特色化、系统化的总目标。

如果说有什么经验的话,一是我们定位较准。就是因地制宜,实事求是,既着眼于本地实际,又吸纳各方面的文化元素。同时,深入了解市场,根据市场需求、游客的消费特点,不断优化、不断发展。总之,以资源为基础,市场为导向,把资源和市场有机结合起来,形成自己的特色。二是做旅游规划要精准。就是结合本地的优势,不能单一依靠规划机构的专业性。因为规划设计单位往往存在两个弱点:对当地的资源情况了解不够,对这里的一草一木,包括气候、山水、人文,以及优势很难把握。另外,他们对市场把握不好,往往脱节。所以自己要去弥补这些不足,既要熟悉本地情况,又要详细了解市场。如果你不懂,就要找对市场有研究的人参与规划,补齐规划中的短板。否则,所做的规划设计不切实际,最后只是挂在墙上好看而已。三是走高质量发展之路。为什么我们提出了国际化、精品化、特色化、系统化?就是从这方面考虑的。发展旅游要认真思考,不能简单从事。有的人不善于思考,比如做康养,认为搞了个住宿的地方,修了个医院,这就是康养。那只是个简单型、粗放型的康养。如果要高质量发展,必须是系统化。四是发展旅游产业不能单一从经济利益考虑,同时还要兼顾社会效益。我们宝山的旅游不是就旅游而旅游,而是通过发展旅游而改变全村面貌,促进农村经济发展,增加村民收入,改善人居环境,提高生活质量,丰富文化生活,提高村民素养,塑宝山形象,创宝山名片,实现共同富裕。我们实行的是两条腿走路,即以工业产业为引领,然后,通过工业来反哺乡村旅游产业发展,实现农村全面振兴。

作　　家: 在您父亲老书记贾正方身上有哪些优秀品质和闪光点?您将如何进一步发扬光大?

贾　　卿: 在我父亲身上确实有很多优良品质值得我学习。第一,父亲具有全心全意为人民服务的思想。他不图名、不图利,一切为村民着想,大到改土造田、植树造林、办企业、发展经济,小到设身处地为村民排忧解难甚至找对象等。第二,父亲具有无私奉献的精神。他于1966年底病退回到宝山后,每月有26元的退休费和20斤粮票,26元在那时还是很值钱的,可以保证一家人的基本生活。按一般人的思维,完全没有必要带头干这干那,天天参加集体劳动,而且13年没有记一个工分,也没有领担任大队干部的一分务工补贴。这是一般人做不到的。第三,父亲具有坚定的理想信念。他身残志不残,发誓要彻底改变家乡的贫穷面貌,让大伙儿过上好日子。在工作中他遇到了常人难以想象的困难,却都以大无畏的精神予以克服，克难攻坚，持之以恒，终生践行自己的诺言，最终使理想得以实现。第四，父亲具有宽广的胸怀。刚开始，有人对他的行为不理解，风言风语，说这说那，他都不在乎。后来，原大队党支部书记嫉贤妒能，竟无中生有地捏造了父亲的18条"罪状"，经组织调查后都是子虚乌有。他既没有为此气馁，也没有打击报复，而是仍然把所有精力投入工作中。第五，父亲具有勤俭节约和热爱学习的好习惯。他一生最反感大手大脚、铺张浪费。他虽然没有上过学，但学习不倦，活到老，学到老。即使眼睛看不见，也要通过听收音机、听电视、听别人读书、读报来学习。

至于如何将父亲的优良品质发扬光大，我想应该做到以下几点。一是牢固树立宗旨意识，吃苦在前，享受在后，无私奉献，争做优秀共产党员。二是树立看齐意识，时刻不忘自己是一名村党委书记，要以身作则，率先垂范，起好表率、标杆、引领作用。三是树立坚定的理想信念。在今后的工作中不管遇到什么困难，都不能退缩，要克难攻坚，勇往直前。四是树立服务意识。群众之事无小事，要设身处地为村民着想，做他们的贴心人，想方设法为群众排忧解难。五是刻苦学习科学文化知识。不断丰富自己、充实自己，紧跟时代步伐。

作　家：宝山村的长远发展目标是什么？怎样保证这一目标能够顺利实现？

贾　卿：宝山村的长远发展目标是：打造社会主义特色乡村和国际化度假小镇。为保证这一目标的顺利实现，我们已采取了以下措施。

第一，做好高质量农村党建，发挥党组织战斗堡垒作用。不断增强党员意识，严守党性原则，提高党员整体素质。党组织不断创新工作方法，功能上不断创造物质财富，形成强大的凝聚力、战斗力、号召力。

第二，注重经济高质量发展，不断壮大集体经济。我们已邀请上海同济大学规划设计院按照农业农村现代化的要求，重新做好《宝山村乡村振兴整体战略规划》和《宝山村村庄建设规划》。全村将以工业为龙头，旅游为重点，农业为支撑，实现一、二、三产业融合发展。

大力发展高新技术产业，逐渐淘汰落后产能。

旅游按照国际化、精品化、特色化、系统化为标准，以市场为导向，以"一心、四区、三带"为发展规划蓝图，努力将宝山村建成国家级旅游度假区、西南地区山地户外运动胜地、国际山地度假区。

探索高寒地区优质农产品种植技术，力争建成高端农产品教、学、研基地。

全村工农业产值力争达到200亿元以上，利润达到30亿元以上。

第三，严格保护生态环境，形成绿水青山。大力植树造林，使全村绿化率达到90%以上；进一步提高污水处理能力，使全村的污水处理率达到100%；建设生态、宜居、宜业村庄。

第四，不断改善民生，实现共同富裕。逐步提高村民收入，使年人均可支配收入达到20万元以上。村集体用于改善民生的资金能够逐年提高，通过三次分配，缩小贫富差距，让村民具有获得感、幸福感、安全感，过上富裕富足生活。

第五，进行综合治理，不断提高文明程度。学习"枫桥经验"，开展丰富多彩的文化活动，逐步提高村民整体素质，努力打造稳定、平安、和谐、文明的新宝山。

作　家： 您认为一个优秀村书记应该具备什么样的素质和条件？选拔村书记时应着重考察被选举对象哪些方面？

贾　卿： 我认为一个优秀村书记应该具备以下几个方面的素质和条件。一是要有坚定的理想和信念。村书记不是个什么"官"儿，但村集体是干事创业的大舞台。只有心中有党、心中有民、心中有志，才会心中有大格局，产生奋斗的内生动力。二是要加强自我约束。村书记的一言一行，全村干部、党员、群众都看得清清楚楚。打铁需要自身硬，己不正，岂能正人？要有底线意识，哪些能做，哪些不能做，心中清清楚楚，时刻提醒自己不能越线。处理大小事务都应公正、公平、公开，不能优亲厚友，更不能以权谋私。三是要有所作为。村书记肩负小到几百人、大到数千人万余人村庄发展、建设、治理的重要责任，要想有地位，首先有作为。真正在其位，尽其责，谋其政，而不能混日子，碌碌无为。四是要有服务意识。村书记的重要职责就是为村民服务的，真正做到"群众之事无小事"，想方设法为村民排忧解难，而不能高高在上，目中无人。五是坚持不懈地学习。现在的知识更新太快，稍不留意，就会被淘汰。少应酬，利用点滴时间多学习。不仅要认真学习党的路线、方针、政策，还要学习经济知识、法律法规，随时了解国际、国内形势，紧跟时代步伐，不能落伍。

选拔村书记时要着重考察被选举对象是否为人公道正派、是否自律意识很强、是否具有奉献精神、是否懂得经济、是否吃苦耐劳、是否具有较强的组织能力，等等。

作　家： 您认为怎样才能确保乡村振兴战略取得实效？关键因素是什么？

贾　卿： 我认为确保乡村振兴战略取得实效，应采取以下措施。第一，坚决避免形式主义。从近期的媒体报道上看到，有些地方急功近利，搞花架子，将有限的资金用在修牌楼、建广场，将村民的旧房子"涂脂抹粉"等无用功上。实施乡村振兴不是一蹴而就的事情，而是一个长期的过程。应从扎扎实实做好农村党建入手，夯实基础。同时,大力发展集体经济,进行美丽乡村建设和农村综合治理,这需要下足"绣花功",而不能只做表面文章,投机取巧,误国误民。第二,要认真统筹规划。村庄如何建?应进行中长期规划。一定要避免走今天建、明天拆,重复建设、盲目建设的老路。建筑风格尽量保持民族特色,既有中心村,又有分散点。将地下管网铺设好,把污水处理考虑进去。形成高起点、高质量建设。第三,要大力发展集体经济。发展产业是实施乡村振兴的关键,如果没有强大的集体经济作支撑,如何能改善民生、实现共同富裕?这就需要因地制宜、因村制宜,不能盲目跟风,更不能不切实际。有的地方一窝蜂似的发展乡村旅游,结果是以失败而告终。因为无特色、无吸引力,而且投资大、见效慢,只能是"昙花一现"。工业的利润最大,能发展工业当然最好,没有条件的可把精力放在农业种植上。搞好粮食生产,对每个村来说,都不是问题。但种出高品质的粮食,既可以保持国家粮食安全,又可以进行农产品深加工,获得良好的经济效益,何乐而不为呢?第四,要认真做好农村综合治理。预防和化解村民之间的矛盾,确保农村稳定、平安,不断提高村民的文明程度和整体素质。虽然这需要花费大量时间和气力,但是,这项工作是农村工作的基础,不是无用之功,必须做扎实,取得成效。

　　实施乡村振兴的关键是解决好人的问题,即选好村书记,配好村"两委"班子。"兵熊熊一个,将熊熊一窝",一个村如果没有一位德才兼备的好书记,"产业兴旺、生态宜居、乡风文明、治理有效、生活富裕"等目标都是空谈。所以,各级组织和部门都应脚踏实地地选好人、用好人,想尽一切办法选好、用好村书记。

作家点评

　　在宝山村采访的4天时间里,本人被老书记贾正方和年轻书记贾卿无私奉献的博大胸怀、坚忍不拔的顽强意志力、锐意开拓的进取精神深深感动。

　　贾正方是中国版的"保尔·柯察金"。他因公受伤,当组织批准他病退后,本可以凭着每月26元退休费、20斤粮票的基本保障在家休养,过衣食无忧的生活,可他却选择了回到老家宝山村的前身二大队当农民。那时的二大队,一个男劳动力辛辛苦苦干一天活儿只记10工分,年底只能分配到6分钱。全生产队人均口粮也只有71斤,每年吃返销粮18万斤,社员住的是破草房,穿的是烂衣裳。集体穷得连买穿牛鼻子的缰绳都无钱支付。为何如此贫穷,关键是缺乏一个好的带头人带领大家艰苦奋斗，改变落后面貌。

1966年底，31岁的贾正方回到老家后，既不是生产队队长，也不是大队书记。可他以一名共产党员的身份，发动社员改土造田、植树造林，不仅在较短时间内彻底解决了大家吃不饱饭、年年吃返销粮的问题，还向国家上交了数十万斤"红心粮"。这在当时来说是一项非常了不起的成就。

回乡后，贾正方带领社员艰苦奋斗，自强不息，既没有谋求职位上的升迁，也没有要求金钱上的回报。13年时间，他从未拿过集体一分钱报酬，而是不分分内分外、不分白天黑夜地苦干，目标只有一个——让世代贫苦的乡亲们摆脱贫困。原因也只有一个——我是一名共产党员，必须全心全意为人民服务，才能实现生命的价值。

面对重重困难和阻力，贾正方却以"不怕艰难困苦，不怕流血牺牲"的大无畏精神，克难攻坚，筑路、开矿、办厂，发展水电、旅游，使村集体的生产总值达到25亿多元。而后，开始建设居民住房，不断改善民生，取得了一项又一项了不起的成就。

贾正方担任大队、村党组织书记后，不忘宗旨，牢记使命，处处以身作则、模范带头，吃苦在前，享受在后，表现出了一名优秀共产党员的高贵品质。他回乡后右眼失明，左眼视力从0.6逐渐下降到0.03，到后来完全失明，却靠听、问、摸、踩等了解情况，作出正确决策，这是何等的不容易？他的身上至今还留有当年开荒修路、建水电站时，被石头碰得头破血流的伤痕，令人肃然起敬！

宝山村的发展和建设与其他村相比，更显得成绩来之不易。因为该村是在一个双目失明的村书记带领下，经过30多年艰苦奋斗和继任者贾卿10余年来苦干实干的基础上取得的。特别是1978年3月修建第一座水电站时，既无资金、技术，也没有专业人员，同时，当地县水电局不支持、少数社员有顾虑。在这种困难重重的情况下，如是一般人，肯定会自动放弃。可老书记贾正方却选择了向命运抗争，顶着巨大压力，自力更生，艰苦奋斗，投资4万多元，建设了一座装机容量100千瓦的小型水电站，终于在1980年6月投产发电，不仅保障了社员和当地有关单位用电，还获得了每年6万多元的集体收入。这是何等的勇气和魄力？不等、不靠、不要；不具备条件，就积极创造条件；遇到困难，就想尽办法予以克服；认准的事情就尽全力去做，而且努力做成功。这是在贾正方身上具备的优良品质之一。宝山村竟然在本村和村外建有15座水力发电站，每年实现产值3亿多元、利润1.8亿元。

这在全国绝无仅有，该村可谓"中国乡村水电第一村"。

"自力更生，艰苦创业，战天斗地，共同富裕"，这就是宝山村精神。

"自强不息、顽强拼搏、意志坚定、无私奉献"是贾正方精神。他用实际行动，在当地村民心目中树立了共产党员的光辉形象和不朽的丰碑。向贾正方老人致敬！

老书记贾正方的继任者贾卿也非常不容易，因为他是在"5·12"汶川大地震将宝山村变成一片废墟的基础上，经过艰难的灾后重建，并用10多年的努力，才把宝山村建设成如今的规模。

当年，贾卿凭自己的实力本可以考入彭州市当一名公务员，可在父亲贾正方的劝说下，他毅然放弃这一难得的机会回家当农民，从最基层的村团委书记，一步一步干到村委会副主任、主任，村党委副书记、书记等职。贾卿在当地党员、干部、村民中具有较高威信，每次换届选举时，他都是全票当选。然而，成绩是干出来的，威信也是干出来的。抢险救灾时，他冲锋在前，将自己的生命置之度外；灾后重建时，他开挖机、刷油漆，事事亲力亲为，处处模范带头，经常加班加点到凌晨一两点，表现出了一个共产党员的责任、担当和作为，是广大村书记学习的表率。

老书记贾正方经过50多年的奋战，为宝山村打下了良好的基础。开矿、建水电站、原材料加工、植树造林，形成了"一矿、二水、三加工、四林业"的发展格局，实际上是以资源为基础，靠山吃山，靠水吃水，建立粗放型产业体系的起步阶段。而贾卿在他的基础上不断提档升级，变成了以水电为龙头，建材、旅游为支柱，实现了一、二、三产业融合发展。特别是以国际化、精品化、特色化、系统化为标准，在短短10余年时间内，就将宝山村发展、建设成多样型、复合型、精品型的高端乡村旅游度假区，非常了不起。

"临危受命、实干兴村、为人低调、模范带头"，这就是贾卿的特点。在他的努力下，宝山村的明天会更好。

雷宗奎：
坚持合作化共富路越走越宽

人物概要

雷宗奎，男，汉族，1970年12月出生，大学本科文化程度，1989年11月入党，现任河北省晋州市周家庄乡党委书记、晋州市政协副主席。当选河北省第十、第十一、第十二、第十三届人大代表，石家庄市第九、第十、第十一次党代会代表。先后获得河北省先进工作者、河北省思想政治工作先进个人、河北省党风廉政建设先进个人等荣誉。

雷宗奎：坚持合作化共富路越走越宽

河北省晋州市周家庄乡党委书记、晋州市政协副主席雷宗奎

雷宗奎对农业、农村、农民充满着深厚感情,坚守在周家庄乡党委书记位子上一干就是27年,是全国范围内在一个乡连续任职时间最长的乡党委书记。

周家庄乡很特殊,不仅有乡党委、乡政府,还有一个经济合作社,实行"乡社合一"体制。乡的下面管辖10个生产队,每个生产队由党支部书记、生产队长、会计、公安员、出纳兼保管员等干部组成,分布在6个自然村庄,是全国唯一保留生产队建制的乡。社员劳动实行"三包一奖""定额管理"责任制,一个劳动日10分的分配值由1956年的1.94元,逐步提高到如今的116元,社员年终分配金额最高时一人可以达到7万多元。

周家庄乡从1949年9月至今,坚持走互助合作化道路已75年,是全国唯一没有实行分田到户,大力发展集体经济,实现共同富裕的乡。1982年11月,全公社进行是否分田到户全民公决,3055户社员一致坚持走集体化道路,并联合签名,摁上红手印,最终如愿以偿。1983年3月由人民公社改成乡。由农工商合作社负责全乡的集体经济发展、10个生产队的农业生产、农产品销售。全乡实行一级核算、两级所有的管理体制,是全国唯一实行乡级统一核算的乡。2020年改成经济合作社,2023年实现工农业生产总值16.4亿元、利润7000多万元,不仅没有一分钱贷款,还有8.997亿元公共积累资金。

老书记雷金河从第一任周家庄村党支部书记干到周家庄公社第一任党委书记,再到乡党委书记,后因年龄原因退休。他的儿子雷玉良接着干,后到晋州市公安局任职。1997年3月,孙子雷宗奎从爷爷雷金河手上接过接力棒,一直干到现在。一家三代人在同一个公社、乡担任党委书记实为罕见。三任书记的共同特点是:为人低调,勤政廉洁;不唯上,不唯虚,只唯实;实事求是,全心全意为社员谋幸福。2006年6月,周家庄乡被中共中央组织部评为全国先进基层党组织。

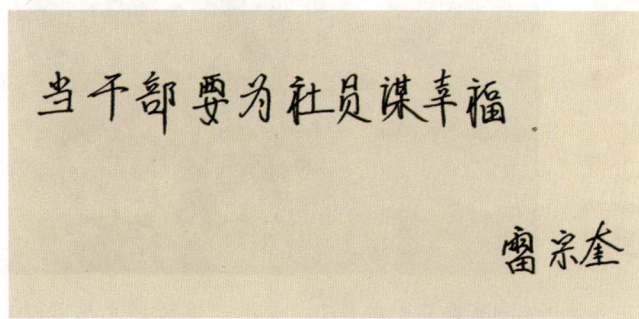

雷宗奎担任乡党委书记多年来的真切感言

雷宗奎：坚持合作化共富路越走越宽

空中俯瞰周家庄乡村貌（无人机航拍照片）

坚持走合作化道路　实行共同富裕不动摇

周家庄乡位于冀中平原的河北省晋州市东部，辖区版图面积17平方公里，其中耕地面积1.8万亩，10个生产队4438户，总人口13960人。

周家庄是革命老区，当年属于晋冀鲁豫革命根据地范围。

雷金河于1944年10月入党，并担任周家庄村地下党支部书记。1947年8月晋县解放后，继任新中国成立后周家庄村第一任党支部书记。他带领广大村民按照中央政策规定，积极开展土地改革，全村457户、2076位村民中，有43户、369人被划为地主、富农，这部分人实际占有土地是全村土地总面积的51.1%。到第二年秋季，全村土地改革结束，234户贫苦农民分得了土地。一些农民全家老小兴高采烈地来到所分得的地里，有的人兴奋地抓起一把土，用脸贴着，用嘴吻着；有的人激动得热泪盈眶。他们真没有想到，过去一直掌握在地主、富农手里的土地发生了翻天覆地的变化。在共产党的领导下，自己翻身得解放，祖祖辈辈给地主富农干活的贫苦农民，如今变成了土地的主人。从此，他们对中国共产党充满着深厚感情。

农民分得了土地，生产积极性空前高涨。可是，赵家分得了一头牛，刘家分得了一套耕田的犁具，孙家分得了一个拉犁的套绳，李家分得了一套耙田的耙具，雷家分得了一辆播种的耧车。各家分得的农具都很单一，如果单打独斗，无法进行高效的农耕生产。

雷金河敏锐地发现，本村和邻村的一些贫农因没有耕种农具，迫不得已开始出卖土地。他及时召开村党支部会议和群众大会，十分明确地指出：农民单打独斗是没有希望的，得把大伙儿组织起来，互助合作，发展生产，共渡难关。

1949年11月，周家庄村3户农民组成了农业生产互助组。雷金河带头与另外6户村民结成互助组，在劳力、牲畜、农具使用上换工互助。农忙季节，这7户村民之间抱团取暖，互相帮助干农活，今天给你家干，明天给他家干，很快将各家的农活干完。在雷金河的带领下，到1950年11月，全村共建立了25个长期互助组、5个临时互助组，共有95户农民参加，占全村总户数的23%。从此拉开了周家庄村走互助集体化道路的序幕。

1951年9月，在雷金河的大力支持下，周家庄村村民曹同义、李五金和雷增成的3个互助组合并，同时吸收部分贫农户参加，建立了晋县第一个初级社——曹同义互助合作社，由 20 户农民组成，共有耕地 194.6 亩。到 1952 年 7 月，周家庄村又建立了王增福互助合作社，临时互助组增加到 37 个，长期互助组增加到 49 个，加上两个互助合作社，全村参加互助合作的农户达 369 户，占总户数的 77.7%，超过全县互助合作农户比例的 28.7%。

这年秋后，周家庄村党支部积极推进互助组转为农业生产初级社。经过酝酿，曹同义互助合作社由 20 户扩大到 102 户，另有 9 个规模较小的合作社。全村入社农户达到 272 户，占互助合作农户总数的 73.7%。互助合作社已取代互助组成为互助合作的主要形式，互助合作化运动已从摸索阶段进入较为成熟的阶段。

雷金河带头参与，组织其他农民在自愿互利的原则下，将私有土地、耕畜、大型农具等主要生产资料由互助合作社统一经营和使用，按照土地质量和数量给予适当的土地分红，其他的生产资料也付给一定的报酬。同时，在社员分工和协作的基础上统一组织集体劳动，社员根据按劳分配的原则取得劳动报酬，产品统一经营，使互助合作社有了一定的公共积累，由于实行了土地和其他生产资料的统一经营，在合作社的统一计划下集体劳动，产品分配部分地实行了按劳分配原则，部分改变了私有制，促进了生产力发展。

曹同义互助合作社是晋县超百户的大社，以该社为中心，周家庄村的 10 个初级农业互助合作社和 13 个互助组进一步联合起来，于 1954 年 2 月正式成立"周家庄农业生产互助合作社"，成员 425 户，占全村总数的 87.8%。

雷金河说："农民一家一户单打独斗是没有前途的，初级合作社的建立，使社员们感受到了集体的力量，也看到了生活的希望。"

农业生产互助合作社运行不久，雷金河就敏锐地发现了一些不足，即社员干多干少和干好干坏一个样。他经过认真思索，从这年的 4 月起，开始探索农业生产管理办法，逐渐形成了包括"三包一奖"（包工、包产、包投入；超产或节约成本有奖）和"劳动定额"在内的比较成熟的联产承包责任制。

周家庄村的劳动定额划分为整理土地、播种栽培、施肥浇水、苗期管理、农作物收获、农产品分配及销售、运输、农机具作业、农杂、存档 10 个类型，共计 372 项，仅仅是整理土地类就有 36 项，播种栽培类有 46 项，施肥浇水类有 40 项。不同等级意味着不同的劳动强度，对应不同的劳动日计酬标准。

定额项目的划分综合考虑了劳动项目、生产工具、土地条件等多重因素。比如，同样是机耕地，使用 55 型、60 型拖拉机完成 27.5 亩的耕作面积，计 1.1 个工作日。

而使用 18 型、20 型拖拉机完成 22 亩的耕作面积就可以计为 1.1 个工作日。以此方式来体现不同耕作工具对劳动效率造成的影响。

周家庄乡的定额管理并非一成不变，而是与时俱进的。从最早的村到大队、公社再到乡，经过社员广泛选举，最终成立了劳动定额委员会，对劳动强度、劳动报酬进行反复讨论，并定期根据作物品种、土地条件和生产工具等因素的变化，对劳动定额不断进行调整，以使其能够真实合理地反映不同劳动内容所包含的劳动投入数量和质量。"在劳动定额的制定和调整过程中，充分相信群众、发动群众、依靠群众，发扬民主，动员群众全员参与。社员对于定额如果有意见随时可以提出来进行讨论，努力使公布施行的定额标准能够得到社员最大限度的认可。"雷宗奎介绍道。

1954 年 2 月初，河北省拖拉机站在周家庄村挂牌成立，配备了 3 台拖拉机，全村所有土地全部实行了机械化耕作，当时也算一大新闻，共吸引了全省各地 2500 多人前来观摩。

也是在这个月的 13 日，石家庄地委在周家庄村召开地、县、乡、村、大型合作社代表 5 级干部 102 人参加的现场会，学习推广该村发明的"三包一奖"和"定额管理"的做法，雷金河做了经验介绍。

在"文革"期间，"三包一奖"和"劳动定额"制度被搁置，导致劳动生产率大幅度下降，粮食、棉花减产，社员收入降低。1978 年底分红时，社员全年人均生活水平只有 78 元；90% 以上的农户粮食不够吃，许多社员辛辛苦苦忙活一年，年终分配换来的只是一张白条，因为公社欠外债 18 万余元。

雷金河被平反后，经过一番斗争，周家庄公社从 1979 年开始又恢复了"三包一奖""劳动定额"制度，不仅还清了欠款，而且社员全年人均生活水平提高到 145 元，是 1978 年的近两倍。口粮标准增加到每人每年 525 斤，比 1978 年增加了 95 斤。

时至今日，"三包一奖"和"劳动定额"基础上的工分制，仍然在周家庄乡推行，通过劳动换来的工分多少仍是生产队社员获取劳动报酬的基本依据。

1955 年下半年，中国农业合作化运动掀起了新的高潮。即不分地区，不分民族，普遍建立农业生产互助合作社；原有的小社扩大，合并成大社；初级社升级为高级社。这年 11 月，晋县县委根据新形势的需要，在扩大会议上决定，把周家庄村农业互助合作社作为全县的重点，扩大社的规模，并由半社会主义性质的初级社转为完全社会主义性质的高级社。

高级社的特点是土地、耕畜、大型农具等生产资料归集体所有，取消了土地报酬，实行按劳分配的原则。

1956年2月，周家庄、刘靳庄、北王庄、南王庄、东张庄、北捏盘6个村——"连转带并"（亦称"并社升级"，即初级社转为高级社，小社合并成大社），成立了由1509户村民参加的周家庄高级农业生产联村大社，雷金河兼任社长。土地面积由周家庄村时期的6149亩扩大到1.43万亩。联村大社的区域范围一直延续到后来的周家庄人民公社和周家庄乡。

从1949年冬到1956年春的7年多时间，通过典型示范、由低到高、逐步过渡的办法，周家庄高级农业生产合作社把当时99%以上的分散农户组织起来，把小农经济改造成公有制基础上的合作经济，这在周家庄乡历史上确实是一场深刻的社会变革。

1956年6月30日，一届全国人大三次会议通过《高级农业生产合作社示范章程》，全国农业合作化运动以空前巨大的规模和异乎寻常的速度进行，大批初级社升为高级社，小社扩大，合并为大社，数乡一社、一乡一社、一乡几社和一村一社的高级社成为普遍形式。这年9月，河北省共成立了2.4万多个高级农业生产合作社，由于收入减少及有些社干部作风霸道，对入社生产资料处置不当和对社员控制过死等原因，出现部分合作社社员退社和要求退社情况的发生。

在全省联村高级农业生产合作社难以为继、纷纷解体的过程中，周家庄高级社却将这一体制坚持了下来，后转为人民公社。

1958年8月6日，晋县黎明人民公社在社员的掌声中挂牌成立，雷金河担任公社党委书记。公社6名组成人员不是吃财政饭的公职人员，而是由周家庄村内部产生的农民担任；公社工作人员不是财政发放工资，而是靠挣工分分粮食、年底分钱；没有重新征地建设办公场所，而是继续使用原村委会的几间平房；没有财政拨款，所有办公用品都是靠自己解决；等等。

黎明人民公社成立后只运行了4个多月时间，名字又发生了变化。按照上级"一大二公"的要求，晋县县委将所属20个人民公社合并成6个大公社。黎明人民公社变成了周家庄大队，隶属于东风人民公社。1962年2月，它又更名为周家庄人民公社。

周家庄互助合作社成立70多年来，经受了多起自然灾害侵袭，尤其是雹灾、旱灾、虫灾、风灾最为厉害。1952年至1962年，建社10年中就有7年受灾。由于集体力量大,承受能力强,有效化解了灾情。雷金河带领党员干部,发动广大群众自力更生,抗灾救灾,没有伸手向国家要钱要物。

周家庄所处位置曾经是滹沱河故道,沟壑纵横,荆棘丛生。1956年至1959年,雷金河广泛发动群众,相继开展了6次"战役":动员1200多名社员平整土地,将3544亩旱地改为水浇地;搬走了8个沙土岗,造田1000多亩;发动第六生产队的200多名壮劳动力、40辆大马车,奋战一冬,将200多亩土质板结的荒地改良成庄稼地;组织全社1100名精壮劳动力铲出多余道路和沟沟坎坎,小田改大田,腾出耕地1500亩;开荒造地1000多亩。使全社的土地由1956年的1.43万亩迅速增加到1.8万余亩。"这1.8万多亩土地中有3700亩是老书记当年带领全体社员自力更生,艰苦奋斗,顶风冒雪,一寸一寸开垦出来的,为后来全乡的工农业发展奠定了良好基础。"雷宗奎说。

晋县是我国重要的棉花产区。而周家庄又是全县最具棉花种植传统的主产区,被誉为"白金之乡"。中华人民共和国成立前后,当地农民收入的主要来源就靠种植棉花。1950年,国家号召农民多种棉花,支援社会主义建设。周家庄村党支部积极响应号召,发动群众多种"爱国棉"。一些农民心存疑虑,怕种多了吃亏。雷金河在一次群众大会上说:"是中国共产党领导我们得解放,打土豪,分田地,使我们成为土地的主人。所以,共产党是我们的恩人,党叫干啥就干啥,永远感党恩、听党话。国家现在一穷二白,叫咱们多种棉花支援国家建设,自有道理,咱就积极种植棉花。况且,国家有奖励政策,又不让咱农民吃亏。"

雷金河真诚的话语在广大村民中起到了很大的鼓舞作用,大伙儿的信心增强了,开始鼓足干劲种植棉花。这一年,全村棉花种植面积达到3868亩,约占全村耕地面积6149亩的63%。

1951年9月,在雷金河的倡议下,周家庄村党支部号召广大农民捐款捐物,支援抗美援朝战争。该村农民踊跃捐赠棉花1.1万斤,为前线浴血奋战的将士购买飞机大炮,表现出了极大的爱国主义热情。

1955年8月,毕业于中国农业大学农学系的关学民,被分配到设立在周家庄村的河北省第二拖拉机站工作,他是中华人民共和国成立后首个分来的大学生。雷金河得知这一消息后喜出望外,如获至宝,经常虚心向他请教。第二年,在棉花生产管理的整个过程中,雷金河热情邀请关学民到棉田检查指导,发现问题及时纠正,对全村的棉田进行了合理确定行距、株距、株数;合理确定打尖时间;增加追肥等三大改进。这一年，全村种植的 9400 亩棉花喜获丰收，亩产皮棉达到 124 斤，比往年提高了 60 斤。

1964 年，雷金河采纳关学民的意见，改种冀棉 8 号优良品种，在管理上也采取了一些新措施。这一年，周家庄公社亩产皮棉达到 176 斤，创历史最高纪录。

周家庄从最早的村到后来的大队、公社、乡，一直把种植棉花放在农业生产的重要位置，种植面积始终保持在 6500 亩至 9500 亩。雷金河曾经连续 12 次出席全国棉花、农业工作会议，这在全国范围内颇为少见。不仅因为棉花种植的面积大、产量高、质量优，而且积极为国家分忧，收获的棉花全部上交给棉花公司，从不私留。

1966 年 5 月，雷金河被打成"走资派"，经常挨斗并被责令上街游行，于这年 10 月被停职。他欲干不能，思想上想不通，处于焦虑、彷徨之中。

1978 年 12 月 23 日，晋县县委为雷金河平反，任命他为周家庄公社管委会主任。他首先想到的是尽快恢复生产，发展经济，让社员们过上好日子。那时单纯追求粮食高产而压缩棉田，扩大粮田面积。而且粮食种植在肥沃的土地上多施肥，棉花种植在贫瘠的旱地里少施肥。春播时，棉田任务若完不成，就间作套种在小麦地里。在这样乱折腾下，周家庄种植的棉花亩产皮棉一直在 30 斤上下徘徊。

雷金河认为，周家庄人种棉花的传统不能丢。上任后不久的一天上午，他在一次农业生产会议上发言说："我主张既要抓好粮食生产，也要重视棉花种植，因为种植棉花的经济效益比种植粮食更划算。"

"1 斤小麦卖议价可以获得 3 毛多钱，一亩田按 600 斤小麦的收成计算，可以卖到 180 元。再加上秋季玉米，按亩产 800 斤算，可以卖 100 多元。两项加起来就是近 300 元收入，要比种棉花强。"公社党委副书记发言说。

"账不能这么算。因为咱们这里是沙土地，种小麦比不上黑土地，亩产 600 斤很困难。再说，粮食只有按平价完成国家统购任务后，多余的才能卖议价。"他稍加停顿后又说，"只要棉花种得早，不落霜后开花，棉花的产量和质量就高。国家对种植棉花有奖励政策，超交 1 斤皮棉，奖励 2 斤粮食。况且，棉花也提价了，如果棉花亩产能够达到 100 斤，就可以实现收入 300 多元，你们看哪个划算？"

"如果增加棉花种植面积，你对保证完成上级布置的粮食生产任务有把握吗？"那位副书记质问道。

"有！我敢立下军令状，保证全公社的粮食、棉花种植产量都能完成任务。"

雷金河的发言让大家的心里有了底。会议最后作出决定：减少粮田面积，多种棉花。

1979年这一年，雷金河在棉花种植管理上费尽心血。他认真抓好技术培训，督导每一道工序，检查每一个环节。到秋收季节，周家庄公社如愿实现了粮棉双丰收，不仅超额完成了粮食生产任务，棉花产量也大幅增长，亩产皮棉由前年的30多斤，一下子提高到106.7斤。

这年年底，周家庄公社被评为全国棉花生产先进单位和农业先进单位，受到国务院嘉奖令通报表彰。雷金河到北京出席了表彰会，受到党和国家领导人的亲切接见，在精神上受到了极大鼓舞。一幅大干快上，努力把周家庄建设成"社强民富"的宏伟蓝图在他的脑海中逐渐形成。

1980年6月，雷金河恢复了周家庄公社党委书记职务，还兼任周家庄农工商合作社社长。这年他59岁，决心甩开膀子干事业，认真弥补过去被耽搁的12年好时光。

这一年，周家庄公社种植棉花面积达到8186亩，获得有史以来特大丰收，亩产皮棉171斤。仅此一项，就使集体收入达到340万元，比1979年增加了2.3倍。年底结算时，全社工农业生产总值达到715.9万元。除留公积金、公益金和再分配基金203万元外，偿还社员投资款13万余元，人均收入达228元，比上年度增加了83元。

种植棉花获得成功，使雷金河信心倍增。

1981年，周家庄公社仅棉花一项总收入就达到780.8万元，人均分配400元，实现了生活殷实的目标。

1984年至1994年，雷玉良担任周家庄乡党委书记10年间，继续大力种植棉花，种植面积保持在8000亩左右，亩产皮棉150斤上下。所产棉花全部交售国家，不到市场上卖高价。

周家庄的工业发展起源于20世纪50年代中期。1954年，周家庄农业生产互助合作社共有9摊集体副业，收入1.2万元，占总收入的4.2%。到了1957年，全村副业共有27种，包括养猪、繁殖牲口、养羊、养蜂、打井、磨坊、粉坊、油坊、豆腐坊、木器加工、运输、缝纫、烧砖、种菜等，占总收入的15.3%。在副业收入中，集体占21.3%，村民家庭占78.7%。

1958年，在中共中央发出"人民公社必须大办工业"的号召下，周家庄公社

（大队）成立了农具修配制造厂、小型磷肥厂、粮食综合加工厂、轧花厂、木材厂、运输队等一批集体企业。

在国家"三年经济困难时期"，周家庄大队副业恢复较快，轧花厂、农具修造厂、砖厂得到进一步发展。

20世纪80年代初期，雷金河带领全体社员自力更生，节衣缩食，不贷款，陆续办起了数家工业企业。1981年，集体企业收入在集体总收入中的比重由上年度的33.2%上升到46.7%。而大农业则由64.6%下降到48.6%。此时的集体企业成为名副其实的支柱产业。

1983年3月，周家庄人民公社改为周家庄乡，设乡党委、政府、农工商合作社，各司其职，各负其责。乡党委、政府多了一项职能，就是领导合作社。

第二年2月，雷金河退居二线，担任随后成立的周家庄乡咨询委员会主任。

此后，在第二任乡党委书记雷玉良的领导下，周家庄的乡镇企业进入快速发展阶段。到1992年，集体企业发展到18家，其中修配厂、印刷厂、五金水暖厂、轧钢厂、建材厂、纸箱厂等工业企业11家；商业、建筑、运输企业各1家；农业、文化卫生企业各2家。

1994年9月，雷玉良调任晋州市公安局副局长。

第二年3月，晋州市委作出决定，重新启用老书记雷金河，一直干到1997年3月，雷宗奎被任命为周家庄乡党委书记兼乡长后才正式退休。

此时棉花生产一落千丈，根本原因有5个方面：国家从1998年开始撤销棉花生产指令性计划；种植棉花费工费时，占用太多劳动力，支出大，收入少，已无利可图；棉花黄病、枯萎病及棉蚜虫、棉铃虫、黏虫等病灾、虫灾已经发展到难以防治的地步，甚至将棉铃虫泡到农药中也杀不死，但人畜中毒现象却时有发生；劳动力严重不足；全国纺织业限产压锭，棉花生产社会需求大幅减少。

雷宗奎经过认真思考，并组织乡党委、政府多次开会研究，形成一致意见后，开始进行农业结构调整，决定不再种植棉花。1998年3月，他带领5名工作人员到天津农产品保鲜研究中心考察学习葡萄种植，计划一次性购买10万棵"红地球"葡萄种苗，结果该中心苗源不足，3元一棵的葡萄树苗只买到6万棵。这些葡萄树苗拉到周家庄后相继建起了3个育苗基地，雷宗奎组织技术攻关团队试育葡萄苗，结果以失败告终。

雷宗奎不甘心，决心破釜沉舟，一定要把葡萄树苗培育成功。1999年春节刚过，

雷宗奎认真学习党章，牢记党的宗旨

他又重新组织力量进行试验。

此时的华北大地寒风凛冽，雷宗奎同技术人员一起吃住在育苗基地简易的工棚里进行技术攻关。每天早晨、中午、晚上一天三次，他都要爬进地膜棚内细心查看温度和湿度。并反复察看各种书籍、杂志资料，研究培育技术。100天后，栽下的葡萄树枝上终于长出了新芽。培育葡萄树苗获得成功，雷宗奎的脸上终于露出了满意的笑容。

2000年5月，周家庄乡原来种植棉花的3000亩土地全部种上了葡萄树苗，还按市场价每棵2元对外出售葡萄树苗150万棵，获得利润300万元。

周家庄乡培育的"红地球"葡萄颗粒大、质量好、含糖量高，出口到欧洲、东南亚地区。亩产3000斤，按每斤3元的售价，每亩地收入9000元，全乡仅此一项就实现产值3600万元、利润2000多万元。

3000亩梨园和1000亩大棚蔬菜基地相继建成，为全乡的经济发展注入了新的活力。

大面积栽种后，又发现葡萄藤容易生病。正常情况下，3000亩葡萄园，需要购买100辆三轮车打药，不仅需要50多万元的开支，还出现了一个问题，即下雨后三轮车骑不进葡萄园。为解决这一难题，雷宗奎带领相关人员外出考察，最后得到启发：在地下埋设管道，下雨后，工人拿上打药设备接上地下管道的接口便可喷药。"采取这种办法，既可以让葡萄园的病虫害及时得到防治，降低了生产成本，还增强了防治效果。"乡经济合作社主任刘习军介绍道。

周家庄的梨园过去一直以大冠型栽培模式为主，不便于机械化作业。2019年春节刚过，雷宗奎就带领经济合作社的5名工作人员到河北邢台所辖的威县考察学习，回来后便组织人员对老梨园进行改造，采用河北农业大学研究出来的省力型密植栽培模式，先期改造的450亩梨树，已于2021年春天挂果，待技术成熟后，将剩余梨园全部改造。

2002年3月,周家庄1000亩苗圃基地开始培植玉兰、樱花、紫叶李、榆叶梅、龙爪槐等32个品种70多万株,每年实现产值1000多万元、利润800万元。

与此同时,周家庄乡还建立了1万亩小麦良种繁育基地。其中为河北大地种业公司培育神农086、马兰1号良种;为河北嘉丰种业公司培育石新828等5个良种。每亩地产量1500斤,实现产值2300万元。再加上每亩地产1400斤玉米,产值1900万元,每年可以增收600多万元。

雷宗奎(中)察看周家庄乡蔬菜大棚内的黄瓜长势情况

1万亩良种繁育、3000亩葡萄、3000亩梨树、1000亩大棚蔬菜、1000亩苗圃五大基地的形成,标志着周家庄乡经过产业结构调整,由传统种植向现代农业发展。

雷宗奎又把精力用在发展养殖业上。2004年7月,乡集体多方筹集资金430万元,准备建设一个奶牛场。因腰椎受损严重,在石家庄住院期间,雷宗奎强忍着疼痛,参加奶牛场项目答辩会,乡集体体制的优越性感动了所有评委,使得建设方案顺利获得通过。

厂房建好后,雷宗奎带领技术人员马不停蹄地外出购买奶牛,先后去了北京、天津、黑龙江等地,历时1个多月时间,行程数千公里。一路上,他们昼夜兼程,十分辛苦。为了节省时间和经费开支,几人特意乘坐晚上的火车。没有卧铺,就只好坐硬座,下车后总是直奔牛场挑选奶牛。

这段时间,饭点被打乱,一日三餐无法保证,雷宗奎与技术人员经常吃方便面、喝纯净水。他们注重选牛的每个环节,对购买的每一头牛都认真辨别。

每到一个地方,雷宗奎都要带领技术人员钻进牛棚内,一头一头地认真察看,精心挑选,毫不介意牛粪沾得满身都是。辛勤的劳动最终换来151头优质奶牛,为周家庄乡畜牧业的繁荣发展奠定了坚实基础。

这一年,周家庄农牧业有限公司成立,具体负责奶牛的生产经营。雷宗奎让工作人员建立了奶牛系谱档案,防止近亲繁殖。并利用最先进的冻精技术改良奶牛品种，不断提高奶牛质量。

　　2008年上半年，社会上的一些不法业务人员陆续到周家庄农牧业公司推销蛋白精（三聚氰胺），声称用这种化学原料饲养奶牛，可以大大降低饲养成本。雷宗奎得知此消息后，严令公司负责人自觉抵制，坚决不用这种投机取巧的化学产品作为奶牛饲料，而是一直坚持用不加任何添加剂的苜蓿和玉米全株青贮饲料，确保牛奶的蛋白质含量高。雷宗奎多次告诫农牧业公司负责人："诚信是企业的立身之本，不能为了一点蝇头小利而损毁了集体的荣誉。"

雷宗奎（中）到乡奶牛场查看饲料配料情况

　　2018年5月，周家庄农工商合作社投资1000万元，对农牧业公司所属的奶牛场进行升级改造，建设新牛舍和牛奶生产车间。奶牛的挤奶车间和消毒车间已经全部实行智能化，经过严格审核评定，通过了中国良好农业规范GAP级认证，被农业农村部确定为标准化、规范化示范奶牛场。如今，该牛奶厂饲养的1280头奶牛，年产鲜奶7000吨，长期被河北三元公司定点收购。每年度实现产值3000多万元、利润近600万元。

　　2002年3月，周家庄乡将村南的1300亩土地改建成一个小型经济开发工业园，有41户中小型企业入驻。

　　周家庄新村建成后，雷宗奎坚持小区四面2.7万平方米的门面房不出售而出租，使集体有了持续性收入，社员生活有了永久性保障。

　　周家庄的旅游业从2007年开始逐渐形成，首先邀请河北省地理研究所的专家为该乡做了一个旅游规划。这年的9月12日，该乡召开了第一次旅游推介会。16日上午，雷宗奎又率领14名工作人员带着旅游产品参加石家庄市政府召开的旅游推介会。4天后，周家庄乡政府召开第三次旅游推介会。

2008年4月9日，晋州市第三届梨花节在周家庄乡举办，截至目前已成功举办15期。形成了春季赏梨花，秋季采摘梨果、葡萄、玉米、瓜果蔬菜的乡村旅游特色，每年游客接待量在30万人次以上，经济合作社获得收入1500万元。

亚洲金融危机爆发之后，集体企业出现连年亏损。周家庄乡审时度势地作出决定，相继把原有的阀门厂、彩色胶印厂、纸箱厂改为股份制企业。转制后，合作社有了持续收入，效益良好。

周家庄经济合作社与晋州市的一所民营学校——明德中学合作，将乡里储备的50亩集体建设用地出租给学校，建设明德初级中学新校区项目，已于2022年8月建成并投入使用。该项目投资9000万元，其中乡集体出资3000多万元，按学校要求建设教研楼、宿舍楼，再作为集体固定资产租赁给学校。同时，为了降低集体收益风险，学校以价值5000多万的固定资产作担保，保证集体利益不受损失。以上"土地+资产租赁"的形式可使集体每年获益400余万元。

周家庄自办合作性质的金融机构，前后经历了几次变革。1986年11月，成立了准备金400万元的周家庄信用合作社，所有权归周家庄农工商合作社，主要为农民提供小额贷款服务。2004年5月，当地成立银监局后，要求将乡信用合作社并入晋州农村信用社，雷宗奎提出保留意见。该局组成工作专班进驻周家庄乡，对信用合作社成立以来的全部账目进行了审计，发现没有1分钱的不良贷款，最后将信用合作社保留下来。

2007年5月，中国人民银行、银监会出台文件，允许成立新型农村金融机构：村镇银行、资金互助社、小额贷款公司。雷宗奎经过认真思考后认为，周家庄乡信用合作社的运作模式符合资金互助社的设立要求。经过河北省银监局批准，这年9月28日，周家庄农村资金互助社正式挂牌营业，成为河北省唯一一家乡办资金互助社。

互助社成立至今，存款已达6亿多元，贷款1.5亿多元。存贷款利率参照晋州农商行的标准进行。

2020年6月，周家庄农工商合作社更名为经济合作社，刘习军担任合作社管理委员会主任。

第二年 1 月，周家庄经济合作社投资 800 万元，建设了一个供河北省各高校学生开展劳动教育课，让大学生与农民同吃、同住、同劳动的研学交流中心，成为一个新的经济增长亮点。

雷宗奎担任乡党委书记 20 多年时间里，以调整一产、巩固二产、大力发展三产，促进一、二、三产业融合发展的总体思路，经过艰苦努力，已形成农业、林果业、畜牧业、工业、旅游业、金融业、商业、仓储物流业等产业结构。积极发展工业地产，充分利用资金和土地优势，不断发展壮大集体经济实力。2023 年，乡集体实现工农业产值 16.4 亿元、利润 7000 多万元，上缴国家税款 3835 万元。经济合作社既无贷款，也无外债，还有 8.997 亿元公共积累，其中固定资产 1 亿多元。

"周家庄乡将借国家实施乡村振兴战略的东风，进一步发展高质量经济，不断壮大集体实力，真正实现共同富裕。"雷宗奎说。

按劳分配多劳多得　民生改善具有幸福感

从雷金河到雷玉良再到雷宗奎三代公社、乡党委书记，始终坚持多劳多得的社会主义分配原则，实现共同富裕，千方百计地改善民生，让全体社员具有获得感、幸福感、安全感，过上富裕生活。

1959 年至 1961 年，我国经历了三年经济困难时期，雷金河抱着务实的态度忙于农业生产，积极组织农民抗灾自救，使粮食生产仍然获得较好收成。而且，他坚持实事求是，不虚报粮食产量。周家庄大队全体社员不仅能够吃饱肚子不挨饿，而且集体饲养的牛、马和社员家饲养的生猪都长得膘肥体壮。以 1961 年为例，全大队共有 172 头牛、39 匹马、102 匹骡子、186 头驴、2639 头猪。

因为有粮食吃，让周边几个大队的社员好生羡慕。这期间，全大队 5 名 40 多岁的"老光棍"都相继找到了老婆，结婚生子，过上了幸福生活。

在"三年经济困难时期"，雷金河还干了一件常人难以想象的大事——大队自己办电，惊动了晋县乃至石家庄地区。

1960 年 9 月，周家庄大队党支部决定集体投资 11 万元，牵线架电，解决社员生活生产用电问题。该大队在全县农村率先自购电力设备，自己栽电线杆、拉电线，并自费培养电工。到 1961 年 2 月 14 日（农历腊月三十）全部竣工，全大队自架 380 伏高压电线 25 华里，安装变压器 6 台。大年三十傍晚，随着雷金河一声"送电"，大队电工将电闸总开关合拢，家家户户房顶上的灯泡发出了亮光。社员们欢欣鼓舞，无比激动，度过了一个特别愉快的春节。一些上了岁数的老人感到不可思议，有的人长久看着灯泡，想不明白灯泡是怎么发光的。一位老太太问道："这用的是什么油呀？怎么这么晃眼？在哪里添油呀？怎么灯头朝下呀？"

年轻人答道："不用油，是远在数百里之外的江河用水力发的电。"

"净胡说，那么远的地方电怎么会跑到我们这里来。"老太太嗔怪道。稍停片刻，她又问道，"电是个什么样的物件，你拿出来我瞧瞧。"

虽然年轻人耐心解释，但老太太始终想不明白，一个劲儿地摇头。

电力在满足了全体社员照明的同时，还保障了浇地用电动机的需求，一些队办的小工厂也用上了电动机械。

1979年，周家庄公社的棉花种植获得大丰收，经济得到发展后，雷金河首先想到的是改善群众生活。在他的提议下，公社党委多次开会研究，决定用集体资金改善民生，给全体社员办好几项福利：投资4万元，建了一座养老院，年满60岁的社员可以入院养老；投资8.2万元，先后兴建了6座水塔，铺设管道，让全体社员家家户户吃上了自来水；投资3000万元，兴建了一个副食品厂，为社员生产白酒、酱油、醋、点心；投资8万多元，建设了一座粮食加工厂，对全社指标内口粮免费加工；兴办服装加工厂，承担孤寡老人、五保户服装加工、被褥拆洗；购置了17台电视机，免费让社员看电视；办高考补习班，为参加高考的学生补习功课。

就业是民生之本，三任书记都非常重视社员就业，不断创造就业机会让大家有活儿干，有稳定收入，生活有保障。雷金河担任公社党委书记时，全社具有劳动能力的社员只要不挑不拣都有活儿干。雷玉良和雷宗奎担任乡党委书记后，全体社员的就业方式按照市场经济规律，逐渐多元化，实行双向选择。社员既可以在本乡的一、二、三产业就业，也可以外出打工挣钱，还可以自主创业。来去自由，如果在外面打工不顺利，只要向生产队长打个照面，经过口头申请，就可以给安排活儿干。全乡具有劳动能力的6296人中，在本地村庄就业的就有4355人。其中从事农业生产的只有1167人，在乡经济合作社所属企业工作的共有3188人。还有1200人在本乡范围内就近就业，有300多人在本地或外出自主创业。全乡就业率达到93%以上，实现了充分就业。

生于1967年的周家庄乡第三生产队社员雷新科，19岁毕业后开始到县城做服装生意。2001年6月，他投资上百万元，在本乡经济开发工业园注册成立了晋州市利满地纺织有限公司，生产业务主要是纺织浆纱，共安排了130多人就业。7个生产车间每年实现产值5000多万元、上缴税收169万元、利润200多万元。谈起现在的生产状况，雷新科对乡党委书记雷宗奎的无私帮助充满着感激之情。

2016年初，雷宗奎到企业调研时，给雷新科认真分析了国家的环保形势，认为燃煤锅炉不会存在太长时间，动员他进行天然气锅炉改造。雷新科觉得很有道理，多方筹资100万元，于这年3月将本公司的燃煤锅炉全部改造成天然气锅炉。当年10月，国家出台环保政策，当地环保部门强制关停了所有燃煤锅炉生产企业，唯独利满地纺织有限公司可以生产，获得了良好的经济效益。"如果不是宗奎书记站得高、看得远，具有先见之明的指点，我的纺织公司也会在那年关停，将会造成巨大的经济损失。"雷新科说。

周家庄全体社员的收入来源于三个方面：干农活收入、外出打工收入、经营性收入。在乡经济合作社所属企业务工或到生产队干农活儿，都实行工分制，从1956年2月建立高级社开始，一直坚持到现在。一个劳动日10分的价值由当年的1.94元，逐步提高到如今的116元，社员年终分配金额，一人最高可以达到7万多元。2023年全乡社员人均可支配收入为3.19万元。

周家庄乡的社员住房经历了四代建设，20世纪70年代为第一代土坯房。1982年5月，第二代房开始建设，周家庄公社将全体社员的住房统一规划成两层楼房，采取自建公助的办法进行整体改造。即社员家出材料，合作社建筑队免费施工。宅基地按照河北省出台的相关政策，全体社员住宅面积统一按每户0.298亩，也就是199.8平方米划拨，没有一户超标。一期工程到1991年8月结束，共建设了3426栋24900间单门独院的二层楼社员新居。

新民居建成后，不仅未占1亩耕地，还节约宅基地842亩，全部复耕。

二期工程的三代房从1995年开始，新建和部分翻新改建成别墅式建筑，一直到2002年初结束。

四代房为单元房，主要为了解决社员的新增人口住房困难。按照国家"一户一处宅基地"的相关规定，如果是单传，就只能是一处宅基地，有的家庭父母与子女和成年的孙子、重孙住在一起，也只有一处宅基地，造成住房紧张。

雷宗奎得知全乡有不少社员家庭三户挤在一栋两层楼里，"三代同堂"甚至"四代同堂"，给生活带来诸多不便。他下定决心，一定要解决社员住房紧张问题。2010年3月，周家庄农工商合作社多次组织社员代表讨论建房事宜，在充分尊重民意的基础上，制订了建房和分房方案。经过从下到上反复协商，最终经过村民代表大会审议表决通过后予以实施。方案规定：原籍和户口是周家庄乡的社员才能享受这次的福利分房。首先解决"四世同堂""三世同堂"家庭住房问题，原则上一个家庭买一套房子。包括有两个儿子和有两个姑娘的社员家庭，均可以购买1套单元房。

这年年底，河北省农村最大的社区——周家庄新村动工兴建，总投资5亿元，占地225亩。一期工程于2015年9月交房，二期工程于2016年8月交房，三期工程于2017年5月交房。

房子是带有福利性质的成本房，合作社以均价1400元/平方米出售给社员，共设计了100、128、141、160、170平方米5种户型，建设了41栋、1388套两室两厅、三室两厅和四室两厅的单元房。

住在周家庄新村34号楼二单元的第十生产队社员张秀品与老伴均已退休，她家居住的一套三室两厅单元房，建筑面积141平方米，是2016年8月交房的，总房款23.5万元，每平方米1660元，儿子、儿媳妇和一个孙女与他们共同生活。

张秀品退休前是周家庄医院妇产科医生，靠挣工分获得收入，现在每月有2000元退休金。她的老伴与儿子在生产队干活儿，女儿在美国哈佛大学获得博士学位后，回国从事医学研究。

张秀品说，她与老伴每年的退休费、工分分配和福利费各项加起来，共有8.4万元收入。自家在生产队还有一栋两层楼的别墅，到了夏天，她就和老伴搬回去住。冬天住在周家庄新村的单元房，这里有水源热泵地暖，取暖方便。"周家庄新村附近商品房售价每平方米都在6500元至7000元，而我们当年购买乡里统一盖的福利房才1600多元。这里的房子不仅质量好、售价低，而且环境好、干净卫生，社会治安也很好，每年合作社还发福利，我们觉得好幸福，外面的人都十分羡慕周家庄乡。"谈起现在的生活，64岁的张秀品高兴得合不拢嘴。

周家庄乡社员的养老由乡集体保障，参加城乡居民基本养老保险的社员5909人，其中2835人享受退休待遇，按月领取社会化发放的基本养老金。

60周岁以上老人，除享受国家发放的退休费外，乡经济合作社还会每月按不同的年龄阶段发放养老补贴。其中60周岁至64周岁的老人，每月发放80元；65周岁至69周岁的老人，每月发放100元；70周岁至74周岁的老人，每月发放120元；75周岁至79周岁的老人，每月发放140元；80周岁以上的老人，每月发放160元。

是独生子女的老人,享受的养老保险补贴,在发放标准的基础上每月再加发20元。

60周岁以上无儿无女的"五保"老人,由集体负担其生活费用,并按独生子女老人的养老补贴标准,每月发放零花钱。

年满65周岁以上、连续工作20年的农民身份干部实行退休制,每年享受在职干部的平均生活水平;老党员在养老补贴的基础上,每月再加发17元至30元。

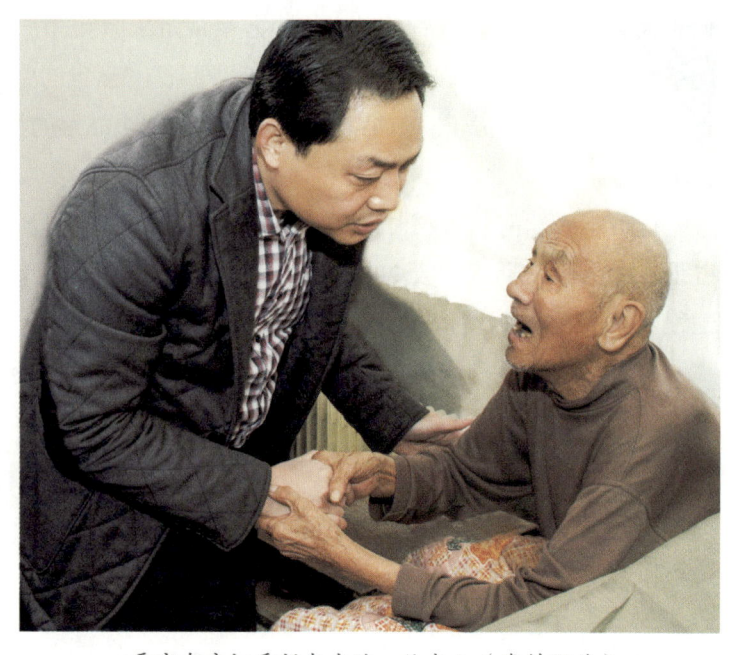

雷宗奎亲切看望本乡的一位老人(资料照片)

雷金河和雷宗奎两任书记都非常重视教育,深知孩子是国家的未来,因此不断改善办学条件。周家庄乡辖区内建有高标准的幼儿园,与晋州市合办了雷锋小学、实验中学,河北省重点中学晋州一中也在乡域内,全体社员的子女足不出村,就可以上幼儿园、小学、初中、高中,就地就近接受良好教育。

周家庄卫生院建于20世纪80年代初,现有全科医疗科、口腔科、内科、外科、儿科、化验室、放射科、预防接种门诊8个科室,配备十二道心电图、脑电地形图、全自动生化分析仪、血细胞分析仪、尿常规分析仪、彩色超声诊断仪、肺功能分析仪、24小时动态心电图分析仪、自动中药煎药包装机、电动颈腰椎牵引床、经络通络治疗仪、电针仪、微波治疗仪、TDP神灯等医疗设备。社员小病不出乡,大病到县医院,实现了就地就近诊疗。全乡共有12932人参加了城乡居民医疗保险,从2007年当地开展此项社保统筹以来,个人缴费从当初每人每年10元,逐步上涨至如今每人每年320元,全部由集体负担,乡经济合作社每年仅此一项开支就需413.8万元。

乡党委、政府在不断发展集体经济,努力提高社员收入,给他们带来物质享受的同时,也在大力开展文体活动,丰富大家的精神生活。1982年3月,周家庄公社投资 50 万元，建设了一个占地 7.23 亩、建筑面积 6840 平方米的农民文化宫，在全省范围内属于第一个。

2003 年 4 月，又建设了一个占地 14 亩的农民乐园，成为社员休闲娱乐、唱歌跳舞、健身的好去处。而后，又相继建设了 1 个占地 4 亩的灯光球场、藏书 3 万多册的图书馆、乡互助合作纪念馆。还分别为每个生产队建设了一个社员健身场所和一个藏书达到 3000 多册的农家书屋。

除此之外，周家庄社员还享受以下集体福利：国家对烈属直系亲属每年发放生活补贴，达不到经济合作社社员的平均生活水平时，差额部分由集体予以补齐；全乡社员的用水免费，资金由乡经济合作社支付；为每人每月补助 100 元电费；免费为社员自建公助的住宅楼清理生活垃圾；对完全丧失劳动能力的残障者，集体负担口粮款，为精神病人每年发放 600 元照顾款；对因工伤残者每年发放 3000 元生活补助；凡是本乡农户社员，每人每年发放 500 元生活补贴；义务兵服役期满后，正常复员退役者除享受国家补助外，乡集体一次性发给 3000 元安家费。

周家庄乡全体社员享受的集体福利待遇共 12 项，乡经济合作社每年用于此项的开支达到 4000 多万元，近 10 年用于改善民生的支出累计达到 3.5 亿元。

"大力发展集体经济是实现共同富裕的根本保障，我们做得还远远不够，乡党委、政府的重要任务就是不断壮大集体经济实力，不断改善民生，努力让全体社员具有幸福感、获得感、安全感，过上富裕富足的生活。"雷宗奎很谦虚地说。

两任书记以身作则　模范作用产生凝聚力

雷金河于 1921 年 4 月出生在周家庄一户贫苦农民家庭，只上过一年私塾。这位私塾先生是位中共地下党员，无意中给他灌输了一些共产党的先进理念，所以在他幼小的心灵里萌发了长大后要当一名共产党员的想法。

1937 年 10 月，年仅 16 岁的雷金河参加了抗日人民自卫军，因表现出色，于 1944 年 10 月秘密加入中国共产党，并担任周家庄村地下党支部书记。他领导周家庄村民奋力抗击日本帝国主义侵略，赢得了上级党组织的充分信任。解放战争时期，他组织群众并亲自参加了解放石家庄外围和攻占正定县城的支前工作，荣获一面锦旗和一张奖状。

中华人民共和国成立后，不论是担任周家庄村、大队党支部书记，还是担任公社、乡党委书记，雷金河始终把维护群众利益放在首位，力所能及地帮助他们解决生活中的实际困难，在当地社员中享有崇高威望。

1950年3月，周家庄村民王某家里出现生活困难，便悄悄托人将自己的儿子卖给了邻村的一位农民，换来了100斤小米。雷金河得知这一消息后，立马组织召开由干部、党员、共青团员参加的村党支部扩大会议。他在会上发言说："现在已经是新社会了，但在我们村像以前那样又出现了卖儿卖女的现象，这是绝对不允许的。只要是周家庄村的村民，不管谁家有什么困难，都可以找村党支部帮助解决。王某卖了自己的儿子，我们一定要想办法给赎回来。"

与会人员纷纷表示赞同雷金河的观点。他当场带头捐出40斤小米，其他几人也自愿承担了剩余60斤小米的捐赠。第二天，大伙儿拿着凑齐的100斤小米，把王某的儿子给赎了回来。

雷金河来到王某家里批评道："这样的事儿，你做得非常不地道，有悖情理。家里有实际困难，可以找村党组织帮助解决，怎么舍得卖掉自己的亲生骨肉呢？以后绝不能有这样的事情发生。"

王某先是低着头不吭声，而后十分后悔地承认了错误。

不唯上，不唯虚，务真求实，是雷金河一贯的工作作风。

1958年，全国迅速掀起了"大跃进"，刮起了"共产风""浮夸风""干部特殊风""强迫命令风""生产瞎指挥风"等"五风"。雷金河的想法是：他刮他的风，我干我的活，农民就是种好地，多打粮食，想方设法让老百姓吃饱肚子。在全国各地普遍出现"放卫星"式的上报粮食产量时，当地领导也要求周家庄按粮食亩产6500斤甚至1万斤、棉花亩产1000斤上报，雷金河说："就是粮食、棉花的秸秆加起来，也没有这么多。如果这样做，那是误国害民的。"所以坚持实事求是，既不高报，也不瞒报。

1959年，全国开展"吃共产主义大食堂"、大炼钢铁活动时，周家庄大队响应号召如期进行，停止给社员分口粮，全大队开办了一个公共食堂，先用集体的白面给大家做馒头吃，白面吃完了就用玉米面做饼子吃，玉米面吃完了再吃地瓜干，喝小米粥，到最后没有吃的了，食堂被迫解散，各自回家做饭。

大炼钢铁时，周家庄也建了一个小型土高炉，可雷金河坚持不砸锅，不砸农具。先是从各家各户收集废铜烂铁和废水车、旧轧车炼。到后来按上级的要求砸农民的锅炼铁时，他睁一只眼闭一只眼，没有强行收缴。结果"共产主义大食堂"停办后，社员们就将藏起来的锅拿出来重新开伙。

1960年秋收季节，东风公社一天通知好几次，让各大队在3天之内组织社员将棉花拔掉种植小麦，可就是不见周家庄有任何动静。公社党委书记很生气，带着几名干部怒气冲冲地来到周家庄大队，用手指着雷金河的鼻子质问道："周家庄是独立王国吗？堂堂的人民公社竟然管不了你一个大队党支部书记？"

"您消消气，我把情况汇报清楚，您再批评甚至训斥也不迟。周家庄大队肯定要听公社党委的指挥，我有几十年的党龄，下级服从上级，这点基本常识还是记得很清楚的。可任何事情都得实事求是对吧？我们大队种植的棉花面积最大，现在正处于生长期，还得5天至10天才能采摘，如果盲目地提前把棉秆拔掉，就会造成减产，损失巨大。"雷金河心平气和地解释道。

"那你带我们到棉花地里看看，到底是否应该拔掉。"公社书记听他一番解释后，语气缓和了一些说道。

结果到地里一看，棉花确实长势喜人，但尚未长成熟。公社书记虽然没有再强制性让周家庄大队把棉花拔掉，但还是很不高兴地离开了。

到冬季结算时，周家庄的棉花和粮食亩产、总产在全县最高，排名第一。

有年冬天，当地政府要求利用农闲时间组织农民深翻土地，并且规定深度必须在三尺五寸以上，而且要用尺子统一丈量。要求社员排成一行，间隔几尺，宽度一样，把土放置在两沟中间，就像战士挖战壕一样。还命令道："白天红旗飘，晚上红灯照，光着膀子战'三九'，挑灯夜战闹深翻。"

东风公社一次次打电话，要求周家庄大队组织全体社员晚上夜战，深翻土地。大队干部回答道："我们大队都用拖拉机耕完了。"公社干部口气强硬地指责道："耕完了也不行，必须按要求深翻一遍后再复耕。"

公社组织的检查团来到周家庄，要求必须看到社员光着膀子干活，还要看到红灯照的场景。雷金河得知此事后，甩出一句话："大冬天地上已经结冰，正值寒冷天气，如果让社员光着膀子干活，那不是神经病吗？纯粹是瞎胡闹，别理他们。"

秋后公社组织各项农业检查，粮棉一算账，周家庄大队仍然在全公社排名第一。可年底总结表彰时，该大队不仅没有得到红旗，反而被公社发了一面黑旗。

雷金河非常气愤，一怒之下，竟用竹竿将这面黑旗高高悬挂在大队部前。公社干部得知后亲自前去做工作，他才同意把那面黑旗摘下来。雷金河很风趣地说："这可是你让摘下来的啊。"

1963年至1966年，当初在全国农村进行的"四清"（清账目、清仓库、清财物、清工分）和在城市开展的"五反"（反对贪污盗窃、反对投机倒把、反对铺张浪费、反对分散主义、反对官僚主义）运动合在一起，统称"四清"运动（清政治、清经济、清组织、清思想）在全国如火如荼地展开。雷金河也不例外，积极参加"四清"运动，进行社会主义思想改造。上级派出的工作组经过广泛动员，发动群众检举揭发，却未发现他有任何经济问题。

雷金河是周家庄互助合作化道路的创始人，他从领导当地的土改，到成立互助组、初级社、高级社，再到人民公社、乡，经历了整个过程，见证了全国农业农村发展史。互助合作化道路之所以能够坚持70多年不变，原因之一就是雷金河的信念非常坚定、意志非常坚强、处事非常果断，经历了三次严峻考验，被当地社员誉为"老坚决"，被媒体称为"冀中一杰"。

第一次是1956年大社划为小社。上级要求周家庄村将联村大社划为独村社，即一村一社。面对突如其来的变化，雷金河认真听取了广大社员的意见，大伙儿强烈要求坚持大社体制，不愿划分为小社。县委领导到周家庄调研时，社员们纷纷表态说：单干容易出现两极分化，不如互助组；互助组太小，不如初级社；初级社太弱，不如高级社；高级社不错，但不如联村大社。社大人多力量大，船大容易抗风险。也就是1956年这年，联村大社遭受两次严重自然灾害：一次雹灾，受灾棉花面积1700亩，绝收400亩；另一次是几十年罕见的大水灾，1.3万亩农田被淹。北王庄受灾最为严重，受淹面积2500亩，绝收1198亩，造成农业严重减产。合作社发挥集体优势，一方面抢种补苗，减少损失；另一方面大力发展副业，这年副业总收入达到14万元，89.4%的农户增加了收入，3.2%的农户收入持平，只有7.4%的农户收入减少。

在雷金河的坚持下，县委领导被说服，6个村庄的1509户、6686人的联村大社体制没有被划小，得以保留。

第二次是1961年大队划为小队。上级要求将户数多的生产队每20户划分为一个小队，消息一出，反响强烈，大伙儿纷纷要求保持现有规模不变。

这年3月，华北局在北京召开农村工作座谈会，推广"大包干"的经验，周家庄也在会上介绍了自己实行"三包一奖""劳动定额"大队核算的经验和做法，显然与华北局领导的意图和意见不一致，引起了争论，还拍了桌子。尽管有的领导了解周家庄的做法，但最终还是省里决定推广生产队核算的"大包干"，迫使周家庄放弃自己的那一套做法，并且要求统一将大生产队的人数减少为 20 户。雷金河想不通，在逐级反映毫无结果的情况下，便给国务院总理周恩来写了一封信，反映了周家庄的实际情况。周总理看完信后，委托时任中央政治局委员彭真亲临石家庄调查了解情况。

后来在召开贯彻农业"六十条"、实行"三级所有，队为基础"的地、县委书记座谈会上，彭真以周家庄为例，称赞该大队实行"三包一奖""劳动定额"、大队核算是成功的。

第三次是 1982 年集体划为个体。全国推行"大包干"，分田到户如火如荼，周家庄何去何从？是坚持走集体道路，还是推行分田单干？雷金河感到空前压力，连续好几个晚上翻来覆去睡不好觉。

"坚持了几十年的互助合作化道路难道就这么改变了？"他反复拷问着自己。于是，他组织公社党委开会讨论，还到所属 10 个生产队召开座谈会，认真听取社员们的意见。大伙儿的共同观点是不能分，仍然坚持走互助合作化道路。理由有以下几点：公社的农业、工业发展兴盛，经济效益逐年递增，集体经济实力不断壮大；社员劳动日工分分值在全县最高，已达到 5.5 元，是其他大队的 5 倍；农

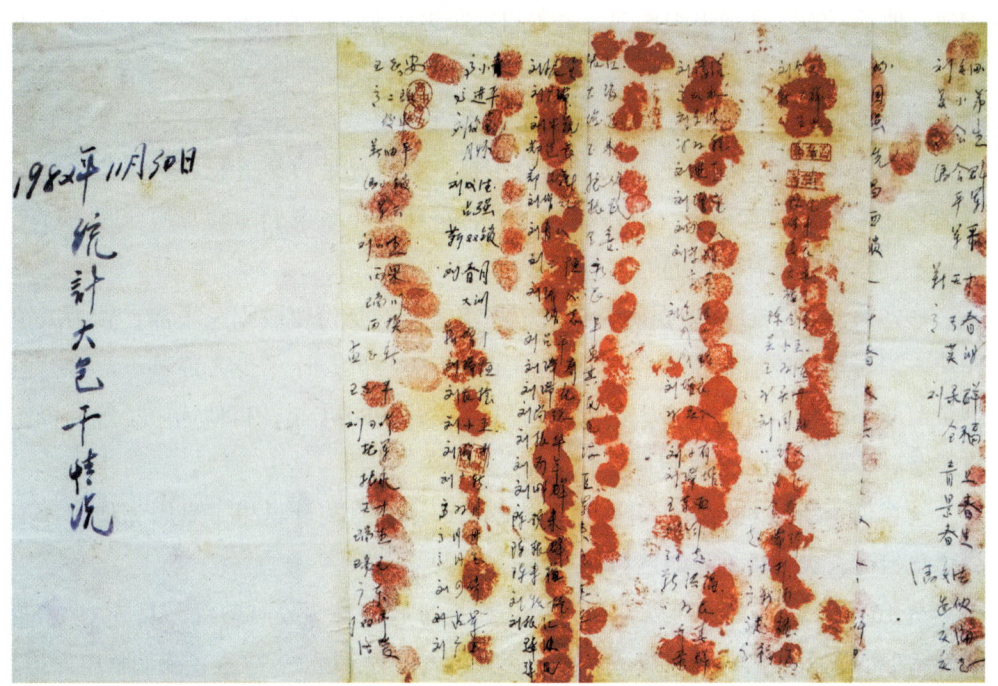

周家庄乡 3055 名社员联合签名、摁下红手印，申请不予分田到户，最终如愿以偿

业生产已实行机械化，拖拉机、播种机、农用汽车、排灌机械等大型农机具一应俱全；骡马成群、储藏设施形成配套，有利于社会化大生产；公社正在开展社员新居建设，统一安装自来水，建设农民文化宫。如果分田到户，全体社员几十年辛辛苦苦劳动创造并积累的大量财富将被分光吃尽，毁于一旦，劳动生产率将会大大降低。

雷金河认真研究了1980年的《中央1号文件》，有段话引起了他的兴趣：宜统则统，宜分则分，统筹兼顾。他反复琢磨，心里有了底。

经过全体社员公开投票表决，3055户社员一致同意不分田到户，并分别摁下了红手印。周家庄公社党委依据中央文件精神，充分尊重群众意愿，最后作出决定，维持原有体制不变。

雷金河从县、地区到河北省逐级找领导汇报，最后周家庄乡体制得以保留。

雷金河曾当选第七届全国人大代表，先后获得全国劳动模范、河北省劳动模范等荣誉，担任周家庄公社、乡党委书记兼乡农工商合作社社长多年，还曾是晋州市政协副主席，但他始终是不脱产的农民身份干部。

1950年4月，晋县县委研究决定，让雷金河到县委组织部工作。多次电话通知他，他都不去。县委组织部部长骑着自行车去他家，把他的铺盖驮到了县城，第二天上午，他又去组织部把铺盖拿了回来。组织部部长问他："你为何不愿意当国家干部，拿固定工资呢？"雷金河答道："我是一名共产党员，周家庄的乡亲们曾经几次救过我的命，滴水之恩尚且涌泉相报，更何况是救命之恩！我这辈子都不会离开周家庄，只有用自己的毕生精力艰苦奋斗，让乡亲们能够吃饱穿暖，过上好日子，才算我报答了他们的大恩大德。"

1979年5月，晋县县委研究决定，将雷金河的身份变成国家干部，转为城镇户口。当年能够吃上商品粮，每月有固定的工资收入，让多少人羡慕不已呀。但雷金河却不稀罕，这让很多人感到不可思议。从1950年起，自他迷上了互助合作化道路后，曾经五次放弃上调转干的机会。

雷金河之所以对周家庄有着深厚的感情，不愿意离开这里，是因为他永远不会忘记自己三次大难不死的经历。

从16岁开始，雷金河就开始当民兵、打日寇，日伪政府曾经悬赏5000元老头票买他的人头。在残酷的对敌斗争中，多少次深陷险境，多亏了乡亲们暗中保护，他才多次躲过追捕。

土地改革那年，他被关押，差点被害，是乡亲们把他当"玉石"，给重新搬了回来。

1967年一个漆黑的冬夜，一帮打着"造反"旗号的坏人，准备暗算已被革了公社党委书记职的雷金河。多亏周家庄一位社员通风报信，他才及时躲避，免遭黑手。

雷金河找到县委领导，恳切地说："我这么多年都过来了，已经是快60岁的人了，还转什么国家干部？我是农民，当农民最简单，还是继续当农民吧！"

就这样，雷金河作为全县唯一端"泥饭碗"的公社党委书记，照样和社员们一样挣工分。后来县里规定，县财政每月给每名公社正职干部发放20元津贴费，为副职干部每月发放12元。周家庄公社6名干部中，只有雷金河可以领20元，可他从未领过。雷金河打定主意，把个人利益与社员利益紧紧连在一起，要穷一块儿穷，要富共同富，决不搞特殊！

有一年年底，县里派人将补贴送到雷金河的办公室，可他死活不收。

"这笔补贴不光您一个人有，只要是农民身份的公社领导干部都有一份。"送钱的县财政局干部说。

"这种补贴是补给家在外地的公社干部的，可我家就在本地，下班后走10分钟就可以回家吃饭，不用国家补贴。"雷金河严肃地回答道。

财政局的那名干部急了，大声说道："雷书记，您不要难为我好吗？您如果固执地不领本该属于自己的补贴，我回去不仅下不了账，还没法儿向领导交差，是要挨批评的。"

其他人听见两人为此争执不下，不知发生了什么事情。有两个人误以为他俩是在吵架，便走进来准备劝解。当得知是因为拒收财政补贴时，其他5人也都跟着不要，全部给退了回去。

那名财政局干部十分为难地回到县城，向分管副县长汇报了此事，那位副县长感慨道："雷金河真不是凡人。"

雷金河从担任周家庄村、大队党支部书记，到担任人民公社、乡党委书记数10年间，曾明文规定：干部严禁用公款吃喝；不得白吃生产队的瓜果；不能吃社员的宴请；不得用公款买一盒烟、一斤茶叶和水果；外出开会不得以任何理由报销餐费。他有个习惯，不管来的是哪级领导，还是多要好的朋友，从不陪客人用餐。总是在乡里食堂把客人安排好后，自己回家吃饭。

1952年，互助合作社由20户扩大到102户，有的人提议应该庆贺一下。雷金河便让妻子在家里做了几样小菜，几名班子成员和社员代表到他家吃了顿便饭。

张庆田曾任河北省作家协会副主席，是全省著名作家。从1950年到1959年到周家庄蹲点、写书，与雷金河结下了深厚友谊。多年后他重访周家庄，两人谈得十分投机。到了中午，雷金河很客气地说："老张，乡食堂为你准备了面条，你赶紧趁热去吃吧。"

"那你怎么办呀？咱们一块吃顿面条不行吗？"张庆田问道。

"我还是回家吃饭，这么多年了，我已习惯了，改不了。"雷金河回答道。

张庆田在周家庄待了好几天，每顿都是独自一人去乡食堂就餐。临走前，雷金河让老伴在家包饺子为他送行。

1987年9月，时任农业部副部长的李友久在周家庄乡组织召开了一次河北省农业战线劳动模范座谈会，会期6天，每个代表每天8元伙食费，安排在乡食堂就餐。雷金河对负责食堂管理的干部交代，一定要严格按照8元的标准把生活安排好。他每次把与会代表餐食安排好后，就悄悄回家吃饭。有一天，县里的一名工作人员见他往外走，便好奇地问道："雷书记，您干什么去？为何不在食堂就餐呀？"

"我回家吃饭去。"雷金河答道。

"您也是正式会议代表，每天也享受8元伙食费。而且这8元钱是农业部拨下来的，您应该在乡里吃会议餐。"参加会议的一位县委干部说。

"我知道自己有一份饭钱，虽然是正式会议代表，也不能吃。因为此前我从未在乡里吃过一顿饭，如果这次吃了，不知情的社员会误以为我是用乡里的公款吃喝，影响不好。"雷金河笑着答道。而后，一直到会议结束，他也未在食堂吃一顿饭。

大多数与会代表与雷金河是老熟人，有人半开玩笑地说："我们在你的一亩三分地开了几天会，你一顿饭都未陪我们吃，太不够意思了吧！"

雷金河微笑着答道："非常抱歉，这是老规矩，我从未在乡里吃过一顿饭，现在改不了了。不能吃的坚持不吃，能吃的也不要吃为好。"

2001年12月29日，雷金河在周家庄不幸病逝，享年80岁。全乡社员自发设立简易灵堂纪念他，并写下了一副挽联，以表达大伙儿的哀思——爱国家爱人民大家怀念老社长，有工做有饭吃群众拥护集体化。

老书记雷金河虽然已去世20余年，但周家庄乡广大社员至今仍然十分怀念他。

2002年5月21日，时任中共中央政治局常委、中央组织部部长宋平视察周家庄乡后题词：依靠群众，实事求是，走共同富裕道路。同时，他还题词：雷金河同志——忠诚的共产主义战士。

现任周家庄乡党委书记雷宗奎,既不是雷金河也不是雷玉良提出来的,而是晋州市委书记许书文提议并经市委常委会会议研究后决定的。

雷宗奎(中)在乡支部主题党日活动上讲党课,要求大家不忘初心、牢记使命,争做合格共产党员

周家庄成立公社后领导干部很长时间都是农民身份,文化水平较低,便向晋县县委要了一名公职身份的干部,主要负责到县里开会,上传下达。后来慢慢增加到现在的25个行政编制。但乡人大原主席王月双、乡武装部原部长梁连振、现任乡人大主席团主席刘习军、乡政法委员雷国辉、乡党委宣传委员梁彦强5名干部仍然是在经济合作社挣工分的农民身份。

2000年6月,晋州市委书记把雷宗奎叫到自己办公室,开门见山地说:"从你担任周家庄公社党委书记这几年的工作来看,成绩很出色,市委准备让你担任市政府副市长,想先听一下你的想法。"

"我还是在周家庄干比较合适。"雷宗奎不紧不慢地说。

"你不愿意到市里来工作?"市委书记颇感吃惊地问道。

"是的。"雷宗奎答道。

"你什么意思?换一般人听到这个消息一定很兴奋,没想到你还不乐意!"市委书记有些不解地问道。

"首先感谢组织上对我的信任和器重。没别的意思,主要考虑到周家庄的特殊性。老书记在这里干了一辈子，不图名，不图利，曾经五次放弃转干机会，踏踏实实当农民，心甘情愿为大伙儿谋幸福。我也应该向他学习，安心在乡里多做一些实实在在的工作。"雷宗奎说。

市委书记沉默片刻，没再说什么，最终尊重了雷宗奎的选择。

刘国运曾担任过晋州市政协副主席，他对周家庄乡充满深厚感情，特别是对老书记雷金河和现任乡党委书记雷宗奎的思想境界和为人十分钦佩。2007年4月退居二线后，他自愿到周家庄乡给乡党委当顾问。他说："雷宗奎身上有很多老书记雷金河的作风，比如非常务实、对工作包括对自己都要求非常严格等。"

雷宗奎虽然是乡党委书记，但不管刮风下雨，他的大部分时间都在生产一线劳动或谋划经济发展。每年玉米成熟后，他都会组织乡党委、政府的所有在编干部和经济合作社的工作人员，到各生产队的地里顺着玉米秆逐排检查，看是否有丢失情况发生。

有一年9月，雷宗奎来到第六生产队查看玉米收割情况，发现有根玉米秆上还有一个玉米棒子未掰掉，便问这个生产队的党支部书记彭永顺："为何这个玉米未掰掉？"

"因为这个玉米棒子不饱满。"彭永顺答道。

"是给哪里做的玉米制种？"雷宗奎问。

"给东北一家企业制的种，他们不要不饱满的玉米棒子，只要生长饱满的。"彭永顺回答道。

"他们的要求是对的，帮别人制种，一定要讲求诚信，不管对方是否有人在现场，都要按要求办，细致挑选，长得饱满的就要，不饱满的就丢在一边，切不可粗心大意。"雷宗奎诚恳地说。

雷宗奎一年四季没有周六日，也没有节假日，一年365天，除了春节休息7天外，剩余的358天都要上班。社员们遇到了什么难事就去乡政府向他反映，往往会及时得到解决。有天上午，第九生产队的一名社员对他说："外出要步行很远才能坐上公交车，非常不方便。"当天下午，雷宗奎便找到当地公交公司领导反映情况，请求将公交线路朝前延伸，以解决全乡社员和游客出行不便的问题。该公司领导很重视，及时派人勘测线路，很快将2路公交车从新干线总站开到周家庄乡观光园，沿途在周家庄乡设立了10个站点，让每个生产队的社员都能乘坐公交车外出，社员们拍手称赞。

认真维护好每位社员的合法权益,雷宗奎毫不含糊。2018年5月,第八生产队社员张丙四到晋州市一家纺纱厂收购废料时,卸原材料的工人由于用力过猛,突然滚下来的棉花包把他砸成重伤,送往医院经抢救无效死亡。企业负责人推卸责任说:"卸货的工人不是我们厂聘用的,我们根本就不认识他们。让死者家属直接找卸货的工人赔偿。"雷宗奎得知此事后,及时责令乡司法所派人调查处理。经过多次调解,纺纱厂同意一次性支付死者家属26万元人身伤害赔偿。可问题来了,死者家属要求收到赔偿款后,才能在调解协议书上签字。企业负责人不愿意,担心万一对方收到款后不签字怎么办。雷宗奎想了个双方都能接受的办法:让企业将赔偿款汇往乡司法所所长的个人账户,死者家属在协议书上签字后,再划转给她。最后,双方都自觉履行了义务,顺利了结了此事。

打造稳定、平安、和谐、文明乡村,是雷宗奎追求的目标之一。为此,他费尽心血。周家庄实行了网格化管理,全乡为一个大网格,每个生产队为若干个小网格。网格员注重掌握各种信息,若社员之间发生矛盾纠纷,便主动介入,及时调解和化解。解决不了的问题,及时上报到生产队处理。每个生产队配备的公安员,专门负责社员之间和家庭之间的矛盾调解。并成立了由生产队党支部书记、队长、公安员、德高望重的社员组成的矛盾纠纷调解小组。公安员调解不了的社员矛盾纠纷,就由调解小组调解。调解小组调解不了的矛盾纠纷,就由乡司法所、派出所有关人员组成的调解委员会予以调解。仍然调解不了的,就到乡司法所,由法务工作人员作为原告代理人进入民事诉讼程序。"社员矛盾纠纷小事不出生产队,大事不出乡已成为常态。"乡司法所所长韩中士介绍道。

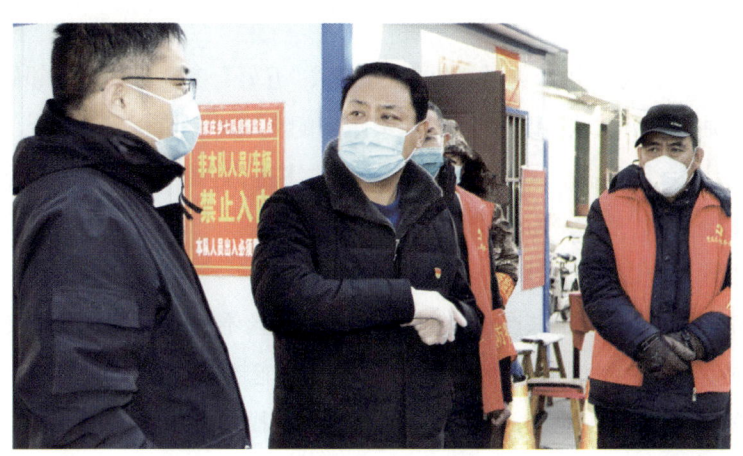

雷宗奎(左二)到村口查看新冠疫情防控值守情况(资料照片)

雷宗奎还多方筹资 7000 多万元，将全乡 6 个自然村庄的 480 条大小道路进行硬化，最宽 16.6 米、最窄 4 米，共 75 公里，其中 6 公里为高等级柏油路面。小街巷也全部硬化，铺设上下水管道。主要街道有专业清扫队伍，每日按时上街清扫；社员生活垃圾实行入户收集、村级转运，做到日产日清；小街小巷实行"门前三包"责任制，由各户负责保持门前环境卫生整洁。

周家庄社员的房屋出租和外来人员管理实行两级负责制，即由生产队和乡派出所备案。全乡 62 个重要节点都安装有高清电子监控摄像头，与派出所联网，社会治安随时处于严密监控状态。全乡已连续 40 年没有发生一起重大刑事案件。

周家庄还成立了红白理事会，负责广大社员的婚丧嫁娶，详细规定了招待客人的就餐标准和禁止事项。提倡勤俭节约，反对盲目攀比和铺张浪费。乡里曾四次处罚过违反红白理事会制定的餐费标准的家庭，并在全乡广播通报。2015 年 9 月，第六生产队有户社员办丧事时，违规燃放冲天炮。合作社对该生产队党支部书记和公安员按照管理规定进行通报批评，责令其在大会上做出检讨，并给予相应的经济处罚。严格执行红白理事会管理规定，有效遏制了攀比和浪费。

1960 年制定的《村规民约》，后改成《乡规民约》，经五次修改，现仍在使用，共 6 章 32 条，是实行社员自治、民主管理的重要依据。在既尊重民间风俗，又避免铺张浪费；既照顾社员情绪，又减少经费开支原则下，2017 年修订的《乡规民约》规定：社员家办丧事的时间一律不超过三天；出殡时，不得用纸人纸马、阴阳屋等纸扎品；除儿子、儿媳、女儿、女婿可以穿一身白色孝服外，其他人不得穿戴。"开展移风易俗婚丧嫁娶后，现在一户社员家办红白事的费用比以前减少了 5000 多元。"雷宗奎介绍道。

乡里每年开展优秀共产党员、先进工作者、"五好"文明家庭、好邻居、好媳妇、好婆婆、好妯娌、好丈夫评比活动。周家庄乡的大喇叭一直保留至今，每年评选的好典型，便用大喇叭广播一周，广泛宣传其先进事迹，起到了示范作用，和谐、纯朴、文明风气逐渐形成，全乡没有出现一起集体上访事件。2005 年 10 月，周家庄乡被中央文明委评为全国文明村镇。

雷宗奎不仅对自己要求严格，对工作更是一丝不苟。乡里明文规定：收割机收割小麦时，每平方米的庄稼地里漏掉的麦粒不能超过 13 粒。每到收割季节，他都会到田间地头，趴在地上，用嘴吹开浮土，寻找收割机漏下的麦粒，并一粒一粒地数。如果每平方米超过 13 粒，就会叫停驾驶员说明原因，并责令其立即整改。

建设周家庄新村时，雷宗奎定下规矩，成立新民居建设领导小组，由时任乡人大主席团主席王月双负责。所有建筑材料在采购前都要充分了解市场，进行价格咨询，货比三家。购买钢材时，设立了若干考察小组，每组三人以上，到不同供货商处考察质量，打听价格，充分了解市场行情，做到心中有数。而后启动报价环节，参与报价的产品必须出自五大钢厂，所有参与报价的企业把钢材价格写在纸上，装进信封中密封，并在封口处加盖企业公章，交到乡会计室保管。现场开封时，乡党委、人大、政府、合作社、项目监理、建筑公司、部分社员代表等20余人都要参与，同时打开报价单。在同等质量下，哪家企业价格优惠，就采购哪家的，确保货真价实。"通过这种上下监督、互相监督的方式，有效避免了腐败现象发生。"乡纪委书记周之微说。

雷宗奎曾带队到几家建筑材料厂考察行情，却从未在这些企业吃过一顿饭，他还打着吊瓶到天津一家建材厂考察瓷砖等建筑材料。"整个建房过程中，绝不搞个人说了算。不仅要保证整个新村建设质量第一，还要保证每笔开支合法合理。绝不能让房子建起来了，干部却倒下了。"雷宗奎介绍道。

雷宗奎（左三）到周家庄乡建筑工地检查安全生产情况

每周一上午，周家庄乡班子全体都要召开一次工作例会，主要内容为调度重点工作，班子成员就自己分管的重点工作逐项汇报，雷宗奎对汇报内容做出具体要求,指明工作方向,协调工作推进过程中出现的问题。通过工作例会,班子工作作风更加扎实,成员之间更加团结,各项工作推进更加迅速。2009年8月初,第九生产队因疏于管理,两名社员误将除草剂当成农药,给210亩制种玉米秆上全部喷洒了一遍,虽然发现后及时采取了挽救措施,但还是造成了很大损失。6日上午,雷宗奎主持召开乡、生产队干部、技术人员130余人参加的处罚大会,责令乡经济合作社主管领导和第九生产队党支部书记、生产队长在大会上作检查,并处以相应的经济处罚,赔偿用以弥补集体损失。2014年8月,全乡在推行美丽乡村旱厕改造中,由于有关部门督办不力,造成进展缓慢。有两个生产队的党支部书记与公安员被责令在大会上作检查并限期改进,乡长、分管此项工作的副乡长和司法所所长分别在会上作了检讨。

雷宗奎很抠门,周家庄乡党委、政府等所有工作人员,至今还在1979年2月盖的4栋67间平房里办公。经过建设部门鉴定,这些房屋已成为危房。因房顶漏雨,经过多次翻修,机制红瓦已经买不到,只好费尽周折,购买村民拆房后留下的旧瓦代替。上级领导出于关心,多次让乡里把平房拆掉建楼房,但雷宗奎想来想去,还是觉得维持现状好。他说:"乡是最基层的政府,整天与农民打交道,不应该把有限的资金用在盖办公楼上,而是要用在发展生产上,给农村干部做好表率。"

2021年4月,雷宗奎被任命为晋州市政协副主席,他在周家庄乡政府用的仍然是一间建筑面积很小的办公室,乡党政办公室多次提出将另一间打通,扩大面积后供他使用,均遭拒绝。他说:"乡党委书记的办公场所要与农村相适应,没必要搞那么宽敞。有个地方办公就行了,基层干部更多时间是要到生产一线劳动,解决社员生产生活中的实际问题,而不是整天坐在办公室里看文件、听汇报。"

虽然乡里有8.997亿元资金积累,但雷宗奎总是把集体的每一分钱当成两分钱花。2012年6月,乡经济合作社7台收割机由于使用年限太久,很多零部件都坏了,厂家又不再生产。经过打听,如果将7台收割机全部换成新的,需要支出70多万元。雷宗奎想了个办法,把第二生产队那台生产年限最长的收割机报废,让另外6台按各自所需,在那台收割机上拆卸零件。这样一来,不仅当年节约了60万元开支,剩下收割机又陆续使用了七八年后才逐渐淘汰。

雷宗奎说廉政建设不在于制度有多少,关键是"一把手"严格带头去执行,切实起好标杆和表率作用,才会在一个单位形成一种真正意义上的廉政氛围。1952年2月10日,河北省高级人民法院在保定召开公审大会,以贪污罪判处前天津地委书记、石家庄市委副书记刘青山、前天津地委专员张子善死刑，经最高人民法院核准，立即执行，并没收个人全部财产。消息很快传到周家庄，雷金河深知党中央惩治腐败的决心，当晚就组织村党支部成员开会，要求全体人员不要吃集体的、拿集体的，并时刻牢记在心。1982年2月，他在公社党委会上慎重地与全体党委成员"约法三章"：不得用公款吃喝；不得拿集体一草一木；农民身份的干部不得误工还记工分。这个规矩一直延续至今。

雷宗奎担任乡党委书记27年来也养成一个习惯，不管是哪级领导到周家庄调研、指导工作，到了饭点，想走的，不挽留；不走的，就安排到乡政府机关食堂吃工作餐。

2006年9月的一天，河北省人大常委会原主任郭志到周家庄视察。到了中午，陪同的晋州市委书记、市长客气地邀请他到市内一家宾馆就餐。郭志却说："我哪里都不去，就在乡食堂吃工作餐。"

饭后，郭志问道："你们这里是不是还像以前一样，来吃饭的人都要交饭钱？"

炊事员答道："是的。"

"这样好，你们今后就要保持这种接待方式，不要人为地把接待搞复杂了。"郭志说。

他还对陪同的晋州市领导说道："我们不管哪级干部，都要自觉养成一种行为意识，不能白吃别人的。"

河北省政府原省长李尔重在任时，经常到周家庄调研，与老书记雷金河私交甚好，两人在一起无话不谈。2007年10月10日，已经卸任的他再次到了该乡，对雷宗奎厚爱有加，把自己担任领导干部多年来积累的经验毫无保留地传授给了他。并语重心长地说："你们的各项工作做得很好，以后一定要大力发展集体经济，争取用5年时间让全体社员的人均收入达到1万元。要进一步搞好团结，增强服务意识，全心全意为社员谋幸福。"

"我为全乡社员当干部，不为一人当书记。与老书记相比，自己做得还很不够，要时时处处以他为榜样，努力把工作干得更好。"雷宗奎说。

雷宗奎访谈录

作　　家：老书记雷金河从1944年10月担任周家庄村地下党支部书记，到

1947年8月晋县解放后担任第一任村书记，再到后来的大队、公社、乡党委书记，一干就是数十年，曾5次放弃转为国家干部的机会，经过艰苦努力，让社员们过上了幸福生活。您担任乡党委书记的初心是什么？您带领全体社员不断发展壮大经济实力，虽然收入不断增加，但您在经济合作社并没有任何利益。您为之奋斗的内生动力是什么？

雷宗奎： 周家庄乡的体制比较特殊，老书记从抗日战争到解放战争，再到中华人民共和国成立后的互助组、初级社、高级社、人民公社、乡，他带领大家一直坚持走集体化道路。经过艰苦奋斗，让全体社员过上了共同富裕的生活，大伙儿都很满意。我到公社参加工作后，受老书记熏陶，感受较深，收获很大。我后来担任了乡党委书记，初心就是要继承和发扬老书记的优良传统，继续坚持走互助合作化道路，努力把周家庄发展好、建设好，使其成为共同富裕的典范。

刚开始干这份工作时，觉得是一份责任。如果不努力干出成绩来，就辜负了老书记的期望。一方面，他在任时经过自力更生，艰苦奋斗，带领群众从摆脱贫困到生活殷实，成绩明显，在广大社员心目中具有很高的威望。如果我不好好干，就会给他丢脸，自己的脸上也会无光，同时无法向上级党组织交代。另一方面，我是土生土长的周家庄人，带领社员共同富裕，也是我的职责所系，如果不尽心尽力干好，就会愧对父老乡亲。出于这方面的原因和考虑，我就在这里扎下根来，勤奋努力好好干。这就是这么多年来，我为之奋斗和不断努力的内生动力。

作　家： 周家庄为何在70多年来一直坚持走互助合作化道路？周家庄乡与其他乡镇在体制上有何不同？

雷宗奎： 互助合作化与集体化道路应该是一个概念。对这条道路的选择，也经历了风风雨雨。之所以能够坚持70多年不变，主要原因有以下几个方面。第一，集体化道路优越性十分明显。比如在农业产业结构调整中，能够充分发挥集体的财力、科技的力量、人的力量，顺利实现目标，比一家一户要快得多。再比如走市场、闯市场过程中，可以降低成本。以10个生产队甚至一个乡的名义去集体采购生产资料，价格肯定比一家一户分散采购要便宜得多，产品的成本相应较低。加之应用科技的力量，肯定会使产品的质量比个人有优势，才容易在市场竞争中站稳脚跟，利于销售，占领市场。第二，利用集体的造血功能，为大伙儿谋福利。修路、架桥、安路灯、建新民居等公益性事业，只有集体经济发展壮大，才有可能去办。为社员提供12项福利，达到了幼有所学，老有所养，病有所医，闲有所乐，使大伙儿生活在幸福的环境中。第三，集体人多力量大，可以抵御自然灾害，提高劳动生产率，增加社员收入，防止贫富差距拉大，实现共同富裕。第四，集体有了财力，就给国家减轻了负担。

  周家庄乡与其他乡镇的不同之处有以下几个方面。一是我们实行的是"乡社合一"的模式，乡党委、政府的所有经费由当地财政支付。经济合作社的收入归全体社员所有，我们不能花一分钱。但我们的工作就是要让"社"的经济实力不断发展壮大，有更多的财力为社员谋福利。二是乡的下面没有村，直接管理10个生产队，我们直接与农民打交道，所以大部分时间要到生产一线参加劳动。三是人员身份有所不同。在最早的人民公社时期，所有人员都是农民身份，逐渐过渡到20多个财政编制。但现在仍有部分人员是农民身份，他们是经济合作社的社员，劳动挣工分，年底参与分配。四是乡政府没有招待费。不管是谁来了，都到食堂吃工作餐，而且还要交餐费，等等。

  作　家：周家庄从1954年4月实行"三包一奖""劳动定额"至今已有近70年时间，它有什么作用？为何能够一直坚持下来？

  雷宗奎：实行"三包一奖""劳动定额"是周家庄群众智慧的结晶，是按劳分配、"多劳多得、少劳少得、不劳不得"的社会主义制度分配原则的具体体现。它既可以兼顾公平，又可以防止"大锅饭"、出工不出力现象的发生，最大限度地提高劳动生产率，充分发挥社员的主观劳动积极性。

  这一办法之所以能够长期坚持下来，一是它具有一定的合理性。最初由村党支部具体制定，各互助合作社、生产队具体执行。后来由农工商、经济合作社制定，各生产队具体执行。整体原则是兼顾公平，男女老少同工同酬，按劳分配，多劳多得、少劳少得、不劳不得。政策适时调控，收入大体均匀，总体实现共同富裕。二是不断进行调整和完善。劳动定额会不定期根据劳动工具、劳动项目的增减变化而进行修订。劳动定额委员会中的每一位成员，既有对农活特别熟悉和精通的农民，又有办事公道、在群众中具有很高威信的代表。调整方案注重了群众的广泛参与性。经过定额委员会反复测算和讨论，形成成熟意见后，再经过几下几上反复征求各家各户的意见，最后经过社员代表大会审议表决通过后，才张榜公布，予以执行。三是在具体执行中保持公平性。生产队在安排劳动力时，坚持做到了"三平衡、一照顾"。在人民公社时期，当时的劳动力多、社办企业多。如一户有三个劳动力，便将其中一人安排到企业上班，将另外两人安排到农业上干活儿，大体平衡。在同一生产队、同等劳动力的情况下，安排的天数大体相同；同一年度的收入大体平衡；在同一生产队、同一人，给其安排的重活儿、轻活儿、脏活儿大体平衡。

概括讲，"三平衡"，就是家庭收入基本平衡、同等劳动收入大体平衡、同一劳动力在劳动环境、劳动难易程度上大体平衡；"一照顾"，即对有一定劳动力的残疾人，安排他干一些力所能及的农活儿，给他增加一定的收入。

类别	工活名称	耕作条件				规格质量	定额		计酬		单位折算	
		远近	劳力	牲口	工具		单位	数量	级别	劳动日	数量	劳动日
整理土地	耙白地	近	1	3	耙	耙平，不留白眼，搭茬15%	亩	42	5	1.1	1亩	0.027
	耙间作地	远	1	1	耙	耙平，不折亩数（隔一畦种一畦）其它折实	亩	30	7	1	2亩	0.033
	耙间作地	近	1	1	耙	耙平，不折亩数（隔一畦种一畦）其它折实	亩	32	7	1	3亩	0.031
	耙湿地	远	1	3	耙	耙平，接头要搭茬，浇后一次为湿地	亩	30	5	1.1	4亩	0.037
	耙湿地	近	1	3	耙	耙平，接头要搭茬，浇后一次为湿地	亩	31	5	1.1	5亩	0.035
	空耙地	远	1	1	耙	搭住茬	亩	34	7	1	6亩	0.029
	空耙地	近	1	1	耙	搭住茬	亩	36	7	1	7亩	0.028
	盖白地	远	1	2	擦子	盖平，不留白眼，搭茬15%	亩	40	5	1.1	8亩	0.028
	盖白地	近	1	2	擦子	盖平，不留白眼，搭茬15%	亩	42	5	1.1	9亩	0.027
	盖间作地	远	1	1	擦子	盖平，不折亩数	亩	30	7	1	10亩	0.033
	盖间作地	近	1	1	擦子	盖平，不折亩数	亩	32	7	1	11亩	0.031
	碰山药沟		1	1	耧子	行距1.8尺，高起垄，两遍完成	亩	6.66	7	1	12亩	0.15
	碰沟	远	1	1	耧子	沟要匀，背尖而直，好浇不跑水	亩	12	7	1	13亩	0.083
	碰沟	近	1	1	耧子	沟要匀，背尖而直，好浇不跑水	亩	13	7	1	14亩	0.077

第2页，共34页

周家庄乡实行的"劳动定额"明细表之一

作　家：2000年6月，您为何放弃担任晋州市政府副市长的机会？您从1997年3月开始担任乡党委书记兼乡长13年，而后，只担任乡党委书记，在这个位子上一干就是27年，成为全国范围内在一地任职时间最长的乡党委书记，您不觉得吃亏吗？

雷宗奎：到上面去当领导固然很好，谁都愿意进步。我当了几年乡党委书记兼乡长，各项工作刚刚有了起色和进步，正在发展期间。我如果离开这个岗位，工作可能会受到一些影响。当时我也认真想过，到市里当个副市长，肯定对自己有利，会有更好的提升空间和机会。但转念一想，在基层踏踏实实地干，也是一种自我价值的体现。加之自己生在周家庄，长在周家庄，也不愿意离开周家庄，热爱这份工作，愿意在这里做出自己的一份贡献。当时没去，也不一定是个什么坏事，去了那个岗位也许自己的能力有限干不好，耽误了那里的工作。

我在这个岗位上连续干了 27 年，并不觉得吃亏。因为老书记从村书记到大队书记，再到公社、乡党委书记，一干就是 30 年，他 5 次放弃转干的机会甘当农民，一心一意带领大伙儿发展生产，不断壮大集体经济实力，逐步提高社员收入，赢得了大家的信赖和尊重。他一辈子的心血都放在了周家庄，乃至去世前累倒在工作岗位上，为我树立了学习的榜样。与他相比，我已经优越了许多，最终成了公务员身份，还有什么不满足的？

作　　家：您为何愿意花很多时间到生产一线去干活儿，而不是在乡里发号施令？您觉得乡党委书记是做"官"，还是干事？

雷宗奎：我觉得乡党委书记就应该在生产一线去干，而不能空指挥。如果你什么都不懂，只是高高在上发号施令，没人会听你的，不切实际的行政命令，很难落到实处。乡一级的领导不能浮在上面，而要一点一滴地把基层工作做好。农村的活儿你要会做，并成为内行。如果不会做，也很简单，就老老实实地向农民学习。另外，你作为乡党委书记，到一线去干活儿，会起到带动作用，大伙儿看到你在做，就会增加信心和力量。

乡党委书记不要把自己当成个"官"，这个岗位就是老老实实带领大伙儿干事，让群众致富，百姓对你的肯定才是最好的褒奖。如果自己把乡党委书记当成个什么"官"，那就大错特错了。应该经常到基层了解实情，带领群众发展生产和经济，设身处地帮助群众解决实际问题。我们不管是什么职务，目的就是一个，一定要踏踏实实把事干成功。"天上不会掉馅饼"，成绩是干出来的，好日子也是干出来的。

作　　家：您认为在老书记雷金河身上有哪些优良品质？您将如何进一步发扬光大？

雷宗奎：老书记永远是我学习的榜样和奋斗的源泉，在他身上具备很多优良品质。第一，他做事公正公平，坚持一碗水端平，不偏向任何人，所以大伙儿都相信他。第二，他的服务意识很强，始终与社员打成一片。社员家长里短的事儿，他都管。因此，群众有什么事儿也愿意找他。第三，他一直坚持廉洁，公私分明。他不会被金钱左右，更不会当金钱的奴隶。不仅他不当，在我还小的时候，他就教育我说："不是自己的钱一定不要拿。你如果拿了，晚上是睡不好觉的。尤其是公家的钱，更加不能动。"他不仅自己一生廉洁，也毫不客气地处理过一些想挖集体墙脚的人。第四，他很勤政。他把大量精力放在生产一线，每天晚上还要带领民兵巡逻，根本没有周六日、节假日。所以，在周家庄乡形成了一个传统，现在所有工作人员，包括公务员，都没有周六日和节假日，也没有加班费，大家也没有什么怨言。第五，他淡泊名利。曾先后5次放弃转干机会，甘当农民，这是一般人做不到的。第六，他具有较强的原则性。一生坚持不唯上、不唯虚，只唯实，实事求是。

如何将老书记的优良品质进一步发扬光大？我想老书记在世时确定的走互助合作、共同富裕的道路和坚持实事求是的原则不能变。但在人的思想境界、党风廉政建设、集体经济实力、乡村综合治理、美丽乡村建设上要与时俱进，不断发展、提高。

具体讲，应该做好以下几点。一是要具有较高的思想境界，一心为社员，一心为集体，在困难面前不低头，克难攻坚，开拓进取。二是坚持实事求是的原则，克服形式主义、官僚主义作风，依靠群众，相信群众，发动群众，充分调动一切可以调动的积极因素，真正实现共同富裕。三是勤俭节约，勤俭办一切事业。坚持不等、不靠、不要，自力更生，艰苦奋斗，努力把周家庄乡发展、建设得更好。四是不断增强服务意识，真正做到"群众之事无小事"，全心全意为社员服好务。五是保持勤政廉洁的优良作风。带领全体党员和社员"干"字当头，苦干实干加巧干，积极起好表率和引领作用。

作　家：周家庄乡的长远发展目标是什么？如何才能保证这一目标能够顺利实现？

雷宗奎：周家庄的长远目标是：打造高标准共同富裕先行示范乡。

为了保证这一目标顺利实现，必须采取以下措施。首先，要认真做好高质量农村党建。乡党委书记要率先垂范，以身作则，起好榜样、表率、示范、引领作用；全乡共产党员充分发挥先锋模范带头作用；乡和生产队党组织在工作方法上不断创新，真正形成向心力、凝聚力、战斗力、号召力、创造力。党风好，才能带动民风好。其次，不断发展壮大集体经济实力，进行产业结构调整和升级，发展高质高效农业和高质量经济，实行一、二、三产业融合推进。具体讲，就是调整一产，巩固二产建筑、制造业，大力发展第三产业，包括金融、商贸业、仓储物流、工业地产。力争全乡实现工农业生产总值、集体收入、社员人均可支配收入大幅增长。最后，进一步做好农村综合治理，不断提高村民整体素质。保护生态环境，完善社员人居条件，认真学习"枫桥经验"，及时预防和化解社员矛盾纠纷。加强法制教育和治安巡逻，预防刑事案件发生；开展"十星文明家庭"和文明标兵评比，努力提高全体社员的文明程度。

作　　家：您认为一个优秀村书记应该具备什么样的素质和条件？选拔村书记时应该着重考察被选举对象哪些方面？

雷宗奎：我认为一个优秀村书记应该具备以下几个方面的素质和条件。一是要管住自己的私心，不能利用权力谋取任何私利。如果你有私心，做事就不公正、不公平、不公开，就会遭到大伙儿的反对，对你不信任，工作中就会寸步难行。二是你得实实在在地干事儿，带领大家共同致富。成绩是干出来的，好日子也是干出来的，而不是等、靠、要来的。只有脚踏实地苦干活儿，才能让群众有好日子过，群众才会拥护你。三是处处以身作则，起好表率作用。打铁需要自身硬，你自己做不好，怎么要求别人做好？只有充分发挥先锋模范带头作用，才能抓好班子、带好队伍，你所在的党组织才会有凝聚力、战斗力。四是必须勤政为民，廉洁奉公。村书记要永远把群众利益、集体利益放在首位，先人后己，尽心尽力做好每件工作。同时，要管住自己的嘴，不能用公款吃喝；管住自己的手，不能将集体的一张纸、一支笔等任何财产据为己有。五是必须坚持实事求是的原则。确定发展方向必须因地制宜、因村制宜，不能盲目跟风，要突出本村的特点。在工作中要不唯上，不唯虚，只唯实，一切从实际出发。

选拔村书记时要着重考察被选举对象的"德"。一个人如果没有良好的品德，整天想着个人利益，搞歪门邪道，最终会把村庄搞得一团糟。

作　　家：您认为怎样才能确保乡村振兴战略取得实效？关键因素是什么？

雷宗奎：我认为应该采取以下措施，才能确保乡村振兴战略取得实效。第一，要提高农业的地位。农村为什么会衰败？关键是种植粮食不赚钱。据我了解，有几个大型农业公司流转村民土地种植商品粮，结果亏得一塌糊涂。现在农村出现了一种现象："50后"种不动了，"60后"正在种，"70后"有半点兴趣，"80后"没有兴趣，"90后""00后"免谈，在年轻人中间出现了"宁要城市一间房，不要农村一个院"的怪现象。在大部分人看来，当农民是件很丢人的事情。如果都不愿意当农民，那14亿人吃饭的问题怎么解决？这是一个值得认真思考和警惕的问题。既然上升到国家战略来抓农业，就要大力扶持"三农"，集中优秀人才研究农业、发展农业机械和科技，让农业真正成为一个有希望的产业，而不是作为普通的商品。要切实提高农业地位，让更多年轻人愿意到农村当农民。第二，各级政府要加大对农村基础设施的投入力度。近20年来，各地把大量资金投入了城市建设，而农村的基础设施欠账太多，导致城乡差别越来越大。土地整理、道路交通、水利设施、污水处理、环境保护、村容村貌和教育、卫生、文化等基础设施和公共服务设施，需要大量的资金投入。对此，应统筹规划，分期分批投资，逐步改善生产条件和人居环境，增强农村对年轻人的吸引力。第三，要充分调动村民的积极性。相信群众、依靠群众、发动群众，是我们党的优良传统，乡村振兴亦是如此。不能在进行农村基础设施建设时，一味按照上面投资、安排建筑方施工的模式进行。结果是"富了方丈穷了庙"，造成建设与管理"两张皮"，留下了矛盾隐患。而应实行上级政府或主管部门提供资金支持和质量监督，以村为单位组织农民施工、维护、管理。这样，既壮大了集体经济实力，又为农民提供了就业岗位，增加了收入，调动了后期管理积极性，形成良性循环。第四，必须大力发展集体经济。乡村振兴的资金投入应向发展村集体方面倾斜，培养集体的造血功能，而不能一味地让个体业主拿补贴。否则，国家投入再多的钱，都解决不了根本问题。集体经济是改善民生和实现共同富裕的支撑和重要保障。如何发展集体经济，应因村制宜，因地制宜，以农业种植为基础，不断提高农产品的质量效益和竞争力，同时提高农产品的附加值，实行一、二、三产业融合发展。

实施乡村振兴战略的关键还是人的问题，人都没有了怎么振兴？发展产业也好，进行美丽乡村建设和农村综合治理也罢，都需要一个得力的人来带领群众苦干实干。组织部门应该出台切实可行的政策，吸引大学毕业生到农村锻炼，能力逐步提升后进班子，带领村民艰苦创业，彻底改变现状。

作家点评

有几位老领导多次推荐本人采访周家庄乡党委书记，因觉得乡党委书记与村书记不属于同一个层面的采访对象，所以犹豫了很长时间。但认真研究相关资料后发现，这个乡很特殊，虽然是个乡的体制，但直接管理着10个生产队。感到其长期坚持走互助合作化道路、大力发展集体经济、实现共同富裕的做法，正是实施乡村振兴战略中应该认真研究、学习、借鉴的宝贵财富。带着浓厚兴趣，本人在该乡进行了三天半白天加三个晚上的采访，其中有天晚上一直谈到凌晨才回酒店休息。

老书记雷金河与其继任者雷宗奎身上有很多闪光点，他们有以下几个方面的共同特质。第一，都是思想境界很高的人。两任党委书记具有强烈的责任意识和担当精神，公而忘私，一心为社员，一心为集体，带领党员、群众自力更生，艰苦奋斗，

雷宗奎：坚持合作化共富路越走越宽

坚持走互助合作化道路不动摇，不断发展壮大集体经济实力，实现共同富裕。第二，都是求真务实的人。他们不唯上，不唯虚，只唯实，实事求是。很多时间要到生产一线劳动，与社员打成一片，熟悉、了解、掌握基层实际，现场解决实际问题，全心全意为社员服好务。第三，都是勤政廉洁的人。两任书记都十分勤奋，一年四季没有周六日、节假日，废寝忘食，奋斗不息。老书记雷金河不仅当年制定了"不得用公款吃喝；不得拿集体一草一木；农民身份干部不得误工还记工分"的"约法三章"，而且说到做到。他从未在公社、乡政府机关食堂吃过一顿饭、陪过一次客，连农业部在该乡召开农业战线劳模座谈会时，身为正式会议代表的他也是把会议代表餐食安排好后，悄悄回家吃饭，这是一般人做不到的。雷宗奎任乡党委书记后规定，不管是哪级领导来了，都安排在食堂就餐，还要交伙食费，即使是河北省人大常委会原主任、省政府老省长来到周家庄乡，亦是如此。他坚持勤俭节约办一切事情，乡政府办公用的平房已使用45年，多次修修补补，至今仍在使用。第四，都是淡泊名利的人。两人对周家庄的全体社员和一草一木都充满着深厚感情。老书记雷金河一直到退休乃至去世前，仍然是农民身份。雷宗奎于2000年放弃担任晋州市副市长的机会，在乡党委书记位子上一干就是27年，成为全国在同一地

雷宗奎（右）与周家庄乡顾问刘国运亲切交谈，感谢他退休后到乡里一干就是10余年

方连续任职时间最长的乡党委书记。第五，都是意志坚强的人。他们在工作中也曾遇到过很多困难，但都不退缩、不言弃，克难攻坚，勇往直前。

　　周家庄曾经是全国农业战线的一面旗帜，经过几代人自力更生、艰苦奋斗和不懈努力，形成了自己的鲜明特点。第一，从1951年9月成立初级社到之后的高级社、人民公社，再到乡，实行"乡社合一"，是全国范围内唯一坚持走互助合作化道路70余年不变的乡。第二，是全国唯一保留人民公社特质，坚持没有分田到户，下设10个生产队，实行一级核算、两级所有的管理体制，社员劳动记工分，享受集体福利、年终分配，实现共同富裕的乡。第三，虽然没有分田到户，但并不存在普通大集体村庄容易出现的"磨洋工""出工不出力"等弊病。老书记雷金河从成立初级社后就开始探索"三包一奖""劳动定额"管理办法，非常科学，充分体现了公平与效率、按劳分配原则，真正做到了干与不干不一样、干多干少不一样、干好干坏不一样。而且能够根据客观形势变化，不断修订完善，至今还在使用，在全国范围内颇为少见。第四，是全国唯一乡党委书记在一地任职超过27年的乡。第五，老书记雷金河从村、大队党支部书记，一直干到公社、乡党委书记，数十年间，5次放弃转干机会，到退休前虽然兼任晋州市政协副主席，可其身份仍然是农民。乡党委、政府有多名工作人员不是公务员，而是经济合作社社员，劳动记工分，在全国范围内少见。第六，这个乡（公社）的历任党委书记不是浮在上面，高谈阔论，喊口号，瞎指挥，而是将大部分时间用到生产一线，真正深入基层，熟悉掌握实际情况，现场解决实际问题，在全国范围内颇为少见。第七，这个乡的财务管理十分规范、严格，不允许出现招待费。而且纪律严明，形成氛围，似一潭清水，几十年没有出现一名贪污腐败干部，在全国范围内颇为少见。第八，从第一任村、大队、公社书记雷金河到乡党委书记雷玉良，再到现任乡党委书记雷宗奎，一家三代人一任接着一任干，几乎见证了整个中国农业农村发展史，在全国范围内颇为少见。第九，这个乡从党委书记、政府乡长到普通公务员，在周六日、节假日也正常上班，坚持几十年不变，形成惯例，成为自觉行为，而且大家没有任何怨言，在全国范围内颇为少见。

　　曾经力推分田到户的中央农村政策研究室原主任杜润生，到周家庄考察后留言："小农经济由分散经营走向联合，是一个大趋势，但联合应该多种多样。周家庄选择了集体经营和个人分包相结合的体制，只要经济发展、群众满意，就应该坚持下去，并不断进步。"

实施乡村振兴战略,是国家推行中国特色社会主义现代化建设中的一项重大战略部署。然而,乡村振兴不是一蹴而就的事情,是一个漫长的奋斗过程,拖不得,也急不得,需要稳中求进,应该在体制机制上发力。分田到户虽然在短时间内发挥了一定的积极作用,但随着时间的推移和形势的发展,其弊端日渐凸显。当前,农业社会化大生产要求与土地私人承包之间的矛盾十分突出。怎样解决这一问题,需要认真研究和探索。土地集体所有制和"乡社合一"是周家庄乡独特的做法,乡党委、政府机关所需经费由财政列支,而乡干部则集中力量为经济合作社创造财富,为社员谋福利。这不正是乡村振兴中需要解决的关键问题吗?周家庄实行"集体经营和个人分包相结合"的体制所取得的经验告诉我们,坚持走集体化道路,是提高劳动生产率、确保粮食安全、实现共同富裕的重要保障。

党中央虽然提出了全国土地三轮延包30年不变的基本政策,但并不意味着不可以走集体化道路。这种走法可以采取村集体成立专业合作社、把村民承包的土地流转过来、采用土地入股或把撂荒土地收归集体等办法,发展高质高效农业,壮大集体经济实力,不断改善民生,让村民具有获得感、幸福感、安全感。

农民一家一户单打独斗是没有希望的,需要村级党组织有能力把他们组织起来,抱团发展,不断提高农产品质量效益和竞争力。所以,在实施乡村振兴战略中,认真做好农村党建,坚持党建引领是核心;大力发展集体经济,不断改善民生,实现共同富裕是关键;积极开展美丽乡村建设、农村综合治理是基础。只有抓住重点、分清缓急、循序渐进、整体推进,才能取得实效。

毛正新：
辞去公职回村庄 干出一片新天地

人物概要

毛正新，男，1977年4月出生，满族，2003年6月入党，大学文化程度，现任辽宁省凤城市大梨树村党委书记、村委会主任，兼任凤城市大梨树实业总公司董事长。当选辽宁省第十三次党代会代表，先后获得全国劳动模范、全国乡村文化和旅游能人、全国农村青年创业致富带头人、辽宁省优秀共产党员、辽宁省人民好干部等荣誉。

毛正新：辞去公职回村庄 干出一片新天地

辽宁省凤城市大梨树村党委书记、村委会主任毛正新

从 20 世纪 80 年代初至今，经过两任村书记苦干、实干加巧干，进城贩土豆、开旅店、建市场、办企业、开荒山、种果树、搞乡村旅游，走出了一条农、工、商、贸、旅一体化发展的路子，使大梨树村村民过上了"和城里人一样的好日子"。老书记毛丰美从 1983 年 3 月连续担任村党支部书记、党委书记、党委副书记，30 多年间，一直秉持"说一千道一万，不如一个'干'！""干能出成果、出经验、促发展。不干，不要说成果和经验，就连总结教训的机会都没有。""干要苦干，弯大腰流大汗；干要实干，重规律、求实效；干要巧干，讲科学、闯市场"的理念，团结和带领广大村民发扬"干"字精神，艰苦创业数十年，开办 20 余家工厂，在荒山上建起了万亩果园和万亩五味子标准化种植基地，大力发展特色农业和生态旅游业，使昔日贫穷落后的小山村成为中国美丽乡村。

2010 年 3 月，毛正新从父亲手中接过"干"字精神接力棒，开始"二次创业"，带领全村党员群众认真贯彻落实党的各项富民政策，凭借弯大腰、流大汗的"苦干"、重规律、求实效的"实干"和讲科学、闯市场的"巧干"，走出了一条生态立村、农业稳村、工业强村、旅游兴村、文化塑村的致富之路，真正把绿水青山变成了金山银山。大梨树村党委被评为全国先进基层党组织。

> 让大梨树村村民过上城里人羡慕的好日子，是我的誓言，更是我的行动。
>
> 毛正新

毛正新担任村书记多年来的真切感言

发扬"干"字精神　农工商贸旅一体化发展

大梨树村位于辽宁省凤城市西南部，版图面积 48 平方公里，其中耕地面积 6783 亩、山地 5.4 万亩，是一个"八山半水一分田，半分道路和庄园"的山区村。全村设有 22 个村民小组，1530 户，总人口 4840 人，其中满族占 81.1%，汉族、蒙古族、锡伯族、回族、朝鲜族占18.9%，是一个多民族聚居的村庄。

20世纪80年代初，当改革开放的春风吹遍祖国大江南北时，大梨树大队仍然穷得"吃粮靠返销，花钱靠贷款"，连大队干部的误工补贴都无钱支付，靠社员按人头平摊，农民人均年收入只有92元。

1980年2月，年满31岁的毛丰美被社员们推举到生产大队大队长的岗位上。他心里很清楚，大家之所以选他担任这一职务，就是希望他想出一个办法来，改变村庄贫穷落后的面貌，不断提高社员的收入，让大伙儿过上好日子。

在走马上任后第一次参加大队领导班子会议上，一向快人快语的毛丰美发言说："我感到让社员平摊给大队干部发误工补贴，说不过去，没有脸面。我建议从今年起，不再向群众收一分钱。"

"你说得轻巧，那我们的劳动报酬由谁来解决？总不能只干活儿不给钱吧！"一名干部生气地说。

"多年来就是这么干的，其他大队也是这样解决的。你总不会用自己的积蓄为我们发误工补贴吧？"另一名干部半开玩笑地质疑道。

"干活儿理应得到适当劳动报酬，我家不是银行，也拿不出一大笔钱为所有大队干部发误工补贴。但我们有勤劳的双手，为何不能通过挣钱来保障大队的基本开支，却把手伸向本来就很穷的社员口袋呢？"毛丰美反问道。

"我们这里穷得连肚子都吃不饱，又地处山区，没有任何经济来源。你有什么好办法解决这个问题，说来我们听听嘛。"大队党支部书记黄运显说。

"要自己想办法创造财富养活自己。国家已经实行改革开放了，我们不要总把视线放在大梨树，可以到县城去刨金呀！"毛丰美很干脆地答道。

"那你就具体负责办这件事儿，要人给人，行吗？"大队书记虽然有些疑惑，但还是颇为开明地授权给毛丰美。

"行，只要您信任我，我就来干这件事儿，保证一年内赚一笔钱，保证大队干部的误工补贴不再由社员们平摊。"毛丰美当着全体班子成员的面拍着胸脯，立下誓言。

从第二天上午起，毛丰美就骑着一辆28型自行车，一趟趟往10公里外的凤城满族自治县跑，满大街转悠，寻找商机。没过多久，他终于发现，县城农贸市场从外地进来的农产品越来越多，如黑龙江产的土豆、山东产的大葱、吉林产的小米等。通过几天暗中打听和细心观察，他发现这些农产品的销路和价格都不错，

空中俯瞰大梨树村村貌（无人机航拍照片）

便决定在损耗小、风险较低的土豆和小米上做文章,从外面倒腾一些回来卖,赚些差价给大队干部发误工补贴。

不到一个月时间,毛丰美就从亲戚朋友那里借来了4万元现金,带着三名大队干部北上黑龙江,经过多方打听,终于找到了售货方。为了省钱多买些土豆回去赚钱,他们四人临行前分别让家人烙上一袋饼子背上,饿了就啃饼子,喝自来水,晚上到当地火车站候车室过夜,历经千辛万苦,终于把第一批土豆运回了县城。

毛丰美带领几名班子成员推着板车,满大街批发土豆。卖得差不多了,他又带着两名大队干部奔向吉林倒腾小米。可小米的价格比土豆要贵得多,带去的钱采购不了一个车皮的小米。经过与供货方讨价还价,最后达成协议,将那两名大队干部留下来作抵押,赊购了部分小米,连同用现金购买的小米一起用火车皮运回凤城县城。待小米全部售完后,他又带着钱把那两名干部赎了回来。就这样,来来回回几趟倒腾下来,扣除采购货物期间的各种开销,净赚了1万多元,这是毛丰美上任以来,为集体挣得的"第一桶金"。

倒腾土豆、小米获得成功,不仅为集体赚到了钱,从此不再让社员平摊大队干部的误工补贴,还让班子成员长了见识。原来农民不仅可以种地,还可以到城里去淘金。

之后,毛丰美又经常骑着自行车往城里跑,开始寻找新的赚钱渠道。在倒腾农产品期间,他就有了新的想法,准备在县城车站前开办一家旅社。站前的人流量越来越大,可旅店还是那几家。经过多方打听才知道,私人不允许干这一行,仅有的几家旅店都是县饮食服务公司开办的。他迅速在大脑中产生一个念头,趁着别人还没有发现这一商机,赶紧下手。

当毛丰美在大队班子会议上把自己想到县城开旅馆的想法提出后,有好几人纷纷质疑道:"咱们是地地道道的农民,到城里开旅馆合适吗?""从没听说农民进城开旅馆的呀?我们又没有经验,赔本了怎么办,谁来负这个责?"

大队党支部书记黄运显也对此事没有充分把握,认为应当慎重考虑。到县城开办旅馆的动议随之搁浅,没有人再提及此事。

1982年3月,大梨树大队开始分田到户,人均土地1.2亩。第二年3月,大队改成村,毛丰美高票当选为村党支部书记。

在第一次主持召开的村"两委"班子会上,毛丰美再次将进城办旅店一事提上议事日程。经过认真讨论,最后形成一致意见,新班子要顺乎改革开放的新形势,大胆地干，大胆地试，力争闯出一条新路来。

村集体在凤城火车站旁连租带买了6间民房，开起了新凤旅店，一年下来，净赚了好几万元。毛丰美兴奋不已，这进一步坚定了他发展集体经济的信心和决心。

村集体很快积累了20多万元资金，这在当时对一个行政村来说，可谓一笔巨额财富。正当有人琢磨着如何分享这笔钱时，毛丰美又提出了一个新的大胆设想：要到城里建设一座高规格的大宾馆，不仅要把20多万元的资金全部投进去，还需要贷款100多万元。

为了让新任村"两委"班子成员开阔视野，毛丰美带领他们到广东、浙江等地考察学习，看到南方一些农村经商办企业率先富了起来，班子成员的顾虑打消了，坚定了与毛丰美一起闯市场的决心。

毛丰美信心满满，准备甩开膀子大干一场。可他没有想到，在第一道关就被卡住了。因为先要到当地工商部门登记，办理相关手续。尽管他好话说尽，工作人员却说："你们农民进城开宾馆，还没有这个先例。整个凤城县除了县委、县政府盖的一栋两层楼的红砖招待所，还没有一家宾馆。你们住过宾馆、懂得宾馆如何经营管理吗？"硬是卡着不给办理营业执照。当他找到工商部门的一位领导沟通时，那位领导却说："不是我们故意卡着不给你们办，而是因为上面没有规定。建宾馆不同于你们过去开的那个小旅店，这事儿太大了，一旦批错了，这个责任我们承担不起！"

出于无奈，毛丰美带领两位村干部直接闯进了县委书记的办公室，气冲冲地说："县委不是让我们解放思想吗？怎么我们想干点事儿就这么难呢？本想抓住机遇开办一家宾馆，却被工商部门卡着不给办手续。"县委书记认真听取了事情的来龙去脉，觉得大梨树村要干的事儿与中央的政策是一致的，便拿起电话与工商局主要负责人沟通。最后县工商局特事特办，为大梨树村建宾馆办理了营业执照。

毛丰美吃住在宾馆的建设工地，一干就是300多天，体重由60公斤下降到45公斤。1986年1月，大梨树村集体投资100多万元建成的这座五层的龙凤宾馆在鞭炮声中开业了，成为凤城县第一座高规格宾馆。也就是从那一天起，城里人知道了离县城不远的地方有个大梨树村，村支部书记叫毛丰美。

几年下来，龙凤宾馆获得了100多万元利润，不仅还清了全部贷款，还有盈余。

毛丰美的干劲儿越来越大。1992年上半年，大梨树村在凤城火车站和客运站的接合处，投资1700万元建设了总面积1.5万平方米、当时辽东地区最大的封闭式大市场——凤泽大市场，仅用了7个月时间就建成了，被称为凤城县的"深圳速度"。

紧接着，村集体又投资1500万元，在凤泽大市场北侧，建起了一个占地2.53万平方米的龙泽蔬菜批发市场。两个大市场很快成为凤城县集轻工、农贸为一体的物资集散地，2000多个摊位为当地城乡居民提供了3000多个就业岗位，年营业额上亿元，上缴税收2000多万元。同时，村集体每年可以获得400多万元收入。

凤城满族自治县作为一个历史悠久的机械加工城市，拥有大量农机、锅炉、汽车配件企业，需要很多小企业为其配套生产。毛丰美瞅准商机，经过精心筹备，1983年8月大梨树铸造厂投产，成为该村第一家工业企业。

同样，看到凤城蕴藏着大量水镁石资源，获知市场对镁的初级产品具有大量需求，在毛丰美的提议下，1986年5月，大梨树第二家工业企业——电熔镁厂投产。这家企业市场对路，产品粗放，需求量大，所以迅速盈利，并成为大梨树村的支柱产业。随后几年里，大梨树村相继开办了碳素厂、缫丝厂、汽车配件厂、皮革厂、服装厂、雄蚕蛾酒厂、工业硅厂、压铸件厂等20余家工业企业，获得了不错的经济效益。

在大力发展商业、工业、贸易的同时，毛丰美开始思考全村的农业综合开发。

1989年10月的一天傍晚，毛丰美登上大梨树村的最高峰，俯瞰着荒芜多年、荆棘杂草丛生、乱石成片的万亩荒山秃岭。由于没有植被，只要天上下雨超过50毫米，就会形成洪水，危及山下村庄的安全。"得想办法改变现状，让荒山披上绿装。"他自言自语地说。

经过村"两委"多次开会讨论，并经过村民代表大会表决通过后，大梨树村一场轰轰烈烈改造荒山的战斗随即打响。先在荒芜的山丘上开垦梯田，然后在梯田上挖出一个个大坑，把石头都挑出来再填上好土，因为机械使不上劲儿，所以全部得靠人工。

毛丰美进行了全民动员，全村几乎家家户户、男女老少天亮就上山，天黑才下山。村"两委"还组织了青年突击队进行小突击、大会战、专业队伍常年干，仅大型会战就有百余次，动员全村人力近10万人次。

"老毛当时是最忙的人，去山上最早，离开最晚，瘦得皮包骨，40多岁的人却苍老得像个小老头儿。"原大梨树村村委会副主任蔡克明说。

1992年3月3日，大梨树实业总公司成立，毛丰美兼任总经理。3月18日，大梨树村被上级批准成立党委,毛丰美担任村党委书记。两年后的3月,经国务院批准,凤城满族自治县改为凤城市,隶属丹东市。

经过毛丰美近10年锲而不舍的努力,大梨树村共投资2000多万元,治理了20多座荒山,把车家沟、蔡家沟、大西沟等5个村民小组的荒山连成一片。建造高标准梯田1.6万亩,打井50眼,修建环山作业道10余条,总长87公里。动用土方150万立方米、石方2万多立方米,相继栽下了桃、苹果、梨、李子、板栗等果树80余万株,使昔日的秃岭荒山逐渐披上了绿装,变成了层层梯田的万亩果园,取名花果山。"在毛丰美的带领下,大梨树村一口气干出了10个大寨,把荒山改造成层层梯田的万亩果园。"蔡克明介绍道。

毛正新到水果基地察看苹果长势情况

让所有人都没有料到的是,计划不如变化快。眼看着果树慢慢地开始挂果了,可全国水果行情却一路下滑,水果种植没有效益甚至亏损,使毛丰美陷入了深深思索。

早就是"市场通"的毛丰美没愁几天就想出了办法——让城里人采摘水果,请老知青到大梨树思旧,去当年战斗过的地方体验生活。于是,一批批城里人来到大梨树村的花果山,从初夏到深秋,大梨树采摘游、农家乐一炮打响。

毛丰美创办了一个占地20多亩的农业高科技示范园,引进了美国、日本、泰国、越南、古巴等10多个国家和地区的奇花异草和珍稀果蔬,使游人大开眼界、大饱口福。游客蜂拥而至,推动了餐饮业的快速发展,村里开发了洋溢着满族农家特色的"庄稼院""青年点"等饭店休闲游乐区。一个充满现代农业生态观光的大旅游格局,在较短时间迅速形成。

1999年秋天,毛丰美从日本考察归来,更加坚定了他巧打生态旅游牌,做好山水大文章的信心和决心。经过村"两委"认真讨论,并经过村民大会表决通过,村集体投入巨额资金,修建了包括花果山在内的药王谷、联珠三湖、仿古新村等大型景区,仅五味子和葡萄藤蔓盘绕成的环山绿色长廊,就长达18公里,成为全国最长的生态长廊。大梨树村相继被评为全国休闲农业与乡村旅游示范点、中国最美休闲乡村、中国乡村旅游模范村、全国生态文化村,还被评为国家4A级旅游景区,吸引了四面八方的游客,年游客接待量达30余万人次,旅游综合收入超过千万元。

大梨树村有位农民在自家院子里将野生五味子经过较长时间试验,驯化成可以进行人工栽种的品种,获得了意想不到的经济效益。毛丰美得知后,多次到这位农民家取经,到市场上反复调研,发现了市场上对五味子的需求巨大,尤其在东南亚国家,是家庭三餐中必不可少的一种调味品和滋补品。毛丰美提议后经过村"两委"研究决定,一定要把五味子培养成大梨树村的一个农业种植产业。经过一年的实践,取得了一定的经验,解决了施肥、育种、育苗问题。但没有土地怎么办?毛丰美想了个办法:村集体将农民承包的土地流转过来,每年支付一定的租金,由村里统一经营。村集体再分片把种植五味子的土地包给农业科技干部管理,村里同五味子专业合作社签订协议。这样,村民就有了两份收入:一份是租地收入,一份是打工收入。毛丰美的指导思想是尽可能让村民的收入高一些。当时,凤城流转土地每亩不超过100元,而大梨树村流转土地的价格却是每亩地300元,是均价的好几倍。

本村土地达不到产业化目标的要求,毛丰美的大脑里反复盘算后又想了一个办法:到邻近乡镇租地栽种五味子。大梨树村在宝山镇岔路子、白家和鸡冠山镇大甸子等地流转了数千亩土地,实现了规模化经营。在鼎盛时期,大梨树村可以统计的栽种面积为1.2万亩,其中,村集体农场5000亩、专业合作社5000亩、家庭和个人种植2000亩,成为全国种植五味子面积最大、产量最高的村庄。

在毛丰美的提议下,大梨树村特聘种植科技人员成立了五味子研究所,培养专业技术骨干400多人,与沈阳农业大学、沈阳药科大学、辽宁中医学院、吉林特产所建立了密切合作关系,开展五味子种植研究和科技攻关,筛选出抗病、优质、不落粒的优良株系24个,建立了30多亩优良品种园,探索出病虫害的生物防治与物理防治方法。该村还投资500多万元，建起了年产值2000多万元的五味子烘干厂。

小小五味子，成为大梨树村的一大特色产业。仅2006年这一年，大梨树村就有不少村民因种植五味子发了财，年收入超过百万元的有5户，超过50万元的有20户，10万元以上、50万元以下的有100多户。村集体资产超过2亿元，生产总值超过8亿元，集体收入突破3000万元，村民人均可支配收入达到1.2万元，一些村民高兴得合不拢嘴。

大梨树村逐渐成为东北地区最大的五味子集散地，每年有数十名职业经纪人从东北各地收购五味子后运到大梨树村，经过初加工，再运送到全国各地乃至国外销售。

随着自己年龄的逐渐增大及身体每况愈下，毛丰美思考了很长时间，认真考虑接班人问题。他把村"两委"现任每位干部筛选了多遍，又把全村年轻人反复比对，要么觉得有的人文化程度低了，要么有的人实干能力不行，没有找到最理想的人选。最后，他想到了一个人，就是自己的儿子毛正新。毛正新毕业于东北大学黄金学院，毕业后被分配到凤城市国土资源局任科员。

2002年春节期间的一天下午，毛丰美与毛正新闲聊了一会儿村里的工作，突然转入正题说："我希望你能辞去国土资源局的工作，回到大梨树村为村集体和村民做贡献。"

"那怎么可能呢？我通过艰苦努力考上大学，好不容易获得了一个让农村人十分羡慕的'铁饭碗'，如果放弃好端端的公务员不当，回到村里当农民端个'泥饭碗'，岂不让人笑话？"毛正新听了父亲的话感到十分惊讶，也很不理解。

"现在村里急需上过大学的年轻人，你就带个头吧！公务员队伍中有那么多人，也不缺你一个。"稍停了一会儿，他继续说道，"广阔农村大有作为，如果你回到村里能够脚踏实地干出成绩，一心一意为村民谋福利，一定会受到广大村民的爱戴和尊重，也是一种人生价值的体现。"毛丰美鼓励儿子道。

"那不行，我受不了这种折腾。"毛正新有些生气地说。

"你爸爸一生的精力都放在了大梨树村，村里的事儿比他的生命还重要，你就回来帮他一把吧！"母亲丁桂清流着眼泪对毛正新说。

"农村工作我也不熟悉，村里有那么多年轻人，完全可以选个优秀的年轻人给爸当帮手，干吗非要盯着我不放呢？"毛正新仍然不松口。

"这个问题你爸爸在心中反复盘算过多时了，觉得你是最理想的人选。你爸一

毛正新：辞去公职回村庄 干出一片新天地

生是个不愿求人的人，我替他求求你回来，就算做儿子的尽点孝心，满足一下他的心愿吧！"丁桂清继续说道。

母亲已经把话都说到这个份儿上了，毛正新也不好再说什么。

春节过后，毛正新正式向凤城市国土资源局提出辞职申请。全局上上下下都感到不可思议，好端端的公务员身份不要了，却要回家当农民，这唱的是哪一出呀？

一位好友更是直言不讳地质疑道："你不是脑子出了毛病吧？当一辈子农民能有什么出息？"

那年，毛正新25岁，正是人生最美好的年龄。他顶着各方面的风言风语和较大的思想压力，于这年2月毅然辞职回到大梨树村。

刚开始，毛正新担心自己干不好，会让别人看笑话。毛丰美不厌其烦地开导儿子一定要放下思想包袱，只要"干"字当头，脚踏实地，就能干出成绩。

经过一段时间，工作熟悉之后，毛正新被任命为大梨树村团支部书记、大梨树实业公司副总经理。

2003年11月，经过凤城市批准，大梨树村与邻近的利民村合并，村域面积进一步扩大，总人口由原来的2800人扩大到5131人，村民小组由12个扩大到22个，耕地面积由3500亩扩大到7440亩，成为当地较大的一个行政村。

毛正新把主要精力放在了企业的生产经营和管理上，经济效益逐年提高，全村的工农业生产总值很快实现1.4亿元。2007年3月，大梨树村换届选举，他高票当选为村党委副书记、村委会主任。

毛丰美常年高负荷运转，一直感到身体不适，2010年1月的一天突然晕倒在工作岗位上，被送往当地医院抢救后被确诊为结

毛正新认真学习党章，牢记党的宗旨

肠癌。虽经多次化疗，但病情仍然没有得到控制，工作受到影响。这年3月，大梨树村再次换届选举，毛正新高票当选为村党委书记、村委会主任。

毛丰美当选为村党委副书记后，一直带病干到于2014年9月去世。

时过多年，毛正新仍清楚地记得父亲病情不断地恶化后被医生告知已无回天之力时的情景。应老伴丁桂清的要求，毛丰美去世几天前，被儿女们接回家静养。

他躺在炕上已经奄奄一息，连说话的力气都没有了。尽管大女儿在他面前细心安慰，可他就是不闭眼。毛正新深知父亲的心思，他跪在父亲面前泪流满面地说："爸，您放心地走吧，我决不辜负您的期望，一定会尽最大努力把大梨树村发展好、建设好、治理好。"

毛丰美听到儿子如此表态，一颗悬着的心终于放下来，脸上露出了一丝让人不易察觉的微笑。而后，两眼慢慢闭上，于26日凌晨3:55与世长辞。

失去父亲的悲伤让毛正新刻骨铭心。老书记去世后，他失去了主心骨，感到了巨大的工作压力。

经过一段时间的冷静思考后，毛正新觉得对父亲的承诺一定要兑现，进行二次创业，让大梨树村的各项建设再上新台阶。

这年4月，村集体投资1.5亿元，在凤城市邓铁梅路原龙泽市场开发了一个5栋25层至31层的住宅小区，总建筑面积4.7万平方米。整个工程于2017年5月竣工验收，获得利润1.31亿元。"这笔资金为全村以后的发展奠定了基础。"毛正新说。

大梨树村今后向哪个方向发展？毛正新反复征求村"两委"班子成员的意见后，审时度势地对缫丝厂、汽配厂、皮革厂、服装厂等几家市场不对路、影响环保的企业进行关闭，还将五味子酒厂、压铸件厂、碳素厂、电镁熔厂等几家三角债缠身、市场前景一般的企业进行拍卖。

最终决定从生态旅游入手，带动其他产业发展，把旅游从山上扩大到山下，同时强调旅游文化。

大梨树村的日光温室大棚多年来一直种植草莓、葡萄、小西红柿等农作物，经济效益不是很好。毛正新提议并经过村"两委"研究决定，对这些大棚进行改造，种植经济附加值较高的农产品。

2016年冬天，毛正新每天早晨4点出发，晚上9点多钟回村，带队多次到大连市考察大樱桃产区，并在该地提取土壤回村化验。pH检测得出的数据显示，本地土壤除比大连土壤的酸性高出2个百分点，其他标准都符合大樱桃的种植条件。

从第二年春天开始，大梨树村从大连购买了1500棵美早、沙蜜豆等品种的大樱桃，建起了30个冷棚进行栽种，占地100亩，总投资2700万元。第二年春夏季节，大樱桃开始挂果，第三年开始上市，采取观光农业采摘的办法，每斤大樱桃的价格能够卖到 100 元。

村集体还投资 2200 万元，在蔡家沟建起了占地 200 亩的大樱桃园，相继建起了 31 个暖棚、51 个冷棚，栽种了 3500 棵大樱桃。同时，对水果品种进行了更新换代和不断改良，分别从吉林引进了鸡心果，从营口引进了大红袍李子，从熊岳果树研究所引进了旱金酥梨。

2018 年 3 月，村集体又在凤城市鸡冠山镇宝石山村流转土地 1000 亩，其中种植 H5 品种的蓝莓 300 亩，还引进澳大利亚杜克品种的水浆果，种植面积 700 亩。两年后，产值达到 1500 万元，实现利润 700 余万元。

毛正新根据新形势发展变化，认真谋划全村生态旅游提档升级。经过反复考察论证，村集体投资 5000 万元并争取上级补贴 1000 万元，委托中国农业大学按照科技性、创新性、参与性、观赏性相融合的理念，开发出一个新的旅游项目——七彩田园。工程分两期建设：一期工程为现代农业展示馆，总投资 4000 万元，占地面积 1.2 万平方米；二期工程项目为高标准日光温室葡萄采摘园，共 20 个温室大棚，总投资 2000 万元。工程于 2015 年 9 月动工兴建，2016 年 11 月建成，对外接待游客参观。

大梨树村现代农业馆分为果茶飘香馆和瓜蔬溢彩馆两大部分，共有各类植物 200 多种。果茶飘香馆展示主题为南果北种，最大亮点是南国风情。主要展示香蕉、火龙果、木瓜、人心果、杧果、柠檬等 41 种南方果树的种植。这些北方人极少见过的果树，在这里生长得枝繁叶茂，为游客近距离观赏、了解、品尝这些热带水果提供了便利条件。

果茶飘香馆内的茶园景观也十分引人注目。一座茶山梯田、一座茶叶雕塑、一间品茶木屋，不仅可以让游客现场观看晒茶、炒茶，还可以现场品茶，进一步加深对茶文化的了解。

瓜蔬溢彩主题展示馆以各类瓜果、蔬菜新奇特品种和特色花卉的立体栽培为展示元素，运用创意农业表现手法，展示了大梨树村现代农业是体现"巧干、实干"精神的新兴产业。根据不同作物的生长习性和种植模式，通过全方位展示现代蔬菜瓜果立体种植科技、创意文化景观及菜果种养采摘等内容，让游客现场体验现代科技农业的独特魅力。这里的许多蔬果品种让人大开眼界。只有拇指粗细的拇指西瓜、飞碟形状的飞碟瓜，一棵植株上同时生长着柿子、茄子等不同品种的蔬菜。西瓜、南瓜、辣椒、茄子、小柿子、葫芦等蔬果全部采用无土栽培技术。"展示馆采用的是荷兰式智能玻璃温室，馆内安装了由计算机控制的智能化管理系统，对室内的温度、湿度、光照等进行实时自动调节，为作物生长创造出适宜环境。"毛正新介绍道。

七彩田园项目已成为大梨树村特色农业品牌，实现了产业调整升级，为全年观光旅游奠定了基础，拉长了该村旅游产业链条，促进了旅游产业升级。全村每年的游客接待量平均达到40万人次，旅游综合收入在4000万元以上。

大梨树村于2004年11月与凤城市的一名个体从业人员合伙成立了一个钛铁厂，双方各占50%的股份。2007年10月，金翼钛业公司成立，从非洲、越南、马来西亚、印度等地进口钛金矿，2吨矿石能够提炼出1吨高钛渣，纯度达到95%以上，分离出来的炼钢生铁卖到钢铁厂炼钢。高钛渣是生产钛白粉和钛合金的主要原料，产品不仅销售到中信集团下属的锦州钛合金股份公司、锦州华神宝钛公司，还出口到俄罗斯、日本及东南亚的一些国家。

2014年11月，大梨树村与个体从业人员合伙开办的钛铁厂合同到期，在毛正新的提议下，经过村"两委"研究决定，不再续签合同，而由村集体独资经营，并与金翼钛业公司进行整合，使经济效益大大提高。高峰期冶炼矿石的热炉曾达到20多个，但受市场的影响，现只存13个。2023年，钛业公司产能达到4万多吨，实现产值4.5亿元、利润4000余万元。

毛正新（右）到村办企业金翼钛业公司检查安全生产情况

大梨树村两代书记的"干"字精神感动了很多人，包括各级领导，为使这种精神得到广泛传播和弘扬，经过上级批准，2016年3月，由村集体投资建设了一个干部教育培训基地,由村委会经营管理,被中组部、农业农村部确定为"全国农村实用人才培训基地",也是辽宁省党员教育培训基地和新兴职业农民培训基地,已具备日接待900人会议培训、500人住宿、3000人同时就餐、2万人同时参观考察的能力。年均接待来自全国各地的村书记、大学生"村官"、家庭农场主、合作社等培训学员40多万人次。

"走出去"发展产业,是毛正新多年的愿望。2021年10月,大梨树村投资4000万元,在江苏省昆山市与上海市相邻的花桥镇租赁房屋,开办了一家5层高、1万平方米、126个房间的枫渡酒店,于2023年上半年开始营业。

在毛正新的不懈努力下,大梨树实业公司下设金翼钛业、风泽大市场、果园农场、生态农业观光区、干部教育培训基地、房地产、物业等7大产业体系,形成一、二、三产业融合发展,经济实力逐年增强。全村实现社会总产值17亿元、村集体收入4500万元,固定资产达到6.9亿元。

不断改善民生　让村民的日子越过越好

让全体村民过上与城里人一样的好日子,是老书记毛丰美的最大心愿和为之奋斗的内生动力,而让大梨树村过上城里人都羡慕的生活则是大梨树村现任党委书记毛正新的愿望。

就业是民生之本,也是发展之要。毛丰美担任村书记后,从20世纪八九十年代开始,逐步开办了20多家服务业、商业、制造业企业,全村有1000多名剩余劳动力进城务工,成为人人羡慕的工人。

随着市场经济的发展和日臻完善,村办制造业效益整体下滑,毛正新经过认真思考,审时度势地提议对村集体经营的碳素厂、缫丝厂、汽车配件厂、皮革厂、服装厂、雄蚕蛾酒厂、工业镁厂、压铸件厂等企业进行改制。经过村"两委"反复讨论,并经过党员大会、村民代表大会表决通过后逐步推行。如今,在大梨树村还有17家民营制造企业,全年的生产总值达到20多亿元,共吸纳本村1500多名村民就业。

毛正新鼓励有能力的村民自主创业。1975年出生的孙长华于1994年高中毕业后,到大梨树村一家村办企业担任技术员。2004年7月,村集体成立酒业公司,他被安排到这家公司从事了两年的管理和销售工作。2006年5月,孙长华开始自主创业，成立华康酒业公司。生产车间需要在花果山附近征地 8 亩，毛正新积极帮助他到凤城市国土管理部门、工商部门协调，办理相关审批手续。酒业公司以当地的玉米、高粱为原材料，生产最高每瓶定价 20 元、最低 5 元共 5 个系列的"华康"牌纯粮食酒，产品销售到辽宁、吉林、北京等地。而后，他又利用大梨树村的水果资源，生产蓝莓汁、山楂汁、苹果醋，年产 500 余吨。该公司每年实现产值 1000 多万元、利润 150 多万元，为本村村民提供了 20 个就业岗位。"大梨树村像孙长华一样进行自主创业当'小老板'的村民共有 122 人，不仅自己获得了不错的经济效益，还安排了 680 位村民就业。"村党委委员隋丽红介绍道。

大梨树村 2690 名具有劳动能力的村民中，足不出村，就地就近全部就业，就业率达到 99.6%，成为充分就业村庄。

不断提高村民收入，实现共同富裕，让村民具有获得感、幸福感、安全感，是两任村党委书记坚持不懈、勤奋努力的方向。村民收入来自以下几个方面：工资收入、土地流转费、土地耕种收入、退休费、自主创业收入、股份分红。当年村集体流转了全村 7440 亩耕地发展五味子产业，但随着需求市场萎缩，及时进行了调整，五味子不再作为本村的支柱产业，逐步将大部分土地交还给了村民。"现在，村集体还流转了村民土地 1000 余亩，每亩土地支付流转费 500 元至 600 元。"毛正新介绍道。

2017 年 12 月，村"两委"经过研究后决定，并经过党员大会审议、村民代表大会表决通过后进行股改。首先邀请第三方专业评估公司对村集体所属大梨树实业公司净资产进行评估，价值为 6.9 亿元。而后制订的股改方案规定：企业每年盈利的 60% 给股民分红，另外 40% 作为企业的公积金、公益金。股民资格认定时间截至 2019 年 6 月 30 日，即只要这一天 24 点之前出生的本村村民，每人都可以享受一份人头股，全村有 4840 人享受此待遇。2023 年，全村常住人口人均可支配收入 2.5 万元。

大梨树村村民的住房经历了五代建设：第一代是 20 世纪 70 年代前自家盖的土墙茅草房；第二代是 20 世纪 80 年代前自家盖的土墙瓦房；第三代是 20 世纪 80 年代中期自家盖的青砖瓦房；为改变村民居住环境，从 1996 年 3 月开始，村集体投入近亿元资金，陆续统一建设村民第四代、第五代住房 8 万多平方米，人均居住面积达到 42 平方米。由村里统一供水、供热，每年供暖时间为 11 月至第二年 3 月，取暖费按照每平方米 28 元收取，村集体每年需要补贴资金 300 多万元。

新民居工程1996年春天开始动工兴建，历时一年多时间，在本村紧挨229国道的土地上建成了两层"小洋楼"98栋，既有一栋两户的，也有独栋的，建筑面积240平方米。房屋由村集体统一建设，村民以每平方米350元的价格购买，成为该村第四代村民住房，总建筑面积1万多平方米。

从2003年6月起，大梨树村村民第五代住房仿古新村开始动工兴建。村集体投资4000多万元，由老书记毛丰美规划，毛正新具体负责实施。为节省经费开支，毛正新提议由建筑公司负责施工，所需建筑材料由村集体同时委派多人到县城建材市场货比三家进行采购。不仅货真价实，还使建房成本大大降低。经过3年多时间的艰苦奋战，在拆掉一些破破烂烂、整治周边环境的基础上，兴建了520多套青砖青瓦满族风格的村民住宅。有一层平房，也有两层楼房，建筑面积在100平方米至200平方米。此房作为村集体开发的福利房，村民以每平方米570元的价格购买。

大梨树村良好的生态环境和旅游资源吸引了不少外地人前来定居。村集体利用本村的山边空地，相继开发了3个别墅群共1.6万平方米，沈阳、本溪、抚顺、丹东等省内部分城市和北京、吉林、天津等城市共200多人，纷纷到该村购房居住。其中，宜园别墅24栋，独栋建筑面积154平方米至300平方米；鑫园别墅12栋，独栋建筑面积300平方米至400平方米，总建筑面积1.2万平方米；满族建筑风格别墅35栋，独栋建筑面积200平方米至400平方米，总建筑面积4000平方米。

1943年4月出生的张其华曾经在本溪市担任过市委常委、宣传部部长，1993年任该市人大常委会副主任，后因患急性左心衰疾病而没有参加下届换届选举，退出现职，仍保留副厅级干部待遇。2003年4月，他从市人大常委会退休后，想找个环境较好的地方养老。他多次从媒体上看到毛丰美的先进事迹后颇受感动。2004年4月的一天上午，便与老伴郝莹娟一起来到70多公里外的大梨树村看看。当他俩在村子里转了一大圈，步行到六组山坡脚下的洪家堡子，看到村集体刚建好的宜园别墅群时，一眼便相中，打听了一下价格也比较合理，两人一合计，准备购买一套房子自己居住。"当时独栋别墅的售价为每平方米1480元，154平方米的公摊面积很小，共两层四室两厅，我们花费22.79万元购买了一栋，成为第一个外地人在该村购买别墅的住户。"郝莹娟介绍道。

一户别墅的建筑占地半亩，除房屋外，还有270平方米的一个院子，里面种满了花草。张其华退休后除爱好写作外，还喜欢种菜，他将院中的草坪铲掉，垫上土，一年四季种植蔬菜。夏天种的秋葵、西红柿、韭菜、豆角、西葫芦及葱、姜、蒜等共 20 多个品种,除保证自家吃外,还将多余的芸豆、辣椒、萝卜、豆角等制成干菜,以备冬天食用,吃不完的就送给左邻右舍。

毛丰美非常爱惜人才,当他得知张其华是位副厅级退休干部,还是中国作家协会会员时,就积极动员他从 2005 年 1 月起为大梨树村担任了 3 年顾问。老张不仅帮助村里谋划发展思路,处理了大量的文字材料,还认真撰写了《大梨树英雄史诗》《大梨树新农村的典范》《大梨树人民在歌唱(诗歌集)》《大梨树的故事与传说》4 本书并公开出版发行。郝莹娟也应邀到大梨树景区做了 6 年的办公室主任。两人对大梨树村充满了深厚感情,将本溪的住宅空置,而长期住在大梨树村的别墅里。张其华说:"这里的生态环境太好了,民风朴实、村民友善,关键是自己可以在家院中种植蔬菜,适当得到身体锻炼。"

大梨树村村民养老以居家养老为主,也可到村内的福寿养心阁养老。这是一个占地 1.5 亩、建筑面积 700 多平方米的社会福利机构。两层建筑内共有 27 个房间、50 张床,现有 32 人在此养老,年龄在 50 岁至 95 岁。

村办企业的 501 名员工中,有 367 人参加了当地人社部门社保经办机构的养老保险,还有 134 人因年龄过大,距法定退休年龄不足 15 年的员工,按政策规定不能参保。他们达到退休年龄后,由企业比照同年参加工作、在

毛正新(右)到村内福利院同老人亲切交谈,勉励她们安享幸福晚年

同一岗位的员工参保待遇发放退休费。在民营企业打工的村民也参加了养老保险社会统筹。有 200 多人参加了凤城市的"五七工"、家属工养老保险,还有 1000 余人参加了城乡居民养老保险,到了法定退休年龄后,按时领取退休费。

村集体每年为本村 65 岁以上的老人发放 700 元、为 80 岁以上的老人发放 1500 元养老补贴,为 90 岁以上的老人过生日。只要有老人过生日,毛正新都要带领村"两委"班子成员前去看望,送上生日蛋糕、寿桃和一套衣服。

两任村书记深知教育的重要性，因此很舍得在教育上花钱。建于1931年的大梨树小学，在毛丰美担任村党委书记期间，于1998年、2006年、2012年分别进行了三次改造，使教学条件得到了很大提高。2016年7月，毛正新提议将学校提档升级。经过村"两委"讨论、党员大会审议和村民代表大会表决通过后，村集体投资890万元，扩建了一栋1500平方米的教学楼和1000平方米的室内训练馆。2017年9月竣工后投入使用，成为丹东地区最好的村办小学之一。现有10个班级、23名教师、209名在校学生。

为鼓励村民子女勤奋学习，尽可能地取得优异成绩，考上各类大学，村"两委"出台了奖励政策规定：对考上省重点高中凤城市一中的学生，村集体一次性奖励1000元；高考分数450分至500分的，村集体一次性奖励1000元；高考分数500分以上的学生，村集体一次性奖励2000元。近20年来，全村考上各类大学的村民子女有1240人，其中大专生790人、本科生410人、硕士研究生31人、博士研究生1人。

做好本村的基础设施建设，从毛丰美担任村书记到毛正新接班以来，根据实际财力有步骤地进行。村集体投入3500万元资金，对全村河道进行综合治理，确保百年一遇的山洪暴发时，河道排水顺畅；投入近3000万元资金，新建了一座污水处理厂，对村民生活污水和工业污水进行处理，实现污水达标后排放；对村庄进行亮化，安装太阳能路灯1700多盏；投资3600万元，在村域内建成草坪3万平方米，栽种树木6万多株，绿化道路60公里、街巷5公里，修建景观护栏4000多米；投资3500余万元，铺设1.5万米供水管网、1.2万米排水管网，实现村内新区全部集中供热、供水；投资4000多万元，完成村、组主干道路面硬化，5户以上沟屯全部实现路面硬化。全村"村村通""组组通""户户通"公路四通八达，总长度100多公里，其中主路40余公里，高等级柏油路18公里。

文化怎么干？干什么？大梨树村两任村党委书记不仅深知文化的重要性，也知道文化的基础性，所以在文化建设上都有很大的投入。据不完全统计，该村在文化硬件建设上累计投入资金已经超过5000万元。

在大梨树村，激励、催人奋进的"干"字文化已广泛深入人心，该村建有全国最大的"干"字文化广场。为了传承"干"字文化，村里搞雕塑，为"干"字竖碑；设展馆，为"干"字立传。2006年10月，村集体投资1000万元，动用人工1500个，平地100亩，开挖土石方60多万立方米，填沟3条，在花果山建成了一个具有旅游观光、停车、五味子晾晒、水果储存的多功能"干"字文化广场,占地5万多平方米。广场中央竖起了一个由镐、锹、锤撑起太阳的"头顶烈日干"的纪念碑,在高19.9米、宽2米左右的基石上,刻有中国历代书法家留下的"干"字真迹和从甲骨文到楷书、行书、草书各种字体的"干"字。由360个"干"字构筑的广场护栏,把宣传效果与独特创意有机结合在一起。广场主体"干"字雕塑高9.9米,寓意"长久地干"。基座镌刻:苦干——弯大腰、流大汗;实干——重规律、求实效;巧干——讲科学、闯市场。"干"字碑两侧为毛主席和邓小平的名言:"唤起工农千百万,同心干""不干,半点马克思主义都没有";正前方是习近平总书记的名句:"空谈误国,实干兴邦""撸起袖子加油干"。

在广场左右两侧,建有大梨树村史馆,图文并茂地展示着该村40年来的发展历程和在社会主义新农村建设中所取得的非凡成就。"干"字广场上,秋收时这里可以晾晒50万公斤五味子鲜果,平时做大型停车场。这是全国也应是世界范围内最大的"干"字广场。为一个字立碑,为一种精神立碑,这在世界上也是独一无二的。

大梨树村党委委员隋丽红走在广场上,有些动情地说:"老书记常挂在嘴边的一句话就是'不干,什么都没有'。全村之所以有今天的局面,是两代书记带领大伙儿战天斗地'干'出来的。"

毛正新聚精会神地凝视着"干"字广场的"干"字,认真领会"干"字精神的内涵

2007年春，大梨树村投资1000万元，建成了6000平方米的文体宫，是全国范围内最早建设文体宫的行政村。

大梨树村分别被辽宁省、丹东市、凤城市文联确定为文学艺术创作基地和摄影家创作基地。村集体投资数十万元，拍摄了两部电视风光片——《干出一片新天地》《风光无限大梨树》。业余作者创作了《大梨树之歌》《请到大梨树村里来》《大梨树风光美》《"干"字歌》《"干"字精神代代传》；村集体自行设计编印了《大梨树风光》大小画册2万多册，《大梨树风光》扑克牌5000多套及《药王谷养生经》等，积淀和丰厚了大梨树村无形的文化资产。

2006年初，电影《女人一辈子》摄制组到大梨树村选景，老书记毛丰美立即意识到，这是提高本村知名度、丰富旅游资源和文化内涵的一个大好机会。他与剧组商定，双方共同出资600万元，在村域内修建一座影视城。经过3个多月的紧张施工，一座占地4万多平方米的北方影视城在该村落成。同年9月，电影《女人一辈子》在影视城开机。漫步北方影视城，可以观赏到民国时期的城镇风貌。精致的民国时期建筑，丰富的拍摄场景，吸引了众多导演前来取景拍戏。《天大地大》《勋章》《眼中钉》《小姨多鹤》等多部电视连续剧相继在该影视城开拍。影视剧拍摄期间，本村村民及外地来的游客，不仅能够目睹演员们的风采，还可以客串群众演员，参与影视剧的拍摄，扮演老爷、少爷、三姨太……过一把明星瘾。即使在没有剧组拍摄期间，游人来到影视城，看到那些电视剧中熟悉的场景、明星们使用过的道具、穿过的演出服、演员们在剧中的演出照，照样觉得开了眼界，饱了眼福。"村民足不出村，就可以感受到一部部文化大餐。本村村民中有200多人曾在不同的影视剧中担任过群众演员。"大梨树村党委副书记温红娟介绍道。

随着大梨树村工业、农业和第三产业的发展，村民收入增加了，腰包鼓起来了。村"两委"大力加强文化阵地建设，开展各种文体活动，营造良好的文化氛围。村集体投资700多万元，先后在村民居住的不同区域，兴建了9个建筑面积超过1000平方米的文化广场，广场内配有太阳能路灯和体育锻炼器材。在党群服务中心，还设有1个建筑面积700多平方米的党员群众活动室，内设健身室、舞蹈室、棋牌室、书画室等功能室，并配有乒乓球桌。还有一个建筑面积102平方米的农家书屋，藏有各类图书1.3万余册。村民除了坚持参加定期举办的全村规模的文艺演出外，茶余饭后也去唱歌、跳舞、看书、读报。为了丰富村民农闲期间的业余文化生活，村里每两年举办一次大梨树农民运动会，经常举办"谁不说俺家乡好"演唱会、爱岗敬业演讲会、歌咏比赛、秧歌比赛、篮球赛、乒乓球赛，还有农民水上运动会、全民健身运动会。旅游区的活动更是精彩有趣。在每年的春、夏、秋三季，青年点和庄稼院门前经常放映露天电影，举办篝火晚会。广大村民和游客边歌边舞，陶醉在青山绿谷之中。为了进一步活跃村里的文化生活，大梨树村成立了22个秧歌队、16个篮球队，农民艺术团自编自演文艺节目，宣传党的方针、政策，宣传大梨树村的好人好事。健康有益的文体活动，培养了村民高雅的文化品位和审美情趣，全村打麻将的人少了，游手好闲、不想干活儿的没影了，村民之间的关系更加和谐了。

大梨树村两任村党委书记用于改善民生的投资累计达到2亿多元。

"随着村集体财力的不断增加，用于改善民生的资金将会更多，真正让全村群众过上了让城里人都羡慕的生活。"毛正新说。

发挥模范作用　党组织战斗力不断增强

走进大梨树村，三个广场都有雕塑：第一个广场是站立的公鸡；第二个广场上是月亮；第三个广场正中间是一个太阳。该村村民深知其中寓意：鸡叫亮天干、披星戴月干、头顶烈日干。这一干就是数十年，开发荒山，修造梯田，建设万亩果园，发展生态旅游，推动农、工、商、贸、旅齐头并进、全面发展。毛丰美和毛正新父子二人充分发挥先锋模范作用，带领大梨树村村民，经过40多年的努力，干出了一片新天地。

老书记毛丰美于1977年7月入党，1980年2月担任大梨树大队大队长之前，是当地一位小有名气的兽医。当时，县里已经研究决定让他到县畜牧局担任副局长，可他犹豫再三，最终放弃了这份"铁饭碗"工作。

毛丰美不仅人缘好、技术高，而且头脑灵活，早就是凤城县远近闻名的万元户，家里要啥有啥，连厕所都是水冲式的，这在20世纪80年代初，可是件了不起的事儿。大梨树大队却穷得叮当响，当大队干部每年挣不了几个钱，误工补贴还要平摊到社员头上，被群众瞧不起。干这份工作，不仅一年四季没有休息时间，还容易得罪人。

得知自己的丈夫已同意干这份差事时，毛丰美的妻子丁桂清气得三天没有理他，也不给他做饭吃。

有天晚上已经是11点多钟了，毛丰美拖着疲惫的身子回到家里，走进厨房一看是冷锅冷灶，不免有些伤感和生气，正准备自己动手下碗面条充饥，只见妻子

毛正新：辞去公职回村庄 干出一片新天地

丁桂清边哭边走了进来，气冲冲地从他手里夺过锅铲，非常熟练地炒了一些瘦肉，待锅里的水煮沸后，将面条、青菜、瘦肉放进去，还打了两个荷包蛋，一碗热腾腾的瘦肉鸡蛋面做好后端到饭桌上。她抹了一把眼泪数落道："你当个兽医好好的，既受人尊重，家里又不愁钱花。县里让你去畜牧局当副局长，你不去，却心甘情愿去当那个又苦又累的破大队长，不仅钱少，还费力不讨好，你是不是走火入魔了？"

"我们不能总想着自己家里的日子过得好，就觉得心安理得。一家好不算好，大伙儿好才算好。全村还有那么多乡亲的日子过得很贫穷，于心何忍呀？"毛丰美强压着心中的不快，边吃着面条，边不温不火地回答道。

"说一千道一万，你这样做，反正我就是想不通，只有傻子才会这么干。"丁桂清继续发泄着心中的不满。

"等我经过几年努力，把大队由穷变富，大伙儿都过上好日子了，就辞去大队长职务，回家继续干兽医的老本行总行了吧！"毛丰美说道。

"你别哄我，我知道你是认准了的事儿牛都拉不回来的主。"丁桂清说。

没过多大一会儿，当丁桂清收拾碗筷到厨房冲洗后，走到堂屋一看，只见他靠在沙发上已经睡着了，还发出轻微的鼾声。

在今后的日子里，毛丰美越干越起劲儿，把大梨树村发展、建设成凤城市乃至辽宁省最富裕的村庄，村民的日子越过越好。可他没有兑现当初对妻子"辞职不干，回家继续当兽医"的承诺，从大队长到村党支部书记、党委书记、党委副书记，一干就是34年，直到65岁那年因癌症去世。

毛丰美是个典型的"拼命三郎"。人们看到他的裤腿总是半卷着，腿上、裤子上经常沾满泥巴。大梨树村组织大大小小会战近百场，场场都是他身先士卒地冲在最前面。每年大年三十和大年初一，他都会因村里的事儿忙个不停，一有空就会到花果山或贫困户家里转转、看看。他的性子急，为工作着急上火落下了冠心病、胃炎、胃溃疡、前列腺炎等疾病。但只要能挺住，他就一声不吭地扛着，经常一边打着吊瓶，一边忙工作。2002年4月的一天，毛丰美在村里忙于迎接"五一"黄金周完善旅游景观建设，突然感到胃痛难忍，到凤城医院做胃镜检查时，胃已肿得连窥管都难以伸进去，结果被诊断为十二指肠溃疡和胃窦炎水肿。因为放心不下村里的活儿，他不顾医生的劝阻，简单处理了一下，便又急匆匆赶回建设工地忙碌。

让很多人想不到的是，毛丰美曾经三次被人告黑状，但结果，不仅没有告倒他，反而把他告成了先进典型。第一次是大梨树村兴建凤泽市场时，100多位动迁户联名直接给中纪委写信,在历数大梨树村不该在凤城街道建市场的各种理由后,直截了当地揭发毛丰美在动迁中贪污了多少钱,是个大骗子,骗完了村里人又来骗城里人。中纪委责成丹东市委组成联合调查组,开赴大梨树村彻底查清事实真相,如果举报信中反映的问题属实,将依法依规严肃处理。丹东市纪检委通知毛丰美:这几天你就不要回大梨树村了。

联合调查组在大梨树村分别找了70多人谈话调查取证,翻阅了毛丰美担任村书记以来村集体所有的财务账目。不仅没有发现他有任何经济问题,还发现他是一位勤恳、务实、以身作则、严于律己的基层好干部。特别是大梨树村党组织在反腐败问题上有自己独特的招数,即对于无法回绝或不便回绝的不正常资金,一律交村财务保存,待时机成熟后再予以退还。如果实在无法退还,就作为村集体资金使用。仅毛丰美一人上交的资金就达10万多元。联合调查组最后做出结论,毛丰美是一位廉洁奉公的好典型。于是,他作为廉政建设的好干部被广泛宣传。

第二次是改造荒地的时候,有人写信向当地林业部门告状大梨树村乱砍滥伐。有天上午,突然来了7名林业公安局和林业局工作人员,现场宣布要逮捕毛丰美。村民听说此事后陆续有200多人赶来,迅速把公安人员围得水泄不通,要求他们把问题搞清楚了再作决定。林业局工作人员经过现场调查发现,大梨树村小流域综合治理得非常好,栽种的各种树木比砍掉的杂木要多得多。上至改造荒山,下至治理水患,把旱季干涸、雨季泛滥的小河改造成年蓄水量40万立方米的生态河,生态覆盖率由以前的30%提高到80%。林业局工作人员的态度突然来了个180度大转弯,明确表态大梨树村山上杂树砍到哪里,林业部门的手续就批到哪里。

第三次是村里拉直拓宽村域公路时,有人举报毛丰美私自决定占用了100亩耕地。但国土资源部门调查后发现,村里修路占用的一些土地事前已经过行政审批。同时发现大梨树村组织群众自力更生、艰苦奋斗,在荒山上修建了1万多亩梯田,对耕地保护做出了重大贡献。不仅没有受到行政处罚,还得到各级政府的表扬。后来,毛丰美被邀请到国土资源部作经验介绍,村里得到了1200万元的国家投资,又接着开垦了600多亩梯田。

毛丰美常说:"老百姓没钱,咱当干部的千万别去占他们的便宜。""我是一名共产党员,就应该时时刻刻严于律己,以身作则。要与普通群众不同,做到吃苦在前,享受在后,绝不能给党抹黑。"他从担任大队长到村党支部书记、党委书记、副书记30余年来,从没有经手过村里一分钱的公款。他说:"我不管钱,但我可以监督管钱的村干部。如果自己管钱，谁来监督我？"同时，他没有在村民家吃过一次饭，更没有收过群众一份礼。他的三个孩子结婚，都是"秘密"进行的。大女儿结婚，毛丰美与老伴悄悄打车进城参加婚礼；二女儿结婚时，也照样没有在村里给任何人透露半点风声。2003年农历三月十六，小儿子毛正新结婚。就这么一个儿子，女儿、女婿、老伴都主张热热闹闹操办一次，可毛丰美坚决不同意。儿子毛正新理解父亲的想法，儿媳妇更是通情达理，也不同意大操大办。可毛正新要结婚的消息还是不胫而走，很快在村里传开了。毛丰美给家人下了一道严格的命令：全家人不得收取亲戚以外任何人送的礼金！最后，实在推辞不过，送到家里的份子钱暂且收下，可没过几天又全部原封不动地退了回去。

1993年初，毛丰美当选为第八届全国人大代表。而后，又相继当选为第九届、第十届、第十一届、第十二届人大代表，连续干了5届。在全国人大开会期间，毛丰美多次就"三农"问题"放炮"，被国内外各大新闻媒体聚焦，一时被传为美谈。让全国人民印象深刻的是，这个经常出现在镜头面前"又黑又瘦的农村老头"和他敢为农民说话的倔强声音。

毛丰美在一些乡村调研时发现，农民因为电费太高舍不得用电，到了晚上点着蜡烛照明，还有的农民在用柴油机发电。当时，城市电费每度为0.35元，而农村电费每度却高达1.2元，两者相差三倍多。在八届全国人大一次会议上，毛丰美郑重提出了降低农村电价的议案。在此后的10余年时间里，国家相继投入3000多亿元资金，陆续改造农村电网，并实现了农村与城市电费标准的统一。

1998年3月，在九届全国人大一次会议上，毛丰美又提出了一个大胆的建议：取消农业税。他认为，城镇职工收入超过800元才征个人所得税，而农民以人均2亩地计算，在收入不稳定的情况下，不论是否达到年收入800元的标准，都要征收农业税，说明农业税的起征点比城镇职工个人所得税起征点要低得多，这对于经济实力处于弱势地位的9亿多农民来说显然不公平。在此后的5年时间里，毛丰美不厌其烦地年年提交关于取消农业"两税"的建议，多方为减免农业税和特产税奔走呼吁。

2004年3月，在十届全国人大二次会议上，时任国务院总理温家宝在政府工作报告中郑重宣布中央将于5年内取消农业税的决定。2005年12月29日，十届全国人大常委会第十九次会议决定，从2006年1月1日起正式废止《中华人民共和国农业税条例》。实行了数千年的农业税，从此不再征收，还给农民种田发放种子、化肥等种粮直补，这一消息确实让毛丰美兴高采烈，兴奋得好几个晚上都睡不着觉。

毛丰美有一个习惯，每年不管多忙，都要抽出一定时间到广大农村去调查研究，倾听基层干部和广大农民的呼声。他发现，一方面是农民急需扶持资金来发展，另一方面是银行对农民的贷款利率明显高于对城市居民贷款利率，造成农民贷款负担过重。

在第十届全国人大四次会议上分组讨论时，毛丰美建议国家应及时调整金融贷款政策，适当向农民倾斜，认真解决农民贷款利率高于城市利率的问题，让农民享有与城市居民平等的贷款权利。

会后不久，中央有关部门派人到凤城市搞调研。2007年3月，温家宝在政府工作报告中提出"加快农村金融改革"，"充分发挥中国农业银行、中国农业发展银行在农村金融中的骨干和支柱作用，继续深化农村信用社改革，增强中国邮政储蓄银行为'三农'服务的功能"。

国家的粮食收购价格过低，一直困扰着农村发展，影响农民的种粮积极性。2009年3月央视两会报道中，毛丰美手里拿着一个从家里带去的玉米棒子，满场呼吁国家应适当提高粮食收购价格："这么好的玉米才卖几角钱，农民太吃亏了。无农不稳，谷贱伤农，假如农民都不愿意种地了，全国十几亿人吃饭的问题怎么办？"

毛丰美的呼吁引起了中央领导的高度关注，"粮食要'小步快涨'"，当年写进了《中央1号文件》。那年秋天，国家粮食收购价格上涨两角多。凤城市及周边的很多农民见到毛丰美后纷纷竖起大拇指称赞道："您是最敢为农民说话的全国人大代表。"

在全国3000多位全国人大代表中，毛丰美是有名的嗓门洪亮、说话直、敢讲真话、敢讲实话的一位。有一年1月初，辽宁省人大常委会组织包括他在内的16名人大代表到铁岭市昌图县条子河流域附近的乡村进行调研。在条子河边，毛丰美惊呆了，本来是三九严寒，河流早该上冻了，但因为污染严重，深黄色的河流竟然没有封冻，这就是当地18个乡9万多农民长年生活饮用的水源。

"深黄色的水就是当地河流的水，有些发浑的白色水是当地老百姓经过几个大缸一次次过滤的结果。当地老百姓告诉我，这里年龄最大的只有65岁，附近几个乡多年没有一名年轻人当兵，原因是每次体检身体都不合格。""这个地方污染这么严重，是因为上游几个化工厂长年向河流排污。当地老百姓多次反映，当地政府也想方设法解决问题,但由于涉及两个省,问题一直没有得到妥善处理。全国人大、全国政协都曾派人到这里了解情况,督办污水治理。"毛丰美接受中央媒体记者采访时说:"我让他们找两个矿泉水瓶子,分别装一瓶河里的水和经过沉淀的水给我。"

毛丰美把那两瓶污染的水带到两会上,开会时直接摆在前排的桌子上,轮到他发言时说道:"我这次带来的两瓶水,一瓶是河里的,另一瓶是经过好几天过滤的。今天咱们开会的代表,谁能喝一口尝尝是啥味道吗?可那个地方的老百姓已经喝了10来年了。"他越说越激动,最后干脆从座位上站了起来,甚至拍着桌子说:"因为长期饮用污染的水,老百姓的牙齿变黑了,见到我们,他们呜呜地哭啊,我的心像刀割般难受。他们说这个事情如果解决了,来世都感谢我们。"说着说着,他的眼睛就湿润了。

会下,有人提醒毛丰美道:"你这么大嗓门,还拍桌子,不怕领导不高兴吗?不怕得罪人吗?"他回答道:"如果都当好好先生,你好我好大家都好,不反映真实情况,老百姓的实际问题什么时候才能得到解决?"

当年,当地政府就安排专项资金打深井。3年时间内,老百姓喝干净水、放心水的事儿就得到了解决。有一天,毛丰美到这个地方回访,几位村民"齐刷刷"地跪在地上对他说:"您就是我们心中的'毛青天',如果不是您替我们在全国人大会议上反映,我们何年何月才能喝到这么干净的水?"

很多人好心地劝毛丰美:"农村的事儿慢慢来,人太多,又复杂,解决起来哪有那么容易?"

毛丰美说:"我不是那种磨磨叽叽的性格,就是着急,要把这些事儿说出来,让大伙儿都知道,特别是要让上面早知道,赶快办。我不可能一辈子都当全国人大代表呀!"

2010年1月,因为身患结肠癌,毛丰美做了4次化疗,本该在医院住院观察一段时间,可他还要抱病进京参加两会,面对家人的百般劝阻,毛丰美执拗地说:"既然我是全国人大代表,只要我还能动弹,就一定要把农民的声音带到会上。"毛丰美坚持在人大会分组讨论发完言后,才匆忙回到凤城医院继续治疗。

2012年底,毛丰美的肝脏、胆管都出现了肿块。治疗方案有两种:一种是手术;另一种是介入治疗。当时他已经收集整理了好几份议案,信心满满地准备把这些议案带到北京。为了不影响参会,他最终没有选择手术。那段日子,毛丰美一边接受介入治疗,一边忙于整理议案。由于肝脏和胆囊出现严重的炎症,他全身瘙痒,几乎整夜不眠,只好在嘴里咬根牙刷,强忍病痛,一遍遍斟酌、修改议案。

第二年3月,在北京召开的十二届全国人大一次会议上,毛丰美提出了提高农村养老定额标准、实行阶梯式补助养老等8条建议。这是他最后一次参加全国人大会议。

毛丰美参加完全国人大会议回到沈阳时,身体已经极度虚弱,相关领导决定用救护车送他回大梨树村。当救护车到了离村庄还有50公里的通远堡镇时,毛丰美坚持要求从救护车上下来,坐自己的车回村里。"不能让大梨树村的群众看到我现在的状况而为我担心。"毛丰美说。

在担任全国人大代表的22年时间里,毛丰美先后提出建议、议案200多件,受到党中央、国务院和有关部门的高度重视,他也因此成为全国人代会上新闻媒体和社会各界关注的焦点人物之一。有人说他是来自基层村书记的"名人",也有人说他是敢讲真话、无所忌言的人。毛丰美却说:"人民选我当代表,我当代表为人民。我作为一名来自农村最基层的人大代表,向党和政府反映农村工作中的实情,如实把广大农民的呼声与期盼传递上去,是我义不容辞的责任。我就是为农民说话的代表。"

大梨树村党委副书记王丽辉回忆说:"老书记病重期间,还念念不忘农民的事儿,他最常说的一句话就是:'如果可能,我还要反映农民的呼声'。"

毛丰美有过多次端"铁饭碗"的机会。那时,村里经济发展好、村民生活过得好,上级领导都看在眼里、喜在心里。特别是他当上全国人大代表后,县委要提拔他到一个乡政府担任乡长。想着当人大代表是需要全身心投入的事儿,而自己每年得花一两个月时间在外调研,他拒绝了。再后来,又要选他担任主管农业的副县长,他想了几天,觉得这活儿不适合自己,便找到县里的主要领导说:"我这人性子急、文化程度又不高,充其量只能当个村支部书记,还是觉得与农民在一起最舒坦。"

不久后,县里准备给毛丰美解决公务员编制,他也不要。对这件事儿,大梨树村年龄稍长的村民都心知肚明,75岁的郭鸿财老人说:"老毛书记在村里开会时总爱说'好,大家一块儿好',他觉得自己如果成为公务员身份,大伙儿与他就有隔阂了。"

"我爸这辈子总是想着大梨树村集体,想着全村的每一位乡亲。工作几乎是他生命的全部,每天早晨睁开眼就是工作,晚上很晚才回家休息。"毛正新回忆说。去世前,毛丰美从北京回来,当时走路已经十分艰难了,但他仍然坚持让儿子用轮椅推着他到花果山上看一看，还认真嘱咐村民要经常给梨树"换头"，这样比重新栽树省时省钱还高产。这是老书记与花果山的告别。说到这里，毛正新这位刚强的辽东汉子已是泪流满面。

毛丰美病重期间，大梨树村为方便村民夜间出行，正在全村主要街道安装太阳能路灯。在去世的前3天，毛丰美提出要到街上看看路灯亮不亮。儿女们强忍着泪水将他抬到窗口，在家人的搀扶下，他非常吃力地站了起来。外面的灯光映照着他瘦弱的身影，在子女们的心目中，那天是父亲最后一次站立，像山一样站立。

2014年9月26日深夜，大梨树村下着瓢泼大雨，凌晨3点55分，毛丰美安详地闭上了眼睛，离开了他热恋的故土和全村的乡亲们。

第二天上午，辽宁省人大代表赵世龄冒雨专程从抚顺市匆匆一路找来，对毛丰美的家人说："听说毛书记走了，我赶来送送他！"

这个噩耗惊动的不光他一人。全国人大常委会委员、山西省昔阳县大寨村党总支书记郭凤莲第二天就驱车千余公里，赶来参加毛丰美的追悼会。

9月28日清晨出殡，天还未亮，数千名村民自发地涌向广场和道路两旁，站在村口等待灵车经过，整齐地排成长长的队伍，为他们敬爱的老书记送行。"老书记一路走好！""万句话述说不了我们对您的思念！""大梨树村的山山水水铭刻着您的足迹！""为农民代言，为百姓办事！"村民们自发制作了上百幅悼念横幅，悲伤地肃立在路边。当灵车通过时，男女老少哭成一片。

在凤城市殡仪馆，毛丰美的遗体安卧在棺木中央，身盖党旗，菊花簇拥，人已瘦得变了形。"他是为这个村累死的呀！村里最困难的时候，他急得三天三夜都没有吃饭，我们看着都深感心疼。"83岁的陶鸿章老人抹着眼角的泪水哽咽道。他的灵棚里摆满了来自全国人大常委会、当地党政机关、全国各大名村及社会各界人士送来的挽联与花圈。

毛丰美走了，他给大梨树村留下了一个富裕、美丽、文明、幸福的村庄。2015年6月，中共中央宣传部追授他为全国"时代楷模"。第二年3月，中共中央组织部追认他为"全国优秀共产党员"。2016年2月，中共辽宁省委投资1050万元，在大梨树村"干"字广场建设了一座毛丰美纪念馆，建筑面积1600平方米。2018年10月正式对外开放，馆内用大量的文字、图片、视频资料和毛丰美生前用过的实物讲述他的一生，供人们参观学习。

毛正新时刻把父亲毛丰美作为自己的标杆，一心一意地为村集体谋发展，为

乡村振兴领头人——中国模范村书记

毛正新以老书记毛丰美为榜样，认真学习他的先进事迹

村民谋幸福。他深知认真做好农村党建，是一切工作的核心。作为村书记，必须处处以身作则，起到榜样、标杆、引领作用。同时，要充分发挥全体党员的先锋模范带头作用和党组织的战斗堡垒作用。

作风过硬，是大梨树村党员干部对毛正新的普遍评价。村"两委"规定，村里开会，村组干部、党支部书记包括企业中层以上干部，不管是谁，迟到一分钟，罚款100元。有一次，毛正新家里有事，开会时迟到了一分钟。会后，他主动到村财务室交纳了100元罚款。

毛正新给自己定了一个规矩，本人为村里的工作正常出差的费用自理，不在村集体报销，少到一天，多到一周都是如此。同他一起出差的人都见证过他俭朴的生活习惯。中午到了饭点，就随便找个小餐馆或小吃摊吃碗牛肉面或馄饨，晚上再晚，都坚持各自回家就餐或在外简单地吃饱就行。"在村里拿一个水果，毛正新书记都会主动交钱，从未免费食用过。"村党委副书记颜龙介绍道。

大梨树村村民中谁家有困难，毛正新都会不遗余力地予以帮助。十二组村民张淑香患有类风湿病，劳动受限。她的婆婆双目失明，一家四口人全靠丈夫在一家小厂的打工收入维持各项必要开支，生活颇为艰难。她的儿子蔡昌鑫于2014年6月高中毕业后，以较好的成绩考入大连海事大学航海专业，这本是件很高兴的事儿，可夫妻二人为筹齐儿子的学费、生活费而发愁。有天下午，张淑香抱着试试看的心理来到村委会，如实向毛正新反映了自己家里的困难。毛正新当时正准备出差，便对她说："你先回去，我派人去你家了解一下情况再说。"

第二天上午，毛正新委派村党委副书记颜龙和村党委委员王运志来到张淑香的家里察看实情，当即给她婆婆送了2000元钱。毛正新出差回村后，自己掏钱给她的儿子资助了1万元学费。第二年农历正月十五这天，毛正新前去张淑香的家里看望，给她家送去汤圆和几千元资金，张淑香双目失明的婆婆听说后当场感动得哭了。

毛正新：辞去公职回村庄 干出一片新天地

毛正新十分注重全面加强基层党组织建设。大梨树村共有201名共产党员，在他的提议下，围绕全村产业发展科学设置了农业产业党支部、生态农业观光旅游区党支部、果树农场党支部、凤泽市场党支部、金翼钛业党支部5个特色党支部。党支部下面又分别设立了22个党小组。其中，凤泽市场个体从业人员中有36名党员，党支部下设了4个党小组，组织党员带头开展诚信经营，定期开展组织生活，按时交纳党费。

大梨树村党建的亮点是将党支部建在产业链上，将党员聚在产业链上，使党组织的战斗堡垒作用在产业链上显现活力。村党委在全体党员中创新开展了"三亮、三比、三评"和农民党员星级管理等活动，还建立了党员联系户制度，即每位党员与两户普通村民家结成帮扶对子，定期入户了解情况，帮助解决实际困难。通过亮身份、亮岗位、亮家庭；比技能、比奉献、比作为；党员自评、群众测评、支部点评，开展对全村党员的"学习星、履责星、服务星、帮扶星、宣传星"党员星级评比活动，真正让党员"身份亮出来、作用现出来、形象树起来"。

党支部还开展了党员中心户建设，成为党员开展日常活动和展现大梨树村党员风采的重要窗口，党员的先锋作用得到充分发挥。生态旅游区党支部下设的第四党小组共有19名党员，71岁的老党员魏玉凤将自家一间18平方米的房子拿出来，无偿提供给党小组作为活动室。室内有党支部配备的文件柜、档案柜，还有村里统一订阅的《辽宁日报》《丹东日报》《中国村庄》《共产党员》《党支部书记》等10余种报刊，活动室每天都是开放的，党员可以随时前往阅读。"党支部还为每位党员发放了一个学习资料盒，统一保存在资料柜里。对80岁以上身体不好、行动不方便的党员，由党小组进行上门服务，送学习资料，宣传党的政策，相互提意见等。"魏玉凤介绍道。

党小组除组织党员传达中央会议精神、学习时事政策、法律法规和上级文件外，还定期开展批评与自我批评，进行公益性劳动，以了解、上传社情民意。

哪里最艰苦，哪里有困难，哪里最危险，共产党员就会走在前，干在先，做表率。现如今，大梨树村党委形成了巨大的向心力、凝聚力、战斗力、号召力，各领域的重要岗位都由党员担任，重点工作都是党员干部冲在最前头。在"七彩田园"展示馆建设中，组织党员开展义务劳动6次500余人次，党员提出合理化建议20余条，都得到了采纳，有效推动了项目建设进程。2020年1月，突如其来的新冠疫情迅速波及全国广大地区，大梨树村从农历正月初六开始对全村实行封控管理，

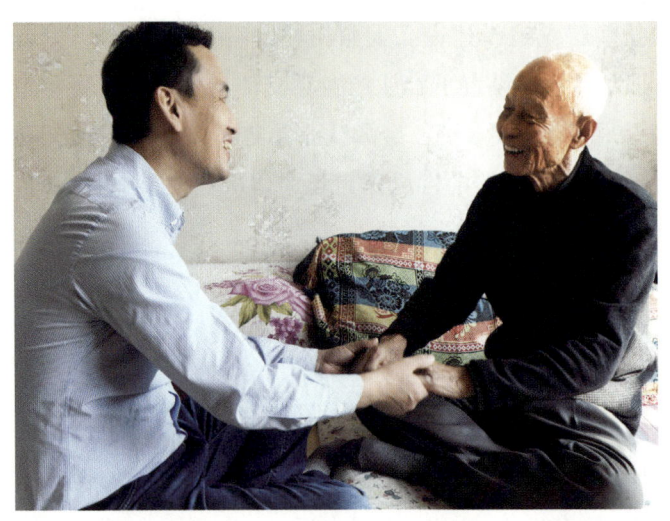

毛正新（左）亲切看望本村一位年逾九十、参加过抗美援朝的退役军人

全村共设置了 17 个执勤卡点，150 多位党员与少数群众积极报名，参加两班倒 24 小时义务值班。共产党员魏玉凤家和毛正新 70 多岁的老母亲丁桂清，主动为在防疫执勤卡点值班的党员群众义务做饭。丁桂清老人还自掏腰包购买食材，在立春那天打春饼，在元宵节那天凌晨 4 点多钟起床，为村里的值班人员包饺子、做汤圆，让大伙儿深受感动。70 多岁的老党员周景才，在这年春节及之后 1 个多月防疫期间，身穿防护服坚守在抗疫第一线值班，每天早晨 6 点上岗，下午 6 点下班，一天工作 12 小时。有很多人劝他回家休息，可他说："我是一名共产党员，在关键时刻就应该发挥先锋模范带头作用。"一直坚持到第一拨防疫结束才撤离。

2020 年 2 月 16 日晚上 9 点多钟，毛正新来到凤城市委组织部，上交了 10 万元特殊党费，用于新冠疫情防控工作。这笔资金是他父亲毛丰美去世后被中宣部追授全国"时代楷模"时，中宣部和辽宁省委宣传部发放的奖励资金。

最初，毛丰美的老伴儿丁桂清将这笔钱原封不动地存在一家银行，准备留给孙子上大学用。新冠疫情暴发后，毛正新经过慎重考虑，向家人提出："国家有困难，我们也要力所能及地做点贡献，将党组织当年奖励给父亲的 10 万元资金捐献出来。"丁桂清老人表示坚决支持，同时得到了全家人的一致赞同。

凤城市委组织部领导被毛正新的义举感动，收下这笔特殊党费后及时交到上级组织部门，最终送到疫情防控第一线，对迅速在全国范围内控制疫情发挥了积极作用。

毛正新是位善于听取不同意见并善于开展批评与自我批评的人。村集体于 2014 年 5 月投资 2400 万元，在凤城市郊区的北山购买了一宗 140 亩的土地，因地处偏僻，多次想开发利用，都未成功。2020 年 5 月，在一次村党委会议上，毛正新提议将这块地开发成一个住宅小区对外销售,村党委副书记王丽辉提出了反对意见,原因是这个地方太偏了。

"那我们就低价出售房屋。"毛正新说。

"这块土地东边被两条火车轨道夹住,虽然紧挨203国道,但这里既不通城市自来水和供暖管网,附近也没有学校、医院、超市等配套生活设施。而且市里准备将这个区域规划成物流园区。况且,周边还有大型修配厂、洗车厂、汽车年检安全检测线,噪声很大,不适合开发住宅小区。如果真的开发出来了,也只有家住附近乡镇的居民和农民购买,房价肯定很低。好一点的物业公司不肯进驻,物业不上手,会出现新的麻烦。"王丽辉进一步分析道。

毛正新仔细一想,觉得王丽辉的话很有道理。会后,主动到其办公室进一步沟通,最终采纳了她的意见,放弃了开发住宅小区的想法。没过多久,在一次民主生活会上,他还就自己急于求成准备开发这块土地的想法进行了自我批评。

后来,大梨树村的这块土地被一家地产公司高价买走,正在筹建物流园。

毛正新深知扎实开展农村综合治理、不断提高村民素质、形成文明风尚的重要性。他组织人力对1997年制定的《大梨树村村规民约》(以下简称《村规民约》)进行了反复修订,经过党员大会审议、村民代表大会表决后施行。同时出台了相关奖惩政策,把红白喜事大操大办现象同村民享有的生活福利待遇挂钩。

新修订的《村规民约》第三条规定:村民红白喜事要从简,过生日、生小孩请满月酒、为亡人烧周年、子女上大学、盖房上梁、搬家燎灶等一律不准大操大办。如有违规者,取消操办者全家三年享受的村集体福利待遇,并取消其参评"十星级文明户""文明家庭""五好家庭""先进工作者"的资格。

为了将这一规章制度落到实处,村里还成立了由一位村"两委"成员兼组长、各村民小组组长为委员的红白理事会,负责对《村规民约》执行情况进行监督检查,确保落到实处。没过多久,一位村民的儿子考上大学,左邻右舍及亲朋好友得知后纷纷前去随礼祝贺,随即摆了5桌,被举报查实后,村"两委"按照《村规民约》的有关规定给予了处罚。

如何让"红白喜事从简"的规定执行得更有力度,大梨树村的党员干部率先垂范,以身作则,带头改旧俗、树新风。在《村规民约》面前,干部与村民完全平等,村干部带头执行,影响和带动了群众。目前,大梨树村红白喜事简办,过生日、搬新房、孩子上大学等不大操大办已成为风尚。该村被评为全国文明村。

乡村振兴领头人——中国模范村书记

毛正新（右）与村党委副书记交心谈心，商谈工作

"我深知自己的工作能力与老书记相比还有很大差距。我将以老书记为榜样，在今后的工作中不断开拓进取，努力把大梨树村发展、建设、治理得更好。"毛正新说。

毛正新访谈录

作　家：您大学毕业后被分配到凤城市国土资源局工作，成为一名公务员，端上了让很多人十分羡慕的"铁饭碗"。而后，在您父亲的动员下，辞去公职回村当农民。您担任村书记的初心是什么？经过20多年的不懈努力，大梨树村的发展、建设进一步提档升级，您为之奋斗的内生动力是什么？

毛正新：说实话，当年老书记让我辞去公务员身份回村当农民，我是很有抵触情绪的。一是我的两个姐姐都是通过考取大学，毕业后相继被分配到凤城市公路段和公安局交警大队工作。我当时心里想，父亲是不是偏心眼呀？为何不让姐姐中的一人回村工作，干吗非要盯着我？二是我经过自己的勤奋努力，好不容易大学毕业后当上公务员，如果回村务农，万一干不好怎么办？岂不让人笑话！当时也没有说我回村是为了接他的班，而是说为村集体和村民做贡献。真正能否接班，也不是他一人说了算，而是需要广大党员、村民投票选举后由上级党委任命的。

那天母亲哭着说的一席话深深打动了我,我是为了尽孝,满足父亲的心愿而辞职回村的。刚回村时并不是村干部,只是村团委书记。这个职务不占村"两委"职数,是后备干部。实业公司副经理,倒是个干活儿的差事,在老书记的精心指导下,我在一线抓企业的生产经营,还做出了一些成绩。特别是整个仿古新村建设,是我一手负责实施的,大伙儿见我还有点能力,能够干些事情,所以就两次投我的票让我担任村干部。

我担任村书记的初心是:既然回来了,就得好好干,努力干出成绩来。发扬"干"字精神,实干苦干加巧干,努力把大梨树村发展、建设、治理得更好,让大梨树村村民过上城里人都羡慕的生活。

我为之奋斗的内生动力来自全体村民和党员对我的信任。刚回村时还非常担心自己能不能干好,因为农村工作非常零碎,不像公务员那样,你干哪项工作,就专心干哪些工作。农村工作是看你眼中是否有活儿,想干就干不完,不想干就清闲得很。

我从2002年2月回村,干了4年后,村民投票选我担任村党委副书记兼村委会主任。又干了一届后,2010年3月大伙儿又投票选我担任村党委书记兼村委会主任,这是对我的极大信任。既然大家信任我,就要切实履行好自己的职责,不辜负全体村民的信任。经过20多年的努力,我力所能及地为大梨树村做了一些工作,还是有些成就感,说明当时的选择是对的。

作　家: 老书记毛丰美身上有很多优秀品质,最让您敬佩的是什么?您将如何传承和将其进一步发扬光大?

毛正新: 在老书记身上最让我佩服的是他不服输,从不被困难吓倒。在困难面前,他总是冷静思考,最后总能找到解决问题的办法。

我始终把老书记作为自己学习的榜样和标杆,今后的工作中要认真传承和发扬他的优良品质。第一,学习他一心为村民、一心为集体、无私奉献的博大胸怀,鞠躬尽瘁,死而后已;第二,学习他遇到困难不退缩,克难攻坚,勇往直前,开拓进取;第三,学习他始终不怕苦、不怕累,发扬自力更生、艰苦奋斗、脚踏实地,"干"字当头;第四,学习他心系农民,不怕得罪人,敢为农民代言,如实向中央反映农村中存在的实际问题,为领导科学决策提供依据。

在苦干实干加巧干的"干"字精神中,老书记身上具备的"苦干"因素要多一些,因为那个时代物资匮乏,生产力要相对落后。而在我身上,"巧干"的因素要多一些。这个"巧干"不是投机取巧,而是用科学的方法和智慧获得更大的收益,尽量做到事半功倍。因为市场经济日臻完善,竞争越来越激烈,就要按照市场的规律和特点去运作、发展产业。过去是遇到困难找市长,但现在形势变了,是"找市场,不找市长"。

作　　家:您担任村书记后提出了"二次创业",怎样进行"二次创业"？大梨树村为何确定以生态旅游为主,带动一、二、三产业融合发展？

毛正新:提出"二次创业"的不是我,而是辽宁省委、省政府的主要领导。老书记去世后,2016 年 7 月 4 日,时任省委书记李希到大梨树村调研时提出要求:要继承毛丰美同志的"干"字精神,不要躺在过去的功劳簿上睡大觉,要实现二次创业,建设更加富庶的社会主义新农村。2017 年 11 月 24 日,辽宁省省长到大梨树村调研时,又提出了要"二次腾飞"的新要求。所以,我在村里的大会小会上反复讲了这个观点,号召全体党员干部和广大村民要凝神聚力谋发展,而且要创新发展,妥善解决发展不充分的问题。

如何进行"二次创业",就是在现有的基础上有个大的突破,即村集体收入翻一番,力争达到 1 亿元；全体村民人均可支配收入在现在 2 万多元的基础上再翻一番,达到 5 万元以上。我们正在巩固现有产业,以寻求更好产业的突破。

之所以把生态旅游作为全村的主导产业来定位,就是要解决可持续发展问题。这是由大梨树村的自然环境决定的,我们村有 2.6 万亩花果山果园,有以七彩田园为主的农业生态观光园,有北方影视城、"干"字文化广场等文化设施等。

经过几十年的奋斗和努力,乡村旅游已基本成型,就是要在此基础上不断提档升级。生态和"干"字文化是大梨树村的灵魂,必须持续发展下去。但真正让一个村富起来还是要靠工业,所以我们开办了金翼钛业,获得了良好的经济效益。用工业企业的收入作为发展资金,发展其他新兴产业,同时,保证民生不断得到改善。

作　　家:村民有什么困难找您时,您都无私地给予帮助,不嫌麻烦吗？您的工资收入并不是很高,经常拿钱资助困难群众,不会影响自己的家庭生活吗？

毛正新:村书记就是这个村的"父母官",职责之一就是为村民排忧解难。村民有什么事情找我,我丝毫不觉得麻烦,而且认为理所当然,就应该尽心尽责地帮助他们解决。

村民一般肯定是不愿意求人的,只有遇到困难实在解决不了,才会到村里反映。他们可能抱着"试试看"的心理来找村干部,但只要是找到我们,我就应该尽最大可能来帮助解决。帮不了大忙，帮点小忙总可以吧。人在什么时候需要温暖，最能感受到友谊的珍贵？不是在他春风得意的时候,而是遇到困难和挫折的时候。所以，村干部有时一句暖心的话，就会给遇到困难的村民带去温暖。

我一年的工资收入由中央转移支付的2万元加上企业补贴，加起来也有11万多元，拿出少部分帮助村民，不会影响自己的家庭生活。我有时在想，我们省下一顿饭钱300元或400元，对困难村民来说，很可能就可以购买很长时间的油盐酱醋等生活品。

毛正新（右一）与外地游客交流

作　　家：你们村的长远发展目标是什么？怎样保证这一目标顺利实现？

毛正新：这个问题我们也反复讨论过，大梨树村未来的发展目标是：打造花园式村庄。

为了保证这一目标的实现，一是需要不断发展壮大集体经济实力，有较大的资金做保障。二是要加大生态保护力度。近几年不断加大村庄绿化、美化的经费投入，以后根据财力状况，逐步增加投资，全村绿化面积力争达到90%以上。三是不断提高村民素质。村庄建设不仅要注重"建"，关键还有管理和维护问题，这与村民素质息息相关，所以还要下大功夫。

作　　家：您认为一个优秀村书记应该具备什么样的素质和条件？选拔村书记

时应着重考察被选举对象哪些方面？

毛正新：我认为一个优秀村书记应该具备以下几个方面的素质和条件。一是要有为民情怀。如果村书记心中没有群众，你就不要干了。因为你就很有可能偏离方向和目标，以权谋私，违规违纪。二是要具有干事创业的能力。只有不断发展壮大集体经济，不断改善民生，才能让村民具有获得感、幸福感、安全感。三是做人做事要公道正派。手掌手背都是肉，在所有村民面前要一视同仁，不能优亲厚友。村务要公正、公平、公开，不能暗箱操作，搞一人说了算。

选拔村书记时应着重考察被选举对象的人品和能力。私心太重的人再有能力也不行，他会逐渐失去党员和村民的信任，把这个村子搞得一团糟。能力包括发展产业的能力、建设和治理村庄的能力，能力太差的人不能胜任村书记的工作。

作家点评

大梨树村，一个昔日农民年收入只有92元，穷得"吃饭靠返销、花钱靠贷款"，连大队干部的误工补贴都要按人头平摊到全体社员的贫困大队，经过毛丰美、毛正新父子二人40多年的接续奋斗，带领村民苦干实干加巧干，使村庄旧貌换新颜，发生了翻天覆地的变化，变成了如今村集体固定资产近7亿元，年收入超过4500万元，村民人均可支配收入达到2.5万元的富裕村、文明村。

毛丰美是农民的儿子，又是一个不平凡的农民，更是一位非常了不起的农村党组织书记。他淡泊名利，县里让他到畜牧局担任副局长、乡长甚至副县长，将他的身份转成公务员，他都主动放弃这些让无数农民梦寐以求端上"铁饭碗"的机会，甘愿扎根山区，带领乡亲们自力更生，艰苦奋斗，勤劳致富奔小康。他敢于吃亏奉献，为了村里发展、建设后继有人，竟然动员自己的儿子毛正新放弃公务员身份回乡当农民。毛正新经过埋头苦干，逐渐取得了广大党员和村民的信任，在换届选举中高票当选为村委会主任、村党委书记。

毛丰美生前连续当选5届全国人大代表。他性情秉直，刚正不阿，心甘情愿地为农民代言，千方百计地维护农民的切身利益。他认真调查研究，耐心细致地倾听农民呼声，每次参加全国人代会都仗义执言，不怕得罪人，敢于讲真话、讲实话，把农村基层存在的实际问题如实反映上去，为中央科学决策提供了可靠依据，使问题及时得到了解决，十分难能可贵，真正体现了"人民选我当代表，我当代表为人民"

毛正新：辞去公职回村庄 干出一片新天地

的宗旨。

毛丰美常说："天地间有杆秤，那秤砣就是老百姓。谁给老百姓办了实事、好事，他们都会一笔笔记在心里。你把老百姓当亲人，老百姓也会把你当亲人，甚至比亲人还要亲。"他始终把群众当亲人，不等、不靠、不要，而是"干"字当头，贩土豆、开旅馆、建市场、办工厂、开荒山、造梯田、搞旅游，带领村民决战贫困。他用毕生精力改变村里的贫穷落后面貌，让村民过上了"和城里人一样的好日子"，在当地百姓中树立了一座属于共产党人的巍峨丰碑。

毛丰美是位具有博大胸怀的人，他一心为集体、一心为村民，不怕吃苦，不怕受累，不怕受委屈。在困难面前从不低头，坚韧不拔，克难攻坚，奋勇向前，不断开拓进取。从1980年2月担任大梨树大队大队长，1983年3月担任村党支部书记、村党委书记，2010年3月担任村党委副书记，到2014年9月因病去世的34年间，他率先垂范，以身作则，处处起到了表率、榜样、标杆作用，充分体现了一个优秀共产党人"吃苦在前，享受在后"的高贵品质。他的生命虽然只有65年，但他把有限的生命应用到无限的为人民服务中去，鞠躬尽瘁，死而后已，极大地实现了人生价值，将激励更多的村书记为实现中国农业现代化而努力奋斗。

毛正新（左）接受媒体记者采访

毛正新传承了父亲的一些优良品质并不断发扬光大，进行"二次创业"。面对激烈的市场竞争，他在"巧干"上做文章，即注重科学技术和市场规律，在产业上不断提档升级，确定了以生态旅游为龙头，带动其他产业健康发展，实现一、二、三产业融合的前进方向和奋斗目标，现正在为之勤奋努力。

在大梨树村，"干"字精神和"干"字文化已广泛深入人心。该村建有全国最大的"干"字文化广场，场内有巨大的"干"字雕塑、"干"字护栏、"干"字名言名句。为"干"字树碑、设展馆，为"干"字立传，在全国乃至世界范围的村庄内绝对独一无二。

好日子是"干"出来的，不是喊口号喊出来的，更不是空想出来的。在全国实施乡村振兴战略的今天，就是要大力倡导苦干——弯大腰、流大汗；实干——重规律、求实效；巧干——讲科学、闯市场。脚踏实地，抓铁留痕，一步一个脚印，才能实现农业农村现代化。

发展乡村旅游带头人

乡村振兴领头人
——中国模范村书记

Chapter 06

郭占武：
把农民组织起来 卖乡村生活和乡村文化

人物
概要

郭占武，男，汉族，1971 年 12 月出生，1992 年 7 月入党，大专文化程度，现任陕西省礼泉县袁家村党总支书记、村委会主任，当选第十四届全国人大代表、陕西省第十三届人大代表。

郭占武：把农民组织起来 卖乡村生活和乡村文化

陕西省礼泉县袁家村党总支书记、村委会主任郭占武

当年的袁家大队曾经是"跑土、跑肥、跑水",小麦产量只有160多斤、棉花产量10来斤,社员连续10年吃返销粮,很多人外出讨饭的"叫花子大队"。老书记郭裕禄于1970年担任大队长、党支部书记后。带领社员改土造田、改良土壤、打井浇灌,使粮食及棉花持续增产增收,解决了大伙儿的温饱问题。而后开始兴办村办企业,增加集体和群众收入,但受国家环保、产业政策不断调整的影响,企业经济效益直线下滑,逐渐关停并转,走入低谷,变成"空壳村"。

面对困境,郭裕禄的儿子郭占武毅然放弃城市生活,于2006年6月从咸阳市公安局岗位上离岗回到袁家村,担任村党支部副书记、书记,带领村民发展乡村旅游。该村从发展农家乐开始,村集体投资20万元、他本人垫资180万元,合计200万元,建设了一条120米长的康庄作坊街,由6户农民手工制作农产品起步,再到建设小吃街、酒吧街、作坊街、文创街、回民街等11条街道和4个茶馆,实行多元化投资滚动式发展。

该村还陆续到西安、咸阳、宝鸡等地开办了19家城市体验店,并与青海、山西、河南、海南、四川等地方政府、企业合作经营5个文旅项目。形成一、二、三产业融合发展,实现乡村旅游经营收入4.6亿元、利润8000万元至1亿多元,村民人均可支配收入达到12万元,成为民富村强、远近闻名的乡村旅游名村。先后被农业部、住建部、文旅部等部门评为中国最有魅力休闲乡村、全国一村一品示范村、中国特色景观旅游名村、中国最美村镇人文奖、中国十佳小康村、全国生态文化村。

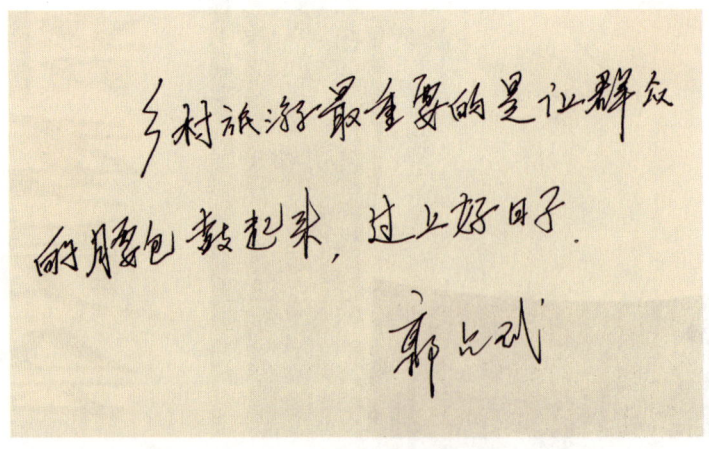

郭占武担任村书记多年来的真切感言

两任书记努力　叫花子队变成旅游名村

袁家村位于黄土高原的礼泉县东北部，原是关中平原一个普通得不能再普通的小村庄，全村只有62户、286人。后与邻近的东周、西周两个村合并，版图面积2.8平方公里，现有村民396户、1706人。

袁家村属于半山区，地形北高南低、西高东低，土地贫瘠，曾经是礼泉县最穷的村庄之一。土改时，全村37户、200多人中没有地主，连富农也没有，只有一户是中农，其余全部为下中农、贫农。

20世纪60年代末，袁家大队仍然穷得叮当响，在当地是出了名的"地无三尺平，砂石到处见""耕地无牛，点灯没油，干活儿选不出头"的"烂杆大队"，每年年底分配时，10工分的分值只有6分钱。全大队的总面积504亩，其中耕地面积380亩，大大小小分成109块，不仅石头多，而且土壤浅，只有10多厘米深，种植的小麦亩产160斤、棉花亩产仅10多斤，社员的口粮标准每年只有150多斤。每年春节过后就会断粮，只好向上级申请吃返销粮。可数量有限，仍然不够吃，有三分之二的农户选择外出要饭。16户社员住的房子是低洼的地坑窑，不仅潮湿，下雨时还容易积水，甚至出现坍塌。全大队只有3户社员是在地面上盖的草房，8户建的是土砖瓦房，算是最好的建筑。有很多成年男子讨不到老婆打光棍。有人形象地总结出袁家大队的三多：地里石头多、外出要饭多、光棍汉子多。

当地政府本想把袁家大队合并到东周大队、西周大队，可不管上级怎么做工作，这两个大队就是死活不要，怕拖了他们的后腿。

袁家大队还有一个更为奇葩的做法，只要不聋、不哑、不瘸的社员轮流担任大队主要干部，最多时一年12个月竟换了16茬人选，却越换越穷，形成恶性循环。

全大队的出路在哪里？多数人感到前景无望。有人提议让正在邻近渭河电厂当临时工的郭裕禄试试当大队主要干部，轮也该轮到他了。

1970年1月，24岁的郭裕禄担任袁家大队第36任大队长。因大队人少，没有划分生产队。全大队只有两名党员，没有成立党支部。加之他此时还不是共产党员，只能担任行政职务，但其实是主持全面工作的"一把手"。有人怀疑他不会种地，但大多数人对他寄予希望。

郭裕禄当年走马上任袁家大队大队长后的第一天晚上，父亲郭正林得知这一消息后，板着脸问道："听说你当上大队长了？"

"是啊。"郭裕禄答道。

"你在电厂当个临时工多好，既体面，收入又高，为何选择当费力不讨好的大队干部？"郭正林继续问道。

"全大队的社员过这么苦的日子，总得有人干嘛！得想办法改变现在贫穷落后的面貌。"郭裕禄说。

"哪有那么容易，全大队只要四肢健全的人几乎都轮流当了一遍大队干部，却没有一人干得有点起色，你有本事干好吗？我是不同意你干的。"郭正林大声说道。

"先试试再说呗，能干好就继续干下去。如果干不好，我就主动退下来让别人干。我相信通过自己努力能够干出一番成绩来。"郭裕禄充满信心地答道。

父亲知道他的个性，只要他认定的事儿，继续阻挡也没有什么用，只是长叹一声，表示无可奈何。

郭裕禄决心一定要下功夫改变袁家大队的贫穷落后面貌，在上任后组织召开的第一次社员大会上，他向大伙儿做出了三项承诺：一是要改土造田，提高产量，解决大家吃不饱肚子的问题；二是为每家每户分一套新被子；三是让光棍汉讨上老婆。话音刚落，引起哄堂大笑，有人捂着肚子笑他是大风地里说宽话，还有人说他是吹牛，这些想法是痴人说梦。

郭裕禄感到压力很大，晚上翻来覆去睡不着觉，认真思考着袁家大队贫穷的根源和改变这一状况的出路在哪里。他挨家挨户走访社员，认真了解各方面的情况。有人反映前任大队长郭富裕在任时，挪用了大队 800 元资金，不仅盖了几间大瓦房，家里还添置了自行车、缝纫机，饲养了几只母羊。

郭富裕是郭裕禄未出三服的亲堂哥，两人关系很好。

有天上午，郭裕禄来到堂哥家，一阵寒暄之后，便开门见山地说："哥，听说您挪用了大队 800 元公款，有这回事儿吗？"

"有这回事儿，可我是借款。"郭富裕很干脆地承认道。

"哪有借款数年不还的道理？你得限期归还。"郭裕禄表情严肃地说。

"为什么？"郭富裕颇为吃惊地看着这位堂弟。

"因为你非法占有集体财产，大伙儿有意见，影响非常不好。"郭裕禄说。

"你为何与我过不去，借钱也不是我一家，全大队有 17 户社员，分别欠下集体多到 130 元，少到 40 元钱未还，包括你家。"郭富裕有些生气地说。

郭占武：把农民组织起来 卖乡村生活和乡村文化

"我家也在大队有欠款？"郭裕禄感到很吃惊。

"你回去问问婶子就知道了。"郭富裕心里颇为得意，以为就此能堵住这位堂弟的嘴。

"不管是谁，欠集体的钱都得限期归还，包括你和我家。"郭裕禄很不客气地撂下这句话后扬长而去。

刚回到家里，郭裕禄就迫不及待地追问母亲是否欠集体的款。得知几年前因给父亲看病，的确从大队借了60元钱。他动员母亲赶紧把家里喂养的一头猪和几只羊卖掉，把借款还了。母亲是位通情达理的人，及时按照儿子的意见办，归还了大队的借款。

没过几天，郭裕禄再次来到郭富裕家里，告诉他自家的60元借款已经归还，动员他抓紧时间把那800元钱还给集体。可堂哥仍然拖着不还。

有的社员背后议论，他们是那么亲的堂兄弟，打断骨头连着筋，郭裕禄肯定不会对郭富裕来硬的。

有天上午，郭裕禄再次来到堂哥家里，说了一通好话之后，见郭富裕仍然没有还钱的意思，便下了最后通牒：5天之内必须还款，否则，大队将采取强制措施。

5天后，郭富裕不仅没有还款，还跑到外地的亲戚家躲了起来，满以为自己不在家，郭裕禄找不到人，事情拖一拖就过去了。

第6天上午，郭裕禄组织了几位基干民兵来到郭富裕家，抬走了他家的缝纫机，赶走了几只生产羊，还上房揭瓦。堂嫂一看他动了真格的，先是撒泼，见郭裕禄不吃这一套，又急忙把她的叔公郭正森搬来向这个亲侄子说情，央求再宽限一个星期。

随后，郭富裕东筹西借，总算在规定时间内把800元欠款归还。

硬逼着自己的堂哥郭富裕把欠款还了，这件事儿在袁家大队产生了很大震动，让很多人感到大快人心。还想继续拖欠集体欠款的另外15户社员一看形势不对头，抱着侥幸心理都无法过关，便纷纷想办法，归还欠款共计4000多元。有了这笔家底，大队集体的好多事情就好办了。

这年春季出现大旱，郭裕禄费了九牛二虎之力从上级水利部门争取到资金，购买了一台抽水机，从渭河里抽水灌溉干涸的麦田。他让自己的父亲郭正林负责看水浇地，没想到他在晚上趁人不注意，悄悄扒开一个缺口浇灌自家的自留地。郭裕禄发现后，立马让父亲卷起铺盖回家。

大伙儿从郭裕禄铁面无私、六亲不认的办事风格上看到了一线希望。

郭裕禄充分认识到首先必须把全体社员团结起来，把大家的心凝聚到一块儿，因为此时整个大队已是一盘散沙。在一次主持召开的大队委员会议上，他对其他几名干部说："我们当务之急是要抓紧开展三项工作：抓思想，使全大队干部与社员之间思想高度统一，形成一条心，拧成一股绳；抓大干，促生产，增产增收，想方设法让大伙儿吃饱肚子，改善居住条件；抓团结，团结一切可以团结的力量，调动一切可以调动的积极因素，形成巨大的凝聚力、战斗力。"他的提议得到其他5位大队干部的一致认可。这年7月，他光荣加入党组织。

从这年冬天到第二年春天，一场声势浩大的改土造田、平整土地行动开始了。男女老少齐上阵，干部白天与社员们一样干活儿，晚上开会。全体人员每天两顿饭是送到工地上吃。春节除大年三十和初一、初二休息外，初三就开始出工。经过全大队干部、社员自力更生、艰苦奋斗的辛勤努力，不仅在山上改造梯田，小块儿变大块，还对石头滩进行了平整，使袁家大队的耕地面积增加到430亩。

1972年3月，经上级党组织批准，袁家大队党支部成立，郭裕禄被任命为第一任支部书记。

郭裕禄从当地农村信用社借了360元钱，买了3头牛饲养，养大后卖了2000元，为集体赚来"第一桶金"。而后，又用这笔钱买了6头母牛，逐步繁殖到90多头，办起了一个养牛场。不仅获得了一定的经济收入，还给小麦、棉花种植增加了肥力。他深知"庄稼是枝花，全靠肥当家"的道理，采取了搜肥、积肥、沤肥、土肥等一切办法，还发动全体社员在大年三十和正月初一到5公里外的北山上捡羊粪。"当时，将所有人分成三个小组，即民兵'八一'组、妇女'三八'组、青年人团支部组，天不亮就出发，天黑了才回家，怕别人看见了笑话。社员们渴了就在地上抓把雪塞进嘴里，饿了就吃自带的玉米发糕，很多人的手都被枣刺划伤。几年下来，全体社员共捡了5万多公斤羊粪。"事过多年之后，已逾八旬的郭裕禄对当时的情景仍记忆犹新。

袁家大队的社员们认真摸索和总结出"捡、沤、投、熏、制、积"有机肥的办法。每年春播时，使用牛场积攒下的大量牛粪撒在麦田里当肥料。棉花地里采用一层土一层羊粪，上面再覆盖一层土的办法，不仅使肥力大大增加，还防止棉苗被过猛的肥力烧死。棉秆长得有一人多高，让大伙儿喜出望外。

与此同时，郭裕禄还发动社员在农闲时节，用人工、机械在不同方位，用4年多时间打了5口井，其中的一口大井直径6米，深度40多米，保证了人畜饮水

郭占武：把农民组织起来 卖乡村生活和乡村文化

和浇灌土地。后来，又修渠引进渭河水，使全部耕地变成了水浇地。小麦、玉米产量从1970年的160斤逐年提高到246斤、504斤，到1650斤。1975年棉花亩产皮棉最高达到178斤，全大队120多亩棉田年产皮棉2.1万多斤，每斤收购价2.43元，一年仅此项集体收入就达到5.32万元。

在大力发展农业的同时，郭裕禄深知"无工不富"的道理，从1974年起逐渐开办了石灰窑、砖瓦厂、水泥厂、硅铁厂等队办企业。"1983年3月兴办的水泥厂是当时最大的一家队办企业，最早是人工操作，年产水泥7000吨。3年后建成立窑，产能提高到10万吨。1993年又改成悬窑，产能提高到30万吨，实现产值6000万元，利润1000多万元。"郭裕禄介绍道。

粮食、棉花丰收了，办企业有钱了，社员的口粮标准提高到每年600斤，10工分的分值达到2.8元。该大队不仅人人吃得饱、吃得好，户户有余粮，收入也逐年增加，一举成为陕西省乃至全国农业战线的一面旗帜。

集体实力不断发展壮大，郭裕禄首先想到的是改善大伙儿的住房条件。在他的提议下，1976年5月，经过大队党支部认真研究，决定集体出资烧砖，统一建设社员新居。大队建起了两个砖瓦窑，下雨不能下地干活儿时，社员们就将砖坯装进窑里用煤烧。"砌墙的石灰石是大队石灰厂烧制的，沙子是大队的拖拉机到附近渭河里拉的。从外大队请了10个砌匠，本大队的13个年轻人跟着边学边干当砌工。"袁家村村委会原主任王志学介绍道。

袁家大队的户数已增至40户，人口也有所增加。从1976年到1978年连续三年，每年都会利用农闲时间建一栋10户的新居。每户上下两层，外墙用红砖建起6个窑洞，建筑面积120平方米。加之每户还在一楼有个270平方米的农家小院，建有厨房、厕所、猪圈等配套设施。社员不出一分钱，连窗帘都是集体统一出资安装好的。

1990年3月开始动工，仍由集体出资，统一在原住宅的基础上改造成两层现浇楼房，加之为新增人口扩建了22户，变成62户，年底完成。每户住房由三间变成上下两层，建筑面积192平方米，但院子面积由此相应缩小。

20世纪80年代初在全国推行联产承包责任制后，尝到了集体好处的袁家大队社员一直不同意分田到户，一直拖到1991年3月才得以进行。人均土地1.5亩。而在此前的1985年6月，袁家大队已改为袁家村。

进入新世纪后，随着国家环保、产业政策的不断调整，袁家村遇到了前所未有的压力和挑战。水果种植、养殖业效益急剧下滑,生产1吨硅铁就需1万度电的高能耗企业硅铁厂,开业后一年就因限电而被迫停产。砖瓦窑、石灰窑限量生产。一度效益较好的水泥厂,在周边几家大型同类企业的挤压下,因成本高、污染高、能耗高、效益低,先是租赁承包给个人经营,后来不得已关闭。"袁家村从此开始走下坡路,造成集体经济萎缩,村民收入下降,青壮年外出打工,老弱妇孺留守,逐渐成为一个空心村。老书记郭裕禄此时也感到束手无策。"烟霞镇政府副镇长郭俊武介绍道。

袁家村还有希望吗?村民的出路在哪里?这个问题再次拷问着不甘沉沦的全村人。

"袁家村这面红旗不能倒,必须认真探索一条新时期的发展之路。"郭裕禄的儿子郭占武思索再三后对父亲说。

2006年初,咸阳市委组织部出台政策,鼓励机关事业单位干部到农村去挂职锻炼。

咸阳市公安局民警郭占武积极响应号召,于6月回到袁家村挂职,被上级党组织任命为村党支部副书记,兼任袁家村实业公司总经理,主持村"两委"工作。

在一次村"两委"会议上,郭占武深情地说:"袁家村不能继续衰败了,得认真寻找一条适合本村

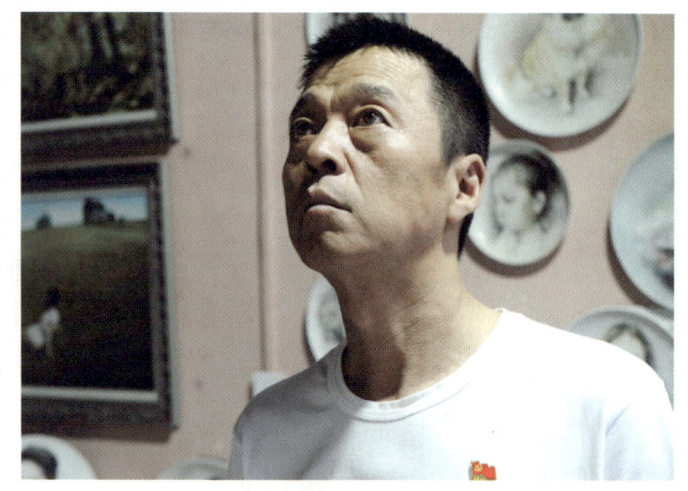

关中汉子郭占武

实际的发展之路。否则,本村几十年锲而不舍奋斗的历史就得改写。"

"咱们村水泥厂的生产规模还是太小,如果能加大投资进行技改,产能由目前的30万吨增加到70万吨,一定能赚钱。"时任村委会副主任、水泥厂副厂长郭俊武发言道。

"不能再搞工业了,我们村的强项是农业。但我说的农业不是传统农业,而是观光农业和休闲农业。就是利用本村熟悉农业的优势发展乡村旅游。"郭占武说。

郭占武：把农民组织起来 卖乡村生活和乡村文化

"你能不能说详细点，我们村既没有区位优势，又没有交通优势，发展乡村旅游到底从哪里入手？"郭俊武问道。

"从发展农家乐开始。"郭占武说。

"能发展起来吗？"另一位村干部质疑道。

"事在人为嘛！世上本没有路，走的人多了就成为路。关键是我们必须诚信经营，形成自己的特色。如果发展旅游成功了，大家的日子就好过了。"郭占武充满信心地回答道。

"那就试试呗。"

"大不了从头再来！"

"我看可以，说不定能够走出一条成功之路。"

与会人员纷纷发言，表示赞同。

郭占武认真思考了一段时间后认为，光有农家乐还远远不行，发展乡村旅游，得有个载体把全村的发展统一起来，进行中长期规划，一张蓝图绘到底。再根据村集体的实际分步实施，避免走弯路。他多次联系西安市、陕西省具有资质甚至资深的规划专家20多人，请他们帮助袁家村做旅游规划。可这些人到袁家村一看后直摇头，说连发展旅游的基本条件都不具备，搞乡村旅游简直就是异想天开，做的规划也只能是空中楼阁。有名规划师临走时对郭占武说："郭总，说一下你的真实想法，到底是想骗国家的钱，还是想干啥？你就明说。你们村什么旅游资源都没有，咋适合发展旅游呢？西安人喜欢到秦岭旅游，到那里起码可以喝喝泉水洗个脚，都不愿往北边走。"

过了一段时间，有两个人给郭占武回话了。其中一人说20年以后再看吧；另有一人说："你们村要是有兵马俑、华清池或是法门寺这样的旅游景点，那就好做了。等大西安发展后再说吧。"

"我们村要是有兵马俑、华清池、法门寺这样的旅游资源，还需要找你们做策划、做规划吗？"郭占武很生气地回答道。

"天无绝人之路，别人不给规划，我们就自己摸索着干，总会蹚出一条适合自己的路来。"郭占武自言自语道。他苦苦思索了好几个晚上，终于想出一个办法。在征得村"两委"其他班子成员同意后，决定村集体出资在媒体上广发消息，面向全国请高人为袁家村发展乡村旅游出"金点子"。结果一公布，各种"点子"通过各种渠道纷纷而来。经过反复斟酌，最后一家传媒公司提出"建设关中印象体验地"

被采纳。紧接着,"关中印象体验地"建设、发展规划在郭占武的大脑中逐渐形成、绘制。

2007年4月的一天下午,时任村委会副主任郭俊武给在西安市办事的郭占武打电话说:"镇里通知我们,县长明天上午要来咱们村调研。"

"她来做啥?"郭占武问道。

"好像说是与乡村旅游有关,中午还必须在咱们村吃顿饭。"郭俊武告知。

郭占武立马从西安赶回村里做些准备。县长来后点名要在村里吃午饭,吃啥呢?他感到很发愁,与几名村干部商量了一下,郭俊武建议找个村民擀面和打搅团作为主食,再安排人到街道上去买些卤菜。

郭占武的母亲得知此事后,自告奋勇地帮助村里擀面,让郭俊武的妻子董维帮助打搅团。

第二天上午,礼泉县政府县长孙矿玲带领县直有关部门负责人来到袁家村,该村是她实地调研如何开办农家乐的第十一站。因为该县县委、县政府准备出台大力发展乡村旅游的相关政策。

郭占武将袁家村准备发展乡村旅游首先是开办农家乐的有关情况作了详细汇报。孙矿玲听后非常赞同他的思路和想法,当场表示县里会全力支持。

有县长的表态和县里即将出台的发展乡村旅游的政策支持,郭占武精神大振,信心倍增。

为慎重起见,郭占武组织村"两委"班子成员和62户村民每户出一位代表,由他自己出资租了两辆大巴车,带领大伙儿先后到当时发展较好的西安市上王村、户县东韩村考察学习。一路上,他仔细分析当前的经济形势和走向,并谈了自己的感受。

这两个村当时是陕西省的明星村,开办的农家乐很有特色。中午,考察人员分组体验村民家的饭菜质量。

回村总结考察情况发言时,郭占武对这两个村的经营状况并不满意。他说:"发展农家乐必须有自己的特色,要卖健康的农产品,不能同质化,更不能卖假货。"

尽管郭占武组织62户村民开会,动员大家积极在自家房内开办农家乐。虽然当时有50户报了名,但听说每户需要投资1万元至2万元装修房屋时,积极性都没有了。大伙儿认为袁家村距离西安、咸阳还有数十公里,又不在县城边上,开办农家乐,谁会来消费?亏本了怎么办?

郭占武：把农民组织起来 卖乡村生活和乡村文化

有天下午，郭占武来到村民王创造、惠文霞家，一阵寒暄之后，便开门见山地说："你们二人都是共产党员，带个头把农家乐先办起来吧！"

"我家 2000 年才整修的房子，共花费了 10 多万元。如果按你说的，把木板做的墙裙、房顶上的玻璃天花板都拆掉再进行改造，又得 10 多万元开支，就怕赚不到钱，白干了。"惠文霞答道。

"我相信你俩的能力，会把农家乐开好的。刚起步时可能会有些难，可一旦做好了就会有较好收益。"郭占武鼓励道。

"那我们再好好考虑一下吧。"王创造有些不情愿地说。

"别再犹豫了，村里已经开了多次会议进行动员，我也是第二次单独到你们家了。今天就是要你俩当面表个态，说个明白话。"郭占武有些着急，他稍加停顿了一会儿继续说道，"如果改造装修房子的钱不够，我私人给你们家补助 2 万元，希望你们家能成为全村第一户开办农家乐的村民。"

"行！既然你这么信任，我们就带个头，争取开办成功。"惠文霞爽快地表态，王创造也跟着点了点头，表示同意老婆的意见。

郭占武很高兴，临走时交代道："开办过程中如果遇到了什么困难，可以随时来找我。"

惠文霞是 1992 年从外村嫁过来的，先是在村办水泥厂当了 13 年出纳，2005 年底水泥厂承包给个人经营后大量裁员，她就不再上班，成为家庭主妇。此人办事利索，很有经营头脑，这也是郭占武想让他们夫妻二人带头开办农家乐的原因之一。

第二天上午，惠文霞租了一辆面包车到西安市一家酒店用品商店购买了开办农家乐所需的用具。王创造在家张罗请人进行房屋改造。

郭占武从西安请来多名厨师和旅游培训学校的老师到袁家村进行餐饮培训，包括怎么接待、如何让烹饪的食品既保留农家菜的特点，又兼顾色香味俱全。

按照规划，得建几个作坊，生产原汁原味的农产品，作为开办农家乐的食材，吸引游客前来品尝。"不仅让游客来到袁家村有吃的，走的时候还有带的。"郭占武说。

村集体的账上只有 20 万元，郭占武垫支了东拼西凑的 180 万元资金，在村东头一块空闲的地方建成一条 120 米的街道，后起名为康庄作坊街。

郭占武提议，在作坊街建一个石磨子，让一头老黄牛拉磨，把村民晒干的辣椒放在石磨下碾碎，再用烧开的菜籽油往上一浇，成为油泼辣子。一个模样姣好的中年妇女头上戴着帕帕出售此产品。一个关中地区具有代表性的真实劳作场景，本来是作为吸引游客的手工作坊表演，结果不仅当时吸引了很多游客前来观赏、品尝、购买，后来还成为全体村民入股的一个二产加工项目。

之后，又从外村请来传统制作豆腐的手艺人在这条街道建起豆腐坊、醪糟坊、面粉坊、粉条坊、榨油坊、油泼辣子坊6个作坊。"当时，郭占武提出大干100天，幸福袁家人。全村上下的积极性可高了。"郭俊武介绍道。

2007年9月29日，是袁家村村民至今记忆犹新的日子。康庄作坊街开业，时任咸阳市委书记张立勇冒着大雨前来剪彩。经当地媒体报道后，成为一大新闻，很多人出于好奇，纷纷到袁家村一探究竟。

惠文霞、王创造家开办的农家乐经过精心准备，也在这天开始营业，成为全村第一家开办农家乐的村民。参加剪彩的市、县领导中午被安排到她家就餐，对真材实料做出来的农家饭赞不绝口。

随后正好赶上"十一"国庆长假，礼泉县乃至咸阳市到袁家村游览的人越来越多。惠文霞、王创造家每天接待3桌以上游客就餐，最多同时接待5桌。10月、11月、12月三个月每月能挣1.6万元。到第二年9月，经营一年后细算账，整整赚了10万多元，前期投资的本钱就赚回来了。从2009年起，接待的客人越来越多，营业额逐月增加。夫妻俩一合计，又在2010年3月重新装修了一次，经营收入迅速飙升，一年竟赚了50多万元。后来，外地前来旅游的游客越来越多，他们家于2015年10月再次投资128万元，将自家住房再次改造成以民宿为主，既能就餐又能住宿的客栈，一年竟有60多万元收入。

谈起现在的生活，王创造、惠文霞夫妇高兴得合不拢嘴。"多亏我俩当时采纳了占武书记的意见，第一个在村里开办农家乐，才有了今天的好日子。万万没有想到当时大伙儿都不想干的农家乐，会让全村发展成现在的火热局面。"惠文霞说。

2008年清明节前，礼泉县政府为了支持袁家村发展乡村旅游，内部做了个规定：一般性公务接待都放在袁家村。"到袁家村进行公务招待有三个好处：一桌饭菜通常才200多元，节约财政开支，政府领导高兴；食材好，味道不错，接待对象高兴；客人多，赚钱多，村民高兴。"袁家村村委会原主任王志学介绍道。

2008年、2009年是袁家村开办农家乐最快的两年。刚开始，尽管郭占武费尽口舌反复动员大伙儿积极开办农家乐，但有些村民发牢骚说："伺候人的事儿，我才不愿干呢！"可当看到农家乐生意十分火爆时，那些村民坐不住了，纷纷向村里报名加入此列。全村62户村民家家户户开办农家乐,而且都获得了不错的收益。

郭占武(左)告诫一家茶馆经营户一定要诚信经营,才能在市场竞争中立于不败之地

"村民对事物的认识都有一个循序渐进的过程,作为村书记就要有责任、有耐心启发他们、帮助他们逐步提高认识,不断转变观念,最终增加收入。"郭占武说。

建立科学机制　村民商户成利益共同体

袁家村村民开办的农家乐吸引了很多城市市民前来消费,从2007年的3万多人猛增到2008年的50万人,到2009年又增加到80万人次。每到清明节、"五一"小长假、"十一"长假期间,前来消费的人流全部集中到农家乐和120米长的康庄作坊街,出现人山人海现象。随着到袁家村旅游的人越来越多,袁家村的接待能力明显出现了不足。

郭占武经过认真思考,大脑中开始谋划一个新的项目:在空闲的水泥预制件厂处建设小吃一条街。

2009年5月,全长200米的小吃一条街正式动工兴建。

如何招商,如何经营,如何让商家、村民都能从中受益,形成利益共同体,不相互拆台,而是相互捧场,成为郭占武认真思考的问题。

"成立小吃街专业合作社，独立核算，实行股份合作统一经营。其中村集体占股20%，让每户村民入股20万元，每年参与分红；经营户不仅可以获得经营收入，也可以在合作社入股。"郭占武在随后召开的村"两委"讨论如何加强小吃街经营管理的专题会议上发言道。

"这个办法倒挺好，经营户、村民、村集体都能从中受益。"一位支部委员说。

"每户入股20万元，是否有些高呀？有些村民一下拿不出这么大一笔钱怎么办？"一位村干部有些担心地说。

"这个好办，有多少就拿多少，实在不够的，就将其承包的土地作价入股合作社。"郭占武说。

"这样也行，倒是个办法。"那位村干部打消了顾虑。

经过反复讨论，最后形成决议：本村村民入股20万元到小吃街专业合作社，每年按10%的比例保底分红，收益高时适当增加，商户的入股数额按照其创造的营业收入和利润多少，由专业合作社合理确定。方案提交党员大会审议和村民代表大会表决时顺利通过。

全村62户村民中有32户交了20万元现金，29户交纳了一半儿现金，另一半儿按照每亩地4万元的价格用土地作价入股。极少数既交不起钱又没有土地的人怎么办？郭占武又想了个办法，用信誉入股，最高10万元。即这笔钱空挂在专业合作社的账上，凑齐20万元。之后每年分红时，用红利逐步还清这笔欠款。在他的心里就是一个想法：致富路上本村村民一个都不能少。

2010年4月，小吃街建成，即将投入使用。

接着就是招商问题。此前，郭占武给定了个调：由专业技能最好的手艺人做专业的小吃食品，竞争贯穿于选人上岗和经营的整个过程中。

小吃街上设定了65种小吃，实行一店一品不重样。有人担心只允许经营户卖一种小吃，过于单一，赚不到钱怎么办？郭占武仍然坚持自己的主张："单品单卖，倒逼经营户把自己擅长做的小吃做到极致，既可以突出小吃特色，使其具有卖点和生命力，又可以避免同质化恶性竞争。"

老书记郭裕禄谈了自己的看法："一定要找大手艺的经营户，'宁可吃干净婆娘的邋遢，不吃邋遢婆娘的干净。'"

一时间，村"两委"干部分别被派往关中地区广泛寻找会做特色小吃的大手艺人，广泛宣传该村的经营理念。

郭占武：把农民组织起来 卖乡村生活和乡村文化

袁家村小吃街的经营方式比较独特，店面由村集体提供，经营户不需要交房租，个人只需负担实际使用的水电费。而且，前几年所有收入归经营者所有，不向村里交纳一分钱。"这样做的目的就是放水养鱼，培育市场，让经营户尝到甜头后安心经营。"郭占武介绍道。

如此优厚的经营条件，吸引了礼泉县及周边很多地方具有做面食绝活儿的民间手艺人前来报名。怎样才能真正做到择优选用？郭占武想了一个招儿，他亲自挂帅，让村干部和挑选的一些村民代表组成小吃评审委员会，进行现场制作、评比打分。同是一种小吃，公开竞争，谁做得最好、得分最高，谁就上岗。驴蹄面和烙面竞争最激烈，参加现场比拼的选手都在100人以上。

经过严格筛选，会做肉夹馍、猪蹄面、油坨坨、驴蹄面、锅盔、棍棍面等不同风味小吃的65个经营户上岗了。村里请了当地一些有经验、锅灶技术好、厨艺比较高的人，细心帮助他们调试小吃制作的工艺和味道。村"两委"明文规定，所有经营户使用的面粉、油、醋、酱油、辣子、粉条、醪糟等原材料，必须从康庄作坊街购买。本村生产不了的食材，到指定的供货商处集中采购，严防"水货"食材进入袁家村。

村里成立了食品质量监督委员会，出台了一条硬性规定：任何人不得在小吃制作过程中掺假，不得使用任何添加剂、色素、防腐剂等化学品。老书记郭裕禄义务担任食品质量监督员，自费购买了10把门锁，不定期在小吃街转悠，一旦发现谁家以次充好，立马锁住这家门店，按程序让其公开检讨、整改，甚至取消其经营资格。

2013年3月，郭占武被烟霞镇党委任命为袁家村党支部书记。

"做小吃生意既不用交房租，又不用交提成，赚多少自己得多少，天下还有如此好事儿。"很多经营户已赚得盆满钵满，高兴得不得了。

小吃一条街的市场已基本形成，人气越来越旺。2015年4月28日，小吃街专业合作社正式成立。所有村民、经营户和邻村村民共480人按不同比例入股合作社，多到20万元，少到2000元。

村里不收经营户的房租，但每月要准确知道每户的实际收入，以便合理确定各自的分配比例。当时商户大都以收现金为主，不好掌控，怎么办呢？郭占武想了个办法，合作社为每个经营户做一个收款箱，放在指定位置，经营人员在摄像头下规范操作。按照合同约定，所有经营户收的款，当天全部进入村财务室开设

郭占武认真学习党章，牢记党的宗旨

的小吃街合作社专户，每月小结一次，年底结算一次。每年村集体从利润总额中提取20%的公益金、公积金，再按事先经过民主程序确定的分配比例，支付一定数额的资金给各经营户。除此之外，剩余资金全部按照出资金额为480户股民分红。

每个商户都是小吃街的股东，所有收益都涉及个人利益，所以左邻右舍相互监督，还有管理干部不停地来回巡查，如果发现有谁违规收取现金，立马向村干部举报，调取监控录像查看。一旦查实，就召开商户代表和村民代表大会，让违规者上台作检讨，将视频曝光。如果第二次发现，就处以10万元罚款。对拒不交纳者，当场取消其经营资格。"小吃街专业合作社曾对一户经营岐山臊子面的商户先是责令其公开检讨，第二次违反时处以10万元罚款，保留经营权。还对另外两户违规者取消了经营资格。"村党总支委员、小吃街合作社社长袁社娃介绍道。

经营户之间的营业收入有很大差距，做蒸馍的营业收入每年才6万元至7万元，利润不足4万元。而炸麻花的一年却有400多万元营业收入、利润200多万元。经营户中每年利润在100万元的占多数。为保证经营户之间既体现按劳分配，多劳多得原则，合理拉开收入差距，又防止差距过大，出现两极分化，村"两委"采取了一种有效的调控措施。即按经营收入高低确定返还比例，由小吃街专业合作社组织村干部、村民代表、商户代表进行现场评定，实行一户一个分配比例。最高的分配比例达到100%，最低的只有20%。"分配比例主要根据经营户的营业额、获得的利润来确定，经营项目效益高的，分配比例相应偏低；效益低的，分配比例偏高，以起到相互调节的作用。小吃街的经营户大都是袁家村附近的农民夫妻。做蒸馍、豆豆面的不仅不向合作社交一分钱的提留，还要倒获一部分收入，确保夫妻二人每年的收入在10万元以上。因为做这一行虽然不赚钱，但它是陕西的一大特色，必须保留。陕北油馍馍、洋芋饼等利润较少，其所有收入全部返还，合作社不留一分钱。小吃做得好，经营收入高的，虽然分配比例较低，但是基数大，所以收益仍然很高。"

郭占武：把农民组织起来 卖乡村生活和乡村文化

袁社娃介绍道。

吕伟经营的粉汤羊血是小吃街最成功、盈利最高的一个商户。他以前是礼泉县柴油机厂的一名职工，企业改制下岗后没事儿干，便在县城摆烤肉摊，收入很一般。

2012年4月，吕伟来到袁家村报名经营烤肉，被拒绝了，因为这种小吃没有特色。

小吃街的每个经营项目都要经过郭占武严格把关，他告诉吕伟考虑一下其他项目，建议他在经营羊血上做文章。

吕伟接受建议，又申报了辣子拌羊血项目，经过审定得到批准。没过多久，他开始在小吃街经营这道小吃，有热的，有凉拌的，顺便做饼子卖，但效益不是很好。

有一次，郭占武从外地出差回到村里，先到吕伟的小吃店品尝了一下，觉得味道一般，建议他到西安的小吃店好好取经学习粉汤羊血的制作方法，因为小吃街正缺这一品种。

第二天上午，吕伟以打工的名义到西安市一家专门做粉汤羊血的小吃店学了几天，细细观察怎样配料和如何掌握火候，终于明白了其中的奥秘。

回到袁家村后，吕伟专门经营这道小吃，不再做饼子。他烹制粉汤羊血所使用的辣椒、食用油、醋、粉条等食材都是本村作坊生产的，质量过硬。羊血是小吃街专业合作社在县城牲畜定点屠宰场集体指定采购的，没有掺假。所以做出来的粉汤羊血货真价实，色香味与众不同，吸引了很多游客包括回头客前来品尝。

这年"十一"假期刚过，郭占武来到吕伟的小吃店了解经营情况。吕伟说："国庆节期间县城屠宰场放假了，没有人屠宰牛羊，只买到一点节前未售完的羊血，所以没有原材料，导致假期的生意不好。"

"好！只要你这样坚持下去，不搞羊血掺假，就会有好生意，就能赚到钱。你时刻记住，货真价实是袁家村小吃的生命，也是吸引游客的重要途径，我们要永远走质量取胜这条路。"郭占武说。

吕伟记住了这句话，他在自己小吃店外墙上很醒目的地方挂了一个告示牌，上面写道："如果羊血造假，甘愿祸及子孙。"

2012年吕伟的经营收入60万元，2013年增加到126万元，2014年获得200万元。3年净赚了386万元，不向村里交一分钱，很快成为百万富翁，让他和妻子董芳梅兴奋不已。

吕伟用心做好小吃店的积极性越来越高，信心越来越足，名气越来越大，生意异常火爆，15元一碗的价格，最高一天能卖400碗，营业收入6000元。2015年、2016年、2017年这三年是高峰期，每逢星期六、星期天，前来品尝这道小吃的游客要排很长的队，一年营业额竟达到680万元，实现利润460万元。

不仅羊血货真价实，其他任何作料也都不掺假。不加添加剂，保证原汁原味，以质量取胜，是吕伟多年来一直坚持的准则。有个在西安市做生意的东北人开着奔驰车来到袁家村，先是动员吕伟买他经营的牛血充当羊血，遭到拒绝后，便在此店吃了一碗小吃。转身就到村委会投诉，声称吕伟经营的小吃用的是假羊血，自己吃了一碗后就开始拉肚子。村干部让他先到医院去看病，医疗费由村集体报销，而后再谈如何处理此事。专业合作社派人到吕伟的小吃店现场提取羊血，送至咸阳市食品药品检验所检测，化验报告显示食材合格，没有任何掺假。那个东北人见势不妙，便悄悄溜走了。

粉汤羊血在袁家村小吃一条街是经营收入最高的一家，经营户的回返比例是最低的，只有20%。可2015年，吕伟获得专业合作社的返利92万元。这年9月，他的女儿出嫁时，除其他嫁妆外，还陪嫁了一辆40多万元的宝马汽车。

受新冠疫情影响，游客有所减少，但吕伟经营的粉汤羊血仍然是小吃街效益最好的一家，2021年他从专业合作社得到的分配收入为35万元。他的店里常年聘用附近的8位村民打工，每位村民每月可以获得2600元至3500元的工资收入。

吕伟当年从企业下岗后，两个孩子都在上学。自己在县城买房子时，向姐姐借了2万元钱。没过多久，对方就催他还账。他向母亲借500元时，母亲不同意，怕他还不起。

在袁家村经营粉汤羊血10多年来，吕伟已经获得近千万元收入，除了在西安市购买了两套总价220万元的住房外，还为儿子购买了108万元的人寿保险。女儿在袁家村合作经营的河南新乡同盟古镇开设了粉汤羊血店，收入也不错。

小吃街专业合作社成立之初，动员经营户入股时，吕伟报名入50万元，经过平衡，只批准他入了7.5万元，每年可以分红1.2万元左右。后来，他在面粉作坊入股1.5万元，每年也可以分红1.1万元左右。

"你每年创造了数百万利润，专业合作社只按那么低的比例返利，你不觉得吃亏、影响自己的经营积极性吗？"吕伟的一位好友很好奇地问他。

"我不觉得吃亏呀！看问题得长远，袁家村小吃街这种管理、分配机制是很科

郭占武：把农民组织起来 卖乡村生活和乡村文化

学的，只有这样经营，生意才能做长久。专业合作社成立之前，包括我在内所有经营户在好几年内都不向村里交纳一分钱，全部经营收入归自己所有，连房租都不交一分，村里还不够意思吗？如果不是袁家村提供了这么好的一个经营平台，我不可能在10年之内获得近千万元的收入。郭占武书记是我的贵人。"吕伟答道。

一个经营户待久了出现懈怠，不好好做小吃怎么办？郭占武在大会小会上对全体经营户说："你们挣的钱越多越好，既可以增加个人收入，也是对袁家村多做贡献。"如果受市场影响，经营户的业绩下降，小吃街专业合作社就会帮忙分析形势，制定对策，提高品位，实在不行就改换小吃品种。如果是因为懒惰导致经营不善，专业合作社就会提出警告，给予一定的宽限期。若仍没有起色，就要考虑让其他经营户竞选上岗。"这种体制无形中形成了竞争压力，每个经营户必须用心做好自己擅长的小吃。否则，你就可能被淘汰，失去这个难得的岗位。"郭占武介绍道。

原材料货真价实、不添加任何防腐剂、味道独特的各种小吃，吸引了礼泉县、咸阳市、西安市、外省游客乃至一些外国人纷纷前来消费。这无疑会对袁家村村民开办农家乐的餐饮造成冲击，使其生意逐渐受到影响。郭占武建议他们利用闲置的空房或在自家院子里加盖房屋开办民宿。在增加村民收入的同时，还解决了游客住宿问题。

袁家村小吃街的生意越来越好。2010年底，全村游客接待量突破100万人次。

郭占武在一次组织召开的村"两委"会议上问道："我们村的游客接待量已经突破100万人次，大家感觉如何？是否满意？"

"当然很满意。"

"没想到有这么多人到我们村来消费。"

……

村干部们很高兴，纷纷发言。

"可我不满意，因为还没有实现预期目标。"郭占武说。

他的这个态度让村干部们大吃一惊，他们感到有些不解，不知郭占武到底是怎样想的。

"你是咋想的吗？这个成绩已经很不错了，超过了我们的预期。"一位村党支部委员说。

"我们不能就此满足，更不能就此止步。游客来了仅白天消费不行，还要有晚上的夜生活。咱们要想把游客留住，就要大力发展乡村度假。"郭占武解释道。

"夜生活是弄啥的？"一位村委会副主任不解地问道。

"建一条酒吧街，吸引更多的年轻人前来消费。"郭占武恳切地说。

"县城都没有酒吧街，我们这里又是农村，建酒吧街就怕没有人来消费。"一位村委会委员谈了自己的看法。

"先大胆地试嘛。如果实在不能形成气候，大不了就再转行。"郭占武坚持自己的想法。

尽管少数人在思想上还有些疑虑，但表决时一致通过。

2011年3月，袁家村旅游公司投资800万元，不到一年时间就在一块荒地上建成酒吧街。房屋免费提供，个人装修中，除负担实际使用的水电费外，经营利润全部归己，不向村里交纳一分钱。优惠的经营政策，除本村一些大学毕业回乡的"80后""90后"外，还吸引了礼泉县城的一些年轻人共17人经营。刚开始，生意不是很好，郭占武多次组织经营户开会，鼓励他们沉住气，培育市场消费要有个过程。同时，力所能及地帮助大家解决一些实际问题。他还动员经营小吃的商户帮助介绍游客到酒吧街体验消费，并号召本村村民积极到这里消费，支持年轻人创业。

开业之初，村里规定，酒吧街不允许唱歌，怕有噪声污染，影响村民生活。后来根据经营户的要求，郭占武提议作了一定的调整。村"两委"经过研究后作出决定，允许歌手唱歌，但不允许消费者唱。还明确规定：歌手唱歌相隔距离不能太近，不能同时唱，以免相互干扰，听不清楚。各经营户之间相互配合，形成彼此起伏的音乐声。

经过郭占武的不懈努力，酒吧街逐渐形成气候，经营局面逐渐改观，成为袁家村晚上最热闹的地方。旅迹咖啡、老地主酒吧等经营最好，吸引了许多年轻人前来消费。"这条街道虽然暂时没有为村集体带来经济利益，但成为吸引游客来此过夜生活的一种方式。大凡留宿的游客，晚上都会到酒吧街坐坐，体验乡村的浪漫风情。"郭占武介绍道。

后来，书院街的一部分商户将店面改成了游客可以唱歌的酒吧，使袁家村有了第二条酒吧街。

坐茶馆是一种很好的休息生活方式。在郭占武提议下，童济公第一家茶馆于2009年9月建成，占地550平方米，聘用了16名员工，可以同时接纳200人喝茶。王家茶楼于2010年7月建成，占地2000平方米，可以同时接待400人喝茶。之后，童济公第二家茶馆及两碗茶茶楼相继开业，4家茶馆可以同时接纳1000多人喝茶。

郭占武：把农民组织起来 卖乡村生活和乡村文化

高峰期茶馆爆满，只好在周边的空地里竖把太阳伞，临时摆放桌子接待客人。

每天早晨7点开始营业，晚上10点打烊，不管是哪里的游客在这里消费，如果喝茶馆煮的伏茶，每人只需交15元钱，从早晨可以坐到晚上。点茶每壶48元、88元，甚至100元以上。这4家茶馆各具特色，童济公最大的茶馆有个戏台，白天有民间艺人定期上台表演秦腔，晚上表演皮影戏；王家茶楼有民间老艺人上台口吸旱烟袋，表演拉风箱歌《从小卖茶馍》。郭占武给每个茶馆定了个规矩，晚上即使到了打烊时间，但只要有一位客人不走，就不能撵人，放一壶茶在桌子上，对方想什么时候离开，随他的便。

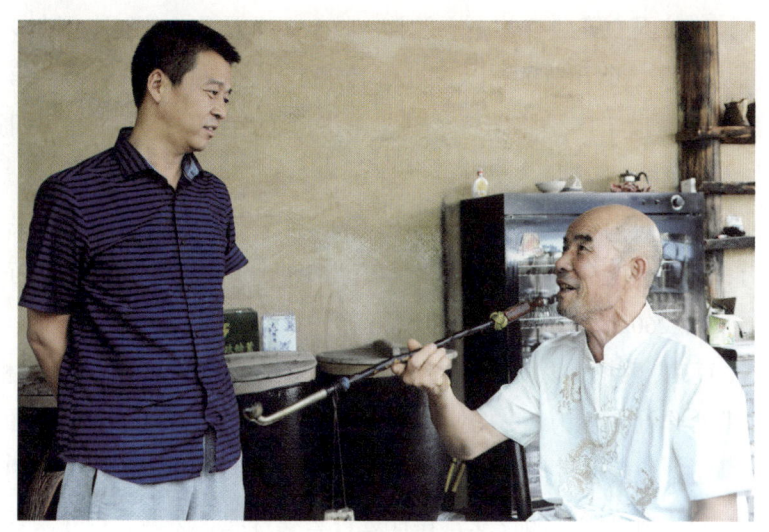

郭占武（左）到王家茶馆了解经营情况

康庄老街场地太小，6家小作坊的产量已经不能满足小吃街商户和游客捎带特产的实际需要，这成为一个新的问题。

"得重新建设一条作坊街，扩大生产规模，不断提高农产品质量和品位，产生更高效益。"郭占武在村"两委"会上提议道。

村干部们没有提出任何异议，大家都觉得很有这个必要。村"两委"作出的决定提交全体党员讨论和村民代表大会表决时顺利通过。

2011年5月，袁家村集体投资3200万元，在紧挨小吃街旁边的一片空地上动工兴建作坊一条街，全长130余米，占地12亩，2012年4月竣工，随后投入使用。左边是8家作坊，街边有一条水沟，从山上引来水源，一年四季长流不断，给这里增加了生机和活力；右边是28户做小吃的，加上小吃街上的65户，使经营小吃的商户总共达到 93 户。

8 家作坊都是前店后厂的模式，粉条坊是这年 5 月 1 日第一家开业的，从山东购买的优质红薯，出粉率和淀粉率都很高。生产时先打成浆，经过三道过滤，将油粉抽掉，可以避免制作的粉条吃在嘴里硌牙。"粉条里除了用国家标准内的明矾外，不放其他任何添加剂。"粉条作坊专业合作社社长马秋凤介绍道。

粉条坊生产的粉条不仅能满足本村农家乐、小吃街及之后开办的城市体验店使用，还在网上销售，一年的产量达到 25 万斤，产值 970 万元、利润 390 万元。

合作社成立之初，经过村"两委"反复动员，袁家村的 62 户村民、商户、务工人员、邻村的贫困户等共有 123 户入股，股金 240 万元，分红比例在 97% 左右。

菜籽油坊是第二个开业的，从湖北、甘肃定点采购的优质菜籽。第一道工序是筛分杂质，第二道工序是将菜籽炒熟，第三道工序是进行压榨，第四道工序为精炼，不加入任何添加剂。

菜籽油的产量每月在 100 吨，一年在 1200 吨左右，主要供本村村民开办农家乐、小吃街、城市体验店使用。一年的产值为 1000 多万元、利润 260 万元。只有 76 个股东，股金 260 万元，每年分红比例达到 100%。

紧接着，豆腐、醪糟、酸奶、辣子、面粉、醋这 6 个作坊在 3 个月之内相继开业。为避免各专业合作社各自为政，加强横向交流，实现信息共享，在郭占武的提议下，2018 年 10 月成立了袁家村作坊合作总社，由毕业于西安电子科技大学的本村子女杨欢任社长，负责对 8 个作坊专业合作社进行宏观管理、协调、指导。各专业合作社仍然实行独立经营核算。

卢记豆腐坊从个体经营到变成合作社，经历了一个转变的过程。经营者叫卢志强，生于 1950 年，已是一位 70 多岁的老人。他不是袁家村人，家住礼泉县北屯乡卢家河村，好几代人以做豆腐为生，有祖传的制作手艺。之前，他每天早起做豆腐，白天骑着自行车走村串户叫卖。2007 年 7 月，郭占武打听到卢志强做的豆腐在方圆数十公里都很有名气，便派时任村委会主任王志学前去做工作，请他到袁家村康庄作坊街做豆腐。

卢志强抽空到村里看了一下，作坊街正处于建设阶段，他非常担心该村的乡村旅游能否办起来，因此不想来。郭占武热情接待了他，谈了自己对发展乡村旅游的整体设想，动员他积极前来参与建设，并承诺豆腐坊开办之初，村集体每月给他发 2000 元工资，而且卖豆腐的收入全部归他所有，村里不要一分钱。但有个前提

郭占武：把农民组织起来 卖乡村生活和乡村文化

条件，就是必须保证其所做豆腐优先满足本村开办农家乐的农户和游客购买需要，剩余的才能卖给外村人。

卢志强回去同家人一商量，妻子和儿女都表示同意。3天后，他带着制作豆腐的家伙什来到袁家村，开始制作豆腐。村里给他提供了一间60多平方米的房屋作为制作豆腐的生产车间免费使用，成为康庄作坊老街第一个开张的经营户。

9月29日上午，咸阳市委书记到袁家村进行开业剪彩后，西安、咸阳、礼泉等地游客到该村品尝农家乐，走时购买豆腐的游客越来越多，卢志强制作的豆腐供不应求。他把儿子、儿媳妇、女儿都叫来帮忙，一天收入达到3000多元。

为了增加豆腐产量，卢志强与儿子卢晓康"两班倒"加工，白天他做，晚上儿子做，仍然供应不足，一天能挣4000多元。每年的纯利润30多万元，4年赚了100多万元，村里还为他发了一年零两个月的工资。有了巨额收入，不仅给儿子买了一辆轿车，还在县城盖了两栋房子。

2011年5月的一天上午，郭占武来到豆腐坊，一阵寒暄之后便开门见山地说："老卢，我有件事想与您商量一下。"

"有什么事儿，你就直说吧。"卢志强不知道这位村书记想表达什么。

"村里准备在新建的作坊街划块地，建设一个较大的豆腐作坊，将您现在的豆腐坊搬过去，扩大生产规模，增加产量，保障供给。同时，成立一个豆腐坊合作社，让您来担任社长，让本村村民和其他商户都入股分红，增加大伙儿的收入。"郭占武说道。

"这样有些不妥吧，等于把我辛辛苦苦挣的钱分给了别人，这好像有点劫富济贫的味道。"卢志强有些不高兴地说。

"一人富不算富，大家富才算富。实现共同富裕，才是正道。"郭占武耐心解释道。

"就按书记说的办，咱们这几年已经赚了不少钱，只有让大伙儿都参与分配，我们才能长久在这里干。"卢志强的儿子卢晓康劝他。

稍作思考，卢志强表态道："行吧，那就照你说的办吧。"

这年6月，卢记豆腐坊专业合作社正式成立，本村村民、部分商户和邻村村民96户入股150万元。其中，卢志强本人也入股了20万元。

8月上旬，村集体划出1.5亩土地，开始建设生产车间和店铺，形成前店后厂的经营方式，2012年国庆节正式开业。

豆腐坊的生产规模扩大后，安排了10位村民就业。所用原材料都是定点采购黑龙江省五常市种植的甲类黄豆，每天能磨600斤黄豆，最多一天1500斤，一年要用16吨黄豆。按1斤豆子生产1.5斤豆制品计算，每年要生产4.8万斤豆制品。其中普通豆腐2.5万斤、豆花9600斤、豆浆8640斤、蘸水豆腐4800斤。

采取传统工艺方法制作，不用石膏点浆，而是用豆腐水点豆腐，用豆腐水发酵，不加吊白块、防腐剂等任何添加剂，而且在价格上始终保持稳定。2007年开业时每斤3元，一直到2013年才涨至5元，至今仍然没有上涨。西安市有个企业主每天派人到袁家村采购一桶50斤的豆浆、60斤豆腐，他说一天不吃卢记豆腐，工人们干活时就没有力气。

卢记豆腐不仅是做菜的主料，还是袁家村的一道小吃。后厂有五口大锅，主要生产普通豆腐。临街40平方米的展示店生产豆浆、豆花、蘸水豆腐，让游客观看豆腐的整个生产过程，现场品尝。卢志强每天早晨7点钟开始磨黄豆，而后烧浆、点浆成豆花，再用石磨子压成蘸水豆腐，分装成一斤的精美纸质包装盒，游客既可以当场蘸上白糖或食盐、醋、辣子、蒜泥等调料品尝，感受鲜嫩爽口、原汁原味、香气四溢的滋味，也可以购买后带走，回家馈赠亲友。"展示店每天要做三四锅豆浆、豆花、蘸水豆腐卖，销售最好时一天能卖4000多元。卢记豆腐与一般豆腐不同的是：首先，浆要烧好、熬好，点完浆后还要再熬一次；其次，用豆腐水发酵，不加任何添加剂；最后，不取豆油、不做豆皮，豆腐的表面有层黄色豆油，散发出黄豆的香味，口感很好。"卢志强介绍道。

2015年至2017年是卢记豆腐生产销售最好的年份，年生产总值达到500万元，实现利润300万元。96个股东按作坊的收益情况，每年以20%甚至100%以上的比例分红。按照袁家村的规定，作坊是股份制企业，卢志强是专业合作社社长，每月有4000元工资收入，而且所入股金最高，每年可以分红8万元至10万元。

卢志强一家是做豆腐的专业户，他家三个女儿及儿子、儿媳妇都是做豆腐的。刚开始都在袁家村的康庄老街干活儿，后来他们相继各立门户，各干各的，而且都获得了不错的收入。儿子、儿媳妇和他在袁家村作坊街做豆腐，不仅有高额分红，每人每月还有一份工资收入；小女儿到袁家村在西安开办的城市体验店做豆腐，已经购买了两套房子；二女儿到袁家村在咸阳开办的城市体验店做豆腐，在西安市购买了一套上百万元的住房；大女儿到袁家村在青海省西宁市开办的合作项目做豆腐，也在西安市购买了一套上百万元的住宅。一大家人因为会做豆腐，都成了百万富翁。谈起现在的生活，70多岁的卢志强老人高兴之情溢于言表，他说："多

郭占武：把农民组织起来 卖乡村生活和乡村文化

亏了郭占武书记给我们提供了一个很好的创业平台，否则自己一大家人不可能过上这么好的日子。"

卢记豆腐独特的加工方式，于2020年9月列入礼泉县非物质文化遗产名录进行保护。

袁家村为游客提供尝小吃、坐茶馆、泡酒吧、品文化、住民宿、带特产等服务，成为"一条龙"消费，形成了自己鲜明的特色，不仅吸引了西安、咸阳、礼泉、宝鸡、延安等本省的游客前来消费，名气越来越大后，宁夏、甘肃、青海、新疆、广东、海南、浙江、江苏、上海等省（自治区、直辖市）乃至国外的游客也慕名前来旅游，年最高游客接待量达到660万余人次，超过了故宫和兵马俑。

新冠疫情期间，袁家村的乡村旅游受到很大影响，但每天仍然有5000名至1万名游客前来游览，品尝小吃。最糟糕的是2022年，先后6次被封控，其间大街小巷空无一人。这年12月7日全国疫情管控放开后，游客迅速增多。2023年元旦这天，游客人数达到5万多人，而到了大年初一这天，游客接待量达到13万多人，基本恢复到疫情前的日接待量。

巨大的客流量受到了一些国外著名连锁店的青睐，星巴克、肯德基分别在袁家村开办分店。

位于童济公茶馆右侧的一栋恢复性清末建筑，被西安星巴克咖啡连锁公司看中，于2019年11月在这座古建筑一楼110平方米的大厅里开办了咖啡店，成为星巴克在全国范围内唯一一家到村庄开设的咖啡连锁店，成为"80后""90后""00后"年轻人拍照、打卡、品尝咖啡的好去处，每天的客流量在100人以上，最多时超过300人。

在星巴克咖啡厅一角，一位生于1987年叫徐菲的游客，与一位好友在这里品尝咖啡、聊天。她自我介绍在礼泉县做女装生意，经常来袁家村尝美食、品文化。最吸引她的是这里既有关中乡村文化元素，又有现代元素。建筑风格多数是20世纪六七十年代的，能够让人产生怀旧情绪。这里的小吃很地道，原汁原味，怎么吃都不腻，能够吃到家的味道，而且价格公道，管理规范，不用担心挨宰。整个景区商业化不是很浓，充满着乡村生活的浓烈氛围，人与人之间很友善，很和谐，不像有的景区，去一次就不想再去。

2014年9月，袁家村经过国家旅游局严格评审，被批准为4A级乡村旅游景区。

富裕起来的袁家村让周边东周村、西周村村民好生羡慕，他们纷纷要求并入袁家村。2015年6月，经过上级党组织批准，这3个村正式合并，成立袁家村党总支，郭占武担任党总支书记。

怎样进一步扩大经营规模，让合并过来的几个村的村民也从中受益？郭占武开始了新的思考。他觉得光有吃的还不行，还要让游客了解当地的乡土文化，便提议建设一条文创街，把周围的民间艺人吸引过来，形成文化氛围。村"两委"讨论后，决定由村集体投资，在游客中心旁建设一条40米长的街道，集中绘画、葫芦雕刻、剪纸、刻皮影的等10余家民间艺人经营文化产品。余勇就是其中一位。生于1976年的他本是邻近的乾县西营寨村人，初中毕业后自修了中医大专文凭，开过超市，打过工，开过诊所。他的父亲是县文化馆的退休干部，喜欢种植葫芦，并有在葫芦上雕刻图案的手艺。

从西安回到老家后，余勇种植了一段时间的葫芦。2013年"五一"期间，他来到袁家村摆地摊，将自己种植的葫芦作为纪念品卖给游客，结果收入不错。第二年6月，袁家村兴建了一个艺术长廊，余勇成为第一个开店的手艺人。村里给他提供了一间40多平方米的房屋免费使用，开办葫芦坊，雕刻、出售工艺葫芦。

葫芦坊里的葫芦有挂在墙上和房顶上的，有竖在墙边的，有摆放在柜台里的，大大小小共5万多个，琳琅满目。最高的1.5米，最小的才2厘米，分为亚腰葫芦、长柄油锤、瓢葫芦、磨盘葫芦、苹果葫芦等80多个品种。游客购买最多的是手捻葫芦，4厘米左右，2元至700元一个，可以放在手中把玩，能起到锻炼身体的作用。

在葫芦上进行烙印和雕刻，是余勇的一大强项手艺。图案有花开富贵、吉祥牡丹、福禄双全、金玉满堂等36种。雕刻分为墨刻、浅浮雕、镂空雕、针刺等，并可烙印与雕刻相融合，形成堆彩工艺、矸花工艺、掐丝粉彩工艺等8种工艺品。他雕刻的葫芦一年销售6000多件，最贵的葫芦可以卖到2000多元一个。

余勇还在袁家村其他地方相继开办了另外两个葫芦坊，由其弟弟和表弟负责打理。受新冠疫情影响，游客大大减少，使本来经济效益就不是很高的葫芦坊收入大大减少。村里便将紧挨游客接待中心与康庄老街最好的一个位置，腾出一间40多平方米的房子给余勇，让他将葫芦坊搬到此处经营，形势便有了很大改变。这间房子如果是做利润较高的生意，一年房租会达到20万元，而村集体只收余勇4万元租金。郭占武说葫芦雕刻是手工艺术，不可复制，留住一位民间艺人就是留住文化资源。

全国有很多旅游景点派人前来联系，邀请余勇前去开设分店，他都未动心。"很

郭占武：把农民组织起来 卖乡村生活和乡村文化

难找到袁家村这样的经营环境和服务，在这里非常踏实，可以安心干自己想干的事儿。"余勇说。

郭占武对民间艺人特别尊重，不仅在精神上予以鼓励，还在经营条件上尽可能提供便利条件。他认为文创产品虽然利润很少，但可以丰富整个乡村旅游的内容，能在最大限度上让游客品味乡村文化。

有一名叫田林的画家在文创街安居乐业。生于1963年10月的他本是陕西省铜川市邮政局的一名工作人员。2014年10月内退后听自己的孩子说袁家村的乡村旅游发展得很好，经营环境不错。第二年"五一"期间，他便来到该村考察，发现这里游客如织，乡村旅游十分红火，便在当地烟霞镇的一个小旅馆住下来，白天到村里给游客现场画素描肖像。黑白素描每张80元、彩色每张130元，获得了不错的收入。之后，每到"五一""十一"、春节都会到袁家村待一段时间，给游客画肖像。郭占武鼓励他住下来，安心进行文化创作。

2019年3月，村里以非常优惠的租金价格，在文创街为田林提供了一间20多平方米的房屋作为画室。他曾为5000多位游客提供普通画像、精美素描、油画画像，同时利用多余时间进行抽象画、风景画艺术创造。有10余幅美术作品在陕西省及全国获奖。现为陕西美中油画院副院长、陕西省美术家协会会员、铜川市美术家协会常务理事。

田林一年进行文化创作的收入只有6万余元，可他说自己不是纯粹以挣钱为目的的，他看中的是袁家村良好的经营氛围及郭占武书记对民间艺人的尊重和关爱。

康庄老街内的6家作坊迁往新建的作坊街后，原来的6家房屋便空置

郭占武（右）来到文创街，了解一名画家的创作情况

在那里。紧接着,村集体投资进行改造,陆续形成了民宿和年画、皮影、布坊等业态。社会资本相继在袁家村兴建了书院街、祠堂街、回民街等,使全村大大小小街道达到了 11 条。书院街内建有一个 800 多平方米的非遗展览馆,将关中地区上万件入列国家、省、市、县级非物质文化遗产保护目录的民间工艺品收藏于此,供游客免费参观。

郭占武没有满足现状,开始思考着"袁家村"的品牌输出。在村"两委"会议上讨论此事时,有位村干部有些担心地发言道:"我们村的乡村旅游已经发展得很不错了,村民的收入也已足够生活开销,没必要再跑到城里去开店,万一失败了怎么办?"

"咱们不能安于现状,小富即安。要充分发挥'袁家村'的品牌效应,力争赚更多的钱用于村集体发展,让村民获得更多的收入。"郭占武说。

"怎么开办呢?"另一位村干部问。

"可以采取多种经营的方式,既可以是本村全资开办,也可以采取股份合作制,还可以是合伙制。"郭占武答道。

"您有把握吗?"那位村干部问道。

"有把握,因为咱们有成熟的经营经验,又有村集体所属的餐饮管理团队。"郭占武充满信心地回答道。

"既然您有把握,那就干吧!"村委会副主任王创战表态,其他人都表示赞成。决议提交党员大会和村民代表大会审议时,虽然有个别人提出异议,但经过郭占武耐心解释,表决时顺利通过。

2015 年 8 月,袁家村投资 500 万元,在西安市雁塔区曲江银泰开办了第一家城市体验店,建筑面积 1300 平方米。将本村最具代表性的 35 种优质小吃,通过公开竞争的方式选拔经营户上岗,从业人员达到 130 人。规定小吃制作原材料必须从袁家村作坊街采购。顾客不仅可以品尝原汁原味的各种小吃,还可以在设置的专柜里购买到袁家村作坊街生产的农副产品。一年后一算账,体验店实现营业收入 3000 多万元、利润近 700 万元,不仅收回了成本,还有盈余。这家城市体验店的成功开办,让郭占武信心倍增。接着,村集体又成立了袁家村餐饮管理公司,王创战兼任法人代表。

在郭占武的精心谋划下,2017 年至 2020 年 4 年时间,袁家村又在西安市内相继开办了 15 家城市体验店。"2016 年 12 月、2020 年 4 月分别在咸阳市开办了两家、

郭占武：把农民组织起来 卖乡村生活和乡村文化

2018年7月在宝鸡市开办了一家，全村开办的城市体验店达到19家。"烟霞镇包村干部郭俊武介绍道。

位于西安市浐霸生态区的袁家村砂之船城市体验店是规模最大的一家，经营面积达到2789平方米。2017年7月，由砂之船奥特莱斯店有限公司投资建设场地，占股60%。"袁家村"品牌和管理团队管理占股40%，实行股份制经营。投资方只提供场地，袁家村餐饮管理公司具体负责运营和管理，年底按股份分红。每年实现营业收入6000多万元，利润1800余万元，提供了220个就业岗位。

砂之船体验店的经营管理方式与袁家村小吃街一样，实行经营者竞争上岗，过段时间，由调试小组重新做出评价，小吃做得好的，提出表扬；做得一般的，提出整改意见。第二次评估时该经营户若还不合格，就换人。整个体验店所用的面粉、油、粉条、豆腐、醪糟、醋、辣椒粉、酱油等食材，全部从袁家村作坊街各作坊采购。

城市体验店的经营户都是经过千挑万选具有面食制作手艺绝活的农民，通常都是夫妻二人一起干。各种小吃制作过程现场展示，处于顾客的全程监督之下，所用原材料都在展台上展示。

"经营户只要有独特的技能，用心制作小吃，把食物交到消费者手里就行了。费用收取，桌椅摆设，碗筷收捡、清洗、消毒，卫生保洁等事项都有专业人员来打理。他们只需要考虑怎么把小吃做好做精，别的事就不用操心了。"王创战介绍道。

向本省城市输出品牌取得成功后，郭占武又把眼光瞄向了省外。2016年3月，袁家村投资500万元，与青海省海东市一家民营企业合作，建设了一个文旅项目——河湟印象。而后，又相继与河南省新乡市、江苏省宿迁市、海南省琼海市、山西省忻州市、四川省巴中市的地方政府、企业合作，分别建设了同盟古镇、宿迁印象、博鳌印象、忻州古城、恩阳古镇等文旅项目。其中最大项目是2017年3月由袁家村投资5000万元、忻州市政府平台公司投资数十亿元，共同打造的忻州古城文旅项目。当地有关部门在忻州火车站前竖立了很大一块牌子，上面写道："袁家村来了！"

经过几年建设，忻州古城竣工开业的当年就产生了较好的经济效益，获得营业收入1.6亿元，对当地的经济、社会发展起到了较大的推动作用。

与外省5个项目的合作，袁家村投资总额为6500万元。

2017年5月，袁家村被财政部确定为全国农村综合改革试点单位。从6月起，袁家村开始流转5000亩土地，成立农业专业合作社，配套种植小麦、油菜、蔬菜、水果等农作物，还在新疆石河子生产建设兵团实行订单农业。

也是在这一年，郭占武经过慎重考虑，决定扎根袁家村。经个人提出申请、上级党组织批准，他正式辞去公务员身份。

经过郭占武锲而不舍地努力，袁家村的乡村旅游已经形成一、二、三产业融合发展格局，村域内的11条街道、分布在3个城市的19家城市体验店及5个省的文旅合作项目，每年实现产值4.6亿多元、利润8000万元至1亿多元。

"袁家村虽然经过18年的艰苦努力，在乡村旅游的发展上进行积极实践，也取得了一些成绩，但还远远不够。在新形势下，还需认真探索，以期获得更大的成功。"郭占武很谦虚地说。

发挥模范作用　党组织形成较强凝聚力

从小受到的良好家庭教育对郭占武的成长起到了关键作用。父亲郭裕禄工作很出色，曾当选党的十一大、十二大、十四大代表，被评为全国劳动模范、全国优秀党务工作者。还兼任了6届陕西省委委员、14年礼泉县委副书记。上级领导曾动员他到宝鸡市下辖的一个县担任专职县委副书记，被他婉言谢绝，终身甘愿当农民。他说自己最大的心愿就是为群众服好务，让袁家大队（村）的群众过上好日子。

母亲周方兰从小对郭占武要求也很严，教育他"好好做人，长大了如有机会就全心全意地为人民服务，做个对社会有用的人"，"多关心别人，为别人谋福利是件很幸福的事情"，"做人要正派，办事要公道"。这些话对他的思想形成起到了至关重要的作用。

1992年7月，郭占武从咸阳机械制造学校大专毕业后，被分配到咸阳市公安局，成为一名民警。

进入21世纪后，袁家村逐渐走入低谷，成为空壳村，时任村党支部书记郭裕禄感到身心疲惫，无能为力，想退下来，让有能力的人上。一些村干部向他建议，既然你有这个想法就应举贤不避亲。大伙认为他的儿子郭占武既有文化，又有能力，德才兼备，是担任村党支部书记的最佳人选。

面对当时全村衰败的形势，郭占武看在眼里，急在心里，真正让他下定决心回村，是因为遇到了一件颇为尴尬的事情。2006年5月的一天，郭占武在一个公共场合遇到了陕西省政协的一位领导，有人介绍他说："这是大名鼎鼎的袁家村党

郭占武：把农民组织起来 卖乡村生活和乡村文化

支部书记郭裕禄的儿子，名叫郭占武。"

那位副主席漫不经心地随口说了一声："袁家村过去发展那么好，近些年下滑太快，现在不行了吧！"

当时的场面对郭占武的思想产生了很大刺激，他下决心一定要重振袁家村的雄风，把村庄重新发展起来、建设好。

经过上级组织部门批准，6月中旬，郭占武回到袁家村挂职锻炼。他认真分析了当时的经济形势和国家的相关政策，觉得发展工业企业这条路已经走不通，必须另辟蹊径。

郭占武认真分析了当时的状况：咸阳市境内虽然有乾陵、茂陵、昭陵等文物古迹，但游览模式单一，留不住人，看一次就不会再来。需要建设一个像样的陕西民俗园区，让城市居民体验乡村生活。思来想去，他觉得发展乡村旅游是袁家村唯一的选择。因为全村没有任何资源，只有东西一条街、南北两排两层楼的村民住宅。况且，礼泉县委、县政府当时确定在全县大力发展农家乐，还出台了相应的扶持政策。

"万一失败了怎么办？"郭占武一遍又一遍地在心中问自己。为慎重起见，有天上午，他把自己关在一间光线较暗的屋子里，冥思苦想发展乡村旅游的优势和劣势。"只能成功，不能失败。"他自言自语地说。下午，他把两位好友袁世贤、杜长来喊来当高参，就发展乡村旅游时可能出现的问题，郭占武问，他们回答，进行反复论证。最终得出结论：这条路是可行的，符合袁家村的实际。

有了充分把握后，郭占武将自己发展乡村旅游的设想在村"两委"会上作了详尽阐述，得到与会人员的一致赞成。随后提交党员大会审议和村民代表大会表决时顺利通过。

建设康庄作坊时，村里只有20万元积累，而工程预算却需要200万元。郭占武只好将家里的积蓄拿出来，并东拼西凑了180万元，才使工程得以顺利完工。

这年年底，在郭占武的提议下，村集体成立了陕西关中印象旅游有限公司、礼泉县五谷丰裕农产品有限公司，并注册了"袁家村"商标。

2009年5月建设小吃一条街时，村委会多方筹资2300万元，可最后还是出现了资金缺口，郭占武只好再次想方设法垫资700万元，才确保工程按期竣工。

两次垫支不要一分钱利息，集体资金周转后，只退给郭占武本钱。不仅如此，他还对父母、姐姐、妻子、儿子约法三章：全家人既不能在袁家村入股分红，更不能做生意，不允许有一分钱的经济利益。郭占武在村里不领任何报酬，妻子谷文卓不仅参与了酒吧一条街、康庄老街、文创街、祠堂文化东街的招商和设计，还独自完成了左右客、阿兰德酒店的平面和空间设计以及三分地、胡想家、巷往美宿等精品民宿的装修、装饰设计，都是分文不取，义务奉献。

一位村干部拿了一张购买电风扇的发票找郭占武签字，问其用途时，对方回答说："夏天到了，天气很热，你父母年岁已大，空调吹多了会生病，电风扇是送给他们的。"郭占武很生气地当场把发票撕了，并严厉批评了那位村干部。

一天晚上，郭占武忙完村里的工作回到家时已经很晚了，母亲周方兰告诉他："你小姨来家等了很长时间，等不到你就回去了。她想请你关照一下，在小吃街较好的位置批一个摊位给她做小吃生意。"

"她要摊位可以，但必须参与公平竞争。"郭占武答道。

"要参加竞争还找你干什么？"母亲有些不高兴地说。

"我是袁家村的党支部书记，不是郭家的书记。摊位如果是我家的，毫不含糊地给她一个。可那是村集体的，我有什么权力想给谁就给谁？那岂不成了'家天下'了！"郭占武很干脆地说。

母亲也不好再说什么。她深知郭占武的性格，他说不能干的事儿，就是天王老子来说也不行。

第二天晚上，小姨和她的女儿再次来到袁家，母亲周方兰把昨晚郭占武说的话重复了一遍，把她们娘俩气得直掉泪，两家为此好长时间不再走动。

袁家村有间门面房要采取公开竞争的方式产生一名经营者，结果郭占武的一位亲戚在比赛中获得第一名，他当场拍板让获得第二名的一位村民经营。那位亲戚十分生气地找他理论："我是靠自己的本事得到的经营权，为何被你否定了？"

"您已经有一个店了，如果再开一个店，其他村民就会有意见。即使没有什么猫腻，也会有人怀疑与我有瓜葛。您把之前的那个店经营好就行了，既可以给别人创造一个挣钱的机会，又可以避嫌，何乐而不为呢？"郭占武微笑着回答道。

那位亲戚觉得郭占武说的话有一定道理，也不好再说什么。

有人形象地将袁家村比喻为一个实景大舞台，没有花钱建造人造景观，刚开始连游客接待中心都没有，6年之后才建成一个颇为简易的接待中心。还有人说，该村的乡村旅游就像是反映乡村生活的电视连续剧，郭占武是总策划和总导演，村"两委"干部是剧务组，而本村和邻村农民就是本色演员。袁家村发展乡村旅游的策划、

郭占武：把农民组织起来 卖乡村生活和乡村文化

规划、建设、营销等整个过程，没有请哪个规划单位帮忙规划设计，都是他冥思苦想搞出来的。每条街道如何布局、房屋如何建设、室内外如何装饰、桌子如何摆放等都是郭占武精心设计出来的。

郭占武（左二）同村"两委"班子成员到一家茶馆现场办公，妥善解决乡村旅游经营中出现的问题

郭占武的指导思想是：袁家村的乡村旅游绝不搞成不切实际、花里胡哨的"花架子"，而要做到形式和内容的有机统一，让游客到袁家村放松心情，体验乡村生活，品味乡村文化。"我们是以来不来人为核心，游客会不会给袁家村买单，这个东西才是我们要做的，而且要竭尽全力来做这个事情。我们遵循了因地制宜、因村制宜的原则，最终根据袁家村的实际情况，探索出了发展乡村旅游这条有效途径。"郭占武说。

120米长的康庄街除了6家作坊外，没有让游客体验的东西，郭占武觉得这里需要一座古建筑，以增强文化凝重感。经过多方打听，他分别从礼泉县和山西运城市找到两处清末大户建的房子，因年久失修，破烂不堪，长期无人居住，面临坍塌危险。袁家村便将两处老房子从村民手里买了下来，拆迁时将每个物件编上号，用车拉回村里。而后请民间老工匠将房屋恢复原状，并对木材进行了防腐处理和对整个房屋进行加固保护。房屋飞檐叠瓦，颇有沧桑感，从外观上看，很难发现是从外地迁移过来的。后来,被星巴克租用开办了咖啡店。

另一处经考证为 1890 年建设的古建筑,迁移复原到袁家村后,在旁边加盖了两栋关中地区风格的房屋,一栋两层,另一栋三层,建成了左右客酒店。老房子的恢复和新房子的建筑设计都由郭占武把关,室内装修装饰则由其妻子谷文卓义务设计。

配套建设新房子期间,有天晚上下着小雨,郭占武从外地回来后急忙到二楼察看工程进度,不慎从楼板上摔下受伤,起不来了,手机没电,无法呼叫,看工地的人发现后才把他送到当地医院救治。

小吃街从建设到经营管理,郭占武耗尽了心血。他心里很清楚,此事如果办砸了,后面就没有人相信村"两委"干部了,因为当时动员各家各户入股 20 万元不是个小数目。他在不同场合反复强调一个观点:"小吃街要想发展起来,必须保证货真价实,没有任何添加剂,制作原生态的食品,以质量取胜是赢得顾客青睐的根本。"

2013 年至 2015 年小吃街的生意很火爆,郭占武却深感忧虑,他在很多场合表达了这样的观点:太火了反而不是什么好事儿,因为前来消费的游客多了,商户制作的食品质量和提供的服务就容易下降,游客的体验感就会降低,环境卫生就会变差。他亲自带队,分批组织商户到全国各地做得最好的旅游景点学习,让村干部严把食品质量、服务质量和环境卫生关。

村里规定,所有商户室内不能摆设冰箱、冰柜,不能出售过夜食品,当天卖不完的小吃要分给商户吃掉。

厚德麻花是继粉汤羊血之后第二家经济效益较好的商户。刘森林是邻村关庭村人,具有祖传炸麻花的手艺。在郭占武多次诚恳邀请下,2010 年 10 月,他与妻子高培霞来到小吃街卖炸麻花。

郭占武经常光顾麻花店,还给其取名厚德麻花。告诉他们要想把生意做长久,必须诚信经营,不能在制作过程中有任何造假的侥幸心理。

刘森林深深记住了他的嘱托,坚持以质量取胜。他在自己的摊位前竖立了一块牌子,上面写道:"如果造假,死自己全家。"从 2012 年起,厚德麻花的生意十分红火,游客需要排很长的队才能买到。

第二年 10 月,刘森林的儿子刘施安结束了在上海的打工生涯,来到袁家村接手经营厚德麻花。尽管他的生意很好,村里还是好几次组织他到石家庄、重庆和周边景区麻花做得好的地方参观学习,以不断提高质量、改进服务。

炸麻花所用的面粉和菜籽油都是袁家村作坊生产的,质量很好。面粉是村里用在外地流转土地种植的有机小麦自己加工的,麻花是传统的纯手工制作,不放任何添加剂。每天要更换两三次菜籽油,不重复使用。换下来的菜籽油,由小吃街专业合作社每天早晨派人收走。

厚德麻花吃起来很香,没有苦味,在常温下能够保存10到15天,成为游客带回去馈赠亲朋好友的佳品。尽管招聘了15人不停地制作,每天能达到1.3万根,但仍然供不应求。为使前来购买的人每人都能够买到,刘施安在小吃店的墙上又挂出一个牌子,上面写道:"每人最多一次只能购买20根。"可仍然需要排很长的队才能买到。

小小的麻花,一年产值竟然达到400多万元、利润200多万元。

刚开始,厚德麻花也是自主经营了4年多时间,每年能够获得200多万元利润,最多达到300万元。从2015年4月28日成立小吃街合作社后,该商户的分配比例被确定为15%,每年可以分配利润30多万元。刘施安在小吃街专业合作社入股8万元,每年可以分得1.6万元以上的红利,还分别在油坊、面粉坊、酸奶坊、辣子坊入有数额不同的股份,每年获得数额不等的分红。

刘施安对袁家村小吃街、作坊街的分配机制大加赞赏。他说:"如果做生意赚的钱都归自己,就会遭到别人的嫉妒,想方设法地给你挖坑、拆台,你就干不长久。现在的做法不仅可以保证自己能够长期干下去,甚至子孙还可以接班。""游客怎么引,经营户不用操心,有村干部运作,最需要考虑的是怎么把小吃做好、做精,吸引更多的回头客。如果经营户不努力,就会有人取代自己的位子。"

"好材料、好工艺、好口味""农民捍卫食品安全",这是郭占武确定袁家村发展乡村旅游时的基调。农产品深加工从最早的康庄作坊街6个经营户发展到现在的新作坊街8个,使全村的乡村旅游形成了生态内循环,真正从源头上遏制了食品造假。此举不仅让全体村民开办的农家乐、小吃街、城市体验店的食材货真价实,还让每个作坊成为一个小工厂,为游客提供了可以带回家馈赠亲朋好友的优质农产品。

作坊街中最受游客欢迎也是经济效益最好的一家是酸奶作坊合作社。这家作坊从发起到提高,郭占武花费了很大精力。

最早经营酸奶的业主是本村村民袁智恒。他从2005年6月起,陆续养了12

头奶牛，为西安市银桥乳业公司提供奶源。

2007年8月的一天，村委会召开村民大会，郭占武动员家里养奶牛的村民积极报名手工制作酸奶，在康庄作坊街售卖。会后有4个养牛户报名，其中1位是男的、3位是女的。那位男村民就是袁智恒。

没过多久，3位女村民都表示不愿意制作酸奶，理由是自己没有制作技术，担心失败后亏本。袁智恒得知消息后也动摇了，不想干。有天晚上，郭占武来到他家，有些疑惑地问道："你不是已经报名做酸奶了吗，怎么又打退堂鼓了？"

"那几个女的都不愿意干，我也不想干。"袁智恒说。

"你是个男同志，就带个头嘛！"郭占武动员道。

"我是个农民，连酸奶都没见过。养奶牛还可以，可要制作酸奶，我不会。"袁智恒感到很为难。

"不会不要紧，可以慢慢学，村里帮找个懂技术的人教你制作方法。"郭占武给他递了一支烟说道。

袁智恒吸了几口烟，犹豫片刻说道："行吧，既然你这么看重我，那就试试呗。"

"那好，村里在康庄作坊街提供一间25平方米的房子给你当门面，出售酸奶。房子免费使用两年，既不用交房租，也不用上缴利润，所有收入归你所有。待生意做起来之后，成立专业合作社，让大伙儿自愿入股，再重新分配收入，你看行吗？"郭占武很高兴地同袁智恒商量道。

"行，就按你说的办。"袁智恒很爽快地表态道。

两天后，郭占武让一名村干部在礼泉县打听到一位兽医懂得酸奶的手工制作方法，便邀请他到袁智恒的家里传授技艺。只见他在锅里将一碗鲜牛奶烧开冷却后，将自己带的食用菌种搅拌在里面，装进一个搪瓷缸里盖好。临走时交代，过五六个小时揭开盖子看就会变成酸奶。

规定的时间到了，袁智恒将搪瓷盖揭开一看，仍然是牛奶，没有照那名兽医说的变成酸奶，颇为失望。

郭占武得知此事后，再次来到袁智恒的家，鼓励他不要灰心丧气，告知再让那位兽医继续教他。

袁智恒当场表示不要让那人再来了，当时的整个制作过程已经看清楚、记住了，自己再慢慢摸索吧。

郭占武专门到新华书店买了几本介绍手工制作酸奶的书籍送给袁智恒，他很

郭占武：把农民组织起来 卖乡村生活和乡村文化

用心地学习，还在互联网上认真查找相关知识，终于悟出了其中的诀窍，即牛奶烧开后一定要等几分钟才能舀起来冷却，并适时掌握好牛奶的温度才能点菌种。经过了数次试验，袁智恒终于获得了成功。

刚开始，游客不是很多，袁智恒每天只能制作一小盆子 5 斤牛奶，每斤牛奶可以制成 3 瓶至 4 瓶酸奶。一斤鲜奶卖给收购的奶贩子只有 9 角钱。而制成酸奶后，每瓶能够卖到 3 元钱，利润是卖原奶的 10 倍还要多，这让他喜出望外。

郭占武又邀请陕西省杨凌现代农业国际研究院的技术人员到袁家村进行酸奶制作技术指导，以不断提高产品质量。

这年 9 月，袁智恒在康庄作坊街开设了第二家门店。牛奶是自家喂养的奶牛挤出来的，在家煮沸后送到店里进行过滤，加入益生菌、白糖后便成为酸奶，不加任何添加剂，原汁原味，口感独特。而且，整个加工过程，游客可以现场观看，逐渐受到青睐。从开始每天出售 20 瓶至 40 瓶，到最多时一天卖 3500 多瓶。营业收入从最初的每天 600 多元迅速上升到 3000 多元，高峰期每天能够达到 1 万余元。

做酸奶丰厚的利润让最初报名后又不愿干的那 3 位女村民动了心。刘银草成为袁家村用自己饲养奶牛制作酸奶的第二家，第三家、第四家也相继开张。他们都是在家里做，经过反复试验，酸奶的口感越来越好，名气越来越大，成为游客带回家的首选特产。为买到手工制作的酸奶，每天需要排很长的队，几户做酸奶的村民便采取了每人限购两瓶的措施，但仍供不应求。

2012 年 6 月，酸奶专业合作社成立，本村村民、商户、外村村民、贫困户共 140 人入股，金额达到 300 万元。加之天惠乳业入股 300 万元，实行股份制合作经营，总股本为 600 万元。

袁家村此时虽然酸奶销售很旺，但郭占武的内心却高兴不起来，隐隐约约地担心是否会出现质量问题。他多次强调一个观点：酸奶专业合作社一定要把食品质量和安全放在第一位。

郭占武多次要求天惠乳业派一个得力人员到袁家村负责酸奶作坊的经营管理。总经理王经济经过慎重考察，一位好友的儿子何林进入了他的视线。此人是西安市临潼区人，生于 1985 年，就读于包头轻工学院乳品专业。毕业前，曾经到伊利乳业集团实习过，掌握了一定的乳品生产技能。2007 年 7 月大学毕业后回到父母所在的工作单位西安市银桥乳业从事技术工作。

有天下午，王经济找到何林问道："你是否愿意到袁家村工作？"

"去那里干吗？"何林很惊讶地问道。

"我们公司与该村合作经营酸奶，需要有个具有乳业专业技能的人去从事管理工作。"王经济说。

"我考虑一下再说吧。"何林心里没有底，既没有拒绝，也没有马上答应。他以游客身份先后三次到袁家村去考察，感到这个小村庄民风朴实，像个世外桃源。他看到酸奶作坊前的摊位上摆着一个牌子，上面写着"没有物美价廉，只有货真价实"。便向一位售货的女营业员问道："酸奶里真的没有添加剂吗？"

"绝对没有！假一罚十。"女孩非常恳切地回答道。

袁家村手工制作酸奶不加任何添加剂，正是何林追求的方向和目标。他毫不犹豫地作出决定到该村工作，可他的父母非常反对。母亲严厉地说："人往高处走，水往低处流。假如你跳槽到蒙牛、伊利乳业这些大企业去工作，我和你爸绝对支持。你在银桥乳业干得好好的，辞职去一个村庄从事作坊式的酸奶制作，划算吗？"

何林决心已定，态度坚决，耐心说服了父母，于这年12月来到袁家村。郭占武热情接待了他，满怀深情地对他说："酸奶的品质必须达到国家标准，这是农民无法解决的问题，你放手大胆地干，假如出现了什么问题，责任由我来承担。"

没过几天，何林就被村里任命为酸奶作坊合作社社长，全面负责酸奶的制作、管理和经销。在郭占武的大力支持下，合作社于2013年3月投入资金进行技改，购置了一套现代化的生产设备，使整个制作工艺发生了巨大变化。牛奶先进入双联过滤器过滤杂质；利用高速离心净乳机再次过滤；加温至90℃进行巴氏杀菌；加入蔗糖；进入高压均质机再生杀菌系统；降温至45℃后加入菌种；灌装发酵；进行冷藏。既保留了传统手工制作方法，又使用了现代化的杀菌生产设备，确保各类有害菌不超标，达到国家标准。

何林发现之前用的酸奶菌种很普通，他想亲自调配新菌种，便购买了280种各类单个益生菌，让产酸、产香、产黏比较好的单个菌种结合起来。经过70天的反复调试，并让合作社的员工品尝，不断改进，终于调配成现在自己想要的酸奶口味。"不同的菌种做出来的酸奶口味差异很大，只有原奶、菌种、蔗糖这三种原料质量都高，生产出来的酸奶品质才会好。"何林介绍道。

袁家村奶牛场由于养殖规模太小，经济效益逐渐降低，村民的养殖积极性越来越低，最后被迫关闭。何林建议，从邻近的泾阳县大型牧场奶牛养殖场购买原奶，每顿价格5000多元。虽然成本大大增加，但奶源质量有了可靠保障。

郭占武：把农民组织起来 卖乡村生活和乡村文化

酸奶不添加包括防腐剂在内的任何添加剂，生产出来后在冷库的冷藏不能超过10天，而保质期在常温下夏天只有1天，春秋季节不超过2天，冬季不能超过3天。最初70%的产品被礼泉县附近的消费者购买，逐渐变成外地游客占到五成。广东、海南、上海等南方游客品尝后觉得品质很好，想带些回去送人。但何林觉得他们路途遥远，一旦酸奶变质就会影响声誉，所以婉言拒绝路途较远的游客购买，为此每年减少营业收入100万元以上。"不加防腐剂的酸奶味道确实好，但不能走远。我们正在研究用保温材料制作包装盒将酸奶装入其中，便于路途较远的游客携带。"何林介绍道。

郭占武有个心结，怕何林半途离开袁家村，所以把他当成"宝贝"。2015年7月，他在村委会上宣布："酸奶专业合作社的600万元股份中让小何占20%。"

何林得知此事后感到不妥，因为合作社此时的收益已经非常高了，600万元股份中有300万元是袁家村村民、商户、邻村村民、贫困户入的股份，另外300万元是天惠乳业公司的股份。如果自己占总股本的20%，就是120余万，这就意味着从别人的碗里夺食，会引起股民的反感。当晚11点多钟，他等郭占武回家后，很真诚地谈了自己的想法，坚决拒绝让自己占股20%。后来，袁家村以村委会的名义给天惠乳业公司发函，建议何林在该公司300万元中享受20%的股份，他仍然觉得不妥，迟迟没有将公函交给天惠乳业公司。再后来，郭占武多次催促，实在推辞不了，何林只好在该乳业公司入股20万元。年景好时，每年可以获得12万元分红。在合作社工作每月的工资报酬是3000元、天惠乳业发放7000元，加之每年8万元至10万元的奖金，加起来也有30多万元。"刚开始是合作方天惠乳业派我来的，但现在我感到自己是一个袁家村人，有郭占武书记的大力支持，工作很开心。"何林说。

从2014年3月5日使用新设备至今，酸奶作坊已经销售了3000多万瓶优质酸奶，6元一瓶的价格，最多时一天就能够卖掉近万瓶。正常情况下每年能够出售460多万瓶，实现年产值2800多万元、利润860万元。2015年销售形势最好时，实现产值3500万元、利润1200万元。村集体扣除利润总额20%的公积金、公益金，剩余的由酸奶专业合作社和天惠乳业公司五五分成。而袁家村300万元股本获得的利润全部分给140户股民，红利保持在50%至130%。

郭占武还十分注重培养外来商户的集体观念。他常说："来到袁家村就是一家人，既是一家人就要心往一处想，劲往一处使。如果一个商户做的食品不好、提供的服务不好，游客就会相互传言，说袁家村如何不好，影响一批游客前来消费。如果服务好了，就会让更多的人前来旅游。"村里成立了小吃街商会，负责管理、协调商户的经营，帮助解决相关问题。入会条件里有条硬性规定：只有自愿义务为大家服务的商户才有资格入会；遇到紧急情况，最忙时能够放下生意和挣钱的机会进行公共服务的，才能入会。

随着时间的推移，全体商户逐渐明白了"皮之不存，毛将焉附"的道理。即只有袁家村的乡村旅游发展得越来越好，自己才能长久赚钱。倘若村里的旅游垮下去了，自己就失去了挣钱的机会。

2015年至2019年这5年是袁家村乡村旅游最红火的几年，每到清明节、"五一"、"十一"、春节长假期间，位于礼泉县的福银高速西张堡出口、李泉出口、桥地出口至袁家村12公里的公路上就会经常排成长队，最多时有5000多辆轿车。

村集体投资2000万元，修建了4个占地150亩，能同时停放1万辆轿车的大型停车场。

每当客流量特别大的时候，商户会自发站出来指挥交通，帮助安排停车位置、提供推车等公益服务。游客如果把车停在土路上，遇到下雨天气，车辆打滑开不走，商户就会自发地冒雨帮助推车。如果发现哪位游客的汽车忘记关窗户，商户发现后就会报告村里，通过广播提醒游客及时关闭，以免车内物品丢失。如果发现游客与家人走散了，又没带电话，商户就会丢下手中的活儿帮助寻找。游客随身携带的物品若不小心遗失了，商户发现后会立即交给村委会与其联系。有个小吃店的临时工发现座位上有个钱包，里面装有数张银行卡，还有几千元现金，交给村委会多方查找到失主，对方拿出1000元现金酬谢，临时工坚决表示不能收。后来，村里对他给予了一定的物质奖励。

建设小吃街、作坊街的初期，房屋是袁家村集体投资盖的，经营户既不负担房租，也不用向村里交纳提成，而是全部装进自己的腰包里，少则上百万元，多则数百万元，很多村民有看法，包括老书记郭裕禄，为此多次与郭占武发生争执。

郭占武很清楚，如果不让这些竞争引来的经营户先赚得盆满钵满，积累一定的个人财富，后面成立专业合作社时，让他们按比例分配所赚利润的可能性就会很小。

他顶着来自各方面的巨大压力，坚持商户到袁家村的收入归己，一直到2012年5月成立作坊专业合作社和2015年5月成立小吃街专业合作社后，商户的经营

郭占武：把农民组织起来 卖乡村生活和乡村文化

收入才由村集体统一收取，再按比例分配。

郭占武认为，发展乡村旅游，让大伙儿在致富的路上，本村村民一个都不能少。有位叫袁继新的村民一度思想转不过弯来，不管村干部怎么去做工作，他既不开办农家乐赚钱，也不愿意入股小吃街、作坊合作社分红，而是甘愿死守8亩责任田，理由是家里没有钱投资。

有天晚上，郭占武来到他家动员道："全村62户中有61户都在小吃街合作社入了股份，就你一家不入不太合适吧？"

"有啥不合适的，我家条件不好，拿不出20万元入股。"袁继新说道。

"村集体出台了政策规定，能用现金入股的就用现金入股，现金不够的，可以将自家的责任田作价入股。还不行的，村里提供信誉贷款1万元至10万元，年息10%。"郭占武说。

"农民以种地为生，我家的8亩地一直种苹果卖，怪好的，我不想失去土地。"袁继新说道。

"想种地是你的权利，但你家的土地位置需要调整，因为现在的地方已规划为建设农庄儿童研学基地，不能因为你一户的土地影响了全村的规划和发展。更何况，种植苹果的收益较低，入股肯定会获得较高收益，落下你一户，村'两委'有责任，我的心里也不甘。"郭占武耐心地说。

可不管郭占武怎么苦口婆心地劝说，袁继新就是不松口。

随着时间的推移，看到其他村民因开办农家乐和入股小吃街、作坊街专业合作社都发了财，袁继新坐不住了，从2015年5月起也开始开办农家乐，赚了一些钱。

2019年3月，袁继新的妻子杜凤琴找到村会计，承认两人太犟了，在认识上有问题，存在偏差，要求村里再给个机会，让她家享受村民待遇，在小吃街专业合作社入股20万元。

在随后召开的村"两委"会议上讨论此事时，郭占武谈了自己的看法："既然袁继新夫妇承认了错误，那就原谅他们一次，让他家在小吃街合作社入股分红。"

"时间已经过了10年，当初给他们好话说尽，就是不开窍，现在让他们入股，其他村民会怎么想？大伙儿是否有意见？"一位村委会副主任质疑道。

"这两人的所作所为是很让人生气，可他们毕竟是袁家村的常住村民，实现共同富裕是我们的追求，要让每个村民都能享受发展的红利。"郭占武稍加停顿后继续说，"这件事儿既要解决，也要慎重，村'两委'作出决定，再提交党员大会审议和村民代表大会表决通过后,才能予以办理。如果有村民提意见,村干部要耐心地做好解释工作。"

袁继新、杜凤琴夫妇的愿望最终得以实现,将自家的土地交给村集体后作价到小吃街入股20万元,补发了17万元红利。两人高兴之情溢于言表,后悔当初思想过于僵化,开不了窍。

袁家村内有1780个创业经营户,从业人员3600多人,其中大部分是外来人员。郭占武不排外,一直把他们当成本村村民对待,力所能及地提供帮助。在他的提议下,村"两委"认真研究决定,在村域内建设成本价的住宅小区,妥善解决他们的住房难问题,让商户安心经营、拴心留人。而后,经过一定的民主程序,于2014年6月建成袁家村小区,6栋共190套经济适用单元房很快竣工并投入使用,占地11亩,房屋建筑面积小到55平方米,大到120平方米,共4种户型(55、87、110、120平方米),均价只有1050元。

继小吃街、酒吧街、作坊街、文创街建设成功之后,郭占武考虑最多的是采取什么办法进一步提高村民收入,同时有新的亮点吸引游客。发展精品民宿被提上他的重要议事日程。

2012年至2013年,郭占武带领村"两委"干部及开办民宿的代表,先后到莫干山等江浙一带经营非常成功的精品民宿参观学习,还到我国台湾地区及东南亚一带考察,学习房屋装修风格、先进理念、管理方法。

全村民宿客栈经过改造,不断提档升级,有37家成为精品民宿。"这些精品民宿客栈以关中风格为主,同时又植入了一些现代元素。"烟霞镇包村干部郭俊武介绍道。

2018年3月,胡想家民宿在普通客栈的基础上进行改造,总投资350万元,由郭占武负责建筑风格指导,他的妻子谷文卓负责装饰装修设计。整个建筑吸纳了北欧建筑、装修、装饰风格,客房的地面既没有用瓷砖,也没有用木质或复合地板,而是用石英砂做的水泥自流平。室内三层观光型电梯是从瑞典进口的,轻装修、重装饰,颇为时尚,符合"90后""00后"年轻人的消费风格。12间客房的利用率很高,房价也不是很贵,单间每晚320元,大套间每晚568元。2019年1月开始营业后,入住率达到60%以上。旅游旺季时往往一房难求,需要提前10天至15天在网上预订。

为加强对全村民宿的管理力度,郭占武提议成立袁家村民宿协会。改造精品

郭占武：把农民组织起来 卖乡村生活和乡村文化

民宿时，房屋限高也限低；控制相互杀价、恶性竞争；提高服务质量，让游客具有舒适感等，这些都让民宿协会来做。凡是新开业的民宿，房价先是自己评估，然后由协会组织相关人员、村干部、党员代表进行二次评估，把自己的报价和集体评估的房价结合起来合理定价。全村62户村民家家户户开办了普通民宿，房间定价为每晚200元。精品民宿定价为每晚300元至600元。"如果精品民宿价格太低，就会伤及普通民宿；如果卖价太高，就会形成社会乱象，造成农户的心理不平衡。所以必须严格管控，防止同质化恶性竞争和相互杀价，影响袁家村的乡村旅游形象。"郭占武说。

村集体规定，经营户在定价的基础上最低可以打八折，但最高不能超过定价，如果违反规定，被举报或被发现后，给予3000元至5000元经济处罚。有家精品民宿的房间定价为580元，在2021年国庆节期间却擅自提高到1000元，在网上发现后，给予了5000元经济处罚。

袁家村村民最早开办客栈民宿所用的床单、被罩、枕巾、浴巾等，都是自己洗涤。从2012年3月开始，村集体相继引进3家洗涤公司进村服务，实行专业化消毒、洗涤、晾晒，确保干净卫生。

郭占武对袁家村每户村民都关心备至，只要能够做到的，不论大事小事，他都会尽最大努力去做好。2006年7月，他担任村党支部副书记之初，有一天，母亲周方兰问道："你知道什么是村干部吗？"

郭占武没有回答。

"什么时候村民两口子吵架了，不找家里的老人评理，而是找你讲清楚事情缘由，说明你在群众的心中才是真正的村干部。因为他们认为你处理问题最公平、最公正。你能否成为这样的村干部？"母亲问道。

"我现在还不行，但一定努力成为群众心中的真正村干部。"郭占武答道。

母亲的话一直深深印在郭占武的脑海里，而且努力去做好，时刻牵挂着每一位村民。"占武书记始终把村民的利益放在首位，重视程度超过了自己。"村委会副主任兼醋坊合作社社长郭洪江说。

郭占武在村里没有办公室，村"两委"开会要么在建设工地，要么在茶馆找个空地儿进行。不管哪家改造客栈，提档升级，他得知后都会不厌其烦地前去现场指导。有天傍晚，村"两委"班子成员在一家茶楼开会，郭占武无意间看到村民郭社教向他张望。会议开完已是深夜11点多钟了，郭占武来到那位村民家。原来他家正在盖房子进行客栈改造，投资较大，担心出什么问题，想请书记给提提意见、把把关。郭占武上下仔细观看，觉得空间太小，提出了一些中肯的意见，被郭社教一一采纳。

郭占武爱才，一直注重培养、选拔德才兼备的年轻人担任村干部，现任14位村"两委"班子成员中，"80后"5人、"90后"2人。他多次在村民代表大会上讲："不管哪位村民的子女大学毕业了，都可以到村里来锻炼两年，有兴趣的就留下，想离开的也不强求。"谁家的孩子在上大学，他都熟记在心，毕业前要么给其父母打电话，要么派名村干部上门摸底，了解其就业意向、目标或想法。王创战就是一位典型代表。王创战生于1985年，是本村村民子女，2007年6月从西安汽车学院毕业后，在一家4S店工作。袁家村的农家乐发展较快，到第二年春天，他家开办的农家乐一天就能获得8000多元收入，而自己在西安打工的工资每月只有1500元。他经常利用休息时间回家给父母帮忙，明显感到干这行很有希望，在外打工不如回村自己干。2009年初，他辞去西安的工作，回到袁家村开办农家乐。

转眼到了2013年1月。一天上午，时任村委会主任郭俊武找到王创战谈了一番话，动员他到村里好好锻炼一下。他表示回去好好考虑一下再做答复。

妻子支持他到村里锻炼，父母却很反对，怕他干不好，让人笑话。

这年2月的一天，郭占武找王创战到王家茶楼交心谈心。首先了解他家的农家乐经营情况，而后问他对村里的乡村旅游发展是否有信心，并动员他到村委会好好锻炼一下，再视情况自愿选择去留。王创战这次很爽快地答应了。

"你给我说一下，人这一辈子活着最有意义的事儿是啥？"郭占武问道。

王创战不知该如何回答。

"我觉得人活着最有意义的事儿就是给大伙儿创造财富，为社会做贡献。"郭占武说。

王创战觉得这句话很有道理。第二天，他就到村里报到，参与大大小小的接待工作，认真锻炼讲袁家村的故事、处理各种矛盾的基本功。

经过一段时间的细心观察，郭占武觉得王创战是个当村干部的好苗子，便提议上级党组织按程序任命他为袁家村村委会副主任。

在工作中，郭占武对王创战热心进行传、帮、带，告诉他："工作会不会干，就要切换一下自己的角色，首先弄明白作为一名村干部，为谁干？怎么干？如何全心全意为村民服好务？""只要有利于袁家村的全面发展，有利于村民致富、商户

郭占武：把农民组织起来 卖乡村生活和乡村文化

经营和游客吃住行购，你就要大胆地干，大胆地管，不要怕犯错误，只要知错就改，就会不断进步。""袁家村发展乡村旅游，对小吃街、作坊街、城市体验店实行股份制办合作社，目的就是让全体村民实现共同富裕，一个人都不能少。"

王创战细细体会着郭占武说的每一句话，感到压力很大，有很长一段时间失眠。他尽心尽力地干好本职工作，所分管的接待、村民矛盾化解等工作都干得很出色。

2018年7月在村"两委"换届选举时，王创战高票当选为村委会主任。到2021年3月再次换届时，因上级要求郭占武当选为村党总支书记后，与村委会主任实行"一肩挑"，因此王创战当选为村党总支副书记，协助郭占武抓好村里的日常工作。除负责完成县直有关部门、镇委、镇政府安排布置的各项工作、接待任务外，还要全面抓好村里各项工作的具体落实。王创战思想解放，办事认真，自律意识较强，工作充满激情。他积极帮助袁家村引进了星巴克咖啡店、名创优品等新业态，带头执行村集体关于精品民宿限价规定，带领村里的年轻人开展各项文化活动，在村民中具有较高威信。

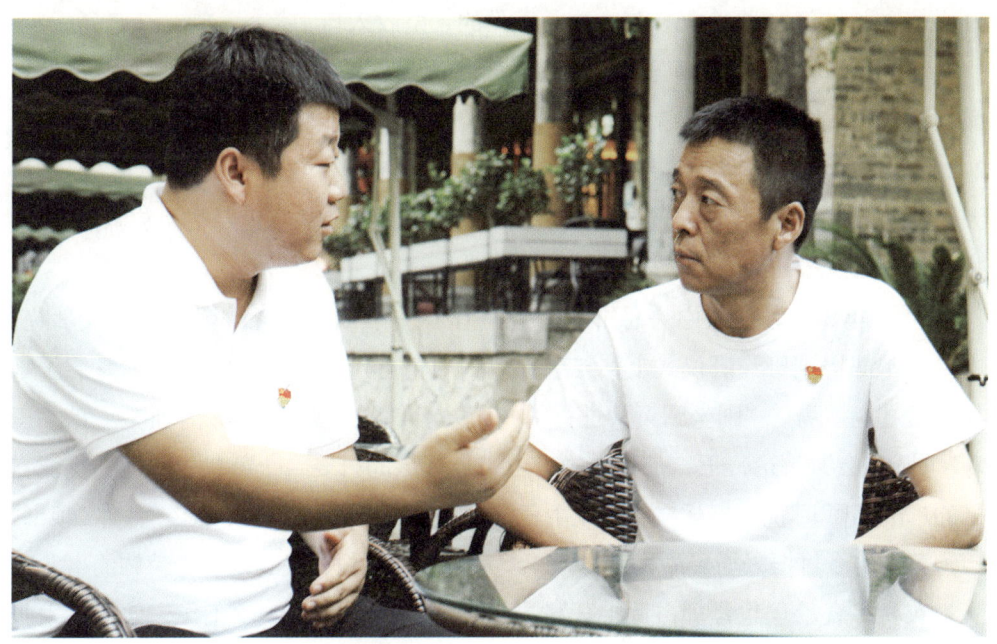

郭占武（右）与村党总支副书记王创战交心谈心，商讨村里的工作

在郭占武的努力下，袁家村近年来有20多位大学毕业生相继返乡创业，参与村里的各项建设，其中大部分是"90后""00后"的年轻人。1993年出生的村委会副主任王琪就是其中一位。他2014年7月毕业于长江理工大学工程造价专业，

本科学历。大学毕业后被招聘到中国建设集团公司，分配到云贵川西南片分公司工作，不久就被任命为分公司合同部副部长。

王琪每年都要回袁家村探望父母，郭占武每次见到他，都要问他是否有回村创业、到村委会接受锻炼的想法，并鼓励他："袁家村未来的发展和建设要靠你们年轻人，回来吧！给自己一个锻炼的机会，也给村里增加一份力量。"他没有明确表态，感到很纠结。因为自己在央企工作多年，正处于发展时期，每月薪酬1万多元。如果回到村里工作，每月工资只有2000多元，差距太大。父母给他打预防针说："回来后面对的就是乡里乡亲的一大堆琐事。"但他每次回来都会发现村里的乡村旅游和村容村貌有了新的变化，便在大脑中产生了强烈的冲动——想为村里做点什么。

经过慎重考虑，王琪最终还是于2018年10月辞去中建集团公司的正式工作，回到袁家村，被安排到村委会打杂，参与接待、讲解，接受锻炼。

第二年10月，郭占武支持王琪在本村酒吧街开办了一家麦田酒吧，以弥补他的工资收入差距。经过努力，开业的第一年，王琪的酒吧营业收入竟然达到40多万元，实现利润23万余元，与在央企工作的工资收入持平。

郭占武细心观察，发现王琪不仅为人低调、和蔼，工作热心、细心、耐心、有激情，而且为村民服务周到，人缘很好。经过村"两委"讨论，报烟霞镇党委批准，于2020年3月任命他为村委会副主任，分管村里的接待、宣传和调解工作。尽管每天需要调解村民间的矛盾，解决游客和商户之间的纠纷，甚至还要帮助游客拍视频、找孩子，但他却任劳任怨、乐此不疲。

2021年3月，中共中央总书记习近平在春季学期中央党校（国家行政学院）中青年干部培训班开班仪式上，与全国范围内精心选拔的6名"90后"基层干部代表通过视频隔空"围坐圆桌"，进行了一场关于"权力观、政绩观、事业观"的"三观""圆桌会"讨论，王琪是其中的一位来自基层的村委会干部代表。他在交流自己的"事业观"时说："担任村委会副主任一年多时间让我更加确定,在一件件'琐事'中为家乡的乡村振兴增砖添瓦，服务好袁家村的每一位村民，是一份荣耀的事业。"

农村综合治理也是郭占武担任村书记期间高度重视的一项工作，他一贯主张一定要把各种矛盾解决在萌芽状态。村"两委"每周一晚上开会讨论发展乡村旅游中存在的问题，村民与村民之间、村民与商户之间出现的矛盾，及时研究解决。有户村民在自家门口摆放了一个冰柜卖冷饮，一天能赚1000多元，邻近的几户村民见利润丰厚，也纷纷效仿，不把经营农家乐当成主业，郭占武发现后及时主持村"两

郭占武：把农民组织起来 卖乡村生活和乡村文化

委"作出规定予以制止。

袁家村62户村民房前的街道上由村集体统一划定停车位，有的村民默认是自家的，游客停放车辆后要被强行挪车。郭占武得知此事后，及时让村委会作出规定：村民房屋滴水以内的属于个人地界，滴水以外的属于村集体共用部分，禁止村民让游客挪车。在随后召开的村民大会上，他充满激情地说："游客就是我们村的上帝，来的人越多，消费量就会越大，大家的收入就会越高。让游客挪车是一种极不友好的行为，不仅会引起游客的反感，还会让游客一传十、十传百地说袁家村的坏话，影响全村的形象和口碑，减少旅游人数。游客不来了，对谁家都没有好处，各家各户的经营收入就会相应减少。所以游客把车停在村里的车位上，不管是谁，都不能让挪车。"他的一席话，让大伙儿茅塞顿开。从此，再没有发生过村民让游客挪车的事儿。

这件事儿让郭占武受到启发，必须下大力气提高村民的整体素质，确保乡风文明。在他的提议下，2017年4月，袁家村开办了农民夜校，每周开班一次，分头让村干部和邀请的专家学者讲课，组织村民、商户系统学习国家的法律、法规、政策、文明知识、生活常识等。还不定期邀请开办农家乐、经营成功的商户到夜校传授好思路、好经验、好做法。截至目前已开班了40多期。

袁家村家家户户开办民宿客栈，经济实力强的人家相继改造成精品民宿。改造房屋时，有的人想盖得好一点、有的人想盖得高一点，邻居往往就会产生是他欺负人的心理，如果遇到什么不顺心的事儿，就会认为是对方造成的，极容易产生邻里矛盾纠纷。郭占武深知这一点，经过村"两委"讨论后作出硬性规定：不管哪家村民改造房屋，必须事先到村委会报备，在一张制式的表格上填写清楚所盖房屋有多少间；长、高、宽数量；左邻右舍是否知道并同意你何时动工、何时竣工。而后，让邻居在表格上签字同意后，村委会才允许施工。其间，村干部会定期查看报备情况是否落实。"这样，就不会因为盖房子引起村民的家庭不顺当，也不会因为房子盖得太高、太好，引起邻里矛盾纠纷。"王创战介绍道。

28号住户张雷家盖房子前按规定到村委会进行了报备，左边的27号、右边的29号家庭户主也在表格上签字表示了同意。2021年11月动工，第二年6月主体工程完工后，邻居提出他家的房子影响了自家的采光。郭占武责令村党总支副书记王创战妥善处理此事，并告知："不要因为张雷事先报备了、左邻右舍签字了，就撒手不管。村干部要多关心村民的事儿，出现矛盾很正常，但要及时调解处理，

乡村振兴领头人——中国模范村书记

空中俯瞰袁家村村貌（无人机航拍照片）

避免矛盾激化。"

经过王创战热心、公心、耐心地多次反复调解,最后达成双方都能接受的协议并签字,由张雷出资将左右两户邻居的墙壁刷白。

弘扬正气、压制邪气,是郭占武一贯坚持的主张。在他的提议下,村委会设立专项资金,对本村村民、经营户中出现的好人好事,既进行精神奖励,也给予物质奖励,最高数额达到1万元。

袁家村的客流量大,社会治安管理引起了各级领导的重视。礼泉县公安局成立了旅游警察大队,还在距该村2公里的地方设立了派出所。全村各个交通路口、村内的大街小巷共安装了2800多个电子监控摄像头,不留任何死角。村委会的监控室内24小时有人值班。在法定节假日期间,全体村民轮流义务执勤,对全村的环境卫生、商品价格、服务质量进行监管,疏导交通,引导车辆出行。从2007年至今,袁家村没有出现一起越级上访,也未出现一起刑事案件,2020年被中央文明委评为全国文明村。

"袁家村的乡村旅游经过了18年的发展,虽然取得了一定的成绩,但不能有丝毫懈怠和满足,需要在经营方向、管理模式、分配机制上不断认真探索,形成更加成熟的经验。"郭占武很谦虚地说。

郭占武访谈录

作　家:您本来具有令人羡慕的公务员身份,又是人民警察。2006年6月,您毅然选择回村创业,带领村民发展乡村旅游,走共同富裕道路。您回乡并担任村书记的初心是什么?经过近20年的艰苦努力,袁家村已经成为全国范围内发展乡村旅游最成功的村庄,村民收入逐年增加,过上了幸福生活。您却"约法三章":包括自己和家人在村里没有任何经济利益,既不领工资,也不入股,更不做生意,您努力奋斗的内生动力是什么?

郭占武:我回村的初心是一定要想办法扭转当时已成为空壳村的局面。因为袁家村在老书记郭裕禄30多年的艰苦努力下,曾经是全省、全国农业战线的一面旗帜,由于受国家环保、产业调控政策的影响,21世纪初,一度非常红火的村办企业纷纷关停并转,经济效益直线下滑,出现了"企业垮了、人心散了"的不利局面。经过认真总结分析,结合本村实际,确定了发展乡村旅游的目标。

我担任村书记的初心是要让乡村旅游发展得更好,不断提高村民收入,实现共同富裕。我本是经过上级组织部门批准回村挂职锻炼的公务员,到2013年初,已有了7年时间,是回到城市还是留下来,也曾纠结过。但此时袁家村的乡村旅游还处于起步阶段,我担心自己一走,好不容易搞起来的这一产业,有可能再次垮下去。所以思来想去,还是留了下来,正式被上级党组织任命为村党支部书记,后来又自愿辞去公务员职务,扎根村庄不走了。

我的内生动力来自以下几个方面。首先,自己是一名具有30年党龄的共产党员,全心全意为人民服务的宗旨要时刻牢记,并付诸行动。其次,受我父亲的影响,总认为这个村庄就是自己的家,村民是自己的父老乡亲、兄弟姐妹,让大伙儿过上好日子理所当然,是我义不容辞的责任。最后,我认为好不容易发展起来的乡村旅游不能倒,如果真是倒了,别人就会笑话,自己就没有面子,村里就会引起很多矛盾。

作　家:您在发展乡村旅游中遇到了哪些压力和瓶颈问题?是如何有效解决的?

郭占武:袁家村的乡村旅游从无到有,从有到精,一步一步发展到如今的规模,经历了好几个发展阶段。开办农家乐之初,村民还是挺支持的,因为村里组织大伙儿外出到很多地方参观学习。刚开始有50户报名,他们想得很简单,以为摆几张桌子、放几把椅子就能赚钱。当村委会告诉大家起码得投资1万到2万元把房子装修一下、添置一些必要的设备时,大伙儿就都不想干了。通过做工作,让11号住户王创造和22号住户郭全武先开办,做个示范。村民们一看开农家乐很赚钱,就纷纷跟着干起来了。

我们村发展乡村旅游是从开办农家乐开始的,既未贷款,又没有占地。我当时最大的思想压力有两点:一是怕此事干不成功,二是担心不能实现共同富裕。所以谁家盖房,我就有压力,怕他赚不到钱。村民入了股,我有压力,怕分红太少。

发展乡村旅游中,每出台一项政策前,我都细致考虑会涉及哪些人的切身利益,事先沟通好,所以在会上宣布时没有人争吵,也很少有人反对。我做一切事的出发点都是为了大家的共同利益,而不是为了剥夺某些人的合法权益。

我自始至终是以实现共同富裕为出发点,所以后来在发展产业时实行了股份合作制,家家户户既能自己开办民宿挣钱,也能入股分红,使全村既没有特别富的,也没有特别穷的,收入基本均衡。

郭占武：把农民组织起来 卖乡村生活和乡村文化

发展乡村旅游曾经遇到了两个瓶颈问题。第一个是发展之初，村民对村委会缺乏信任。大家明明知道小吃街、作坊街能赚钱，可动员他们入股时，都磨磨叽叽地拖着。主要原因是怕钱投进去后不公开、不透明，分不了红，更担心本钱收不回来。为此，在村民大会上，我公开表示以个人人格做担保，监督大伙入股的钱不被人贪污、挪用，保证大家能够分到红利。村"两委"出台的政策规定，任何人不得在小吃街、作坊街"吃白食"，谁吃谁付款；所有经营户的收入要公开透明。透明到什么程度，就是每个小吃摊位、作坊今天卖了多少钱、花了多少钱，全部公开。并实行挣到钱就分红，从最早的一天一分、一周一分，过渡到一月分一次，这样才解决了村民的信任问题。到后来，经大伙儿同意，就实行一年分红一次。

刚开始，村民入股的积极性很差，几乎都不想入。可随着时间的推移反转过来了，逐渐变成都想多入。这也不行，村里要考虑全体村民收入的均衡问题。采取农家乐经营较好、赚钱较多的农户尽量少入，家庭收入较少的村民可以多入的办法。因为我们要实现共同富裕，不是把少数人带富，而是把多数人带富。所以，我在不同场合经常给村民灌输这一思想。

要想取得村民的信任，还有个问题就是公平合理、不谋私利。如果在发展乡村旅游的过程中，我本人及其他村"两委"干部优亲厚友，把地理位置优越的地方划给自家人、亲朋好友经营；在效益较好的小吃店、作坊合作社入股数量最多，那矛盾就出来了。所以在这方面我考虑比较多，把关很严，不让任何亲戚朋友包括同姓的宗族村民在经营中有不正当收益，并自觉做到了本人在本村所有经营项目中没有任何经济利益。为这事儿，弄得全家人都对我有意见。有意见就有意见吧，我也顾不了那么多了。

第二个是发展初期建设街道的筹资问题。建康庄作坊街之初，村集体只有 20 万元资金，实在想不出其他办法。我就动员家属把多年的积蓄拿出来，包括父母、姐姐家的积蓄，一共凑了 180 万元，予以垫支。建设小吃街时，需要投资 3000 多万元，一是动员村"两委"干部集资，二是向部分村民借贷，多方筹资 2300 万元，但还是不够。我又向朋友借，垫资 700 万元。最后，村民、商户入股后才逐渐把这些钱退给债权人。

作　家： 您为何选择把农民作为发展乡村旅游的主体，而不是单纯选择社会资本投入？袁家村现行的经营模式和分配机制有何意义？

郭占武： 村委会与社会资本投资有着本质区别，村委会需要考虑每个村民的切身利益，兼顾福利性、公平性。而公司却纯粹考虑赚钱的问题，最大特点就是逐利性。

我既然是袁家村的党组织书记，就是村民的代表，考虑的是全体村民的整体利益，在致富道路上一人都不能掉队，每家每户都应受益。社会资本进入袁家村的一个前置条件，就是让他成为村集体赚钱的工具，而不能让它成为利用袁家村的便利条件获得高额利润的渠道。所以，每当引进社会资本时，我就代表村集体、全体村民与其谈判，明确告知如何在合作中让村民、村集体利益最大化。

袁家村的经营模式为"村集体＋公司＋专业合作社＋经营户"。这种体制有以下好处：村"两委"在整个经济发展、运行中只负责规划和宏观管理，微观上不过多干预；公司、专业合作社作为一个独立的经济实体，自主经营、自负盈亏、自我约束、自我发展；商户按照合作社的要求，实行竞争上岗、独立经营、合理分配。所以三者之间相辅相成地成为一个有机整体，各负其责、合理衔接、相互制约，而不会出现负面干扰，影响经营者、管理者的积极性。

分配机制上由3部分组成：一是事先科学合理确定经营户的分配比例，每年年底进行一次核算，按比例兑现分配收入；二是从总收益中去掉商户的分配收入后，按总额的20%由村集体提取公益金、公积金；三是剩余部分一分不留地给股东分红。村"两委"对乡村旅游发展中经营收入分配的指导思想是：轻集体积累，重村民收益，在商户中兼顾公平。因为发展经济的目的是让村民不断增加收入，过上幸福生活，而村集体的收益主要用于公共事业建设和再发展的投资。

在袁家村定发展方向，给大家分钱，带大家致富。我是村书记，权力最大；但说到钱的分配，村民的权力最大，因为他们都是股东。我没有入股，就没有发言权。我始终觉得有无数双眼睛在看着自己，所以不能有任何徇私的想法。

作　家：袁家村的长远发展目标是什么？为保证这一目标的顺利实现，将采取哪些有效措施？

郭占武：经过村"两委"反复讨论，确定袁家村的长远目标是打造全国乡村振兴村与共同富裕示范村。

为保证这一目标的顺利实现，需要采取以下措施。第一，认真做好高质量农村党建，不断提高村党组织的凝聚力、战斗力。加强村党总支在全村发展、建设、治理、服务中的核心领导和战斗堡垒作用。村书记率先垂范，以身作则，做好表率和标杆；村班子成员和全体党员发挥先锋模范带头作用。在工作方法上不断创新、

郭占武：把农民组织起来 卖乡村生活和乡村文化

在功能上努力创造，争创全国先进基层党组织。

郭占武（中）同村"两委"班子成员一起，现场审查全村的规划图

第二，努力把乡村旅游做大做强，实现一、二、三产业融合发展，不断提高经济效益。巩固、改善村域内的经营环境，适当扩大新业态。继续推行"袁家村"的品牌输出，按照"不一味贪大求洋、成熟一个发展一个"的原则，稳妥扩展城市体验店和文旅合作项目，力争把"袁家村"做成一个国内国际知名的乡村旅游品牌。在发展中鼓励个人创业，持续增加收入，力争全村人均可支配收入达到30万元。同时，不断壮大集体经济实力，兼顾公平，实行二次、三次分配，真正实现全体村民共同富裕。

第三，积极做好农村综合治理，打造宜居宜业、稳定、平安、和谐、文明村庄，争创全国民主法治示范村。继续走生态优先、绿色发展之路，保护村庄环境，进行绿化、美化；及时化解村民之间、商户之间、村民与商户之间的纠纷，防止矛盾激化；加强法治教育和村域内的治安巡逻，防止刑事案件发生；不断提高村民整体素质，形成文明乡风。

作　家：您认为一个优秀村书记应该具备什么样的素质和条件？选拔村书记时应着重考察被选举对象哪些方面？

郭占武：我认为一个优秀村书记应该具备以下几个方面的素质和条件。一是要有较强的能力。这个能力包括谋划产业发展的能力、治理村庄的能力、解决各种矛盾和问题的能力等。二是不能私心太重。如果总是把个人利益看得很重，处处想捞好处、占便宜，办事儿不公平、不公正，优亲厚友，以权谋私，村民就不会信任你，你就缺少威信，更没有号召力。三是要有高尚情怀。这个情怀就是无私奉献，甘于吃亏，一心一意为村民、为集体谋福利。村书记这份工作很辛苦，一年四季忙忙碌碌，没有节假日，还经常受委屈，工资待遇又不是很高，所以没有情怀是干不好的。四是要有坚强的意志。确定产业时要因地制宜、因村制宜，不能空中楼阁、贪大求洋。一旦发展的目标确定之后，就要自力更生、艰苦奋斗，不怕困难、不怕挫折，持之以恒，锲而不舍。既不能等、靠、要，也不能半途而废。

选拔村书记时要着重考察被选举对象的人品。能力很重要，人品最关键，如果一个人的品德有问题，再有能力也不行。往往是能力越强，造成的危害越大、影响越坏。

作　家：您认为怎样才能确保乡村振兴战略取得实效？关键因素是什么？

郭占武：我认为应该认真做好以下几点，才能确保乡村振兴战略取得实效。第一，国家应该进行顶层设计，推动农村体制改革。从根本上解决村干部的待遇问题，将想干事、能干事、会干事、干成事的村书记转成行政事业编制，不要随意调离工作岗位，但在级别上要给予一定的上升空间。同时，提高其他村干部的政治待遇、工资报酬，实行职业化，以吸引更多的大学毕业生加入这个行业中来。第二，党政机关和直属工作部门不要过多干预村书记的工作。行政村毕竟不是体制内的机构，而是一个群众性自治组织，在大政方针上必须同党中央保持高度一致，而在具体村务的处理上，实行村务公开、村民自治、民主管理是最好的办法。村书记不要把大量时间用在到上面开会、迎接各种检查等"务虚"的工作上，而要自我约束、自我发展，把大量精力投入谋划发展产业、美丽乡村建设、综合治理、为民服务上。第三，要充分发挥基层党组织对农村发展产业的领导。社会资本只能作为村集体赚钱的一个工具，而不能成为主要力量，更不能喧宾夺主。发展产业的主要目的是让农民增收，过上富裕富足的生活，同时壮大集体经济实力，进行三次分配，真正实现共同富裕。

实施乡村振兴战略的关键是把农民组织起来。相信群众、发动群众、依靠群众，是我们党的优良传统。如果没有广大农民的参与，如果不能充分调动他们的积极

郭占武：把农民组织起来 卖乡村生活和乡村文化

性、主动性，那么发展产业也好，生态宜居、乡风文明、治理有效、生活富裕也罢，都是空话。

作家点评

袁家村曾经是一个非常普通的小村庄，2015年与相邻的东周、西周两村合并前，版图面积只有0.47平方公里，村民只有62户、282人。然而，在郭占武的带领下，经过18年的艰苦努力，乡村旅游从无到有、从小到大，十分红火。还不断向本省大中城市、外省进行品牌输出，形成了一、二、三产业融合发展格局。现如今，袁家村已成为全国范围内发展乡村旅游最成功的一个村庄。

袁家村的乡村旅游经历了四个发展阶段：第一阶段从2007年7月起，62户村民相继开办农家乐、在康庄街开设6户手工作坊，为起步阶段；第二阶段从2009年5月起，在村域内陆续兴建小吃街、酒吧街、作坊街、文创街、书院街、祠堂街、回民街、关中大集街、关中古镇街等9条街道，加上之前建设的两条共11条街道，为发展、鼎盛阶段；第三个阶段从2015年8月起，陆续在西安市开办了16家、在咸阳市开办了2家、在宝鸡市开办了1家共19家城市体验店，为"袁家村"品牌进城阶段；第四个阶段从2016年12月起，陆续到青海、山西、河南、江苏、海南、四川等省与当地政府、企业合作，发展文旅项目，为"袁家村"品牌省外输出阶段。

袁家村既不是风景名胜区，又没有文物古迹，也不是古村落，距离西安市70多公里，距离咸阳市40多公里，并没有区位优势。然而，在郭占武的具体谋划下，把农民组织起来，该村在不到1平方公里的土地上相继建成了11条街道，农民既是经营者，又是管理者，把乡村旅游做到了极致。高峰期年接待游客数量曾经达到660万人次，实现年产值4.6亿元、利润8000万元至1亿多元，可谓发展乡村旅游的奇迹。

全国很多地方的一些村庄都想模仿、复制袁家村的乡村旅游模式，但成功者甚少。根本原因是只看外表，未读懂其内涵，功夫没有下到点子上，所以只能以失败而告终。

本人曾两次到袁家村采访：第一次是2016年9月，只待了1天时间，走马观花，只知其皮毛；第二次是2022年6月下旬，在该村蹲点采访6天半，而且是白天加晚上。村"两委"积极配合，精心安排，共采访了33位村干部、党员、群众代表、专业合作社负责人、经营户、游客等，是本人自2017年9月采写全国典型村书记以来，在一个村采访时间最长的一次。通过明察暗访、刨根问底，终于读懂了郭占武，发现了袁家村成功发展乡村旅游的奥秘。

"为人低调、淡泊名利、心怀村民、无私奉献"，这就是郭占武精神。

袁家村发展乡村旅游，既不是当地政府投入巨资砸出来的风景区，而后成立一个管委会来管理，也不是借用社会资本投资成立一个经济实体来运营，而是在村党组织领导下，从初期村集体未投一分钱、未占一亩地，村民自主开办农家乐开始发展。之后，村集体投资20万元，郭占武个人垫资180万元，建设了一条120米长的康庄作坊街，6个民间手艺人制作豆腐、酸奶等食品加工。而后，采取股份合作制，由公司、专业合作社自主经营、自我管理、自我约束、自我发展，滚雪球般一步步做大做强。农家乐一条街、康庄老街、小吃街、酒吧街、作坊街、文创街等6条街道是村集体垫资兴建的，而后由本村及邻村农民、商户、周边贫困户入股，收回垫资成本。实行的是"村集体＋公司＋专业合作社＋经营户"的经营管理模式。其他5条街道按村"两委"规划，由社会资本投资兴建，接受村里统一管理，投资成本收回后，每年按利润总额的20%给村集体交纳公益金、公积金。

郭占武的心中只有一个追求和梦想，那就是把乡村旅游打造成农民创业就业、增加收入、共同富裕的平台。本村62户村民家家户户开办农家乐和高、中、低档民宿。周边1780个经营者，3600位创业、务工人员中绝大部分都是农民，只有少量城市下岗失业人员，不仅创造了每年数亿元的产值、过亿元的利润，还安排了数千人就业。本村村民人均可支配收入已经达到12万元。

袁家村最独特、最成功的经验是：把农民组织起来，卖乡村生活和乡村文化。使农民成为经营、创业、受益、致富的主体；经营管理模式和分配机制科学合理。

郭占武不是急功近利、沽名钓誉之人，而是脚踏实地、淡泊名利、善于开动脑筋、独立思考的人，看问题很深很透。袁家村确定发展乡村旅游之初，曾先后诚恳邀请了西安市、陕西省20多人帮助进行旅游规划，却没有一人愿意干，但他没有气馁，深深感到"求人不如求己"，便细细琢磨出了如何吸引游客、怎样能够挣钱、如何合理分配利益，等等。

他的脑海里始终保持着长远的发展理念，而不是为了挣快钱。村集体以优惠的政策把商户留住，就等于把游客留住。小吃街、作坊街是村集体投资建设的，通过公开竞争引来的商户，经营之初数年内既不用交纳一分钱房租，又不用向村集体

郭占武：把农民组织起来 卖乡村生活和乡村文化

交任何提留，所赚的利润全部归己，少到 100 多万元，多到 386 万元。这种放水养鱼、让经营户赚得盆满钵满的做法，不仅充分激发了他们的创业积极性，有效促进了市场形成，还让经营户对袁家村产生了深厚的感激之情，为下一步实行股份合作制奠定了坚实基础。

袁家村的乡村旅游定位"关中文化体验地"，既没有投入巨资建设高大上的人文景观，也不是简单拼凑成小吃、住宿之地，而是经过用心提炼、复制出既很土又颇有品位的乡村文化，让游客实地体验原汁原味的乡村生活：尝小吃，坐茶馆，泡酒吧，住民宿，品文化，带特产。其中，最具吸引力的是久吃不腻的小吃，临走前必须大包小包购买由手工作坊制作的农产品，回家让家人品尝或馈赠亲朋好友。小吃、农产品为何那么吸引人？是因为货真价实，既不掺假，也不加任何添加剂，真正属于绿色食品。

郭占武采取的措施是从源头进行控制，真正让农民自己捍卫食品安全。面粉、菜籽油、粉条、醋、酱油、豆腐、醪糟、辣子 8 家作坊其实就是前店后厂的小型企业，但不是私人的，产权属于集体领导下的全体股东所有。生产豆腐所用的黄豆、生产醪糟所用的糯米，都是从黑龙江五常市定点采购的优质原材料。加工面粉、粉条、菜籽油、辣子等农产品所需的原材料，也是由"订单农业"提供。小吃和作坊制作的产品质量由村干部严格监管、商户之间相互监督，不准掺假，不准加入任何添加剂。村集体规定：全村各户开办的农家乐、小吃街及城市体验店各商户所用的原材料必须从作坊街采购，不仅从源头上堵住了假冒伪劣产品的进入，还促进了各个作坊产品的生产、销售，形成了良性循环。形成既有竞争，又不互相拆台，而是互相捧场、互相关心、互相支持的经营环境，对乡村旅游的持续发展至关重要。在郭占武的精心设计下，袁家村建立了一套科学合理的经营、管理、分配机制。

小吃街及 19 个城市体验店中，实行"一品一店"机制，竞争贯穿于上岗和经营的整个过程，既避免了同质化恶性竞争、尔虞我诈，又消除了商户不用心、不敬业、懒散、欺诈等弊端。

在袁家村做生意的环境很好，做什么事情不需要找关系，公事公办，不会受到村干部的刁难。除自费实际产生的水电费外，没有房租，没有杂七杂八的税收，经营成本较低，开发市场、物业管理等事务性工作全部由村集体承担，商户只需要做一件事情，就是一心一意地把自己经营的商品质量和服务态度做好，做到极致，以最好的质量吸引顾客。如果因懒散造成经营不善，就会被同行的能人取代。

通过建立小吃街、8个作坊等多个专业合作社，形成让村民、商户在各个合作社入股分红的经营分配机制。经营户赚取的利润的分配比例，事前经过民主方式进行了合理确定，分为多个档次：利润数额很高的经营户，分配比例相应降低；利润较低的经营户，分配比例较高，甚至村集体倒贴。这既体现了多劳多得的分配原则，又有效防止了因收入过高或过低形成的两极分化，造成商户与商户之间、村民与商户之间的心理不平衡。

经营利润除扣除经营户的分配收入及村集体20%的公益金、公积金外，剩余部分全部分给股民。使商户与商户之间，商户与集体、村民之间形成利益共同体，避免了因为心理不平衡而相互拆台等不良现象的发生，真正实现了风险共担、利益均享、共同富裕。这些办法绝对是高招儿，一般人想不出来。

袁家村的成功经验告诉我们，发展乡村旅游是一篇很深的大文章，也是一门大学问。首先，定位要准，应因地制宜、因村制宜地确定经营方向、经营主体；其次，要合理确定经营管理的体制和机制，要在内功上下力气；最后，要认真琢磨透游客的消费心理、消费需求、消费习惯，做到有的放矢、可持续发展。

俗话说："会看戏的看门道，不会看戏的看热闹。"但愿众多千里迢迢到袁家村取经的村书记能够沉下心来，虚心学到真谛，而不是浅尝辄止。否则，既耽搁了时间，又浪费了投资，最后换来的只是"一地鸡毛"。

在实施乡村振兴战略中，最需要基层党组织充分发挥战斗堡垒作用，把农民组织起来，自力更生、艰苦奋斗，通过一、二、三产业融合发展，不断壮大集体经济实力，让村民持续增收，过上富裕富足的生活。而单纯等、靠、要国家专项资金砸钱、单独引进社会资本投资发展产业的做法是不可取的。

闵洪艳：
近30年植树 让生态成为绿色银行

人物概要

闵洪艳，男，汉族，1962年1月出生，大专文化程度，1989年7月入党，现任湖北省谷城县堰河村党委书记、村委会主任。当选第十四届全国人大代表，湖北省第十、第十一次党代会代表，先后获得全国脱贫攻坚奋进奖、全国脱贫攻坚先进个人、全国争先创优先进个人、全国旅游能人、中国好人、湖北省优秀党务工作者、湖北省"十佳"党组织书记等荣誉。

乡村振兴领头人——中国模范村书记

湖北省谷城县堰河村党委书记、村委会主任闵洪艳

闵洪艳：近30年植树 让生态成为绿色银行

堰河村党委书记本应叫闵洪彦，可当地派出所上户口时误写成了"闵洪艳"。之后，就一直沿用这个名字。但喊这个名字的人并不多，年龄稍长的人都称他为"闵黑子"，包括当地的历任市、县委书记。此人长得并不黑，只是他的小名而已。但这个称呼他并不恼，连他也经常在不同场合这样称呼自己。

闵洪艳从20世纪90年代初担任村书记后，就在脑海里逐渐形成了保护环境的概念，便开始封山育林，保护生态，按照"管好山、护好水、育好人、修好路、建好村、脱好贫"的目标，坚持走绿色发展之路。经过近30年锲而不舍的艰苦努力，当年"见山山秃头，见路路半头，见水水断流，见人人发愁"的堰河村，如今已建设成为国家4A级乡村旅游区，形成了"走的是绿色路，吃的是生态饭，挣的是环保钱，发的是旅游财"的发展之路。当年十分贫穷落后的小山村，如今已成为全国最美休闲乡村、国家级生态村、全国绿色小康村、国家森林乡村、全国生态文化村、全国乡村旅游重点村，村民收入持续增长，过上了幸福生活。

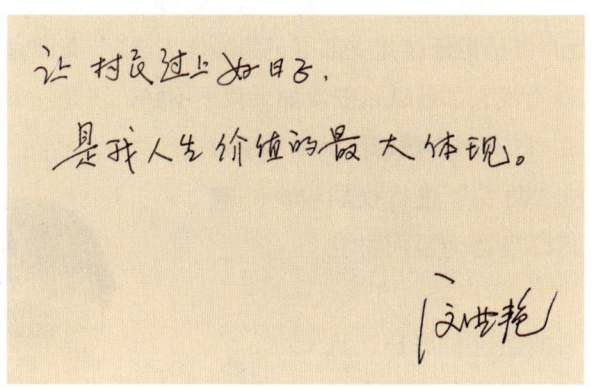

闵洪艳担任村书记多年来的真切感言

保护生态谋发展　让山区村旧貌换新颜

堰河村位于谷城县西北部山区，村内的百日山海拔760米，版图面积16平方公里，其中耕地面积760亩、茶园1200亩、经济林5800亩、山林2万余亩，全村4个村民小组，总人口303户、1050人。

1992年1月18日至2月21日，邓小平南方谈话的长篇通讯经过《深圳特区报》报道后，响彻中国大地，全国迅速推动经济进入快速发展新高潮。可地处偏僻山区、交通十分闭塞的堰河村不仅依然贫穷，而且找不到脱贫的有效办法。环境脏、乱、差，被外村人讥讽为"第三世界"。

面对贫困和村民不断上访,时任村党支部书记龚声喜十分苦恼,精神压力很大。村民们从内心深处盼望着有个好的领头人,带领他们发展生产,尽快脱贫致富。

一天上午,龚声喜将村委会副主任闵洪艳叫到村西头的一个小树林里,开门见山地说:"我准备向镇党委推荐你来接我的班,担任村党支部书记。"

"您今年才39岁,正是壮年,干得好好的,怎么想打退堂鼓了?"闵洪艳有些惊讶地问道。

"你是知道的,我的身体状况不好,尘肺病越来越严重。关键是能力有限,村里的工作没做好,大伙儿都不满意,何必占着这个位子耽误事儿呢?"龚声喜诚恳地说。

"您如果真不想干了,就让村委会主任干吧!我的能力没有他强。"闵洪艳谦虚道。

"他的能力肯定不如你。我认真观察很久了,你有公心,有事业心,有胆量,办事儿稳重,在我心中是担任村党支部书记的最佳人选。"龚声喜说。

"既然您这么器重我,那就试试吧。如果我干不好,还是您来干。"闵洪艳说。

"那就一言为定。"龚声喜握着闵洪艳的手说道。

这年9月,村"两委"进行换届选举时,闵洪艳高票当选为堰河村党支部书记。

上任之初,闵洪艳走村串户,认真听取退休老干部、老党员和广大村民的意见。而后,又多次主持召开村"两委"会议,进行认真分析和反复讨论。"我们村在整个五山镇是最穷的,没有交通优势,不具备办企业的条件。"闵洪艳认真分析道。

"那咱们也不能永远这样穷下去呀!"一位村党支部委员发言道。

"有一句话叫'穷则思变',堰河村现在穷,不等于永远穷。问题是要

闵洪艳认真学习党章,牢记党的宗旨

合理确定一个适合自己的发展方向。"闵洪艳说。

"我们村什么都没有,怎么谈发展呢?"一位村委委员感到很无奈。

"发展之路就在我们脚下,我们一定要聚精会神、坚持不懈地蹚出一条路来。村里有大面积的山林,我们要在保护和利用山林上做文章、下功夫。"闵洪艳说。

"具体怎么搞,你就不要绕弯子了,说出来让我们听听吧!"一位村干部很着急地说。

"咱们不仅要迅速封山育林,还要植树造林、开垦茶园、形成经济林等。同时还要架电、修路,不断改善村里的基础设施条件。"闵洪艳说。

稍作停顿,他又说,"我想了很长时间,认为我们村'两委'当前的任务归纳起来就是:管好山,护好水,修好路,育好人,建好村,脱好贫。我们守住绿色就等于守住了未来,要做到山上有树,树中有鸟,河里有水,水中有鱼,就连砂石也要保护起来,因为石头就是鱼儿的家。"他又细致地作了解释。

"如果禁止大伙儿上山砍树,是否会引起他们的不满,甚至上访?"一位村干部有些担忧地说。

"如果任由村民把山上的树全部砍光,堰河村的子孙后代就没有希望,就会永远穷下去。我们村'两委'必须下决心解决这个问题。古人云:'前人栽树,后人乘凉。'不仅不能砍,还要管护好。这样做,其实就是为堰河村的子孙后代留下宝贵财富。"闵洪艳非常恳切地说。

那天的会议从下午 3 点一直开到晚上 12 点,最后形成决议:封山育林,种植经济林;架电,修路,大力进行基础设施建设。

决议提交党员大会和村民代表大会审议时,虽然有不同的意见,但经过闵洪艳的耐心解释和宣传,决议得以顺利通过。

在堰河村村民中,多年来就一直存在"靠山吃山"的思维和习惯,砍树做檩条、椅子卖;砍柴做饭、烤火。年复一年,青山被砍成了秃子山,山坡上到处都是树苑子。后来树砍光了,连树苑子也不放过,都被挖回去劈柴烤火、做饭。因此,漫山遍野留下了一个个深浅不一的树坑,一旦遇到大雨,山洪暴发,山体滑坡、水土流失频发。"看到当时的情景,真是让人发愁,感到这个村庄没有一点希望。"事过多年之后,闵洪艳如是说。

从 1992 年 11 月起,堰河村正式开始封山育林,村里规定:任何人不得再砍一棵山上的树木。否则,将给予经济处罚,并责令其在村民大会上作检讨。

从这年冬天开始，闵洪艳组织村民陆续在山上栽下 400 多亩杉树。一边带领大伙植树，一边坚持引导教育，经过多年保护和植树，大伙儿看到山绿了，树越来越多了，也看到了希望。

紧挨河边的河堤全是石头，闵洪艳带领村民在上面艰难地用洋镐挖成树窝，再到外面运来黄土栽树。镇里一位分管林业的副镇长见到后讥讽道："闵黑子，你真是闲得没事干，净搞形式主义，在石头上栽树能成活吗？这样做纯粹是'瞎子点灯——白费蜡'，栽下的树不会有任何回报。"

"这些树如果活不成，我就改个姓，不再姓闵。"闵洪艳微笑中带着坚定回答道。

树窝挖得很大，土也垫得很深。闵洪艳到邻村下柒坪村赊回了 2000 多棵白杨树苗，发动村民在 1993 年正月十五之前全部栽完。还在树的周边围上带刺的护栏，防止牲畜踩踏，并安排一名责任心很强的村民定期浇水、管护。"在 3 公里长的河堤上栽种的白杨树苗一棵都没死，10 年后这些树全部成材，后因发展旅游扩宽路面，不得已才申请林业部门批准，将白杨树砍伐，种上桂花树等风景树。这些被砍伐的树木共卖了 12 万多元，村集体获得了一笔不错的收入。"闵洪艳介绍道。

那位副镇长若干年后再到堰河村，当他看到已长至数十米高的白杨树伟岸挺拔、遮天蔽日时，非常不好意思。从此非常佩服闵洪艳的眼光和胆略，曾多次在不同场合说："闵黑子真是个人才，干什么事儿都能干成。他当年发动村民在河堤石头上开槽栽树，我是万万没有想到，能长成那么粗的参天大树。"

有一天，闵洪艳从《人民日报》上看到一篇评论文章，里面的"经济生态化，生态经济化"的观点深深吸引了他。经过细细品味、反复琢磨，结合本村实际，他逐渐明白一个道理：需要对全村生态资源比较差的荒山、荒地进行生态化修复；保护生态，使人居环境不被污染和破坏；不断增强全体村民的环保意识、生态意识，促进集体经济发展；加大基础设施建设，改变村容村貌。确保人与自然和谐，人与动物和谐，人与人和谐共处共生。

从此之后，闵洪艳对植树造林、保护生态环境逐渐上了瘾。从 1992 年担任村党支部书记至今，每年冬天和春天，他都要带领村民在山上、路边、田埂上、房前屋后、荒坡上植树。只要能种上树的地方，都应栽尽栽。共种植松树、白杨、香樟等树木 8000 多亩、50 多万棵。还逐渐在公路边栽种桂花树、翠竹等风景树 2 万多棵。

不仅栽，还注重管。闵洪艳在大小场合反复强调："如果谁未经允许私自砍一根树枝，就像砍断我闵黑子的一只胳膊；如果谁私自砍断一棵树，我就心如刀绞，

闵洪艳：近30年植树 让生态成为绿色银行

那棵树流出的浆汁就是我的血和泪。"

全体村民逐渐理解了闵洪艳的良苦用心，牢记了他的嘱托，爱护树木渐渐成为大伙儿的自觉习惯，全村森林覆盖率现已达到85%以上。

从1992年冬天开始，在植树造林的同时，闵洪艳还发动村民在低产田、挂坡地、冷浸田、荒山上开垦茶园，并提出了人均超过1亩茶的奋斗目标。有的村民不理解，埋怨道："现在茶叶也不好卖，种这么多茶树有什么用，又不能当饭吃。"

1994年春天，闵洪艳与另外两位村干部一起，每人扛着一大包茶叶坐火车、换汽车，辗转到山西、陕西两省的多个县市推销茶叶。途中经过陕西省白河县时，被当地税务所以"传销"为名，连人带货扣押了好几天，村里及时派人到镇派出所开具证明送去后才被放出来。20多天后，3大包茶叶全部推销出去，净赚了8000元。闵洪艳喜出望外，信心倍增，这年冬天继续发动大伙儿开垦、种植茶园。

到这年年底，全村共开垦、种植茶园1200亩，人均超过1亩茶。"我没想到这1200亩茶园，为今后全村脱贫致富奠定了良好基础。"闵洪艳说。

堰河村的茶叶逐渐打开了销路，到1995年，该村仅茶叶收入就向国家上缴特产税12万元，实现村集体收入15万元，逐步还清了集体欠款。

紧接着，850亩中药材杜仲、600亩板栗、500亩花椒、250亩杉树、3万棵欧美杨也相继在山上种植完成。

农忙时干农活儿，农闲时义务劳动，参加村集体公益性建设，堰河村的村民一年四季都不闲着。在闵洪艳的精心组织安排下，冬战"三九"，夏战"三伏"，即冬天植树、开垦茶园，夏天架电、修路，全村的基础设施建设逐步得到改善。

因为村里穷，没有配套资金，导致外面的村几年前都已用上电，唯独堰河村村民用煤油灯照明。闵洪艳首先想到的就是解决全体村民的用电问题。1992年冬天。他多次到谷城县供电公司联系架电一事，因村里没有资金支付配套设备费用，对方就是不松口，带去的一些土特产也被拒收。

快到春节了，闵洪艳想了个办法，从外村购买了1000斤木炭，送给供电公司联络感情。一天下午3点出发，他同一位村民赶着毛驴板车，将300多斤木炭送到县城时已是晚上6点多钟了。路灯一亮，拉炭的毛驴见到灯光刺激后惊叫，闵洪艳便让同行的村民将其牵走，自己一袋一袋往供电公司负责人的家里扛，衣服上、脸上、脖子上全是黑乎乎的炭灰。这位负责人的家属十分感动，坚持按市场价支付了木炭钱。

当晚，当供电公司负责人回家后，家属将闵洪艳扛木炭上四楼的情形做了详细描述，并流着泪说："他们村实在太穷了，拿不出钱来买配套设备，你就帮帮他们吧，算是我替他给你求个情，等过完年，一定要把那个村的用电问题给解决了，让村民早点儿用上电。"

1993年农历正月十八上午，供电公司负责人来到五山镇，专程前来定夺堰河村架电一事。他问闵洪艳："你们组织村民挖窝、抬电线杆上山并栽起来，总会干吧！"

"可以，完全可以，一点问题都没有。"闵洪艳十分兴奋地说道。

"那就好，特事特办，我们已经请示了上级领导批准，按照贫困村对待，15里长的电线、水泥电线杆，包括变压器全部由供电公司解决，你们出人力就行了。"供电公司负责人说。

闵洪艳得知这一消息后，高兴得像个孩子，两只手紧握着对方的手，一个劲儿地致谢。

架电用的水泥电线杆，小的1000多斤，需要10个人抬，最重的2000多斤，需要30人抬。闵洪艳组织村民先是用镰刀将山上的荆棘砍掉，成为一条小路，按照供电公司的要求定点挖窝，并精心挑选了全村40多名壮劳力，轮换着将水泥杆往海拔500米至700米的山上抬，再用多根绳子拉起来，竖到事先挖好的窝子里，填埋好。

经过一个夏天和一个冬天的艰苦奋战，这年腊月二十九晚上，堰河村正式通电，结束了祖祖辈辈用籽油、松油、柴油、煤油点灯照明的历史。

通电的那天晚上，很多村民家的老人、小孩早早守在电灯下，当灯泡发亮后，他们高兴得合不拢嘴。几户村民一合计，凑钱请镇里的电影队来村里放了一场电影，以示庆祝。

闵洪艳担任村党支部书记前，一至四组村民出行已有了坑坑洼洼的土路，可居住在山上的五、六、七组这3个村民小组仍然不通公路，村民外出只能在狭窄的小路上步行，或将自行车推到山下，骑着去镇里或县城赶集，回来后要么将自行车寄存在山下的亲戚家，要么从小路上扛着回家。出行难，难出行，能够有条道路通向山外，成为这3个组200多户村民的强烈期盼。

修一条连接3个村民小组的公路，改善他们的出行条件，列入了村"两委"的重要议事日程。

闵洪艳：近 30 年植树 让生态成为绿色银行

经过充分酝酿，1993 年夏天，修通连接 3 个高山村民小组道路的战斗正式打响。13 公里长的道路，按照施工难度大小，抓阄分配到家家户户。闵洪艳不仅要指挥整个修路工程，还要抽空完成分配给自家的修筑任务。没有炸药，就用木柴堆在石头上烧，浇上水冷却炸裂，再用钢钎撬开石头。还有多处 500 米至 1000 米长、50 米高的悬崖，闵洪艳将粗绳子系在腰间，带头到悬崖上用洋镐一镐一镐地挖。实在太陡峭的岩石，就用钢钎人工打眼，用自制的土炸药放炮。

一位叫张于府的村民为了早点完成村里划分的修路任务，便在自家锅里用硝酸铵和木屑炒制炸药，由于没有掌握好火候，不幸发生爆炸，不仅把土坯房子炸了个窟窿，还炸伤了自己的女儿。闵洪艳急忙将他的女儿送到镇卫生院救治，庆幸只是皮外伤，并无大碍。这位村民非常纯朴，没有因事故向村集体提出任何赔偿要求。"我当时心里很难受，他毕竟是为村集体修路而炸坏了房子、炸伤了女儿。村里及时安排人将他家的房子修缮好。有一年冬天下大雪，他家房屋的檩子被压断了。我得知后，又派人前去维修。老张现在已是 70 多岁的老人了，每年春节前，我都要去他家看看。"闵洪艳说。

整个修路工地像蚂蚁啃骨头一样，一点一点地开凿。13 公里长的盘山公路，相继修了 6 年才全部完工。当第一辆拖拉机开到山顶时，一些上了岁数的老人兴高采烈，非常稀奇地围着拖拉机看个不停。

后来在另一个方向又相继修了一条 12 公里的山路，形成了 25 公里的循环路，整个村庄的公路总里程已达到 46 公里。从 2015 年 5 月开始，村集体多方筹集资金 1000 多万元，分别将循环路由 4 米扩宽至 6.5 米，并进行水泥硬化。之后又将大部分路面铺成高等级柏油路面。"80 年代羊肠小道，无路可走；90 年代坑坑洼洼，有路难走；现如今水泥路、柏油路，畅通无阻。"闵洪艳介绍道。

在当地，另两个村与堰河村形成夹角，上、下分别与 3 公里外的田河村、下柴村接壤。在修路的同时，闵洪艳的脑海里谋划着在二组堰河上架起一座桥，因为此地是通往田河村和五山镇的必经之路，中心小学就建在田河村，初中设在五山镇。一旦下暴雨涨水，就阻挡村民子女过不了河，影响孩子们上学。

从 1994 年冬天一直干到第二年春天，在堰河中间建起了 4 个简易桥墩，用废旧钢轨做支护，建起了一座长 60 米、宽 4 米的石子桥。

堰河内由于一些村民长期采石挖砂无人管理，导致河床破坏严重，不能蓄水。闵洪艳提议村"两委"讨论后作出决定，禁止任何人采石挖沙。并组织村民肩挑背扛，在河流下游用砂石垫起了一个土坝，既可以在枯水季节挡水，形成河面，又不至于下暴雨涨水时影响泄洪。后来集体经济发展有了一定收入，村里又投资用水泥建起了一个滚水坝，既可以使河中蓄水，又可以在坝上通行，从该村第二村民小组以上形成人工湖，清澈的湖水倒映着蓝天白云、青山绿树，成为一道美丽的风景。

随着时间的流逝，当年建设的简易堰河桥逐渐老化，出现了质量问题。特别是遇到极端天气下暴雨后，洪水漫过桥面，影响行人通行。闵洪艳开始谋划建设一座钢筋结构的混凝土大桥，保证全体村民在雨季也能正常通行。

从2007年上半年起，闵洪艳多次到襄阳市、谷城县交通部门汇报架桥事宜。经过勘测和规划设计，建设这座桥梁的预算资金共需8000多万元。按照当时的"以奖代补"政策规定，堰河村必须支付一定比例的配套资金。虽然建桥已经列项，但因该村拿不出那么大一笔资金，工程迟迟不能动工。

第二年12月的一天下午，闵洪艳来到谷城县交通局局长办公室，与其协商架桥一事。

那位局长耐心听完闵洪艳的陈述，被他的执着精神感动，开始思考如何开个先例，尽早让建桥工程开工。

已经过了下班时间，交通局局长陪同闵洪艳用餐。那位局长破例从家中拿来两瓶白酒，谈到高兴处，局长半开玩笑地说："你们村拿不出配套资金，你闵黑子喝酒总可以吧？喝一碗酒抵10万元配套资金如何？"

闵洪艳满口答应，十分豪爽地连喝8碗，每碗2两，共1.6斤白酒，酩酊大醉。当晚回到村里时，几位村民把他从车上抬进了家里。

2009年农历正月十八上午，堰河大桥正式动工兴建，历时一年建成，堰河村的孩子们从此再不会因暴雨涨水过不了河而发愁了。

十分偏僻的堰河村逐渐为外界所知，缘于闵洪艳坚持做了一件当年十分新鲜的事——垃圾分类。

2003年11月，襄阳市环保协会会长运建立、北京绿十字文化传播中心负责人孙君，应邀到五山镇讲课，指导当地的社会主义新农村建设。闵洪艳首次听到两位专家提出农村垃圾分类、保护生态的理念，他逐渐悟出了一个道理：农村将来必须走"生态经济化、经济生态化"之路。堰河村要持续发展绿色经济，保护生态环境，使山水成为绿色银行。

运建立和孙君被闵洪艳热情邀请到堰河村指导工作。"您如果能够把群众组织起来，在一个月内把房前屋后及分布在各个地方的垃圾清理干净，我就来帮你们村做一些事情。"孙君对闵洪艳承诺道。

闵洪艳非常爽快地答应了。

经过慎重思考，闵洪艳决定在堰河村实行垃圾分类，以保护生态环境。在村"两委"会议上，当他提出这一想法请大家发表意见时，引起了不小争议。

"我们祖祖辈辈都是这样生活的，在这么偏远的山村搞垃圾分类，我认为没有多大意义。"一位村党支部委员发言说。

"那做什么有意义呢？"闵洪艳问道。

"发展经济，增加村集体和村民收入最重要。"那位村支部委员说。

"你说得很正确。可你考虑过没有，我们这么偏僻的山区，怎样才能发展经济呢？既没有矿产资源，又没有地理优势，交通也不方便，办工厂不合适。唯一的办法就是保护生态环境，力争找到一条适合本村实际的发展之路。"闵洪艳说。

"全镇所有的村都是一样的，到处都是白色垃圾。别人不搞，就我们搞，会不会引起非议？何况村民又都不富裕，搞垃圾分类又不能当饭吃！"另一位村委委员质疑道。

"你说对了，如果把垃圾分类做好了，也许真能换来经济收入，那不就能换饭吃了吗？"闵洪艳反驳道。

接着，闵洪艳把《人民日报》的那篇评论文章从笔记本中拿了出来，原原本本地给大家读了一遍，并认真谈了自己对保护生态环境的看法和见解，使少数在思想上还有不同认识的人茅塞顿开。经过讨论，村"两委"最后作出决定，从这年12月起，在全村实行垃圾分类。决议方案提交到党员大会审议和村民代表大会决议时，虽然少数人提出了不同看法，但经过闵洪艳的细致分析和解释，终于打消了他们的疑虑，表决时顺利通过。

而后，村"两委"又组织召开了一次全体村民大会，进行广泛动员。闵洪艳在大会上讲道："堰河村要想继续发展，就必须把村庄治理好，搞得很干净，做到垃圾不出村，污水不入河，保护好生态环境，让绿水、青山、白云形成生态经济化。只有这样，我们村才有希望。"

那时候，堰河村的河沟里、小路边，包括村民房前屋后，扔的都是旧衣服和塑料袋、废弃物等白色垃圾。闵洪艳组织村"两委"班子成员、共产党员、村民小组长等带头参与，发动广大村民多次开展卫生大扫除，集中收集处理各类垃圾。

"当时,绝大部分村民是支持搞垃圾分类的,但有10%左右的村民不愿意。镇里一些干部也反对搞垃圾分类,说我们是'作秀',搞形式主义,甚至两三年内还有闲话。"闵洪艳介绍道。

少部分村民当时之所以对村里开展垃圾分类有些抵触情绪,主要是觉得自己整天干农活,哪有时间做这些事情。但他们深信闵洪艳作出的决定一定有其合理性和正确性。因为大伙儿清楚地看到,自他担任村党支部书记10多年来,相继进行的封山育林、植树造林、开垦茶园、种植经济林等都是正确的,还架电、修路、架桥,办了很多有利于大伙儿生产生活的好事儿、实事儿。

村集体没有资金统一购买垃圾桶,也没有强制大伙儿必须购买垃圾容器,而是因家制宜,就地取材,让村民用塑料桶、废旧水桶、粪桶,甚至簸箩等,只要能装垃圾就行。每家门口要放置3个垃圾桶,一个装废铁丝、纸箱、玻璃瓶、旧衣服等可回收垃圾;一个装剩饭剩菜、菜叶、茶根、果皮等不可回收的湿垃圾;一个装废旧电池、农药瓶等有害垃圾。每个村民小组聘用1名专兼职保洁员,专门对垃圾进行统一收集、分类。湿垃圾,采用堆肥和引进蚯蚓生物分解的方法进行有机处理,然后归田;可再生用品集中到村垃圾分类中心卖给废品回收中心,收益归保洁员所有;有害物质集中存储,由保洁员运至五山镇垃圾处理场进行统一处理。

个别思想比较顽固的村民刚开始并不支持村里的垃圾分类工作,闵洪艳采取了特殊方法,最终让其转变观念、积极配合。三组村民夏顺礼就是其中一位,他对垃圾分类一直抱有抵触情绪,觉得太麻烦。他家门口虽然也按要求摆有3个垃圾桶,但总是我行我素地把垃圾扔到家门口。村干部白天把垃圾捡起来扔到垃圾桶里,第二天一看,发现他仍然把垃圾扔在房前,然后下地干活去了,连续几天都是如此,白天很难找到他。

闵洪艳得知此事后,与几位村干部一起很早起床,守在夏顺礼家门口。天刚麻麻亮,当他推开院门随手将垃圾扔在地上时,被几名村干部逮个正着,当场责令他将垃圾捡起来,放进垃圾桶内。接连三天都如此,他不好意思再干,便自觉将垃圾扔到了不同的垃圾桶内。

一个多月之后,孙君、运建立再次来到堰河村时,发现该村的环境焕然一新,到处乱扔的垃圾不见了,整个村庄变得整洁、干净了,便义务为堰河村做了一个保护生态环境的中长期规划。

二组组长杨世伟见证了堰河村实行垃圾分类的全过程。当年村里进行垃圾分类时，他骑着一辆旧自行车，从一组跑到七组，负责全村垃圾的管理、分类、回收。后来，村里给他配备了一辆板车，上面放置了几个回收垃圾的不锈钢容器。现如今，垃圾处理的数量越来越多，他自己购买了一辆电动三轮车，后面牵引着好几辆带有货厢的两轮车，被当地村民戏称为"小火车"，继续收集垃圾，一干就是20多年。

当年，村集体每月给杨世伟发放的务工补贴只有50元，后逐渐提高到现在的每月1200元，加上自己兼做卫生保洁员，每年有2万多元收入。还有10余家经营规模较大的餐馆每年各支付500元的卫生服务费，加之出售可回收垃圾的费用，一年收入就有3万多元。

2005年10月，党的十六届五中全会提出了"生产发展、生活富裕、乡风文明、村容整洁、管理民主"的农村工作总要求，闵洪艳在脑海里进一步规划着堰河村的发展蓝图。

村里开始实施"四改、三建"工程，即改厨房、改厕所、改猪圈、改排水；建沼气池、垃圾分类中心、污水净化处理池。村集体多方筹资建起了一座污水处理站，对村民生活废水进行集中处理，在不便集中处理的农户家建沼气池处理，全村做到了污水不入河、垃圾不乱扔，环境卫生进一步干净、整洁。

"现在回头看，当年坚持搞生态保护和垃圾分类的做法是非常正确的，为全村发展乡村生态旅游奠定了良好基础。"闵洪艳深有体会地说。

乡村旅游添活力　　让全体村民共同富裕

堰河村的乡村旅游经历了一个较长的发展阶段。闵洪艳担任村党支部书记之初，谷城县下辖的薤山风景区和南河风景区在当地颇有名气，让他好生羡慕，曾带领村干部前往这两个地方参观学习，寻找本村的发展之路。

回村后，闵洪艳让村会计把堰河村的来历、村域内海拔最高的百日山道观、斑鸠岩、甲板洞、狮子头等景点故事编成顺口溜，进行广泛传播。

1998年至2001年近3年时间，闵洪艳被招聘到五山镇茶业公司当经理。这期间是农村税费收缴任务最重的几年，当时只有800多人的堰河村，每年需要上交各种名目繁多的税费200多万元。闵洪艳的继任者夏顺明在村党支部书记位子上干得十分吃力。强行收款吧，村民抵触情绪强烈；如果收不齐，又不好向上级交差，深感处于"两难"境地的他思之再三后，最终向镇里提出辞呈。

堰河村的党员、群众代表10余人多次到五山镇上访,强烈要求闵洪艳回村主持工作。镇党委经过认真研究后,忍痛割爱决定让他回村,继续担任村党支部书记。

在继续保护生态环境的同时,闵洪艳开始谋划发展经济让村民致富,提出了"村里有产业,户户有项目,人人有事干,个个有钱赚"的奋斗目标。鼓励广大村民发展"庭院经济",在房前屋后种植经济作物,养猪、养鸡、养羊卖钱,不断增加收入。

21世纪初,地处偏远山区的堰河村实行垃圾分类,进行无公害处理,当时在全国范围内绝对是件新鲜事儿,经过报纸、电视等媒体报道后,引起了广泛关注。襄阳市周边地区的十堰市、荆门市和神农架林区,乃至安徽、江苏、四川、重庆、陕西等地的很多单位,都对这个小山村充满着好奇,纷纷组团前来参观、考察。

开办农家乐餐馆帮村民致富,已被闵洪艳提到重要议事日程。可当他动员有一定基础的几户村民开办农家乐时,有人非常不情愿地说:"我们村地处这么偏僻,一年也来不了几辆'小包车',开办农家乐餐馆,有谁来消费?"

闵洪艳(右)走访农户,认真了解村民开办农家乐经营情况

闵洪艳带领33名村"两委"干部、党员、村民代表、有发展农家乐意向的农户,到邻近的神农架林区、十堰市发展农家乐比较成熟的地方考察学习、借鉴经验,让大伙儿增长见识、开阔视野。

2004年6月,闵洪艳鼓励一位叫方洪军的村民开办农家乐餐馆。可对方没有底气,不知能否成功,因为当时村集体的餐费开支较少,又没有外地人前来就餐,担心亏本。因此,他在思想上存在很大顾虑。

闵洪艳：近30年植树 让生态成为绿色银行

闵洪艳多次到方洪军家做工作，鼓励他带个头，并经过村"两委"研究决定，将马槽沟一个荒废茶场的7间闲置空房免费提供给他当经营场地。经过充分准备，堰河村第一家农家乐餐馆终于在这年7月正式开张。

外来人员多了，为方洪军的农家乐餐馆带来了生意和财富。一年后算账，他竟赚了1万多元，这对当地村民来说算是个大数字。其他村民受到鼓舞，另外两家农家乐也相继开办起来。

当地劳动就业管理机构对从事农家乐的农户进行了免费职业技能培训，还给予每户1万元补贴。为防止吃完补贴就关门，闵洪艳将补贴资金集中起来使用，使全村的农家乐在3年内迅速发展到20多家。

担任村书记之初，闵洪艳就考虑对全村房屋进行整体规划。一打听，如果请规划设计院做整体规划，至少需要支付20万元经费。那时村里很穷，还有债务，根本拿不出这么一大笔钱。他便与村"两委"其他3名干部反复商量后决定自己规划、自己建设。按照闵洪艳提出的"依山傍水、显山露水、高低错落、有利生产生活"的指导思想，不开山，不劈石，不占田，自己设计，自己建筑。

那时，堰河村村民的住房普遍都是干打垒式的，全村只有两户的住房是两层楼的砖瓦房。其中一户人家是公办教师，另一家户主是银行工作人员。后来，随着全村经济发展，个人收入逐步提高，村民有了一定积蓄后，首先想到的就是翻盖住房。村里规定：所有房屋都应沿着山边或循环公路边盖，但二组有两户村民请风水先生勘察后，对房屋朝向做了更改，与其他村民的房屋不一致。闵洪艳发现后，及时派人将这两户村民已经打好的地基拆掉重建。"从1995年到2005年10年间，是堰河村村民二代房建设的高峰期。正因为当时做了整体规划，使得全体村民的房屋没有大拆大建，稳步推行，现在看起来错落有致，还不落后。"闵洪艳说。

闵洪艳在注重村庄整体美观的同时，又保留了农民的生产方式、生活方式原生态化。即家家户户建有猪圈、鸡舍，鼓励广大村民养猪、喂鸡，甚至养牛、养羊。"农村不能搞得像城市一样，喂猪、养鸡是农村的一大特色。建房时，我们将猪圈、鸡舍留在房屋后面，比较隐蔽，尽量不影响美观，不造成污染。"闵洪艳介绍道。

如今，堰河村家家户户都喂猪、养鸡，每年出栏生猪500多头、养鸡2000多只，成为发展农家乐、增加村民收入的重要来源。祝勇是该村最大的一个养殖户，他本是外地人，1996年成为本村的上门女婿。2006年7月结束了长年在深圳打工的日子，回到村里买了台车，帮别人扛木头、拉沙，妻子则在自己家里开办了一个能够容纳 11 个孩子的小型幼儿园。有天中午,谷城县一位老干部在祝勇开办的农家乐餐馆就餐时,发现腊猪蹄特别好吃,便鼓励他饲养黑毛猪。

祝勇找到闵洪艳谈了自己的想法:"我想承包一块村里的茶园,同时,在茶园附近养猪。"

"在山上能养猪吗?"闵洪艳问。

"当然可以,散养黑毛猪,不仅肉质好,卖出去的价格也贵。"祝勇说道。

"那行啊,大尖山有一片茶场,暂时无人承包,关键是没有路,进出都很不方便。"闵洪艳说。

"路不是问题,我可以修一条简易的路上去。"祝勇道。

闵洪艳爽快地答应了,提交村"两委"班子讨论后决定将 120 亩已荒废多年的茶园由祝勇承包经营,由他自己修路,3 年内免收承包费。

祝勇投资 46 万元修路、在岩石上打桩建猪圈,逐渐饲养了 156 头黑毛猪、360 多只羊,而且都是散养。聘用一位村民负责管理,他在手机上视频监管。开垦了半亩菜地,用猪粪、羊粪给茶园、蔬菜做肥料,养殖、种植综合利用,成为循环经济。他还坚持茶园、蔬菜不打农药,生产有机茶和有机蔬菜。他的猪场有 1 头公猪、10 头母猪,自己繁殖,每年出栏 80 余头生猪、90 多只羊,自己屠宰 12 头至 18 头猪、20 多只羊,供自家农家乐餐馆用。后来,在村里每年举办的年货节上,他家出售的腊猪蹄达到 500 多只。养殖、种植、开办农家乐等各项营业收入 200 多万元,实现利润 50 余万元。

2006 年 4 月,湖北省新农村建设现场会在堰河村召开。湖北省省委书记不仅参加了这次现场会,还在会议结束前的一天上午,坐在村委会附近的竹林里,与闵洪艳进行了单独交谈。

与省委书记的这次谈话,为闵洪艳增添了很大的奋斗动力和信心,发展乡村生态旅游的概念在他的脑海里开始形成。

新农村建设现场会为堰河村的旅游发展提供了一个重要契机,全省各市、县到村里考察学习的人越来越多。这年 8 月,村集体利用农发项目投资 20 万元,另一位村民投资 10 余万元,兴建了一个集制茶、餐饮、会议、住宿为一体的综合性设施——天艺山庄。外地游客既可到堰河村茶园采茶、炒茶、品茶,又可享受农家美食,生意格外兴隆。

随着堰河村的发展,到堰河村旅游的人慢慢多了起来,农家乐的生意也随之

闵洪艳：近 30 年植树 让生态成为绿色银行

好转，吃饭的游客一拨接一拨。看到农家乐的火爆场面，村民的积极性一下子被调动起来了。闵洪艳趁热打铁，鼓励村民参与，把银杏山庄、堰河人家、茶艺馆一个个都建了起来。

开办农家乐的村民户数逐渐增加，如何提高餐饮质量，不断改进服务？闵洪艳进行了较长时间思考。他反复学习了 2007 年 1 月实施的《农民专业合作社法》，感到成立专业合作社是发展集体经济的一项有效手段。

闵洪艳经常坐在村里的竹林间，静静思考村里该如何发展

当闵洪艳在一次主持召开的村"两委"会议上提议成立堰河村专业合作社时，引起了不小的争议。

"前些年，各种税费过重，让农民苦不堪言，很多人离开本村外出务工。从今年 1 月 1 日起，在全国范围内推行了多年的农业税已经全面取消了，农民心里踏实了许多。但国家刚宣布取消农业税费，村里又让村民入股交钱，会不会引起他们的误解呀？"村委会主任质疑道。

"什么误解？"闵洪艳问。

"村民肯定会认为是村里乱搞摊派。"村委会主任说道。

"不会吧，入股自愿，怎么能说是乱搞摊派呢？"闵洪艳有些不解地问道。

"分田到户这么多年了，村民都是各干各的事儿。再让大伙儿出钱办合作社，万一办亏了怎么办？我的意见是多一事不如少一事。"村委会主任说。

"农村虽然分田到户了,但不等于村'两委'什么事儿都不管。农民一家一户单打独斗是没有前途的,我们得把大伙儿组织起来,想办法让他们增加收入。"稍作停顿,闵洪艳又继续说,"我仔细研究过《农民专业合作社法》,成立专业合作社这种形式是确保集体增收、村民致富的一种很好的途径。特别是我们村的农家乐餐馆现在发展较快,如何把它做成品牌,把生态旅游发展起来,并且做大做强,就需要动脑子好好琢磨。特别是要有个好的载体,把全体村民发动起来,让大伙儿共同参与,最终实现共同富裕。"

"农业税已经取消了,村'两委'总得找些事儿干呀!成立专业合作社是个新鲜事物,应大胆地进行试验。如果办成功了,对村集体发展和村民致富都有好处。即使经过努力失败了,几万元就算交了学费,也没有什么了不起,总比我们无所作为要好得多。"村会计任安强表示支持。

"我也同意成立专业合作社。"村妇联主任季大翠表态道。

尽管村委会主任在思想上还一时没有转过弯来,但表决时4名班子成员中有3人都很积极,他也不好再说什么。

按照村"两委"讨论的专业合作社成立方案,7万元的注册资金中,村集体出资5万元,剩余2万元,按照自愿参与的原则,由村民入股,每股500元。

此消息一出,立即在堰河村引起了不小的议论。有的村民说:"国家刚宣布取消农业税和'三提'(公积金、公益金、管理费)、'五统'(乡镇统筹用于教育附加、计划生育、优抚、民兵训练、修建乡村道路),村干部又无中生有,变着法儿让我们交钱。他们肯定是没钱花了,变相地从我们的腰包里掏钱。如果我们真的入了股,到时肯定亏得连本钱都收不回来。"

少数村民的议论逐渐传到闵洪艳的耳朵里,但这并没有让他改变主意,成立合作社的想法没有动摇。

虽然反复动员了8个多月,响应者却寥寥无几。

闵洪艳让村委会妇联主任季大翠具体负责经济合作社的筹备,根据村民提出的不同意见,起草了专业合作社章程,经过村"两委"反复讨论、修改定稿,提交党员大会审议,由村民代表大会表决通过。

2007年6月,堰河村生态旅游经济专业合作社正式成立,闵洪艳兼任理事长,季大翠兼任常务副理事长,具体负责日常工作。理事会、监事会一应俱全。

专业合作社首次入股的只有17人,其中闵洪艳和两位原任村干部李华同、李益同各出资 2000 元，其他 14 名村"两委"成员、党员、老干部、村民小组长各入股 1000 元。"这 17 人成为堰河村生态旅游经济专业合作社的原始股东，2 万元入股资金成为原始股。"任安强介绍道。

村委会主任最终没有成为原始股东。当专业合作社发展起来后，他有些后悔。后来扩股时，他靠运气抓阄儿得到一次机会，入股 500 元。

在闵洪艳的提议下，经济合作社注册了"堰河香"商标，将本村产的茶叶、野生葛粉、土鸡蛋、土猪肉等农产品进行包装销售。与此同时，还对全村迅速发展起来的农家乐，实行统一管理、统一服务标准、统一价格、统一培训。"对全村农家乐实行'四统一'后，各家各户经营餐饮的菜谱和住宿房间统一定价，避免了各户相互杀价和恶意竞争。专业合作社还定期对从事农家乐的农户进行业务培训和服务质量、环境卫生检查指导，逐渐形成了良性循环。"闵洪艳介绍道。

银杏山庄是堰河村数十家农家乐餐饮中最规范的一家，曾被评为省级 4 星级农家乐。2009 年 11 月，湖北省文化旅游局的旅游专家以其为样本，在此起草了《湖北省农家乐评定标准》。

堰河村生态旅游经济专业合作社经营一年后一算账，有了较大盈利，分红比例达到 35%。也就是说，入股 1000 元，竟可分到 350 元红利，本钱还在那里，每年都可以分红。

村民的疑虑打消了，有些人非常后悔当初没有积极入股。

3 年后，专业合作社开始扩大 50 股，扩股采取抓阄儿的办法，有 50 户村民得到了入股机会。

第二次扩股时，又有 100 户村民获得入股机会。到第三次扩股时不再抓阄儿，只要有意愿的，都可以入股。全村 194 户入股村民中，最高入股数额达到 10 股，金额 5000 元。

开展精准扶贫时，堰河村有 60 户、146 人被确定为建档立卡的精准扶贫户。除 14 户"五保户"、15 人和 17 户、32 人享受农村低保外，村里为 17 户困难程度较大的村民，在专业合作社送股份并进行了异地搬迁，在民俗园内建立安置点。

按照专业合作社章程规定，专业合作社的盈利收入中有 50% 用于股民分红、20% 为公积金、20% 为公益金，另外 10% 为共享基金，主要用于村集体建设。"专业合作社与村委会严格实行了'两本账'制度，不搞任何变通。合作社不仅没有一分钱贷款，也没有一笔死账、呆账、坏账，每年的营业额达到 200 多万元，分红资金达到 30 多万元，现在的分红比例已达到 55%。就是说，入股 1000 元，就可分红 550 元。"闵洪艳介绍道。

到堰河村参观、考察、旅游的人越来越多，全村的接待压力越来越大。闵洪艳认真思考并同班子成员商量后决定扩大接待规模。2008 年 3 月，村集体多方筹集资金 800 万元，建起了能同时接待 300 人入住、5000 人餐饮的多功能接待中心，2009 年"五一"劳动节正式投入运营。后来，这个接待中心成为全省唯一一家整村发展乡村旅游的村接待中心，拥有 3 家国家金牌"农家乐"和湖北省首家 4 星级"农家乐"，还分别被确定为襄阳市、湖北省党员教育干部培训基地，村集体每年可以获得一笔不错的培训收入。

这年 7 月，堰河村党支部升格为党委，闵洪艳担任党委书记。

2011 年 3 月，堰河村被国家旅游局评定为 3A 级生态旅游景区，成为襄阳市范围内为数不多的乡村创建如此等级的旅游区。

"把山水变成了风景，把资产变成了资本，把农民变成了股民，把农产品变成了旅游商品。"这首顺口溜在堰河村广为流传。

闵洪艳没有就此止步。2012 年 11 月，党的十八大胜利召开后，他结合堰河村的实际，又提出了全面建成小康社会的奋斗目标，即一户一辆轿车、一户一个项目、一户一个致富能人、一户超过 10 万元存款。

堰河村从乡村生态旅游发展中尝到了甜头。闵洪艳经过认真思考，在脑海中逐渐产生了一个新的想法：一定要继续努力，让堰河村的生态旅游再上一个新台阶，创建国家 4A 级景区。

村"两委"经过多次研究，决定把创建 4A 级生态旅游景区作为今后的重要工作目标并力争实现。闵洪艳带领有关人员先后到陕西、四川、重庆及省内的宜昌、钟祥等地考察学习。而后，开始制定创建规划。

闵洪艳酝酿许久，要让堰河村村民饲养的土猪肉、土鸡子、土鸡蛋全部销售出去，不断增加收入。有一次，他在全村党员大会上说："我提议咱们村每年在腊月举办一个月的年货节，使其成为春节前城里人打年货的好地方。"一位党员很高兴地说："你的想法好是好，就怕没有人来买，形不成气候。"

"我们先尝试，慢慢摸索办法，力争办成功。"闵洪艳说道。

进入 2014 年农历冬月，堰河村开始筹备年货节，并于腊月初一正式举办。村民们将自家的土鸡子、土鸡蛋、土猪肉、腌鱼、腊香肠、腊猪蹄等摆在年货街销售，由于宣传力度太小,这一年只卖了1万多元的农副产品。

第二年,闵洪艳就有了经验,他邀请谷城县文化"三下乡"活动组办单位到堰河村举办文艺演出,年货节同时举办。结果这一年的农产品销售额猛增到100多万元。

从第三年开始,襄阳市文旅局举办的文化"三下乡"活动也放在堰河村举行,为该村的年货节助威。经过媒体宣传报道后,吸引了更多的人前来,销售农副产品的数量和金额越来越大。

"打年货,到堰河"已成为一个响亮的口号。闵洪艳又有了一个创意:农历腊月初八是民间的腊八节,堰河村从2017年开始举办"百家宴",即每家每户做几道拿手的好菜,在腊八节这天中午,摆在民俗园大街上,让游客免费品尝。最多时共做了400多道风格不一样的各类菜肴,摆放了100多个餐桌,让来自本省各地的2000多名游客前来品尝"百家宴"。

在堰河村举办的腊月初八"百人宴"上,闵洪艳(右)为本村一位老人添鸡汤

之后,年货节越办越好,除襄阳市外,十堰、神农架、荆门、武汉、南阳等地的游客也纷纷前来打年货,成交额从1000万元上升到最高时的2000多万元。"截

至目前，年货节已举办了 10 期，成为鄂西北地区春节前采购生态农副产品的一个重要场所。在年货节期间，村民最多一天就能够销售 20 多万元农产品。浙江人竟千里迢迢开车到堰河村采购野生竹笋，河南南阳的顾客前来采购香肠，武汉的顾客最喜欢购买堰河的腊猪蹄、腊鱼、腊肉等土特产品。"闵洪艳介绍道。

在多次考察学习了陕西省礼泉县袁家村的乡村旅游发展经验后，闵洪艳开始谋划堰河村的农家乐提档升级。占地 22 亩的民俗园二期工程于 2017 年 5 月 1 日动工兴建，水、电、气、带等管网及污水处理设施全部入地。基础设施投资 1200 万元，全部由村集体承担。30 户村民在民宿园建的房子为两层至三层，建筑面积在 300 平方米至 600 平方米。"村民建房所占用土地 300 元 1 平方米，每户预付 5 万元，房屋建成后滴水为界，多退少补。"村党委委员祝勇介绍道。

房屋由村民自建，但村集体统一规划、统一建筑风格，砖混主体结构，内部木质结构，外墙青砖，仿古门、花窗、灰瓦，用当地的黄泥巴刷墙，再用特殊的油漆处理，不仅经久耐用，而且非常独特，成为独树一帜的"堰河建筑风格"。

二期民俗园共建房屋 30 余栋，通过复原传统手工艺作坊（如竹编、小磨豆腐、小曲酒、打米打面、小油坊、手工茶、刺绣、传统小吃、根雕、猕猴桃博物馆等），彰显农村文化生活味道。可以同时接待 300 多人入住、500 多人就餐。2018 年"五一"劳动节开业那天，生意十分火爆，5 天小长假全村游客接待量 6 万多人。村民最多一天要接待 30 多桌客人就餐，加上住宿，营业收入能够有 2 万多元。同时，带动了茶叶、土鸡蛋、野生葛粉等农产品的畅销。"我们村过去是一季麦子一季稻，现在是一口锅抵过去一面坡，一张床胜过 10 斤粮。"一位村民高兴地说。

堰河村农家乐的品质在不断提高。如今从事餐饮服务的 38 户、住宿的 74 户，开办旅游商店的 32 家，全村的旅游收入每年达到 1 亿多元。

村集体还投资建设了一个建筑面积 2.2 万平方米，可同时容纳 2000 多辆汽车的停车场。

经过旅游专家层层评审，2021 年 1 月，堰河村被国家文化和旅游部评定为 4A 级乡村旅游区。"用乡村旅游区命名，而且被评定为 4A 级别的，在湖北省仅此一家。"谷城县文旅局综合执法大队办公室主任许威介绍道。

堰河村每年的游客接待量在 50 万人次以上，尽管近几年受到新冠疫情不同程度的影响，但到该村旅游观光、体验民宿、购买土特产的游客仍络绎不绝。特别是"五一""十一"长假期间，游客爆满，民宿一房难求，需要提前一周在网上预订。

闵洪艳：近30年植树 让生态成为绿色银行

进入村内的道路更是车水马龙，高峰时汽车被堵，要排数公里的长队。

投资1.1亿元的堰河村民俗园三期工程占地30亩，经过统一规划后，已于2023年1月动工兴建，将新增民宿42户，计划2024年"十一"前整体完工。在民俗园内，投资660多万元兴建的乡村振兴培训教育基地报告大厅，已于当年9月20日竣工并投入使用，占地800多平方米，可以同时容纳380人参加培训。与此同时，村"两委"研究后决定，村民旧房每间自己出资500元，剩余经费由村集体负担。闵洪艳多方筹资近千万元，将全村1200多间旧房统一进行内外改造，与民俗园的样式相同。

村里的环境改善了，经济发展了，不仅吸引了大量外地游客前来旅游观光，而且当年外出打工的村民中95%以上的人员都返回村里就业创业，其中有不少本村村民子女大学毕业后选择回乡创业。1997年出生的村民子女方金满，2019年7月从武昌理工学院毕业后，本打算到南方大城市去务工。但当他得知堰河村正在创建4A级乡村旅游区，看到家乡不断发展变化时，便放弃了外出的念头，回到村里发展。他承包了村集体220亩茶园进行经营。每年采茶季节，需要聘请50多人劳动，每人工资达2万多元。在自己家里开办农家乐餐饮和民宿，长期聘用2人务工。同时，还在村广场旁开了一个旅游商店，主要经营木耳、香菇、竹笋、野生葛粉、土鸡蛋等当地的土特产品。3项经营加起来，一年可实现产值230多万元、利润30多万元。在堰河村，像方金满这样大学毕业后回村创业的大学生共有16人。

堰河村以开放和包容的胸怀，不光让本村村民返乡就业创业，还吸引了不少邻村和外地人、城市市民到堰河村创业，形成了"市民下乡、新'乡贤'返乡、产业兴乡"的良好局面。1966年出生的游邦立本是邻近的下柒坪村人，在茶叶经销最低谷时来到堰河村。当时，该村马槽沟45亩茶园，轮番换了几位承包人，都因经营不善而负债。游邦立与村集体一次签订了20年期承包经营合同，从1997年1月开始，2017年1月到期。《湖北日报》派记者采访报道，刊发了一篇题为《农民圆了庄园梦》的人物通讯。

2002年5月，游邦立注册成立了天艺茶园有限公司，在五山镇域内5个村陆续承包了1000多亩茶园，在堰河村承包了300多亩山地种植杉树，还在邻村承包了2800亩山地植树，积攒了一笔不小的财富。

2006年8月，游邦立与堰河村集体合资建设了天艺茶庄，让游客品茶、买茶。第二年，他又投资上千万元，建设茶叶生产车间，不仅可以人工或机器制作毛尖、

空中俯瞰堰河村村貌（无人机航拍照片）

健茶、名芽、大师等 20 多种绿茶、红茶系列产品，每年还将茶树剪枝后留下的大片茶叶，粉碎加工成 300 吨至 500 吨茶末，出口到美国、德国等欧美经济发达国家提炼茶多酚，作为化妆品及其他化工原料的原材料。

经过闵洪艳的不懈努力，2023 年堰河村实现工农业总产值 3.5 亿元、集体收入 300 多万元，村级固定资产 1.2 亿元，村民人均可支配收入 3.5 万元。全村拥有小轿车 292 辆，除"五保户"、农村低保户外，不仅实现了"家家户户有一辆轿车"的目标，有些村民家还同时拥有多辆轿车。

面对国家实现第二个百年奋斗目标的新征程，闵洪艳又提出了到 2035 年，堰河村实现"四不、五有"的奋斗目标，即村民吃饭不出钱、就医不出钱、养老不出钱、义务教育不出钱；村里有金融、家家有资本、户户有研博生、发展有产业、出门有房车。

为了实现这一目标，闵洪艳在脑海中反复思考和经过充分酝酿，于 2022 年 8 月正式提出了"进行二次创业，再造一个有实力的新堰河"的设想。经过村"两委"反复讨论，决定在本村展开狮子头景点开发、天艺茶庄廊桥配套建设、百日山甲板洞步游道建设、垃圾分类中心配套建设、陆羽茶文化体验点建设，成立湖北农业生态科技有限公司、湖北堰河传统小作坊有限公司等 11 个发展项目。经过艰苦努力，力争村集体经济达到 2000 万元以上。决议提交党员大会审议和村民代表大会表决时顺利通过。

从这年 9 月开始，发展计划相继开始实施。投资 8000 万元的山野农场，已经在 2023 年"五一"开园迎客。农场内绿色草坪周边饲养了孔雀、骆驼、狐狸等 47 种大小动物，吸引了襄阳市区、谷城县及周边地区的家长带着孩子到此地开展亲子活动。单人门票每张 68 元，一个家长带着一个孩子才 98 元，而两个大人带着一个孩子只收 128 元。到年底共接待了数千名游客。还开办了 12 个白色帐篷酒店，吸引了襄阳市区、十堰市、荆门市等很多城市的年轻人前来打卡露营。尽管一个标准间住宿一晚需要支付房费 698 元，一个套间每晚 1298 元，但仍需要提前在网上预约才能到此体验消费。2024 年春节从正月初一到初六，所有房间爆满，一房难求；投资 6000 万元的传统石磨豆腐坊，可望本年度投产；村里的老旧学校将变成"堰河香"旅游商品加工电商产业园。

2023 年 3 月，闵洪艳当选为第十四届全国人大代表后，更是信心满满，干事创业的劲头更足了。

"产业振兴靠什么？靠产业。产业发展靠什么？靠项目支撑。堰河村在成功创建国家 4A 级乡村旅游区的基础上，要继续鼓足干劲，推动景区提档升级，争创国家 5A 级乡村旅游区。不断发展壮大集体经济实力，让村民收入逐步提高，过上富裕富足生活，是村党委今后的艰巨任务和为之奋斗的目标。"闵洪艳说。

个人处处当模范　让党组织凝聚力增强

闵洪艳的父亲闵代珍是新中国成立后堰河村的第一任党支部书记。小时候，父亲对他要求特别严格，经常给他灌输怎样正派做人的观念。别的孩子把集体的苞谷掰回家后，可能会受到家长的表扬，可他如果干这事儿，就会遭到父亲的训斥甚至打骂。

闵代珍是位刚正不阿的人，他担任村党支部书记时，村里严重缺粮，村民靠挖野菜充饥。一位驻村干部将情况反映到县里，县委书记表态说县财政拨款 800 元，由村里自己组织买粮，可当时根本买不到粮食。闵代珍找到县委书记理论，并发生激烈争吵，最后使问题得以有效解决。

因为闵代珍性情秉直，在当地得罪了一些人。"文革"期间，他被打成右派，经常挨斗。在闵洪艳的记忆中，最让自己难受的一件事儿，就是他读书期间看到父亲头戴高帽子，被当地的红卫兵"架喷气式"弯着腰挨斗，并高喊"打倒闵代珍"。闵洪艳见此情景十分伤心，悄悄流泪。

当时，母亲身患重病，家里缺人挣工分，导致一个月只能分得 8 两工分粮。那时候，双明大队人多地少，粮食不够吃，多年靠吃返销粮度日。仅 4 生产队的 126 人，每年就需吃返销粮 1.84 万斤。闵洪艳一家 8 口人，每人每月 21 斤口粮，一月只能分得 168 斤稻谷。他才上完高中一年级，就不想再读书了，于 1979 年 7 月辍学回家干农活，在生产队当了两年多记工员。

1981 年 6 月，闵洪艳所在的双明大队实行分田到户，人均分得 8 分土地。这年 9 月，他向生产队申请外出搞副业，来到襄樊市第一水泥厂当装卸工，每天扛 15 吨至 18 吨水泥，一天能够挣 12 元至 15 元钱。干了 3 个月，共挣得 1000 多元钱。时任大队书记给闵洪艳写了一封信，告知上级党组织已经给他父亲平反，恢复了名誉，让他尽快回家劳动。

第二年 1 月，闵洪艳被任命为四生产队会计。1983 年 9 月，双明大队改为堰河村，四生产队变成了第四村民小组。因组长辞职不干了，闵洪艳被任命为村民小组长兼会计。他组织村民将本组山上的松树进行间伐，做成包装箱出售，赚了一笔钱，不仅还清了欠款，还有节余，有钱给村民买返销粮。而后，在砍掉松树的地方栽种杉树400多亩。到1987年，四组成为堰河村最富、唯一一个没有欠债的村民小组。

村党支部书记龚声喜觉得闵洪艳不仅有能力，还有经济头脑，便积极向镇里推荐他到村里任职。这年10月，闵洪艳被任命为村委会副主任，分工负责村办企业。他发动村民发展养殖、种植业，建土窑烧砖瓦，赚钱帮助村集体偿还债务。

此时的堰河村是五山镇所辖村中最穷、最落后的一个村。每次镇里组织干部开会，堰河村"两委"成员总是被安排坐到最后一排，经常被点名批评。往往会还没有开完，该村的村干部就灰溜溜地提前离开会场。

那时，村书记一年的误工补贴是360元，加上其他几名村干部的误工报酬共计2000多元，到年底无钱支付。村书记龚声喜总是让闵洪艳想办法解决。有一年实在想不出办法，闵洪艳只好找镇农村信用社贷款，可信用社主任的答复是不能贷。他只好同村会计两人拉着一辆板车，将两包水泥和一包木炭送到信用社主任家，这位主任碍于面子又不能违反原则，只好私人借款2500元给堰河村。

闵洪艳当村委会副主任时还负责村民之间的矛盾调解工作，可他从未打过村民，也从未骂过村民，总是以理服人，耐心细致地做好村民思想工作。1988年，农民的负担很重，既要交公粮，还要完成"三提""五统"任务。堰河村村委会主任的哥哥夏顺礼家庭负担较重，总是拖交公粮和款项，让村干部很头疼，村书记、村委会主任让闵洪艳与他结对子做工作，并要求他按时完成任务。

6月10日上午，闵洪艳刚走进夏顺礼的家，对方就挎着个篮子外出，转身将闵洪艳锁在他家，扬长而去打猪草了。

一个多小时后，夏顺礼回来了。他将锁打开，推开门，"扑通"一声跪在地上，给闵洪艳道歉。闵洪艳急忙上前将他扶起来，问道："你为何把我锁在你家里？我也没有什么事儿得罪你。"

"你是没有什么事儿得罪我。可我知道，你是来逼我交公粮的。你看我家只有四袋小麦，就是全部拿走，我也完成不了公粮任务。"夏顺礼稍作停顿，继续说，"我有两个孩子在学校读书，这个星期六回来要钱。准备卖两袋小麦给他们交伙食费，如果都交公粮了，我怎么办？"

闵洪艳见夏顺礼边说边流泪，便安慰道："我知道你的难处。你看这样行行不行？你把三袋小麦交公粮，留一袋卖掉给孩子交伙食费。"

"行。"夏顺礼爽快答应，转身便将三袋小麦拉到镇粮管所交售公粮。

村党支部书记和村委会主任得知此事后，对闵洪艳埋怨道："不是让你逼着夏顺礼将他家的四袋小麦全部交公粮吗？你怎么擅自做主让他留下一袋？"

"他家的确有困难，如果不让他留下一袋小麦议价出售，两个孩子上学的生活费就没有保障，也是个实际问题。我已给夏顺礼做通了工作，让他保证在秋收后一定将所有公粮任务完成，他已同意了。到时候他若失言，我负责完成。"闵洪艳解释道。

一天中午，闵洪艳家来了客人，他正在家陪客人吃午饭，一位村民急匆匆地跑来说："看到夏顺礼腋下夹着个什么东西朝你家走来，小心他是来闹事的。"

不一会儿，夏顺礼来到闵洪艳家，从腋下拿出一瓶酒说："我站着喝一杯酒，表示感谢你的宽容，给我留下一袋小麦，使我家两个孩子有了上学的生活费。"

闵洪艳热情邀请夏顺礼上桌一起吃饭，两个人喝完了他买来的一瓶白酒。"当村干部要善于换位思考，村民确实有困难，你硬是逼着他做无法完成的事情，他就会铤而走险，或者干脆不做，甘愿当'刁民'。解决群众的问题要给时间和空间，把政策掌握好，把方法运用好。"闵洪艳说。

闵洪艳担任堰河村党支部书记后，还曾受到过父亲的一次严厉惩罚，他至今记忆犹新。1992年冬月的一天晚上，为了给村集体办事儿，闵洪艳自己掏钱在镇里一个小餐馆招待上级业务部门的几位领导，喝了不少酒。当他推开家门进去，父亲便从他身上闻到一股酒味，板着脸问道："你干什么去了，怎么这么晚才回来？"

"喝酒去了。"闵洪艳答道。

"为什么要喝酒？"父亲一听就很生气。

"招待县里来的领导。"闵洪艳说。

父亲一听火冒三丈，从火垅边站起来，用手中的火钳砸向闵洪艳，正好砸在他的小腿骨上，顿时疼痛难忍。

父亲又把闵洪艳叫到火垅边烤火，语气稍微平和些给他讲道理："我当村书记那会儿，吃一碗群众的鸡蛋就算是犯错误。你当村党支部书记才几个月，就养成吃吃喝喝的坏毛病，以后还不得堕落成又贪又占的腐败分子！"

"村集体没有钱，还有20多万元债务，哪有钱招待客人，我今天是自己掏钱请领导吃饭，而且是为了想让村里的一件事儿办成，迫不得已才请别人喝酒。"闵洪艳解释道。

"自己掏钱也不行，当书记就不能把精力整天放在吃吃喝喝上，不仅不能吃集体的，更不能吃群众的。否则，你在村民心目中就会留下非常不好的形象。"闵代珍提高嗓门说道。

"我记住了，今后绝不会占集体和村民的便宜。"闵洪艳表态道。

闵代珍老人当时还给儿子讲了很多革命成功的道理。

父亲的这次惩罚和教育，让闵洪艳刻骨铭心，在此后数十年的村书记生涯中，他始终牢记父亲的话，要为村民谋福利，干干净净当好村党支部书记，踏踏实实干工作。

上任的第二天，村里的电工悄悄问闵洪艳："你家的电费交不交？"

"你问得稀奇，我能白用电吗？"闵洪艳感到很纳闷，不知电工是什么意思。

"以前村党支部书记、村委会主任、村会计3人是从来不交电费的，而且家里还烧电炉子。"电工说。

"从本月开始，包括我在内的所有村干部，都要一分不少地按月交电费。以前没交过的电费，在一个月之内，都要按照实用金额补交。"闵洪艳果断地吩咐道。

他还了解到，从前村里通知7点开会，往往要等到9点，人才能稀稀拉拉地到齐。他决定从整顿会风开始，彻底转变村"两委"的工作作风。规定开会谁迟到1分钟，就买一包烟给每人发一支，并站在会场前面说明迟到原因；如果迟到5分钟，就买两包烟，并说明情况。"在一个月之内，有两个人违规受到处理后，再也没有人开会敢迟到，现在都是提前几分钟到达会场。"闵洪艳介绍道。

闵洪艳担任村书记之前，堰河村有个不成文的规矩：村干部的家属不做义务工。他上任后首先改掉了这个"潜规则"，不管是谁，一视同仁。挖茶园、植树、修路、种植杜仲等义务劳动，妻子李桂茹与普通村民一样分配劳动任务。

不仅如此，村集体挖茶树沟槽时，闵洪艳还把只有8岁的儿子闵思泽带到劳动现场捡草根。儿子有些不解地问道："爸爸，村委会夏主任的儿子为什么不来干活儿？你与夏主任谁的官大些呀？"

闵洪艳风趣地答道："夏主任的官要比我大一些，因为他的儿子没有来捡草根。"

刚担任村书记那会儿，村集体欠债，公共开支无力保障。村里穷，包括闵洪艳在内的村民也穷。腊月二十九的晚上，天上下着雨夹雪，而且越下越大，闵洪艳骑着一辆旧自行车，刚从石花镇买了年货，行至村口，只见邻村一位姓杨的拖

闵洪艳：近30年植树 让生态成为绿色银行

拉机手坐在路中间，见到他后非常沮丧地说："闵书记，我给堰河村拉石料到乡里，800元的运输费一分钱都没拿到，明天就是大年三十了，别说办年货，想给孩子买双新鞋子都没有钱。"

"我才当书记，村里的确没有钱付你运输费。我就买了这两捆葱，分一捆给你。"闵洪艳的心里很难受，他又将自己口袋里唯一的10元钱掏出来，递给姓杨的村民说："我就这10元钱，你拿回去给孩子买双新鞋过年吧。"那位村民当时感动得热泪盈眶。

到1994年底，春节快到了，可村里仍然没有钱给村干部发工资。一位村干部发牢骚说："忙忙碌碌一年到头，一分钱的误工补贴也发不了，一家人过年想换件新衣服都没有钱。"闵洪艳听到这话后，心里非常不是滋味。腊月二十九上午，他骑着自行车到几十里外的石花镇找到一家服装厂，好说歹说，厂长最后同意赊账，给村"两委"的4名干部每人做套服装过年。到了三十晚上，他同妻子李桂茹一起拿着个编织袋，到附近的代销店赊些烟、酒、糖、面条等副食品，春节时好走亲戚。

村集体没有钱支付招待费，可上级业务部门的领导来了，或邀请有关专家到村里指导工作又必须招待。到了饭点，闵洪艳只好将客人领回家就餐。妻子李桂茹每年养1头猪，喂20多只鸡、10余只鸭子，几乎全部用于招待村里的客人。即使闵洪艳外出不在家，上面来了领导，李桂茹也会主动邀请到她家去就餐。

闵洪艳十分好客，来了客人，便会倾其所有。有一次，李桂茹做饭时留了个心眼儿，将炖好的猪肉悄悄地留了一小碗，放在案板底下，准备客人走后，端出来给正在上小学的儿子、女儿吃。闵洪艳发现后，便让她端出去招待了客人。有一年秋天，中央电视台10频道记者到堰河村采访，问李桂茹作为村书记家属，感到最难办的事儿是什么。她回答说："最难办的事儿就是家里来了村里需要招待的客人，没有食材，又没钱买菜、买酒，我为此发愁，只好到处赊账，尽最大努力把客人招待好。"采访的记者敏锐地发现李桂茹的眼睛里噙满了泪花。

近10年时间，村里对来客的招待都是闵洪艳自己承担，没有在村里报销过一分钱。生态旅游经济合作社成立后，少量必须招待的客人，从合作社公益金收入中列支，而村集体收入中始终保持零招待。

闵洪艳常说："扎实做好党建是农村工作的核心。其中，村书记以身作则是关键。首先是村干部要处处起好模范带头作用；其次是甘于吃亏、善于吃亏。村民不愿干的事儿，村书记要带头去做。一旦事情做起来后，有了名堂，村书记就要退出来，让村民去做。只有这样，你才能取得村民的信任，才能让村党组织产生凝聚力、战斗力、号召力。"

闵洪艳（二排右）在村支部主题党日活动上讲党课，要求大家不忘初心、牢记使命，争做合格共产党员

2004年6月，闵洪艳支持村民方红军在马槽沟开办的第一户农家乐，由于经营不善，第二年下半年就停业了。村集体又将房屋进行了简单装修，可没有人愿意承包。

五山镇的一位领导对闵洪艳说："村民不愿意承包，书记的家属就应该带头承包，把农家乐办起来。"他回家动员妻子李桂茹承包经营，可妻子埋怨道："因为不赚钱，别人才不承包，我们承包亏本了怎么办？"

"你得想办法把它办起来，不能让村集体的资产闲置在那里。"闵洪艳说。

经过反复做工作，李桂茹非常不情愿地把农家乐餐馆重新开起来，重新取名为银杏山庄。由于没有客源，不到半年就亏损了2万多元，妻子本想打退堂鼓，但闵洪艳鼓励她坚持下去。到第二年形势大有好转，赚了10多万元。第三年春节刚过，在一次村民代表大会上讨论集体资产承包方案时有位村民说："银杏山庄的生意那么好，哪个不想承包呢？"闵洪艳当即表态："我可以让李桂茹退出来，由你承包经营。"

闵洪艳：近 30 年植树 让生态成为绿色银行

有天晚饭后，闵洪艳对妻子李桂茹说："银杏山庄你不能再经营了，退出来吧！"

"为什么？"李桂茹很吃惊，感到有些不可思议。

"有位村民想承包。"闵洪艳说。

"刚开始让大伙儿承包，他们都不愿意干，等我慢慢熬到有些经济效益了，他们又眼红了。让我退出来，你觉得这样公平吗？"李桂茹很生气地说。

"没有什么公平不公平的，村书记的家属不能与村民争利益。"闵洪艳的态度非常坚决。

李桂茹尽管有 100 个不乐意，但最终还是按照闵洪艳的意见，在第二个月就不再承包。为此，她气得三天没有理自己的丈夫。

虽然不再开餐馆了，但能干的李桂茹并没有闲着。她把精力用在制作、销售特产上，经过反复品味，最终试验成功味道独特的腊猪蹄、炭灰鸡蛋。她并不保守，主动将这两种食品的制作方法传给了所有开农家乐的村民，经常义务到各户指导腊蹄子的烹饪技巧，使之成为全村农家乐的品牌菜。

炭锅腊猪蹄味道十分独特，曾获得湖北省厨嫂大赛一等奖，先后有 30 多个国家元首、政府首脑到堰河村参观新农村建设时品尝过腊猪蹄。2010 年 9 月，博茨瓦纳副总统到堰河村参观，品尝了该村的腊猪蹄后，非常高兴地伸出大拇指称赞道："堰河腊猪蹄，天下第一蹄。"

在"年货节"期间，闵洪艳（左）了解村民农产品销售情况

堰河村生态经济专业合作社进一步研究，将腊猪蹄进行真空包装，以"堰河香"品牌在网上销售。2012 年，"堰河香"成为"灵秀湖北"特色旅游商品，获湖北省"后备箱"工程奖，一次性奖励了 20 万元。堰河村终于有

了自己的品牌。

那位村民承包了银杏山庄后,由于缺乏经营头脑和经验,出现亏损状态,第二年就主动退了出来,没有人再继续承包,造成山庄闲置了大半年。闵洪艳动员自己毕业于华中农业大学的女儿闵谷月承包并经营至今。

2007年,村"两委"号召村民入股专业合作社时大伙儿都不看好,响应者寥寥无几。闵洪艳又动员妻子积极入股,尽管李桂茹也很不乐意,但她记住了丈夫常说的"村民不愿意干时,村书记家属带头干"那句话,主动拿出2000元入股。后来合作社经营业绩较好,一些村民争相入股,李桂茹又想起了闵洪艳常说的"村民想参与的事儿,村书记的家属就要退出来"这句话。因此,扩股抓阄儿时,她没再参与,主动放弃了权利。

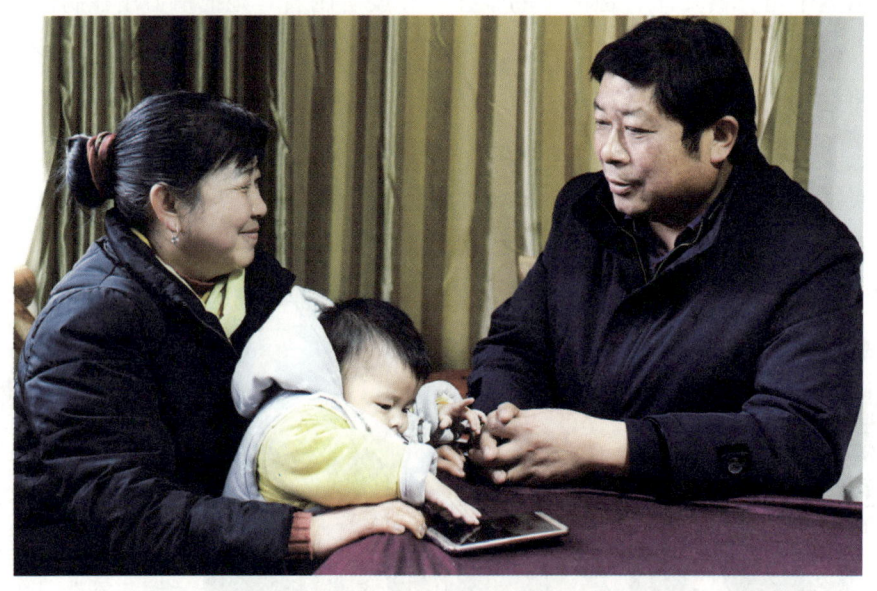

妻子李桂茹是位贤内助,闵洪艳(右)告诫妻子不要和群众争利益

第二年春节后,村"两委"筹备在二组一块滩涂上建设堰河新村,后改为民俗园一期工程。房屋由村集体统一规划,水、电、宽带等管网及污水处理设施由村里负责建设,村民住宅根据设计图纸自建,每户三间两层。按规定,盖房子的农户需交纳8000元资金,用于购买建房占地120平方米至130平方米的地皮。

虽然经过村"两委"反复动员,但村民仍处于观望状态,没有1人报名。闵洪艳又动员李桂茹道:"看来大伙儿不相信村'两委'有能力把这件事办成,那我

闵洪艳：近30年植树 让生态成为绿色银行

们就先带个头吧！"李桂茹这次很爽快，没过几天就从存折上取出8000元现金交到村会计那里，成为第一户建房者，在她的带动下，其他12户村民也纷纷交款建房。

新村的中间是当年村民采石挖砂后留下的一个水坑，村集体将其改造成人工湖，并在两边栽上垂柳，成为一道亮丽的风景。人工湖与村民住宅间有条6米多宽的街道，最初举办年货节都是在这里，后被命名为年货街。几年前，村集体投资在这条街道上建起了亭子式长廊，供村民出售土特产和游客观光休息。

2016年7月，村里建设民俗园二期工程时，李桂茹也动了心思，想报名建房做生意，但闵洪艳阻止道："这次报名的村民很多，我们就不要凑热闹了。"

村集体所属的培训中心竣工开业后，有位村民承包了几年，由于管理不善，经济效益一般，便不想继续承包。在无其他人承包的情况下，李桂茹接手经营，第二年刚刚有了起色，效益明显，闵洪艳又让她退出来，让另一位家庭有困难的村民承包经营。

闵洪艳的心中无私，既没有瞧不起人，也从不记恨某位村民，包括给他提过意见甚至整过他的人。小时候父亲被打成右派，经常挨整，他所在的生产队队长经常欺负他家的人。有一次，闵洪艳在山上捡了一袋桐子交给生产队记工分，队长不让他捡，并让他把已捡到的桐子倒进集体的桐子堆里。"别人可以捡，你为何不让我捡？"闵洪艳与生产队长争辩道。

"我就是不让你捡。"生产队长边说边抢夺闵洪艳手中装着桐子的布袋。

"你欺负人。"闵洪艳反驳道。

"我就是欺负你，再犟我就揍你。"生产队长吓唬闵洪艳道。

这件事在闵洪艳的脑海中留下了深刻烙印，他当时就暗自发誓，等自己长大了，一定要当一位对老百姓很好的干部。

那位生产队长后来老了，麻烦事儿特别多。但闵洪艳不计前嫌，非常耐心地帮助他一件一件地予以解决。

一位村民说："闵洪艳就像一位性格十分温和的家长，不管哪位村民家里遇到困难找到他，他都会想方设法帮忙。村民家建新房，他会抽时间多次去现场查看，看这户村民的房屋是否按村里的规划建的，同时看这户人家建房中有什么困难需要村集体帮忙解决。"

本村困难群众建房，闵洪艳都会先到一些商家那里赊一些水泥、砖资助村民建房，再找机会到县直有关部门争取政策性资金支付采购材料的费用。一组村民李伟同的妻子双目失明,家庭很困难,闵洪艳想尽一切办法资助了他 5 万块砖,终于把他家的房子改造好。他还帮扶了 5 名困难群众脱贫致富,1945 年出生的四组村民张兵富就是其中一位。张兵富与老伴蔡德荣长期患病,儿子张于连人很老实,第一任妻子不辞而别,靠他在家照顾父母和几岁的儿子。孩子长大后,张于连外出打工时不幸遭遇车祸,成为残疾,一家人的生活出现困难。闵洪艳与张兵富家结对子帮扶,按程序为他家申请了农村低保,2014 年被确定为精准扶贫户。

闵艳洪为张兵富免费提供茶子树苗,让他在自家的 5 亩山坡地上栽种,3 年后开始挂果,由村专业合作社代销,每年可以获得 5000 多元收入。闵洪艳还为他申请危房改造资金,并资助了 3 万块青砖,将几间土坯房改造成两栋 3 层的楼房。张兵富每年饲养 3 头猪、50 多只鸡卖,可以获得 8000 多元收入。秋天还到山上捡桐子、挖野生葛粉卖,也有 4000 元至 5000 元收入。不算儿子、儿媳的打工收入,仅他和老伴两人的收入,每年都有近 2 万元。在闵洪艳的大力帮助下,张兵富一家已于 2019 年脱贫。谈起现在的幸福生活,已 78 岁的老张满脸笑容。

闵洪艳(右)定期看望村里的一位百岁老人

堰河村干部的误工补贴并不高,只有当地财政部门发放的那部分。但该村从 2005 年就已经开始实行全脱产。而且只有上班时间要求,没有下班最晚时间规定,遇到上级在村里举办大型培训活动或遇到旅游团队接待任务,忙到晚上 11 点至 12 点才下班回家已是常态。不管是冬天,还是雨雪天气,闵洪艳每天早晨 6 点准时起床,先是骑电动车围绕整个村庄转一圈,重点查看建筑工地施工情况。再到村委会,

闵洪艳：近30年植树 让生态成为绿色银行

于7:30准时主持召开全体村"两委"干部参加的早会，各自汇报昨天的工作，安排布置当天的任务，风雨无阻。

每到雨季，闵洪艳最担心的是晚上下暴雨，一些临山而居的村民面临着山洪的侵袭。一旦下暴雨，不管是白天还是晚上，他都带领村干部到各村民小组巡查。如果发现雨势太大，就立即组织危险地方的村民转移。2021年9月的一天，天气预报堰河村有大到暴雨，闵洪艳赶紧组织一些家在危险地段的村民紧急避险。一户上了岁数的两位老人，不管村干部怎么给他们做工作，就是不愿离开自己家。下午两点多钟，电闪雷鸣，暴雨倾盆而下，山洪暴发。闵洪艳眼看情形不对劲，立马同几名村干部强行将那两位老人架走，安置到村办小学躲雨。没过多久，洪水便将他们的房屋淹没，闵洪艳冒着生命危险，来回帮助老人将家具等值钱的东西尽量抢出来。最后，洪水已经快淹到脖子了，闵洪艳又游进去，抢出了一些生活用品。

闵洪艳不欺生，对到堰河村干事创业的外来人员一视同仁，能帮的尽量帮。1970年出生的冯毕建本是湖北省房山县人，到五山镇的另一个村做了上门女婿。2007年5月，他与妻子从外地打工回来后，在镇里买了一套单元住房。第二年春天，冯毕建买了一辆汽车跑运输，从老家拉木材到堰河村卖给村民建房子。当看到堰河村通过保护生态、规划房屋建设、实行垃圾分类等措施，使全村干净整齐、环境优美时，他动心了，找闵洪艳要求到该村创业，得到了大力支持。

堰河新村当时村民房屋中间还有一块120平方米的空地，冯毕建按照村"两委"的规定，一次性交纳了8000元土地出让金，花费24万元盖起了一栋3间两层的别墅式建筑，并进行了精装修。除一家人住宿外，还开起了农家乐，有3个房间接待游客住宿，每个房间按村生态经济专业合作社的统一定价158元收取房费，两项加起来，一年能获得纯收入13万元。

从2015年开始，冯毕建到房县老家收购木耳、香菇、竹笋、野生葛粉、天麻等农副产品到堰河村批发，还开了两个旅游商店进行零售。

堰河民俗园二期工程动工建设时，冯毕建又预交了5万元，报名个人建房，最终建起了一栋占地300平方米、两层600平方米具有堰河建筑风格的别墅，开办农家乐，有4个房间对外接待游客。

冯毕建承包了堰河村的50亩茶场，采茶、制茶、出售。还接手了另一位村民转让的黄公顺酒馆，6个包间每年也能获得不错的收入。开办农家乐、批发零售土特产、经营茶园三项之和,每年可以获得 50 万元以上收入。还安排了 7 位村民就业,一年的工资支出在 30 万元以上。"我是万万没有想到堰河村有这么好的创业环境,这与闵洪艳书记开阔的胸襟息息相关。在他的心中,只要有实力、愿意到村里创业都欢迎,而且尽量提供方便。"冯毕建说。

共有 40 多人像冯毕建一样,长年在堰河村创业,都获得了不错的收益。

闵洪艳还在农村党建和综合治理上下功夫,使该村乡风淳朴,近 30 年没有出现一起刑事案件,也没有一人越级上访。

堰河村相继获得全国先进基层党组织、全国文明村、全国乡村治理示范村、中国最美休闲乡村、国家级生态村、全国绿色小康村、全国乡村旅游重点村、全国生态文化村、第一批国家森林乡村等国家级荣誉。

"我们与全国名村相比还有很大差距,下一步要以实施乡村振兴战略为契机,逐步发展壮大集体经济实力,不断改善民生,让村民过上富裕富足的生活。"闵洪艳说。

闵洪艳访谈录

作　家:堰河村当年贫穷落后,还欠账 20 多万元,您担任村书记的初心是什么?经过近 30 年的不断努力,把全村发展成远近闻名的富裕村,不同的阶段就提出一个目标,您不断奋斗的内生动力是什么?

闵洪艳:当年堰河村太穷了,穷得很多人埋怨自己为何出生在这个偏僻的村庄。因此,我担任村书记的初心就是为了改变这个村的贫穷落后面貌,让乡亲们过上好日子。所以,我当时也没有想很多,更没有考虑到自己的名和利,也没有想到能够获得这么多荣誉。

我不断努力奋斗的内生动力来自以下几个方面。一是我与父亲两代人都是村党支部书记,如果碌碌无为,就会遭到别人的唾骂。如果错失发展良机,就会成为这个村的罪人。所以必须在其位,谋其政,尽其责,努力把这个村庄发展好、建设好、治理好,实现自己的人生价值。二是党组织相信我,村民信任我,就要把信任扛在肩上,牢记在心,而且落实到行动上,绝不能辜负党组织和广大村民的期望。所以自己不断地坚定理想信念,执着追求,力争赶超先进村。三是长期受到我父亲的正确思想教育和影响,时刻牢记党的宗旨,全心全意为人民服务。

闵洪艳：近30年植树 让生态成为绿色银行

作　家：您为何在20世纪90年代初就形成了保护生态的理念？堰河村发展成生态旅游名村的成功经验是什么？

闵洪艳：我刚担任村书记时，认真分析了本村的优势和劣势。过去堰河村是砍山卖木，养家糊口。山上的村民挖黄姜、卖毛竹；山下的村民筛砂卖石头，严重破坏了生态环境。我感到这样下去，整个村庄什么希望都没有了。

有句话叫"靠山吃山，靠水吃水"。可不能靠破坏山和破坏水换来短期利益。当年，中央已经提出了发展绿色经济，我从中受到启发，特别是认真琢磨了《人民日报》评论文章中关于生态与发展经济辩证关系的论述后，更加坚定了保护生态环境的信心和决心。最后印证了自己的做法，符合习近平总书记提出的"绿水青山就是金山银山"的理念。

闵洪艳（左）接受媒体记者采访

堰河村从一个名不见经传的偏僻山区小村，发展成为湖北省旅游名村和全省唯一国家4A级乡村旅游区，关键是抓住了几个方面的机遇。一是从20世纪90年代初起，村"两委"果断做出了封山育林、植树造林的决定，并严格予以实施，保护自然资源。二是主动接受了襄阳市环保协会会长运建立和北京绿十字文化传播中心负责人孙君的建议，从2003年12月起在全村实行垃圾分类，一直坚持到现在，保护了全村生态环境。三是以2006年4月湖北省在堰河村召开的新农村建设会议为契机,大力发展农家乐,不断提档升级,同时,不断加大基础设施建设,使吃、住、行、游、购、娱的旅游条件逐渐完善,成为游客的目的地。

我的体会是:做旅游不上 A 是门外汉,不上高 A 是卡脖子汉。堰河村的乡村旅游从国家 3A 级到 4A 级,经历了一个艰难的过程。但最终成为品牌,带来了良好的经济效益。

作 家:堰河村的垃圾分类为何坚持了这么多年?这样做对农村发展和建设有何意义?

闵洪艳:当年搞垃圾分类是堰河村产业发展的需要。因为我们走的是保山护水、生态发展之路,最终的结果是保护环境。那时候,我们只是传统的打扫卫生。20 世纪 90 年代初,整个村庄到处都是白色垃圾、黑色垃圾、塑料瓶、农药瓶等,村民随手乱扔在田边、地头、河边、房前、屋后,非常难看。不光是我们堰河村,在整个农村都非常普遍。

用什么方式来解决这个问题?我一直在苦苦思索。

当年,五山镇邀请运建立会长和孙君主任搞培训,并不是在我们村里。我作为村党支部书记只是到镇里参加集体培训。从这些专家的讲课中,我看到了希望、悟出了道理。深知垃圾分类是农村一种新的生活方式。当时,城市就做不到,而在一个偏僻的山村来做,难度可想而知。我想之前那么多难办的事我都办成了;那么难走的路,我都走过了。垃圾分类再难,我也要进行下去,并取得成功。

在全村搞垃圾分类,不是我心血来潮,而是未来必须走这条路。首先要解决村民的生活观念、生活方式,这不是一时半会儿就能完成的,需要付出艰辛努力。除邀请专家来讲课外,我们还采取了很多必要的措施,来促进垃圾分类长期进行下去。

刚开始大部分人积极响应,少部分人不愿干,也的确有些客观原因。农民要种田,要喂猪、养鸡,整天有干不完的农活。况且,他们认为祖祖辈辈都是这样生活,村里搞垃圾分类是多余的,心里很烦。甚至镇里的某些干部也讥讽我是"作秀",质问"搞垃圾分类能当饭吃?能够挣钱?"我反复给村民讲述一个观点:把村庄搞干净了,就是能够挣钱。最后终于变成现实:走的是绿色路,吃的是生态饭,挣的是环境钱,发的是旅游财。

搞垃圾分类,不仅保护了全村的环境,提高了村民素质,还转变了生产方式、生存方式、生活方式、发展方式。过去一季麦子一季稻、脸朝黄土背朝天的传统生产方式发生了重大变化,农民从泥腿子变成了搞乡村旅游的主体。由开办农家乐到民宿,到发展养殖业、种植业、农产品深加工,成为百业百态,村民的生态观念也随之发生重大变化。过去村民见面打招呼时问:"你到哪儿去?"回答说:"我下田干活儿去。"现在回答说:"我上班去。"

村民过去说的都是地方话,现在大部分人都是讲普通话;过去爱抽烟的村民将烟盒随手一扔,现在将空烟盒卷起来放在口袋里,回去后扔在垃圾箱里。连村民的称呼也相继发生了变化:过去开农家乐,称张老板、李老板,很高兴;现在有些村民线上、线下产业规模做大了,喊"老板"不愿听了,而喜欢被叫"老总"。

我在不同场合反复强调:堰河村村民一定要低调,要感恩党的英明领导,感恩社会和广大游客的支持。所以本村经营户都比较诚信和谦虚。现在,随着堰河村名气的逐渐增大,本村村民线上线下,上抖音、微信公众号,上美团等销售产品的越来越多,很多人坐在家里做生意已成为常态,有力促进了全村经济发展。

作 家:您担任村书记近30年来,遇到过什么大的困难和委屈吗?是怎样克服的?

闵洪艳:困难和委屈几乎天天都会发生,有时是在工作中遇到了困难,有时是村民找我提要求。合理、合情却不合法,不能马上解决,怎么办呢?面对困难,就要冷静思考,想尽一切办法予以解决。面对村民不合理的诉求及不理解,换位思考,就只能忍气吞声,还要带着笑脸予以解释,在不违背原则的情况下,能解决的,变着法儿予以解决。

担任村书记近30年来,我曾流过两次泪。第一次是村里建设一个交通工程,向上级要了50万元补助款。快到春节了,需要支付工人工资,我到县直一个部门去要钱,这个单位换了一名新局长,他语气很强硬地说他们也有困难,只能划拨20万元,还用手指着我的鼻尖说了一番很难听的话。我当时气得浑身发抖,准备抓着他的衣领去找县主要领导评理。另外一个局的局长正好看到了,就出面做工作调解,最后划拨了30万元。没过几天我到镇里汇报工作,向镇委书记谈起我们基层干部为村里建设要点钱有多难时,我的眼泪就流出来了。

第二次是2021年7月下旬,一场特大暴雨将我们村创建4A景区的很多道路、停车场、吊桥等基础设施给冲毁了,造成直接经济损失300多万元。我到现场查看后,满目凄凉,站在那里发愣,眼泪不自觉地就流出来了。但我马上把眼泪擦掉,发誓不能被困难吓倒,更加坚定了创建国家4A级景区的信心。雨停后,我马上组织干部、党员和广大村民义务劳动,进行灾后紧急抢修,到11月底就全部恢复了原状。

没过几天，国家级旅游专家到村里进行 4A 级旅游区评定后，专家组负责人对我说："你当书记后曾经流过两次泪，我让你流第三次泪。不过这次流泪与以往不同。"我接过话题说："我知道了，你们会让我激动得热泪盈眶。"没过多久，国家 4A 级乡村旅游区评审就通过了。

刚当村党支部书记时，村里做了一些水利设施工程，到年底没有钱支付工程款，腊月二十八那天，一名包工头便将其 80 多岁的老母亲带到我家，说不给钱就在我家过年。我把道理讲清楚后，得到了老人家的理解和同情，她非常明智地让儿子用板车把自己拉回家去了。

我很乐观，善于忍辱负重，不管遇到什么困难，我都会千方百计地予以克服，坚定地实现自己的理想和抱负。

作　家：为什么您具有菩萨心肠，村民有什么困难，您都会想方设法帮助解决，您不嫌麻烦吗？

闵洪艳：作为一个基层的党支部，就是农民的靠山。他们遇到了生产、生活中的困难，村书记如果不帮助解决，他们就会对你这个党组织很失望。我自己也是农民，知道大伙儿的所思、所想、所盼。平心而论，当我遇到了困难，也希望能够得到帮助。面对群众的困难，我能办的事儿就马上办；不能立即办的做好解释，等遇到了机会，一定帮忙解决，绝不能糊弄村民，更不能欺骗百姓。

我在村民面前从不吹牛，也不轻易许愿，但会把他们每个人的诉求默记在心。今年没有解决，到明年时机成熟了，不用他找也会帮助解决。

我觉得这样做是自己的本职工作，作为一名村党组织书记，就是要时刻牢记党的宗旨，全心全意为村民服好务。所以，我从没有觉得很麻烦，而是告诫自己要真正认识到"群众之事无小事"，想尽一切办法为村民排忧解难。

作　家：您认为一个优秀村书记应该具备什么样的素质和条件？选拔村书记时应该着重考察被选举对象哪些方面？

闵洪艳：我认为一名优秀村书记必须具备以下几个方面的素质和条件。一是要有较高的政治素质。对党的政策及法律法规学深学透。必须与上级党组织保持高度一致，不能我行我素，更不能自以为是，认为"天高皇帝远"，自己就是这个村的老大。二是要有公心。做任何事情都要公平、公正、公开，把党的政策落实到每个细节上去，惠及到群众头上。三是要有强烈的事业心、责任感。以博大的胸怀和坚强的意志，在工作中忍辱负重，克服种种困难。树立远大的目标和理想信念，要有独特的眼光和工作能力,积极干事创业,为集体增收,让村民致富。四是要有一心为民的情怀。设身处地为村民着想,想方设法为他们解决实际困难,让他们切身感受到党组织的关心、关爱。五是要有底线意识。违法违纪的事儿绝对不能干,一旦村书记严重违纪,受到党纪国法的处理后,就会给这个村庄带来非常不好的影响。六是必须抓好班子,带好队伍,充分发挥好党支部的战斗堡垒作用和党员的先锋模范带头作用,才能带领群众齐心协力把村庄发展好、建设好、治理好。七是必须处处以身作则。打铁需要自身硬,要求别人做到的,村书记必须先做到;要求别人不能做的,自己必须坚持不做。

选拔村书记时,要着重考察被选举对象的人品和能力。人品最关键,如果一个人的品行不行,一切就等于零。他的能力越大,造成的危害就越大。只要他踏踏实实干事,一心为集体,一心为村民,能力是可以逐渐提高的。

作　家:您认为怎样才能确保乡村振兴战略取得成效?关键因素是什么?

闵洪艳:我认为应该采取以下措施,才能确保乡村振兴战略取得实效。第一,要紧扣"乡村"二字。"乡村"不是农村,这个概念要搞清楚。"乡村"包括血缘关系、文化传承、生产方式、生活方式、乡音乡情等。第二,基础设施建设不能一概而论,而应因村制宜。有的村只剩下几户人家了,再投入大量财力架线、修路,就会造成很大的浪费。所以,应分门别类,而不能搞普惠制。第三,应适当建设中心村。配套完善教育、医疗、文化设施,以起到辐射带动作用。第四,不能搞大拆大建。乡村建设必须有乡村特色,绝不能搞得城不像城,村不像村。基础设施要配套,功能要不断完善。第五,千万不能搞"一刀切"。不能片面地提倡"一村一品",而是要形成一村一个主导产业,多业态发展。第六,必须让村民广泛参与。要千方百计地提高群众收入,只有让大伙儿的腰包鼓起来,群众才会高兴、满意,才能实现共同富裕。第七,要大力发展集体经济。农村不发展集体经济就是死路一条,村党组织在村民中就没有凝聚力,没有威望。专业合作社是发展集体经济的一个很好措施,因此国家要从政策上予以扶持。

实施乡村振兴战略的关键是稳妥进行农村体制改革,切实选拔优秀人才进入村"两委"班子,特别是培养、选拔好村书记,要在体制机制上下功夫,让村干部有盼头,有干头,有奔头。

乡村振兴领头人——中国模范村书记

作家点评

本人之前多次到堰河村采访、拍摄照片,都是走马观花,了解的只是皮毛。这次在该村进行了三天三晚的明察暗访,深入了解了堰河村的发展过程和闵洪艳的创业史。

堰河村本来是一个鄂西北山区十分偏僻的小山村,既没有区位优势,也没有资源优势,但为何能够建成湖北省的乡村旅游名村和中国最美休闲旅游乡村呢?关键是闵洪艳担任村党支部书记之初,就形成保护生态环境的观念,后经过不断升华,持之以恒,将之贯穿于他担任村书记近30年的整个过程当中。

保护生态环境,发展乡村旅游,成为堰河村近30年探索成功的一条可持续发展之路。

闵洪艳具有独特的眼光和能力,是位善于抓住机遇、利用机遇的村书记。

1992年,邓小平南方谈话之后,全国迅速掀起大开发热潮。但在带来经济繁荣的同时,也带来了环境的大污染、生态的大破坏。闵洪艳从《人民日报》评论文章"生态经济化、经济生态化"这句话中悟出了深刻道理,形成了新的思维和理念。这篇文章无疑起到了很好的指导作用,成为理论依据,推动堰河村彻底改变了生产方式、生存方式、生活方式。

闵洪艳把保护生态环境作为立村之本,从未动摇过。封山育林,不让砍树烧炭,捣毁了几个烧炭的窑,还罚过款,导致一些村民有想法、暂时不理解,甚至有怨言。虽然当时他个人得罪了少数村民,牺牲了部分人的短期利益,却换来了全体村民的长期利益。

堰河村,一个曾经出了名的穷山村。当年,这个村的村民连饭都吃不饱,可在闵洪艳的号召下,居然搞起了垃圾分类,而且一直坚持到现在,坚持了20多年。昔日脏、乱、差的村庄如今干净整洁、环境优美,成为保护生态环境、改变贫穷落后面貌、实现村强民富的典型。

成立生态经济专业合作社,规范管理农家乐和民宿,在质量上不断下功夫,保证立得住、干得好、走得远。而且实行家家户户入股分红,使其享受集体经济发展红利,真正实现了共同富裕。

闵洪艳在整个发展过程中,始终坚持不好大喜功,不贪大求洋,而是量力而行,循序渐进,始终不停步,不回头,不走误区,不负债,不留包袱,搞积累式、滚动式、可持续性发展。让群众跟得上村"两委"的发展步伐，按照市场需求，结合本村实际，稳步推进。

一篇文章形成一种生态保护理念，持之以恒地做下去，奠定了乡村旅游的基础；一个小小的垃圾分类，坚持不懈，不仅使堰河村名扬省内外，还为乡村旅游增添了内涵；一户农家乐带动全村餐饮和民宿的兴起，不仅为村民脱贫致富找到了出路，还促进了乡村旅游的提档升级。这就是堰河村的发展模式，彰显了闵洪艳的智慧和能力。

"走的是绿色路，吃的是生态饭，挣的是环保钱，发的是旅游财"。堰河村已经形成良性循环，探索出了一条村强民富的可持续发展之路，成为乡村振兴的样板。

一不等、二不靠、三不要，用自己的双手去创造。闵洪艳担任村书记近30年来，在发展和建设过程中，不管遇到什么困难，从不灰心丧气，更不会气馁，而是冷静思考，想尽一切办法予以克服和解决。

当群众不愿意干时，村书记就带头去做；当村书记做成功后，村民愿意干时，自己就主动退出来。这是典型的村书记以身作则、率先垂范，起到了榜样、表率、标杆、引领作用。

始终把村民利益、集体利益放在首位，彻底改变贫穷落后面貌，让村民过上好日子，全心全意为村民服好务，是闵洪艳数十年来忘我工作、勤奋努力的内生动力。

"自力更生、生态发展、克难攻坚、一心为民"，这就是闵洪艳的精神。

在实施乡村振兴战略中，很多村提出发展乡村旅游，但只是简单地理解为村民开农家乐餐馆，种植一些花木、农作物供游客观赏、采摘，实在过于肤浅，不可能长久经营下去。保护生态环境是乡村旅游的前提条件，不断丰富内涵和提档升级，是使乡村旅游走得远的重要保障。这些村应该从堰河村近30年的生态旅游发展之路中受到启发和教益。

朱仁斌：
实践"两山"理论见成效

人物概要

朱仁斌，男，汉族，1969年3月出生，大专文化程度，2007年1月入党，现任浙江省安吉县鲁家村党委书记、村委会主任。先后获得中组部"榜样3"、全国最美基层干部，浙江省千名好书记、担当作为好书记、乡村振兴"金牛奖"、乡村振兴带头人等荣誉。

朱仁斌：实践"两山"理论见成效

递铺街道鲁家村委员会

浙江省安吉县鲁家村党委书记、村委会主任朱仁斌

朱仁斌大专毕业后被安排到县体委当武术教练、技工学校老师，3 年后辞职自主创业成功，成为"百万富翁"。面对家乡脏、乱、差的环境和贫穷落后的面貌，他毅然放弃生意，回乡担任了两届村委会主任，并于 2011 年 3 月高票当选为村党支部书记，从保护生态环境入手，开始践行"两山"理论。自己垫资数万元，用于购买垃圾桶、砌垃圾箱，进行环境整治，申报安吉县美丽乡村精品村建设项目。而后，他再次垫资数十万元，用于村民旧房拆迁补偿款。并多方筹资千余万元，用于村庄规划、道路修建等基础设施建设。在短短三个月时间内完成各项工作任务，顺利通过验收，获全省一等奖。

紧接着，全村由美丽乡村建设转为美丽经济发展，探索"村集体＋公司＋农场"的村庄经营模式，引进社会资本 20 多亿元，开办了白茶、花卉、板栗、竹子等品质各异的 18 个家庭农场，每年实现生产总值 5000 多万元，为本村村民提供了 500 多个就业岗位。而后，开始创建中国美丽乡村精品示范村，用小火车、绿道串联起家庭农场观光、民宿的乡村旅游，被评为全国休闲农业观光和乡村振兴示范村。

在朱仁斌 10 余年的艰苦努力下，鲁家村发生了巨大变化，集体年度收入由 2011 年的 1.8 万元，增加到现在的 660 万元；固定资产由当年的 30 万元增加到现在的 2.99 亿元；全村人均可支配收入由当年的 1.47 万元，增加到现在的 5 万余元；村民持股从 2014 年的每股 375 元增加到现在的每股 3.2 万元，鲁家村已成为环境优美、村强民富的美丽乡村。

朱仁斌担任村书记多年来的真切感言

朱仁斌：实践"两山"理论见成效

新农村建设　让贫困乡村大变样

鲁家村位于安吉县东北部，与"两山"诞生地余村只相距25公里。该村版图面积16.7平方公里，具有"七山二水一分田"的特性。山林面积1.4万亩，耕地面积2166亩，其中基本农田1443亩。全村共有13个自然村、16个村民小组，总人口656户、2350人。

"污水靠蒸发，垃圾靠风刮，蚊蝇满天飞，臭味很难闻。"这首顺口溜是对鲁家村当年环境面貌的真实写照。2003年至2004年，浙江省开展"农村千村示范、万村整治工程"，即打造1000个新农村建设示范村，对1万个行政村进行环境整治。鲁家村的生态环境在安吉县以脏、乱、差闻名，当地有关部门虽多次督办，却收效甚微。

2011年3月底，朱仁斌当选鲁家村党支部书记后不到一个星期，与新任村委会主任裘丽琴一起参加全县主职村干部培训时，因该村的环境卫生在全县位列倒数第一而受到有关领导的点名批评。"我们两人当时触动很大，感到面子上挂不住了，全县227个村的书记、主任，加上各乡镇领导共600多人，鲁家村成为反面典型，受到点名批评，让我们非常难堪。"朱仁斌说。

回到村里，朱仁斌很苦闷，一个村的环境脏、乱、差程度，竟然在全县排行第一，这意味着是最差的。怎样才能迅速改变这一面貌呢？他陷入了深深的思考。

在随后主持召开的村"两委"会议上，朱仁斌发言道："鲁家村的环境必须进行一次大整治，而且整彻底。否则，不仅本村人感到无光，还会拖全镇的后腿。"

"过去村'两委'也曾多次要求村民打扫卫生，可只是喊喊而已，没有落实到行动上，所以收效甚微。"一位支部委员发言道。

"从现在开始，我们要动真格的，不仅要把全体村民组织起来，进行一次全面、彻底的大扫除、大清理，还要形成长效机制，确保生态环境得到长期保护。"朱仁斌稍作停顿继续说，"每户村民门前要做个垃圾桶，动员大伙儿自觉养成良好的卫生习惯，不乱扔垃圾。每个村民小组要建两个垃圾箱，由村集体安排人员按时转运垃圾，进行无害化处理。"

"村里还负债100多万元，没有经费作保障，做垃圾桶、垃圾箱和转运垃圾人员的工资费用怎么解决呢？"那位支委很疑惑地问道。

"做垃圾桶、垃圾箱的费用我来想办法解决,找个会开拖拉机的村民来转运垃圾,一年支付工资报酬6万到7万元如何?"朱仁斌征求大家的意见。

"我的意见是按上限7万元的标准支付。因为综合全县的工资水平,太低了肯定没人愿意干。"村委会主任裘丽琴谈了自己的想法。

"我看可以。"

"我也同意。"

……

与会人员纷纷表态,最后形成一致意见。

在朱仁斌的现场监督下,村"两委"按照法定程序,分别组织16个村民小组的村民采取公开投票、现场唱票的方式,民主推选了16位妇女担任村民小组长。他还提议建立全村物业保洁队伍,由村委会主任负总责,16个村民小组长分别担任本组的卫生保洁员,村集体每月为其支付1000元的卫生保洁服务费。

环境整治方案提交党员大会审议和村民大会表决时顺利通过。

4月中旬,鲁家村有史以来规模最大的环境整治开始了。村"两委"成员每人包保两三个村民小组,由村民小组长组织本组村民开展义务劳动,进行卫生大扫除,清理建筑、生活垃圾。从各家各户房前屋后到竹林里、河沟里,进行了一次搬家式大清理,整整干了一个星期。"每个村民小组清理的各种垃圾堆在一起像座小山,村集体出资请了3辆能够装一吨多重货物的拖拉机整整拉了6天,才把垃圾转运到县城里的垃圾转运站。"朱仁斌介绍道。

鲁家村有两家年存栏量达到60多头的养猪场,生猪粪便成为重要污染源。全村每户村民家的自留地里都有一个粪缸用以装粪浇地,夏天气味难闻,雨天粪水外溢,污染水源。朱仁斌提议经过村"两委"讨论后关闭了养猪场,填埋了家家户户的粪坑。

全村600多户村民中有400多户的露天厕所粪坑被砸掉,所有农户家相继进行了三格式化粪池改造,臭味没有了。

村集体统一定制购买了1312个垃圾桶,为每家每户配发了两个,用砖头和水泥砌了64个垃圾箱。

村民房前屋后由各家各户实现卫生"三包"管理,各村民小组的公共场地由村民小组长负责保洁。村里还安排本村一对会开拖拉机的夫妻二人负责垃圾转运,每天将16个村民小组的生活垃圾收集后拉到垃圾发电厂进行无害化处理。

朱仁斌：实践"两山"理论见成效

经过半个多月的卫生大扫除和垃圾彻底清理，鲁家村的环境卫生发生了重大变化，村容村貌焕然一新。广大村民从新一届村"两委"班子成员特别是朱仁斌雷厉风行的做事风格上，似乎看到了本村未来的发展希望。

环境变了，朱仁斌的信心足了。

此时，安吉县正在创建美丽乡村精品村，设立一等奖、二等奖、三等奖3个奖项。其中获得一等奖的精品村，县里给该村按人头每人奖励1000元，镇里配套给每人奖励700元。朱仁斌算了一笔账，鲁家村如果能够获得创建精品村一等奖，就可以一次性得到县、镇两级财政奖补357万元，用这笔钱就可以加大基础设施建设，让全村的面貌大大改观。"不仅要争创精品村，还要争创一等奖。"朱仁斌自言自语道。

主意已定，朱仁斌到当地递铺镇政府找常务副镇长和美丽乡村精品村创建办公室负责人，谈了自己关于鲁家村争创精品村、想获一等奖的想法。

"你这个想法有些不切实际！因为你们村的基础条件太差，曾经是全镇乃至全县脏、乱、差的典型，一下子争创一等奖，那怎么可能。先创二等奖，过渡一下吧。如果搞成功了，再创一等奖也不迟，免得搞得很尴尬。"那位副镇长说。

"我们有信心、有能力争创一等奖。"朱仁斌信誓旦旦地说。

那位创建办负责人接过话茬儿说："不是我给你泼冷水，而是你们的条件不具备。首先，村书记、村委会主任都是才上任的，经验不足；其次，你们村还有较大债务，集体收入一年不到2万元，创建美丽乡村精品村需要很大经费投入，可你们村到哪里去搞钱呀？再次，你们村的基础设施较差，我们派人去看了，一个中心村的主干道还没有修通、三个自然村还有一半是泥巴路。"他喝了口水，继续说，"你们中心村50多户村民住宅都是歪歪斜斜、破破烂烂的房子，这些房子拆也拆不掉，要是修整、粉刷墙壁，得花费上百万元资金，你从哪里弄这么大一笔钱？还有一个重要问题，我们如果随意把你们村报上去了，造成把关不严，年底时评不上，我们不好向镇党委交代，弄不好是要受处分的。"

"照你们这样说，鲁家村创建一等奖就没有希望了？"朱仁斌感到有些失望。

"我们已经说得很清楚了，你们村还是从二等奖开始创建吧，一步一步来，不要一口吃个大胖子。"常务副镇长说。

朱仁斌尽管心里有想法，但也不好再与他们争辩什么。回到村里，便组织村"两委"班子开会，决定不让上级领导为难，从创建美丽乡村精品示范村二等奖干起，而后再争创一等奖。"但我们按照一等奖的标准规划和实施,按二等奖申报。"朱仁斌强调。

当年,安吉县人大、卫生局、团县委3个单位对口帮扶鲁家村。县人大常委会主任吴向明第一次到鲁家村调研时,耐心听取了朱仁斌创建美丽乡村精品村的想法,在看完该村的创建规划和实施方案后,认为村"两委"班子的干劲很足,便建议道:"我的意见是,村庄整体建设宜低不宜高,宜藏不宜露,宜疏不宜密,宜土不宜洋"。吴主任还表示:"创建标准应按一等奖申报,政府那边我来帮助协调。"

县卫生局局长徐存林来到鲁家村,表示愿意积极帮助该村协调申请20万元的厕所改造奖补资金。

县团委书记王宏娟表态说:"我们没有资金给你们村,但可以争取有关资源。"3个单位的大力支持,让朱仁斌信心倍增。

在县人大常委会主任的协调下,鲁家村很快被纳入安吉县创建美丽乡村精品村一等奖范围。按规定,当地财政奖励资金357万元及交通、水利、卫生、环保、体育、住建等职能部门的650万元奖补资金共计1007万元,待验收合格后才能划拨到位。

当地政府还按照创建美丽乡村精品村的政策规定,为鲁家村批准了1000平方米的建设用地,主要用于建设老年活动室、幼儿园、村"两委"办公场所等。

朱仁斌组织村"两委"开会讨论创建美丽乡村精品村一等奖获得奖补资金如何使用时谈了自己的看法:"这么大一笔资金,对鲁家村来说,是一个千载难逢的好机会,一定要用好。不仅要按要求把该办的事儿办好,还应采用市场机制,尽可能让这些建筑在保证社会效益的同时,也能产生经济效益。"

"您这个想法很好,创建美丽乡村精品村,对发展集体经济也是一个很好的契机。"村委会主任裘丽琴发言道。

"怎样才能让公共建筑产生经济效益呢?"一位村委会副主任问。

"我估计,一旦美丽乡村精品村创建成功,可能会有人前来参观学习,可以考虑建设一些会议室今后用于出租。同时,规划建设一条商业街,建一些门面房用于出租,村集体每年不就有收入来源了吗?"朱仁斌解释说。

"明白了,这个思路非常好,一举两得。"那位副主任表态道。

全体与会人员都表示赞成,就此取得一致意见。

创建美丽乡村精品村的序幕在鲁家村徐徐拉开。

朱仁斌：实践"两山"理论见成效

村"两委"请当地规划设计院为鲁家村创建美丽乡村精品村进行规划。而后，提议由村集体花费 1500 元资金，让当地一家广告公司将规划设计图做成一幅大型公示牌，立在中心村一个显眼位置。上面有幼儿园、村委会综合服务办公大楼、老年活动室，还有 20 间商住楼、商业一条街及路灯安装、绿化、美化等。

村民纷纷前去观赏，有的人啧啧称赞，少数人对村"两委"是否能够实现规划目标表示怀疑。

"这是干什么呀？"一位上了岁数的村民问道。

"这是我们新一届村'两委'班子要努力完成的美丽乡村精品村创建规划图。"朱仁斌解释道。

"好看是很好看，就怕是做做样子，糊弄大伙儿。鲁家村这么穷，环境这么差，你们村'两委'有这个能力搞成功吗？"几位村民质疑道。

"请放心，只要全体村民支持，大伙儿齐心协力，新一届村'两委'肯定有能力把这个规划落到实处，让鲁家村大变样，成功创建美丽乡村建设精品示范村。"朱仁斌恳切地答道。

"这些工程需要多长时间完成？"一位村民问道。

"按计划，今年年底就会见成效，大半年之内就可以完成。"朱仁斌恳切地答道。

"那就好，咱也能沾沾光、享享福。"一位老人笑着说。

朱仁斌参加义务劳动，帮助村民挑秧

在随后组织召开的一次村民代表大会上，朱仁斌提议将几位对鲁家村创建美丽乡村精品村持怀疑态度甚至风言风语的村民也请到会场旁听。他们渐渐明白了新一届村"两委"不是做做样子，而是下决心要落实到实际行动上，让鲁家村的村容村貌发生重大变化。其中一位村民握住朱仁斌的手说："我相信新一届村'两委'班子在你的带领下，一定是想干事儿、会干事儿、干成事儿的。"

在房屋整治中遇到了一个棘手的问题，鲁家村有 50 户村民住房的墙还是 20 世纪六七十年代建的夯土墙，有的村干部主张将这些土墙推倒重建，以免在创建美丽乡村精品村验收时影响得分。朱仁斌却感到这些夯土墙一旦推倒，就永远消失了。"夯土墙是不同年代农村的建筑风格，如果保留下来，不就是对历史遗迹的保护和展现吗？"他自言自语道。

为慎重起见，朱仁斌到安吉县住建局村镇科咨询，夯土墙不拆，是否影响美丽乡村精品村创建验收。该科科长答复可以不拆，而且还可以为鲁家村提供 100 万元的历史遗迹奖补资金。

朱仁斌的心里有了底，觉得夯土墙房子是个宝。除村委会附近 11 户破破烂烂的夯土墙村民住宅必须拆掉外，另外 39 户夯土墙较好的村民住宅，村集体出资进行了顶部瓦片换新和墙体保护。

由村"两委"干部、村民小组长、党员和群众代表为成员，分别组成拆迁工作小组、道路施工工作小组、卫生厕所改造小组、安全饮水工作小组、绿化工作小组、迁坟工作小组，每人身兼多职，每天在村委会前的公示栏公布进度，确保各项工作有条不紊地整体推进。

怎样才能充分调动村民自觉拆迁旧房和改造旱厕的积极性，加快全村的旧房整治进度？朱仁斌经过认真思考后，提议对拆迁、厕改户予以一定的资金补贴。经过村"两委"研究决定，并经过村民代表大会审议表决通过，村里出台的政策规定：村民的旧房子拆掉不建的一次性补助 3000 元；新建房屋的，每户一次性补助 5000 元；厕所旱改水的，每户一次性补助 1000 元。

村委会附近有 7 户村民开设的榨油坊、农家乐、理发馆、豆腐坊房屋都要拆迁。朱仁斌带着村"两委"干部分头到这些村民家做工作，可这些村民非常干脆地说："美丽乡村建设是好事，可村里征我的地，拆我的房子，得先赔偿。"

"你们都知道，村集体不仅没有钱，还欠外债 150 多万元。等创建美丽乡村精品村验收成功后，政府划拨了奖补资金，村里再支付你们的拆迁补偿不行吗？"朱仁斌做工作道。

"不行！之前村干部经常说话不算数，我们才不会相信你们。不赔钱，就不可能拆！"村民的态度非常坚决。

朱仁斌：实践"两山"理论见成效

双方陷入僵持状态，拆迁不能按期进行。

朱仁斌很着急，他找当地农村信用社负责人要求贷款，以解燃眉之急。可对方一口拒绝道："你们村那么穷，不仅有大笔外债，每年才不到 2 万元集体收入，贷款用什么作抵押？不能按期还款怎么办？"

实在没办法，朱仁斌又找到递铺镇常务副镇长王和平，详细汇报了鲁家村创建美丽乡村精品村的规划、进度及遇到的实际困难。请求镇里给予支持，先预付 80 万元给村里，解决 11 户村民旧房拆迁补偿问题。

这位副镇长被朱仁斌的执着精神感动，当场表示支持，并及时向镇主要领导进行了汇报。

经过递铺镇党委开会讨论，决定由镇财政预付 80 万元经费给鲁家村，用于支付创建美丽乡村精品村期间必须按时支付的相关费用。

80 万元资金筹到后，朱仁斌及时组织召开村"两委"班子成员开会讨论如何支付拆迁户的补偿款，并经过民主程序确定拆迁补偿标准，相继支付给村民拆迁补偿款。其中 9 户村民及时进行拆迁旧房，还有两户村民以赔偿标准低了为由迟迟不予拆迁。

其中一位村民原是供销社职工，企业改制后，将原代购代销店所占的 150 平方米房屋转让给他开商店。他说这间房屋的土地是出让，赔付标准应该比普通宅基地要高很多，因为供销社改制前已将土地性质变成了商业用地。

朱仁斌同另外 4 名村干部轮换着去做工作，对方一口咬定，自己有供销社的房产证，村集体必须给他提供同等面积的商业用地，才有可能拆迁。

经过村"两委"开会讨论决定，用这位村民家的 3 间旧房在新建综合服务大楼一楼置换 3 间房子开超市，在二楼送其 3 间房子居住。可他仍然不同意，提出疑问："我怎么能相信你们村'两委'呢？"

"我们组织召开村民代表大会，讲清楚这件事儿，并让大家投票表决，让每个人签字。"朱仁斌说。

对方最终表示了同意。

另一位姓彭的村民有两间破破烂烂的夯土墙旧瓦房空在那里无人居住，村旧房拆迁评估小组对其房屋进行评估后定价为 11 万元。可他要求村里在此基础上多赔付 5 万元才同意拆迁，朱仁斌与村委会主任前后做了 20 多次工作，就是做不通。他甚至还经常骂骂咧咧，朱仁斌有时虽然感到很窝火，但仍然保持克制，不停地给对方说好话。

后来,彭某故意躲着村干部,白天干脆不在家里待。白天不在家,那就晚上去找,朱仁斌用了软磨硬泡的办法,仍然不管用。

事过10余年后,已过"天命"之年的朱仁斌仍清楚记得2011年9月15日晚上到这位村民家做工作的情景。这天晚上8:30左右,他与村委会主任裘丽琴远远看到彭家的灯亮了,便急匆匆地赶去做工作,好话说尽。

"说一千道一万,不管你们说得如何天花乱坠,若不增加5万元的赔付款,我就是不同意拆迁。"年已70多岁的彭某态度非常坚决。

当时很凑巧,彭某两个在安吉县转椅厂上班的儿子都回来了。

"彭叔,从内心讲我们也都想做好事,可给您增加5万元补偿款没有政策依据呀?这事儿得公平合理,如果给您开这个口子,其他人都会反悔,推翻已签订的拆迁协议。况且,村'两委'不能让先签协议的人吃亏呀!"朱仁斌说。

"那我不管,不给我增加赔付数额,就是不同意拆。既想做好事,又不愿意出钱,能成吗?"彭某用手指着朱仁斌吼道。

"您得讲道理呀!赔付标准都是经过村'两委'反复讨论,并经过村民代表大会表决通过的,对谁都是一视同仁,我不能随意更改。"朱仁斌感到很委屈。

"你没有这个能力就莫想拆掉我家的房子。"彭某越说越激动。

"您冷静些,坐下来慢慢说行吗?"朱仁斌给对方递了一支烟,还用打火机给点上,想缓和一下紧张气氛。

"我了解过的,县城里房子拆迁时补偿标准比我们要高很多。"那位村民吸了口烟说道。

"您说的不假,可县城里如果是房地产商搞房地产开发,对旧房拆迁的补偿标准就要相对高一些。如果是市政建设用地,补偿标准也是统一的,不是很高。"朱仁斌解释道。

"按县城拆迁补偿一半的标准赔付也行呀!"彭某说。

"您是知道的,我们村每年只有茶场对外承包费1万元,几间旧房子承包给茶场承包人当制茶车间,一年承包费8000元,一年的集体收入不到2万元。村里还欠下一大笔外债,创建美丽乡村精品村是形势所迫,机会难得,必须借此机会改变村容村貌,发展壮大集体经济,不断提高村民收入,只有这样,大伙儿才能过上好日子。"朱仁斌很诚恳地说。

已经是晚上10点多了，拆迁一事没有任何进展，不知这样耗下去是否会有结果。朱仁斌的心里感到很着急。

"那好，我明白了，你们是想给大家做好事儿，那我就让一步，你们增加2万元，这事儿就搞定了。"彭某终于做出一定的让步。

"彭叔，这也不行。如果我们答应了您，您明天出去一说，那10户一定找来要求增加补偿金，我们没办法交代。"朱仁斌感到很为难地说。

"你放心，我保证不向任何人讲这件事儿。"彭某说。

"即使您不说，2万元在村里也无法入账呀？况且2万元的补偿不是我和裘丽琴能给您表态的事儿，这需要开村'两委'会研究，并经过党员大会和村民代表大会审议表决通过才行。我估计即使村'两委'干部同意，在后面的程序中肯定也通不过。"朱仁斌感到很为难。

"你当个村党支部书记，连2万元的家都当不了，还有什么资格在这里和我唠唠叨叨地说半天。你给我滚出去！"彭某拍着桌子大声吼道。

"您不能这样说吧，彭叔。村里每花一分钱，不是我想怎么着就怎么着的，而是要经过集体讨论，上万元的开支都要走民主程序的。"朱仁斌虽然很恼火，但仍然耐着性子解释道。

彭某已经感到很无望。他站起身来，打开两扇大门，叉着腰站在门的中间，用手指着朱仁斌怒斥道："你既然连2万元的家都当不了，还有什么能耐当这个村的党支部书记？我家不欢迎你，你滚出去！"

朱仁斌双手捧着茶杯，呆呆地看着彭某。此时，他的内心十分纠结，进行着激烈的思想斗争：到底要不要"滚出去"呢？如果真的"滚出去"了，就不好意思再"滚进来"了。

仔细一想，朱仁斌迅速冷静下来，告诫自己此时一定要有耐心和定力，不仅不能"滚出去"，不与彭某发生冲突，还要想方设法做通他的工作。

朱仁斌迅速调整好自己的情绪，微笑着说："彭叔，您消消气，坐下来我们再聊一会儿吧！"

双方僵持了4分钟，谁也没有说话。"当时，我感到4分钟比一个小时还长、还难熬。按照我的性格，会立马站起来就走。可我仔细想了想，觉得自己不是为个人私事儿，而是为村里的工作，得抱着脸皮厚点儿的想法，达到让他同意把房子拆掉的目的。我最终战胜了自己，留了下来，没有走。"事过多年之后，朱仁斌回忆起当年的情景时说。

已经是深夜 11 点多钟了。村委会主任裘丽琴站起身来,用手拉了彭某一把说:"蚊子这么多,您进屋坐下来,我们心平气和地再好好谈谈。"

"彭叔呀,我很想做老好人、做好事,给您增加 2 万元拆迁补偿款。但大伙儿的眼睛都在盯着我,我实在没办法,这事儿得公正、公平、公开呀!"朱仁斌进一步做工作道。

"我明白了,我是拧不过你们两人的。让你们滚也不滚,骂也不通融。看来,你俩是不达目的不罢休的,我真拿你们两人没办法。算了,我服了你们,那就答应了吧。"彭某很无奈地说。

朱仁斌上前握着彭某的手微笑着说:"太感谢您的理解和支持了。"

"我不理解又有什么办法呢?"彭某的脸上终于露出了一点笑容。

拆迁协议当即签订。为防止彭某中途反悔和节外生枝,朱仁斌与裘丽琴商量后,决定当晚组织机械、人力,将彭某的两间旧房子拆掉。第二天一大早,彭某本想找朱仁斌再理论一番的,但惊讶地发现自己的旧房子已经成为一片废墟,想说的话也只好咽回肚里。

随后,村"两委"在综合服务大楼前为彭某的两个儿子分别划拨了一块宅基地,现已盖成两栋别墅。

村"两委"当时的办公场所还是 1956 年建的 8 间土坯房,由于年久失修,破烂不堪,需拆掉重建。

旧房拆完后,村"两委"新的办公场所综合服务大楼于 2011 年 7 月动工兴建。

按照规划设计,在拆迁村"两委"旧办公室、农户住房、代购代销店的土地基础上建设一座综合服务大楼,一楼为 14 间门面房,其中左边 2 间、右边 3 间房屋补偿给原供销社两名员工开超市,3 间用作便民服务中心,另外 6 间出租给村民从事个体经营。二楼右边 3 间是给一位村民的还建房,另外 11 间全部租赁给企业项目部当办公室。三楼 14 间为村"两委"办公和召开党员大会、村民代表大会的场所。

当地政府划拨的 1000 平方米建设用地指标,朱仁斌同村"两委"成员反复商议后,决定用足、用活这一优惠政策。鲁家溪自然村是前山和后山两个村民小组所在地,域内有块 5 亩空地,曾将其中的 700 平方米土地租赁给一户村民开办竹筷子厂,属于违章建筑。村集体以每平方米 100 元的价格,补偿给筷子厂老板 7 万元资金后,将该厂拆掉。而后,以每亩3万多元的价格将筷子厂临时用于堆放竹子、晒筷子的空地全部征收,盖起了一个400平方米的幼儿园,从最初每年招收30名村民子女就读,到现在开设了小班、大班两个班共60余人。"过去村民的子女要送到县城去上幼儿园,现在足不出村就可以解决,方便多了。"村委会主任裘丽琴介绍道。

在这块5亩的土地上还陆续建起了篮球场、乡村大舞台、村民休闲亭等文体设施。

2011年10月,村集体还在筷子厂原来紧挨路边晒筷子的地方,投资建设了一栋共20间的商住楼,2013年5月竣工使用。其中10间,一楼为经商场所,二楼、三楼住宿。以每间35万元的价格卖给村民,获得集体收益350万元。一楼10间门面房已成为村民开办超市、餐馆、理发店、蔬菜店等经营场所,以此为基础的商业一条街逐步形成。

另外10间房屋留给村集体使用,其中一楼3间房先是做仓库,后用于党群服务中心大厅、村干部办公场所;二楼、三楼为会议室、业务洽谈室,不仅自己用,还对外出租;另外7间一楼至三楼的房子,租给村民开办了一家客栈,每年向村集体交纳7万元租金,每5年调整一次租金,涨幅为5%至7%。

村"两委"办公场所由综合服务大楼搬到商用综合楼后,一楼的9间房子、二楼村集体的11间房子和村民的3间房子、三楼的14间房屋,于2019年7月整体出租给上海的一个投资方,开办了"两山"酒店,每年可以获得30万元集体收入,每5年调整一次租金,涨幅为5%至7%。

村里有个1956年建的200多平方米的大米加工厂,拆迁后,建成了一栋2层楼400多平方米的老年活动中心。

2012年元旦这天,朱仁斌专门把当初不相信村"两委"工作能力、怀疑美丽乡村精品村能否创建成功的十几位村民召集到村委会进行座谈,问道:"我们新一届村'两委'没有吹牛吧!你们认为我们还有哪些没有搞好,现在的村庄建设,你们还有哪些不满意的?"

"没有吹牛!实际做的都比较好,整个村庄建设比规划设计的效果图还要好看。"

"满意,非常满意。"

"真没想到你们新一届村'两委'如此有本事。"

......

村民们高兴地评价道。

迎接美丽乡村精品村一等奖验收的日子进入倒计时,各项准备工作有条不紊地进行着。

第二天就要迎检了,1月24日晚上,朱仁斌与村"两委"的几名干部分头到各村民小组查看是否还存在什么短板和不足。只见村民们都在忙着整理和打扫庭院,大家纷纷表示一定要为村里争创美丽乡村精品村做贡献。

天公真是作美,这天晚上,鲁家村上空北风呼啸,雪花乱舞,一场大雪把该村装点得银装素裹,分外妖娆。

第二天上午,安吉县美丽乡村精品村创建验收小组来到鲁家村,只见大雪覆盖的村庄更加美丽。更让验收小组感到惊奇的是,有50多位村民自发地在村口排队迎接验收小组成员,有200多人在村委会周边迎接验收小组。"还有些村民分别到另外4个自然村去巡察,看是否还有什么短板。有人竟将捡起来的垃圾装在自己的衣服口袋里,带回去再扔到垃圾桶里。"朱仁斌介绍道。

全体村民参加美丽乡村精品村创建的热情画面,让验收小组的成员十分感动。结果,鲁家村顺利通过验收,达到了美丽乡村精品村一等奖标准。

之后,当地财政及相关职能部门将配套的1007万元资金陆续划拨到鲁家村,用于美丽乡村基础设施建设。

2012年的春节,是鲁家村全体村民过得最为开心的一个年。因为全村的面貌发生了翻天覆地的变化,让附近很多村庄的村民羡慕不已。

正月初一一大早,朱仁斌来到新建的村委会综合服务大楼值班,他到附近的超市买了一挂鞭炮点燃,以庆贺新年。

村民彭吉喜来到村委会拉着朱仁斌的手说:"书记,我今天可高兴了。短短几个月,鲁家村就发生了这么大的变化。今天早晨,有些村民家的亲戚来本村拜年,竟然找不到路了,结果把车开到了隔壁的梓坊村去了,调转头来也找不到哪家是哪家了。所以,我就到中心村村口去当导游,为外地来本村拜年的客人指指路。"

30多位村民自发地到村委会综合服务大楼前各自买一挂鞭炮燃放,共同庆贺本村获得创建美丽乡村精品村一等奖。

看到此情此景,朱仁斌为自己半年多来没日没夜地操劳感到很值得。

"创建美丽乡村精品村一等奖的全过程,将全体村民与村'两委'干部的心紧

朱仁斌：实践"两山"理论见成效

空中俯瞰鲁家村村貌（无人机航拍照片）

紧连在了一起，让我很感动，也进一步增加了我干事创业的决心、信心和动力。实践证明，如果没有广大群众的积极参与和大伙儿的积极支持，不仅是创建工作，其他工作也是不可能取得成功的。"朱仁斌深有体会地说。

建家庭农场　乡村旅游村强民富

村庄面貌发生了巨大变化，不仅让鲁家村的广大村民高兴，还吸引了本村在外地工作、创业的"新乡贤"拖家带口回村过春节。一位在外地做市政工程的本村籍商人庄传云来到村委会便民服务大厅，向朱仁斌致以新春问候。

"书记，村里面貌发生了重大变化后，您打算再干什么？"庄传云问道。

"还要继续干！第一拨的新农村建设先搞了中心村的前山、后山村两个村民小组和长石岭、干山坞两个自然村，还有9个自然村需要等待时机逐步跟进。"朱仁斌答道。

两人正聊得起劲时，另外几个村民小组长纷纷赶来了。

"中心村搞得这么漂亮，我们小组的新农村建设什么时候进行呀？"一位小组长问道。

"目前还没有政策，等有了机会再说。"朱仁斌回答道。

"那不行！创建安吉县美丽乡村精品村一等奖时，是以全村总人数申报的经费。这几个村民小组'吃肥肉'，也得让我们'啃点骨头'吧。不然，就把划拨给我们组的人头经费分给我们自己搞。"一位村民小组长有些激动地说。

"我们也是这种意见。"

"不能把我们扔在一边不管！"

"政策得一视同仁。"

……

几位小组长你一言我一语地表达了自己的想法。

"这样吧，你们的意见我会向上级反映，争取政策接着干。"朱仁斌表态道。

春节过后，朱仁斌向递铺镇政府领导汇报了此事，请求将另外9个自然村纳入美丽乡村精品村建设。2008年到2011年，该镇也遇到了类似的问题，镇政府负责人随后向安吉县政府领导汇报此事，得到支持，批准已经获得美丽乡村精品村的可以延伸扩面到整个村庄。"扩面的政策与前面的政策一样，每个人奖励1700元，但只能按 9 个尚未改造的自然村村民人数申报，不包括已参加的 4 个自然村人数。"朱仁斌介绍道。

经过积极争取，鲁家村将美丽乡村精品村扩展到另外 9 个自然村，一同进行改造和建设，除拆掉破破烂烂的旧房屋建新房外，还扩宽了道路，建设了污水处理池，安装了 80 多盏路灯。

整个村庄变美了、变绿了、变亮了，道路变宽了，但一些问题也随之暴露出来：道路、绿化维护，卫生保洁、污水处理、路灯的电费开支及维护等费用开支怎么解决？朱仁斌感到很棘手。

"我们不能有等、靠、要的思想，得想办法让鲁家村具有造血功能。否则，这些维护费用没法解决，总不能什么事儿都伸手向上级政府要吧！"在一次村"两委"会上发言时，朱仁斌谈了自己的想法。

"靠什么造血呢？"村委会主任裘丽琴问道。

"大力发展集体经济呀！我认为建设家庭农场就不错。"朱仁斌说。

"为什么？"一位村支部委员问道。

"我小时候看过一部电影，至今印象特别深刻。场面中有个庄园，一个人开着车，从大草原开到树林里，将车停到木屋前，他推开门，前面有个池塘，躺椅旁有条狗趴在那里喝饮料。这种场景完全可以在鲁家村复制。因为我们村的自然条件很好，有很多天然的绿色植被。"朱仁斌描绘的场景得到了与会人员的高度认可，大家都觉得这个思路很好。

朱仁斌随即向递铺镇政府常务副镇长王和平汇报了准备发展家庭农场的想法，得到了他的肯定。而后又向镇委书记、镇长汇报，也得到了他们的支持。

此时，安吉县政府准备从已验收合格的全县美丽乡村精品村一等奖获得者中挑选一部分，打造中国美丽乡村精品示范村，但有一个前置条件，就是这个村必须有产业做支撑。

朱仁斌得知，县里已经出台了相关政策，要求申报中国美丽乡村精品示范村的行政村，必须做好《村庄环境提升规划》《产业规划》《旅游规划》。而且，规划文本经过镇、县专家组审核通过后，财政给予一定的配套资金，即安吉县给予 200 万元保底资金，另外每个村按人头费 2000 元的标准给予奖补，递铺镇按照县里的奖励资金 1：0.7 配套奖励。

同时，朱仁斌还了解到安吉县的美丽乡村建设也遇到了瓶颈问题，就是如何将美丽乡村转化成美丽经济,即如何将"绿水青山"转化成"金山银山"。怎样来破这个局呢?朱仁斌进行了苦苦思考。

2013年的《中央1号文件》中提出了支持各地发展家庭农场。朱仁斌细细阅读、品味后,觉得鲁家村发展家庭农场符合浙江省和中央的政策要求,坚信家庭农场前景很好。在随后召开的村"两委"会议上,他提出定位要高一些,力争把鲁家村打造成全国首个家庭农场聚居区和示范区。

为慎重起见,这年7月中旬,朱仁斌自费带领三位村干部、几位"新乡贤"代表、农场主候选人、规划设计师等10余人,专程到台湾考察了飞牛牧场、清境农场、花卉农场,还到阿里山乘坐了观光小火车,参观了一些有特色的民宿。"通过几天的考察学习,颠覆了我们对农业的认知。过去,我们一直认为农业就仅仅是为了解决吃饭的问题而种植粮食,可到我国台湾农村考察后才发现他们将农业做得很精致,不光是种植、养殖,而且将田园风光打造得很美丽,可以供游客观赏。由此,我们深受启发,懂得了农业必须真正实现一、二、三产业融合发展。"朱仁斌深有体会地说。

回村后,朱仁斌与村"两委"班子成员进行深入讨论,进一步明确了鲁家村朝家庭农场、乡村旅游、民宿方向发展。

朱仁斌(左)同村干部讨论鲁家村的中长期发展、建设规划

朱仁斌：实践"两山"理论见成效

之后，朱仁斌还带领相关人员到本县 10 余家开办农家乐非常成功的地方参观取经，让朱仁斌和村干部、拟开办农场的经营人员、规划设计人员大开眼界。认真学习借鉴各地的先进经验后，开始设计鲁家村的农场、乡村旅游、民宿如何发展。

经过反复讨论，鲁家村决定将拟开办的家庭农场、乡村旅游、民宿朝中高端方向发展。

争创中国美丽乡村精品示范村，必须认真做好规划设计。朱仁斌一打听，当地的规划部门做不出来，而请外地公司做一个中高端的规划设计，费用需要 100 万元至 1000 万元。朱仁斌同村"两委"班子成员认真讨论后决定，公开招投标，邀请广东、上海及安吉县专业设计团队共同做一个有品位的规划设计。

规划设计需要一大笔费用，朱仁斌思索了好一阵子。钱从哪里来？他脑子一动想了个办法，动员鲁家村的"新乡贤"募捐筹集。

经过认真梳理，鲁家村在外创业成功人士、机关事业单位科级以上干部共 20 人。村"两委"分别为这 20 人颁发证书，聘请其为本村发展家庭农场和乡村旅游的顾问，并邀请他们回村出谋划策。经济实力最强的本村成功人士方钦江主动捐款 50 万元，另外 19 人捐款总数为 250 万元，300 万元募捐款为规划设计提供了财力支持。

时任浙江省水利厅干部处处长葛平安会同安吉县水利局，帮助鲁家村申请了总金额 1200 万元的中小河流整治项目。经过当地政府招投标程序，将该村一条全长 6.5 公里已严重淤积的小河进行了全面整治，使其面貌焕然一新。

当地政府还积极向上级有关部门争取 1000 万元专项资金，分散式为鲁家村的 13 个自然村分别建设了一个微动力污水处理池，避免污水直接排入村内的小河中。

在朱仁斌的倡导下，鲁家村制定了最为严厉的生态环境保护措施，严禁任何人砍伐树木，每年还要大力植树造林，力争全村的绿化覆盖率超过安吉县的平均水平，确保"绿水青山就是金山银山"的理论在该村能够落到实处，让全村变成青山绿水、景美人和、村强民富的美丽乡村。

朱仁斌经过慎重考虑，提出了"定好位、再规划、后招商"的发展思路。如何定位？他谈了自己的想法：鲁家村要形成"村集体＋公司＋农场"的发展模式，与别的村拉开差距，形成差异化格局，游客到别的村去旅游时坐观光车，到鲁家村是坐小火车；别的村流转土地给种植大户，鲁家村却建家庭农场；别的村开农家乐，鲁家村却是发展民宿。他进一步提出"全村 16 个村民小组，每个组打造一个家庭农场，中心村多建两个，共计 18 个"的倡议。而且产业不重样，每个农场各具特色，用小火车把核心区农场串联起来，用观光绿道把 18 个农场连接起来，形成两条旅游环线。

规划设计团队很用心，按照朱仁斌的思路，结合鲁家村的实际精心规划。

发展家庭农场和乡村旅游的规划虽然做得很好，招商却遇到了难题，虽然费了很大劲，可大半年时间都没有一个人愿意到鲁家村开办家庭农场。其中一个很重要的原因是村里到处是坟墓，虽然路边的坟之前已经迁到了生态公墓，但山林里的坟墓仍然很多，前来考察的投资者往往一看就不干了。

朱仁斌想了个办法，请当地的传媒公司做了个 PPT 课件，投资者来村里考察时，先请他到村委会办公楼用多媒体看村域情况介绍和整体规划，详细了解村里的未来发展思路和举措。经过详细讲解，进一步得知 200 万元投资就可以当农场主。不仅规划好，政府领导的支持力度大，村干部的决心、信心和服务意识强，鲁家村是干事创业的好地方。而且涉及的土地流转、青苗补偿、坟墓迁移等具体事宜，全部由村集体处理。"然后再带领他们看现场，往往就会心动。"朱仁斌介绍道。

递铺街道办事处加强了对创建中国美丽乡村精品示范村的领导，成立了以办事处人大工委主任李培祥为组长、另外 4 名领导干部为副组长的创建工作领导小组，鲁家村成为重点指导、推动的行政村。

朱仁斌从与多人接触中了解到，投资方首先考虑的是投资项目的合法性，其次是担心所投入的资金是否可以形成资产，最后是希望与所在地村民和村委会形成良好的合作关系，能够取得村"两委"的支持。同时，他们还希望投资开办家庭农场能够得到当地各级政府的关心，办理相关行政审批手续时能够享受到方便、快捷、优质、高效的服务。带着这些问题，朱仁斌相继找到时任安吉县委常委、县委副书记陆为民和县委常委兼开发区党委书记乐叶俊、开发区主任曾云峰等领导，详细汇报了鲁家村打造 18 个家庭农场的规划、进展及投资者的愿望、需求和顾虑，他们纷纷表示将给予大力支持。

如何按照规划把 18 个家庭农场建成功，成为朱仁斌的首要工作任务，他冥思苦想，投入了大量精力。

2014 年 8 月，安吉县政府县长沈铭权上任伊始，急于想找个村庄调研创建中国美丽乡村精品示范村进展情况，县农办主任邱竟明向他推荐了鲁家村。

接到通知后，朱仁斌认真思索怎样既简明扼要地向县长汇报情况，又可以借此机会解决一些亟待解决的实际问题。

朱仁斌：实践"两山"理论见成效

第二天上午，沈县长在县委副书记陆为民的陪同下，带领县直有关部门负责人如期来到鲁家村。朱仁斌在认真汇报了中国美丽乡村精品示范村创建过程后，重点提出了以下几个需要县里帮助解决的实际问题：首先是按照规划设计，需要27亩建设用地指标，以解决游客中心、旅游小火车站、农场经营住宿餐饮、文化礼堂等公共设施的用地问题。同时，需要40亩堆放生产资料和供游客休息的农用设施管理土地。其次是村域内电力、电信、移动、联通、广电等部门拉的电线像蜘蛛网样，严重影响了村容村貌，需要政府牵头，让有关部门将各种线路全部埋入地下。最后一个问题是解决家庭农场的品牌认证问题。

沈铭权表示大力支持，当即拍板前两个问题由县委、县政府"两办"牵头，尽快召开专题会议协调解决。第3个问题由挂职副县长郦东负责解决。

一周后，安吉县"两办"联合发文，统筹解决鲁家村创建中国美丽乡村精品示范村中遇到的有关问题。县发改、经信、农业农村、国土、交通、财政等有关部门紧随其后，积极行动。县发改委主任带领有关工作人员进驻鲁家村现场办公，很快为兴建家庭农场、旅游小火车立项。国土部门利用浙江省"坡地村镇点状供地"政策，以房屋建筑的投影面积作为建设用地申报的依据，为该村节约了大量用地指标，满足了建设用地需求。

投资商对到鲁家村开办家庭农场充满信心，过去只是意向性的投资逐渐落地变为现实，万竹农场就是最典型的代表。该农场主陈贤喜是位个体从业人员，原在安吉县城南种植景观竹，因政府征地拆迁需要转移地方，便托朋友到处寻找种植景观竹的土地。通过熟人介绍，陈贤喜来到鲁家村考察经营条件，朱仁斌热情接待了他，陪他到处选地方，并让他到附近的村庄多转转，认真比较后再作决定。

之后，朱仁斌先后5次上门与陈贤喜联系，耐心地向他介绍鲁家村的发展方向、前景、兴建家庭农场的优势，深深打动了他，准备流转300亩荒地，投资种植景观竹。

10月下旬的一天，在朱仁斌的热情邀请下，陈贤喜再次来到鲁家村。可他的心里有些犯嘀咕，投入几百万元资金到底是否能够盈利？他有些拿不准，带着一定的疑惑问道："如果我在这里投资，村委会是否可以帮助我？"

"这个你放心，我们会尽最大努力为你提供各种优质服务。比如流转村民土地，村里可以帮你办；没有路，村里可以帮你向交通部门申请资金修。"朱仁斌答道。

陈贤喜听后觉得这些帮助的力度还不够。朱仁斌又不停地与其沟通，还同步找当地政府为他争取修路等相关政策，并承诺以后修建旅游小火车环线时，在他所经营的地方设一站，取名竹园站，让游客可以下车体验。

陈贤喜逐步体会到鲁家村具备良好的经营环境，进一步感受到朱仁斌的踏实为人和村"两委"帮扶力度很大。

陈贤喜随即向鲁家村交纳了20万元保证金，与村委会签订协议，正式决定投资300万元，建设万竹农场。

朱仁斌果不食言，积极帮助陈贤喜流转建设农场所需土地，并安排专业团队帮他进行一、三产业融合发展的规划设计，还联系安吉县发改委帮他立项。

300亩土地流转到位后，陈贤喜的积极性越来越高，投资数额从最初的300万元逐渐追加到800万元、1500万元，直到现在的2000万元。他除种植景观竹、龟甲竹、紫竹、淡竹等100多种竹子，打造成安吉的小型竹子博物馆外，还发挥自己是越野车爱好者、安吉县应急搜救救援队核心成员的优势，建起了拓展、攀岩设施，成立了越野车俱乐部。深挖了3个大型鱼塘，供游客垂钓，获得了良好的经济效益。"万竹农场每年的营业额在2000万元以上，利润达到200多万元，安排了本村15名村民就业。"朱仁斌介绍道。

经过努力，鲁家村域内已相继建起了万竹农场、野山茶农场、红山楂农场、高山牧场、五月红农场、百合庄园农场、中药材农场、板栗农场、香草园农场、桃花农场、蔬菜农场、野猪农场、映山红农场、八月炸农场、牡丹农场、多肉农场、石斛农场等18个家庭农场，每年实现产值5000多万元。

鲁家村在招农场主时，首先与其签订土地流转协议，租金直接支付给农户，村集体不从中赚取差价，而后再签订经营协议。因建设观光火车项目、绿道和污水处理需要村集体投资，按照协议约定，18个家庭农场每年向村集体交纳100万元的公益性事业费。同时,按照一定比例向村集体交纳120万元的土地指标建设费。双方约定农场主所建用于开办餐饮、住宿的房屋不能单独买卖，必须报经当地政府同意后，同农场一起租赁、转让。

2017年4月11日，农业农村部在安吉县召开首届休闲农业乡村旅游会议。上午在"两山"诞生地的余村开大会，下午，时任农业农村部部长韩长赋和浙江省委书记车俊到鲁家村为鲁家休闲农业专业合作社揭牌。该村18位农场主都站在了揭牌现场的两边，他们心里很激动，感到自己受到了各级领导的重视和尊重，感觉在鲁家村投资创业更有奔头了。

鲁家村的家庭农场已成为18个投资者创业的平台，不仅他们自己获得了良好的经济效益,还为该村提供了500多个就业岗位。

佟贵林是名退役军人,家住浙江省金华市。当他从媒体上得知鲁家村正在大力发展家庭农场的消息后,便来到该村考察,准备种植经营百合花。朱仁斌热情接待了他,并及时组织村"两委"开会研究和项目论证,与会人员认为此项目切实可行。而后,很快完成了规划设计,双方签订了租赁经营合同。

朱仁斌带领村干部马不停蹄地做工作,帮助佟贵林流转了81亩土地。半个月时间后,土地开始整理、栽种百合花,当年"十一"开业。所种植的15万株百合花,一部分供游客观赏,另一部分用于现场出售,每株可以卖到8元。卖掉5万株就是40万元收入,去掉26万元成本,可以实现利润14万元。到9月再卖种苗,有25万个百合球种子,按3元一个的价格计算,可以卖75万元。加之"五一""十一"长假期间8万人至10万人的流量,每人(次)15元的门票费,仅此项收入就是100多万元。第一年不仅收回了投资成本,还实现了盈利。

因新冠疫情的影响,百合庄园的经济效益直线下滑,甚至出现亏损。但佟贵林没有气馁,他开设的老兵驿站餐饮还有一定的收益。"我的总投资为320万元,已盈利120万元。由于我所种植的百合品质较好,已卖到上海、云南及浙江的杭州、嘉兴等地。"佟贵林介绍道。

老兵驿站是村集体投资建设的,佟贵林租赁经营,每年向村集体交纳租金15万元,向村民支付土地流转费每亩700元。鲁家村有5位村民长年在百合庄园农场务工,每月工资收入3500元至4000元。种花、采花、收果旺季,临时用工30多人,全年用工4000多个工日,平均每个工180元。

面对新的挑战,佟贵林开始进行产品种植结构调整,从2022年的5月至10月起在百合中套种白芍、平阳玫瑰等中草药,实行药膳同源。

到鲁家村不论是考察参观的各级领导,还是前去旅游的游客,都要体验一把独具特色、全长4.5公里的旅游小火车。电动小火车的时速为7公里至10公里,共设有6个站台。中途穿越时光小站,设有4节绿皮火车,其中一节是卫生间,一节是咖啡厅,一节是烧烤简餐室,一节是木工手工体验室。此站往往停留5分钟至10分钟,全程需要1个多小时。"旅游小火车项目于2015年9月开始兴建,12月25日正式开通营业。"朱仁斌介绍道。

这个项目经过安吉县发改委立项后,在修建过程中遇到了一个很大的难题,就是火车线路的图纸设计由哪些部门会审。朱仁斌先找到当地交通、水利部门负责人,可他们慎重考虑后认为不能作为牵头单位，因为牵涉的事情太多，又从未经历过此事。经过细致分析，旅游小火车建设要涉及多个部门审批：穿越乡道，需要交通部门审批；穿越水塘、河道，需要水利部门审批；设立红绿灯，需要公安交管部门审批；穿越农田，需要农业部门审批；穿越山林，需要林业部门审批；车辆运行是否安全，需要安监部门审批；车辆设计标准，需要技术监督部门审批；铺设轨道，需要国家铁道部门审批。

朱仁斌与递铺街道办事处和安吉县开发区工作组的相关负责人一商量，干脆由村集体自己修建，前提是必须事先向县里的有关部门汇报。

小火车轨道的宽度为3米，需要征地，涉及300多户村民的土地和房屋。朱仁斌担心铁路建成后小火车运行中有噪声会遭到村民投诉，便组织召开全体党员大会进行动员，要求党员带头，并积极做好被征地村民的思想工作。

按照规划预算，修建旅游小火车环线需要3000万元投资。村集体拿不出这么大一笔钱怎么办呢？朱仁斌经过慎重思考后提出建议——引进社会资本共同投资经营。经过村"两委"商议并经过村民代表大会表决通过后开始实施。

经过反复谈判，最终与安吉县浙北灵峰旅游公司达成合作协议。为便于经营管理，公司分别注册成立了安吉乡土农业发展有限公司、乡土旅游有限公司、"两山"理论培训公司。"鲁家村所占49%的股份中，拿出80%收益分给全体村民，剩下20%收益归村集体所有，预留给今后嫁进来的媳妇和新出生的小孩。"朱仁斌介绍道。

按照双方约定，修建旅游火车站、铺设钢轨、购买小火车所需资金，由浙北灵峰旅游公司投资；修建路基、绿化，由鲁家村经济股份合作社负责。

村集体没有资金投入，怎么办？朱仁斌向镇、县有关领导汇报后，向浙江省财政厅申请了1800万元的农发项目，包括机耕路、绿化、高标准农田提升、喷灌、塑料大棚等工程。"我们用机耕路的费用修建了旅游观光小火车路基，用绿化资金在路基旁种植了大量景观树。"朱仁斌介绍道。

用财政资金做成公益事业，用公益事业的工程项目折价入股，转换成股本，在当时还是件新鲜事儿。2016年9月，浙江省财政厅验收小组到鲁家村进行专项资金使用验收时，朱仁斌还非常担心，怕验收不合格。可带队的副厅长王广兵听完汇报并现场查看后，给予了较高评价，非常高兴地说："鲁家村将我们的财政资金做成了公益事业，不仅发挥了社会效益，更重要的是获得了良好经济效益。用财政资金撬动了工商资本,是我们财政厅使用财政资金最好的项目之一,这条机耕路是我们全省最值钱的机耕路。"他进一步肯定道:"我们每年要投入大量的财政资金用在农业农村基础设施建设上,绝大部分都是躺在那里成为死资产,而投入鲁家村的这笔资金却被盘活了,这种模式和机制应该在全省范围内予以推广。"

朱仁斌(左)认真察看村里的小火车运营情况

这年11月,时任中央农办副主任兼中央财办副主任韩俊专程到鲁家村调研,对该村合理使用农发资金,发挥经济、社会效益的做法给予了高度评价。受此影响,2017年《中央1号文件》中有一句话:鼓励和支持使用部分财政资金转化成村集体用于村庄经营的股本。

之后,全国各地的财政部门纷纷组团到鲁家村调研,学习如何科学合理使用农发资金。

2017年3月,中央出台国家级田园综合体项目政策,鲁家村积极申报,做好与各级财政部门的对接,并结合休闲农业和观光旅游,做好乡村文化,打造新时代的田园乡村。

安吉县财政、农业农村部门虽然将鲁家村逐级申报到了浙江省,但觉得11个地市都在申报,竞争十分激烈,担心该村不能选上。

2017年7月11日,是朱仁斌永远铭记在心的一个大喜日子。这天上午,浙江省政府副省长孙景淼专程到鲁家村调研。当他乘坐了旅游小火车,参观了家庭农场后宣布,鲁家村在全省各地申报的田园综合体项目考评中获得第一名的好成绩,财政部已经通过,每年将给予 5000 万元的财政奖补资金,连续支付 3 年。

听到这个消息,朱仁斌当晚兴奋得一夜没有睡着觉。

没过多久,经财政部、国务院农村综合改革办公室批准,鲁家村被列入首批国家级田园综合体试点。年底被国家发改委等 7 部委批准为首批国家农村产业融合发展示范园。第二年被评为全国十佳小康村,还被评为全国乡村振兴示范村、全国乡村旅游重点村、中国美丽乡村精品示范村。

朱仁斌(左)告诉在外读书的年轻人,村里获得的每项荣誉都非常不容易

按照浙江省财政厅在鲁家村进行的综合改革转移支付试点民营资本必须退出的要求,村集体经过半年时间与浙北灵峰旅游公司多轮谈判,最后按照实际投资+利息+人工三项之和,以 2006 万元的价格收回了 51% 的控股权,使其成为该村的独资企业。面向社会公开招聘,以 30 万元、20 万元的年薪,聘请了一位职业总经理、一位副总经理,负责乡村旅游公司的经营管理,使经济效益逐年提高。"鲁家村每年旅游量达到 50 万人次以上,光旅游公司的营业额就达到了 1250 万元、利润 600 多万元。"朱仁斌介绍道。

2018 年 5 月,鲁家村"两委"作出决定,并经过党员大会审议、村民代表大会表决通过,利用田园综合体项目,报请递铺街道办事处批准后开始实施,花费 1100 万元资金,以邻近的长乐社区作为连接口,将安吉县自来水公司经营的城市供水管网引进到该村,全体村民和 18 个家庭农场工作人员终于吃上了干净卫生的自来水。

"田园综合体现处于建设中,还有很长的路要走,怎样做好农业这篇大文章,让家庭农场实现可持续发展,获得良好收益;如何做好文旅结合,将乡村旅游办出特色，不断提高村民收入，需要进行认真摸索。"朱仁斌说。

当先锋模范　全村凝聚力大增强

朱仁斌在姊妹6人中排行老四，小时候很能吃苦，又非常勤快，深得父母喜爱。母亲经常教育他一定要有志气，好好读书，不管做什么事情都要勤奋努力，长大后争取做一个对社会有所贡献的人。因此，他从小学、初中到高中，学习一直很刻苦，1987年9月以较好的成绩考入河南大学武术专业，1990年大专毕业后被分配到安吉县体委当武术教练。第二年10月，被调往县技工学校当体育老师。

1993年8月，当时全国范围内兴起了机关事业单位工作人员下海潮。朱仁斌也不例外，因嫌技工学校的工资收入太低，经过反复权衡之后，也选择了辞职经商。先是在安吉县城开了一个体育用品商店，因广东佛山市有位同学在杭州市开办陶瓷批发市场，一年多后，他开始在安吉县经营陶瓷地板砖生意。同时，还开办武术散打培训班，每年可以获得10万多元收入。

朱仁斌瞅准商机，相继成立了建筑装饰公司和水泥浮雕厂，几年后拥有了500多万元资产，在县城建起了一栋别墅，全家人过上了衣食无忧的幸福生活。

鲁家村在外创业的一些成功人士经常在一起聚会，每当谈到家乡破破烂烂的村容村貌时，大家无不感到伤感、惋惜和力不从心。

有一次，朱仁斌与鲁家村外出创业成功的首富方钦江一起用餐，谈及该村已成为全县非常落后的村庄时，二人都感到难为情。

"我们得想办法把鲁家村改变一下，毕竟那里是我们的出生地，我们也是在那里长大的。"方钦江提议道。

"可以呀！我也有这个想法，应该留住乡愁。"朱仁斌说道。

"一些村民小组长、党小组长和村民在你的水泥雕花厂上班，他们都认为你干得不错。鲁家村村委会主任考上公务员离职了，现在缺少一个合适的人选。你是经商成功人士，积累了不少财富，足够一家人吃喝开销。我认为你是村委会主任的最佳人选，就回村里带领大伙儿干吧！"方钦江说。

"我是做生意的，当不了村委会主任。"朱仁斌谦虚道。

"按规定，10位村民联名就可以推荐村委会主任候选人。据我所知，全村已有20多人准备联名推举你为村委会主任人选。"方钦江告知道。

"到时候再说吧！"朱仁斌当时对这个村委会主任职位并不感兴趣，信心也不是很足。他觉得自己的生意做得好好的，每年收入也不低，当那个又苦又累、收入很少的村委会主任不是很划算。

之后遇到了一件事，彻底改变了朱仁斌最初的想法。

安吉县曾经是省级贫困县，过去从该县到省会杭州需要翻越幽里大山的几座山峰。04省道修通后，不仅两地距离大大缩减，节约了两个多小时的行程，而且还在沿途架设发射塔，解决了手机没有信号的问题。

当地移动通信公司要在鲁家村位于村口的力子坞村民小组，以每亩地8000元的价格征地0.4亩，建设一个大型手机信号发射塔。村民们为此事拿不定主意，便派了几位村民代表到县城找朱仁斌，想听听他的意见。

朱仁斌回到村里，认真察看了拟建设发射塔的位置，提出建议道："如果将发射塔建在村口，不利于鲁家村的发展，以后想移走都很困难，最好让移动公司在位置稍偏僻的地方建设。"

移动公司不愿意修改方案，派人到鲁家村找村干部做工作。村书记通知几位村民代表前去签字，可这几人心里有了底，都不签。几位村民小组长通知朱仁斌赶回村里，大伙儿与移动公司工作人员发生了一个多小时的激烈争论，尤其是朱仁斌讲得有理有据有节，村干部根据大家的意见，说服移动通信公司重新选址，建设了一个大型手机信号发射塔。

"移动公司准备在村口架设手机信号发射塔这件事儿，如果不是朱仁斌考虑全面，并勇敢地站出来说话，可能就会让鲁家村作出一个错误的决定。"一位村民说。

这件事儿让村民小组长、党员及部分村民得到一个启示：在重大问题的节骨眼上，涉及村集体和大伙儿切身利益的时候，得有朱仁斌这样有主见、有担当的人来拿主意，否则，自身利益就会受到损害。

马上面临村"两委"换届，鲁家村有3位村民小组长、6名党员、10多位村民，联名向当地镇委、镇政府推荐朱仁斌为村委会主任候选人，参加村"两委"换届选举。镇里分管组织的副书记找他谈话时，他犹豫了一段时间，不是很情愿干这个差事。镇委书记亲自找朱仁斌做工作说："20多位村民主动联名推荐你作为村委会主任候选人，说明大伙儿对你充分信任。你是一个很有能力的人，生意做得不错，也赚了不少钱，可一人富不算富，大家富才算富。你如果能够带领全村人过上好日子，那是一件多么有价值、有意义的事情。"

这席话深深打动了朱仁斌,3天后他决定顺从民意,作为村委会主任候选人,参加村里的换届选举。

2005年4月,朱仁斌高票当选为鲁家村村委会主任。上任伊始,他挨家挨户地到村民家走访,认真了解大伙儿的诉求,反映最强烈的是用电和交通问题。16个村民小组普遍存在变压器容量太小、电线老化问题。由于电压不够,村民家购买的洗衣机、电冰箱、空调成为摆设;道路太差,到处都是不通车的小路、土路,到县城去办事没有公交车等。

朱仁斌在取得村书记的支持后,决定放手解决村民生活中最为棘手的电和路问题。他邀请递铺镇供电所负责人到鲁家村现场察看情况,商定先着手解决6个村民小组的用电改造和变压器增容问题,再按顺序逐步推进到其他小组。按供电部门的要求,必须保证栽电线杆时村民积极提供场地不扯皮。朱仁斌组织召开村民代表大会,对村"两委"关于电力改造中的相关规定表决通过,并组织人员挨家挨户让村民签订积极配合电改的承诺书,使电改得以顺利实施。

村民外出交通不便的问题也列入了朱仁斌的重要工作日程。他到安吉县公路局找相关领导汇报情况,要求把鲁家村域内的"村村通"公路修好,再通公交车。

按规定,"村村通"公路必须达到"康庄公路"标准才能开通公交车。经过鲁家村"两委"研究,决定先征地,再修从04省道到梓坊村交界处的"村村通"公路。

鲁家村有大片竹林,每年生长大量竹笋。有一次,朱仁斌用自己的私家车带领两位民兵护笋队员巡察是否有人偷笋。行至3公里外的一个村民小组时,一位村民对他说:"我们这里的毛竹运不出去,如果村里能够修条路就好了。汽车开到这里,就可以将毛竹装运拉出去售卖,大伙儿的收入就会大大增加。"

朱仁斌觉得农民的诉求应该得到满足。他及时向村书记汇报此事,得知共涉及7个村民小组的共同利益时,便将这几个村民小组长召集到一起征求意见。他们强烈要求修通这条路。在随后召开的村"两委"会议上,朱仁斌提议要认真解决这一问题,得到了大家的认可,最后决定以修建林道的名义,向当地公路部门申报修路计划。

在朱仁斌的积极努力下,2.2公里的"村村通"、2公里林道于这年7月开始动工修建,很快形成联网公路,不久之后,通往县城的公交车也顺利开通。

供电部门相继为鲁家村增加了5个400千瓦的大功率变压器,供电线路全部改造。村民家的空调、洗衣机、电冰箱可以随便使用,不用再为电压太低家电不能使用而犯愁。广大党员、群众从朱仁斌身上看到了希望,深信这个村委会主任选对了。

鲁家村"两委"换届选举前,村党支部原书记聂金友主动向上级党组织要求退下来,并推荐朱仁斌作为村书记候选人,参与投票选举。

朱仁斌认真学习党章,牢记党的宗旨

2011年3月25日,朱仁斌高票当选为鲁家村党支部书记。在随后参加当地组织部门组织的村党支部书记培训,各人分别介绍本村的发展思路时,县委组织部的一位科长问道:"鲁家村在哪里?你们村有什么亮点?"

"没有任何亮点。安吉看守所在哪儿,你知道吗?"朱仁斌反问道。

"不知道。"对方恳切地回答。

"看守所就在鲁家村域内的东边。现在你知道我们村的位置了吧?"朱仁斌说。

此时,大家才知道县看守所的所在地就是鲁家村。

回到村里,朱仁斌在全体党员和村民代表大会上深有体会地说:"我在全县村党支部书记培训班参加培训时,说鲁家村在哪里,别人不知道;而说县看守所,大家都知道。咱们村因为环境脏乱差,在全县倒数第一名,成为最差的村。责任不在村民身上,而在于村'两委'没有组织好、管理好。但我们从现在起,一定要下决心彻底改变现状。"

随即,朱仁斌带领村"两委"干部、村民小组长、党员、群众代表,用了一整天时间到安吉县环境治理比较好的荷花塘村、青龙村、老庄村考察学习。大家非常吃惊,深深感到与这些村相比,本村的环境实在太差了,必须下大力气进行整治。

在随后进行村庄环境整治、美丽乡村精品村创建、发展家庭农场及乡村旅游中遇到的种种困难,朱仁斌都模范带头,想方设法予以克服,保证各项工作整体推进。

上任伊始,村里进行环境整治时,要为每户村民家做一个垃圾桶,可村集体账上只有6000元资金,朱仁斌只好自己垫资8.5万元,用于购买材料为每户村民做个垃圾桶。

有的村民认为垃圾箱里有臭味,会影响风水,不吉利,不愿意将垃圾箱砌在自家门前。

朱仁斌带头在自家门前砌了一个垃圾箱,他说这样再要求别人心里就有了底气。几位小组长很受鼓舞地说:"书记家的门前做了垃圾箱,我们也得带头做。"其他村"两委"班子成员也紧跟着带头去做。村民们无话可说,按照方位,垃圾箱该建在哪里,没有人再避讳。垃圾不乱扔,自觉做到垃圾入桶,再将自家垃圾桶的垃圾定时倒入垃圾箱。

鲁家村请当地规划设计院对美丽乡村精品村创建做规划设计时,村集体没有资金,朱仁斌只好又自己垫资60万元才得以完成。

按照创建规划,需要拆掉村委会办公室8间平房,建设一座4层的综合服务大楼。可中心村的前山、后山两个村民小组长却带了30多位村民阻碍拆迁施工,理由是当年建村委会时所占地盘是这两个小组的,没有支付任何费用。既然现在拆了,就要办理征地手续,并支付土地补偿款。

"我看到过,村委会办公用房有1992年由土地部门颁发的土地使用权证。在20世纪50年代,村集体建房不可能有征地一说,你们阻碍施工是不对的。"朱仁斌与村民们进行理论。

村里及时将此事向递铺镇政府有关领导汇报,镇领导责令综治办主任协调解决。因不能提供相关证据,前山村民小组部分村民撤回去了,还有6人留了下来。后山村民小组组长楼百仁一听说村委会办公室有土地证,便感到村民阻碍施工没有道理,急忙劝大家全部撤回。但前山村民小组组长年轻气盛,硬是鼓动另外5人对此事揪着不放。

朱仁斌主持村"两委"开会,形成了一致意见,必须按期完成村委会综合服务大楼建设,因为创建全县美丽乡村精品村的验收时间已定,不能耽搁。如果工作实在做不通,就动用县里批准的1000平方米的建设用地指标,在村口盖一栋新的办公楼。

递铺镇常务副镇长同意鲁家村"两委"的意见,让朱仁斌尽量做好群众工作。如果实在做不通,就召开村民代表大会,重新选址建设村委会综合服务大楼。

朱仁斌回到村里立即召集前山村民小组的那6位村民，传达村"两委"商议的内容和镇领导的意见，并告诫道："村委会综合服务大楼建在原址上，前山村民小组就是全村的中心组，如果搬走了，对大家是非常不利的，你们好好想想吧！"

镇综治办先后调解了3次，那6位村民还是不同意。

朱仁斌只好组织召开村民代表大会，把前因后果及利害关系作了简要陈述，并认真听取大伙儿的意见。当时，有位名叫陈露燕的大学生村官发言说："为了让鲁家村创建全县美丽乡村精品村获得成功，朱书记用自己的积蓄垫支60万元做规划，试问哪个人能够做到？我是亲眼见证了几名村'两委'干部默默无闻、没日没夜地干活儿，十分辛苦，不仅把家里的所有事儿都抛在一边，还累坏了身体。可万万没想到还有人从中作梗，为难他们！"她边说边哭起来了，村委会主任裘丽琴和妇联主任李国香也跟着掉眼泪。其他几位村干部的眼睛里也是眼泪直打转儿。

另外15名村民小组长和党员代表发言时，纷纷指责前山村民小组长和另外5位村民不对，告知村委会综合服务大楼搬走后，不仅中心村的地理位置和优势没有了，而且动用1000平方米的建设用地指标后，商住楼和商业一条街的建设也会随之搁浅。

一位名叫孙水花的党小组长站起来发言时怒不可遏地批评那位小组长道："你不仅不帮助村里做好村民的工作，还带头给村里出难题，安的什么心？你只能代表你个人的意见，不能代表全体组民的意见。"

"因为你们少数人的无理刁难，导致村里的综合服务大楼建设延迟了半个月时间，你是要负责任的。"

"如果耽搁了全村创建美丽乡村精品村验收，你就会成为众矢之的，遭到大家的声讨。"

"太不像话了！简直是无理取闹！"

……

一些村民小组长、党员纷纷指责那位村民小组长，并点名让他把问题讲清楚。

那位小组长红着脸说："既然大家都这么认为，那说明我们的想法错了，这事儿就到此结束，给村集体造成了一定损失，我在这里作检讨。"

几位较劲的村民得知此事儿后，也主动找到朱仁斌，作了诚恳道歉，表示不再阻碍村委会综合服务大楼的拆迁施工。

少数村民阻碍拆迁施工的问题解决了，可新的问题又接踵而至。建综合服务大楼的工程预算为300万元，可村里没有钱，这咋办呢？朱仁斌的想法是，由施工方垫资兴建，等验收合格，县里划拨的政策性资金到位后再分期付款。

按规定，标的额达到5万元以上的建筑工程，都要经过镇招投标中心公开竞标。可鲁家村建设村委会综合服务大楼工程挂牌的第三天，招投标中心负责人万兆生给朱仁斌打电话说："凭我从事这项工作多年的经验，你们村这项工程肯定会流标，因为还有1个多小时，3天的公示期就到了，可截至目前还没有一人报名。"

"这是什么原因呢？"朱仁斌很惊讶地问道。

"很多人打电话问招投标约定的条件，当得知综合服务大楼由施工方垫资建设，工程竣工验收合格后支付50%，剩余工程款两年后付清的结算条件。而且了解到你们村还有150万元的外债，每年才1.8万元集体收入的实情后，就不敢接这个活儿了，担心300万元的工程款一时半会儿要不到。"万兆生毫无保留地告知了其中的原因。

"如果流标了咋办呢？"朱仁斌不安地问道。

"那就只能重新挂牌。"万兆生回答。

"现在已经是9月底了，距验收时间只剩下3个多月了，时间不等人呀！况且，重新挂牌，估计结果还是一样。"朱仁斌顿感焦急。

"我们也没有其他办法。"万兆生感到很无奈。

朱仁斌坐在办公室冥思苦想解决问题的办法。他原来开办建材公司时认识了很多建筑行业的老板，能否找他们帮忙解决呢？便拿起电话，分别拨通了几位好朋友的电话，问他们是否知道鲁家村有个300万元的建筑工程，为何不报名参与竞标。

对方回答说："我们知道这项工程，垫资建设没问题，可你们村太穷了，300万元的工程款何年何月才能付清呀？这样的工程宁可不做，免得之后像讨狗肉账一样要工程款。"

"这样行吧，你们抓紧时间报名，参与竞标。工程完工后，钱一定会按时支付给你们，毕竟是一个村集体，既不会赖账，也不会欠账。"朱仁斌动员道。

"不是我不相信你，关键是你们村没有经费来源，这么大一笔开支，到时候用什么支付呀？"一位建筑公司老板说。

"作为朋友，你帮帮忙，我说话算数，工程款一定会按照合同约定按期支付。美丽乡村精品村验收合格后，县政府财政和有关部门的配套资金共计1007万元，300万元的工程款怎么会无钱支付呢？"朱仁斌稍作停顿继续说，"这样吧，如果有什么变故，村集体确实没有能力支付，我个人做担保，承担连带责任。到时候变卖家产付款，这总可以了吧。"

"行！您说得这么恳切，用您的个人信誉做担保，我们就放心了。"那位建筑公司老板表态道。

有 4 家建筑公司在规定时间内报了名。第二天上午，递铺镇招投标中心经过法定程序进行招投标，结果安吉县实力最强的巨峰建筑公司中标成功。该公司老板孙小华马上给朱仁斌打电话，要求与他签订个人担保协议。

当天下午，孙小华带了一位叫方胜的朋友来到鲁家村，准备与朱仁斌签订个人担保综合服务大楼工程建设付款协议。方胜说："朱书记说话是算数的，协议就不用签了吧！"

孙小华犹豫了一会儿对朱仁斌说："协议不签也可以，但有句话要说清楚，到时候工程款如果不能按期支付，我就到你家去过年。"

"行！大男人一口唾沫一个钉，说话算数。"朱仁斌握着孙小华的手高兴地说。

安吉巨峰建筑公司凭借自己的实力，保质保量地将鲁家村综合服务大楼按期建成。朱仁斌也很讲信誉，按照合同约定，待县里划拨的资金到位后，按期支付了全部工程款。

村委会门前 7 户村民的手工作坊拆迁十分麻烦，朱仁斌以极大的耐心给他们做好思想工作。"先找男方谈好了，可他第二天打电话说自己的老婆不同意。好不容易把他老婆的工作做通了，过了一晚上，他又说儿子不同意。再去做他儿子的工作，却又说还要与儿媳妇商量，总之就是找各种理由朝后拖，不停地折腾。最后，我们想了个办法，就是将他一家 4 口喊到一起做工作，免得他们推来推去。并先问清楚谁是户主，将拆迁协议随身带着，一旦谈妥，当场签字。而且，将挖掘机开到现场，当天晚上就组织施工，等这户村民一觉醒来，旧房子已经夷为平地，不让他有反悔的时间。"朱仁斌介绍道。

按规定，创建美丽乡村精品村必须有一个公墓，将逝者的骨灰集中安葬。村集体出资在村口东面建了一个有 20 亩林地的生态公墓，中心村 100 多个坟头都要迁往这里。朱仁斌组织召开全体村民大会进行动员，要求干部、党员带头。

朱仁斌带头将自己的祖坟迁往生态公墓，其他村干部、村民小组长、党员紧随其后开始行动，其他村民也纷纷响应。

发展家庭农场、乡村旅游、民宿前，朱仁斌组织相关人员到台湾考察农业种植模式、家庭农场兴办方式等。

朱仁斌：实践"两山"理论见成效

为进一步开阔视野，朱仁斌再次组织相关人员到海南省三亚市亚龙湾热带雨林度假酒店考察学习。本想参观一下德清县莫干山裸山谷民宿，可经营者拒绝接待，朱仁斌只好自己花费1.15万元，与另外11人在一套别墅里住了一晚，细细体会该民宿的建筑风格和管理方式。

从中国台湾地区到三亚再到莫干山三次考察费用共8万多元，都是朱仁斌自掏腰包的。

鲁家村开办家庭农场刚开始招商遇到困难，许多人处于观望状态，大半年没有找到一个农场主。朱仁斌思索再三，决定自己带头先干，做好示范。他在村里流转了230亩山林、坡地，相继种植了60亩红山楂、50亩红枫、20亩樱桃、5亩蔬菜，还有95亩作为生态林进行保护。

朱仁斌还动员了三位好朋友到鲁家村合伙开办了道甜农场，占地160亩，由于经营不善，合伙人各有怨言。朱仁斌只好花费350万元，从三人手中转接过来自己经营，现种植有板栗和毛竹。"我的工作很忙，只好聘请了一位职业经理人和自己的哥哥帮助打理，分别给二人支付年薪10万元、4.5万元。"朱仁斌介绍道。

朱仁斌的弟弟朱仁元于1971年出生，1996年开始在安吉县经商，开办木制品加工厂、房屋装修、酒店，生意红火，赚了不少钱。

有一天，朱仁斌找朱仁元聊天时动员道："鲁家村这么穷，有本事的人都跑到县城做生意或到外面打工去了，留在家里的都是老人、妇女和孩子。你能不能带个头返乡创业，为家乡做些贡献？"

"我回来干什么？"朱仁元问。

"回来开办家庭农场，经销本村茶叶，把村民带动起来。"朱仁斌说。

"怎样能把村民带动起来？"朱仁元问。

"本县溪龙乡有个鲜茶市场，每年采茶季节，村民们把茶叶采摘后，送到相距几十里的市场卖，售价却被茶商压得很低。每斤鲜茶最好的收购单价320元，最低的才60元。1斤干白茶需要4.5斤茶叶炒制而成，收购质量最好的鲜茶每斤才1400多元，而茶商制作成中高档白茶后，每斤却能卖到2000元以上，利润都被他们赚去了。"朱仁斌介绍道。

"我考虑一下再作决定吧。"朱仁元表态道。

朱仁斌隔三岔五地找弟弟朱仁元"聊天"，动员他回村创业。

实在拗不过哥哥的软磨硬泡，朱仁元回到鲁家村注册了盈元家庭农场。先是流转了50亩土地养羊、养鸡，经济效益很是一般。大年三十晚上一大家人在一起吃年夜饭时，他当着母亲的面诉苦道："朱仁斌让我放弃在县城做得好好的生意，回到村里办家庭农场，赚不到钱。春节期间，聘请的工人都放假了，没有人干活儿，明天让他去给我放羊。"

朱仁斌笑着满口答应，初一至初三这几天，他积极帮助朱仁元放了3天羊，以平息弟弟心中的怨气。

这年下半年，村里帮朱仁元流转了200亩茶园，自种、自采、自销，经济效益才开始有些好转，增强了他办好家庭农场的信心。

朱仁斌（右）到一家农场察看茶叶生长情况

朱仁斌给朱仁元出点子，让他对本村60多户农民种植的1200亩茶园实行订单农业，帮助他们解决茶叶加工、销售问题。即茶农按照他提供的技术标准种植、施肥、管理，要求以施有机肥为主，少量化肥为辅。鲜茶采摘后，按市场最高价收购，使村民的收入大大提高。

2017年3月，朱仁元投资120万元，建设了一个2000多平方米加工茶叶的流水线车间，使白茶的口感、滋味、香气、颜色得到很大提高，品质得到了保障。而后，又投资60万元，建设了一个可以储藏1万斤茶叶的冷库。新冠疫情期间，解决了农户的茶叶滞销问题。

盈元家庭农场实行了"互联网＋区块连接技术"模式管理，即四标一码：安吉县政府统一注册的白茶标志、安吉县地理标志、农产品认证标志、绿色食品标志；安吉县白茶码，其中包括企业商标、质量追溯标、农业标。"顾客只要用手机在茶叶包装上一扫，生产场地、时间、保质期等都可以清清楚楚地知道。"朱仁斌介绍道。

朱仁元一直思考着将茶叶从种植、采摘、加工、储藏到深加工，形成规模化的产业链。2019年3月，湖州市农业农村局、国土资源局联合出台政策规定：具体从事农业板块；带动20户以上农民就业的农业龙头企业或农业合作社或家庭农场；承包土地达到200亩以上；连续做了5年以上。符合这几个条件的就是农业标准地，可以合法拿到一定数额的建设用地。

经过当地农业农村局摸底把关、国土资源部门批准，朱仁元于2020年6月8日在安吉县第一个拿到693平方米建设用地，投资1200万元，建起了一栋三层的盈元茶文化研学大楼，总建筑面积2100多平方米。一楼为接待大厅、教室、餐厅；二楼、三楼均为客房，一次可以接待100人以上培训。之后被浙江省农业农村厅批准为乡村振兴实训基地，每年培训人数在3000人次以上。

如今，盈元家庭农场不仅从事茶叶的种植和管理，进行白茶的加工、销售，并制作红茶、茶啤酒、茶点心、茶月饼等附加产品。同时还开展白茶的研学、培训，实现了一、二、三产业融合发展，每年实现产值1200余万元、利润300多万元，成为鲁家村的龙头家庭农场，有10位村民长期在该农场就业。每年3月至4月，需要临时招聘200人采茶，每人每天支付150元工资报酬。

在朱仁斌的执着努力下，鲁家村已逐渐成为宜居宜业的美丽村庄，不仅让很多外出打工的村民返乡就业，还吸引了35名本村毕业的大学生回乡创业，庄庆伟就是其中一位。1990年出生的庄庆伟于2014年6月毕业于温州大学工商管理市场营销专业。此前他就开始关注白茶销售，自家种植了3亩茶园，但产量很低，一年只能生产50多斤茶叶。2013年4月，他将在自家茶园拍摄的采茶照片发在新浪微博上，有一名网友看到后主动与他联系，并以800元一斤的价格购买了一斤。这件事儿让庄庆伟受到很大启发，没想到在网络上就可以进行农产品销售，而且有较好的利润空间。从此，他对白茶种植、经营产生了浓厚兴趣。

2016年7月，庄庆伟流转了本村一位村民的20亩茶园，租期5年，每年支付流转费5000元。而后，又以11万元的价格，将另外一位村民的15亩茶园一次性买断20年的经营权。加之他在自留山上开垦的30亩茶园，总共65亩，成立了安吉以晗家庭农场,采购了一些茶叶加工设备。不仅对本农场种植的茶叶进行管理、采摘、加工、销售,每年还以400元至500元的价格,收购本村村民生产的优质白茶500斤至1000斤,每年实现产值近百万元、利润40多万元。

2017年6月,庄庆伟拆掉父母盖的三间土坯房,新建了一栋三层建筑面积近600平方米的别墅,父母、妻子与两个儿子住在一起,过着衣食无忧的幸福生活。"现在看来,我大学毕业后选择回乡创业的路是走对了。因为鲁家村的生态环境越来越好,在这里居住,不比城里差。况且又有稳定的收入,可以安居乐业。特别是一家人住在一起,让父母享受天伦之乐,非常开心。"庄庆伟满脸笑容地说。

朱仁斌(中)鼓励大学生回乡创业,带领村民致富

朱仁斌一直在认真思考如何提高村民收入,让大伙儿过上好日子。他自费带领几名村干部从外地考察回来后,就开始大力发展民宿。村"两委"出台政策规定:家庭人口5人及以上的,村集体划拨150平方米宅基地,5人以下的宅基地面积为125平方米,每户可以根据自己的经济实力建设一栋主房、一栋副房。主房供自家成员居住,副房用于开办民宿。中心村村民朱启呈利用自家副房开办了全村第一家民宿——稻弯弯民宿,每年可以获得30多万元收入。"全村开办民宿的已有32户,每年可实现产值2500万元、利润700余万元,还能安排120人就业。"朱仁斌介绍道。

认真做好农村党建,充分发挥党组织的核心作用,朱仁斌一直将其放在各项工作的首位。他说:"只有村书记率先垂范、以身作则,全体共产党员模范带头,村党组织才有凝聚力、战斗力、号召力。"他给自己的定位是在村"两委"中当"恶人",让其他干部当"好人",即只要牵涉到集体利益的事儿,其他村干部唱"白脸",而他却唱"黑脸",得罪人的事儿由他来干。

村里几乎每年都有建设项目推进,涉及征地、搬迁、迁坟、青苗补偿等利益问题时,当事人对集体研究的政策如有什么不理解、不满意的地方,可以找分管这个项目的村干部反映,这名村干部在村"两委"召开的工作例会或专题会议上汇报,至于是否调整,需经过集体研究再作决定。2020年5月,有位村民找到朱仁斌,反映他家的房子评估价1万元少了些。"你当村委会主任和村书记时,我都投过你的票,你应该关照一下才对,我也不要很多,只要你在此基础上增加2000元就算够意思了。"那位村民说。

"1万元的评估价就高了,依我看应该定在9000元比较合适。"朱仁斌非常干脆地回答。

"那我找你有个屁用,本来想增加一点,结果反而减少了,还不如不找你。"那位村民很气愤地扭头就走,再去找经办人员和分管的村干部交涉,最后爽快地接受了1万元的评估价。

朱仁斌多次要求村"两委"干部在工作中必须坚持原则,不能优亲厚友,拿集体的利益送人情,甚至做交易。每当群众反映什么问题,他都不会轻易表态,而是让有关工作人员认真核对后,再做处理。每周一召开村"两委"工作例会时,所有事情都要经过集体讨论,朱仁斌从不先表明观点,而是坚持到最后才发言。决定事项形成会议纪要并认真贯彻执行。

鲁家村共有98名党员,分成两个党支部、5个党小组。每月25日,如没有特殊情况,该村以党小组为单位,将开展主题党日活动的地点分别放在18家农场举行。主要是想现场了解他们在生产经营中是否遇到了什么问题,可随时讨论研究,予以解决。

主题党日活动除了常规项目外,联系党小组的村干部往往会通报村"两委"的近期工作任务,特别是建设项目确定后,听听党员的意见,再动员他们积极配合和支持,带头执行集体决议。"每当村里有新的项目整体推进,牵涉到征地补偿、土地流转、坟墓迁移、房屋拆迁时,广大党员总是带头签字,在群众中起到了示范作用。"朱仁斌介绍道。

朱仁斌（中）在村支部主题党日活动上讲党课，要求大家不忘初心、牢记使命，争做合格共产党员

2021年6月，五月红农场在游客中心对面流转了230亩坡地，准备种植洋桃套种黄茶，需要迁走30座坟墓。村"两委"与农场主经过协商后达成协议，迁移一个坟头给每个农户支付2000元补助，另外在公墓购买一穴墓地支付4000元，共计6000元费用，都由农场主出资，村里负责动员村民迁移。村"两委"于7月、8月、9月三个月，将前山、后山两个村民小组的党小组主题党日活动都安排在该农场举行，反复动员党员带头迁坟，支持农场主的工作。共产党员孙水花带头将自家的两座祖坟迁往生态公墓，其他党员也纷纷行动，带领村民很快将坟墓迁完。

"认真做好党建是农村工作的核心，只有充分发挥村书记的表率、榜样、标杆、引领作用和全体共产党员的先锋模范带头作用，使党组织形成巨大的合力，这个村的发展、建设、治理才有希望。"朱仁斌深有体会地说。

朱仁斌访谈录

作　家：您是一名全日制的大专毕业生，曾经是一名机关、事业单位的在编工作人员，后辞职下海经商成功，2005年3月当选为村委会主任，一干就是6年，

朱仁斌：实践"两山"理论见成效

并于2011年5月当选为村党支部书记。您担任村书记的初心是什么？您克服种种困难，勤奋努力，将一个昔日脏、乱、差、穷，非常落后的鲁家村建设成如今的全国乡村振兴示范村，您的内生动力是什么？

朱仁斌：我担任村书记的初心有以下几点。一是通过自己的努力，改变鲁家村脏、乱、差的面貌，打造成美丽乡村。二是努力把鲁家村的产业做起来，不断发展壮大集体经济实力。三是通过引进一些好的项目和招商引资，带动村民创业致富，提高收入，让他们过上幸福生活。

朱仁斌（左）看望村里的老人，鼓励他好好生活，保重身体

我不断奋斗的内生动力来自以下几个方面。第一，鲁家村毕竟是我出生的地方，我也是在这里长大的，对这片土地充满着深厚感情。虽然自己上了大学，毕业后分到县里工作，后来下海经商，赚了不少钱，过上了衣食无忧的生活。但这里留住了乡愁，当看到脏、乱、差的环境时，心里很难受，也觉得很丢面子，所以下决心要彻底改变这里的面貌。第二，本村在外工作的一些领导、创业成功人士，既有把家乡发展好、建设好的愿望，也在政策、财力上给予了大力支持，这让我很感动。第三，镇、县的一些领导很欣赏我，在工作中给予了鼓励、支持和帮助。加之本村的党员群众对我的充分信任，使我感到干事有了底气，产生了一定的能量、信心和勇气，决心一定要当一名称职的村书记。

作　家：您担任村书记后首先进行村庄环境整治，而后创建安吉县美丽乡村精品村。但当时鲁家村并不具备任何条件，您为何能够取得成功？美丽乡村精品村的创建有何意义？

朱仁斌：我认为鲁家村之所以能够在安吉县美丽乡村精品村一等奖创建中获得成功，主要有以下几个方面的原因。一是安吉县的美丽乡村建设从2008年开始实施，经过几年的努力，到2012年已经很成熟了。我当时带领几名村干部，考察了其他几个地方的美丽乡村建设，认真总结了他们的经验和教训，看到了他们的优点和短板，然后在他们的基础上取长补短，有所创新。二是各级政府部门对我们村创建工作的精心指导和大力支持。特别是住建局、农业农村局等已经有了非常成功的经验，有这些牵头单位的指导，我们就可以少走弯路，达到事半功倍的效果。三是鲁家村坚持因地制宜、因村制宜，注重盘活本村资源，整合好政府的一些项目，团结和动员、发挥好了一些"新乡贤"的力量。四是广泛发动党员、群众积极参与了创建活动。

创建美丽乡村精品村有以下几个方面的意义。一是通过创建活动，进一步改变、提升了村庄环境，变得干净、整洁、水清、山绿，居住条件逐步改善，让村民具有幸福感、获得感。二是让村庄的基础设施进一步得到完善，缩小了城乡差别，有了自己的幼儿园、健身广场、老年活动场所、群众娱乐文化场馆，使村民的生活质量大大提高。三是整个村庄变美了，功能逐步完善，绿水青山变成了金山银山，美丽乡村变成了美丽经济，成为宜居宜业的地方，吸引了一些年轻人回来居住、创业，成为新型农民，打造新型产业。

作　家：您当年为何考虑在全村创办18个家庭农场，是否有利于提高村集体和村民收入？怎样才能保证家庭农场创办成功？

朱仁斌：鲁家村之所以选择开办家庭农场作为本村的主导产业，有以下几个方面的原因。第一，2013年上半年，安吉县将鲁家村申报为中国美丽乡村精品示范村时，按要求必须有《村庄环境提升规划》《产业规划》《旅游规划》。环境提升还好说，可产业和旅游是我们村的短板。如何确定产业和发展乡村旅游呢？我们进行了深入思考和反复讨论，最后得出的结论是必须因地制宜、因村制宜。第二，鲁家村与"两山"诞生地的余村相距25公里，地形地貌相同，即山多田地少。因此，我们把全村的整体发展定位为"两山"理论实践地之一，既要把绿水青山变成金山银山，又要把美丽乡村变成美丽经济。第三，当年的《中央1号文件》明确提出了支持各地发展家庭农场,这等于是明确的政策导向,发展家庭农场有了国家层面的政策依据,何乐而不为呢?第四,发展家庭农场可以为乡村旅游创造有利条件。因为鲁家村既没有古村落,也没有名人故居、天然景观,但有1.4万亩山林,植被保护较好,还有逐年开垦的3100亩白茶、黄茶园。将农业做成特色,实现一、二、三产业融合发展,就为乡村旅游奠定了游客吃、住、看、尝、带的基础。第五,可以让村集体增收。家庭农场发展起来后,带动了乡村旅游的发展。村集体成立了旅游公司,一年有几百万元的收入。第六,为农民持续增加收入。村集体共流转了8000亩村民土地,其中很多荒坡荒地,按照每亩地700元的价格,一年租金可以达到560多万元,同时解决了500多个村民就地就近就业的问题。以保守的数字即每月按3000元工资计算,一个村民一年的收入就是3.6万元,500个打工的村民一年就可以创收1800万元。村民在旅游公司入股分红,增加收入。第七,为村民发展民宿提供了有利条件。之前很多人把城市的房子卖掉,到农村投资开办民宿,结果血本无归,亏得一塌糊涂,主要原因是这个地方没有产业做支撑,没有能够体验和吃的东西,吸引不了游客。鲁家村发展家庭农场后,非常适合搞亲子游,能够留住小孩,就可以留住几个大人。同时,可以让新一代的年轻人到田间地头进行农耕科普体验。

现在来看,选择创办家庭农场,非常符合鲁家村的发展之路,可以说是无中生有干的,但是接地气,也是可持续的。家庭农场起来了,民宿也跟进了,带动了其他业态的发展,目前有个露营项目即将进驻本村。全村经历了从招商到选商的过程,是以家庭农场为支撑,才有了今天的良好局面。

怎样才能让家庭农场创办成功?我想有以下几个方面的因素。一是要争取政府的支持。因为很多项目审批、验收、发证,都需要政府职能部门进行,包括运营中的安全、消防检查等。二是需要有个很好的运营团队。仅靠农场主和村干部,不足以支持一个农场的可持续发展。三是既要把原来的农场提档升级,又要引进更好的投资商来替代能力较差的投资商。四是选择农场主时,不光是考察他是否有资金投入,还要了解他是否懂得生产、加工、营销。因为他如果只知道简单的粗放型种植,不懂得市场和营销,不会进行一、二、三产业融合发展,也是很难干下去的。

作　家:鲁家村在创建美丽乡村精品村、开办家庭农场、发展乡村旅游时都请专业团队进行了规划设计,这样做有何意义?您是怎样实践"两山"理论并取得成效的?

朱仁斌：做好规划设计很重要，可以避免盲目性、重复性、无序性地干事情。就像打仗一样，作为军事指挥官，首先要制订一个作战方案，再结合实际具体实施。如果我们随心所欲地干，不讲科学，不按事物的发展规律去做，结果往往是徒劳的，收效甚微，浪费投资，甚至换来失败的结果。既具有前瞻性，又结合本村实际做好规划，才能实现可持续性发展。

村里如何发展？首先方向和目标要明确。我们也不知道未来应朝哪个方面走，如果盲目搞建设，就有可能造成前期的投资打水漂或者达不到预期效果。所以，我们的前期工作总是认真做好规划设计，就是把这个村庄的定位做好，即到底做什么产业？我们是以发展家庭农场作为产业支撑的。其次是要形成什么样的亮点？我们是以观光火车为载体，配套一些其他经营业态。最后是在发展过程中，家庭农场、乡村旅游也好，民宿也罢，要形成一个经营体系，大家在这个发展平台上都能做出各自的亮点。如果没有这个体系，各自就做乱了。规划设计把各自的职责分得很清楚，公司干什么，农场干什么，都有明确分工。火车朝哪里开，游客到站后看什么，都规定得很明确。我们就是按照这个规划设计一步一步朝前整体推进。规划一步到位，我们分步实施，就是有多少能力干多少事儿，这样就可以形成可持续发展，如果盲目地干，就会南辕北辙。

鲁家村以前很落后，没有产业，光靠自己做不起来。经过考察和反复论证，我们决定把发展家庭农场作为本村的支撑产业，引进社会资本来投资。有了这个规划，我们心里就有了底，就是按照这个蓝图一步一步发展起来的。

安吉县一直在全县范围内打造将绿水青山转化成金山银山。在这种大背景下，我们考虑怎样发挥本村优势，形成自己的特色。鲁家村就是利用现有的生态，植入新的家庭农场。每个农场都有自己的产业和亮点，我们将自己的产业与美丽乡村进行融合，再引进专业人员运营，对村庄进行经营，实现了集体增收、村民致富，同时让社会资本赚到了钱。因为有了政府的推动和支持，解决了投资方最关心的问题即政策保障，如资金的安全增值等。

作为村书记要懂得如何将绿水青山转化成绿色经济。我们就是通过环境治理，不断保护生态；引进社会资本和专业团队来发展家庭农场、乡村旅游，最终实现景美人和、村强民富。

作　家：您认为一个优秀村书记应该具备什么样的素质和条件？选拔村书记时应着重考察被选举对象哪些方面？

朱仁斌： 我认为一个优秀村书记应该具备以下几个方面的素质和条件。一是做事要有公心。村书记必须坚持一切工作的出发点都要从集体利益、村民利益去考虑，而不是为了自己和亲朋好友谋取私利。公是公，私是私，要公私分明，而不能公私兼顾，更不能混为一谈。二是要积极担当作为。在发展过程中肯定会遇到很多矛盾，这就要求村书记要有开拓进取精神，不怕艰难困苦，甚至不怕得罪人，乐于吃苦，甘于奉献，敢于承担责任和风险。三是要积极创新。首先要有创新的理念和思维，不能因循守旧、一成不变。其次要敢于创新。所谓创新，就是在发展经济过程中要有自己的管理模式，把本村的资源整合好，形成自己的产业。要善于运用、整合各方面的力量，即政府项目资金的力量、"新乡贤"的力量、社会资本的力量等。四是要有博大的胸怀。心中要有较大的格局，不要一遇到事后就生气或撂挑子不干了。要听得进不同的意见和建议，不要固执己见；容得下部分村民的暂时不理解，甚至少数人的反对；要善于调动各方面的积极因素，充分团结一切可以团结的力量。

选拔村书记时要着重考察村书记的人品和能力。同时，要认真了解候选人平时交际的圈子。如果他整天与喝酒打牌、唱歌跳舞的人混在一起，这种人一旦当上村书记，就会不务正业，以权谋私。

作　家： 您认为怎样才能确保乡村振兴战略取得实效？关键因素是什么？

朱仁斌： 我认为应该采取以下措施，才能确保乡村振兴战略取得实效。第一，要想方设法选好村书记、配好村班子。因为村"两委"班子是村庄发展的核心，如果没有一个人品好、能力强的村书记和一个团结向上、奋进有为的村班子，发展也好，建设、服务、治理也罢，一切都是空话。第二，要高度重视村庄的规划设计。乡村振兴，规划先行，我们绝不能再走以前盲目发展、无序发展、重复发展、无效发展的老路，造成资金和人力资源的浪费。第三，要有好的产业作支撑。确定产业发展方向时，要脚踏实地利用、发挥好本地资源优势，因地制宜、因村制宜，不要盲目跟风。第四，要有好的运营团队。要用经营的理念发展、建设、管理村庄，即考虑成本和收益。没有专业的经营人才，再好的项目也难以生根、收益。第五，要广泛发动村民参与。实施乡村振兴战略的根本目的是给村民谋福利，让他们从中受益、得实惠，过上富裕富足生活。所以，必须引起村民的兴趣，发挥他们的作用，而不能形成"两张皮"。如果光要干部干，结果村民不喜欢，那就等于零。

实施乡村振兴战略最关键的因素是做好运营和管理。总书记讲的乡村振兴从最早的五句话即"产业兴旺、生态宜居、乡风文明、治理有效、生活富裕"，到现在的三句话即"农业高质高效、乡村宜居宜业、农民富裕富足"。我认为乡村振兴最终的发展方向是乡村宜居宜业。因为不可能每个村庄都去发展旅游,或者每个村庄都去发展支柱产业,那是不现实的。产业兴旺要因地制宜地打造,形成各自的特色,避免同质化恶性竞争。

一个村庄好的运营方式多种多样,如前店后厂经营、创办家庭农场、发展民宿、餐饮等,效果关键看村民特别是年轻人是否愿意留下来,游客是否愿意住下来。环境改变也很重要,如果生态保护得很好,风景很优美,村民又可以就地就业,收入增加了,生活得很好,过得很开心,安居乐业,就没有什么怨气,矛盾也会大大减少,社会就会治理得很好,这就是乡村振兴。

作家点评

浙江省安吉县余村是"绿水青山就是金山银山"的诞生地。"两山"理论高屋建瓴地提出,引领了全国对生态环境的保护,促进了绿色经济的稳步发展,是一项惠及子孙后代的大好事。

同余村相距25公里的鲁家村党委书记朱仁斌认真实践"两山"理论,取得了明显成效,实现了景美人和、村强民富,非常难得,值得广大村书记认真思考、学习、借鉴。

当年鲁家村以脏、乱、差、穷在全县闻名,村集体欠下外债150万元。朱仁斌担任村党支部书记后,带领村"两委"干部、党员、群众,通过大力整治村庄环境,使村容村貌得到重大改变。而后,开始创建安吉县美丽乡村精品村一等奖,不仅创建成功,还由此加大了基础设施建设力度,使便民服务、教育、文化、商业、道路、水利等基础设施功能进一步得到完善,使面貌焕然一新。紧接着,开始创建中国美丽乡村精品示范村,把创办家庭农场、乡村旅游作为该村的支撑产业,并严格保护生态环境,确定了本村的产业发展方向和目标,使经济实力逐步增强。之后,申报国家级田园综合体项目,在浙江省验收评比中取得第一名的好成绩。经财政部、国务院农村综合改革办公室批准,被列入全国首批国家级田园综合体试点。2017年底,又被国家发改委等7部委列入首批国家农村产业融合发展示范园。

朱仁斌担任村书记后,通过实施一系列的组合拳,使鲁家村发生了翻天覆地的变化,山更青了,水更绿了,村更美了,集体更强了,村民更富了,真正成为

朱仁斌：实践"两山"理论见成效

宜居宜业的美丽村庄。2011年前，鲁家村欠债150多万元，集体收入每年只有1.8万元，现在却是660多万元；村民人均可支配收入从原来的1.47万元提高到现在5万余元；集体固定资产由2011年的30万元增加到现在的近3亿元。这些成绩的取得，凝聚了朱仁斌为之付出的辛勤汗水和巨大努力。

朱仁斌有胆有识，既善于利用政府项目发展、建设村庄，又善于发挥本村"新乡贤"的能量和借用工商资本的经济实力为我所用，还善于充分调动干部、党员和广大群众参与的积极性，充分团结一切可以团结的力量。

全国56万个村庄中，发展模式各式各样，有的地方以房地产反哺农业；有的地方用古村落来发展乡村旅游；有的地方用自然优势发展工业，赚钱后反哺农业；有的地方用名人故居来发展乡村旅游。而鲁家村是农业为主导，以农业带动乡村旅游，这才是全国广大农村最需要的。

在乡村振兴中，许多村庄感到很茫然，不知如何确定自己的产业发展方向。产业发展实际上没有好与坏的区分，只要不违反法律法规，能够发掘和利用好本村资源，因地制宜，因村制宜，循序渐进地可持续发展都是对的。特别是在牢固树立生态优先、绿色发展理念的基础上，一定会找到适合本村实际的发展模式。

创办家庭农场、发展乡村旅游是"两山"理论实践方式之一，中央有政策，社会有需求，有条件的行政村可结合自身实际，准确定位，积极探索，取得实效。

农村土地产权制度改革探索者

乡村振兴领头人
——中国模范村书记

林上斗：
有情怀的"旅长村支书"

人物概要

林上斗，男，汉族，1962年9月出生，硕士研究生文化程度，1985年5月入党，现任福建省尤溪县通汶联村党委书记、半山村党总支第一书记。先后获得全国最美退役军人、全国农业农村劳动模范、全国道德模范提名奖，福建省最美扶贫人物、福建省"懂农业、爱农村、爱农民"好书记、福建省五一劳动奖章等荣誉。2019年10月1日，他应邀到北京参加中华人民共和国成立70周年庆祝活动。

乡村振兴领头人——中国模范村书记

福建省尤溪县通汶联村党委书记、半山村党总支第一书记林上斗

林上斗：有情怀的"旅长村支书"

林上斗在空军某雷达旅旅长位子上一干就是10余年。2015年4月，他离岗待退，于2017年9月正式退休。为了照顾年迈卧床的母亲，他毅然放弃城市生活，回到半山村。受当地县委书记的热情、诚恳邀请，林上斗先后担任村党支部第一书记、党支部书记及通汶联村党总支书记、党委书记。

回村后，当看到村庄贫穷落后的面貌，林上斗的内心难以平静。在家人及亲友的支持下，他以高尚的情怀和工作热情，将全部精力投入家乡建设中。担任村书记期间，坚持党建引领，用雷锋精神和诚实为人、诚信做事、诚心相待的"三诚"文化及优秀传统文化引导农民努力改造思想，增强集体观念，不断提高文明素质。提出了"一村人、一件事（实现共同富裕）、一条心、一起拼、一定赢"的奋斗目标，把全村干部、党员、群众的心紧紧凝聚在一起，形成了强大合力。首先是严刹赌博歪风，净化社会风气。而后，开始大力整治脏、乱、差环境，使全村面貌发生了翻天覆地的变化。

与此同时，在林上斗的倡议下，半山村成立了半月岛生态发展专业合作社，大力发展乡村旅游。全村254户、1106位村民及200多名户口不在本村但是本村的人相继入股分红。而后，开始保护、开发15处晚清时期建设的古民居。争取上级业务部门支持，投资数千万元，建设2公里防洪堤、滨江路，架设尤溪河大桥，使全村的基础设施大大改善，被评为国家3A级"三诚"文化旅游景区。

从2017年10月开始，林上斗根据村民承包的土地长期撂荒的实际，进行农村土地产权制度改革，在充分尊重自愿的前提下，村"两委"将全体村民承包的1093亩土地全部收回，由村集体统一进行集约化经营管理，打破了组与组之间的界限，全体村民按人头均可享受到土地收益分配。每年年底清算一次，死者减去，新增人口及时补上，真正形成了想种田的人有田种；不想种田的人所承包土地有人种的模式。

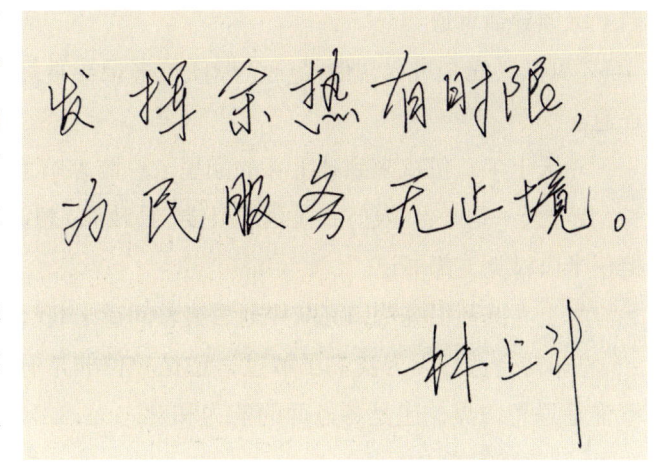

林上斗担任村书记多年来的真切感言

坚持党建引领　用传统文化改变村民

半山村位于尤溪县北部,尤溪河中下游西岸,依山傍水,风景秀丽。版图面积2.8平方公里,其中耕地面积1093亩,林地2900余亩。全村分为8个村民小组,254户、1106人。村庄因村前的尤溪河与汶潭村各一半、后山与通演村背靠背各一半,成为一半山、一半水的形貌,并因此而得名。"半山半水半月岛,一笠一排一竹篙,宋元古樟明清埠,游人栖鹭两逍遥。"这首诗对半山村的村容村貌、古韵古风进行了生动描述。

林上斗是土生土长的半山村人,1981年10月应征入伍后,从战士、排长、副连长、连长……一步一步干到旅长,成为副师级干部、大校军衔,是本村在外面工作最大的"官"。按照部队对师级干部年轻化配备的要求,在旅长位子上已履职10年零3个月的他,于2015年4月正式卸任,离岗待退。

按照事前向部队领导的申请,林上斗回到阔别多年的家乡半山村,照顾因中风而瘫痪在床的老母亲,这年他还不到53岁。消息很快传到福建省及三明市委组织部门负责人耳中,引起了他们的高度关注。

"林旅长是位非常有情怀的人,之前就为村民做了不少好事儿。他有资历、有眼光、有能力、有魄力,年龄又不是很大。我们准备做做工作,看能否请他担任半山村党支部书记,带领村民改变村里贫穷落后的面貌。"时任尤溪县委书记伍斌向上级领导请示道。

"可以,完全可以,他是一个担任村书记非常好的人选。"上级领导恳切地回答道。

一天上午,伍斌来到林上斗的家里。一阵寒暄之后,便开门见山地说道:"首长,我今天一是来看望您;二是代表县委、县政府,想诚恳邀请您回到家乡发挥余热,担任半山村党支部书记。"

林上斗感到很突然,沉默片刻后笑着问道:"我合适吗?"

"非常合适!因为我们了解过,您是一位非常有情怀的领导,人生经历丰富。不管是思想境界,还是各方面的能力和意志力,都是担任村书记再合适不过的人选了。"伍斌答道。

"我虽然在农村长大,但已离开家乡34年了,又没有担任村干部的经历,怕干不好。"林上斗说。

"首长谦虚了,凭您的经历和领导才能,担任村书记绰绰有余,就是有些委屈您,大材小用了。"伍斌继续鼓励道。

稍停片刻,他又说:"半山村的状况不是很好,由于村民大量外出务工,造成土地撂荒无人耕种。村里负债 30 多万元,村干部垫资的办公经费都没钱报销,导致没有人愿意当村干部,选不到合适的人担任村书记,我们感到很头疼。还请首长看在乡亲们的份上,能够挑起这副重担,设法改变村里贫穷落后的面貌。"

"既然你这么诚恳,那我就试试吧。"林上斗爽快地答应了。

"太好了!我代表县委、县政府向您表示衷心的感谢。县里永远做您的坚强后盾,全心全意地为您搞好服务。"伍斌握着林上斗的手激动地说。

"不过,我有三点要求:一是此事不宣传、不报道;二是我从上级业务部门争取到的政策性资金,县里、镇里不得'雁过拔毛';三是本人不参加镇里的'务虚'会议。"林上斗说。

"行!就按您说的办。"伍斌满口答应。

任职文件很快下发,林上斗从回到老家的第 6 天起,就开始担任半山村党支部第一书记。

林上斗认真学习党章,牢记党的宗旨

这年 6 月,林上斗按照当地组织部门的要求,将自己的组织关系转到半山村,参加村"两委"换届选举,结果他全票当选为村党支部书记。在第一次主持召开的村党支部会议上,林上斗深有体会地说:"我们党具有非常好的群众路线这一优良传统,即相信群众、依靠群众、发动群众。新一届村党支部所面临的任务十分艰巨,必须下大力气把全村群众发动起来、组织起来,充分调动一切可以调动的积极因素,弘扬正气,压制邪气,发展经济,让大伙儿过上好日子。"

他的简单发言,在班子成员中赢得了热烈掌声。

此时的半山村,最让人头疼的是赌博成风,男女老少齐上阵,有打纸牌,也有打麻将赌钱的,更有甚者坐庄经营六合彩。不仅有本村村民,还有邻村村民和县城一些社会闲散人员参与,有人称该村为"赌博村"。

林上斗通过走访村民了解到,因为半山村前面被尤溪河环抱,阻断了交通,想到对岸的汶潭村去只能通过渡船。而背靠山峰,全村唯一通往梅仙镇的道路在村北面。只要在这里安排人放哨,一有风吹草动,便可立即通知赌博人员隐藏起来。尽管当地派出所曾多次组织人力抓赌,但由于刚到村口就有人通风报信,导致收效甚微。特殊的地理位置,使这里长期成为赌博的窝点。有3户村民因赌博欠下数十万元债务,为躲债而离家出走,长期不敢回村。

在担任村书记后第一次主持召开的村党支部扩大会议上,林上斗掷地有声地说:"新一届村'两委'要以党建引领为核心,把弘扬传统文化作为提高农民思想、觉悟、素质的载体。共产党员特别是村干部要起好模范带头作用。"稍作停顿,他继续说,"靠赌博是不会富裕的,而且会越赌越穷,半山村赌博的歪风必须坚决刹住!"

林上斗亲自起草了一份《禁止赌博规定》,经过村"两委"会议讨论和村民代表大会审议表决通过后印成宣传单,在各家各户散发,并在重要场所张贴。

随后,各村民小组分别组织村民开会,宣扬《禁止赌博规定》。渐渐地,赌博的村民开始有所收敛。

有天晚上11点多钟,林上斗带领村"两委"的5名干部暗访禁赌情况。当他们顺着灯光来到一户村民家的院中时,便传来搓麻将的声音。推开门进去,见桌上放有不少百元大钞。林上斗十分生气,一向性格温和的他突然大发雷霆,将麻将扔了一地。而后,用力将桌子掀翻。一位村民很愤怒地骂道:"你个混账东西,我赌自己的钱,碍你什么事儿?"

"你要是纯粹娱乐,保证没有人干涉。但带彩赌博违法,行为严重的就会构成犯罪,公安抓人,法院判决,你还要坐牢。"林上斗大声训斥道。

那位村民不敢再吭声了。林上斗让随行的村干部将5000多元赌资登记收缴,交给村老人协会,作为老年人活动经费。

林上斗还当场撂下狠话,如果再发现谁家赌博,抓住后交给当地派出所依法处理,绝不心慈手软。

这次抓赌的消息传开后,在全村引起很大震动。从此,没有谁再敢赌博。以前有些老人玩的输赢一角钱的纸牌也逐渐取消了,变成了纯粹娱乐。

赌博的歪风刹住了，林上斗又把精力放在整治村里的脏、乱、差环境上。

那时的半山村面貌差到什么程度？有人编了一首顺口溜，对当时的现状进行了描述："半山一条路，坑洼难通行。厕所旁边盖，气味很难闻。垃圾随处倒，冬天有蚊蝇。夏天更难受，细菌人生病。"

唯一一条通往村外的土路弯弯曲曲、坑坑洼洼。一位叫林志钦的村民骑摩托车外出时，由于视线不好，在一个拐弯处被迎面开来的农用车撞成重伤，医治无效而死亡。村内6个大水坑，最深的有14米，分别占地3亩至7亩，两边全是村民随便倒的垃圾。死猪、死狗、死鸡都扔在坑里。到了夏天，绿头苍蝇乱飞，臭味难闻。遇到下大雨，污水横流，有人称半山村为"垃圾村"。

"那时候，全村生病的人特别多。"退休教师吴爱珍说。

在林上斗担任村党支部书记后主持召开的第二次扩大会议上，他谈了自己的想法："半山村的卫生环境太差了，差得简直无法居住。我们必须下决心彻底改变这种状况。"

"怎么改变？"村党支部副书记林上榜发问道。

"将通往村外的那条1.5公里的道路扩宽，有的地方取直。拆掉两旁的旱厕、猪圈、鸡舍、仓库、厂房。同时，把6个水坑全部填掉，改造成公共活动场所。"林上斗介绍道。

"这样做好是好，可要拆掉那么多村民的厕所、猪圈、鸡舍，难度太大了，就怕他们上访闹事。"林上榜有些担心地说。

"事在人为嘛，只要我们耐心地给群众做好思想和宣传解释工作，我相信大伙儿是会积极支持的。"林上斗说道。

尽管村"两委"班子中部分成员担心这项工作难度太大，但表决时，大家还是都举了手。

环境整治方案提交村民代表大会审议表决时，有些人同样提出了担忧：怕少数村民闹事。经过林上斗的耐心解释，大伙儿都认为整治环境很有必要，表决时顺利通过。

2015年7月中旬的一天，林上斗带领村"两委"的3名干部到一户村民家走访，动员其拆掉一个旱厕和一个猪圈。这位村民一听便火冒三丈，用手指着林上斗的鼻尖愤怒地吼道："我家的厕所祖祖辈辈都建在这里，碍你什么事儿！你是在部队当过旅长的人，我也没有什么事儿得罪过你呀？你要强行拆掉我家的厕所，不就是故意欺负我家吗！"

两位随行的年轻村干部听不下去了，立即站起来大声质问道："你怎么这样对待林书记，谁欺负你了？整治全村卫生环境的方案是经过村'两委'反复讨论，并经过村民代表大会表决通过的，牵涉的拆迁户也不只你一家。"

那位村民也不示弱，站起来与两位年轻干部发生了肢体冲突，副书记林上榜上前阻止时，被对方将其胳膊拉脱臼。

回到村委会，林上斗严厉批评了那两位年轻干部，告知他们整治村域卫生环境必须广泛发动群众、相信群众、依靠群众，要取得他们的理解和支持，而不是得罪他们。还告诫道："做群众工作要有热心、耐心和公心，不能与村民争吵，只能感化他们，做到骂不还口，打不还手。"

第二天上午，林上斗在自己的祖屋里主持召开全体村民大会，动员全村56名党员带头拆除沿路的厕所、猪圈、鸡舍。

共产党员林志然、林金志带头将自家建在路边的猪圈、旱厕拆掉。其他干部、党员、入党积极分子紧随其后，纷纷拆除。村民们也被这样的氛围感动，不再说什么，主动拆除了猪圈、旱厕。30多户村民按时将破破烂烂的厕所、猪圈、鸡舍、仓库、厂房全部拆掉后，没有向村集体提出任何赔偿要求。"群众的目光短浅，觉悟不高，可一旦唤醒了，就能做很多事情。农村群众要靠党组织去引导、去带领。"林上斗深有体会地说。

6个堆满垃圾的大坑被填埋，其中有个占地面积3亩多的大柴桥坑被填平后，在上面修建了一个后来被命名为"三诚"的文化广场，成为全村妇女跳广场舞、老人孩子玩耍的场所。另外3个水坑被填平后，分别建起了停车场，能够满足上百辆车同时停放。还有两个水坑被填平后，让道路从上面取直而过。

随后，林上斗决心将半山村通往外界的唯一的一条公路扩宽。村里有9位老年人听说此事后，一起找到他说："半山村的地貌属于蛇形，路面要窄。如果把路扩宽了，会破坏全村风水的。"

"公路扩宽前出现的交通事故，你们谁敢负责？"林上斗问道。

那些老人你望着我，我瞅着你，没有一人敢回答。

"你们放心，修路是不会破坏什么风水的。如果路面扩宽后出现了交通事故，损失由我负责。"林上斗掷地有声地说。稍停片刻，他又说："什么是风水？环境干净卫生就是风水，大伙儿具有较好的道德风尚就是风水，村里的人气很旺也是

林上斗：有情怀的"旅长村支书"

风水，将来发展乡村旅游来的游客多了也是风水。"

老人们听完林上斗一席话茅塞顿开，没有人再说什么，各自散去。

1.5公里长的主干道由4.5米扩宽成6米，并延长成2公里。后来铺成柏油路，成为全村人出行的主干道，现命名为振兴路。

道路扩宽刷黑后，有天上午，当初那些担心因修路而破坏半山村风水的9位老年人约到一起，沿着2公里的通村公路从北走到南，细细体会道路扩宽后的感受。他们走在宽阔平坦的柏油路上，脸上露出了喜滋滋的笑容。一位老人伸出大拇指夸奖道："还是阿斗（当地方言）书记有见识，走在这黑色的柏油路上，就像走在地毯上一样舒坦。"

经过两年时间的艰苦努力，半山村的面貌焕然一新。2017年4月，时任福建省委副书记、代省长于伟国，因全省防洪应急演练来到半山村调研，无意中了解到林上斗回乡担任村书记、带领党员干部禁赌和环境整治的相关情况。他对半山村在较短时间内发生的巨大变化给了充分肯定，对陪同调研的尤溪县主要领导提出："半山村的面貌在较短时间内得到这么大的改观，很不简单。可以探索联村联建，就是通过这个村，再带动周边两三个村共同发展，你们可以成立联合党总支。"

"行，我们按照您的要求认真抓好落实。"随行的县委书记表态道。

这年5月，经过尤溪县批准，通演、汶潭、半山3个行政村组成通汶联村，成立联村党总支，林上斗担任党总支书记兼半山村党支部书记。联村版图面积6.73平方公里，921户、4041人。

林上斗（左二）告诫通汶联村的3名党委副书记，要发扬老黄牛精神，兢兢业业干好各项工作

林上斗带领3个村的党组织书记外出考察学习名村经验，提出要共同发展，实现共同富裕。他每月组织3个村召开2次至3次会议，了解各村存在的问题，研究解决办法。不定期到各村了解民情、指导工作，给全体共产党员讲党课。通演村党总支书记陈志有说："林书记就是我们的主心骨，在工作中若遇到了什么问题，向他汇报后，马上就能得到解决办法。他的无私奉献精神，永远激励我们砥砺前行，兢兢业业地干好村里的工作，为村民服好务，努力谋发展。"

　　半山、通演、汶潭3个村从1981年4月开始先后分田到户，由于长期疏于管理，导致村民的集体观念差了，成为一盘散沙。林上斗经过深入调查思考后认为，做好农村党建的首要任务，就是把村民广泛发动起来，拧成一股绳，让他们积极参与村里的建设与管理，改变他们的思想，转变他们的观念，提高他们的认识和觉悟。

　　"学习雷锋好榜样，忠于革命忠于党，爱憎分明不忘本，立场坚定斗志强，立场坚定斗志强。学习雷锋好榜样，艰苦朴素永不忘，愿做革命的螺丝钉，集体主义思想放光芒，集体主义思想放光芒……"在半山村，绝大多数人都会唱这首歌曲，村老人协会经常组织革命歌曲比赛，人们唱得最多的就是这首经久不衰的《学习雷锋好榜样》。村庄中心有一个占地3亩多的雷锋广场，在广场两侧有一幅巨大的白底红字标语："我要做雷锋一样的人，全心全意为人民服务"，格外醒目。

　　向雷锋同志学习，爱党、爱国、爱集体，在半山村已成为时尚。争做文明村民，已成为广大村民追求的目标。做好事，林上斗从自我做起。他自回村以来，不管走到哪里，只要看到垃圾，就会随手捡起来，放进垃圾箱里。有的游客或来村考察的外来人员随手扔下的烟头，林上斗会随手捡起，让扔烟头的人不好意思再扔，有的人看到后会马上自己捡起来。

　　一位村民房前屋后的卫生没有做好，林上斗有次很委婉地对户主说："您家门口我已经打扫过好几次了，您能不能也抽空打扫一下呀？我只要有空就去帮您打扫。"那位村民很不好意思地说："实在抱歉，以后我一定定时清扫，保持干净整洁。"从此，这位村民每天早晨起床后都会自觉打扫房前屋后卫生。

　　半山大桥是横跨尤溪河、连接半山村与汶潭村的交通要道，也是村民最便捷的出行通道。大桥于2019年3月30日通车后，林上斗只要有时间，便会在没有什么车辆和行人的清晨，将318米长的大桥打扫一遍，始终保持桥面整洁干净。

　　在林上斗的带领下，半山村党员干部、村民中自觉做好人好事蔚然成风。雷锋广场和9个生肖亭常年由村民义务打扫、维护。党员干部也会主动打扫半山大桥，

林上斗：有情怀的"旅长村支书"

确保路面干净。村域内的其他道路、停车场，也由村民自觉打扫卫生，义务劳动。

随后，林上斗提出，在半山村推行以"三诚"文化为核心的治村理念，即诚实为人、诚信做事、诚心待人。村民之间如果出现矛盾纠纷，本着互谅互让的原则协商解决。自己解决不了的，村组干部及时予以调解和化解；社会治安进行严格防控；生态环境实行严格保护，村民的文明素质逐渐提高。短短几年时间，全村实现了乡风文明、治理有效的既定目标。该村在近9年内，做到了村民夜不闭户，没有出现过打架斗殴、越级上访现象。

林上斗坚持每天清晨打扫半山大桥卫生，感动了很多村民

更有意思的是，一些村民家的庭院里栽种的杨梅成熟后，不需要刻意看护，而是在树上挂了一个二维码塑料牌，游客可以随意采摘。愿意掏钱的，就用手机扫一扫，随意付款。"通过何种方式，既能让游客珍惜农产品，又能让游客感受到共享快乐的初衷，半山村村民也在不停地探索。"林上斗介绍道。

二组村民林上树非常勤劳，不仅种植了不少经济作物，还喜欢到尤溪河里用渔网捕鱼。在他家堂屋的货架上摆放着自产的鱼干、香菇、菜籽油、竹笋干、蜂蜜等农副产品都明码标价。游客看上什么，扫码付款后就可以取走。货架下面还有自己种的吃不完的冬瓜、南瓜、萝卜等蔬菜，没有标价。上面有个标识牌写着：看心情付钱，即愿意付款也可以，不愿付款直接拿走也可以。

2019年12月，半山村被评为全国乡村治理示范村。

拾金不昧的美德在半山村已蔚然成风。2022年7月8日上午，村干部林昭辉在尤溪河的竹排上捡到一条价值2000多元的金项链，经过多方联系当天到过该村的旅行团，最终打听到是尤溪县东城小学的一位老师丢失的，她说自己万万没有想到丢失的项链还能找到。像这样的故事在半山村已发生多起。

林上斗在半山村倡导全体村民按照各自的生肖，力所能及地出资，在村域内的不同位置建设12个生肖亭。他的提议得到村民的充分响应，村民林金通、林金雄负责联络本村18位属猴的村民，多的1万元，少的300元，共集资3.29万元，于2018年初在村口北部路边旁建成了第一座猴亭。接着，其他村民集资，又在附近分别建成了虎亭、蛇亭。之后，又有村民集资，在村子中间的彩虹滑道旁相继建成鸡亭、龙亭、羊亭。在河边码头旁分别建设了鼠亭、牛亭，还在半山大桥附近建设了一座马亭。"村民以属相为群体兴建生肖亭，打破姓氏、宗亲的隔阂，不仅为村民和游客提供了一个休闲纳凉的好去处，还增加了村民之间的交往和团结，使全体村民之间形成了凝聚力和向心力。村集体规划建设的12个生肖亭，目前除兔亭、狗亭、猪亭还在集资筹建外，其他9座生肖亭已相继建成。"林上斗介绍道。

林上斗大力提倡弘扬中华优秀传统文化，他召集几位村民集思广益，用最平实的语言，将为人处世、家庭和谐的理念精心提炼出来。从半山村北边的村口进来，路边竖有一个宣传牌，上边写着："公公婆婆我爱你，尊敬老人理应当，如有好吃共分享！"还有"老爸老妈我爱你，我会疼自己娃，一样疼着您！""老婆老婆我爱你，我会努力赚钱养家庭，勤劳不偷懒！""老公老公我爱你，我会带好儿女守好家，远离坑人赌博场！""兄弟兄弟我爱你，不再计较长和短，事事坐下好商量！""妯娌妯娌我爱你，一家相处和为贵，共护兄弟骨肉情！"

在村里大榕树下雷锋广场旁，还建起了一座雕塑，一位慈祥的老奶奶坐在木凳上，儿媳妇微笑着给她洗脚，孙子为她捶背，老人安详地享受着天伦之乐。

"宣传牌和雕塑无疑对村民的行为起到了潜移默化的影响，全村尊老爱幼，夫妻之间、兄弟之间、妯娌之间相互尊重、相互关心、相互爱护，家庭团结和睦的气氛日渐浓厚。"林上斗介绍道。

不仅如此，在村党支部的领导下，半山村村民的思想觉悟也逐渐提高，特别是尊敬老人的风气逐渐形成。1989年出生的本村村民子女林祥金，于2009年9月考入厦门理工学院计算机专业，2013年7月大学本科毕业后进入厦门东顺涂料公司从事销售工作。其母亲在他5岁时病逝。2015年6月底，父亲林志钦因车祸身亡，留下年迈的爷爷林金财独自在家生活。

第二年春节回家过年时，林祥金发现爷爷的双腿浮肿、脸色难看，有些不对劲儿。经过慢慢询问才得知，爷爷因患有较为严重的白内障，导致视力模糊，煮饭时为了省事，一煮就是好几天的，反复加热后再吃。蒸菜时间更长，往往半个月还在加热吃，造成了基本营养流失。他怕自己唯一的亲人再出现意外，反复思索了好几天，作出了一个无奈的决定，背着爷爷到厦门去打工，与自己一起生活，好照顾老人。

春节过后，林祥金带着爷爷来到厦门，在城中村租了一间民房居住。每天晚上下班后，他带着爷爷慢慢熟悉当地的地形，花了一个多月时间，林金财老人才知道了出租屋所在的地形及方位。但其间他仍两次迷路，找不到家，当地的好心人得知情况后予以帮助，拨打110报警，警方通过大数据联系到其孙子，林祥金这才把爷爷领回家。一晃就是5年多时间，林上斗觉得长期这样也不是个事儿，不仅会耽误林祥金的工作，还会影响他找对象。便多次联系当地梅仙镇敬老院，最终于2021年2月将林金财送到敬老院集中供养。为了提高爷爷的生活质量，林祥金带着老人到三明市人民医院检查，想给他做白内障手术以恢复视力。但因老人患有高血压等基础性疾病，未能做成。而后，林祥金又购买降压药物，让爷爷口服半年，得血压稳定后，才到尤溪县中医医院花费2000多元，给老人换了进口眼球晶体眼膜，使其一只眼的视力有了很大提高。

林祥金在半山村的5间住宅，由于较长时间无人居住，出现房顶坍塌、墙柱腐蚀现象，成为危房，无法居住。有年清明节，林祥金回村给父母扫墓时，没有地方落脚，林上斗便安排他到自己的老宅居住。事后，又争取政策性资金帮助林祥金对旧房进行改造。

林祥金的故事被一些媒体报道后，在社会上引起了很大反响，被半山村"两委"评为"文明家庭""最美孙子"。

半山村共有248名60岁以上的老人，林上斗对这些老人特别尊重和关爱，总是想尽办法让这些老人安享晚年。他担任村书记前，动员自己的一位好友捐资10余万元，在村里建设了一个建筑面积120平方米的老年活动中心。担任村书记后，又多方筹资将房屋加盖了一层，变成了240平方米，不仅有了各类棋牌室，还为村里老年人成立的农民乐队提供了一个固定的活动场所。

在林上斗的倡导下，2014年重阳节这天，本村一位在县城做生意的成功人士林金灵拿出10万元资金，为全村每位老人买了一床保暖被，还请大家集中就餐，让全村老人感到非常开心。

这件事儿给林上斗很大启发：应发动社会力量孝敬全村老人。为此，他提议以村党支部的名义，在村委会门前的公示牌上张贴了一张红纸告示，号召经济条件较好的村民，特别是在外创业成功的人士，积极为孝敬全村老人出力。首先是必须孝敬自己的父母；其次是自己的经济条件要较好；最后是自愿出资请全村老人吃顿饭，但不要攀比。告示贴出后，得到热烈响应，第二年接着有人请全村老人在重阳节这天聚餐，一直延续至今。2023年重阳节是本村村民郑维新举办的。这天，他发动全家人鞍前马后忙活着，做了细心的准备工作，将近300位老人请到村里的憨实餐馆聚餐。事后他感慨道："我虽然花费2万多元请老人们吃了顿饭，却可以让自己老了享受一辈子。通过这个平台举办这项活动，非常有意义。"

半山村村民出资在每年重阳节宴请全村老人这项活动，已经预约到了2029年，老人们为此感到很自豪。林上斗说："每个人都会老的，让每位老人具有幸福感、获得感，是村书记的职责所系。"

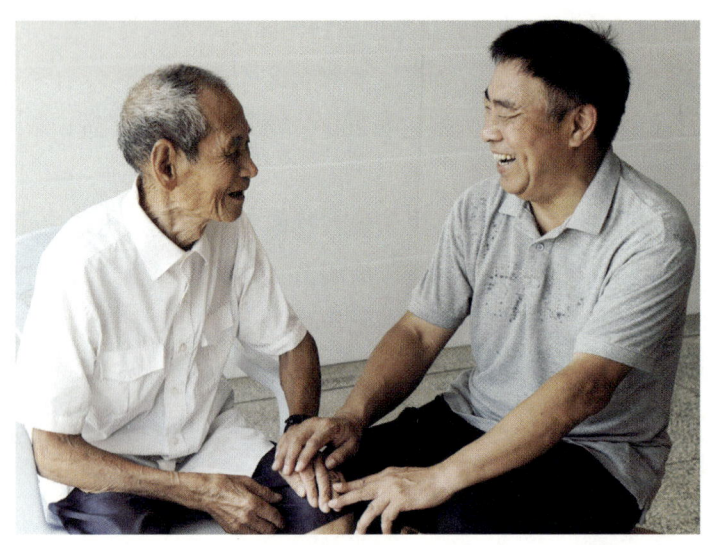

林上斗（右）经常看望本村一位已98岁高龄的老人

林上斗非常爱惜人才，他担任半山村党支部书记后，首先想到的就是物色思想好、觉悟高、有能力、想干事、会干事、干成事的年轻人，把好人中的能人且具有情怀的人充实到村"两委"班子中。有人向他推荐了当时46岁的本村村民林志为，说他人品好、有能力，为村民做了不少好事。此人当时在外面做生意，林上斗多次去他家做思想工作，最终说服他放弃生意回村为村民服务。在村"两委"换届选举中，林志为高票当选为村委委员。

林志为果然是好样的，积极履职尽责，工作干得很出色。半山村禁赌，整治脏、乱、差环境，以及之后的各项建设，他都积极参与了，彰显了他贡献家乡的乡土情怀。特别是当初为拓宽村里的1.5公里公路而拆除猪圈、鸡舍、旱厕、仓库、厂房时，他付出了很大心血。四组村民林金福家在公路边上建有一栋框架式两层楼房，花费了6万多元。一楼放农用车和农具，二楼养鸡。当林志为第一次去他家动员他将房子拆掉时，遭到林金福老婆的破口大骂，没有半点商量的余地。第二次、第三次、第四次又去，每当看到林志为的身影，林金福就知道不是好事，要么关着门不让他进屋，躲着他，要么就与他吵架。一连去了10余次，方知他是不达目的不罢休的村干部。

林志为一次次不厌其烦地登门拉家常，耐心细致地给林金福夫妇解释为何林上斗要下那么大的决心整治村庄环境。因为环境变美了，对每个人都有好处。时间长了，夫妻二人的态度慢慢发生变化，有时家里饭做好了，就留林志为一块儿吃。经过一个多月的艰苦努力，林金福夫妻终于同意将路边的那栋房子拆掉。后来，村里在他家房屋拆迁处建了一个停车场，并将公路上面的3个猪圈拆掉，建设了一个占地两亩多的荷花塘。每到夏季，荷花绽放、鱼翔浅底、蛙鸣不止，成为一道乡村景观。

常见到一些老人带着小孩在公路边玩耍，林志为看在眼里，急在心里。他自掏腰包6万多元，在村中心的雷锋广场旁修建了一个暈心亭，成为老人、孩子们纳凉、玩耍的好去处。

2016年7月，林志为光荣加入党组织。第二年8月，村"两委"换届选举时，他高票当选为村党总支副书记。"林上斗书记无私奉献、兢兢业业干好工作、全心全意为村民服务的精神，就像是一面镜子，时时刻刻提醒着我们要爱岗敬业，努力工作，为村党组织增光添彩。"林志为说。

像林志为一样，多名年轻有为的青年人被林上斗的人格魅力吸引，大学毕业或创业成功后纷纷回到半山村，参加村里的各项建设。

2021年4月，经过上级党组织批准，通汶联村党总支升格为党委，林上斗担任党委书记。

同年7月，半山村党支部升格为党总支，林上斗兼任党总支书记。他既要负责该村的全面工作，又要通盘考虑通汶联村的整体发展，而且本年度换届选举时，按要求，村书记和村委会主任实行"一肩挑"。他感到这样一来自己肯定会在精力上有些吃不消，便向梅仙镇党委建议挑选一人担任村党总支书记。

经过广泛了解，一位叫林志梁的中年人进入了林上斗的视线。此人系本村人，曾担任过一届半山村党支部委员、村民兵连长，后来一直在尤溪县经营铅锌铜矿产品，生意做得不错，具有一定的经济实力。2018年重阳节那天中午，他花费1.5万元，将全村60岁以上的老人请到观鹭农庄就餐，还赠送每位老人一条毛巾，因此，受到村民的好评。

林上斗到林志梁的家里与他交心谈心时，对方表示很乐意回村为全体村民服务。

2021年10月，林志梁高票当选为半山村党总支书记。同年12月又当选为村委会主任。林上斗改任村党总支第一书记。

"林志梁是位有能力、有情怀的人，不仅责任心强，做事儿用心、细致，考虑很周到，而且很擅长做群众工作，具有热心、耐心、公心的良好品质。除此之外，他还关心村民疾苦，先后拿出1.5万多元积蓄资助了多名困难群众。"林上斗介绍道。

还有不少外乡人被林上斗邀请到半山村创业，为该村的建设默默奉献，周青就是其中一位。此人就读于中央音乐学院艺术管理专业，本科毕业后，曾任浙江省歌舞剧团团委书记，后辞职与其从事音乐、影视创作的丈夫洪纬一起，从事乡村艺术实践。

2020年6月，林上斗应邀到由宁德市南岩古村举办的乡村振兴论坛作报告时，认识了周青、洪纬二人。当得知其从事音乐、舞蹈、影视创作等公益文化事业时，便热情邀请二人到半山村看看。"当时，既没有要求林书记作什么承诺，也未与村里签订合同。他是军人出身，又当过旅长，我们相信他的人格魅力，肯定好相处、说话算数，所以就来了。"周青说。

两天后，周青、洪纬来到半山村，当看到村里有15处清朝建设的闽中古民居时，十分兴奋。林上斗积极争取到一笔古村落保护政策性资金，将一处古民居大大小小的15间房屋进行装修后，无偿提供给他们二人使用，成立了一个新知青艺术公社。

周青、洪纬夫妇一商量，制订了青年艺术家驻村计划，联络浙江、福建多所高校开展大学生社会实践、暑期三下乡活动。还通过互联网平台，招募全国各地从事自媒体、文艺、影视创作的优秀年轻人、大学生，到半山村开展各类文化艺术志愿服务，用文化艺术点亮乡村。

新知青艺术公社组建了以大学生为主体的暑期实践队，开展了以"数字通识进农村和反诈常识"为主题的宣传活动。队员们耐心地教村里的老人如何使用手机查看健康码和购买药品等，帮助老人跨越"数字鸿沟"。梅仙镇综治中心和派出所联合实践队在赶圩集市开展了反诈骗常识宣传活动。

林上斗：有情怀的"旅长村支书"

2022年2月19日，时任福建省委书记尹力到半山村调研时，对新知青艺术公社用文化艺术点亮乡村的做法给予了高度评价，鼓励他们"要吸引更多热爱乡村的新知青在这里发挥聪明才智、实现人生价值，把社会主义新农村建设得更加美丽宜居"。

在周青、洪纬的努力下，半山村新知青艺术公社已成为年轻人到农村创业的孵化器，吸引了500多名文艺工作者、大学生到该村从事各类艺术设计、创作实践。

"乡村振兴必须广泛吸引有知识的年轻人参与。新知青艺术公社的成立，吸引了全国各地的文艺青年到半山村创业。他们的新思想、新业态，不仅给我们村带来了新人气，丰富了村民的文化生活，提高了见识和品位，还让村民子女从小面对面地受到潜移默化的艺术熏陶和良好影响。"林上斗感慨道。

改革土地产权　人均分收益公平合理

2015年6月之前，半山村的集体经济为零，村集体还欠债30多万元，全村人均可支配收入只有2500多元，是省级贫困村。

林上斗担任村书记后，提出了"一村人、一件事（实现共同富裕）、一条心、一起拼、一定赢"的奋斗目标。他从福建省有关部门争取到90万元美丽乡村建设资金，用于改变脏、乱、差的村容村貌，重点将村民家的裸墙进行粉刷。

在一次村民代表大会上，林上斗宣布了利用政策性资金整治村容村貌这一消息。当天晚上，有位村民给他打电话问道："是不是上面有专项资金用于裸墙粉刷？"

"是有一笔美丽乡村建设专项资金。"林上斗诚恳地告知对方。

"我家房屋刚装修过，外墙已经粉刷了，这笔钱如果只用来粉刷裸墙，那也刷不到我家，还不如把这笔钱大家一起分掉。"那位村民说道。

"资金如何使用不是我一人说了算，还得村'两委'讨论，并经村民代表大会表决通过，才能实施。"林上斗说。

这件事儿，给了他很大启示：少数村民家的裸墙已经粉刷过，而大多数人家的房屋还没有粉刷。如果将资金只分给没有粉刷裸墙的农户，那就显得有些不公平、不合理。

林上斗认真思考后认为，必须妥善使用这笔经费，既要保证把村民的裸墙粉刷一遍，确保全村居民住宅美观，又要充分发挥资金的效能。

在随后召开的村"两委"会议上讨论90万元政策性资金如何使用时，林上斗谈了自己的想法："村集体成立一家半月岛生态发展专业合作社，动员每位村民入股200元，按实际效益分红，以提高大家的收入。"

"村民们不愿入股怎么办？"一位村党支部委员质疑道。

"遵循自愿入股的原则，不强求，慢慢引导大家参与。"林上斗说道。

"合作社属于什么性质？谁来控股？现在社会上有很多专业合作社，都是私人的。"那位村党支部委员继续说道。

"我们要办合作社，就应该是集体所有制，由村集体控股，本村村民参加。"林上斗恳切地说。他稍作停顿，又补充道，"本村在外面工作，虽然户口不在本村，但退休后回到村里居住的人员，也可以入股。"

"这样好，成立专业合作社，就成为发展集体经济的有效载体。"那位村党支部委员肯定道。

"我的想法是，全村的美丽乡村建设，由村委会具体组织实施。需要粉刷裸墙的农户提出申请，由村集体评估、借款给村民，自己组织施工。而后，将借款还给村里。村集体将剩余资金入股专业合作社，作为实际控股人。"林上斗发言道。

"这样比较合理，兼顾了村民和集体的利益，我同意这样操作。"村党支部副书记林金榜表态道。

其他村"两委"成员也纷纷表示同意。随后，将成立专业合作社和使用美丽乡村建设专项资金的方案提交村民代表大会表决通过。

2015年7月，半月岛生态发展专业合作社成立，本村"新乡贤"林金灵担任理事长。很多村民持观望态度，有人担心钱投进去后不仅分不到红利，甚至出现亏损，连本钱都收不回来。

经过动员，有6位党员干部带头入股。

全村220多户村民自建的楼房裸墙经过评估后，相继从村集体借到3万元至5万元，各自请专业人员进行粉刷，使村容村貌发生了很大变化。3个月后，村民借的款陆续还给了村集体。除偿还了30多万元的村集体债务外，剩余的50多万元，作为成立村集体资产控股的专业合作社的资金。

林上斗反复思考着一个问题：如何把专业合作社做起来，产生良好经济效益，吸引更多的村民入股分红。他想到了一个办法：购买竹排，发展乡村旅游。

合作社理事长林金灵一打听，到武夷山购买竹排，每个需要5800元。林上斗

林上斗：有情怀的"旅长村支书"

联系一个企业家捐赠了 5 个竹排，运回半山村后，在尤溪河使用。竹排在水中泡上 5 个月后腐蚀了，需要更换新的。经过打听获得了新的信息，一年后从桂林买回了 10 个 PVC 管制成的竹排，一直使用至今。

林上斗提议并经过村"两委"研究后决定，从 2016 年 4 月 20 日开始，10 天时间内，本村村民可以免费乘坐竹排。"五一"开始对外售票，每张 30 元，正式运营。林上斗自己花费 3000 元购买了 100 张票，免费送给亲朋好友乘坐。竹排开业的第一天，就卖了 5000 多元，第二天卖了 4000 多元。一年利润竟达到 15 万多元。本村村民及部分"新乡贤"看到专业合作社有了收益，纷纷自愿入股，现已达到 294 户、1493 人。

20 世纪 70 年代，当地政府利用尤溪河丰富的水利资源，组织 8 个大队在半山大队的上游建设了一座汶潭水力发电站，并于 2017 年进行了改扩建。下游 2.5 公里处也建有一座沈龙二级发电站，使位居中间的半山村尤溪河段成为人工河，水深最高达到 18 米，形成了蓝天白云倒映河中、两旁参天古树、古民居星罗棋布的人文景观。村口占地 6 亩多的小木坑是一片天然林，有一批白色和灰色鹭鸟长期在此栖息。每年三四月为繁殖期，林中的鸟儿最多时能达到 2000 多只。它们在空中飞翔，在树上嬉戏，在湖中觅食，成为一道亮丽的风景。当地有些村民曾经偷偷地掏鸟蛋、捉幼鸟。林上斗担任村书记后作出规定：严格保护生态环境，禁止一切破坏鹭鸟栖息环境的行为。还于 2016 年 8 月在鹭鸟林旁不远处建了一个观鸟亭，安装了多个电子监控设备。"现在，全体村民已自觉养成了爱鸟、护鸟的好习惯。"林上斗介绍道。

半山村尤溪河中有一个面积 30 亩的半月岛，下游修建水电站后，淹没了一部分，只剩下 20 多亩。岛上有香樟、野生桂花、淡水红树、榉树等 10 余种珍贵树木，树龄最长的有 200 多年。其中有棵树龄为 70 多年的金丝楠木，非常珍贵。还有 1 棵非常奇特的香樟树，其根部延绵数米远，相继长出 5 棵小树，一齐生长，高矮差距较小，被当地村民称为"五子登科"。

半月岛的西面有棵树龄 300 多年的榕树，据说当地村民结婚后大都要围抱此树，就有生双胞胎的可能。该村现有 32 对男女婚后生育了双胞胎，其中有 6 对龙凤胎。所以，人们就将此树取名为龙凤树。

黄山有棵著名的迎客松，而半山村尤溪河码头旁却有棵迎客榕。该树有上百年的树龄，远看像棵西蓝花菜，近看像把撑开的大雨伞，蔚为壮观。

半山村的乡村旅游从竹排开始，逐渐发展成如今的规模。

2019年底,入股半月岛专业合作社的社员赢来了首次分红,每人120元,第二年分得200元。有些人感到很划算,提出想多入些股份,但被村里拒绝了。"成立专业合作社的目的,就是让本村村民都参与,实现利益共享。等发展到一定规模后再扩股,保证每位村民都能均等受益,实现共同富裕。"林上斗说。

半山村现存15处清朝末期建设的闽中古民居,青瓦、拱檐、土墙、木质结构。每处古民居里曾住着10户至20多户同宗、同族、同一姓氏的人家,后来逐渐搬出旧宅,各自独立建起了砖混结构的楼房。由于古民居年久失修,大部分屋顶檩条塌陷,土墙裸露,有的房屋甚至出现坍塌。有人提议将这些没人住的老屋拆掉,腾些地方出来当自留地种菜。林上斗不同意,他深感这些古民居需要保护起来,使之成为该村的历史建筑文化记忆。他多次到福建省有关部门汇报,争取到了500万元专项政策性资金,用于修缮、保护古民居。

林上斗(右)认真察看本村古民居保护情况

经过村"两委"认真讨论,并提交村民代表大会表决通过的《半山村古民居修缮、保护方案》规定:村民将各自的古民居交给半月岛生态发展专业合作社统一管理、修缮、保护、经营,待产生经济效益后,村民按实际拥有房屋面积分红。"15处古民居的屋顶、外墙已全部进行整修、保护,室内的木质屋梁因年久失修,大部分已经腐烂,已全部更换。目前已开发出望桂民宿、新知青艺术公社、政治生活馆及朱子文化非遗馆4处，其他12处将逐步开发出来。"林上斗介绍道。

望桂民宿是全村目前修缮、经营最好的一处古民居，原有房屋65间，住有同一家族的25户村民。2017年上半年，由半月岛生态发展专业合作社引进社会资本150万元，下半年动工装修，房间由小改大，第二年"五一"开始营业。现有28个建筑面积不同的房间，其中17间为客房，另11间为农副产品展厅、布草间、会议室、值班室和办公场所。还与当地邮政部门联合开设了半山乡村振兴主体邮政分局。该民宿按照投资方与半月岛生态发展专业合作社签订的合同，第一年为装修期，开业后前三年为投资者收回成本期，三年后获得的利润，实行七三分成。

到半山村游览的游客逐年增加，原有的农家乐餐馆已满足不了实际需求，游客就餐成了一个新的问题。林上斗提议，由半月岛生态发展专业合作社投资120万元，在尤溪河码头附近的岸边建设一个占地3亩、建筑面积1100平方米的憨实餐馆，由村民承包经营。承包经营合同约定：1000元的经营收入中，承包人不低于500元购买食材，经营性收入的10%归半月岛生态发展专业合作社，每年获得收入6万元以上，经营性收入的另外40%归经营者所有，每年能有15万多元。

到半山村看古民居、坐竹排、观鹭鸟、赏名贵树木，别有一番情趣，相继吸引了福州、厦门、泉州、南平、三明、尤溪等地的游客组团前来游览。

2018年11月，半山村被文旅部评为3A级"三诚"文化度假区。全村每年的游客接待量在45万人次至50万人次，为全村带来旅游综合收入210多万元。

一个更高的标准逐渐在林上斗的脑海中形成：力争创建国家4A级景区。

一次偶然机会，林上斗认识了厦门卓远集团公司董事长郭毅力。2020年5月，他来到半山村考察投资环境，被林上斗的博大情怀和无私奉献精神打动，决定做公益性事业，帮助半山村创建文旅示范村和乡村振兴示范村。而后，再考虑企业的经济效益。

回到厦门后，郭毅力在随后主持召开的集团公司董事会上，谈了帮助半山村发展文旅项目的想法，得到了大家的支持。随后，他委派了3名员工进驻半山村。

经过旅游资源梳理、项目筹划、制定招商、投资方案等前期准备工作，这年9月，卓远（尤溪）文旅管理公司成立，负责半山村文旅项目的运营和管理。半月岛生态发展专业合作社投资将位于半山村内20世纪70年代建设、如今已经作废的一个排灌站租赁过来，改造成两层楼房和3间木屋的望月民宿，还有一个草坪可以露营。"林书记的情怀深深打动了我们，我们也想借此机会为乡村振兴尽些微薄之力。"郭毅力说道。

文旅公司负责人许小平还与另外几名员工，积极帮助半山村筹划了多个文旅项目。2020年"十一"长假期间，半山村举办了首届旅游文化节，主要内容有：皇家马戏城表演、各地的美食、亲子游乐场、灯光秀等，吸引了三明市、尤溪县的12万多人前来游览，带动了餐饮、民宿、农副产品销售50多万元。

2021年"五一"期间，又成功举办了"印象半山"旅游文化节。文化志愿者周青、洪纬帮忙统筹，举办了水上音乐会。在陆地上举行马戏表演，设立了亲子游乐园、蔬菜水果生态采摘园、农副产品集市、国际美食、坐竹排观鹭鸟、大型灯光秀等，游客接待量达10余万人次，综合收入达到25万元。

同年端午节，半山村村民委员会和半月岛生态发展专业合作社联合举办了首届划龙舟大赛，通演、汶潭等6个村与尤溪县游泳协会共7支代表队在尤溪河半山村段进行决赛。此次比赛，吸引了1.2万的人流量，为全村带来了5万多元的食宿收入。

半山村夜经济旅游节于2022年7月15日傍晚开幕。半月岛生态发展专业合作社投资217万余元，用4000多盏各式节能景观灯对村内1000多平方米的场地及半山大桥进行亮化。布置了仰望星空、十二生肖、郁金香麦穗等主题灯光秀，还配备了水上乐园、果园采摘、亲子游乐园、水上舞台音乐会。每晚7点至10点钟，华灯初放，半山村被各式灯光照耀得璀璨夺目、色彩斑斓。开幕式的当晚，吸引了广东、广西等省、自治区及福州、厦门、泉州、南平、三明等城市的1万多名游客前来赏夜景，坐竹排，尝美食，住民宿。半个月内游客接待量达3万多人次，旅游综合收入近10万元。

旅游业的快速发展，让全体村民的钱袋子逐渐鼓了起来，人均可支配收入逐渐提高到2.7万元，村集体经济收入达到37.9万元。

半山村人多田少，全村耕地面积660亩、旱地400多亩，而林地却有2932亩。是典型的山多田少村庄。1981年3月分田到户时，人均土地只有0.62亩。该村的耕地是在山边开垦的梯田，而且田块面积很小，不适合机械化操作，只能靠人力耕种。

村民从事泥瓦工、木工、电工、建筑工等手艺的人数较多，全村580名具有劳动能力的人中，有300余人长期在外地打工或自己创业，农民对土地的依赖性越来越小。从2013年起，耕地逐渐被弃耕抛荒。林上斗担任村书记后，发现全村的耕地杂草丛生。他深感不安，便产生了将这些土地由村集体进行集约化经营管理的想法。

在一次村"两委"会议上，当林上斗提出这一打算时，在与会人员中引起了不小的争议。

"把村民的土地收回来，会不会引起村民的反感呀？"村委会主任担心地问道。

"土地长期闲置在那里也不是个事儿呀，应该让它产生良好的收益才对。"林上斗说道。

"全县还没有一个村庄这么干，光我们村这样做，是不是不符合政策规定，有风险呀？"村委会主任问。

"得好好研究一下相关政策法规，找到政策依据，依法合理，稳妥推行。"林上斗说。

2016年12月26日，中共中央、国务院印发《关于稳步推进农村集体产权制度改革的意见》。福建省决定此项改革于第二年10月起在全省推行。林上斗认真研究了相关政策后觉得这是个很好的机会，半山村要借这次农村集体产权制度改革的契机，认真解决好该村土地大面积弃耕抛荒的问题。但他清醒地认识到，调整土地承包权是件大事，必须吃透政策，依法依规推行。

2019年初，林上斗认识了北京大成（福州）律师事务所负责人，了解到该所对农村集体产权制度改革政策颇有研究，此前已为好几个村提供过此项改革的法律服务，便与该所进行实质性接触，并于这年6月与大成律师事务所签署委托合同，由该所黄崇崇律师牵头，组成律师团队提供法律服务。

2003年1月1日施行的《中华人民共和国农村土地承包法》（以下简称《土地承包法》），在2018年进行了二次修改，于2019年1月1日起施行。林上斗反复学习、理解条款含义。在半山村土地产权制度改革小组第一次召开的专题会议上他发言道："我认真研究了《农村土地承包法》中的有关条款，其中第四十二条规定，承包人所承包的土地弃耕抛荒连续达到两年，土地发包方是可以单方解除土地经营权合同的。"

"我觉得如果强行把土地收回来不是很妥当，因为一是不好界定土地连续两年弃耕抛荒的事实；二是法定收回流程繁杂，需要先认定抛荒事实后再作出解除及收回的决定，而对决定有异议的村民，还可以通过各种救济程序主张权益，这都增加了改革的难度和周期。咱们能不能换个更加稳妥的方式，免得惹出麻烦？"列席会议的律师黄崇崇建议道。

"可以,那什么方式合适呢?"林上斗问道。

"《农村土地承包法》第九条及第三十六条赋予了村民自主流转土地经营权的权利,而《农村土地经营权流转管理办法》第八条及第十八条又规定村民可以自愿委托发包方(村集体经济组织)流转其土地经营权。我们可以引导全体村民将土地经营权流转事宜委托村集体经济组织,最终实现统一委托、统一管理、统一分配,这样同样也能达到'收回后集约化经营'的效果。"黄崇崇指着法律文本说。

"行,那咱们就利用这些法律依据,结合国家关于集体产权制度改革政策,将村民承包的土地由村集体统一收回后集约化经营管理,让村民均等受益。"林上斗说。

"这样可以,既有法律、政策依据,又便于操作。"黄崇崇说道。

参加会议的村"两委"成员,尤溪县农业农村局、自然资源局、住建局工作人员及梅仙镇相关负责人一致认为此办法切实可行。

按照协议约定,北京大成(福州)律师事务所为半山村土地产权制度改革提供以下法律服务:提出针对产权制度改革中的一些问题提供解决方案,供产权制度改革工作小组会议、村"两委"会议、村民代表大会、村民大会开会讨论;提供土地制度改革的政策解答和法律解释;起草、修订土地产权制度改革中所有文件、会议记录、规则、章程、具体实施办法、股份管理办法、身份界定办法、承包经营权审核方案,包括表决票、统计表的设计和打印,等等。

半山村土地产权制度改革分为清产核资、集体经济组织成员身份界定、股份量三大步骤。其中,清产核资由一家会计师事务所负责,后两项工作由律师事务所负责。该所共派出6名工作人员组成工作小组,每周去村里一两次,每月累计五六天,全身心投入此项改革中,共起草、修改各类文件、建议、表决票、统计表等300余件。

《半山村集体经济组织产权制度改革实施方案》《半山村集体经济组织成员界定办法》《半山村股份经济合作社股份管理办法》《半山村股份经济合作社章程》由律师代起草后,林上斗共组织召开了61次村产权制度改革工作小组会议、村"两委"会议、村民代表大会,反复进行讨论、修改。梅仙镇党委、政府抽调30名镇直干部,会同村"两委"干部、律师事务所工作人员,分别到全体村民家挨家逐户进行宣传、动员。2020年1月,半山村以户为单位,召开全体村民大会,进行投票表决,通过了这四份文件。而后,以户为单位签名。

半山村土地产权制度改革后,村集体对每位村民确权不确地,全村按人头平均分地,待资源产生效益后,再按人头分红。清理集体资产时,以小组为单位进行核定。人均土地低于平均数的村民小组,每少一亩,按每亩地3.5万元的价格从村集体购买,先挂在账上,待土地产生效益分红时扣减;实有土地高出平均数值的村民小组,每多一亩,按每亩地3.5万元的价格出售给村集体,先挂在账上,待土地资源产生经济效益后,村集体先支付这部分补偿金。"这样做就比较公平合理,避免了扯皮,也不需要地少的村民小组先拿出钱来补偿。"半山村党总支书记林志梁说。

半山村集体经济组织确定本次农村产权制度改革成员身份节点基准时间为2020年12月31日24时。土地收归村集体统一经营管理后,每年1月1日作为本村集体经济组织成员身份界定调整日,以该年度的12月31日24时作为调整基准日,对上一次身份界定调整日后至该年度调整基准日之前发生的股份经济合作社成员资格取得、丧失等事宜进行界定和调整。

按规定,本村村民中新出生的子女,基准日或调整基准日户籍在本村的,集体经济组织成员的配偶,在基准日或调整基准日之前登记结婚并将户口迁入本村的,经过民主程序,可以认定为半山村集体经济组织成员,享受土地收益。

本村村民自然死亡和宣告死亡的,其集体经济组织成员资格自死亡时丧失,自动失去对土地资格的享有权;国家机关(含参公单位)事业单位的正式在编人员,自正式成为在编人员之日起丧失半山村集体经济组织成员资格;因服兵役,就读幼儿园、中小学及大专院校,以及服刑而将户籍迁出半山村的,基准日前服役期满、毕业、刑满释放,但未将户籍迁回半山村的,自服役期满、毕业、刑满释放时丧失村集体经济组织成员资格。

2021年1月,半山村为全村254户村民每户发放了一本由尤溪县农业农村局监制的《尤溪县农村股份经济合作社股权证》。全体村民承包的1093亩土地,从本月起全部交给村集体所有的股份经济合作社。股份经济合作社又与半月岛生态开发专业合作社签订协议,所有土地由专业合作社进行集约化经营管理。

半山村的土地由村集体统一经营管理后,就可以把外面的人才、技术、理念、资金引进来,利用社会资本进行集约化经营,让专业的人做专业的事儿。目前,村里已引进江西省一位姓廖的种植专业户,在本村10亩土地上用松木段培植茯苓中药材,待取得成功后,将大面积种植。

"通过土地产权制度改革,使全村的资源变成资产,资产变成资金,村民变成股民。同时，半月岛生态发展专业合作社形成资源、资产、资金三大功能，即经营农民承包土地的资源；经营村民资产的古民居；经营村民及'新乡贤'入股资金，形成了村社合一的体制和功能。不仅成为发展集体经济的抓手，还成了全体村民共同富裕的有效途径。"林上斗深有感触地说。

个人模范带头　　全村形成较大凝聚力

林上斗小时候家里很穷，上有父母、一个哥哥，下有一个弟弟、三个妹妹。1969年9月，他7岁时开始到半山大队民办小学读书。父亲在第二年为生产队伐木时不慎被树砸伤，造成两条大、小腿粉碎性骨折，失去了劳动能力。一大家子8口人吃饭，全靠母亲和哥哥二人挣工分，人均口粮每年只有300斤，连吃饭都成问题，经常挨饿。虽然家境贫寒，但母亲黄玉娇是位视野非常开阔的农村妇女，深知文化的重要性。她克服一切困难，供林上斗从小学读到初中，直到念完高中。

林上斗深知知识的重要性，每天都要挤出一定时间读书学习

上高中时，每学期需要6元钱学费，可林上斗交不起。他便同母亲一起到山上砍野生竹子卖，凑了4元钱，剩下2元钱，是自己的老师俞今吾给垫付的。他说自己小时候受两个人的教育影响最深，一位是自己的母亲，另一位就是恩师俞今吾。

母亲黄玉娇非常勤劳和善良，一家8口人的生活全靠她打理。她经常教育林上斗要发奋努力，多关心别人，不能自私自利。她经常说的一句话是："不要与人争财气，而要与人争志气、争骨气。"在母亲的精心教育下，林上斗的思想逐渐得到升华，从8岁起，他就经常帮助邻居家记工分，帮五保户挑水、砍柴，做好事。虽然家里很穷，但他觉得帮助别人是件很快乐的事情。

老师俞今吾正直、积极向上、热心快肠、热爱学习，不但在经济上经常资助林上斗，思想上对他也非常严格，灌输了很多如何做人的思想和道理。有一次，林上斗与另外一名同学模仿残疾人一瘸一拐地走路，被俞今吾看到后，将他二人叫到办公室严厉批评了一顿，并告知他们不仅不能嘲笑残疾人，而且要尊重他们的人格，力所能及地关心和帮助这些弱势群体。事过多年之后，林上斗至今对这件事仍记忆犹新。此事让他明白了一个深刻道理：人没有贵贱之分，一定要学会尊重别人的人格。要做一个正直的人，一个善于关心和帮助别人的人，一个有益于社会的人。

上学期间，林上斗除认真学好功课外，还将毛主席的著作——《纪念白求恩》《为人民服务》《愚公移山》反复阅读，熟记在心。"母亲的言传身教和老师的严格要求，以及对'老三篇'的学习，还有在学校期间经常唱的《学习雷锋好榜样》等革命歌曲，对我的思想形成起到了至关重要的作用。"事过多年，林上斗深有感触地说。

1978年7月，林上斗高中毕业后回到生产队参加集体劳动。第二年下半年，半山大队安排他到队办小学当了半年民办教师，后又回到生产队当会计。

1981年3月，半山大队分田到户，随后在1984年5月改成半山村。种田之余，林上斗与其他社员一起学习放木排，即将当地林管站砍伐的木头从尤溪河顺水漂流到福州，赚点路费和生活费。为了省钱，他与同去的几人睡在马路上。饿了，就吃从家里带去的米面馍馍。

这段经历，使林上斗与半山村农民结下了深厚感情。

当看到农民很苦、农村很穷，却没有能力去改变时，林上斗感到很苦恼。正当他很为自己的前途感到迷茫、担忧和无助时，改变命运的机会却悄悄向他走来。1981年10月，征兵工作开始后，林上斗体检、政审合格，应征入伍，被分配到海拔1500多米的空军某雷达连当战士。那时部队很艰苦，没有电灯，他就和战友将拖把的布条当灯捻，用柴油点燃照明。

在认真完成部队训练任务的同时，林上斗还利用一切业余时间自学文化知识。第二年7月，他以优异成绩考入武汉空军雷达学院，成了一名学员。其间，他不仅学习刻苦、各方面表现突出，被评为优秀学员，还光荣加入了党组织。"在学校期间不断受到'三到一长期'（到前线去，到边疆最艰苦的地方去，到祖国最需要的地方去,长期为雷达部队服务)的教育,奠定了我积极到基层发挥自己的特长、热爱本职、兢兢业业干好各项工作、努力为部队做贡献的思想基础。"林上斗说。

3年后,林上斗从雷达学院毕业。他主动要求回到原部队,当了一名排长兼技师。8个月后,他被提拔为副连长。而后,从雷达团司令部作训参谋、连长、团军务股股长、营长、空8军司令部参谋、雷达情报站站长、雷达旅参谋长,到雷达团团长。2004年12月,他被空军党委任命为某雷达旅旅长,一直干到2015年4月退职。

林上斗担任团长、旅长等军事主官期间,坚持生活上从不搞特殊化。他坚持在机关食堂与干部战士一起用餐;下连队不加菜,战士吃什么自己吃什么;解决问题先基层,后机关,再领导;拒绝一切形式的请客送礼,使所在部队风清气正,在全团(旅)官兵中具有较高威信。

林上斗担任雷达旅旅长期间,因工作成绩突出,于2007年当选为空军党代表,出席了空军党代会。2014年与政委何书芳一起,被空军党委评为100名优秀管理干部,受到通报表彰。第二年3月,又被空军党委评为"空军师旅级单位一对好主官"。

面对职务的升迁、去留,林上斗具备很好的心态,他常说:"组织用我不客气,不用我时不生气。"2015年4月,因干部年轻化的需要,当空军党委决定让林上斗退出现职让年轻人接替时,他二话没说,心甘情愿地接受组织决定,回到阔别了34年的家乡半山村。

林上斗对半山村的乡亲们充满深厚感情。在部队服役期间,每次回家探亲,他都会抽时间去看看老年人,看看小时候与他一起长大的伙伴,特别是当年教他学放木排的村民。到老年人或困难村民家里都会分别给200元或300元钱,让他们补贴家用。一位叫傅秀英的村民与林上斗一起长大,当年在生产队还一起共过事。每次从部队回乡探亲,林上斗都要去她家看望,问她家有什么困难,给她数量不等的零花钱。

1997年4月,林上斗的父亲去世了,很多村民前去吊唁,还上了3元或5元的礼钱。事后,林上斗分别到这些乡亲们的家里致谢。当看到很多人家里的锅都生锈时,他心里非常难受,分别送给他们100元或200元资金。对那些家庭出现不幸的,他送上数千元、1万元资金也毫不吝啬。

四组村民邱连华的丈夫林金忠骑摩托车外出打工时,在本村采摘园旁不慎被撞成重伤,送往医院后经抢救无效死亡。她家一个儿子、一个女儿正在读书,家庭出现严重困难。林上斗送去1万元资金救急,让村干部帮助安葬死者。事后,村

林上斗：有情怀的"旅长村支书"

委会又按照程序为她家三人申请了农村低保。在林上斗的关心和帮助下，邱连华的两个孩子已长大成人，女儿大学毕业后找到了一份收入不错的工作。

林上斗退职后回到半山村担任村党支部书记并不是一帆风顺的。刚开始，一些村民对他的所作所为有些不理解。抓赌博、整治村庄环境、扩宽通村公路时，需要拆猪圈、鸡舍、旱厕、仓库、加工厂等，涉及了少数人的切身利益，引起了他们的反感、抱怨甚至恐吓。有好几人不服气，在电话中曾扬言要砍林上斗，还要挖他家的灶。还有人在背后造谣说："阿斗回来当村书记是有目的的，就是自己赚钱，他有个工程队，在工程中他会拿回扣的。"更有甚者，在背后散布谣言："阿斗因受贿被双规了。"

一个多星期后，当林上斗出差回到村里时，母亲和哥哥、嫂子非常担心地问他是否被"双规"时，他笑着回答道："谣言会不攻自破的。"

林上斗每天要到地里干一会儿农活，才会觉得浑身舒服

面对一些风言风语，林上斗非常冷静，他觉得"心底无私天地宽"，告诫自己绝对不能与村民产生对抗心理，少数人的不理解只是暂时的。他深信，只要踏踏实实地做事，终会感动大家。"我有34年的军旅生涯，当时面对谣言和恐吓等歪门邪道，既有底气，也非常硬气。大伙儿看到我在做事儿，而且每件事儿都能做成，渐渐地就取得了广大村民的信任。假如当时意志不坚定，打了退堂鼓，那就毁了，绝对不会有现在的局面。"林上斗深有感触地说。

林上斗从 2015 年 4 月担任村第一书记、6 月担任村书记至今的 9 年多时间里，不仅不要一分钱的工资报酬，而且连出差的差旅费、办公费、汽油费、招待费等也是自理。加上帮扶困难群众，每年需要 5 万元至 6 万元的开支，而他从 2017 年 9 月退休后每月只有 1 万多元的退休费。村民们渐渐明白了，阿斗回村当书记不仅没有赚到一分钱，而且是赔本的。他的高尚情怀和无私奉献的精神感动了很多人。当年那位造谣说"阿斗被双规了"的村民后来主动承认了错误并道歉说："我家的猪圈、旱厕、加工厂被村里拆了，当时非常生气，所以才编了这条假消息。"

林上斗在村支部主题党日活动上讲党课，要求大家不忘初心、牢记使命，争做合格共产党员

林上斗把村民当成自己的亲人，不管谁家遇到困难，他都会想尽一切办法予以帮助。

1973 年出生的八组村民邱秀明多次感到鼻腔不适，也没在意。2014 年 10 月，她到尤溪县医院检查后被确诊为鼻咽癌。为慎重起见，林上斗让在福建医科大学附属第一人民医院任护士长的妻子陈青钦帮忙联系，邱秀明到该院复诊无误。

从 2015 年 1 月起，邱秀明到驻南平市解放军 907 医院进行治疗。本应是 6 次化疗，医生了解到她家很困难，为了尽量节省开支，让她不用吃药，多给她化疗了两次，结果 8 次化疗、35 次放疗，共花费医疗费 15 万多元，使她家债台高筑。

邱秀明的丈夫林上权因患严重疾病不能干重活，儿子正在上高中，一家人身处困境。因是跨地区治疗，每次住院都要用现金支付医疗费，一个疗程完毕回到半山村后,才能到当地医疗保险机构报销部分住院费用。家里的积蓄用完了,只好到处借,可除了姐姐借了她3万块钱外,再没有人愿意借钱给她。哥哥到处说好话,结果以年息20%的高利贷,帮她借到了5万元钱。林上斗得知此消息后,送去1万元现金,还经常前去看望她,鼓励她树立信心和战胜疾病的勇气。之后,按照程序为邱秀明一家申请办理了农村低保,每月有600元基本生活费。2016年又将她家三人纳入建档立卡的精准扶贫户。

化疗和放疗造成邱秀明骨质疏松,走路都没有力气。她在家慢慢调养,虽然不能干重活,但体质现已有所好转。

林上斗当年入伍新训结束后,被分到空军雷达八团的六连一班当战士,姜德是他的班长,在他初期的成长中给予了很大帮助,为此两人结下了深厚友谊。不管走到哪里,林上斗一直深情地称姜德是自己的"老班长"。姜德于1982年退伍回到原籍后,一步一步干到上海高东资产管理有限公司总经理职位。

姜德多次到部队看望林上斗,给他印象最深的是,不管是当团长还是在旅长的军事主官位子上,林上斗没有一点架子,始终与官兵打成一片,关系十分融洽。2016年春节期间,姜德第一次乘车近千公里赶到半山村看望林上斗,被他心系乡亲的高尚情怀、无私奉献的精神感动,临走前提出自己想助他一臂之力,力所能及地为半山村做些事情,让他安排本村一名困难群众,予以帮扶。

为慎重起见,林上斗主持村"两委"会议进行讨论,集体确定哪户村民家最困难,急需帮扶。大伙儿一致推荐了邱秀明,因为她家的情况在全村比较特殊。经过牵线搭桥,姜德与她家结成了帮扶对子。

2017年9月,邱秀明的儿子林金开以优异成绩考上了湖北工业大学工程技术学院,姜德每月资助他1000元学费,一直到本科毕业,共计5万元。他还勉励小林刻苦学习专业知识,回报社会,为国家建设多做贡献。

林金开在大学期间不仅学习成绩优秀,其他方面表现也很好,光荣加入了党组织。姜德感到很高兴,觉得自己没有白白地帮助他。2021年7月,小林大学毕业后,姜德原手下的一家公司迁往福建沙县工业园,改名为金杨科技股份有限公司。他将林金开的简历发给这家公司的董事长,对方一看很优秀,经过面试,当天就被该公司录用,并作为重点对象培养。

谈起林上斗和姜德二人,年满50岁的邱秀明泣不成声,她说:"他们俩是我家的贵人,如果没有他们的无私帮助,我家很难迈过一道又一道坎。"

梅仙镇党委书记周铭毅说:"林上斗书记对每位村民都是真心实意的,不管谁家有什么事儿,首先想到去找他评评理。就连村民喝醉了酒、两口子吵架,也到他家去请求调解。不管村民的大事小事,他从不拒绝,有求必应,总是想办法予以解决。"

在林上斗的眼里,村民没有贫富贵贱之别,更没有地位高低之分,他对每位村民都一视同仁。四组村民林瑞会,因父亲去世较早,心理受到很大打击,母亲管不了他,便养成了赌博、吸毒的恶习,被判处有期徒刑3年,妻子也与他离了婚。

刑满释放后,林瑞会到甘肃打工,只有母亲一人在家生活。林上斗当年当过他的小学老师,多次劝他回到村里来,与母亲之间也好相互有个照应。他听进去了,回到了半山村。

在林上斗的大力支持下,2020年5月,林瑞会利用自家的房子开办了农家乐,取名"浪子餐馆"。林瑞会不仅菜做得好,对母亲也很孝顺,打动了比他小12岁的同村姑娘林金花,两人结了婚,共同经营餐馆。林上斗积极为林瑞会做宣传,只要外面来了客人,就带到浪子餐馆去就餐,使他的餐馆生意很好,取得了不错的经济效益,每年有20多万元利润。

林上斗对全村困难群体十分关心,总是想尽一切办法帮助他们。2017年10月,在他的倡议下,半山村成立了一个爱心扶贫基金会,林上斗捐资1万元,动员一位好友捐资10万元,还有一位企业主捐了1万元,共12万元。这笔钱由老人协会掌管,以村集体的名义,已为20名考上各类大学的村民子女每人一次性发放2000元奖学金。谁家遇到天灾人祸,也以这笔基金中列支,并派人前去慰问。同时,还用于对本村村民的大病救助。

四组村民陈金玉在2020年3月感到胃部不适,出现疼痛、呕吐症状,先是在诊所打针吃药,没有任何效果。而后,到尤溪县中医医院做纤维结肠镜检查时,发现从肠道至胃里长满了类似息肉的颗粒状物,医生建议她转往省里的大医院诊疗。林上斗得知此事后,赶紧让自己的妻子陈青钦帮助联系福建医科大学第一附属医院的专家诊治,该院没有见过这样的疑难杂症。而后,又转往福建省人民医院,经专家会诊为加拿大综合征,需要口服大剂量激素药物治疗,前后花费医疗费10万多元。在林上斗的提议下,爱心扶贫基金会一次性给陈金玉发放了一笔困难补助。

在林上斗的倡议下,半山村委会已为每位村民建立了健康档案,村级健康体检中心正在建设中。

林上斗：有情怀的"旅长村支书"

半山村有三位"五保户"，每年大年三十，林上斗都会将这几位无儿无女的老人接到自己家里，陪他们过年，让这几位老人十分感动。2018年6月，林上斗被中宣部、退役军人事务部评为全国最美退役军人，发放了1.5万元奖金。从北京领奖回村后，他分别给半山、汶潭、通演三个村每个村5000元，让各村发给家庭有困难的村民家。

陈青钦（右）是林上斗的"贤内助"，她一直在背后默默无闻地支持着丈夫的工作

林上斗是军人出身，对本村退役军人特别关照，力所能及地帮助他们解决一些实际问题。八组村民林金榜是一位参加过对越自卫反击战的退役军人，由于个人原因，始终没有成家，成为困难户，住房成为危房。2016年5月，林上斗自掏腰包1万元，其他村民也纷纷解囊相助，加上从当地政府争取到的数千元危房改造补贴，共筹集了3万多元资金，帮助他盖起了两间平房，解决了住房问题。林上斗多次与当地镇政府联系，待2018年林金榜年满60周岁后，将他安置到镇办敬老院安享晚年。

虽然林上斗对村民很好，但也是一位原则性很强的人，损害集体利益的事儿，他绝不会轻易开口子。

半山村尤溪河堤岸年久失修，曾多次在发生特大洪水灾害时出现崩岸，危及村民住房安全。2016年底，林上斗向福建省水利部门争取到1500万元的水利工程项目，对尤溪河岸进行整治，用石头、水泥砌起了2公里长的防洪堤，同时修建了一条2两公里长的河滨路。

按规定，防洪大堤由尤溪县水利局组织专业团队施工，岸边房屋建筑的拆迁、竹木的砍伐、菜地的平整由半山村负责。

一天上午，村"两委"召开每户派一个代表参加的村民大会，讨论修防洪大堤时拆迁、铲除岸边附属物的问题。

"今天的会议就是动员大伙儿尽快把河堤上的几间旧房子拆掉，将各自的竹子、果树砍掉，将菜地里的蔬菜铲掉，以便县水利局尽快动工加固河堤，修建河滨路。"林上斗发言道。

"那村集体要给予补偿呀！"一位村民说。

"为何要补偿？"林上斗问道。

"修建尤溪河下游的沈龙二级水力发电站时，村民的绿竹每砍一棵，赔偿5元。咱们村也按这个标准给予补偿才算合理。"另一位村民说。

"沈龙电站是政府投资项目，经费有财政资金作保障。可这次修我们村的防洪堤和河滨路，上面说得清清楚楚，没有任何补贴，拆迁任务由村里全权负责，不拆迁完，就不能施工。我算了一下，如果按每棵绿竹5元的价格补偿，共需资金210多万元，到哪里去弄这么一大笔钱呀？我认为拆迁、砍掉河堤上的这些附属物不应该给予补偿。"林上斗说道。

"为什么不应该给予补偿？"一位村民反问道。

"我记得很清楚，这些地方在我当兵之前是河滩、荒地，是集体的资源。分田到户后，谁占有谁使用。这么多年来，谁向村集体交过一分钱租金？"林上斗问道。

"没有一人交过。"村委会会计证实说。

"既然是集体的资产，大伙儿无偿地使用了几十年，盖房子也好，种竹子、果树、蔬菜也罢，村里就不收使用费了，大伙儿就各自拆除吧！"林上斗说。

会场上一片安静，没有人再好说什么。

一位共产党员站起来表态道："林书记说得有道理，修防洪堤和河滨路，惠及家家户户，是他费尽心血争取到的一个千载难逢的好机会，大家都应积极支持村里的工作才对。我带头把自家盖的那两间旧房子拆掉，把5000多根绿竹，18棵桃子树、李子树、橘子树和20多棵杉树都砍掉，不要村里给予任何补偿。大伙儿的事儿大伙儿共同出力，何况村里还负债几十万元，哪有钱补偿呀？"

"我同意！"

"我也同意，明天就砍竹子，铲掉自留地里种的菜。"

大伙儿纷纷表态。

"真没想到乡亲们这么自觉,不到半个月,全村150多户在河堤上建的旧房子都自行拆掉了,42万多棵绿竹、果树、杉树全部自行砍掉了,用农用车整整拉走了430多车,没有花村里一分钱,让我十分感动。把群众的积极性充分调动起来,对做好农村工作来说太重要了。"林上斗感慨道。

与此同时,林上斗还积极给汶潭村也争取到了1.8公里防洪大堤修建项目。该村的河堤上有一些村民的建筑物需要拆迁,住宅需要补偿,在资金上遇到了困难。林上斗带头捐助了3000元,党员干部积极响应,广大村民也纷纷捐款,很快就筹集到近30万元资金。1栋两户村民住宅、厨房、猪圈、厕所等附属物得到补偿后很快被拆迁,防洪大堤于2019年5月由县水利局动工后,水泥石头护坡、路面硬化等已经完工。不仅可以防洪,1.8公里的道路修建,还大大方便了村民出行。

半山村村民到相距10公里的县城去办事儿,从对岸汶潭村内的235国道开车最近,可被尤溪河阻隔,只有选择坐船过河,转乘公交车,自驾车只能绕道梅仙镇,路程要延长7公里,非常不方便。林上斗担任村书记后不久,就争取到福建省交通厅的1100万元项目资金,于2017年6月动工,在尤溪河上架设了一座全长318米、宽8.5米的半山大桥,2019年3月30日竣工通车,结束了半山村村民过河需要坐船的历史。

总投资1300万元的尤溪县特色农副产品集散中心,于2021年3月在位于半山村的中心位置兴建,占地5亩,建筑面积3300平方米,一期、二期工程已经完工,三期工程内部装修正在进行,将于2024年底投入使用。

林上斗还多方做工作,于2021年底将尤溪县自来水公司的自来水引到半山村,让全体村民用上了干净卫生的自来水。紧接着,他又联系中海油公司用压缩打包的方式,在半山村建设了压缩性天然气站,全体村民即将用上干净卫生的新能源。

林上斗带头捐资3万元,多方筹资61万元,在半山大桥桥头建设了一个建筑面积1300平方米的幼儿园,村民子女足不出村,就可以就地就近就读。

半山村的面貌逐年发生着变化,村民的日子越过越好。负责放竹排的村民林上树感慨万千,他说:"同是一个半山村,林上斗担任村书记以来,变化实在太大了。"他会唱山歌,经常在竹排上用当地的闽中话唱道:"现在半山最美丽,以前到处是垃圾。现在半山最漂亮,各地游客来游玩。村里改换新面貌,关键是书记带好头。领导带领大家干,群众齐心又合力。""现在的书记真是好,关心村民温和饱。百

空中俯瞰半山村村貌(无人机航拍照片)

姓生活过得好,不愁吃来不愁穿。村书记无私心,一心一意为村民。现在的农民有理想,艰苦奋斗入小康。"

林上斗(右)接待新疆维吾尔自治区考察团代表,介绍半山村做好党建引领的经验

"我虽然为村里做了一些事情,但与村民的实际需要相比还远远不够。下一步要下力气发展产业,不断壮大集体经济实力,努力提高村民收入,真正实现共同富裕。"林上斗很谦虚地说。

林上斗访谈录

作　家:2015 年 4 月,您离岗回乡照料瘫痪在床的老母亲,经过尤溪县委书记做工作,当月就开始担任半山村党支部第一书记,并从 6 月起担任村党支部书记、联村党委书记,一干就是 9 年,您担任村书记的初心是什么?您在部队服役 34 年期间,从排长一步一步干到旅长,成为副师级干部、大校军衔。退职后本可以在福州定居,在大城市享受良好的生活环境,却自愿回到家乡,担任没有级别的村书记,克服重重困难,将昔日的"赌博村""垃圾村"变成了如今的文明村、示范村,您勤奋努力的内生动力是什么?

林上斗:我的父母都是地地道道的半山村农民,父亲去世时我在部队,连最

林上斗：有情怀的"旅长村支书"

后一面都未见到，造成终生遗憾。母亲也于 2010 年 9 月因中风瘫痪在床。因部队对干部年龄的要求，我已到了退职时间。之前就向部队党组织申请过，一旦退职就回老家照顾母亲，弥补过去的遗憾。

当我看到村里的党建基础薄弱，农民的思想观念、生活方式比较落后，村容村貌、生态环境很差，村里一盘散沙时，心里很难受，感到自己是名有着 30 年党龄的老党员，理应力所能及地为乡亲们做些事情。所以我担任村书记的初心就是：通过抓党建凝聚人心，把群众发动起来、组织起来，努力改变半山村贫穷落后的面貌，力争将其建成生态宜居的美丽村庄。同时，通过开展雷锋精神和尊老爱幼等优良传统文化教育，逐渐转变村民的思想观念，不断提高他们的认识、觉悟和整体素质。

我非常感恩国家、感恩党组织、感恩半山村的父老乡亲。我在农村出生和长大，小时候受到了很多乡亲们的关心和帮助。参军入伍后，在各级党组织的精心培养下上了军校学习，毕业后从排长一步一步提拔到旅长，成为副师级干部。退休后我每月有 1 万多元的退休费，而自己的哥哥每月才 100 多元退休金。与他们相比，我已经感到非常知足了。

我虽然在 2015 年 4 月退职、2017 年 9 月退休，但年龄还不是很大。要感恩党和国家，以"义工"身份回报社会，尽最大努力建设家乡、发展经济，不断提高村民收入，让他们过上好日子。这就是我为之奋斗的内生动力。

作　家：您担任村书记后，为何首先干了禁赌、拆猪圈、鸡舍、旱厕、仓库、加工厂、扩宽路面等涉及村民既得利益、容易得罪人的事儿？有人在背后恐吓、造谣，您为何没有放弃？

林上斗：赌博本来就是违法行为，《中华人民共和国治安管理处罚法》《中华人民共和国刑法》中都有明文规定，赌博不仅可以拘留，而且达到一定数额、构成犯罪的，还可以判刑。俗话说"玩物丧志"，村民如果都沉溺于赌博，就会不思进取，不爱劳动，想些歪门邪道。这种歪风邪气不刹住怎么能行？

当时的村庄环境脏、乱、差，严重影响到了村庄形象和村民的身体健康，已经到了非整治不可的地步了。我明明知道扩宽村里唯一的一条道路拆掉猪圈、鸡舍、旱厕、仓库、加工厂等会得罪人，但不做又不行。为了村庄和村民的长期利益，我只得硬着头皮去做，努力把这件事儿办好。

当时触及了少数人的切身利益，他们不理解，有怨气，背后说些狠话、牢骚话，编些谣言,发泄心中的不满,可以理解。一些农民由于文化程度不高,表达方式过激、说话不讲方式,甚至不计后果,很正常。时间长了,他们就会想明白的。

我有34年的军旅生涯,30多年的党龄,面对少数村民的恐吓、造谣,怎么就会放弃当时的禁赌和村庄环境整治工作?这两项工作都是经过村"两委"集体讨论决定,并经过村民代表大会审议表决通过的,不是我个人行为。作为村书记,我只能带头执行集体决议,不能擅自改变。现在来看,当时的坚守是正确的。如果退却了,就会半途而废,后果很严重。

作　家:您为何要将全体村民承包的土地收归村集体统一经营管理,让村民平均分配收益?这样做有什么好处?

林上斗:土地制度改革是一个很敏感也很重要的问题。新中国成立后,土地相继分到农民手中,曾让以土地为生的农民兴奋不已。但没过多久,就发现有很多弊端。国家采取措施,相继实行互助组、初级社、高级社,到人民公社,将土地集中使用和管理,对社会主义建设发挥了重要作用。

20世纪80年代,全国实行联产承包责任制后,刚开始几年,确实对解决广大农民吃饭问题发挥了重要作用。但是随着市场经济的发展,特别是工业化、城镇化步伐的加快,农民对土地的依赖性越来越小,逐渐出现弃耕抛荒等问题,对我国的粮食安全造成重大隐患。以半山村为例,由于农田是在山边开垦出来的,田块小,不适合机械操作,只能靠人力耕种。特别是本村村民中有很多砌匠、泥瓦匠、木工,他们长年在外打工,收益要比种田高得多。所以面对人均几分地,很多人没有种田积极性。到2013年,全村1000多亩土地全部撂荒。

我担任村书记后通过走访了解到:一方面,大量土地荒废,农民不愿意耕种;另一方面,社会资本想进入,但流转土地又很麻烦,需要挨家挨户去谈判。还有一个原因,有的村民去世了,土地长期被其子女占有,新生人口又多年没有土地,非常不公平。所以我思来想去,觉得还是要把土地收归集体实行集约化经营管理,最大限度发挥其经济效益。同时,改革土地分配制度,即确权不确地。人不在了,就自动失去土地承包、收益权;新增人口只要符合条件,就能及时享有土地承包和收益权,这样才公平合理。

这样做的最大好处有三个方面:一是避免土地长期撂荒;二是对土地实行集约化经营,使其产生收益;三是保证本村村民"耕者有其田"。

作　家:您担任半山村党支部书记、通汶联村党委书记9年来,不仅从未领过一分钱的工资报酬,每年还要从自己的退休费中倒贴 5 万元至 6 万元,用于差旅费、办公费、招待费和救助困难村民,您不觉得吃亏吗?您为何不在村集体报销本应由村集体报销的费用?

林上斗:我不觉得这样做吃亏。因为我是农民的儿子,在农村长大,现在的生活条件已经非常不错了,我永远不能忘本。光我一人的生活条件好了还不行,乡亲们的生活都过得好,过得很幸福,才是我最大的期盼。

我的母亲非常善良,我至今还清楚地记得,小时候不管哪里的乞丐到我家乞讨,母亲都要想方设法予以施舍,就是不认识的农民有什么困难找到她,她都会尽力给予帮助。受母亲的影响,我觉得帮助别人很快乐,特别是帮助那些生活上出现困难的村民,我觉得是自己应尽的责任。

作为一名具有近 40 年党龄的老党员,要时刻牢记党的宗旨,全心全意为人民服务,处处起好模范带头作用。我不追求最有钱,但终生追求最值钱。我的退休费虽然不是很高,但保障基本生活已绰绰有余。为村集体建设花费一部分也没有什么,因为没有影响自己的基本生活,很值得。

刚开始,村集体不仅没有收入,还欠了 30 多万元的债务,我外出的差旅费、办公费、招待费不自己出,到哪里去报销呀?后来虽然逐渐有了一些集体收入,但数量不大,我不忍心到村里去报销,花费部分费用给村集体和帮助困难群众,也很正常。

作　家:您为何把党建引领作为农村工作的首要任务,坚持用雷锋精神和尊老爱幼的优秀传统文化教育全体村民改变思想、转变观念、提高自身素质?您每天早晨 5 点起床后打扫半山大桥,还帮助别的村民打扫门前卫生,用手捡烟头,有这个必要吗?

林上斗:村书记虽然"官"儿很小,但是我们党设在最基层的党组织负责人,关系到一方百姓的安康与幸福,作用很重要。村书记在诸多工作任务中,认真做好党建、广泛发动群众、调动一切可以调动的积极因素非常重要。努力做好党建是核心,只有解决好了人的问题,才能谈发展、建设、治理的问题。否则,一切都是空话。

改革开放数十年来,我国的经济发展较快,但农民的思想观念、价值取向、觉悟认识出现了很大问题,必须进行引导和逐渐转变、提高。半山村村民近年来在思想观念上有了很大变化,是与坚持雷锋精神和尊老爱幼等传统文化教育密不可分的。

人人都需要身边有更多的活雷锋，但有的人又不愿意做雷锋。我希望自己是一粒种子，能够影响更多的人像雷锋一样做好事。

林上斗在本村村民中倡导学习雷锋精神，多做好人好事

关于坚持打扫卫生一事，这很正常。我已习惯了劳动，多劳动就感到很舒服，身体也很结实。经过大力整治，半山村的生态环境发生了很大变化。但要长期坚持，让每个人都养成讲卫生、保护环境的好习惯。我是这个村的书记，就要处处起好模范带头作用。

作　家：您认为一个优秀村书记应该具备什么样的素质和条件？选拔村书记时应注重考察被选举对象哪些方面？

林上斗：我认为一个优秀村书记应该具备以下几个方面的素质和条件。一是必须有较高的思想境界，即一心为村民、一心为集体。全村共产党员为什么投票选我担任村书记？怎样才能取得党员和村民的信任？这两个问题必须想清楚，而不能弄错了方向，偏离了奋斗目标。二是必须有底线思维。哪些该做、哪些不能做，一定要想清楚，自我约束。而不能头脑膨胀、违法违纪，成为另类。三是要对村民有感情。村书记就是为村民服务的，要关心他们的疾苦，设身处地为他们着想，想方设法为他们排忧解难。四是要不怕困难，意志坚定。把一个村庄发展好、建设好、治理好，是一个较长和艰难的过程，肯定会遇到很多困难，出现很多矛盾。村书记必须头脑清醒，不能遇到困难绕道走，更不能被困难和矛盾吓倒，而要面对现实，勤动脑子多思考，克难攻坚，勇往直前，直到取得胜利。

选拔村书记时，应着重考察被选举对象的人品、能力和情怀。人品不好的人，万万不能作为村书记候选人。能力太差和没有奉献精神的人，也当不好一个称职的村书记。

作　家： 您认为怎样才能确保乡村振兴战略取得实效？关键因素是什么？

林上斗： 我认为应采取以下措施，才能确保乡村振兴战略取得实效。第一，要在体制机制上做文章。目前，农村普遍存在人口、村域面积过小问题。一方面，由于村干部职数太多，能力较弱，而每个村干部都要靠财政发工资，造成了人力资源和财政资金浪费；另一方面，选拔优秀人才担任村干部，因为待遇太低，又留不住人。虽然有很多地方在进行农村体制改革的探索，但进展缓慢。中央应进行顶层设计，出台农村体制改革指导意见，系统性进行改革，切实把学历高、有情怀、有能力的人吸引到村干部队伍中来。第二，国家要把有限的资金用在刀刃上。农村普遍存在基础设施落后的现状，国家应将"三农"资金大量投入高标准农田整理、水利设施、道路、污水处理、中心村建设、教育、医疗、文化设施建设上，要严格控制用于建广场、修牌楼、给旧房"涂脂抹粉"上。对种粮补贴应进行改革，由发给土地承包户改为发给粮食种植户。第三，稳步推行农村土地制度改革。土地分散到各家各户的弊端已日渐显现，为了避免大面积弃耕抛荒，确保国家粮食安全，应该因地制宜地改革土地制度，由村集体统一管理、集约化经营农村承包土地，最大限度地产生经济效益。第四，制定政策要接地气。问题在基层，根源在上头。有些部门制定"三农"政策时，缺乏深入调查研究，凭空想象，脱离实际，造成官僚主义、形式主义。第五，要大力发展集体经济。发展集体经济是农村工作的关键，只有村强民富，才能实现共同富裕。国家应出台相应政策，从人力资源、资金、技术、金融等方面，鼓励、支持、扶持行政村发展集体经济。第六，防止社会资本过度介入农村。农村的基本功能是种植粮食、提供农副产品。如果不加以适当控制，社会资本的逐利性会在农村造成诸多矛盾。村"两委"应该成为广大农村的领导者、实践者、参与者，社会资本进入农村，必须严格在其掌控之下，成为发展集体经济的工具。而不能成为富了资本所有者，穷了村集体和村民，最后留下一地鸡毛。

关键因素是选好村书记，配好村"两委"班子，踏踏实实建强基层党组织，充分调动群众的积极性、参与性。选拔村书记的视野要开阔、范围应广泛，可以从机关事业单位、部队在职或退职人员中，具有农村情怀又有一定能力的人员中选拔，也可以从家住农村的大学生中选拔，还可以从本村外出创业成功的人士中选拔。对在村书记位子上脚踏实地干工作并取得突出成绩的人，应给予适当的行政待遇，使村书记有盼头、有干头，成为令人羡慕的职业。

作家点评

　　采访林上斗书记前，本人有很多顾虑。因为他担任村书记的时间不是很长，担心其所干工作和所取得的成绩能否撑起这份重托。从四川省宜宾市出发，乘坐了近12个小时的高铁到半山村，进行5天5夜的连续采访。结果没想到，在9年时间里，林上斗做了那么多工作，取得了那么大的成绩，半山村发生了那么大的变化，他在全村干部群众中具有那么高的威信。

　　林上斗是一位具有高尚情怀的人，他在部队是空军某雷达旅旅长，官至副师级、大校军衔，家属是福建医科大学第一附属医院的护士长，家已安在福州，女儿女婿都在福州工作，完全可以在大城市过舒适安逸的生活。在一般人看来，用不着到农村操心劳神，做赔本的工作，这样做太不划算。可他看到家乡半山村脏乱差、贫穷落后的面貌时于心不忍，萌发了经过努力改变现状、将其建设成生态宜居宜业美丽村庄的想法并付诸实践。

　　禁赌、整治村域环境时需要拆除一些村民的猪圈、鸡舍、旱厕、旧房、仓库、生产车间等，由于触及部分村民的个人实际利益，得罪了少数人，林上斗遭到电话恐吓、谩骂、造谣中伤。他却以平和的心态正确对待，既没有与村民产生对抗心理，也没有牢骚抱怨，更没有与村民结怨，而是以宽阔的胸怀理解、原谅少数村民的鲁莽行为。同时，他没有因此放弃自己的理想、信念和追求，表现出革命军人不怕艰难困苦、不怕挫折、克难攻坚、勇往直前的大无畏精神和坚定信念、坚强意志。

　　在林上斗的身上，体现出了共产党人的无私奉献精神。他担任村书记9年来，不但不要一分钱工资报酬，还从自己每月1万多元的退休费中支付为村集体办事儿所发生的差旅费、办公费、招待费。同时，还帮助了很多在生活中遇到困难的村民，累计达到50多万元。他说"自己终生不追求最有钱，而是追求最值钱"。发展壮大村集体实力，造福全体村民，这是林上斗的追求，也是正确人生观、价值观和

林上斗：有情怀的"旅长村支书"

共产党人吃苦在前、享受在后宗旨意识的具体体现。只有具备这种胸怀的人，才能当好村书记。

林上斗干完地里的活儿，已是大汗淋漓，泡上一壶工夫茶，他感到这才是最惬意的农村生活

"军人本色、情系村民、意志坚定、无私奉献"。这就是林上斗的精神体现。

在市场经济条件下，农村群众的价值取向发生了变化，造成目光短浅，思想观念、生活方式比较落后，集体观念弱化。林上斗担任村书记后，把抓好农村党建作为突破口，强化党组织建设功能，坚持用尊老爱幼等传统文化教育和倡导学习雷锋精神，引导村民爱党、爱国、爱集体、爱家人，使大家的思想认识逐渐转变，文明素质不断提高，集体观念明显增强。他提出了"一村人、一件事（实现共同富裕）、一条心、一起拼、一定赢"的目标，大大激发了广大干部群众的内生动力，使全村产生了较强的凝聚力。这说明认真做好农村党建，让基层党组织产生向心力、凝聚力、战斗力、号召力，是做好农村工作的核心。相信群众，依靠群众，放手发动群众，把群众组织起来形成合力，是做好农村工作的基础。没有群众的广泛参与，实施乡村振兴战略的实际效果将大打折扣。

林上斗的眼界开阔，是位善于思考和大胆实践的人。面对半山村村民弃耕抛荒的困境，他深思熟虑后，利用国家出台的集体产权制度改革政策之机，经过艰苦细致的工作,将全体村民承包的土地收归村集体统一管理、集约化经营。采取打破组与组之间的界限、确权不确地的方法,确保耕者有其田,是解决当前农村诸多矛盾的一个很好的办法。这种做法有以下好处:一是有效解决了农民长期弃耕抛荒问题;二是让全体村民非常合理地平均享受地权和收益权;三是方便产业布局,有利于整体规划,盘活土地;四是减少了村民因地界发生的土地纠葛,避免了矛盾纠纷;五是减少了土地流转中的扯皮拉筋,有利于适当引进社会资本发展经济;六是可以集约化使用土地,提高土地使用率和经济效益。

林上斗是典型的"新乡贤"村书记,他之所以离职待退后回村,是尤溪县时任县委书记伍斌真诚、热情的邀请。这给实施乡村振兴战略提供了一个新的思路:各级党委、政府应该有求才若渴的心态,广泛动员对农村有情怀、有能力的机关事业单位、部队退职、退休领导干部到农村担任村书记。

选好、用好村书记至关重要。但愿有更多林上斗式的"新乡贤"到国家最需要的地方去,到农村发挥自己的聪明才智,在实施乡村振兴战略中建功立业!

高德敏：
将全村土地集中经营 让村民成股民

人物概要

高德敏，男，汉族，1963年2月出生，高中文化程度，1996年5月入党，现任四川省成都市郫都区战旗村党委书记、村委会主任。当选四川省第十二次党代表，先后获得全国劳动模范、中国好人，四川省优秀党组织书记、四川省优秀共产党员等荣誉。

乡村振兴领头人——中国模范村书记

成都市唐昌镇战旗村委员会

四川省成都市郫都区战旗村党委书记、村委会主任高德敏

高德敏：将土地集中经营 让村民成股民

高德敏于2002年8月担任战旗村村委会主任，8年后高票当选为村党总支书记。2003年6月，他与时任村党总支书记李世立到几个一直坚持走集体发展道路的村庄考察后悟出道理：土地必须集中经营才有出路。而后，村"两委"出台政策，引导农民将3分地交给村集体耕种，就可以免缴农业税，由村里统一缴纳。从此，开启了农村土地集中之路。在充分尊重自愿的基础上，该村五、七组2个村民小组的村民将120亩土地交给村集体。2006年9月，又有4个村民小组将600亩土地交给村集体。村里成立了一个蔬菜专业合作社，统一经营集中的土地。

高德敏担任村书记后，全村集中村民土地工作有序进行。到2011年4月，除10户村民不愿交地外，其余村民承包的1943亩土地全部采取入股方式，进入村集体所属的资产管理公司接受统一经营管理。而后，村"两委"进行了集体资产量化，为1704位村民每人配股1万元。集中土地所产生的收益，一部分村集体作为全村公益事业管理和发展资金，另一部分用于村民分红。

2015年9月，国家推行农村集体经营性建设用地入市改革，战旗村将本村13.44亩土地委托给郫都区农村产权交易中心拍卖获得资金866万元，在四川省敲响了农村集体土地入市第一槌。该村还大力发展乡村旅游，2019年3月被文旅部评为4A级乡村旅游区。

2018年2月12日，习近平总书记亲临战旗村，深入考察乡村振兴工作，对该村党建引领、绿色发展、集体经济实力不断壮大等工作给予了充分肯定，称赞"战旗飘飘，名副其实"，并殷切嘱托战旗村在乡村振兴中继续走在前列、起好示范。战旗村由此进入了高质量发展新阶段。

在高德敏的不懈努力下，战旗村实现年产值3.1亿元、集体收入680万元、固定资产超过1亿元、常住村民人均可支配收入3.55万元，成为四川省集体经济"十强村"，先后被评为全国先进基层党组织、全国文明村。

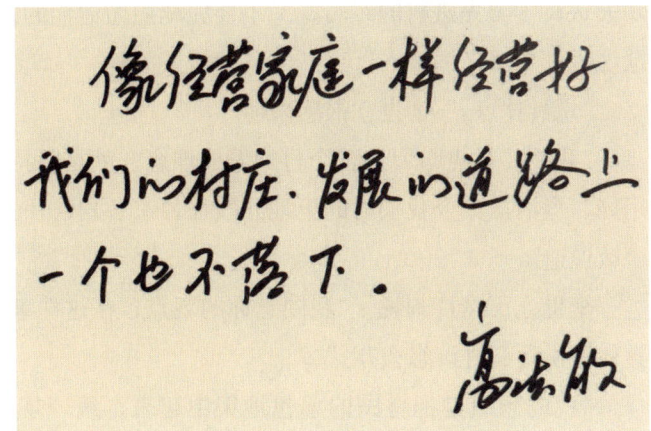

高德敏担任村书记多年来的真切感言

土地集中使用　8年时间才得以完成

2003年下半年,战旗村如何发展的话题在村"两委"会议上进行了多次讨论,一种意见是将全村土地集中起来由村集体统一经营管理;另一种意见是维持现状由村民自己耕种。村委会主任高德敏向村党总支书记李世立建议外出考察学习,开阔眼界后再做定论。

8月下旬的一天,村党总支书记、村委会主任带队,由村干部、党员、村民代表组成的考察团一行,先后到我国一直坚持走集体化道路的江苏省华西村及河南省南街村、刘庄村参观学习。同时,通过多种渠道了解到安徽省小岗村的发展状况。

从外地考察学习回来后的一天下午,高德敏主动到李世立的办公室交流心得体会。

"这次考察让我受到很大启发。"高德敏先开口说道。

"说来听听。"李世立微笑着说。

"一是通过学习吴仁宝、王宏斌、史来贺的先进事迹,我想明白了为什么当村干部,今后怎样当好村干部。所以,准备把集体利益放在首位,把个人利益放在次要地位,彻底放弃个人企业的经营管理,努力干好村委会主任的本职工作。"高德敏道。

"还有呢?"李世立问。

"二是与这次考察的三个村相比,战旗村的差距太大了。我觉得我们既要下真功夫认真学习先进村的经验,又不要完全照搬他们的发展模式。"高德敏不紧不慢地说。

"说具体点。"李世立很感兴趣。

"我们要重点学习这三个村的发展理念,就是坚持走集体化道路,把土地资源用好、盘活。如今我们村的土地分散在各家各户,一盘散沙,没有发展前途。"高德敏说道。

李世立沉默片刻说:"我同意你的观点,在这件事上,我俩想到一块儿了,你具体说说我们村该怎么办。"

"我的想法是把村民的承包地集中起来,统一规划、统一经营、统一管理。"高德敏回答得很干脆。

高德敏：将土地集中经营 让村民成股民

"这样做估计难度很大，就怕村民不愿意交地，逼急了吧，恐怕有人上访。"李世立有些顾虑。

"肯定不能强迫，只能在充分尊重自愿的基础上进行引导，等条件成熟后才能整体推进。我认为不要一步到位，可以分步实施。先动员大伙儿只要交3分地，就可免缴农业税。而后，村集体把土地整合起来办企业，赚到钱后替村民缴税。"高德敏进一步分析道。

"行，这倒是个好办法，我同意你的观点，咱们提交村'两委'会议讨论后再作决定吧。"李世立当即表态道。

在随后召开的村"两委"会议上，高德敏将村民承包的土地集中起来经营管理的想法提出后，大家进行了热烈讨论，都认为切实可行，但也有人担心推行中不会一帆风顺。

李世立拍板道："不管做什么事儿都会遇到困难，一定要有心理准备，但我们要下定决心把这件事儿办好、办成功。既然大家没有什么意见，那就这样决定吧。这是件大事，得走民主程序。"

村党总支随后将集中村民3分地的决议提交党员大会和村民代表大会审议时，高德敏将外出考察时从华西村、南街村带回来的宣传片光碟进行了现场播放，尽管少数人提出了不同看法，但经过他的认真解释和深入分析，最终取得一致意见，表决时顺利通过。

集中土地从这年9月开始推行，在具体实施过程中，虽经广泛动员，但遇到了很大阻力，很多村民不同意交地。"村民当时最大的顾虑，是误以为村集体这样做等于收回了他们的承包权，担心村里如果把事情搞砸了，没钱缴税，自己的土地也失去了，得不偿失。"高德敏介绍道。

村"两委"费了很大劲儿，但效果不理想，全村480户、1602人中，只有五、七组两个村民小组的80多户、368人自愿上交了3分地，共120亩。

村民自愿交出的土地往往是最偏远、土质最差的。由于所交土地过于分散，没办法集中起来办企业，村里只好进行适当置换，调整成片，承包给两个种植大户分别种植蔬菜和花卉苗木，每亩地租金500元，一年竟获得6万元。除去为每位农民缴纳的150元农业税，还为村集体带来了1.8万元收入。尝到甜头的高德敏、李世立进一步坚定了集中全村土地的信心和决心。

2006年初，成都市开展"三集中"活动，即企业集中园区、村民集中居住、土地集中耕种。高德敏积极向村党总支书记李世立建议，紧紧抓住这一机遇，继续推行全村土地集中工作。他也很清楚，中央已经作出决定，从本年度1月1日起，征收农业税已在全国范围内取消。便对李世立说："此前推行由村集体替村民缴纳农业税置换3分土地的做法已经不可取，应改为动员村民用土地入股分红的办法。"

李世立表示同意高德敏的看法，提交到村"两委"会议讨论时，得到了与会人员的充分肯定。

经过广泛动员和做好细致的思想工作，这年9月份，在充分尊重自愿的基础上，战旗村二、三、七、八组共4个村民小组的村民，将600亩土地交给村集体。村里成立了一个蔬菜专业合作社，由村集体划拨50万元启动资金，将600亩土地交给该联社经营管理。而后，又成立了一个蔬菜种植专业合作社，从股份经济合作联社流转部分土地种植蔬菜。剩余土地分别流转给个体经营户种植水稻、蔬菜、花卉苗木等。

高德敏（右）到村域内察看个体户种植的蔬菜长势情况

股份合作联社章程规定：实行两次分红的办法分配收入，即村民入股土地第一次保底分红800元；年底核算，对土地产生的经营收入实行二次分配。其中50%分给村民，另外50%留给村集体作为公益金和公积金。"最初确定的每亩地给村民

高德敏：将土地集中经营 让村民成股民

保底分红的标准从 800 元已逐渐上涨至如今的 1200 元，每季度发放 300 元股金红利。"高德敏介绍道。

这年年底，战旗村被成都市列入国务院开展的全国城乡统筹试验区试点村。村集体出资邀请成都市城乡规划设计院对战旗村进行新农村建设整体规划。

2007 年 4 月，战旗村从当地国土资源部门拿到了土地增减挂钩项目，正式开始进行城乡统筹试点，新农村建设由此拉开序幕。按照规划，该村在占地 220 亩的土地上建设一个功能齐全的战旗小区，供全体村民集中居住。

建设村民住宅小区、迁村腾地这项工作，村"两委"授权高德敏具体负责实施。广泛征求村民意见时，95% 的人都同意，但有 20 多户村民表示反对。一户村民说："我们祖祖辈辈都在这里居住，单户独院既可以养鸡，又可以喂猪，多方便，为啥子要挤到一块儿去居住呢？"

"集中居住有集中居住的好处，水、电、路、燃气、通信、宽带等基础设施由村集体统一解决，还能进行污水处理，多好呀！"高德敏说。

"俗话说'金窝银窝，舍不得自己的穷窝'，你说得千好万好，不如我现在住的地方好。"那位村民说道。

"你还是再好好想想吧！如果都搬走了，就你一户住在这里，道路坏了，电线断了，维修起来就十分困难，安全也没有保障。"高德敏继续开导说。

一周后，这户村民想通了，与村委会签订了搬迁协议。

高德敏想尽一切办法，挨家挨户做思想工作，分析利弊，讲清道理，终于做通了所有村民的工作，同意拆迁。

为避免村民故意拖延拆迁时间，高德敏提议村"两委"讨论后作出规定：只要在规定时间内拆迁的村民，村集体对每户奖励 1000 元。需要拆迁后在原址建设住宅小区的村民积极响应。

建设战旗小区的方案几上几下经过村"两委"反复讨论后，再让村民小组组织本组村民讨论、修改。最后形成决议，提交党员大会审议和村民代表大会表决时顺利通过。

当地城乡规划、国土资源部门委托一家惠农公司帮忙融资，战旗小区于这年 8 月开始建设。

2008 年 5 月 12 日，汶川大地震悄然袭来。战旗村距离地震中心只有 40 多公里，距离映秀镇只有 30 公里，村委会办公楼和村域内的一些厂房都在强震中倒塌。好在村民住宅小区事前是按照抗8级地震设计用钢筋水泥现浇的楼房，没有出现在建房屋坍塌事故。大地震导致该村的住宅小区建设推迟了半年的工期，经过当地建筑工程监理部门进行工程质量检查后，于2009年9月竣工。"小区建设投资1.1亿元，出售房款6700万元，村集体倒贴4300万元，包括配套建设的幼儿园、便民服务中心、医疗服务站、超市、文化广场、农家书屋及水、电、路、气、电信、宽带、污水处理等基础设施建设费用开支。"高德敏介绍道。

战旗小区共建设了527套单元式住宅，人均居住面积50.2平方米。按照村"两委"事前出台的建房、分房方案规定：一户有5口人的，居住面积260平方米；一户有4口人的，居住面积206平方米，这两种户型均为四室两厅两层；3人一户的有两种户型：一种是172平方米的两间两层单元楼房；另一种是115平方米的公寓式单元房；两人一户的为一层80平方米两室一厅；一人一户的为50平方米一室一厅公寓式单元房。

建设村民住宅小区时，高德敏提议参照当地城市拆迁标准，实现拆迁补偿、购房付款"赔付两条线"，公平合理。村民房屋拆迁补偿均价为每平方米280元，包括鸡舍、猪圈、粪坑都进行折价，最多一户拆迁补偿款达到30万元。兴建小区住宅均价每平方米为480元，5人居住的家庭购买一套260平方米两层楼房，只需花费12.48万元。"村民购买公寓式单元房的房价更低，每平方米均价才300元，全村有三分之一的住户拆迁房屋的补偿款高于购房所需支付的费用，不用掏钱反而赚钱。"高德敏介绍道。

分房时怎样才能尽最大努力让大伙儿都满意？高德敏反复思考了两个多月。他广泛听取群众意见并征得村书记同意后，邀请郫县（2017年改为郫都区）公证处按照公正、公平、公开、合情合理的原则，对每个程序都进行了精心设计，还成立了一个由村民代表、党员、业主委员会成员组成的分房小组。10月，采取抓阄儿的办法，每家每户选一个能够说话算数的人，手持全家人的户口本、身份证，先到公证处全程监督的地方抓顺序，再按家庭实际人口到分别设立的1人住宅区、2人住宅区、3人住宅区、4人住宅区、5人住宅区再次抓阄儿选房号。分房整体顺利推行，只有3户村民扯皮，说自己抓阄儿抓到的房子不能住。高德敏问其原因，对方回答找风水先生看过后说房屋朝向不好。高德敏便让其找风水先生书面证明这个房子确实不能住，才考虑调换。此前，高德敏已到当地派出所沟通过，让民警警告几名当地的风水先生，如果乱出证明，将追究其法律责任。

高德敏：将土地集中经营 让村民成股民

3户村民分别找风水先生出具书面证明未果，也不好意思再找高德敏要求换房。全村480户、1680位村民在规定的时间内全部乔迁新居。

这次拆旧房、建新房，全村共迁村腾地260亩，将其中的208亩土地，通过当地的政府平台——惠农公司以每亩46万元的价格拍卖，获得资金9600万元，用于偿还事前在金融机构的贷款。

2010年12月，战旗村换届选举时，80多位党员参加投票，高德敏高票当选为村党总支书记。他提议村里聘请原任村书记李世立担任党总支顾问，李世立继续工作了6年之后才正式退休。

高德敏（右）经常看望老村书记，认真听取他对村"两委"工作的意见和建议

从2009年起，村民种田的积极性越来越低，陆续出现大量土地撂荒。高德敏很着急，看在眼里，疼在心里，考虑将全村剩余千余亩农民承包土地集中经营管理。

村民新居建成后，村集体一细算，人均建筑面积50.2平方米，加上道路、广场、绿化占地面积，平摊到每个人头上，人均达到了80平方米。有的农户家老房子拆迁时总面积超过人均80平方米，有的少于80平方米。当年分田到户是以生产队即后来的村民小组为单位进行的，可建房却要占二、四、八组这三个村民小组的土地。

高德敏思来想去，觉得全村的土地重新分配再集中比较合理，否则就不公平。他将自己的想法提交到村"两委"讨论时引起了不少争议。有的村干部认为维持现状比较合适，占地多的就多一些，占地少的就少一些，哪有那么公平的，如果重新调整，可能会惹出很多麻烦；有人认为，占地少的具有区位优势，占地多的往往比较偏僻，两者一对比，就相对合理了。

公说公有理，婆说婆有理，此事争论了好几个月都没有结果。高德敏认识到，如果都从个人利益出发，什么事都搞不好。经过广泛征求村民意见，大多数人认为，土地全部集中的前提是全村人均土地相同，否则就会出现利益差距，引起不同的心理矛盾。思来想去，高德敏觉得，必须打破组与组之间的界限，在全村范围内实行平均土地承包数量。

为慎重起见，高德敏咨询了当地农业、国土资源部门的有关领导和律师，得到的回答是：鉴于战旗村的特殊情况，可以严格依法进行调整。法律依据是《农村土地承包法》第二十八条规定："承包期内，发包方不得调整承包土地。承包期内，因自然灾害严重毁损承包地等特殊情形对个别农户之间承包的耕地和草地需要适当调整的，必须经本集体经济组织成员的村民会议三分之二以上成员或者三分之二以上村民代表的同意，并报乡（镇）人民政府和县级人民政府农业农村、林业和草原等主管部门批准。承包合同中约定不得调整的，按照其约定。"

随后，高德敏组织召开村"两委"会议，就重新调整全体村民土地取得一致意见。首先，要进行集体经济成员身份认定，便安排专人起草了《战旗村集体经济成员身份界定办法》，其中规定，本村居民分为两类人员：一类是农业劳动者，即本村出生、长期居住的农业户籍人员，包括在部队服役的义务兵、服刑人员，收养和抱养子女。凡是农业劳动者，不论年龄大小，都可以享受集体经济组织成员待遇。另一类是非农常住人口，即在机关事业单位工作的退休人员回村居住的，不享受集体经济组织成员待遇。经过村"两委"反复讨论后，再提交党员大会审议，并提交村民代表大会表决通过。

分田到户之初是以村民小组为单位进行的，计量器具不统一，丈量方法不规范，导致了数量不准确，村民觉得不公平。经过集体经济组织三分之二以上成员同意，从2011年4月开始，打破组与组之间的界限，实行全村统一标准，重新分配土地。村"两委"精心挑选了群众公认作风过硬、公道正派的村民具体操作，统一丈量器材，而且在党员、村民代表的监督下进行。通过重新丈量，发现有户村民一家4口人实际占有土地多出了两个人的，一个村民小组长家的土地竟多占了2亩多地。经过一个多月的精细丈量，全村共多量出100多亩土地，便将这些土地收归村集体所有。

高德敏：将土地集中经营 让村民成股民

"全村耕地面积1937亩，具有承包资格权的村民1704人，人均土地1.137亩。宅基地数量不再调整。这次土地调整只是人均数量的变动，因为要收归集体统一经营，所以不做实质性的土地调整。因为打破了组与组之间的界限，全村人口数量一样，大家都觉得很公平，没有一人有意见，更没有人为此上访。"高德敏介绍道。

战旗村的土地集中统一经营以充分自愿为前提，有8户村民不愿上交承包地，村"两委"按照人均数量为这23人重新划地26亩，自主耕种。除此之外，其他村民的土地于这年8月全部交给村集体集中经营管理。"我和高德敏两任村书记用了整整8年时间，才把全村土地集中起来经营管理，实属不易。"老书记李世立为此发出感慨。

随后，战旗村启动农村集体经济股份制量化改革。该村土地面积2891亩，减去承包地、宅基地，剩余的都是集体资产。按照程序规定，首先需要进行以土地为纽带的集体资产清理，范围包括：土地及附着物的全部清理，内部价格评定；沟渠、建筑附属物、道路、堰塘、工厂、空地、建设用地、荒地等进行全部清理，把资源变成资产。

清理的结果是：全村建设用地有240亩，原始价格按每亩4.6万元计算；对外合作项目的使用土地，每亩价格以双方协商的数额为准，总价64万元；其他土地796亩，按当时农用地流转价格每亩2150元计算，总价171万元，两项合计1815万元。还有全村沟渠、道路、厂房的修建成本1800万元，加之村集体在银行的800万元存款，三项资产量化总额为4415万元，"全村总人口1704人，每人量化1万元金额，共计1704万元；剩余2711万元作为村集体的公益金、公积金和其他公共支出"。

2015年8月，战旗村为每户村民发放了盖有"郫县人民政府"红印章的《农村产权股权证》。

也是在这一年，中共中央、国务院出台了《关于农村土地征收、集体经营性建设用地入市、宅基地制度改革试点工作的意见》，郫县被成都市确定为农村土地制度改革试点县。高德敏敏锐地感到这是一个很难得的机会，便找到文件原原本本地学习了多遍，认真体会国家出台这一政策的精神实质，了解农村集体经营性建设用地入市的具体要求：村集体必须有经营性建设用地，产权明晰，入市主体明确，村民自愿。而且是净地，没有种植庄稼和盖有任何建筑物，还得有资金分配方案和管理办法。

高德敏提议，将本村一宗符合政策的建设用地上市公开拍卖，经过村"两委"会议讨论后作出决议，并提请党员大会审议、村民代表大会表决时顺利通过。紧接着，按政策要求开始准备，办理相关手续。

9月中旬的一天上午，郫县农村产权交易中心大厅热闹非凡，不少开发商前来参加战旗村13.44亩土地竞拍，结果以每亩地62万元的价格，竞拍资金833.28万元，敲响了四川省农村集体经营性建设用地入市第一槌。

这宗土地最终被四川迈高旅游开发公司竞拍成功，向当地缴纳了120万元土地调节税后，投资3000余万元，开发了以酒店、餐饮、金融为主的五季香境项目。

随后，战旗村"两委"作出决定，以后不再卖地，而是自主开发，用土地入股或出租。

"土地分散在农户手中，不能发挥整体作用，体现不了实际价值，产生不了应有的经济效益。只有把农村土地集中起来，由村集体统一经营管理，才能体现出集体对土地所有权的价值。"高德敏深有体会地说。

发挥模范作用　党建引领扎实谋发展

战旗村位于成都市郫都区西北部，版图面积5.36平方公里，其中耕地5430亩，设有16个村民小组，村民总人口1200户、4493人。

高德敏是战旗（大队）村第八任党组织书记。他从小受父亲的影响很大，因父亲是中专毕业，便要求四个儿子发奋读书，毕业后要有所作为。高德敏小时候的梦想就是长大后通过读书考学离开农村，可上高中时连续考了三年都未考上大学，"跳农门"的梦想未能实现。1981年7月高中毕业后，高德敏回到大队从事手工作坊式生产酱油、卖菜等小生意。

1984年10月，时任村党支部书记杨正中发现，21岁的高德敏不仅聪明、能吃苦，还很正派，便把他作为后备干部培养对象，指派到贵阳市科研所参加不饱和聚酯树脂制造和使用技术培训，1个月后回村开始筹备郫县新型树脂装饰厂。

高德敏被任命为树脂装饰厂技术员。他不断攻关，在生产技术上获得很大突破，与成都红光家具厂合作，生产餐桌上的拱盘和绘画装饰品。而后，村里安排他外出推销产品，并兼任工厂出纳。之后，他又先后到郫县豆瓣调料厂、村集体所属的集凤实业总公司、先锋酿造厂工作。

高德敏：将土地集中经营 让村民成股民

空中俯瞰战旗村村貌（无人机航拍照片）

2002年5月下旬的一天,高德敏到山东省德州市出差,时任村党总支副书记李世立给他打电话说:"有件事儿想跟你好好谈谈。"

"啥子事儿,您说嘛。"高德敏说道。

"是村里的事儿。"李世立说。

"我又不是村干部,您跟我说村里的事儿有啥子用嘛。"高德敏感到很纳闷。稍停片刻,他又追问道,"到底是什么事儿?"

"电话里不好说,事情有点急,你抓紧时间回来后告诉你。"李世立说。

一周后,高德敏办完手上的事儿,急匆匆地赶回村里,来到村委会与李世立见面。

"村里的党总支书记、村委会主任因为要忙自家的企业,都辞职不干了。上级党组织拟让我担任村书记,我已经向镇里推荐你作为村委会主任人选参加选举。"李世立开门见山地说。

"有几个候选人?"高德敏问。

"有5个。"李世立说。

"我也没有在村'两委'干过,对村里的工作一窍不通,就不参加这次竞选了。"高德敏拒绝道。

"我的想法是担任村委会主任的人选,既要有良好的人品、干事创业的能力,还要有个人经济基础。那4个人我都不看好,觉得你是最合适的人选。"李世立说道。

"我好好考虑一下再作决定吧。"高德敏从内心里并不看好这个职位,便如此敷衍道。

没过几天,镇里分管组织的副书记找高德敏做工作,他以"之前没干过、既没有经验也没有底气、万一干不好很丢人"为由,仍不同意作为候选人参加选举。

高德敏的妻子也不支持他干这个差事,在她看来,当村委会主任"是个费力不讨好,既苦又累,还容易得罪人、被挨骂的角色"。

"你是一名共产党员,应该服从组织决定,作为候选人参加村民选举。""你连候选人都不想当,这就不对了,当候选人不一定就被选上。"镇委副书记和一名包村的副镇长分别找高德敏谈话。

李世立又先后两次到高德敏的家里做工作,告诉他不懂如何做好村里的工作可以好好学习,很快就会上手。

此时,高德敏很纠结。因为他此时在自己叔叔也就是战旗村前任村书记高玉

高德敏：将土地集中经营 让村民成股民

春经营的厂里负责销售业务，收入很不错，对担任村干部没有半点兴趣。

镇里的领导让高玉春给高德敏做工作，让他同意以候选人身份参加选举。高玉春当面表态时说可以，但他深知高德敏的营销能力很强，一旦被选上了村委会主任，就得离开自己企业的营销岗位，自己到哪里再招聘到如此有能力的人？便给亲侄儿泼冷水说："这个差事是不好干的，村里很复杂，当村干部的待遇又低，我估计你即使被选上，干不了多长时间也会打退堂鼓。"

高德敏到高玉春经营的厂里负责推销前，曾经向叔叔提了个要求，即按销售总额一定的比例给自己提成，但他没有兑现，所以在思想上有些想法。

思来想去，高德敏犹豫了近两个月，最终觉得自己毕竟是一名共产党员，应该服从组织安排，应以候选人身份参加村委会主任竞选，如果选不上那就是另外一回事了。8月初，他表示同意参选。

高德敏万万没有想到，8月中旬，全体村民投票选举村委会主任时，他的得票率最高，自己不好再推辞。随后，被镇里正式批准为战旗村村委会主任。

"要么不干，要干就兢兢业业地干好。"这是高德敏做事的一贯原则。上任之初，他觉得自己得脚踏实地为村民干些好事儿、实事儿，当务之急是解决村里的交通问题。"当时全村还有很多院落不通车，村民出行非常不方便，有很大意见。"高德敏介绍道。

在新组成的村"两委"班子第一次召开的会议上，高德敏提议，村集体出水泥、砂石，村民小组出劳力，修通每个院落的公路。经过讨论获得一致意见，村书记授权他具体负责实施。

150户村民实现了3公里的"户户通"，9个村民小组的"组组通"全部刷黑成柏油路，村民一片叫好声，对村"两委"充满了期望。

从20世纪70年代中期至80年代初，战旗村陆续开办的先锋酿造厂、复合肥料厂、先锋砖厂、会富豆瓣厂、面粉加工厂、铸造厂、预制板厂、纸箱厂8家村办集体企业，由于经营管理上存在一些问题，从1994年开始，先后将其中的5家改制成股份合作制企业，即村集体占股50%，30%为企业发展股，另外20%的股份量化给企业员工，其中厂长占股3%至4%。由于经营者持股较低，工作积极性不高，造成生产经营效益低下。

2003年初，高德敏通过广泛走访，发现村民普遍认为该村没有什么发展希望，便向村书记李世立建议，把企业中20%的员工股收购回来，变成集体所有制全资企业。否则，再过几年流动资金就会全部流失。

　　李世立觉得高德敏的建议颇有道理，予以采纳，并授权他具体抓落实。复合肥料厂由于管理不善，有200多万元的货款收不回来，造成企业运转困难。其中四川省崇州市有个经销商赊欠货款3万多元，久拖不予支付。高德敏多次电话与其沟通，敦促付款，可对方百般抵赖。他收集了相关证据后，前往崇州市找那位经销商进行商谈，并当场出示证据，告知如果协商不成就到当地法院依法提起民事诉讼。经过苦口婆心地劝说，经销商终于松口付款，但不同意全额支付。高德敏请示村书记李世立同意后，最终收回欠款2.4万元。"高德敏很用心，也很有能力，相继把复合肥料厂的200多万元赊欠货款、砖厂的30多万元货款陆续全部追回，替村集体挽回了一大笔经济损失。"李世立说。

　　经过3年的艰苦努力，5家企业全部改成集体所有制企业，有效防止了集体资产继续流失。而后，村集体将这些企业租赁给个体经营者生产经营。刚开始，每年向村集体交纳租赁费180万元，后因新冠疫情降至100万元，大大超过了从前的集体收入。

　　在2008年5月12日发生的那场特大地震中，高德敏履职尽责，表现得十分出色。

　　那天下午2点20多分，高德敏刚走进办公室，就听到"哗哗"的声音，误以为是建筑工地上搅拌机发出的响声，因为村里当时正在修路。他定了定神一看搅拌机、压路机都停在那里未动，铸造厂的围墙全部倒塌了，便急忙从办公楼的二楼跑下来查看究竟。他已经意识到发生了地震，便高喊让大伙儿就地趴下，不要乱跑。强震随即发生，村委会办公楼和部分企业厂房坍塌。

　　村会计杨凤从铸造厂二楼往下跑时，不幸被一块预制板从右侧砸下来，将其砸倒，造成右脚粉碎性骨折，满脚都是血，昏迷过去。高德敏赶紧指挥村民将预制板抬起，救出杨凤，紧急送往郫县二医院抢救。医院的房子也倒了，只好住在草坪的帐篷里。5月17日转往郫县人民医院做手术，住进重症监护室。后转往江苏省南通医院进一步治疗，发现其胸椎二分之一压缩性骨折，康复治疗到6月30日才返回战旗村。

　　村里有200多户房屋倒塌，全村停水停电，村民被安排到铸造厂的帐篷里，每顿给每人发放一包方便面。

　　高德敏同村书记李世立带领几名年轻人围绕村庄不停地巡逻，排查险情，防止次生灾害发生，7天没有回家睡觉。

高德敏：将土地集中经营 让村民成股民

"洪水来了！周边工厂有毒气体泄漏了！"有人大喊。

很多人信以为真，纷纷朝成都市跑去。"当时余震不断，各种小道消息不胫而走，造成人心惶惶。电话信号断了，也看不到电视，我们得不到官方的真实消息。"高德敏介绍道。

高德敏迅速把党员干部组织起来，挨家挨户地转，维护社会治安，防止有人趁火打劫，造成村民家的财产被盗。实在困了，就在一辆抢险救灾的巡逻车上休息一会儿，一直坚持到跑出去的人陆续返回，恢复正常生活。

战旗村有4人在此次地震中受伤，其中两人重伤，都及时得到了良好救治。

高德敏担任战旗村党总支书记后，把认真做好党建放在首要位置，不断提高党组织的向心力、凝聚力、战斗力、号召力。

2013年3月的一天，村"两委"组织召开村民代表大会，按照以前的惯例，会给每个村民代表发放一定数额的误工补贴。可这次不凑巧，村里的出纳外出，没有当场发钱，事后高德敏竟把此事儿给忘了，未予补发。

高德敏认真学习党章，牢记党的宗旨

过了一段时间，村党总支召开党员大会，83名党员中有3人缺席。有位党小组长对高德敏说："我们组有两名60多岁的党员这次没来村里参加会议。"

高德敏以为是小组长替这两人请假，也未在意。可那位小组长继续说："这两名党员说以后村里不管开什么会，他们都不来参加了。"

"为什么？"高德敏听后颇为吃惊。

"他们说那天晚上召开村民代表大会时的补助没有发，事后也没有补发，很失望。"小组长解释道。

高德敏听后非常恼火，也感到很纳闷："如果什么事儿都讨价还价，连参加组织生活会议都要钱，还是一名合格的共产党员吗？"

这件事让高德敏陷入深思，经过反复琢磨，他决心从整顿党员队伍开始，不断提高党员素质。一天上午，他在参加党小组会议发言时说："我们为什么入党？

每个共产党员都应该想清楚。难道是为了个人利益、经济利益吗？我们每个人在入党宣誓时都庄严承诺过：'为共产主义奋斗终身，随时准备为党和人民牺牲一切。'可村里组织开会时，不给报酬你就不愿意参加，这说明什么？说明你的内心深处没有真正践行入党誓词，思想觉悟较低，把自己混为一个普通老百姓。"

随后，高德敏通过党小组组长分别找那两位党员谈话，告诉他们："按照党章规定，党员如果没有正当理由，连续六个月不参加党的组织生活，或不交纳党费，或不做党所分配的工作，就被认为是自行脱党。支部大会应当决定把这样的党员除名，并报上级党组织批准。我把这个利害关系给你讲清楚，你若一意孤行，就会受到组织处理。后果会给你的子女脸上抹黑，他们如果想入党或参加机关事业单位录入考试，就会受到很大影响，到时你别后悔。"

其中一位党员的子女正在大学读书，想申请入党，打算让村里给写证明材料。一听此话，该党员深感性质的严重性，当场作了自我批评；另一位党员事后把高德敏的话细细想来，觉得自己的想法不对，主动在党小组会上做了检讨，之后按时参加村里的会议。

紧接着，在高德敏的提议下，战旗村在全体党员中开展了"三问、三亮、六带头"活动。"三问"，即入党为了什么，作为党员做了什么，作为合格党员示范带动了什么。"三亮"，即亮身份，在村党务公开栏公开党员身份；亮承诺，向党组织承诺自己的履职尽责情况；亮实绩，就是在这一年内取得了什么成绩。"六带头"，即带头做好家庭卫生，带头践行契约精神，带头宣传党的政策，带头顾大局谋长远，带头遵守公序良俗，带头创业增收致富。"'亮承诺'具体要求：若是这一年度在企业工作的，就要带头遵守企业的规章制度；做农业的就要带头种好良心蔬菜、粮食，不用禁止使用的剧毒农药；村组干部要带头做好本职工作，全心全意为村民服好务。"高德敏解释道。

有位党员的孙子特别淘气，经常有些出格的行为，让邻居很烦。他承诺管好自己的孙子，尽量不给邻居添乱。还有的党员承诺按时参加党组织生活，不迟到、不早退。高德敏作为村书记今年郑重承诺："完成新战旗村的村庄规划，启动农民新居建设，帮助3户困难群众。"

坚持不懈地开展"三问、三亮、六带头"活动，收效明显。从2013年下半年至今，很少有党员开会时出现无故缺席或迟到早退现象，也不再发一分钱。一名叫杨志模的党员以前对村里的大小事都漠不关心，开展这项活动后，他的思想和行

高德敏：将土地集中经营 让村民成股民

为发生了明显转变。随着全村使用手机的人数不断增加，信号质量越来越差，需要在村域内安装一个信号发射塔。杨志模主动配合当地电信公司确定了一个地方，可周围的村民得知此事后担心有电磁辐射，强烈阻止安装。再换个地方又出现类似情况，连续换了三个地方，村民都不让安装。第一组党小组组长高长明的女儿在电信公司工作，杨志模找他商量，先把党员的思想工作做通，村民就不会起哄。经过他俩的积极努力，2014年1月，电信公司在该村一个比较合适的位置架设了新的手机信号发射塔，使全体村民的手机信号大大增强。

实现村务公开、村民自治、民主管理，从高德敏担任战旗村党总支书记后一直坚持到现在。"四议两公开"贯穿于该村重大问题决策的全过程。2010年7月，村"两委"制定《战旗村集体经济成员身份界定办法》时，已确定集体经济成员身份的截止时间为本年度9月30日。虽然党员大会审议后已经通过，但召开全体村民大会表决时，有几位村民表示强烈反对，主要是其儿子已经结婚，儿媳妇怀有身孕，即将生产。经过反复讨论，最后确定将截止时间推迟到2011年4月20日，再次提交村民大会表决时顺利通过。

《战旗村集体经济成员身份界定办法》在执行时又遇到了麻烦：有位村民的孙子在规定截止时间后的第二天出生了，他整天到村委会吵闹，要求将其孙子也纳入集体经济成员范围，享受集体资产量化权益。为慎重起见，高德敏专门组织召开了一次村民大会，让那位村民在大会上说明要求和理由。结果投票表决时未能获得通过，那位村民就不好再说什么了。

高德敏说："村书记必须处处起好模范带头作用，是带头干好事，而不是干坏事。"

2003年9月，五组村民廖忠友的妻子生病需要到医院做手术，没有钱交住院费。高德敏得知后动员自己的3个弟弟每人捐助2000元，加之其本人捐的2000元，共凑了8000元钱交给他，才保证手术按期进行。

又过了几年的一天上午，廖忠友用人力三轮车将妻子推至村委会，反映要到四川华西医院去治疗，没有钱交医疗费。高德敏当时口袋里只有1000元钱，又向别人借了1000元钱，一起交给了他。

2009年10月，战旗小区分房时，廖忠友家的旧房拆迁款与购置新房差价很大，高德敏帮他到当地信用社贷了一笔款，并资助了他家2000元钱。

后来，廖忠友的妻子因病去世，连火化的钱都拿不出来，高德敏再次给他捐资 2000 元。

高德敏从 2002 年 8 月担任村委会主任至今，已经帮助了全村 40 多户像廖忠友这样的困难群众，捐资总额达到 10 万多元。

不仅帮助困难群众，村民遇到什么难事，高德敏也会非常热心、力所能及地帮助解决。一组村民杨奎是富有绿色食品调味品公司的老板。这家公司的前身是战旗村在 20 世纪 90 年代开办的郫县豆瓣厂。2003 年 4 月村集体第二次进行企业改制，收回全部产权后，采取招投标形式竞拍这家企业的租赁经营权，杨奎竞标成功，不仅安排了本村 36 人就业，每年还向村集体上交 20 万元左右的租赁费。

高德敏（右）认真察看村域内一家豆瓣酱厂的生产情况

2005 年 10 月，杨奎采取"信誉发货"模式，向辽宁省沈阳市一个经销商发了一笔价值 2.6 万元的豆瓣酱。通常情况下，对方在 2 个月至 3 个月内就会把货物出售后及时付款。可这次过了 4 个月却没有任何动静，电话也联系不上。他很着急，到村委会请村干部出马帮忙维权。

一天上午，高德敏陪同杨奎转乘几趟火车，来到沈阳市一打听才知道，这个经销商已离异多年，近期与新认识的女友带着货款不辞而别，谁也不知道他的去向，

高德敏：将土地集中经营 让村民成股民

杨奎只好自认倒霉。

两人又马不停蹄地赶到河南省许昌市，找这里的一个经销商追要货款。人虽未跑，却以种种理由百般抵赖，拒不付款。他们只好到当地法院提起民事诉讼，虽然法院判决杨奎胜诉，但对方仍然拒不支付2.6万元货款。

回到村里，高德敏向村党总支书记李世立汇报后，村委会聘请了一名律师，依法向原审法院申请强制执行，最终收回了欠款。

杨奎是租赁村集体企业生产经营，因没有硬性抵押物，所以每当遇到资金周转困难时，银行不给贷款。刚开始，高德敏从朋友处多方筹措资金，借给杨奎按银行同期存款利率支付对方一定利息予以周转，可时间长了感到这样做也不是回事儿。2009年8月，高德敏用自己的人格做担保，协调当地农商银行首次给杨奎贷款60万元，到期后及时偿还。双方建立了良好的信贷关系后，贷款不仅方便，数额也不断增加，从100万元、500万元提高到现在的3000万元，最高时达到5000万元。"如果不是高书记的大力支持和帮助，我所经营的企业肯定坚持不到现在，更不可能发展到年产1万吨、产值3000万元、利润300万元的规模。"杨奎从内心对高德敏充满了感激之情。

高德敏对父母充满深厚感情，也非常孝顺。母亲患胃癌经常呕吐，他便用双手捧着呕吐物倒掉，还经常给母亲洗脚，每天抽空陪她10来分钟。可因忙工作，两位老人相继辞世时，临终前都未能在他们面前聆听遗言，至今深感惭愧。每当谈及此事，他都会泪流满面。

高德敏兄弟四人，他是老大，吃亏特别多，每当遇到利益纠纷时，他一贯让着小的。所以四兄弟之间的关系特别好，每天无特殊情况，四人必须在一块儿吃顿饭。他们共同开办了一个家族制企业，他没有时间管，全靠其他几个弟弟打理。2016年12月的一天下午，母亲因病医治无效不幸去世，享年80岁。老人弥留之际，高德敏正在村里组织开会，讨论十八坊建设方案。当他接到家人打来告知母亲病危的电话，眼泪在眼眶里直打转儿。他快速用手背擦了一把，其他村干部看出他的面部表情发生了很大变化，预知是他家里发生了不测。有人劝他不要再开会了，赶紧回家处理后事。高德敏强忍着悲痛，把工作安排妥当后，才匆匆忙忙赶回家。见母亲已经咽气，他悲痛欲绝，跪在母亲遗体前号啕大哭。

2019年9月，高德敏因公到外地出差，接到父亲病危的电话。刚到家里，老人已经去世，享年82岁。父亲是位老党员，从不给子女添麻烦，临终前还嘱咐另外三个儿子要多帮衬高德敏干好村里的工作。

父母去世后,高德敏与三个弟弟一商量,亲自写了一份讣告,乡亲们确实想来吊唁的,烧点纸就行了,不收任何人送的礼,包括所有亲戚朋友。一位嫡亲的叔叔发脾气说:"你不收外人的礼还有理由,我和你父亲是亲兄弟,送点礼名正言顺,这份礼你必须收。"

"都不收,就谁也不得罪。如果只收了您送的礼,不收别人送的,就得罪了很多人。"高德敏心平气和地解释道。

叔叔觉得此话很有道理,不好再说什么。事后经过打听,所有亲戚朋友送的礼都未收,也不好再做计较。

高德敏带了个好头,从此改变了战旗村办丧事相互送礼、相互攀比的不正之风。在他的提议下,战旗村成立了红白理事会,倡导村民婚丧嫁娶要节俭,不铺张浪费、不大操大办。红事必须到村委会报备,限定请客数量和用餐标准;白事不在自家办,而是到十八坊内村集体所有的餐厅办理。亡人停放时间由过去的5天至7天缩短为3天。而且丧事从简,不准请乐队吹拉弹唱,由其子女安静地为亡者守灵,文明吊唁。

大力发展产业,不断壮大集体经济实力,是高德敏担任村书记后各项工作的重中之重。2011年1月,他利用外出培训机会,到北京市通州区参观了一个以南瓜为特色的主题公园,没想到南瓜能够做成文化。他由此受到启发,也想在战旗村兴建一个有特色的旅游景点。他突然想起此前在四川省雅安市认识的一位投资农业项目的企业总经理,数次耐心给对方打电话,热情邀请他到村里看看,能否合作建设一个农业项目。

"到你们那里投资建设有什么优势?"那位总经理问。

"我们村距成都市很近,交通很方便,郫县豆瓣也很出名。"高德敏介绍道。

"你们村具体有什么优惠条件?"总经理继续问。

"只要在我们村已集中的600亩土地以内,你们公司看中哪块地,村里就给哪块地。"高德敏很爽快地答道。

"这不算什么优惠条件。"那位总经理有些不满意。

"这样说吧,你们来投资,我们尽最大努力提供'保姆式'服务,一切手续都由村集体负责代办,包括征地拆迁。即使因此事与农民打架,也不需要你们动手。"高德敏非常诚恳地说。

这句话很真诚,深深打动了那位总经理,他当即表态说:"那好吧,我抽空儿去看看再说。"

没过多久,总经理来到战旗村考察经营环境。此前,他考察过好几个地方,都感到不理想。到该村与高德敏面对面交流和实地察看后,颇为满意,当天就与村集体签订了合作协议。

投资方相继投资1亿多元,用了一年时间将农庄建成,占地350亩,主要包括会议接待、婚庆服务、拓展训练等业务,共安置了70多人就业。高德敏帮它取了一个很好听的名字:妈妈农庄。

双方在合同中的约定:妈妈农庄每年向村集体上交土地租赁费86万元,另外按其营业额的1.5%给村里上交提留。"正常年景下,农庄每年的营业额在3000多万元,近几年受新冠疫情影响,每年营业额在1000多万元。"高德敏介绍道。

高德敏(中)到妈妈农庄鼓励参加拓展训练的孩子努力锻炼身体,长大后为社会多做贡献

战旗村有很多民间手艺人,高德敏一直想把这些人集中起来,建设一个作坊式的生产经营基地,把他们的手艺展示出来,不断提高村民收入、丰富旅游内容。村集体将一个从前村民喝茶的茶馆和养猪的猪圈拆掉,建成了前店后厂的十八坊手工作坊街,占地60亩。豆瓣酱、酱油、白酒、食用醋、手工布鞋、蜀绣等18户作坊相继开张营业,食品里没有任何添加剂,游客可以现场观看制作过程,当场品尝,

购买一些手工产品回家馈赠亲朋好友。

　　随后，在一片空地上经过改造，相继建设了小吃一条街和民宿一条街，为全村的旅游做好配套，解决了游客的食宿问题。

　　2013年12月，战旗村被国家旅游局评为3A级旅游景区。

　　2016年5月，战旗村被划入成都市二级水源保护区。一些企业受到严格限制，该村确定把生态种植和生态旅游作为今后产业的重点发展方向，逐步淘汰有污染的企业。

　　在高德敏的不懈努力下，村集体经济组织不断发展壮大，实力逐步增强。集体所属企业——战旗村资产管理公司下辖集凤投资管理公司、集凤商务服务公司、战旗生态旅游公司、益林蔬菜专业合作社、战旗蔬菜专业合作社、股份经济合作联社6家企业。

　　租赁本村土地，相继开办的3个豆瓣厂、1个全包彩印厂、1个纸箱厂、1个泡菜厂、1个豆腐乳厂、1个作料厂、1个蚕豆仁厂、1个食用菌加工厂等企业，每年向村集体交纳租赁费100万元至180万元不等。全村的经营形式由租赁经营、出让土地作价入股、自主经营组成，2023年实现产值3.1亿元、集体收入680万元、人均可支配收入3.55万元。

高德敏（左）到村域内的一家企业，了解杏鲍菇生长情况

村集体收入除一部分用于公共服务管理和公益性建设开支外，很大一部分用于集体福利支出：为全体村民缴纳城乡居民医疗保险费每人每年200元。为全村老人发放养老补助。其中60岁以上的，每月发放50元；70岁以上的，每月发放100元；80岁以上的，每月发放150元；90岁以上的，每月发放200元；100岁以上的，每月发放300元；每人每年180元物业管理费由村集体承担。

战旗村具有劳动能力的有2102人，本村工业企业提供就业岗位800多个、农业种植提供就业岗位650多个、旅游等三产服务提供就业岗位356个，共计1800多人在本村就业，自主创业的98人，就业率在90%以上。

"村'两委'还要大力发展集体经济，不断改善民生，量力而行提高村民福利待遇，让大家具有获得感、幸福感、安全感，实现共同富裕。"高德敏说。

总书记来视察　各项建设进入新阶段

2018年2月12日是农历鸡年腊月二十七，这一天是战旗村村民永远难以忘怀的日子，将写入该村史册。中共中央总书记、国家主席、中央军委主席习近平在四川省考察期间，离开2008年"5·12"汶川大地震灾区中心区汶川县映秀镇后，驱车来到在全省率先推行农村产权制度改革的战旗村考察。

当天下午，高德敏组织召开全体党员大会，认真传达贯彻习近平总书记考察战旗村时作出的重要指示精神。他说："习近平总书记的到来是对我们村'两委'干部和全体党员的鞭策。我们要时刻牢记总书记的嘱托，将本村的全面建设提升到一个新的高度。"

这年5月，由国有平台公司——郫都区建筑工程公司投资2300万元，开始建设四川战旗乡村振兴学院，占地27亩。2019年2月投入使用，建筑面积6000多平方米，一楼为教学楼，二楼为多功能会议厅和餐厅，能够让1200人同时接受培训。

四川战旗乡村振兴职业学院由四川省农业农村厅举办，一年负责为全省培训实用人才2万多人次。

之后，由天府旅游公司投资4000万元，为培训学院配套建设了一家天府酒店，供学员住宿，占地6亩，建筑面积5200平方米。"按合同约定，振兴学院和天府酒店都是投资方占股51%、战旗村用土地入股49%，先由投资方收回投资成本后再分红。"高德敏介绍道。

战旗村的旅游从此进入了一个新的发展阶段,变成了类似"红色旅游"景区。成都市及周边地区的党政机关、人民团体、事业单位纷纷组团到该村开展支部主题党日活动,现场观摩习近平考察时的视频讲话、图片、文字介绍,聆听总书记的亲切教诲。

高德敏(中)热情接待到村里进行社会实践的大学生,介绍习近平总书记视察战旗村时的情景

2019年3月,战旗村又被国家文化和旅游部评为4A级旅游景区。每年到该村参观旅游的人数超过百万人次,综合收入达到4669万元。

十八坊当时还未完全建好,春节一过,高德敏便加快了建设步伐和招商力度,使经营作坊的人数迅速增加。1970年出生的本村村民赵培健,17岁初中毕业后就到成都市做纺织品批发生意,2000年又到浙江省绍兴市做纺织品生意,资金越滚越大,如今已是身家数千万的个体老板。

原战旗大队于1979年投资兴建的凤冠酒厂,所生产的浓香型白酒凤冠大曲曾经非常畅销,年产上百万吨。可到了20世纪90年代末由于经营管理不善,经济效益迅速下滑,导致最后停产倒闭。村里兴建十八坊时,盖了一个前店后厂的酒作坊,建筑面积600多平方米,虽经多次招商动员,可全村没有一个人敢租赁经营,原

高德敏：将土地集中经营 让村民成股民

因是需要很大投入。房子虽是村集体建的，但按照村里的规定，虽然前两年免房租，但水电费、物业费需要自己出。2年后需要按照营业额的10%给村集体上交提留。

高德敏多次给赵培健打电话，动员他回来租赁经营酿酒作坊。有一次高德敏在电话中说："总书记到我们村考察后寄予了很大希望，我们村已经成为全省的乡村振兴示范村。十八坊已经建好了，你是我们村在外经商最成功的人士，最好能回村创业，带动村民共同富裕。"

此前，赵培健也经常在过年时回到村里与家人团聚，目睹了村里不断发生的变化，也想回来做些贡献。高德敏的一番话与赵培健一拍即合，很快达成了协议。

从2019年5月开始，赵培健陆续投入500万元，对白酒作坊进行改造，注册了"旗凤冠"商标。高德敏帮他与五粮液酒厂取得联系，对方给予了配方技术支持。白酒作坊以大米、高粱、糯米、小麦、玉米这五种粮食为原料，生产了220吨浓香型白酒。由于向市场管理部门申请营业执照时限定为作坊式生产，按规定不是生产型企业不能装瓶出售，只能散装零售，目前已销售50吨，还有170吨储藏在仓库里。

这年9月，总投资3000多万元、占地6.7亩、建筑面积2890多平方米的天府农耕博物馆开始建设，2020年5月竣工并投入使用，正式对外开放。馆内分为三层，一楼为"巴蜀沃野、耕作天府"；二楼为"天人合一、海纳百川"；三楼为"开拓创新、乡村振兴"，通过古蜀各地出土的数千件精品文物，全面展示了古蜀大地源远流长的农耕文化，成为游客参观和中、小学生的劳动教育、研学基地。

这年6月，战旗村与邻近的金星村合并成现在的战旗村，全村的原版图面积2.03平方公里，其中耕地面积1943亩，有9个村民小组，村民总人口529户、1704人，在此基础上有了很大增加。与此同时，战旗村党委成立，高德敏担任村党委书记、村委会主任。全村共有党员165名，党委下设7个党支部。

高德敏十分渴望人才，总是用博大的胸怀，花费较大心血，吸纳、培养、选拔年轻人进入村"两委"班子，共有3名"80后"相继成为班子成员，3名"90后"成为后备干部，杨明学就是其中的一位代表。杨明学出生于1981年，2006年从四川宜宾出嫁到战旗村，在成都市做了一段时间的化妆品批发生意，后因夫妻感情出现问题，放弃生意，在家待了很长一段时间没事干。

2015年5月的一天，高德敏在村里碰到杨明学，告诉她到战旗村参观的人越来越多，缺少一个会讲解的人。看她长时间待在家里也不是个事儿，就问她是否愿意到村里工作。小杨回家想了想，就答应了。从这年6月1日起正式到战旗村上班。

杨明学到村委会上班后才发现，这份工作不是那么好干的。自己在家闲散惯了，每天要按时上下班，没有一点空闲时间，很难受，加之当时村里有人提出给她3个月至6个月的试用期，试用期内每月工资才1200元，她感到有些委屈，因为自己在成都做生意时，每月收入有7000多元，现在才1200元。因此，心里产生了较大落差。

"别人的试用期才一两个月，工资报酬1800元，干吗到我的头上，不仅试用时间延长几个月，工资还少600元，这不是跟我过不去吗？"回到家里，杨明学越想越生气。她已做好了心理准备，先干段时间再说，不行就放弃。

高德敏隔三岔五就到杨明学的办公室与她交流，鼓励她好好工作，在锻炼中成长。让她不忙时就把村委会二楼的会议室、办公室打扫一下。"我刚开始是隔一天打扫一次，半个月后就变成每天打扫一次。"杨明学介绍道。

经过一段时间的细心观察，高德敏发现杨明学做事很踏实。每当游客来后，自己讲述战旗村的历史和发展史，就让小杨跟着听，以增加她的知识，磨炼她的意志。而后，进一步鼓励她每天把二楼的卫生间打扫一下。

杨明学对讲解的兴趣越来越浓，不仅认真从书籍《战旗村变迁实录》上细致了解全村概况，还反复听老讲解员、高德敏和其他村干部的讲解录音。刚开始，她是按照模板给旅客讲解，对方提出什么问题，回答不上来时就把问题记下来，抽空问高德敏。时间长了，就开始慢慢积累、总结，撰写讲稿，按照自己的思路讲解，受到了游客的好评。

到战旗村参观游览的人逐年增加，村里2017年8月买了4辆观光车，现增加至9辆还不够用。杨明学边学习边操作，不久便考取了特种车驾驶证，成为既会讲解又会驾驶观光车的多面手。

高德敏有意识地培养杨明学，先后派她到战旗村花样平台公司和商务公司担任出纳，到综合办公室担任一年多时间的副主任，而后，又让她到景区办公室担任副主任。2018年6月，当地镇委组织的村"两委"后备干部遴选时，200多人经过笔试、面试逐步淘汰，最后确定了50人，杨明学排第15名。7月加入党组织，第二年7月转正后，被上级党组织任命为村党委委员、景区办副主任，兼战旗飘飘运营管理公司运营部主管至今。"高书记从小事儿开始一点一点了解我、激励我、锻炼我，在他的精心培养下，我才一步一步提升到现在的水平。"杨明学满怀感激之情地说道。

高德敏：将土地集中经营 让村民成股民

　　战旗村的旅游讲解员已发展到现在的 6 人，高峰时有 9 人，讲解实行的是有偿服务：15 人的参观团队到该村游览时，一名讲解员全程讲解一小时，收费 600 元；为 30 人的参观团队讲解一小时，收费 800 元；带有现场教学的讲解，服务 90 分钟，收费 2000 元。仅此一项，每年就能为村集体创收 158 万元。

　　"经过村'两委'的艰苦努力，我们村虽然在农村土地产权制度改革、农村党建、集体经济发展和村庄建设等方面取得了一定成绩，但与总书记的要求还相差甚远。我们将在国家实施乡村振兴战略中进一步探索，力争取得更大成绩。"高德敏说。

高德敏访谈录

　　作　家：2002 年 5 月，战旗村换届选举时，您本不打算以村委会主任候选人身份参加选举，但经过激烈思想斗争后同意了，最后高票当选。8 年后又全票当选为村党总支书记。您担任村主任和村书记的初心是什么？您不断勤奋努力，把战旗村建设成了四川省的"十强村"，您的内生动力是什么？

　　高德敏：2002 年 5 月，时任村党总支副书记李世立向镇里推荐我作为村委会主任人选参加换届选举时，我当初确实不想参选。因为自己从未干过村委会的工作，没有一点工作经验，怕干不好丢人。另外，我当时在叔叔开办的企业跑销售，准备条件成熟后自己办企业，我的梦想是成为一个很有知名度的企业老板。李书记不厌其烦地多次给我做工作，镇里的几位领导也分别找我谈话，仔细想想自己毕竟是一名党员，应该服从组织安排，所以就答应了。

　　我的性格是"要么不干，要干就干好"，既然广大村民推选我担任村委会主任，我就要履职尽责，不要让大伙儿失望。这就是我担任村委会主任的初心。

　　到 2010 年底换届选举时，我想已经为大家服务了 8 年多时间，力所能及地干了一些事情，还是想退出来自己办企业。可这次却高票当选为村党总支书记，那就要负起肩上的责任，不辜负大伙儿的信任，把全体村民团结起来一起发展，实现共同富裕，真正体现人生价值。这就是我担任村书记的初心。

　　我不断奋斗的内生动力来自三个方面。一是到华西村、南街村、刘庄村考察后，发现我们村与他们相比差距太大了，所以立志发扬"愚公移山"精神，一定要把战旗村发展好、建设好、治理好，缩小与那些名村之间的差距。二是战旗村在我之前经过 7 任村书记的不懈努力，已经把这个村庄发展得在当时算是比较富裕了，那么我要在前任书记们的基础上继续创新、不断创造，力争建设得更好，特别是土地收归集体的任务还没有完成，要善始善终地把这件事落到实处。三是我的父亲在世时经常教育我要发奋图强，努力做一个有作为、称职的村书记。

作　家：在您的提议下，战旗村为何在四川省率先进行农村土地产权制度改革，坚持用了8年时间将原战旗村农民承包的2000多亩土地集中经营管理，这样做有何意义？

高德敏：我国农村实行分田到户后的前几年，对充分调动农民种粮的积极性、解决大家吃饱肚子的问题确实发挥了积极作用。但随着市场经济的日臻完善，其弊端也日渐凸显，主要表现在土地分散，不利于农业科技的推广，不利于农业机械化操作，不利于土地的集约化使用，不利于土壤改良，等等。特别是2009年至2013年，战旗村农民的种粮积极性越来越低，出现了大量土地撂荒，非常可惜。

我出生在农村，深知盘活土地的重要性。特别是担任了村委会主任后，更加充分认识到发展集体经济，必须在土地上做文章。土地是不可再生资源，就像矿产，要尽可能地利用好、开发好。只有把土地集中经营管理，才能最大限度发挥潜力和价值，确保想种地的人有地种，不想种地的人，他所承包的土地有人来耕种，真正做到村强民富。

我们整整用了8年时间才把这项工作完成，这是一个农民逐渐转变观念的过程。他们最看重的是自己的切身利益，我们始终遵循加以引导、高度自愿、不强迫推行这一原则。现在看来，采取分步实施的办法是对的，不能操之过急。

党的十九大报告中关于乡村振兴有一句话："保持土地承包关系稳定并长久不变，第二轮土地承包到期后再延长三十年。"前面还有句话："巩固和完善农村基本经营制度，深化农村土地制度改革，完善承包地'三权'分置制度。"党的二十大报告中关于全面推进乡村振兴进一步提出："巩固和完善农村基本经营制度，发展新型农村集体经济，发展新型农村经营主体和社会化服务，发展农业适度规模经营。深化农村土地制度改革，赋予农民更加充分的财产权益。保障进城落户农民合法土地权益，鼓励依法自愿有偿转让。"

我的理解是：土地承包30年不变，是为了稳定农村承包制度，给广大农民吃颗定心丸，但并不意味着土地永远让农民分散耕作。同时，支持各地在土地改革上进行创新。即承包也可以，集中起来经营管理也可以，不搞"一刀切"，方法上各地因地制宜、因村制宜，循序渐进地认真探索，但有一个原则：农民自愿，能

高德敏：将土地集中经营 让村民成股民

够广泛接受，没有意见，而不能强制推行。

有的人简单理解"三权"就是发三个证，即土地所有权证、农民承包权证、经营权证。虽然名义上土地的所有权归集体，但承包给农民耕种，没有任何经济利益就等于是个空壳。村委会需要经营乡村，重要任务就是经营土地，只有把土地所有权集中起来统一经营管理，与农民实行股份制分配，村集体才能将所有权转化成集体经济的收益权。集体经济是本村的公共财政支出，一部分分配给本村具有享受集体经济资格的成员；另一部分用于公共服务、扩大再生产、村民集体福利支出等。

发展集体经济牵涉到全体村民的利益，农民只能吃补药，不能吃泻药，所以要"稳"字当头，穿钉鞋，杵拐棍，稳上加稳。所以我们在推行土地集中过程中一定要分步实施，稳妥推进。有多大的利益，就有多大的风险。盘活土地不外乎出租、出让、作价入股，没有把握的不要自己开发。适当引进社会资本进村参与土地经营倒是可以，但绝对不能让社会资本主导村集体，而是要让社会资本成为村集体赚钱的工具。

高德敏（左）到农田察看水稻生长情况

作　家：您在担任 8 年村委会主任期间，为何始终与时任村党总支书记李世立配合默契？老书记对您的成长进步起到了什么作用？

乡村振兴领头人——中国模范村书记

高德敏： 我是一名共产党员，首先要讲规矩。老书记的年龄比我大，党龄比我长，工作经验和智慧比我丰富。从组织上讲，他是领导，是这个村的总负责人。作为村委会主任，一定要把位置摆正，村委会是在党组织的领导下开展工作。况且，相互尊重是合作的前提，他是村党总支书记，我是党总支副书记兼村委会主任，所以遇事要多向他请示、汇报，重大问题由他拍板定夺，我去具体落实。而不能擅自做主，为此引发两人之间的矛盾，导致相互不信任。

李书记是位很开明的人，他主要是管原则，管方向，敢于放权，善于放权，能够放权，使我们年轻人有成长的空间。我当时才30来岁，工作上有冲劲儿，有想法，思想比较解放，提出的建议，绝大部分他都予以采纳。只要方向正确，他都支持我大胆地去干。老书记很会用人，知人善任，用人不疑人，对我的工作往往是指点而不是指责。当我在工作中遇到困难后，他往往是补台，而不是拆台。

我们在工作上也曾有过不同的观点和认识，甚至争得脸红脖子粗，像吵架一样，但都翻脸不记仇，最终决策还是他说了算。我很注意把握好每件事情的度，遇事儿不能过度，即不能先斩后奏。有一句话叫"响鼓不用重锤"，有次我俩为一件事争论不休，可老书记说了一句话："你记住，我是这个村的书记，党组织领导一切。"听到这句话后，我马上停止了争论。他并不是要权力的村书记，而是教我们怎么做人。我一直牢牢记住村委会主任虽然是村委会的行政"一把手"，但村委会与党总支不是并列关系，而是领导与被领导关系。村委会是在党组织的领导下实行村务公开、村民自治、民主管理。同时，要认真执行党组织的决定。

老书记李世立对我的成长进步起到了至关重要的作用，可以说是他一步一步把我培养起来的，我从内心对他充满着感激之情。他首先教我作为一名党员必须遵守的规矩、做人应该懂得的规矩，即在大是大非面前不能糊涂、在公与私面前必须做到公大于私、先公后私。同时，要心存底线意识，违法违纪的事儿坚决不能干。其次是教我在工作上要"干"字当头，少说空话、大话、废话，细心观察，做到眼勤、腿勤、嘴勤，脚踏实地，雷厉风行，相信群众，依靠群众，发动群众。

作　家： 习近平总书记于2018年2月12日到战旗村考察后，对您有什么启发？今后将如何把新战旗村发展、建设、治理得更好？

高德敏： 习近平总书记在百忙之中能够到战旗村考察，是我和全体村民的荣幸。总书记在我们村虽然只待了短短53分钟时间，但首次在一个村庄阐述乡村振兴。从他发表的重要讲话中我得到很大启示。一是国家将实行乡村和城市同步发展，达

高德敏：将土地集中经营 让村民成股民

到城镇化、产业化、信息化和农业现代化的目标。二是总书记之所以到我们村来考察，是因为我们村始终坚持党建引领，历任村书记率先垂范、以身作则，起到了榜样、标杆、引领、模范带头作用，党组织真正发挥了战斗堡垒作用。三是我们村在四川省率先进行农村土地产权制度改革，盘活土地，发展集体经济，不断提高村民收入，让大家具有获得感、幸福感、安全感，这条路走对了。四是我们要时刻牢记临别时总书记的殷切嘱托："要在乡村振兴中继续走在前列、起好示范。"

高德敏看望本村老人，嘘寒问暖

原金星村于2020年与战旗村合并后，全村的版图面积、耕地、人口都发生了很多变化，需要纳入一体规划、发展、建设、服务、治理范畴。具体讲，要认真做好以下几个方面的工作。一是将原金星村的3400多亩土地集中到村集体统一经营管理，建设高标准农田，实行生态种植，不断提高粮食产量和质量。二是对原金星村700多户、2700多人的居住条件进行整体规划，建设宜居宜业村庄。实行形态、业态、生态、文态、旅态相融合，即水、田、路、林、村（自然村）相融合，成为新形态；农、商、文、旅融合，突出乡村业态；按照水源保护区的要求，严格保护生态环境，夯实生态；凸显乡村文化和农耕文化，形成传统文态；将现代农业、休闲农业与乡村旅游相结合，打造国家 5A 级旅游景区的旅态。三是认真做好新形势下高质量农村党建，不断提高基层党组织的向心力、凝聚力、战斗力、号召力、创造力。四是大力发展集体经济，力争村集体收入达到上千万元，不断改善民生，实现共同富裕。五是积极做好农村综合治理，不断提高村民素质，确保村庄稳定、平安、和谐、文明。

作　　家：您认为一个优秀村书记应该具备什么样的素质和条件？选拔村书记时应着重考察被选举对象哪些方面？

高德敏：我认为一个优秀村书记应该具备以下几个方面的素质和条件。一是要讲政治、讲规矩。随时学习、了解、掌握国家的大政方针政策，加以理解、消化和应用。时刻牢记自己是一名基层党组织书记，一言一行都会影响到党在农村群众中的形象。所以要严格要求自己，违反党纪政纪的事儿绝对不能干。二是要坚持"干"字当头。不能高谈阔论，空谈误村。既要敢想敢干，又要苦干加巧干，还要熟记《中华人民共和国村民委员会组织法》《农村土地承包法》，依法办事。三是要受得住委屈。为村民办好事，他不一定能够理解你，要有博大的胸怀，包容村民的闲言碎语，不要与他们计较、争吵。不能为此泄气，甚至撂挑子不干了。四是要善于抓住发展机遇。机遇是公平的，就看你是否有那个眼光、胆量和决心。现在国家为发展农村，不仅投入了大量资金，还出台了很多优惠政策，这就需要村书记因地制宜、因村制宜，审时度势地利用好本村优势和国家的配套资金、政策，把村庄发展好、建设好、治理好。

考察村书记人选时，首先应着重考察被选举对象是否有情怀，即是否愿意长期安心在农村专心致志地工作；其次要认真了解此人是否公道正派，是否能够吃苦耐劳、吃亏奉献；最后是要有文化、懂经济、会管理，善于做群众工作。

作　　家：您认为怎样才能确保乡村振兴战略取得实效？关键因素是什么？

高德敏：我认为应该认真做好以下几点，才能确保乡村振兴战略取得实效。第一，国家在 5 年内即将投入的 7 万亿巨额资金，应该用在高标准农田建设、水利设施、道路、污水处理、医疗、教育、文化上，而不要用在形象工程、面子工程上。第二，改革粮食补贴办法，由补给农民人头改为补给实际种粮人，这样才能有利于调动种植户的种粮积极性。第三，要像经营自己的家庭一样经营村庄。每个村民既是村庄的主体，又是村集体经济组织成员，让每家每户过上好日子是村"两委"的目标和任务。而不能像经营企业那样，把员工当作经营者赚钱的工具，不合格的可以辞退，

高德敏：将土地集中经营 让村民成股民

对严重违反内部规章制度者，可以开除。有的村遇到困难时比照工商企业来进行，是绝对错误的，村庄发展过程中一定要坚持一个都不能落下。同时要考虑经营成本，花最少的钱办最大的事儿。第四，国家应该大力提倡以村集体为单位，对土地实行集中化、规模化、集约化经营和管理。克服农民一户多块土地、碎片化、随意化、"一盘散沙"的种植方式，有效避免土地的非粮化、非农化，确保国家粮食安全。第五，国家应该出台促进农村集体经济发展的"农村集体经济法"。一方面鼓励、支持农村大力发展集体经济；另一方面加强农村集体经济的规范管理力度，避免集体经济成为"干部经济"。第六，有的专家学者提出的"社会资本公司＋专业合作社＋村集体＋农户"发展模式是绝对不妥的，应该以村集体为主体，形成"村集体＋公司＋专业合作社＋农户"的发展模式。不能让社会资本主导农村，而是要让其成为村集体赚钱的一种工具。否则就是富了个体老板，穷了村庄和村民，结果留下"一地鸡毛"。第六，在土地"三权"分置中一定要突出集体所有权，而不能成为名义上的所有权。所有权的收益一定要有一部分用于改善民生。

实施乡村振兴战略的关键是要稳妥推进农村行政体制改革，因地制宜确定行政村的人口、面积，千方百计选拔能人担任村书记，提高村干部待遇，实行村干部职业化。应从基础开始，稳步推进，经过几十年的发展，才能真正实现农业农村现代化。

作家点评

土地是人类赖以生存且不可再生的资源，关系到国计民生。中国共产党成立100多年来已相继进行了三次土地革命：第一次是在第二次国内革命战争时期以秋收起义为标志，党中央提出了"打土豪，分田地"的号召，将绝大部分集中到地主富农手里的土地平均分配给长期受剥削、受压迫的广大贫苦百姓，赢得了人民群众最广泛的民心，使抗日战争、解放战争获得了兵源、物资、后勤等强有力的保障和支持，为夺取新民主主义革命的伟大胜利奠定了坚实基础。第二次是新中国成立之初，经过"土改"后，农民都分得了土地，但单打独斗的弊端也日渐显现，党中央审时度势地引导农民从1950年开始成立互助组，走合作化道路。1953年建立初级社、1956年建立高级社，到1958年成立人民公社，把农民组织起来，完成了社会主义土地制度改造，使农村土地从私有制变成了集体所有制，实行社会主义按劳分配原则，极大地调动了农民的劳动积极性，提高了广大农村的劳动生产率，为社会主义建设奠定了坚实基础。1980年《中央1号文件》提出实行联产承包责任制，标志着我国的土地制度进入了"宜统则统、宜分则分、统分结合"的第三次土地革命。农民承包土地之初，劳动积极性空前高涨，有效解决了农村"吃不饱"的问题。但随着市场经济的日臻完善，土地分散化、碎片化的弊端日渐凸显，农民种粮积极性日渐降低，甚至出现了大量土地弃耕撂荒的现象，严重影响了国家粮食安全。党的十八大以来，党中央高度重视土地制度改革和粮食安全问题，鼓励各地农村因地制宜进行土地制度改革。特别是党的十九大报告中明确提出："要巩固和完善农村基本经营制度，深化农村土地制度改革，完善承包地'三权'（注：所有权、使用权、经营权）分置制度。"党的二十大报告中进一步提出："巩固和完善农村基本经营制度，发展新型农村集体经济，发展新型农村经营主体和社会化服务，发展农业适度规模经营。深化农村土地制度改革，赋予农民更加充分的财产权益。保障进城落户农民合法土地权益，鼓励依法自愿有偿转让。"这就为农村土地制度改革指明了前进的方向。

江苏省华西村、河南省刘庄村、黑龙江省兴十四村和河北省周家庄乡，是在全国范围内实行"宜统则统"的三个村庄和一个"人民公社"性质的乡，一直坚持不分土地，集中经营管理，大力发展集体经济，使集体实力不断壮大，实现了村（乡）强民富。

战旗村党委书记高德敏在2002年8月担任村委会主任之初，同村书记到华西、南街、刘庄考察学习时受到了启发，看到了土地集中使用的好处，提议将本村土地集中起来统一经营管理，大力发展集体经济。整整用了8年时间不断探索，采取循序渐进、分步实施的办法，将全村近3000亩土地集中起来，充分发挥这些土地的潜能，最有效地体现了其应有的价值。

战旗村的土地集中经历了三个阶段。2003年9月，村"两委"第一次提出每人交3分地给村集体、个人免缴农业税时，绝大多数人在思想上有顾虑。经过反复动员，结果只有五、七组两个村民小组的80户村民自愿交出120亩不成片的土地。2006年9月，利用成都市出台的"企业集中园区、村民集中居住、土地集中耕种"政策，又收回了三、四、七、八组这四个组的600亩土地，实行村民按土地数量分红。2011年4月，高德敏提议，将全村土地打破组与组之间的界限重新丈量，而后按实际数量重新分地，真正体现了公平合理。这年8月，将剩余1911亩土地全部收

高德敏：将土地集中经营 让村民成股民

归村集体统一经营管理。

战旗村用8年时间把全村的2891亩土地相继收回后，用其中的120亩土地相继建设了8家工业企业租赁给本村村民经营，村集体每年可获得100多万元租金收入；将350亩土地租赁给一个投资人建设妈妈农庄，一年为村集体上缴利润近250万元；其他2000多亩土地分别租赁给社会资本从事粮食、蔬菜、花卉、苗木种植。还建设了一个功能齐全的战旗小区，让527户村民集中居住，实现了城镇化管理。同时还迁村腾地260亩，将其中的208亩通过政府平台公司以每亩46万元的价格拍卖获得资金9600万元，用于建设小区时的公共部分开支。2015年9月，又将13.44亩符合政策的建设用地上市公开拍卖，结果以每亩62万元的价格竞拍获得资金833.28万元，敲响了四川省农村集体经营性建设用地入市第一槌，获得了村集体建设的启动资金。

土地是"三农"的根本问题，把土地集中起来统一经营管理有很多好处：一是可以避免土地非粮化、非农化；二是可以实行规模化、生态化、机械化、科学化、集约化、智能化耕种和有效利用；三是有利于村集体对土地所有权产生经济效益的显现，利用土地发展集体经济，不断壮大集体实力。

不断发展壮大集体经济有三大作用：一是改善民生，用于社会保险、教育、医疗等集体福利开支，进行三次分配，实现共同富裕；二是保障村域内的基础设施建设、维护及文化、体育、健康等公共活动的开展；三是扩大再生产，产生更大的经济效益。

战旗村集中土地由村集体统一经营管理，是目前全国范围内土地制度改革的第五种模式，最大亮点是在"三权"分置的基础上，将土地所有权的价值真正体现出来，即让所有权产生经济效益，奠定发展集体经济的基础。

这种做法为全国广大既没矿产、旅游资源，又无区位、交通优势的村庄提供了一个样板，就是把土地集中起来进行盘活，在生态高效农业种植、农产品深加工上做文章，努力发展壮大集体经济，不断改善民生，实现共同富裕。

张立：
"乡贤"回乡 村庄大变样

人物概要

张立，男，汉族，1961年9月出生，大专文化程度，1983年7月入党。现任湖北省京山市罗店镇马岭村党支部书记、村委会主任。当选湖北省第十三届、第十四届人大代表。先后获得全国乡村旅游能人、湖北省优秀党务工作者、湖北省最美退役军人等荣誉。

张 立:"乡贤"回乡 让村庄大变样

湖北省京山县马岭村党支部书记、村委会主任张立

乡村振兴领头人——中国模范村书记

张立虽然在马岭村出生,但1979年底参军入伍、1984年12月退役后不久就被招考到原京山县财政局罗店财政所工作,户口被迁走,离开了农村。2012年1月,他应邀辞职回到马岭村二组,与另外8名"乡贤"一起出资数百万元资金建设家乡,经过12年的艰苦努力,使一个昔日道路泥泞、房屋破旧不堪、欠债近百万元的"空壳"村发生重大变化。如今,已将其打造成了生态、宜居、宜业的美丽幸福村。该村相继被评为全国先进基层党组织、全国文明村、全国抗击新冠疫情先进集体、全国乡村治理示范村。

张立担任村书记多年来的真切感言

本是句玩笑话　回村里一干就是十余年

马岭村位于湖北省京山市东部的丘陵地带,版图面积只有3.67平方公里,其中耕地面积3500亩,旱地面积1380亩。现有5个村民小组,247户,总人口856人。

该村是个非常偏僻的小山村,村集体曾经欠债100多万元,是原京山县最穷的地方之一。由于人少地多,常年干旱,需要用泵站从当地的富水河提灌三至六级,才能解决夏季插秧用水的问题。"晴天一身灰,雨天一身泥,饭中拌野菜,住的破瓦房",这是对马岭村当年生活状况的真实写照。不少年轻人娶不到老婆,只好托人到四川、重庆、贵州等山区说媒,还有不少人倒插门,甘愿当"上门女婿"。

张立是土生土长的马岭村人。他的父亲张明先是一名共产党员,担任马岭大队第二生产队队长多年。为人正派、善良、热心肠,在大伙儿心目中具有较高威信。小时候,父亲经常教导张立:"做人不能自私自利,不能总是处处考虑自己,而要多替别人着想。""长大后如果有能力,要为乡亲们多做好事,为大伙儿服好务。"

张立把父亲的话牢记在心,逐渐形成了正确的人生观、价值观。

1977年7月,张立高中毕业后,被抽调到当地人民公社工作队,到另外一个大队驻队半年。工作队工作结束后,被安排到大队小学担任民办教师,先后获得过优秀教师、红旗教师荣誉,一直到1979年底应征入伍,来到北京卫戍区所属的一个连队担任文书。因他工作认真负责,表现突出,不仅多次受到连、营、团嘉奖,被师党委评为学雷锋标兵,荣立三等功一次,还在1983年7月光荣加入了党组织。

从部队退役回村后不久,张立以优异成绩考入当地罗店财政所,吃上了让众人羡慕的商品粮,端上了"铁饭碗"。他先后担任财政所预算会计、副所长、所长等职。一次因工出差途中,司机为躲避违规车辆使汽车撞在一棵大树上,发生严重交通事故,造成2人重伤、3人轻伤。张立是重伤人员中的一位,两根肋骨骨折,内脏出血,险些丧命,导致脾脏被摘除,最后被评定为工伤5级伤残。2001年5月,他被调任京山县财政局预算外资金管理局任副局长。当时正好赶上房改,他在县城没有住房,只好花费8万多元购买了一套住宅,加上4万元的装修费共计12万多元,把一家人多年的积蓄全部用尽。

2003年6月,张立的儿子以优异成绩考入华中农业大学本硕连读,每年需要1.5万元学费、生活费。他的妻子是位民办教师,两人的工资收入加起来供应儿子上学也非常吃紧,儿子面临着辍学的危险。工作相对轻闲的张立坐不住了,他决定外出打工挣钱,攒钱保障儿子上学经费之需。

与张立关系要好的一位朋友在北京做生意,多次邀请他共谋发展。2005年6月,张立向工作单位领导请了一个月的假来到北京,到朋友开办的北京永泰源商贸有限公司负责管理。因他工作能力出色,一个月到期后,朋友再三挽留不让离开。张立思索再三,只好向工作单位申请病休、辞去副局长职务,获得批准。

北京永泰源商贸公司当时正处于创业阶段,员工较少,张立既担任会计,还兼任公司主管,负责招商、运营管理、后勤管理等工作,什么事儿都干,成为多面手,表现出较强的管理能力。

2008年3月,张立借助北京奥运会进行策划营销,让该公司的布鞋销售额迅猛提升。因业绩突出,该公司股东会研究决定给予他10%的股份奖励,当年他除了工资收入外还有了一笔可观的分红。到第三年,北京永泰源商贸公司销售业绩直线上升,成为行业领头企业。

张立的强力营销,影响了在北京创业的老乡马志强、马爱国。他们在一起谈论产品营销策略时,就会谈起家乡的现状与建设、发展。

马志强和马爱国于1998年下半年到北京做木地板踢脚线生意,每年有一笔不小的进项。每逢春节、清明节回乡探亲时,看到破破烂烂的房屋、泥泞的道路、野草丛生的村庄,两人心里很不是滋味,难道要眼睁睁看着家乡衰败凋敝下去?

他俩从2008年就开始考虑将老家的旧房子改造一下,以防在外生意不好做时回家生活,毕竟那里有自己的"乡愁",况且生活成本要比大城市低得多。

那时只是说说而已,并没有实际行动。2010年发生的一件事,使马志强下定决心要尽快改变老家的住房条件。这年正月初七、初八两天,他的女儿出嫁,各方客人来了400多位。很不凑巧,多天的连绵阴雨,使村庄到处都是烂泥,只好在自家房前扯起一块油布遮雨和招待客人。从北京、上海、成都等地来的客人千里迢迢开着小车前来祝贺,可车子下了国道,在泥泞的乡村小路上行驶十分困难,车轮打滑,险些掉进稻田里。当时天气还很冷,因为没有地方休息,一些外地来的客人只好在各自的汽车中避寒。

这年8月的一天下午,马志强和马爱国来到张立的办公室,谈了春节期间招待客人遇到的尴尬事,表示自己决心已定,要尽快翻修房屋盖别墅,改善居住条件。

"光你们两家盖别墅,周围邻居的房屋破破烂烂也不是个事呀!整体环境很重要。"张立说。

"那咋办呢?"马志强感到光自己和马爱国家建房也确实有些不妥。

"二组有不少人在外地做生意,都赚了不少钱,要建新房就联合大伙儿一块成规模地建。""光建房还不行,还要解决水、电、路、污水管网等基础设施问题。否则,即使房子建起来了,仍然解决不了根本问题。"张立说。

"大家分布在全国各地,怎么好统一思想呢?"马爱国感到很疑惑。

"那好办,先电话联系,再约个时间具体商定。"张立说。

张立当即让马志强与本村在外地做生意比较成功的个体老板马秋生等6人取得联系,将他们三人商讨的意见告诉大家,得到积极响应。马志强提议请张立抽空起草个文字方案,有个依据,供大家见面讨论时用。

三人都很兴奋,一直谈到很晚才离开。

2010年10月,张立在北京经过充分酝酿后起草了一份《关于返乡建设马岭的初步设想》,首次提出了用企业化手段筹资、建设、管理新农村的发展理念,实行"村民股东化、居住集中化、养老福利化、管理公司化、经营集约化、发展产业化"

的建设模式。

2011年春节前，二组在外地做生意比较成功的人都陆续回马岭村过年，马志强召集大伙儿对张立起草的建设方案进行了认真讨论，大家都觉得切实可行。他将讨论的情况向张立作了通报，邀请他抽空回一趟马岭村，将初步设想中的细节给大家讲解一下。

这年清明节前，二组的一些村民得知本组在外地做生意的能人要回来具体商定本组的新农村建设事宜，便到村口等候，看这些人是否讲信誉会按时回来。结果12人如期而归，张立也一起回到村里。

张立站在堰塘边，认真思考着马岭村的建设和发展

清明节的那天下午，二组48户村民每家派一名代表，集中在一起开会，进行新农村建设动员。张立发言时说："如果大家支持，我们就按照建设方案具体落实，力争3到5年内让二组的面貌发生重大变化，建成'春有花、夏有荫、秋有果、冬有绿，晴天不飞灰、雨天不沾泥'，家家户户住楼房或别墅的社会主义新农村。"

"那钱从哪里来呢？"一位村民问道。

"大伙儿出资入股，成立公司经营赚钱，问题就能得到解决。"张立回答道。

"我家拿不出钱怎么办？"另一位村民问。

"那就用你家的土地入股。"张立说。

"承包的土地还能入股吗？"那位村民感到很惊讶。

"可以呀！土地的产权属于村集体，承包权是你的，经营权归公司，你入股分红。"张立解释道。

"这个办法挺好。"那位村民高兴得直点头。

经过大伙儿讨论，形成了四项决议：第一，经济条件较好的村民用现金入股，数量不限，谁的股份最高，谁当董事长。村民承包的土地在自愿的基础上也可以入股，每亩地折价1万元。成立马嘉领农业科贸有限公司，村民入股的资金和土地，实行公司化运营。前三年不分红，从第四年起按投资比例为股民分红，每年分红比例最低不低于投资额的5%、最高不高于投资额的10%。第二，村民外出务工不阻拦，回家受欢迎。外出归来和在家具有劳动能力的村民，由科贸公司安排工作，工资报酬不低于周边地区企业的平均工资水平。为了体现公正、公平，科贸公司每年可为每位村民调整3次工作岗位，村民离岗外出和回村务工中间需间隔3个月。第三，男满60周岁、女满55周岁的村民，由科贸公司负责集体养老，免费吃住。第四，入股村民的房屋自己拆迁，由科贸公司投资建设单元式五层楼房或村民重新自建别墅，不论原自建房屋时间长短、面积大小、质量好坏、装修简单复杂，都实行统一还建标准：拆一栋还一套，住房面积132平方米，实行零公摊。

方案经反复讨论、修改，表决时获得一致通过，48户村民代表都签了字画了押。马志强对张立说："您的组织能力最强，您回来担任公司总经理，具体负责经营管理最为合适。"

"行啦，如果你们能够筹到1000万元资金，我就回来牵头干。"张立爽快地说。

事后多年，张立回忆，当时只是随口说了句玩笑话，因为自己估计在二组48户村民中筹集1000万元资金的可能性很小。

他万万没有想到这句玩笑话，最终却改变了二组村民的生活环境和生活方式，也改变了自己的命运，他一干就是10余年。

本组村民马秋生在成都做生意，收益颇丰，带头出资入股100万元，马志强入股90万元。另几名在外地做生意的人中，马想生、聂少兵各入股80万元。马爱国、马爱忠分别入股50万元，张立入股40万元，刘海清入股30万元，马延碧、马焕元各入股20万元。这9名"乡贤"共出资入股540万元。9人大都姓马，被二组村民戏称为"九马还槽"。

在他们的带动下，全组村民积极响应，少则5000元、1万元、2万元、3万元、5万元，多则10万元、20万元入股，除本组48户村民家家户户现金入股外，还有6个本组村民嫁出去的姑娘、4名毕业后进入社会的大学生和10户外村村民也积极参与入股，64个股东很快筹集资金750万元，加上48户村民中多到20亩、少则1.9亩共364亩土地全部自愿入股，折算资金364万元，共计1100多万元。

得知这一消息后张立感到非常吃惊，没想到一个村民小组在较短时间内竟能筹集到1100多万元资金。他毅然信守承诺，2012年1月正式辞去北京的工作，回到马岭村参与二组的新农村建设。

按照出资额多少，经董事会投票选举，马秋生当选为马嘉领农业科贸有限公司董事长，马志强担任公司总经理。大家一致推举有公职经历、为人忠厚、办事干练的张立为执行董事，常年驻村管理公司。其余8位董事，每年由两人轮流回村值班，每班2人，每次值守2周。并约定：前三年，9人不拿一分钱报酬，不报销一分钱差旅费。

张立（左）的妻子廖想凤非常支持他的工作，经常叮嘱他注重身体

一位叫马佑喜的村民说："如果政府不出面，就凭你们几个人的能力若能把二组建设成新农村，我就把自己的脑壳砍下来给你们当板凳坐。"

"当时，我也感到很大的思想压力，深知要想干成一件事儿，肯定困难重重。但自己事先把话说出去了，就必须兑现承诺，硬着头皮往前走。"张立说。

从二组到全村　村庄面貌逐年发生变化

　　二组的新农村建设方案确定后，张立与马秋生、马志强找当地罗店镇政府领导汇报，本想取得他们的支持，将水、电、路、污水管网等基础设施建设由国家项目资金解决，但镇领导担心他们搞个半拉子工程放在那里不好收拾，所以迟迟不予表态。

　　"我们几个人商量了一下表示，镇里不支持也不能气馁，那就自力更生、艰苦奋斗，力争搞成功。"张立说。

　　马秋生带头拆掉自家的老房子，其他几位董事也跟着将自家的旧房子拆掉。其他村民们受到影响，也不好再说什么，纷纷自觉按照合同约定把旧房子在一周内全部拆掉。

　　"当时我们的指导思想是帮贫不帮富，有些人的房子面积大、建筑时间不长，是吃了些小亏，但说清楚了，他们也心甘情愿地接受。"张立说。

　　村民张海涛、张泽元家的房子盖的时间都不长就要拆掉，实在有些心疼。特别是张泽元家花了10来万元建的新房子，还没有进行装修，马上就要拆掉，于心不忍。

　　一天晚上，张立来到张泽元家，几句寒暄之后就单刀直入地说："你家的房子也要尽快拆掉，不能拖了全组的后腿。"

　　"才盖的房子说拆就拆，实在可惜。"张泽元说。

　　"你确实有些吃亏，明白人吃个明白亏吧！因为政策是大伙儿共同讨论制定的，我们也不能随意乱开口子。"张立诚恳地说。

　　"我家的房子不拆不行吗？盖这栋房子时代价太大了，马年武摔伤一事至今还未处理好，一家人都很闹心。"张泽元的情绪顿时变得有些不好。

　　"房子肯定要拆，不要因为你一家，耽误了整个组的进程。"张立停顿了一会儿继续说道，"马年武摔伤一事，我们来帮你处理，前提是你家的房子必须按期拆除。"

　　"那好，只要这件事处理好了，我们一家就谢天谢地。"张泽元很高兴地说。

　　张立站起来握着张泽元的手说："我们都一言为定。"

　　马年武是科贸公司董事长马秋生的三叔。他的老伴早已去世，两个孩子都在外地打工，因帮助张泽元建房时不慎摔成重伤，导致生活不能自理。第二天上午，张立同马秋生前去看望他，承诺待老年人休养所建成后将他安置到此处休养。后经张立多次耐心调解，让张泽元支付了一笔不高的费用后了结了此事，张泽元感激不已。

48户村民旧房拆迁在一周内按期完成，没有出现任何矛盾纠纷。

这年4月18日上午，马岭村二组新农村建设在一阵鞭炮声中拉开了序幕。

这天很凑巧，京山县国土资源局局长刘伯勇到罗店镇检查国土资源保护情况，当听到附近村庄响彻云天的鞭炮声后感到很纳闷，便问道："今天非年非节，放这么多的鞭炮是何缘故？"

"是马岭村9名在外做生意的'乡贤'出资，回来帮助二组村民进行新农村建设，今天举行开工仪式。"罗店镇国土资源管理所所长杨成波介绍道。

"走，咱们去看看。"刘伯勇说。

刘局长感到很惊奇，便来到马岭村二组新农村建设施工现场看个究竟，详细了解了相关情况后颇受感动，当场表态将1万亩国土资源整理项目放在马岭村，包含周边几个村，帮助解决该村二组新农村建设基础设施配套问题。

投资近300万元，一座占地3500平方米、建筑面积2200平方米、有60个单间的老年休养所于2012年4月18日动工兴建，2013年5月竣工后投入使用。

"现有二组55名60岁以上老人在休养所居住，吃住都是免费的。科贸公司每年拨出25万元专项经费作为休养所开支。"张立介绍道。

二组村民闵女子今年已82岁，曾在原生产队当过妇女队长。提起现在的生活，老人竖起大拇指称赞道："张书记真是个福星，让我们老有所养、老有所乐、老有所医。我做梦都没想到，老了还能过上这样好的幸福生活。"老人介绍说，她家共有6个子女，儿子在北京做生意，五个女儿都已出嫁，老伴2002年就去世了。以前住的房子歪歪倒倒的，不成样子。

2013年5月，闵女子成为第一批入住老年休养所的老人。每位老人的房间都有独立卫生间，每个房间有30平方米，配备有沙发、电视、热水器。村里聘请了3名工作人员对入住的老人进行全天候服务。入住老人的食宿由科贸公司统一安排，统一负担基本医疗费用，统一购买商业保险。此外还集中组织休养老人开展文体活动、健身操培训，开放棋牌娱乐场所；集中开展志愿者联谊活动，在端午、中秋、重阳节等传统节日，联系志愿者为老人提供文艺表演、健康体检、节日祝福、心理疏导等服务；集中引导亲情交流，建立 QQ、微信视频交流平台，定期联系在外务工子女与老人视频，让老人安心、子女放心。

张立（左）到村老年休养所看望老人，同他们亲切交谈

"我常年在外做生意，没有时间、精力照顾年岁已高的母亲，经常提心吊胆，生怕她在家出个什么事儿。土地荒在那里没人耕种，杂草丛生。这下好了，用全家人承包的土地入股，不仅每年有了固定的红利收入，最关键的是解决了母亲养老问题，使她能安享晚年，我这个做儿子的在外面创业也就没有后顾之忧了。"冈女子老人的儿子马志强说。

张立让其在湖北省城市规划设计院工作的弟弟请在武汉大学学习规划设计的学生帮忙，免费对马岭村的新农村建设进行了整体规划。

也是在 2012 年 4 月 18 日这天，二组村民住宅同时开工建设，利用 48 户村民拆迁房屋腾出的 96 亩土地，两栋 5 层 4 个单元、40 套单元式村民住宅动工兴建。首先将污水管网全部埋入地下，还投资 97 万元建成日处理 100 吨、20 吨的污水处理池各一个，供电、供水、闭路电视、电信、绿化等基础设施也跟进配套。这年年底，二组村民两栋单元式住宅楼及 22 套别墅式住宅建设竣工。

2013 年春节前，二组村民喜气洋洋地搬进新居过年，大家兴高采烈地放鞭炮庆祝，有不少家庭还邀请亲朋好友前来体验。

"我们做梦都没有想到在本村能够住上与城里人一样，如厕、洗澡都能在家里，过上这么卫生、方便的幸福生活。"村民马生福说。

2014 年 6 月，湖北省信息中心抽调得力人员组成专题调研小组，到马岭村进行调查研究后撰写了一期参阅件，充分肯定了"村民股东化、居住集中化、养老福利化、管理公司化、经营集约化"的马岭模式，引起了各级领导的关注。京山县政府县长周志红及时赶到村里查看，很受鼓舞，他没想到马岭村二组 9 名在外地做生意的"乡贤"在没要政府任何投入的情况下，竟然干成了这么大一件事。当地罗店镇政府的领导也感到很吃惊，没想到马岭村二组的新农村建设不仅搞得很好，还未出现任何扯皮拉筋的矛盾，深感当时的担心是多余的。便对张立说："你们能不能把全体村民的房屋都集中起来建设，形成整体规模？"张立表示这件事得由科贸公司董事会研究后决定。

没过多久，张立主持召开科贸公司董事会，讨论将其他四个小组的村民住宅搬迁合并到二组一事。部分董事发言时表示，我们既不是政府，也不是村委会，没有义务管那么多闲事儿。张立却说："人多热闹些，村庄看起来会更加漂亮。既然政府、领导有要求，我们就应该让更多村民享受发展的红利，在充分尊重民意、以自愿为原则的基础上，尽量让一、三、四、五组的村民搬迁到二组集中居住，形成一个整体。"最后表决时形成了一致意见：先调查摸底，如果另外四个组村民愿意拆迁合并的人数占多数，就将他们一起合并过来。

在驻村干部罗新涛的协调下，马岭村"两委"干部及张立、马秋生、马志强等参与，分成4个小组，分别深入到第一、三、四、五村民小组进行入户摸底调查。这些组的村民见二组村民的生活环境和住房条件那么好，十分羡慕，90%的村民表示愿意将旧房拆迁，并入二组盖新房。

当地政府拿出"迁村腾地、增减挂钩"指标，帮助马岭村解决另外4个组建设住宅问题。按规定：每亩土地补偿2.69万元，用于新地平整、老房子拆迁补偿、腾地复耕。罗店镇政府出台文件规定：村民楼房拆迁每平方米补偿200元、平房拆迁每平方米补偿150元、猪圈等闲屋拆迁每平方米补偿80元。"结果四个组近90户村民的旧房拆迁共腾出耕地99.6亩，获得政府补偿金268万元，这笔钱全部用到了村民拆迁补偿上，平均每户3万余元。"张立说。

从2013年7月开始，其他4个组的村民住宅采取分步实施、逐年拆迁、建设的办法，由马嘉领农业科贸公司按照规划设计和村民愿望统一建设成整齐的别墅群。其中两层联排别墅73栋，每栋建筑面积168平方米；三层独栋别墅59栋，其中建筑面积298平方米的22栋、建筑面积256平方米的31栋、建筑面积278平方米的6栋。

村民住宅由马嘉领农业科贸公司实行非营利性垫资建设，公共基础设施由科贸公司负责解决。为保证工程质量，在张立的提议下，一、三、四、五组拆迁户成立了业主委员会，全程跟踪监督工程施工。之前经过反复讨论制定的旧房改造方案规定：村民与科贸公司签订建房合同后先交纳5万元定金，然后按照房屋施工进程逐步交清房款。一楼现浇部分完成后，村民交纳总房款的10%；二楼现浇完成后，交纳总房款的20%；楼房封顶后，再交纳总房款的20%；房屋外墙装饰完成后，村民交纳剩余50%的尾款后抓阄儿分房、领钥匙、自己装修居住。

"由科贸公司统一规划建设住宅，既可以解决村民在外打工创业没有精力建房，又可以解决村民争抢宅基地位置问题。我们采取科贸公司垫资非营利性建房、抓阄儿分房，整个过程中全方位实行公正、公平、公开，所以建房、分房过程中没有出现一起扯皮拉筋、上访的现象。"张立说。

2014年5月，马岭村占地5800平方米的文化广场、3000平方米的运动广场、1200平方米的党员群众服务中心、8公里社区配套水泥路开工建设。同时，该村与一条省道相连的1.8公里"村村通"公路由3.5米扩宽成9米，并将中间的6米地基进行了水泥硬化，使进出车辆畅通无阻。

马岭村完善的基础设施、美丽的生活环境，让邻村村民羡慕不已。马岭村规定：凡外村人入住者，可交纳资金入股马嘉领农业科贸公司，按照统一规划自建住房；不愿入股者，交3万元至5万元宅基地补偿费，然后按规划设计自建住宅。如今，已有4个邻村的16户村民申请落户。按规定，他们只有房屋所有权、居住权，不享受本村的土地承包权。

这年7月，京山县遭遇了多年不遇的严重干旱。一天下午，时任县委书记胡小国到基层检查抗旱救灾情况时，在没有给任何人打招呼的情况下，直接将车开到了马岭村，只见该村新农村建设工地上热火朝天。他深受感染，便打电话让罗店镇委书记赶到现场，详细了解情况，研究解决相关实际问题。

7月20日，胡小国召集县直农业、畜牧、农机、国土资源、住建、水利、交通等18个部门负责人，在马岭村召开了一次新农村建设现场推进会，各部门表态对口支援500万元资金，用于村庄基础设施建设。

张立按照国家相关规定，严格将这些资金全部用于新农村建设中道路硬化、堰塘整修、广场兴建、污水处理等基础设施建设。

这年年底，马岭村换届选举，张立高票当选为马岭村党支部书记。他犹豫了好几天，本不想担任此职务，当地县委组织部领导多次给他做工作，他仔细想了想才应承下来。2015年1月，他被上级党组织任命为村书记。

"既然上级党组织和全村共产党员信任我，自己就得挑起这副担子，把马岭村

张 立："乡贤"回乡 让村庄大变样

张立认真学习党章，牢记党的宗旨

发展好、建设好、治理好。"张立说。

到2017年1月，马岭村新农村建设基本完成，由2栋40套村民公寓、132套联排或独栋别墅群组成的农村社区相继建成，并进行了绿化、美化，与新型社区相配套的超市、医务室、活动室一应俱全。整个社区占地260亩。

当年那位扬言张立等人如果把二组建成新农村，就把自己的脑壳砍下来给9人当板凳坐的马佑喜，面对全村的新面貌高兴得合不拢嘴。他说："自己做梦都没有想到，这几个人这么有能耐，在较短时间内就把当年贫穷落后的马岭村建设得这么好，让整个村庄发生了翻天覆地的变化，全体村民足不出村就过上了比一些城里人还要好的幸福生活。"只要是公益性义务劳动，马佑喜最积极，跑得比谁都快。2022年7月，马佑喜勇救落水儿童，被评为京山市、荆门市见义勇为先进个人。

"在上级党委、政府和有关职能部门的大力支持下，马岭村的基础设施逐步完善，村民居住条件明显改善。今后，我们将在生态、宜居、宜业上下功夫、做文章，不断提档升级。"张立说。

个人无私奉献　党建引领村庄全面发展

在马岭村，不管是老人还是妇女，一提到村党支部书记张立的名字，人们就会伸出大拇指为他点赞。

张立当年从北京辞职回到马岭村，在第一次召开的马嘉领农业科贸有限公司董事会上表态时说："我义务为大家干5年，之后就回到北京继续经商或回县城休养。"可他回到村里后身不由己，至今还在干。

张立的无私奉献精神不仅感动了广大村民，还吸引了一些有识之士参与马岭村的建设。马嘉领农业科贸公司总经理李琳就是其中一人。这位"80后"女青年本是外村人，中专毕业后到深圳打工，从事管理工作，月薪 8000 多元。后到江苏省为北京的一家公司做产品营销地区总代理，担任总经理，年薪 10 万多元。2014年 3 月，她辞职应聘到马嘉领农业科贸公司担任办公室主任，月薪只有 4000 元，2019 年 2 月被任命为科贸公司副总经理，2023 年 1 月又被任命为公司总经理。李琳说："我之所以放弃在外地良好的发展机会到马岭村工作，关键是受张立书记人格魅力的影响，使自己对未来的发展前景感到很有希望。"她不仅自己在马岭村安营扎寨，建了一套别墅，将父母接来共同居住。还动员丈夫薛焕荣也辞去在广东的工作来到马岭村，负责电子商务平台的产品销售。

张立担任科贸公司执行董事期间没有一分钱报酬，担任村书记多年上级下发的那份务工补贴也让给了村委会主任，自己不领一分钱。

"张书记这些年付出的精力、时间、财力太大了，一年四季没有星期天、没有节假日，也没有工资报酬，义务劳动，甚至还要倒贴，一般人做不到。"李琳说。

张立每天早晨 6 点多钟就赶到村委会上班

张立担任科贸公司执行董事之初，有人提议用公司的资金为他配备一台车和一名专职司机，作为公务用车。他婉言谢绝，理由是尽量节省开支，自费近 60 万元买了一辆商务车自己开，成为"私车公用"。

2013 年底，马岭村建设另外 4 个组的村民住宅时，科贸公司出现资金周转困难，张立毫不犹豫地将自己的 50 万元积蓄垫支使用，公司有钱后再予以归还。这笔钱来来回回在科贸公司垫用了五六年时间。最困难的时候,张立的银行卡上只剩下5角6分钱。他还以个人信誉做担保,向另外4人借资200万元,确保建设村民住宅时能够按期结算施工方工程款,及时支付农民工工资。

2015年,村民住宅还在分批建设,科贸公司的资金再次出现缺口,张立反复权衡之后,只好向妹妹借了80万元,使用7个月后才予以归还,没有支付一分钱利息。2019年底,村里建设培训中心时,张立再次向妹妹借款60万元。2020年6月,村里建设食品加工车间时,又向她借款5万元。

张立每次开口,妹妹都没有拒绝,但时间长了,心里也有些想法。一次她有些埋怨地对哥哥说:"你每次都是因为村里的事向我借钱,又不是你家的私事,为何那么用心?公家的事有多少米就做多少饭,干吗总是以私人名义为公家借钱?"

张立回答道:"如果是我私人缺钱也不会向你借,因为没钱就可以少开销,甚至不开销。但我是村书记,村里的事比自己的私事还重要。"

张立一直不断地思考着如何盘活土地,发展产业,使村集体强起来、村民富起来,走共同富裕道路。2015年1月,张立担任村书记后先后三次组织开会,动员一、三、四、五组村民将承包的土地入股,得到了积极响应。这年4月,村里成立了京山嘉佳福土地股份合作社,对村民入股的2315亩土地进行统一经营,每年给村民分红。

"二组村民土地入股马嘉领农业科贸公司,因前三年不分红,暂时与另外4个组村民入股的土地股份合作社分开经营,待两个经济实体的经营实力相当时,合并成一个整体,使全体村民享受同等福利待遇。"张立说。

一、三、四、五组村民入股土地股份合作社,每年的分红不低于总股金的4%。村民分红高于4%时,高出部分需要从中提取10%的公积金、5%的公益金。有一户村民用30亩承包土地入股,每年分红和务工的收益达到5万余元。

张立一直苦苦思索着怎样把全村的产业做大做强。他跑遍全国各地农村,进行比较后选择了10多个农业种植项目。试种成功后,就在本村推动规模化、集约化种植。"我们把经营企业的理念应用到新农村建设中。"张立说。

把本村土地集约化、资源资产化、资产资本化。以马嘉领农业科贸公司等9家企业为平台,盘活村里土地、坡地、山林、水面资源,发展养羊、餐饮、旅游业,种植有机水稻、花卉苗木、大棚蔬菜等高效农业,形成一、二、三产业融合发展。

2165亩稻田全部种植鄂中5号优质稻,亩产1000斤左右。村里注册了"马嘉领""泰康源""马岭优谷"商标,与湖北省供销合作社电商平台合作销售,种植的有机大米最贵的每斤售价达 19.8 元,每年获利 368 万元。

马岭村有 1000 亩荒山长期得不到有效经营,2015 年前被一名河南人租种花生,生态受到破坏,冬天黄土裸露,被村民戏称为"黄土高坡"。遇到大风天气,黄土被刮得满天飞。在张立的提议下,经过村"两委"讨论、党员大会审议,并经村民代表大会表决通过,村集体出资于 2016 年 10 月收回承包合同。11 月,租赁给武汉市的湖北景美天成园林绿化有限公司种植苗木,租期 20 年,既不收承包费,也不收租赁费。双方在合同中约定:租赁方当年必须让坡地见绿,栽种直径 5 厘米以上的树苗;必须栽种 500 亩木本花卉;必须优先聘用本村村民为其管护;合同到期后必须留给村委会直径不低于 10 厘米,株距、行距不高于 3 米的景观树。

承租方按照合同约定,相继投资 5000 多万元,3 年内栽种了樱花、红叶李、紫薇、三角枫、茶梅等景观树 28 种近 6 万棵。500 亩木本花海的形

张立(二排右一)参加植树造林活动,美化荒坡荒地

成,为马岭村发展旅游提供了良好的契机。在张立的提议下,该村投资 100 多万元建设了一个游客接待中心;投资 280 多万元,修建了 5 公里高等级柏油观光路、5 个旅游厕所。来马岭村旅游的游客一律不收门票,只收观光车票,旅游收入由游客管理者(马岭游客接待中心)、苗木经营者(湖北景美天成园林绿化有限公司)、土地所有者(马岭村委会)三方分成。刚开始,少数村民有想法,背地里议论张立是拿集体的土地送人情,可园林绿化公司连续每年拿出 60 多万元资金为马岭村帮忙干活的村民发工资后,慢慢地大家终于明白了,张立把昔日的荒坡资源变成了装在村民口袋里的"金元宝"、村集体最终受益的"聚宝盆",这是一件双方互惠互利、借鸡下蛋、福及子孙后代的大好事。

"20 年合同到期后,湖北景美天成园林绿化有限公司留给马岭村集体的将是价

值3000万元以上的景观树资产。"张立说。

占地15亩的20个花卉大棚、一个占地1.76亩的生态餐厅,每年为村集体带来数万元经济收入,还安排了近10人就业。

2019年10月,马岭村被湖北省委组织部批准建立乡村振兴培训中心,成为湖北省党员干部教育培训省级现场教学基地。"占地10亩,总投资1500万元,一次可接待100人至180人培训、食宿。"张立介绍道。

张立(前排中)在培训中心为学员们讲党课,要求大家不忘初心、牢记使命,争做优秀村干部

最早建设的占地45亩的黑山羊养殖场,由于黑山羊易生口疮,导致羊羔的成活率较低,经多方努力都得不到解决。经营了6年之后,张立提请董事会研究决定寻找合作伙伴共同经营羊场。2018年3月,引进湖北金汉羊畜牧业有限公司协助管理,将品种调换成湖羊,当年拉来500只母羊,第二年下半年开始繁殖羊羔,每年饲养1200只至1500只成品羊出售,获得利润80万多元。

2012年9月动工、11月建成了12个蔬菜大棚,刚开始主要种植绿皮茄子,每个大棚产量2.2万斤,全部批发给武汉的菜贩子。春节前每斤茄子产地售价最高达到4.7元,一个大棚可以获得1万多元的利润。后来陆续建成了120个钢架、5个冬暖式、30亩连体结构、占地总面积150亩的蔬菜大棚,逐步扩大到种植青椒、黄瓜、西红柿、草莓等反季节性蔬菜和水果。全年营业收入350万元,实现利润80余万元。挑选了村里的几名村民负责种植、管理,每人负责3个蔬菜大棚,每月获得 3000 元的工资报酬。

随着时间的推移，张立深入了解到，全村的绝大部分年轻人大学毕业后选择自主创业，每年收入在 30 万元至 50 万元；还有开办工厂的，收入在 300 万元至 1000 万元之间，最高的竟达到 3000 多万元；也有少部分打工者，工资收入也不低。"城市里有麦当劳、肯德基、酒吧、歌舞厅，现在的年轻人习惯了城市灯红酒绿的夜生活，而农村没有。加之他们在城市的收入比农村要高得多，所以不愿回村工作，导致农村空心化问题越来越严重，农业企业招工十分艰难。人才、技术、资金、管理等成为制约农村发展的瓶颈问题。"张立介绍道。

如何破解这一难题呢？张立进行了认真思索。一个偶然机会，他认识了湖南云台山茶旅游集团公司湖北分公司负责人，两人一见如故，对方被张立的无私奉献精神打动。从 2020 年 6 月起，双方开始商谈村企合作，即如何发挥企业运营团队和引流能力的优势，把城市的市民带到农村来，把农产品卖到城市去。经过多轮谈判最后商定，马岭村将蔬菜大棚、羊场、游客接待中心、1100 平方米的生态餐厅、两栋建筑面积 3200 平方米的厂房、350 亩稻田、建筑面积 2800 平方米的湖北省党员干部培训教育乡村振兴现场教学基地等，打包给旅游集团公司经营管理，合同期 10 年。该公司第一年向村集体交纳托管费 20 万元，向马嘉领农业科贸有限公司交纳托管费 40 万元，第二年、第三年各增加 10%，第四年增加 20%，以此递增，至 150 万元封顶。"采取这种办法，有效解决了城市与乡村对接不畅的问题。旅游集团公司开办了马岭乡村两日游，每天可以组织 200 名至 300 名城市居民到村里观光游览，体验农家生活，晚上在村里住一夜，第二天回去时现场采购蔬菜等农产品。同时，企业在城市招工容易，然后把员工安排到乡村轮岗，两年一换，有效解决了农村人才短缺问题。"张立介绍道。

2018 年、2019 年、2021 年这三年间，在张立的倡导下，马岭村从每年 12 月底到第二年 1 月 15 日，加上 2024 年 1 月 17 日、18 日这两天，共在本村举办了 4 届年货节，组织外地人前来采购年货，村民销售农副产品，年成交额达到 800 多万元。2022 年 12 月 30 日至 2023 年 1 月 15 日这 17 天时间，由湖南云台山茶旅游集团公司组织的京山市 2023 旅游开门红暨第四届年货节隆重举办，来自武汉、襄阳、宜昌、孝感、荆门等外地及京山本地的游客，纷纷来到马岭村采购土猪肉、土鸡子、土鸡蛋、牛肉、腌鱼、麦芽糖等春节年货，集团公司还从湖南安化县组织了 100 多种腊肉、茶叶、竹笋等农副产品，每天有近 3 万人在现场交易，成交额达到 60 余万元。

马岭村具有劳动能力的人共有520人，其中175人外出经商、246人外出务工，留守人员只有99人。成为股东的农民被组织起来，分别从事种植、养殖、绿化、环卫等工作，既有工资，又有分红，就业率达到100%，全村人均可支配收入达到3.2万元。马岭村村民陈运伢夫妇身体不好，长年到外地打工，家里还种有10亩地，农忙季节只好辞工回家耕种，来回奔波，非常辛苦。2012年，马岭村二组动员村民将承包田地入股，他们积极响应。2015年首次分得5000元红利，村里考虑到他们家的实际困难，安排陈运伢到村委会当保洁员，每月有1500元工资，丈夫继续在外打工，一家人每年有近10万元收入。她不仅可以就地就业，还可以帮助带孩子。"村里发展了，真帮我解决了大难题。"陈运伢说。

　　马嘉领农业科贸有限公司和京山嘉佳福土地股份合作社、村委会三方年产值已达到2000多万元，实现利润180万元。其中村集体收入40万元，固定资产达到2100万元。

　　马岭村共有21名党员，其中12人在外地打工或经商。充分发挥村书记的表率、标杆、引领作用和全体共产党员的先锋模范带头作用，使党组织形成向心力、凝聚力、战斗力、号召力，是张立担任村党支部书记以来认真做好的一项核心工作。他说："火车跑得快，全靠车头带。村书记就是一列火车的车头，只有你确确实实地带了好头，村'两委'班子才能发挥战斗堡垒作用，村民才会信服你、拥护你、支持你。"

张立要求村"两委"干部要牢固树立党员意识，全心全意为村民服好务

2012年二组进行新农村建设旧房改造时，建独栋别墅的只有5户。一些村民在认识上存在偏差，不想建那么好的住房。张立带头报名，在他的带领下，一期工程发展到15户。在外地做生意的本组村民马小兵回来看到房屋修建得很漂亮，也要求在一期工程范围内修建一栋。因位置受限，张立主动退出来，把自己报名建设的房子让给了他。张立家的房子后来一直拖到三期工程才修建，为此多花了3.5万元。

"群众思想上有模糊认识不愿干时，作为一个党员特别是村书记就要带头干；村民都争着干时，作为党员、村书记就要主动退出来，绝对不能与群众争利益。"张立说。

张立担任村党支部书记后，对全体村民充满着深厚的感情，谁家有困难，他知道后都会倾力相助。2020年2月15日，由于刮大风、下大雪，63岁的四组村民薛凤兰走路时不慎滑倒，造成右腿骨折，被送往医院救治后上了石膏夹板。没过多久，她嫌干活时麻烦就自行把夹板给拆掉了，结果带来不适，疼痛难忍。当时正赶上新冠疫情实行封闭隔离，儿子、儿媳在武汉打工，家里就剩下她一人。2月15日晚上10点多钟，张立得知这一消息后，立马前去察看，为她送药，将其儿子用微信转的款提取现金后交给了她。并让家住马店街道的村医赶来给她诊治，还安排村民照顾其生活。之后，张立隔三岔五地就到薛凤兰家中看望，帮助她解决生活中的一些实际困难。

"关心村民，积极为他们排忧解难，是村书记的本职工作，应该把村民当成自己的亲人，设身处地地为他们着想。"张立说。

马岭村于2013年3月陆续安装了110盏路灯，时间长了，一些路灯的蓄电池或灯泡老化，造成路灯不亮，影响了村民出行。2021年春节前，一位村民向张立提出了修复路灯的建议，张立提交村"两委"开会讨论，并经过党员大会审议、村民代表大会表决通过，由村集体出资15万元，更换了110盏路灯的蓄电池、灯泡，并新增了31盏灯，全村到了晚上灯火通明。

长时间的高强度工作，使张立的身体状况变得越来越差，先后患上高血压、颈椎突出变形、颈动脉硬化、变窄、形成斑块等多种疾病。2020年11月20日，京山市法院主要领导到马岭村调研时，张立在汇报工作时突然晕倒，失去知觉，被紧急送往医院抢救。他住了9天院、回家休养了2天后便又投入工作中。

张　立："乡贤"回乡　让村庄大变样

张立每天都要抽空阅读《人民日报》，及时了解党的政策

"张书记的爱人在外地帮儿子带孩子，就他一人在家。洗衣做饭都靠自己，饥一顿，饱一顿，生活无规律，太辛苦了。"李琳说。

张立担任村书记9年多时间里一直想办法增强全体共产党员的党员意识，不断提高党员的整体素质。坚持开展"三会一课"、批评与自我批评、民主评议党员、"四议、两公开"不动摇。除此之外，还实行了党员亮身份和积分管理。全村共产党员的住宅前都挂有"党员之家"的牌子，村里举行重大活动时，共产党员都要穿上印有"马岭村党员"文字的红马甲，作为志愿者义务执勤。每名党员持有一本《党员守则》，每年度实行百分制考核，分为基础类积分、参加志愿活动积分、群众评议积分三大类。每次开展村支部主题党日活动时，所有党员进会场前签到后，电脑自动记3分。每月交一次党费，电脑自动记2分，一年12个月加起来就是60分，这部分积分为基础分。党员参加志愿活动，一次记2分，一年6次，以12分为上限。第三部分是群众评议情况，总分28分，由党员所在的村民小组长召集村民按其实际表现进行评定。年底召开党员支部大会时进行党员积分公布，从高到低，前3名为优秀共产党员，村党支部予以通报表彰。对积分低于60分的共产党员，村党支部予以警告批评，责令其写书面检查。

张立还在综合治理上下功夫，全村每5户选举一名村民代表参加村民代表大会，反映组情民意，对村里的重大问题进行表决。在全体村民中实行了"文明行为＋好人好事"积分，鼓励全体村民积极做好人好事。村"两委"以家庭为单位，将家庭成员的日常行为分为5大类、63小类进行加分。同时对做坏事的行为也分为7大类予以扣分。5个村民小组长和村网格员专人负责统计，每半年公布一次各家各户积分情况，积分达到1000分、2000分、3000分、4000分、5000分的，分别按等级给予一定的物质奖励。村里每年拿出专项资金，购买5个档次的生活用品，按村民的积分多少进行奖励，并将村民的积分分值进行"双告知"，即将父母的积

乡村振兴领头人——中国模范村书记

空中俯瞰马岭村村貌（无人机航拍照片）

张 立："乡贤"回乡 让村庄大变样

分告知其在外务工、经商的子女，也把子女的积分告知其父母。一位村民长期养成了好骂人的习惯，张立多次上门给她做工作，让其改掉这一不好的习惯，并警告她，如果再骂人，不仅要扣分，还要将其积分分值在村委会门前的大显示屏上公布。从此之后，这位妇女再没有骂过人。

10多年来，马岭村没有出现一起村民上访，更没有出现一起刑事案件，村民的文明程度逐步提高，马岭村被评为全国乡村治理示范村。

"综合治理是一项长期性的艰巨任务，打造平安、稳定、和谐村庄，不断提高村民文明程度和整体素质，需要常抓不懈，才能取得成果。"张立说。

张立还想方设法不断改善马岭村的基础设施建设，多方筹资3000多万元，前后修建了15公里"村村通"公路，相继建设了一个4500平方米的街心公园、5000平方米的文化广场、2万平方米的绿地、5000平方米的停车场、600平方米的公共厕所，安装节能路灯141盏，清淤堰塘6个，使全村的基础设施大大改善。

2019年、2020年、2021年连续三年，在张立的努力下，马岭村向当地农业农村局先后申请了2000亩、1000亩的高效灌溉项目。"在今后几年内，全村的基础设施建设将逐步得到加强。"张立说。

作者用无人机在500米高空看到，马岭村的住房、道路、公共设施已建设成一个巨大的马头形状。宽阔的广场、笔直的马路、成排的民宅、整齐的厂房、明亮的蔬菜花卉大棚、阡陌纵横的稻田，形成了一幅由生态、宜居、宜业村庄和田园综合体组成的美丽乡村图画。

"马岭村的建设才刚刚起步，与全国名村相比，还有很大差距，我们将借国家实施乡村振兴战略的东风，努力把村庄发展、建设、治理得更好。特别是要在产业上下功夫，不断发展壮大集体经济实力，以便可以有充足的财力改善民生，实现共同富裕。"张立说。

张 立 访 谈 录

作　家：2012年1月前您在北京经商，本来有一份不错的职业和收入，为了二组的建设和发展，您辞职回乡主持马嘉领农业科贸有限公司的工作，多年不领一分钱的工资报酬。2015年1月您担任村书记至今也没有要属于自己的那份务工补贴，无私奉献。您辞职回乡和担任村书记的初心是什么？这么多年来，您克服重重困难,认真探索出了马岭发展模式,使昔日的贫困村变成了如今的幸福村,您的内生动力是什么?

张　立:我家姊妹9人大都住在农村,小哥家住在马岭村,夫妻二人长期都在外地打工。2009年清明节,我从北京回到马岭村扫墓祭祖时来到他家看看,只见房前屋后长满了齐腰深的蒿草,十分荒凉。大部分村民都外出打工或创业去了,留在家里的都是老人、孩子。破破烂烂的房屋,道路大部分都是土路,遇到下雨天气,到处都泥泞不堪,汽车在上面行走时打滑。那次老家之行让我感触颇多。事后我一直在想,自己在北京打工,每年有几十万元的收入,生活过得还算可以,可住在农村的乡亲们老了怎么办?子女们大都外出谋生去了,谁来管他们?村庄逐年衰败,虽然部分人在外地挣钱买了轿车,千里迢迢开回老家来,却因道路难行开不到家门口。这些现象必须想办法予以解决。

当马志强与马爱国到北京找我商量改造自家房屋时,我的脑海里就冒出一个想法,要建就将二组村民的房屋一块儿建,并很热心地起草了一个改造方案。我那时的初心就是想改变二组的面貌,让大家的生活质量提高一些,自己每年回来祭祖时吃住也方便些。当马志强邀请我回来负责马嘉领农业科贸公司的经营和管理时,我从内心讲并不想丢掉北京的工作回到村里。当时只是半开玩笑地说:"如果你们能筹到1000万元资金,我就回来专职工作。"说实话,我当时压根儿就没有想到他们真能够筹到这么大一笔资金。但话既然说出来了,对方满足了具备的条件,自己也就没有什么理由可讲,必须信守承诺,放弃个人利益,回到马岭村专职负责科贸公司的工作。

2014年底,马岭村进行换届选举,很多党员投了我的票,我是没有想过要担任村书记的,因为我自己没有脾脏了,身体的机能肯定要差得多。我当时在董事会上承诺义务为大伙儿服务5年,然后就北京经商或回县城休养,毕竟保命要紧。我仔细想了想,既然全村党员投了我的票,是对自己的信任,大家渴望着有人带领他们发展、建设马岭村,能够过上好日子,所以没过几天我就答应了。我担任村书记后的初心就是模范带头,想方设法改变村里的贫穷面貌,创造好的生活环境,努力让村民增收,过上幸福生活。

我返乡的内生动力主要来源于四个方面。一是自己出生在马岭村,在农村长大,对农村有种难以割舍的情怀。二是虽然自己外出工作多年,但一直关心着居住在农村兄弟姐妹的生活,关注着农村的发展变化。三是自己是名有着数十年党龄的共产党员，有责任、有义务为乡村发展尽一份力量。虽然自己在经济上受到了很大损失，但看到乡亲们的生活环境改变了，生活质量提高了，就感到莫大的欣慰。四是全村共产党员和上级党组织对我的信任，既然让自己挑起这副担子，就要把信任扛在肩上、落实到行动上，绝不辜负大伙儿的期望，努力干出成绩来。

作　　家：包括您在内的9人投资540万元到马嘉领农业科贸有限公司入股分红划算吗？当初是怎么考虑的？

张　　立：要是单从经济条件来考虑肯定是不划算的，因为100万元资金放在银行存三年的定期利率就可达4.18%，每年利息就是4.18万元。三年不分红，就等于损失了14.43万元银行利息。从第四年

张立（右）同老党员亲切交谈，虚心听取他们对村"两委"工作的意见和建议

起按投资总额的5%分红，只比银行利率略高一点。如果将这笔资金用于其他投资哪怕是小额担保贷款，其收益就非常可观。

从某些方面来讲，当初我们几个人投入那么大一笔资金到二组，就是为了变相地做公益活动，让全组村民享受发展的红利，用资金或土地入股不仅可以分红，还可以解决他们养老的后顾之忧，同时资金能够解决建设新农村中的基础设施问题。为什么三年不分红？就是用大家的股本赚钱建老年人休养所、建村民住宅时能够让水、电、气管网入地和污水处理等公益基础设施建设有资金保障。

作　　家：通常的做法是，由村集体流转村民承包的土地，成立专业合作社或公司经营管理，可你们村却采取了让村民用土地入股分红的办法，这种做法与流转土地有什么区别？让村民用土地入股是否符合农村实际，其他村是否可以学习借鉴？

张　　立：让村民用承包土地入股分红与流转土地的根本区别在于让土地承包

者成为股东，也就是经济实体的主人，不仅降低了生产经营者的生产成本，而且还减少了矛盾，使农村生产经营更加稳定，农村社会更加和谐。因为如果流转土地，承包土地的村民与经营主体就没有什么关系了。经营者的收益较高时，村民往往就会犯"红眼病"，要求增加土地租赁费用，不给就扯皮，会严重干扰经营者的正常经营。经营者如果经营不善，往往会拍拍屁股一走了之，村民的切身利益受到损害，就会找政府扯皮告状。土地入股则有效地解决了这些问题，两者利益是紧紧连在一起的，只有齐心协力才能保证双方的利益。所以在经营过程中，村民不仅不会刁难，还会积极配合。一是因为他是股东之一，经济实体的收益与他密切相关。二是可以减少经济实体的管理成本，有效解决村干部待遇偏低问题。我们通过股份合作、村委会主导经营，让村会计兼任合作社会计、村妇联主席兼任合作社出纳，领取适当报酬，不仅破解了合作社招人难、管理人员不足的问题，又解决了村委会副职干部收入偏低的问题，一举两得。三是让公益事业有了资金保障。按规定，科贸公司也好，股份合作社也罢，每年都要从收益中提取一定比例的公积金和公益金。其中公益金就是用于全村基础设施建设的，流转土地就没有这一说。四是使村民土地入股成为一种长期经营行为。对土地实行规模化、集约化经营，更重要的是解决了农业供给侧结构调整的问题，有利于农产品质量、效益提高，竞争力的增强，确保了农业提质增效、农民逐年增收。

我个人认为让村民用土地入股应该非常适合当前农村的实际，特别是中西部地区广大农村，你这个村没有资源、资产、资金，让村民用土地入股，盘活土地总可以吧！这也是实施乡村振兴战略中值得认真探索的问题。

至于其他村是否可以学习借鉴，那就要看当地是否有新型经营主体，是否有能够带领群众致富的领头人，这就需要各村结合本村实际因地制宜、因村制宜，科学决策到底是实行村民用土地入股分红还是流转土地。

作　　家：马岭村的中长期发展目标是什么？如何保证这一目标顺利实现？

张　　立：这个问题我们经过反复考虑和认真研究，最后确定中期目标为：补齐产业短板，在农产品深加工上想办法形成龙头企业。长期目标为：建设现代农业示范基地、有机农产品生产基地、现代农业旅游观光基地。

为保证这一目标的顺利实现，我们拟采取以下措施。一是村"两委"联手马嘉领农业科贸有限公司和京山嘉佳福土地股份合作社先行先试，科技引领、示范带动、掌握技术、对接市场、形成规模。二是开放马岭村现有平台，对外招商引资，合作共赢，让市场上的资金、人才、技术进入马岭村，助推马岭村的产业转型升级，创造经济效益。三是坚持党建引领不动摇，村书记起好表率、标杆、引领作用，全体共产党员发挥先锋模范作用，党组织发挥战斗堡垒作用，聚精会神谋发展，坚持走发展壮大集体经济强村之路，实现共同富裕，带领村民迈向农业农村现代化的新征程。

作　家：您认为一个优秀村书记应该具备什么样的素质和条件？选拔村书记时应着重考察被选举对象哪些方面？

张　立：一个优秀村书记必须具备以下几个方面的素质和条件。第一，必须有坚定的政治信仰。不信鬼不信神，只信仰共产主义，始终保持清醒头脑，自觉维护党、村集体和群众的利益。第二，要具备宽广的为民情怀。全心全意为村民服好务，是村书记的宗旨。必须关注、关心村民中的弱势群体，让他们紧跟时代步伐不掉队，防止出现两极分化。第三，要保持清正廉洁的做人风范。当村书记就不能想着捞好处，心中要给自己画一条红线，绝不能越过半步，想发财就必定当不好村书记，当村书记就是意味着吃亏、奉献。第四，要有敏锐的市场头脑。市场是无形的，靠你自己平时多观察、多思考。比如中央电视台的《新闻联播》《晚间新闻》《朝闻天下》等新闻栏目中就会透露出不少信息，作为村书记就要做有心人，心中多想这些东西，时间久了，思维就会很敏捷。第五，要有不服输的工作作风。不管干什么事都会遇到困难和挫折，只有意志坚强的人才能取得成功。在艰难困苦面前咬紧牙关冲过去就成功了，冲不过去就失败了。当然我们在决策时要多听大伙儿的意见，尽量避免或减少失误。第六，要具备驾驭全面工作的能力。村书记虽然"官"小，但工作涉及方方面面，要用十个指头弹钢琴，面面俱到，不能头重脚轻，顾此失彼。但要区分轻重缓急，多方兼顾。

选拔村书记时要重点考察被选举对象的道德品质、政治信仰、生活作风、工作能力、责任担当等。

作　家：您认为怎样才能确保乡村振兴战略取得实效？关键因素是什么？

张　立：我认为要确保乡村振兴战略取得实效，应采取以下措施。第一，国家应该进行顶层设计，确保有好的政策、好的环境，形成乡村振兴的制度体系。比如住建部门应对农村房屋提档升级进行整体规划、设计，提供基础设施资金保障。金融部门至今还没有出台农村专业合作社贷款政策，农业企业贷款期应由一年延长到三年至五年。农业农村部门应该准许城市市民、工商资本购买村集体土地上的建筑物，使用期限不超过土地承包年限，以盘活存量资产，增加农村人口；形成准许农民进城落户、退出农村承包地和宅基地的良好机制。第二，充分发挥央企资金、人才、技术雄厚的优势，进入农业农村发展，跨地区流转土地，实行规模化、集约化经营。第三，鼓励农村基层"两委"通过成立专业合作社或其他经济组织，将农民承包的土地集中起来，实行规模化、集约化经营，不断提高农产品质量效益和竞争力，发展集体经济，实现共同富裕。第四，鼓励、引导职业高中、技术学校积极培养新型农民，为现代农业提供更多的专业人才。国家应出台相应政策，加大对农业专业技能人才扶持力度，促使其安心从事农业生产，助推乡村振兴。第五，应适度进行乡村合并，使山区行政村人口保持在2000人至3000人，平原地区人口保持在4000人至6000人，经济发达地区人口保持在7000至1万人。选拔能人担任村干部，提高工资报酬，实行村干部职业化。第六，国家应适度进行全国范围内农村产业发展规划，省级政府适度进行本区域内的农村产业规划，县级政府应对本区域内的行政村做好具体发展、建设规划。第七，国家的涉农资金应集中用在农村土地平整、道路修建、水利设施、污水处理等基础设施建设上。道路由交通部门统一规划设计、统一修建，以确保工程质量。

　　实施乡村振兴战略的关键因素还是要下大力气解决农村党组织队伍建设的问题，下功夫选好德才兼备的村书记。否则，一切都是空谈。各级党委首先要集中精力解决这个问题，想方设法选拔思想境界高、有能力、意志坚强的能人担任村书记。再进行统筹规划，一步一个脚印地努力奋斗，才能事半功倍，确保在21世纪中叶实现农业农村现代化。

作家点评

　　本人曾先后三次到马岭村采访，前两次脑海中始终有个疑问："九马还槽"是不是用自己的资金投入到二组赚钱？第三次去经过明察暗访、"刨根问底"，终于读懂了这9位"乡贤"的用意，读懂了张立，读懂了村民入股分红。

　　对马岭村二组进行新农村改造的发起者是张立、马志强、马爱国3人。起因是马志强办喜事遇到尴尬事，于是下定决心要改造自家的旧住宅、建设新房屋。假如张立当时不是心怀全组村民，恐怕最终就是几户在外做生意的有钱人根据各自的喜好建起一栋栋很气派的房屋，背后被人们称为"土豪别墅"，就不是现在家家户户受益、整齐有序的新农村了。9位"乡贤"中投入少到20万元、多至100万元的资金,而且公开表态3年不要一分钱工资报酬、不报销一分钱的差旅费、不分红,这是何等的胸襟和气魄?按一般人的思维,这笔钱一年存在银行也有不少利息呀!投资到其他领域收益更大。其实他们是在变相地为本组村民做公益活动,想让大家都能享受发展、建设红利。

这9名"乡贤"是因为自己在外创业成功反哺家乡,让二组的乡亲们也能享受新农村建设带来的生活便利。正因为他们的动机单纯、作风过硬,办事公正、公平、公开,所以得到了二组群众的广泛支持和拥护,确保旧房拆迁能在一周内完成,直到现在也没有出现任何矛盾,更没有出现扯皮拉筋、上访的问题,非常成功。

张立本在北京担任一家商贸公司的总经理,每年有几十万元的收入,面对同乡的恳求,他本是一句玩笑话,没想到对方真能办到,抹不开面子才回村管理经营科贸公司。刚开始只是承诺回村免费干5年,可回村后却身不由己,一干就是10余年,而且不要报酬,义务奉献。此人具有宽阔的胸怀、坚强的意志力,不怕艰难险阻,自力更生、艰苦奋斗,表现出了一个共产党人胸怀大局的理想和信念。

马岭村从二组开始,动员农民用所承包的土地入股分红,是明智的选择、成功的做法。之所以受到村民的拥护,是因为土地入股到马嘉领农业科贸有限公司后确实能够得到实惠,村民不仅成为股东,每年按时分红,避免了外出打工经商时承包的土地没人耕种,造成土地荒芜,还可以用公司经营赚的资金为他们建设住宅提供基础设施等公益事业保障。更重要的是:入股村民男性年满60周岁、女性年满55周岁便可入住老年休养所养老,免费吃住,所需经费由科贸公司兜底,既解决了在家老人养老的难题,也解决了身在外地务工创业人员担心老人生病住院无人照管的后顾之忧。这个科贸公司是大伙儿的,不仅是那9个人的事儿,资金他们出大头,分红与所有股东平等,其实就是为大家谋福利。

实施乡村振兴战略已在全国范围内正式拉开序幕,马岭村为那些没有资产、资金、资源的行政村提供了一个样板。有些村这没有,那没有,但总有土地吧!把土地集中起来,实行规模化、集约化经营,不就形成产业了吗?伟人说过:一家一户的个体生产,就是农民自己陷于永远贫苦的根源。各行政村采取土地入股分红或流转土地的方式,把农民的土地集中起来充分利用,既能发展集体经济,实现共同富裕,又能让农民增收,何乐而不为呢?

后 记

酷暑、严寒天气在疫情中穿行

继 2021 年 5 月，由中共中央党校出版社出版发行了本人采写的深度报道全国村书记系列丛书第一部《乡村振兴领头人——中国榜样村书记》，面向全国公开发行后，第二部著作《乡村振兴领头人——中国模范村书记》又于同年开始采写，经过两年多时间的艰苦努力，已全部采写、审读完毕，即将出版发行。

这本书的被采访对象仍然是面向全国范围内，经过千挑万选出的 20 名村（乡）书记。确定采访人选时从 7 个条件予以考察：1. 思想境界很高，意志坚强。即一心为村民，一心为集体；遇到困难不退缩，克难攻坚，勇往直前。2. 具有全国党代表或人大代表身份，或是省级党代表或是省级人大代表，或是全国劳动模范、全国优秀共产党员，或是全国模范、最美退役军人。3. 连续担任村书记时间在 10 年以上（事迹特别典型的适当放宽）。4. 必须是大力发展集体经济，不断改善民生，实现共同富裕。5. 这个村所取得的成绩、经验，具有先进性、典型性、代表性、引领性，村书记在政治上没有任何瑕疵。6. 为人很好，不张扬，有故事，事迹典型，在本村党员和群众中有较高威信。7. 在村书记位子上（对个别情况特殊者的条件可以适当放宽）。

采访内容为 5 个方面：1. 村书记发展集体经济的创业史；2. 如何做好农村党建；3. 如何做好农村综合治理；4. 如何不断改善民生；

后 记

5. 如何发挥村书记个人模范带头作用。

在湖北省委组织部组织二处相关负责人的推荐下，本人于2021年6月24日去了该省郧西县，采访坎子山村党支部书记魏登殿。县委组织部高度重视，不仅安排分管组织工作的副部长寇华颖陪同，时任县委常委、组织部部长师文明还在当天下午，驱车100多公里的山路赶往该村看望。

经过充分准备，本人拟于当年7月底出发，先后到重庆市巫山县，贵州省遵义市播州区、罗甸县，四川省彭州市、蓬溪县采访5位村书记。然而，恰在此时，湖南省张家界旅游景区和江苏省南京市禄口机场新冠疫情暴发。采访团队已经组成，采访公函已经发出，被采访单位已经联系好，到底是按时出发，还是等疫情稳定后再出行？思来想去，还是觉得不能耽搁，因为时间不等人。况且，经过电话了解，所到地方都是低风险地区，坚信只要认真防范，就不会出现问题。

我们一行3人先到991部队医院做了核酸检测，皆为阴性。7月29日上午7:40从襄阳出发，乘坐Z233次绿皮车，于下午2:55到达重庆万州火车站。在长途客运站等班车期间，传闻巫山县开出的一趟班车上，发现有一名从张家界旅游区返回人员，当地防疫指挥部立即指令班车司机掉转车头返回县城，将那名人员送到县医院做核酸检测。此时，万州长途客运站所有班车停运，我们感到十分紧张，在车站整整等了3个小时。疑似感染被排除，虚惊一场，我们才乘坐大巴车于下午6:03出发，晚上8:53到达巫山县。县委宣传部的同志热情接待，用完简餐后，派车将我们送往几十公里外地处大山区的下庄村。快到村庄了，黑暗中，汽车在弯弯曲曲的盘山公路上行驶，借着车灯可以看到，道路一边是悬崖峭壁，令我们心惊胆战，担心出现意外。已是晚上11点多了，被安排住在一户村民家里。

经过三天半时间的采访，对全国脱贫攻坚楷模、全国"时代楷模"获得者毛相林有了充分了解和深刻认识。他从1997年担任村书记以来，带领村民在悬崖上用了8年时间凿开一条7公里通村公路，有6位村民牺牲，到了村里，决战贫困的壮举深深感动了我们。下一站要去贵州省采访两位村书记。

此时，贵州全境无一起新冠感染病例。我们顺利地到遵义市播州区团结村，采访了"七一勋章"、全国"时代楷模"获得者、该村名誉书记黄大发。而后，乘坐高铁到达贵阳北站，罗甸县委宣传部派车将我们接送到该县麻怀村时，已是晚上10点多钟，又累又饿。此时，已是二伏天气，热浪四涌，酷暑难熬。3天时间里，采访了党的十九大代表、该村党支部书记邓迎香。

再下一站去四川省彭州市，从贵阳北乘坐高铁需要在成都下车，而该市的青羊区已被确定为中风险地区。为了避开这个地方，我们选择了在离市区最远的东站下车。

8月9日至12日，在宝山村采访贾卿、贾正方两任书记的4天时间里，已是三伏天气，是一年中最热的季节。由于该村地处山区，空气湿度较大，我们感到很闷热。在室外的阳光下拍照片时，大汗淋漓，衣服湿透，一天要换3次。12日这天，本人和随行的另外一个小伙子都相继中暑，一

本人（右）在四川省蓬溪县拱市联村采访蒋乙嘉书记。到山上给他拍摄照片时，正值三伏天气，骄阳似火，上衣、裤子都被汗水浸湿

后 记

天只是早晨喝了碗稀饭，中午和晚上都未进食。13日下午到达蓬溪县拱市联村后，蒋乙嘉书记见本人脸色十分难看，便强行放假，让我们在酒店休息半天，身体才逐渐恢复。这次采访历经23天，所到之处都是零感染和零疑似感染。

这年"十一"放假期间，本人开启了到山西长治市上党区振兴村和河北武安市白沙村等第二拨采访。出发前，襄阳市的气温在35℃以上，酷暑未消，穿着短袖衬衣仍感很热。可到达振兴村后，气温发生巨大变化，只有20℃左右，晚上穿着长袖衬衣仍感凉意。10月1日晚上，山西省文旅厅在该村举办旅游推介会，承蒙该厅一名处长热情邀请，让本人参加了开幕式，在演出现场前排坐了1个多小时，虽然内穿秋衣秋裤，外穿夹克衫，但仍感很冷，几次想要离开，但又不好意思，一直坚持到文艺节目表演结束。回到酒店后，半夜便开始咳嗽，患上感冒，尽管牛扎根书记给开了一些口服药，但一直没有好转。

10月4日上午，振兴试验区的司机将我们一行二人送到河北武安市白沙村时，正好赶上中雨天气，气温骤降。车门一打开，寒意袭来，感觉像是冬天。用完简餐后，便到当地乡镇集市购买衣服，几经辗转，最后到峰峰矿区农贸市场，花费近200元买了一套带毛的保暖衣服御寒。当天晚上，侯二河书记陪同我们在村里地下餐厅用完餐后，本人刚一出门，便感到浑身冷得直打哆嗦，到医务室一查体温，发烧至39.8℃，打了退烧针后，医生告知发烧人员要到当地做核酸检测，排除新冠感染方可。

第二天上午，本人来到武安市中医院进行核酸检测，谢天谢地，结果是阴性。又注射了2次退烧针，体温才慢慢回归正常。

此时正是西安市疫情暴发期，好在我们出发前经过了解，所到两个地方都是低风险地区。而襄阳市自2020年3月16日之后一直未发生一例新冠感染者。

采访所有村书记的稿件已经撰写完毕,便开始筹备第三拨采访。12月27日晚上出发,先到河北省宁晋县黄儿营西村采访党的十九大代表、该村党委书记宁小五。2022年1月1日至3日到晋州市采访全国唯一坚持走合作化道路70余年,没有分田到户的周家庄乡党委书记雷宗奎。而后,又到山东省邹城市新泰市采访了两位村书记。

隆冬时节,天气异常寒冷,作者(右)顶风冒雪来到河北省宁晋县黄儿营西村,采访该村党委书记、村委会主任宁小五

1月10日,我们已经在网上订好12日晚从曲阜东站到襄阳的卧铺车票。可此时浙江、江苏、河南等地的疫情越来越严重,天津发现奥密克戎变异毒株感染者,顿感紧张。故而提前返程,11日晚上退掉卧铺票,购买12日下午的高铁票。本已买好曲阜东至郑州东,转往襄阳东的高铁票,但细想一下有些不对劲,因为河南当天的新

后 记

增感染者有数十人之多。为慎重起见，本人打电话与襄阳市防疫指挥部和社区联系，被告知最好不要从郑州中转。只好再次退票，订了从曲阜到徐州东中转到襄阳的高铁票。

12日上午9点多钟，孙村社区派车将我们一行2人送到曲阜东站候车。此时已是三九寒冬，车站候车室没有暖气。中午我们每人只吃了一碗泡面，又冷又饿地在高铁站等了6个多小时，才于下午3:17乘坐高铁到江苏省徐州东站转乘，当晚回到襄阳。

从襄阳东站出站前，防疫检测人员告知，从河南商丘、郑州、南阳上车的乘客请从特殊通道经过。即专车接到酒店隔离14天。庆幸的是本人在山东虽经多次退票，损失差价近400元，却换来了避免春节前农历腊月间的14天疫情隔离。

这次出去采访前向上级领导请假时，领导很犹豫地问道："现在全国疫情这么严重，为了你的安全起见，等过了春节再出去采访不行吗？"我告知已经了解过了，我所到地方都是低风险地区。况且，如果推迟时间，就会出现写作空档，影响出书时间。由于我的坚持，领导没有再说什么，随即在请假报告上签了字。

由于我的精心安排，赢得了出版第二部著作按期完成的宝贵时间。春节期间除大年三十和正月初一休息外，放假的其他几天，都在马不停蹄地撰写此前采访的3位村书记稿件。本拟于4月中旬再次出去采访，可万万没有想到，上海新冠疫情于2月底大暴发，一直不能出行，本人心急如焚。

其间不停地打听所要去采访地方的疫情防控情况，由中国红色文化研究会出具公函，发往所要采访的县委宣传部门。经过苦苦等待和疫情风险评估，本人向上级领导请假后，决定外出进行这拨时间最长的采访。

6月13日下午，我们一行二人从襄阳出发，经过合肥转乘到山东曲阜东站下车,顺便到山东省平邑县九间棚村,回访刘家坤书记,了解他正在开发的"九弯十八园"旅游项目进展情况。

6月15日上午,我们到达了所要采访的第一站山东沂源县。在当地县委宣传部的大力支持下,用了3天半时间,完成了对中宣部授予的全国第一个"时代楷模"获得者,也是"人民楷模"获得者保尔·柯察金式的传奇人物朱彦夫的采访。

本人(右)到山东省沂源县张家泉村采访村党支部原书记朱彦夫时,见一位84岁老人家庭困难,便掏出仅有的200元现金,送给他补贴家用

第二站到达了浙江安吉县"两山理论"实践地之一的鲁家村采访。按照行程安排,下一站于24日到福建省尤溪县,采访"旅长村支书"林上斗,再坐高铁到四川省采访两位模范村书记,最后一站到陕西省袁家村采访完后结束。可当地梅仙镇镇委书记周铭毅在电话中告

后 记

知,林上斗书记按照国家乡村振兴局的安排,将于6月25、26日两天,到甘肃去讲课。我们只好退掉高铁票,改变整个采访行程路线。

6月24日下午,我们从杭州萧山国际机场乘坐飞机到达陕西省咸阳国际机场。而后,到礼泉县袁家村采访。村里对这次采访给予了高度重视、大力支持。郭占武书记积极配合,专程从四川省广元市出差途中赶回村里接受采访。这次在该村共待了6天半时间,创下本人在一个村采访时间最长的历史记录。烟霞镇政府副镇长郭俊武、袁家村党总支副书记王创战认真安排被采访对象,共有33人接受采访,包括老书记郭裕禄及其夫人周方兰女士。通过这次深入采访,读懂了袁家村的乡村旅游为何那么火的真正原因。

真是无巧不成书,6月30日下午,我们从西安乘坐高铁到达四川成都后。第二天,西安市就发生了多人感染新冠疫情,该市紧急实行封控管理一星期。

在成都市郫都区战旗村采访期间,7月3日上午,蓬溪县拱市联村党委书记蒋乙嘉,从本村开车3个多小时,行驶220多公里,专程到战旗村去看望本人,令人十分感动。

在成都市结束了4天时间的采访,坐了近2小时的高铁到达四川宜宾市。而后,乘坐汽车穿过云南省,5个多小时后,一路颠簸,到达凉山彝族自治州所辖的雷波县青杠村采访该村书记唐朝顺。在县退役军人事务局局长刘万全的大力支持下,完成了4天时间的艰难采访。

7月10日上午9:40,我们从宜宾乘坐高铁,横跨四川、贵州、湖南、江西、福建5省,一直到晚上8:58才到达三明市所辖的尤溪县,历时近12个小时,十分疲劳。到该村后明显感到空气湿度大、潮湿闷热,气温逐渐升高到42℃。7月12日上午,新疆维吾尔自治区一个自治州人大常委会党组书记率团到半山村考察,本人随参观的考察团给林上斗书记拍摄照片，一直在烈日下暴晒，快要结束时，本人感到胸闷、心慌、头疼，大汗淋漓，跟随考察团保障组的县医院医生见状，诊断为中暑症状，立马采取掐人中、双胳膊肘，用风油精涂抹太阳穴，喝藿香正气液、糖水等急救措施。而后，留下一些口服药物，到第三天才逐渐好转。

本打算最后一站到江苏省连云港市采访一位党的十九大代表村书记，但因该市出现新冠疫情，成为高风险地区，我们只好放弃，于7月16日晚回到襄阳。整个采访历时34天，是有史以来外出时间最长、跨省最多、难度最大的一次采访。每到一个地方，都要进行2次以上核酸检测。

9月中旬，通过与河南省辉县市委宣传部联系，本已约好"十一"期间去该市裴寨村采访党的十九大、二十大代表、村党支部书记裴春亮，并从网上订好10月2日上午去郑州的高铁票。因他要到北京参加全国党代会，需提前进行集中隔离，采访计划搁浅。后经多次沟通，直到第二年3月底才得以完成采访。

两年时间外出采访，横跨山东、河北、山西、陕西、四川、重庆、贵州、湖北、福建、浙江、河南等11个省、直辖市，行程数万公里。经历了二伏、三伏酷暑和二九、三九严寒天气及一拨又一拨新冠疫情，曾经两次中暑。因为本人在农村长大，又有12年的军旅生涯，身体底子尚可，加之没有"三高"基础病，所以渡过了一次又一次难关。乘车途中，我们往往不吃不喝，并戴上双层口罩，防止自己被感染病毒，结果多次外出，既没有自己感染新冠，也避免了将新冠传染给被采访对象，谢天谢地。

在此书的采访中，各位村书记所在地的组织部、宣传部等有关部门，特别是湖北省委组织部、郧西县委组织部、重庆市委宣传部、巫山县委宣传部，贵州省遵义市播州区委宣传部、罗甸县委宣传部、

后 记

山东省沂源县委宣传部，四川省雷波县退役军人事务局，福建省三明市政府办公室、尤溪县梅仙镇党委等单位给予了大力支持和帮助。借此机会特致以衷心感谢！写作过程中，参阅了少数被采访对象提供的书籍资料，特向作者致敬！

由于本人的采访和写作水平有限，所采写的每篇文章中难免有不妥之处，敬请广大读者和被采访对象予以批评指正。

2023 年 6 月于襄阳